U0572267

刘忆江 著

漢武大帝

第壹册

辽宁人民出版社

ⓒ 刘忆江　　2022

图书在版编目（ＣＩＰ）数据

汉武大帝 / 刘忆江著 . — 沈阳：辽宁人民出版社，
2022.1
　　ISBN 978-7-205-10300-2

　　Ⅰ . ①汉… Ⅱ . ①刘… Ⅲ . ①长篇历史小说 – 中国 –
当代 Ⅳ . ① I247.5

中国版本图书馆 CIP 数据核字（2021）第 201419 号

出版发行：辽宁人民出版社
　　　　　地址：沈阳市和平区十一纬路 25 号　邮编：110003
　　　　　http://www.lnpph.com.cn
　　　　　电话：024-23284321（邮　购）　024-23284324（发行部）
　　　　　传真：024-23284191（发行部）　024-23284304（办公室）
印　　　刷：北京长宁印刷有限公司天津分公司
幅面尺寸：160mm×230mm
印　　张：120.25
字　　数：1270 千字
出版时间：2022 年 1 月第 1 版
印刷时间：2022 年 1 月第 1 次印刷
责任编辑：赵维宁
封面设计：乐　翁
版式设计：新华印务
责任校对：吴艳杰
书　　号：ISBN 978-7-205-10300-2
定　　价：498.00 元

关于"回顾丛书"

约半年前，艾明秋女士来电，要我"再做点贡献"。小艾是辽宁人民出版社文史编辑室主任，也是我的第一本书《大汉开国谋士群》的责任编辑，我们的合作非常愉快，进而"成为生活中的益友"（张立宪语）。

对小艾的要求，我一向近乎有求必应。听她谈过初步设想后，觉得挺有意思，可以操作。随后，辽宁人民出版社副总编辑张洪兄来电，进一步讨论、商定了相关细则。这便是"回顾丛书"的由来。

"回顾丛书"拟每年出一辑，每辑6册左右。以经过时间和市场淘洗的旧书再版为主，新作为辅；以专著为主，文集为辅；以史为主，政治经济军事社会思想文学为辅。入选的各类书籍，都是我所感兴趣的，有料，有趣，有种。回顾的目的，当然是为了更好地前瞻、前行。

太白诗：却顾所来径，苍苍横翠微。2008年初夏，收到首册样书时，欧洲杯激战方酣。去年秋天再版，新书出炉时，我正沿着318国道驱车前往珠峰大本营。此情此景，宛如昨日。我想，再过五年、十年，回过头来看这套"回顾丛书"，又会是什么心境呢？

是为序。

梁由之

2013年6月6日，夏历癸巳蛇年芒种后一日，于深圳天海楼。

却顾所来径·苍苍横翠微

内容简介

☆　☆　☆

　　这是一个富于心机、不甘心随波逐流的女人，如何凭借机运，谋夺权位的故事；也是一个少年如何脱颖而出，君临天下，最终成长为伟大帝王的故事。

　　故事取材于西汉一段真实而富有传奇色彩的历史，交织着阴谋、情欲与杀戮。围绕着汉宫中对皇后与太子之位的争夺，控制与反控制的斗争，故事演绎出众多历史人物间的错综关系与爱恨情仇，并由此全景式地展示了那个辉煌时代的社会风貌。

　　汉景帝前元六年春季，愁困深宫中的王美人，得知大长公主刘嫖与太子之母栗姬因亲事不谐互生嫌怨，敏锐地看到了其中的机会。她抢先一步与刘嫖结亲，不择手段地谋害、挫败了远比她有优势的儿媳与栗姬，最终促成了太子的废立。她的独生子刘彻被立为太子，她也由此被册立为皇后。成为皇后的她，仍然得不到皇帝的宠爱，于是王娡潜心侍奉窦太后与大长公主，以此巩固自己与儿子的地位，内心里则憧憬窦太后与汉景帝式的母子关系，期望儿子即皇帝位之后，自己也能有扬眉吐气的一日，像窦太后一样，以母后的地位干预朝政。

　　刘彻自幼颖悟，被立为太子之后，在父亲耳提面命的教诲与师傅们的苦心辅导下，学业日进，对治国理政有了自己的看法，逐渐生发了广揽人才、振兴大汉、尊兴儒学、追比三代太平盛世的宏大志愿。在宫廷权力倾轧、尔虞我诈的环境中，刘彻也日渐成熟。继承皇位之初，他本想按自己的理想行事，可守旧的太皇太后及母后的强力干预使之功败垂成，为了挽回局面，他忍痛牺牲了自己的谋臣。为了不触怒长公主与太皇太后，他也不得不忍受母后斩断他与情人的恋情。刘彻一度万念俱灰，一意逸乐，试图在放纵中忘却痛苦。对于母后的所作所为，他虽能体谅其不得已的苦衷，但也暗自立下日后决不容母后再干预朝政的决心。在与母亲和太后的政治周旋中，刘彻不得不行韬晦之术，也在内心中对女人形成了一种独特的认识。他是个多情的人，总期望能在女人那里找到真实的情感寄托，而宫中女人的种种，却又使他对女人心怀戒惧。

窦太后薨逝后，刘彻得以主政，六年的韬晦已使他在政治上成长为一个精明、冷酷的君主，在即将大展宏图之际，他虽然顺从了母后的意志，处死了自己的宠臣和朋友韩嫣，但他清楚地知道，从前的一切已绝无可能重演，母后精心编织的大网对他而言，已全然无用。一个更为广阔的天地在等候着他，一番空前宏伟的事业在召唤着他，他将挟大汉七十年休养生息聚集起来的强大国力，怀着青年人不羁的雄心，开创前无古人的宏图大业……

《汉武大帝》前两部故事的时间跨度约四十年，从刘彻七岁立为太子到四十六岁封禅泰山。其中的人物大都实有其人，故事大都确有其事，虚构者揆诸事理，亦应势所必至，理有固然。本书摒弃时下胡编乱造、戏说历史、误导国民的恶劣文风，以高阳先生为榜样，力图较为真实地再现中华民族历史上最为辉煌的时代风貌。其实，史事本身已具有传奇故事的一切要素，太史公等史学大师笔下的人物也大都栩栩如生，无须后人编造，只在细节上充实发挥，即足以构成好故事。本书就是这样一种尝试，成功与否，只能交与读者评说了。

长篇历史小说《汉武大帝》的头两部，计百余万字。《汉宫春梦》所叙为刘彻自被立为储君到即位为皇帝的成长过程。《飞龙在天》则全面展示汉武帝广揽人才、大兴儒学、北征匈奴、开通西域、封禅泰山等一系列恢弘的历史画卷，以及这位文治武功在中国历史上独树一帜的皇帝在其事业巅峰期的心路历程。

《汉武大帝》的下部《亢龙有悔》所叙为刘彻后二十四年汉帝国由盛而衰，皇帝亦渐入老境时的故事。刘彻经营西域，征服大宛，断匈奴右臂的战略最终成功，但他动用举国之力，深入漠南建立前进基地、围歼匈奴主力的战略屡遭挫败，损兵折将，伤了大汉的元气。岁月如流，为长寿延年，他自觉时不我待，连年四处寻仙访药，到头来却是一场空。他不恤民力，严酷镇压民变，大兴土木营建宫室，"恃邦国繁富之赀，土木之役，倍秦越旧，斤斧之声，畚锸之劳岁月不息，盖骋其邪心以夸天下也"①。后因与太子政见分歧，为奸臣所乘，激起巫蛊之乱，动摇了国本。暮年的他反躬自省，幡然悔悟，在危崖前及时止了步。所以司马光肯定他晚而改过，顾托得人，有亡秦之失而免亡秦之祸。

以史为鉴，可以知兴替；以人为鉴，可以明得失，历史小说的功用亦在于此。统治大汉半个多世纪的武帝雄才大略，杰出有为，在中国历史上并不多见，本书就是他一生成败得失的全景展现。

---

① 参见陈直：《三辅黄图校正·原序》，陕西人民出版社 1980 年 5 月版，第 5 页。

历史背景

☆　☆　☆

　　两千多年前，陕西关中的面貌与今天人们所能见到的迥然不同。那时的关中，放眼望去，是一片葱茏的绿色，根本见不到现今万壑千沟、黄土裸露的那种破碎、苍凉的景象。夹峙于南山（今终南山）和梁山之间的周原和其他几个大原地势平坦，沟渠纵横，水草丰茂，还有众多的沮洳水泽，是鸟类和鱼鳖栖息繁衍的天堂。发源于陇东的渭水穿原而过，汇集众多支流，向东汇入黄河，那时尚无"黄河"这个称谓，而是称之为"河"，因为河水虽略微浑浊，但并未夹杂大量黄土泥沙，河水也不呈现黄色。先秦至汉初，文献中凡称"河"者，均指黄河，而较小的支流，均称为"水"。那时的黄土高原，在山地和丘陵上，满布着广袤的原始森林，南山和梁山上多的是几抱粗的巨树，而平坦的台地上，则是极为丰茂的草原，绵延向北，直指阴山，与内蒙古大草原合而为一，自古以来就是漠南最优良的牧场。

　　三千多年以前，作为农业部落的周人为躲避游牧部落的压迫，从陇东翻越梁山，定居于当时还是一片蛮荒林莽的岐山之阳，经过数百年的开辟经营，榛莽丛生的林地草原变成了富庶的农田，这块土地因之被称作"周原"。周人东迁之后，原为西戎的秦人乘虚而入，也弃牧为农，于此立国，又历经数百年的开辟经营，渭水两岸大部分土地已成沃土良田，有"八百里秦川"的美誉。商鞅变法之后，秦国厉行耕战，食足兵精，成为春秋战国时代势压天下的强国。

　　在古代，山川形胜对一个国家的防卫来说，极为重要，而秦国可谓得天独厚。渭河平原实际上是个盆地，四周或为高山，或为丘陵，而那时这些山地丘陵之上林莽密布，通行极为不便。在邻接北方草原的丘陵山脉之上，有秦、魏为防备匈奴而修筑的漫长边塞，在秦国于前330年从魏国手中收复河西之地后，关中即成四塞之地，由中原进出关中只有函谷一线可通。函谷关设置于战国时，位于秦汉时弘农、河内两郡交界处（今河南灵宝市境内），旧称"松柏之塞"。函谷呈东西方向，长约十五里。一边濒临黄河，"绝岸壁立"；一边是名为"稠桑原"的台地，虽不甚陡险，但原上长满了松柏巨木，谷宽仅容一车通过，路隘林深，遮天蔽日，非日中或夜半，日月光线直射谷底之际，能略见光亮外，其他时间谷中极为阴暗，时有阵阵松涛呼啸，颇为阴森可怕。平时白日里就行旅稀少，而夜间则更难觅人踪。关即设于函谷之东口，出函谷关即为中原，又称"关东"，后来东汉时又在函谷西口设立潼关，进潼关则是关中平原，又称"关西"。由此可以想见函谷关在军事上的重要，南北大山夹峙，东有大河天险，而以函谷一线为战守之要冲。后来贾谊所谓"关中之固，金城千里，子孙帝王万世之业"的说法即出于此，而自西周、秦汉，下迄隋唐的两千多年中，关中多为皇朝建都的首选，原因亦在于此。

秦覆亡之后，各路义军屯兵灞上，但盟主项羽缺乏政治远见，搞起了分封制。他是楚人，有很深的家乡观念，认为"富贵不还乡，如衣锦夜行"。对于秦人经营了十几代，囊括"燕赵之收藏，韩魏之经营，齐楚之精英，几世几年，摽掠其人，倚叠如山"的富丽堂皇的都城，他自己不占，自然也决不容他人占有，于是纵兵大掠，将秦宫中的宝物装车东运，然后一把大火将咸阳城和阿房宫烧了个干净。楚汉相争，刘邦获胜后，作为楚人，他起初也与项羽一样，有着衣锦还乡的想头，而其部下的功臣除沛县的老乡外，亦多为关东之人，全都主张定都中原的洛阳，争言周都洛阳，坐了数百年的天子，而秦都关中，不过二世而亡。其时，有个齐地的策士娄敬，路过汉王驻跸的洛阳，向刘邦陈述了东周与汉建都洛阳的得失利弊。娄敬指出，洛阳位处中原，地势平缓，无险可据，是四战之地，东周于此建都可行，而汉不可行。因周立国以德，且拥有漫长历史年代中形成的威权，为当时的大小诸侯所拥戴；而汉室继秦之后，以力立国，无德义传统威权可恃，只可择取形势险固、利于攻战的地方为都，而关中被山带河，四塞为固，历来是膏腴之地。定都关中，遇事缓急可恃，即使山东有乱，亦可以"扼其咽而拊其背"，而立于不败之地。但娄敬之说，遭到了一片反对之声，刘邦委决不下，于是征询他最为信赖的智囊张良，张良意见与娄敬相同，认为洛阳四面受敌，非用武之国；而关中"左殽函，右陇蜀，沃野千里，南有巴蜀之饶，北有胡苑①之利。阻三面而固守，独以一面东制诸侯。诸侯安定，河渭漕挽天下，西给京师，诸侯有变，顺流而下，足以委输（漕运），此所谓金城千里，天府之国也。娄敬说是也"。由此刘邦才下了决心，定都关中。

但是，故秦的都城和宫室，已经让项羽烧得残破不堪。于是刘邦责成萧何重建新宫，新宫室自高祖八年（前199）起建，历时一年落成，坐落于渭水南岸的龙首山上。名为山，实际上是个黄土岗阜，长六十里，头抵渭水，尾达樊川（今长安区南），头高二十丈，但渐行渐矮，至尾部仅只六七丈高。传说秦时有黑龙从南山出来，到渭水饮水，所行经之处因成土岗。龙首山奇特之处在于其土黄赤不毛，且土质密实，夯筑后坚似金石，是极好的建筑材料。所以自秦汉以降，历朝历代都由此取土建筑宫室房屋，两千多年后，现今已难觅这座土山的踪迹了。在龙首山北麓，秦始皇时原建有一座巨大的离宫——兴乐宫，其中的鸿台（秦始皇曾射鸿于台上，因以为名）高达四十丈，台上楼观屋宇耸入云天。兴乐宫中还有一座大夏殿，殿前有铜人十座，并有鱼池和酒池等设施。项羽焚烧咸阳秦宫和渭南的阿房宫，大火绵延三月不绝，秦宫尽成焦土，而兴乐宫竟免于兵燹。此宫周回二十余里，经萧何修治后，更名为长乐宫，为汉初朝廷所在地。以此为起点，萧何沿西、北坡营建长安城，直至渭水南岸。又"起未央宫，斩龙首山而营之"，"宫基不暇垒筑，直出长安城上"，他将龙首山的主峰以人工削成由北而南、高度递减的三个大台基，夯土砸实后再建屋宇。所以龙首上的未央宫，可以俯瞰长安，尤显得巍峨雄壮，气势磅礴，收到"重天子之威"的实效。未央宫建成后，刘邦方从栎阳迁往

①胡苑，即秦汉时之"河南地"，位于战国秦长城以北（今陕西中北部），古时为丰茂富庶的大草原，原为匈奴驻牧之地，秦始皇派蒙恬率大军征伐匈奴，此地纳入秦之版图，又称为"新秦中"；秦末内战时，此地又为匈奴占据，是匈奴楼烦王、白羊王驻牧之地。后直到汉武帝战败匈奴并在此大规模移民戍边后，才最终纳入汉帝国版图。

长安，此后，皇帝居住于未央宫，并在此处理朝政，长乐宫则成为太后的住处，又称为"东朝"。我们所要讲述的故事，就发生在定都长安七十年后的绿色的关中，发生在坐落于渭水之阴、龙首之阳的汉宫之中。

《汉宫春梦》主要人物

☆　☆　☆

刘　彻　即汉武帝。儿时名刘彘，幼时封为胶东王，七岁时被立为太子，十六岁即位。故事发生时年方七岁。

王　娡　即王皇后，刘彻之母。二十岁入东宫，初受太子（即景帝）宠幸，有三女一子（即武帝），为人机警内敛，工于心计。故事发生时年纪约三十六岁。

刘　嫖　即馆陶长公主，窦太后之女，汉景帝之姊，汉武帝之姑，陈阿娇之母；对窦太后、汉景帝有重要影响之人。故事发生时年纪约四十岁。

韩　嫣　贵族子弟，刘彻少时和青年时代的玩伴、同学及密友；后因得罪王太后被杀。故事发生时年纪约八岁。

大　萍　王娡的贴身侍女，刘彻少年时的情人，私情泄露后被王娡遣出宫门，远嫁他方。故事发生时约十五岁。

王儿姁　王娡之妹，景帝登基前夕进宫，极受宠幸，生有四子；后因争皇后位与其姊龃龉，被下药难产而死。故事发生时年纪二十六七岁。

栗　姬　景帝初为太子时即入东宫，极受宠幸，生有三子。长子刘荣最初被立为太子，后因得罪刘嫖，屡受中伤，渐为景帝疏远，后因争皇后位失败，刘荣被废，栗姬则被打入冷宫，愤郁而死。故事发生时年纪约四十岁。

窦太后　景帝、刘嫖、刘武之母，好黄老之术，溺爱儿女亲族；晚年双目失明，心理失常，性刚烈专断，常干预朝政。故事发生时年纪约五十六岁。

刘　启　即汉景帝，性猜忍，有孝心；其治国理念对刘彻影响很大。故事发生时年纪约三十八岁。

刘　武　即梁孝王，窦太后幼子，备受宠爱，与兄、姊亲密无间；后因觊觎皇位继承权，刺杀袁盎，为景帝疏远，忧郁而死。故事发生时年纪约二十八岁。

刘　荣　景帝长子，后因母（栗姬）失宠被废，立为临江王；后为王娡设计陷害，被朝廷召问，畏惧自杀而亡。故事发生时年纪约二十岁。

《汉宫春梦》故事场景

☆　☆　☆

未央宫永巷之漪兰殿　原名崇芳阁，为王娡入宫后的住处，位于后宫永巷（即众多嫔妃集中居住的长巷，长巷在明渠之西，巷中为鳞次栉比的一座座院落，居住着地位较低的嫔妃和宫女，后宫的一些手工作坊，如织室、暴室等也在其中）南面靠近巷口的一座院落中，院中坐东朝西的是正殿三间，是王娡的居所；两旁厢房是刘彘和他的三个姊妹的居处。永巷北口的掖庭殿是后宫管理机关，掖庭令、丞均居住于此；各嫔妃侍女每天于此处等候庐监宣召侍寝的嫔妃，蒙召的即通报沐浴准备，其余则各自散去。

未央宫后宫之椒房殿　即后宫之主殿，又称中宫，一般为皇后的住处。在永巷西面。原为薄皇后起居之处，薄氏因无子被废后迁出，一度由栗姬入住；王娡被册封为皇后，搬入此处居住。

未央宫前殿　即皇帝朝寝之处。前殿为朝会之处，后面并排三殿，居中的宣室殿，为皇帝平时召见大臣议事之处；左面的温室殿和右面的清凉殿，则是平时皇帝冬夏寝居之处，皇后及晚间侍寝的嫔妃，即在此处过夜。

长乐宫　即皇太后居处之所，内有宫殿多处，太后常居长信殿。在未央宫东面，故又被称为东宫。与未央宫中间隔着尚冠里（达官贵人的住宅区），有驰道和复道相通。窦太后常年居此，刘彻即位后，王娡也以皇太后身份迁居长乐宫，侍奉成为太皇太后的窦氏；窦氏死后，长乐宫成为王太后的居处。后来卫子夫失宠以后，也以皇后身份居住于此，直至巫蛊之乱。

引　子

☆　☆　☆

汉景帝前元六年四月的一个风和日丽的午后，时交夜漏前八刻①，正是各宫宫人前往永巷听候宣召的时刻，甬道上四处可见三五成群结伴前往永巷令署的宫女。宫女多是近些年才选入宫中的，年岁都不大，尽管宫中的制度森严，但少女的天性仍不免于自然地流露。从侍奉了一天的主子身边，被派出来听候消息，这些少女就像一群被放飞的小鸟，快乐得不能自已，纷纷寻觅自己的同乡、熟人，结伴而行。一时间，笑语欢声不断，把个平时空旷、静谧的后宫，点染得热闹非凡。

这时，从未央宫西面的椒房殿中，一先一后走出来两位丽人。前面的一位，年纪在四十上下，丰容盛鬋，面如凝脂，盘起的高髻上扣着白玉博山，发髻上横插一支金步摇，钗首极为精致，凤头朱雀，雀嘴上衔着三串珍珠，珍珠月白色，大小如一，圆润光洁，一望便知是极为名贵的货色。汉承水德，以黑色为尊，故上自皇帝，下至王侯大臣，均服黑衣。妇人身着一袭交领黑缣绣袍，华丽的绣纹隐约可见，看得出衣料是当时极为名贵的韩仁绣。内中似露非露的浅绛色内衣，春光初泄，衬以月白色的下裳和精致的丝履，更烘托出妇人富贵骄人的气质。若非因不快而略现僵滞的面容，她应该够得上是

---

① 刻，古代计时单位。古代以铜漏计时，一昼夜分为 100 刻（一刻约合现代的 14.4 分钟），根据节令，昼、夜之刻数不同。此种计时方法一直延续到晚清，方为时钟取代。此后以 15 分钟为一刻，四刻为一小时。

一个气度雍容、丰腴成熟的美人。妇人快步走下陛阶，对四旁行礼问候的宫人与宦者视如不见，随从的侍女想要搀扶，被她信手一挥，几乎跌倒。她目不斜视地疾步前行，走向等在下面的肩舆①。

后面那女人年岁相仿，但身材更窈窕，面容也更为俏丽。她身着缥色（即月白色）衣衫，淡青丝履，头上也盘着高髻，但未施簪珥。看到妇人拂袖而去的样子，她强作微笑地跟了几步，从容地说道："大姊走好。事情我们还可以慢慢商量。"

妇人停下脚步，回过头望着她，冷冷地说道："不必了。"然后登上肩舆，吩咐了一声："去东宫。"头也不回地竟自扬长而去。

望着渐渐远去的肩舆，送行的那位丽人也沉下了脸，不屑、快意和隐隐担心的表情交替变换。良久，她才吩咐身边的侍女，"阿宝，我们回去。"

离去的丽人名叫刘嫖，是堂邑侯陈午的夫人。但要说到她的身份，却是宫廷里第一等的显赫尊贵。她是当今太后的独生女儿，皇帝的大姊。窦太后有二子一女，一奶同胞。刘嫖是长女，长子是当今的皇帝刘启，幼子是梁王刘武，一门贵盛无比，而且母子姊弟之间感情极笃。刘嫖的采邑在馆陶，封号是馆陶长公主，但皇宫内外人们都称她为大长公主或"长主"。以这样的身份，她往来出入宫禁，就像民间走家串门子一样随便。

门前送行的丽人是栗夫人，也是跟从皇帝最久、地位最高的嫔妃。二十多年前，皇帝还在潜邸，栗姬是最早的侍妾，初入东宫不久，就生了长子刘荣，之后又一连生了两个皇子。以后虽不再生育，但皇帝很念旧，经常召她陪侍，一直宠眷不衰。近来，宫内盛传她即将正位中宫。最明显的迹象是，去年皇帝因薄氏多年不育，废去了她的皇后名号，迁居别宫。随后，皇长子刘荣被立为太子。母以子贵，栗姬不久也迁入了椒房殿；椒房殿历来是皇后的居处，栗姬的入住，意味着皇帝即将立她为后。在上上下下的人看来，这已经是铁定无疑的事实，就等着册封以后，正式上皇后的尊号了。

长公主离去时，甬道上的宫人、宦者均避至道边，躬身行礼，因此她怫

---

① 肩舆，古时一种二人或四人抬乘的轻便出行工具，类似于后来的滑竿、轿子。

郁不快的面色，尽入众人的眼中。过后，目击到这个场面的宫人自不免揣测议论：这两位当今最为显赫的女人之间究竟发生了什么？宫中的生活，平静而郁闷，后宫中多的是烦闷无聊的女人，任何逸闻隐情，都像投入一潭静水中的石子，足以激起她们的好奇和一探究竟的欲望。与薄皇后被废黜的事情一样，刘嫖与栗姬龃龉冲突的消息，如同水中的涟漪，必定会被宫人带向各处，在深宫内院之中悄悄传说和议论上好一阵子。

一

　　未央宫中的用水源自南山，由人工修建的明渠导入，自西南流经沧池，又经石渠阁由北阙出宫，向东北汇入渭水。明渠左面有一条长长的宫巷，长巷北头是掌理后宫的官署和供奉宫廷日用的一些官工作坊，有织室、染室、暴室等，暴室中设有监室，有罪被废黜或生病的妃嫔和宫人通常幽禁和拘役于此。长巷中部和南端是一处处独立的院落，鳞次栉比，众多妃嫔和宫人集中居住于此。这样一个后宫区域此时仍沿用着秦代的称呼，叫作"永巷"，由隶属于少府的永巷令管辖。

　　靠近永巷南口的西侧，有座坐西朝东的院落，进得门来，绕过一座影壁，是不大不小的一座院子，靠左面有个石砌的水池，四壁青苔，透过水面上的浮萍和睡莲，可隐约看到洄游嬉戏的锦鲤。院中植有数株木兰，高已逾丈，粗可半围，每逢早春，早早就绽开了花蕾，月白姹紫，玉树临风，暗香袭人。木兰树花谢后方才生叶，很快就能叶密荫浓，像绿色的华盖，遮挡夏日的骄阳。

　　这个院落原名崇芳阁，女主人王娡，是皇帝诸多妃嫔中的一位，自入宫后一直住在这里，生下皇子刘彘后，皇帝亲自将此处更名为漪兰殿，王娡也由美人晋位为夫人。院中的正房也是坐西朝东，王娡自住，厢房两排，是儿女及侍女们的居室，与正房廊庑相连。正房三间，以梁柱与锦帷相隔。室内陈设极简，一床，一榻，一高一矮两几而已，地面和床榻上遍铺青蒲①，席缘也用青绢包边，用作隔断的帷帐和床顶的承尘，均用天青色的素绣织锦为之，整个房间的布置，雅洁素净，纤尘不染，但隐隐予人以凄清的感觉。

刘嫖自椒房宫拂袖而去的时候，王夫人正在住处沐浴更衣。此刻，她在等候赴永巷听候消息的侍女大萍。枯坐无聊，王娡回到寝室，取出高几上的妆奁盒，对着铜镜，默默地敷粉描眉。

汉代后宫侍寝制度，除皇后可以每五日一次前往皇帝寝宫侍寝外，其他嫔妃，均须轮次听候传召。在夜漏前八刻，也就是天黑前一个时辰，各派贴身使女前往永巷令署听候宣召。如果皇帝没有特别的旨意，永巷的庐监即可根据簿册中的记录，推出当夜应该轮到御见的妃嫔，并通知她沐浴更衣，准备召幸。夜漏初刻一到，即有专职的宦者来迎。侍寝者除去簪珥，仅着亵衣，以锦被卷裹抬入禁中，或侍寝五刻，或整夜留宿，全在于皇帝的心情。事毕，临幸者由女御长扶出，皇帝会赐给她一枚银环，永巷令据此书于简册，届期未能孕育者，通常会失去再度侍寝的机会。

薄施粉黛的王娡，跽坐在矮几前，面容平静，但目光中还是可以感觉得到某种焦躁。已是日落时分，外面刚才还亮得耀眼，转瞬已经暮色四合，屋内的光线就更暗了。她招呼侍女点燃了几上的油灯，仔细打量着铜镜中的面容。借着灯光，她吃惊地发现，眼角上又添了一道细微的皱纹。她以两指抚平眼角的肌肤，但只要松开手，皱纹就会重现。她又蘸了些粉敷在眼角，皱纹虽被掩住，但肤色不自然，没有光泽。老了，无可奈何地老了。明日是她三十六岁的生日，家中昨日托宫人带进来两壶家酿，要她生日时喝。母亲真是糊涂，一点儿不体谅女儿这个年纪的心境，似乎专为提醒自己又老了一岁。

近来，每逢对镜梳妆，她都会有种神思恍惚的感觉，心里空落落的。岁月逼人，不知不觉又是一年。她觉得自己在一天天地老去，今天新生出来一条皱纹，明天或许就会看到一丝白发，就像院中满树的玉兰，她的美色也会很快地枯萎凋谢。皇帝已有几年没有召她侍寝，随着年华渐渐老去，她被召

---

① 青蒲，又称蒲席，即灯芯草席。汉代宫廷之中所铺多为蒲席，后世遂以"青蒲"喻指宫廷。

幸的可能已越来越小，甚至最终会被遗忘。半月前，在赴东宫向皇太后请安的路上，她偶然遇到了废后薄氏，不过数月时间，过去的皇后竟像是老了十岁！鬓发斑白，唇间也起了皱纹，活脱一副老妪的模样。相互问候时，薄氏一副怯生生的样子，泪眼盈盈，全没有了皇后的威仪。自己很快也会变成这副样子吗？一想到这里，王媺的心里就会发紧。

有时，她也会觉得日子漫长。儿女们长大后有自己的生活，不再需要她的看顾，她只能在无望的等待中打发时日。她正当盛年，有着正常女人的炽热情欲。长夜降临，是她备受煎熬的时刻，沸腾的欲火使她辗转反侧，夜不成寐。她脱光身体，以释放浑身的燥热，她紧闭双目，放纵自己的想象……

她敛气凝神，把思绪收回到当前。真不能相信皇帝会忘了自己，终究给他生了四个儿女呀。眼前这盏灯、这面镜，都是御赐的定情之物。灯是朱雀台灯，又称凤灯，但与宫中通用的形制不同。一般的凤灯雀首向上，头顶灯盘，而这盏凤灯则雀首向下，嘴衔灯盘，通体镏金，是帝后寝宫中的专用之物。这面铜镜的尺寸也大了一寸，背面铸有精美的蟠螭纹饰，中央的方胜图框中铭有"长相思，毋相忘"的错金篆文。这两件器物，都是皇帝初次召幸后特别赐给她的，算得上是皇帝的信物吧。

她剪掉一段灯芯，把灯焰挑得更亮些。凝视着镜中的影像，王媺的思绪仿佛又回到了从前。也是同样明亮闪烁的灯光，那时的皇帝还是太子，年轻英俊。当初次被紧紧抱在那双有力的臂膀中时，从体内很深的地方涌出的战栗，渐次充满她的全身，不安、羞涩的感觉消失了，她浑身瘫软地进入了心醉神迷的状态，有时甚至会忘情地叫出声来。这种情好缱绻时的感受，在她的心中，就像发生在昨天那样新鲜、清晰，王媺每每靠着对它的回味，打发漫漫的长夜。太子知道她不是室女，但似乎并不在意，反而说她更有女人味。入宫一年，王媺产下一女，宫里很快就有了传言，说她没有宜男之相。皇帝注重子嗣，因为关系皇统，但对第一个女儿的出生，也很高兴，不仅继续召幸她，有时甚至一连几天地临幸她。但在她一连三次生下女儿后，皇帝的态度渐渐冷了下来。谢天谢地，六年前她终于产下一子，幸免于沦落冷宫的命运。当时皇帝刚刚即位，把这视为吉兆，大喜过望，将她的住处更名为漪兰殿，晋封她为夫人，只有育有皇子的嫔妃方能得到这个称号。为了保住这个独子，王娡躬亲喂养，呵护备至。听说野猪命硬，就为儿子起名刘彘。但不知怎么，皇帝自那以后就极少召她侍寝了。近几年，更是音问杳然，连面也见不到了。

她取下高几上面的一个锦盒，将里面的东西倒出来，一小堆银环在灯光下熠熠生辉。她用手指轻轻拨弄着计数，其实早已经数过无数遍了，怎么数也只是二十三枚，不会再多了。十六年的岁月和青春换来的只是这二十三枚银环！为了再增加几枚，她只能苦苦地等待，每天沐浴更衣，薄施粉黛，而后怀着深深的失望独守空房，在欲火和恐惧的煎熬中挣扎。痛苦会越来越深，机会则越来越少，她的生命中将不再有春天，她会像秋风中瑟缩的树叶，变黄、脱落、枯萎。这如果就是母亲所谓的富贵的含义，她真是心有不甘。她不由得怀念起平民的生活来了，脑海里浮现出早年与金王孙一起，领着女儿在长陵原野上踏青的情景。民间的夫妻生活虽然平凡，但朝夕相对，长相厮守，自有一种真实的快乐。皇宫虽然华贵气派，但制度森严，偌大的皇宫中，感觉自由的怕只有太后和皇帝两个人吧。

王家居住在右扶风的槐里县，父亲王仲是个老实巴交的农人，只知道做活，家里家外的大事小情全由母亲臧氏做主。臧氏名姊，小名臧儿，是汉初燕王臧荼的孙女。母亲对自己祖上的血统十分自豪，从孩子们懂事时起，就不厌其烦地对他们讲述祖上的显赫荣耀，在他们幼小的心灵中埋下出人头地、重振家声的种子。外曾祖父长的什么样子，母亲其实也说不上来，她所讲的，大都是从父亲臧衍那里听来的。臧荼原来是燕国的一个将军，燕国灭亡后，他逃亡到楚地，陈胜、吴广揭竿而起时，项梁、项羽叔侄在吴地响应，起军讨秦。臧荼在楚军北上的途中加入，此后一直追随项羽四处征战，勋劳卓著。楚军进入关中之后，项羽在戏下大封诸侯，臧荼以功被封为燕王，以蓟为都城，过起了南面为王的生活。楚汉相争的五年中，臧荼表面上中立，内心里偏向项羽，并北结匈奴，借机扩充自己的势力，兼并了另一诸侯——辽东王韩广。垓下一战，楚军战败，项羽途穷自杀。刘邦称帝不久，亲率大军征讨臧荼，在代郡的会战中，燕军溃败，臧荼被擒，不久便瘐死狱中。王子臧衍听到父亲被擒、汉军逼近的消息，携带家眷逃离蓟都，投奔匈奴。直至汉文帝登基宣布大赦后，才带女儿臧儿回到中国。这时他们的身份已经是庶民，不能在长安城内定居，只好在附近的槐里住下来，父女相依为命，景况凄凉。臧衍不久就病故，为了葬父，臧儿没有选择，不得不草草出嫁。

说起这段历史，母亲就恨恨不能自已。她希望儿女出人头地的欲望也更为强烈，家中无力请先生，她便亲自督课儿女读书。母亲边绩麻、边授读的情形，王娡现在还历历在目。在读书上，王娡和妹妹都有灵气，成绩很好，但长兄王信似乎更多地继承着父亲的禀赋，硬是学不进去。母亲为此不知责打过他多少次，打过后又抱着他哭了多少次，但渐渐也就认命，将希望放到姊妹俩身上了。王娡十六岁那年，为了筹钱给王信办婚事，父亲将她许给了长陵的金王孙，母亲虽极力反对，但这一次没能拗过父亲。

金氏是长陵的殷实人家，务农之余还编织贩卖蒲席，金王孙就是来槐里贩席时见到王娡，主动请人提亲的。父亲正为儿子的亲事发愁，得知金家愿出一大笔聘礼后，断然决定了这门婚事。王娡过门后，转过年就生了一个女儿，金王孙知道岳母自认血统高贵，不愿将王娡嫁给平民，便故意为女儿取名为金俗，但夫妻间的感情还是不错。夏秋之际，金王孙天天要到长陵郊野的水泽边上采割织席用的蒲草，王娡有时也带着孩子跟去，拾柴烧水煮饭，丈夫很会抓鱼，常常能煮些鱼汤佐餐。男耕女织，加上贩席的收入，足资温饱，生活倒也其乐融融。她想过，就这样过一辈子，也可以满足了。金俗两周岁时，王仲得了重病，诊疗无效，不治身亡。次年秋收过后，丈夫去关东贩席，要离家很长时间，王娡惦记着母亲的身体，就带着女儿回娘家居住，而命运竟在此时发生了根本的改变。

王娡清楚地记得，那是秋季八月的一天，她从田间回来，没进门就听到一阵说笑声，其中母亲的声音格外响亮。王娡很奇怪，母亲今天怎么会有这么好的心情。父亲死后，母亲的情绪一直低落，抱怨自己命苦，骂丈夫无能，儿子没出息，女儿不争气，整日茶饭不思。近来更是卧床不起，一副恹恹成病的模样。她进得家中，一家人正围坐在一个女人周围，谈得热闹。

"阿娡，快过来，见过你义大姊，让她也给你看看相。"母亲满面喜色地招呼她。话音未落，那客人就转过头来，王娡第一眼就印象深刻，觉得这绝不是个一般的人物。女人年纪三十上下，身着细葛布衣裳，腰束布带，胫上打着行滕裹腿，显然是个走远路之人。她脸盘瘦长，个子不高，略显单薄；一头漆黑的长发松松地后梳，在脑后绾成椎髻，白皙的面容既秀气，又透着精干。尤其令人难忘的是她那双眼睛，既黑又亮，目光锐利，好像能够一直看到人的心里去。

致礼问候客人过后，王娡也坐下来，从兄长口中，得知此人名义姁，通医术，是兄长请来给母亲诊病的。

"真是好医术啊！"王信双眉耸起，赞不绝口。"只一针，娘就起了床。你看看，现在更是精神大好了。"

客人微笑着对王娡说："大姑其实没有大病，不过是气滞血瘀，肝气不舒而已，只要情志舒展了，病可自消。"

母亲喜笑颜开地说："义姑娘不但懂医，还会看相算卦，是仓公、许负的弟子呢。我早说过臧家早晚会再得富贵，你们还不信，看看人家说的，我，你兄长、嫂子，你妹妹，都有贵人相。义姑娘，请再看看我家阿娡的命相。"

义姁把王娡端详了好一阵子，又拉过她的右手，细细地观察掌上的纹路，然后满面喜色地告诉臧儿："大妹妹的面相与大姑、小妹一样，也是贵人，而且是大贵，细情容我算后详禀。"王娡心中疑惑，自己不过是个平民小户人家的媳妇，由何而贵？难道丈夫日后能够发达？想到这里，她打算在客人离开时问明其住址，等金王孙回来之后，带他到义姁那里看看命相。

义姁深深看了王娡一眼，问明了她的生辰时日，解开腰间的布囊，从中取出一捆切成半尺长短的蓍筹。她从中数出五十根，攒成一把，取一根置于席上，然后将蓍筹随意一分为二，分攥于左右手中。随即从右手的一把中取出一支，夹于左手小指与无名指之间，之后置右手蓍筹于席，腾出手来数左手中的蓍筹，四根一组，余者夹于无名指与中指之间；然后将左手计过数的蓍筹放下，取右手蓍筹依样计算一遍，最后数到的四根即为揲蓍。左右手所夹揲蓍相互交换可以计算年份平闰，然后合计两手所夹蓍筹数目，或为五，或为九，重复操作三次后，依数目变化多少可画出一爻，六爻成一卦，故上述三变之操作要反复六次。但义姁的手法熟练，她双眼半眯，口中念念有词，似乎是在计数，精神极为专注。看着她往复占蓍的熟练手法，臧儿等人不觉呆了，心里既佩服，又急切地想要知道结果。

良久，义姁轻轻地嘘了一口气，收拢蓍筹，捆扎好，放入布囊，然后微笑着对臧儿说："卦在归妹，大吉，汝家喜事不断，效验就在今秋。还望应时而动，不可错过机会。我先在这里道贺了。"

臧儿母女一时摸不到头脑，儿姁还小，王娡已嫁，只有臧儿丧夫可以再嫁，但按照朝廷的丧服制度，妻子为亡夫斩衰①之亲，必须服满三年的丧期方能再嫁，否则就是逆伦重罪。这件秋天就要发生的喜事，究竟会应在谁的身上呢？但是再怎么追问，义姁都是笑而不答，或言天机不可泄露，到时自然会明白。但无论如何，义姁治好了自己的心病，又预卜了大好的前程，臧儿怎么也不肯放义姁离开，无论如何要她在家中住一晚，并杀鸡煮黍，亲自操持了一桌丰盛的酒席招待客人。义姁见多识广，肚子里有的是走方的故事，娓娓谈来，臧儿和王氏兄妹一会儿吃惊，一会儿欣喜，一会儿叹息，一会儿又笑不可抑。一个下午不知不觉就过去了。当晚，客人就寄宿在王家。

王娡十分羡慕义姁，义姁也似乎格外看重王娡，虽然仅有半日的盘桓，但彼此十分投契。晚间，义姁与王氏姊妹同居一室，金俗、儿姁早早就进入梦乡了，她们两人却仍兴致不减，于是联床夜话。义姁讲了自己的经历。她是长安人。十几岁就投到当时的名医仓公门下学医，仓公原名淳于意，齐国临淄人，后曾任齐太仓令，故人称仓公。仓公早年师从同郡名医阳庆，阳庆年七十，无子，将医术秘方尽传于淳于意，由此医术大精，诊治决人死生，多有效验，此后以医术游走诸侯间，声名大震。文帝四年，有嫉妒者上书诬告仓公以医行骗害人，仓公被逮至长安。幼女缇萦随侍，上书愿为官婢，以身赎父，感动了文帝，赦免了仓公，并准许他在长安行医。仓公此后便带着缇萦定居在长安，与义家同里为邻。义姁与缇萦是年岁相仿的玩伴，聪明、活泼，也很得仓公的喜爱。缇萦出嫁后，义姁便承担起照料老人的责任。仓公老来寂寞，又无子，遂收义姁为徒，倾筐相授，医术而外，又兼观相占课之术。

---

①斩衰，中国古代是一个宗法社会，以丧服制度（即为亲人服丧时的服装和居丧时间的规定）定亲属间的远近亲疏，分为五个等级：斩衰、齐衰、大功、小功、缌麻，又称为五服。斩衰是五服中最重的一种，凡丧服上衣称衰，下衣称裳，斩衰即用最粗的生麻布制作的丧服，衣裳边缘和下摆均不缝缉，斩即不缝缉之意，故称斩衰。子和未嫁女子为父、父为长子、妻妾为夫均为斩衰之服，都要服丧三年（实际时间为两周年）。

有了这些学术，义妁兀自心高起来，竟不事婚姻。在仓公去世后，凭医术游走江湖，寻访同道，后经关东许负指点，相术大精。离家在外，至今已经十几年了。近来遇到乡亲，说到义家老亲多病，幼弟失学，这才起了思乡之念。此番由巴蜀跋涉数月，风餐露宿，一路行医以谋食宿。数日前走到槐里，为一农人施治，农人脚踝因伤溃烂，久不愈合，疼痛不能行走。义妁以小刀剜去腐肉，洗净脓血，从一小葫芦中倒出一些粉末敷入伤口，每日换药；二三日间，伤口不仅已无肿痛感觉，而且略痒。义妁告诉病家，那是伤口开始长出新肉，痊愈可期，自己则要继续赶路。正逢王信听说义妁医术精湛，特赶来请她为母亲诊病，原想顺路看看就走的，不想又耽搁了一日。

王娡又问卦象是否应在母亲身上，但重丧在身怎么办，义妁笑笑说，大姑有宜子之相，你还会有兄弟，不过事在几年之后。以王娡的生辰起卦，卦象自然会应在她的身上。王娡提出请她为金王孙看相，义妁沉吟了半晌，轻轻地说："吉人自有天相，但机会难得，稍纵即逝，全在于个人的把握了。"之后便转移了话头，又谈了一阵，直到鸡鸣头遍，二人才昏昏睡去。

次日，义妁前往长安，临行前与臧儿背地交谈了很长时间，母亲面色潮红，很亢奋的样子。当晚，母亲在金俗和儿妁睡后，将大女儿叫到自己房内，好像不认识了似的，上上下下地打量她。王娡让她看得不好意思，羞涩地掉过头去。

"这个样子好，还真像是个姑娘。阿娡，你自明日起要束腰，让身材窈窕起来。"臧儿微笑地看着女儿说。

"束腰作甚？女儿昨晚与客人说话说到半夜，整日困得不行，想早些睡呢。"

"不忙，有大事。"臧儿敛起笑容，面色十分庄重："娘决心已定，你再不要回金家，我家与金家退婚。"

王娡简直不敢相信自己的耳朵，她吃惊地看着母亲："为甚？"

"我原就不中意这门婚事，都是你那个死鬼父亲作孽。差一点儿就断送了我臧家的气运。娡儿，你知道客人今早告诉我什么？你和儿妁都是大贵之命呀！我与你兄嫂的富贵全要靠你们姊妹了，臧家的后代能否翻身，在此一举。"

"女儿不明白。"

"不明白我来告诉你。你嫁人那年秋天，是采女大选之年，你父亲糊涂，错过了这次机会。皇帝恩典，宫里去年放归了不少年长的宫人，要补人进去，少府请准今年从三辅①地区选召采女补充给太子宫，就在本月大计之时。这真是天意，我家这次再不能错过了。"

"可我已婚，也有了孩子呀。宫里能选这样的人吗？"

"婚非退不可。孩子三岁，也离得开娘了，我代你养在娘家。你还不到二十，人美，身材又好，三辅能比上你的姑娘不多。一定能够选中。我听说，太子尤其喜欢成熟的女人，你会得宠的。只要生了皇子，你在宫里就算立住了脚。我外孙的血统会比他高祖的还要高贵，我们臧家就翻身了，我总算对得起祖宗在天之灵了。"臧儿越说越动情，眼中泛着泪光。

"我不能。王孙待我不薄，还有金俗，好好一个家，为何要拆散？我与义姊说过，王孙回来后，我们找她看命相，怎么知道王孙就不能发达？"

"呸，他不配，他没有这个命！当初他就不该缠着娶你，不然你早进宫了。富贵，大富大贵，你见过吗？不是我小时候给你们讲过的那些，而是比那还要强过十倍、百倍！你这丫头自小聪明，怎么大了反而糊涂了。跟着金王孙，你一辈子的穷命；进了宫，你才会大发达、大富贵。近在眼前的机会，你还不能？你能什么！"

"义姊说大家都有富贵相，为何偏偏送我进宫，怎么知道我在宫中准能得宠？让儿姁进宫，母亲一样可以沾光。母亲身体既好，我明天就带金俗回长陵。"

"你敢！"臧儿一把拽住女儿的袖子，气得满脸通红。两人互不相让地对视着。

"母亲从小就向着儿姁，要富贵为什么不送儿姁入宫？偏偏要拆散我们一家？太偏心了！"王娡说到这里，不觉哽咽，泪水夺眶而出。

---

① 三辅，西汉京城长安以外京畿地区三个行政区的简称，即治长安以东的京兆尹、治长陵以北的左冯翊、治渭城以西的右扶风。三辅的长官相当于郡守和国相，均为两千石的官员。槐里为右扶风属县，在三辅之内。

二

母亲在她入宫后方托人到金家退婚，对方虽然愤怒，但也无可奈何。只是提出，孩子是金家的骨血，必须还给金家，并且几次三番地闹上门来，最终抱走了金俗。初进宫时的新奇，皇帝的宠爱和接连不断地生儿育女，使王娡很快淡忘了从前，直到近些年，深宫寂寞的生活，才使她越来越多地想到金王孙和女儿。

巡更宫人击柝和小心火烛的喊声截断了她的思绪。即将夜漏初更，大萍怎么还没有回来？王娡不由得焦躁起来。但转念一想，这或许是个好兆头？不被宣召，侍女早早就该回来了。皇帝或许想起了我？她兴奋起来。栗姬大自己五六岁，皇帝还要立她为后呢，怎么见得自己再没有机会？她收拾起几上的物件，将锦盒放好，心中的焦躁化为期待，忐忑不安地在屋中来回踱步。

听到由远而近的一阵嬉闹声，王娡知道自己等的人回来了。她掀起门帷，看见一群孩子正围在水池周围大呼小叫，兴奋不已。儿子刘彘，正将一小桶黑乎乎的东西倒进水池。她的三个女儿，十五岁的平阳长公主、十四岁的南宫公主、十岁的隆虑公主，大萍、接送在承明殿读书的儿子的蔓儿和其他几个侍女，都聚精会神地注视着水池中的动静，竟没有人注意到自己。王娡悄悄走近前去，望着这些稚气未脱的脸孔，心头漾起一丝暖意，原打算训斥大萍一顿的念头也消散了。

倒进水池的原来是蝌蚪，蝌蚪入水后四散着游开，池中的锦鲤争抢捕食，水花激溅，引出孩子们一阵阵的欢笑。平阳最先看见母亲，侍女们赶紧起身行礼，刘彘则兴奋地抓起母亲的手，领她到池边观看鱼儿捕食。王娡在他头上摸了一把："彘儿，天就要黑了，莫再玩了。"又转向大家，和颜悦色地吩咐："大萍、蔓儿，马上开饭。"

饭后，安排儿女们盥洗睡下之后，王娡才把大萍叫到自己寝室中，询问为何迟回的原因。大萍今年不满十五，前年以良家子征选入宫，服侍漪兰殿。由于聪明伶俐，办事稳重心细，很得王娡喜欢，被用作贴身女侍，很多自己不方便出面的事情，交给大萍办理，她都能按照吩咐办得有条有理。时间一长，大萍就很有点儿少年老成的样子了，但终究年岁还小，偶尔也会动了孩子的心性。今天就是如此。从永巷令署回来的路上，她碰到蔓儿接刘彘下学，走到半路，刘彘提出要到明渠抓蝌蚪，她和蔓儿拗不过就一起去了。四月正是蛙卵孵化的季节，沿渠浅水处密密麻麻全是蝌蚪，三人先抓了一阵青蛙，后来又捞开了蝌蚪，高兴得忘了时间，直到看到了夜间的巡更宫人，才匆忙赶了回来。

"已经快到十五的大姑娘了，还这么贪玩！以后不可如此。"王娡听完原委，并无意深责，淡淡地说了一句，就把话头转到自己最关心的事上来了："今日是谁？"

"还是小姨娘。"

又是她。王娡的心一下子沉了下去。这个妹妹，真可以说是自己的克星。儿姁小她十岁，自小就是家中的宠儿。王家家境贫寒，父亲、兄长长年劳作，母亲爨炊而外，还须绩麻纺织补贴家用，王娡则承担了此外的一切家务。唯独儿姁娇生惯养，从来不做一点儿活儿，还时常耍性子，处处咬尖儿。王娡有时不免以姊姊的身份教训她几句，儿姁竟撒泼打野，大哭大闹。或许是偏怜幼女的缘故，每到她与妹妹冲突，父母都站在儿姁一边责罚她，这使王娡很觉不公，以为父母偏心。儿姁稍长，心思就转到了妆奁服饰上面，家人从口中省出来的那点儿积蓄全都用在了她身上，她却心安理得，说自己天生是享福的命，母亲反而很欣赏她的话，说她像自己，像臧家的后代。那时，王娡的整个感觉，与其说自己是她的姐姐，毋宁说是她的婢女。王娡出嫁之后，姊妹俩见面机会很少，关系也比小时候疏远了一些。在家中，儿姁依然颐指气使，可不像过去那样外露，似乎更有心机，也较讨人喜欢了。

王娡入宫八年后，十七岁的儿姁也被征选进宫了。她当然不忘母亲的嘱托，尽力为儿姁创造亲近皇帝的机会，希望姊妹二人同心互助，谋求更好的地位。儿姁貌美年轻，又富于心机，很快就获得了皇帝的宠幸。尤其难得的是，她八年之内，竟接连产下四个皇子，儿姁之长子刘越，甚至比刘彘还要早出生半年。近来，儿姁又有了喜，据太医讲，极像是龙凤胎。皇帝喜出望外，对她格外青睐，虽还不能说是宠擅专房，但除了栗姬和新入宫的采女之外，年长些的妃嫔几乎再没有侍寝的机会了。

王娡的没落，好像就在儿姁受到宠幸之后不久。起先，她以为皇帝喜新厌旧，但后来渐渐听到一些传言，说是儿姁在侍寝时总是暗中中伤她。她起初并不相信，以为是妒忌的宫人在挑拨离间。但后来发生的事情，使她不能不认真考虑实有此事。儿姁初进宫时，与她住在一起，对她十分恭敬，低首下心地向她请教。她觉得妹妹长大了，懂事了。为了尽快使儿姁在新人中脱颖而出，王娡倾心指授，把皇帝的脾性和后宫中种种规矩及人事毫无保留地告诉她。初受召幸时，儿姁每每将皇帝的表现告知姊姊，王娡为她高兴，姊妹俩经常联床夜话，一起揣摩皇帝的喜怒好恶。但渐渐地，儿姁不再向她透露消息了，王娡问起的时候，她只懒懒地说，还不是老样子。在生了第一个皇子后，儿姁也被晋级为夫人，有了专有的住处——合欢殿。此后，姊妹俩的关系好像又回到了从前。尤其是彘儿出生后，儿姁似乎把她也当作了对手，冷淡的目光让王娡心里发寒。此后，儿姁再也没有来过漪兰殿，反而是王娡常去拜访妹妹，希望能得到些皇帝的消息，儿姁则总是顾左右而言他，用不相干的话搪塞她。直到去年栗姬进住了椒房殿，成了儿姁争宠的劲敌，她对姊姊才重新假以辞色，向她透露些真实的消息。

"夫人，今天宫里出了大事。"大萍的话打断了她的思绪。

"甚事？"

"大长公主与栗夫人起了冲突，大长公主离开椒房殿时，脸色很难看。"

哦？这倒是不常有的新闻，王娡的心神顿凝，问道："怎么一回事？"

"不清楚。只听说大长公主来时，还满面喜色，坐了不到半个时辰，就气冲冲地走了。"于是，大萍将在永巷官署等候传召时从其他各宫侍女那里听来的议论，详详细细地复述了一遍。

宫中的妃嫔，甚至废后薄氏，还没有听说哪一个敢于敷衍长公主的。栗姬于皇后欲立未立之际，与长公主起了冲突，是不智之举，其中必有蹊跷，倒是件应该搞清楚的事情。"此事你亲眼所见吗？"大萍讲完，王娡又追问了一句。

"不是。但很多人是亲眼看到了的。"

"今天可曾见过阿宝？"阿宝与大萍同出赵地，同乡同里，同年入选进宫，分在栗姬那里，现在是栗姬的随身侍女。二人入宫前就已相识，来长安时又一路同行，情同姊妹。入宫后虽各侍其主，但老乡间感情极笃，有空闲时常聚在一起，彼此有说不完的话题。各宫女侍背后的议论，虽多飞短流长，但却是宫中重要的消息来源。而大萍与阿宝有这层关系，失意的王娡更是把它当作了一条重要的渠道。

"没有，阿宝自从进了椒房殿，就再也不到永巷来了。"栗姬住进椒房宫，依制可以五日一侍寝，当然用不着像一般嫔妃一样听候宣召，阿宝自然也不用再到永巷去了。

"那么，你近日能见到阿宝，问清楚这件事内中的隐情吗？"

大萍点点头，说："能。栗夫人每次侍寝，都要自备酒食馈送皇帝那头的宫人，所以要提前开出第二天的菜式和果品单子，通知庖厨准备。这件事总是差阿宝去。栗夫人后天当值，明日午前，阿宝应该会去御厨送单子，在路上总能等到她的。"

"好，明日午前你不用在这里伺候了，去等阿宝。一定要把事情的来龙去脉问清楚，越细越好。明白吗？"

"明白，请夫人放心。"大萍沉着地点点头。

大萍退下后，屋内又为惯常的冷寂所充满，又一个独守空房的漫漫长夜开始了。王娡辗转反侧，神思散乱，意识在半寐半醒中飘荡。四周弥漫着吞噬一切的黑暗，真黑呀！只有红色的宫灯缓缓行进，在漆黑的暗夜中划过，看不到人影，也没有一点儿声息，好像永远也到不了尽头。光着的身子，蜷缩在卷起的锦被中，有种飘浮着的、不真实的感觉，一种久违了的既熟悉又陌生的感觉。不知过了多久，黑暗中远远地现出一丝光亮，宫人们默不作声地向那里走去，来到一处灯火通明的所在。四周尽是耀眼的灯光，晃得她睁不开眼睛，燥热重又生发出来，流布全身。她钻出锦被，赤身裸体地跪在地上。有人从背后抱住了她，她紧闭双目，任那有力的双手揉搓自己的身体。她觉得在被撕裂，又被充满，战栗、痴迷、窒息的感觉同时释放出来，浑身软软的没有一点儿力气。她转过头来，灯光闪烁中她看不清那男人的脸，一张亦幻亦真、似曾相识的脸。

"你是谁？"

"你竟然记不得了吗？你这狠心的娼妇！"男人把脸凑过来，炯炯的目光使她尖声惊叫起来："金王孙？是你？……"

她大汗淋漓地醒过来，屋内一灯如豆，灯油已快干了。她大口喝水，续了些灯油，挑亮灯芯，抹干净身子，静静地躺在床上想心事。今夜，真正在寝宫里快活的是儿姁，自己就是想要回到从前，过一种长相厮守的日子也已不能了。这样欲火难熬的夜晚还有多少个？她不由得羡慕起母亲来了。母亲丧期过后不久，就又走了一家，姓田，给自己添了两个隔山兄弟，大的叫田蚡，小的叫田胜。自己至今困处宫中，连面也没有见过。母亲自然也见不到姊妹俩在宫内生下的众多的外孙和外孙女。咫尺天涯，什么时候才能随意进出宫门，老少三代家人其乐融融地聚首啊？

义姁的相术准，但又不尽准。贵不可言？哪里有半点儿端倪可寻呢？薄氏被废之前，有皇子的妃嫔似乎人人都有希望，都知道没有皇子的薄氏是坐不长皇后的位子的。但很快王娡就明白自己没有希望。礼法上讲的是"立子以嫡"，若全是庶子，则立谁为太子，取决于谁的母亲被立为皇后，皇后之子即嫡子。就排行论，彘儿排行第十一，根本轮不上。栗姬侍奉皇帝最早，刘荣又是长子，果然，前年皇帝就立他做了太子。"母以子贵"，薄氏一废，栗姬立刻就住进了椒房殿，立为皇后将是不争的事实。自己和彘儿哪还有半点儿机会呢？万一，只可能是万一，栗姬做不成皇后，也看不出自己有哪怕些微的机会。儿姁早有做皇后的野心，她年轻，生了那么多皇子，又正在宠幸之中，能够经常见到皇帝，这带给她很大的优势。能否见到皇帝，无论在外朝还是内朝，都是第一等重要的事，经常见，就不易被淡忘。而自己，天颜咫尺，已不得见多年了。以色事人者，色衰而爱弛，以她现在的年纪，不再有任何胜出的机会了。

立刘荣为太子时，皇帝同时立刘彘为胶东王。他成年就国时，按例母亲可以一同前往，那时在胶东那块陌生的土地上，作为王太后的她才会有相对的自由。但彘儿今年刚满七岁，这意味着寂寞深宫的生活她还要苦熬近十年。那时自己怕是会像废后薄氏一样，鬓发花白，满脸皱褶了，即使能够在王宫中颐指气使，又能有几许快乐呢？想到自己会同薄氏和其他年老宫人一样，日复一日地在无聊郁闷中耗尽生命，王娡由不得潸然泪下。

　　啜泣了一阵，倦意渐浓，她吹熄了灯，昏昏睡去，仿佛回到了槐里，自家的房屋依稀可见，四周是绿绿的麦地，风儿从远处送来阵阵野花的芳香。她沿着田间的小路信步前行，来到一片杂草丛生的荒地旁边。"大姊，你看嘛。"儿姁不知从哪里钻了出来，把她吓了一跳。她随着儿姁的指点看去，不远处有一片桃林，其中一棵的树枝上，挂着一只成熟的鲜桃，在绿叶的衬映下格外抢眼，可能是采摘时遗漏的。

　　"你去把它采下来吃了吧。"王娡笑笑说。

　　"不嘛。咱们俩谁先跑到，谁先采，谁采到谁吃。"

　　"就一个桃子，姊姊让给你吃。"

　　"谁稀罕你让？你跑不过我，桃子本来就该是我的。"儿姁扬着眉毛，挑衅地说。

　　王娡生气了："你真以为能跑过我？到时候吃不到桃子可别哭啊。"

　　"好啊，你吃不到桃子也别哭啊。"

　　"那好，我们倒来看看谁会哭。"

　　起跑后，她几步就将儿姁落下一截，但脚前的草丛中忽然跳出一只什么东西，把她吓了一跳，停步太急，险些跌倒。儿姁趁机超过她，跑在了前面。采到那只桃子，儿姁得意地又跳又笑，挥舞着桃子向她示威。她不睬，撅下根树枝往回走。在受到惊吓的地方，用树枝拨开草丛，一只蟾蜍伏在那里，黑眼睛警惕地注视着她。她用树枝敲打着蟾蜍，蟾蜍却并没有逃开的意思，而是一点点鼓胀起来，样子变得更加丑陋可怖。你想吓住我嘛！她觉得一股怒气直冲丹田，紧攥着树枝，狠命地向蟾蜍身上戳去。"我叫你得意！我叫你挡路！"她一下又一下狠狠地戳着，鲜血混着白色的汁液和泡沫，从蟾蜍身上冒出来，她继续不停地戳着，蟾蜍已经血肉模糊得不成样子，四肢抽搐着，但还在不停地胀大，最终噗的一声爆裂开来，破碎的肢体四散飞溅。这时，她听到了儿姁惊恐的尖叫声，不觉笑出了声来。

又一身涔涔的冷汗，她睁大眼睛，注视着黑暗，很多天来，要么是绮梦，要么是噩梦，使她难以安眠，心神疲惫不堪。她不敢再睡了，但也没有点灯，静静地躺在黑暗中想心事。

就这样老死宫中？不，决不！一股怨毒渐渐在内心生发。要争，要拼，要搏，绝不束手待毙。宫中如同布满猛兽的丛林，没有温情，只有利害，软弱者注定会做强者的牺牲，不凶狠不成。谁挡了自己的路，就该像对付梦中的那只蟾蜍一样，毁了她。

皇后之位就如那枚诱人的桃子，但这枚桃子由不得觊觎者自己去摘，而只能由皇帝颁给。皇帝的意志是关键，而皇帝的信任和宠爱是影响其意志的前提，与栗姬和儿姁相比，她目前的地位不啻天差地别，连半点儿机会也没有。唯一的可能在彘儿身上，这是她仅有的，也是最后的凭借和机会。但皇帝有十四个儿子，即使刘荣未被立为太子，彘儿的机会也是微乎其微。"机会难得，稍纵即逝，全在于个人的把握了。"义姁之言蓦然冒上心头，可机会又在哪里呢？

栗姬在最关键的当口，竟然糊涂到拂逆大长公主，可见她缺乏丛林生存的智慧，这个皇后的位子，她很可能坐不稳，坐不长。入宫十几年，她与栗姬没有过什么交往，甚至见面的次数也不多，感觉上这个女人独往独来，相当傲慢，好恶全都写在脸上。她的优势在于她跟从皇帝最久，且是皇长子的母亲。而皇帝念旧，很看重她，甚至有时亲自驾临栗姬的住处，只为了坐坐，盘桓话旧。这在别的妃嫔那里，是从未有过的事情。栗姬如做定了皇后，大家都无机会，自己最好的结局是彘儿长大后随之就国，享几天王太后的清福而已。栗姬做不成皇后，大家还有一争，机会虽小，自己尚可奋力一搏。如此，栗姬与大长公主间的冲突似乎预示着某种不确定的前景，给人以若有若无的希望。

王娡有些兴奋了。栗姬与大长公主之间究竟发生了什么事，因何而起冲突，这是一定要查明的事情，自己的机会，十有八九就在这上面。明日不光要靠大萍从阿宝那里收集消息，自己也该去合欢殿儿姁那里打探一下。儿姁以栗姬为敌，栗姬的一举一动她都不会放过，她对此事怎样看，打什么鬼主意，也要知道。既然下决心要争，牵涉利害的所有人，便都是自己的对手，一丝细节也不容放过，事先计算周全，方能立于不败之地。

鸡鸣三鼓，夜漏将残。王娡几经辗转，怀着满腹的心思和晦暗不明的期待昏昏睡去。黑暗中，一团灰色的东西悄无声息地走近来，警惕地盯着睡着的王娡，原来是近来饱受折磨的那只雄猫。在确信主人已入梦乡后，灰猫一跃上床，伏在王娡的脚旁，轻轻打起了呼噜。

三

次日午前，王娡到合欢殿拜访儿姁。儿姁侍寝五更方回，补了一觉后刚刚起身。女侍将王娡引入前厅，奉茶后自去通报。她饮了几口茶，默默打量着殿内的陈设，心中不免生出几分感慨。

合欢殿在未央宫之西，左面是程夫人所居的飞翔殿，再向东就是椒房殿，右面是南北向的一条宽阔甬道，地势开阔。虽也是座四面围墙的院落，但规模比漪兰殿大了数倍。殿成三进，院中遍植奇花异卉，季春时节花蕾初放，香气扑鼻。待客的前厅彤朱中庭，所铺之席为精织的细竹簟席，四缘包以锦缎；四壁绘有《楚辞》中天地四方的神话故事，色彩斑斓，摄人眼目；隔帘帷幕，均以名贵的刺绣织锦制成，华美异常；室内器具，几、榻、案、屏，均髹(xiū)漆，上嵌螺钿纹饰，明光翠羽，奇彩耀人。看到这些，王娡不能不承认，妹妹生到这个世界上，真就是天生来享富贵的。

"阿姊，发什么呆，有心事吗？"话音未落，儿姁已到了王娡身前。王娡抬眼望去，不觉呆了。

儿姁看上去刚刚梳洗过，潮湿的头发又黑又亮，云髻半偏，松松地绾着。脸上除精心描画的一对细眉而外，素面无华，但皓齿明眸仍予人以艳光逼人的感觉。她体态丰腴而不失颀长，肤如凝脂，泛着象牙色的光芒。在一袭信期纱绣的睡袍内，胴体的曲线凹凸毕现，一览无遗，惑人心目。"真是天生的尤物，难怪皇帝会被她迷住。"王娡暗暗赞叹着，内心忽然生发出自惭形秽的感觉。

儿妁大咧咧地坐下，双腿箕踞①，一副玩世不恭的姿态。"阿姊，身孕不便跽坐，毋在意。"她向对面跽坐着的王娡笑笑说。

王娡压住不快，望望她微微凸起的腹部，关切地问："身子怎样？有无不适？要常请太医诊察，大意不得呢。"

"不会有事的。我也生过四个了。"儿妁很自负。"这一胎太医诊出是龙凤胎，皇帝欢喜之极。昨晚在温室，皇帝枕着我的腿，耳朵贴在这里，足足听了半个时辰呢。"儿妁指着自己的腹部，向王娡炫耀着，脸上容光焕发，洋溢着遮挡不住的幸福。

王娡也面露喜色，心里却酸酸地很不是滋味。"妹妹，你真是好福气。娘知道了，不知会欢喜成什么样子呢。"

"我已托人给她带了信儿。前几日她捎来些家酿给你做寿，是在今日吗？"

"就是今日，所以特为拿到这里，与阿妁把盏尽欢，大姊又老了一岁了。"王娡有些伤感地说。

儿妁笑了笑，招呼侍女摆出一张漆案，布了几样佐酒的菜肴，然后将陶壶中的家酿倒入酒尊中。她挥手让侍女们退下，亲手以长斗酌酒两杯。一杯递与王娡，自己则双手奉杯齐眉："阿姊今日三十六岁了吧，小妹满饮此杯，为阿姊上寿。先干为敬。"

酒很不错，是陈酿，香气馥郁。儿妁接连几杯都是一饮而尽，粉面含春，意气愈加飞扬。但王娡怎么也没有她那种好心情，几杯下来，已觉微醺。切不可因酒误事，她在心里警惕自己，今日无论如何，也要探出儿妁的底来。儿妁平日里心机很深，但此刻酒已半醺，只要刺她一刺，争强好胜的她，或许会直抒胸臆。

想到这里，她目光盈盈，直视着儿妁，举杯齐眉，感伤地说："阿妁，大姊也敬你一杯。大姊老了，没有什么想头了。母亲和我日后全要指靠你了。愿你华颜永驻，长乐未央。"

---

①箕踞，中国古代无桌椅，居室内地面铺席，人均跽坐，类似今日之跪坐，屈足向后，以膝抵席，直身挺腰，臀部倚在脚后跟上，为礼敬的姿态。礼失求诸野，今日在日本、韩国尚可见到这种坐姿；若伸足向前，双手扶膝，状如箕，故称作箕踞，古时为一种不敬和傲慢无礼的姿态。

儿姁神采飞扬地饮了这杯酒，照照杯自负地说："阿姊，我不会让你与娘失望的。女人在宫里靠的是什么？年轻貌美和一副好肚皮，阿姊，你说对不对？"她用手指了指自己微微隆起的肚子，忘形地大笑起来。

"只可惜太子、皇后的人选已定，"王娡故作沉吟，然后朗然微笑着说："可阿姁在后宫，已经是一人之下，众人之上，很可满意的了。"

"阿姊以为，栗姬能够做上皇后之位？"儿姁眉毛微微扬起，一副不以为然的样子。

"当然。否则怎会住进椒房殿？"王娡一副坚信不疑的表情。

"你难道没有听说，栗姬得罪了长公主？"

"有这种事？"王娡摇了摇头，满脸疑惑的神情，"什么时候的事？"

"就在昨日。阿姊孤陋寡闻喽，整个宫里都传遍了，你还不知道！"

王娡作出沉思的样子："即便如此，未见得栗姬就做不成皇后。皇帝很宠她的。"

儿姁微微一笑，很有信心地说："阿姊，我问你，皇帝与太后、长公主亲呢，还是与栗姬亲呢？"

"皇帝是大孝之人，与长公主一奶同胞，当然是与太后和长公主更亲。"

"这下你明白了吧。得罪了长公主，就是得罪了太后，有这两张嘴日日在皇帝耳边聒噪，栗姬能有好日子过？很快会被疏远的。"

"恐怕还要加上你的一张利嘴吧？"王娡笑道，恍然憬悟的样子。

"我才不会出此下策。皇帝最恨人背后飞短流长，那样做足以引起他的疑心。栗姬是心高气傲的性体，'皎皎易污、峣峣易折'，她倒霉是早晚的事。我只需讨皇帝的欢心，水到渠成之际，我见机而作就可以了。"

这小鬼头心机真的厉害，倒不可小觑她呢。王娡心中暗自警惕，嘴里却夸赞不已："阿姁的识见真是不让须眉，阿姊佩服之极。可有一事怕是变不了的，刘荣已经是太子，终究母以子贵，皇帝千秋万岁之后，就算做不成皇后，她却做得成太后的。"

"阿姊你又错矣。"儿姁谈得兴起，又自酌自饮了一杯，目光灼灼地看定王娡说："栗姬之愚，恰恰在她的意气用事，会牵累儿子。刘荣的太子，怕也没有几日好做了。"

"竟会这样严重吗？"王娡愕然，她斟满一杯酒，恭敬地递给儿妁，好奇地问道："何以见得刘荣会被牵累？阿姊愚昧，愿闻其详。"

"你可知大长公主与栗姬因何而起冲突？"儿妁并不直接回答，而是好整以暇地饮酒吃菜，一脸莫测高深的样子。

"当然不知。姊姊的心思近来全在儿女身上，来这里走动得少了，真如你所说是孤陋寡闻了。"

"大长公主的女儿阿娇，你知道吧？"

"当然，阿娇是独女，又是家中最小的孩子，是全家的掌上明珠呢。"

"就是这样一颗掌上明珠，长公主送上门来向太子提亲，人家栗姬却当粪土一样，不屑一顾呢！"

原来如此，真的是涉及中宫和储位的大事了。王娡心里一震："那么大长公主是因为提婚不成，才恼羞成怒的了？"

"正是。你想，平日颐指气使的长公主受了这番羞辱，能够善罢甘休吗？我看，栗姬和刘荣的好日子是屈指可数了。"儿妁满饮一口，一副志得意满的样子。

王娡故意沉吟不语，琢磨着怎样套出儿妁的打算。

"阿姊，怎么不说话了？有心事吗？"

"我在想在这件事情上，阿妁你的机会有多大。皇帝虽然宠你，但侄儿们还小，程夫人、贾夫人的皇子都已成年，皇帝会不会从中挑选储君呢？"

"当然不会。"儿妁自信地说。她起身掩上门扉，一脸肃然地看着王娡："阿姊，你不会跟我争吧？"

"争什么？"王娡故作惑然。

"当然是争皇后，争太子！"儿妁双目圆睁，满脸肃杀之气。

"你以为阿姊有争的本钱吗？阿妁发达了，我与彘儿自能借光，复能光耀臧家的门庭，这样的事情，娘和我都是巴不得的呢。但程、贾二人，妹妹切不可大意了。我还听说，后宫亦有新人得蒙召幸，妹妹还要防备皇帝移爱他人呀。"

程夫人入宫稍晚于栗姬，也是太子宫时的老人，育有三子：刘馀、刘非、刘端，均已成年，分别被封为鲁王、江都王、胶西王。有一次召幸时，程夫人正逢月事，临时遣侍女唐姬代自己应召，那晚皇帝醉酒，竟未发现，而唐姬竟然受孕，生下一子刘发，后被封为长沙王。贾夫人入宫也早于王娡，育有两子，赵王刘彭祖和中山王刘胜尚未就国，在承明殿与未成年的皇子们一同就馆读书。

"此二人无能为也。新人生儿生女，尚难逆料，即使生下皇子，也稚龄难备储位。我担心的可是阿姊你呢。你不会忘了义姁的预言吧，你的命相贵不可言呢！"儿姁半眯着眼，上下打量着王娡，似乎漫不经心地说着。

这是个躲不过的话题，刻意回避只会增加儿姁的疑心。"义姁的话要是准，我也不至于今日这种境况。诚如妹妹所言，我目下能够凭借什么？是年轻貌美，还是好肚皮呢？"王娡直视着儿姁，苦笑着说。

"以吾之盾，挡吾之矛，阿姊厉害。"儿姁笑了起来，"那是逗阿姊玩呢。来，我们再满饮几杯，为阿姊上寿。"

此后，儿姁即顾左右而言他，无论如何不肯再回到原来的话题上来了。两人又谈了一阵孩子和娘家的事情，王娡便起身告辞。在送她出门时，儿姁醉眼蒙眬地拉着王娡的手，似有意似无意地说道："后宫只有我能亲近皇帝，这是谁也比不了的。程、贾不足为忧。只等栗姬失势，我自有办法住进椒房殿。阿姊助我，我当然见情；不助我，我亦能成功。但愿长做姊妹，莫为仇雠。"

回到漪兰殿，已过未时。得知大萍尚未回来，王娡便沐浴更衣，以祛除酒后的微醺。浴后，她斜倚榻上，闭目细思，试图将清儿姁那番话中的真实含义。看来，栗姬若失势，儿姁是会把自己作为对手的，这是一。栗姬十有八九做不成皇后，意味着有儿子的妃嫔们有了新的机会，这是二。这当中会有激烈的争夺，但儿姁的优势最大，这是三。彘儿和儿姁的皇子年纪尚小，如何能够确保越过成年的皇子们，被立为太子？这是四。皇帝总会有新宠，光有皇帝的宠幸似不足够，但看儿姁视众人如无物的那份自信，她必是已经想出了制胜的方法，她到底打算怎样做呢？王娡凝神苦思，以致没能看到回来复命的大萍。

"夫人，我回来了。"大萍看到主人在想心事，已在近旁静静地候了一会儿。

"哦，回来了。见到阿宝了？她怎么说？"王娡急切地追问，猛然察觉自己有些失态，于是吩咐蔓儿奉茶，然后让其他人退下，好整以暇地对大萍说："不急，你先喝口水，再细细地说给我听。"

大萍早早就守候在去御厨房的路上，果然等到了阿宝。她陪阿宝一同去庖厨下了单子，时辰尚早，两人便寻了一个僻静的去处，谈开了天。昨日之事，阿宝也受惊不小，遇到好友，自然打开了憋着的话匣子，细细地讲述了当时发生的一切。

大长公主昨日到椒房殿的时候，确实是满面春风。宾主问候坐下，阿宝奉茶。说过一阵闲话后，长公主满脸堆笑地问："阿荣今年二十了吧？既已正位东宫，应该立一个正式的太子妃了。"

"荣儿虽已有几位女侍，太子宫里却没有一个门第、模样、性体相配的。况且他嗣位未久，皇帝叫他留意治国的学问，目下还是以读书为重，其他的事情不免要往后放一放了。"栗姬不苟言笑，但回答得很客气。

"妹妹，阿荣生辰年月，按五行配合，属什么命？"刘嫖并未在意栗姬的态度，仍旧兴致不减。

"荣儿生在辛未年，五行属金。怎么，有什么说道吗？"

"当然有说道，夫妻命相要不相冲克方能长久。你看巧不巧，我家阿娇辛巳年生，五行也属金，与你家阿荣虽无相生之利，却也无相克之弊呢！"

"阿娇？大姊的意思是……"栗姬颇感诧异和突然，竟一时拿捏不住刘嫖的心思。

"阿娇是我掌上明珠，也是太后的心头肉。她舅舅们，皇帝和梁王都把她看作自己的亲女儿一样。阿娇眼下人虽小，可已经看得出是个美人坯子。要才情有才情，要模样有模样。妹妹讲选太子妃，门第、模样要般配，真正是金玉之言。要讲般配，阿荣与阿娇真是再适合不过的了。我们姑嫂之间没有什么话不好直说的，今日来，为的就是给阿娇结一门好亲事。民间不是有句老话，'姑舅亲，辈辈亲，扯着骨头连着筋'嘛。"刘嫖侃侃而谈，一副胸有成竹的样子。

"阿娇现今的年岁是……怕是还要几年才能及笄①吧？"栗姬眉头微皱，

---

① 古时贵族男子二十而冠，女子十五而笄，表明成年可以论嫁娶了。笄，即固定发髻用的簪子；及笄，即古时女子之成年礼。

显得很为难的样子。

"十岁。我当然没有让阿娇马上嫁过来的意思，但亲事可以先定下来呀。"刘嫖原以为栗姬会一口答应下来，看见她迟疑不决的样子，面色也难看起来。

"此事你向皇帝提起过吗？"

"还没有。这件事我当然先要问做娘的，你若同意，我们姑舅之间原本就是一家，亲上加亲，皇帝断不会不允。"刘嫖逼视着栗姬，开始不耐烦了。

栗姬本是个刚烈性子，刘嫖的咄咄逼人，使她十分不快，决定拿个软钉子给她碰："阿娇这样的年纪，气血、性情都还未定，我怕委屈了这孩子。我看话先有在这里，这件事我们以后再议如何？"

"怕是我们阿娇配不上'太子'，委屈了刘荣吧？允与不允，本来只是一句话的事情，我们姑嫂间还拿的什么架子！看来是我不自量力，自讨无趣了。"

"你这话就过分了。"栗姬面色冷峻，声音虽温和，但仍可感受到内中强抑着的怒气。"我想的是，阿荣初践储位，很多东西要学习。皇帝派给东宫几个师傅，功课很重，不宜分心，我怕他照顾不好阿娇，让她受了委屈。况且阿娇年岁尚小，过些年，阿娇大了，再议此事也并不迟嘛，何苦为此怄气，互伤和气呢？"

"喔，看来竟是我心地褊狭，不识大体了。好，好，太子功课要紧，不宜分心。再议我看也不必了，阿娇高攀不起！汝母子大贵之人，好自为之吧。告辞了。"刘嫖气冲冲地拂袖而去，于是就有了昨日午后那一幕场景。

看来，刘嫖是真恼了，栗姬的麻烦不小。但她又为何如此呢？王娡听过大萍的叙述之后，很想知道栗姬逞过意气之后，会不会后悔，于是问道："大长公主走后，栗夫人如何？"

"栗夫人也气得不轻。她对阿宝说，长公主以为全天下的好事她想占就占，还拿太后、皇帝压我，我偏叫她得不到。她一提亲我就看出了她那点儿算计，无非是想女儿做皇后，外孙做皇帝，世世荣华富贵。可我的儿子，媳妇当然要由我来选，她凭什么来当这个家……"

"她真是如此说的？"

"千真万确。阿宝复述的是栗夫人的原话。"

王娡猛然坐起，心中雪亮，乱麻似的思绪一下子捋清了。难怪如此！阿娇尚未成年，刘嫖就急着提亲，为的不就是这个吗？刘荣若不是太子，她决不会起这种念头。反之，她既存了这样的心，就一定不会罢手。以刘嫖霸气的个性，她与栗姬母子，做不成亲家，必是冤家，不搞垮他们不会罢休，不然她的目的无从实现。这也意味着，阿娇的女婿，一定会在皇子们中选，而中选者一定会得长公主之助，成为太子，非如此阿娇不能成为未来的皇后。刘嫖并不在意女婿是谁，但一定得是位有可能继承皇位的皇子，她的努力，才不会落空。

幸亏有阿宝这条线，才搞清了整件事情的机关。儿姁这个小鬼头，大概琢磨出来了这里面的底蕴，所以才会那么自信。她准定是想乘虚而入，走与刘嫖联姻这条路子，内得皇帝的宠幸，外有长公主、太后的扶助，她自然会立于不败之地。

看来，真正的对手确如儿姁所言，是我们姊妹，因为有这个心，而又知道如何做的，只有儿姁与我。儿姁却还不知道我已领悟了她的用心，以为还是她的独得之秘，胜算在握呢。可这一点点先机带给自己的优势极为微小，而且转瞬即逝。自己的行动必须要快，抢在儿姁前面，把生米做成熟饭。一旦落了后手，恐怕再无机会了。

把整件事情想清楚后，王娡的心平静了下来，命大萍继续报告从阿宝那里听来的消息。

"栗夫人说，长公主没有个皇亲国戚的样子，不自尊重，整天怂恿皇帝拈花惹草，永巷新来的宫人，长得姣好一些的，她就会说给皇帝，就像市场上牵线搭桥的牙人，真是不知羞耻。皇帝原本很念旧，不太在意新人，这些年被长公主撩拨得变了。老了，反而没有年轻时尊重了，没一点儿人主的样子，轻狂得像条发情的老狗……"

"真的？栗夫人真是这样说的？"王娡不由得大笑起来，带得大萍也笑出声来，两人弓腰弯背，笑不可抑，惹得侍女们纷纷探头窥视，不知发生了什么可笑之事。王娡很久没有这痛快地笑过了，好一阵子两人才停了下来。

看来，栗姬不仅傲气，而且褊狭。后宫三千，历朝历代都是如此。进得宫来，如果连这也看不破，那就真不如嫁个平民，过那种长相厮守的日子了。褊狭妒忌的栗姬，断不是领袖后宫、母仪天下的材料。难怪儿妁没有把她放在眼里，可儿妁连自己的亲姊姊都容不下，心胸又能宽到哪里去呢！王娡猛然省悟，无论考虑何事，她也会不自觉地把儿妁摆进去，把妹妹当作自己的对手。如此，姊妹之间，势必会有一争。但自己绝不会轻视栗姬，她终究还是妃嫔之首，太子之母，可以定期见到皇帝。而皇帝是主见、个性都很强的人，长公主未必左右得了他。作为争夺中必须去除的一个障碍，栗姬那里绝不可忽视。还要嘱咐大萍多与阿宝来往，了解尽可能多的消息为己所用。

"阿宝对此事怎么看？"王娡呷了一口茶，似乎不经意地问道。

"阿宝觉得大长公主有些霸道，栗夫人太刚强。她们若是平心静气地谈，亲事本来可以谈得成，那样栗夫人就能稳坐皇后的位置。现在僵成了这个样子，不知还有没有转圜的余地，她很忧心。"

"若不是那样的性体和脾气，可也就不是长公主和栗姬了。难得阿宝有这样的居心，这孩子不错，你以后要多联络她一些。"

看来，要为彘儿谋太子之位，最要紧的是联络长公主，且要尽快着手进行，既要防儿妁捷足先登，又要防栗姬省悟，与刘嫖重修旧好。怎样搭上长公主这条线，倒要想一个万全的办法。王娡吩咐大萍下去用饭，自己则在屋内来回踱步，沉思起来。

半个时辰的工夫，她终于有了主意。一面吩咐蔓儿早早去接刘彘回来，一面又把大萍叫入寝室，在蔓儿离开后问道："最近见到过郭舍人没有？"

"没有。郭公公总在前殿办事，很少到后宫来了。"郭舍人原是永巷的小宦官，人伶俐，办事也很得体。王娡初入后宫的那几年，侍寝时都是他在皇帝那里伺候。那时王娡圣眷正隆，郭舍人极为殷勤巴结，也经常向她通些后宫的消息，很得她的好感。郭舍人也是赵人，大萍她们入宫那年，是他采选接送来的，因而相识。近些年升为舍人，在前殿侍奉皇帝，随从左右，身份不比从前，已难得见到他了。

"怎么能见到他一面，我有些话想要问他。"

汉代宫廷与历朝一样，实行的都是一种前朝后寝的制度。后宫的内眷，除晚间侍寝者外，平时不能出后宫一步。郭舍人服侍前殿，除非到后宫办事，是难得一见的。大萍细细思索了一会儿，有些迟疑地说："有一个法子，不知行不行。"

"不妨，你先说来听听。"

"郭公公也是赵人，就说他家有东西捎到我这里，他一定会来取。但知道并无此事后，他一定会生气。"

郭舍人的地位已不比从前，这样做可能引起很大的误会，以为是故意戏弄他。他若是先存了成见，不仅难以探得自己想要的消息，恐怕还会漏风，使儿姁觉察出自己的意图。儿姁正得宠，很难说郭舍人不会为了讨好儿姁而出卖自己。更有甚者，作为皇帝身边的人，他若由此而生嫌怨，对自己会很不利。显然，这个法子不妥，但长公主这条线非尽快搭上不可，功败垂成，在此一举。想到这里，王姁深恨自己缺乏远见，没有早早在宫里建立起一条内外联络的通路。

"当然不能这样办。我们再来想想，可有其他办法。"王姁踱来踱去，很有些焦急了。

"夫人要问郭公公的话，可以由他人转达吗？"大萍很想为主人分忧，忽然想到一个主意。

"怎么？有何想法你但说无妨。"

"栗夫人明晚轮值侍寝，阿宝会随同馈送酒食。夫人的问话若可由他人转达，可以托她给郭公公带个信。"

王姁若有所思地摇了摇头。这个办法亦不可行，且不论阿宝为人是不是可靠，办事是不是谨慎小心，单就这种带信的方式，就会引起对方极大的疑虑。

"夫人的话若只能同郭公公当面讲，那就只有一个办法了。我让阿宝带信，就说我想给家人带些东西，想托郭公公找人带过去。看在同乡面上，公公或许会答应，如果他亲自来取，夫人有什么话，就可以当面问他了。"

"你拿准了他会亲自来取？要是派个小黄门来呢？"王姁连连摇头，似乎不相信大萍有这么大的面子。

"我不敢肯定。可郭公公很重乡谊，见到我和阿宝的时候，总会问长问短，说有事情他可以帮忙。"

时机紧迫，王姁思前想后，觉得只能照大萍的法子一试了。"好，我们姑且试试看。"她吩咐大萍取出自己的妆奁盒，从中挑拣了几样首饰，又从篋笥中取出两镒金饼，包入一块锦帕，递给大萍："这几件东西给你，让郭公公带给你家里。"

"夫人，这太贵重了，我不敢收。"事出意外，大萍连连摇手。

王姝抓起大萍的手，将包裹交与她。"这些东西并非与你，而是对你的爷娘略表我的心意。你坐下，我有话与你说。"

她细细地端详着大萍，聪明、明理、忠心，是适时透露些想法给她，倚为心腹的时候了。大萍被看得不好意思，羞涩地低下了头。

"你离家千里，孤身一人在此，我本该照顾你的。把这些东西捎回去，你爷娘就知道我拿你女儿一般看待，在宫里过得很好，他们就会安心。'儿行千里母担忧，母行千里儿不愁'，天下父母的心都是一样的，要让他们安心，对不对？"

大萍的泪水唰地流了出来。"夫人待我恩重如山，惠及我全家。小女子肝脑涂地，不足以报答万一，只有事事努力，求得夫人的满意。我爷娘千里之外，也会馨香祝祷夫人福寿吉祥、富贵万年的。"

"说什么福寿吉祥、富贵万年，宫里的事情你还不明白吗？薄氏做过皇后的人，如今你看她怎样！"王姝摇摇头，容色沮丧。

大萍以为自己说错了话，抹了一把泪，惴惴不安起来。

"你看后宫的这些嫔妃，得皇帝宠的能有几人？宠眷不衰的又有几人？一旦失宠，晨钟暮鼓，昼短夜长，就如养在笼中的鸟雀，有何生趣可言。若再无生育，那就更是前路茫茫，孤苦伶仃，死后连魂魄也不得血食呢。反倒不如你们，到三十岁就会放归乡里，择配人家，男耕女织，生儿育女，传宗接代。虽无富贵，但得享凡间的快乐。多少女人未入宫前想入宫，入得宫来悔恨莫及，时间一长，见得多了，其中的道理你自会明白。"

大萍似懂非懂地点了点头。

王姝忽然后悔，本应鼓动这孩子的信心，不该对她吐露内心的感受，讲这番影响情绪的话。于是振作精神，面色转而慈祥、庄重："当然，我绝不会像废后那样认命服输，逆来顺受，而是要抓住一切可能的机会去争去斗。跟从我的人，我自会为之着想，为她们争一个好的前程。我话中的意思，你可明白？"

"夫人的意思……"大萍欲言又止，不敢再往下讲。

"你是我的人，毋庸避讳。此刻并无外人，你但讲无妨。"王娡和颜悦色，鼓励大萍往下说。

"夫人是欲争皇后之位？"大萍果然聪明，一下子就道出了王娡的心事。

"不只是皇后之位，我还要为彘儿争太子之位。这样，才有真正的富贵，跟我的人将来也才有好的前程。大萍，心里的话我交与你了，你可愿助我一臂之力？"

"夫人待我如家人子，恩义天高地厚，无从报答，奴婢常戚戚于心。夫人之事，即奴婢身命所系，愿供奔走，虽万死不辞。"大萍面色紧张、激动，膝行至前，向主人行稽首①大礼。

态度坚决，一番话也老成而得体，王娡十分满意。

"很好。今后你要留意宫中的一切，尽可能从阿宝、郭公公和各宫宫人那里收集消息，并尽速报我。你还要多结交联络各宫宫人，打探那些个嫔妃，特别是得宠的，有皇子者的消息。自今日起，你要全力以赴办这件事情，不必日日在我身边伺候了。"

"是。"

"最要紧之事，是尽快联络到长公主。但长公主何时来后宫，事前难以知晓，万一错过，甚或为他人抢先一步，大势去矣。我找郭舍人，就是想知道长公主平日进宫的时辰和路线，与她不期而遇而又不露痕迹。长公主常去皇帝处，郭舍人服侍御前，自然知道她的行止路线。如能探知，我们就掌握了先机，大事就有了办成的希望。"

王娡本不想细谈，但转念一想，不推心置腹，大萍不易了解自己的真实意图，出头办事，难免会出纰漏，影响整个大局。于是进一步向她交底："长

---

① 稽首，以卑临尊时的礼节。施礼者跪拜于地，头部触地，停留一段时间才抬起。贾公彦《周礼》疏云：稽首，拜中最重，臣拜君之礼。顿首，即俗称的"叩头"。施礼者跪拜于地，引头至地，略作碰触后抬起。在古礼中是较轻的拜礼，多用于地位相等或平辈人之间。空首，所谓"空"，指头并未着地，行礼者跪拜于地后，先以两手托地，然后引头至手。这一般是以尊临卑，国君对臣下的拜礼（稽首）的还礼方式。对地位相等者施此礼是一种不敬的表示。

公主每日必会赴长乐宫向太后请安，未央宫这里，她有时来，有时不来。但有了结亲不成的嫌怨，近几日她必会常来走动，向皇帝谮毁栗姬，以为报复。"

长乐宫与未央宫之间最直接的两条通路，一是乘舆辇走空中的复道；二是乘马车从长乐宫的西阙出宫，穿过达官贵人居住的尚冠里，由东阙进入未央宫，从东西横贯未央宫的这条主路，西行数里向南，则有甬道直通皇帝的朝寝之处——前殿。刘嫖去见皇帝，这都是必经之路，但具体走哪条，何时走，只有御前的宦者能够事先得到消息。

王娡为大萍讲解了长公主入宫可能行经的路线后，打消了由自己面询郭舍人的打算。昨日椒房殿发生的事情，宫内现在肯定已经是无人不知，郭舍人自不用说。向他打听长公主进宫的路线时间，意图不言自明，太露痕迹，还是由大萍出面为好，但需编一个不致引人怀疑的借口。主仆两人又商议了好一阵子，还是不得要领。最后决定还是以往家捎物为由，见到郭舍人后，大萍再相机询问，王娡不露面，他或不至于产生疑心。

计议停当之后，大萍退下，王娡回到寝室，躺在床上静静地小憩。蔓儿却一脸惊慌地跑了进来。

"喔？你不是去接彘儿了吗？何事慌张？"王娡从床上坐起身，不快地问。

"夫……夫人，殿下他……他与赵王兄弟打起来了，打得很凶，头破血流……"蔓儿一路跑回来，有些上气不接下气，又受了惊吓，说话也结巴起来。

王娡的头嗡的一声，心一下子提到了嗓子眼。彘儿如果真出了什么事，她就没有指望了，她所计划的一切，连同她今后的生活会全部完结。想到这里，她不觉眼前发黑，几乎没有勇气再问蔓儿，到底出了什么事情。

四

　　承明殿在未央宫中的正北面，与西面的石渠阁、东面的天禄阁并排而三，都是皇家文臣著述的所在。石渠、天禄是萧何当年修建的两座高阁，用以收藏从秦宫中接收下来的图书秘籍，承明殿则是文臣平日校读秘籍、著书立说的地方，旁边设有承明庐，为学者提供食宿。皇帝后来下令将承明殿东头的几大间房屋腾出，命学问好的著作郎担任授读，作为皇子们进学读书之所。

　　刘荣被立为太子后，皇帝专门为太子宫配备了师傅，其弟河间王刘德陪读，也去了太子宫。其他年长的皇子封王后先后就国，余下的皇子中，刘寄、刘乘、刘舜年岁尚小，故此时在承明殿读书的皇子只有赵王刘彭祖、中山王刘胜、胶东王刘彘和尚未封王的刘越。皇帝还特许一些功臣之子进宫陪读，即便如此，经常在此读书的也不过六七个人。

　　就读的皇子，刘彭祖与刘胜，是一母的同胞；刘彘与儿姁之子刘越，则是亲两姨兄弟。由血缘之远近，很自然地产生了感情上的亲疏。刘彭祖已经十五岁，刘胜也已十三，刘越与刘彘，相差一岁。刘越的母亲儿姁，宠冠后宫，受到其他嫔妃嫉视。妒忌、憎恨的情绪由母亲延及子女，处在冲动好斗的年纪的刘彭祖和刘胜，也在心理上把刘越视为仇人。平时即口出恶言，嘲谑不断，由于个头、气力相差很多，刘越常隐忍不发，反倒是刘彘为兄长抱不平，常常出头争讲，所以也被视作眼中钉。

　　今日的这场冲突则并非由于刘越，而是起于在承明殿陪读的韩嫣和漪兰殿的侍女蔓儿。

韩嫣，字王孙。是弓高侯韩则的异母兄弟，时年十岁，是皇帝特许进宫陪皇子读书的贵族子弟之一。说起韩嫣的家世，也当得起王孙贵胄这四个字。韩嫣的高祖，与楚汉相争时的名将韩信同名，但出身却大不相同。他是战国时代韩襄王的庶孙，秦灭韩后，流落民间。秦末天下大乱，六国旧族蜂起，项羽、刘邦等也纷纷招致六国之后经略旧地。韩信就是在张良以韩司徒的名义招抚王室旧族时，加入了义军，此后一直随刘邦征战。项羽背约，封刘邦于汉中，韩信曾力劝刘邦挥师东向以争天下。刘邦还师攻占三秦后，以建策之功，许韩信为韩王，先拜其为韩太尉，率领一军经略韩国故地。经过一年的征战，韩信占领了故韩十几个城池，最终击败并降服了项羽所任命的韩王郑昌，被刘邦立为韩王。此后，韩信仍随刘邦征战，直至项羽败亡。刘邦大封功臣，韩信仍为韩王，都颍川。但刘邦随即后悔，以韩信壮武，手握劲兵，所据又是中原枢要之地，视其为大汉的隐患。于是以边防紧要为名，将其封地调到太原郡，以晋阳为都；而后再调为代郡，都马邑，封地邻接匈奴，疆域与富庶都远不及从前。韩信虽然从命，但心中不能没有怨望。

汉高祖六年秋，匈奴冒顿单于大举入边，围攻韩信。由于力量悬殊，韩信几次派使向匈奴求和。刘邦虽发兵救援，但疑心韩有贰心，并去信责备他。韩信担心被诛，遂与匈奴立约攻汉，以马邑降胡，并回攻太原。七年冬，刘邦亲率大军征讨韩信，在沁州一带大破韩军，斩杀韩将王喜，韩信逃往匈奴，向冒顿单于献诱汉深入之策。冒顿遂派左右贤王率骑兵万人，于广武、晋阳、离石、楼烦等地与汉军连战佯败，一直将刘邦大军诱入平城附近的白登山，然后以主力骑兵快速合围，将汉军围困七日之久。刘邦在覆亡之际，全赖陈平出奇计，厚贿并说动单于阏氏，才得以脱险。从此汉于匈奴一直处于下风，不得不以和亲缓解威胁。韩信则在匈奴为将，连年率胡骑侵扰边郡，成为北部边疆的大患。汉高祖十一年春，韩信入据参合陂（今大同阳高县东北），汉派将军柴武攻克参合陂，斩杀了韩信。

汉高祖七年，刘邦率大军攻韩时，韩信与太子携眷逃奔匈奴时，途经匈奴境内的颓当城，妻子与太子妃各生一子，一名颓当，一名婴。韩颓当和韩婴在匈奴长大，被匈奴封为相国。文帝即位后，韩颓当与韩婴各率所部降汉。韩颓当被封为弓高侯，韩婴被封为襄城侯。吴楚七国之乱时，韩颓当随太尉周亚夫出征，受命率军一支，深入敌后扰其粮道，极大地动摇了叛军的士气，功劳冠于诸将。韩颓当死后，其子袭爵，子亡，嫡孙韩则袭爵。韩嫣为韩则同父异母的庶弟，故无缘袭爵。但从小锦衣玉食的生活，却也养成了他富贵骄人的气质，且面如脂玉，唇红齿白，鼻梁高挺，相貌英俊，虽未成年，却已风度翩翩，一副倜傥风流的公子哥儿模样。韩嫣被登入门籍①，特许进宫陪读，在这个多宦官、少男人的所在，就像是吹入的春风，唤起了不知多少年轻宫人的绮念。而韩嫣小小年纪，风流自诩，言语谐趣，尤喜与少年侍女们调笑，所以走到哪里，哪里就欢声笑语不断，因全是在孩童的年纪，倒也无人责怪，韩嫣因是更加不拘形迹。

韩嫣于众皇子之中，独与刘彘投契。刘彘方口大耳，高颡隆准，一双稚气未脱的眼睛炯炯有神，给人以英气勃发的感觉。虽只有七岁，但却有一份与其年龄不符的内敛、沉稳气质。在学业上，则颖悟过人，所学过目成诵，在承明殿就学的皇子中，他是最为用功的一个。韩嫣进宫之初，诸皇子大多对之倨傲无礼，相熟后，态度上虽客气了不少，但骨子里的轻视，韩嫣还是感觉得到。与之情谊相投、平等相待的只有刘彘，所以二人不久即成为好友，乃至坐必联席，出必同行，一日不见就好像缺了点儿什么。韩嫣虽也聪慧过人，但生就风流自喜的性格，在学业上，用功就远不如刘彘了。

这日，午前授书，午后的安排是先练字，后背书，师傅自己则去石渠阁看书了。蔓儿来接刘彘时，众人尚在背书，蔓儿于是坐于殿外廊下等候。蔓儿与大萍同一年进宫，年纪略长，已到及笄之年，近两年一直由她接送刘彘上下学。蔓儿身材颀长，肤色白皙，容貌虽称不上美，可也算得端正，尤为惹眼的是她那一头漆黑的亮发，衬着白净的面容，更显出少女明洁亮丽的风韵。韩嫣心不在焉地背书，正觉得无聊，一眼觑见蔓儿等在外面，登时来了精神，他趁别人专心背书之际，悄悄溜出了殿门，悄没声地绕到蔓儿身后。

忽然被一双手捂住了眼睛，蔓儿吓得不轻，差一点儿大叫出声。

---

① 汉代被特许出入宫禁的外臣和皇亲国戚，其姓名、籍贯、出身、爵位、官衔等均被书于木简之上，称之为门籍。门籍置于各宫门侍卫处，以备出入时查验。

韩嫣松开手，示意她不要声张。然后笑吟吟地问道："蔓姊，今日怎来得恁早？怕还要一会儿才能下学呢。"

看清是韩嫣，蔓儿嗔怪的眉头舒展开了，笑着说："我猜就是你这坏小子干的。"

"男不坏，女不爱。蔓姊说我坏，一定是爱我了。"韩嫣继续搭讪，双目含笑，逼视着蔓儿。

蔓儿羞得满面绯红，生气地说："公子就会拿人开心，也不怕丢了自己的身份。"

看到蔓儿真的生气了，韩嫣赔着笑说："说几句笑话都不行嘛，好，好，我不说了还不行吗？"又从系于腰带上的锦囊中掏出几枚杏子，递给蔓儿，"这是午间饮茶时掩下的，专为送予姊姊，算我与蔓姊赔不是了。"

终究是少年的心性，蔓儿随即转怒而喜，两人并坐廊下，边吃杏子，边说起闲话来。

"韩嫣，你不背书，跑到这里来说悄悄话，艳福不浅呐。"两人一惊，回头一看，中山王刘胜不知什么时候也溜了出来。

刘胜身材矮胖，满面油光，不知是否因为早熟，他年纪不大，贪食好色之名，宫内已是尽人皆知了。贾夫人居处，稍有姿色的女侍几乎都被他调戏过，由此恶名昭著。后宫的宫女，见到他来搭讪时，皆如逢瘟疫，避之唯恐不及。刘胜为此，居常快快不乐。韩嫣进宫，大受女孩子们的瞩目，风头之健，一时无人能比。每当看到冷落自己的少女们争着与韩嫣调笑、耳鬓厮磨的那种亲密样子，刘胜就不由得无名火起，恨不得要了这些狗男女的命。他对蔓儿久已垂涎，但总不得机会，而且蔓儿在他面前总是一副冷冰冰、拒人千里之外的样子，把他的心弄得酸酸的、恨恨的。刚才韩嫣悄悄往外溜的时候，他就注意到了，也装作要去方便的样子跟了出来。看到韩嫣与蔓儿有说有笑的样子，刘胜妒恨交攻，遂决意搅局。

刘胜挨着蔓儿坐下，嬉皮笑脸地说："姊姊，我好想你呢。姊姊抹的什么粉，这样香，让我也香一香嘛。"说着，将头伸过去，在蔓儿脸上嗅来嗅去。

蔓儿厌恶地扭开头，低声说道："殿下请放尊重些，莫要动手动脚，让别人看见了笑话。"

刘胜双目圆睁，冷笑着道："怎么？韩嫣动得，本王动不得？别人看见了又能如何？我今日偏要尝尝软玉温香的滋味！"说罢，一把搂住蔓儿，竟要探手入怀，强行动粗了。

蔓儿拼命挣扎，情急之下，叫喊起来。韩嫣没有料到刘胜竟会如此野蛮，愣怔了一下，冲上去攥住了刘胜的双手，他虽比刘胜小三岁，身材却与刘胜一般高，气力也不小，两人相持，却也没有落了下风。

正当三人搅成一团时，空中传出一声暴喝："韩嫣，你好大的胆，竟敢以下犯上！你给我放开手！"

喝问的是刘彭祖。听到外面哭喊打闹的声音，其他三位皇子都赶了出来。看到韩嫣仍在与兄弟相持，刘彭祖走上前去，抡圆了一拳，将韩嫣打了个趔趄，面腮随即红肿了起来。

刘㚟走上前去，拦住了还想动手的赵王："慢着，是非曲直不明，怎能乱打人。"他转向韩嫣和蔓儿："王孙，怎么回事，你们说说清楚。"蔓儿只是啜泣，韩嫣捂着脸，说道："中山王抱住蔓儿，想要动粗，我看不过去，才去拦他的。"

"你血口喷人，混蛋！"刘胜疯了一样冲上去，对着韩嫣又踢又打，韩嫣避让，畏缩着不敢还手。真是欺人太甚！刘㚟胸中气血涌动，怒不可遏地对着刘胜的后腿猛起一脚，刘胜应声跌出去老远，摔了一个嘴啃地，哇哇大哭着爬起，转向刘㚟冲了过来。刘㚟环顾了一下四周：蔓儿与韩嫣都愣在一边，刘越也是一副畏葸不前的样子，身后的刘彭祖已封住了退路，看来，与这兄弟俩的这场恶战，要靠自己单挑了。自己身材、气力都不如人，硬拼只会吃亏，最好能找件家伙，且战且走。他环顾四周，发现承明庐爨炊所用的柴火就堆在近旁。

他边躲避那兄弟俩的拳脚，边退向柴垛，猛地抽出一根粗大的柴棒，向逼上前来的刘胜抡过去，刘胜一闪，柴棒还是刮到了他的额角，顿时血流如注地倒了下去，嘴里狂叫着："杀人啦！刘㚟杀人啦！"刘㚟有些后怕了，打算逃跑，但已经被刘彭祖从背后紧紧抱住，动弹不得。他拼命挣扎，无奈气力不济，还是被比他强壮得多的刘彭祖夺下柴棒，被反剪着双臂摁在了地下。他边挣扎，边大叫着，要站着发呆的蔓儿和韩嫣快跑。刘彭祖压在他身上，紧紧抓住他的发髻，将他的头撞向地面，边撞，边恶狠狠地说："我叫你凶！我叫你狠！你向我们兄弟求饶呀，求饶就放过你，不然要你好看！"

刘龑咬牙屏气，面部沾满了尘土和鼻血，看上去竟是一副血肉模糊的样子。但他就是不吭声。头被再次拽起时，他两眼模糊，远远看到蔓儿跑去报信的身影和闻讯从四处赶来的宫人。

蔓儿跑到半路，遇到大萍，听说此事，大萍要她赶快报告王夫人，自己则一溜儿小跑着赶到了现场，正逢宦官们从赵王手中抢出了刘龑，将打斗的双方隔离开来。大萍从承明庐打来一桶水，为刘龑擦洗，好在只是流了一些鼻血，额头有些擦伤，伤得并不重。刘胜则被送往太医处诊治。

蔓儿跑开时，刘龑、刘胜都是血流满面，伤势很重的样子，把她吓得不轻。王夫人听了她的报告，以为刘龑受了重伤，差一点儿晕厥过去。赶到现场，得知儿子伤势不重，才长舒了一口气。面对怒目而视、詈骂不绝的贾夫人，王娡低声下气地一再赔礼，说回去一定要对儿子严加管教，事情才没有马上闹到皇帝那里去。

回到漪兰殿后，王娡屏退所有闲人，在寝室细细询问了事情的经过。责任虽不在龑儿，但与兄长对打，终究有悖于朝廷提倡的孝悌之道，这件事传到皇帝那里，查问下来，倒要有一个解释得过去的说法。

"那个韩嫣不过是个外臣之子，你为何要替他出头，竟把你兄长打伤。疏不间亲，你糊涂了嘛！"

"儿子不是这么看的。刘胜性情淫恶，宫里谁不知道？他为何调戏蔓儿？分明是仗势欺人！蔓儿是娘的侍女，娘于刘胜亦是从母，调戏从母身边的侍女，就是不敬不孝。韩嫣不计身份尊卑，出面拦阻，是仁义之举。他因为保护蔓儿挨打，我岂能旁观？路见不平，就该出手相助，不然，于人为不仁，于行为无勇，于朋友为无义，儿子又何以为人！"

刘龑这番话中理中节，掷地有声，王娡听后惊喜不已。惊的是，儿子在自己面前，从来少言寡语，老成得不像个孩子，自己一度还为他的木讷发愁呢。喜的是，孺子可教，儿子的学业看来大有长进，刚才那番话讲得入情入理，还真驳他不倒呢。他日儿子在长公主面前的表现，自不必担心了。想到这里，王娡板着的面孔舒展开了，但口中还是训诫的语气。

"那个韩嫣，娘也听说过，都说他是个风流情种，专门会勾引小姑娘。这种人你与他交游合适吗？蔓儿也是，大姑娘了，不洁身自爱，别人一撩拨就上钩，自取其辱！"

"韩嫣是世家子弟，是父皇特许他进宫陪读的，能说父皇识人不明吗？韩嫣面目姣好不假，宫女们喜欢接近他也不假。好美之心，人皆有之，韩嫣何罪之有？不美，娘何以被选入宫？小姨娘何以得宠？"刘彘侃侃而谈，一副不服气的样子。

"好，好，我说不过你。我倒要看看这个韩嫣是个怎样的人物，改日空闲时，你可约他到此间来玩。我想见见你这位朋友。"王娡说，心里却转开了新的主意。这个韩嫣，可以每天出入宫禁，正是自己亟须的人物，或许通过他，可以方便与宫外和娘家联络。

这次冲突由蔓儿而起，决不能再生枝节，王娡当即吩咐，今后改由大萍接送刘彘上下学，因为大萍更明事理，待人处世更有经验。她要大萍、蔓儿退下，留下刘彘，决定未雨绸缪，向儿子交代自己结交长公主的打算和做法，让他有个思想准备。

"彘儿，今天才知道你言语辩给，长进多了，娘很欣慰。"王娡点燃一盏灯，细细端详着儿子，满目含笑。

刘彘笑笑，没有答话，静静等着下文。

"赵王、中山王毕竟是你兄长，你以幼犯长就是错处，你父皇知道了还不知会怎样生气呢。改日我领你到贾夫人那里，给夫人和两位兄长赔礼，把这件事情了结了，以后再不要惹他们了。"王娡拉过刘彘的手，语气又严肃起来。

"我不去。"

"为何不去？"

"不去就是不去！他们仗势欺人，动手在先，凭什么要我赔礼？礼经上讲，兄友弟恭。兄长没有兄长的样子，兄弟当然不会有兄弟的样子，平日他们总是欺侮刘越、我和王孙，我们已一忍再忍了。这次也是他们先动手打人，就是错，也是他们的错更大。"刘彘直视母亲，眼中一派愤愤不平之色。

"儿啊，在宫里切不可与人结怨！你还小，不知道这里面的利害。娘只你这一棵根苗，万一你出了什么事情，娘就不能活了。"王娡动情地说着，目中泪光盈盈。她想到这正是开导儿子的机会，于是擦了把泪，满脸肃然地问道："他们为何欺负越儿？"

"当然是嫉妒。小姨娘长得好，父皇宠爱小姨娘，其他夫人得不着，就恨小姨娘。刘越是小姨娘的儿子，刘彭祖他们就仗着年岁大、力气大欺负他，我帮他，他们也恨我，欺负我。"

"你说对了。儿啊，嫉妒是会杀人的，而且杀得很惨，很惨的。"王娡叹了口气，望着有些吃惊的刘彘，问道："你听说过你高祖母的故事吗？"

刘彘摇了摇头。

"你高祖母就是吕太后，与你高祖父是贫贱时的结发夫妻。你高祖父后来打下了咱们大汉的江山，做了皇帝，未央宫就是他盖起来的。未央宫里面，那时像今日一样，也住着许多嫔妃和美女。你高祖母老了，没有那些个年轻宫人们讨你高祖父喜欢，很难见得到你高祖父。你高祖父这时最喜欢的女人叫戚姬，年轻、貌美，又能歌善舞，你高祖父简直一时也离不开她，甚至想要立戚姬的儿子做太子。戚姬的儿子叫如意，封的也是赵王……"

"那后来呢？"刘彘问道，显然对这个故事有了兴趣。

"后来，很多大臣反对，你高祖父一直也没下得了决心，就驾崩了。你知道你高祖母掌了朝政大权后，怎么报复戚姬母子？"

"怎么报复？"

"你高祖母叫人铰光了戚姬的头发，用铁圈锁住她的脖子，就囚禁在这永巷里面，穿着犯人穿的赭衣，从早到晚地舂米。"

"那她儿子呢？他不来救她吗？"

"你莫急，听我慢慢往下讲，后面的事情更惨呢。戚姬入宫就受宠，哪里受过这种罪？心里难过，想儿子的时候就唱自己编的歌，排解心里的悲伤。她的歌唱得可好了，你高祖父喜欢她为的就是这个。"

"歌里唱的什么？"

王娡默默思索了一会儿，"歌词好像是这样的：'子为王，母为虏，终日舂薄暮，常与死为伍！相离三千里，当使谁告汝？'唉，当娘的哪有不想儿子的呀。可是这事让吕太后知道了，就更要斩草除根。她把赵王召回长安，让人把他毒死了，就连孝惠皇帝也没能保住他。"

"然后就会杀了戚姬吧？"

"哪有那么便宜的事！你高祖母想要她活受罪。赵王死后，戚姬被砍去手足，刺瞎双目，熏聋耳朵，又用哑药让她说不出话来，扔在地窖子里。就这样让她半死不活地过了几个月，你高祖母又让孝惠皇帝来观看，说她是'人彘'。孝惠皇帝见不得这种惨绝人寰的事，大病了一场，此后便不理国事，年纪轻轻就崩逝了。"

"高祖母真是太狠毒了。母亲，你说小姨娘也会像戚姬一样吗？后宫里那么多人恨她呢？"刘彘显然深受刺激，问话时一副忧心忡忡的样子。

"只要你父皇还宠着她，小姨娘就不会有事。可你若得罪的人多了，我们就危险了。"王娡故作紧张。

"父皇不会放任不管的，他们不敢害我们，娘莫忧心。"大事临头，刘彘反而冷静下来，面色坚毅、沉着。

"你父皇若天天听到的都是不利于我们母子的话，时间一长，就会有偏见。薄氏二十多年的太子妃和皇后，还是太皇太后的娘家子，最后的下场怎样？还不是打入冷宫，孤苦伶仃地过活！"

"薄皇后被废，为的是没有儿子。母亲不一样的。"

"所以娘才不能没有你！娘老了，不可能再得你父皇的宠幸了，指望的就是你长大成人，娘随你一同就国，到胶东过几天舒心日子。你若出了什么事情，娘的下场，怕还不如薄皇后呢。"

看着刘彘眉头微皱的样子，王娡知道说动了儿子的心，思忖着如何把话头向长公主那面引。略作沉吟后，她若有所思地说："若有人经常在皇帝那里为我们母子说话，局面或许就不同了。"

"小姨娘不成吗？她常常能见到父皇的。"刘彘眼中现出了期望。

"小姨娘是个只顾自己、不计亲情的人。况且她傲慢张扬，树敌太多，一朝失宠，自身尚且难保，哪里还能顾及我们母子？能帮我们的，只有一个人。"

"谁？"

"你大姑母，长公主。皇帝是大孝之人，又最重手足亲情。太后、长公主的话，在你父皇那里分量最重。有她站在我们一边，就不怕恶人使坏了。"

"她怎样才能站在我们一边？"

"结亲。"

"结亲？"

"对！结亲。"

"同谁结亲？"

"长公主的女儿阿娇，你可曾见过？"

"见过。"

"你觉得阿娇好不？"

"也好，也不好。"刘彘看出了母亲的用意，迟疑了一阵子后说道。

"怎么叫也好也不好，你给娘讲讲明白。"

"阿娇长得好看，气质也好，就是太娇气，我不喜欢。还有她年岁也比我大。"

"女孩子哪个不娇气！你姊姊们不也是如此嘛。阿娇才大你三岁，女大更会疼人！你想想看，哪里还有比这更好的亲事？"王娡没有了平日的沉稳，急切地想说服儿子，儿子反倒很平静。

"娘，这怕是你的一厢情愿，大姑母未必愿意结这门亲事，她家阿娇是要嫁给太子的。"

"可栗夫人驳了她的面子，现在弄得很僵，你大姑母与她像是势不两立呢。这两家的亲事可以说是完了。阿彘，这就是我们的机会了，万不可错过。"

"可还有那么多王子，尚未定亲，年龄适合的也有不少，大姑母不知道会选中谁呢。"

"就因为如此，娘才着急啊。娘打算近几日向你大姑母提亲。到时候大姑母可能要见你，当面问话。你可要事先想周全些，给大姑母一个好印象。我们母子今后的前途荣辱，全在这门亲事成不成上了。"王娡此刻所忧心的，既非刘彭祖，也非刘胜，刘嫖绝不会把宝贝女儿嫁给他们。儿妁的长子刘越就难说了，他虽没有封王，但这更可能是皇帝对他另有打算。当初刘荣就是长子，下面几个兄弟都封了王，他却迟迟没有封爵，果然后来被立为太子。刘越比彘儿大一岁，彘儿封了王，他却没有，皇帝是不是也把他当作储君的后备人选了呢？儿妁那么大的信心，这肯定是一个原因。最有可能争夺太子位的，就是刘越。但彘儿与他的关系很好，揭破了，彘儿会反感，甚至可能主动退让，全盘计算就会功亏一篑。一念至此，王娡不禁忧从中来，神情一下子沮丧起来。

刘彘看在眼里，却以为母亲又在为未来的命运担忧。戚姬和赵王如意的故事，深深地震动了他，他开始觉得母亲的担心有道理，自己是独子，本该为母亲分忧。他思索了一会儿，低声问道：

"与阿娇结了亲，大姑母就一定会帮娘吗？"

"那是当然。一家人了嘛，帮我们就是帮女儿，这是绝不会错的。"王娡见刘彘如此问，知道说动了他，不觉喜动眉梢。

"那好，我愿意。"他望着母亲，点了点头说，声音不高，但非常沉稳。

"这太好了，娘这心就放下了一半，另一半，就是设法提亲了。还有就是，你见到大姑母时应对的说辞了。你放心，娘会替你想好的，可是你一定要把它背熟，到时候千万不要慌乱。"

"娘不用费心，儿子知道该说什么，不会给娘丢脸的。"

说通了儿子，自己这方面不再有问题了，王娡心情极好，吩咐晚间殿内会食，女侍们准备了丰盛的肴馔，她将余下的家酿分赏给众人。儿女和侍女们轮番向她敬酒上寿，尽欢而散。当晚入睡时她已酩酊大醉，意识蒙眬。"明日要能从郭舍人那里探出长公主进宫的时间和路线就好了，老天助我，老天助我吧。"这念头在脑中一闪而逝，她随即进入黑甜之乡，沉沉睡去了。

五

刘启走出宣室殿，站在回廊下，望着台基北面绿荫掩映中的后宫。知道皇帝心情不好的侍从宦官和宫人们，远远地站在一边，小心伺候着。

前殿是一组宫殿群，也是未央宫的中枢。整座宫殿群建在高三十五丈、由南向北次第升高的三个高台之上。宽阔的石阶从地面直通最高处的宫殿，四周环以层层的玉砌雕栏，拾级而上，可达位于第二级高台之上的堂皇而雄伟的前殿，这是新皇帝登基、大行皇帝治丧或重要的朝会大典举行之处。最上面的高台，是并排而建的三座大殿：宣室殿、温室殿和清凉殿。宣室殿居中，为皇帝平日接见朝臣，处理政务的正殿；左面的温室殿，墙面与椒房殿一样以椒泥涂壁，外饰墙衣，室内温暖芳香，寒冷的季节，皇帝在此寝息；右面的清凉殿，地板下面砌有冰窖，炎热的季节，实以冰块，室内阴凉清爽，夏季皇帝以此为寝宫。这三座宫殿位于未央宫中的最高处，由这里眺望宫城和长安，可以一览无余。

汉家的制度，天子五日一朝太后，今天适逢向窦太后请安的日子。早上去长乐宫时，刘启的心情还很好，但请过安，陪太后说了一阵闲话之后，刘启辞出准备回未央宫时，却被追出来的大长公主叫住，说出了一番令他吃惊的话。

"陛下，我有一言相告，请留步。"刘嫖面色凝重，似有要事相告。

刘启示意侍从们回避，笑着说："什么事？大姊不能在太后那里说，神神秘秘的？"

"当着太后说，我怕惹她老人家生气，那里人多嘴杂，也怕传出去坏了皇帝的名声。这件事情，我只能对你说。"刘嫖仍是一脸的严肃。

"那好，说说看，何事如此严重？"

"后宫的栗姬，陛下要防备她呢。"

"栗姬？为什么？防备什么？"刘启吃惊地看着长公主。

"当然是嫉妒，陛下现在宠幸的人，她全都嫉妒。嫉妒会使人发疯，做出可怕的事情来。譬如蛊毒、祝诅。"刘嫖斩钉截铁，说得十分肯定。

"阿姊莫乱讲，你有证据吗？"刘启的面色难看起来。

"证据我还没有拿到。可是从她对我的态度上，我感觉得出来。她恨我。"

"恨你？为何？朕不明白。"

"恨我为皇帝引荐新人，怕皇帝有了新宠忘记旧情。若单是这种女人通常的嫉妒，本不足怪。可陛下想过没有，栗姬可是一心想要坐那皇后的宝座的，若达不到目的，甚至更糟，连带儿子的太子地位也受到威胁。换上哪个女人，在这种事情上面，能不拼命？什么事情她都做得出来的！"

"这么多年在朕身边服侍，栗姬的脾性朕是知道的，她心高气傲不假，但不会像阿姊所说，弄什么蛊毒、祝诅。况且朕既已立阿荣为太子，早晚也会立她为后。她服侍朕二十多年，是后宫的老人了，朕的心思，她也明白，不会不明事理胡来的。怕是有什么事情得罪了阿姊，阿姊才这样恼恨她吧？"刘启不以为然地微笑着，目光却十分尖利。

"不是得罪，是不识抬举！皇帝给评评这个理，我到她那里，为阿娇提亲，姑舅结亲，亲上加亲，本来是多好的一件事情！她却拿足了架子，说什么太子功课为重，阿娇岁数小，等成年了再议。摆明了是推托之辞嘛。"刘嫖想起前日受窘的情形，怒气生发，脸不由得涨红了。

刘启沉下脸，不快地说道："你莫要弄错了，阿荣是太子！要说受'抬举'的，应该是你家阿娇吧？阿娇尚未成年，亲事晚些提，没有什么不对。阿姊这么气恼，朕看倒是有些过分了。"

看到刘启满脸不快，刘嫖低首长揖："陛下说得是，是我失言了。可我还是要说，她绝不是一般的嫉妒，而是居心怨毒。这种居心的人，将来登了大位，陛下千秋万岁之后，会发生什么事情，望陛下三思！"

"栗姬多年侍奉于朕，为人如何，朕最清楚，阿姊毋再多言。"刘启有些不耐烦了。

"年数多就足以知人根本吗？高皇帝与吕太后几十年的夫妻，还没能看透她呢，人心难测呐。陛下莫非已经忘记了'人彘'之事了嘛！"

"你给朕住口！退下。"刘启喝道，引得等候在前面的侍从们纷纷回头观望。见到皇帝发怒，刘嫖只得悻悻地退下。刘启也乘御辇回宫，来时的好心情已扫地无余。

回到宣室，刘启心情烦躁，遂不看奏章，把中常侍北宫伯子、中书谒者令赵谈和郭舍人等大宦官召入殿内，查问后宫之事。

望着伏在面前的三个人，刘启冷冷地问道："长公主和栗夫人之事，你们都是知道的了？"

三人面面相觑。北宫伯子已年过六十，在文帝时就总管宫内宦者，此刻鼓勇陈奏说："老奴等也是昨天才听说此事，说是大长公主提亲不成，与栗夫人反目，原想得空问个究竟，再向陛下禀告。"

"朕身边的人，就是朕的耳目。这样的事情，朕却要从长公主的口中知道，你们还有什么用处？朕的家事，现在怕是尽人皆知了，唯独朕自己还被蒙在鼓里，真是殊堪痛恨！"刘启以掌击案，声色俱厉。

皇帝平时喜怒不形于色，很少如此失态，可以想象他心中的愤怒已达极点。三人惶恐万分，连连碰头："奴才等罪该万死，以后再不敢了，陛下息怒。"

其实，刘启是在生刘嫖的气，生栗姬的气。这个刘嫖，也不与自己通个气，就去给太子提亲，遭到回绝，伤了自尊，就翻脸成仇，恨不得置别人于死地，哪有一点儿皇室公主的气度！自己的这个大姊和兄弟阿武，近来是愈加跋扈了。为此，刘启心头一直不快，可顾忌到太后的心情，又不能训诫他们，只能把郁闷埋在心里。这个栗姬也真是的，四十岁的人了还没有容人的涵养，刘启迟迟下不了册立她为皇后的决心，这是个重要原因。栗姬的妒忌刘启当然是知道的，但她绝没有吕雉那种深藏不露的心机，她是什么事情都挂在脸上的。看来，自己要明白地告诉她，这个毛病不改不行，做皇后的人，领袖后宫，最要不得的就是嫉妒。没有容人之量，后宫里真要闹得鸡飞狗跳，昼夜不宁的。

刘启摆摆手道："好了。你等记住，后宫的大小事情，虽是朕的家事，可也关乎朝廷，大意不得。以后有事情要随时奏报与朕，切不可隐瞒不报，误了事，你们是吃罪不起的。退下吧。"

北宫伯子和赵谈稽首谢恩后，膝行向后退出。郭舍人却伏在原地，并无退下之意。"郭彤，你还有事情吗？"

"陛下刚刚教训过奴才们，凡事不可瞒报。奴才昨晚听说，后宫又出了点儿事，此事北宫常侍和赵谒令尚不知道，奴才知道得也不详细，却不敢不禀报。"

"什么事，你说来听听。"

"昨日午后，赵王兄弟与胶东王在承明殿前不知为什么动起了手，中山王与胶东王都受了轻伤。这是奴才昨晚听永巷的宫人讲起的。"郭彤其实知道争斗因一个女侍而起，但怕皇帝发怒，故意含糊其辞。

"可恶！两个大的打一个小的，哪里有做兄长的样子！郭彤，你明日便到后宫，查明事因，要当面查对，查明后报予朕知道。"

"是，奴才一定查明回奏。"郭彤稽首，膝行退出，心里已经明了皇帝在这件事情上的态度。

刘启无心批阅奏章，信步走出宣室，向后宫眺望着。石渠、天禄和北阙、东阙高高矗立，举目可见；其他宫殿虽掩隐于绿树丛中，却也依稀可辨。后宫的西部是少府官署的所在，少府之东，就是后宫嫔妃的住处了。最西面的该是合欢殿，住着儿姁，年轻貌美，是个天生的尤物。与她在一起时，刘启觉得自己的身心好像也年轻了不少。近来，他颇觉精力不济，老之将至，老之将至矣！为了抛掉这种感觉，他更愿意召年轻的女人陪侍，似乎想要抓住飞逝的时光，却又每每力不从心。儿姁有了身孕，而且是龙凤胎，刘启欢喜异常，增添了不少的自信。为此，儿姁大受宠幸，有时一连几天地侍寝。刘启脑中也曾闪过立儿姁为后的念头，出于这样的考虑，他才迟迟没有册封儿姁的长子刘越为王。但儿姁与栗姬有着同样的毛病——妒忌，而且更富于机心，心思虽不挂在脸上，但刘启仍感觉得出她心里对皇后之位的渴望。越是如此，刘启越心生警惕，近来已将她摈除于中宫的人选之外。

合欢殿东面是程姬所居的飞翔殿。程姬的三个儿子，鲁王刘馀、江都王刘非、胶西王刘端均已成年就国，程姬已十年不得召幸，人老色衰，将来会跟从某个儿子就国，安享暮年的。飞翔殿之东就是椒房殿了，栗姬在薄氏迁出后入住于此，原以为会很快正位中宫，却不料迟迟没有下文，栗姬虽不提此事，但心情的不快，刘启还是感觉得出来。这件事情让他很伤脑筋，从直觉上，栗姬妒忌狭隘，并非皇后的上佳人选；但从礼制上，在原皇后无出时，依"立子以长"的古制，长子刘荣已被立为太子，作为太子之母，栗姬是理应享有皇后名分的；从情感上，刘启就更有一份割舍不开的怀旧之情。自己被立为太子不久，栗姬即入太子宫为侍妾。当时文帝之母薄太后择娘家女为太子妃，但薄氏久而无子；而栗姬则相继生了刘荣、刘德、刘阏三子，大受宠幸，在将近十年的时间里，栗姬日日相伴，两人过着夫妻一样的生活。刘启的性格、嗜好和习惯，栗姬十分熟悉，往往能够先意承旨，把刘启侍候得极为舒心如意，在后宫这是无人能比的。以栗姬这样的年纪，之所以还能有侍寝的机会，即在于皇帝也有找人叙旧、旧情重温的时候。

刘嫖称其居心怨毒，在自己身后会行吕后之事，是过甚其词了。栗姬是个直肠子的人，与吕后的深藏不露全然不同，她不像是会做这等事之人。但刘嫖最后那几句话总在他脑际回旋，挥之不去。刘启沉吟再三，决意在今晚栗姬侍寝时，试探一下她的心思。

椒房殿向东就是永巷的所在地了，明渠旁的长巷掩映在绿树浓荫之中，很难分清众多的院落。那个闯了祸的刘彘跟他的母亲王娡，就住在其中的一个院落中。王娡也与程姬、贾姬一样，色衰爱弛，就像一件用旧了的物件，被置入库房，尘封土埋，渐渐被遗忘。女人年轻时是多么明丽动人，撩人心魄，可韶光转瞬即逝，红颜凋落，老天对她们，真是既慷慨，又无情。刘启不觉有些伤感起来，他曾几次想召幸王娡，但听儿姁说王娡心情不好，人也很老相了，就打消了念头。他最怕也最烦的就是女人那种幽怨的神态，如同无声的抱怨，仿佛自己亏欠了她们多少似的，会搞得他的心情也低落起来。

刘启的心思又转到刘彘身上。想到这孩子，一种复杂的情感常常会涌上心头。据王娡所言，她怀阿彘时曾梦日入怀。刘启对符命瑞兆之类的事物，不甚迷信，梦日入怀无疑是贵征，似乎预示了什么，但嫔妃们妊娠时无不自称身有贵征，也就不值得认真对待了。转过年父皇崩逝，刘启入承大统后，刘彘才呱呱坠地，事后来看，这还真算得上是个吉兆。而且这孩子自幼聪明颖悟，记得彘儿三岁那年，自己抱他于膝上，一边逗弄他，一边随意问道："吾儿乐意做天子吗？"彘儿抓着父亲的胡须玩，黑亮的眼睛中纯净无瑕："由天不由儿。儿愿总住在宫里，日日在陛下面前戏弄，不敢安享逸乐，失去做儿子的本分。"三岁的孩子，居然能说出如此明事理的话来，刘启不能不刮目相看了。进学之后，听授书的师傅报告，刘彘在诸皇子中，不仅颖悟过人，也最为用功。半月之前，刘启曾亲赴承明殿，考查几个皇子的功课。刘彭祖对礼经儒学不甚了了，但于法术刑律很下了一番功夫；刘越平平，刘胜最差。当查问刘彘读了些什么书时，他竟能将自己读过的各种典籍数万言，滔滔不绝地背诵出来，无一字遗漏。尤为难得的是，这孩子有种沉静内敛的气质，口也紧，从不把父亲对自己的喜爱和夸赞向他人炫耀，甚至连他母亲也并不知晓。只可惜彘儿年纪尚小，排行又靠后，若立为太子，外无以应对大臣们的非议谏阻，内无以安抚成年皇子和诸嫔妃的不平之心，况且刘荣仁孝，并无过错。刘启虽几次动过更换太子的念头，都知难而退了。

自己的家事，竟比国事政务要难办得多呢！国事遇到疑难，尚可以顾问大臣，家事，尤其是事关储位，又出乎成规之外的问题，敏感暧昧，竟无人可以商量。刘启在回廊上来回踱步，沉思不语，天色也渐渐暗了下来。

谒者令赵谈轻轻走上前来："陛下，椒房殿栗夫人已经到了，酒饭布置在哪里？请陛下示下。"

"哦，已经到了吗？就在温室殿的东暖阁吧。"刘启回过神来，挥挥手要他退下。在布置酒饭的这段空闲里，他还要想一想今晚同栗姬的谈话如何进行。

东暖阁房间不大，而密闭性好，冬季非常暖和。阁内地铺青蒲，锦缎包缘。四壁均贴有韩仁绣锦，织锦图案间隙中绣有"韩仁绣长乐未央宜子孙"的吉语，显然是专为皇家特制的贡品。西面设一髹漆的屏风，上有交龙盘绕，凤鸟于飞的彩绘，羽毛鳞甲均镏金错银，并以玉片镶嵌，极为华贵。室内除两架七枝灯外，为取意吉祥，几案之上还设有数尊羊灯。十数枚火主^①上灯光闪烁，

---

①火主，即灯盏中的钉状物，用以固定支撑烛火。汉代富贵人家，有三枝、五枝、七枝的架灯，即装有三、五、七枚灯盏的多枝灯。七枝灯可安放七枝烛火，亮度极高。

与四壁上的五彩织锦和镶金嵌玉的屏风交相辉映，熠熠生辉，照得满室通明。几个宦者将一张八足大案东向摆好，又在北面摆放了一张略小的食案，两张食案均髹漆彩绘，装着鎏金铜足。郭舍人指挥着将盛有肉饭的鼎簋和其他酒食器具摆放在南向的食案上，又在大案上摆设了一张长方形的大漆盘，里面摆放着盛菜用的盘、饮酒用的耳杯、切割肉肴和取食用的刀匕及盛有醯椒盐醋等调味料的小杯。一切停当之后，他挥手让宦者们退下，请等在隔壁的栗姬安排侍女们布菜筛酒。

汉宫的制度，皇后五日一赴皇帝的寝宫侍寝。每到这天，皇后都会携带几味特制的酒菜，皇帝所用而外，大多赏赐给皇帝身边侍奉起居的宦者。这种做法，已经成为宫内的惯例。薄皇后被罢黜，栗姬搬入椒房殿后，也依例而行。

阿宝领着几个侍女，将盛着菜肴的大食盒送到值夜宦者的住处。今晚轮值的领班刚好是郭舍人，皇帝就寝之前，他要一直守候在殿外，随时听候吩咐，所以先回到住处用饭。在返回寝宫时，与送菜过来的阿宝一路同行，阿宝即将大萍的口信转告了他。

"这事好办，近日宫内有人赴邯郸办事，捎物不成问题。明日后宫有桩差事要我去办，她那里我会去的。" 郭彤与阿宝并肩而行，看看近旁无人，意味深长地问道："阿宝，这两日可好？"

"嗯，挺好的。"阿宝笑笑，并未领会郭彤的意思。

"夫人的心情可好？"

"嗯，不太好。公公，长公主向太子提亲的事，您老知道了吧？"

"听说了一点儿，不详细。到底怎么回事呢？"

"夫人没有答应，谈崩了。长公主和夫人都气得够呛。"

"难怪午前长公主与皇帝在长乐宫争讲，看来她是告了栗夫人的状了。上边很生气的样子，阿宝，要加小心呐。"

说话间已到了暖阁，阿宝向郭彤点点头，进阁侍候。郭彤则在门前不远处侍立，默默地想自己的心事。

明天这桩差事如何办，郭彤大致上已经心里有数了。皇帝明显是不惬于赵王兄弟而偏爱于胶东王的，实情到底如何且不说，回复的口径已可以确定下来了。问题是也不能太得罪了另外两位王爷，要找个替罪羊。

长公主与栗姬的冲突，则要严重得多，搞不好会牵动储位，动摇朝廷的根本呢。优势不用说是在长公主这边，太后、梁王，还有后宫一帮子觊觎皇后位子的嫔妃呢。栗姬所倚仗的是皇帝的旧情、太子母亲的身份和立子以长的古制，而前者最靠不住的，人老色衰，皇帝却总有新欢，旧情又能拴得住皇帝多久呢！栗姬母子之安危全系于皇帝喜怒的一转瞬间，处在这种地位上的人，非得有如履薄冰、如临深渊的谨慎，哪里还敢触怒皇亲，自树强敌啊？可她就是这样做了，置自身于险地，不智啊，不智！

栗姬一旦失宠，刘荣太子的地位亦难保全，到时候谁会是新太子的人选呢？郭彤细细思索了一回，认定还是刘彘希望最大。侍奉皇帝，靠的就是时时察言观色，揣摩皇帝的喜怒好恶，以想皇帝之所想，急皇帝之所急，先意承志，宠眷不衰。这本是所有大宦官的看家本事，郭彤自不例外。近几年他已注意到，皇帝于诸皇子的态度，在言谈话语和不经意的动作、表情上有着细微的差别，皇帝看胶东王时的眼光绝对不同于其他皇子。现在的太子，会是未来的皇帝，自己在宫内若想长盛不衰，潜在的储君是最有价值的巴结对象。天从人愿，明天的差事不啻是个最好的机会，他必须把握好了，幸而有阿宝和大萍这两个相熟的小同乡，分别是栗姬和王娡的侍女，无论将来谁登上皇后的位置，自己都有内线可以通消息，献殷勤。

夜漏的更声打断了他的思索，郭彤抬眼望着灯火通明的暖阁，忽然意识到，今夜是栗姬一个绝大的机会。从皇帝的神色上看不出长公主的话起了什么作用，她若能揣摩并顺应上边的心思，以一夜缱绻，使得旧情弥笃，或许能够化险为夷，坐稳自己的位子。如此，自己明日在王娡那里就不必示好，以免被动。大局胜负未定之前，切不可轻易显露形迹，这是宫内另一重要的生存智慧。这样一想，郭彤忽然意识到这实在是非常重要的一夜，断不可漏过任何蛛丝马迹，致使自己的判断失误。于是，他悄悄走近几步，屏息静听阁内的动静。

刘启挥挥手，侍女们悄没声地退了下去，栗姬则膝行于两张食案之间，亲自为他酌酒布菜。饮了几口后，刘启一面吃菜，一面摆摆手，说："你也饮几杯，陪陪朕。"

"是。"栗姬取一空杯，酌满酒，奉杯齐眉："臣妾此杯，愿陛下福寿康健，与天无极。"她仰头一饮而尽，照照杯，淡淡一笑。

两人又默默地饮了几杯。气氛很沉闷。栗姬取过一个凭几，让刘启倚着，又拿过一条汗巾为他拭汗。刘启拉过她的手，轻轻地按住，问道："你今日有点儿怪，怎么不说话，有心事吗？"

栗姬摇摇头，抽出手继续为刘启酌酒布菜。

"朕近日不得闲，无暇过问荣儿的事，不知他学业上有无进境？"

"臣妾听说，周丞相和窦太傅在功课上督促得很紧，又有德儿陪他，想必是不错的。"

"嗯，德儿的学问是好的。荣儿能像他那般努力，朕也就可以放心了。"刘德是刘启和栗姬的次子，自幼好学，尤喜钻研古书，在儒家六艺上，用力最勤，深得朝野士大夫的好评。他年已十八，封为河间王，若不是陪刘荣读书，早就该就国了。

"陛下已经听说了吧，大长公主要把阿娇提给阿荣呢。我没有答应。陛下怎么看？"栗姬为刘启和自己各斟满一杯酒，坐在对面，注意地看着皇帝的反应。

"按说应该是一门好亲事。阿娇聪明，模样长得也好，又是亲上加亲。你没有答应，自会有你的道理，能不能说给朕听听？"刘启呷了一口酒，面色平静地说。

"我当然没有阿娇配不上阿荣的意思。可阿娇及笄还得五年，而阿荣诚如陛下所说，正在功课要紧的时候，我不想他分心，有负陛下与天下之望。可长公主却误会我有意给她难堪，拂袖而去。在陛下面前，还不知会说出什么难听的话呢。"栗姬说着，有些激动，将杯中的酒一饮而尽。

"那么，你果真无意要她难堪吗？"

"当然。臣妾并未断然回绝，而是说阿娇年纪尚小，这件事情可以再议。我的想法是，阿娇及笄后，阿荣的学业也已大成，那时结亲，才真是一头好亲事。可长公主她根本听不进我的解释，我真是计穷了，还要请陛下在太后和长公主那里为臣妾转圜。"

"可阿嫖她认为是你恨她，才故意给她难堪的。"刘启目光灼灼，十分尖利地盯着栗姬。

"恨她？为什么？"栗姬吃惊地问道。

"恨她为朕引见后宫的新人，这样朕会移爱新欢，冷淡了你。"

"不是这样的。臣妾不敢问翁主在陛下面前说了些什么，但绝不是这样的。"栗姬噙住泪水，转过身装作酌酒，但抽动的肩头还是泄露了她内心的酸楚。刘启有些不忍，佯作不见地饮着酒说："当然，朕也以为她说的是气话。"

良久，栗姬的心情平复了下来，转过身为刘启斟酒。"臣妾不敢怨恨长公主，更不敢怨恨陛下。臣妾自入宫时起，就已经认命了，二十余年，还不至于如此不明事理。"

看到她强自振作的样子，刘启不禁怜惜起栗姬来，他要她坐在自己身边，揽住她，说："你莫委屈，朕不会怨你。那么，你心里还是想要阿娇做媳妇的了？"

"是。但陛下知道长公主的性格，现在正在气头上，一切还要靠陛下转圜。"栗姬边说边为他擦拭须髯上的酒渍，刘启斜睨着栗姬泪痕尚存的面容，闻着她的发香，仿佛又回到了往昔的岁月，一股温馨的情感由内心生发出来，瞬时弥漫于全身。

"好，朕答应你，做成这头亲上加亲的婚事。来，朕与你满饮此杯，共消长夜。"刘启将余下的半杯酒举到栗姬唇边，她一饮而尽，面颊飞红，春色迎人，别有一种动人的风韵。刘启望着她竟有些不能自持了。

这顿酒饭一直用到半夜子时才尽欢而罢。在皇帝和栗姬入寝之后，郭彤打着灯笼向住处走去，心中颇不平静。好险，好险！幸亏自己今夜轮值，才没有误判形势，铸成大错。从上边的态度来看，栗姬远没有失势，有了皇帝的转圜，很可能与长公主做成这头亲事，那么她皇后的位子是坐定了。明天承明殿的案子，看来得公事公办了。

六

郭舍人一早就来到承明殿，他先找到那日授读的师傅询问，但他们出事时都不在现场，讲的都是事后听到的传言，不足凭信。全是些成事不足的书呆子！等着上边的处分吧。郭彤心存轻蔑，但面色蔼然，决计把他们的擅离职守作为事发的原因，上报给皇帝。接下来，他又分别讯问了刘彭祖、刘胜和刘越。刘嚣和韩嫣都不在，赵王兄弟自然把责任全都推到了他们身上，刘越则表示对于刘胜是否调戏侍女在先，自己没有看到，只能证实自己所目击的打斗场面。郭彤只是笑容可掬地听着，除偶尔发问外，决无一点儿自己的态度。

从承明殿出来，郭彤往永巷走去，那里是另外两个当事人——刘嚣和侍女蔓儿的住处，至于韩嫣，他觉得已无询问的必要，他心里早已将他内定为另一只替罪羊。勾搭宫女，引起争斗，这罪名就足够了。至于漪兰殿这一行，纯属走走过场，他是两面都不打算得罪的。

"郭公公来啦！"他刚踏进漪兰殿的院子，大萍就喜笑颜开地迎了上去。她把郭舍人让进正堂，奉上茶水，转身要去禀报王夫人。

"不必惊动夫人了。你坐下来，我们说说话。"郭彤摆摆手说，示意大萍坐下。

"可夫人已经知道公公今天要来问话，正候着公公呢。"大萍笑笑，走进了里间。

这个王娃还真是个有心人呢，昨日上边吩咐下来的事，过一个晚上她就知道了。谁报的信？当然是阿宝，今日要来之事，自己只对她讲过。正思忖间，帘帷掀起之处，王姹已经走了进来。

郭彤赶忙伏地，向着踞坐在对面的王姹顿首行礼："奴才这里给夫人请安了。"王姹亦顿首还礼，礼毕，她含笑望着郭彤，说："许久不见面，公公的精神看上去还是那样健旺！"

"夫人的气色也不减当年呢！"郭舍人笑笑，低头揖手，略作停顿后说："奴才自调到前殿服侍皇帝，难得空闲，一直没能来拜望夫人，还望夫人包涵。"

"在皇帝身边侍候，时时处处都要小心，容不得半点疏忽，我当然明白这个道理。公公是太客气了。"

"是呀，夫人是最能体谅我们这些人的难处的。即如今日，若不是奉了皇帝的差遣，奴才怎能得闲来后宫走动？"

"公公想必是为阿彘他们兄弟打斗之事来的吧？阿彘年岁小，不懂事，惹出这样的祸事，皇帝一定生气了。恳请公公为彘儿担待几分，在皇帝面前代他缓颊，我们是感激不尽的。"言罢，王姹伏地顿首，状貌极为恭敬。

郭彤连忙还礼，很认真地回答说："请夫人放心，郭彤自会用心排解。三位王爷都是皇帝的骨血，不过是小孩子一时情急恼了，上边不会怪罪殿下们的。"他笑笑，问道："胶东王和那位侍女可在？上边让奴才当面问问经过，承明殿那边已经问过了，还要听听胶东王这面的说法，奴才即可回去复命。夫人放心，不会有什么事的。"

"阿彘没在承明殿吗？"王姹吃了一惊，转过身看着大萍。"早间不是你送他去的吗？"

"是呀，我亲眼看见他走进云，才回来的。"大萍面色刷地白了。

"哦？是这样。"郭舍人沉吟片刻，见到她们紧张的样子，劝慰道："用不着担心，宫里出不了什么事的。我想，他们兄弟间一时还别不过劲儿来，胶东王觉得见了面尴尬，很可能是自己跑出去玩了。没关系，叫那个侍女来问问就可以了。"

王姹听后想想也对，便放下心来。叫大萍把蔓儿找了来，自己则坐在一旁静静地听着。郭彤细细询问了蔓儿事情的原委，心里已清楚事情出在刘胜的身上。但如实报上去，皇帝知道自己有这么一个不成器的儿子，恐怕要大动肝火，责罚可能会很严厉。而在赵王母子那里，自己则难脱干系，这个敌不该树，也不能树。倒要想个大事化小的办法，替他们遮掩呢。他心里这么想着，脸上却是极庄重的表情，向注意着他的王娡颔首道："看来，错处不在胶东王，奴才一定会如实向上边禀报，夫人尽可以放心了。"

"公公难得一见，公事问过了，请宽心坐坐，用些茶点。我和大萍还有事拜托公公。"王娡一脸轻松，起身招呼蔓儿准备茶点。

"千万别，千万别。夫人的心意奴才领了，有什么事情夫人尽管吩咐，奴才公事在身，万不敢耽搁，茶点就不必了。"郭舍人边起身，边作揖致谢，一副马上就要动身的样子。言语多，是非多。他之所以能有今天，靠的就是谨言慎行，不招惹是非。在大局未明的当口，就更要加小心，口风一定要紧。

还真与当年那个殷勤巴结的郭彤不一样了！王娡心里不以为然，面上却满是笑容，极为理解的样子。"那好，就不多耽搁公公了。"她捧出一个捆扎好的包裹，交到郭彤手中，"这是我这些年节余下来的俸禄，想捎给我长陵的娘家，里面附有一信，烦公公亲自送过去，拜托了。"

郭彤以前服侍永巷时，没少代王氏姊妹捎东西，对臧儿家很熟悉。前几天，他还代小王夫人，也就是儿姁往家带过信，但自到前殿以后，即没再受过王娡的请托。他犹豫了一下，决定还是不能得罪这个女人，于是接过包裹，说："夫人放心，我一定亲自送到。"

包裹相当重，里面怕都是黄白之物。"大萍，东西沉，你替公公拿着包裹。你捎给家里的物品，也一并带上。送公公到禁门后，招呼个小黄门，把包裹给公公送到住处。听明白了？"王娡对大萍颔首示意。

大萍送郭舍人回前殿，一路说着闲话。不知不觉已走到禁门附近，看看近前没有人，大萍看似不经意地问道："公公，这几天大长公主来见过皇帝吗？"

"没有。你问这做甚？"郭彤注意地看着她。

"不做甚。阿宝告诉我，栗夫人同长公主生了意见，担心长公主到皇帝那里告状呢。"

"不会的。到底是一家人，气过了就会和好的。只要上边待栗夫人好，长公主就是告状也没有用。昨夜上边与栗夫人饮酒饮到后半夜，阿宝亲眼所见，应该放心了。"郭彤笑笑，到底是同乡，大萍看来也为阿宝担着心呢。

"长公主过来一般在什么时辰，走哪条路呢？"机会难得，大萍决心问出个所以然，不然回去难以向主人交代。

"你怎么问这个？"郭彤警惕地盯着大萍，看着她支吾其词的样子，忽然明白了其中的蹊跷。"是夫人想要知道吧？你跟公公讲实话，是不是这样？"

大萍见瞒不过去，只得点点头。

"夫人是想要见长公主，对不？你说实话，公公才会帮你。"

"嗯。"大萍不好意思地低下头。

果然，有点儿风吹草动，后宫里就有人钻营了！王娡自己一点儿不露，却利用大萍与自己的同乡关系探消息，够狡猾！大萍还是个孩子，怪不得她，自己倒要为她设法敷衍王娡，免得她受委屈。想到这里，郭舍人和颜悦色地对大萍说："那你对公公直说不就得了？要小聪明，要不得呢。"

"夫人不想被别人知道，所以要我来问。公公不会生夫人的气吧？"大萍担心地问。

"当然不会。不过，宫里的水很深，你小小年纪，卷进去很危险。公公在宫里多年了，老马识途，见过经过的要比你们多得多。以后有什么事情，多跟公公商量，最不济也能帮你们想想办法，出出主意呢。"郭彤停下脚步，语重心长地说。

大萍连连点头称是。

这女人既然动了这个心机，不妨把真相告诉她，让她难受难受。想到听到自己的话后，满腹希望的王娡如被迎头浇了一盆冷水，从头凉到脚的沮丧样子，郭舍人在心里偷偷地笑了。

"好吧，我就卖小同乡一个面子，把实情告诉你。不过咱们有言在先，你回去不能够告诉夫人，说我知道了她的意图。"

"那是当然。"大萍顽皮地笑着，伸出小拇指。两人笑着拉了拉钩。

"你听好了。长公主近期不会再来未央宫，为什么呢？因为昨天在长乐宫，她已经向皇帝告了状，可没起作用。皇帝昨晚与栗夫人情好无间，还答应代栗夫人转圜，与长公主做成这头婚事。聪明的人不会作非分之想，更不要去触这个霉头，不然会适得其反。"郭彤语气沉稳，不疾不徐，但句句如同重锤，砸在大萍的心上，回去可怎么对夫人讲呢！

望着大萍失魂落魄的样子，郭舍人有些为她难过了，他拍拍她的肩头，语重心长地说道："大萍，春冰薄，不如人情薄；江湖险，不如人心险。上头的争斗，不是你死，就是我活，不值得卷进去。你还有出宫回乡的机会，不像公公，一辈子老死在宫里边，想避也避不开。你要好自为之，得加小心呐！"

说罢，他提过大萍手中的包裹，掉头而行，大步向后宫禁门走去了。

大萍怔怔地发了好一阵子呆，才慢慢往回走去。中途又去了趟椒房殿，找阿宝核实了昨晚的情况，回到漪兰殿，已是午时。王娡早已焦急难耐，将大萍带到内室，细细询问起来。

听过大萍转述的消息，王娡真如掉进了冰窖，从头顶凉到脚底。她下意识地抓住大萍的袖口，手也不由自主地抖了起来。"真的？这是真的？"

"是真的。"大萍头一次见到她这样失态，好容易平静下去的心又慌乱起来。

"你怎么知道他不是在骗你？"王娡咄咄逼人地追问。

"我回来时去了椒房殿，阿宝昨晚也在温室殿伺候酒饭，她也说皇帝待栗夫人很好，两人饮酒一直饮到夜半。"

"怎么会是这样？怎么会是这样！"王娡抓住大萍的双肩，疯了般地摇晃着。好一会儿她才意识到自己的失态，她放开手，浑身一点儿力气也没有了。"大萍，你先下去，带着蔓儿去找找阿娆。我头有些痛，我要静下心想想事情，我不叫你们，不要来打搅我。"

镜花水月，一切都落空了。所有的这些心机、期望、密谋，统统是一场空，一场空！儿姁怕是还不知道呢，她那么有信心，如果告诉她真相，她会是副什么模样？一定会气得脸发歪，想到这里，王娡无声地笑了起来。好一会儿她才停下来，泪水却又不觉涔涔而下。这难道就是命吗？！义姁、义姁，你在哪里？你说的那个好命相又在哪里？你真是害死我了！还有母亲，不是你，我起码有常人的家，常人的生活，有丈夫，有儿女，你们可真是害死人了！她趴到床上，双手用力撕扯、捶打着枕头，惊得那只灰猫一跃而起，跳到地上，一溜烟地跑出了房间。

午后，郭舍人估摸着午憩的皇帝已经起身，便来到宣室殿东侧的耳房，准备奏报所了解到的情况。耳房是宦官和大臣们候见和临时休息的地方，北宫伯子和赵谈已先在那里。三人见礼后，北宫问道："事情搞清楚了？上边可是很重视呢。过会儿的奏报，召了丞相和窦太傅一同来听。"

"哦？上边的意思，还望前辈指点。"

"无非是实事求是，无偏无党而已。"

"常侍所言极是，可如实陈奏，上边会不会……"郭舍人话未说完，一名谒者进来示意皇帝就要驾到，要他们赶快进殿侍候。三人交换了一下目光，赶忙起身向宣室殿走去。

皇帝身着黑色深衣，头戴通天冠，正襟危坐后，对侍候在身旁的赵谈吩咐："丞相、太傅到了吗？请他们进来，一起听听。"

在赵谈和谒者们一声声的传召声中，两名大臣一前一后快步走入宣室殿。两人均已年届中年，头戴三梁进贤冠，身着黑色朝服，宽衣褒带，气度雍容。前面的一位身材略高，方脸盘，美须髯，眉目舒朗，眼若点漆。这就是新拜的丞相，声名赫赫的条侯周亚夫。

周亚夫是汉初大功臣绛侯周勃之子。周勃死于文帝十一年，爵位由长子周胜之继承，但胜之骄奢不法，三年后因触犯朝廷的律条，有罪国除。文帝念周勃拥立之功，不忍其绝祀，因此择定周勃的次子亚夫继嗣，封为条侯。文帝后六年，匈奴大举入边，京师告警，朝廷调集大军，分别屯驻于长安附近的灞上、棘门和细柳三地，以为警戒。周亚夫当时任河内太守，因系将门之子，文帝特调他出任将军，统领细柳的驻军。宗正刘礼、祝兹侯徐厉则分别统帅灞上、棘门的驻军。

一日，文帝车驾赴三地劳军，在灞上、棘门，均通行无阻，车驾可以长驱直入中军大帐，将军以下均骑从出入迎送。最后到了细柳，所见景象却大为不同。士卒军吏披坚执锐，弓弩持满，箭镞在弦，军容极为严整。皇帝出行仪仗的前队在营门前被阻，先遣侍从极为傲慢地告诉营门守军，天子车驾随后就到，不料值勤都尉硬邦邦地回答说，军营之中只听将军将令，不奉天子之诏。正争执间，文帝驾到，却还是不被允许进入。于是只能先派使者持节进营传诏，告诉周亚夫皇帝是想进营慰劳驻军，亚夫下令后，营垒壁门方才打开。守门卫士放行时还叮嘱说，将军约令，军中不得纵马驱驰。于是文帝一行按辔徐行，直到中军营帐前，亚夫才身披甲胄，拱手作揖，以军礼相见。此番经历使文帝颇为动容，边扶轼①还礼，边命使者高声称谢说，皇帝敬劳将军。礼毕，随即驱车出营。随行的侍从皆愤愤不平，文帝却叹息着说，你等知道什么？这才真正是大将应有的做派呀！先前在灞上、棘门见到的，相比之下简直如同儿戏了。那两营的将军遇到突袭免不了要做俘虏，至于亚夫，敌人可得而犯之嘛！很长时间，文帝都对细柳之军容风纪赞叹不置。三个多月后，警报解除，文帝拜亚夫为中尉，负责整个皇宫大内的警卫。文帝去世前，还特别交代给太子刘启，无论遇到何种事变，缓急间周亚夫都是靠得住的将才。

刘启继承皇位不久，关东爆发了吴楚等七个诸侯国的叛乱，他提升周亚夫为全国最高军事统帅——太尉，率大军东击吴楚，在平息叛乱中有扶危定倾、安定社稷的大功。此后，周亚夫极受倚重，位在三公，最近又拜位丞相，成为朝廷的首辅，身份与威望都极一时之重。

后面的一位，也是朝廷的重臣，他五短身材，长圆脸，略胖，蚕眉凤目，面色凝重，也留着一把美髯。这便是身为太子太傅的魏其侯窦婴了。窦婴是皇室的外戚，窦太后的娘家侄儿。七国之乱时也被刘启拜为大将军，率军扼守关东之门户重镇荥阳，遏阻齐赵等国的叛军，也为平乱立了大功，被封为魏其侯。次年又由皇帝钦命为太傅，辅佐新立的太子刘荣。

汉代丞相体制尊重，贵如皇帝，也必须对丞相保持礼敬的态度。看到两人进殿，伏在自己对面稽首行礼，刘启也随之俯身还礼，随侍一旁的谒者令赵谈高声唱道："皇帝为丞相起。"殿中执事的太常②随即赞礼："敬谢行礼。"周亚夫和窦婴则再次伏地行礼如仪，恭请圣安。一番礼仪问候过后，刘启示意郭彤奏报。

郭舍人有些紧张，身上有些燥热。略作思忖，他决定只陈述事实，由上边或大臣们去做判断。他清了清嗓子，把中气运上来，从容不迫地将午前查

---

① 扶轼，轼，古时车厢前作扶手用的横木；扶轼，意即从车厢中站起来还礼。在汉代这是天子路遇丞相时还礼的动作。在此则表现文帝对周亚夫的格外尊重。

② 太常，朝廷九卿之一，职掌朝廷礼仪、宗庙、祭祀事务；下隶太乐、太祝、太宰、太史、太卜、太医六令丞。

询所得的情况扼要陈述了一遍。

"所差只有胶东王和侍读的韩公子二人的证词，午前他们均未到承明殿就读，胶东王也不在住处，故奴才未能查询得到，打算晚些时候再往查问。"奏报结束时，郭舍人机警地为自己预留了地步。

"那么，你以为事情缘何而起？责任在谁？说给朕和二位大臣听听。"刘启面无表情，语气也不严厉，郭舍人摸不透他的心思，只能硬着头皮回答皇帝的问话了，好在先前已经琢磨出了一个路子。

"依奴才看，承明殿授读的师傅们难辞其咎。他们安排殿下们背书，却管自跑去石渠阁，学生们失了约束，才出了乱子。再有，侍读韩嫣不专心于功课，外出与宫女调笑，也是肇事的主因。"

"那么，打斗的双方孰是孰非，错在哪一方呢？"刘启觉得郭舍人避重就轻，不甚满意地追问。

"这个，奴才以为，错在双方。圣朝以孝治天下，赵王和中山王以长凌幼，胶东王以幼犯长，均有违兄友弟恭的孝道。"郭舍人小心翼翼地回答，不偏不党，北宫大人的话没错。

"丞相，听听，这些人左右逢源的功夫不错吧，我身边全是些面谀心违的小人！卿等切不可与他们一样。事情经过郭彤讲过了，朕现在想要听听你们的意见。"刘启瞪了郭舍人一眼，目光中含有怒气，吓得他一颗心提到了嗓子眼，顿时觉得浑身汗渍渍的。

周亚夫想要缓解一下紧张的气氛，于是揖手陈奏道："依臣之见，三位皇子均未成年，男孩子间常有这种打闹之事，陛下似不必过于看重，一定要分出个是非来。"

"你呢？"刘启的目光转向窦婴，示意他说出自己的意见。

"臣也以为，此事陛下不必深究，责成授读师傅平日严加约束几位皇子就可以了。如果性格实在不合，分开就读可矣。"

全是些和事佬！刘启十分不满，但没有表露出来。"无规矩不成方圆，小事情也不能没有是非。刘胜生性顽劣，竟敢公然调戏宫女，成何体统！将来就国为王，又怎能为地方官民的表率？刘彭祖最大，却左袒其弟，不辨是非，殴击幼弟，哪里有兄长的样子！"刘启越说越气，用手把御案拍得砰砰作响。

两位大臣和殿内的宦官都低头敛息，惴惴不安。

殿内一片静默，刘启沉吟了一会儿，放缓语气说："丞相、太傅想必也知道，吴王濞缘何叛朕？兄弟之争看似寻常，也可以酿成极大事端的。"

周亚夫与窦婴对视了一眼，知道皇帝在说自己早年的一桩故事。

吴王刘濞，是高祖之兄刘仲之子，与孝文皇帝是叔伯兄弟，于刘启是堂叔。从高祖征淮南王英布有功，被封为吴王，所辖三郡五十余城，最为江南富庶之区。刘濞倚山铸铜，煮海为盐，富甲天下，不仅境内赋税全免，甚至百姓因故需雇人代为服役的"过更"① 钱，亦由公家支付。

吴王的太子刘贤，自幼锦衣玉食，娇惯成性。所请的师傅皆楚人，剽悍好武。刘贤自恃是天潢贵胄，在国内骄横无忌，无所不为。文帝初年，刘贤代吴王奉朝请②，来到长安。刘启当时初立为太子不久，文帝见二人年纪相仿，又是从兄弟的关系，特命刘贤随侍太子。刘贤不久便显露出骄狂的本性，刘启虽反感，但隐忍未发。一次陪刘启饮酒时，两人博戏③。刘贤连输几局，恼羞成怒。他佯作醉酒，箕踞詈骂，态度极为不恭。刘启一怒之下，提起博局向吴太子掷去，不想正中其首，当即毙命。吴王对此衔恨甚深，当刘贤的尸身归葬时，刘濞恨恨地说道："天下是刘氏一家的天下，死在长安就葬在长安，何必归葬！"竟命人将尸身重行运回长安安葬。从此，刘濞便称病不朝，暗中谋逆，最终成为七国之乱的首逆。

"刘贤不自爱重，骄奢淫逸，倨傲不恭，自有其取死之道。由此伏机，以致灭国绝祀，所关涉的难道不大吗？朕若疏于督责这几个孽子，将来他们做出对不起宗庙社稷的事来，悔之晚矣。"

"陛下所言极是，臣等愚昧，虑不及此。"周亚夫、窦婴再次伏地稽首。

---

① 汉代百姓每年均须服一段时间的军役，在地方上服役者被称为"更卒"。亲身服役者称为"践更"，雇人代为服役者称为"过更"，人三百钱。吴王刘濞为得民心，"过更"钱亦由公家支付。

② 奉朝请，即诸侯国王或亲自或派人代表自己到京师向皇帝请安，贡献方物的活动；一般在春季或秋季，春曰朝，秋曰请，通称奉朝请。

③ 博戏，古时的一种游戏，与围棋类似，亦有棋盘棋子，但以掷采（即骰子）决定行棋次序，带有赌博性质，又称作"六博"，与围棋并称为博弈。

"此事朕一定要加以处分。授读的师傅疏于管束，全体罚俸一月，以示儆戒。赵王、中山王减俸半年，在承明殿圈禁读书一个月，闭门思过。胶东王亦减俸半年，改往太子宫读书，休沐日①外，平时食宿在太子宫，由太傅窦婴一体严加管束。韩嫣交由弓高侯训诫，暂削入宫门籍一个月，嗣后随胶东王在太子宫陪读。丞相、太傅以为如何？"

刘启逐一发布处分，语态从容，显然已经过深思熟虑。周亚夫和窦婴自然唯唯称是。刘启于是吩咐北宫伯子拟诏后，交郭舍人即刻赴后宫传达，自己则与大臣们讨论起其他政务来了。

郭彤回到后宫，这次他持有正式诏书，态度也与前次大为不同，一切公事公办，丝毫不假人以颜色。从承明殿到贾夫人居住的披香殿，再到永巷的漪兰殿，一路走下来，天色已暗。郭舍人进得院来，不等迎上来的人开口，就面色肃然地高声说道："胶东王刘彘听诏！"

呼啦啦跪下了一院子的人，暮色中，郭舍人能看出跪在前面的是王娡与刘彘。他清了清嗓子，高声宣诏：

皇帝诏告胶东王彘，兄弟相殴，有违孝道，着罚俸半年，改入太子宫读书，休沐日外，食宿在太子宫，由太傅窦婴一体严加管束。孔子曰："过而不改，是谓过矣。"王其深为孰思之，无违朕意。钦此。

稽首谢恩后，刘彘立刻站了起来，望着郭舍人问道："韩嫣给的什么处分？"

"交由弓高侯训诫，削去门籍一个月，以后到太子宫陪殿下读书。"郭舍人的严肃已转为笑脸，他知道，皇帝的处分看似平允，但内里是偏向刘彘的。

"那么刘彭祖和刘胜呢？"刘彘又问。

"也是罚俸半年，在承明殿圈禁读书，闭门思过一个月。殿下今后怕是想见到他们，也不容易了。"

王娡走上前，形容颓丧，比之午前，已判若两人。她急切地问道："公公，

---

① 休沐日，即假日。汉律，官吏五日一休沐，不办公或上朝，在家休息沐浴。

皇帝生气了吗？为何不许彘儿回来，是怪臣妾管教不严吗？”

郭舍人知道，王娡这副嗒然若丧的模样，是因谋划落空所致，心里不觉有些可怜起她来。“夫人不必过虑。胶东王能随太子读书，不比在承明殿强了许多吗？而窦太傅的地位，比起承明殿的师傅，简直是天上地下啦！胶东王今后只要小心用功，比披香殿那两位殿下，机会要好得多喽。”

王娡的心略微放了下来，待张口再问，郭舍人则以皇帝那里还须伺候，匆匆告辞而去了。

王娡几乎彻底绝望了。现在就是联络到长公主，也难以定亲了。因为刘彘去了太子宫，平时回不了家，而长公主是绝不会到太子宫去的。她见不到彘儿的面，自己安排下的一步好棋就难以走出来。况且郭舍人所说如果属实，皇帝亲自出面为栗姬做这个大媒，长公主极可能回心转意，与栗姬结亲，终究她是想要阿娇做太子妃的呀。

大萍等人找了几乎一个下午，才从沧池边上找回了刘彘。看到衣衫鞋履满是泥土的刘彘，原本心情不好的王娡，更是心头火起，正待训斥儿子时，却被郭舍人的到来打断。晚餐之后，王娡把刘彘带到内室，接着讯问他逃学的原因。

原来，韩嫣怕刘胜兄弟再找他的麻烦，便拉刘彘与他一同逃学。他俩溜出承明殿后，顺着明渠走到沧池，在沿途岸边抓鱼捉鸟，玩得忘记了时间，直到大萍找了来，才余兴未尽地回到漪兰殿。

看着刘彘满不在乎的样子，王娡叹了口气，说：“你贪玩误事，午前郭舍人查问事情，你们不在，你父皇听到的大都是一面之词。这下可好，你连这里也回不来了，误了咱们的大事！”

“怎的误了大事？儿子不明白。”

“娘要联络长公主，与她家阿娇定亲，这样她在皇帝面前才会帮我们说话。娘前日说过的话，你难道全忘了？”

“当然未忘。娘想怎样做就怎样做，怎么怪我误事？”刘彘不服气地反问道。

“可事情的关键在你的身上。这件事不好由我们来提，而是要由你大姑母主动。可你在太子宫回不来，娘就是联络到她，见不到你，还不是白费！”

"干吗非得见到我？儿子还是不明白。"

"结亲的话要由你来讲，童言无忌，就是碰了钉子也没什么。现在说什么也晚了。你见不到长公主，就什么机会也没有了。"

刘彘明白了她话里的意思，愧根地垂下了头。王娡呆呆地望了儿子一会儿，觉得身心疲惫。"你去睡吧，一切都听天由命，顺其自然吧。"

刘彘走后，王娡叫来大萍，一起为刘彘收拾好衣物用品，吩咐她明天一早送刘彘去太子宫。大萍点燃室内的灯，想退下却欲言又止的样子。

"大萍，还有事吗？"王娡倚在榻上，恹恹地问道。

"夫人，这件事情还有机会，请夫人不要灰心。"

"哦？还有机会，这话怎么说？"王娡看着大萍，神情一下子专注起来。

"夫人想呀，皇帝还要四天才会再去长乐宫请安，大长公主也不会到未央宫来，两个人见不到面这几天，夫人如果能先一步见到长公主，事情不还是可以转圜的吗？"

年少不知愁，总是往好处想。王娡看着大萍，心里有些感动。她淡淡一笑，说："不错，是还有四天的时间，可长公主不到未央宫来，皇帝见不到她，我们同样也见不到她，这先一步的机会又在哪里呢？"

大萍语塞。王娡笑笑，安慰她道："你说得对，我们都不要灰心，总还有四天时间，我们都努力，不见得想不出一点儿办法来。"

大萍退下后，王娡吹熄了灯，默默地躺在黑暗中想心事。连一个女孩子都不放弃，你却先放弃了吗？！你忘记了自己要争、要拼、要搏的誓言了吗？！一定不能消沉，一定要有信心，一定不能放弃。王娡给自己鼓着劲，心里就像复燃的死灰，又热了起来。但她翻来覆去，却总也想不出一个好的办法来。整个事情的前景晦暗不明，王娡的思绪就像一星飘忽不定的火光，在无边黑暗中飘浮着、飘浮着。在一日之中，她的心理承受了太大的起落，期望和失望，欣喜与沮丧，疑虑与动摇，不断变换的情绪搞得她身心俱疲，半寐半醒，直到黑暗中一种奇怪的声响使她清醒过来。

是咯吱咯吱的咀嚼声，声音就在榻上，就在她脚旁。她不敢动，使劲睁大眼睛，努力适应着黑暗。渐渐地，她能够辨认出黑暗中的物体了。原来是那只灰猫不知从哪里捉到一只老鼠，正在有滋有味地吃着。她静静地看着那猫把老鼠吃完，心里一下子悟出了什么。

对呀！正面的路走不通，可以走反面的路。前边的门进不去，可以走后门，善做不到的，恶却很可能做到。郭舍人那条路打得通打不通，还未见分晓。而栗姬背后说的那些大不敬的话，要是传入皇帝的耳朵，又会怎么样？皇帝还会帮她，为她提亲，让她做皇后嘛！这是背后使坏，不道德。可是宫中的争斗，就如丛林中的野兽一般，要么吃人，要么被吃，没有股狠劲生存不下来。

灰猫将老鼠吃得皮骨不剩，用舌头舔着前爪洗脸。王娡猛地坐起，将灰猫抱在怀里，用手捋着它的毛，呼噜声随之而起，夹杂着鼠肉的腥气。王娡一下子豁然开朗，思绪也越来越集中，越来越明白，下一步该怎样做，她已了然于胸了。

七

两天过后，是郭舍人的休沐之日。头天晚间淅淅沥沥地下了一夜的春雨，天亮时放了晴，雨后的城郊到处蒙上一层新绿，露水反射着阳光，空气潮湿清新，蔚蓝无云的天空预示着会有一个艳阳高照的晴天。这么好的天气不能辜负，这么想着，郭舍人决定利用这个假日去趟长陵，把王娡的包裹捎给她娘家，顺带着作一番踏青郊游。

郭舍人乘着一辆宦者署公用的辎车，边观览乡间的景色，边按辔徐行，用了一个多时辰，才来到长陵田家的门首。臧儿服完丧期不久，就从槐里改嫁到长陵一户殷实的人家，男人姓田，老实忠厚，臧儿嫁过来后，接连为田家生了两个儿子，把男人乐得合不拢嘴，恨不得把媳妇供起来，事事听她的吩咐，臧儿自然又当了家。

听到门前车马停驻的声音，臧儿忙不迭地跑出来招呼。常有宫中的车马来往，被臧儿当作一种特殊地位的象征，向乡人们宣示着她有两个女儿在宫里侍奉着皇帝，她不仅曾经是诸侯王的后裔，也是当今皇室的外戚。

"郭公公来啦，可真是稀客呀。"臧儿喜笑颜开地扶郭舍人下车，嘴里则不停地问候着："公公怎么不乘辆大车？一路辛苦了吧？"郭舍人知道她的脾性最好招摇，只是笑笑，并不作答。按他在宫内的品级，他完全有资格乘坐四马中足的驰传①，但他一贯谨慎，今日因私出行，就更无必要张扬，所以只用了两马拉的轺车。

臧儿将郭舍人让进正房，一面让儿子田蚡招呼驾车的小黄门歇息，一面亲自烹茶招待宫中来的贵客。"郭公公，乡间无甚好东西，这茶，可是儿姁前几日捎回来的，说是东越来的贡品，皇帝赏赐给她的。公公闻闻，这气味多香！我是舍不得喝，我家男人是个粗人，我也不让他喝。只有公公这样的贵人，才配品味这等好东西。"

郭舍人揖手称谢，呷了一口，果然好茶，不仅闻着香，入口的感觉也很甘醇。"臧夫人，下官此番前来，是受漪兰殿王夫人之托，捎给您一包东西，说是节余的俸禄，补贴家用的。"他捧起沉甸甸的包裹，递给臧儿，"王夫人还有一封信在里面，夫人可以打开看看。"

臧儿拆开包裹，锦帕中黄澄澄地一小堆金饼，约有百镒②之数。她取出一块卷着的缣帛，展读后，她沉吟了一会儿，将黄金包好，缣帛揣入怀中。满面笑容地说道："烦劳公公的大驾，我真要好好感谢才是。今日午间，公公一定要在这里用酒饭！"

看看天将正午，又是在宫外，郭舍人也不再推辞，由着臧儿张罗酒饭，自己则好整以暇地品起茶来。

午餐准备得很丰盛，臧儿要田蚡专程去了一趟集市，买回不少肉食，整了满满一大案子的菜肴，又取出陈年的家酿，不停地向郭舍人劝酒。臧儿的男人不习惯这等场面，很尴尬，推说不胜酒力，早早就退席了。臧儿于是亲自上阵陪酒，让大儿田蚡侍候斟酒。几人你来我往，酒已微醺，驾车的小黄门醉得东倒西歪，臧儿与田蚡将他扶到旁屋歇息，回来后还不依不饶，嚷着要与郭舍人一醉方休。

郭舍人摆摆手，说道："莫急，莫急。我今日休沐无事，这酒，可以慢慢地饮。

---

① 汉代官员因公出行，均可以乘坐公家的马车，又称乘传。根据乘坐人员的地位身份和公文的紧急程度派用不同的乘传。分为四马高足的置传，四马中足的驰传，四马以下的乘传，一马二马为轺传。轺车为两匹马拉的车，为当时最为普遍的交通工具。

② 镒，古代计量单位，一镒等于一金，一金等于万钱。

饮急了，伤身呢。"他心里暖暖的，很舒服，很受用。在宫里，他时刻要提防他人窥测探究的目光，决不敢如此痛饮。这种家人聚饮的感觉在他是久违了，他希望慢慢品味这种感觉，把这顿酒饭尽可能延得长一些。

"好，就依着公公，慢慢饮。不过，公公有意外得财之喜，这一杯贺酒，是不能不饮的。"臧儿斟满一杯，举向郭舍人。

"什么意外之财，夫人酒上头，说开胡话了。"郭舍人笑着摇摇头。

"那好，果有此事，公公必得满饮三杯！"臧儿直视着他，一副胸有成竹的样子。

"若无此事又如何？夫人是不是也要满饮三杯呢？"郭舍人只当她是开玩笑，不过借此要自己多饮几杯酒而已。

"君子一言，快马难追。就这么办，公公可别不认账噢。"

"那是当然，我郭彤说话算话。可外财在哪里？夫人拿不出来，可是要认罚的哟。"郭舍人斜睨着臧儿，取了三只空杯用酒斟满。

"你自己看吧。"臧儿从怀中取出那张缣帛递给郭舍人，微笑着注视他的反应。

郭彤把缣帛上面的字翻来覆去地看了几遍，疑心自己酒后眼花，再看看，上面仍旧是那几行字：

母亲，见字如晤。郭公公捎去的包裹中足有百金，乃我多年俸禄节余积攒之物，用以感谢他多年对我母子的照拂。公公谨慎，在宫内送与他，难以避人耳目，定遭谢绝。所以托其将包裹带到家中，由母亲转送，不落形迹，方可以心安。望母亲倾情招待，并代我再三致意于公公。女儿在深宫，无缘得见母亲，或许郭公公肯于扶助，母女终有聚首欢会之日。愿母亲家人毋恙强饭，益寿延年。不孝女王娡叩头言。

百金换成钱，就是百万。郭舍人在宫中地位虽尊，可还没有人送过他这么大一笔钱。收，还是不收，竟一时委决不下。他呆呆地盯着帛书，欢喜、紧张、忧虑和恐惧的情绪，就像翻倒了的五味瓶，在他心里翻腾。收下，就等于投靠了王娡；不收，无疑会被她视为寇仇，成为她必欲去之而后快的一块心病，自己从此不得太平矣！王娡一人并不可怕，她是个失宠过气儿的人物。可她还有一个得宠的妹妹，尤其是，她还有一个受到皇帝偏爱的儿子。将来的事情难以逆料，弄不好她还真的会咸鱼翻身，成了气候。

正思忖间，臧儿已凑到他身边，将藏金的包裹按在他怀里，大笑着说："这么一大笔外财，没想到吧！"

郭舍人赶忙推托道："下官万万不敢收，也万万不能收！"两人抓着包裹，你推我送，缠作一团。

最后，郭彤夺过包裹，放在一边，向臧儿揖手拜谢，说："夫人，莫要再争了。我给夫人讲讲不能收的道理，莫要再让下官为难了。"

他呷了一口茶，清清嗓子后说："下官早年失怙，投靠远亲，后又被送入宫中，家乡已无亲人。现在宫中，俸禄足够我用度。平白多出来一大笔钱，定会招致妒忌和怀疑，甚或有人窥测探察。万一走风，交通宫禁的罪名非小，也会牵连王夫人。所以，王夫人和夫人的厚意，我心领了，但这资财，郭彤是万不能收下的。"王娡的运势并不看好，栗姬并未失宠，皇帝又答应为她向长公主提亲。在这个当口，千万不能押错了宝。郭彤暗下决心，在宫中的倾轧争夺中，自己决不可以犯糊涂。

臧儿不以为然地摇摇头，笑道："公公的胆子也忒小了。好吧，我们暂且不谈此事，可是这酒，公公赌输了，总不能不饮吧。"说着，她递过一杯酒，眉头微蹙，直视郭舍人，目光中有种说不清楚的神情。

"怎敢，怎敢，郭彤认输，认输。"他如约连饮三杯，觉得有些不胜酒力。臧儿的兴致又好了起来，一面为他布菜，一面很郑重地说道："我这两个女儿在宫里这么些年，没少麻烦公公，日后少不了还要麻烦公公。我别无所能，今天这席酒，一定要陪公公尽兴。"她斟满两杯酒，举杯祝酒道："愿公公康健强饭，我先干为敬了。"

"小王夫人很得皇帝的宠幸，多子多福，前途未可限量。下官将来恐怕还要托她的福呢。"郭彤也将酒一饮而尽，他知道儿姁没有希望入主中宫，但想取悦臧儿，避免树敌。

"可是相面的说是阿娡的命相更好，说是贵不可言呐！"臧儿心情特别的好，得意忘形，加上酒力的作用，这样一件极犯忌讳的事情竟脱口而出。

"什么？贵不可言?！"郭彤瞪大了眼睛。"敢问是哪一位给王夫人算的？什么时候的事？"

臧儿得意地看着郭舍人，"是一位名叫义姁的女子，长安人，从仓公学过医相，后来就走南闯北，相术据说还得过许负的真传。阿妱入宫前，她路过这里，在我家住过一晚。就因为她这句话，我才狠心将阿妱送进了宫。"

"哦？许负可是大名鼎鼎的相家，京师的达官贵人没有哪个不想请他看相的。若是她的弟子，想来是有几分把握的。"郭彤也兴奋起来。看来，还真是不可小觑这个王妱呢。这样想着，心中的天平不由得倾斜了过来。

"这个命相真是难得，臧夫人真是个贵人呢。"郭舍人双手奉杯，笑容可掬地说："下官为王夫人贺，为田夫人贺，请满饮此杯！"

臧儿接过酒一口喝干，喜动眉梢。"公公看我现时的样子，像个民间的老妪，家祖却也跟从高祖皇帝打过天下，封过王，南面称尊过的呢！"

"哪里，哪里，夫人天湟贵胄，品相非凡，丰韵犹存。不过一时的塞滞，终会否极泰来，富贵无极的。"

"我丰韵犹存？公公奉承话说得可真好，我爱听。"臧儿向上伸起手臂，宽大的袍袖中露出一双圆润丰满的胳膊，得意地向郭舍人眨眨眼睛；随后，她又解开裋衣①的衣襟，露出里面的汗襦和一截雪白的脖颈。"有些热，我都出汗了。公公若觉得热，不妨也宽宽衣，在家里不必拘礼的。"酒后的臧儿粉面含春，目光流盼，她也斜着两眼望着郭彤，脸上有种暧昧不明的笑容。

郭舍人酒已半酣，臧儿的目光使他有些不能自持，便也笑着凑趣说："真的，夫人年纪虽长，可从容貌来看，年轻时一定是个美人。"

"让公公这么一说，我还真觉得自己年轻了不少呢。来，为公公这句话，我们满饮此杯。"

两人又饮了数杯，郭舍人坐姿不稳，有些醉了。臧儿干脆移倨到他身旁陪酒。耳鬓厮磨，芳泽微闻，郭舍人不由得心旌摇动。他努力克制着，摆手

---

① 裋衣，汉代一种对襟式的长袍，多为妇女所服用；汗襦，即汗衫，无袖，形似今之马甲，汉代人用作贴身内衣，又称汗衣、羞袒；以后被称为中单。

推辞着臧儿的劝酒："好……好了，我酒……酒足矣。今天就尽欢而散吧。"

"尽欢而散？"臧儿把住他的手，目光蒙眬，满是挑逗的神情。

"不……不是尽欢，是尽兴，尽兴而散。"郭舍人意识到了自己的失言，极力分辩着，但身子却不由自主地瘫软了下来，被臧儿揽在了怀里。他意识中最后闪现的是臧儿雪白的脖颈和微张的嘴唇、温暖的怀抱，随后便飘坠入一片深深的黑暗之中。

好像是在宫里，入夜，四下里一片黑暗，远远地只见温室殿中闪动着灯光。他悄没声走向近前，用手指蘸着口水，轻轻在窗纸上捅出一个小孔，屏息凝神地听着，窥着。初入皇宫，他被派到永巷抬辇接送侍寝的嫔妃，每当值夜时，在其他小宦官入睡后，他每每会忍不住偷窥。他不敢久窥，偷偷地跑到一个隐蔽的角落，蜷缩着，身体像风中的树枝那样发抖。他闭上眼睛，女人们雪白的胴体，她们欢爱时的动作和呻吟一一浮现在脑海中。一种难以克制的欲望攫住了他，他喘不上气来，干渴得要命，身上有种被焚烧着的感觉。一阵风吹过来，他冷汗淋漓，觉得通身空洞洞的，四面都是女人们嗤笑和鄙夷的目光。他痛苦地捶打着自己的头，泪水不可抑制地冲出眼眶……

他走入一处灯光闪烁的房舍，里面的布置看上去很眼熟，好像是供宫人们休憩会食的饭舍。常有宦者和宫女们结伴，宫里面称作"对食"，不当值的时候，他们常到这里来闲谈嬉戏，排遣内心的寂寞孤独。光晕中食案旁好像坐着个女人，他坐到女人对面，却怎么也辨认不出她是谁。女人坐在暗处，只能略微看到脸的轮廓和在灯火中闪动的、如盈盈秋水般的目光。那张似曾相识的面孔向他微笑着，似乎在鼓励他什么，他努力回忆着，那脸一时像是儿姁，一时像是王娡，一时又像是被他窥测过的其他什么女人。他走上前去，解开女人的裈衣，将脸深深地埋入女人的怀中，忘情地体味着软玉温香的感觉……开门的声响和自己身后越来越重的脚步声惊醒了他，一颗心提到了嗓子眼，睁开眼，面前却是臧儿的面孔。

"公公是做梦了吧？听到喊叫声，我还以为出了什么事情。"臧儿边说边端过杯茶来，"饮口茶，醒一醒酒。"

郭舍人脑中一片空白，不安地问道："醉酒时我没做过什么不妥之事吧？如果冒犯了夫人，奴才就是该死的罪，千万请夫人包涵呐。"

臧儿将茶水递到郭舍人手中，撇撇嘴，不屑地说道："你一个去了势的人，还能做什么事！无非就是抱抱，摸摸，来真的公公也不中用呀。不过你也不必担心，没有人看见，我早把蚡儿打发出去了。"她又取出一条汗巾，边为他擦汗边说："啧，啧，怎么出这么多汗，做的什么噩梦，看来受惊不小呢。"

"酒醉误事，真是无颜面对夫人，郭彤这里向夫人谢罪了。"说罢，郭舍人伏地顿首，臧儿赶紧扶住他，笑着说："谢的什么罪？男人都是馋嘴的猫，闻到腥味没有退后的。"她拉着郭舍人的手，双目灼灼地看定他，"那包裹我换了包皮，说是家里带给她们姊妹的东西，已经送到你车上去了。你莫再推辞，不然我真的恼了。我知道，公公在宫里头孤单冷清得紧，这笔钱足够公公在京城置一处宅院，买上两个婢女，不当值或休沐之时，也有个家可回，有个伴可以说话。阿娡有心结交公公，她们姊妹还要拜托公公看顾，我这里先向公公道谢了。"

郭舍人满面羞赧之色，躲避着臧儿的目光，也不敢再推辞，揖手称谢道："郭彤愧受夫人的重礼，大恩无从言谢，日后但有机会，定当肝脑涂地以为报答。"

郭舍人离开长陵时，天色已经暗了下来。马车的颠簸使宿酒一阵阵地上涌，搞得他头昏目眩，直到进了长安城，脑子才清醒起来。他深吸了一口气，用手触了触脚边的包裹，心里有些忐忑不安。看到暮色中黑黢黢的宫城，他莫名其妙地紧张起来，进入这个是非之地、争斗之地，自己又要谨慎小心、毫无乐趣地度日了。想到这里，他不觉留恋起这趟长陵之行了，或许自己真该如臧儿所说，在宫外置一处宅院，作为放松身心之所呢。

八

郭舍人从槐里回来的第二天，长公主出人意外地来到未央宫，并专程造访了漪兰殿，轰动了整个永巷和后宫。

午前十刻，王娙正在院中徘徊，她望着残败的木兰花，心头掠过一丝悲哀。过了花期，玉洁冰清如木兰者，亦不免凋落，溷浊于泥土。色衰爱弛的自己，难道能抗争得过天数和命运吗？她捡起一朵落地的木兰，驻目观察着。已有几片花瓣变色发皱，其他花瓣的边缘也开始干缩，现出淡淡的褐色，但嗅上去仍有一股淡淡的清香。她丢掉那朵木兰，摇摇头，暗自警惕自己，决不可有这种灰暗的念头，由着它沮败自己的意志。她立定脚步，望着那株巨大的木兰树，心里重又充满了自信。花期将过的大树，枝头已经展叶，满树的新绿，在微风中摆动，一派生机盎然的景象。

望着眼前玉树临风的美景，王娙默默地站着，似乎已进入到物我两忘的状态。正在这时，院外的喧闹说笑声打断了她的静思。她转身向院门望去，简直不能相信自己的眼睛，走进院子的数人中，为首的正是自己苦于无法接近的大长公主刘嫖。

刘嫖这日没有盘高髻，而是绾了个普普通通的椎髻，身着黑色直裾绣袍。她长着同皇帝一样的方脸，口阔颐丰，富态雍容，一望可知是欲望强烈的人。粉白的皮肤，保养得极好，几乎看不出什么皱纹。又细又长的蛾眉下面，一双杏眼色如点漆，含威不露。朱唇点丹，则又增添了中年妇人特有的妩媚。

王娙快步迎上前去，低头长揖道：“不知长主殿下要来，有失迎迓。还望殿下恕罪。"

刘嫖笑着还礼道："我也是兴之所至。都是一家人，不必过于拘礼，你还是呼我大姊吧，叫殿下反而生分了。"她很有兴致地抬头望着那棵木兰，嘴里赞道："你这院里还有怎大的木兰树，早知道该来这里赏花的。"

她由王娡陪着在院中转了转，摇摇头道："院子倒还雅致，可惜小了些，儿姁的住处要比这里大几倍。你入宫后一直住在这里？嗯，不公平，不公平。"

王娡将长公主一行让进中厅，两人重新见礼后，侍女奉上茶点。刘嫖呷了一口茶，指指身后侍奉她的两个人，说道："我的使女胭脂，家里的小厮董偃。你们两个见过夫人。"

胭脂约十七八岁，眉清目秀，一副聪明伶俐的样子。董偃则还是个小童，面容俊秀，年纪看上去也就八九岁。两人均跪地顿首，向王娡行礼。

"好了，你们几个都到院子里去玩吧，我要跟夫人说说话。"刘嫖挥挥手，胭脂、董偃和在旁伺候着的大萍都退了出去。

这个机会是太难得了，决不能贸然行事。王娡摸不清她的来意，又没有想好怎样贯彻自己的意图。于是并不发问，而是一脸的恭敬，静等着刘嫖开口。

"你家刘彘，听说被皇帝发配到太子宫去了？"刘嫖笑着问道。

"咳，小孩子不通事故，不计后果，这次受到他父皇的责罚，应该知道利害了。"王娡赔着小心回答，心里却在猜测刘嫖问这话的意图。

"什么不通事故？刘胜顽劣不堪，早就该教训。亏他娘还托人来向阿娇提亲！我问阿娇，你猜阿娇怎么说？她说，看中山王那副色眯眯的样子，她就恶心。你听听，这可真的是恶名昭著了！"

王娡悬着的心一下子放了下来。没料到贾夫人心机怎深，竟然抢到了自己的前头！她吁了口气，思忖着说道："是呀，贾夫人未免不自量力，阿娇是要做太子妃的，贾夫人这么做，未免太不把栗夫人放在眼里了。"

"栗姬也好不到哪里去！"刘嫖眼含怒气，狐疑地看着王娡。"你难道不知道，宫里可是都传遍了。我前几日亲去椒房殿提亲，她却找种种借口搪塞，真是岂有此理！我家阿娇哪点儿委屈了刘荣？这门亲事，算是吹了。"

"喔？"王娡满面疑惑地问道："不是说皇帝答应代为转圜，重提这门亲事吗？而且是皇帝的大媒呢。"她故作吃惊地望着刘嫖，观察她的反应。

"怎么？有这等事？我怎不知，一定是好事者的流言，当不得真的。"刘嫖摇着头，一脸不相信的表情。

"千真万确。刚才给大姊上茶的侍女叫大萍，与栗夫人身边的侍女阿宝是同乡，关系极好。这是阿宝亲耳所闻，告诉给大萍的。"王娡注意地看着刘嫖，一颗心又提到了嗓子眼，担心她听到这个消息后会动心，与栗姬重修旧好。

刘嫖眉头微蹙，思忖了好一会儿，摇摇头，说道："先不提此事了。"她呷了口茶，接着问道："刘彘的年庚八字，五行命相，请你说给我听听。"

王娡又惊又喜，看上去刘嫖竟像是有意于阿彘的样子。"阿彘是乙酉年七月初七的生日……"

"好日子！牵牛织女会天河，大吉，大吉啊！"王娡话音未落，刘嫖即大声呼好，赞不绝口。

王娡等到刘嫖停下后，继续说道："彘儿的五行属水，与大汉一样是水命。"

"金生水，这就对了！"刘嫖又忍不住叫起来，喜动眉梢的样子。王娡早就合过刘彘与阿娇的生辰命相，当然明白刘嫖为何高兴得大叫。五行相生，金生水，水生木，木生火，火生土，土生金。阿娇是金命，刘彘是水命，意味着二人命相不仅不犯克，而且相生。结亲后，阿娇有帮夫运。这在男家女家都是上好的八字。

刘嫖沉吟了片刻，看定王娡，正色说道："本来听你刚才说起的消息，我该为阿娇寻一头更好的亲事。但刘荣的命相与阿娇虽不相克，却也并不相生，不如刘彘的好。吾意已决，打算与你结为儿女亲家，不知夫人是否愿意？"

老天，真是得来全不费功夫！王娡心里狂喜，却故作沉吟道："能娶到阿娇那是小儿的福气。我担心的是阿娇比他大，还要像个姊姊似的照顾他。阿彘年纪小，不懂事，遇事耍小孩子脾气，会惹阿娇生气呢。"

"只大三岁，三岁！"刘嫖伸出三支手指，比画着。"女大三，抱金砖。民间都是这么说，肯定是头好姻缘。你还说阿彘不懂事？我看，最懂事的就属这孩子了！我告诉你，要娶阿娇这个话，还是阿彘先说出来的呢。"

怎么会是这样？刘嫖的话完全出乎她的意料，王娡急不可耐地想要知道事情的真相，竟然前席 ① 相就，握住刘嫖的双手，忘情地追问道："大姊快些告诉我，彘儿他到底又做了什么？"

于是，刘嫖给她讲了昨日发生在长乐宫中的一幕。

刘荣作为长孙和太子，按例每月要赴长乐宫向太后请安数次。昨日，正是请安的日子。刘荣每次去长乐宫，总要带上河间王刘德。因为窦太后深通黄老之学，请安时常会问他一些学业上的问题，有学识宏富的刘德在身旁，可以随时帮衬，将回答不上来的问题接过去，化解自己的尴尬。

刘彘虽然刚到太子宫两天，与这两位兄长的关系却处得很好。得知他们要去长乐宫，刘彘心里一动，母亲说过长公主每日都要给太后请安，要联络她，这岂不是个机会？这样一想，他再也无心读书，缠着刘荣和刘德，说自己还从来没有去过长乐宫，央求他们带他去一次。刚巧，那日朝廷有重要公事，窦太傅被召往前殿议事，安排刘彘复习旧课。刘荣兄弟经不住他的厮缠，终于答应带他一起去。

三人乘坐安车进入长乐宫。向住在长信殿的太后请安后，刘荣、刘德留在殿内陪窦太后说话，刘彘则溜了出来，在长信殿外面的花园内闲逛，希望能够碰到长公主。

长信殿位于长乐宫的西南面，殿前是座栽满奇花异卉的巨大花坛，由"十"字形的甬路一分为四，远处则是浓荫密布的树丛，静静的没有声息。刘彘走进花坛中的甬道，百无聊赖地闲逛着。他看到地上有群蚂蚁，正在攻击一只走投无路的青虫。青虫在地上来回翻滚，扭动着身躯，极力想摆脱蚂蚁的攻击，但总有数只蚂蚁死死地叮咬在它身上，而身旁的蚂蚁则越聚越多，黑压压地有一小片。刘彘蹲下来，用小树枝拨动蚂蚁，青虫挣脱出包围，一曲一伸地逃跑，但蚂蚁很快追上来，再次包围了它。在蚂蚁不停的叮咬下，青虫渐渐失去了反抗的能力，蜷缩成一团。刘彘正打算再次帮助它，身后传来女人们嬉闹的声音。刘彘回过头，一大群女宫人正向这里走来，他原想避开，一眼

---

① 前席，即两人对坐，一人以膝挪动向前而靠近另一人的动作，多为谈得投机或忘情时，不拘礼数之动作。

看到大长公主和阿娇也在其中，便停住了脚步。

长乐宫长久以来一直是皇太后的住地，因在未央宫之东，也被称为东朝。长乐宫又是一个女人的世界，除去少数宦者外，在这里侍奉太后的大多为女性宫人，以及前朝先帝的嫔妃。这日，刘嫖带着阿娇向太后请安后，与不当值的宫人们到前殿观看织室新送来的一批衣料。看过之后，一群人边观赏宫内的园景，边说笑着走回长信殿。

"哟，来看看，这儿有位少年公子呢。"走在前面采花的宫人看到了他，扬起花儿招呼后面的人，刘彘一下子被围在了中间。被这么多粉面红唇、明眸皓齿的美人盯着看，刘彘有些心慌，面色赧然，头也低了下来。

"看哪，少公子害羞呢！"周围的女人们嘻嘻哈哈地笑着，不时有人拍他的头，甚至摸他的脸。刘彘涨红着脸，生气地大嚷道："不许碰我！""哟，少公子的脾气还不小呢！"周围的女人们笑得更厉害了。

"好了，放开他。"女人们给长公主让出一条路，她看着刘彘稚气未脱而英气勃勃的脸，觉得很面熟。"过来，孩子。你是……"她带他坐到花坛的石台上，拉着他的手问。

"我是胶东王刘彘。"长公主身上有股好闻的香气，刘彘冷静下来，回答得很沉着。

"哦？你娘是漪兰殿的王夫人，对不？"

"嗯。"刘彘点点头。

"你到长乐宫来做甚？"刘嫖要他坐在自己身旁，搂着他问。

"我随太子与河间王来的，给太后请安。太后和他们说话，我出来玩。"

"哦？就你自己？一个人玩？"刘嫖拍拍他的头，指着周围的女人们，打趣地问："由她们陪你玩，好不？"

"不好。"刘彘摇摇头。

"过来，坐到姑姑这儿来，姑姑有话问你。"刘嫖教刘彘坐到自己膝上，笑着问道："阿彘今年几岁啦？"

"六岁。"

"六岁啦？阿彘想娶媳妇不？"

"想娶。"周围的妇人们都笑开了，有的甚至笑得前仰后合。刘彘看到阿娇也忍不住地笑了。阿娇虽未成年，却亭亭玉立，如出水的芙蓉，别有一种清纯的气质。刘彘不由得多看了她几眼。

"她们好看不？"刘嫖指指面前的女人们，继续问道。

"好看。"刘彘老实地点点头。

"这个给阿彘做媳妇好不？"刘嫖指着先前采花的那个女人问道。

"不好。"

"那么这个呢？"刘嫖又指着另一个女人问他。

刘彘还是说不。刘嫖挨个问下去，刘彘都是说不。女人们看得有趣，发出一阵阵哄笑。

"看看！看看！咱们阿彘的眼光还真是不低呢！"刘嫖环顾四周，招手让阿娇过来。"这是最后一个，"她指着阿娇，笑着问刘彘："阿娇好不？"

"好！"刘彘响亮地答道。他拉住阿娇的手，转身面对着刘嫖，容颜焕发地说："若得娶阿娇做媳妇，吾当作金屋贮之。"周围的女人们全都大笑起来，阿娇羞得满面绯红，甩开刘彘的手，藏到母亲的身后。刘嫖却没有笑，她盯着刘彘，又惊异，又喜欢，许久说不出话来。后来，刘荣等招呼刘彘回未央宫，刘嫖还搂着阿娇，望着远去的马车，直到它消失在树丛中。

听完长公主的叙述，王娡的惊异和欢喜，不亚于刘嫖，不过她将这种感受藏于内心，面色却平静了下来。"小孩子口无遮拦，冒犯了阿娇，还请大姊包涵。"

"小孩子的话才是真心话，有何冒犯可言？我告诉你句实在的话，你家阿彘我是看中了，阿娇我也问过，她愿意。你若应允，我们就定下这头娃娃亲，如何？"

"这当然好，我怎能不允。可是皇帝若真是代栗夫人提媒，这头亲事……皇帝万一不允又当如何？"王娡期期艾艾地道出自己的担心，她也实在对此有所疑虑。

"我们定亲在前，皇帝提媒在后，太后自会为我做主，谁又能奈我何？况且事前我并不知道天子要做这个大媒，等皇帝说给我时，木已成舟，栗姬悔之晚矣，就是要她尝尝后悔的滋味。"刘嫖话说得很决绝，眉目间似尚有恨意。这是个轻易不能得罪的好记仇之人。王娡在心里牢牢记住了这一点。

"可刘荣毕竟是太子，阿娇错过这头亲事，岂不可惜？"王娡继续试探，她不再担心亲事会反复，只是想知道刘嫖会如何帮扶她们母子。

"刘荣的禀赋，哪里赶得上阿彘？这个太子的位子，我看他难坐长久。以她母亲的那种脾性，在皇帝那里能长宠不衰？我是不信的。"

"是呀。栗夫人忒嫉妒、忒小心眼了。她最初拒绝这门亲事，听说就是因为妒恨大姊为皇帝引荐新人所致呢。"王娡觉察到这是个机会，可以把栗姬背后发泄的话透露给长公主，使她们的嫌怨更深，再无挽回的余地。长公主自会站在自己和阿彘一边，自己谋划的成算可就大得多了。

"哦？你还听说过什么？你那个叫什么的侍女不是与栗姬身边的人交好，可以无话不谈嘛。你一定听到过不少，说给我听听。"刘嫖双目灼灼，看定王娡，一副非要知道不可的样子。

"这……有些话实在难听，不听也罢，倒与她生气作甚，气坏了身子不值呢。"王娡欲擒故纵，息事宁人地说。

"不成。你这样说，我倒更要知道她说了些什么。你若不告诉我，我们亲家便没得做了！"刘嫖盯着王娡，面色肃然，话说得很重。

"大姊不要动怒，我说便是。"王娡赔着笑，把栗姬背后丑诋刘嫖的话语添油加醋地重复了一遍，把长公主气得浑身发抖。

"这个恶妇，我绝不与她甘休！我想要阿娇做太子妃，做皇后又待怎的，不成吗？后宫采女那么多，是朝廷的制度，皇帝岂是她所能独霸的！召幸谁，宠爱谁，是她能管得住的嘛！居然说我撩拨皇帝，说我不知羞耻，看来这个对头我与她是做定了！"

"是呀，她也忒傲慢了！不仅丑诋殿下，甚至不把皇帝放在眼里。椒房殿的阿宝告诉大萍，她背后牢骚满腹，骂皇帝老来不自尊重，是只骚情的老狗呢。"王娡觉得火候已到，可以再加一把干柴了。

"哦？她真是这样说的？"刘嫖两眼发亮，兴奋起来。

"千真万确。"王娡将阿宝的话重述了一遍。

刘嫖拉住王娡的手，郑重其事地说道："我们既已结为亲家，底，我可以告诉给你。我只有阿娇一个女儿，当然要为她打算、安排。栗姬说得没错，我是想要女儿做太子妃，不过，不再是刘荣的太子妃，而是阿彘的太子妃。

那个恶妇恃宠而骄，与我为敌，我定要她看看我的手段，知道我的厉害，叫她鸡飞蛋打一场空！"

王娡强抑住心中的喜悦，低首长揖道："大姊如此抬举阿彘，我们真是蓬荜生辉，感激不尽。无论阿彘能否立为太子，娶到阿娇，都是他的福气。"

"这件事我自会安排，你先莫声张。好了，时辰近午，我还要赶到长乐宫，将此事说与太后。日后我会带阿娇再来，拜见舅姑的。"

王娡将长公主送出院子，目送她乘坐肩舆离去，直到在视线中消失，才转身回殿。送行时她已看到永巷的宫人们三五成群地驻足观望，她知道，长公主驾临之事不用多久，就会传遍永巷和后宫。儿姁、栗姬、贾夫人，这些同样居心的女人听到这个消息后，会作何反应？她不难想象。无论如何，她从绝处逢生，先她们一步胜出，这是谁也想不到的，当然也包括自己。而这，竟是由于承明殿的那场斗殴，由于阿彘被罚往太子宫读书，才有了这样的机会。这是命，这是天意啊！

她又想到刘彘，这孩子的聪明机智，竟完全超出自己平日对他的了解，真是不可思议。对自己的儿子，王娡有了陌生之感，其意志与心智似乎是她所难以控制的。想到这里，一丝隐隐现出的不安和忧虑，冲淡了她满心的欢喜之情。

九

　　长公主来访的消息，果然如春风中的野火，瞬间就传遍了后宫。当日午后便由之生发出两件事情，一件令王娡欣喜满意，另一件则让她陷入了深深的忧虑。

　　午间餐饭后不久，王娡正欲小憩，大萍就报告她郭舍人来访。将来客让入中厅，两人见过礼后，王娡发现，郭舍人的态度已与前两番大不相同。前两次是自己热情相待，主动接近他，而郭舍人则不冷不热，不远不近，不即不离。这一回，一进门他就是满脸堆笑，言谈动作都极为恭敬，似乎又变成从前那个殷勤巴结的小黄门郭彤了。

　　"在下昨日休沐，专程赴槐里，将包裹送与臧夫人，不想夫人竟转送于我。郭彤近年侍从前殿，对夫人照顾多有不周之处，夫人如此厚意，郭彤实在是受之有愧，而夫人曲意周全，郭彤却之不恭，为难得很！"他低首长揖，一副感激涕零的模样。

　　"哪里，公公过谦了。"王娡心中窃喜，赶忙揖手还礼。郭舍人收下了礼物，不能不为自己办事，在皇帝身边自己就有了得力之人，整个谋划就更多出一分胜算。"日后仰仗公公的地方还多，区区薄礼，无足挂齿。"

　　"那郭彤就谬领了。夫人但有事，尽管吩咐，只要办得到的，下官肝脑涂地，在所不辞。"

　　"哪里有那么严重！"王娡笑笑说，"眼下，我所欲求公公的，不过是一点儿消息而已。"

郭彤看看室内只有大萍一人在旁侍候，放下心来。"敢问是什么消息？"他低声问道。

"皇帝果真打算为栗夫人提亲吗？"

"是真的。明日往长乐宫请安，皇帝怕就要办这件事的。另外……"郭舍人欲言又止，王娡已然明白了他的心思，面色蔼然地说道："公公是想问午前长公主来这里的事吧。既然是自己人，我也就不瞒公公了。长公主来此，为的是女儿的亲事，阿娇与彻儿，已经定下娃娃亲了。不过长公主还要请示太后，你知道后不可张扬。"

"那是当然，下官在宫里当差，第一要紧的就是嘴严。夫人请放心。"郭彤听到王娡的话后，心里着实一惊。明日皇帝的提亲，不知会如何收场，恐怕又要有好戏看了。这个王娡，还真不简单，不知怎样联络到了长公主，而且竟把亲事定下了。看她送礼的那套手法，心计甚深，其他嫔妃可真没有人是她的对手呢。

"公公以为皇帝这个媒，还做得成吗？"

"难说，难说。要看皇帝、长公主哪个的意志更强，还有太后站在哪一边。这种事情，下官不敢，也不能猜测，望夫人见谅。"

"那好，我再问你一件事。薄氏被废，中宫迟迟未有人正位，皇帝属意于谁？你以为儿妇如何，她的机会大吗？"

郭舍人沉吟了片刻，既然王娡已开诚相见，自己亦不能过于矫情，给她留下一个不佳的印象。于是很诚挚地说道："暂时看来，栗夫人希望最大，儿子已为太子，母以子贵，如无意外，机会应该最大。至于合欢殿的小王夫人，眼下受宠不假，但欲正位中宫，可以说，她的机会微乎其微。"

"哦？何以见得？"

"皇帝最反感的便是女人的妒忌，尤为忌讳的是女人有机心。小王夫人眼下虽然风光，但她太张扬，机心也重，皇帝喜欢的只是她的美貌和年轻，决无立她为后的想法。栗夫人未能正位中宫，以下官所见，也是皇帝顾虑她嫉妒心重，迟迟下不了这个决心。"郭彤的话相当中肯，自己倒要注意呢。王娡微微颔首，又继续问道："皇帝这几日为何只召幸新宫人，而没有召儿妇侍寝，是因为公公所说的原因吗？"

"皇帝这一向召幸新人，只是因为她们年轻。未召幸小王夫人，可能为的是保住那对龙凤胎吧。"

"那么，公公，你再告诉我一句实在的话，我们的机会，到底有多大？"看到郭舍人迟疑不决的样子，王娡皱了皱眉头，说道："你但说无妨，大萍不是外人，决不会有人知道。"

"夫人恕我直言。若指夫人自己，是完全没有机会的。若指胶东王，则机会很大，现在又能得长公主的助力，希望又大了几分。夫人能否正位中宫，全在胶东王身上。"

"喔？为甚？"

"下官日日在皇帝身边伺候，感觉得出来，上边心里边偏爱胶东王。就如承明殿争斗一事，皇帝在宣室发怒，对中山王兄弟斥责极为严厉，而对胶东王，则几乎未置一词，甚至对韩嫣也未严加处分，还让他们到太子宫读书。由此即可见皇帝的态度。"

原来如此，王娡的心豁亮起来。是呀，彘儿若不与刘胜等争斗，就去不了太子宫，也就无缘进长乐宫，更见不到长公主，而若非他随机应变，说出那么讨巧的话来，长公主也决不会亲自上门提亲，这一切环环相扣，竟如冥冥中有神灵相助，这就是天数吧！

"公公。你的消息对我很紧要，很紧要。我没有看错人。但公公说我的指望全在胶东王和长公主身上，我却以为不然。"

"喔？依夫人之见，又当如何？"郭舍人大惑不解地问。

"我的指望在胶东王，在长公主，也在公公身上！知己知彼，方能有备无患，而这，离不开公公的消息。公公助我，我会没齿不忘。我也向公公许下个心愿，公公是今上身边的人，若上天佑我，今上百年之后，公公仍会是宫中的红人，长享富贵的。"

郭舍人俯身向地，行稽首大礼："夫人的恩德，郭彤敢不尽力图报，即肝脑涂地，万死不悔。"

"公公言重了，快快请起。"王娡示意大萍搀起郭彤，郑重地望着二人，低声说道："今后，就都是自家人了。今天这番话，就烂在我们三人的腹中，再不能有第四个人知道。你们可明白？"

郭舍人和大萍连连称是。王娡又对郭舍人说："若非极紧要事，公公以后少来这里，以免露了行迹。我会专派大萍与你联络，你二人同乡，他人不易怀疑。日后皇帝那里的消息，我就指望公公了！"

送走了郭舍人，王娡与大萍又回到寝室，讨论起今日这些突如其来的变化，就像泗水的人突然遇到了陆地，那种绝处逢生的欣喜感觉，使她们回味无穷。两人说得太投入，以致看到进来禀报的蔓儿，才知道又有人来访了。

王娡、大萍刚刚起身，儿姁已走进寝室，王娡揖手致礼，她却不加理会，四面望望，冷冷地说道："想不到阿姊这里还是这么素净。"看到她来意不善的样子，王娡示意侍女们退下，赔着笑脸说道："阿姁可是很久不到姊姊这里来了，我们还是坐下说话吧。"

与王娡见礼坐定后，儿姁两眼直直地盯住王娡，端详了好一会儿，把王娡看得很不自在。"阿姁来此，一定是有什么事情吧？"王娡试探地问道。

"怎么，你这里没事情就不能来吗？"儿姁的语气仍是冷冷的，隐含着挑衅的意味。

"你看上去很不开心，有什么心事说给阿姊听听，阿姊或能为你出出主意呢。"

"阿姊真会做戏。我何以不开心，阿姊心里会不明白？那日为你做寿时我们那番谈话，阿姊淡忘了吗？那好，我再重复一遍：但愿长做姊妹，莫为仇雠。"

"阿姁，你的话我不明白。我当然没有忘掉那次谈话，也决无与你争位的想法。好好的姊妹，为什么要做仇人？你的话好没有道理。"

"你明里不争，暗地里却无时不在算计。算你奸猾，竟连我也一时瞒过了。我问你，长公主午前来此作甚？她又为何会到你这里来？"儿姁满眼怒气，咄咄逼人地发问。

王娡强压住丹田之中升起的一股火气，千万不能意气用事，说出什么授人以柄的话来，她在心里提醒着自己，于是和颜悦色地说："你怎能对姊姊如此讲话，你有何证据，说我算计于你？长公主来此与你有何相干？姊妹之间，有什么话不好说，干吗这样剑拔弩张的呢？"

"那好，你告诉我，长公主来此作甚？"

"来串门，来给她家阿娇提亲，怎么，有什么不对吗？"

"她为何向你提亲？"

"当然是她相中了阿彘，至于其他事情，你最好去问长公主本人。"

"阿姊心机叵测，算我错看了人。我只求阿姊一事，做到了，我们仍旧是姊妹。"

"要我作甚，你讲来听听。"

"请阿姊将亲事退掉！"儿姁的口气很干脆，并无任何商量的意思。

"这，阿姊做不到。无缘无故地退婚，你可想过，长公主能够善罢甘休吗？"对儿姁命令般的口气，王娡心里极为反感，于是也改换了硬碰硬的语气。

"皇帝答应为栗姬提这门亲事，你即可以此为由，推掉这门亲事。"

看来儿姁的消息也相当灵通，要让郭舍人查查前殿那里有谁为她通风报信。王娡正色望着儿姁，摇摇头，道："不成。这件亲事出自长公主的主动，要退，也要由她提出。况且，儿姁你又何必与阿姊过不去，成全栗姬呢？"

"看来，阿姊是决心与我作对的了。以后莫要后悔！"儿姁冷冷一笑。

"你自去争你的皇后之位，与阿彘的亲事何干？我为甚后悔？"王娡面色如常，但并不示弱。

"阿姊以为，结了这门亲事，就能入主椒房殿了吗？有个想要成为皇后的女人，入宫前就嫁过人，而且还生过一个孩子，偷偷地瞒了许多年。阿姊你说，皇帝要是知道了这件事，会怎样处置这个一直欺骗他的女人呢？"儿姁双手交叠，好整以暇地搬弄着手指，嘴角泛出嘲讽的笑容。

王娡的心一下子沉了下去，这女人忒恶毒了！她像不认识了似的看着儿姁，虽想竭力控制情绪，仍藏不住额头渗出的冷汗和苍白失色的面容。"谁欺骗皇帝了！我入宫之时，皇帝已知道我不是室女。"她分辩说，但明显底气不足。

"可皇帝未必知道你还有一个女儿！好，就算皇帝在这件事上不深究。可交通宫禁，收买皇帝身边的人，这种事情，你以为皇帝会放过吗？！"

"你胡说，谁交通宫禁？你不要血口喷人。"王娡有些懵了，送礼之事儿姁不可能知道，就是知道了，也决不会如此快，到底如何泄露出去的呢？这件事要严重得多，有性命之忧。

"若要人不知，除非己莫为。阿姊昨日托郭舍人给娘捎物，捎的什么？娘交代小黄门，有一包东西托郭舍人带给我们，又在哪里？拿出来，拿给我看看呀。怎么，没话说了？如今虽还不知你包裹里是什么，郭舍人带回来的又是什么，不过数日内我就能知晓。你以为娘会将这等事瞒着我吗？"儿姁完全占据了上风，眼中满是讥讽的神色。

"阿姁，姊与你是一奶的同胞，为何把我向死路上逼呢？你到底要怎样才肯放过我呢？"王娡的声音哽咽了。

"怎么是我逼你？要怪就怪你自己不自量力！哼，跟我争？我早就警告过你。"儿姁志得意满，看着潸潸泪下的王娡道："你若识趣，我也可以不说出去。但你必得按我说的做，十日之内你得把亲事给我退掉。逾期莫怪我不念姊妹之情了。"

王娡屈服了。她不能不答应下来，儿姁提到的这两件事，哪一件都足以毁掉她，而挽回局面需要时间。她呆呆地望着儿姁趾高气扬离去的背影，脸上有一种说不清的复杂神情。

天黑之前，王娡一直独自在寝室中徘徊踱步，时而思考着什么，时而又坐下来写着什么。掌灯之后，她叫进大萍，低声向她吩咐了许久。然后又在灯光中独坐了很久，半夜里一名侍女如厕，看见主人的房间中依然有灯光，似乎还有嘤嘤哭泣之声，但仔细一听，又仿佛什么也没有，她倦意十足地打了个哈欠，就又回房睡觉去了。

十

次日，在侍从皇帝前往长乐宫的路上，郭舍人向刘启报告了刘嫖曾往漪兰殿的事情。

"喔？这是什么时候的事，她去那里作甚？"

"昨日午前，听说是向王夫人提亲。"郭彤十分谨慎，一句也不多说。

刘启既诧异，又为难。刘嫖的自行其是，使他不快。"结果如何？"皇帝的声音冷冷的，感觉得出怒气。

"听说是成了。"

"听说？听何人所说？"刘启不耐烦了。

"后宫都传遍了，几乎无人不知。"郭舍人头皮发紧，但他不敢不报。如果这件事上边从长公主那里听到，又会大发雷霆，责备他们无能的。

长公主怎么会想起去漪兰殿，会不会那个王娡在里面搞了什么名堂？想到这里，刘启警觉起来，自从薄氏被黜，后宫里头的嫔妃就有蠢蠢欲动的迹象。尽管没有人敢于在他面前提及此事，但直觉和经验告诉他，谋夺皇后之位的活动肯定存在。

"长公主怎么会去漪兰殿？王娡于此作了甚手脚吗？你不必顾忌，尽数讲来。"刘启看了郭舍人一眼，似乎是鼓励他畅所欲言。

郭彤知道皇帝这句问话的厉害，如果应对不善，不能尽快遮掩过去，加重皇帝的疑心，王娡危矣。"不会。王夫人与长公主已经几年没有见过面了。"郭彤语气从容，极为肯定地说。"奴才听长乐宫那边过来的人讲，是太子带河间王、胶东王到长乐宫给太后请安，在那里遇到的长公主。说是长公主一眼就相中了胶东王，才去漪兰殿提亲的。"

"是这样吗？等下我当面问问她。"皇帝不再说什么。远远的，已经可以看到长乐宫的西阙了。

窦太后今日的情绪特别好，爱子梁王又派人给她送来了大批关东的特产和礼物。皇帝到长信殿时，她与刘嫖正在拣看众多的礼品。

窦太后年近六十，面孔略显清癯，鼻梁高挺，剑眉下的一双杏眼，不怒而威。她身材略为瘦削，但精神矍铄。看到刘启走进来，她欢喜地招呼道："皇帝，阿武派人送来恁多物品，还专门给你和阿嫖各备了一份呢。"

刘启伏地顿首，请安道："给皇太后请安，愿皇太后康健，长乐无极。"

"我好着呢！你也过来看看阿武的礼品吧。"太后略为颔首，注意力便又放到那些新花色的襄邑织锦上去了。刘启走到近前，几十匹织锦和细布旁边，赫然陈放着一套极为精致的青铜酒具，大小十几件，纹饰繁复，镏金错银，每件酒具上都镌刻有"天子永寿，长乐未央"的铭文，显然是专门定制送给他的。看来，传说梁王奢侈拟于天子，恐怕是真的，但老弟事事都想着他，还是令刘启很欣慰。

"你看看，民间的这些个花色织锦，一点儿也不次于工官所产的呢！"窦太后展开一幅料子，边抚摩着边对刘启说，"等下拣你喜欢的带些回去，赏给栗姬她们。"

刘启觉得这是个机会，于是挥挥手，看着殿内的宦者侍女们都退了出去，他才开口说道："太后提到栗姬，朕正有一件家事，要与太后和阿姊商议。"

"哦，什么事？还要避开人？"窦太后问道。还在欣赏织锦的刘嫖也转过身来，注意地看着刘启。

"朕欲为栗姬做媒，聘阿娇为太子妃。"

"咳！你干甚不早说，嫖儿已将阿娇聘与胶东王了。"太后摇摇头，又望着刘嫖，说道："阿嫖，你看呢？好在只是定亲，现在改主意还来得及。"

刘嫖看着刘启，冷冷地说："早知如此，又何必当初呢！我只一个女儿，不能许配给两家。栗姬不是没有机会，可她不识趣。现在再提这件事，晚了，不可能了。"

"阿姊，朕的大媒，你也不给一点儿面子？"

"不是我不给皇帝面子，而是栗姬不给我面子。何况我也不能出尔反尔，让宫里的人背后笑我无信。"

"阿姊又何必意气用事呢？"刘启不以为然地说，"阿荣终究是太子，这门亲事，对阿娇的将来会更好。"

"可我看阿彻，是个更有出息的孩子。再有阿娇与他的命相五行相生，是上上的大吉。这件事吾意已定，皇帝还是成全了吧。"

"阿彻也是朕的儿子，这桩亲事，朕不答应，你只是一厢情愿罢了。"刘启非常不快，刘嫖违拗他的意志，已不是第一次了。

文帝在世时，有个宠臣名邓通，是蜀郡南安人。邓通在宫中起初只是个棹船郎，他的发迹竟起自文帝的一个梦。文帝一次游沧池，午间在池中的渐台小憩，梦见自己上天不能，正飘忽不定之际，忽有一头裹黄巾者从后面推他上天，他回头望了望，记住了那人的衣衫相貌。醒来后，便暗中查看在渐台服侍的众人，觉得邓通的衣衫穿戴与梦中人相同，面目也依稀相似，又问知其名曰通，认为大吉，遂命其在身边服侍自己。邓通为人谨慎，不事交游，对文帝极为忠谨，故而大得皇帝的宠信，官至上大夫。文帝曾请许负为自己身边的人相面，看到邓通，不料结论却是邓通将贫饿而死。文帝大不以为然，说我欲谁富谁即富，贫饿从何谈起？于是将蜀郡严道的铜山赐予邓通，许他自行铸钱，此后"邓氏钱"遍天下，邓通也成为当时的巨富。

文帝曾患痈疽，疮口脓肿。邓通侍病于旁，经常为文帝吸吮脓汁。文帝内心很有感触，于是问他："天下的人，谁应该是最爱我的人？"邓通回答说，应该是太子。于是，在当时还是太子的刘启前来请安问候时，文帝命他为自己吸吮脓汁，刘启虽遵命但面有难色。后来听到邓通常这样做，内心愧赧，但也从此对邓通怀恨在心。文帝驾崩后，刘启登基，当即罢黜了邓通的官职，随后又借故罚没了他的全部资财，并派人追逼罚款，数额巨大，欲置邓通于死地。刘嫖认为邓通忠于父皇，并无过错，为此与刘启争讲过数次，并以私财赐予邓通，但随赐随被罚没，只要是值钱之物，一件也不留。刘嫖无奈，只能令人馈赠他一些衣食，勉强度日，身上不名一文，最终客死于寄居的人家。为了这件事，姊弟间的关系别扭了好几年。

刘嫖的面孔也涨红了，说话的声音也高了起来。"陛下以为栗姬是个什么贤淑的人吗？未央宫的宫人，哪个不知道她是醋坛子！皇帝爱幸他人，栗姬却迁怒于我，骂我不知羞耻，现在又来示好，这种阴阳两面之人，我决不与她做亲家。"

"那么，你与王娡的亲家怕也做不成了。"刘启冷冷地说道。

"陛下以为栗姬就忠爱于你吗？她背后骂你不自尊重，像只骚情的老狗呢！把这样一个人位置在中宫，我真怕'人彘'的惨剧再现于今日。"刘嫖并不示弱，冷笑着说。

"你给我住嘴！"刘启刚想发作，看到太后阴沉不快的面色，只能强压下怒气，问道："你听何人所言？若不实，你便有欺君之罪的！"

"我从哪里听到陛下莫管，陛下只管去问栗姬就可以了。至于与胶东王的亲事，陛下不允，还有太后可以做主。太后，请为女儿做主！"刘嫖转向太后，声音哽咽，伏地稽首，头久久不肯抬起来。

"好了！你们两个不要再争了。"窦太后看着刘启，面色十分难看，"这个栗姬，背后詈骂丑诋天子、贵戚，不守妇道，也忒不像话了。这虽是家事，皇帝也不能姑息纵容。做皇后的，要表率后宫，母仪天下，似这般小肚鸡肠，妒忌成性之人，难免不做出吕后那种事情来。你祖父高皇帝的教训，皇帝莫要忘记！"

"谨记太后教诲，朕回宫后一定查问清楚。"刘启顿首再拜，心里又气又怒。

"至于亲事，阿嫖既已相中胶东王，我看也没有什么不好。你大姊既然与栗姬生了这么大的意见，强扭的瓜不甜，这头亲事不结也罢。今日我即做主，将阿娇许给刘彘，皇帝就不要再为难阿嫖了！"

"谨承母后教诲，朕不再过问此事，阿姊也不要再赌气了。"刘启向太后、刘嫖揖揖手，虽然很没有面子，但碍于母命，不得不应承下来。又陪太后扯了些家常，刘启便告辞回宫了。

当晚，又是栗姬的侍寝之夜。刘启虽不甚相信刘嫖的话，还是决定试探一下栗姬的态度。栗姬也已听到长公主去漪兰殿提亲之事，但并不担心。皇帝的大媒，所嫁的又是人人倾羡的太子，刘嫖肯定会欢喜不置地一口答应下来。当听到皇帝提媒不成，反而由太后做主将阿娇许给刘彘后，栗姬如雷贯耳，震惊得失去了常态。

"皇帝竟连自己儿子的婚事也做不了主了吗！长公主如此，不过是为了羞辱我，羞辱太子，也是羞辱陛下！"栗姬冲动非常，额角暴起了青筋，声音也嘶哑起来。

刘启沉默不语，吃惊地看着她的反应。看来刘嫖说得不错，栗姬确是没有容人之量。

"皇帝，不要让刘彘再去太子宫读书了！"栗姬恨恨地说道。

"为甚？他与太子兄弟不和吗？"刘启不以为然地问道。

"这孩子心机甚深，竟利用荣儿兄弟，再待下去大为不宜。"

"一个六岁的孩子，能有什么心机？聪明伶俐也是罪过吗，你太过虑了。"刘启看着气得发抖的栗姬，摇摇头道："刘荣是太子，还愁寻不到一门好亲事？你莫再生气了，气大伤身呢。来，还是陪朕饮几杯酒，酒能解愁。"

两人闷闷地饮了一阵酒，刘启为缓和气氛，亲自酌酒，递给她一杯，温和地说："朕敬夫人一杯，百年之后，朕遗下的子女，夫人还要代我多多看顾啊。"

栗姬并不回答，举举杯，并未沾唇就放下了。刘启心里不快，但面上神色如常。他看着恨恨不已的栗姬，不以为然地说道："你莫这样子，欲做皇后，就该大度。今日太后为阿姊主亲，朕又能如何？好事情也不要占全了，满招损，谦受益。你以后要大度一些。"

"我狭隘，我妒忌，陛下夜夜新欢，我说过一句没有！"栗姬气急败坏，语气很生硬地说道。

"你嘴里没说，可全都写在脸上！朕是天子，难道用什么人来陪，还要看你的脸色？"刘启颇为恼怒，生气地将酒杯顿在食案上，酒液溅了出来。

"陛下十几个儿子，还嫌不够吗？年纪大了，早就该节劳，还夜夜风流。太子的事情不管，搞出来孩子却知道叫别人看顾，天下有这个道理吗？"栗姬情绪愤懑，加上酒意，竟不管不顾地把压在心里的话倒了出来。

"好，好！平日的委屈和怨恨，你尽管说出来。难怪阿姊说你妒忌成性，背后诅詈，朕还不信，看来倒是错怪她了。你给我说，你是否骂她无耻，骂朕老狗？"刘启面色铁青，话音中冷冷地有一股杀气。

栗姬一下子省悟过来，自己是闯下大祸了。她伏下身子，连连顿首，涕泪交流地说："臣妾不敢，皇帝明察。臣妾有天大的胆子，也不敢诅詈陛下。"

刘启沉默不语地看着栗姬，恼怒、痛恨、怜惜等各种情感在心中交相起伏，好一会儿才平息下来。"你今夜回后宫吧，以后朕也不会强要你来陪朕了。"刘启的话音很平和，也很冷漠。

"臣妾一时糊涂，犯下大不敬的大罪，死有应得。臣妾昧死上言，决无诅詈陛下之事。我自入椒房殿，后宫嫉恨者非少，臣妾自知身处危地，如履薄冰，仍不免于谗毁，还请皇帝明察。望陛下念臣妾侍奉多年的情分，不要难为太子和德儿，阏儿死得早，臣妾与陛下只有这点儿骨血，求陛下保全。"说到这里，栗姬已泣不成声，额头也磕出了血渍。

刘启心下不忍，安慰道："你不必过虑，朕不会为难你们母子。你心情不好，酒醉后易失言，今后不可如此。你收拾一下，早些回宫歇息吧。"随后，刘启吩咐当值的北宫伯子，派人送"不胜酒力"的栗姬回后宫安歇。

栗姬入宫侍寝时，随同前来的阿宝，交给郭舍人一卷大萍捎来的帛书。今夜是北宫当值，郭彤早早用过饭，回到自己的住处，取出帛书，掰开封泥，展读之下，不觉大惊失色。帛书只有短短数行字，但却透露了一个令他心惊胆战的消息和决定。

长陵事已漏风，前殿有人交通合欢殿，于你我均极不利，速查明阻断之，以绝后患。

帛书既无抬头，又无具名，但口吻一望而知是王娡的。长陵事，自然指自己受王娡和臧儿之贿的事，此事并无第三个人知道，怎么会走风呢？郭彤皱眉凝思，忽然想起那天休沐出宫时，曾遇到谒者令赵谈。难道是他？交通合欢殿，显然指的是王儿姁，难道赵谒令与她交通？儿姁有谋皇后的野心，郭彤略为知晓，她侦测长陵之事，不用说是把她姊姊也当作了敌手。臧儿也是她的母亲，长陵之事的真相自然瞒不住她，她既有内线通前殿，此事自会成为挟制王娡与自己的杀手锏。交通宫禁，绝对是灭门的大罪，一旦被人向皇帝告发，后果可想而知。想到这里，郭彤不由得汗湿沾衣，焦虑非常。

绕室彷徨了一阵子，郭彤渐渐冷静下来。从早上长乐宫发生的事情看，太后做主，皇帝同意了胶东王与阿娇的亲事，王娡这方面的情势相当好。而小王夫人有身子，分娩前可能不再会被皇帝召幸侍寝，唯一的威胁来自她在前殿的内线。找出并掐断这条内线，王儿姁就难以施其技。郭彤心中暗笑自己竟这么沉不住气，紧张的神经松弛下来。

自己代王娡捎物之事，只有为自己驾车的小黄门知道，查对的线索也在他身上，郭彤决定，明日一早，即从这里查起。而在皇帝身边的大宦官只有北宫伯子、赵谈和自己三个人，如能将北宫拉到自己一边，对付赵谈就会容易一些。想到这里，郭彤决定找北宫一谈，今夜恰好由北宫值寝，正可趁赵谈不在与之深谈。

郭彤来到寝殿的旁舍，北宫伯子却不在，问当值的宦者，才知道因为栗姬闹酒，皇帝派北宫送她回了后宫。这可又是个惊人的消息，郭彤敏感地觉察到，宫内即将出现重大的变故。他回到住处，躺在床上，心怀忐忑，自己已无退路，只能站在王娡一边，往后还不知会遇到什么凶险，只能硬着头皮顶住，不然就是灭顶之灾。他思前想后，辗转反侧不能成眠，直到鸡鸣头遍后，才昏昏睡去。

十一

宦者署是少府所属的内廷官署之一，位于未央宫通往北阙甬道的东侧，署门前立有铜马，所以又被称为金马门。郭舍人一早就来到这里，找到了那日驾车送他去长陵的小黄门，将他带进一间空屋单独问话。

"你老实告诉我，从长陵回来后，前殿有何人找过你，问过甚事，你说过什么，你一件一件给我说清楚。若有半句谎话，下场你自己知道。"小黄门叫张丰，也是赵地人，因同乡关系，郭舍人平日很看顾他。看到郭舍人狞厉的脸色，张丰知道不妙，额头冒汗，一副手足无措的模样。

"禀告大……大人，那日从长陵回来，小人卸下车马，就有内谒者署的人来找，到那里才知道是内谒令赵大人问话。小人不明就里，也不敢隐瞒，他问甚，小人答甚。"

"他问甚？"

"问大人去了哪里，还问在长陵王夫人家中待了多久，捎去甚，带回甚，对我说过甚。"

"你怎样回答？快说！"

"小人回答说，大人是受王夫人之托向家里捎了件包裹，甚东西我不知道。后来在王夫人娘家吃的酒，都吃醉了，所以回来也晚了。回来之前，臧夫人往辎车上放了一只布包，好像很重，说是托郭大人给宫中的两位夫人捎带的物品。其他不知道的事情，小人绝不敢乱讲，一概推说不知。赵大人赏的酒钱，小人也没敢用。"边说，张丰边从怀中掏出一串铜钱，放到地上。

"那么，我再问你一事，自我从长陵回来之后，宫里这几日有人去过长陵吗？"

"小人只待候车马，实在不知……"

"我问的就是有没有人用过宦者署的马车，内官出宫，不全在这里调用马车传乘吗？"

"是。小人愚昧。这几日用车的，并无往长陵方向去的。"

郭舍人的心放了下来，看来，对方尚未去长陵核实真情，因而并未掌握到真凭实据，事情还可以转圜。他沉思了片刻，望定张丰，说："张丰，你我同乡，我平日待你如何？"

"大人待我，有如父兄。小人全家感恩戴德，愿大人福寿无极，公侯万代。"

"好，你既知感恩，那我也交代给你一句实话。你身不由己，已卷进一桩是非旋涡之中，搞不好有杀身之祸。何去何从，你好自为之。"

张丰扑通一声伏在地上，连连叩首道："大人救我！大人救我！为小人指一条生路吧。"

郭彤摆摆手，道："你听我说。你若想避祸，也很容易。我看你人还老实，又是同乡，给你指条明路。我可以告诉你们宦者令，你老母病重，代你请准假，你回乡避避风头，事情过了，我会给你捎信。没有接到我的指令，你切不可回来。听明白了？"

张丰连连顿首。于是郭彤找来宦者署令，为他请准了假，亲眼看着他收拾出宫后，方才回到前殿。

郭彤匆匆赶回前殿值庐，已是昼漏十刻。屋内只有当值的尚书闲坐谈天，一问，方知皇帝昨夜身体不适，今晨晏起，还没有上朝。郭彤松了一口气，便登阶去宣室殿，在宣室的耳房中，见到了正在那里等候着的北宫伯子和赵谈。

三人见过礼，郭彤觉得气氛不对，未等发问，北宫就告诉他，皇帝昨晚没有睡好，还要等一阵子才能驾临。早间上边要赵谒令宣召丞相、太傅和郎中令周仁进宫议事，今天不知会发生什么事情。

"昨夜听说栗夫人醉酒，上边让北宫大人送她回后宫，不知可是因为此事？"郭彤向北宫揖手，低声问道。

"谁知道，谁知道。天心不可妄测啊。"北宫摆头笑笑，满脸谨慎，并不作答。

真是愈老愈滑头了。郭彤心里想着，抬眼望望赵谈，"赵大人以为如何？"赵谈也只是摇摇头，用意味深长的目光看着郭彤。郭彤索性也不再开口，三人枯坐着，直到侍御史通知他们皇帝就要驾到，他们才进殿伺候。

出乎意料的是，皇帝与大臣所议并没有涉及栗姬，而是几个郡国上报的文书。将近正午，皇帝发布了几道诏令后，朝会就散去了。

看来北宫说得对，天心还真是难测呢。用过午餐，郭彤前往北宫的住处，他决定还是要争取北宫，以防赵谈先下手把他拉走。郭彤可以说是北宫一手调教提拔上来的人，两人做事的风格也相似，稳健、谨慎。赵谈则比较张扬，皇帝出行，他任骖乘 ①，万众瞩目，赵谈亦不免面有得色。前殿的大宦官中，北宫年岁最大，资格最老，郭彤年轻，资历浅，故而赵谈要在皇帝面前拔得头筹，势必要挤掉北宫。北宫虽无所表示，但郭彤能够感受他那种如芒刺在背的感觉。因此他对拉住北宫，较有把握。

北宫伯子正欲午休，听到郭彤来访，还是将他延至内室见礼，宦者奉茶退出后，北宫笑笑，说道："吾老矣，精力不济。每日午间都要补补觉了。"

"打搅老师清梦了。"郭彤揖手致歉。在私下场合，郭彤均执弟子礼，称北宫为老师。

"学生来此，为的是向老师报告一个消息。昨日午前，上边在长乐宫碰了钉子，太后为长公主做主，定下了阿娇与胶东王的亲事。上边也允准了。"

"这就难怪了。栗夫人昨晚闹酒，怕为的就是此事。妇道人家，没有一点儿心胸，近之则不逊，远之则怨，孔夫子的话真是一点儿不错。这下子雪上加霜，后宫怕是要从此多事了！"北宫看着郭彤，感慨地摇摇头。

"栗夫人失势，一定会动摇储位，以老师之见，后宫形势如何？学生愚昧，望老师有以教我。"

北宫笑着摇摇头，呷了口茶，道："一切还不都在上边喜怒一转移之间。老夫不能妄测。"

---

① 骖乘，即陪乘。《汉书·文帝纪》注："乘车之法，尊者居左，御者居中，又有一人处车之右，以备倾侧。是以戎事则称车右，其余则曰骖乘。"

"可是已经有人在活动了。老师可听说赵谒令与合欢殿往来密迩？"赵谈是北宫的心病，郭彤于是由此打进楔子，迫他开口。

"喔？果真如此，我怕他是押错了宝。"

"以老师看，宝押在何处胜算最大？"

"郭大人，不要与老夫绕弯子了！"北宫敛容正色地说道。"郭大人恁聪明的人，心里应该有数。你既称我为老师，不妨把你的判断讲给我听听，我或许可以贡献一点儿意见。你我十几年的交往，还不至于不能坦诚相见吧？"

郭彤面有愧色，揖手谢罪道："是学生见外了。事出非常，学生不敢不谨慎。椒房、合欢、披香、漪兰各殿均有争心，事情又牵涉两宫和大长公主间的意见，情势错综。大家都是皇帝身边的人，势难置身于事外，还望老师指点迷津。"

北宫额首笑道："你有这个见识就对了。先告诉我，你的宝押在了哪里，我看看你够不够聪明。"

"学生把宝押在了胶东王身上。"

"押在胶东王身上，为甚？说来我听听。"

"胶东王自幼颖悟过人，深得上边的喜爱。"

北宫竖起一根手指，道："这是一。还有呢？"

"胶东王被长公主相中定亲，可以得长公主之助，也就可以得太后之助。"

北宫再竖起一根手指，"这是二，但并不足够。还有呢？"

郭彤凝思了片刻，摇摇头道："学生愚昧，实在想不出了。"

"你我侍奉上边多年，上边的脾性，我们都是清楚的。我问你，对于后宫的宫人，上边最反感的是甚？"北宫呷着茶，好整以暇地问道。

"妒忌。"

"不错。那么上边最为忌讳的又是甚？"

"结党谋私。"

"是矣。那么你刚刚列举谋位的那四殿的主人，谁最不张扬惹眼？在上边的心目之中，谁最显安分，最无野心呢？"

"当然是胶东王的母亲。"

"这就对了。皇后是作甚的？是皇帝的女管家，既不能妨碍上边寻欢作乐，又要替上边操持好家务，这就够了！所以，皇后不一定非得是上边喜欢的女人，但却一定得是个安分、顺从的女人，而且这个女人还得有一个皇帝喜爱的儿子。所以赵大人这一宝押得不如你，他只看到合欢殿得宠，看不到她是个不安分的女人。"

郭彤恍然大悟，心里佩服北宫不愧是识途老马，见识终究胜过自己。北宫望着郭彤喜不自胜的样子，不以为然地摇摇头，道："你这一宝押得虽准，但并不能保证你有了最后的胜算。"

"此话怎讲？请老师明示。"

"人心是会变化的，所以也是最靠不住的。原本平庸的人会得志忘形，皇帝对人的好恶的转移，也可能瞬间就发生。上边既能废刘荣，当然也能废刘彘。关键在于当事之人善执持盈保泰之道，以平常心处之而已。"

"老师明鉴，学生谨受教。"郭彤顿首再拜。

"很多事情，你不能光看到有利于自己的一面，不利的一面亦不妨多想一想。譬如，对手会如何动作，大臣们也不会轻易赞同废立之事，制度所关，搞不好会动摇国本的。"

"学生正想就此请教。赵大人交通合欢殿，其志不在小。伺察上意，传递消息，是个危险人物，最近竟搞到了学生身上。"

"你有把柄被他抓住了吗？"

"我只是前几天代王夫人向家中捎了些物品。今日方得知，他竟然私下查问为我驾车的小黄门，真是可恶之甚。"

"只要他无确实把柄，就难奈你何。你可以静制动，你不动，他就没办法制你。反之，他愈动，破绽会愈多，愈容易被人抓住把柄。反者，道之动。主客易势，你便可化被动为主动了。"

"合欢殿那里，好生是非，有赵大人在前殿，我担心她会在皇帝身边挑起事端，牵连老师与我，倒要想个办法，绝了这条通路呢。"

北宫闭目思忖了一会儿，站起身来，在屋中踱起步来。过了一会儿方说道："赵谈这个人，是个逐利之徒，他之为小王夫人奔走，无非'功利'二字使然。要他知难而退，还应从根本上做起，在'利害'二字上做文章。名利场中人，利，则趋之；害，则避之。这是天下的通则。你找机会对他言明利害，大势所在，他是个聪明人，不会看不出来，一定会按趋利避害的本能行事的。如此化敌为友，比争个两败俱伤要好得多。"

"多承老师教诲，学生茅塞顿开。还望老师日后多多助我，功成之后，学生与老师都可长享尊荣的。"

"吾老矣，安度余生于我足矣。我与你说这些话，是看在你我十几年的感情上，决非贪图富贵。政海之波澜，你我既在局中，虽想置身事外而不可得，唯有谨慎小心，保命图存而已。"

郭彤告辞出来，心里宽慰了许多。首先，拉住北宫的目的已经达到；其次，北宫对情势的判断与自己一致，坚定了自己的信心。当务之急是抢在赵谈之前切断线索，使之无所施其技。然后即可按照北宫的办法，以静制动。时机适当时对赵谈陈明利害，要他知难而退。

今夜当值的是赵谈，他决定趁此机会，再去长陵，向臧儿讲明利害，封住她的嘴。想到那日长陵田家酒会上旖旎的风情，郭彤不觉心驰神往，再次兴奋起来。

十二

"让我说公公什么好呢？到手的把柄，竟也被他轻轻溜掉了！你若在郭彤去长陵的次日赶去，他还跑得掉？难道平日伺候皇帝，你也这样子不紧不慢嘛！"儿妁恨恨不已地说着。

赵谈垂着头，心中的懊恼与失望兼而有之。昨日休沐，他去了长陵田家，受到臧儿的热情款待。但问到郭彤捎物之事，臧儿却一口咬定全是王姁给她和王信补贴家用的财物，她捎进宫里面的，不过是衣物食品，根本没有什么行贿之事。翻来覆去都是这些话，赵谈又不能过于逼迫，悻悻而还。回宫后才发觉宦者署的小黄门已经请假还乡，将两件事情联系起来一想，赵谈才感到事情不妙，有人已抢先做过手脚，也就是说，自己的立场已为对方知晓。赵谈虽不把郭彤放在眼里，但被人识破，成为暴露在明处的对手，终究会有相当的风险。

再有这个小王夫人，也忒不给自己留面子。听到些坏消息就勃然发作，像下人一般训斥自己。作为皇帝身边的近臣，就是贵为三公的高官，见了面也还要客气敷衍他一番，除了皇帝，这些年，他还真没有被第二个人这样训斥过。

"夫人，我很怀疑是什么地方出了纰漏，不然郭彤的动作不会这样快。"

"这件事情，只有你我两人知道，公公的意思，这纰漏是出在我身上喽？"

"下官不敢。可是下官还是要问一句，夫人在漪兰殿那里没有提到长陵之事吗？"

儿姁猛然想起她确以此事威胁过王娡，看来还真是从她这里漏的风。她摇摇头："当然没有。"然后息事宁人地笑笑，"好了，算他们滑头，这件事先到这里。交通宫禁的事情可以暂且不提，可欺瞒皇帝的罪名她是逃不掉的！你还要给我盯紧着点儿。"

侍女通报王夫人来访，赵谈已走避不及。儿姁示意他到屏风后面回避，自己起身相迎。

两人见礼后，儿姁示意侍女们退下，然后冷冷地盯着王娡，等着她开口。王娡却敛容低首，不发一言。

"阿姊答应的那件事办了吗？"见王娡始终没有开口的意思，儿姁忍不住问道。

"没有办，也不能办了。"王娡抬起头，望着儿姁，目光平静如水。

"你这是甚意思，怎么不能办？"

"皇帝几日前去长乐宫请安，当面向长公主提亲，可长公主执意不允，最后由太后做主，为阿娇与彘儿定下了亲事，皇帝也允准了。两宫定下来的亲事，退亲，已非我所能办和敢办的了。"

这个消息太突然，儿姁瞠目结舌，半晌说不出话来。藏在屏风后面的赵谈，也吃了一惊。联想起前日栗姬被遣送回后宫之事，赵谈恍然大悟，王娡已取代栗姬成为皇后位置的有力争夺者。姊妹间的争夺，由于太后和长公主的介入，优势似乎并不在儿姁一边。想到这里，他觉得要重新考虑自己的立场了。

"此事你怎会知道？"儿姁回过神来，不相信地问道。

"前殿有人为你通消息，自然也有人为我通消息。交通宫禁的，恐怕不只是我一个人，怎么，你的人没有将此事告诉你吗？"

"你有何凭据说我交通宫禁？"儿姁见王娡如此强硬，不禁有些心虚。

"你又有何凭据说我交通宫禁？"王娡反问。

"你莫得意，我早晚会得到证据。况且你蒙骗皇帝之事，怕是推卸不掉的吧！"儿姁面色发青，气急败坏地指着王娡，愤怒得声调都变了。

"你又是何苦呢？阿姊从小让你到大，你就让我这一次不行吗？皇后之位，我决不与你争。毁了我对你有甚好处，我们姊妹一场，最后搞到两败俱伤，欢喜的是谁呢？"王娡讲到动情之处，眼含泪光，声音也哽咽了。

"我不相信你。我没有想到你的心计这么深，不过你得意不了多久，你记住，我不会放过你的！"

"儿姁，你消消气，莫动了胎气。"王娡不再争吵，她敛容望着儿姁，呷了口茶，说道："母亲托郭舍人带给我们的物品，我给你带过来了。"她招呼大萍将东西送进屋内，揖手告辞，头也不回地走了。

赵谈从屏风后走出，儿姁还呆呆地坐着，他揖手告辞，刚要转身退出，却被儿姁叫住了。

"皇帝代栗姬求亲被拒之事，你为何不告诉我？"

"此事我也是刚刚听说。那日侍奉皇帝去长乐宫的是郭彤，此事他当然不会告诉我。当晚栗姬与皇帝大闹，被遣送回后宫，她的失宠是铁定的事。后宫人事的巨变，怕就在旬月之间，夫人好自为之。下官还要侍奉前殿，这就告退了。"

"公公请留步，我还有事相托。"

"夫人请吩咐。"

"请公公给皇帝带个信，就说我想马上见他，有要事相告。"

"这，这恐怕不行。召幸宫人，均由永巷安排。越轨奏告，会引起皇帝怀疑，反而会坏了大事。夫人还是安心调养，孩子生下来后，皇帝定会来探视，不愁没有机会说出夫人想说的话。赵谈还要赶回去侍候皇上，就此告辞了。"说罢，赵谈即躬身辞出，匆匆离开了合欢殿。

赵谈走出不远，就遇到了等在路边的王娡。

"公公是回前殿吗，何不在合欢殿多坐一会儿呢？"王娡边揖手致意，边盯着赵谈官袍的下摆。

"我去少府办事，夫人说我在合欢殿，是什么意思？"赵谈颇为诧异。

"我也才从那里出来不久，与儿姁坐着说话时，看到那屏风下脚露出的袍服下摆，倒是与公公的一样呢。公公既不在那里，怕是我看错了。"王娡逼视着赵谈，口气却是不软不硬。

"哪有的事，哪有的事。我前殿有事，不能陪夫人说话，告辞了。"赵谈揖手作别，一心想快些摆脱这尴尬的局面。

"请留步，有句话还想请公公带给前殿的郭舍人。"

"哦？请讲。"

"请公公告诉郭舍人，那个算计他的人我已查清楚了，请他不必担心，但也要小心提防。"

"郭舍人若问那人是谁，下官怎样回答呢？"赵谈佯作不省，面色却变白了。

"他心里清楚，不会问的。好了，此事拜托了，不耽误公公了。"说罢，王娡与等在一边的大萍，头也不回地向永巷的方向去了。

赵谈回到住处，思前想后，把几日来的经历细细地捋了一遍，决定在风向变化未定之际，改行中立不倚的立场，而要做到这点，首先就是化解王夫人和郭彤对自己的敌意。为此，当日退值后，他来到郭彤的住处。

郭彤的屋内无人，赵谈正要走开，忽听到随着簌簌的声响而起的喝彩之声由房后传出。他绕到房后，原来是郭彤正在一块空场上练习投壶。距郭彤九尺开外，陈设着一只广口大腹、脖颈细长的大铜壶，郭彤手持一把九扶 ① 长的棘矢，一支支地向壶中投去，每投进一支，司射和围观的宦者们都大声喝彩。看得出郭彤颇擅此术，所投十中八九，场上喝彩声不断。将手中的棘矢投完，郭彤额角已经冒汗，他转身接过旁边递过来的汗巾，看到了站在不远处的赵谈。

"赵大人，今日怎么得闲来此？一起投两支如何？"

"郭大人好身手，鄙人虽有雅兴，无奈不通此道哇。"

郭彤让宦者们收拾场地，自己将赵谈让入屋内，两人见礼后，郭彤问道："赵大人，来此有何见教？"

"见教没有，倒是我有事想请教郭大人。"

"鄙人不敢。赵大人有事尽管直说。"

"听说东朝那边，太后做主定了胶东王与阿娇的亲事，皇帝也允准了？"

---

① 投壶，汉代宴会上常见的一种助兴游戏。投壶者站在一定的距离外，向一广口大腹细颈的壶中投掷用硬灌木枝削成的棘矢，投中一支为"一算"，最后以投中之多寡定胜负，并以此赌酒。壶中装满小而滑的豆子，棘矢即使投入，也常常被弹出，因而需要相当的技巧。棘矢的长度因投壶距离不同而分为五扶、七扶、九扶三种，古时以四指宽为一"扶"，合汉尺四寸，"九扶"即三尺六寸长的棘矢。

"不错。赵大人的消息也蛮灵通的嘛！"

赵谈眉头微蹙，做出责怪的样子，说道："你我同在皇帝身边做事，这么要紧的事情，你一点儿风也不透，不大够朋友吧。郭君是不是对我有所误会呀？"

郭彤笑笑，说："赵大人言重了。服侍上边，不得不谨言慎行，这个规矩大人比我明白，哪里有什么误会可言？言重了，言重了！"

"我还有个问题私下请教，郭大人不会与我见外吧？"

"哪里，哪里。赵大人但问不妨。"

赵谈做出推心置腹的样子，很诚挚地问道："依郭君之见，栗夫人还做得成皇后吗？"

郭彤一惊，没料到他会如此直截了当地问出这样的问题。略作思忖后，郭彤觉得不妨以诚相见，按北宫大人的办法"化敌为友"。"栗夫人为此闹酒，激怒了上边之事，赵大人想必也听说了吧。由此看来，她的前景不妙啊。"

"那么，中宫之位，谁最有望得之呢？"

"依赵大人看呢？"郭彤反问道。

"我看是漪兰殿的王夫人。"

没想到他会这样说，郭彤又吃了一惊，"赵大人何出此言？"

"胶东王本来得上边喜爱，又成了大长公主的女婿，再得长主和太后的助力，前程未可限量。母以子贵，王夫人的机会要大得多呢。"

"喔，赵大人所言鞭辟入里，郭彤茅塞顿开，佩服佩服。"郭彤做出恍然而悟的样子，揖手拜谢。

赵谈则再拜顿首，很郑重地说道："赵谈处事，难免有时糊涂，将来一切还要仰仗郭大人的提携，请受我一拜。"

"赵大人此话怎讲，郭彤愚昧，望大人有以教我。"

"我今日来此，是受漪兰殿王夫人之托，给你捎话。王夫人要我告诉你，算计你的人她已查清，让你不必担心，但也要多加小心。"

"王夫人会让你给我捎这样的话？我不明白。"郭彤真的吃惊了。王娡如此做，未免太不留余地，意同示威。他一时竟不知如何作答了。

"这个人，王夫人指的是我。我看你与王夫人都是误会我了。我虽受小王夫人之托，为她做过些事情。但并无意与王夫人和郭君作对。此事还望郭君向王夫人讲明，我赵谈是识时务之人，不会做不利于夫人之事。"

赵谈说罢起身告辞，走到门边，他回转身，对送他的郭彤低声道："小王夫人急着要见皇帝，怕会不利于她姊姊，夫人最好能劝止她，以防意外，你们好自为之吧。"

望着赵谈远去的背影，郭彤一面懊恼被赵谈反客为主，一面从心里佩服北宫的老谋深算，官场运势之转移，还真就是决于"利害"这二字呢。赵谈昨日还汲汲于侦伺自己，今日却专程来此输诚，官场的变化真是难以逆料。

赵谈临别时的密告，表明他已背叛了小王夫人。郭彤回到席上，边饮茶边思考那个警告的含义。小王夫人身子渐重，为了那对龙凤胎，上边不会召幸她，赵谈的背叛，又使她失去了御前的通路，所以相当长的时间内，她难以对王娙构成大的威胁。可看赵谈的神态，事情好像挺严重，以小王夫人之性格，她是很有可能孤注一掷的。想到这里，郭彤决定宁可信其有，明日即将赵谈的消息传给王娙，并要她尽早消除隐患。

十三

　　刘彘到太子宫读书，不觉已一月有余了。韩嫣也恢复了门籍，每日到太子宫陪读。太子宫的师傅不比承明殿，不仅学问高，而且管束要求很严。太傅窦婴、少傅辕固生负责太子与河间王的教读，而刘彘因为年少，由汲黯和郑当时授读。汉承秦敝，民生凋残，故自汉初起，治国多用黄老之术，清静无为，与民休息。窦太后尤好黄老之学，在她的要求之下，上自皇帝，下到太子、诸王及外戚窦氏子弟，无一例外，都得读黄老之书。派来教授刘彘读书的汲黯与郑当时，均出身于黄老之学。

　　这天，轮到汲黯授读。汲黯是濮阳人，祖上世代为卫国的卿大夫。汲黯生性倨傲，待人严厉，不苟言笑，所以刘彘和韩嫣都对之心存畏惮。师生见过礼后，汲黯命刘彘将昨日授读过的老子书的上篇《德经》诵读一遍，刘彘很流利地读了下来。轮到韩嫣，则磕磕巴巴地读不成句子。汲黯皱起眉头训诫道："韩嫣，你大胶东王三岁，课业却比殿下差了许多。圣上准你进宫陪读，是难得的恩典，你怎么不知珍惜呢？"

　　"师傅光教我们读书，却不讲解书中的道理，不懂，就不好记嘛。"韩嫣委屈地分辩道。

　　"你们尚在小学。小学、小学，就是读书识字之学，先要诵读，后要背书，使之烂熟于胸。年龄渐长之后，接触世事，书中的道理和用处自然体会得到的。韩嫣，课后，《老子》上篇你再读二十遍，明日若还如此，我定责罚不贷。"他瞪了韩嫣一眼，又严肃地对刘彘说："殿下还要将所学熟读背诵。近日皇帝要亲临检查太子和殿下们的课业，不要让皇帝失望，让师傅面上无光。"

"是。"刘彘点点头，然后十分恭敬地问道："师傅，黄老的'老'，就是老子之学吗？"

汲黯颔首道："不错，正是老子之学。"

"黄老之学都讲些什么，太后为何非要大家都学黄老之学，师傅给我们讲讲，好吗？"

"是呀，师傅讲一讲嘛。"韩嫣也附和着说。

看着他们期待的目光，汲黯踌躇了片刻，颔首说："好吧，我就讲一讲。黄老之学是行之于天地之间的大道，小到一个人的立身处世，大到治理一个地方或国家，都离不开它所讲的道理。道，是自然天地之本，又是万有运行的道理，做任何事情，都离不开一定的道理，所以可以先把'道'理解为道理。"

看着两个孩子似懂非懂的样子，汲黯思忖片刻，摇摇头道："你们这个年岁，讲大道理怕不易听懂。这样吧，我用本朝人物的故事来说明黄老之学的道理，你们可能更容易懂些。先说个人的立身处世，留侯张良你们知道吗？"

韩嫣摇头，刘彘说道："听说是开国的大功臣，其他就不知道了。"

"对，是随高祖皇帝打天下的大功臣。高祖皇帝身边有两位谋士，一个叫张良，一个叫陈平，都是学黄老的出身。'运筹帷幄之中，决胜千里之外'这句话，就是高祖皇帝用来称赞张良的。

"张良为高祖皇帝出过很多奇计，好几次救高祖皇帝于危难之中。等到天下打下来了，高祖皇帝让他在最富庶的齐地任意选一处三万户的封地，他不要，只做了个小小的留侯，后来又打算随赤松子云游学道，在家辟谷，辟谷也就是绝食，据说经过修炼之后神清气爽，可以延年益寿，羽化成仙……"

"那么，张良成仙了吗？"刘彘兴奋地追问，打断了师傅的话头，他马上意识到自己的不敬，连忙吐了一下舌头。

"没有。高祖皇帝大行之后，吕太后派人把他找来，劝他说，人生一世如白驹过隙，何至于如此自苦，强要他进食，留侯不得已，终止了修炼。"

"师傅，白驹过隙是什么意思？"韩嫣不解地问。

汲黯看到刘彘欲言又止，跃跃欲试的样子，示意他作答。

"形容时间过得飞快，就像穿过墙缝的日光，一会儿就不见了。这个成语出自《庄子》的天下篇。"

汲黯满意地点点头。"殿下解释得对。留侯功成名就后说过，他最初破家以重金结交刺客，目的是击杀秦始皇帝，为韩国报仇。后来天下大乱，他以三寸之舌为帝王之师，封万户侯，对他这样一个布衣平民而言已经是足够了。所以他愿抛却人间富贵，云游修炼。这种境界是黄老之学所提倡的。黄老之学于个人的立身处世讲求的是'功成，名遂，身退，天之道也'，说是天道，意思是符合自然的道理。世间万物，都有其一定的功用，功用发挥过了，又回归于自然，这就是天道。这是讲黄老在人生上的运用。

"至于黄老在治国上的运用，大汉建国以来，就一直没有离开过黄老之学。太子也好，殿下也好，甚至你韩嫣也好，将来或为天子，或为诸侯，或为大臣，都负有治国安民的责任，怎么治国，靠的就是黄老之学，太后要大家认真学习，就是这个道理。

"那么黄老之学治国的道理是什么？其实非常简单，一句话就可以讲明白。清静无为，也就是老子所说的无为而无不为。以这个道理治国，可以举重若轻。与张良齐名的陈平也是大汉的功臣，在王陵之后备位丞相。平定诸吕，使大汉江山转危为安，他的功劳很大。他年轻时为乡里的社会①主持分肉，分得均平无误，受到乡亲们的赞誉。陈平却说，这算什么，将来若能宰制天下，也不过如分肉这般简单。老子书云，治大国若烹小鲜。陈丞相的这番话，颇得老子的遗意。这样讲你们听起来可能觉得玄虚难懂，我还是举个故事为例。曹参，曹相国你们听说过吧？"

刘彘和韩嫣一齐点头。

"曹相国也是随高祖皇帝打天下的大英雄、大功臣。最初朝廷派他到齐国担任国相，佐治齐国，他开始请教了不少儒生，可是一人一个说法，搞得他无所适从。后来他从胶西请到一位治黄老学的盖公，奉为上宾。盖公告诉他，

---

① 社会，汉代祭神之日，里社举行的赛会，分别于立春和立秋后第五个戊日举行，祭神用的牺牲，最后要分给里社成员每家一份。

治道贵清净而民自定，他按照这个道理施行，齐国的百姓安居乐业了九年，举国都称他为贤相。

"萧何萧相国死后，曹参被调回朝廷接任相国之职。他治国的办法是，从各郡和诸侯国选拔那些拙于文辞、木讷厚重的长者作为属官，而那些巧于文辞、好名强辩者，发现一个，罢免一个。这样久了，相府的官吏，再无好事之徒了，而政事自然就清净简约了。

"丞相的职掌是辅佐天子，掌丞百僚。朝廷之九卿和地方上的郡国，有大事都不能不经过丞相这一关，而曹相国认准了清静无为是最好的治国方略。对于那些欲大事更张的官吏，来到相府，不等开口谈事，就以醇酒招待他们，饮宴间隙时，谁欲谈公事，马上再饮，直至他们大醉而归，根本没有机会谈公事。这种做法，在曹相国是习以为常的。"

"他难道不怕耽误国事吗？"刘彘不以为然地问道。

"那时孝惠皇帝已经即了位，也有这种疑虑。曹相国的儿子在皇帝身边任中大夫，孝惠皇帝听说相国日日饮宴，怕荒废公事，就嘱咐相国的儿子休沐回家时，私下劝谏他一下，不想曹相国发怒，笞责儿子二百，说这不是你所应该管的事，你的职责所在，就是好好侍奉皇帝。朝会时，孝惠皇帝责备他说，你为甚责打儿子，是朕要他劝谏你的。你们猜曹相国怎样回答？曹相国免冠谢罪，于是向皇帝讲明了他这样做的道理。他问：'陛下自觉圣武比高皇帝如何？'皇上说：'朕怎敢与高皇帝相比。'曹相国又问：'陛下观察，臣与萧何相比谁更贤能？'皇上回答说：'你好像不及萧相国。'曹相国于是说道：'陛下说得对。高皇帝与萧何定天下，法令既已明确，如今陛下垂拱，曹参等守职，遵行而不违失，难道不对吗？'孝惠皇帝当然明白这个道理，此后直到如今，大汉朝都是靠着'无为'的道理治国，与民休息，天下才从秦末兵火所遗的残破中恢复过来。"

"无为，就是什么也不做吗？那还要皇帝和大臣们作甚？"刘彘不甚满意地问道。

"当然不是。天地万物都循自然之理而动，没有人为刻意地干预，它也会自然发生。譬如，人皆知趋利而避害，这是一定不易的道理。百姓你不去管他，他也会千方百计地求生谋利，就如草木，春华秋实，自然而然就会有所收获。

朝廷为政清净简约，就是循自然之理治国行政，常常能收到最佳的效果。看似无为，实际上无不为。反之，官府多事，人为干预，反多扰民、害民的秕政。老子言，法令滋彰，盗贼多有。智慧出，有大伪。秦始皇政苛法暴，赭衣遍地，身死国亡，前车可鉴呐。"

"曹相国整天饮酒不办公事，那些官员们不能直接把事情陈奏给皇帝吗？"刘彘显然被曹参的故事触动了，汲黯话音刚落，他就发问了。

"当然不能，这是朝廷的制度。黄老的治术讲的就是皇帝垂拱而治，事情交给丞相和官吏们去办理，皇帝沉机默运，督责检查臣子们就可以了。皇帝垂拱，政事方能清简；反之，皇帝事事躬亲，政事必然繁复，繁复必会扰民、病民，违背自然之理，结果常常是欲南其辕，而北其辙。"

"这种制度不合理，丞相职权太大，上下不通气，万一丞相不贤或有野心，有意蒙蔽，皇帝岂不危险嘛！"刘彘不服气地说道。

"丞相哪能够一手遮天？三公均可觐见皇帝，且太尉治军，御史大夫治狱，事权分割，为的就是制约丞相。"汲黯边说边望着刘彘，心里相当惊异，偌小的孩子，竟思虑这样的问题，可畏也。

"儒法两家之说，师傅以为如何？辕固少傅的学问如何？"刘彘忽然转了话题，双目灼灼地盯着汲黯。

"法家实际上出于儒家，韩非、李斯全是荀卿的学生，荀卿则是个大儒，其学不过偏重于政刑实用而已。那个韩非有个评价，叫作'儒者以文乱法，侠者以武干禁'，对于国家的政治安定，都没有什么好处。你们应谨记太后的教诲，以黄老之学为正道。"汲黯摇摇头，严厉地看着刘彘。

"儒学既无好处，父皇为何还请辕固生辅导太子，难道不怕太子误入歧途吗？"刘彘仍然不服，倔强地问着。辕固生是治儒家经典《诗》的博士，身任太子少傅，学术地位也高于汲黯。刘彘举出他来，是有意难为师傅。

汲黯语塞，面色极为难看。幸而报时的击柝声打断了师生间的争论，天已近午，汲黯匆匆安排了午后的功课，要求他们熟读背诵《老子》书后，便气冲冲地离开了。

"殿下难为得好！"韩嫣喜笑颜开地说，"看师傅平日凶巴巴的样子，真想不到还有被人难住的时候。"

"我非故意难为师傅，只是他太固执己见，容不下别家的学说。其实师傅的书是讲得好的，只是各家都有自己的道理，不可偏废。"

"什么这家那家，光老子的书就够我烦心的了。午后好不容易没有新课，还得背书，真没意思。"韩嫣无精打采地说。

"你也不笨，用用心不就成了。"刘彻不以为然地看着韩嫣，"午后你抓紧把书念熟，咱们可以早早放学，我带你到漪兰殿去玩。上次在承明殿打架后，我娘就想见见你，今日正好有空闲，可以去玩。"

韩嫣喜出望外，"真的？说话算话！宫里除了承明殿和太子宫，我还哪儿都没去过呢！"说罢，他展开简册，认真诵读起来。

十四

　　韩嫣的到来，使彷徨无计的王娡又有了希望。一个月来，出乎王娡等人的预料，皇帝除取消栗姬五日一侍寝的资格而外，并未再加处罚，一切还是老样子。但更让王娡忧心的是儿姁，她深知妹妹的脾性，她是个说得出也做得出的人。告发的威胁如悬在头顶的利剑，使她寝食难安。虽然赵谈的背叛使儿姁暂时没有了告发的通路，但她早晚能够见到皇帝，一旦知道了自己多年的隐情，皇帝会作何反应，王娡简直不敢去想。为了缓和关系，她多次前往合欢殿探视妊娠中的儿姁，嘘寒问暖，关怀备至，儿姁的态度看上去不冷不热，但王娡从她那冷得像冰一样的目光中，明明白白地感觉到了仇恨。

　　这种芒刺在背的感觉，将她折磨得心神疲惫，这样下去，她会发疯的。辗转反侧了几夜后，她终于决心做一个最终的了断，但却苦于没有合适的人手去办。这件事风险太大，她信不过郭舍人，也不愿有把柄落在他人手中，可自己和大萍又没有办法出宫。韩嫣的出现，真是天从人愿，一个孩子，既没有成人那种心眼，又不会引人怀疑，是最好不过的信使了。

　　望着韩嫣英俊而又稚气未脱的面容，王娡先就有了七分的好感。她将韩嫣招呼到跟前，拉着他的手，细细端详了一阵，笑着说道："果然是个可人，难怪中山王要吃醋了。"

　　她拉他在自己身边坐下，命侍女们上些糖果零食招待客人，问了些刘彘学业上的事情后，亲切地望着韩嫣，问道："公子是与弓高侯同住吧，家在长安城中何处，进宫陪读可还方便？"

"承夫人下问，在下是与家兄同住，家住尚冠里，出东阙不远就到了。比起承明殿，太子宫离家更近。"韩嫣恭敬地回答。

"课余或休沐之时，公子还出门行游吗？长安城里的街巷里居，你熟悉吗？"

"当然熟悉了。兄长和家人们去市场购买菜蔬肉食，我总相跟着去。长安九市，闾里街巷，我是再熟不过的了。"韩嫣颇为自负，眉飞色舞地说。刘彘则一脸羡慕向往的颜色。

"那好啊。我问你，长安城中可有个叫作'穷'的里？"

韩嫣想了好半天，方才舒展眉头，道："对，是有个穷里，在北城，靠近东市，住的多是市井平民和手艺人。那里的小儿野蛮得很，总好起衅斗殴，我与兄长们有一次去东市，险些与他们动起手来。"

"好。有件事情，阿姨托你帮忙办一下，好不？"
"当然，夫人尽管吩咐。"

"你既是彘儿的同窗好友，就不必拘礼，喊我阿姨就可以了。我看待你如自家子侄，以后也不称你公子，喊你嫣儿可好？"王娡语气和蔼亲切，韩嫣原有的拘束一下子少了许多，响亮地答了一声是。

"有位旧日的朋友，阿姨自入宫已经十几年不见了，很是思念。她家就在穷里，不知如今还住不住在那里。明天是你们的休沐之日，不用上学，嫣儿可否去穷里寻访一下阿姨的这位朋友，她叫义姁，是名医仓公的弟子，也以行医为生，很有名的，穷里的人想必都知道他们的。"

"阿姨放心，只要她还在长安，韩嫣一定找得到她。"

韩嫣果然殷勤巴结，次日午后就带来了让王娡欣喜的消息：义姁找到了。王娡不愿儿子知道自己所为，午餐后故意放刘彘与身边的侍女们去沧池游玩，韩嫣到漪兰殿时，奇怪地发现殿内静悄悄的，没有人声。

王娡将韩嫣带进内室，让他把寻找义姁的经过细细地叙述了一遍。义姁还住在穷里的老房子里，至今未婚，与一个无业浪荡的兄弟相依为命，全靠她的医术为生。

"知道阿姨没有忘记她，她十分欢喜，让我带话给阿姨，当年她给阿姨断的命相决不会错。阿姨有何要她帮忙之处，尽管吩咐，她定效犬马之劳。阿姨，她给你算的什么命呀？我问她，她怎么也不肯说。"韩嫣好奇地问道。

"还不是福寿无极这类的过年话。"王娡随便搪塞了过去。她拉住韩嫣的手，盯着他道："嫣儿，阿姨还有件事要你去办，可你要对阿姨保证不对任何人讲，行不？"

"嗯。胶东王也不能讲吗？"

"不能讲。"

看着韩嫣点头答应后，王娡笑了笑，说道："其实也没什么。我这里的雄猫夜里总跑出去撩唆雌猫，整夜地叫春，让人睡不好觉。好几只雌猫都怀了崽子，将来生下来更不好办。所以阿姨要你找义姁为我配些药，把猫崽子打下来。阿彘他们都喜欢猫，怕他们难过，所以不能告诉他。嫣儿是个明事理的好孩子，阿姨又喜欢，又放心，才把这件事交给你去办呢。"说罢，王娡搂过韩嫣，在他的面颊上亲了一下，用手在他头上，亲热地抚摩着。

韩嫣亲娘早亡，又是庶子，在家中、乡里都难免会受到歧视。王娡的亲切信任，博得了他的感激依恋之情。于是他再次申誓，决不泄露此事。当日午后，韩嫣带着王娡的手书，再次来到义姁的住处。

义姁看了王娡写的那几味堕胎用的药名，心中不由得暗暗吃惊。天雄、乌头、附子和斑蝥，全是本草中的大毒之品，虽可用于堕胎，但稍有不慎，些微的过量即能致人死命。她略为思忖后，看定韩嫣，说道："韩公子，夫人真的说要用此药为猫堕胎吗？"

"当然，夫人手书中不是写着呢吗。"韩嫣回答得十分肯定。

"夫人在宫中过得如何？有什么不顺心之事吗？"

"好像没有吧。你拿药就是了，问这些不相干的事作甚？"韩嫣狐疑地看着义姁。

"不为甚，不过是朋友间的关心罢了。"说罢，义姁取出两只羊角制成的药壶，拔下塞子，用一只骨制的方寸匕①很小心地舀出些药粉，放入一支蜡

---

①方寸匕，即药匙，也是汉代医药上所用的计量容器。一方寸匕可分为十刀圭，一刀圭的容量如一枚梧桐子大小。古代计量粉末状的散药，均以刀圭、方寸匕为单位。

丸中。她仔细封好蜡丸，交给韩嫣，郑重地说道：

"你送去时告诉夫人，我这里只有乌头、附子，其实两者同出一源。春天采挖者为乌头，秋天则为附子。请夫人用药一定要小心，切不可过量，一刀圭即可。过量胎固然可以堕下，但雌猫性命未必能够保住。要知道，一分之量即可置人死命呢。"

韩嫣将蜡丸小心放入腰间的革囊，好奇地问道："阿姨，乌头是什么东西，怎么那么毒，你讲给我听听好吗？"

"乌头是一种草药的根茎，味道辛辣，药性甘温，是大热大毒之品。医家用它诊治阴寒湿痹，或用于中风、痰喘、关节痛风诸病。腹中若有癥瘕积聚，用之可以攻下，故可用于堕胎。这些说给你听，你也不懂，只记住它是剧毒之物就可以了。南方之人煎其汁，名为射罔，用来涂在箭头上打猎，被射中者，无论人兽，均难幸免。我这里的乌头乃采自于颍川少室山中，我自制成粉，是正品，所以更要加小心。"

韩嫣点头称是。义姁为他斟满一杯茶，说道："韩公子请饮茶。与夫人一别多年，我一直心里惦念，还有话想问问公子。夫人仅胶东王一子吗？"

"是。其他三个全是女儿。"

"哦，是这样。胶东王如何？"

"甚如何？我不明白阿姨的意思。"

"胶东王为人如何？是否得皇帝喜爱，将来运势怎样？"

"为人极好，聪明好学，不光皇帝喜爱，长公主也看中了他，挑他做女婿呢。阿姨，甚是运势？"

"原来如此。"义姁笑道，"有机会给他看看命相就好了。不过从夫人的命相上推也错不了。运势，就是命运、前程的意思。"

"阿姨，听夫人说，你是许负的弟子，相面极准。请阿姨一定给我看看，我的运势如何。"韩嫣望着义姁，期望颇殷。

义姁仔细端详了韩嫣一会儿，颔首道："公子，你既与胶东王交好，只要好好跟随他，一生的富贵全在于此。不过我看你会吃亏在女人身上，谨慎小心可以免祸，否则怕不得善终啊。"

韩嫣有些扫兴，没话找话地问道："阿姨是个漂亮人物，又恁有本事，为何不嫁人呢？"

"我父母早死，只有一个幼弟。我常年行医在外，不能照顾他，结果他交游不慎，与地方上的一些恶少往来，干得都是些违法干禁的事情。为了管束住他，我已多年不敢外出行医，就这样还管不住他，整天和那些狐朋狗友混在一起。我顾他都顾不过来，还淡什么嫁人呐。"

正说话间，推门进来两个年轻男子，年纪都在二十上下，生得孔武有力。个子稍矮的一个将手中的两只死鸡丢在地上，望着韩嫣问道："阿姊，这个小白脸在此作甚？是病人吗？"

"阿纵，不可无礼。这就是韩公子，我告诉过你的，他代宫里的王夫人来看姊姊的。"

"喔？原来是宫里来的贵人。"义纵盯着韩嫣，又指指地上的死鸡，说道："你很有钱吧，怎么样？拿钱打些酒来，我们请你吃鸡。"

韩嫣摇摇头。义纵不屑地冷笑道："有钱人都是他娘的吝啬鬼。"他掉过头对义姁说道："阿姊，才将在街上捉到两只鸡，无主的，东街的一伙无赖启衅抢夺，我们干了一架，把那伙人揍得屁滚尿流。次公的胳膊有些伤，阿姊给包扎一下。"

韩嫣忽然起了想要结识他们的愿望，于是大声说道："谁是吝啬鬼？不就是钱嘛！"他从怀中掏出一串铜钱，哗的一声扔到地上，"今天这个鸡我还吃定了，这是酒钱。"

义纵转过身，一把攥住韩嫣的领口，差点儿把他拽了个跟头。"你个黄口小儿，也敢在我家撒野？我才不管你是他娘的甚贵人，若不看在你是阿姊的客人，今日非揍扁了你不可。"说罢随手一搡，韩嫣便摔到了地上。

"阿纵，你干甚！你要气死阿姊么！"义姁厉声呵斥着兄弟，起身将二人隔开。

"你仗着年长力强，欺负人算甚本事？等我长大了，有你好受的！"韩嫣从地上爬起，掸掸身上的土，对着义纵怒目而视。

"哈哈，你还挺有种，好啊，我他娘的候着你。现在，你马上给我从家里滚出去！"

"我酒钱给了，鸡也吃定了，除非你们食言。亏你们恁大的个子，言而无信，与东街的无赖有甚不同！"

义纵语塞，与他同来的那个叫次公的伙伴却哈哈大笑起来。"谁说我们说话不作数？看不出你个小孩儿还有这般见识。阿纵，我们就请他吃鸡！让个小儿责你我不讲信义，传出去岂不丢人？"

于是，韩嫣上街打酒，义姁为次公疗伤，义纵收拾鸡。忙过一阵后，三人就席，交杯换盏过后，三人竟兄弟相称，成了好朋友。

义纵自义姁外出行医后，结识了邻近的张次公等人，再也无心读书，整日与闾里少年们聚在一起，攻剽劫盗，无所不为，竟成为穷里和东市的一霸。义姁回家后，整日督责，加之年龄渐长，更向往江湖侠士，行为有所收敛，但仍成帮结伙，不事生产，横行闾里。

义纵与张次公放饮大嚼，高谈阔论，所讲都是江湖上负有盛名的大侠，韩嫣由此知道了郭解、剧孟和朱家的名字。义纵等谈得意气飞扬，韩嫣听得心驰神往，恨不能马上一瞻这些大侠的颜色。

等到鸡吃净，酒喝干，众人皆醉意酩酊了。夜漏交子，城内早已禁行，韩嫣不得已住在了义家。由此，他与义纵等人结成了好友，休沐时常来找他们郊游饮宴，结识了众多的江湖朋友。他也成了重要的消息来源，困处深宫中的刘彘，又妒忌，又无奈，只能从韩嫣口中了解外面的世界。而脱出宫禁的羁绊，去外面的大世界观览、游荡，像鸟儿般自由飞翔的愿望，如同一粒种子，深埋在他幼小的心灵里面。随着年龄的增长，这种愿望将愈发强烈起来，一发不可收拾。

十五

次日，刘嫖回到太子宫，感觉气氛与平日大为不同，太子宫的宦者、侍从们进出匆匆，面色紧张，像是遇到了什么大事。进入学舍，两位师傅都在，身着正式的朝服，正襟危坐。一问，才知道皇帝今日要亲临这里，察看皇子们的学业。尤为不同寻常的是，东宫的窦太后也要亲莅此处，一同参与对皇子们的考查。

师傅们要刘嫖背诵了前一天所授之书，感到满意，便要他换上参拜皇帝的礼服，又嘱咐了若干应对礼仪之细节，听到谒者高声传唤的声音，知道太后、皇帝都已驾到，便陪侍着刘嫖快步走进太子宫的正殿，向太后和皇帝行正式的参拜大礼。

正殿为迎接太后、皇帝的莅临，已重新布置过。太后和皇帝的坐席并列东向，坐北朝南的是太子、河间王和胶东王的坐席，北向的是太傅窦婴、少傅辕固生的坐席，西向的则是其他师傅们的坐席。刘嫖一行是最后进殿参拜的。行礼后，师徒分别落座。整座大殿凝重静谧，刘嫖似乎听到了自己的心跳声。

良久，窦太后微微颔首，向刘启示意道："开始吧。"刘启吩咐随侍在旁的谒者将事先准备好的笔墨和木简分发给皇子们，望着他们，说道："太后和朕想知道你们学业进展如何，今日你们先将近日所学，默写一遍，然后申讲所学的大义。你们要认真，莫要辜负了太后和朕的期望。开始吧。"

刘嫖与河间王对所学早已背熟，很快默写完毕，稍后太子写完后，内侍一同呈给皇帝。刘启将三人的写卷细细看过一遍，心里既欢喜，又不满。欢喜的是刘德与刘彘所写一字不错，且书法整齐；而太子刘荣的那一份，有几处小错和遗漏，字体也难看。刘启将写卷交与太后，对刘荣说道："你既是太子，又为兄长，应该是他们的表率，在课业和书法上还须努力，你记住了！"

刘荣心里恐慌，急忙避席①称是。

刘启又转向窦婴和辕固生，"太子的课业努力不够，你们身负保傅之责，要严加督责，不可迁就他。"二人亦避席称是。

他又望着刘荣和刘德说："《书》乃治国的典谟，是圣帝明王传留下来的宝贵教训，认真诵读之外，更要体会其中的深意。刚才默写的《汤誓》，既是师傅们新授的课程，那么阿荣先行为太后和朕申讲一遍，不足处阿德补充。"

"《汤誓》，是商汤吊民伐罪时的誓言。夏桀昏庸无道，天下之人都对他怀有了怨望，甚至说出'时日曷丧，予与汝偕亡'这样要同归于尽的话来。民心既已丧尽，天命自然会转移，所以商汤说他灭亡夏是'天命殛之'。"刘荣字斟句酌，小心地回答着。

"夏桀如何不道，百姓为何怨望，天命又何以转移，它给予治国者何等的教训？你莫就文字论文字，而是要把以前所学，融会贯通进去，阐发出其中的深意和道理。"刘启不满意地摇摇头，语气也加重了。

刘荣原本就紧张，这下子更是满心惶恐，支吾着说不出话来。

为免兄长受窘，刘德顿首道："儿臣愿略作补充。《易》言：饮食男女，人之大欲存焉。在个人不过满足自身口腹之欲、室家之欢而已。在君主则不然，盖普天之下，莫非王土；率土之滨，莫非王臣。君主若无戒慎之心，则会滥用民力以满足私欲，《汤誓》中百姓之怨言即出于此，所谓'不恤我众，舍我穑事'者，说的就是这个意思。

"圣王大禹训诫子孙，'内作色荒，外作禽荒，甘酒嗜音，峻宇雕墙，有一于此，未或不亡。'夏桀不记其高祖之训，作酒池肉林，嬖幸妹喜，民心丧尽，至干天罚。其中引申的教训和道理是，天聪明自我民聪明，天命之

---

① 避席，古人席地而坐，避席即膝行后退，离开座席，为恭敬的表示。

转移系于民心。为君主者，应明察并顺从民意，不可违背民意。得民心者得天下，失民心者失天下。"

刘德侃侃而谈，刘彘心里十分佩服，但心中也有一个疑问。看看皇帝和座中其他的人，也都聚精会神地听着，面露赞许之色，只有太子一脸愧赧之色，不觉有些为他难过。

"陛下，儿臣有一个疑问，想要请教兄长。"刘德话音甫落，刘彘即向刘启顿首请示。

看到刘启颔首示意他继续后，刘彘揖手向刘德问道："桀纣虽昏庸无道，而商汤和武王按身份都是臣子，以这种身份弑杀君主，是以下犯上的大逆不道之举，天命何以会转移到他们身上呢？在下愚昧，敢望王兄有以教我。"

刘彘问罢，殿内的气氛活跃起来，人们交头接耳，好一阵子才安静下来。刘德并不在意，他看着刘彘，道："贤弟能问出这样的问题，也算肯用脑子了，不过几百年前已有人问过了。汤武伐桀纣之事，齐宣王曾经问过儒者孟轲，像这样以臣弑君的事情能够允许吗？孟轲的回答是，败坏仁义者谓之残贼，残贼之人只能称之为独夫，我只听说过诛杀一个独夫纣，没有听说过甚弑君。所以汤武放伐桀纣，只能说是受命于天。"

"不对！汤武不是受命，而是弑杀。"坐在西面席上的授读黄生忍不住了。黄生出身于黄老之学，对于辕固生平日教读杂以儒法，已经不满；刘德以儒学敷陈经义，更被他认作是有悖于学理，是可忍孰不可忍。于是未经请示，即高声抗辩起来。

看到黄生插嘴，平日在学术上就与他意见不一的辕固生也忍不住了，开口为自己的得意门生刘德辩解道："不然。因桀纣的荒乱，天下的民心皆归向于汤武，汤武顺应天下的民心诛杀桀纣，桀纣之民不为其役使而归降汤武。天与人归，汤武方不得已取而代之，不是受命又能是什么呢？！"

黄生指着自己的头，道："冠，再破也要戴在头顶上"，他又指着自己的脚，说道："履，再新也要穿在脚底下。为甚？上下有分也。《易》曰：天尊地卑，乾坤定矣；卑高以陈，贵贱位矣。桀纣虽然失道，然而始终是君上；汤武虽然圣明，终究是臣下。君主行为有失，做臣子的不以正大的言论匡正其过失，反而因这种过失而诛杀他，取代他南面为王，不是弑杀又是什么？"

"必如你所说，那么高皇帝取代暴秦即天子之位，反倒是不对的了？"辕固生盯着黄生，寸步不让地说。

二人争论之际，刘启心里十分纠结，也知道这是个令人尴尬为难的议题。站在不同的立场上，答案会完全不同。高祖起自布衣，以力得天下，只能讲是受命于天，革暴秦之命；而承认臣子有推翻诛杀无道君主的权利，对于刘氏的皇权永固又是莫大的潜在威胁。于是他打断二人，说道："食肉不食马肝，不等于不知道肉的味道。做学问的人不谈汤武受命，也不等于没有学问。你们莫再争了，这种事也莫再提了。"

二人俯首称是。一直沉默着的窦太后却开口了。

"甚放呀杀呀的。把你们请到宫里面来做师傅，不是来讲这些陈芝麻烂谷子的事的。本朝的治道你们不知道？高皇帝以后六十多年，靠的就是清静无为，国家才能够太平无事，百姓才能够安居乐业。太子和皇子们要把祖宗的家业接过来，传下去，万世的基业靠的是什么，还不是黄老之术！

"辕固生，早就听说过你的大名，你哪里人，学什么出身哪？"窦太后问道，冷冷的目光透出一股逼人的寒气。

"敢告太后陛下，臣齐人，学《诗》出身。"

"噢，那你是儒家一流的了。有个叫韩婴的博士为《诗》写过一部外传，你知道吗？"

"臣听说过。"

"这个外传里面讲，'孔子师老聃'，你听说过吗？"

"臣知道。孔子曾向老子问道，即是以老子为师。"

"这就对了。弟子的学问还能高过师傅去？你说呢，辕固少傅？"

"两者各有其用。老子书可用于个人心性之修养，但它主张出世，言论又玄远，皇子们将来要治理国家万民，还是入世的儒法之学更为切近实用。"辕固生生性耿直，话语中有股不卑不亢的味道。

窦太后养尊处优，平日皇帝都不得不顺着她，不想辕固生竟敢顶撞自己，不觉青筋暴起，一股恶气直冲丹田。她怒视着辕固生，说道："这么说，只有你们那些律条刑法切于实用喽？好吧，我就成全你一回！"她转头对刘启说道："听说上林苑前日从南山捉住一头野猪，养在圈内，有此事吧？"

刘启点头道："不错。"

窦太后指着辕固生，说道："今天我就替皇帝做一回主。你既有一身实用的本事，就下到圈中制服那头野猪。成了，免罪赏肉；不成，就算你偿了污蔑圣学之罪。"说罢，他不容皇帝分说，吩咐众人道："你们各位都算是见证，现在与我和皇帝一起到兽苑见识一下少傅的本事吧。"

众人唯唯。刘启心里焦急，一面随着太后向殿外走，一面低声吩咐跟在身边的郎中令周仁道："你快到卫尉那里取一把锋利的快剑，交给少傅，不然他性命休矣。快去！"

太后盛怒之下，没有人敢于谏阻。刘彘尽管心中为辕固生不平，却也不敢说什么，也随着众人跟了过去。

兽苑离太子宫不远，野猪被圈在一丈见方的石砌池子里，池子上边是铁栏，一半在地下。圈中空旷，除一只石制食槽外别无所有，难以蔽身。

圈丞打开铁栅，辕固生向太后、皇帝行礼致意后，走进豕圈，铁栅哐当一声在他身后锁闭了。见到进来一个人，早已被围观人群惊起的野猪，低吼着作出攻击的姿态。野猪长约五尺，长嘴獠牙，遍身的鬃毛上蹭满松油，结成了毡子式的铠甲，剑戟难入。野猪一双小眼睛，凶险地盯着他，颈背上的鬣毛和尾巴警觉地竖起，呈现出攻击的姿态。

辕固生环顾了一下四周，只有那只食槽可以稍微阻滞野猪的攻击，他缓步移向食槽，心里叮嘱自己一定不要慌，不要露出害怕的神色。他紧握利剑，与野猪对视着，心里思忖着如何对付它。显然，唯一可以快速致其死命的地方只有前胸，而刺中猪心唯一的可能是在它前扑向上，露出胸膛时，而野猪通常是向下扑击，将敌手撞倒后，撅挑撕咬的。如何能够诱使野猪向上扑咬呢？但时间已不容他多想，那只野猪已咆哮着向他冲来，他一下子跃到食槽另一边，躲过了这次攻击。

刘彘趴在铁栏上，紧张得大气也不敢出。野猪转过身，也绕到食槽另一边，咆哮着发动了第二次攻击。辕固生边躲闪边挥剑砍去，野猪躲闪了一下，与他擦身而过，壁上的围观者不觉惊叫出声。

利剑划破了猪腿，伤痛和鲜血使它狂怒起来，它迅速转过身，眼睛死死盯住辕固生，它舞动獠牙，大声咆哮，嘴里喷着涎水和泡沫。辕固生边与之对视，边退身向后，不料踩到一摊猪屎，脚下一滑，坐到了地上。说时迟，那时快，野猪纵身前冲，众人大声惊叫起来，刘嫖的心也提到了嗓子眼，将握在手中的一卷木简，下意识地向野猪掷去……

野猪冲过来时，辕固生已避之不及，吾命休矣！他背靠圈壁，脑中一片空白。野猪硕大的头部已逼至他身前，他举剑做最后的格挡，却见那野猪突然向上跃起，张嘴向空中落下的物件咬去。这一跃的瞬间，它露出了前胸，辕固生死命地一刺，用力之猛，连剑柄几乎也插入了猪身，鲜血随剑身猛喷出来，盖了辕固生满头满脸，而野猪也应手而倒，巨大的身躯在血泊中抽搐了一阵，就不动了。

围观的人群舒了口气，议论纷纷。窦太后冷着脸看看众人，对刘启说道："少傅的运气不错，等下将猪肉赏些给他。可是，祖宗传下来的学术能由这样的人教授吗？请皇帝三思。"说罢乘辇扬长而去。刘启吩咐将辕固生放出就医后，也离开了兽苑。留下窦婴等人处理善后。

在被抬去太医署的路上，辕固生拉着刘嫖的手，一再向他道谢。刘嫖不平地说，太后也未免太霸道了。辕固生摇摇头，道："怪不得太后，我明知太后好黄老之学，却不能控制自己，犯了拂逆鳞的大忌，保全性命，已是万幸了。"

"那么，儒家有为之学，真就不如黄老无为之术吗？"刘嫖不解地问道。

"当然不是。不过此一时彼一时而已。天下残破，清静无为可以与民休息，休养生息。天下太平富足后，圣王当与时俱进，制礼作乐，化民成俗。以文治武功重现三代的繁荣，为子孙开创万年的基业。可现在，还不是时候，不是时候而冒动，只能偾事啊。"

他拍拍刘嫖的手，低声说道："殿下乃大有为之人，这我看得出来。可欲做大事，先要学会忍耐，要待时而动呀。其实窦太傅又何尝不热衷于礼乐，不过不敢违拗太后的意志罢了。但愿我之不慎，能为殿下之殷鉴吧。"

看着辕固生一行远去的背影，刘嫖思索着他的话，信步向学舍走去。进了门，却看见了午前一直不见踪影的韩嫣。

"你午前跑到哪里去了？今天太后、皇帝亲临太子宫呢。"

"我才进宫就听说了，所以特意躲了。本来就是考查皇子的学业，我凑到前面，万一考我，不就出丑了嘛，闹不好取消我的门籍，再也进不了宫，不就坏了嘛。"韩嫣笑嘻嘻地说，忽然想起什么似的问道："漪兰殿养了许多带崽子的母猫吗？"

"母猫？没有。我家只有一只大公猫。怎么，谁说我家有母猫？"

"我说怎么看不见呢。没什么，看到公猫，就想起母猫，随便问问罢了。"韩嫣颇为迷惑，王夫人为甚要骗自己呢。但他随即转向了更为吸引人的话头，向刘彘详细问起太后发怒、强逼辕固生刺豕之事的始末来了。

十六

如果说此前的王娀还有所踌躇的话，那么当走出合欢殿时，她已不再有任何良心上的歉疚。不久后必然会发生的那一幕，不时在脑海中闪现，令她感到惊奇的是，伴随着种种痛苦的景象，自己心中生出的竟是一丝丝的快感。

王娀收到韩嫣捎来的蜡丸后，犹豫了几日，决定还是先在猫身上试一试。她从院中的池子里捞出一条锦鲤，将两刀圭的药粉塞入鱼腹，之后把鱼放进了猫食盘中。午间灰猫回来后，三口两嚼地吞鱼下肚，在床头小憩了一会儿，就又跑出去了。

午后，蔓儿神色不安地告诉她说，灰猫不知吃了什么东西，上吐下泻地折腾。王娀随蔓儿走到院中，仔细地观察着瘫软在地上的灰猫。猫呕吐，喘息困难，它蜷曲着身子，怕冷似的战抖，凄厉地叫着，看得出很痛苦。王娀吩咐将猫放到圊厕中的阴凉处，多喂它一些水。到了晚间，灰猫仍呕吐不止，吐出的都是一些水样的液体，猫沉重地喘息着，憋得难受的样子，到了半夜，猫死了，僵硬的身子仍然弓着。

一只雄壮的公猫，只两刀圭即可致其死命，那么一个人该用多少剂量呢？义姁说只需一分，相当于一方寸匕，也就是十刀圭。但王娀不想一下子毒毙儿姁，那种痛苦的样子很容易引起怀疑，她需要的是少量地用药，造成儿姁的难产，并由难产间接导致她的死亡。这样的结果在王娀看来是最理想的了，但究竟用多少为好呢？王娀思忖了很久，最后量出五刀圭的药粉，重新封入蜡丸，这是致死剂量的一半。

托郭舍人采买的补品送来后，她便再次来到合欢殿探望儿姁。她示意女侍们不要通报，径直走向儿姁的寝室，刚要进去，里面的谈话声止住了她的脚步。

太医署的一位医官刚刚为儿姁把完脉。

"从脉象上看，夫人的体质很好。不思饮食，夜寐难眠和头痛的症状，以下官之见，是由情志上起的病。也就是情志不舒，肝气郁结，时间久了，会影响胎气。在下为夫人开几味汤药，疏肝理气，安神保胎，很快就会好的。"

医官开好方子，对儿姁说："下官回署后即派人将药配好送过来。可还有几句话不能不告知夫人。药固然可以疗一时之疾，但欲疗效好，还须夫人放宽心，保持平静的心境，由此情志得舒，一切事情就好办了。"

医官辞出后，王娡走进了寝室，看见儿姁包着头帕，正躺在床上想心事。

"妹妹这是怎么了？我来时看见一位太医出去，妹妹病了吗？"王娡走到床前，伸手欲摸儿姁的额头。

儿姁厌恶地闪开，冷冷地看着王娡道："你又来作甚？我说过这里不欢迎你的。"

"你身子越来越重，娘担心你的身体，捎来些补品，为你补身子用。"王娡像是没听见儿姁的话，仍关心地说着。

"阿姊，你连谎话也不会编。娘前日刚送进来补品，怎会再送？你别再假惺惺的了，让人恶心。"

"阿姁，我们毕竟是一母同胞的亲姊妹，为甚这样势不两立，何苦呢？我们在宫里联起手来，对你我难道不更好吗？"王娡满脸诚挚，眼中含着泪光。

"你真这样想嘛！"儿姁摆摆手，示意王娡坐到床前。她拉过王娡的一双手，细细地抚弄着，"还很白，很细，很丰润呢。"她放开王娡的手，看着她，问道："阿姊，你知道我平生犯过的最大错误是甚？"

王娡摇摇头。

"我平生最大的错误，就是早没有看透你，让你钻了空子！"儿姁恨恨地说，王娡的心一下子凉到了底，看来姊妹间真是再无挽回的余地了。

"阿姊，你现在很得意吧？"儿姁冷笑着，"可你这种得意又能维持多久呢？到了真相大白那日，你又怎么办呢？阿姊，不瞒你说，我最想见到的，就是这一日！"说罢，儿姁大笑起来，笑得浑身抖动，很有些疯癫的样子。

"儿姁，不要这个样子，想想你腹中的孩子，不要动了胎气啊。"

看到儿姁依然狂笑不止，王娡一个耳光扇过去，厉声喝道："住嘴！"望着惊呆了的儿姁，她恶狠狠地说道："你既不愿见我，我走就是。可我要告诉你，你会毁在你的任性手里！好自为之吧。"

王娡走出合欢殿的院门时，还能听到儿姁的喊叫声。"我不要再见到这个人！把这些虚情假意的东西给我扔出去！"她想象得出来，合欢殿的下人们会怎样惊讶地看着这一切，愤懑之情逐渐在她心中涨满，心似乎要爆裂开，但她还要强忍着，不让大萍等人看出自己的怒气。就在那一刻，她真正起了杀心。

王娡并没马上回永巷，而是借口散心，带着大萍向少府方向走去。果然不出她所料，走出不远，就遇到了太医署派来送药的小宦者黄云。黄云见到王娡，恭敬地避让到路边请安。

"黄云，你是去合欢殿送药吧？"

"是。"

"我也是刚从那里出来，想到太医署开点双花、乌梅之类，泡水润润嗓子。你可愿替我跑一趟？我叫大萍陪你一起去，好不？"王娡和颜悦色地说道。

"当然。不过要烦夫人代我看着这个药笼，里面都是太医给小王夫人开的保胎安胎药。"黄云很巴结地说。

"好，我就在这里等着，你们快去快回。"王娡提过药笼，在路边的一座凉亭中坐了下来。看看二人走远，她揭开笼盖，里面是几只药盒。她打开一只药盒，将蜡丸中的粉末倒入盒中的草药里，和匀后将盒子盖好，放入药笼的最下层。整个过程为时极短，以至于此后的等待，让王娡感觉很漫长。大萍等取药回来，王娡赏了黄云一串铜钱，黄云欢天喜地地去合欢殿送药，王娡则与大萍回了漪兰殿。

整整一个下午，王娡都沉浸在报复的快意和抉择后如释重负的感觉之中。但随后而来的就是忐忑不安、焦虑紧张和大祸即将临头的预感。三日过去了，合欢殿那边还无任何异常，期待与担忧所引发的焦虑开始折磨她。出了什么变故？用药剂量不足？让儿姁发现了？甚或是儿姁根本没有服药？王娡不停地猜测可能出现的各种情况，又没有任何人可与之商量，心理上的紧张得不到释放，急火攻心，竟浑身发热，大汗淋漓地病倒了。

太医为王娥把完脉，欣慰地舒了一口气，道："夫人之脉浮而紧，病在太阳；自汗不止，时时发热的症状则是荣卫不和所致，不要紧的。"

他低头写方，然后对王娥说道："医家大法，春夏宜发汗。下官为夫人开一服桂枝汤，服后佐以热粥，卧床歇息，待微微汗出，内热就会散出。中病即止，汤药不必尽剂。"

王娥笑笑，有气无力地说道："三日前只觉得喉头有些不适，派人去太医署取了些双花、乌梅泡茶饮，不想又发热出汗不止，真不知是怎么的了。"

"不要紧，不要紧，夫人服过这服汤剂，定会好起来的。我过会儿派人把药配好送来。下官马上要去合欢殿会诊，不便耽搁，请夫人安心静养，下官就此告辞了。"医官拱拱手，转身欲走。

"先生慢走一步。"王娥喊住太医，吃惊地问道："先生说要去合欢殿会诊？合欢殿那里出了什么事？"

"合欢殿的王夫人几日前胎气不宁，陈太医开了些安胎的汤药，服后原本已经见好。昨晚最后一服，不知何因，入夜即腹中疼痛，下体出血不止，征象凶险。胎儿眼看要保不住，皇帝知道了这个消息，十分震怒，责令北宫大人传召御医会诊，查明原因呢。"

"查明了吗？"王娥的心猛烈地跳动起来，额头沁出汗珠，面色也苍白起来。但医官以她正在病中，并没有在意。

"还没有。太医署检查了方子，并无任何峻烈伤身之药，服过的药渣都已被倒入圊厕，无从查验；查问侍从，昨日也未进食过任何不适的食物。王夫人还在昏睡之中，亦无法询问。所以北宫大人召集众人，要再次会诊。"

王娥的心稍稍放下，她用丝帕擦了擦额上的汗，满面悲痛之色，抽噎着说道："我就这一个妹妹，如有意外，可怎么是好！先生与众医官务必费心诊治，救她母子性命，我一定会重谢各位的！"

"不敢，夫人放心，下官等定会竭尽全力的。"

"会诊时，只北宫大人一人主持吗？"

"起初只北宫大人一人，后来皇帝又加派了郎中令周大人、赵谒令和郭舍人，说是务必要查明原因。王夫人怀的是龙凤胎，皇帝非常在意的。"

王姽的心里又如压了铅般沉重起来。送走医官后，她写了封密信，嘱咐大萍一定要在当天交给郭舍人。之后太医署的药送过来后，她也并未立即服用。她躺在床上，听任病痛的折磨。"害了三条性命，你躲不掉的！"远远传过来的人声，愈来愈近。昏睡中的王姽怕得要命，似乎看到四面鬼影憧憧，披头散发，嘶叫和狞笑着的女鬼们在四周飘动。她拼命地奔跑躲避，腿却软得挪不动步，终于，一个披着斗篷的女鬼飘到她面前，猛地抖开遮面的长发，露出的是儿姁狞厉的面容，随之而来的是那只灰猫的狞叫和女鬼令人毛骨悚然的笑声，王姽大声惊叫着跌入黑暗之中。

醒过来半天，王姽还觉得手脚麻痹得不能动弹。大萍、蔓儿等正在为她抹汗擦身，更换衣被，她服下汤药后，便又沉沉睡去。夜半醒来时，高热已退，王姽头脑清醒，感觉好多了。她找出那枚蜡丸，装入随身的香囊中。是福不是祸，是祸躲不过。她心里做着最坏的打算，一旦合欢殿的事发，蜡丸中剩下的药粉足够自尽用了。一切都是冥冥中命运的安排，随它去罢。义姁既坚信她的命相贵不可言，她或许真的能够逢凶化吉，成遂大愿的吧。这种心境使她的焦虑一扫而空，心神通泰地重新入睡了。

十七

再次会诊之后，北宫、周仁、赵谈和郭肜回到正堂，大家面面相觑，好半天没有人开口。

"周大人如何看待这件事情？"北宫揖揖手，恭敬地问道。周仁任郎中令，宫内所有的郎官都由他管辖，是皇帝身边的亲信官员。

"在下是外官，后宫里的事情不甚明白，只想听听各位大人的意见。"周仁拱手笑笑，他很明白皇帝派他来的意思，不是查案，而是督责。

"那么赵谒令看呢？"北宫转而征询赵谈的看法。

赵谈的心里很复杂。儿姁病得蹊跷，但就目前的人证物证，又很难查明突然发病的起因。起初，他也曾怀疑过王娡，但听说王娡也在病中，已数日没有到过合欢殿，而且儿姁没有服用过任何外来的食物。他又否定了这个想法。或许，有人收买了合欢殿的人下毒？他不敢肯定。

"这件事情，如果有蹊跷，一是在药上，但药方无错，药渣已倒掉，无从查起。二是在食物上，无可疑之点，也不像。三是有人收买了夫人身边的人，暗地下毒，眼下虽无证据，但不是没有可能。总之，要么是太医署用药上的事故，要么是有人暗害，二者必居其一，无论哪种，只要彻查，总能真相大白吧。郭大人，你说呢？"

郭肜冷冷地望着赵谈，心里认定这是个借端生事、唯恐天下不乱的人物。对这种人，绝不可胆怯退让，而要反客为主，先发制人。你想把事情搞大，我偏不怕把事情搞得更大。于是，他对赵谈笑了笑，很谦恭地说："赵大人言之有理，应该彻查。在下只想补充一点，如果药物和食物上无疑点可寻，会不会有人背地厌胜祝诅，施放蛊毒①呢？目前中宫虚位，免不了有人觊觎这个位置，这个可能，在下以为更大。"

北宫和周仁都吃了一惊。果真如二人所言，无论是下毒，还是巫蛊，报上去的后果只能是兴起大狱，无论结果如何，都会动摇国本，天下不安的。周仁望着赵谈和郭彤，语气沉重地问道："事关重大，二位所言，是有所根据呢，或只是一种猜想呢？"

"目前虽并无任何证据，但夫人病得蹊跷，总不会事出无因吧，查不出结果，如何向皇帝交代呢？"赵谈仍旧坚持自己的主张。

郭彤看出周仁并不赞成扩大事态，心里有了数，决定见机而作。

"周大人，在下所言，不过是顺着赵大人的思路所作的揣想，只是一种可能，并无任何根据，我收回。在下的真实想法是，夫人之病，其实更可能是食药不调，情志不舒所致。我细问过给夫人处方的陈太医，他说夫人之病就起自情志不舒，他还曾劝告过夫人，要她静心养气，不然会伤胎气的。"

北宫与周仁会意地互望了一眼，北宫刚想开口，合欢殿的侍者惊慌失措地跑来报告，说是儿姁小产了，很危险。北宫要周仁和郭彤马上回前殿报告皇帝，自己和赵谈留此照应，然后命令御医们尽力抢救，整个合欢殿里又忙乱成一团。

由于失血过多，儿姁面色惨白，人已经昏死了过去。陈太医急忙煎了碗浓浓的独参汤，灌下去后，她的知觉虽略有恢复，可又随即进入了谵妄状态，浑身高热，嘴里谵语不断。御医们又指挥侍女们用冷水擦身敷头，好一阵子，高热渐渐退去，她才平静下来。看到儿姁入睡后，赵谈低声对北宫说道："北宫大人，请借一步说话。"

北宫与赵谈重新回到正堂后，赵谈问道："北宫大人刚才可曾听到夫人

---

① 厌胜祝诅和巫蛊，是古代尤其是汉代极为流行的一种迷信，认为通过巫医在暗地里作法，可以使自己仇恨的人患病、神志昏迷甚至死亡。被人认为是极为阴毒的做法，也是一种大罪。汉武帝时，宫廷内外曾发生过多起巫蛊事件，最终导致父子反目相残的人伦惨剧——巫蛊之祸。巫蛊之信仰尚可见于今日西南偏远的少数民族聚居的村落之中。

的谶语？"

北宫摇摇头，道："谶语？好像有，可是我人老耳背，听不清说的是什么。"

"夫人说的是：'是她，是她。王娡害我。'说了好几遍呢。"

"哦？有这种事。还有其他人听到吗？"北宫故作狐疑地问。其实，他也听到了，但他绝不愿事态扩大，所以故作不知。

"那几个在旁服侍的侍女，应当也听到的。"

叫那几个在场的侍女问话时，却只有一人承认听到过，余者都说自己忙于做事，没有注意女主人说了什么。北宫和赵谈单独询问那名侍女时，她又把数天前女主人与王娡吵闹，并将王娡所送补品全数扔掉一事讲了出来。

侍女退下后，赵谈颇为兴奋地对北宫说道："看来，有人暗害的可能很大。夫人和这名侍女的话都是证据。"

"我看，算不得很硬的凭据，充其量不过是一面之词。直接的人证、物证还是没有，凭个婢女的证词，是不足以定人之罪的。"北宫冷冷地答道，一副毫无兴趣的样子。

"可是，只要查……"

"赵大人是否想要在宫里兴起一场大狱呀？"北宫打断了赵谈，面色肃然地问道。

"大人何出此言？在下不明白。"

"此事如周大人所言，事关重大。无论是你所言的下毒，还是郭大人所言的巫蛊，报到皇帝那里会引起何种后果，赵大人认真想过没有？皇帝一旦震怒，会牵连多少人？又会死多少人？赵大人就算一时风光，在宫城内外又会树多少敌人？万一不如赵大人所言，皇帝迁怒于大人，说你兴风生事，赵大人个人固不惜一死，牵连到无辜的族人受戮，又于心何忍？想不到赵大人在宫里这么多年，见识反不如后进的郭大人。"北宫边说，边在心里叹息，这个赵谈，在宫里伺候了这么多年，做事竟还这样冲动，不计后果。

"北宫大人，事态竟会如此严重吗？还望明示于我，在下谨此受教。"

北宫感到，若想不让事态扩大，最好向赵谈剖明利害，让他知难而退。于是，他作出推心置腹的样子，郑重地说道："你既然诚心问我，我亦不妨开诚相告。赵大人觉得自己在宫内的地位，足以与大长公主和太后相抗了吗？"

"这是甚话，赵谈哪里会有如此僭越犯上的念头，大人莫厚诬于我！"赵谈愤然作色。

"我谅大人亦不敢有此念头，可大人所想要做的，却正是与长公主和太后作对之事。请问，漪兰殿那位夫人是长公主的亲家，她儿子是长公主的女婿，太后唯一的亲外孙女婿，一荣俱荣，一损俱损的道理你难道忘记了不成？你告发王夫人，就是向大长公主、太后挑战，你能有多少成算！怕只能是家无噍类的下场吧。"

望着赵谈惊惧的面容，北宫继续说道："何况，说王夫人下毒，大人并无过硬的证据。她有病，已多日未到过合欢殿，并无机会下毒。况且她们是亲姊妹，骨肉相残为的是什么，总要拿出一个让人信服的道理来，大人有吗？退一万步说，即使真是她做的手脚，你没有证据能奈她何？把疑似的事情上报，兴起了大狱对赵大人你又能有什么好处呢？你在皇帝身边伺候的年头也不少了，皇帝的仁孝你是知道的，若由此事伤害了上边母子姊弟间的感情，事后上边会不恨你挑唆生事？那时，就谁也救不了大人了！"

赵谈听到这里，已经是一头的冷汗。

"北宫大人所言极是。赵某鲁莽了！那么依大人的意思，这件事如何向上边交代呢？"

"天下本无事，我们又何必自扰？就以太医处方不妥，夫人动了胎气，不慎早产，我看就是一个过得去的理由。息事宁人，甚时都是上佳的处世方式。赵大人，老朽所言可对？"

"是，是。可陈太医未必服气，还有那个侍女又怎么办？"

北宫冷笑道："不服气？那他得证明夫人早产有另外的原因，你我都办不了的事情，他又怎么能够办得到？至于那个多嘴的侍女，可以马上罚她去暴室①服役，料她也活不了几日。在宫里最要紧的就是闭紧嘴巴，管不住自己的嘴巴，她是咎由自取。"说到这里，北宫平日总眯着的双眼忽然圆睁，目

---

① 暴室，秦及西汉时后宫永巷中洗涤晾晒衣物之处，附设有暴室狱，有罪或重病的嫔妃、宫人往往被送到此处服役受刑，折磨至死。汉初的戚夫人即死于此地。

光灼灼地盯着赵谈，像是在对他发出警告。赵谈不由打了个冷战。

等到周仁与郭彤返回，儿姁也已醒了过来，于是周仁传达了皇帝的诏命。皇帝要御医们尽力救治。要她安心静养，孩子既然已经不保，她自己保重身体要紧。儿姁提出要见皇帝一面，周仁笑笑说，皇帝近日忙于公务，心情又不好，夫人还是安心养病，病好了自然会蒙皇帝召见的。

四个人重又回到了正堂。北宫问周仁："皇帝没有问到起病的原因吗？"周仁道："当然问到了。事先我与郭大人计议过了，觉得既无确实的证据，我们也不必庸人自扰，就以身体违和，损伤了胎气上陈，皇帝悲伤叹息，也没有多问。北宫大人与赵大人是不是还有新的发现和意见呢？"

"当然没有。我与赵大人计议的结论，与二位大人竟是不谋而合呢！"四人相视会意，不禁相与抚掌大笑起来。

到了晚间，儿姁的病况再次恶化，下体流红不止，身体已极度虚弱。在昏睡中，她仿佛飘浮于空中，回首下望，朦胧中似乎看到了儿时的家。一个人站在自家的屋脊上，边向北方挥动着非衣①，边长声呼号着什么。

她继续飘升，远远看到一道栅门，门前有虎豹盘踞咆哮，栅内则有骑着怪兽的豺首人身的怪物往来奔突着。"魂兮归来，君无上天些！虎豹九关，啄害下人些！"远远传来下界招魂人的呼号声，这怕就是把守天门的虎豹九关了吧？

她又向下界飘去，四周愈来愈暗，只远处有几星亮光，她向亮光处飘去，身后传来招魂人渐弱的呼声。"魂兮归来，君无下幽都些！土伯九约……"亮光愈来愈近，到了近前，儿姁才看出是一庞大怪物的三只眼睛，怪物是一肥人，头上生着牛角，肩宽背厚，肚腹膨大，怪物双腿踞蹲，随时想要扑上前来的样子。这就是传说中的土伯了。她害怕地转身向上飘去，渐渐离开了阴间，眼前也明亮了起来。

依稀间，她仿佛走在槐里的街道上，但四面茫然，什么也看不清楚。"儿姁，

---

① 非衣，即招魂幡，又称怃；因形状像衣型，故称非衣，如马王堆出土的帛画，即是一件招魂所用的非衣。

怎么是你，你这是上哪儿去呀？"她转过头，看见父亲王仲远远地向她招手，她刚想往回走，又听到前面的呼喊声，"母亲大人，母亲大人，不要丢下孩儿们呀！"她向前看去，原来是越儿他们站在自家的门前呼唤她。

她惊喜地迎上前去，却突然被人挡住，抬眼看去，竟是王娡。"你在此作甚？我要我的孩子！你把他们还给我！"她扑上去以性命相搏，王娡闪身躲过，冷笑着消失了。儿子们没了踪影，出现在面前的竟是土伯那张贪馋丑陋的嘴脸！怪物喷着粗重的气息，张开胳膊欲把她搂进怀里，儿姁惊得转身便跑，可父亲的身影愈来愈远，而身后追赶她的沉重脚步声，愈来愈近。她双腿一软，大叫着倒了下去……

醒过来的儿姁遍身冷汗，头脑却格外清楚起来，她吩咐侍女将四个儿子都找了来。望着面前幼小的儿子们，儿姁潸然泪下。她挨个唤过儿子，拉住手细细端详着他们，怎么也看不够。自己平日把精力都用到了邀宠和勾心斗角上面，濒危之际才觉出亲情的可贵，平时漠视的时日如今竟是如此宝贵、短暂，现今欲同儿子们亲近，竟是多一刻而不可再得了！悔恨之情咬噬着她的心，另一个世界中自己将会面对些什么，是与阳间一样的妒忌、仇恨与不甘，还是豺狼虎豹和土伯怪兽的包围窥伺，及由之而来并永无尽头的恐惧的折磨？自己这些幼弱的儿子们怎么办？托付给谁？此刻，这是她唯一放心不下的事情了。

之前，她沉浸在报复心理所能带给她的巨大亢奋中。揭穿、打击敌手，看着她屈膝、求饶，而自己冷酷地掐断她的任何生机，直至敌人被消灭，她一遍遍地在想象中重复着这一过程，身心亢奋，沉浸在报复的快感之中。但几次大出血后，儿姁知道自己挺不过去了，她以全部意志力支撑着的仇恨和斗志也随即崩溃了。这辈子的冤仇还要带到下辈子去吗？不！不能。黑暗世界中怕只有亲情能带给自己慰藉和温暖了，况且自己还有这些孩子，除去王娡，在宫中还有谁能更好地照料他们呢。

"越儿，你年纪最长，娘不在了，你要照顾好弟弟们，长兄如父啊。"她拉着刘越的手，泪如雨下。

"娘不在了，你们四个要靠住大姨娘，对大姨娘一定要恭敬听话，一切都要小心，不可像从前那样任性，娘这一辈子就吃亏在任性上。对胶东王也要恭顺，要讨他的好，讨大姨娘的好，听清楚了？记住了？"刘越等伏地称是，哭成一片。

亢奋与激动耗竭了儿妁的体力，她呼吸困难，气息愈来愈不够用，精神也委顿下来。"你们记住娘的话，一定要听话。将来就是封了王，也一定要谨慎小心地做人，平平安安地活着，娘在阴间才能放心啊。"她泣不成声，断断续续地说道，摆手示意侍女们带他们下去。

刘越等退下后，儿妁吩咐侍女明日一早就去漪兰殿请王娭。"告诉她，我自知不起，行前有些事情要向她交代，请她一定领着胶东王过来，我想见他们最后一面。"

十八

　　王娡和刘嬲简直不能相信自己的眼睛，数日不见，儿姁竟然憔悴成这般模样。她闭目躺在床上，面色苍白，双颊凹陷，形容委顿不堪。王娡坐到床边，握住儿姁的手。好凉啊，真像是死人的手，父亲入殓时的情景又出现在王娡的脑海中，也是这么苍白、冰冷、毫无生气的手，她拉着父亲的手，摇啊，摇啊……一种亲人逝去时的哀伤油然而生，她不禁泪眼模糊了。

　　"阿姊来啦。"王娡抬起头，儿姁已经睁开了眼，正注视着她。

　　"阿姁，怎么会这样！"

　　"是呀，怎么会这样？我也想不透。天作孽，犹可逭；人作孽，不可活。管他呢，算我命不好……我认命了。"说着，儿姁剧烈地咳起来，说话有些上气不接下气。她招手让刘嬲到近旁来，像初识似的端详他了许久。

　　"太医，再给我些汤药，让我有点儿精神和力气。"

　　她很虚弱，一小杯药，啜饮时看上去也很费力。良久，她摆摆手，示意其他人都退下，寝室中只剩下姊妹两人。

　　"阿姊，我不行了，我要死了。"儿姁潸潸泪下。

　　"不，不会的。你放宽心，身体会养好的。"兔死狐悲，物伤其类，终究是同胞姊妹，即使对方曾是威胁最大的对手，王娡也还是难过地落下泪来。

　　"好不了了。我见到了父亲！"民间流行的说法是，梦见已故的亲人，是不祥的征兆。

　　可能是药力起了作用，儿姁的两颊泛出了红色，说话也有了气力，她盯住王娒，目光灼灼。"阿姊，我想死个明白。告诉我，你怎么干的？"

王娒一下子警觉起来，刚才的悲悯心情一扫而空。她迎着儿姁的目光，神色很冷静。

"你是疑心生暗鬼。就像我以前说过的，你毁就毁在你的任性上头。死到临头，你还是执迷不悟，从不想在自己身上找找原因！"王娒的声音冷冷的，像刀锋般锋利。

"这才像你的本来面目。我原来还不敢肯定就是你做了手脚，但他们昨天把我身边的侍女打入了暴室，我才肯定了是你。为何？是她说出了你我不和争吵之事，说出了她的怀疑，才会落得这个下场！他们为甚不敢查，为甚替你遮掩？欲盖弥彰，这还不明白吗？"

"你太高看我了！我凭甚支使皇帝身边的人，我根本没有见到过他们，即使见到过，他们又怎会听我指挥，你真是匪夷所思！"王娒既愤怒，又疑惑。

"你莫忧心，我不是指责你，反而我很佩服你。我一向不服人，可今日我服了你，真的从心里服了你。你做得对，就是要斩草除根，不留后患。换了我，也会这样做的。"

她停下来，深吸了几口气，将呼吸调匀，继续说道："阿姊，我最大的过错是什么。你知道吗？"

王娒摇摇头，没有答话。

"我最大的过错就是轻敌，就是小看了阿姊你！我自以为知道你的隐私，就像握住了一把利刃，随时可以置你于死命，你只能屈服，所以我没想过下毒。没料到你抢先下了手，而且下得这么狠……"

"胡说！你疯了，你……"

"我是没有证据，可证据不重要，我早就知道，你恨我！从小我哪儿都比你强，现在又比你得宠，你怕争不过，就为这个……"

"是你逼的！"王娒愤怒了，眼中射出了凶光。

儿姁深吸了几口气，继续说道："你不要打断我，让我把话说完，我的时间不多了。我不是责备你，我是佩服你。我低估了对手，就要付出代价，就该死，我没甚可抱怨的。

"不过告诉你，如果我的身体不坏，我还会同你争下去的。可我不再想

142

告发你了。告发了你，皇帝就是废黜了你，杀了你，对一个注定会死的我还有什么用！我想通了，我们姊妹，无论哪一个成功，都是臧家、王家的成功。阿姊的命相比我好，胜出也许是命中注定的，我没甚话说。但有一事，阿姊必须答应我，否则，我到阴间也不会放过你的！"

"甚事？你尽管说。只要是我能办到的。"

"我死后，孩子们要托付给你。阿姊要善待他们。将来阿毓若正了大位，永远也不许加害于他们！"儿姁盯着王娡，尖利的目光像是要穿透她，看到她心里去。

"你莫讲这么伤人的话……"

"你只说答应不答应，只说可还是不可！"她抓住王娡的手，紧紧地攥着。

看到王娡点头，儿姁松开手，"那好，叫孩子们都进来吧。"

儿姁把儿子们叫到跟前，一一审视着他们，指着王娡道："阿越，带弟弟们给大姨娘行大礼。娘若不在了，大姨娘就是你们的亲娘！你们要孝敬她，听她的话，像待娘那样待她，听清楚了？！"

刘越等跪在王娡面前，行伏地稽首的大礼。王娡赶忙将他们扶起。儿姁又指着刘彘，说："阿彘与你们是中表兄弟，今后就是你们的亲兄弟。你们要顺从他，恭敬他，绝不可违拗阿彘的意愿，你们听明白了！给阿彘行大礼！"

四个孩子赶忙转向刘彘，伏地稽首。刘彘不明就里，吃惊地看着眼前这幅景象。儿姁向他招招手，示意他到自己身边来。

她握住刘彘的手臂，凝视着他，道："阿彘，越儿他们我就托付给你们母子了。你一定要好好待他们，也一定能好好待他们的，对不？"刘彘似懂非懂地点点头，他想抽回手臂，却被儿姁攥得更紧了。

"你不要杀他们，你发誓不会杀他们！"

刘彘又惊又怕，儿姁那苍白扭曲的面容和含有恨意的目光使他害怕，他极力想挣脱她的掌握，但她就是扭住不放。她望着王娡，说道："我听说仇恨能使人死后魂魄不散，也见到过阴间的那些魑魅魍魉！你们答应下的，就要做到，不然我会天天托梦给你的！"说罢，她笑起来，声音嘶哑、凄厉。

直至王娡上前掰开她的手指，刘彘才脱身出来。儿姁似乎气力耗尽，躺下来不住地喘息，冷汗又开始冒了出来。

王娡悄悄把医官叫到外间，问儿妁的病情到底如何。医官摇摇头，告诉她说，从昨日起就已险象不断了，止血无效，人已越来越衰弱，只能仗着独参汤的药力苟延维持而已，顶多一半日，经血耗尽，人就会虚脱亡阳，太医院已经束手无策了。

王娡带着刘彘回漪兰殿，一路心事重重。

"小姨娘得的甚病？怎么怪怪的？"刚才的一幕，给刘彘的刺激很深，他边走边问母亲。

"她的孩子小产了，血止不住地流，神志也迷乱了，说的都是胡话，你莫放在心上。"

"她要我发誓不杀刘越他们，我干吗要杀他们？她是甚意思？"

"她说胡话，你莫理会她。娘会照顾好阿越他们的。"

"小姨娘真的要死了吗？"

王娡停下脚步，怔怔地站着，她强自抑制自己，仍止不住泪流满面。良久，她扶着刘彘的双肩，轻声说道："小姨娘不会死，她是要去另一个世界，天上的世界。那里的人长生不老，永远都不会再争斗，永远都不再有烦恼忧愁。"

"没有了争斗、仇恨，对她是种解脱。"王娡把刘彘抱在怀里，附在他的耳边说："可也说不定阴间里全是鬼魅，到那里去的人会怎样，谁也说不准。就像你小姨娘一样，那么美的人，死后只会留下一堆白骨。藏在人里面的是甚？是可怕的骷髅！美好的外表背后，藏着的都是欲望、妒忌和仇恨，谁都是这样，都是这样！谁也不比谁更好，有的只是生死胜负罢了。"

王娡渐渐平静下来，她放开刘彘，看着他，说："我会看顾越儿他们的，你小姨娘会安心的。"

"小姨娘为甚会死？"刘彘让姨娘和母亲的表现搞糊涂了。"我看她心里憋着一口气，是谁害她了吗？"

"是她自己害了自己。你小姨娘心高气傲，一心想登上皇后的位子，不给别人留一点儿余地。死，是她失败的代价。她不给别人活路，别人也不能给她活路。宫里就是这么个你死我活的世界，你小姨娘说得对，死，就是失败的代价！"

"小姨娘与谁争皇后位子，是娘吗？娘也想做皇后吗？"刘彘仿佛意识到了什么，紧紧地盯着母亲。

"当然不是。她是与太子的娘，与栗夫人争宠，也就是争皇后之位。可是她争不过，败了。"

"那是栗夫人害了小姨娘？"

"不，也不是。是她自己争不过，气怒交加，伤了自己的身子，怪不得别人的。"

"那娘也想争皇后吗？争不成也会死吗？"刘彘很紧张地盯着母亲问道。

"不，娘不想争。况且皇后不是争得到的，是要由你父皇来选的，选中了谁，就是谁。栗夫人的儿子已经是太子，她也住进了椒房殿，可你父皇册封她之前，她仍旧不能算作皇后。"

"那么父皇会册封谁做皇后，是娘吗？"

"不知道。"刚才用来搪塞刘彘而随口说出的话，突然点醒了王娡，看来，在儿姁之死上面，很可以借栗姬做些文章。想到这里，她很郑重地望着儿子，说道："彘儿，你想娘做皇后吗？"

"想。"

"那好。你愿意帮娘的忙吗？"

"怎么帮？"

"你要多接近阿娇和大姑母，讨她们的喜欢。娘与你大姑母说好了，给你和阿娇定下了娃娃亲，听说你父皇也允准了，那你与他们接近就名正言顺了。处好了这层关系，就像娘告诉过你的，长公主和太后就会站在我们一边，宫里就没人敢害我们。也许，你父皇最后会选中娘做皇后的。这一切，就看你讨不讨阿娇和大姑母的喜欢了！"

"我会的。"刘彘忽然感到了一种责任，他绝不能看着母亲落得小姨娘那般下场。"可是，我绝不讨好她们。我喜欢阿娇，她们也喜欢我，我知道她们会帮娘的。"

望着儿子坚毅的神色和稚气未脱的面孔，王娡的双眼湿润了，心里像乱麻纠结着的复杂情感一下子释然了。她紧紧搂住儿子，她不会退缩的，为彘儿和自己的将来，她还要去搏、去争、去斗，她既然跨过了最艰难、最痛苦的一步，就不再有畏惧，不在乎使用任何手段，只要能够取胜，她都会毫不犹豫地去做的。

夜交子时，合欢宫传来了儿姁薨逝的消息。长久以来一直被王娡压在内心的情感，如决堤的洪水般释放出来，关在寝宫里的她泪如泉涌，大放悲声，阖殿上下的侍女们，包括参与部分密谋的大萍，对王娡失去亲人时那种深深的伤痛，都感同身受，留下了极深的印象。如果众人从前对姊妹间的关系有所猜疑的话，那么除去极少数洞悉隐情的人外，猜疑已经从所有人的心头一抹而空。

儿姁因是凶死，留在宫里不吉，要尽快入殓送出宫外安葬，郭舍人稍后来到漪兰殿，前来征询王娡的意见。他报告了昨日诸人息事宁人的处置办法，今日官员们也都主张以病故上报，王娡如释重负，自然没有意见。

"那么，灵柩是送至槐里王家祖茔安葬，还是送到长陵臧夫人那里，请夫人示下。"郭舍人恭敬地问。

"我听说凶死之人，常会化鬼为厉，危害生人，此事可真？"王娡问道，很注意地看着郭舍人。

"是的，凶死为不祥，戾气不散，常会化为鬼魅害人。"

"那么就不要放任她为害人间。灵柩出宫后，找个地方焚化，骨殖送到槐里我兄长处安葬，就说是宫里的规矩。这些钱你捎给他作丧葬的用度，这件事请公公亲自去办，我感激不尽。"

郭舍人点头称是。王娡想了想，又问道："前殿那里有甚事吗？皇帝的心情如何？"

"不好。合欢殿王夫人的小产和薨逝，上边很是痛心。还有就是关东梁王那里传来的消息，让上边心烦。听说，梁王的使者这一半日就会来京。"

"喔？梁王那里有甚消息，使者进京何事？"

"下官不晓得细情，不敢妄猜。上边把这当成自己的家事，从来不向臣下提及，只对太后和长公主说。听外间传言，说是梁王奢靡逾制，起居出行拟于天子。"

"喔，是了。公公以后听得甚消息，务必告知我。这里的五十金你收下，公公宫内外都有场面上的事要应酬，花费大，我有力量自然要帮补些。公公助我，我定践前约，自己人就莫再外道了。"

郭舍人收起金子，匆匆而去。王娡倚在榻上，琢磨梁王与皇帝的关系，但一天来情感上的起落激荡，使得她心神疲惫不堪，不久就昏昏睡去了。

十九

刘武皱着眉头，在室中来回踱步，适才的好心情一扫而空，听着外间筵席上传出的哄笑与喝彩声，他转过头问伏在地上的那名使者："皇帝、太后不见，你就不会到大长公主那里探探口风吗？"

"臣当然去过。可陈府上说大长公主去南山游玩，要几日后方回。臣怕殿下着急，故先回来禀报。"

"那么皇帝、太后不见梁国的使者总该有个原因吧？与寡人交好的内外廷臣满朝皆是，怎么至于连一条确实的消息也打探不来，真是白养了你们这些不中用的东西！"刘武眼含怒气，心中的焦躁不安一望可知。

"臣无能。可臣无门籍，没有皇帝、太后的诏命，根本进不了宫。外臣我也走了十余家，可没人知道发生了甚事……"

"好了。你下去吧。"刘武不耐烦地示意使者退下。今日他邀集了廷臣宾客到竹苑平台的忘忧馆雅集，饮酒作赋，弋猎垂钓，本来想要好好地乐一乐，不想酒酣兴发之际，派赴京师的使者却带回了败兴的消息——皇帝又没有接见自己的使者。

刘武是文帝的次子，与当今的皇帝刘启是窦太后所生的同胞兄弟，自幼兄弟母子感情深笃。刘武初封为代王，不久就徙封为淮阳王。文帝十一年，幼子梁王刘揖病逝，刘武又被徙封为梁王，至今已经十八年，而刘武也已年过而立了。举国的皇亲诸侯，没有哪个像刘武，在血缘和感情上与太后、皇帝有着如此亲密的关系，他所拥有的特权和待遇，也是其他诸侯王根本不能比的。

吴楚七国之乱前，各诸侯国除丞相、内史而外，两千石以下的官员，均可以自行聘用。七国之乱平息后，为防止诸侯国谋逆，自丞相、内史以下所有长吏①全部由朝廷委派，诸侯王只能享用封国内的租赋，完全失去了行政治理的权力。而梁国则不然，丞相、内史并非由朝廷委派，而是由梁王提名，朝廷任命，这是大汉立国以来所绝无仅有的；而王国所有大小官员，仍由梁王自行选用。汉制，诸侯王就国后，若想再到京师，必须经过皇帝的批准或征召，往往数年乃至十数年方能有一次朝请的机会；梁王则可随时借探视太后之名进京，有时竟接连几年地奉朝请，皇帝并赐予他天子所专用的旌旗和乘舆。诸侯的朝请通常在腊月进行，年关过后即须归国，只能谒见皇帝几面，前后不过二十余天；而梁王进京往往一住就是几个月，最多时超过半年，出入皇宫大内毫无限制，与皇帝常常是入则同辇，出则同车，如影随形般侍从于左右。

作为幼子，刘武受到母亲特殊的宠爱，而他对母亲也极有孝心，每当听到太后身体不适的消息，他都忧急得食不甘味，寝不安枕。即使在平时，也月月派出使者到京师向太后、皇帝请安问起居，每次都有礼物献上。太后、皇帝对他的赏赐也不可胜计。所以这次使者连太后也见不到，尤其令他不安，这在他可是从来没有过的事情。

刘武对皇帝不快的原因，若说是毫无感觉，却也不尽然。梁国北界泰山，西至高阳，地扼中原的要冲，所辖四十余城，全是物产丰盛的膏腴之地，也是人口众多，赋税充盈的大县。梁国府库所藏的金钱数以百亿计，珠玉宝器的数量也多过了京师。有太后、皇帝平日格外的优容，有富庶的领地和自己一手操纵安排的人事，梁王可以说是要风得风，要雨得雨，在封国以内可以随心所欲，这也养成了他骄奢无度的习性。

他大肆营建宫室园囿，将国都睢阳城围扩大成七十里，大治殿堂宫室；

---

① 长吏，汉代县令、长及下属的尉、丞，官秩二百石以上者，均为长吏。七国之乱后，除个别例外，长吏均由朝廷选拔任命，诸侯国不再有自行任用长吏的权力。

又在睢阳城东北三十里另建离宫——竹苑，内中建有平台、曜华等宫观楼台，架设假山，挖掘水池，种植树木百果，驯养奇禽异兽。自睢阳至平台三十余里，宫观相望，并建有长安才有的那种相互通连的复道。他还下令仿照长安的上林苑，修建供自己游猎的园囿——东苑，方圆达三百多里。

他广为延揽四方的豪杰为宾客，将山东①的游说之士全都吸引到了睢阳。如文名出众的司马相如、枚乘，齐地的游士羊胜、公孙诡、邹阳等，全是梁王的座上客。其中最得梁王宠信的就是公孙诡。此人好出奇计，初次谒见梁王，不知说了些什么，大得梁王的欢心，赏赐千金，官封中尉②，呼之为"公孙将军"。这座忘忧馆，就是梁王为了招待宾客，专门模仿未央宫沧池中的渐台而建造的，位于雁池中的鹤洲之上。洲上遍植奇花异卉，有大群白鹤蕃息其中，池中野生水禽穿梭浮游，碧水蓝天，映衬着岸旁的茂林修竹，景色之幽美，比之沧池渐台，有过之而无不及。

他又爱好排场虚荣，出行巡游或围猎时，竟像皇帝一样出警入跸③。不仅如此，每次出行，他还张挂天子的旌旗，乘坐皇帝所赐的车马，随从卤簿④的规模，也是千乘万骑，与皇帝不相上下。中大夫韩安国曾多次劝谏他，虽是太后与皇帝的至亲，在事关体制尊卑的事情上也不可大意。僭制逾礼必会引人侧目，久而久之难免会传到朝廷中去，引起皇帝的猜疑。但梁王以为兄弟情好无间，又有太后的庇护，全不放在心上。况且，天子的车马旌旗全是皇兄所亲赐，不用，难道任其在库中朽烂嘛！或许真如韩安国所言，自己的所为引起了皇兄的猜忌和母后的不满，这倒真是要想办法化解的呢。

外间的筵席仍在热闹地进行，刘武从里间出来，重行入席。他望望众人，

---

① 山东，古代山东所指的地理范围与今天大不相同。古时"山东"所指，即今华山和肴山以东的广大地区，泛称（函谷）关东；非今日以太行山分界的山东、山西。

② 中尉，秦汉时官名，为九卿之一，职掌京都的卫戍治安。各诸侯国亦设此官职，执掌国都的治安。汉武帝时更名为执金吾。

③ 出警入跸，古代皇帝出行或归来，预先都有侍卫警戒道路，清赶行人。出称警，入称跸；警跸为皇帝所专用，擅自跸警，多被视为僭制越轨，有野心的表现。

④ 卤簿，即帝王出行时扈从的仪仗队列。

微笑着，问道："诸卿比赋赛酒，进行得如何？寡人会一秉大公，赏罚分明的。"

作为筵席司令的国相轩丘豹拜手陈奏道："来宾酒赋已过一巡。枚先生以岸旁垂柳为题，作成《柳赋》一篇。路乔如白鹤为题，作《鹤赋》一篇。公孙将军以苑中麋鹿为题，作有《文鹿赋》。邹阳先生以酒为赋，公孙乘先生以月为赋，羊胜以屏风为赋，均已作成。惟独安国大夫以几为赋，作不出来，竟请邹阳代作，二人通同作弊，俱应罚酒。如何发落，请殿下明裁。"他示意一旁的侍从将写有辞赋的帛书呈交梁王，梁王略看一过，颔首笑道："好。枚先生、路先生等如约成赋的，每人赐绢帛五匹；韩、邹二位大夫，罚酒三升！"

来宾们全都大笑着喊好，有人更是起身筛酒，准备看韩、邹二人的笑话。梁王摆摆手，道："诸位爱卿，权且寄下这一罚，寡人与韩大夫有要事商谈，还请各位留给他一颗清醒的脑袋。"众人大笑。梁王揖手致礼道："各位继续饮酒还是游园垂钓，请随意尽兴。长孺你随寡人来一下。"

二人走入内室后，分主宾入席见礼。梁王沉默良久，叹口气道："长孺确有先见之明，如今果真言中了。"

"殿下有甚烦心之事吗，安国愚昧，敢请殿下明示。"看到刚才匆匆从京城赶回的使者，韩安国已猜到几分，只是他为人谦退谨饬，不愿给人以自矜的印象，所以仍故作不知，一脸茫然的样子。

"皇兄不见寡人派去京城请安的使者，这是第二次了。或许如你所言，皇帝听到了甚风言风语，心里不快。可太后这次也不传见使者，这可是从来未有过的事情。寡人实在想不通。爱卿试为寡人剖析其中的委曲，如何？"

韩安国早想切谏梁王，一直不得机会深说，难得他虚心求教，于是侃侃而谈，将久已憋在心里的话，全都讲了出来："梁国地处中原，辐辏关中，由吴越、齐鲁、淮阳往来长安者，无不经由梁国。好事者以谗言为晋身之阶，即无事亦难保不生是非，殿下不拘小节，正是给了小人以机会。皇帝主宰天下，本应大公无私，可兄弟逾制，碍于亲情，又不忍责备殿下，可不责又不足以服天下众人之心。这种烦恼不足为外人道，只能向太后诉说。太后虽爱大王，却怕皇帝误会自己偏心，故不能不站在皇帝一边，采取同样的立场。

"大王作为皇帝、太后的至亲，本来已享有其他诸侯所没有的富贵荣华，暗中妒忌怀恨者不会少。朝廷中的大臣，为了表现自己对皇帝的忠诚，也难免有人借大王的过失进谗。众口铄金，积毁销骨，人言可畏呀！皇帝耳旁若总有不利于大王的消息，时间久了难免不起疑心。皇帝、太后不见大王的使者，正是种无言的警告：大王若长此不知谨慎，约束自己的行为，即亲如母子兄弟者，也会变得疏远和冷淡的。"

"有道理，有道理。"刘武连连颔首，不自觉地膝行前席，靠近了韩安国，急切地问道："那么何以化解皇兄的不快，敢请先生有以教我！"

"化解皇帝的怒气，还是要从太后着手。太后偏爱殿下，殿下有再大的过错，太后也能包容。而皇帝仁孝，从不违拗太后的心意。太后肯为殿下说话，皇帝的怒气就不难化解。更为要紧的是，望殿下克制自己的心性与欲望，不贻人以口实，渐渐改善在皇帝那里的印象。如此，臣敢言，殿下与皇帝定可和好如初。"

"对，对。先生说得对，寡人会记住的。可是吃过两次闭门羹，眼下又如何进行呢？先生可为寡人拿个主意。"

韩安国思忖片刻，肯定地说道："还是要派使者再去，一定要面见太后皇帝，解开他们心中的疑虑。误会的时间越长，就越不利于大王。"

"好！就按先生说的办。但要劳动韩大夫亲自走一趟京师，一定要把此事办理妥帖。前番去的使者遇事懵懂，没有一点机变，办不成大事！请爱卿务必为寡人分忧，面见太后，旋转乾坤。"

梁王的虚心和推重，使韩安国心里颇为感奋，暗自觉得这是自己在梁王与朝廷面前有所表现的难得机会，于是慨然自任，接受了这份困难的折冲使命。当日午后便乘坐梁王特派的驷马传乘，出发前往长安。一路上晓行夜宿，五日后终于抵达了长安。

梁王在京城有奉朝请时专用的宅邸，位于北阙之外的戚里。戚里可算是长安城内的贵族居住区，里面大都是皇亲国戚和诸侯王的宅邸，鳞次栉比，装饰华丽，似乎争相炫耀其权势与富贵，但都比不上梁王宅邸的堂皇富丽。韩安国住进王府后，略作盥洗，便吩咐府丞安排了一辆轻便的轺车，乘车在长安城内转了一圈。他是第一次来到京城，帝都的壮阔宏伟令他大开眼界。晚餐后，他推掉了王府留守官员们为他准备的接风宴乐，早早睡下，蓄积精力以应付明日的任务。

他人虽在床上，但使命的压力却使他辗转反侧，久久不能入睡。明日会怎样？顺利，或不顺利？太后若再是拒见，自己该怎么办？皇帝和太后若是召见，自己该如何奏对？以何种方式代梁王辩白，化解天子的猜疑？瞻前顾后，不由得思绪万千，直至夜交三鼓，他才心怀忐忑地沉入梦乡。

次日一早，他由府丞陪同前往长乐宫西阙宫门，将梁王与自己的名刺和礼单交给了宫门的谒者。府丞告诉他，若蒙召见，通常会在次日，他可以利用这一日的闲暇，逛逛长安城的市场，也可以拜访熟人和朋友。王府的同事们打算午间为他接风，他推辞不过，也怕别人说他矫情，就答应了下来。

他未曾想到的是，这次饮宴他还是无缘享用，等待着他的是一场始料不及的风暴。

二十

　　午间的宴席十分丰盛，百珍罗列，爆炙杂陈，非万钱不办。据府丞告诉，梁王月月派使向皇帝、太后请安，每次使者都要住五六日，往来应酬，接风送行，这类的酒宴几乎每日不断。为此，他们专门备有长安与梁国的名厨，梁王府宴会的酒肴在京师也是出名的。

　　王府众官推韩安国上座，他略作谦让后入席，府丞等官员作陪。府丞刚要举杯祝酒，一名门谒者神色慌张地跑来报告说，长乐宫的人已进了大门，要梁国的使者马上接受太后的案责。席上众人无不色变，立刻赶到前堂，韩安国为首，王府众官员在后，呼啦啦在来使面前跪倒了一片。

　　来人是地位很高的宦者——总管长乐宫事务的大长秋①邓忠。邓忠年逾半百，鬓发斑白，满面皱纹，面相严厉。他望望面前匍匐着的人群，倨傲地问道："你们哪一位是梁国来的使者啊？"

　　"臣韩安国，受梁王之命，特来向太后、皇帝请安问起居，愿太后福寿安康，长乐无极。"韩安国膝行向前，再拜稽首。

　　"你先不忙着请安！"邓忠冷冷地看着他，随手将一扎木简摔在他面前，原来是早间送至宫门的名刺和礼单。

---

　　①大长秋，汉初后宫官名，相当于少府，为皇太后、皇后身边地位最高的侍从官员，多由宦者充任。

"太后不会见你，更不会接受你带来的礼品。非但如此，太后还有诏命，你留心听好了。"他清了清嗓子，开始大声宣读诏敕。

皇太后诏问梁国使者，梁王无状，僭越礼制，出警入跸，滥造宫室园囿，出行以天子旌旗，扈从千乘万骑，拟于天子，有悖臣子之道。尔梁国诸臣，职在辅佐，梁王不能忠孝尽责，尔等罪过尤重！敕命该使者，将梁王所为，一一写出呈上，尔等为臣子者，不能谏阻匡正，道理何在，亦须讲明。若敢欺瞒，罪在不赦！钦此。

韩安国伏在地上，边听边觉得背上冷汗涔涔。他知道，所谓"案责"，就如狱中的审问一般，限地限时，是十分严重的查问方式。而从诏敕的口气上看，太后很可能会迁怒于自己，闹不好自己会有牢狱甚至性命之忧。怎么办，怎么办！他不由得埋怨起自己好胜，抢着来触这个霉头。但无论怎样，到了这个地步，只能想办法挺过去。

他接过诏敕，恭敬地对邓忠说道："大人请到里面用饭歇息，下官这就按太后的吩咐，书写呈报，恐怕要费些时间，但请大人放心，决不会耽误大人的公事。"说罢，他示意王府官员们陪邓忠一行入席用餐，并暗示他们尽可能拖延时间。

他回到住处，绕室彷徨，好半天不知如何是好。派大长秋亲自案责，可见事情的严重，这个呈奏不是好写的，搞不好就像是坐实了梁王的过失，这是万万不行的。情急生智，他忽然冒出了一个想法，急忙赶回前堂，差人将府丞唤出。

"里边怎么样？稳住他们了吗？"

"还好，面色和缓多了，再饮过几巡，我看话就好说多了。"

"不成，此事单靠他解不开。你马上备一辆轺车，领我去大长公主府上。"

"前次来的使者也去找过大长公主，可她去南山野游多日，不知道回来了没有。"

"不管他，事情急，顾不得了。你只管吩咐备车，我们碰碰运气看。"

堂邑侯陈午的宅邸也在戚里，与梁王府相距不远。陈府的门房管事都与府丞相熟，軺车未受阻拦，直接驶进了陈府的院中。知道刘嫖刚刚回府，韩安国心里的石头方才落地。但听说二人要面见刘嫖，管事却面有难色："长主午前方回府，旅途劳顿，正在歇息，二位明日再来不成吗？"

"不成。"韩安国递上名刺，焦急地说道："事关紧急，片刻不能耽误，请即通报长公主，就说梁王使者韩安国有急事求见。"

管事踌躇了片刻，还是进去通报了，但很快就转了回来。"长主吩咐你们明日午前过来……"

韩安国急了，不等管事的说完，推开他，径直跑向内宅，边跑边大声呼喊着。"公主殿下，救救梁王，救救梁王啊！"这下子惊动了陈府上下，众多的家人、使女跑出来围观。几个家人拦住他，架着他往外走，他挣扎着，嘴里仍不停地大声喊叫。

"放开他，我倒要看看是谁这么没有规矩！"

家人们放开了手，韩安国回身望去，只见一位丽人站在内宅的门前，宽袍大袖，头发松松地绾着，显然刚刚沐浴过，这就是大长公主了。

韩安国俯身行礼，涕泪交流地说道："殿下恕臣鲁莽，可事情紧急，臣不得不昧死上陈，只要救得梁王，随殿下怎样处置臣，斧钺不辞。"

"有那么严重吗？你把脸擦洗一下，进屋里说话。"刘嫖吩咐过后，径自入室。下人们则端来一盂清水供韩安国盥洗。

进到室内，刘嫖已经补过妆，正倚在榻上品茶。

"阿武有什么事情？你说吧。"她瞄了他一眼，不很在意地继续品茶。

韩安国将皇帝、太后拒见梁王的使者，今日又派大长秋到府案责等事讲了一遍。刘嫖听着，面色严重起来。

"太后责问的那些事情，阿武真的做下了吗？"

韩安国不由得悲从中来，一下子伏在地上，哽咽失声地说道："臣安国昧死敢言，知子莫若母。梁王做儿子的孝心，为人臣的忠诚，太后怎么能够没有一点儿省察？产生如此之大的误会呢！"

看着韩安国痛心疾首的样子，刘嫖不觉好笑，看他这个认真劲儿，好像比自家的人还要上心。

"这么说，是太后冤屈梁王喽？"

"臣不敢。臣是说太后与梁王之间不该有误会。"

"那你给我说说，阿武哪点儿像忠臣孝子？"

"七国之乱，梁国首当其冲，关东七国，合纵西向，兵力十倍于梁。棘壁一战，梁国独当吴楚联军，死伤数万人，那时的梁国孤悬关外，处境真的是危如累卵。梁王是皇帝、太后的至亲，知道梁国是关中最后的屏障，再难也要挺下来。臣亲眼所见，梁王每当念及太后、皇帝和国事的艰危，哪一次都是泪流满面！梁王拜张羽等六人为将，臣亦厕身于其中，带军出征那天，臣清楚地记得，梁王以亲王之尊，竟然跪送吾等出征。六军感奋，人人争先杀敌，以寡御众，叛军终不能西进一步。最终坚持到朝廷大军到来，共同破敌，梁国杀伤的敌军几乎与中央相当。危难之际，为国干城，难道还不足以表明梁王的大忠么？！"

刘嫖颔首道："忠，这倒是可以当得了。你接着往下说。"

"若说到梁王对太后的孝心，殿下应该比臣知道得更清楚。可以说梁王无时不在惦念太后，每当有太后身体不适的消息，梁王都会食不知味，寝不安枕，那副失魂落魄的样子，好像心已经飞到长安，飞到太后身边去了。孺慕之情，为臣和梁王身边的人，没有哪个不被感动的。说梁王不忠不孝，臣万死不敢苟同！"

"那么，阿武干么要做那些僭制越礼的事情呢？"

"臣以为，梁王不过是高自标置，表现一点儿小小的虚荣，夸示其他诸侯，让天下之人都知道太后、皇帝对他的关爱而已。殿下试想，父亲是孝文皇帝，母亲是皇太后，兄长又是当今的皇帝，地位如此尊贵，从小就见过大世面的梁王，有这点儿小小的虚荣，难道不是很正常的吗？梁王出入警跸，乘坐御赐的车马，张挂天子所赐的旌旗，巡游封国内的边鄙小县，虚荣之外，不也彰显了朝廷的声光？为了这些礼制上的小错，就苛责不已，太后怎么不恤念梁王的忠孝大节？这对梁王公平吗？梁国的使者月月来京城请安，动辄受到案责，梁王为此惶恐不安，日夜涕泣，不知道如何是好。为臣等没有不为此忧心的，害怕长此以往，梁王悲恐伤身，愁坏了身子啊。"

一番情理毕至的话，令刘嫖动了容。她思忖片刻，道："难得你有这份忠心。太后当然知道阿武的孝心，案问你们不过是做做样子，倒是皇帝的不快可能是真的。这样吧，你随我面见太后，把这些话当面讲给她听。她心疼儿子，不会不管的。"说罢，她起身吩咐备车，带着韩安国等一同进入长乐宫，来到太后居住的长信殿。

听过韩安国的陈述，窦太后郁闷了多日的心情也好了起来。

"我想阿武也不会乱来的。皇帝看来是多心了。阿嫖，等下你去一趟未央宫，把使者的这些话告诉给他，做兄长的要有肚量，要他别再难为阿武了！"

看到母亲高兴，刘嫖指着伏在地上的韩安国，凑趣地说道："母亲没有看见他刚才那副模样，挺大个男人，不管不顾的，哭着喊着要救阿武的命，一脸的鼻涕眼泪，想起来就好笑。"

"好，好！难得你对梁王有这份忠心。你名字怎么称呼，哪里人，在阿武那里任什么官职呀？"

"臣韩安国，字长孺，祖籍梁国成安，后来移居睢阳。少时曾随鲁国邹县的田生学过韩子与黄老杂说，后为梁王宾客，现任中大夫之职。"

"喔，好。你今日所言，化解了我们母子间的误会，功劳不小，我会告诉皇帝和梁王奖赏你的。你回去后，要好好辅佐阿武，要他收敛一些，别再做那些让皇帝不快的事情了。"

一场天大的祸事，就这样化险为夷了。韩安国与府丞满心欢喜地回到王府，却见到大长秋邓忠正在中庭大发雷霆。原来，酒足饭饱之后，邓忠要回宫复命，却哪里也找不到韩安国的踪迹。后来问出他去了大长公主那里，邓忠以为是藐视自己，气急败坏，不免有意生事。

韩安国将邓忠请进前堂，致歉后向他讲述了刚才的经过，见到他仍有悻悻之色，韩安国一面示意府丞，一面正色说道："梁王与太后、长公主的关系，大人在长乐宫多年，知道得应该比我清楚。我们做臣子的，对母子君臣间的误会，是行同路人，漠然置之，还是想尽办法化解，这中间的利害和道理，邓大人想必与在下一样的想法。太后既已释怀，大人已无须复命，何不做个顺水人情，大家交个朋友，彼此都多一份照应呢？"

府丞捧出五十金，邓忠推托不收。韩安国笑道："这点儿心意，是下官代梁王略表心意，难道大人就这么不给面子吗？看来大人是有意与下官过不去，给梁王难堪了！"

口气中隐然有威胁之意，邓忠不觉凛然。于是堆出满脸的笑容，很见情地说道："韩大人哪里话？午间本官乃奉命行事，唐突了大人，还望韩大人海涵。既是梁王的心意，下官却之不恭，只能收下了。韩大人回去后，梁王面前还请代下官致谢。"

　　邓忠走后，府丞跷起拇指对韩安国说道："大人今日的机变和口才，鄙人真是服了。"说罢，他向聚拢在庭院中的众人，讲述了韩安国急中生智，游说长公主与太后的过程。说者绘声绘色，听者眉飞色舞，在众人钦佩的目光中，韩安国也不觉得意起来。他拍拍府丞的肩头，道："两顿酒宴我都无福消受。今日幸能不负梁王的嘱托，化解了太后母子间的误会，我心里高兴，烦老兄再治一席酒宴，我们今夜尽欢痛饮为贺，如何？"两人相与抚掌，大笑起来。

　　次日，刘启召见了韩安国，显然，长公主和太后已说服了皇帝。皇帝、太后不仅接受了梁王的礼物，而且回赐了大量礼品。太后与长公主还再次召见了韩安国，殷殷垂问，并专门赐予他大量物品钱财，所值超过千金。

　　韩安国此行，化解了皇帝、太后与梁王母子君臣间的误会，两兄弟重又情好无间。他也由此显名于朝廷，受到太后和梁王的器重。一个月后，梁国的内史出缺时，刘武没有坚持以他所爱重的公孙诡接任，而是按照太后的意思，任用了韩安国。他由六百石的小官一跃而为两千石的封国大吏，在当时，这是极为难得的际遇。

二十一

"富贵人家出身的姑娘到底不一样！看那眉眼，长大一准是个美人。小小年纪，你看那势派，天生是做主子的料，殿下真是有福。"蔓儿边向食案上摆放杯盘，边喋喋不休地说着。

"听说，贾夫人也为中山王提过亲，人家连眼皮都不抬就回绝了。也不拿镜子照照自己，呸！"想起从前受到的惊吓和羞辱，蔓儿不由得狠狠地啐了一口。

"萍姊，怎么不说话？"蔓儿扭过头，大萍正向盘中摆放果品，一副心不在焉的样子。

"咦？你不对劲儿啊。萍姊，出了甚事？"

大萍怔愣了一下，摇摇头，道："没什么，我在想阿宝现在会怎么样了。"

蔓儿也沉默了下来，她知道阿宝是大萍的同乡，一同入宫，感情最好。前不久永巷的宫人们传说，平日最得信任的阿宝，不知为了什么得罪了栗夫人，被捶笞半死后关入了暴室狱，自打听到这个消息，大萍就郁郁寡欢，说话做事都是无精打采的。

大萍当然知道阿宝为什么出的事。栗夫人失宠后必然会怀疑到阿宝身上，那些对大长公主和皇帝的不敬之语，她只在阿宝面前发泄过，泄露出去的只能是阿宝，她的震怒、仇恨与报复无疑会集中在阿宝头上，一想到阿宝为此受到了怎样的惩罚，大萍的心就会痛楚地抽动起来。

听到阿宝出事的消息后，大萍立刻就求王夫人设法营救。但王夫人很平静，告诉她不要急，太急反而会露了形迹，眼下要紧的是避嫌，要做出与此无关的样子。等到事情过去了，人们都淡忘了的时候，才有可能救她出来。大萍苦苦哀求，她才勉强答应，但却没有什么行动。她想求郭舍人想办法，但一直见不到他。阿宝在狱中怎样？是死是活？一想到这里，深重的歉疚感就会攫住她，是她害了阿宝的性命。她开始后悔没有听郭舍人的劝告，不该卷入到宫廷的阴谋中去。

一阵嬉闹声打断了她的思索，抬眼望去，一群孩子正跑出正堂。为首的是刘彘，跟在他身边的是陈娇和韩嫣，身后则是平阳、南宫、隆虑三位公主与儿姁的四个儿子。儿姁死后，王娡接手照看这些皇子，多一半的时间都花在了合欢殿，宫人们都说，论起细心周到，王夫人比起他们的亲娘，还要尽心得多。

"萍姊、蔓姊，一起去呀？"一群人蜂拥着穿过院子向外走去。路过大萍她们身边时，韩嫣笑着向她们打招呼。

"韩公子，你们这是去哪儿呀？"蔓儿笑着问道。

"去明渠抓喜蛛，晚上织网用，要是不怕，就一起去呗！"

"不行，夫人吩咐晚间要在院子里乞巧，我们得提前安排好。"

"韩嫣，难怪都说你专会讨巧，不分甚人，见面就叫姊姊，不觉得肉麻嘛！"阿娇斜睨了蔓儿一眼，不屑地说。韩嫣伸伸舌头，扮了个鬼脸，随众人一同走出了院子。

七月初七，是阴历的七夕，对女人们来说，又是一个重要的节令。七月正值酷暑，炎夏的热浪欲过未过，夜间的星空却格外明朗。每年七夕，隔天河而对的织女与牵牛两星分外明亮，民间称之为"牵牛织女会天河"。是夕，家家妇女都会以彩线穿针，在庭院中陈设果品，观看两星相会。如果当夜有蜘蛛在供品上织网，就是神仙受供的祥瑞，所以各家往往会提前捕捉一些蜘蛛，晚间在食案上点起灯火吸引蚊虫，诱使蜘蛛结网捕捉，以求吉祥。穿针、观星和供奉喜蛛的活动统称为乞巧，今日正逢七夕，王夫人命大萍等人布置供品，以备晚间乞巧之用，刘彘等人去抓喜蛛，当然也是为了同一目的。

七月初七，也正是刘彘的生日，王娡操办了一席丰盛的午宴，把侄儿们都邀到漪兰殿，又请了韩嫣，一同为刘彘上寿。尤其令她高兴的是，长公主刘嫖领着阿娇，不请自到，一是亲自登门贺寿，二是让阿娇亲自拜见未来的婆婆。

午宴进行到一半，孩子们就吃饱了。刘彘提议到明渠去抓喜蛛，孩子们群起响应。王娡正愁不得机会与刘嫖深谈，对此当然不会反对，嘱咐了一番，就放他们去了。

"几年不见，阿娇快出息成大姑娘了，我真是没有想到，阿娇能出落得这么姣好，像天女一样！彘儿能娶阿娇为妇，真是他的福气。"

"你这几个女儿也不错嘛。平阳、南宫眼瞅着就要到及笄的年岁了，用不用我为她们在宫外物色几个好人家呀？"

"那敢情好，我这里先向亲家母道谢了。" 王娡亲自斟了一杯酒，殷勤地递给刘嫖。

"曹丞相的曾孙曹襄承嗣了爵位，是个万户侯，封邑也在平阳。他的夫人死了几年，现在正在物色继室，就是年岁大了点儿。可他家的声望、地位、富贵，朝廷上没有几个能比，我看说给平阳不错，你看呢？"

刘嫖的兴致很高。曹家的声望资财都足够，只是女儿嫁给一个鳏夫未免委屈，可想到拂逆刘嫖的后果，王娡还是做出喜不迭的样子，连连颔首道："这当然好，这当然好，一切全凭她大姑做主，我是绝对信得过亲家的眼光的。"

"好，这件事就包在我身上。今晚太后也在长乐宫乞巧，各殿的夫人都会去助兴，皇帝也会到场。晚间你带上阿彘、平阳她们，随我和阿娇一同过去吧。"

"这么多孩子，年岁又小，带过去太闹人了。儿姁早夭，我心情、身子都不好，这次就不过去了，太后若问起，还烦亲家母代我告罪。"儿姁死去一月有余，宫里的熟人们见到王娡，还是不免就此问短问长，搞得她心绪不宁。人多的场合，她总是能躲就躲，何况皇帝亲莅，保不准会有所询问，更得避开。

刘嫖摇头叹息道："难得你把合欢殿几位皇子的教养也承当起来了，不容易。亏了有你这么一位大姨，不然这些个孩子还不知会怎么遭罪呢。八个孩子，够你的呛吧？"

年少的皇子们丧母，按例都会交给宫人养育，母爱既失，皇帝又难得一见，他们儿时的命运多数孤独凄惨，大多未成年便会夭折。儿姁的儿子们有一位亲姨母照管，毋宁说是件很幸运的事。

"嗨，亲家母，你说我能怎么办？阿姁临死前把我叫过去托孤，亲娘家侄子，我不管谁管？越儿大点儿，在承明殿进学，三个小的，我这里又住不下，只好两边跑着。唉，没了娘的孩子，我真怕屈了他们。"王娡说着，眼圈不觉红了。

"是呀，你这里地方太小，不如干脆搬到合欢殿去，那儿有这里几倍大，全都能住下，照顾起孩子们也方便。这件事永巷令干什么吃的？我一定得对皇帝说说。"

"不，他大姑，千万别！你的好心我领了，可我听说阿姁是凶死，那儿晚间闹鬼，不太平。我怕吓着阿彘他们。"

"喔？真的吗？也是，生过四个儿子的女人，轻易不会小产，死得好没来由。儿姁这对龙凤胎没能保住，皇帝真是很痛心，郁闷了好久，可又查不出什么。听说冤魂才会夜间出来祟人，你听到过甚吗？"

"阿姁死前对我讲过，她疑心有人背地里诅咒她，可又抓不着真凭实据。"
"哦，是谁？"

"椒房殿的那位。阿姁说，有一次路上遇见，两个人擦肩而过。刚走过去就觉得身后不对劲儿，她猛一回头，看见栗夫人正对着她往地下啐唾沫，嘴里还念叨着甚，也听不清是甚。打那儿以后，她身体就不适。阿姁还说过，栗夫人嫉恨她，因为皇帝前一向总是召幸她。"

"对，有道理。她想做皇后，醋劲又大，谁得皇帝的宠，谁就被她当作威胁，她恨儿姁是当然的。"

"还有件事，更让人怀疑。亲家母还记得上次我对你讲过的事吧？她有个贴身侍女叫阿宝的，与我这里的大萍是同乡。她背后对皇帝和大姊的诽谤与不敬，就是阿宝告诉大萍的。"

"对，对，我记得，我也告诉了皇帝，听说就是为了这个，皇帝才不再要她侍寝。"

"也就是为了这件事，她向阿宝下了毒手！"
"喔？下了毒手！下了甚毒手？"
"你想，这件事只有她与阿宝两人知道，泄露出去的人，不是阿宝还能是谁？听说是把阿宝杖笞了个半死，又找借口把她押进了暴室狱，进了那里，阿宝眼见是不得活了。她这是想要杀人灭口呀！"

"哦？杀人灭口，为甚？"

"当然是为了她对皇帝和大姊不敬那桩事情。阿宝死了，这件事就死无对证，她就可以反口，来个死不认账。心地这么狠毒的妇人，甚事做不出？现在我相信，背地里祝诅阿妪的就是她。"

"嗯，嗯，有道理。我早觉着她不善，将来弄不好会是宫里头的大患。我定会再向皇帝进言，决不能让她得逞。不然我们姑嫂就没有宁日了！"

"是呀，我也总有一种担心。亲家母你想，刘荣是太子，早晚还不得登了大位，到时候栗夫人得了志，会怎样对付她的仇人？真是想想都怕……"

"我早就向皇帝说过，她若得志，必会再现'人彘'的惨祸！也不知皇帝怎样想的，不过，她总归是痴心妄想。我上次跟你交过底，我是想要帮阿彘做太子的，难就难在，现在阿彘与阿娇结了亲，我跟那位老弟，反而更难开口了。"

"为甚？"王娡惊疑不定，心一下子沉了下去。

"你看皇帝表面上是个很沉静的人，对人也还算宽厚大度，其实，心里对这种事情忌刻着呢。谁要是提到这种事，他马上就会疑心是背着他搞鬼，不仅达不到目的，反而会坏事。从小一起长大的姊弟，他的脾性我最了解。不说别人，就是亲如梁王，有点儿虚荣，用了他赏的车马仪仗，他还要耿耿于怀，若不是太后出面，兄弟俩还不知道要别扭到什么时候呢。"

"可我听说，皇帝可是说过要传位给梁王的话呢……"

"那是酒后失言，做不得数的，后来还不是立了自己的儿子做太子。做皇帝的人都懂得黄老那一套，有时应许给人点什么，不过是一种试探，看看臣下作甚反应，当不得真的。"

刘嫖呷了口酒，接着说道："所以立阿彘做皇储这件事，在皇帝那里提也不要提，一提，反倒坏事，他一定会认为你我在搞什么名堂，他若存了这种成见，那阿彘可真就是一点儿希望也不会有了。"

"那么，我们只能静观其变了？"王娡心有不甘地摇了摇头。

"当然不是。我们要做的是扳倒栗姬和刘荣，他们一倒，储位空出来了，以刘嫖的资质，机会要大得多。"

两人又议论商讨了许久，直到儿女们从明渠返回，王娡才招呼大萍等人收拾筵席。日昃之后不久，宫门就要下钥，刘嫖携阿娇去长乐宫太后处乞巧，韩嫣不情愿地出宫回家，王娡则带着刘越等人回合欢殿。漪兰殿的小院一时安静了下来。

七夕在朔望之间，漫天的星斗布成一道天河，夜空如洗，银光烂漫。刘彘、平阳、南宫、隆虑和大萍、蔓儿等围坐在事先设好的席上，开始乞巧。

首先比赛穿针，每人七根彩线，规定是最先穿完者为胜，可随意选食点心、水果，最后穿完者为败，罚酒一盅。蔓儿取出事先备好的七彩丝线和铜针，每人一份，众人公推刘彘司判胜负，他一声令下，女孩子们开始飞针走线。大萍、蔓儿的动作最为麻利，只见她们一手拈针，一手持线，将线头略捻，在唇间轻轻一抿，对准针孔一送，便穿好一根丝线，片刻之间，七根丝线就都已穿针完毕。平阳的速度也不让侍女们，位居第三，而隆虑最慢，用时几乎是大萍她们的一倍。连比三轮，大萍拔得两次头筹，最后一轮的胜者是平阳，但刘彘看得出，侍女们有意放慢了速度。隆虑最惨，三轮皆负，一盅酒下去已经是满面绯红、不胜酒力的样子了，后两盅罚酒，分别由刘彘和平阳代饮。大家胡乱吃了些点心水果，又观了一阵星星，平阳、隆虑等酒后困倦，各自回屋睡了。只有大萍、蔓儿等侍女陪着刘彘继续观赏夜空。

此时夜漏更深，星空也更亮了。夜色中的木兰树影婆娑，习习凉风将日间的暑气一扫而空。刘彘望着星空，问道："你们谁认得，哪颗星是织女，哪颗星是牵牛？"

"喏，天河西边那三颗，就是织女三星。"蔓儿边指划边说。

"是对等三边，看上去像是鼎足而三的那三颗星吗？"

蔓儿点点头。"对，就是它们。中间最亮的那颗，就是织女星。"

"难怪《诗》里，会有'岐彼织女'的句子，这织女三星的排列还真像是鼎足而立呢。"

"殿下请看，与织女隔河相对，也有并排着的三颗星，中间的那颗亮星稍微高起，有些像条弯曲的扁担。中间的那颗亮星又叫河鼓二，就是牵牛星了。"

"这些个星星年年在此，为甚要说牵牛织女七夕才能相会呢？"刘彘不解地问。

"七夕的晚上，这两颗星特别的亮呗。"蔓儿笑着说道："传说天帝将织女许给牵牛，两人整日相守，耽误了劳作，天帝一怒，平时就不许他们见面，只在每年的七夕，允准他们相会一次。牵牛和织女天河相会，殿下与阿娇在人间相会，真是好福气呢！"

刘彘的脸一红，佯作不闻地转问大萍："蔓儿说得对吗？你看见过神仙吗？长得像人一样吗？"

"神仙都住在天上、海上和山里，我上哪儿见去？反正民间的老人们都是这么传的，说是神仙有时候也到人间来，齐鲁那边和海边上的人经常能遇见。"

"董永的事，殿下没有听说过吗？他就遇见过织女。"蔓儿插嘴道。

"是吗？董永是谁？怎么回事？"刘彘兴趣盎然，连连追问。

"董永就是齐地的人。家里穷，父亲死后无钱安葬，董永就自己卖身为奴，那家主人被他的孝心感动，给了他一万钱，要他回去服丧。服完三年之丧，为了报答主人，他又欲回去为奴，路上遇见一个女子，自愿从他为妻，他就带着那女子一同到主人家。主人不肯收他为奴，但又推辞不过，就允那女子十日之内为他织缣百匹作为报答。那女子果然于限期内织出了百匹缣绢，其实，她就是织女。换了凡人，十年也织不完的。"董永遇仙的故事在民间流传很广，大萍自小就耳熟能详，于是侃侃道来，把刘彘听得心驰神往。

"后来呢？他们两人真的成亲了吗？"

"没有。替董永报完恩，那女人就要走，临行前告诉董永，她就是织女，是天帝的外孙女，因为董永至诚至孝，天帝命她助他偿债。说完，就凌空而去，不知所了了。"

"那这个董永还在吗？"

"当然不在了，听说后来也得道成仙了。"

刘彘啧啧称羡，神往得不得了。他索性仰卧在席上，望着漫天的繁星出神。这神仙的世界是太广大，也太神奇了。真恨不能马上出宫，到齐鲁去寻仙访道。他闭上双目，神游物外，想象着自己穿山越岭，浮舟海上，眼前恍恍惚惚似有人影在晃动，但却怎么也看不清他们的面目。唉，宫里的日子真是太乏味、太无趣了！他真羡慕能够每日进出宫禁的韩嫣，自由自在，想去哪儿就去哪儿，想同谁交往就同谁交往。森严的宫禁、华丽壮阔的宫苑，这一切似乎都变得可厌可恨，成了束缚他的桎梏。不知何时自己才能有一个自由之身！哼，早晚我会长大，摆脱这一切的。

大萍、蔓儿在案上燃起两盏灯，招呼刘彘起来送喜蛛。他拿起封有蜘蛛的竹筒，拔开塞子，作出要甩到她们身上的样子，大萍和蔓儿连跑带叫，三人在院中追逐笑闹，直到王娡从合欢殿返回。

"夜深了，你们怎么还不服侍阿彘去睡？"王娡眉头微蹙，不快地责问大萍和蔓儿。

"不关她们的事，我不困，我还没放蜘蛛呢。"

刘彘边将竹筒中的喜蛛倒在食案上，边问王娡道："娘，牵牛是不是就是董永？"

被他没头没脑这么一问，还真把王娡给问住了。想了一会儿才回答说："牵牛是牵牛，董永是董永，根本就不相干的。你莫胡思乱想了，赶快回屋睡吧。"

说罢，她命侍女们送刘彘回居室安歇，示意大萍随她进了寝室。侍奉她卸妆、盥洗完毕后，大萍想要退下时，她拉住大萍的手，说："我知道你心里着急，我又何尝不急？阿宝的事，我今日对长公主说了。阿宝能不能得救，我不敢讲。可她的仇，我们一定能报的。我答应你，阿宝若死在暴室，害她的人也要死在暴室的。"

大萍又惊又怕，在院中伫立了许久。她望着星空，记挂着阿宝和故乡的亲人们，浓浓的乡愁涌上心头。荫蔽在一片黑暗中的宫城阴森可怖，陌生、孤独的感觉也从没有如此强烈过，大萍泪眼模糊地向自己的居室走去，经过食案时，恍惚看到喜蛛已结成了蛛网，这或许是个好兆头吧。"老天保佑阿宝、保佑家人平安。"她点燃香炉，闭目默祷着。哐当一声，好像是风刮开了门的声响。她睁开眼时，惊喜地看到，远远地仿佛是阿宝在向她招手。她急急赶过去，却什么也没有，只有风中摇曳的枝条在沙沙作响，其中隐约夹杂着人的痛苦嘶叫声，若有若无，令她毛骨悚然。忽然，四周一下子万籁俱寂，大萍惊出了一身冷汗，大叫一声，蓦地醒了过来。

灯光中，大萍看到同室的侍女们正围在自己身旁。"萍姊，做噩梦了吗？"蔓儿正在为她擦汗。她紧紧抓住蔓儿的手，泪水潸潸而下，一种强烈的、无可置疑的预感告诉她，阿宝已经死了。

二十二

刘嫖带阿娇赶到时，长信殿的酒宴已经过了三巡。筵席设在殿门与花坛间的空场上，以家人聚会的方式布置。太后东向，太后两侧的坐席分别留给了皇帝和长公主，以下依次是后宫的夫人们，除皇帝外，全部是女眷。太后今晚的兴致很高，正在讲述幼时七夕遇到的奇迹。

"那会儿我还小，不知得的是甚病，头发脱得稀稀拉拉，连头皮都遮不住。一个女娃子家，秃着个脑袋，丑死了，不包头都不敢出门。七夕那天，所有的女娃子都在外面看牵牛织女会天河，就是不准我出屋。大家都在外面乞巧，唯独我自己在屋里头憋屈。心里头那个难受啊，眼泪不知掉了多少。我这个人自小就刚强，遇到这种事，我死的心都有。快半夜的时候，忽的有一道强光从窗棂里照进来，照在我头脸上，晃得我睁不开眼，后来困得不行就睡过去了。可是怪了，那天晚上明明没有月光，这光又是从哪儿来的呢？打那儿以后，没有多久，新头发又长出来了，又黑又密。家人都说是织女显灵，也不知真假，反正托天之福，到现在五十年了，头发还都是好好的。"

"太后是贵人之体，当然会得上天的眷顾。愿太后康健，长乐无极。"坐在皇帝下首的栗姬抢先一步站起，奉酒齐眉，极为恭敬地为太后上寿。太后的心情好，高兴地饮了一杯。随后，程姬、贾姬、唐姬等纷纷抢前上寿，刘启怕母亲醉倒，代饮了数杯。随后，便开始彩线穿针的比赛，栗姬提议由太后司令，皇帝监罚，酒宴的气氛一下子热闹了起来。

见到姗姗来迟的刘嫖，太后蹙眉，嗔怪道："知道家里人今夜聚会，为甚不早些来，让大家等你！阿娇，坐姥姥这边来。"

刘嫖向太后、皇帝行礼后入席。她的坐席在太后右侧，与刘启相对，抬头看过去，栗姬的坐席在她斜对面，栗姬望着她，正微笑着向她致意。

"阿娇，你娘把你领到哪里去啦？是不是该让舅舅罚她一盅酒呀？"太后将阿娇揽在怀里，笑着问道。

"到胶东王家里去了，阿彘领我们抓了好些喜蛛呢。"

"噢，原来是去亲家母那里串门了呀，我说今儿个怎么没看见王夫人呢。可也是的，阿嫖你干什么不带她过来聚聚，一个人过七夕不孤单得慌嘛。"

"她还在妹妹的热孝之中，不方便来。正巧今日也是阿彘的生日，我带阿娇过去为的是给这孩子上寿。我倒是想带她过来，可她哪儿顾得过来呀！算上儿妁的四个，八个孩子，摊在谁身上都够受的。"

"儿妁的那些孩子可还好吗？"刘启有些伤感地问道。

"有至亲的大姨照管着，当然错不了。今晚他们都在漪兰殿过七夕。漪兰殿就是太小了点儿，王夫人得两头跑着照看这些孩子，后宫不少人说，她对那些孩子，比亲娘还上心。陛下，不能赐给王夫人大些的住处吗？那样她照顾起孩子来就不用那么辛苦了。"

"难为了她，你提醒得好！此事朕明日即会吩咐去办的。"刘启频频颔首，颇有感触地说。

"陛下，不如就请王夫人搬到合欢殿去住，那里足够大了。阿荣与阿德都大了，我也没甚可操心的了。王夫人若忙不过来，臣妾倒是很愿意为她分担些教养的责任。"栗姬边为刘启酌酒，边望着刘嫖，脸上带着示好的笑容。很明显，她想消解过去的嫌怨，可刘嫖却并不领情。

这女人又在使甚诡计？无非是讨好皇帝，邀宠固位罢了。刘嫖冷冷一笑，道："儿妁死得不明不白，都传合欢殿是凶宅，晚间闹鬼，谁敢去住？你莫不是想她们姊妹都不得好死吧！"

"你这是甚话！我一片好心，你……"栗姬的脸色一下子变得很难看。她刚欲辩白，刘嫖却不容分说地打断了她。

"你一片好心，是吗？笑话！好心你干甚在背后啐人家？你背地里诅咒别人的事，你以为就没有人知道？儿妁死得蹊跷，难保你没在当中捣鬼！"

"你血口喷人！你得拿出证据来。"栗姬面色铁青，极力压制着自己不要发作。"我怎么得罪了？大姊就如此信口雌黄，竟以这样阴毒的罪名加在我身上。请太后、皇帝明察，为臣妾做主！"

"你以为儿妁死了，就可以死无对证，是不？看来你倒是惯于杀人灭口，毁灭证据的了。"

"够了！都给我住嘴。你们不看看这是甚地方，甚时候，在太后和朕面前如此放肆。尤其是阿嫖你，本来太后欲与众人同乐，你迟到不说，还无来由地大放厥词，好好一个七夕，让你搅得不成个样子！"刘启满面怒容，他指了指栗姬，"你既说她杀人灭口，就要拿出证据来。否则，诬陷是要反坐的，你莫忘记汉法无情！"

"我诬陷她？陛下可以问问她，她那个叫阿宝的贴身侍女，现在何处？她为何把她关入暴室？不是想要杀人灭口，是甚？前不久，她背地里诽谤陛下与我，陛下还没有忘记吧？她也不承认，是吧？这件事只有阿宝知道，杀了她，就可以死无对证。陛下若是不信，到永巷的暴室查查不就清楚了！"

"你们都给我住嘴，好好的一大家子人，连个节都过不到一起去，吵吵嚷嚷，让儿女小孩子们看笑话，还怎么为天下臣民的表率！"窦太后面色阴沉地扫视着众人，筵席上顿时鸦雀无声。

"真是悖兴！就到这里散席，你们都回去吧。"说罢，太后起身回殿。

刘嫖几步追上，扯住太后的袖子，道："娘，真的生女儿的气了？女儿绝不是故意搅局的。娘心里不痛快，就责骂女儿几句吧。"

"你这么大的人了，怎么还跟孩子一样，心里一点儿搁不住事情？多喜兴个场合，让你这张嘴给搅了。况且就为个儿女婚事不谐，就值得把栗姬恨成那样？你这脾性也得改改了！"

"是。可是阿宝那件事情可是真的！"

"你不要再说了，我还不糊涂。你回去吧，叫你兄弟进来，我有话要问他。"

刘启进殿后，太后屏退侍从，要他坐到自己身旁。

"今夜的事情你都看到了。"

"阿嫖她们说话这么不管不顾的，扫了大家的兴，朕有管教不严之责，请母亲息怒。"刘启赔着小心说。

"我还没有死，不劳你管教阿嫖。"太后冷冷地看了他一眼，继续说道："做皇帝的，做事要有决断。当断不断，反受其乱。"

"请母亲明示。"

"阿嫖说的事你要查问一下，不管是真是假，我看阿嫖与栗姬的这个结，是难得解开了。她们两个人中，皇帝要做个抉择了。"

"娘这话是甚意思？"

"一边是你姊姊，至亲骨肉；一边是太子之母，侍候了你几十年的栗姬。按常理，太子之母应为皇后。可是皇帝想想，她们如此水火不容，阿嫖是得理不让人的脾性，栗姬也是个刚强性子，阿嫖伤她伤得这么深，你我千秋万岁之后，她儿子是皇帝，自己做了皇太后，会发生甚事，皇帝难道就从未想过吗！"

"娘的意思是……"

"我不管你怎样想，皇后是绝不能让栗姬做了。阿嫖与阿武，与皇帝一样是我亲生的骨肉，我活着一天，就绝不允他们受到一点儿伤害！"

"可栗姬一心是想与阿嫖和好的，这样对她未免不公。是阿嫖拒人千里。人家笑面相迎，她却怒目相对，动辄发难，心胸也忒褊狭了些。"

"阿嫖毛病当然不少，日后你我可以多提醒她。可是皇帝你要记住，侍候过你的嫔妃多得是，亲姊姊你只有一个！"

"朕当然不会伤害阿姊。可这件事绝不只是立谁为皇后这么简单的事，还牵涉到太子。阿荣是太子，他娘早晚还不是太后？儿子以为，还是化解双方的嫌怨更为妥当，长远。"

"那就连太子一起换掉！你是个男人，哪里懂得女人的心思！这种结是解不开的。栗姬表面上向阿嫖示好，心里未必如皇帝所想。忍辱负重，为的都是将来的扬眉吐气。你十几个男儿，还怕选不出一个好太子？"

"可皇储的废立，事关国本。阿荣并未失德，大臣们不会赞同的。"

窦太后逼视着刘启，冷笑道："这天下是我们刘家坐呢？还是大臣们坐呢？皇帝糊涂到主次不分了吗！立谁为太子，是我们自己的家事，外臣何容置喙？况且，阿荣的资质并非上乘，每次来我这里请安，考问他的课业，多一半都是阿德代他回答。"

"兹事体大，还望母亲容我与大臣们商量斟酌。"

"当然，我也不是要你马上行废立之事。阿荣是长房长孙，你以为我就忍心？可你要思虑内争的后果！今晚这件事在后宫里头传开，很多人会蠢蠢欲动。皇帝越早决断，人心愈早安定。七国之乱的大祸我们都挺过来了，还有甚事可担心？你若实在难以决断，可以随时来我这里商议。"

回到未央宫后，刘启连夜传来了郎中令周仁和永巷署的令、丞与暴室管狱的啬夫，查问关押椒房殿侍女之事。阿宝当日夜漏初更时才断气，皇上马上就得知查问，事情显见得不简单，永巷令彭仲十分紧张，小心翼翼地回答着。

"是。上月既望，椒房殿栗夫人知会奴才，她那里的侍女阿宝散布谰言，大不敬，责罚之外，送暴室劳役。奴才等收治阿宝时，她伤势颇重，食药不进。现已瘐毙于狱中了。"

"喔，恁巧嘛！她在狱中说过些甚，如实讲来。"

永巷令彭仲示意啬夫亢冲回答。亢冲五大三粗的身个，一望而知是个粗人。他略微踌躇了一下，边回想边说道："她送进来时就带伤，伤口都恶犯了，发热昏睡，谵语不断。要么呼痛，要么说胡话，求夫人饶命，叫爷娘的名字，还呼一个叫甚'大萍'的名字，可能是她的个姊妹吧。今儿下晚临死前，她清醒过一阵子，说是死后请我们把她埋在朝东的方向，她才能找得到回家的路。然后再怎么问，她都一声不吭，直到咽气。"

"这孩子多大了？哪里人？"

"不满十五岁，赵地人，入宫后就分在栗夫人处，有三年多了。"

刘启仔细回想了一阵，栗姬每次来前殿时，身边似乎是跟着这么一个侍女。

他叹了口气，吩咐道："好好安葬了她，再捎笔钱给她的家人。还有，彭仲，小王夫人的几位皇子现在由漪兰殿她姊姊养视，漪兰殿地方逼仄，合欢殿又是丧处，睹物伤情，也不方便住，你去安排个大的住处，让他们都搬进去。"

"是。"至此，彭仲悬着的心才放了下来。

刘启摆摆手，示意他们退下。看来背后詈骂诽谤、杀人灭口都是实有其事了，对一个十几岁的女童都能痛下狠手，那么背地里诅咒儿姁这种事情，她也是做得出来的。想到夭折了的那对龙凤胎，刘启就痛惜不置，一股愤懑之气渐次在胸中扩展翻涌。看来，母亲的话有道理，皇后是不该也不能让她做了。

栗姬的事情好办，太子的事情则难办。而太子不更换，母亲所担心的隐患就会一直存在下去。可阿荣并无失德之事，无端地废长立幼，大臣们肯定会反对，而刘启心里很清楚，他之所以在这件事上委决不下，完全没有了自己处事果决的作风，根本的原因并非大臣们可能的反对，而是自己所不愿正视的心结。

刘启当年之所以能被立为太子，可以说是运气使然。窦姬被吕后赐给代王刘恒后，虽受宠幸，但地位只是王妃。代王王后也有三个儿子。所以无论以嫡以长，王太子本来没有他的份儿。但天命靡常，王后早死，而她的三个儿子也都先后夭折了。这样窦姬被立为王后，子以母贵，刘启也有了嫡长子的身份。吕后病逝，诸吕被诛后，大臣们将代王迎至长安，公推为皇帝。文帝即位四个月后，在周勃等朝廷重臣的请求和坚持下，年方十岁的刘启被立为太子，根据的就是以嫡以长的原则。

但父皇心目中的继承人就一定是自己吗？不见得！母亲年长色衰，父皇自然另有新欢，很快又有了两个儿子，刘叁与刘揖。父皇对这两个异母兄弟的爱幸，超过了自己。文帝前元三年，刘武、刘叁、刘揖同时封王，刘武封为代王，刘叁封为太原王，刘揖封为梁王。但不久后阿武就被徙封为淮阳王，原有的封地全部被赏赐给了刘叁。刘揖是幼子，其母是得宠于父皇的慎夫人，更是备受宠爱。最受父皇器重的才子贾谊，被派给梁王做太傅，加意培养的意图不问可知。孝文皇帝当国二十三年，窦皇后刘启母子也在戒慎忧惧中生活了二十三年。好在这两个弟弟也短寿，尚未成年俱已夭折，他们母子才稍稍松了一口气。亲身的经历，使刘启深知太子地位的脆弱，能够作为保障的只有"立子以长"的传统与制度。如今要亲手破坏这个制度，在理智与情感上，都不是他所情愿的。

薄氏无出，刘荣就是长子，若栗姬继立为皇后，他便是嫡长子，所要面对的，是与自己当年一样的局面。他们母子的心境，刘启是完全理解的，这也是他迟迟不愿作出决定的原因。拖一拖，看一看，事情是不是会有转机，阿姊与栗姬的关系或许会向好的一面发展？但是今天的场面，使他看清楚了，这绝不可能。既然如此，确如母后所言，不宜再拖，是该做出决断的时候了。

"周仁，朕有件事要你去办。"刘启思忖了很久，将等在一边的周仁叫到身边，细细吩咐了很长时间。

二十三

例行的早朝早早就散了。周亚夫与窦婴退出宣室殿，互相看了一眼，摇了摇头，正要揖手告别，郎中令周仁赶了过来。

"二位大人是要回府吗？今日散朝早，大人们若无紧要事情办，可否枉驾到下官那里坐坐。下官有事情请教。"

周亚夫、窦婴当然知道他是皇帝的心腹，怠慢不得。于是由周仁陪同，一路向郎中令署走去。

郎中令署位于未央宫东阙门内，占地仅次于少府，机构大，属官多。郎中令虽仅位列九卿之一，权势却非同一般。首先，皇宫的禁军门卫均归其掌握，有拱卫天子之责。而内廷的多数公事亦由所属的众多郎官办理。皇帝出入随行护卫的文武侍从，多是郎中令署的郎官。由于日常在皇帝身边办事，总领宫内一切事务，郎中令历来被视为"天子近臣"，权势熏灼，即使贵如三公，也不能不以敌体①相待。周仁则谦抑自守，绝无一点儿桀骜张扬之态，故极得皇帝的信任。

三人进入官衙内舍后，周仁要侍候的属官们退出，关严内外门户，请周、窦二人入席后，亲自煮茶待客。

"周大人如此劳动，想来是有重要的事情了？"周亚夫呷了口茶，笑着

---

① 敌体，意思是地位相等，无上下尊卑之分。

问道。

"正是。二位大人可觉得今日的朝会有甚异常吗？"

"皇帝看上去闷闷不乐，在公务上打不起精神，与平日迥异。周大人可知道其中的缘由吗？"窦婴放下茶杯，关切地看着周仁。

"皇帝有很重的心事，曾对我吐露一二。为臣子者当为主上分忧，这也是下官请二位大人来此的原因。"

周亚夫与窦婴相互望了一眼，二人会意地笑了起来。周仁的嘴紧，是朝廷上出了名的，为此皇帝格外信用。能够出入寝宫卧内，甚至深宫秘戏都不甚避讳的，外官仅周仁一人。他会主动透露皇帝的心事，谁也不会相信。不用说，今日这番谈话，一定是皇帝授意的。

"周大人有甚话，不妨说出来听听，丞相与我不会泄露半点儿的。"

"好。薄皇后移宫后，中宫虚位，后宫里头有儿子的嫔妃，大多有觊觎之心。明里和气一团，暗里不免于争斗。皇帝为此心烦得很，二位大人可有良策，为天子分忧吗？"

周亚夫沉吟不语。窦婴看看他，略为踌躇后说道："立何人为皇后，是皇帝的家事，本非为臣子者所宜言。但事情所关非细，倒是不能置身事外了。我以为，皇帝既已立刘荣为太子，不妨尽快册封太子之母为皇后。立子以长，母以子贵，按礼制传统办，谁也难以反对，孰论再争呢？君侯①以为如何？"

"太傅所言极是。《春秋传》有言，'立嫡以长不以贤，立子以贵不以长'，这是周公制礼作乐传下来的制度。皇后所生为嫡子，在嫡子中选立太子，只能是长子，为的就是防止君主以爱憎行事和嫡子们对储位的觊觎和争夺。有嫡子，则庶子无论排行如何靠前，也不得立为太子。周公当年立下的这个制度，防的就是对储位的争夺。皇后的册立也是如此，'子以母贵，母以子贵'，皇后之长子必为太子，即'子以母贵'，太子之母亦必为皇后，即'母以子贵'。这历来是安定国家的大经大法，违背了就会引来灾祸，周大人当然晓得的。"

---

① 君侯，汉代官员对丞相的专称。"君"为对地位高于自己的人的尊称，而丞相均封爵为侯，故有是称。

太子之母早已住进了椒房殿，与皇后之位只一步之遥，皇帝此时提出这个问题，用意何在？在没有弄清皇帝的真实意图之前，周亚夫觉得还是谨慎小心为好，于是引经据典，出之以堂堂正大的态度。

周仁见他二人瞻顾不前，决定还是将真相透露给他们。

"二位大人所言当然是正论。问题是，栗夫人嫉妒成性，背后腹诽怨望，难以副中宫之选。不立她做皇后本来不难，难在她是太子之母，皇帝担心自己千秋万岁之后，她会如吕太后般兴风作浪，动摇国本。为此，皇帝宵旰不安，二位大人请务必为皇帝着想，找一条妥当的办法出来。"

周、窦二人面面相觑，知道事情十分棘手。立谁为皇后之事隐隐变为太子废立之事，事情关乎国家的根本，何去何从，责任重大。窦婴作为太傅，觉得有必要为太子争一争。

"栗夫人如不配母仪天下，皇帝尽可以立其他贤惠的嫔妃为后，但不宜以此牵动太子。太子为人仁厚，又无任何失德之处，无故废立，会使民心骚动，天下不安的。"

"周大人，难道皇帝真的有废立之意吗？"周亚夫满脸庄重，语气十分严肃。

"皇帝的担心是，百年之后，会出现当年吕后诛除宫人、宗室的惨事。并没有一定要改立太子的意思。"

"那么，多作防范便是了。《春秋》左氏传云：'王后无嫡，则择立长，年钧以德，德钧以卜①。'今太子的择立正与此同，虽为庶子，但排行最长，诸位皇子中，并无年龄与品德与之相侔者，当然也无待蓍龟。皇帝正富于春秋，大可不必为此烦恼，更不可坏了祖宗的家法。秦弃长子扶苏而立幼子胡亥，国灭身亡，前车可鉴！"

周仁又与二人反复辩难了一阵，见二人坚持反对废立的立场，谈不出什么结果，只好送二人出宫，自己回到宣室殿复命。丞相和太傅之反对废立，

---

① 全句大意为：王后若无嫡子，则选立庶子中最年长的；若年纪相等，则以德行高低选立；若德行也相等，则以卜蓍来决定立谁为太子。参见《春秋左氏传·昭二十六年》。

早在刘启的意料之中，有了这个反对意见，足可以搪塞太后一阵子了。刘启决定将此事放一放，使自己有时间从容斟酌利弊，最终做出一个妥善的决定来。

午后，与少府官员一同奉派去关东采办宫内用品的郭彤回到了长安。当晚，他并未进宫，而是回了自己在宫外购置的私宅。这私宅是用王娡送他的那笔钱买的，与寓所一同购进的还有一个来自西域的女奴，已在关内多年，年岁虽稍大，却很懂得风情，侍奉人也很体贴。有了这栋房屋和女人，郭彤才真正知道了什么是人过的日子，一有机会，他便会溜回私宅，享受温柔乡中的旖旎风光。一些外官知道他是皇帝身边的人，每逢他出宫，都会有人来访送礼，打探消息，他的宦囊也渐渐地丰厚起来。每念及此，对王娡与臧儿的感激都会在郭彤心内涌起。

次日，他回到宫内复命，才知道王夫人也已搬入了新居——合欢殿北面的鸳鸯殿。午后他不当值，于是前往鸳鸯殿恭贺王娡的乔迁之喜。

进得殿门，王娡正在与一群孩子游戏，看到郭彤，她吩咐蔓儿等领着孩子们继续玩，自己上前迎客。

鸳鸯殿是一处三进的院落。见礼后，王娡引郭舍人入中厅落座，大萍奉上茶点，王娡亲手为他斟茶，笑问道："郭公公，好久不见了，一向可好？"

"谢夫人存问。下官被派去关东采办宫里头的用品，将近一个月，故此未能常来请安，请夫人见谅。"

"这件事我知道，没有怪你的意思，你莫放在心上。"

她呷了口茶，接着问道："你从前殿过来，没有听到甚消息吗？"

"下官昨日晚间方回，今日早朝，只听说匈奴的使者已到了京师，此外尚未听到甚特别的消息。"

"阿宝死了，你不知道吗？"

"什么，死了？甚时候死的？为甚？"郭彤心一沉，不觉连声追问。

王娡朝一边伺候着的大萍努努嘴，"你问她吧，她与阿宝感情最好，为了救朋友，这些天来，她找了多少次找不到你，心里不知多难过呢。"

郭彤再看大萍，人果然消瘦了，眼圈也红红的。大萍讲过栗姬如何惩治阿宝，阿宝如何瘐死暴室的经过后，郭彤不觉叹息道："不想栗夫人如此狠毒！大萍，你莫要难过了，恶人总会有恶报的。"

"话虽是这么说，可事情还是要由人去做。我答应过大萍，这个仇早晚得报，害得阿宝进暴室的人也得进暴室。公公与大萍、阿宝是同乡，这件事情上，想必也会尽力的吧？"

"那是当然。如有用得上的地方，郭彤愿效犬马之劳。"

"我听说，你在宫外置了房子？"

"是的，才买下不久，在宣明里，离尚冠里不远。感谢夫人的恩德，下官才能有此产业。"郭彤再拜顿首，感激之情，溢于言表。

王娡笑笑，说道："这算不得甚，公公切勿如此客气。休沐之日，公公是不是都要回私邸呀？"

"只要上边没有特别的吩咐，下官自然是回私寓。外间自在些，不像宫中这般拘谨。"

"你是皇帝身边的人，访客想必不少吧？"

"是的，有一些。"

"你们都谈些什么，可以说给我听听吗？"

"无非是拉拢应酬，打探宫里的消息而已。"

王娡淡淡一笑，道："公公不方便谈，就算了。可是有件事，公公不能不帮我。"

"夫人请讲。"

"依公公看，栗姬在椒房殿还能住多久呢？"

郭彤思忖了片刻，摇摇头，道："难说。上边的心思，做臣子的琢磨不透，也没有人敢在上边面前提这种事，天威难测呀。"

"那么，若是有人在皇帝面前提这种事，又会如何？"

"皇帝乃雄猜之主，一定会疑心有人交通宫禁，内外勾结，谁这么莽撞，一定会大祸临身的。夫人再恨她，也千万不能出此下策呀！"郭彤以为王娡要他向皇帝进言，心里十分紧张，额头上竟冒出了冷汗。

王娡点了点头，从长公主和郭舍人的话中，她觉察出皇帝对权位有着高度的敏感和忌讳，你所想要的东西，若直接向他谋取，只会适得其反。但这里面也隐约预示着一种机会，利用得好，或可以成为置敌手于死地的契机。而对手的失败，不用说自有助于自己的成功。

"公公莫要担心。若可以反其道而行之，又会怎样呢？"

郭彤望着王娡，真觉得她有些莫测高深了。"何为'反其道而行之'？下官愚昧，还望夫人明示。"

"譬如说，休沐日到你那里拜访的朝臣，为的不就是拉关系，探消息吗？他们这样做，所为何事？"

"当然是探察上边的好恶、朝政的风向，所为当然是自己的仕宦升迁。"

"这不就得了。"王娡笑笑，好整以暇地呷了口茶，继续说道："公公想，他们巴结你，为的是探消息，以揣摩皇帝的喜怒好恶，投皇帝之所好。为了升官，他们甚事做不来！我们自己不方便讲的话，可以借他们之口讲出来。你所要做的，就是给他们一个似是而非的消息，当然，要做得像是不经意间失口泄露出来的秘密。这，并无任何危险，公公想必是做得来的。"

"夫人的意思是……"

"我的话说得很明白了。你自己回去再琢磨吧。你只记住'反其道而行之'就可以了。皇帝目前迟疑不决，再推栗姬一把，火候可能就到了。但行事不可操切，人，一定要合适。"

"是。"郭彤揖手再拜，心里想，这女人的头脑真是不简单，自己竟不能不刮目相看了。

"赵谒令最近怎样啊？"王娡问得漫不经心，但郭彤知道，对儿妁之死，她还是放不下心来。

"最近下官出外差，知道不多。但自小王夫人薨逝，赵大人收敛了许多，不再那么好事了。听说，他也出了外差，押运太后与皇帝赐给梁王的礼物去了睢阳，听说是梁王生日的贺使。"

"噢？是这样。梁王和赵谒令那里有甚消息，公公一定要及时告我，莫要大意了。"

郭彤告辞出来，一路走一路想着刚才王娡所说的那番话。栗姬已是只死老虎，并不可怕，也绝无可能正位中宫。上边之所以迟疑不决，肯定是如何处置太子这件事，上边主动征询意见，大臣们多半会反对，而大臣主动上书劝进，则必会触及皇帝的忌讳，天心震怒，栗姬母子危矣！所谓的"推一把"，就是这个意思吧。想到这里，郭彤不禁心中凛然，最毒不过妇人心，真是一点儿不假！由王娡他又想到栗姬和阿宝，阿宝那么天真憨厚的一个孩子，竟落得如此下场，栗姬对贴身侍奉了她几年的孩子都能下得去手，可见也是个狠毒之人，她的失败也算得上是罪有应得了。

自己莫不是有些妇人之仁？想到刚才心中的厌憎和不忍，郭彤猛然警惕起来。既然受了王夫人的好处，入了她的圈子，好恶就由不得自己了。胜为王侯败为寇，自己所要做的，是竭全力为己方的成功效力。一损俱损，一荣俱荣，什么礼义廉耻忠信道德，在事关生死成败的争斗面前，都是那么无力、苍白。切不可再如此婆婆妈妈，存什么恻隐之心了！

当郭彤走出宫门，招呼了一辆轺车，乘坐回家时，心境已全然不同，脑子里想的已是以什么方式、由谁来实现王娡的嘱托了。

二十四

　　立秋过后，暑热消退，气候一天比一天凉爽，太子宫的授课也由夏季的半日延长为整天。对于刘彘，这正中下怀；而在韩嫣那里，就有点儿苦不堪言了。最近这些日子里，他简直就成了师傅们的出气筒，动辄得咎。汲师傅甚至威吓他，若再不用功，就要奏报皇帝取消他的侍读资格，不许他进宫了。为此，他课余不再外出与朋友们斗鸡走马，窝在家中用功，课业竟也渐渐追了上来。

　　这日，黄老学的授读告一结束，汲黯与郑当时对两名弟子进行了考课，刘彘不用说是优，韩嫣也得以及格。师傅们心情很好，看看天色还早，就吩咐二人，学业上还有什么疑难不解之处，尽可以提出，由师傅答疑解惑。

　　"师傅，黄老之学与儒学有何不同？那日辕固少傅赞成儒学，太后为何动怒？难道儒学就没有可取之处吗？儒学不好，朝廷为何还要设立儒学经典的博士？"趁着师傅们心情好，刘彘将憋在心中多日的疑问一股脑问了出来。

　　"黄老与儒学的不同嘛，黄老主张简易、自然，在治国上以清静无为为鹄的。儒学则踵事增华，人为地干预自然的进程，处处有为，处处过犹不及，乱了天地自然万物之理，事情反而会南辕北辙。"

　　郑当时看着弟子们似懂非懂的神情，笑笑说道："这么讲，你们可能觉得玄一点儿。我们打个比方，黄老学就如家家日常所食的青菜豆腐、粟米汤饼，乃度日养生所不可或缺的东西。儒学则不然，看似华丽，有如海味山珍，非常人所能享用，且肥甘厚味，不仅不利于养生，反而是致病之源呢。"

"山珍海味有甚不好，百姓们若能饱飨美食，谁还会吃青菜豆腐？"韩嫣很不以为然地说道。

"韩嫣不可放肆。"汲黯瞪着韩嫣，目光严肃，不怒而威。

"不学无术，执拗褊狭！你怎能随意曲解郑师傅的话？儒学当然有儒学的功用，其中也有合乎自然之理的地方。譬如孔子所言'节用而爱人，使民以时'，就与黄老相合。再如，'导之以政，齐之以刑，民免而无耻；导之以德，齐之以礼，有耻且格'，这种格言，也很合乎黄老之道。

"大汉天下的太平、富庶，就是来自黄老的无为而治。朝廷与民休息，轻徭役，薄赋税，开国以来实行十五税一，比暴秦不知轻了多少倍！今上又将赋税降到三十税一，而府库充实，国泰民安。百姓丰年可以饱食，荒年朝廷开仓放赈，亦不致流于饿殍。孝文皇帝时，全国狱中待决的囚犯，不过数百名。关不设传，路不拾遗，民风朴实，鲜有干律犯禁者。朝廷打击豪强，抑制商贾，奖励耕战，为的就是造成这样一种安居乐业的环境，百姓可以勤劳致富，看似无为，实际上无所不为，收到了天下大治的效果。本朝的富庶繁荣，难道还不足以证明黄老之学的效用嘛！

"儒学则不然，特别是儒学中的一支，也就是所谓申韩的'刑名之学'，主张编织一张天大的法网，时时处处把人监管起来。暴秦的皇帝和丞相李斯信用此说，结果如何？'法令滋彰，盗贼多有'，老子所言真是一点儿不错。弄到百姓动辄得咎，赭衣遍地，人人都感觉到活不下去，只能起来拼命。君主随便动一个念头，实行起来要耗费多少民力？太后将黄老列为皇子们必修的学问，为的就是要大家记住暴秦的教训，遵循大汉政清刑简的传统啊。"

"师傅，弟子仍有一事不明。都说民富国强，无为之治可以富民，何以不能强国？匈奴何以动辄侵我边境，掠我子女玉帛，杀我百姓，而朝廷何以无能为，只能以和亲委曲求全。无为就可以免除匈奴之害吗？！"刘彻的不服之意溢于言表。

这孩子的头脑果然厉害，竟给老师出了道难题！汲黯思忖了一会儿，郑重地说："抗击匈奴，在我大汉，非不能也，是不为也。为何这样说呢？匈奴倾其人力，不过当我一大郡，之所以不与之较量，在于所费不赀，代价过高。匈奴为马上民族，逐水草放牧而生，食膻饮酪，无须粮秣。而我若击之，则千里转运粮秣，耽误农时不说，人吃马喂，所余无几，代价太大。匈奴尽人皆兵，一人数马，来去飘忽无踪。我军多步军，难于追踪，故费力多而杀敌少，得不偿失。与其狮子搏兔，莫如满足其嗜欲，所费少，而边境得以平安。"

"那么朝廷为何不多练骑兵，以抗击匈奴呢？"

"骑兵所不可缺者，马也。朝廷在陇西、关中与朔、代诸郡都设有马苑，已经养了几十万匹马，且奖励民间饲马，为的就是建置骑兵。将来总会有与匈奴决战的一天，但绝不是目前。时机不到而强与匈奴交战，只能疲敝大汉自身的国力，得不偿失。"

"师傅，匈奴何物，得以如此强大，讲讲好吗？"匈奴使者来到长安已经多日，成为京师街谈巷议的话题。韩嫣从家中和朋友处听到不少传闻，今日既然谈及这个话题，他觉得不能错过机会，将平日的疑问求证于师傅。

"是呀，考课已毕。师傅还是给弟子们讲讲匈奴的事情吧。"刘彘也附和道，神情极为殷切。

汲黯与郑当时相视一笑。"好吧。郑师傅做过将军，深通军事，就请郑师傅为你们讲讲匈奴。"

"匈奴之事，说起来就太久远了。总之，商周以前就生存于大漠南北的草原之上，无文字，食肉衣革，居于旃帐，逐水草畜牧而生。其风俗野蛮，贵壮健，贱老弱；父兄死，妻后母兄嫂，无人伦羞耻心，是中国四裔的蛮夷之一。"

"如此蛮子，怎可以我大汉公主与之和亲呢？"刘彘不解地问道。

"殿下莫乱插言，好好听郑师傅讲。"汲黯不满地瞪了刘彘一眼。

"说来话长啊。匈奴自称为胡，战国以前，分散不定，对于中国不过是癣疥之患。以后其部落渐强，统于一个叫头曼的单于。秦灭六国，始皇帝命蒙恬率大军数十万北逐匈奴，尽收河南之地，筑长城以防胡。那时，匈奴东有东胡，南有强秦，西有月氏，全都是强国，匈奴无能为也。可是始皇帝一死，中国内乱，给了匈奴新的机会。

"光有机会还不够，关键在于有无善于把握利用机会之人。就在此时，匈奴中出了一位雄才大略的君主，统一了诸胡部落。此人狡诈凶狠，擅用诡计，匈奴从此成为中国的劲敌了。"

"是冒顿单于吧？"韩嫣问道。

"对，就是他。他原是头曼单于的太子。头曼宠爱少子，想要废冒顿而立少子，故意派冒顿出使月氏做质子，冒顿前脚到了月氏，头曼后脚就攻击月氏，欲激怒月氏，借他人之手除掉冒顿。冒顿盗马亡归，头曼无奈，拨万骑归其统领。冒顿对父亲的心思心知肚明，但表面不做一点儿声色。他制作了一种响箭，称作鸣镝，在训练所部时，命令以他的鸣镝所向为鹄的，万箭齐发，迟疑违令者，尽斩不赦。之后在围猎野兽时，又命所部以其鸣镝所向而射，不从者辄斩杀不赦。再以后，冒顿以自己的爱马、宠妃为的，发射鸣镝，左右侍从有迟疑不敢射者，也立斩无赦。就这样，他的部下被训练成为绝对服从于他，能收如臂使指之效的一支铁军。于是，在从猎头曼单于时，冒顿突然以鸣镝射其父，左右皆随之而射，射杀头曼后，冒顿尽数诛杀后母兄弟及不顺从的大臣，自立为单于。"

"郑师傅，这等事讲给小孩子们听，恐怕不好吧。"汲黯有些不安，想要制止郑当时讲下去。

"不妨，长孺①不必过虑。兵法云，知己知彼，百战不殆。匈奴乃我大敌，孩子们早些了解他们将来所要面对的敌手，有益无害。"郑当时不以为然地笑笑，转问刘彘道："殿下还想往下听吗？"

"当然。师傅请讲下去。这冒顿真够狠毒狡诈的！"

"他的狠毒狡诈还不止于此。匈奴东边的强国东胡，听到冒顿杀父自立，派使节来挟他，索要头曼单于心爱的千里马。群臣都反对，冒顿却说：'怎么能因一匹马就与邻国交恶呢'，将马送与了东胡。东胡以为冒顿畏惧胆怯，不久又派使前来索要冒顿的阏氏。阏氏在我们汉语相当于妻子的意思，这不仅是轻视，简直是侮辱了。左右群臣皆怒，请求出兵击东胡，而冒顿不动声色地说：'怎么能为了一个女子而交恶于邻国呢？'反而挑了他最宠爱的一位阏氏送与东胡。冒顿连连示弱，东胡王由此骄狂，不把他放在眼里。于是

---

① 汲黯字长孺，古代直呼人名为不敬，呼字为长辈对晚辈，上司对下属，平辈及官阶相当者之间的尊敬表示。

得寸进尺，又派使者索要匈奴与东胡之间的一块弃地，这块弃地相当广阔，有千余里，双方均无人在此居住放牧。你们猜，这次冒顿如何回答？"

刘彘与韩嫣摇摇头，期盼着师傅继续往下讲。

"冒顿再征询群臣的意见，有人说，这不过是弃地，可以与之。冒顿却大怒道：'土地，乃国家之根本，怎能轻易放弃！'于是尽杀赞同放弃者，并立刻发兵奔袭东胡。行前下令，凡出击在后者，得命迟疑，未即刻拔刀格战者，杀无赦。故其所率战士，个个奋勇争先，以一当十。而东胡被其麻痹而轻敌，猝不及防，遂破败灭亡，其民众畜产，尽归匈奴，而匈奴亦以此强大起来。后来西击月氏，杀月氏王，剥其头骨做酒器；南并楼烦、白羊，尽收复蒙恬所占据的河南地①。而此时，高祖皇帝正与项羽相持不下，无力外顾，冒顿遂得以坐大。"

"后来高祖皇帝统一了中国，为甚还打不过匈奴呢？"

"这当然还是由于冒顿的狡诈啊。说到这件事，还离不开韩嫣你的高祖呢！"

韩嫣当然知道这段家史，脸一下子红了，嗫嚅着说不出话来。

郑当时笑道："你莫紧张，都是过去的事了。之所以要提此事，白登之围，起因还是在你的高祖韩信。"

"哪个韩信，是那个名将韩信吗？"刘彘问道。

"非也。此韩信不是彼韩信。郑师傅所说的韩信，是韩嫣的高祖，被封为韩王的韩信。他对高祖皇帝将他徙封到代郡怨望，且又与匈奴勾结，所以高祖皇帝率三十万大军亲征，在铜缇、晋阳、广武连败韩信，一直追击到马邑、平城一线。"汲黯解释说。

"好呀，原来你祖上还与我高祖做过对头！"刘彘笑着拍了一下韩嫣的肩膀。韩嫣也难为情地笑了。

"你们莫要吵闹，好好听郑师傅往下讲。"汲黯正色道。刘彘、韩嫣相

---

① 河南地，即黄河以南之地，现今内蒙古河套以南和陕西中北部地区，秦汉时，此地还是极为优良的草场，是匈奴楼烦王、白羊王的驻牧之地。蒙恬将匈奴驱逐后，秦始皇在此处设立郡县，又称为"新秦中"。

互做了个鬼脸，低头称是。

"高祖皇帝是久经战阵的人，作战行军一向谨慎。但连战皆胜，遂有乘胜一举击败匈奴，扫除边患之意。高皇帝接连派遣细作间谍深入敌后，又派刘敬往使匈奴，目的全是为了窥察敌情。冒顿则将其壮士和肥牛壮马匿避起来，以老少不齐的士卒和羸弱的牛马示之于外。汉军的探子回报的均是匈奴窳弱可击的消息。刘敬出使，看到的也都是这些情景，但复命时提出了自己的怀疑。他说，两国对峙，按常理应虚张声势，夸示自己的强大；而匈奴却好像故意让人看到自己的窳弱，这里面肯定有阴谋，劝高皇帝不可以盲目出击匈奴。但高皇帝求战心切，反而认为他临阵胆怯，沮败军心，把刘敬关押在广武城。结果果然中了冒顿诱敌深入的奸计，在平城附近的白登山被冒顿的三十万精锐骑兵围困七日夜，粮水不继，形势危殆，幸而靠陈平以奇计解围，高祖皇帝遂不得不与之和亲，输帛币以图安宁，从此我大汉便处于下风，迁延直至今日。"

"那么，冒顿死后，匈奴的国势也一直不衰吗？"刘彘问道。

"冒顿之后的两代单于都是英主，冒顿死后，其子老上即位，连年掳掠我边境，几次深入我腹地，京师震动。他死在孝文皇帝后元四年，接位的是他的儿子，就是当今的军臣单于，也是个极为强悍的头领。这次他派使前来和亲，也不知谈得怎样了。"

"我大汉就没有能够让匈奴胆寒的战将吗？"刘彘不服地问道。

"当然有。周丞相就是有名的大将。又如李广，出身将门，祖上是秦国的名将李信，逐杀太子丹，灭燕国，他是首功。其家世代善射，李广更是双臂如猿，力开百钧，射技天下无双。七国之乱时，李广以骑郎将随周太尉，也就是当今的周丞相出征。昌邑一战，威震关东。当时我正在梁国，得与他结识。梁王极为赏识他，军前赐予他将军的印信。可也就是因为擅自接受诸侯王的任命，虽立有大功，却因违制不得封赏。此后他被调往边郡任太守，先在上谷①，以攻为守，日率守军与匈奴合战，屡战屡胜，威名远播，匈奴丧

----

① 上谷，秦汉时郡名，在今河北中、西北部，郡治在沮阳，即今河北怀来县东南。

胆。朝廷担心他轻于出击，怕出意外，损伤大将，遂将他调任上郡①太守，那里边境冲突较少，为的是保全这位战将，以待来日。"

"什么时候能亲眼得见李将军的风采，就好了。"刘彘不胜向往地感叹道。心已经飞到了塞外的战场上。

"好了，匈奴就讲到这里吧。明日起开讲《尚书》，是历代圣帝明王治国的宝训，你们要认真……"汲黯话没说完，门被推开了，一脸焦急的河间王刘德走了进来。

"二位师傅，告罪了。鸳鸯殿派人传话过来，要胶东王马上回去。"

"何事如此急切？我们正在布置明天的功课。"

刘德再拜道："详情孤也不清楚，只听说是与匈奴和亲之议已定，皇帝答应将南宫公主嫁与军臣作阏氏。几日之内就要成行。"

刘彘头嗡的一声，他一跃而起，匆匆向师傅们行了个礼，疾步出宫，随着来接他的大萍，赶回鸳鸯殿去了。

---

① 上郡，秦汉时郡名，在今陕西延安、榆林一带。

二十五

皇帝以真公主和亲匈奴的决定，震动了朝野。消息传入后宫，更如投入巨石的深潭，激起了层层涟漪。早朝甫过，谒者令赵谈就来到鸳鸯殿，对王娡和南宫公主宣读了皇帝的诏命。

王娡听过诏命后，脑中一片空白，她双目失神，嘴中喃喃自语："为甚，为甚是南宫？她还小呀！"

"皇帝本来打算以平阳公主和亲，可平阳已经许嫁在先。这样，年龄相当的公主自然就是南宫了。下官临来前，皇帝还吩咐，请夫人尽速准备。匈奴使者近几日就要奉迎公主归国。"

"娘，儿不愿出嫁！娘跟父皇求求情，不要把儿嫁到匈奴去！"南宫泪如泉涌，扑在母亲怀中，放声大哭。

"赵公公，我要面见皇帝，请代我陈奏。"王娡强自镇静，边抚慰南宫，边对赵谈说。

"是，下官一定把夫人的话带到。"赵谈揖手作别，走出几步，又回头说道："这件事，是今日早朝廷议时定的，要更改怕是很难，夫人还是以国事为重，抓紧为南宫准备吧。"

消息很快传遍了整个后宫。平日极少来往的嫔妃，如披香殿的贾夫人、飞翔殿的程夫人都赶来探问。劝慰之外，都鼓动她面君，坚决要求皇帝收回成命。

午前十刻，久未谋面的栗姬竟也来访，实在是大出王娡的意外。双方见礼坐定后，栗姬示意侍女们退出，要单独与王娡说话。栗姬端详了她许久，王娡心里警惕，但面上纹丝不露，仍是如常般的平静。

"你与我想象中的大不一样！"栗姬感叹道："有城府，沉得住气，难怪阿嫖那么张狂的女人也能与你投契，我不如你。"

王娡心里有事，无心搭讪，淡淡地说："夫人有事就请讲，我心里很乱，不能陪夫人多坐。"

"你是说和亲那件事？大汉立国以来，都是以宗室女出嫁，皇帝这是怎的了？可惜我已难得见到皇帝，不然我会劝他的。"

"谢谢夫人的好意，我已乱了方寸，南宫那里还须我照应，不能再陪夫人了。"王娡再拜，起身欲招呼侍女送客。

"乱了方寸？可怎么一点儿看不出来，真是服了你的定力！"栗姬抢前一步，挡在王娡身前。"你莫急，我说句话就走。打从阿嫖求婚不遂起，我就觉得有人在暗里使坏，离间我与皇帝的关系。我苦思不得其解。起初，我以为是儿妁使的坏。直到发觉阿宝那丫头与你这里的一个侍女来往甚密，我才想到你的头上。是你乘虚而入，你们从阿宝那里刺探消息，再利用阿嫖到皇帝那里中伤我，对不？"

"夫人说甚，我不明白。"

"不明白。你会不明白？可是人算不如天算，晦气今日终究落到你头上了！"

两人相互对视，目光阴冷，但谁也没有示弱的意思。

"皇帝是甚样人我最清楚。你今日遇到的算不了甚，日后你还会更失望，你会有报应的！到头来，你谋划的一切不过是一场空，一场空！你记住我的话。"栗姬恨恨地说罢，径自去了。

栗姬走后不久，郭彤匆匆赶来报告消息。从他那里，王娡才知道了整件事情的来龙去脉。

军臣单于是位极为强悍的君主，在文帝晚年曾多次侵袭中国边境，杀掳甚重。七国之乱时，赵王刘遂与之勾结，阴谋联兵深入中原。但吴楚赵等很快败亡，此阴谋搁浅。近些年来，漠北风调雨顺，牧草丰茂，匈奴家给人足，较少侵扰边境。军臣专力经营北境，不断驱逐高车、丁零等部落，将北海①一带广袤的牧场囊括为己有。今年秋高马肥之际，匈奴举办蹛林大会②，校课人畜。降臣中行说③唆使军臣派使与议和亲，说汉廷以前屡次和亲，都是以假公主顶替，无异于蔑视匈奴；此次必要娶真公主，汉廷如果不允，则可就便统领聚会于蹛林的各部精骑，大举进犯，肆意掳掠。所以此次匈奴国书的口气十分狂妄，称如不允其所请，请于一月后会猎于塞北。皇帝对此又急又怒，连日召集文武大臣会议办法，最终以为匈奴国势正盛，而汉内乱平息不久，尚需休养生息，不宜与匈奴对抗，赞成和亲者众，皇帝亦无可奈何，遂下达了遣嫁南宫和亲的诏命。

明了了起因，王娡的心也沉到了底，知道此事难以挽回了。而南宫想到从此要远离亲人，与面目不知何等狰狞的番王成婚，在语言不通、四面膻腥的地方度过一生，心里就害怕得发紧。但她眼泪已经哭干，嗓音也嘶哑得发不出声音，只能蜷缩在自己的床榻上抽泣了。

王娡心乱如麻，又不能不强自镇定。刘嫖闻讯赶来，听她讲述过事情的原委后，也感觉到事情难办了。

"亲家母，事既如此，以我之见，争亦无益，只能按照皇帝的意思办了。办了，还能给皇帝一个识大体、顾大局的好印象；反之，难道朝廷还能为了南宫一人，与匈奴开战不成？南宫照样得远嫁不说，皇帝对你会作何感想？贾姬等人居心不良，所言绝不可行。"

"我当然知道她们别有用心。可是不对皇帝说一说，我又怎么好向南宫交代？说过了，皇帝不允，我一个当娘的也算尽过力了。果真连句话都不肯

---

① 北海，即今西伯利亚的贝加尔湖，古称北海。

② 蹛林，匈奴秋社会祭之处。匈奴各部平时分散驻牧，一年两次大会，五月大会龙城，祭拜天地、鬼神、祖先；秋高马肥时节，大会蹛林，校课（即统计）一年来人畜财富之增减，同时举办祭祀和武功、马术等赛事。届时数十万匈奴铁骑会聚，对汉的边防构成重大威胁。

③ 中行说，燕人，汉文帝时宫中宦者。冒顿单于死后，其子老上嗣位，与汉重开和亲之议。文帝以宗室女为翁主出嫁老上，派中行说侍从。中行不愿，朝廷强使其从行。中行说被迫随入匈奴，发誓报复。到后即降，频频献计对付中国，极得匈奴单于信用，屡屡鼓动匈奴犯边，是历史上著名的汉奸。

对皇帝说，儿女们会怎样看我？"

"儿女婚嫁之事，向来是由父母之命而定，哪里容得小孩子们挑三拣四？况且军臣也是大国的君主，嫁给他，也不失南宫皇家公主的身份。皇帝做此决定，是以国事为重，你以为把女儿送出去，他就好受？心里肯定憋着一股气！这会儿你去问他，明摆着要触霉头。"

看着王娡痛苦的面容，刘嫖心中悯然。叹了口气，道："既是要说，也不能你出头，我去对皇帝说好了。"

正在计议间，刘彘赶回来了。看到刘彘，刘嫖眼睛一亮，自己去不如带着阿彘去，童言无忌，话反而好说。

刘彘在回来的路上，已经听大萍讲了事情的大概。回来后。他先去看过了南宫，南宫绝望的神情使他心痛如绞。

"娘、大姑，不能让父皇把二姊嫁给匈奴蛮子！"见到王娡和刘嫖，他顾不上施礼，就大叫起来。

"这件事，得你去与皇帝说。"刘嫖把他拉到自己身边，盯着他的眼睛说道。

"娘和大姑为甚不去说？"

"大姑与你娘都是大人，大人讲这个话，皇帝会怪罪我们不识大体。阿彘就不同了，阿彘是孩子，说了就说了，皇帝不会介意的。怎么，愿意随大姑去前殿见你父皇吗？"

刘彘点头答应。刘嫖与王娡又计议了一番，便带着刘彘去了前殿。

散朝后，刘启心情很坏，原本吩咐谁也不见，但刘嫖不经禀报就闯了进去，侍卫也未敢认真拦阻。她领着刘彘，一直进了宣室殿皇帝起居的内室。

"怎么是你们？不是王娡要来见朕吗？"刘启看着伏在地上稽首行礼的刘彘，放下手中的奏牍问道。

"还不是为了他姊姊的事？非缠着我带他来见陛下，他娘怎么拦都拦不住……"

"请父皇收回成命，不要把南宫嫁给匈奴蛮子！"不等刘嫖解释完，刘彘昂起头大声说道。

刘启的脸沉了下来，目光阴冷地盯着儿子，好半天没有讲话。屋子里静得仿佛能够听得到人的心跳。

"你一个小孩子知道个甚！怎么？你想朕为了一个女儿，将整个国家带入战争吗！"

"儿臣年纪虽小，可也知道，陛下送出去的是一个公主，换回来的却是大汉洗不尽的耻辱！"

"你大胆！放肆！"刘启额头青筋暴起，抓起案上的简牍，狠狠地摔向刘彘，险些砸到他的身上。

看到皇帝真的动了怒，刘嫖开始后悔此行，她赶忙伏地求情道："陛下息怒，小孩子不懂事，为姊姊的事着急，说话口无遮拦，请陛下宽恕。阿彘，还不快向皇帝请罪！"

"儿臣惹父皇生气，罪在不赦，随父皇怎样处置。可儿臣不以为自己的话有错。这样迁就、退让下去，到何时是个头？匈奴全体，不过当我中国一大郡，如此逼迫欺凌我们，四裔的蛮夷会怎样看？天下的百姓又会怎样看？"

"你这个孽障，还敢犟嘴，马上从这里给我滚出去！"刘启怒声呵斥。刘嫖见势不妙，起身拉起刘彘退向室外。刘彘边挣扎边回身喊道："高祖皇帝提三尺剑取天下，父皇何以不能以三尺剑驱逐匈奴？如此受欺于匈奴，儿臣死也不能甘心……"

回到鸳鸯殿，刘嫖将刚才的事情讲给王娡听，劝她打消要皇帝收回成命的念头。她看看赌气站在一旁的刘彘，心有余悸地对王娡说："这孩子胆子也忒大了，还没有人敢对皇帝这么大喊大叫过。皇帝若真动了怒，废黜或圈禁了阿彘，我们可就难办了。真是的，想想都后怕。"

"我要是皇帝，决不会这么窝囊，一定要击垮匈奴！"

"我的小祖宗，可不敢这么说话，你不要命啦！"王娡脸色刷地白了，一把揽过刘彘，用手掩住了他的口。

"可你不是皇帝！就这么沉不住气，你也永远别想成为皇帝！不但成不了皇帝，你还会拖累你娘、你大姑和阿娇。"这孩子如此鲁莽灭裂，会坏大事，看来不讲明利害是不行了。刘嫖这样想着，口气一下子严厉起来。

"你想驱逐匈奴，好啊，有志气！可你不是皇帝，甚事也做不成，很无奈对不？"话虽是对刘彘说的，刘嫖却望着王娡，她的话其实是针对他们母子的。

"想不让南宫远嫁？想驱逐匈奴？那么你先得是皇帝，因为做这个决定的大权在皇帝那里。要做皇帝你先得做太子，先得能忍，让你父皇觉得你有人君的涵养和器量，可以将国家托付给你。阿彘，你今日的莽撞，无助于你日后的事业，小不忍则乱大谋，这个道理还用我多讲吗？"

王娡心中一震，觉得自己真是糊涂一时，险些把从前的种种努力断送掉。她顿首再拜，振作起精神，说道："是了，亲家母的话拨云开雾，我知道怎么做了。越是为难的时候，我们越是要体谅皇帝，皇帝能为国家舍去一个女儿，臣妾又怎能执迷于母女私情！我这就去为南宫打点行装。阿彘，姑母的教诲，你要牢牢记住！"

王娡离开后，刘嫖拉着刘彘的手，又好言抚慰了他许久。临离去时，她拍拍刘彘的头，嘱咐道："你娘和姑母对阿彘有大期望，会助你成大事的。阿彘正当气血不定之年，要练练养气的功夫，动心忍性，劲气内敛。想到做不到的事，就不要说出来，为甚？因为做不到，说了也是白说，徒然招人忌讳，是不智。做大事的人，言必信，行必果，一言九鼎，掷地有声，响当当的，没有不作数的，就像你父皇。可是在这之前，他得能忍，得学会不讲话。阿彘是聪明孩子，这些你慢慢会懂的。"

刘彘在后宫游荡了一个下午，满腔的愤懑消退后，心里空落落的。鸳鸯殿上上下下都忙着为南宫出嫁和亲准备行装，没人顾得上他。晚餐后，他回到住室，展开《尚书》，预备明天的功课，可满脑子想的都是匈奴，怎么也集中不了精力。师傅、姑母所言虽然在理，但他却无论如何咽不下这口气。他凝视着闪烁的灯光，暗自立誓，将来自己若能做成皇帝，一定要与匈奴周旋到底，绝不与之再行和亲。

金戈铁马，旌旗蔽日，他仿佛全副披挂，立在帅旗之下。远远看过去，战场上马匹往来奔突，扬起漫天的烟尘。战场正面，敌我已短兵相接，刀剑铿锵，杀声四起。但侧翼的山包上突然出现一支伏兵，向汉军迂回包抄过来。周围的将士开始骚动，马匹也惊躁不安，打着响鼻，四蹄踢踏欲奔。他焦急地大呼："李将军何在？"身后应声走出一员大将，他拉开一张大弓，屏气凝神，瞄准向我军帅帐奔袭的匈奴骑兵统领。只见他猿臂轻舒，敌将应弦而坠。他连发皆中，匈奴骑兵不断中箭坠马，队列开始散乱、停顿甚至退却。而李将军大呼一声，飞身上马，如离弦之箭一般向敌军冲去。他双腿紧夹马肚，一手张弓，一手搭箭，校射的动作如行云流水，而矢发连珠，发必中的。一名扬臂挥动李字军旗的旗手与数百名骑士紧随其后，张弓搭箭，呼啸着冲向敌阵，如蝗般的箭雨中，匈奴骑兵纷纷落马，余者掉转马头逃跑。李将军追奔逐北，绕至主战场后方，将骑兵一字排开，从后方发矢猛射，敌军腹背受敌，阵脚大乱，开始崩溃奔逃。汉军鼓勇合围，杀声震天，匈奴军被分割成小股，整个战场变成了屠场，眼前只见在日光中闪烁飞舞的刀光剑影、翻飞的血肉与哀号挣扎着的马与人。

　　不知何时，身边的侍卫都不见了，难道他们都不肯放过这难得的立功机会，到敌阵中掳取首级去了？这时他听到身后传来不祥的马蹄声响，是匈奴人，他们一言不发地将他围住，他想呼救，可怎么也喊不出声来。马匹的包围圈越缩越小，马蹄几乎就要踏到他身上，这时他看到了一双精工缝制的皮靴，抬眼向上，身着华丽的织锦镶边皮袍、头戴水獭皮帽的匈奴单于正对他阴阴地冷笑。"月氏王被我斩杀后，骷髅头骨被我制成了酒器。你们汉人的说法，叫作好事成双，今日我要借殿下的这颗头，配成一对，就顾不得我们甥舅之间的亲情了！"说罢，他抽出弯刀，只见一道刺眼的白光掠过，刘彘大叫一声，惊醒过来。他满头冷汗，心急剧地跳荡着，浑身如失去知觉一般，动弹不得。许久，他才意识到这不过是个梦，而匈奴，也绝非轻易可灭，未来大汉朝所要面对的，将是旷日持久的战争。

二十六

九月初九这天，秋高气爽，天气清朗，因为是重阳节，停学一日。太子刘荣于宫内举行酒会，邀请师傅们共度佳节。刘彘、韩嫣因在太子宫附读，也被刘荣点名请来陪酒。

刘荣东向坐主席，师傅们南向，刘德、刘彘、韩嫣北向。太子家令①司酒，另有几位主司太子宫饮食的宦者往来席间布菜添酒。主宾入席后，刘荣带领兄弟们，面向师傅们顿首三拜，然后双手奉杯祝酒，神态极为恭敬："此酒为家母自酿，特为要我带到宫里，与师傅们共度佳节。师傅们授读辛苦，请满饮此杯，以表弟子们的谢意。"

众人纷纷举杯，一时间觥筹交错，席间气氛热闹了起来。

酒醇厚甘冽，微苦中带有的菊花的清香，若有若无，回味不绝。刘彘、韩嫣都是初次饮用这种酒，很觉得新鲜。

刘彘问坐在上首的刘德："这就是菊花酒吗？酒的味道好醇好怪。"

"酒的味道醇，那是当然的。我娘总是在头一年菊花盛开时，采下花朵，

---

① 太子家令，为太子宫詹事府下属官员，秩八百石，主管东宫仓谷饮食，下辖有食官令、丞等属官。西汉太子宫官员分为两大系统：二傅（即太傅少傅）系统，下辖太子门大夫、庶子、洗马、舍人等属官，主要负责太子的学习、图书、公文等事宜。太子于二傅执弟子礼。詹事系统，由詹事府詹事一人为首（秩二千石），下辖率更令、家令、仆、卫率等属官，负责东宫的生活和保卫。

还要配上一些花茎和菊叶，与黍米掺在一起酿制，装入坛中，埋在地下。地气阴凉，发酵慢，直至来年重阳，酒方酿熟，味道当然与普通的酒不同了。"

"难怪呢？民间的菊花酒，多是临时采摘些花朵茎叶，泡在酒中，味道自然不会这么好了。"韩嫣感叹道，忽又想起了什么，开口叫道："殿下，民间过重阳还要佩茱萸，登高，食蓬饵①呢！"

"宫里无山可登，想登高怕只能上石渠阁了。不过茱萸与蓬饵，我这里是预备下了。"刘荣挥了挥手，侍奉酒宴的宦者们马上捧出了一盘盘饼饵，并在每人的面前放置了一只织锦香囊，里面散发出茱萸特有的香气。

望着逐一向师傅们敬酒的刘德、刘彘和韩嫣，刘荣的心里既忐忑，又紧张，昨日的一幕，萦绕在脑中，总也摆脱不开。

昨日午后，栗姬将刘荣召到椒房殿，告诉说已为他准备好了过节用的一应物品，嘱咐他重阳节一定要宴请师傅。交代一番之后，栗姬要太子的侍从将节用送回太子宫，自己把刘荣带到寝宫，单独说了一番令他魂飞胆裂的话。

"阿荣，刘彘可还在太子宫读书？"

"在。"

"明日的重阳节，他也在你那里过吗？"

"不晓得。也许会去鸳鸯殿他娘那里过吧。"

"你一定要留住他，要他在你那里过节。他平日不是很尊重师傅们嘛，就说请他陪酒，他不会推辞的。"

"是。可孩儿不明白，为甚非要请他陪酒呢？"

栗姬紧紧盯着儿子，默然无语，最后叹了口气，道："有些事情，是该让你知道的时候了。"

她拉过刘荣，紧紧攥住他的手，泪水一下子涌了出来。刘荣不明就里，心也慌乱起来。

"娘，你这是……"

---

① 过重阳节的风俗据说起自汉初刘邦。是日家家登高饮菊花酒，佩戴茱萸，食用掺有蓬蒿的饼饵，据说可以祛病除邪。流传至今，重阳赏菊食蟹，还可略见古时的流风余韵。

"天大的祸事，也许就要落到我们头上了！怪都怪娘意气用事，没有马上答应你大姑的提亲，让王娡，也就是刘彘的娘钻了空子。她让刘彘与阿娇结亲，与阿娇她娘勾结在一起，在皇帝、太后那里诽谤中伤我们母子，现在，皇帝疏远了娘。可她们还是不会罢手，她们盯住的是皇后和太子的位子。为了这些，她们会想方设法毁了我们！"

刘荣惊得目瞪口呆，一句话也说不出来。

"娘是宁折不弯的性子，不能由着她们算计！我要她们付出代价，要她们的阴谋落得个一场空。阿荣，明天你要为娘办一件事，办好了，既帮了娘，也帮了你自己。"

"甚事？"

"除掉刘彘。"

"啊？"刘荣几乎不相信自己的耳朵，他吃惊地看着母亲，好像不认识了一样。

"没有了刘彘，她们所谋划的一切，就都成了泡影，什么太子、太子妃、皇后的想头，统统会落空！到时候王娡这个害人精，怕是哭都哭不出来了吧。"说到解恨处，栗姬不由得笑出了声，把刘荣看得呆了。

看到儿子畏懦的样子，栗姬不觉心头火起，大声呵斥道："到了这种关头，你还是这么副不争气的样子，亏你还是要继承大位的人！你给娘一句实话，你到底能不能为娘办这件事？"

"可阿彘是个孩子，他娘不好，关他甚事？况且在大庭广众下杀人，杀得成杀不成不说，父皇追究起来怎么办？儿子不能……"

"谁说要你动手杀人？娘都想好了，你只要照着娘的安排去做就可以了，不会留半点儿形迹，没有人会疑心你的。"

栗姬指着几上的一盘蓬饵，说道："这是我特意做的，里面掺了药，食后数日才会发作，没有人会怀疑是你干的。"

她拉着刘荣的手走到几旁，说："你认真看好了，这些饼饵里加的蓬蒿更多，比刚才送去你那里的颜色更重。明天会饮时，把这些饼饵送至刘彘的食案中，事情就算办完了。事后，你把他吃剩下的饼饵替换掉，就万无一失了。"

她又从几上一堆锦囊中挑出一只，锦囊口用丝线扎着，她小心拿起它，递给刘荣。"你看好了，仔细记住这只锦囊的不同处，这只是专为刘彘预备的，防备万一用的。"

"这里面装的不是茱萸吗？"

"是茱萸。不过这里面放了一只毒蛛，让它咬到，必死无疑，无药可治的。你要小心，千万莫让袋口松开。"

她拉刘荣坐下，用手抚摸着儿子茫然若失的面孔，不由一阵辛酸，眼泪又落了下来。"儿啊，不是娘的心地恶毒，是他们逼得娘非这样做！我们与其坐以待毙，莫如拼个鱼死网破。人活得就是一口气！"

"这件事，我可以同阿德商量吗？"

"不可以。阿德被那些儒学搞昏了头，整天想的都是仁孝礼义这些东西，快成书呆子了！告诉他，只会坏事。"

看到刘荣畏葸为难的样子，栗姬冷冷地说道："没想到你这么不成器！也罢，不用你了，我明日亲自去安排。可你必得把刘彘留在太子宫过节。"

想到母亲因愤怒而扭曲了的面孔，想到她那幽幽的、充满着仇恨的目光，刘荣的心一下子又抽紧了。但愿娘不要来，但愿不要发生这种逆伦的谋杀。刘彘到太子宫读书以来，对他和刘德十分恭敬，兄弟间的感情很好，他无论如何下不了这个手。他真希望酒会早早结束，大家相安无事地度过今日。

可随着太子舍人的通报声，栗姬还是来了。

"师傅们都到了？阿彘也在？真是太好了。"栗姬走了进来，大家纷纷避席行礼。她一面还礼，一面端起刘荣食案上的酒杯，笑着说道："听说阿荣兄弟请师傅们共度佳节，匆忙间准备不周，还望师傅们原谅。我今日过来，为的是感谢师傅们几年来对阿荣他们的教诲。家酿的薄酒，不成敬意，我代孩子敬师傅们一杯。"说完，栗姬将杯中酒一饮而尽，师傅们也举杯向她敬酒，筵席又热闹了起来。

应酬了一气，栗姬走到刘彘案前，关切地问道："阿彘，在太子宫可习惯？阿荣他们待你还好吗？"

"嗯，好。比承明殿好多了，兄长对我也好。谢谢大娘。"

"咦？这儿还有位少公子呢，是韩嫣吧？"

"是，是韩嫣。"

"大家都尝了我做的蓬饵吗？"栗姬边问，边招呼跟从自己的侍女过来，她从侍女捧着的盘中拣起饼饵，分送到刘德、刘彘与韩嫣的食案中，然后示意侍女将余下的饼饵分给众人食用。她顺手拿起刘彘食案上的锦囊，打开嗅了嗅，摇摇头，道："枝叶都干枯了，香气也淡，大娘给你换一只。"说罢，从怀中摸出另一只锦囊，放在刘彘面前。

栗姬又到对面席上，逐一问候了众师傅，之后推说有事，招呼刘荣、刘德好好招待客人，就告辞回椒房殿了。

之后，酒筵上的气氛又随便起来。韩嫣拿过那只新的锦囊观看，发现锦囊上所绣的吉语与众人所得的不同。众人锦囊上都绣着"康乐永年"，而栗姬所送的这只，上面所绣的是"长生无极"。他将这点指给刘彘看，刘彘并不在意，转过身与刘德继续讨论儒学上的问题。韩嫣嗅了嗅这只锦囊，并不觉得味道比自己的那只更浓。他解开扎口的丝线，想看看里面的茱萸有什么不同，不想一只蜘蛛蹿了出来，险些咬到他的手。好险！自己若直接用鼻子去嗅，肯定会被蜘蛛咬个正着。他用酒杯碾死那只蜘蛛，把锦囊中的茱萸倒出来看，并没有看出什么不同。正疑惑间，猛一抬头，发现刘荣正紧张地盯着自己，面色苍白、慌乱。韩嫣猛然间想到了什么，他又看了看栗姬拿给他们的饼饵，发现刘彘食案中的两块饼饵的颜色似乎更深。他又抬头望了望刘荣，刘荣正侧身与左首的汲师傅说话，似乎在回避自己的目光，他赶忙将那两块深色的饼饵换下来，藏入自己随身佩带的锦囊中。

酒筵一直进行到日中才散，刘彘已经有些醉意，韩嫣却十分清醒，生疑后的他便很少饮食，而是密切关注着刘彘的状况。二人走到明渠边上，坐在一处凉亭里乘凉，韩嫣遂将自己的怀疑告诉了刘彘，刘彘却大不以为然。

"笑话！那蜘蛛可能原来就藏身在茱萸中，不小心被装进了锦囊。况且一只蜘蛛有甚了不得，能害人命？我不相信。"

"那么这蓬饵呢？你看这颜色，不是明显与其他饼饵不同吗？"

"颜色是深些，那又怎么样？你能证明它有毒吗？"

"你娘嘱咐过我，让我们小心。反正小心无大错。"

"栗夫人为甚害我？阿荣为甚害我？你不能证明这蓬饵有毒，我是不会相信你的。"

"好，就试试。"韩嫣想到东阙门卫的宿舍旁总拴着一只巨獒，于是领着刘彘来到那里。韩嫣每日出入宫门，那巨獒自然认得他，眼睛只是瞄着刘彘，低声咆哮着，把铁链挣得叮当作响。韩嫣掏出锦囊中的蓬饵，扔过去，巨獒一口一个，都吞了下去。两人在旁边坐了半天，那狗则趴在地上，悠闲地晃着尾巴。

刘彘笑道："怎么？还疑神疑鬼吗？！"

他们回到鸳鸯殿，刘彘把此事当作笑话讲给人听，却引起了王娡的高度警觉。她单独询问了韩嫣，很仔细，一点点细节都不放过。

"那蜘蛛甚样子，你看清了？"

"看清了。小豆粒大小，浅黑色，腿又细又长。"

听上去像是"黑寡妇"蛛，有剧毒，人被它叮咬致死的事时有所闻。这女人使出这样的手段，忒狠毒了。王娡不由得后怕起来，可脸上还是平静如常。

"酒呢？我看阿彘酒饮了不少。"

"酒……酒没有事吧，胶东王与我的酒，与河间王饮的酒是从同一只酒尊里筛出来的。"

"你何以疑心那蓬饵，有甚特别之处吗？"

"看到那蜘蛛时，我还不觉得甚，可是看到太子盯着我看，脸色那么苍白、紧张，心里总觉得不对劲，他害怕甚呢？这才想到栗夫人身上，藏着蜘蛛的这只香囊是她换给胶东王的，再看她给的饼饵，觉得颜色比先前的和给其他人的颜色都重，我就拿它替换下来了。"

"栗夫人给的蓬饵，阿彘真的一点儿没吃？"

"没吃。可是后来我们拿给狗去试，狗却一点儿事没有。也许真的是我过虑了。可是夫人嘱咐过我，小心无大错。"

"当然没有错！嫣儿，今日有你陪着阿彘，真真是天数！"王娡一把拉过韩嫣，在他脸上狠狠地亲了几下。粉白的脸上，登时印上了几道胭脂色的唇印，把韩嫣羞得满脸飞红。

王娡拿出一方丝帕，细细擦去他脸上的唇印，她的目光十分亲切，可又似乎含着更深的什么意味。

"栗夫人很鬼，你提防得对。你是阿彘最好的朋友，他的事情，我就托付与你了。嫣儿没事随时可以来阿姨这里玩，有甚不对头的事，你一定要赶快告诉阿姨，好不？"

"嗯。"想到能够经常见到蔓儿、大萍这些好友，韩嫣心里头欣喜，可又不愿意被人看出来，于是低下头，很憨厚地答应了一声。

韩嫣走后，王娡把大萍找来，命令她今后专门服侍刘彘，除授课而外，她必须随时随地跟在他身边。王娡吩咐了很久很细，大萍深感责任重大，紧张、兴奋得一夜没有睡好。

三日之后，韩嫣进宫上学时，吃惊地发现那只巨獒不见了。他问门卫，得知那狗昨夜突然发病，浑身僵直，呼吸困难，不大工夫便窒息而亡了。韩嫣心中一震，看来自己的怀疑竟是真有其事，可怕！这下刘彘可不能不信有人要害他了。

二十七

重阳之日，正值郭彤休沐，他与当值者办了交接，早早就出宫回了寓所。在侍女的服侍下，他美美地补了一觉，直睡到日上三竿，才懒洋洋地爬起来，一番欠伸之后，由女侍为他盥洗梳头。

"这几日，你过得可好？"女人的手白腻、柔软，在郭彤的头面上款款游走，那感觉很熨帖，让他心里暖暖的。他抓住她的一只手，很动情地问。

"托大人的福，奴婢很好。有不少人来探访大人，打听大人的消息。"

"喔？"他放开女人的手，让她继续梳理。自己则望着镜中的影像，思忖了片刻方问："都是些什么人呐？"

女人将他的头发拢好，绾成一个髻，用头巾束好。然后从屋内的书案上拿起一束竹简交给郭彤。"我记不住他们是谁，不过他们留下了这个，名字都写在上面。"

原来是拜客用的名谒。郭彤接过来，一支支地看着，其中的一支，引起了他的注意。正面两行隶书：

进　郭君季孺

郭彤，字季孺，名谒的起首看得出客气与恭敬，翻过来看，是三行隶书：

河内朝歌陈伎　　再拜　　问起居

陈筱，这名字好熟。他细细地回想着，在脑中搜索与这个名字相关的记忆。是了，想起来了，是那个新任的典客①。近来每逢散朝，这个陈筱都会与自己搭讪几句，很巴结的样子。郭彤怕引起他人的注意，就把自己在宫外的住址告诉了他，不想这么快就找上门来了。

"这位陈大人没说有甚事情吗？"他向女人扬了扬那支名谒，问道。

"他说是专程来探望大人的。午前还来过，我回他说大人昨夜在宫里值宿，正在补觉，请他午后再过来。"

郭彤心里懊丧，陈筱位列九卿，名谒却不书官职，摆明是以敌体相待，来访却被下人挡驾，他担心给人留下滥作威福的印象。可他还是语气平和地吩咐女人："今后无论甚客人，只要我在，一定要马上知会我，不可怠慢了。这位大人，官位比我可高多了，我们得罪不起的！"

正说话间，有人叩门。女侍开门后，看到的还是陈筱，赶忙将他让进室内。

看到陈筱，郭彤抢前一步迎过去，揖手致歉，道："得罪，得罪！这个蛮夷女子不谙中国礼数，怠慢了大人，望大人包涵。"

"郭大人这么说话，不就见外了嘛！"陈筱笑着与郭彤见礼，眼睛却在那女人身上打转。"有如此好女侍奉，郭大人艳福不浅呐！"

郭彤笑笑，招呼女侍上茶，两人坐定后，说了一气闲话，郭彤还是摸不透他的来意。

"足下来京城好像不久吧？"

"是。鄙人原在下面做郡守，蒙天子的恩德，前年方在朝廷上办事。"

"大人公事上可还顺利吗？"

"还好，还好，尽是些送往迎来的差事。前不久才送走和亲的南宫公主，

---

① 典客，官名。秦汉时为九卿之一，职掌诸蛮夷与诸侯朝贡事务。汉景帝中元六年更名大行令，武帝太初元年（前104）更名大鸿胪。

马上又到岁首①了，又得有一批诸侯到京城奉朝请，这不，昨日梁王请求进京视亲的文书就送过来了。"

"哦？梁王去年不是才朝请过吗？"

"梁王的身份非比寻常呗。"

"怎么说？郭彤愿闻其详。"

"其他的王爷奉朝请都是几年才能轮上一次，梁王的亲娘是太后，兄长是皇帝，身份自然不同，我到任这几年，梁王几乎年年进京，皇帝没有不允准的时候。"

"还不止于此。"陈筱饮了口茶，继续说道："按照咱们大汉的礼制，诸侯王来京城，朝见天子不过四次。刚到的时候，进宫见面请个安就得出来；到了正月朔旦之日，入宫正式拜贺新年时，能再次见到天子；三日后，天子摆酒宴请诸侯王，赏赐给他们金钱财物；两天后进宫告辞，前后见面不过四次，留驻长安不过二十日，想多待一日都不行。可梁王呢，每回差不多都要住上半年；与天子入则同辇，出则同车，三日一小宴，五日一大宴，长乐、未央两宫，出入就如自己家里一样。"

"是呀，至亲的亲情，到底不同！有大汉以来，还没有哪位诸侯王能得天子如此宠爱。"郭彤也感叹起来。

"听说，太后原来有意立梁王为储，季孺兄知道这件事吗？"

郭彤想了想，觉得这是件几年前的旧事，朝廷上下早就传开了，说给他听也没什么，颔首笑笑，说："要说这事，还真怨不得太后和梁王，要怨，只能怨酒。"

"怨酒？"

---

① 古代有所谓夏历、殷历、周历的不同，三者主要区别在于岁首之月建不同。夏历建寅（即今之农历正月）；殷历建丑（即今之农历十二月）；周历建子（即今之农历十一月）。三历又称为"三正"，认为"三正"代表了朝代的更易改换，所以新朝应该"改正朔，易服色"以表示"受命于天"。秦始皇统一中国之后，岁首建亥（即今农历十月）。汉承秦制，最初也以十月为岁首，尚黑。直至汉武帝元封七年（前104年）改用太初历，以夏正的建寅（即今之正月）为岁首，此后两千余年沿用至今。景帝时，岁首还是建亥，所以以十月为岁首。

"对，怨酒。那会儿今上刚刚即位不久，有一次在太后那里饮宴，在场的都是家里人。太后、皇帝、梁王和大长公主，陪酒的是太后娘家的兄弟子侄。酒饮到半酣，皇帝可能是高兴，随口对梁王说，千秋万岁之后，朕的大位就传给兄弟你吧。满席的人听得真真切切，都愣住了，梁王称谢说不敢，可心里欢喜；太后更是乐得合不拢嘴，其他人没有敢持异议的。"

"那皇帝可怎么收这个场呢？"

"是呀，我当时就在边上酌酒，看得清清楚楚，皇帝话一出口，脸色就不对，知道自己失言了。可君无戏言，又是在大庭广众之前，确是不好下台。这时候，窦太傅，那时还是詹事府的詹事，借着斟酒之机，高声谏阻说：'大汉初立，高祖皇帝与众功臣约定，皇位只传与嫡亲子孙。如今陛下怎么可以传与兄弟，擅自变乱高祖皇帝的制度呢！'"

"皇帝怎么说？"

"皇帝当然松了口气，默然无语。太后的脸却沉了下去，两眼瞪着窦婴，恨不得把他吞下肚里去。"

"后来呢？"

"后来就赶上七国之乱，之后皇帝就立了刘荣做太子。太后痛恨窦太傅多事，取消了他的门籍，好久他都不能进宫朝请。可是皇帝也就是冲着他这片忠心，才特意派他担任太子太傅的。"

"我看皇帝待梁王还是很好，母子兄弟间的情感亲密无间。郭大人，你看梁王还心存着侥幸吗？"

"难说。此非为臣子者所宜言。我们还是饮茶吧。"郭彤笑着摇摇头，示意女人斟茶。

"郭大人，有些朝政上面的事，不知这里可方便说？"陈筱当然不为闲谈而来，可女侍在旁伺候，他不好说话。

郭彤挥手让女侍退下，亲自为陈筱斟茶，很恳切地问道："现在就你我二人，陈大人有甚事情，不妨直言。"

陈筱呷了口茶，身子前倾，压低声音问道："中宫虚位已久，来朝廷朝贡的蛮夷和诸侯的使者议论纷纷，郭大人身在密迩，消息比我们灵通，此事不知郭大人怎样看呐？"

"喔？他们都议论些甚呀？大人能不能说给我听听？"

"很多人都说栗夫人失宠了，不然为何迟迟未被立为皇后呢。郭大人以为如何？"

"失宠？我倒是没看出来。栗夫人还是好好地住在椒房殿，椒房殿是随便什么人住得的吗？这些人说的，全是些臆测和传言，不足凭信，大人切莫轻信了他们。"

"是，是。我与郭大人想到一起去了。栗夫人之子是太子，太子之母自应该是皇后，这是早晚的事。郭大人也这样看吗？"

原来是来探口风，为自己谋取进身之阶的。郭彤心中不由得生出几分不屑，他低下头烹茶，盘算着如何把这位讨厌的客人敷衍走。

"我们自己不方便讲的话，可以借他们的口讲出来。你所要做的，就是给他们一个似是而非的消息。""皇帝目前迟疑不决，再推栗姬一把，火候就到了。"脑中忽然闪出了王娡的话，对呀，这正是个"推一把"的机会！他既然有心攀附，我不如就成全了他。郭彤重新为陈筱斟上茶，好整以暇地笑道："大人平日看下官在上边身旁侍候，以为我一定知道皇帝的心思。其实，我们整日侍奉的是皇帝的起居，政事能知道多少？皇帝沉机默运，喜怒不形于色，心思谁摸得透！可是大人所说的，我觉得没错。皇帝也许是没考虑好，也许是等一个适当的时机，才会正式册立皇后。正如大人所言，儿子已是太子，母以子贵，做皇后不是件顺理成章的事情吗？迟早而已。这还真是个难得的机会呐！"

"甚难得的机会？望郭大人明示。"陈筱很兴奋，注意地望着郭彤。

"你想，哪位有心计的，抢先上书劝进，栗夫人能早日正位中宫，她与太子还不得感激他一辈子，仕路还不向他大开嘛！所谓'云从龙，风从虎'，风云际会，不就是这个意思？我想，有这个想法的朝臣，怕不止一个两个。"

"郭大人之言透彻！透彻！"陈筱满面喜色，击节称叹。

两人又闲谈了一阵，陈筱才满意地告辞而去。日晡①时分，女人整了一席

---

① 日晡，古代计时单位，午后三至五时。

丰盛的菜肴，她一面为郭彤酌酒，一面笑着说："看陈大人巴结的样子，哪里像个大官。"

"你懂得甚？他那是巴结我吗？他那是为了从我这儿摸上边的心思。我若不在皇帝身边办事，他会搭理我？皇帝身边的小犬，在大臣们面前就是狮子。"

"侍奉皇帝辛苦吧？"女人伏在他背上，双臂从身后搂住了他，好奇地问道。

"辛苦？看怎么说了。"郭彤放下酒杯，把玩着女人细嫩的双手。"在宫里，时时处处得担着小心，得揣摩上边的心思，知道皇上的好恶，才能不出错。还要防着别人的算计，不给他们拿到把柄。要紧的是夹着尾巴做人，以免招人妒忌，见人你得说人话，见鬼你得说鬼话，不管甚人，都得处得和气一团。心呐，没有一刻不得悬着，最累的该算是脑子了。"

他转过身子，拥女人入怀，忘情地嗅着她的发香。"哪里像在自己家里，软玉温香抱满怀，神仙也不过如此罢！"

好一阵温存之后，郭彤忽然悲从中来，潸潸泪下。他有常人的欲望，可每每激情高涨之际，他才真正意识到自己的残缺。他的心在悲泣，痛苦得浑身发抖，仿佛一下子跌入了虚空。女人取出丝帕，默默地为他拭泪，他却觉得那是种无言的鄙视，生发出要折磨那女人的恶念，可他又害怕失去她，只能把这念头压在心中。

这种日子到死都没有尽头，没有尽头！想到这里他就会意兴阑珊，为了熬过接下来的长夜，他或用痛饮麻醉自己，或借口宫内有事，不在家中过夜。他害怕与女人同床共寝，害怕面对不能人道的尴尬，害怕让女人看出自己的脆弱。他一杯接一杯地饮酒，也逼着女人一杯接一杯地陪酒，直到酩酊大醉。

二十八

九月的日子，已经是昼短夜长。刘启早朝时，外面还是曙光熹微，但宣室殿中的数十盏灯火还是把殿内映得一片通明。刘启坐在一座巨大的屏风前，几位重臣分左右坐成两列；谒者令赵谈在左首侍奉，随时准备按照皇帝的旨意宣付诏令，在右首的一张书案旁，舍人郭彤负责将案上的奏疏递给皇帝。

王娡不久前曾把郭彤召去，将栗姬试图谋害刘彘之事告诉了他。"这件事我决不能放过她！"王娡恨恨的面容和声音又出现在他的脑海中。她将韩嫣找来，让他亲口对郭彤讲述了事情的始末，还一再要他尽快将此事报知皇帝。所以，这几日他来得很早，今日终于看到了陈筱的奏牍，果然有奏请早立栗姬为后的内容。他觉得借机进言的时候到了，将这卷奏牍偷挪到了前面，打算根据皇帝的反应，决定自己进言的分寸。

头一件是梁王请示来京朝觐的奏牍，刘启展读后，看了看一旁侍候的赵谈，问道："你前不久到梁国上寿，梁王那里的情形如何，你拣要紧的给朕说几件。"

"梁王对陛下和太后的赏赐极为感戴，一再叩谢天恩。对陛下和太后非常挂心，孺慕之情溢于言表，忠孝之心可嘉！"赵谈顿首陈奏，侃侃而言。虽然知道皇帝前一阵对梁王的擅作威福不满，可二人终究是亲兄弟，又有太后在上，他认准了，自己只能尽全力化解误会，决不可妄加可否。

阿武春天才回的梁国，秋天却又要求进京，未免过甚，别的诸侯王必定以为自己偏心。可想到老母老来思子，想到阿武在身边给母亲带来的快乐，心里不觉又涌出一股温情。"我恁大年岁，图的就是个家人团聚，儿女长守在自己的身边。"想到母亲经常念叨的话，刘启将奏牍交给赵谈，吩咐道："奉朝请的事情朕准了，告诉驿传将朕的诏书尽速传报给梁王，不要耽误了贺岁。"

"是。"赵谈将奏牍递给等在一边的当值尚书，示意他马上草拟诏书。

郭彤递到刘启手里的第二份奏牍就是陈筱的。他偷望着展读简牍的皇帝，屏息凝神，心却依然腾腾跳动，但愿这份奏牍能收到王夫人预期的效果。

"这个陈筱不好好办他的本职，管事管到朕的后宫里来了，真是胆大妄为！"刘启重重地将奏牍摔在地上，吩咐赵谈道："把这篇东西拿给丞相、太傅看看，你们看看这个混账讲些甚，竟然过问起朕的家事来了！"刘启声色俱厉，虽是出于对陈筱的愤怒，但也含有警告众臣的意味。

在赵谈将那奏章交给周亚夫后，刘启又吩咐道："传命廷尉，马上下陈筱于诏狱，听候处分。要以儆效尤，非重重办他的罪不可！"

皇帝的发作让人摸不着头脑，周亚夫展开奏牍后，方知陈筱的上疏为的是立后之事。

粪土臣陈筱昧死以闻皇帝陛下，中宫虚位已久，四夷窃议，内外不安。《春秋经》云：母以子贵，今太子已立数年，其母宜正位中宫，请陛下早日决断，以释群疑而安四夷。如此则天下幸甚，百姓幸甚。臣筱愚憨，顿首昧死再拜以闻。

周亚夫知道皇帝已对栗姬有了恶感，陈筱此举当然会触怒皇帝。但自己既是丞相，就应像父亲当年那样起到国家柱石的作用，在事关礼义大事情上，坚持祖制不可违背的立场。他将奏牍交给旁边的窦婴，揖手陈奏道："陈筱越职言事固属不当，可臣以为，他的话不无道理。"

"哦？有甚道理，朕倒要听听。"

"皇后、太子固然是陛下的家人，可皇后、太子的册立既是陛下的家事，也是国事。皇后有领袖后宫，母仪天下之责，太子更是国之根本，所关民心风俗甚重。臣民们即使嘴里不说，心里未必不想，欲塞人口，欲安人心，皇帝宜早下决断为是。现下太子已立，皇后人选，自然由陛下择贤而定，只要合礼义，自会顺民情的。"

"何谓'合礼义'？"刘启有些不快。

"先圣制礼作乐，为的就是给天下后世树立规范。经云：立嫡以长不以贤，立子以贵不以长。难道立贤不对么？当然不是。圣人之所以不以'贤'作为择人的标准，是因为'贤'往往出于人主的好恶爱憎，出于主观，就不免于私心。而立嫡立长，为的是确立承继的秩序，杜绝有野心者的觊觎与争心。同样，皇后的择立也有'母以子贵，子以母贵'的规则。母以子贵，则太子之母因太子而贵，可得而为皇后；子以母贵，则皇后之子必为太子。废皇后无子，陛下之子均为庶子，故立子以长以防争斗；太子既立，则太子之母因之而贵是顺理成章的事情。陈筵所言合乎古礼，所以不足深责。"

"那么太子的母亲不贤，不足以母仪天下时，又当如何呢？说说你丞相的高见吧。"

"臣以为可以择贤者而立之。"

"好。那么依'子以母贵'这一条，是不是她的儿子也该被立为太子呢？"

"不然，太子已立，并无失德，断不可轻言废立。"

"难办了不是？可见老规矩也不可拘泥。窦太傅，你看呢？"

窦婴也知道皇帝的心思，但身为太傅，他不能不为太子一争。"臣也以为丞相所言极是。大汉立国以来，除孝惠皇帝无后外，高祖与孝文皇帝对诸子虽不无偏爱，但都以长子承嗣为太子，故国本安定。至于皇后，也都是太子之母，这可以说是大汉的祖制了。既是祖制，自不可轻易更动。"

"刘大夫以为如何？"刘启拿眼扫了扫御史大夫刘舍。

"臣亦赞成丞相与太傅之言。"

看来，大臣们还都拘泥于祖制，一时还难以让他们赞成自己的想法。可刘启很清楚，不废掉刘荣的太子之位，立什么人为后都没有意义。母以子贵，栗姬早晚可以凭借太子之母的地位遂其所愿。

他沉思了片刻，说道："这件事先议到这里，朕还要斟酌。但如丞相所言，立何人为后，非臣子所宜言。陈筵可恶，非重办不可！"他威严地扫视着，众臣都屏息敛容，没有人敢再唱反调。

散朝后，刘启将郎中令周仁留下，打算单独询问他的意见。他对周仁、赵谈、郭彤摆了摆手，道："你们坐下说话，朕想听听你们的看法。"

"最近宫里边有甚动静，你们都听到些甚，讲来听听。"

"是。奴才刚从梁国回来，没有听到甚。可奴才以为，立皇后之事，只能陛下自己拿主意。后宫里全是陛下的家人，孰贤孰不肖，陛下心里最为清楚。"

赵谈此次出使梁国，梁王加意笼络，私下送了他厚礼。他知道梁王在太后那里的分量，儿妁死后，他早想再找一位有力的靠山，所以一拍即合。双方虽未明言，但一切已在意会之中。他在皇帝的身边，所能做的，通风报信之外，对梁王有利之事，能够促成，他自然会尽力。他知道皇帝不惬于栗姬，也知道梁王对帝位有非分之想，而刘荣一旦被废，意味着梁王又有了机会，所以才有如是意见。

郭彤心里则暗暗佩服王娡的计算，决计再添上一把火，皇帝或许会加大废立的决心。

"臣前几日倒是听说，有人在太子宫的重阳酒宴上下毒暗害胶东王，而栗夫人干系甚重。"

"哦，有这等事，为甚不早奏报！"刘启的面色一下子严重起来。

"奴才原来也不信，以为是谣传。这几日专门询问了陪读的韩公子和守卫东阙的士卒，才敢肯定确有其事。"

"怎么回事，你快讲！"

"是。据韩公子讲，重阳那日，栗夫人曾到太子宫，特意送给胶东王一只装有茱萸的香囊和两块蓬饵。韩公子打开香囊，险些被藏在囊中的一只毒蛛咬到；他觉得栗夫人送的那两块蓬饵颜色有异，所以取下藏入囊中。事后他与胶东王将饼饵喂给东阙守门的獒犬吃，当时没有异常，可三日后，那獒犬却突然死掉了，士卒们说症状很像是中毒。"

刘启的心绪，如翻江倒海般奔涌，但他克制着自己，面容上看不出变化。看来，废立之事是非行不可的了，晚了，还不知会发生怎样逆伦的惨剧！

"周大夫，你怎么看？"刘启望着周仁，示意他讲话。

"臣以为，陛下宜早定大计，否则难遏乱萌。皇后、太子之位不定，觊觎者必不会少，争心一起，难保没有逆谋，当断不断，反受其乱。"

"以卿之见，朕当如何了断？"看到周仁迟疑不语，刘启放缓语气补充道："此为朕之征询，你但说不妨。"

"臣昧死陈言，请陛下宽谅。后宫诸多皇子年纪已长，可诏命他们就国，皇子的母亲也可以随之前往颐养。陛下若不放心他们的学业，可选派硕学宿儒做他们的师傅，如此，可避骨肉相残，宫廷亦可得以安定。即使有觊觎争夺之心者，也难以施其伎俩。"

"那么何由更换太子呢？"刘启沉吟了一会儿，继续问道。

"刚才陛下追问丞相时，已抓住了事情的关键。群臣既以'母以子贵'主张立栗夫人为皇后，陛下同样可以反其道而行之，先立皇后，后换太子。可按周丞相的说法，择立一贤良者为皇后，而以'子以母贵'的规制立其子为太子，如此，反对易储的大臣们亦无话可说。"

"嗯，那么荣儿如何安置？"

"封王，然后与诸成年皇子同样就国。七国之乱，临江王参与叛乱，自杀国除。可否将此地作为封国安置皇长子，还要陛下定夺。"

"那么皇后之位由何人接掌为好呢？"

"此乃陛下之家事，乾纲独断，非臣等所敢妄言，唯所立者应为太子之母。"

刘启闭目颔首，满心宽慰。他早已决定立刘彻为太子，所顾虑者，彻儿的排行太靠后，年长的皇子们不服，大臣们也会用"立子以长不以贤"的祖制面折廷争。周仁的这个釜底抽薪的办法，把这些难题都消解了。那个王娡，远不如栗姬等妃嫔们妒忌张扬，年长的皇子们就国后，留在宫内的小皇子均为儿姁所生，也都是王娡的侄子，她会好好照料他们的，而逆伦残杀的祸患亦可以消弭于无形，这样的安排，看来是最好的，也是唯一可行的了。他睁开眼，扫视着面前这几个人，目光十分严厉。

"周仁，你再将郭彤所言之事，复查核实一遍，要秘密进行，不可泄露。查实后马上报我，你听好了？"

"是。臣遵命。"

周仁答应着，略作思忖后，他再拜请示道："臣查核此事，应两面兼听。臣欲单独询问太子，请陛下允准。"

"可以。你对阿荣讲，这是朕的意思，让他老实交代！"

刘启严厉地注视着三人，低声吩咐道："前面说过的话，只有你们三个知道。事情怎么办，朕还要斟酌，你们要当心，对任何人都莫透露半点儿消息，若有半点儿风声传出去，朕唯尔等三人是问。"

"是。"三人稽首奉诏。

二十九

深秋九月，天气肃杀，草木摇落，关中平原早已褪去绿色，大地呈现一片苍黄。在汉初，九月是一年的岁尾，十月一到，便是周历新年的岁首了。

从关东通向长安的驰道边上，远远过来数骑人马，为首一人，年近三旬，身材魁伟，高鼻深目，略长的面孔棱角分明，浓密的虬髯更为他添加了几分霸悍之气。跟在他身后的人年纪稍长，也是长须美髯，而脸上更多的是儒雅之气。

为首的那名汉子勒住马缰，隔着道间的障墙和青松，望着极为宽阔平坦，但空无一个行人的驰道，自语道："好平阔的大道，在上面跑马不知是甚滋味！"他两腿紧夹了一下马肚，马嘶鸣着扬起前蹄，跃跃欲试地想要越过隔离用的障墙。

"公孙大人，千万不可造次。让巡路的御使看到，就是大不敬的罪名，报到上边，就是梁王也要担干系的。"后面跟从的男人大声劝阻，看得出他心情不满而紧张。

"不过是说说而已，你还当起真来了。"那汉子哈哈大笑道。他勒住了马，等那男人赶上来并辔而行。他扬鞭指指四周，问道："长卿，这里就是灞上了吗？"

"是了。就是灞上，当年楚霸王项羽就是在这里大会诸侯的。向前数里，过了灞桥，就是枳道亭，高祖皇帝最先攻入咸阳，秦王子婴就是在那里迎降的。"

"大风起兮云飞扬，威加海内兮归故乡，安得猛士兮守四方！"那汉子大声吟唱起《大风歌》来，旁若无人。唱罢大笑道："痛快！痛快！无愧开国英主的气概！"

这一行人原来是随侍梁王进京奉朝请的人员。自从接到皇帝允准进京朝觐的诏书，梁王连夜打点行装上路，几日的晓行夜宿，昨夜赶到了霸陵县东的霸昌观，离长安只半日的路程了。今日早起赶路，路过霸陵，梁王要拜祭父皇的陵寝，大队随之去霸陵，而这队人马是先行一步，为大队打前站的。

那状貌类似胡人者名叫公孙诡，齐人，为人恢宏有大志，与另一好出奇计的同乡羊胜一起投奔梁王，很快便受到梁王的重用。公孙诡受任为中尉，号称公孙将军，统领梁国精锐，负责国都睢阳及近畿的防卫。此次朝觐，梁王接受既往之教训，不欲像从前一样大张声势，而是轻车简从，只点了韩安国、羊胜、丁宽、司马相如及数十名侍从随行。可公孙诡称自己从未到过京师，一定要跟来见识帝都的繁华壮丽，梁王既爱重于他，不忍峻拒，便带他同来了。

被他称作"长卿"者，便是司马相如。司马相如原名犬子，字长卿，蜀郡成都人。少时好读书击剑，因慕战国时蔺相如的为人，更名相如。相如家境富有，纳赀①为郎，在长安宫中为武骑常侍。相如自幼好辞赋，原想以此自见，可皇帝不好辞赋，他无所表现，郁郁不得志。后逢梁王进宫奉朝请，所带宾客，如齐人邹阳、淮阴枚乘、吴严忌夫子等均为文士，一见之下惺惺相惜，颇有相见恨晚之慨。不久，相如托病去职，东游睢阳，投入梁王门下，日昔与诸文士过从，吟诗作赋，欢洽自得。近年更是因一篇《子虚赋》而遐迩闻名，备受梁王的器重。枚乘文名也很高，但年迈不胜奔波，故凡遇进京朝请，梁王必带相如前往，以备酬庸风雅。

司马相如在宫中服事多年，对长安极为熟悉，梁王因此派他陪公孙诡前行。公孙诡为人慷慨豪爽，对相如也很尊重，但行事不拘形迹，而京城不比睢阳，相如不免为他揪着一把心。

司马相如将沿途的风景名胜一一指给公孙诡看，两人边行边说，兴致正浓，远远地看见数辆辎车迎面而来。到得近处，原来是长安梁王府邸的官员前来

---

①纳赀，汉文帝接受晁错建议，允许富有人家（有市籍的商贾除外）以捐资方式获取官位，一般先任郎官候选。原规定家赀十算（即十万）以上者方可纳赀为官，景帝时降为四算。

迎接。于是换乘辎车，不久便驶过灞桥，来到枳道亭旁。

亭舍外面停着另外两辆驷马乘传，其中一辆的车饰与马饰极为华贵，一望而知是大内里专用的车马。两人刚下辎车，就听到亭舍中有人大声招呼，"二位大人一路劳顿，辛苦了。"抬眼望去，只见谒者令赵谈正大步走来。赵谈与司马相如是宫里的旧相识，与公孙诡则是前不久出使梁国时的新交。

三人见礼后，赵谈道："在下奉命在此迎候梁王，二位大人请先进亭小憩。"他指了指那辆华贵的马车，"皇帝对梁王到来极为重视，太后要办家宴为梁王接风，皇帝特为取消了今日的朝会。这不，皇帝赐梁王乘坐天子出行的副车，还特别允准他驶行驰道。二位可知梁王何时能到，在下要提前派人通报给宫里，皇帝怕是要亲临宫门呢。"

知道皇帝要亲迎，且可于驰道上通行，公孙诡极为兴奋，他揖手大笑道："有劳公公远迎。殿下今日一早，去霸陵拜祭先帝去了。此刻怕是已向这里来了，用不了等许久的。"

果然，约半个时辰后，随着渐次扬起的烟尘，灞桥方向驶过来一队人马，果然是梁王的大队。换乘天子所派的驷马安车后，大队改行驰道。赵谈作为使者，以骖乘的身份陪同梁王。

车队在驰道中款款前行，看看左右无人注意，赵谈向刘武倾过身子，轻轻耳语道："殿下此番在长安可多住些日子，宫里怕要出大变故了。"

"喔？甚变故，你但说不妨，车驭是孤的心腹。"刘武盯着赵谈，双目灼灼。

"今日远迎的是鄙人，殿下没觉得有什么不对吗？"

"是呀，送往迎来，是典客陈筱的职责所在，今日为何换了你呢？"

"变故就出在这里，陈筱已被皇帝下了诏狱。"

"喔？为甚？"

"陈大人不知深浅，上书皇帝请立栗夫人为皇后。皇帝大动肝火，便把他下了诏狱。由此还带出了极不利于太子的传闻，看来，储位十有八九会更易的。"

"这么严重嘛！"刘武犹如饮下一斛烈酒，气血涌动，身子不由得微微颤抖起来。他紧紧攥住赵谈的衣袖，兴奋地追问道："你快讲，太子作了甚？"

"宫里边传说，栗夫人和太子合谋下毒，欲行不轨。"

刘武不禁瞪大了眼睛，紧张得几乎喘不上气来。"甚？他们要谋弑皇兄吗！"

"当然不是，他们打算谋害的，是刘彘。"

"刘彘，哪个刘彘？谋害他作甚？"

"就是胶东王，大长公主前不久才将阿娇许给他，从这边论，还是殿下的外甥女婿呢。至于为甚要给他下毒，当然是觉着他威胁到了太子之位。"

"喔？宫里头闹成这个样子了吗？"一丝微笑，不易察觉地从刘武唇上掠过。他拍拍赵谈的肩头，道："公公给寡人说说，这到底是怎么回事。"

"自打薄皇后被废，后宫里就开始不太平。那些有儿子的嫔妃，都想着住进椒房殿。栗夫人仗着是太子的娘，先住了进去。可她太傲气，大长公主上门提亲，她却给谢绝了，由此结下了梁子。王夫人可是个有心计的人，乘虚而入，抢先一步同长公主结了亲。那个刘彘，就是她的儿子。这下，有长公主做亲家，就等于有了太后这座靠山，对太子娘儿两个都是不小的威胁。恶由恨生，就难怪他们要下狠手了。"

"那么皇帝的意思如何？请公公明示于寡人。"

"现在还看不出来，可是在下感觉着，皇帝心里头是有决断的，不过碍于大臣们的反对，暂时不动声色而已。可是上边已经派员密查，以在下之见，太子之位已朝不保夕了。"

"那么皇帝中意于哪位皇子？是那个刘彘吗？"

"我想是。胶东王自小聪颖，皇帝一直喜欢他的。"

"他年庚几何，与阿娇一般大吗？"

"过了这个年才七岁。"

"还是个孩子嘛！"刘武锁起的眉头舒展开了。赵谈凑趣地笑道："所以说大王还有很好的机会，太后一定是站在殿下一边的。"

刘武哦了一声，神思一下子又回到了五年前长乐宫的那次家宴上。也是贺岁的时节，母子姊弟四人轮番祝酒，其乐融融。皇兄酒意半酣时的神情笑语还历历如在目前，"阿武！朕的好老弟，千秋万岁之后，朕的大位就由你来接掌，可好？"这句话太出人意料，以致所有的人都愣住了。他的心怦怦直跳，仿佛就要从口中蹦出，那种感觉，如今再次出现了。母后满意的笑容、酒后酡红的双颊、笑得眯成一条缝的眼睑，又清晰地再现于脑海之中。他惶恐，他推辞，理智告诉他这不过是兄长一时的醉话，但被唤醒的欲望却再也不肯退去，对皇位的觊觎时起时伏，若隐若现，像一枚鬼火埋藏在内心最深的角落。赵谈带来的消息再次点燃了它，这是不是又一次机会呢？

好半天，刘武才回过神来，他用力握住赵谈的手，笑道："寡人不敢有此非分之想，可还是要感谢公公的厚爱。我已吩咐了下人，将礼物装到了公公的车上。进宫之后，要避嫌疑，寡人与公公不便来往，公公有甚消息，可与公孙将军联络，他人很可靠，定会及时转告寡人的。"

"是。赵谈知道怎样做。只是这等极机密之事，知道的人愈少愈好，请殿下务必要公孙将军注意。"

"哈，赵大人，前面看得到长安城门的高阙了！"刘武大笑着，顾左右而言他。他取过车驭手中的长鞭，使劲甩向空中，鞭梢鸣出几声脆响，马匹抖擞精神，快步向前跑去。远远的，已可以看到迎候在灞桥门前的皇家仪仗了，一辆驾着六驷的华贵辂车位于灞桥门的正中，车上黄色华盖下面立着的，正是皇帝刘启。

车驭勒住马缰，刘武下车后疾步前行，伏身于皇帝辂车前铺设的锦席上，行稽首大礼。身后一应的随从纷纷跟从，跪倒了一片。紧随刘武的赵谈刚要高声唱礼，刘启向他摆摆手，示意不必，自己走下车来，双手扶起刘武，道："快起来。我们兄弟间就免了这些繁文缛节吧。"

他细细端详着刘武，拍着他的肩头，欣慰地笑道："你看上去不错，母后可以放心了。来，上朕的车，我们一起去长乐宫，太后与阿姊怕是等不及了。"

他对梁王的侍从们挥了挥手，要他们起来，吩咐身旁的周仁道："跟从梁王的宾客侍臣，长吏以上，录名于未央、长乐两宫的门籍，准其随侍梁王出入宫门。"公孙诡面相与众不同，十分惹眼，刘启指着他和羊胜，问道："此两人面生，阿武看来又招纳了新的人才嘛。"

刘武道："那个状貌如胡人者名公孙诡，另一个名羊胜，都是齐人，现在我那里任大夫之职，不敢说有多大的才能，可才智和忠心还是有的。"

两人登上辂车，车驭抖动缰绳，一声吆喝，辂车沿着直通长乐宫的驰道飞奔而去，两旁的骑侍手执旗帜仪仗，夹护前行。车队进入长乐东阙时，阙门内外的卫士们早已列阵如仪，军阵严整，旗帜缤纷，刀戈雪亮，甲胄鲜明。

见到这种场面，刘武不禁感叹道："皇兄，还记得当年我们驱车司马门被扣之事嘛，如今真是不可同日而语了。"

原来文帝时的大臣张释之，是当时出了名不讲情面的官员，刘启与刘武一次乘公车入司马门时没有依制下车，被他撞到，竟不顾二人身份的尊贵，生生把他们扣在了司马门，并奏报给了薄太后。还是文帝以教子不谨向太后请罪，以太后的诏饬加以赦免，二人才得以放行。

"是呀，那次我们脸丢大了。当初朕对之恨之入骨，心想有朝一日，非杀了这个老儿不可。可后来慢慢也想通了，朝廷的制度，如果皇亲国戚都不能率先遵行，岂不是要乱套？张释之严格执法，不稍假权贵以辞色，正是对父皇和朝廷的大忠，无可厚非。阿武既然还记得此事，能常常以之自勉，做诸侯们的表率，朕就放心了。"

话不投机，刘武只能唯唯称是。好在不久就到了长信殿，远远看去，窦太后和大长公主正在众多宫人宦者的簇拥下，在殿门前等候着他们的到来。

"阿武，小老儿，想死娘了！起来让娘好好瞅瞅你。"窦太后喜笑颜开，扶起伏地行礼的刘武，泪眼婆娑地端详着儿子，一副怎么也看不够的神情。看到母亲与兄弟间的亲情，刘启心里有种说不出的滋味，既有些妒忌，又为之欣慰。良久，见母亲情绪平复下来后，刘启才插嘴说道："阿武就先在娘这里小憩，与娘和阿姊叙叙话。娘这里和未央宫，都可以下榻。缺甚你只管开口。朕先回去安排一下，午后就在娘这里办家宴，为阿武接风，家人团聚，好好乐一乐。"

目送皇帝的车队走远，刘武向太后逐一介绍了随自己前来的宾客和侍臣，太后吩咐大长秋领他们去客舍安歇，自己拉着刘武的手，与刘嫖一起进了自己的寝殿。寝殿中的大食案上摆放着各类零食果品，侍女们奉上盂、匜等盥洗用具，侍奉梁王栉沐之后，知道太后与儿女家人闲话家常时，不喜有外人在场，宫人们都自觉退下了。

刘武一面从食案上拣食自己爱吃的零食，一面问刘嫖："阿姊，怎么没看见阿娇，听说你已经为她定了亲，是吗？"

"是呀。这丫头知道你这个舅舅要来，今日一早就装扮起来个没完，可舅舅真到了，她人却不知跑到哪里去了。"刘嫖大声招呼在外间伺候的侍女胭脂，要她四处看看，把阿娇找回来。

胭脂刚走，帷幕后却传出吃吃的笑声，原来阿娇早就藏在里边，这时才从刘武身后飞跑过来，用两只小手蒙住了他的眼睛。刘武故作惊恐，大叫着挣扎，然后猛然回头，作出一副怪相，与阿娇碰了个脸对脸，两人一起尖声大叫，随后又都倒地大笑起来。

看着甥舅二人的嬉闹，长公主也不由得笑了起来，太后尤其笑不可遏，眼泪都笑了出来。她指着二人，对刘嫖道："你看看，你看看，甥女儿没有甥女儿的样子，舅舅没有舅舅的样子，阿武恁大的年纪，还像小孩子一样！"

笑过一阵子，刘武将阿娇搂在怀中，道："这女娃真是一年一个样，才半年，阿娇就是大姑娘的样子了！听说你娘给你选了门亲事，女婿是哪个，好不好？说给舅舅听听如何。"

阿娇脸上飞上一片红晕，低着头玩弄刘武身上的佩玉，羞涩得不肯开口。

太后道："到底是大姑娘了，知道害羞了。"她慈爱地望着刘武与阿娇，心里十分熨帖，这一长一少，一男一女，真可说是自己的心尖子了。

"她娘原想把阿娇提给阿荣，谁承想栗姬拿架子不允。你阿姊一气之下，就把阿娇许给了阿彘。阿彘你怕没有甚印象，这孩子也不错，聪明好学，搞得好将来也是能做大事的。阿娇跟了他，我和你阿姊还都是满意的。"

"娘和阿姊看中的，想必错不了。阿娇，哪日领舅舅看看你的小女婿，好不？"阿娇羞涩地点点头，大家又都笑了起来。阿娇赌气道："就知道笑，笑！有甚好笑的？不和你们玩了！"说罢，拔腿向殿外跑去。刘嫖笑道："阿武你看到了，这丫头的脾气是愈来愈大了。"随后起身追了出去。

估摸刘嫖走远，刘武膝行到母亲身前，猛地伏地，稽首再拜道："娘，皇兄不满于栗姬与阿荣，势必更易储位，五年前皇兄的话，娘一定还记得。娘的心思儿臣全知道，无奈朝廷有制度。皇兄说千秋万岁后传位于儿臣，儿臣想的是皇兄要我代他继续侍奉老亲。皇兄后来立阿荣做太子，儿臣也不再作他想，可阿荣既不孚皇兄的期望，万一不讳，国赖长君，儿臣愿承此重任，也可长此侍奉太后颐养天年。"

窦太后猛然听到爱子的这番陈辞，大出意外，她思绪万千，呆呆地看着跪在面前的刘武，半天说不出话来。

三十

　　"阿武，你起来，坐着说话。"良久，窦太后才开口，可这时的她，已由刚才的慈母一变而为威严的太后了。

　　"你老实告诉我，你在梁国那么老远，何以刚到长安，就知道了皇帝要行废立之事？是甚人为你通风报信？"

　　"并无人为儿臣报信，儿臣是在来京城的路上，听到行人传说，才知道此事的。"

　　"你胡说！皇宫大内里头的事情，外面人从何知悉！在我面前你都不讲实话，我可没办法帮你。"窦太后面色冷峻，不屑地摇了摇头。

　　刘武知道瞒不住，顿首道："儿臣实在不是故意欺瞒，实在是担心说出来坏了朋友的性命。告我此事者本是为儿臣好，儿臣若讲出来，对朋友岂非不信不义？还有何面目于世人！"

　　"你倒是振振有词，也好，先放下此事不提。好不容易消解了皇帝对你的误会，你不好好地尽臣子的本分，却又窥测起神器来了，你知罪嘛！"

　　这番话，如兜头的冰水，把刘武浇了个透心凉。原以为是靠山的太后如此绝情，是他完全没有料到的，刘武不禁悲从中来，泪如泉涌。

　　看到儿子伤心欲绝的样子，窦太后的心也软了下来。泪眼蒙眬中，她仿佛又看到了幼时的刘武。从咿呀学语、蹒跚学步到束发就国，十几年母子俩相依为命，感情非同寻常。那时，刘启在太子宫就学，刘嫖已经出嫁，而孝文皇帝当时已经移爱于慎夫人，孤寂凄凉中，阿武是她唯一的安慰。

窦太后叹了口气，道："娘何尝不想你接太子之位，可你哪里知道娘的难处，手心手背都是肉啊！"

她将丝帕递给刘武，语气沉重地继续说道："你兄长十几个皇子，哪一个不想做太子？你阿姊姑舅结亲的意图，明眼人不问即知，她为了女儿将来做皇后，非要帮女婿成为太子不可。还有你一个，也非要凑这个热闹。皇帝、阿嫖、阿武，你们都是娘亲生的，哪一个不是娘身上掉下来的肉！可储位只有一个，你让娘如何是好？"

"阿姊想的无非是阿娇和陈家长久的荣华富贵，就这么一个亲姊姊，她要甚我都会满足她，何苦非得捧女婿做太子。"

"阿嫖且放下不说。你兄长放着那么多儿子不管，立你做储君，你想这可能吗？他能心甘情愿吗？他的那些个有儿子的嫔妃能干吗？大臣们能接受吗？儿啊，不是娘不帮你，你自己想想，这件事情是不是太难了！"

太后看着沉默不语的儿子，摇摇头，道："说起来，反倒是阿嫖的打算更有实现的可能，再怎么说，她的女婿也是皇帝亲生的儿子，皇帝在心里头不会有抵触。可你，是娘的骨血，但不是皇帝的骨血，终究隔着一层。儿啊，听娘一句话，你兄长酒后的醉话，你就莫再当真了。"

多年渴想的机会，如今重现，要自己一朝放弃，绝无可能！刘武血气涌动，面色绯红，顿首再拜道："娘说的这些道理，儿臣明白。儿臣本来也不再把兄长的话当真。可皇兄不满于太子，欲重选储君，儿臣难道就不能存些希望吗？国赖长君，刘彻还是个孩子，以后有的是机会。儿臣敢对天盟誓，他日若为天子，定以兄长之子为嗣，言若不信，天诛地灭！况且人之运命祸福难测，儿臣若短寿，死在母后与兄长前面，则一了百了，再不会为此徒生烦恼了。可既有机会，娘不能不让儿臣一试，不能不帮儿臣。"

"你莫再发毒誓，说这种不吉之言了！"太后惊心，喝止刘武。望着爱子激动决绝的面容，她不由得叹道："也罢，随你。可你要依娘三件事，娘才能帮你。"

"是。哪三件事，请娘示下。"

"头一件，你一言一行都要谨慎，好好讨你兄长的欢心。知子莫若母，皇帝平时看上去少言寡语，内心忮刻多疑着呢。"

“是。”

“你要容我些时日，何时向皇帝进言，由我择定，也由我对皇帝去说，你不可自行动作。这是第二件事。”

“是。”

“最后一件。事若不行，就放弃，好好回去做你的梁王。切莫鲁莽行事，自蹈险境。你听明白了？”

“是。儿臣谨遵母后之命。”

话音刚落，刘嫖领着阿娇走进内室。她扫了母子二人一眼，看似不经意地问道：“娘儿俩说甚悄悄话呢？可以告诉我吗？”

“还能有甚，娘查问我梁国的治绩，教诲我治国的道理呢。”

“是了。人要知足，知足常乐。”刘嫖冷笑道，“阿武，除了太后、皇帝，这大汉的天下，还有甚人的权势能有你大！可你还心有不足，僭越逾制，惹得皇兄不快。前一阵子，太后和我为你担着多大的心，你心里应该清楚。此次进京，你应该收收心，莫再重蹈覆辙了！不然，再有十个韩安国，也救不了你。”

她这是发的哪门子无名火，难道刚才的谈话被她听到了？刘武心里不快，但还是赔笑道：“阿姊教训的是。”

“阿嫖你住口。阿武好不容易进京团聚一回，你莫扫他的兴。他一个大男人，要教训也轮不到你，还有我和皇帝在呢。”

“哼，娘就是偏心老儿子，阿武就是被惯坏的。”

“对，他比你们都小，我就是惯着他了，怎么着？”

刘嫖不服气，还欲争讲，侍从女官已进来通报皇帝驾到。太后吩咐摆设筵席。母子四人闲话家常往事，阿娇和太后的娘家亲戚诸窦作陪，尽极欢娱。筵席散后，众人均已醺醺然。刘武坚持要回府邸，刘启于是命赵谈驾车送梁王回府。

回到王府，刘武要赵谈稍等，自己回到寝室，用手抠住喉咙，整整吐出了半盂酒饭。侍从们服侍他洗沐更衣，忙了好一阵子，才又精神抖擞地回到了前堂。他一面示意赵谈不必起立施礼，一面大声吩咐道：“请公孙将军马上过来，寡人有要事商量。”

公孙诡来后，刘武屏去侍从，将二人带入一间密室，满面喜色地说道："太后答应了帮我，大事有望成功。请二位来，就是想听听你们的意见。"

赵谈也很兴奋，迫不及待地问道："太后怎样说？"

"太后答应向皇帝提这件事，可时机要由她来定。再有就是要我莫轻举妄动，一切由她来安排。"

"那么殿下岂不是只能坐等静观，无所作为了吗？"公孙诡凝思片刻，满心疑惑地问："太后还对殿下说了些甚？"

刘武怕动摇二人的信心，便没有说出太后的责难和要他不行时放弃之事。"太后很为难，因为大长公主也想要她的女婿做太子。可是太后还是答应帮我。"

"殿下不可大意，大长公主那个亲家母可是很有心计之人，一丁点儿机会，她都不会放过的。"赵谈有些担心地说道。

公孙诡细细地问了王娡的情况，然后从书案上的博局中取出几支算筹。"臣请为殿下和赵大人代筹方略，请看……"他将算筹一支支放在席上，边放边说道："殿下请看，这支是栗姬与太子，这支是王娡与胶东王，这支是大王。太后要大王静观不动，那么实际争太子位者只此两家。王娡有长公主的支持，形势占优，栗姬与太子只能作困兽之斗。如赵大人所言，皇帝已有意废立，只不过尚未择定太子的人选而已。鹬蚌相争，渔翁得利，大王在旁静观，有如渔翁。她们争得愈厉害，愈有利于大王，更何况后面还有太后的支持。"

"栗姬母子之败必不可免，大王置身事外，她一腔的怨毒全是冲着王娡母子去的。赵大人说过，她甚至不惜下毒，可见仇恨之深。臣以为，这正是其价值所在，要在如何利用之。利用得好，她会在自毁的同时毁灭对手。果能如此，一石两鸟，大王再无对手，大事可成了！"公孙诡挥手将两支算筹拂出座席，抓起那支代表梁王的算筹，大笑起来。

刘武大喜道："好个鹬蚌相争，渔翁得利。卿所言甚得孤心。你再为寡人与赵大人讲讲怎样利用栗姬母子。"

"听赵大人之言，栗姬母子已经是死老虎，不足为虑。王娡母子则是大王的劲敌，非认真对付不可。前者虽是死灰，但可复燃，要在添一把柴火，把火燃向后者。这就要看赵大人的了。"

"是呀，赵大人在宫里消息灵通，那王娡既谋夺太子之位，必会有所动作，总会露出些蛛丝马迹来，赵大人不曾风闻过什么吗？"

赵谈略作思忖道："前数月，王娡之妹，也就是皇帝的宠妃儿姁夫人突然难产去世，死状极为可疑。当时下官主张细查，但一同办案的大人们以为我多事，硬把此事压了下去。当时曾有一侍女交代，儿姁夫人曾说过自己是被她姊姊害死的。可随后这个侍女便被发落到暴室，不久就死掉了，很像是杀人灭口。"

"看来，未央宫这潭水还真是浑得厉害，皇帝知道此事吗？"刘武问道。

"不知道。皇帝身边的人都怕兴起大狱，没有人敢于呈报。"

"真是天从人愿，这就是最好的引火之柴呀！"公孙诡大笑道。"殿下试想，此事若让栗姬知道，会发生甚事？"

"她当然会将此作为利器，向皇帝告发，置对手于死地！"刘武恍然，击节大笑道："好一个'引火柴'！鬼才呀，真是鬼才！爱卿真乃寡人之智囊也。"

赵谈却还有几分担心。"王娡的背后还有大长公主，况且，栗姬已数月不得召幸，见不到皇帝，又从何告发？"

刘武捋须道："赵大人放心，太后既已答应帮我，阿姊的力量就减去了一多半，王娡无能为也。倒是这把'柴火'，要拜托赵大人去送。至于寡人这位嫂子，性子最是刚强，王娡欲取而代之，她必以性命相搏。有了这把'柴火'，她定会在宫里燃起大火。吾等只需按太后的吩咐，静观其变就可以了。"

三人又计议了一阵子，回到前堂，刘武招呼其他宾客重开筵席。赵谈推说赶着回宫复命，匆匆告辞。刘武于是吩咐公孙诡代他送行。望着宫车远去的背影，公孙诡发了一会呆，总觉得在太子位的争夺中，梁王只作壁上观不够。他以一介布衣投奔梁王，不数月便置身高位，他知道这是难得的际遇。他听说过皇帝当年对梁王的许诺，也深知梁王一直未能忘情于此，于是暗地里下了决心，一定要助梁王成就大业，一以报知遇之恩，也含着百尺竿头，再进一步的念头。以梁王对自己的倚重和信任，他若能登大位，我公孙诡又何愁当不上丞相，成就平治天下的大业呢！他此番极力要求随同进京，为的就是在谋立太子的大事中有所表现。为此，他事先已做了谋划，但并未告知刘武。在他看来，静坐观变，图收渔人之利固然好；若能助成其事，亦不妨见机行事，大可不必自缚手脚。

正思忖间，黑暗中闪出一人，道："将军要我约的朋友到了，刻下正在后堂密室等候，是不是马上接见？"

原来是梁国有名的侠士韩毋辟。近来被他罗致入幕，公孙诡此次点名要他随行，以备缓急。"当然，马上就见。"公孙诡拍拍他的肩膀，两人一同向后院走去。经过内院时，晚宴已经开始，厅内灯火通明，听得到梁王与宾客们的谈笑与觥筹交错之声。

韩毋辟推开密室的门，室内一灯如豆，光线很暗，一个中年人双手扶膝，静气凝神地闭目端坐。听到开门声，那人睁开眼，目光炯炯逼人。令公孙诡印象深刻的是，客人那成熟内敛的气质与不卑不亢的神情。

韩毋辟抢前一步施礼道："兄长，公孙大人有要务处理，劳你久等了。"他让到一旁，对公孙诡说道："将军，这位就是我常对您提起过的本家兄长、名重长安的郏县侠士韩孺韩千秋。"

三十一

长安东市市长栗况，心事重重地登上旗亭。旗亭木制，高五层，矗立在东市的中央。顶层室内架着一面大鼓和数面铜钲，外面是用木板搭建的平台，四周围着栏杆。他望了望立在亭前的日晷，离日中还有半个时辰，市肆内的商贩已经开始卸下铺板，陈设货物，准备开业了。

往日每到此时，栗况都会站在旗亭的最上一层，凭栏俯视自己的领地。随着开市大鼓的擂响，看着涌入市场的熙攘人流，万头攒动的交易场面，他都会有一种踌躇满志的感觉。但日前进宫向少府缴纳征收的税金时，栗况感到气氛不对头。少府负责上计的官员，往常那副殷勤巴结的面孔忽然冷峻了起来，一副公事公办的样子。他有些不安，公事结束后，便直接去了椒房殿。见到姑母时，他简直惊呆了。离上次见面不过一个月，原来那么雍容华贵、俏丽姣好的姑母，竟像是老了十岁。对侄儿的问安，栗姬只是恹恹地应了一声，只是其后讲述自己近来的遭遇时，姑母才重新有了精神。那灼灼的目光，亢奋的神情，好像还在栗况的眼前浮动。

栗家要出大事了，搞不好会一败涂地，栗家不能坐以待毙，只能与对手拼个鱼死网破！姑母所有的话似乎就是为了告诉给栗况这个警讯，栗况仿佛一下子跌入了冰窖，难道栗家的运道真的要终止了吗？

栗家祖籍齐国。二十多年前，栗家的女儿被选入东宫后，很快为那时的太子今日的皇帝生了儿子，从此大得宠幸，栗家一门也叨光不小。十几年前，栗翁、栗媪相继辞世，栗氏举家迁往京师，起初住在长陵，后由栗姬出资，为他们在戚里购置了宅邸，栗氏才在长安城内落下脚来。栗姬是大姊，下面有两个兄弟。大弟名栗成，纳赀为郎，靠着大姊的运动，仕途顺利，已做到了两千石的高位，眼下任三辅都尉，负责长安城内外的缉捕治安，是个重要的职务。栗况之父就是栗姬的二弟，来长安后不久就病故了，栗况兄弟二人，少年失怙，栗姬与栗成便格外看顾这对侄儿。栗况与其弟栗猛自幼顽劣不学，长大后好勇斗狠，结交的都是些长安恶少与江湖人物。仗着叔父的庇护，二人在长安横行不法，也颇闯出些名气。刘荣立为太子后，栗家权势更盛，于是便有逢迎者将栗况兄弟安插进了京城第一等的肥缺——长安东市任职。不消一年，栗况就被晋职为东市市丞，而后又升为市长；栗猛则在其下任啬夫，负责场内的治安与收税。市长官秩仅四百石，啬夫更是百石的小吏，但却掌管着上自公侯贵人，下及贩夫走卒，无人离得开的一块宝地。说是宝地，因为它是京师中八方荟萃，百货杂陈的最大一个市场，仅登录于市籍①的商户就有上万家，因而其税金收入之多，冠于全国，甚至超过了一个大郡的收入，是个富得流油的地方。长安是所谓天子脚下，故长安市场的税入不入大农令所掌握的国库，而是给奉宫廷，入于管理皇家私财的少府。栗氏兄弟靠栗姬和太子这么硬的关系，才得以占此肥缺，栗况后来利用关系职权，又任用了不少栗氏的子侄，很快就在城内东西两市中建立起了牢不可破的势力。这些年，诸栗在市场内横行无忌，上下其手，财积如山。一般的公侯虽有封邑，也难以望其项背。所以栗成几次为侄子谋到县令甚至郡丞的职位，他都毫不犹豫地谢绝了，几百、哪怕是千石的官秩，在栗况眼中，是远远比不上这小小的市长所能带给他的财富与权势的。

西汉时的长安商贾云集，贸易繁盛。京城三辅一带，大型的市场就有九个之多。但论起规模之大，要属东、西二市。东市，按照往古"前朝后市"的建筑规制，设在宫城后面，也就是长安城的西北，西侧紧贴纵贯长安的横门大道，道西便是西市。它原称"大市"，是长安城内唯一的市场。孝惠皇

① 市籍，汉代商贾凡营业于市者，均须向官署注册登记，谓之市籍。有市籍者方能在市场中贩卖交易，开设店铺，所得须缴纳什一税。市籍又是一种身份，是汉代重农抑商政策的体现，有市籍者的社会身份低下，为国家赋役首先征发的对象之一。

帝六年，长安生齿日繁，贸易日盛，场地已显拥挤，于是就在横门道西再建了一个西市场，此后大市便被称为"东市"。

东市东西宽约八百步，南北长七百余步（总面积约合今日的五十二万多平方米），是西市的两倍多。西市所售，多为官工与手工制品；东市则是个四海交汇、八方辐辏的地方，全国乃至边裔四夷的物产全都荟萃于此。东市略呈四方形，周围环绕着坚固高大的垣墙①，垣墙每面开门两座，与市场内纵横交错的四条主路相连。这四条相交的主路，将整个市场划成了"井"字形，分隔成为九个区；每区之中又建有三四列市肆，肆与肆之间有隧路②相通，市肆棚户相接，分别售卖不同的货物。九区中唯有"井"字中间的一区是东市官衙所在，设在旗亭的下两层。市场四面靠墙的位置，建有众多的市廛③与店舍，远道而来的商贩可在此食宿并存放货物。古代"日中而市"，每日正午，市卒便于亭上升旗开市，同时擂响顶层的大鼓；日落前七刻，市卒又会降旗闭市，击响散市的铜钲④。

栗况看到日晷指针的影子已到日中，示意候在一旁的市卒升旗擂鼓。咚咚的鼓声，和应着剧烈的心跳，他呆呆地望着从四面涌入市场的人群，心里空落落的。这往常总能令他兴奋的景象，变得那么不真实，似乎正在成为逐渐远去的幻影。姑母的失宠，使得太子刘荣的地位岌岌可危，没有了靠山，这长安市场的肥缺还能把在自己手里几时？栗家真的就此一蹶不振了吗！想到这里，一股怨毒渐次渗透到他全身，他真想亲手扼死那想象中的对手。

"我险些要了胶东王的命！可恨被韩嫣那个鬼东西看出破绽，他才躲过了一命！"姑母恨恨不已的声音又在他耳边响起。是了，刘彘在宫里，他无可奈何，可那个韩嫣，他认识，是个时常随着几个恶少来逛市场的小白脸。从前当他是个贵公子哥，还对他客气三分，如今才晓得原来是个仇人。栗况

---

① 垣墙，夯土而成的院墙。

② 隧路，即小路，列肆棚户相连，顶檐相接，光线阴暗，有如行隧洞中，古称之为"隧"。

③ 市廛，即存放货物的仓库。

④ 钲，古时出征作战时指挥用具，形如钟，有柄，铜制。古时擂鼓是进攻信号，击钲（即鸣金）是收兵或撤退信号。市场也仿效如是，击鼓升旗是开市信号，击钲降旗是散市信号。

想到这里，怒气翻涌，手也不自觉地颤抖起来。姓韩的，今后不要落到我手里！他决定不放过这个人，是帮姑母，也是为栗家出一口恶气。他吩咐身旁的市卒，马上把栗猛与市掾屠刚找来，他有事要办。

市场既是利薮所在，又是八方人物汇聚之处，就免不了江湖中的人物混迹于其中。首先，行脚的医卜星相之徒，到了长安，多落脚于此。长安富贵人家多，南来北往，问卜算命的人也多，市场为各色人会聚之处，所以也成了此辈人物谋生敛财的风水宝地。再有长安四城及三辅的贵胄王孙、浮浪子弟，或好勇斗狠，或游手好闲，三五成群，呼朋引类，市场也是此辈招摇过市的必到之处。最多的是北往南来、长途贩鬻牟利的商贾，旅途漫长，跋涉艰辛，一到京师，往往居住于市内的酒肆饭舍，更有财大气粗者，为夸示身家，把这里当作销金窟，呼卢喝雉，一掷千金。最后一等人，平时恭谨守法，既不显山，亦不露水，暗自经营自己的生意，看似常人，却是真正的游侠。在东市最出名者，是剧孟、韩孺与朱安世。

剧孟居住于洛阳。洛阳古为周都，周人善贾，经商者甚多，而剧孟独好赌博，长安及安陵县邑均有他斥资开办的博局。剧孟幼从楚人田仲，学了一手好剑术。平昔仗义疏财，慷慨救难，事后从不张扬图报，最为人所称道，为此名重天下。

韩孺字千秋，关中郏县人，勇力非常，为人侠义重然诺，与其表弟梁国韩毋辟俱被称为壮士。他在东市，有自己的买卖，租有专门的货肆。

朱安世原为鲁人，是大侠朱家的后人。汉初朝廷迁关东豪强富户于各陵邑，朱家亦在其列，此后便定居于长安。他救人急难，甚于自己的私事；帮人，先从贫贱无助的人做起。以至于家无余财，衣不完彩，食不兼味，行不过牛车。关东豪侠因急难求救者，经朱家留藏转移而保住性命的，不下百人；至于平头百姓，就更不计其数了。最出名的，就是他解救季布一事。

季布楚人，也以任侠有名于世。楚汉争天下时，季布为项羽部将，骁勇善战，数次给予刘邦的汉军以重创。项羽兵败自杀后，刘邦以千金悬赏抓捕季布，宣言有敢于藏匿他的，夷灭三族。季布最初藏匿于濮阳大户周氏家中。一日，周氏忽然伏地顿首于季布面前，语气沉重地说道："朝廷查捕将军的风声愈来愈紧，很快就会查到我这里。将军能够听我的，我有一计可行，不然，我只能先将军一步自刭，以报朋友家人。"季布当然不忍连累朋友，遂依计而行。

周氏将他施以髡钳，装扮成罪徒的模样，置于丧车之中，连同家僮数十人，一起卖到鲁国朱家那里。朱家一见便看出这名刑徒非同常人，先将他安置在自己田庄中干活，自己则去了洛阳，专程拜见汝阴侯夏侯婴。两人是老友，互道契阔后，朱家开门见山道："季布有何罪，朝廷这样不依不饶？两国交兵，各为其主，是为臣子者职责所在。项氏的臣下杀得完吗？皇帝刚得了天下，就以私怨要一个人的命，还唯恐天下人知之不广！以季布之贤能，汉如此不容于他，我怕他不是北走于胡，就是南投于越。以壮士资敌国的后果，有伍子胥鞭尸楚平王的前车为鉴啊。这个道理，君何不找机会向皇上言明呢？"夏侯婴知道朱家是个行侠仗义之人，此番话不会无来由，季布或许就藏在他那里，于是答应他说服高祖。果然如朱家所料，刘邦赦免了季布，召见了他并封作郎中。当时朝野内外，对于季布摧刚为柔，能伸能屈和朱家冒死救人的所为赞不绝口。而朱家对此不置一词，其后终身不见季布，唯恐他人知之，尤其令世人叹服。

　　朱家所为，天下敬服，关东豪侠之士，没有不想同他交往的。剧孟的师傅田仲，最敬服朱家，投于其门下，像对父亲一样侍奉他。朱安世也好行侠仗义，有其祖之风，但沉稳不足。他年轻气盛，睚眦必报，遇事好强出头。因为有其祖的这层关系，剧孟与之兄弟相称，长安四城的好汉也对之礼敬有加，更助长了他嚣张跋扈的气焰，往往一言不合，即拔剑动武。他在东市并无甚真正的买卖，可几乎无日不到，有欺行霸市、强买强卖或有银钱纠纷者，他必出头摆平，俨然东市的魁首。市内的商贩和酒肆饭舍把他看作保护神，免费供张其酒食，以免浮浪子弟的骚扰。

　　栗况入仕之前，本也是个游手好闲的浮浪子弟，与东市这些人混得很熟。自成为掌管这里的官员后，也与三教九流的人物保持着联系，有时也利用这些人做一些自己不方便出面的事情。久而久之，东西两市便为明暗两种势力所左右，明的是以栗家为首的官府吏掾，暗的则是朱安世一流的江湖人物，前者对于后者，或限制，或纵容，或利用，完全依当时朝廷的风向而定，有时相安无事，有时则疾若寇仇。栗况现在打算的，就是使这股江湖间的力量为己所用，假手杀人。

　　栗猛与屠刚，就是联络这些人的最好帮手。当年栗况还在长安市面上混的时候，这二人就是帮里的小兄弟，以拳脚硬、下手狠见长。入仕后，身份所关，栗况要与道上的人拉开些距离，于是把栗猛、屠刚召辟到自己手下，继续他与江湖道上人物的联系。这次宫廷里的斗争直接威胁到了栗家的利益，一荣俱荣，一损俱损，他要调动所有的一切，拼死一搏，成王败寇，在所不计了。

"哥，你找我们？"栗况转过身子，看到了栗猛与屠刚。两人喘息急促，显然是一路小跑着赶了来的。

栗况屏退他人，好整以暇地问道："市面上还好吗？"

"当然，咱们的地盘上没有人敢闹事。"栗猛自负地说。

"朱安世来了没有？韩千秋呢？"

"没看见。怎么，出甚事情了吗？"

"阿猛，阿刚，要出大事情了，我们的地盘，可能要保不住了！"

"甚？"栗猛和屠刚瞪起两双大眼，惊疑地盯住栗况，"甚大事，谁要夺咱的地盘？他吃了豹子胆了！"屠刚攥紧了拳头，指节咔咔作响。

"你们听好了。不是有人夺咱们的地盘，而是有人要搞倒咱们的靠山。皇帝有个姓王的妃子，想整倒咱姑母，把阿荣太子的位子夺给她儿子。她现在几乎得手，姑母怕是做不成皇后了，阿荣的太子之位也不稳，他们若是倒了，咱们的地盘也难保住。我们要想办法帮姑母和阿荣一把。"

"你哪儿来的消息，准吗？"栗猛问道，神色狐疑不定。

"我前日去少府上计，那儿的人不像平时那么巴结咱了。我心里纳闷，就顺便去了椒房殿，姑母亲口告诉我这件事的。"

这番话对他们的震撼显而易见，栗猛与屠刚面面相觑，半天说不出话来。好一阵子栗猛才回过神来，问道："哥，进不了宫我们咋办？怎么帮姑母和阿荣？"

"杀人。杀了那贱女人在宫外的同党。姑母说得对，到了这个份上，只能拼个鱼死网破了！"栗况说得斩钉截铁。

"那同党是谁，住在甚地方？"屠刚问，眼光阴冷、凶狠。

"不用找，我们可以坐等他送上门来。就是那个常来逛市场的小白脸韩嫣，他是那贱女人的儿子，也就是胶东王刘彘的伴读，天天进宫陪他读书。重阳那日，姑母原想毒杀刘彘，不想被这小子看出了破绽。他处处帮刘彘，又是个重要的人证，留着他很危险。"

"这事交给我来办。前日我还见过他，今日若还来，我做掉他就是了。"屠刚恨恨地说道。

"不，咱们谁也不要亲自出面，一旦失手或漏风，会牵连到宫里。要用，就用朱家的那位，神不知鬼不觉把事情办了，若出了纰漏，连带着把他们也除掉就是了。"

栗况盯住二人，神色严厉，良久才继续说道："这件事，要办，就要快。好像有人把重阳酒会上的事报告了上边，姑母随时都可能受到查处。韩嫣一除，死无对证，贱女人那边就成了一面之词。只要姑母、太子无事，我们就可以保住目前，缓图将来。此事生死攸关，弟兄们万万不可大意了！"

两人点了点头，神情凝重。三人起身环绕回廊走着，边走边商量如何下手。

"只怕他不来，只要他来，我们把市门安排好自己人，他是脱不了身的。找个地痞跟住他，故意寻衅生事，只要一动手，要他性命不过片刻的工夫。"屠刚认为韩嫣不过是个公子哥，有点儿武艺也不过是些中看不中用的花拳绣腿，所以信心十足。

"要记住，这件事看上去要与官家不相干。寻衅生事的主，要从朱安世的手下中找，阿猛，在这上面要舍得花大钱。"

栗况皱了皱眉，继续说道："还有，还得买通个地痞，站在韩嫣一边，拔刀相助，不依不饶，死缠烂打，非逼着朱老大那边动刀子不可。"

栗猛和屠刚都笑了起来，"还是大哥想得周到，东市多久没看到这样的好戏了！"

"咱们说干就干。阿刚，你马上去找人，找得力的，别怕花钱。"栗猛等到屠刚下楼的脚步声远去，要栗况把那日姑母所言详细复述给他听。之后，他恨恨地说道："哥，宫里边的咱是没办法，住在宫外头的还有长公主和那个郭彤，不如索性做干净了他们。"

"不可！他们不是事主，与皇帝的关系又近，动了他们，皇帝会兴起大狱的。可惜重阳之事不成，那贱人反而警觉了，之后再没有让刘彘去过太子宫，不然你我可以找机会进宫除掉他。那贱女人的独子死了，她的全盘谋划就都成了泡影。现在想下手也难了。"

兄弟俩唏嘘了一阵子，忽然，栗猛惊叫了一声，随即又压低声音道："哥，你快过来，看看那是谁！"

栗况抢到栏杆边，顺着栗猛的所指向下面望去。川流不息的人流中，两位少年公子模样的人正在闲逛。两人边走边说笑着，一人背对着旗亭，看不出是谁，而面向着旗亭，指手画脚对同伴说着什么的人，正是他们算计了半天的对头——韩嫣。

三十二

重阳节后不久，王娡便不准刘彘再去太子宫，她以儿子不适为由，为刘彘请了长假，要他每日在鸳鸯殿自修。为了免其无聊，她还请韩嫣每日到鸳鸯殿来，有他陪伴儿子，王娡颇为放心，于是把精力放到那几个年幼的侄子身上去了。

那刘彘与韩嫣少年心性，没了师傅们的管束，哪里还耐得住性子读书。起初，他俩还在后宫各处闲逛，很快就将心思转到宫城之外更为广阔的天地中去了。两人一番筹划，决定寻机出宫。

韩嫣每日都经由东阙进出未央宫，与那里的守卫混得极为熟络，为了使刘彘能够同自己一同进出宫门，韩嫣又贿赂了几个侍卫。今日正逢他们在东阙当值，按照事先的约定，当乔装成书童的刘彘，跟随韩嫣步出东阙时，卫士们视若不见，他俩很顺利地混出了宫门。

自出生以来，这还是头一次单独出宫，刘彘心里头快活得犹如一匹脱缰的奔马。韩嫣则见多识广，以向导自居。宫门外排列等候着不少马车，韩嫣举手招呼了一辆轺车，二人登车直奔北城而去。

轺车先来到穷里，韩嫣本打算先为刘彘引见自己的两位朋友，义纵和张次公。但义家门上却挂了锁，问邻居方知是外出勾当去了。两人无趣地退出来，换乘了一辆安车，漫无目的地在长安的大街小巷中穿行。直到听到日中开市的鼓声，二人才相携奔东市而来。

刚进来时，市场内还显得宽敞豁亮，可随着越来越多的商贩与买家入市，尤其是不少四乡的农户，以鹿车或辇车①推着自家土产入场售卖，场内很快就拥挤起来。不少都人士女，三五成群，华服靓妆，招摇过市。商家的吆喝声、讨价还价声、招呼应答声与打情骂俏声响成一片，市场内人头攒动，摩肩接踵，把刘彘看得个眼花缭乱，京城中竟然有如此繁华热闹的所在！他兴奋不已，沿着一列列市肆看过去，觉得什么都新鲜。

市中所售，如酒、醋、茶、酱，各种食粮，如粟、黍、稻、麦、豆菽，各类熟食浆水、水果菜蔬、竹木漆器、铜铁器具、牛马猪羊、筋角丹砂、皮毛染料、帛麻细布、文彩锦绣、药材、书籍及官工作坊的出产和官营山海的物产，如盐、铁、铜、锡等，洋洋大观，可说是应有尽有。

"韩公子，韩公子！"

两人循着声音望去，看到对面一个铺面中，一个中年女子正向他们挥手致意。

"怪道家里无人，原来在这里。是义大姊，就是咱们刚才去过的那家的女主人，与你娘很熟的。走，过去打个招呼。"韩嫣边说，边带着刘彘向那家商肆走去。

"大姊，别来无恙，买卖可好？"韩嫣揖手问候道。"刚刚带了位朋友前去你家拜访，可铁锁把门，不知义纵兄作甚去了。"

"甚买卖？我不过帮主家看个摊子，搭把着卖我自采的药材。阿纵他们帮主家运货去了，过会儿就能过来。"义姁答道，目光却一直盯在刘彘身上。

"这位公子是……"

"成卫，成公子。刚才随我去你家的就是他。"按照事前的约定，韩嫣只报出了刘彘的化名。

义姁细细打量着刘彘，不由得赞道："好清贵的相貌！敢问公子府上……"

"在下家住长陵，家父在朝为官。"刘彘也揖手致礼，对自己这个新身份暗自好笑。

"义姊精通相术，她既说你有贵人之相，何不请她认真算算。"韩嫣来

---

① 鹿车，汉代民间常用的独轮推车；辇车，可推亦可拉挽双轮车。

了兴致，鼓动刘彘。

义姁摇摇头，淡淡一笑，道："天机不可泄露，有些事，不是大庭广众间说得的。要算，也要等回家再说。"

有人看货，二人告辞离去。义姁边为客人拿货，边大声招呼他们散市后到家里做客。望着他们在人流中远去的背影，义姁心中忽然掠过一丝不安，江湖中行脚多年的经历，练就了她锋利的眼风，刚才不经意之间，她已发觉有人跟踪他们。虽然仅是一瞥间的印象，但那人的面孔似曾相识，又想了想，才肯定是东市衙门里的人。为甚要跟踪这两个少年，所为何来呢？正思忖间，又见几名孔武有力的壮汉快步走过，拨开人流，匆匆向前追去。看来，今日要出事。义姁开始不安，可主家不在，她走不开，只能心焦地等着，盼着义纵他们能够早点儿回来。

逛到了一间售卖刀剑兵器的铺子时，刘彘和韩嫣又停了下来。"二位小爷，看兵器？我店里有上好的家什，但看无妨。"店主满面堆笑，殷勤地将他们让到柜台里边。

肆里摆着几排木架，上面陈列着长短不一的刀剑戈矛，板壁上还挂有甲胄头盔、弓矢弩机。主人挑出几把配有华丽剑鞘的佩剑，道："年轻人现在都讲究佩剑，看样子二位小爷还没有，尽可在鄙肆挑选，包二位满意，价钱可以商量。"

韩嫣抽剑出鞘，大咧咧地说道："只要货好，价钱可以不论。"

听口气，店主知道是碰上了大主顾，十有八九是王孙贵胄之类的人物，心里暗自欢喜，连连称是道："那是，那是！一看小爷的派头，就知道不是凡人。我这里真有好家伙，专为小爷这样的客官留着呢。"说着便从柜台下面取出一个包裹，展开数层布帛后，里面是一柄长剑，剑上套着革鞘，朴素无华，皮革已陈旧，有几处小的开裂。

"年头长了，剑鞘旧了些，可剑确是上好的东西。"店主边说边抽出那把剑，一道寒光，耀人眼目。刘彘双眸闪亮，接过剑，爱不释手地摩挲着。

"这剑，我们要了，你给个价吧。"韩嫣见刘彘喜爱不置的样子，就向店主询价。

店主张开五指，韩嫣道："五千？"店主摇头道："五万钱。小爷诚心要，我让一万。"韩嫣腰中不过万钱，刚才放了大话，却不料囊中羞涩，不觉大窘。

"不用你让，你只讲明这剑的来历，好在哪里，我自会让你满意。"刘彘接过话头，直觉告诉他，这绝对是把好剑、名剑，肯定来历不凡，再贵，他也要买下它。之所以发问，不过是要满足自己的好奇心。

店主取过剑，哈哈一笑，道："小爷是要考我？不瞒二位，我家经营兵器已经三代了。俗话说，'能观千剑则晓剑'，我干这行，过手的多了，刀剑之良劣，自然有所心得。二位愿意听，我就讲讲如何分辨这剑的好坏。"

他用手轻轻拂拭着那把剑，说道："剑之优劣，先要看其新旧，这一把，是故剑。"

"这还用说，看剑鞘就知道不是新剑。"韩嫣插嘴道。

"那么新剑好还是故剑好呢？"店主反问，又拔出一把新剑，看上去精光四射。看到韩嫣支吾着答不上来，才微笑着说道："当然是故剑好。可不看剑鞘，这两把剑又如何分得出新旧呢？这故剑又为甚优于新剑，这道理，知道的人就怕是不多了。"

"那么请主家说说看，我们洗耳恭听了。"刘彘揖手行礼，态度十分恭敬。

"这新旧剑的分别，要看剑身上有无剑格。"看到二人似懂非懂的样子，店主将手指向那把新剑的护手处道："剑柄与剑身相接之处，称为'推处'，也就是击刺用力之处，又称剑格。无'推处'者是故剑，有的则是新剑。"

"故剑何以无剑格呢？"刘彘问道。

"问得好。古来之剑，如干将、莫邪、鱼肠、巨阙等名剑都是短剑，护身而外，临战不接于敌，多用于投掷击刺，非精通剑术者不能致敌于死命。一旦失手，顿成空拳，危矣！你们知道荆轲刺秦王的故事吧，荆轲败就败在剑术不精上。

"后来剑身愈来愈长，长剑则利于短兵相接，两剑相交格斗时，极易滑动伤手，所以后来都加铸了剑格，俗称为护手。春秋以上，多为短剑，七国以来，方兴长剑。这把剑无格，所以是故剑；观其长度，又可知其必出于战国，而长剑首兴于楚，故可断定是把楚剑。

"为何故剑优于新剑？凡故剑，多出于吴越与楚国，而天下铸剑的名工巧匠也集中于江淮，所以名剑都出于此地。古人踏实，今人用巧，新剑当然就比不上故剑了。"

一番话，不是行家说不出来，二人由不得刮目相看。"辨别剑之良劣，除看新旧与推处，还有甚诀窍么？"刘龑感兴趣地追问道。四下里的游人，也有不少聚拢上来观听的。

"当然有。剑之优劣，再就要看视其刃口，白坚者必为良工打造。"店主握住那把故剑，从头上拔了根头发放在刃口，轻轻一吹，发丝一分两段。"二位看到了，这就叫'吹毛得过'，刃口是不是锋利，你们可想而知了。

"看完锋口，再视剑身，色黑湛然有光，而锋刃束腰如不见，与剑身浑然而成一体者，良工也。最后则要细看剑身上有无黍粟状的锻打痕迹，愈多者钢性愈好。"他将剑递给刘龑道："你细看这剑身底端，有不易辨识的细小铭文，公子能看出是甚字吗。"

刘龑观察了一会儿，道："好像是'百炼'两个字。"

"对了。正是百炼精工，剑才能既刚且柔。名工铸剑，除物勒工名之外，剑身上都会铭有淬打的次数，低者二三十炼，高者五十乃至百炼。五十炼以上即为好剑，这样反复锻打淬火后，不仅刚柔相济，而且经久不锈。"

说罢，他提起新旧两剑，将刃口对碰了一下，示意二人到近前细看。再看两剑的刃口，故剑毫发无损，新剑则锛出了一道细小的缺隙。"看到了？新剑锛了。为甚？就是锻打不够，钢口脆硬的缘故呀。"

刘龑从腰间的锦囊中掏出五锱金饼，递给店主，道："不愧是行家！这剑我买下了。"店主大喜过望，赶忙将故剑插入革鞘中，亲自为他佩剑上身。像这种不还价且出手豪奢的主顾，东市上还真不多见。不仅主人欢喜，围观者也都啧啧称叹不止。

刘龑也很兴奋，他手把剑柄，斜睨了一眼围观的人群，继续问道："这既是把故剑、名剑，你可说得出它的来历吗？"

"来历嘛，我所知全是从卖剑者那里听来的耳食之言，但也说得上是大有来历。此剑战国出于楚地，大汉初年为楚中大侠田仲所得，田仲死后，此剑不知何时流入济南大豪瞷氏之手。瞷氏数年前败落，被官府抄家，此剑又落入抄家的胥吏手中，后来因急需用钱，才卖到我这里。此剑我放了几年，轻易不肯示人。不识货的人，我是不会拿给他看的。当然，识货，没有钱也是拿不走它的。"听到店主这番话，围观者中有一人挤出人群，向旗亭方向跑去，但并未引起他人的注意。

刘夑与韩嫣辞别了店主，继续浏览市面。围观的人群散去后，仍有三四个人不紧不慢地跟在后面。这次，刘夑与韩嫣都看到了他们。

"这几人面相不善，是你所说的江湖上的人物吧？"刘夑斜睨着他们，问道。

"不过是市场里常见的地痞、混混儿而已。怕不是看我们有钱，盯上我们了吧。"韩嫣有些紧张。

"怕甚，孤刚买得有好剑，况且光天化日之下，大庭广众之中，他们有胆子明抢？孤倒要看看！"

刘夑手握剑柄，转身目视着他们，满脸鄙夷不屑之色。韩嫣却胆怯了，他倒不是怕动手，担心的是一旦大打出手，事情闹大，被王夫人甚至皇帝知道，这引诱皇子私自出宫闹事的罪名就严重了，自己扛不住，连家里也会受连累。他拉着刘夑的胳膊，道："几个小蟊贼，不值得大动干戈。万一泄露了身份，今后这宫门可就难出了。我们还是找家酒肆歇脚，吃些东西去吧。"

刘夑想想也是，于是不再理会那几人，两人来到南门近处的一家酒肆，招幌上绣着"河洛酒家"四个大字，十分抢眼。酒肆规模很大，占了几个铺面的位置。进得门来，里面的陈设也远较一般的小肆华美雅致。酒柜近旁立有四五只半人多高的大酒瓮，一字排开。几个伙计正在柜台中忙碌着，柜台后的板壁左方有座门，里面是庖厨，煎炒烹炸之声不断，阵阵香气从里面漾出，弥漫于店堂。

店堂由一座巨大的屏风分隔为二，大的半间又用木隔栏间壁成数个单间，里面呼卢喝雉，热闹非凡，显然是博局的所在。小的半间则由竹帘隔成若干雅座，供人饮酒用饭。

"店家，上酒！"韩嫣招呼了一声，领着刘夑到里面清静处入座，看得出他对这里很熟。

"这里是洛阳大侠剧孟开的酒肆，酒菜不坏，也还干净。再就是，有他的大名罩着，一般的地痞混混不敢进来胡闹。"韩嫣把一只坐垫递给刘夑，自己也拿起一只，正待坐下，一名胖胖的酒保端着食案和酒具，一溜小跑地过来招呼道："嘿，听声音就知道是韩公子。"他放好食案，摆放好酒具杯盘，笑容可掬地问道："二位来点儿甚？"

"酒照老样子温上一壶，吃的嘛，有甚好东西吗？"

"有哇，二位小爷算赶上了。昨日几个猎户送过来些鹿肉和野猪肉，新鲜！赶上天凉，正好做炙肉，烤着吃最好。"

"好，就是炙肉。你每样给我切几斤，肉片要薄，作料要浓，再上些葱韭醋醢。腊鸡和酱肉也各切一盘上来。"看着韩嫣点菜时的自如与老到，刘彘由不得满心歆羡。自己要是也能如韩嫣一般自由出入宫城，率性而行，该多好啊。他解下佩剑，靠在身后的墙上。惬意地盘腿坐在帛垫上。韩嫣也脱下长衫，与之箕踞对坐。两人相视而笑，没有了宫中的拘束和顾忌，心情十分畅快。

酒保将热气腾腾的汗巾递给二人净手，自己将一只大铜盘安放于食案中央，注上清水，然后放入火炭熊熊的炭床、炙架和箅子；两大漆盘肉片、冷盘、作料和酱汁等把一张食案摆得很满，以至只能另取一张小几，安放烫好的酒壶与杯盘。

"你不用伺候了，我们自斟自饮，你忙自己的去吧。"韩嫣支走酒保，将斟好的热酒递给刘彘，然后将肉片蘸上浓汁，一一铺在箅子上。瞬时间，滴在火炭上的油脂吱吱作响，和着酱汁的肉片被火舌舔得翻卷变色，散发出浓烈的香气，让人馋涎欲滴。两人食性骤起，大嚼不止，连干几杯之后，浑身暖暖的，额头都沁出了汗珠。

刘彘坐向朝着店门，埋头大嚼一阵后，抬头一望，刚才那三个跟踪他们的人，原来只在门外探头探脑地张望，此刻竟已走进店堂，围坐在靠门的一张席上，六只眼睛目不转睛地盯着这边。

酒保见这几人来意不善，赶过去搭讪。中间的一名壮汉道："不劳费心，我们不用酒饭，劳你为兄弟们烫壶茶就可以了。"

酒保道："各位知道这是谁的买卖？在此生事可是找错了地方！"

"你少啰唆，快去烫茶来，是酒肆还不许客人进来坐坐嘛！"一个瘦子口气很硬地说。

酒保哪里见得这个，回过身欲喊自己的人出来。

那个壮汉抱了抱拳，道："老哥莫怪，我这位兄弟不会说话。在下知道这家店是剧孟剧大侠的买卖，我家老大与贵东家是熟人，一会儿就过来。借地方办点儿事，搅不了贵处的生意，请放心。"

"你家老大是……"

"朱安世朱大侠，名声不在你家主人之下吧？东市的人，怕没有谁敢不给面子吧！"瘦子冷笑着说，面有得色。

"原来如此，这真是海水冲了龙王殿，一家人不识一家人了！"酒保笑着揖揖手道："各位稍等，我这就去烧茶。"

韩嫣闻声转过头去，面色一下子苍白起来。"殿下，看来这帮人势力不小。他们讲的朱安世，就是大侠朱家的后人，不好惹。我们还是避一避，趁早回宫吧。"他避开那几人的目光，压低声音说道。

刘彘端起耳杯抿了口酒，好整以暇地说道："急甚，天色还早着呢，这肉，我也还没吃够呢。"他腹中涌起一股怒气，直走丹田。大汉刘家的天下，竟有此等人物在民间称霸，是可忍，孰不可忍！他扬起头，以不屑的目光看着那几个人，那个瘦子也用挑衅的目光盯着他，二人对视，谁也无意退让。

韩嫣知道，这样的对视，江湖上称之为"目摄"，收回目光是示弱的表示，而互视不让就意味着冲突不可避免。看来这场打斗是躲不过去了。决不能让胶东王吃亏，为此，他顾不上别的了，只能共进退，豁出去了。

那瘦子果然按捺不住，向他们走过来。另外两人坐着未动，等在那里看光景。

"这位少公子听说买了把好剑，请借我一观。"瘦子阴笑着说道，伸手欲取刘彘身后的宝剑。刘彘猛地打开他的手，随即跳起，拔剑出鞘，指着瘦子，说道："堂堂长安天子脚下，你想动手抢吗？"

瘦子笑道："你个嘴上无毛的孩子，也想与我动手吗？"说着，身体一晃，抢前一步，抓住了刘彘的手腕，使劲一掰，刘彘痛得叫出声来，但仍死死握住剑柄不放。韩嫣情急之下，将盛有浓汁的铜碗迎头掷去，瘦子松开手，退后一步，侧身闪过，可溅了满头满面的酱汁，狼狈不堪。他挥袖擦了擦，倏地不知从哪里抽出一柄短剑，转身直抢韩嫣而来。

韩嫣看看不好，将食案一脚端出，满案的杯盘食物连同炭火四下翻飞。瘦子躲闪，连退了几大步，汤水中的火炭吱吱作响，双方隔着满地的狼藉对峙着。另外两个人起身抽刀，走上前来。酒保目瞪口呆，吓得说不出话来。里间博戏的人也闻声涌出，在五人四面围了个水泄不通。韩嫣抓起那只酒壶，刘彘双手握剑，两人背倚墙壁，打算殊死一搏。

十目相视，店堂内静得仿佛能够听得见心跳。刘彘知道今日怕是难以幸免了，可拼一个算一个，他紧盯住瘦子，此刻，他最想要的就是取这狗贼的性命。

店门突然被拉开，两名壮汉手持柴刀棍棒，拨开众人，冲了进来。韩嫣长长舒了口气，大喜道："救兵来了！"

三十三

闯进来的正是义纵与张次公。他俩帮主家提货回来，听义姁说起韩嫣来过和自己的担心，便开始满市场寻找。后来听人传言，说河洛酒家出事了，立刻想到事关韩嫣，于是各自抄了家伙，匆匆赶奔而来。

看到那三个人的面孔之后，两人不觉一怔，知道事情麻烦了。于是挡到韩嫣、刘彘的身前，义纵揖手向那壮汉说道："吴哥，大家误会了，这二位是在下的朋友，有冒犯之处，请多担待。我与次公在这里向各位赔罪了。"

壮汉斜睨着他俩，一副不屑的神情。那瘦子却忍不住了，"原来是你们这两个混混，这儿轮不到你们说话。识相的马上给我站开，不然要你们的好看！"

义纵的额头青筋暴起，面色涨红，转而由红变白，攥着柴刀的手微微颤抖，看得出，他在强压着怒气。张次公则似笑非笑地说道："这位是李虫儿李大哥吧，干吗这么大的火气，不是炙肉吃多了吧？还是先洗洗头脸，换身衣服，把自己弄弄好看吧。"围观的人群不由得哄笑起来。

瘦子恼羞成怒，抢前一步就要动手。

"且慢。"那个被称为吴哥的壮汉拉住瘦子的胳膊，道："义纵，告诉我，你这两位朋友姓啥名谁。"

义纵手指韩嫣，道："这位是弓高侯家的韩公子韩嫣，另一位是成公子，韩公子的朋友。如有得罪大哥处，还请放他们一马，容小弟他日摆酒赔罪。"

壮汉道："你既然这么说，我就给你个面子。"又指着那瘦子，对刘彘、韩嫣二人说道："你们两个给李大哥赔个不是，把剑留下，今日就放你们走路。"

刘彘冷笑道："尔等无故寻衅，要我们赔不是，凭甚？想要这把剑，好哇，有本事自己过来拿。"

姓吴的使了个眼色，三个人作势一字排开，齐刷刷亮出三把环首长刀。义纵等也跳后一步，与刘彘、韩嫣并列，背靠墙呈扇形站立。刚才三对二，眼下四对三，只是受困一方中的两位是少年，且只有一剑、一棍和一把柴刀。店堂中的人各个凝神屏气，噤口钳舌；对峙的双方也都神经紧绷，掂量着最佳出手的时机。静默与紧张，生发出一股强悍的张力，笼罩着整个店堂，压得人喘不过气来。

千钧一发之际，随着店门开阖的声响，胖酒保领着一名市掾冲了进来。

"各位，各位，千万莫动手。"酒保挥舞着双手挤进人圈，他拉着那市掾走到壮汉身前，不满地说道："刚才还应允不搅我生意，老哥忘了嘛？这位是马市掾①，管着东市的治安，各位有甚解不开的，让官家的人给评评理。不行就去市署找栗大人，莫要在这里动手。"

马市掾上下打量着两造，傲慢地对那壮汉说道："你说你们是朱安世的人？我怎么看着不像呢。大汉朝有堂堂的王法在，容不得你们这些杂碎在这里撒野！赶快把刀给我收起来，都跟我到市署衙门去！"

马市掾其实认得这几个人，前不久还在一起喝过酒呢。可刚才栗况吩咐过他，要激怒朱安世的人，逼着他们动手取韩嫣的性命，做成了算是他大功一件。所以他才会摆出这么一副面孔来。

那瘦子极为恼怒，一把推开那酒保，指着马市掾的鼻子，骂道："平日那些酒肉都他娘的喂到狗肚子里去了！吴哥，这小子骂咱们杂碎，我看干脆把这个不识好歹的家伙一起做了。"

"你敢？"马市掾退后一步，也抽出了佩剑，对酒保大吼道："把朱安

---

①市掾，汉代市场的下级管理人员，又称"都市掾"或"监市掾"，职责为"平权衡，正斗斛"，裁判买卖争议，维持市场秩序。

世找来！我倒要看看是你们老大厉害，还是朝廷的王法厉害！"

"不用找，我来了。"话音未落，一个高挑的汉子已推门走了进来，后面紧跟着几名随从，各个面容彪悍，孔武有力。围观者自动让出一条路，那三人见到那汉子，立时俯首抱拳，行参见大礼。

那汉子并不理睬他们，做了个手势，示意手下别动。然后一闪身贴近马市掾，伸脚一别，不等明白过来，马市掾已摔了个仰面朝天。汉子的随从按住他，夺过他手中的剑。

汉子蹲下身子，逼视着被惊呆了的马市掾。"朝廷有朝廷的王法，江湖有江湖的规矩，道不同，不相为谋。懂吗？"他拍拍马市掾的脸，对那酒保笑道："这道理剧孟没告诉过你吗？蛇有蛇路，鼠有鼠路，江湖与官府，各有各的道，井水不犯河水，犯不着往一起掺和。"

酒保连连称是，红着脸退到一边。

汉子站起身，朝韩嫣等人看过来，刘彘这时才看清了他的面容。汉子高挑身材，并不显得如何强壮，但从身手上看，既灵动又结实。一张瘦削狭长的脸，两片薄薄的嘴唇，喜怒不形于色；眼小无光，但幽幽地盯着人看时，深不可测，令人毛骨悚然。

——扫视过对手之后，朱安世的目光停留在刘彘手中的那把剑上。"少公子，你手上那把剑，能否借我一观？"

"凭甚？你我素不相识，我为何要把剑给你观看？你既言井水不犯河水，我们不在江湖，跟你们不是一路人，你为甚不放我们走？"刘彘迎着汉子的目光，毫无怯色。

"凭甚？凭我是朱安世，凭那剑是我师叔田仲的爱物。我自会放你们走的。不过，你们既冒犯了我的弟兄，总得赔个不是吧？"他指指李虫儿，道："这么着，你给我朱安世个面子，向我这位弟兄赔个不是，把剑留下，花多少钱买的，我一文不少给你。然后我请你们吃酒，大家交个朋友，如何？"

义纵等意有所动，转身望着刘彘，希望他能答应下来。不想他根本不吃这套。

"你朱安世算是老几！我喜欢，才买下这把剑，不是为了跟谁做买卖。至于赔不是，他先启衅，怎么要我们赔礼？江湖上行的是这路无事生非，以势欺人的规矩吗！"

朱安世沉下脸，目光更黯淡了。他摆摆手，止住想要动手的部下，忽然一跃而前。谁也未看清他如何动作，义纵与张次公就被扫倒，手中的家伙也摔出去老远。他侧头躲过韩嫣掷出的酒壶，一滑步便来到刘彘的近前。刘彘也慌了神，挥剑猛劈过去，用力过猛，身子前倾，被闪躲过来的汉子捉了个正着。他顺势在刘彘的肘后一扣，将剑打落，随后反剪刘彘双手，将他踢倒在地。与此同时，韩嫣等人也被制服。

汉子以单膝压住刘彘的身体，解下腰带将他的双手缚住。拾起剑，用手指试了试刃口，赞道："好剑！"

屈辱和愤怒几乎炸裂了刘彘的心肺，他大叫道："狗贼，我活着，就一定找你算账！你杀了我，朝廷也会夷灭你九族，你跑不掉的。"

"好个不识抬举的小子，口气还不小。"汉子一把拽起刘彘的头，用剑身在他的脖子上蹭着，冷笑着说道："我如今就成全了你，看看你的朝廷怎么夷我的九族。"

韩嫣见此，急得大叫起来："住手！他是胶东王刘彘，是当今皇帝的皇子。他若出事，你们谁也活不了！"

众人惊得目瞪口呆，马市掾看看四下无人注意，悄悄挤出人群，跑去报信了。

朱安世也吃了一惊，他放开刘彘，走到韩嫣身旁，用两指锁住他的喉咙，问道："你说清楚了，你们到底是甚人，到东市来作甚，不然要你的命。"

韩嫣于是将他们如何偷偷出宫，如何买到这把剑的经过讲了一遍。

朱安世知道这下摊上了麻烦，正沉吟间，那壮汉凑到他身边，耳语道："大哥，这回的梁子算是结下了。栗况大人说过这两人都是谋夺太子位的对头，正巧这个甚王自己送上门来。不如索性一起做掉。既除掉了仇家，栗况又得感谢咱们，还白得了宝剑，一举三得，机不可失呀。"

朱安世也想起屠刚转告他的话，"韩嫣是个庶子，在韩家本来就没地位，就是韩家，也不过是个普通的列侯。做掉韩嫣，起不来什么大浪。办了这件事，太子和栗家都会领情。有了这层关系，你在京城和三辅是甚地位，就不用我多说了"。为栗况做掉一个仇家，在他本不是什么难事，但这样一来，就会身不由己地卷进危险的宫廷争斗之中，这是他所不愿的。可在栗家的地头上，也不好断然拒绝。正迟疑间，手下来报说韩嫣一伙买到了田仲的故剑，于是先派了几个手下盯住他们，相机行事。

现在又蹦出来个胶东王，如果下手，朝廷放不过自己；若放过他们，又会得罪栗家，自己在长安市场上的买卖就难做了。何况大庭广众之间，若连两个小孩子都镇不住，日后在江湖上怎么立足，弟兄们又会怎么看自己？再有就是不下手，那孩子也多半会记恨自己，就如吴敖所言，结下的这个梁子，将来是个隐患……反复思忖，他还是委决不下，但脸上仍是一副好整以暇的模样。

正踌躇间，人群中走出一个女子，边向他揖手致礼，边朗声说道："朱大侠，可否借一步说话。"义纵叫道："大姊，不关你的事，莫管。"围观者中有识得那女人的，交头接耳，传出一阵议论之声。

原来主家回来后，义姁便闻讯赶来，已在人群中观看了多时。听到韩嫣说出刘彘的真实身份，她也吃了一惊，心里盘算着无论如何也要救他们出险。原以为朱安世身为大侠，不会放任手下乱来，不想他却亲自动了手。她深知江湖中最重的就是面子与名声，地位越高者越甚。眼看刘彘等詈骂不绝，她担心朱安世真的会起杀心，便不顾一切地走了出来。

"你是……"朱安世迟疑着问道。

那个叫李虫儿的瘦子，指着义纵对朱安世说道："这女人是他的姊姊，常来东市卖药占卜。"

"你是要我放了你兄弟？好，看在你是个女流，我放他一马。回去好好看住他，这江湖上不是甚人都能出来混的。"

"朱大侠，你放过我兄弟，我当然感激。可我要说的不是这件事。还请借一步讲话。"

"有甚话要背着人讲？我朱安世行事堂堂正正，有甚话就讲在当面吧。"

"堂堂正正？也好，大侠是个好面子的人，有些话，我怕说出来你脸上搁不住。"义姁冷笑着说道："以大侠的身份，不该与孩子斗气。我想要说的是，请大侠放了这两个孩子。"

"你甚么来路，敢对我这样说话？"汉子脸上虽看不出什么变化，可语气间已感觉得到怒气。

"我没甚来路，我只是个卖草药的女人。可江湖中的事，我知道一些。还没有听说过哪位大侠专同小孩子过不去的！"

"我阿姊是仓公和许负的弟子。"义纵插言道，不服气地瞪着汉子。

"仓公？许负？知道，当然知道。卖药、医病、看相、占卜，很厉害，是不是？"

汉子语近调侃，随后用剑指着刘彘与韩嫣，道："这两个公子哥目中无人，动了我的人，我当然要教训他们。别以为王孙贵胄就可以为所欲为，小孩子更得从小教训，长大了才不会是害群之马。"

朱安世的狂妄令义姁吃惊，她决定杀杀他的威风，成不成也只有一试了。她直视着汉子，沉着地说："可还有件事，你怕是不知道。我师傅的面子你可以不给，他外孙的面子，我怕你不能不给！"

"喔？你哪个师傅，他外孙姓甚名谁？真是好大的面子！"汉子不屑地望着义姁，随即哈哈大笑，手下的人也跟同哄笑起来。

义姁平静地看着那汉子，直等到笑声平息后，才接口说道："许负许师傅，她的外孙是郭解郭翁伯。"

声音虽不高，却犹如天空中滚过的响雷。除刘彘而外，店堂中所有的人都惊呆了。刘彘转过头问韩嫣："这个郭解是甚人，把他们镇成这副样子？"

"是当今最有名气的江湖大侠，可义姊从未漏过半个字，这女人的嘴可真紧。"

"郭翁伯的名声，怕不在大侠以下吧？可翁伯为人的胸怀气度，大侠看起来未必清楚，那才够得上是江湖间顶天立地的男人。睚眦必报，人人如此，能忍常人所不能忍，不必忍者，才真正是英雄所为。翁伯出行，人们敬慕他，总是避路让行。有一次，却偏偏有个汉子箕踞道旁，不仅不避让，反而目摄之。随翁伯而行的朋友们哪里见得这个，拔剑就欲杀人，可翁伯不让。他问过那人姓名，知道是本地人，于是对朋友们说：'在自己的家乡都得不到尊重，那是我的德行修养不够。'不仅如此，他还私下请求县里的尉史，说那人为他所看重，希望免去那人践更①时的差役。几次轮到践更，官府都未派差，那人奇怪，到官府一问，才知是郭解所为。那汉子愧悔交加，上门肉袒谢罪。由翁伯所为，可知道以德报怨，是美德，更是江湖上的正道。朱大侠以为呢？"

义姁语气不疾不徐，侃侃而谈，带着一股巾帼英气。围观者不用说，连那汉子也不由得刮目相看。

"你认识郭解？"汉子问道。

"二十年前我随许师傅学艺时，就认识了翁伯，不仅与他相熟，还是他姊姊的闺中好友。"

汉子抱拳致礼，道："不知大姊的来历，唐突了。我与郭大侠虽未曾谋过面，可心向往之。今日之事，竖子不知深浅，伤了我的兄弟，不知郭大侠当此会何以处之？"

"你我后来，不曾目睹先前的场面。但旁观者言之凿凿，是大侠手下的人先起的衅。本来就理亏，不该护短。更兼他们是少年孩童，以大侠的身份，未免胜之不武。大侠问我郭解处此会怎么办？我便再讲个故事。

"翁伯之姊与我是姊妹之交。她有独子，仗着舅舅的威势横行乡里。一次，与人对饮，那人不胜酒力，他却不依不饶，强行灌酒。那人酒上了头，一怒之下，拔剑刺死了他，亡命逃走。我那姊姊伤痛欲绝，气性又大，就把儿子的尸首弃置于道旁，放出话来说：'翁伯的地盘上，竟有人杀了我儿子，抓不到那贼人报仇，他外甥死也不会瞑目，就这么着暴尸于野罢。'阿姊这么做是要翁伯的好看，逼着他出头报仇。

"翁伯知道自己这个外甥顽劣不堪，个中必有隐情，当然也不容杀人者亡命无事，早已派人探察出那人的下落，牢牢地看住了他。那人知道不能幸免，于是主动到翁伯府上自首，讲出了当时的实情。面对仇人，翁伯会怎样？"

"他怎样？"汉子问道。围观者也都引颈静听，好奇地想要知道结果。

"翁伯对那人说：'是我外甥的不是，你杀他无错。'竟放过了那人，

---

① 践更，汉代军事徭役分正卒、更卒、戍边三种，践更（即更卒）即其中之一种。凡年二十五岁以上者，每年均依次调发，服郡县劳役一个月，称为"践更"。因事不能服役者，须交纳一定数目的金钱于官府，由官府代雇他人（多为贫穷需钱者）服役。

自己收葬了外甥。这件事情，地方上有声望的长者与四乡百姓，没有不赞成他所为，称扬其胸怀与道义的。我曾长年行医于江湖，三教九流的人物也见识过不少，常听人说'盗亦有道'，何况侠者。良药苦口，良言逆耳，君亦大侠，郭翁伯所为，君何为不能？为善与否，但在愿与不愿一念之间罢了。"

"好个'盗亦有道，何况侠者'，听你这一席话，不愧是仓公、许负的传人。好罢，我朱安世今日就由你这个朋友，卖给郭翁伯一个面子。来人，把他们几个都放开。"

店堂中的人都松了口气，齐声喝彩。胖酒保却挤进人堆，满脸慌张地对汉子报告说："大侠，市署衙门说各位聚众斗殴，搅闹市场，三辅粟都尉调了兵，粟况、屠刚和马市掾就要带人来了，要想脱身趁早走罢。"围观者闻言纷纷往外跑，气氛一下子又紧张了起来。

"莫慌。"汉子扫视了一下众人，道："粟家的人来意不善，义大姊、二位公子，你们随我来。我送你们出东市。"

他由怀中掏出只沉甸甸的鹿皮钱袋，扔给刘彘，道："小兄弟，这把剑原为我师叔所有，我既遇到，还是物归原主的好。这钱袋中足有六七金，偿值有余。剑，我留下了，你争也是没用的。"说罢，他一挥手，手下人都刀剑出鞘，夹护着义姁、刘彘一行，出店直奔南门而去。

刘彘欲待要争，无奈对方人多，事机又紧急，只得随众而行，可心里，对游侠生出一种既羡又惧的感情。羡慕的是，游侠那种豪放不羁、横行四海、快意恩仇的生活；畏惧的是，他们在法之外自成一格，尤其在民间，隐隐然构成了对朝廷威权的挑战。他暗自立誓，将来在自己的治下，决不容朱安世这样的人横行无忌。

行近南门，果然见到粟况、屠刚等人带着上百名市卒与三辅的卫士赶了过来。但棋差一步，竟眼睁睁地看着刘彘、韩嫣登上马车，在朱安世一伙的护卫下，绝尘而去。欲待要追，闭市的钲声已响，大群人流涌出市场，街面上拥挤不堪；而中尉府派出的缇骑①也已出动，巡弋于街巷之中。粟况等顿足叹息，懊悔失去了极好的下手机会。

---

① 缇骑，即秦汉时期京师的巡夜骑兵，隶属于中尉府。因服色橘红，乘马巡弋，故称缇骑。

南门外的人流中，有两人把臂旁观着这支茫然无措的队伍，心中也颇为失望，这就是梁王幕下的壮士韩毋辟与其堂兄韩孺。韩孺在东市有买卖，毋辟恰于今日来访，两人都是江湖中的人物，很快就得知栗家欲假朱安世之手剪除韩嫣的计划，后得知刘彘也意外地来到东市，原想看出好戏。诸栗若能除去刘彘，等于是帮了梁王，还可借此推倒栗氏。如此，梁王继统的道路上，可一举去掉两块绊脚石。可人算不如天算，如此难得的机会，诸栗这帮人竟轻轻放它溜了过去。看着诸栗颓丧的样子，两人相视而笑，可笑容却多少带着些苦涩。

三十四

正月的贺岁大典过后，刘启的心情极好。刘武此次进京，可说得上是处处恭谨谦退，朝廷上下都说梁王好似变了一个人。而母后有了阿武的陪伴，每日里笑逐颜开的模样，尤令他宽慰。他甚至有些自责，对这个唯一骨肉至亲的兄弟，自己先前是不是过于苛责求全了。心情好，兴致也高了起来。皇帝一年一度的秋冬狩猎，自前元三年爆发七国之乱后，就没再举办过。刘启知道刘武好田猎，心里也愿他在京城过得快活，于是决定自新年起恢复秋狝，兄弟会猎，尽兴游乐一回。

刘武进京，阖家团圆，为方便他参加未央、长乐两宫连日不断的宴会应酬，皇帝特准梁王一行居住在前殿东侧的宫室里。得知皇帝要带自己会猎上林苑，刘武兴奋了数日，昨晚又召集随行的宾客门人，计议此事，勉励众人要各展所长，取悦于皇帝。

天将昧爽①，刘武即起身梳洗用饭，早早来到东阙候驾。参加会猎的官员、侍卫与车马早已等候在那里，黑压压站了一大片。见到梁王，太仆②桃侯刘舍与郎中令周仁迎上来，见礼寒暄之后，刘武向阙门望过去，赫然入目的，就是皇帝专用的车驾，在曙光熹微之中，闪闪发亮。

---

① 昧爽，即拂晓。古人计时除用时辰外，亦以鸡鸣、昧爽、平旦、日中等表述时间。

② 太仆，秦汉职官名，秩中两千石，为九卿之一，掌车马及乘舆出行时的卤簿仪仗。

刘武走上前去，绕车细细地观看。皇帝的用车是所谓金根玉辂，车身远较一般车辆宽大，驾车的是六匹相同毛色的骏马。车厢纹饰华美，鎏金饰玉，耀人眼目；边厢两面安装着以玑瑎雕琢成的凤翅，是乘舆的独特标志之一；车上立有三重车盖，彩羽翠葆①，黄屋左纛②；以双木叠压制成的巨大的车轮，朱红彩绘，整座车气派非凡，显示着皇家的威重气势。

玉辂两边的厢板上铆有铜箍，斜插着一大一小两面旗帜，大旗竿首悬铃，旗面上绣有彩色交龙图案，边缘上缀着十二根飘带，是天子十二旒的标志；小旗即所谓启戟，上绣凤凰图案。这就是所谓"天子旌旗"了，皇帝曾送给刘武一副，他巡游国内时，也曾插在车上招摇过。可这天子的乘舆，就绝非他能乘或敢乘的了。他边打量着辂车，边在心里感叹着，自己这辈子不知还能否拥有这样一辆车。

他向陪在一旁的太仆刘舍问道："皇帝往年出猎都是轻车简从，这次怎么想起用这金根车来了？"

"圣上简朴，不事铺张，可这次特别诏用法驾③，怕是特为殿下预备的吧。"刘舍笑眯眯地说道。

刘武心里一热，想说些什么却没说出来，远远地已经看到皇帝乘坐着肩舆过来了，众人赶忙迎上前去，稽首参拜。

刘启兴致很高，拍着刘武的肩，道："阿武还是与我同乘一车。"又吩咐赵谈道："你安排一下，刘太仆与随驾官员，还有梁王的随从都乘坐副车。打头的轩车，留给开道的卫绾。"兄弟俩登车后，扈从卫士很快各就位置，在饰有虎皮、鸾旗④的轩车先导下，大队人马浩浩荡荡开出宫门。

---

① 彩羽翠葆，皇家座车仪仗上所用的装饰，以鸟羽（如雉尾）制成，车行时，随风飘动。

② 黄屋左纛，黄屋，指乘舆的车盖，以黄缯为里，为帝王所专用；左纛，乘舆的装饰物，以牦牛尾制成，设于车衡左侧，故称左纛，也是帝王所专用。

③ 法驾，古代皇帝出行的仪仗车队（即卤簿）分为大驾、法驾、小驾三种。大驾车队八十一乘，朝廷高官大部分从行，随行护卫千乘万骑，只在皇帝祭祀天地、封禅、出征、巡狩时使用。法驾次之，用车三十六乘，除皇家卫士外，只有皇帝的侍从或特别点到的官员从行，但也属于正式的仪仗。小驾无定制，轻车简从，由皇帝随意而定。

④ 鸾旗，饰有鸟羽，绣有鸾鸟图案的旗帜，是皇家出行的标志；立有鸾旗的车队一般作为天子法驾的先导。

出了东阙，数百名手执矛戈与彩旗的缇骑早已等候在司马门①前。带队的中尉卫绾参拜过皇帝，登车后一声令下，登时鼓吹②响起，钲鼓齐鸣，缇骑快马前驱，一行九辆开道轩车之后，是刘启与刘武共乘的玉辂，三十六辆副车紧随其后，车队两侧及后卫均由宫中的骑士持兵扈从。驰道早已警跸，大队人马出安门南行，经子午道③直奔上林苑。长长的队列风驰电掣，绵延数里，旌旗招展，铠甲鲜明，在清晨的雾气中留下一片嘚嘚的马蹄声。

进入上林苑后，看到道旁稀稀落落的耕地，还有有百姓模样的人在林中樵采，刘武问道："皇兄，这些人擅入皇家园囿，任意耕种樵采，少府④竟不禁止吗？长此以往，鱼龙混杂，岂不坏了朝廷的规矩？"

"本来就没有规矩，又能坏甚规矩？"刘启笑道："上林本是秦之旧苑，兵火残破之余，萧何萧相国曾奏请开放给百姓开垦，高祖皇帝没有答应，可这么大的园囿，又没有垣墙，哪里防得住进苑偷垦之人。初为小块，积久连成了大片。父皇宽大为怀，将垦荒者编为猎户，所获禽兽送太官以供奉两宫。而他们开垦的这些田地，官家也就默许其耕种了。"

"那就建一道垣墙嘛，我在睢阳的那些园子，外人根本进不来。"

"七国之乱后，国务亟待整理，朕也无心来此游乐。如今竟有些荒芜的样子了。这些农田事关小民生计，不可操切行事，将来再慢慢整理吧。"

车队从下杜转向西南，上了骆谷道。远远望去，道北阿房宫前殿的残址，在晨曦中，犹如一座巨大的金黄色土山。

刘启感叹道："再宏大壮丽的宫室园囿，没有国家的长治久安，也会毁于一旦。父皇俭省，想要建座露台，听说要花费五十金，就放弃了。五十金

———————

① 司马门，即皇宫的外门，凡出入宫禁者到此均要下车步行。

② 鼓吹，即古代在出征、祭祀、典礼、宴饮等场合奏乐的乐队。

③ 子午道，长安南下汉中的大道之一。汉代自关中南下汉中的大道有三条：出长安由霸陵向东南而行，经蓝田、武关而入商洛、河南的武关道；正南方向，经杜县穿越南山子午谷而入汉中的子午道（子午谷横穿南山，长300余公里，古代以北为子，以南为午，故有是称）；出长安由下杜向西南而行，经由周至县入南山，穿越200余公里长的骆谷前往汉中及巴蜀的骆谷道。

④ 少府，秦汉职官名称，秩中二千石，为九卿之一；主管皇宫大内、园囿及皇家私产。武帝时，因皇室修建的离宫别馆越来越多，上林苑及其他离宫改归水衡都尉管辖。

不过中人之产，父皇却不敢花，不忍花，为的是给天下人做个表率，用意深远呐。"

刘武道："那时的国力尚不充实，父皇当然要俭省。可皇兄大可不必，现今物阜民丰，有所兴作，也是壮我大汉的国威。就如这上林苑，好好修葺整理一番，皇兄朝会之余可来此休憩，也可供母后游览嬉戏，颐养天年。"

刘启看了他一眼，不以为然地摇摇头，道："听说你建了个大苑，周回数百里。你那里富庶，有的是钱，建也就建了，可朕就不同了。你之所为，波及的不过是梁国，而朕若如此，将开恶例于天下，上有所好，下必甚焉。为人君者不可不慎！古人云：'君子之泽，五世而斩。'从高皇帝到朕，从皇位论，已经是四世，第五世就是阿荣了。阿武，对你讲句实话，朕实在忧心呀，大汉的气运会不会到此而止呢。"

"皇兄的教诲，臣一定牢记于心，洗心革面，绝不辜负陛下的期望。说到气运，大汉的国势蒸蒸日上，皇兄何出此不吉之言？阿荣富于春秋，有的是时间历练，守成应当没有问题，皇兄不必过虑。"

刘启目光茫然，似乎在想心事，随即摇摇头，道："各家有各家的难处，各人亦有各人的难处。你我都好自为之吧。"

又行数十里，穿过一大片茂密的树林，已经可以远远地看到坐落在南山之下的葍阳宫了。先期来此预备的少府樊神、太官令①夏侯仪、上林苑令②韩综等一应官员都在路边迎候。

樊神奏报，一切已经就绪，只需皇帝发令，田猎即可开始。用饭与寝处都安排在了葍阳宫。

"这一围都预备了些甚？说来听听。"

"虎一只，熊两只，野彘十五只，麋鹿二百只，若不足，还可再添。陛下与梁王殿下的坐骑和铠甲、兵器也都备好了，即刻可以服用。"韩综上前一步禀报。

---

①太官令，少府属官之一，秩六百石，掌管皇家饮食。上林厩令，太仆属官之一，秩六百石，掌管上林苑御厩饲养的马匹。

②上林苑令，少府属官之一，秩六百石，掌管上林苑园圃、离宫、兽苑及苑内居民。

"二百只麋鹿？太多了，减掉一百只。"刘启侧头对刘武笑笑，说道："杀生太多，戾气就会重，有干天和。"

"是。"刘武恭敬地说。

刘启下车，伸臂活动着筋骨，长长出了口气："几年不出宫，浑身像是锈住了，开弓之力怕是大不如前喽。"

"哪能！"刘武也跳下车，笑道："皇兄的勇力，臣记忆犹新。当年那刘贤无礼，陛下以博局掷取其性命，好像还是昨日之事呢。"

刘启不答，一行人默默地更衣换马。他命韩综告知各兽苑，三刻以后，放猎兽入甘谷。随后起身上马，带着刘武、卫绾等人赴猎场察看地势。主猎场选在甘谷外面的牧马草场，地势平坦，视野开阔。发源于谷中的甘水经草场右侧，缓缓向北方流去。刘启吩咐韩综派猎户守候在谷中，断绝猎兽的逃路，然后将从猎的骑士分派成三队。他自领一队，正面守候；刘武与卫绾各领一队，由两翼包抄；待受惊奔逃的野兽被驱赶回草场后，三面合围，施以夹击。

一名兽苑啬夫带领十数个牵犬架鹰的猎户赶来。犬是来自西羌獒犬，各个身形硕大，被毛乌黑，面目凶悍。獒犬猗猗低吠，兴奋地挤来挤去，似乎嗅到了即将来到的杀戮。得知野兽已被放出，刘启挥动令旗，随着低沉的鼓点有节奏地响起，骑士们分队呈散兵样式排开，策马小跑着前行，很快拉成一道弧形，大网张开了。

獒犬很快就挣脱了猎户们的掌握，远远跑在了前头，被惊起的野兔、貛鼠四散奔逃，草丛中不时闪过小兽的身影，猎户们纷纷放出猎鹰，稀树草原上顿时犬吠马鸣，兔起鹘落，景况煞是好看。

随着渐弱的犬吠声，刘启策马跑上一道矮坡，只见犬群正在越过草场，散开着奔上又一道土坡，坡后就是甘谷，谷中的林子很密，可树叶已被深秋的寒霜褪尽，大群麋鹿奔跑着的身影隐约可见。两翼包抄的骑士紧随其后，高声呼啸着，随着受惊的猎兽被驱赶进谷口，合围之势已成。

谷口相当宽阔，兽群进谷之后，骑士们停止了追击，沿谷口两翼拉出两排弧线，与后方的骑队相呼应，形成了一个巨大的口袋，只等埋伏在谷中的猎户们将猎兽驱赶出来，便可以开始猎杀了。

刘武勒转马头，远远望去，他看不到皇帝，但知道一准是在那面红色的大纛下面。他扬鞭指了指那面旗帜，对近旁的公孙诡与韩毋辟说道："皇帝就在那旗的下面。要送几只好家伙给皇帝，最少要有一虎一熊，把它们往大纛那儿赶。你们记住了，要射伤，但不能杀死。亲手猎杀的活儿，留给皇帝。公孙将军、韩壮士，给我盯住了！孤就看你们的了。"

随着群犬的狂吠和猎户们尖利的呼哨声，大批麋鹿冲出谷口，在草场上四散逃命，卫绾的左队开始追逐射杀，但右队除发出啸声，惊吓鹿群外，并不出击。很快野猪也奔出谷口，随之而出的就是被獒犬追逐纠缠着的猛兽，怒吼着与猎犬撕咬成一团。公孙诡挥手示意，他与韩毋辟各带一队骑士，箭一样由两翼穿插过去，夹护并驱赶着猛兽，向北面的大队而来。

猛兽在群犬的围追下难以脱身，索性停了下来。一只狂怒的黑熊从撕咬中挣脱出来，一掌将冲到身前的獒犬打出去老远，随即狂吼着冲向侧翼的骑手。马匹受惊扬起前蹄，嘶鸣着躲闪，险些将骑手掀下马来。黑熊就势冲出包围，跑向甘水，想要入河逃命。刘武策马直追，拦住了它的去路。那熊立起，怒吼着想要发起攻击，刘武就势发弩，正中其前胸，熊愈加狂怒，猛扑过来。刘武叫声不好，就在熊掌击到马腿的同时，跃了出去。熊不理会摔倒的马，紧追不舍，知道跑不脱，刘武索性回身，抽出佩剑比划着。熊迟疑了片刻，被赶到的两名骑士分散了注意。刘武接过随从递过来的投枪，觑准后猛力投出，矛头刺穿了熊的胸膛，一声长吼，熊倒地抽搐几下，就不动了。在众骑士的欢呼声中，刘武志得意满，换马继续追猎。

北面的大队收获颇丰，迎面奔来的麋鹿已被射倒了数十头。刘启也射杀了一只黑熊、一只野猪。除二三十只麋鹿冲出重围外，其余猎兽已被牢牢围困在空旷的草场中央。

合围的圈子渐渐收拢，老虎与余下的数只野猪仍在作困兽之斗，但已被猎犬分别包围在几处。老虎被公孙诡与韩毋辟逼入刘启的射程之内，他张弓搭箭，但总碍于围攻猛虎的群犬，无法瞄准它的致命部位。公孙诡先射中了老虎的后腿，老虎吼叫着，疯狂地撕扯着一只被咬断脊骨的獒犬，四顾寻找着目标。獒犬们被它的凶猛慑住，不再敢贴身进攻，刘启乘势再发一箭，射中了虎的肩头。虎怒目圆睁，长啸一声，刘启坐骑受惊辟易，将他掀于马下。事出意外，四旁的卫士全惊呆了，竟无一人有所动作。那猛虎作势，眼见就要扑住刘启，千钧一发之际，韩毋辟一跃而起，直扑猛虎身后。他右臂死死扣住虎颈，向后猛扳的同时，左掌发力，狠命一推，只闻咔嚓一声闷响，那虎四肢瘫软，断颈而亡。

猛虎作势欲扑的瞬间，刘启的脑中一片空白，他盯着死虎，好一阵才回过神来。刘武后怕得满脸冷汗，跑上前连声问他伤着没有。刘启走上前去，踢了踢死虎，问韩毋辟道："你会手搏①？"

"是。"

刘启颔首道："好位壮士！阿武，你代朕厚厚地赏他。"

点算战果，大获成功，这一围除跑掉了几十头麋鹿和数只野猪外，余者一网打尽，而顺带猎获的野兔与野禽也不下数百只。刘启大喜，看看时近日晡，即命在草场上举办大餔。一时间架鼎起火，洗涮割烹，炊烟四起，闻讯赶来的樊神等少府与上林苑的官员也赶忙将准备好的酒菜饭食运到这里。夜色四合之后，草场上篝火熊熊，笑语喧哗，觥筹交错，热烈的气氛驱散了秋霜带来的寒意。

刘启、刘武与亲信侍从们在临时搭起的大帐内饮宴。酒过数巡，酒酣耳热，刘启的心情畅快无比，竟一反平日行事的节俭，宣布明后两日再杀两围，不尽兴不回长安。众人欢呼，纷纷举杯上寿，又一轮祝酒在热烈的气氛中开始了。

司马相如觑准一个间歇，避席陈奏道："天子田猎，不可无诗赋助兴。微臣请为陛下献上新作《上林赋》。"说罢，从身边的青布囊中取出一捆竹简，双手捧给座间伺候的谒者，转交给刘启。

刘启对刘武笑道："我宫里的才子都叫你给挖跑了。"他展开竹简，问道："长卿，围猎时没有看到你，原来是写文章去了。在座者都有斩获，你猎得了甚，说来听听，不是混在这里吃白食吧？"

众人大笑。司马相如也笑道："微臣为了助兴，特撰此赋，赶到猎场时，这一围已杀至末尾。即便如此，微臣还是猎到两只兔子，足可避吃白食之讥了。"

---

① 手搏，即汉代流行的徒手与人或猛兽格斗的技巧。

众人再次大笑起来，刘启将简册展读一过，颔首道："长卿不愧是大才。昔有《子虚》，今有《上林》，这等文章，足偿酒资了。"他摆摆手，止住众人的笑声，要赵谈将简册递还司马相如，示意他吟诵给大家听。

于是相如诵读一过，声调抑扬有致，叙事铺张扬厉，辞藻文采富丽，博得满场的喝彩之声。刘启略作沉吟，要过简册再看，然后对刘武笑道："长卿明里是为田猎助兴，内里却在谏讽你我要先国事，后逸乐呢。"他指着文章结尾处，大声读道："若夫终日驰骋，劳神苦形，疲车马之用，抚士卒之精，费府库之财，而无德厚之恩；务在独乐，不顾众庶，忘国家之政，贪雉兔之获，则仁者不繇也。"

他笑道："再听听这一段，'地方不过千里，而囿居九百，是草木不得垦辟，而民无所食也。夫以诸侯之细，而乐万乘之所侈，仆恐百姓被其忧也。'阿武，这是说你呢！你在梁国建了那么多园囿，'以诸侯之细，而乐万乘之所侈'，谏得好，谏得好！"

刘武赔着笑，可面色尴尬。心想相如真是败兴。早知如此，真不该讨这个没趣。

刘启将简册交给刘武，"这篇大赋朕转赐于你，要时时诵读，莫辜负了长卿的好意。本来，我还想要长卿回长安做事，看来还是放在你那里更起作用"。

他举杯道："朕当为此赋浮一大白。不过，这上林苑，朕已数年没有来过，会猎三日，说不上是'终日驰骋'吧？"

司马相如顿首谢罪道："孝文皇帝与陛下爱民如子，圣德仁君，四海同声。此赋借前贤'独乐乐，孰若众乐乐'之义，所望者圣德无亏，皇天永明。臣之微忧，自在圣明洞察之中。"

看到司马相如窘迫的样子，刘启笑道："长卿所忧，亦朕之所忧，奖犹不及，何罪之有？明日围猎，长卿是贡献新赋，还是再杀两只兔子呀？"

众人哄然大笑。刘启平素庄重自持，喜怒不形于色，与臣下谐谑调侃的场面，实在是难得一见。刘武见此，心情也好起来，刚才被揶揄时的不快，随即消散无形了。

筵席散后，刘武赴蒉阳宫就寝，随行护卫的公孙诡与韩毋辟，悄悄将日前东市发生的事报知刘武，请示是否奏报皇帝。刘武大摇其头，道："这等事情会大坏皇帝的兴致，万万不可去触这个霉头！我们只需静坐观变，等着他们两败俱伤就是了。"

三十五

一夜过去，事情突然起了变化。清晨，郎中令周仁忽然赶到蕡阳宫，紧急求见皇帝，车驾随即返回长安。等到刘武起身得知消息时，皇帝已离去多时了。离宫中只余下刘武一行，尽管皇帝留下话要他尽兴游猎，不必急于返回。可宫里显见是发生了大事，刘武心系长安，再也无心于此，于是取消原定的围猎，也匆匆返城了。

原来昨日薄暮时分，巡更卫士发现后宫有陌生人出没，周仁得讯立即派人大索，在鸳鸯殿附近抓住两人，起初坚不吐实，拷问到半夜，其中一人供认，二人均为东市掾吏，一名栗猛，一名屠刚，而栗猛乃栗姬之侄。两人午后借去少府办事入宫，随后隐匿于椒房殿内，拟夜漏后潜入鸳鸯殿，刺杀胶东王刘彘。事涉栗姬，案情重大，周仁遂连夜赶赴上林奏报请示。

返回长安的途中，周仁骖乘，刘启详细询问了整个事件的缘由。重阳下毒事件，周仁暗访了许久，但找不到直接的证据。这次谋刺不遂事件则证实了栗姬确有谋害胶东王的企图。又据屠刚交代，前日在东市偶遇刘彘与韩嫣时，栗氏兄弟本想下手，但未得逞。由于用心暴露，遂决意孤注一掷，入宫行刺。

回到未央宫，刘启即连下两道诏书，一道是传命三公九卿明日到前殿议事，另一道是即时免去卫绾中尉之职，以郅都接任，并立即召他进宫议事。郅都到后，刘启屏退所有侍从，宣室殿内只留下了周仁与郅都。

"昨夜之事，还有他人知道吗？"

"事关重大，陛下而外，臣半字未露。"

"好，这案子你就到此而止，下面的事，交给郅都去办。"

"是。"

刘启审视着郅都，还是那副黑瘦的面庞，鹰一样的眸子，锐利逼人。做皇帝的必得有随时可供使用的快刀，哪里有难办的案子，尤其事涉强宗豪右，官吏束手时，得用快刀，这郅都就是他的快刀。治理乱局，严酷必不可少，而郅都，最不缺少的就是严酷。当然还有他的忠与廉。

说到忠，郅都的眼中只有皇帝一人，三公九卿、皇亲贵戚，犯到他手里，绝无枉法曲宥的可能。说到廉，则说情不受，送礼无门，因私请托的信函不拆封就会被打回票。京师的贵戚，地方的豪强，官场的同僚，无不对其侧目而视，那双警惕的眼睛，为他赢得了一个绰号——苍鹰。

郅都原在宫内任职，文帝时任郎官。刘启即位后，拔其为中郎将。数年前，豪强瞷氏三百余家横行于济南，几任郡守无奈其何，刘启亲点郅都出任郡守。到任伊始，郅都连诛首恶数人，余者股栗胆寒，不出一年，济南郡就被治理得路不拾遗，郅都也由此声名鹊起。此次回京卸任述职，不想竟被拔擢为九卿之一的中尉。

"郅都，知道朕为何要你接任中尉吗？"

"不知，但臣想，陛下一定是遇到了难啃的骨头。"

"难啃不难啃还不得而知，可太子家的亲戚，一般人未必敢碰。可这并不重要，重要的是周仁所言的保密。这种丑闻传出去丢的是太后与朕的脸！宫里的事情不用你管，长安的市场，栗家盘踞有年，势力不小，毛病也不少。你要下力究治，名义嘛，无非是倚势横行、为恶一方这类的不法情事。你记住了，审讯者要嘴严可靠，谋杀所涉的内情，问出来由你直接报朕，对外要做到纹丝不露。"

"是。"

"你马上去中尉府与卫绾办理交接，事后由周仁向你交代案情，退下去吧。"

望着郅都的背影，刘启满腹心事地问道："昨夜之事，栗姬作何反应？"

"栗夫人态度倔强，除请求面见陛下外，对所有问话皆一字不答。"

"这倒是她的本来面目。也好，她在朕身边多年，临了，看看她还有甚说辞。"

椒房殿里里外外都已被禁兵严密把守，栗姬一身素衣，簪珥不施，孤零零坐在正殿里。见到刘启，她伏地稽首，大放悲声，哽咽着说不出话来。

"你要见朕，朕来了。有甚话，你尽管说。"说着，刘启扔下一方丝帕，示意她擦泪。

"臣妾有罪，臣妾亦认罪。可臣妾之所为，全是她们逼出来的！"

"谁逼你？你讲清楚。"

"王娡。"

"王娡？"

"对，王娡。为了谋夺太子之位，她利用我身边的侍女刺探消息；与阿嫖结亲，暗中挑拨污蔑，无所不用其极。这些个奸计得逞了，陛下疏远了臣妾……"

"可朕已数年未见过王娡，她又如何影响得了朕？你有怀疑，为何不说出来，暗中向阿彘这么个孩子下手！"

"她所为恶的一切，都源于为胶东王谋夺太子之位，没有了儿子，她还能谋些甚。我并不要做皇后，臣妾做的一切，也是为了陛下的儿子阿荣！"

刘启胸中怒气奔涌，强忍着没有发作。眼前这个声嘶力竭、眼神疯狂的女人，还是那个陪伴了自己二十余年的女人吗？

"你随朕最久，你该有的，朕都给了你，不想你如此褊狭，如此狠毒！你之所为，已经牵累了阿荣。朕今日告诉你，阿荣的太子做不成了！为甚，为你，为了你的妒忌褊狭，他若还在太子位上，朕百年之后，朕的后宫和子孙，怕是会让你杀绝了。是你让朕不得不废立太子，因为'人彘'的惨事，决不容再现于汉宫！"

栗姬呆住了，良久，忽然歇斯底里地大笑起来。"陛下怪我杀人，可我一个都没有杀成。那王娡已经杀了三个，陛下还被蒙在鼓中呢！"

"哪三个？有凭据吗？"

"就是她妹子，王儿姁和她腹中的龙凤胎。凭据我没有，可儿姁死前说过，害死她的是王娡。还有个女侍知道此事，可让皇帝身边的人送进暴室灭了口。"

"你从何得知此事，讲……讲来！"刘启又惊又怒，说话也结巴起来。

他又转向身后的周仁，"你当时在场，可有此事？"

"陛下要臣随时报告消息，臣并未始终在场。可臣在场时，并未有栗夫人所说的事情发生。"周仁很镇静，回答得也很沉着。

"你放肆妄言！"刘启气得发抖，指着栗姬，道："看在你侍奉朕多年，朕赦你不死，可活罪难逃。这椒房殿你是不能住了。来人，将这贱人发配永巷扫除！"

栗姬被两名宦者强行架出后，刘启望了望周仁，问道："阿荣、阿德没有牵扯进去吧？"

"只有韩嫣的证词，并无直接凭据。"周仁迟疑了一下，还是鼓勇问道："太子如何处分？"

"虎毒尚不食子啊！"刘启叹了口气道。"年长的皇子，阿荣、阿德在内，一律到封地就国。对外面嘛……待郅都将诸栗一案审结的爱书①报来，以纵容亲戚、横行京师等不法情事，不孚朕及天下之望的名义废黜，另封亲王，这样了结，朕觉得交代得过去了。你看呢？"

"陛下圣明。如此处分波澜不惊，极为得体。可新太子的人选？臣以为，储位招人觊觎，不宜久虚。"周仁既松了一口气，又担着一份心。他感觉得到梁王对皇位没有死心，可疏不间亲，除非皇帝问到，这个话他是绝不能说出口的。

"一错不可再错，立谁为太子，如丞相与太傅所言，关系到国本。朕须再三斟酌，还是往后放一放吧。"

刘启早间听周仁奏报时，即决定马上废立太子，新太子的人选他早已胸有成竹，就是刘彻。但栗姬所言，还是让他犹豫了起来。王娡在他的印象中，是个很内敛、很知足的女人，完全不是栗姬所说的样子，况且自己最信任的周仁也否认有这种事情发生，他相信栗姬是出于妒忌与恐惧才肆口污蔑。要说阿彻与阿娇结亲，王娡与阿嫖都存了某种想头，应该不假，可这不是过错。

---

① 爱书，即汉代司法文书，包括人犯口供、证人证言、审讯用刑记录、查抄现场的人证物证的勘验，等等，相当于现代的司法刑事案卷。

栗姬觉得此事威胁了他们母子的地位，想要剪除阿嫖，是言之成理的解释，何况还有证据。

可万一栗姬所言是实，那就太可怕了。每当想到儿妁与那对龙凤胎之死，刘启的心里便隐隐作痛。强烈的排拒心理，使他不愿也不能相信栗姬的话。为甚？动机何在？若争皇后之位，她针对的应是栗姬而非儿妁。对这个有些生疏了的女人，他应再见见、再看看，观察一阵再做决定。

还有阿武，刘启当然听得出周仁话中的暗示。昨日上林会猎，他也试探过，阿武很谨慎，回答得也很得体。阿荣被废黜后，阿武会怎样想，如何动作，不得而知。他是否真的放弃了非分之想，还有待观察。刘启是过来人，知道一旦起了这种念头，是再也抛不开的。怪只怪自己当年的不慎，使阿武落入了这个难以摆脱的梦魇。

栗氏族人当日便被中尉府拘押到案，由于先已有屠刚的供词，栗氏诸人很快供认不讳，相关案卷被连夜送入宫内。之前，郅都以迅雷不及掩耳之势抄查封存了栗氏各家的财产，大量金钱财物显然是官俸之外的非法所得，虽然财物的清点造册尚须时日，但已可认定为赃证。

次日早朝，在郅都报告了这些初步的赃证后，刘启以不容置疑的态度宣布废黜栗姬的夫人位号，圈禁太子刘荣，待结案后另行处置；并颁布诏令，所有年长的皇子一律离开长安，到自己的封地就国。

丞相周亚夫与太傅窦婴当廷力谏，认为外家有罪不及于太子，太子既未失德，不宜轻言废立。皇帝沉着脸，不发一言，群臣噤口，唯郅都与二人争辩，乃至恶语相加。刘启喝住三人，随即不容分说，宣布散朝。

对于未来储君的人选，皇帝并未透露半点儿消息。可这挡不住大臣们的政治敏感，因为外出就国意味着皇帝的疏远，不再是皇位可能的继承人。而宫内所余只有王夫人姊妹的五位年纪较幼的皇子，其中已封王的只有刘彻，由于皇太子与皇后通常为母子，儿妁既已薨逝，她的四个儿子的机会很小，于是王娡、刘彻一下子成了众所瞩目的人物。

事发突然，一时朝野内外惊愕不置，议论纷纷。王娡当然暗自欢喜，由于太子只废不立，储位空缺，梁王刘武也感觉到了机会。

三十六

太子即将被废与诸王就国的消息，不胫而走。王娡喜不自胜，欢喜得一夜未能安枕。可次日见到郭彤时，消息虽被证实，喜悦却一扫而空，取而代之的是深深的不安与焦虑。郭彤的心情也很紧张，他告诉王娡，皇帝近来的行事与以往不同。往常，朝政上的事情，皇帝从不回避身旁的宦者；现今，则屏开众人，只同周仁一人商量。昨日皇帝还分别询问了他、北宫与赵谈，查问儿姁死前的情况，看样子是起了疑心。

午后来访的刘嫖，带来的消息更令人心焦。皇帝近来与刘武入则同舆，出则同车，前日还一同去上林狩猎，一派兄弟情好无间的样子。而太后那里，大有将梁王推上储位的意思，皇帝在这上面作何考虑，令人担忧。

两个女人计议了许久，还是不得要领。在立谁为太子之事上，关键的人物是太后，而太后心中的天平，早已倒向了儿子一边。在梁王这件事上，大长公主也无可奈何。

人到穷思竭虑之际，思路往往豁然开朗，王娡忽然想到了什么，问道："上次皇帝要传位给梁王，不是被窦太傅谏阻住了吗？再请他出面不行吗？"

"对，能挡住阿武的只有朝廷的老臣，这些人认死理，只知道祖制，决不会同意立阿武为储君。"刘嫖心里一亮，也兴奋起来，可转瞬之间又有些泄气。"可症结在太后那里，群臣谏得了皇帝，谏不了太后。特别是窦婴，上次他已为此得罪过一回太后，被除去了门籍，连宫都不让进了。要不是七国之乱，他带兵出征立了大功，太后怕是放不过他的。如今要他再出这个头，我看难。"

"不得非要他出头，而是请他在大臣当中折冲，发动。我想，这件事他一定肯做。你想，上次他坏了梁王的大事，梁王能不记恨他？若梁王日后真的做了皇帝，他会落得甚下场！就凭这个，他也非得站在我们这边不可。你说呢？"

刘嫖笑道："几日不见，亲家母，可真得刮目相看呢。也对，大臣们一旦反对立阿武为皇嗣，就有了脱不掉的利害关系，非得一条道走到底不可。我这几日便要我家陈午在大臣中运动，窦婴与我是姑表亲，游说他，由我亲自去做。"

有了对策，原有的忐忑与焦虑减轻了不少。两人宽下心来，又计议了一番形势，认为只要梁王的图谋得不了逞，几乎可以肯定，刘彘将被立为新的太子。谈到日晡，宫门即将下钥，刘嫖才兴犹未尽地告辞出宫。

送走长公主，王娡的心情却远没有放松下来。郭彤的话，预示着潜在的危机在悄悄逼近。那桩罪案，死无对证，她并不担心会被查出什么。可深深封锢在她心底的那份罪恶感，却是早晚要面对的。近半年来，她一直努力忘却那段噩梦般的经历，也几乎做到了。郭彤带来的消息，仿佛撕开了她脑中的封条，使她不能不重新面对自己犯下的罪恶。

夜漏更深，王娡独自掌灯，巡视了熟睡中的四个外甥。望着他们安详而稚气的面孔，一股温情汩汩涌出，渐次充满全身。作为遗孤的大姨，她所做的，超过了他们的亲娘。孩子们的衣食住行，病痛冷暖，无不在她心上，她甚至忽略了刘彘。她这样做，半出于母性与亲情，半出于良心的歉疚，却赢得了外甥们的亲近，对她如同亲娘般依偎。她曾以不经意的方式，多次逐个询问他们，想知道儿姁死前说过她什么，可甚也问不出来。最后她相信，儿姁在儿子那里没有留下不利于自己的话，也许是因为孩子们年龄尚幼，说了他们也理解不了吧。王娡最终放下心来，她相信，这罪案永远只是自己一个人心中的秘密，只要她不说出去，永远不会有人知道。

她走进儿子的寝室，将灯放置于刘彘的床头，坐下来，注视着熟睡中的儿子，静静地梳理满腹的心事。她细细回顾了一遍自己下毒前后的心理，惊奇地发现，自己竟没有一丝悔恨。事前她有过犹豫，事后也有过后怕，可在下手的那个时刻，她冷静至极，心里充满着报复的快意。有人声言要毁了你的时候，你不会心存怜悯，只能凭本能行事。栗姬不也是这样？为了保住地位，也下过狠手，差点儿就谋害了阿彘。对付这样的对手，就得心硬、手狠。

自己是个狠毒的女人吗？不是，最起码从前不是。入宫前的她，随和，知足，重亲情。可宫里不同，对欲望强烈、不甘心在无望中等待、在虚空中耗尽青春与生命的女人，皇宫就像处处隐藏着危险的丛林，迫使你释放出猛兽般的本能，伏击、咬噬、扑杀，置猎物与对手于死地。由于栗姬与儿姁的傲慢自负，重要的机会，被处于弱势但更为机警的她抓住了，她们为此要毁掉她，她先下了手，她能幸存下来就是因为她先下了手。她若不先下手，她们会放过她吗？她问过自己无数遍，答案都是不会。生死攸关的当口，没有人会手软，这个结论，使她释然。

可那份沉重，却不是能够轻易抛开的。数月来，鼓荡着的欲望与担心暴露的恐惧交织成的强劲张力，使她心绪不宁，疲累不堪，可想到即将到手的成功，她不敢也不能松懈。她屏气凝神，努力将思绪集中于目前，细细地思索那桩罪案中可能留下的破绽和疏漏。最后，她确信没有什么可担心的，唯一的隐患是赵谈，但赵谈当初不报，现在上变①，无异于自蹈罪衍；以他多年的官场阅历，是决不会冒这个险的。余者都是无证据的传言，不足为惧。

时交子夜，王娡走回寝室。仰望夜空，月华如洗，庭院中洒满淡淡的银光。沐浴在月光中的感觉很放松，初冬的寒意令人憬悟，她心里明光通透，纷乱的思绪一扫而空。重要的是，原来那么渺茫的希望正在一步步走向成功，这使她重又找回了自信。为阿彘谋得太子之位不过是第一步，来路方长，她还要争得皇帝的宠幸，登上皇后之位、太后之位，直至像当今的窦氏一样，成为至尊。这才是宫廷中女人的完满人生，与之相比，良心只会偾事，人命微不足道。她笑自己软弱。自己的人生目的，使罪恶出之于主动还是被迫的区别，完全失去了意义。事情一经发动，就难于收手，她当然得顺势而行，没必要自我辩解，自寻烦恼。

---

① 上变，汉代向朝廷出首举报阴谋、罪案与叛乱等事情，称上变。

两日后，不经任何事前的宣示，刘启突然亲临鸳鸯殿。王娡带领皇子们参拜如仪，之后，刘启示意周仁将皇子们带出，正堂内只留下了王娡一人。刘启默默审视着面前的女人，一言不发，凝重的气氛令人几乎透不过气来。该来的终于来了，可由于早有心理准备，王娡神色如常，虽有些紧张，但绝不惊慌。

事出仓促，女人显然来不及梳妆，刘启看到的是一张略觉陌生的素面，姣好的容颜已经不起细看。眼角细碎的皱纹，脖颈间松弛的肌肤……这就是自己一度宠爱过的女人吗？岁月无情，韶华难再，刘启感慨不已。后宫侍寝的年轻女人虽多，可羞怯拘谨，了无意趣。而眉眼与王娡依稀相似的儿姁，却是少见的人间尤物，娇媚可人，床笫间更是风情万种。每念及此，刘启都不觉怅然。

半天没有声响，皇帝似乎正在出神，王娡抬起头，偷觑着这个自己一生荣辱祸福系之的男人。五年来，这是她第一次与皇帝单独相对。皇帝老了，皱纹多了，数丝白发已爬上了双鬓。一股温情，如泉水般汩汩涌出心田，王娡的双眼湿润了。若能如民间夫妇儿女那般，与皇帝过着长相厮守的日子，已愿足矣。可从皇帝茫然若失的目光中，只见得到冷漠，王娡心头一凛，暗自警惕自己，切不可再有荒唐的念头。

良久，刘启方开口问话。"儿姁之死，你怎么看？"声音不高，却冷冷的，有股肃杀之气。

"臣妾也一直想知道。问过阿越他们，孩子们只知道她身体不适，心情很坏，别的甚也说不出。臣妾还问过陈太医，据太医讲，阿姁是由情志上起的病，导致孕期小产，失血过多而亡。"

"儿姁多次生育，怎会突然小产？是不是有人在药中做了甚手脚，下了毒，嗯？"

"臣妾也有这个怀疑，问过开药的陈太医，陈太医说方子不错，阿姁服后也见效。臣妾后来也查问过合欢殿的侍女，都说服药的头两日，阿姁身体已经见好，第三日忽然起病，次日就小产了。事后检查余下的几服药，与药方无任何出入。臣妾不甘心，问到了侍候过阿姁的每个宫人，却都说她发病期间，无任何外人来过。我也问过陛下派去查办的大人们，都说死因是小产引发的大出血。臣妾早想伏请陛下严查，可天颜咫尺，臣妾无由得见。果如陛下所言，有人毒害吾妹，臣妾冒死恳请陛下做主，查出元凶，莫使阿姁含恨负屈于地下，莫使孤儿永戴覆盆之冤。陛下的恩德，臣妾与母家生生世世，结草衔环以报万一！"说到后来，王娡已是涕泪交流，泣不成声了。

刘启待她平静些，继续问道："依你看，谁会害她呢？"

"自然是嫉恨她得宠于陛下之人。"

"是谁，你说出名字。"

"臣妾不敢肯定，可阿姁对我说过，栗夫人把她看做是争做皇后的对手。"

"那么儿姁果然有争做皇后之心吗？"

"阿姁没有对我明说过，可臣妾不敢对陛下讳言，以臣妾的观察，阿姁确有此心。"

"你就没有此心吗？"刘启冷笑道。

"臣妾蒲柳贱质，早已失欢于陛下。臣妾所望，彘儿早早长成，随其就国，安度余生而已。"

"你既无此心，何以与阿嫖结亲，这不正表明你心机很深，志不在小吗？"

"彘儿与阿娇的亲事，乃长公主自己上门提亲，天潢贵胄，以臣妾的地位，是受人抬举，岂能拒绝？陛下可问长公主，是不是这样。陛下若由此怀疑臣妾有觊觎太子、皇后的居心，就请皇帝做主，取消这门亲事，恩准臣妾随彘儿就国，臣妾绝无怨言。"

刘启有些不忍，沉吟不语。周仁轻轻走进来，附在他耳边说了些什么。刘启颜开色霁，语气也缓和了许多。"朕并非多心，也许儿姁之死，确如太医所言。你不必过虑，起来说话吧。"

原来周仁逐一问话，皇子们对这个大姨竟是同声赞誉，无半点儿异议，且发自童心，决不像人为授意。刘启听到后，大为满意，原有不大的怀疑，遂一扫而空。

望着泪痕未干的王娡，刘启心生几分怜惜，问道："怎么不见阿彘？读书去了吗？"

"不知陛下驾临，不曾留住他。自重阳之事后，臣妾就不敢再让他去太子宫，每日要他与韩嫣一起温习旧书。臣妾忙于看顾外甥们，彘儿他们两个时常偷跑出去，臣妾疏于管教，罪该万死。"

"呃。难为你照看这么多孩子，朕不怪你。栗姬可恨！朕已将她发配永巷。可阿嫖的学问不可忽略，太子宫的书房已撤，即日起叫他还去承明殿读书。"

"是。"

"朕的这些幼子，就托付与你了，你要尽责照看。朕会吩咐少府，有甚要求，你尽管开口就是了。"

"阿姁已经不在，臣妾请求陛下，加恩册封这些没娘的孩子，阿姁九泉有知，也会感念陛下的恩德，为陛下祈福的。"

"此事朕自会放在心上，他们年纪尚幼，过几年封王也不迟，你就放心吧。"

临走前，刘启挨个亲了亲四个孩子，颇为伤感地说道："人算不如天算，栗姬、儿姁都是不安于命的人，一人争其所不必争，一人争其所不能争。越争，越得不到，已有的反而也失去了。皇后领袖后宫，妇德为先，哪里容得妒忌褊狭之人？王娡，你记住朕的话，好自为之吧。"

送走了皇帝，王娡长吁了一口气，庆幸自己挨过了凶险。可皇帝离开前的那番话，仍令她不安。"越争，越得不到"，难道是警告她？抑或是借栗姬与儿姁之事，给她某种暗示？争其所不必争，争其所不能争，在皇帝心目中，自己究竟处在哪一个位置上？不必争，意味着她与彻儿迟早会遂其所愿，只需静等就是了。不能争，意味着自己与彻儿毫无希望，强争只会适得其反。她反复品味，仍难以确定话中的含义。她警惕自己，不能患得患失。在如此敏感的时期，动不如静，她要蛰伏起来，消失在皇帝多疑的视线之外，等候新机会的出现。

三十七

休沐之日，魏其侯窦婴，特邀了几位相好的大臣到府饮宴。

窦婴是太后娘家兄弟之子，皇亲贵戚，少年时即入宫为郎，成年后仕途一帆风顺，早早就升至两千石的高位，出任吴王的国相，文帝季年，任詹事，服侍两宫，日见亲信。七国之乱，皇帝特拜其为大将军，与太尉周亚夫一同出征平叛；战胜回朝，封魏其侯，被皇帝倚为干城。朝议大事，大臣、列侯唯周亚夫、窦婴马首是瞻，没有敢与之分庭抗礼者。自就任为太子太傅，窦婴更有了未来帝师的位望，成为朝廷中炙手可热的重臣。

窦婴任侠好客，以往休沐，总是门庭若市。今日则大为不同，朱门紧闭，来客一律被门房告之，主人已邀约三五好友，早早赴南山弋猎去了。被迎入府中的，只有事先约约的丞相周亚夫与御史大夫陈介。自周亚夫升转为丞相后，太尉职位一直空缺，因而今日的燕饮，竟如三公①聚议，是朝堂之外的场合难以见到的。

三人见礼，分宾主就座，侍者上茶毕，正待言谈，家丞走入，交给主人一支名刺。窦婴看罢，连声吩咐道："快请他进来。"看着满面喜色的主人，不明就里的客人也好奇起来。窦婴拱拱手道："是位不期而至的关东豪客，

---

① 三公，秦汉时朝廷地位最高的三个职位：主持政务的丞相，掌管军事的太尉与职司刑律监察的御史大夫。三公坐而论道，规划政策，辅佐皇帝综理百务，其意见对朝政有重要影响。三公地位尊重，即使皇帝亦须礼敬之。

二位大人也认得的。"

话音未落，只见一条七尺昂藏的汉子，身披一袭华贵的狐裘，大步跨进堂来。主宾赶忙起身寒暄见礼，所谓"关东豪客"，原来是名重朝野的代相①灌夫。

灌夫本姓张，字仲孺，颍川颍阴②人。颍阴为开国功臣灌婴的封地，灌夫之父张孟为颍阴侯府的舍人，办事得力，被倚为腹心，后在灌婴举荐护佑下，仕途发达，升任至两千石的高位。张孟以灌氏恩同再造，主动附姓于灌氏。

七国之乱时，颍阴侯灌何（灌婴之子）以将军从周亚夫出征，灌孟被任为校尉，灌夫以军司马亦率千人从征。灌孟死于攻坚陷阵，按军法，父子同在军中，一人阵亡，一人可扶柩还乡料理丧事。

但灌夫不肯，誓死为父报仇。他募集死士十数骑，以必死之心，闯入敌阵，往来冲突，杀伤甚重，直至敌阵帅旗前沿，勇不可当。返回时跟随者仅余一骑，灌夫身受十余创，幸得军中有金疮良药，得以不死。创伤初愈，他又向灌何请战，灌何劝不住，担心折损这员勇将，便禀报时为大军统帅的周亚夫，才止住了他。在整个平叛战争中，灌夫数次摧敌破阵，勇冠三军，由此名闻天下。

灌夫为人行事更不似官场中人，个性刚直，好使酒任气。他对贵戚公侯，权势在其上者，常好凌蔑讥嘲；而对地位不如他的士人，则愈贫贱，愈礼敬，稠人广众之中，荐拔后进不遗余力。灌氏为颍川大族，灌夫亦家累千金。由于喜任侠，重然诺，三教九流无所不交，居家时食客每日都有数十百人。侠肝义胆，名传遐迩，江湖上称其有古侠士之风。

战后，灌夫以军功升任中郎将，移家长安。窦婴亦好侠，二人投契，往来密切，成了一对忘年交。灌夫外任后，每逢回京，第一个拜望的就是窦婴。

周、窦为朝廷重臣，又都是待他甚厚的老上司，灌夫顿首拜见，不失尊重，

---

① 代相，即代国国相。代国（后改代郡）在今山西东北、河北西北一带，郡治为代县（今河北蔚县）。

② 颍川，汉代郡名（今河南中南部），郡治阳翟（今河南禹县）。春秋为郑国之地，战国时属韩。颍阴为颍川属县（今河南许昌）。

而对不甚熟悉的陈介，只是抱拳长揖，竟是相待以敌体 ① 的样子。

窦婴摇摇头，道："仲孺，为官这么多年，还是没有长进！御史大夫陈大人，你不认识了吗？还不重新见礼！"

陈介倒是没有在意，笑道："私人燕聚，本不必拘礼。数年不见，仲孺别来无恙，本次进京，也为的是上计吧？"

灌夫望着陈介，微微一笑，揖手道："一下子没认出来，陈大人包涵了。承大人抬问，下官家中有事，又想念故人，所以今年的上计，下官亲自前来，也算是公私兼顾吧。"

"仲孺，一路有甚见闻，说来听听。"周亚夫担心陈介尴尬，于是将话头岔开。

"见闻倒是没有，不过顺路访了两位江湖上的朋友。翁伯的母亲做寿，我赶上了。真是盛况空前，各地赶去上寿人的车马，竟有千乘之多，填街壅巷，真个是水泄不通。听翁伯说，王孙也送了礼。"

窦婴点头道："翁伯从不到关中来，无缘得见。我在朝为官又脱不开身，只好托人送去了一套楚地产的漆器，权作贺礼了。"

灌夫捋了捋长须，感叹道："翁伯一介布衣，家不过中人之产，行不出乡里，能令天下人仰慕至此，人活到这个份上，可以无憾了！"

"这样的豪杰，比我们这些官场之人，反倒要快意得多。可惜无缘得见，只能心向往之了。"周亚夫颇有同感，他忽然想起什么，问道："剧孟没在那里吗？江湖中人惺惺相惜，这种事情他绝不会缺席的。"

周亚夫于是讲起他与剧孟结识的经过。剧孟是关东洛阳人，行类朱家，也是以瞻难救急、不图回报闻名于世的大侠。当年周亚夫率大军东征，到河南第一件事就是找到剧孟，剧孟以江湖上的朋友做眼线，将吴楚联军的动向摸得一清二楚，这些情报于军事上的胜负作用极大。周亚夫曾对诸将们说过："吴楚举大事而忽略了剧孟，吾知其无能为矣。"

---

① 敌体，地位相等，无上下尊卑之分。汉制三公位秩万石，而灌夫作为诸侯国相秩二千石，以敌体相待，有无视尊卑之意。

灌夫笑道："不想君侯亦如此向风慕义，难得。我到那里时，剧孟已经离去，在翁伯处盘桓了几日，再也没追上他。他在京师有买卖，听说是来了长安。"

陈介道："既是故人，他来长安，应到君侯府上拜望才是。"

亚夫笑道："江湖中人，尤其爱惜名誉。像郭解、剧孟这等大侠，向来睥睨一世，你我只有折节下交，他们是决不会登门造访的。"

陈介不以为然，以为不过是沽名钓誉罢了。像这种在民间自成势力，隐隐然与官府分庭抗礼的游侠，实际上削弱着朝廷的威权。各郡国每年都有不少豪强横行、官府束手的公文报到他那里，是件让人十分头痛的事。朝廷每隔数年，都要下气力扫灭一批坐大的豪强，如前不久被郅都族灭的济南瞷氏、陈周肤等。可碍于窦婴、灌夫，他隐忍未发。

灌夫呷了口茶，叫道："王孙，朝廷的三公都在这里，怎的只用清茶待客？酒在哪里？肉在哪里？口中寡淡，哪里还有畅谈的兴致！"

窦婴笑道："你莫嚷，少安毋躁，还有一位远客，于诸位都是父执。酒肉早已备好，他一到，自会开席。"

"哦，远客，是谁？"

"见面自然知道，我一早派专人去请，想来就该到了。"

众人又闲谈了一阵，家丞报告客人到了，随后走进一位须髯花白、面容清癯的矍铄老者，众人纷纷起身问候，原来是致仕在家的袁盎。

袁盎字子丝，祖上是楚人，惠帝时举家迁往关中，定居于长安西北的安陵。自吕后时起，他已历仕三朝。前些年因病致仕，但三朝的老臣，阅历非常人可比，皇帝不时派人去征求他对朝政大事的意见，所以仍是个有影响的人物。

袁盎之父也曾是江湖中人，自小耳濡目染，袁盎亦好侠，由此与窦婴交好，都以侠义名闻于京师。两人常去南山弋猎，长安及周边陵县慕名跟从的士大夫，车骑多达数百乘。致仕家居后，没了拘束，所来往者多是闾里的恶少博徒，整日里斗鸡走狗，呼卢喝雉，在江湖中声名鹊起，提起安陵的"袁将军"，关中无远届弗，没有不知道的。

与周、陈及窦婴见礼后，袁盎斜睨着灌夫，朗声大笑道："我道全是熟客，没想到还有稀客。小老弟，代北这个官做得味道如何？"

"托前辈的福，这几年朝廷与匈奴和亲，塞北的胡虏很少犯边，只是闲来无事，日子寡淡得很。"

"寡淡？那是你不会找乐子。"袁盎边笑边对窦婴说道："燕聚不可无乐，老夫自作主张，请了个啁戏小班同来助兴。"

"吾家中自备有伎乐鼓吹，何劳外请。"

"安陵的伎乐别有情致，为雅乐所无。不过话要说在前头，王孙，这账可要由你会哟。"

汉初每个皇帝即位后，都要建陵，同时要从各地移民，建立陵邑。惠帝时曾将关东倡优乐人五千户迁至安陵，由是成为长安及周边陵县中逸乐场所最为集中的去处。啁戏本是流行于河东诸郡的民间小调，表现的多是些男女私情，关中人称之为"酸曲儿"；后来发展成为打情骂俏的男女对唱。京师的浮浪子弟，趋之若鹜，而富家大族，虽视其为难登大雅之堂的郑卫之音，可燕居休闲之际，也常有请到家中演出的。

窦婴笑道："子丝致仕家居，可俸禄照发，请朋友们听回戏，还要别人会账，不至于如此窘迫吧？"

"诸位哪里知道，老夫目下是寅食卯粮了。前两日剧孟到家中访我，自然要摆酒会饮，酒兴上来，自然又要呼卢喝雉，博上几局。那剧孟是此中高手，我又是个不服输的性子，一来二去，输掉了十几万，家中又无积蓄，这阵子竟是以粟蔬度日，食不兼味了。不打你们的抽丰，老夫去找哪个？"

众人都笑了起来。灌夫一下子来了精神，追问道："剧孟现在何处？没有离开长安吧？"

"此番他是来收账，一时怕不会离开。他赢了我的钱，与一般狐朋狗友，混迹于安陵的倡寮酒肆之中。老夫气不过，知他嗜博如命，请了许博昌来杀他的手气。剧孟赢我容易，碰上博昌，负多胜少，落了下风。若非王孙相招，老夫今日还要观战的。"许博昌，是安陵六博高手，有《博经》一篇传世。窦婴好博，故亦与其交好。

灌夫跳起身，向众人揖手告辞道："王孙、众位大人，在下与那剧孟有笔旧账要算，就此告辞。"

窦婴一把拉住他道："甚事这么急？用过酒饭再去不迟。"

"我前年赴代任职，路过洛阳访过剧孟，饮酒时也与之博过数局，不知他使得甚手段，也把我赢得精光。我自是不服，约好日后再战。此次来京，一路上寻他不着，今日既有了下落，岂能错过？定要与之再博，决一雌雄！"

无论众人如何劝说，灌夫不为所动，一心只想马上找到剧孟再行较量，还是心急如火地赶去了安陵。

"剧孟既为行侠仗义之人，何以在赌场上如此无情？"陈介不解地问道。

"赌场无父子，这是规矩。输赢上丁是丁，卯是卯，半点儿含糊不得的。"

陈介摇摇头，道："如此无情，这样的朋友不交也罢。"

袁盎则大不以为然，"陈大人此言差矣。剧孟虽是个博徒，可母死，闻讯自发送葬的客人、车骑千余乘，我们官场的丧礼怕都难有偌大的场面！受到如此尊重者，必有过人之处。天下人为甚仰慕季心、郭解、剧孟？缓急人人会有，一旦有人求告，此辈绝无托词。言必信，行必果，已诺必诚，虽杀身在所不计，这才是丈夫本色。我只不过不愿开口而已，若急用，剧孟可以赠我千金。"

窦婴吩咐开席，打断了二人的口角。他本来欲借饮宴，与他们商议十分机密的大事，灌夫乃不速之客，走掉正方便大家议事。

侍者在每人面前放置一张矮几，上置漆案，案中成套的精美食具中，盛有片成薄片的麑肉、鹿肉，醋醢豉酱与用作配菜的胡荽和莴苣。随后侍者又在每张矮几的中央安放了一只染炉，"染"者，即后世的涮、蘸。染炉铜制，半尺多高，由四支兽足承托着的炭炉，青龙白虎、朱雀玄武，四面透雕，精巧可爱。炭炉上置有一只铜制耳杯，耳杯与炭炉上均镌有"魏其家用"的铭文。侍者将火炭加入炉内，又将杯中注入清水，加入豉酱等调料。不久汤水滚沸，香气浓郁，汆入肉片，片刻即熟，趁热入口，鲜香嫩滑。宾主大快朵颐，不久额上就都沁出了一层薄薄的细汗。

食过一气，侍者们撤下盘盏，奉上巾栉，擦汗净手之后，开始另上酒菜。窦婴提议掷茕行令，以助酒兴。酒茕十四面，每面点数不同，以点数多少计胜负，负者加罚。另有一套酒令钱与之配合，钱一面铸有序数，与酒茕点数对应；背面则铸有"自唱自饮""禁声作舞""行酒一巡""任意请歌"等字样。负者若不胜酒力，可按相同序数的酒钱上的铭文认罚，或歌或舞，以博一粲。

头几巡，周亚夫、窦婴、陈介各负一局。亚夫歌《大风》[1]，窦婴歌《鸿鹄》[2]，陈介不能歌，执壶斟酒一巡。之后周亚夫再负，拈得"禁声作舞"一钱，于是拔剑抟鞞，就席起舞，矫捷雄健，博得一片赞好之声。在这以后，竟是袁盎连负的局面，起先他还撑着，连饮数杯后，改拈酒钱，所得为"任意请歌"。此时酒酣耳热，兴致高涨，袁盎吩咐侍者招呼戏班子上堂，说是要为大家来一出男女对唱。

啁戏班子男女一行四人，低首敛眉地进来，行礼之后，端坐于席侧，听候吩咐。三个男子衣皂，所携乐器，一鼓、一竽、一琴、一笛而已。女子衣缥，不到二十的年纪。一头黑亮的长发，不施瓒饵，松松地绾成一个椎髻；鹅蛋形的脸上薄施粉黛，修得细细的长眉下，一双杏眼顾盼有情，鼻侧的几点雀斑，更添风韵，一望而知是天生的尤物。

女子名窈娘，是安陵顶尖的歌伎。她取过琴，架于膝上，一双素手，十指纤纤，勾抹挑捺，乐声如清泉般汩汩流出。窈娘檀口轻启，音色全不似柔弱女子，高亢激越，令众人精神一振。

上邪！我欲与君相知，长命无绝衰。山无陵，江水为竭，冬雷震震，夏雨雪，天地合，乃敢与君绝！

是首流行颇广的古情歌，起首与末尾两句，决绝之气与高亢的音色相得益彰，声如裂帛，内中蕴涵的张力推动人心，赢得了满堂喝彩。

窈娘略停，轻拢慢拨，奏出另一支曲子，舒缓徘徊，哀怨之情油然而生。

迢迢牵牛星，皎皎河汉女。纤纤擢素手，扎扎弄机杼。终日不成章，泣涕零如雨。河汉清且浅，相去复几许！盈盈一水间，脉脉不得语。

---

①《大风》，即汉高祖刘邦所作《大风歌》，歌云："大风起兮云飞扬，威加海内兮归故乡，安得猛士兮守四方。"

②《鸿鹄》，即汉高祖所作《鸿鹄歌》，歌云："鸿鹄高飞，一举千里。羽翮已就，横绝四海。横绝四海，当可奈何？虽有矢曾缴，尚安所施。"

一曲唱罢，满座无语。袁盎斟了杯酒，递给窃娘，道："别老唱这些悲悲戚戚的歌子。饮罢这杯，还是唱啁调，那个……那个'俏冤家'就妙得很。双人对唱，老夫就扮那个负心郎。"

乐人颔首互视了片刻，登时鼓乐齐鸣，繁管急弦中，跳荡出活泼与欢快。窃娘起身，从布囊中取出一副竹制的响板。此时的她一改方才的端庄素重，目光流眄，幽幽的如同望不见底的深潭。她打动响板，略走几步，腰肢款摆，回眸望定袁盎，抿嘴一笑，唱道：

俏冤家，我与你恩深情厚。你为何只恋新人忘了旧？劝不听，争结怨，相见争如不见，不如狠下心肠，啐！各自丢开了手。

歌声高亢尖利，搅得人心里热辣辣的。袁盎站在窃娘对面，也舞动起腰肢，竟不像个望七的老翁，只是声音嘶哑漏风，引起满座的笑声。

要丢开就丢开，你无情我无意，水上的浮萍遭雨打，说甚么相思皆闲话。今日随我，明日跟他，竟如那，亭驿里的铺陈赶脚的马。

窃娘走近袁盎，一手叉腰，一手指着他的鼻子，柳眉倒竖，杏眼圆睁，别有一番情致。

俏冤家，我待你，金和玉；你待我，好一似土和泥！自古人言，痴心的女子负心的汉，痴心的是我，负心的是你。

两人你来我往，又唱又舞，几个来回后，袁盎词穷，败下阵来。窦婴接着上阵，那窃娘也使足了精神，舞姿袅娜，眉目传情，把这些个平日里庄重自持的大臣撩拨得色授魂与，心猿意马。

几番歌舞，伴随着推杯换盏，众人已有些醺醺然。窦婴想到还有大事要议，于是吩咐艺人们下去用酒饭，将周、陈、袁三人让至里间。

"王孙，我请来的人怎样？你钱使得不冤吧？"

"不冤，不冤。我还要留他们几日，邀些朋友尽兴。"

重新盥洗净手，一巡清茶之后，窦婴正色道："各位大人，今日燕聚，实为一件关乎国本的大事，要与诸位从长计议。"于是将前不久皇帝有意废立，专命郅都查办太子外家不法情事的经过细细叙述了一遍。周亚夫、陈介当日都在朝堂之上，这番话是说给袁盎听的。

"我身为师傅，于情于理都不能不为太子一争。可皇帝废去栗姬的名号，看来是决心已定。郅都乃出名的酷吏，自会提供皇帝所需的证供，废立之事怕只在旬日之间。王孙忧惶无计，诸位均为朝廷之肱骨，不知何以教我？"

"皇帝心意既定，吾等怕是无力回天了。"陈介叹息道。

"陈大人此言差矣！大臣乃国家柱石，事关国本，岂可畏难怯退？"想起朝堂上与郅都的争辩，周亚夫心里沉重，但口气强硬。"除非有太子失德的确证，我决不会赞同废立。王孙放心，我会与你共进退的。"

"设若保不住太子，退而求其次，以各位大人之见，皇帝属意于谁？"一直静听的袁盎，插嘴问道。

亚夫道："按长幼次序应该是河间王，以道德学问论，也该是河间王。"

陈介道："君侯差矣。太子的废立乃由栗姬而起，河间王与太子一母同胞，既能立他，又何须废立？我看胶东王有望。"

"老夫在家赋闲有年，朝廷上的消息不灵通，我听说那栗夫人原本是皇后的首选，怎的忽然被削去封号，以致牵连太子，闹到要废立的份上？"袁盎问道。

几人面面相觑，窦婴道："宫闱之事，晦暗难明，我们不去说它。可有件事出乎常情，也不合祖制，我们做大臣的，难以置之度外。"

"甚事？"三个人的眼睛盯在了窦婴身上。

"梁王觊觎储位，而且得到了太后的默许。"

"这是何处来的消息，确实吗？"陈介追问。

"大长公主前日来访，是她亲口所言。"

周亚夫恍然道："这就难怪了，堂邑侯陈午前日突然访我，我因有事，无暇详谈，他支支吾吾，搞不清他的来意。长公主既为此访你，那陈午想必为的是同一件事了。"

亚夫与窦婴对望了一眼，彼此心中已经会意。这梁王若得逞，他们的前程将会面对凶险。刘武曾被窦婴的面谏坏了大事，当然放不过他；而亚夫，也因一段旧事，曾经结怨于梁王。

七国之乱，周亚夫以太尉总领各军，顿兵荥阳，后又屯守昌邑。吴楚联军猛攻梁国，形势危急，梁王屡次派使求救，但亚夫以吴楚锋芒正盛，深沟高垒，坚壁不出。梁王上书天子，天子诏令亚夫救梁，可他以大将前敌有便宜行事之权，竟不奉诏。亚夫的战略是避实就虚，只派弓高侯韩颓当偏师一支，深入敌后，断扰其粮道。直至吴楚兵锋屡挫，补给不济，军心涣散后，才倾全力出击，一举奠定了胜局。可事后梁王却心生嫌隙，每次进京陛见皇帝、太后，都不免媒孽亚夫的短处，好在皇帝知道内中情由，护着他。若梁王当政，以他那种睚眦必报的性格，周、窦的下场可想而知。决不能以梁王为储，二人对此默契于心，乃共同的利害使然。

"长公主乃梁王亲姊，为何透露如此机密的消息？"袁盎不解地问道。

"长公主把阿娇许了给胶东王，为的就是女儿将来能登皇后之位，梁王此举会坏她的事，她自然要拆台。"陈介道。他认为皇帝既有意废立，再争无益，莫若顺皇帝的意旨而行。他看好的是胶东王刘彘，因为从态势上看，胶东王最有可能被立为太子，长公主夫妇出面运动大臣，更证实了他的判断。

袁盎心里不以为然，觉得这些都不过是杞人之忧。他将着花白的须髯，笑道："诸位大人之虑无乃太甚。有那么多皇子可以挑选，皇帝怎会甘心将皇位传给兄弟？真是天大的笑话！老夫不信。"

窦婴道："子丝是知其一不知其二。皇帝当然不愿，可问题不在皇帝，在太后。太后溺爱梁王，而皇帝仁孝，绝不愿当面违拗太后，必会推说要与大臣会议，最后还不是要我们出头谏阻。"

"做大臣的，这时候出头做皇帝的挡箭牌，有何不可？不然何以称股肱之臣！"

"子丝是站着说话不腰痛。谏皇帝易，谏太后难，我已触过一回霉头，此番再谏，太后怕是要把我从窦家扫地出门了！"

"太后历经三朝，是头脑精明，心里十分有数之人。我就不信，道理说透彻了，太后会做出糊涂事来。"

窦婴等的就是这句话，他向袁盎长揖道："这正是吾等有求于子丝者。谏皇帝，由丞相、陈大夫与我出面，谏太后，则非子丝不能为功。"

亚夫、陈介亦恍然憬悟，随窦婴一同向袁盎长揖致意。

原来袁盎不仅以辩才知名，二十年前的一段往事，使窦太后感念在心，对他格外看重。文帝中年后，宠幸慎夫人，厚封慎夫人子梁怀王，颇有废长立幼的意思。当时的太后母子，如临深渊，如履薄冰，整日生活在忧惧不安中。袁盎时任中郎将，随侍文帝。一次，文帝携窦皇后、慎夫人同游上林苑，举办宴会时，侍从为讨好文帝，不顾尊卑次序，将慎夫人坐席与皇后等列。袁盎是日当值，见状，不由分说，将慎夫人坐席撤至嫔妃席。慎夫人恼羞成怒，坚不肯入席，文帝亦怒，起身意欲发作。袁盎毫无惧色，抢前陈奏道："臣所闻者，尊卑有序则上下安和，如今陛下既已册立了皇后，慎夫人不过一妾，妾与皇后岂可以同坐？！陛下宠幸夫人，不顾朝廷体制厚赐于她，以为非如此不足以示爱，而以臣看来，这反而埋下了祸根，爱之适足以害之，陛下难道忘记了'人彘'之祸了么？"

文帝冷静下来，劝说慎夫人依礼就座。但袁盎也因此为文帝疏远，不久就调任陇西都尉①，此后迁转于各地，直至今上即位后，才得以重回京师任职。窦太后和皇帝以此心存感激，对他格外优遇，所以，劝谏太后，袁盎无疑是最佳的人选。

却不过众人的面子，也暗含着自负，袁盎答应按窦婴的分工，在必要时出面劝说太后。四人又细细计议了一番，斟酌了各种可能情况下的对策，不觉日已过午。窦婴吩咐张灯添酒，重开宴席。于是窦府中又是歌声妙曼，舞姿翩跹，觥筹交错，笑语喧哗；直到暮色四合，夜漏将至，主客方尽欢而散。

---

① 陇西，郡名，今甘肃东南部，郡治在狄道（今甘肃临洮）；都尉，一郡最高军事长官，秩比二千石。

三十八

应该发生的事情就一定会发生。半月之后，诸栗一案审结，刘启不顾周亚夫、窦婴等大臣的苦苦谏阻，还是废黜了刘荣。刘荣被封为临江王①，离京就国。

刘荣就国后不久，栗姬不堪受辱，在永巷自刭身亡。可王娡期盼的事情也迟迟没有发生，她内心焦虑，连日夜不成寐，人憔悴了不少。偏巧皇帝不知是因为怀旧还是其他什么，召幸旧日的嫔妃，王娡的那次侍寝简直是一场灾难，她心理失常，拘谨被动，大失皇帝的欢心，竟连房事亦未能完成。整个过程持续不到半个时辰，王娡就被送回鸳鸯殿。反之，贾姬则抓住了机会，重获皇帝的宠幸，已被召侍寝五次。王娡饮泣吞声，悔恨无已，生命也仿佛天气一样进入到寒冷肃杀的严冬，她心情落寞，一时万念俱灰，足不出户，整个人都蛰伏起来了。

皇帝废旧而未立新，储位空虚，朝野内外议论纷纷，流言四起，人心浮动。就这样过了数月，又是冰河解冻，万物复苏的初春时节，太后终于开始过问这件事情了。

中元元年三月的一天，太后在长信殿举办家人燕聚，刘启、刘武、刘嫖

---

① 临江，即秦汉之九江郡，汉初很短时间内曾为临江国。景帝先封皇子刘阏为临江王，刘阏早死，刘荣被废后，亦被降封于此，四年后因事自杀，国除复为九江郡。

及诸窦陪侍，谈谑歌舞，尽极欢娱。宴席终了时，太后微醺，满面笑容地对众人说道："我年过花甲，以贫寒人家的女儿做到一国的太后，尊荣备至，没有甚憾事了。可你们谁能猜得出让老太婆我最欣喜满意的是甚？猜出来有赏。"

众人争相说出自己的猜想，可太后一一摇首否认，末了，太后指着刘启、刘武与刘嫖道："最让我欣慰的是儿女孝顺，儿女孝顺，为娘一生的操劳和心血才值得，才没有白费。大汉以仁孝治天下，道理尽在于此，你们要谨记这个道理。"

众人齐声称是。太后面容转为严肃，望着刘启问道："阿荣去了临江，储位也不能老是这么空着，搞得人心不定，流言蜚语都传进了长乐宫。皇帝这么久还是选不出适当的人来吗？"

刘启没有料到太后会在这种场合问起此事，一时竟难以回答。适当的人选当然有，就是刘彘；可对是否册立王娡为后，他却迟迟拿不定主意。贾姬侍寝承欢，很当他的意，可他很清楚她绝非皇后之选，她的儿子也绝非太子之选。立太子与立皇后实在是同一件事情的两面，刘启对此委决不下，实在的原因，是拿不准要不要立王娡为后。自从再见王娡后，他对这女人便有了种异样的感觉，总觉得她身上有种让人看不透的东西，一种他不喜欢的东西。

看到刘启嗫嚅难言的样子，太后摇摇头，道："儿子多了也会挑花眼，反不如只有一个好选择。"她看了一眼刘武，摆摆手对刘启说道："好了，为娘有个想法，你听好了，回去好好斟酌着办。我听那些博士们为你父皇讲经时常说，'殷道亲亲，周道尊尊，其中的道理是一样的'，皇帝既如此为难，不如按照从前的想法，安车大驾，以你兄弟梁王为寄了。"

事出意外，刘启心里一震，可口中却不觉应声称是。刘武低头不语，刘嫖与诸窦面面相觑，但在太后严厉目光的扫视下，没有人敢于开口阻谏。

刘启有些乱了方寸，筵席散后，回到未央宫，即刻召见大臣会议，周亚夫、窦婴等借势把袁盎推了出来，于是又连夜将袁盎接入宫中议事。见到袁盎，刘启第一句问话就是："子丝深通经术，太后所言'殷道亲亲，周道尊尊'，真意何在？"

袁盎扫了一眼其他大臣，会意地点了点头，开门见山地答道："太后的意思，是立梁王为帝太子。"

"何以见得？"

"殷道亲亲者，兄终弟及，立弟；周道尊尊者，父死子继，立子。殷道质，质者法天，亲其所亲，所以立弟；周道文，文者法地，敬其本始，所以立长子。按周道，太子死，立嫡长孙；按殷道，太子死，立其弟。"

"太后之意，于公家，于经法的道理相合与否，请各位大臣为朕剖析。"

"当然不合。"窦婴膝行向前，揖手陈奏道："汉家法周，而周道立子不立弟。《春秋》所述，皆周礼大义，是非成败剖析甚明。宋宣公死，不立子而立弟。弟死，王位由宣公之子继承，而弟之子与之争，以为当代其父为王，于是刺杀兄子，由此国家祸乱不绝。《春秋》云：'君子大居正，宋之祸，宣公为之。'①《春秋》大义不可违，梁王为嗣绝不可行。"

刘启心中满意，却仍是一脸忧色，"母命难违，太后面前如何交代？"大臣们的反对固可作为挡箭牌，但这种惹太后动怒的话，他决不想由自己口中说出来。

周亚夫奏道："太后既出之以经义，自然还是以经义说服太后。臣以为，袁大人三朝老臣，深通经术，可以胜此重任。"

陈介亦奏称，梁王早有觊觎之心，储位不可久虚，请皇帝早下决断，以定人心。

在一旁伺候的赵谈，料到大臣们会持反对态度，心里有些沮丧，但脸上却仍是一派不闻不见似的恭谨。太后那一关绝不是好过的，梁王还是有一丝希望的。

数日后，袁盎赴长乐宫向太后请安，太后果然很看顾他，把他召入暖阁闲谈。拉了一阵闲话后，太后看似随意地问袁盎，民间近来有何传闻。袁盎见机会来了，抖擞精神答道，民间都在议论"殷道亲亲，周道尊尊"。

太后的面色转为严厉，目光如炬，紧盯着袁盎道："我说你休致数年，

---

① 语出《春秋公羊传·隐公三年》，指宋宣公将君位传给兄弟缪公，而不传给儿子舆夷，引发后来篡夺君位之祸。封建宗法以传子为常道，因此把传位于子的制度称为"大居正"。

怎么偏偏此时想起请安来了！你老实给我说，谁派你来做说客，是皇帝吗？"

袁盎神色如常，语气沉着："臣身在闾里，心系朝廷，太子之位，事关国本，臣听到消息，实在不忍太后做出糊涂事，铸成大错，故昧死求见陈说，犬马恋主之情，望太后明鉴。"

"我糊涂？"太后吃惊地瞪着袁盎，好一会儿才冷冷地说道："我倒要听听你的道理，讲得明白，我会考虑；讲不明白，你虽是老臣，可知妄议朝纲，大汉的律法无情。"

袁盎伏地稽首道："老臣所论，母子兄弟间事，愿独对。若悖谬无理，臣甘冒斧钺。"

太后屏去侍从后，袁盎问道："太后听博士门讲解经义，一定听到过'大居正'之义，不知太后作何感想？"

太后笑道："你倒考起我来了！'大居正'讲的是父死子继，立嫡以长。可我要问的是'亲亲与尊尊'，道理是一样的，糊涂在哪里？在哪里？"

"糊涂在太后要立梁王为嗣。不错，亲亲可以兄终弟及，可那是君主无子嗣时方可行之……"

"你住嘴，疏不间亲的道理你不懂吗？"

"臣懂。可这不光是太后的家事，也是国事，是事关国本的大事，臣昧死陈言，请太后允准。"

"好，好，你说下去，讲不明道理再说。"

"老臣请问太后，太后欲立梁王，梁王之后，太后立谁？"

"当然还是立皇帝之子。"

"再请问太后，梁王有几子？"

"阿武有五子，如何？"

"太后可有把握，梁王之子届时甘愿让位于皇帝之子？设若不讳，届时无太后主持，会发生甚事，太后认真想过吗？"

"你说会有甚事？"

"老臣不敢妄测，可兄弟相争，乃至手足相残之事怕是免不了的。"

"手足相残，说得可怕，何以见得？讲来。"

"请太后容臣细禀，从头说起。周成王灭殷，以纣子武庚奉殷祀，武庚勾结管叔、蔡叔作乱，被周公扫灭。周公以殷纣庶兄微子开奉其先祀，立国于宋。宋为殷后，如太后言，殷道亲亲，微子死后传位于弟衍。但自衍始，改行周道，父死子继，四传至闵公，闵公又行殷道，传位于弟，是为炀公熙。而闵公子鲋祀不服，弑炀公自立，是为厉公，六传至宣公，皆父死子继。而宣公在位十九年，病，有子与夷不立，让位于其弟和，所持理由与太后相同。说：'父死子继，兄死弟及，天下通义也。我其立和。'和三让而受之，是为穆公。宣公以亲亲之义，恢复祖先兄终弟及的旧制，用意虽好，却为宋国种下了祸根。"

"怎么，那穆公又传位给自己的儿子了吗？"

"正相反。穆公感戴宣公，在位九年后病重，召见大司马孔父交代后事说：'宣公舍太子与夷而立我，我不敢忘，我死后，你们一定要立与夷为君。'孔父报告说大臣们都愿意立穆公之子为君，可穆公坚执要立与夷，说是不如此，他无面目见宣公于地下。"

太后频频颔首道："就是这个道理嘛，皇帝立阿武为嗣，阿武感戴皇帝的恩情，将来也一定会将皇位传给皇帝的儿子，这有甚不好嘛？"

"宋宣公、宋穆公当初何尝不是这样想的？可长辈们的苦心，子孙们又能领会、遵循多少？穆公为确保与夷即位，甚至将自己的儿子冯出居于郑国。可制度的变易、紊乱，往往会给乱臣贼子以可乘之机。宋太宰华督借此为乱，弑殇公与夷，迎立公子冯为庄公。此后宋国五世不宁，君之子与君之弟交相篡弑，后继为君者多不得善终，宋国亦由盛而衰。所以《春秋》以大义责备宣公云：'君子大居正。宋之祸，宣公为之。'"

"太后以亲亲为义，欲立梁王为储，当然是好意。老臣也相信梁王会如穆公那样还位于皇帝之子。可周道所行历时千载，时移世易，父子相继已深入人心，制度一旦紊乱，必为奸人所乘。太后用心虽善，可保证得了儿子，但保证不了孙子，争端一起，祸乱必接踵而至，宗室相残不可避免，大汉的国势或竟由盛而衰。如此，太后何以对孝文皇帝，何以见列祖列宗于地下！老臣风烛残年，命不足惜，昧死陈奏，所望者太后以天下社稷为重，三思而后行，则臣死之日，犹如生年……"说到这里，袁盎已是涕泪交流，语不成声，而后竟干脆伏在地上呜咽起来。

太后则被这番话震惊了，打动了。看来自己竟是被亲情所误，忘记了从长远处打算。这袁盎还真是个难得的忠臣，敢于冒险犯难，在大节上是一点儿也不含糊。想起从前袁盎对自己母子的维护，太后也动了感情，她两眼湿润，亲自扶起袁盎，道："先生请起。先生的忠悃我领会了，先生所言的道理我也明白了。这件事情我会妥善处置，先生放心吧。"

随后太后命宫人预备驷马安车，除赏赐百金外，还有大批布帛锦缎，装了满满一车，将志得意满的袁盎送至安陵的家中。刘启等听到此讯，大为释怀，知道太后已被说动，大事可以无忧了。

当晚，太后将刘武召入长信殿，命宫人整治了一席精馔，母子挑灯夜宴。太后殷殷垂问，娓娓而谈的都是刘武自幼而长时的往事，对刘武最为关心的事情却无半语涉及。夜漏更残之际，刘武忍不住问起太子储位之事，太后只是淡淡一笑，道："话我已经为你说了，这种事情只能是尽人事，由天命。武儿，莫忘记你答应过娘的话，事不可为，就放弃。"

她想了想，口气转为严厉："你在京师快有半年了，诸侯群臣侧目，皇帝虽不开口，可你得有这个自觉。尽快归国去，明日就向你皇兄辞行。回去后好好治理自己的封国，恭谨自守，多为子孙计，不要胡思乱想，再做那些僭越的事情，才可以长保富贵。"

刘武不明就里，可知道事情出了变故，心一下子凉到了底。当夜，他宿于长信殿，辗转不能成眠。次日一早，便尊母命到未央宫辞行。刘启有些意外，也有些愧赧，于是厚赐梁王，并亲自乘法驾送刘武出京，直至灞桥。一路上刘武闷闷不乐，眼看可望实现的事情，竟如此不明不白就结束了，他真是心有不甘。

送走刘武后，刘启在温室殿召见了周仁，密议立储问题。

"周仁，你以为王娡为人如何？"

"臣在外朝侍候，对后宫之事实无所知。陛下可是想以王夫人入主中宫吗？"

"栗姬性妒，贾姬张扬，让人不快在明处，唯独王娡，让人琢磨不透，像是工于心计之人，朕不喜欢。朕所以迟迟下不了决心立储，亦在于此。"

"陛下可是真心想立胶东王为储？若是，此其时也。"

"当然。否则，朕不会遣年长的皇子就国。"

"陛下英明，胶东王英睿，将来必成大器。如此，嗣皇帝长成，断不会为母后所挟持，陛下但立皇后无妨。陛下不喜欢王夫人就不召幸，责其抚育遗孤，奉养太后就可以了。事久生变，册立太子不可再拖。"

刘启沉思片刻，颔首道："爱卿所言，深得朕心，这件事就这样定了。"

由于丞相周亚夫坚持立子以长，刘启最终决定按照周仁的建议行事，先册立皇后，再册立太子。这样，可以按照"子以母贵"的正统礼制，名正言顺地选立自己中意的储君。时间，定在了四月。

三十九

中元元年四月乙巳（七日），是选定的册立吉日，早几日，少府就将皇后专用的全套妆奁服饰送了过来。册立前夕，王姞终于忍不住将妆奁开封，一件件摩挲比试，爱不释手；又命大萍、蔓儿等服侍穿戴礼服，穿上，脱下，又穿上，直折腾到夜半，方才就寝。鸡鸣时分，王姞即起身盥沐更衣。少府派来侍奉的女史早已等在前厅，开始有条不紊地为她梳妆穿衣。知道皇帝已确定册立自己为皇后，王姞喜极而泣，连日来她内心亢奋，外表却要保持如常，不免疲累不堪。上妆时她一直神思恍惚，任由那些宫人摆布，直到大长公主来到，她才回过神来。

"人靠衣妆，这话真是一点儿不假。亲家母，不，皇后这一身装扮起来，真是满庭生辉呢！"刘嫖上下前后地打量着王姞，啧啧称羡。前厅灯火通明，盛装的王姞看上去犹如天人，鸳鸯殿的女侍们把前厅围了个水泄不通，争相观看新皇后的仪容。

皇后穿着的是正式的朝服，又称深衣，宽袍大袖，用整匹的帛料裁制而成。领衽和袖口加缀有锦缘，束腰的彩带扣玉错金，服色绀上皂下①，给人以十分庄重的感觉。朝服上面用彩色丝线绣着熊、虎、赤黑、天鹿、辟邪、巨牛六种神兽的纹章，在灯火映照下熠熠生辉，庄重之外更添华贵。

---

① 绀，黑里透红的颜色，又叫绀紫；皂，黑色。

按规制，皇后在仪典上的发式为高髻，女史在她额前高高拢起的头发中插入一支金步摇①，束以黄金山题②，再用两支横簪将高高绾起的假发插牢。簪股以玳瑁甲磨制而成，长一尺，乌黑透亮，端头是黄金制成的凤鸟华胜③，饰以明珠、翠羽，显示着皇后尊贵的身份。最后为她戴上珍珠珥饰。汉宫中久已不见盛装的皇后，众人屏息凝神地看着这难得一见的场景，厅内静得像是听得见人的心跳声。妆成后的王娙雍容华贵，满头的珠翠在闪烁的灯火中流光溢彩，引起一片喝彩之声。

"阿嫖，我们成功了！"王娙直待女史与侍女们离去，与刘嫖单独相对时，才露出笑容，由于激动，声音有些发颤。

"我早知道会成功的！"刘嫖也很兴奋，她上前一步，握住王娙的手。两人对视，会心地笑着。

"几日里我都寝食不安，神不守舍，如在梦中，真不敢相信这是真的。"王娙百感交集，眼睛酸酸的，强忍着泪水才没有流出来。

"你看看身上的礼服，头上的妆奁，还有甚可怀疑的！"刘嫖将一面铜镜递到王娙手中，退后一步，笑着长揖道："今后，我们都要称你作皇后殿下了。"

"阿嫖，我宁愿你我还是姊妹相称。"

"私下当然无妨，可公开的场合，朝廷体制所关，我还是要称皇后为殿下的。"

"今日的典礼，太后会出席吗？"

"不会。典礼散后，我会陪你去拜见太后。不熟识不要紧，讨老人家欢心靠的是哄，只要恭谨孝顺，太后很快会喜欢你的。"

"一切全靠大姊成全！"刘嫖的话安了王娙的心，她长揖为礼，从心里感激这位大姑姊。

虽然在礼官指导下，王娙已将礼仪演习了几日，但仍担心事临出错，于

———————————

① 步摇，古代皇宫贵妇的一种头饰，上缀垂珠，行走时随步摇动，故有此称。

② 山题，汉代妇人头饰的底座，制如山形，着于额前。

③ 华胜，即簪首的饰物。古代妇女用于簪头发的簪首常制成鸟雀形状，所以又称作雀钗；皇后所用的簪，簪首的华胜为凤凰形，又称为"凤凰爵"。

是就些细节请教刘嫖，两人又细细议论了一气。随着催漏的钟鼓，出发赴前殿的时刻已到。

皇后的卤簿早已等候在鸳鸯殿外，随侍的宫人和宦者排成了长长的队列。王娡乘上皇后专用的辇车，刘嫖骖乘，大长秋一声令下，队列在仪仗引导下缓缓行进。嘚嘚的马蹄声，踏破了凌晨的静谧，数百盏宫灯犹如一条游龙，在若明若暗的曙色中蜿蜒前行。莫名的紧张突如其来，王娡深吸了一口气，紧紧握住了刘嫖的手。

到达前殿时，天色已经大亮。后宫众多的嫔妃也已朝服盛装，依品级高低，列队跪拜迎候如仪。殿前阔大的广场上，百官朝服盛装，按文、武分列成数队，持笏肃立于甬道两旁。百官后面是由宫禁卫士组成的仪仗队列，甲胄鲜明，彩旗缤纷。偌大的广场虽布满人群，但鸦雀无声，场面隆重肃穆。王娡换乘肩舆，在数位嫔妃及一队侍女陪侍下，由大长秋引导着升阶登台。

前殿位于二层，宽敞的露台中央，设有用翠羽制成的华盖，王娡一行到此止步，面向北肃立。前面不远，就是皇帝委派执行册命的正副使节：丞相周亚夫和宗正刘通。两人均服黑色朝衣，戴三梁进贤冠，金印紫绶，气象威严。汉制，册立皇后本以太尉为正使，可周亚夫升任丞相后，太尉一职至今空缺，故以丞相为正使。亚夫持节，东向肃立，刘通则与之相对，后面则是奉常张欧、太乐令及其属下的宫廷鼓吹和一队乐舞讴者[①]。

三通鼓响，吉时已到。身着衮冕的皇帝走出前殿，南面肃立。谒者令高声宣告皇帝临轩，百官拜舞，山呼上寿。礼毕，谒者令宣布册封仪典开始，两名侍御史手捧皇后玺绶和册书，分别递交给周亚夫和刘通。刘通卸下封泥，展开册书，向着拜伏稽首于锦褥之上的王娡，大声宣读册文：

维中元元年四月乙巳，皇帝诏曰：皇后母仪天下，体制尊贵，供奉天地，祇承宗庙。咨尔乾坤，诗首关雎，王化之本，实由内辅。椒房无主，中宫旷位，王夫人秉性贤淑，德冠后庭，群寮所咨，佥曰宜哉。卜之蓍龟，卦得承乾，

---

① 讴者，即歌唱者；鼓吹，即乐队。

有司奏议，称宜绂组，以临兆民。今使丞相亚夫持节奉玺绶，宗正刘通为副，立王夫人为皇后。其往践尔位，恪守妇道，仪范后宫，敬宗礼典，肃慎中馈。四海皇天，维德是依，无负朕命，天禄永终，可不慎欤！钦此。

王娡拜受册文，再拜稽首谢恩后，归位于华盖之下。之后是授受玺绶的仪式。大长秋出前数步跪下，从周亚夫手中接过皇后玺绶，转交于位次较高的程姬、贾姬，转相授受后，一人奉玺，一人为王娡佩绶。皇后与皇帝绶带的颜色、质料相同，也是黄赤色，四采五百首①。程姬、贾姬为她奉玺佩绶时满面笑容，可王娡还是感觉得到笑容后面的嫉妒与仇恨。满心欢喜的她猛然清醒过来，从现在起她已被推到了众矢所指的位置上，满后宫的女人都可能是潜在的敌人，无论她收敛还是张扬，都会如此。

进行中的仪典不容她多想。授受玺绶毕，王娡再拜稽首如仪，起立，称臣妾，谢恩。宗正刘通高声宣告仪式完毕，百官再次舞蹈山呼上寿。礼讫，黄门鼓吹三通，太乐奏《安世房中歌》。钟磬叮当，笙管齐鸣。伴随着抒发婉转的乐声，上百名宫伎翩跹起舞，这是大曲的前奏，被称为"艳"。之后讴者同声高唱：

　　大孝备矣，休德昭明；高张四悬，乐充宫廷。
　　芬树羽林，云景杳冥，金支秀华，庶旄翠旌。
　　……

歌声徘徊往复，庄重感人。每节完后乐声转快，节奏铿锵，这是大曲歌辞间的过门间奏，被称作"解"，而舞者的动作、步履亦随之狂放而激烈。歌声、乐舞缓急错杂，快慢相间，将跌宕起伏的情致表现得淋漓尽致。

―――――――

①四采，四种彩锦织成的文饰；首，汉代表示织物的经缕密度的量词，一首合五扶二十系；帝、后的绶密度为500首，合10000系，根据绶的幅宽（1.6汉尺，约合36.8厘米）计算，则每厘米的经缕达约217根，远远高于现代织物的密度（约25根）。所以绶的织法应为包含若干里层的提花织物。

歌毕，鸣鼓，宣告仪典结束。百官依次退出，王娡拜辞皇帝，由刘嫖与大长秋陪同前往长乐宫拜见皇太后，然后又赴宗祠告庙①，之后在椒房殿正皇后之位，接受后宫嫔妃与宦者宫人们的祝贺，贺罢大宴后宫，一直应酬到晚上，方才停歇下来。

　　王娡疲困交加，卸妆盥洗后即登床歇息，侍奉她更衣的女侍们正待退出，王娡叫住了大萍，"这么大、这么空的地方，我一个人住着揪心。你把铺盖搬过来陪我，夜里灯一直要亮着。"寝殿高大空旷，冷寂凄清，令她心生畏怯。

　　椒房殿不同于后宫其他的院落，是由一组宫殿群组成。薄氏为皇后时，王娡常来此请安，但仅止于正殿以前。如今，这里已归属于她，恍惚中，她由一群侍女陪同，挑灯巡视自己的领地。

　　长长的巷道仿佛总也走不到尽头，夜很暗，宫灯只能照出尺把远。打头宫人的身影隐没在黑暗中，万籁俱寂，只听得到细碎的脚步声。王娡觉得不安，不由得加快了脚步。就这样走了不知多久，月光终于穿透了阴霾，散射于大地，四下无人，也没了灯光。前面那个若隐若现的背影，她看着眼熟，分明就是废后薄氏。怎么，被废黜的她还没有搬离这里吗？妇人一闪身进了一座院落，王娡跟了进去。

　　院落破败，门窗漆皮剥落，院内蒿草没踝，所有的房屋都落着锁，只有一间屋门半开。王娡蹑手蹑脚地走进去。女人背向着门，正在用力做着什么。她悄悄走近，探头望过去，那女人攥着一个布制的偶人，正用手中的铜锥，一下接一下狠狠扎进偶人的穴道中。王娡险些叫出声来，拔腿向门外退去。

　　听到动静，那女人猛地转过身来，惨白僵直的面容上暴睛凸起，直勾勾盯视着她。映着明亮的月光，她看清楚了那女人的脸，这哪里是薄氏，分明是自到身亡的栗姬。王娡心胆俱裂，拼命向外跑去。起风了，四面都是虫鸣与枝叶摇曳的沙沙声，凄厉的、若有若无的哭声夹杂于其中。她大声呼救，可侍女们已全无踪影。她慌不择路，不知跑到了何处，被一丛荆棘绊倒。身后追赶的脚步声却愈来愈近，愈来愈响，她感到窒息，浑身瘫软，绝望和恐

---

　　① 告庙，古代国之大事均告于宗庙，传消息于祖先，称告庙。

怖渗透进每个毛孔，心跳声如擂鼓，可大张着的口中却发不出一点儿声响……

"皇后殿下，皇后殿下！"有人在摇动她，那声音也很熟悉。王娡睁开眼，四面灯火通明，守在她身边的，却是大萍，正在用布巾为她拭汗。

她不敢再睡，起身披上睡袍，呆呆地坐了一会儿。

"这个寝殿栗姬住过，我刚才见到了她，真可怕。"

"我也梦到了阿宝。"

"喔，你也做了噩梦吗？"

"阿宝说的都是家乡的人和事，倒不怎么让人害怕。后来听到殿下的叫声，就醒了。"

"两个都是凶死鬼，阴魂不散，明天我要搬到配殿里睡。今夜不睡了，你陪着我说话。"

"是。"

"大萍，你还记得一年前，我们在漪兰殿说过的话吗？"

"记得。殿下说要争皇后之位，争太子之位，如今都做到了。奴婢恭贺殿下，为殿下高兴。"

"还不止于这些。我还说过，跟从我的人，我会为之着想，为他们争一个好的前程。如今，我可以做到了。你与郭彤，出力最多，我要报答你们。大萍，说说看，你现在最想要的是甚？"

"谢皇后殿下。奴婢最想要的是……是能早些回乡，与爷娘团聚。"

王娡有些意外，也有些不快。"想要回家，为甚？还是为了阿宝的死自责？阿宝是栗姬所害，与你我无干。栗姬心胸狭隘，害人害己，已经遭了报应。阿宝泉下有知，也会心安的。"

"奴婢不敢，实在是想念爷娘。"好友死于后宫里的争权夺势，虽为栗姬所害，但起因在自己身上，大萍一直为此自责。

"宫里头有制度，宫人年不满三十不能出宫，这件事我怕是帮不了你。你年纪还轻，在宫里大有可为，从明日起，我要少府把你的月俸加倍，你还得帮我，做椒房殿的总管，回家的事不许再提。"

"是。"

"你的心情我知道。我还不是这样过来的。谁不想与家人长相厮守？可在宫里办不到。办不到的事，想也是白想，徒生烦恼。"王娡这番话，既是针对大萍，也是说给自己的。几年来深宫孤处，总算熬出了头，身为皇后，五日一侍寝，可以定期见到皇帝。王娡想到这里，嘴角不觉露出了笑容。

"按规制，今后我每日要给太后请安，每五日一次，要上食侍奉皇帝，我想排出两宫的食单，菜式要不断翻新，尽可能不重样，这件事关系甚大，大萍，只能办好。"

"是，今日我们扫除旧物，在食窖中找出许多食单，看来是栗夫人以前侍候皇帝时用过的。"

"哦，这太好了。这女人侍奉皇帝多年，最晓得他的口味。这些食单没有丢掉吧？"

"没有，奴婢想可能有用，收得好好的。"

"真是个有心的孩子，冲这，我也舍不得放你走呢！你安心跟着我办事，将来我会出头为你寻下门好亲事，要嫁就嫁个做官的人家，爷娘的脸上也有光彩。"

大萍顿首拜谢。王娡兴起，吩咐她马上取来那些食单，开始兴味十足地研究起五日后上食时的菜式来了。

四十

"好，嗯，好味道。"刘启将王娡带来的菜式品尝了一遍后，满意地点着头。他放下匕箸，在一只错金水盂中濯了濯手，对那些侍奉的宫人们摆摆头，道："你们都退下，朕与皇后有话要说。"

"两件事。"刘启望着王娡，稍稍踌躇了片刻，问道："你可知朕为何立汝为后？"

"臣妾蒲柳贱质，本不足以承祧宗庙，陛下这样做，全为的是彘儿。"

"不错，可你只说对了一半。彘儿少年英睿，是块成大器的好材料，可他排行靠后，大臣们意见不一，所以要先立后，再立储。《春秋》有言：子以母贵。皇后之子便是嫡子，立子以嫡不以长，春秋大义，可塞众口，彘儿立为太子便不再有任何障碍。所以，明里彘儿是借了你的光，所谓子以母贵；实际上是你借了彘儿的光，是母以子贵。个中的道理你要明白。"

"陛下英明。爱屋及乌的道理，臣妾也明白。可那另一半是甚，臣妾愚昧，还望陛下明示。"

"立你为后的另一个原因，是因为你本分。皇后有中宫之尊，必须守妇德，安本分；若不安本分，会生事祸乱后宫。栗姬为前太子之母，最有做皇后的资格，可妒忌生事，自蹈罪衍。为皇后者，切不可妒忌张扬，栗姬的教训，你要记住。"

"是。"

"那么先说第一件事。朕决意立彘儿为太子，吉日已请太祝卜定，就在丁巳日（十三日）。太子地位尊贵，阿彘是个小名，不雅。朕想了几日，为他选了个新名，单字一个'彻'，有'光明通透'之义。你是他母亲，以为如何？无异议，从今日起就传命宗正府把名字改过来，叫刘彻。"

王娡大喜，伏地顿首谢恩，可还是掩饰不住喜悦的神情。

"太子是国之储君，将来要承继大汉的基业，学业绝不能荒疏。朕将为彘儿，不，彻儿，挑选师傅。从明日起，彻儿要搬入太子宫，再不能与你朝夕相处。只能五日一次，去你那里请安。"

"国事重于亲情，臣妾明白这个道理。学业上的事全凭陛下做主，所求者，是能让臣妾选几个宫人跟去照顾彻儿的起居，都是从小伺候他的，熟悉彻儿的脾性。"

"可以，彻儿生活起居上的事，当然还是你来安排。女侍之外，你也可挑几个宦者。"

"谢陛下。"

"越儿与寄儿都到了读书的年纪，可以随彻儿去太子宫陪读，你的负担也可轻一些。儿姁那几个孩子，年岁还小，没了母亲，你这个大姨要多费心思。"

"陛下放心，妹妹的孩子，我会当自己亲生的一样看待。"王娡感伤地用丝巾拭了拭眼睛，转变了话题，问道："长公主给阳信定了户人家，是平阳侯曹时，不知皇帝意下如何？"

"子寿是曹相国的曾孙，功臣之后，食邑万户，当然是门好亲事。你有阿嫖做亲家，儿女的婚事是不用愁了。"刘启笑道。

儿姁早殇，皇帝对遗孤格外关切。自己年长色衰，比不过那些年轻宫人，有这几个外甥儿在，尚可在亲情上博取皇帝的好感。看到皇帝心情好，王娡赔笑道："越儿年纪还大于彻儿，是不是也该册封个王位？那几个小的，也请陛下挂怀，庶几阿姁可以安心于泉下。"

"朕听说孩子们都拿你做亲娘看待，难得得很！再有，南宫和亲的事上，你能以国事为重，放得开手，也深得朕心。做皇后者，就该有这种怀抱。你放心，这些孩子们的事，朕心里有数。"

刘启呷了口酒，敛起笑容，道："照顾这些孩子，已够你费神，可朕还有一事相托。太后年事已高，你要代朕细心侍奉，不必拘泥五日一请安的规制，但凡有空，你就可以过去陪她。"

"臣妾遵命。做媳妇的，本应承欢膝下，侍奉太后颐养天年，请陛下放心。"王娡把皇帝的托付，看作是格外看重自己的表示，满心欢喜地应承着。

"在朕这里也是一样，你上要伺候太后，下有皇子要看顾，朕不愿你费力分心。今后，这里的尚食与侍寝，就免了。朕若有事，会随时召你来的。"

这番话，犹如迎头泼下的一盆冰水，使王娡从头顶凉到脚底。皇帝语似关怀，实际上却剥夺了她作为皇后的最重要的权利。这五日一次的尚食与侍寝，是皇后地位的象征，没有了它，她与普通宫嫔还有何区别？消息传出，众口喧腾，自己势将成为后宫中的笑柄。想到那些幸灾乐祸者的面容，她的心抽紧了。

空气中弥漫起一种紧张，看着低头不语的王娡，刘启眉头微蹙，问道："怎么，你为何不说话？"

"这就是陛下要说的第二件事吗？皇后定时侍寝，是祖制，也是夫妇间的礼数。臣妾再操劳，也不敢坏了祖上的规矩，请陛下收回成命。"王娡的声音不大，可口气硬硬的，很冷。

这下轮到刘启吃惊了。想不到平日里那么柔顺恭谨的女人，此时竟判若两人，或许，这才是她真正的本色吧。

"朕是好意，你莫不知轻重。"

就这样轻易放弃自己的权利吗？不，一定要争！王娡鼓勇陈言道："陛下既厌弃臣妾，又何必立臣妾为后？既立臣妾为后，又何必以此羞辱臣妾，要臣妾在人前抬不起头来？陛下的好意，臣妾实在不明白。"

"你这样说，朕倒也不明白了！朕如何厌弃你，又如何羞辱你，你讲不出个道理，就是诬枉欺君之罪，你抬起头回话。"刘启面色凝重，口气中隐含着怒气，王娡不寒而栗，头脑一下子冷静了下来，可心里的话，还是脱口而出。

"陛下召幸旧宫人，贾夫人侍寝不下五次，而臣妾仅一次还半途中辍，这不是厌弃？薄氏无宠，与陛下可谓怨偶，但在位时，陛下还为她保留了起码的面子，五日一次的尚食侍寝并未取消。栗姬事败之前，也是如此，而她还没有皇后的身份。

"皇后之位，人人觊觎，我既为后，在后宫已成众矢之的。臣妾有自知之明，知道侍寝不过是个虚名，可陛下连这点儿虚名也不给，臣妾就成了那些嫉恨者口中的笑料。臣妾宁愿陛下赐死，不愿受此羞辱。"刚才还情同夫妇家人的闲谈，转瞬间竟成了这种局面，王娡一阵心酸，泪水夺眶而出。

刘启却不由笑了起来。"你就是为了这个委屈？阿嫖常夸你大度，看来也不免于女人的嫉妒。贾姬床笫功夫好，可凭这她当不成皇后。若能做皇后，她还会在乎侍寝吗？

"皇后是甚？不过是种名分，就像宗庙中的牌位，人人都要拜，虽然只是块木头，可位置在那里，没有人敢于不敬。陪朕的女人虽多，可皇后只有一人，多少人想充这个牌位而不能，王娡，你莫不知足。"

王娡心中凛然，顿首请罪道："臣妾愚昧，望陛下恕罪。"

刘启收起笑容，道："天子言出法随，你却以为能用祖制挟制朕。今日你能挟制朕，日后是不是也要以母后的身份挟制嗣皇帝呀？"

"不，不！臣妾一时糊涂，万不敢如此，请陛下治罪。"王娡顿首再拜，身上已是冷汗淋漓。

"治罪谈不上。可你要记住朕先前的话，做皇后的要安分知足。'恪守妇道，仪范后宫，敬宗礼典，肃慎中馈'，册立诏书中的话，是朕的期望，也是朕的要求。甚是妇道？安分知足就是妇道。身为皇后者若不能谦恭退让，后宫里还太平得了嘛！还是那句话，栗姬的前车你要谨记。"

"是。"

刘启望着面前惊惧觳觫的女人，心中有些不忍。"话就说到这里，你好自为之。起身洗洗脸，回去安歇吧。"

郭彤今夜当值，看到王娡满面羞愤地出来，知道事情不妙，赔着小心送她回宫。一路默默无语地跟在辇后。直到出了前殿的宫门，王娡才问道："今夜何人在前殿侍寝？还是贾姬吗？"

"不是。"

"什么人陪皇帝？"

"都是些年轻的新人。殿下若想知道的详细，在下明日去永巷把姓名抄来。"

王娡叹了口气，道："知道了又有甚用？不必了。"

又默默走了一程，已能望见椒房殿的灯光，郭彤揖手告辞时，王娡忽然问道："公公可想换个差使？"

"甚差使？"

"到太子宫侍奉阿彘。"

"在下身不由己，要皇帝允准。"

"这不难，你只讲想不想，其他的事，由我对皇帝说。"

"当然想。殿下看得起郭彤，郭彤敢不尽犬马之用。"

"那我们就讲定了。"

看着远去的辇车，郭彤叹息道："好事难全！"摇摇头，回前殿去了。

回到椒房殿，王娡思前想后，彻夜难眠。册封为后时的欢喜已荡然无存，取而代之的是深深的失落和忧虑。以色事人者，色衰而爱弛，没有了本钱，又怎能拴得住皇帝的心！得了名分，却又奢望着夫妇之爱，看来自己还真是没有自知之明。重新获得皇帝的宠幸既无可能，皇后的位子还能够坐稳吗？

"贾姬床笫功夫好"，她想起皇帝的评语，心里酸酸的。她记起有一次闲谈，说起贾姬得宠的事，刘嫖不屑道："有甚好？不就是会叫床。"她告诉王娡，贾姬是代北人，代北的女人皮白肉细，会叫床，男人就喜欢这种骚女人，这会让他们感觉自己更有丈夫气。当年那个慎夫人也是代北人，媚惑孝文皇帝，靠的也是这个。

可这种女人不是做皇后的料，就如皇帝所言，凭这个成不了皇后。况且贾姬的年龄还要长于自己，年长色衰，她也没有多久好日子过了，构不成实在的威胁。那些年轻宫人，虽然有机会侍奉皇帝，但一时半会儿难得有儿子，小心防备，不足为患。对贾姬而言，她们的威胁反而更大，对这个骚女人可以拉一拉，必要时或许可以为己所用呢。

思来想去，王娡觉得确保自己皇后的位置，除去低首下心，在后宫广结人缘，化敌为友外，还是要从太后及与长公主的姻亲关系上下力。有了这个靠山，自己与彘儿的地位就有保障。对任何可能与现实的敌手，一经发觉，则要尽快剪除，不留一点儿后患。对于即将成为太子的阿彘，身边一定要安插上忠于自己的人，牢牢地保护住他，置于自己的影响之下。只要儿子将来能够顺利继承皇位，就不愁没有扬眉吐气的一天！

她挑亮灯焰，取出锦盒，将每日都要摩挲把玩的银环，一股脑儿倒在几上。随光影耀动的亮色，宛如月下的一汪水面，冷光潋滟，倒映出往昔的浮华岁月。曾经有过的青春、美貌、情爱，如同几上斑驳的光影，是那么的不真实、不可靠。挥之不去的，是孤处深宫时的寂寞，这么多年来一直伴随着她。而今身为皇后，反而倍增凄凉，她不禁潸然泪下了。

她的手下意识地拨弄着那堆银环，眼怔怔地盯着前面，觉得心里面有什么东西正在死去。良久，她用一方丝帕包住银环，连同皇帝赏赐自己的那面铜镜，塞入了衣箱的底部。

次日，王娡起身很晚。侍奉盥栉（guàn zhì）时，大萍吃惊地发现，一夜之间，主人头上竟生出了丝丝白发，容颜像是苍老了十岁。"伍子胥过昭关，一夜愁白了头"，她这才相信这个民间传说的真实。个中的原因，她当然知道，心里不禁暗存了几分同情。而蔓儿等不明就里者则吃惊不小，又不敢明说，于是四下里寻找镜子。王娡道："不用找了，镜子我收起来了。你们传话给少府，让他们送几面新的铜镜过来。"

子女们前来请安时，看到昨日还是雍容富丽、喜气洋洋的母亲疲惫苍老的样子，也不由得面面相觑，刘彘忍不住问道："娘，你这是怎么了？一晚上就老了这么多！"

"是吗？还不是为你们操心操的。"王娡淡淡一笑，道："我告诉你们个好消息，阿彘被你们父皇立为太子了！皇帝还亲自为阿彘取名为刘彻，你们以后都要称他为阿彻，人前则要称呼他'太子殿下'，记住了？"

"是。"

"还有，你们父皇吩咐，阿越与阿寄一起去太子宫，陪阿彻读书，今天就都随他搬过去。"

众人请过安后退下，王娡将刘彻单独留了下来。她细细端详着儿子，一年过去，儿子长高了不少，已经是一个英气勃发的少年了。

"儿啊，还记得一年前娘说过的话吗？我们做到了，我们成功了！今日你就要搬到太子宫，你要好好读书，让你父皇满意。"

"那韩嫣呢，韩嫣也是陪读吗？"想到从今日起，便能摆脱母亲的约束，自由自在，刘彻的兴奋之情，溢于言表。

"那个韩嫣，领着你偷偷出宫，我还没有找他算账。这件事让你父皇知道了，他的罪不轻！你还想要他陪读？"

"是我逼他带我出宫，父皇怪罪，由我顶着。"

"不行。今后你的身份不同了，不能像过去那样随心所欲，交友也要慎重。近墨者黑，近朱者赤，韩嫣这样的纨绔子弟，你离他越远越好。"

"韩嫣是我朋友，凭甚不能陪我读书？就出了一次宫，怎么就成了纨绔？娘说的不算，我自己去找父皇说，大不了不做这个太子。"说罢，刘彻起身欲走。

王娡一把扯住儿子的胳膊，气得浑身颤抖，好一会儿才说出话来。"你抬起头，看着娘，好好看看娘！你问娘为何老成这个样子？为甚？为了你。娘整日忧心操劳为的都是你。眼见着成功了，娘的苦心你可以不领会，可绝不能一时任性，毁了这一切！"

"韩嫣就带我出宫玩过一次，怎么会毁掉一切？娘说得也太夸张了。"

"有过一次，就会再二再三，你父皇也早晚会知道，存了你荒疏不学的成见，你这个太子，还当得下去吗？"

"父皇一直夸我书读得好，娘不必为此忧心，何况还有师傅们看着，我们想出宫，也出不去呀。"刘彻不以为然道。

看到儿子倔强的神情，王娡知道自己说不动他，于是托郭彤向皇帝进言，说韩嫣偷带刘彻出宫，不宜再入太子宫陪读。而皇帝的回话却使她始料不及。皇帝说，孩子常年关在宫里，想到外面看看，没什么大不了的，自己做太子时就没少溜出去过。他要郭彤转告王娡，要她上心侍候东宫，太子的学业用不着她费心。

皇帝难得见面，儿子看来也要脱离自己的控制，每日还得低眉顺眼地伺候太后，这个皇后当得太没有味道。她心有不甘，苦思数日后，她将贴身的侍女大萍派去侍奉刘彻。有大萍和郭彤在儿子身边，儿子的安全可保无虞，儿子的一举一动，她也会尽知无遗。

四十一

"新立为皇后，儿子也成了太子，这么大的喜事，你怎么一副没精打采的样子。有甚心事，别老闷在心里头，说出来听听。"窦太后用过餐，由王娡和长公主陪着在殿前的花园中遛弯。数日来，王娡午前都到长信殿陪侍太后。她亲自下厨，调治精致的菜式，每日不重样，带到东宫孝敬太后。尽管谨言慎行，举止沉稳得体，可太后老于世故，还是看出她不快乐。

"没，没有甚……"

站在太后身旁的刘嫖看了一眼王娡，打断她的话头，道："还能为甚？皇上也忒不像话，宠着贾姬那个骚货不说，还把弟妹五日一侍寝的定制给废掉了。做皇后的，却不能侍寝，让后宫里头那些个人看笑话，皇后的脸往哪儿搁？娘，你该好好教训一下皇上了。"

"噢？是这样。"窦太后注意地看了一眼王娡，没有再说什么，继续向前走去。

回到宫里，太后示意宫人们退下。她呷了口茶，制止了正欲开口的刘嫖，望定王娡，问道："皇帝怎么说？"

"皇帝要我侍奉好太后和小皇子，不必按规制侍寝，有事会派人召我。"

太后冷笑道："男人全都是一个样。他倒挺会安排人。"

她止住又欲开口的刘嫖，若有所思地说道："皇帝是吾儿，我当然可以教训他。可训过他，他就能回心转意了吗？就能放开那么些年轻的女子，像民间的小户人家一样，守着一个老婆过日子？"

"不可能!"她摇摇头,看着低头不语的王娡,继续说道:"依我看,进了宫的女人就得认命,甭想过夫妻厮守的日子。你还是从宽处想开着点儿吧,有儿子,有皇后的身份,后宫里头那些人就算是能陪两天皇帝,到头来还不是两手空空。"

"太后说得是,媳妇不敢抱怨。皇帝也对我讲过,要安分知足。"王娡口中称是,可心里难过,眼泪还是落了下来。

"娘,弟弟这么待弟妹,就够让她难过了,你不帮她还训她,太偏心了!"刘嫖将丝帕递给王娡,愤愤不平地说。

"你懂得甚!我说说皇帝可以,可后果如何?你想过吗?皇帝老大的人了,他心里头会怎么想?皇后怨望,到母后那里告他的状,若是存了这种成见,她还会有好日子过吗?"

太后望定王娡,叹了口气,道:"你的心情我知道。我也是过来人,比起你,我受的罪有过之而无不及。皇帝图清净,避开你去快活,未必不是件好事,眼不见心不烦,我当年可是想避都避不开呢。先帝与他宠幸的女人,出则同行,入则同寝,场面上还处处要我相伴,与那些贱货平起平坐,哪里还给我留半点儿体面,连大臣们都看不过去。人活一口气,以我自来的心性,拼着一死,也不会受这等羞辱。可我忍下了,心里头在流血,可外面还得做出若无其事的样子,甚至强颜欢笑。为甚?为了儿女,更为的是不让那些贱货们得逞。她们巴不得我与先帝争讲吵闹,夫妻反目,她们好乘虚而入,以售其奸。我忍了,忍到了最后,得胜的是我。"

往事牵动了心绪,太后有些激动,面色也现出了潮红。"做皇后的早晚都会遇到这种事情,应付的办法只有一个——忍。代北来的那个姓慎的骚货处处与我为难,她有个儿子,也被封为梁王,先帝宠爱至极,派了朝廷中最有才华的贾谊做他的师傅,摆明了是要加意培养他成大器。我心里别提有多怕,可表面上还是若无其事,谦恭退让,一点儿把柄也不让她拿到。人算不如天算,那梁王驰猎坠马身亡,不久,那骚货也忧伤而死,我这颗心才放了下来。想想那些担惊受怕的日子,我还真是体谅了婆婆,吕太后为甚要把戚姬做成'人彘',让她不死不活地受罪?非如此不足以泄愤呐!我也曾动过杀心,可后来一想,让她们没有一点儿盼头地活着,看着我风风光光地过日子,是比死还难受的活罪。"

"男人都是些喜新厌旧的坏子，做皇帝的更是如此，你既是皇后，就注定要受这份罪。可往宽处想，比起皇后的名分，床笫之欢又算得了甚？只要儿子为你争气，皇帝千秋万岁之后，你还不是像老婆子我一般风光。应了民间的那句老话：吃得苦中苦，方为人上人。"

王娡顿首道："媳妇愚昧，太后所言，令我茅塞顿开，媳妇谨遵太后、皇帝的教诲，以身作则，安分知足。"

"这就对了，你是个聪明人，该怎么做，用不着我多说。你也不用光来陪我这个老婆子，寂寞了，可以传召娘家的戚友到宫里做伴解闷，女眷还可留在宫里常住。只要想得到，甚乐子找不到？皇后是后宫之主，你有这个权力。但要记住一条，绝不可触怒皇帝，他身边受信用的小人也不能得罪，得罪了，皇帝那里就再听不见你一句好话，这种水滴石穿的功夫，很可怕！"

太后年高，每日都要午休。王娡与长公主又陪着说了一阵闲话，见太后面露倦意，便一同告退了出来。早春的天气清凉温爽，花坛上已经是一片嫩绿，在日光的沐浴下，宛如绒毯。远处的桃、李、杏树已是蓓蕾满枝，粉白相间，旬日之内，就会缤纷怒放。

王娡在正午的阳光下眯起眼睛，深吸了一口气，道："太后真不愧是太后，看事情就是透彻，一番话讲得我神明通透，腌臜之气一扫而空。太后这么刚强的人都能忍，我还有甚说的？得作乐时且作乐，何苦自寻烦恼，我想通了。"

长公主摇摇头，若有所思地说："母后要强，脸上若无其事，其实心里头很苦。我和皇帝那时都大了，她的心事，我们都感觉得出来。看来，女人在宫里真不如在外头自在安逸呢，我们家那口子，事事依我，哪里敢到外面寻花问柳。但愿我家阿娇将来不要落得弟妹这般地步。"

"彻儿他敢？我绝不允。大姊放心，我会派人看住他，要他安心向学，心无旁骛的。彻儿五日一次要来椒房殿请安，大姊可带阿娇过来，阿娇自己来也行，两个人常见见面，就不会生分。等到阿彻行了冠礼，就给他们完婚。大姊放心，我们这个亲家是做定了的。"

长公主闻言心喜，笑道："我对弟妹当然放心。阿彻只要上进好学，皇帝满意，就没人能动摇你们的地位。阿彻人聪明，可也不能放松督促。"

王娡拍着刘嫖的手臂，道："大姊说话见外了，甚'你们的地位'？应该是'我们的地位'才对！我们是亲家，一家人！我们后面还有太后。可真是的，皇帝不许我过问彻儿的学业，也不知派给太子宫的师傅是谁。"

"太子太傅派了原来的中尉卫绾，留用了一个姓汲的师傅，还有两个不知姓名的博士，是新派的。"

"窦太傅德高望重，身份、名望都比卫绾高，他为甚没有留任太子宫，难道窦太傅反对废立吗？"

"那倒未必。我这位表兄最是矫情，说是栗太子被废，自己辅导无方，引咎请罪不说，还称病不朝，屏居南山，不知道做给谁看。难怪皇帝说他江湖习气，持重不足，不堪大用。不过，那个刘荣，对你我可是恨之入骨呢。"

"哦，怎么知道是这样？"王娡顿生警惕，追问道。

"刘荣被黜为临江王，就国前曾饮宴太子宫的旧人，席间唏嘘饮泣，发誓要为他母亲复仇。在场的有位官员与我家陈午交好，特来我家告知了此事。"

"怎么知道栗太子指的是你我呢？他亲口点了我们的名了吗？"

"名倒是没点。他说，母亲是被觊觎皇后与太子之位的恶人陷害，冤屈而死。恶人尽管得逞于一时，可不容于天地神明，久后必遭天谴，神明殛之，死罪难逃。'恶人'是谁？谁又得了皇后与太子之位？明白人一听即知是指你我。不过，他既遭皇帝的疏远，临江又远在江淮，谅他一个纨绔皇子，有何能为？"

王娡摇摇头，道："大姊莫小看此事，父母之仇，不共戴天。临江王既然怨毒在心，我们倒是要警惕着呢。太后对此事怎样看？"

"太后倒是很怜惜他，终究是长房长孙嘛。临行前，太后还专为他摆酒饯行，安慰了他好久。"

"太后与他说了些甚？"

"不知道。太后知道我与他娘不和，见他都背着我，更不会让我与宴。这件事我是事后听说的。"

"那太后对阿彻又是怎么看呢？"

"自己的外孙女婿，能怎么看？当然错不了！太后说阿彻天分比刘荣高，就是心里头主意大，不如刘荣听话。"

"太后的眼光真是厉害，阿彻就是这上面让人不放心。前些日子，他竟敢跟着韩嫣偷偷溜出宫，在长安城里到处游逛，要有个闪失可怎么办，想想都后怕。我要皇帝管教他，可皇帝却不当回事，我是真没有法子了。他大姑，这事不能求太后管管吗？"

"男孩子还不个个像野马似的，还是随他去吧。皇帝既派了师傅给他，自会有人管他。"刘嫖瞟了王娡一眼，道："太后这阵子为娘家侄女的婚事烦心，我们就别再添乱了。你忘了她刚才的话了？皇兄为人多疑，太后若提起此事，他会疑心是你在背后拨弄是非，那就坏啦。"

王娡凛然，拍拍头，道："亏得大姊提醒，我这脑子真是不开窍，你是彻儿的大姑，这件事你说说他总不要紧的，我的话，这孩子一点儿也听不进去了。"

"我的亲家母，你就放心吧，阿彻是个要强上进的孩子，我看人不会错的。孩子嘛，老待在宫里能不憋闷？闲下来时，我带他出宫，到我家去玩。"

"在你那里我当然放心。"王娡心里讪讪的，很不是滋味，于是转了话头，搭讪着问道："你们窦府哪家姑娘的婚事，让太后烦心呐？"

"是我大舅的女儿，叫窦绾。大舅死得早，留下一男一女，男的叫彭祖，封了南皮侯。我这个妹子，少年丧父，太后格外怜惜，年方及笄，早早就给她张罗婚事。可阿绾太挑，已经过了二十，还没有合适的婆家。女大不中留，几年下来，年龄相当，爵位又高的男子全都成了婚，身份低的人家，她又不干。现在已成了母后的心病了。"

"那她想嫁甚样的人，甚样的人家呢？"

"人得年轻，身份不能低于诸侯王。"

王娡在心里算计了一下，窦绾的这个条件，能够上的真是少之又少。远支的亲王多已老迈，皇帝自己的儿子，或已成婚，或订了婚，要么年龄太小，难怪太后要为难。

"除了那些小的，现在未订婚的皇子只有刘胜和刘越，刘越尚未封王；刘胜虽是中山王，可也只有十五岁，人品又差，窦绾能干吗？如果能干，我倒是愿为太后分忧。"

刘嫖吃惊地望着王娡，"甚？你是说由你做媒，与那个与你争宠的女人？

刚刚还恨得咬牙切齿，怎的一下子这么大度了？"

"听了太后的开导，我也想通了，不就是忍嘛。攀上太后的娘家亲，那女人肯定是巴不得。由这件事上化解了她的敌意，也可防她在皇帝那里生事，搅得后宫不安宁。这门亲事既解太后之忧，对我们又没坏处，为甚不做？"

刘嫖思忖片刻，颔首道："你既然肯出面，我可以探探窦绾和舅家的意思，她若首肯，你便可去做媒。成了，太后会更亲近你的。"

两人又议论了一气双方的年庚八字和属相，觉得无大碍，于是王娡回未央宫，刘嫖去戚里南皮侯府，分头行事去了。

回到椒房殿，侍女报告郭舍人来访，已经等了好一会儿。王娡径回寝殿换装，吩咐在前殿延见。郭彤今日装束一新，金印紫绶，满面喜色。见到王娡，抢前几步，顿首拜见道："下官参见皇后殿下，愿殿下福寿康健，长乐未央。"

"坐下说话吧。我也要恭喜公公高升了，皇帝给了你个甚官呀？"

"承蒙皇后举荐，陛下派任下官到太子宫任詹事，今日就要过去视事。特为来拜谢皇后，皇后对太子那里有何吩咐，也请示下。"

"喔，成了两千石的大员，难怪配挂上了金印紫绶。你来此，是皇帝的意思吗？"

"不是。可奴才能有今日，全凭皇后栽培，拜谢是当然的。奴才一定不辜负皇帝、皇后的恩德，尽心侍奉太子，万死不辞。"

"我说过，帮我的人我亏待不了他。你知道深浅，是个有良心的。皇帝说过，彻儿的衣食起居还归我照管。你记住了，太子平时做甚，与什么人来往，到哪里去，等等，大事小情，你都要随时告诉我。"她转过脸，指了指身后的大萍，道："你这个小同乡也随去太子宫，照管伺候阿彻。你们两个是我最信任的人，阿彻我就托付给你们了。阿彻的学业，自有师傅们对皇帝负责，可太子的安全，衣食起居，和甚人往来，你们要随时告我，不可大意。将来太子承继了大位，你们都是功臣，有享不尽的富贵荣华。"

她令大萍取出一个包裹，交给郭彤，道："这里有二百金，你拿去，为我在长安城买两座好房子，要大些。办好后，你从少府要车，把我娘和槐里的兄长王信接进去住，知会中尉府办理他们的门籍，我随时会召他们进宫陪我。我还有位从前的女友，叫义姁，住在长安城的穷里，你抽空送些钱与她，也为她办个出入后宫的门籍，我想要见她。"

　　郭彤、大萍离开后。王娭屏退侍女，独卧于榻上，细细地思量起自己要做的几件事来。

四十二

太子册立后两日，皇帝把免职在家数月之久的卫绾召到了宫里。数月未奉朝请，卫绾看上去苍老了不少，须发斑白，脸上的皱纹也更密了。

刘启端详了卫绾一阵，见到他忐忑不安的样子，笑笑，道："数月不见，君见老了，身子可还安好？"

"承陛下关爱，老臣还算硬朗。"

"今日召君来，朕有件大事要托付于你。"

"请陛下吩咐。"

"朕想请你到太子宫，做彻儿的太傅。君以为如何？"

事关重大，卫绾心里一紧，顿首道："老臣学问根底浅薄，实不堪此任。太子乃国之储君，非博学之人不足以辅之，还请陛下另简贤任能以成就大事。"

刘启眉头微蹙，道："学问好的人不缺，可品德厚重之人就难得了。太子年少，心气浮躁，没有一个厚重的长者在身边，我怕他落下好高骛远、予智自雄的毛病。你前些年在河间做太傅，就不错嘛！阿德学问好，人也老成，几个年长的皇子中，他最有出息。你还记得当年朕的话吗？这个太傅的作用，主要不在学问上，而在做人垂范上。你醇谨厚道，做太子的师傅，朕以为绰绰有余。"

皇帝指的是什么，卫绾当然知道。他是代郡大陵人，文帝还是代王时，他就是文帝的车夫，以安分勤谨，积功为中郎将。刘启即位之初，一次游幸上林，出乎众人的意料，专程把默默无闻的卫绾召来骖乘。在返回长安城的路上，刘启问他知不知道为何用他骖乘，他答以不知。刘启告诉他，文帝临崩前嘱咐自己，卫绾是个忠厚长者，要善待他。而刘启也已观察了他很久，有几件事，给皇帝印象很深。刘启为太子时，曾遍召文帝左右的侍臣饮宴，称病缺席者唯有卫绾一人。后来得知，他之所以缺席，是以为自己既然侍奉文帝，就不该有二心，私下结好于太子。在众郎官中，卫绾最为谦退。有功，常让他人；有过，则自蒙谴责。刘启曾有意冷落了卫绾一年多，他却任劳任怨，更为尽力。刘启认为他的确忠厚老实，就拜他为河间王太傅。七国之乱时，卫绾统率河间国兵出击吴楚，以军功拜封中尉、建陵侯。去年废立太子时，刘启知道他是忠厚长者，难以治诸栗之罪，所以以郅都取而代之。

太傅乃未来之帝师，地位尊荣，皇帝用他，显然已经过深思熟虑，再推脱，恐怕会落下一个"不识抬举"的坏印象。卫绾于是奏称："老臣自知材力菲薄，且衰朽残年，非有意推脱，实恐有误于太子。蒙陛下不弃，臣愿为犬马，戮力而行，惟请陛下多选睿智饱学之士做太子的师傅，以补臣所未逮。"

刘启颔首，向一旁侍候的赵谈使了个眼色。赵谈匆匆走入偏殿，将早已等候在那里的刘彻领了进来。刘启指了指卫绾，道："彻儿，这位是卫太傅，自今日起，他就是你的师傅，学业上的事，全由卫太傅安排，你必得恭谨从命，克己上进。现在向太傅见礼吧。"

刘彻认识卫绾，知道他是刘德以前的师傅。他应声称是，走到卫绾席前，伏地顿首，恭恭敬敬地行了参拜师傅的大礼。

随后，其他被选定的师傅也被召入殿内，被一一介绍给太子。行礼拜师完毕，刘启举办筵席，伴以乐舞，招待众师傅，太子刘彻及在太子宫伴读的皇子作陪。酒宴散后，日已过午。刘启要他人退下，将刘彻一个人留了下来。

"彻儿，不必拘谨，坐到朕近旁来，我们父子好好说说话。"

饱满的前庭，明澈的目光，脸上虽未脱少年的稚气，可眉梢嘴角已显露出了成年人才有的坚毅。端详着面前的儿子，刘启既欣慰，又感慨。十几个皇子中，总算还有堪承大业者。为此，他废黜了长子，牺牲了栗姬。栗姬霸气，荣儿庸懦，久后必受制于母后，这是他所不愿的，而以刘荣的才能个性，守成尚不足，何能振作大汉的声威。从根本上，他是由此，而非常人以为的"宫闱之争"行废立之事的。但栗姬之死还是在他心中留下了隐痛，终究是二十余年的夫妻，后宫的宫人中，感情最深的还要属栗姬。自己疏忽了教养之责，把荣儿丢给了霸气的母亲，未必不是造成他性格懦弱的原因，养不教，父之过啊。一阵伤感随着酒意涌上心头，刘启的眼睛湿润了，对眼前的这个儿子，他要亲力亲为，尽到父亲的责任，绝不再放任自流。

"你娘被立为皇后，你就是朕唯一的嫡子。你可知朕对你的期望吗？"

"父皇立儿臣做太子，是期望儿臣承继祖宗的基业。"

"不错。太子是嗣皇帝，也就是将来的皇帝。彻儿，你知道皇帝如何做么？"

刘彻摇了摇头。

"皇帝要做的第一件大事，就是用人，责成、监督百官勤于职守，使天下的百姓安居乐业。百姓安居乐业了，国家才能富强。从高祖皇帝起，直到如今，朝廷以无为而治，与民休息，为的就是这个。你明白了？"

刘彻似懂非懂地点了点头。

刘启站起身来，牵着儿子的手，道："你随我来。"两人轻车简从，出未央宫，来到尚官街北侧一处警卫严密的官署。刘启拉着儿子的手，径直向后面的库房走去。得知皇帝突然驾临，大农令仲惠带领属下，急急赶来，紧跟在后面。刘启对惶惶不安的仲惠笑笑，指着刘彻道："这是新立的太子，想要见识一下我们大汉朝的库藏，你打开一个钱库让他看看。"

仲惠带领一干官员赶忙向刘彻施礼，之后命属下开库。库房以块石砌筑，坚实无比，也远较一般房屋高大。厚重的木门挂有两把铜锁，大农丞与掌管钱库的都内令各执一把钥匙，各启一锁。数名差役用力推开库门，赫然出现在眼前的，是一贯贯堆积如山的铜钱，仰头望去，几乎到了屋顶。刘彻走上前，使劲从中抽出一贯，不想年深月久，串绳糟朽，断成三四截，铜钱散落了一地。刘彻拾起一枚，青黑色的铜钱上已生出了斑驳的绿锈，拿在手中感觉厚重，是前秦流通至今的半两钱。

"这样的钱库，还有二十余座，每座都能储钱巨万①。可朝廷的岁入与支出相抵，年年都有节余，所以库房还是不够用，每年还要加筑数座。此外，

———————

① 巨万，汉代计数词，即万万（亿）。

盛装金银的库房亦有十数座。"看到皇帝与太子兴致很高的样子，仲惠的心才放下来，他指着一排排高大的库房，自豪地为刘彻介绍着，最后，又向刘启长揖请示道："北面的空地所余已经不多，再盖一排，就与武库①的南墙相接了，此事臣已具文上报丞相，望陛下早做决断，划出块新地，另建府库。"

刘启点头应允，兴致勃勃地拉起刘彻的手，道："走，我们再去太仓转转。"一行人在仲惠陪同下，直奔长安城东南的太仓而去。

太仓占地极广，由栅墙围着，进入栅墙不远，就是仓储的所在。远远看去，密密麻麻的全是棕灰色的粮囤。不少的工役正在砌筑新的粮囤，粮囤圆柱形，半处于地下。工役们在夯实的地基上埋设础石，架立梁柱，再以荆条编成的圆形围墙，以竹爿环墙加固，然后在栅墙两面厚厚地抹上和有细草的泥巴。粮囤顶部，搭建有圆锥形的梁檩，上面缮有厚厚的茅草排。

众人下了车，太仓令带着属下迎上前来，刘启指了指正在修建的粮囤，问道："怎么，粮仓还是不够用吗？"

"太仓之粟陈陈相因，去冬今春漕转②来的新粮，大都堆积在京师仓③的中转库房中，若不尽快转移到太仓，恐怕会耽搁今年的漕运。"

"长安周围其他的仓库腾不出地方了吗？"

"这几年水旱不兴，年成大好，百姓家给人足，又没有边事，朝廷已数年未曾平粜，是故太仓、嘉仓、细柳、籍田、常满诸仓，无不是府库充溢，年年须加盖新仓。"仲惠赔着小心奏道。

刘启摇摇头，道："只进不出，库房盖得再多也难得够用，这不是办法。你等打开一库让朕看看。"

太仓令命人开了一个粮囤，一股冲鼻的霉味扑面而来，底层的粟米已变了颜色，刘彻抓起一把，变色的粟米已结成团块，握在手中微觉潮热，用手指一捻，尽成粉末。他摇摇头，道："这粮，人不能吃了。"

---

① 武库，即汉代皇家的兵器库。

② 漕转，即经水路转运的漕粮。

③ 京师仓，又称华仓，是西汉时关东漕粮的中转口岸仓库，位于今陕西华阴市渭河南岸，距渭河与黄河交汇处不远。

刘启思忖了片刻，对仲惠吩咐道："刘太仆出使匈奴近日便会回来，回来后你与他商量个办法，去年以前的陈粮要尽快出仓，由太仆分派到关中各苑作马料。腾出的库房要多收些民间的余粮，把粮价抬上去，谷贱伤农啊。"

他拍拍刘彻的肩头，道："你看到了，官家府库充实，百姓家给人足，有了这个底儿，国家才称得上富强，一个君王才能成就大业。你看到了大汉朝的'富'，可这'富'从何而来，你不可不知。"

刘启指着仲惠对刘彻说道："仲卿掌管天下财赋二十余年，最清楚这里面的变化。我们到里面坐坐，你要虚心向仲大人讨教。"

一行人进了太仓令署。入席后，仲惠按皇帝的吩咐，正准备为太子讲述国家财赋收支的知识，刘彻却先开口提问了。

"仲大夫，五口之家，一年温饱要多少粮食才够用？"

仲惠显然是个行家，他不假思索地答道："五口之家，可耕百亩，若每亩产量一石半，则全年收获一百五十石。朝廷三十税一，不过五石，可余百四十五石。食用人均每月一石半，五人全年须粟九十石。余者五十五石，现今粮价石三十钱，共折合一千六百五十钱。去除穿衣所用年人均至少三百钱，尚余百五十钱，而乡社闾里四季节庆祭祀，一家所费，亦不会少于三百钱，故百亩所入，仅勉强温饱。若有灾病丧葬，或国家因边事加赋，则全家饥困，须靠朝廷平粜放赈，方可渡过难关。故农事，是个丰年仅只于温饱，灾年辗转于沟壑的产业。殿下刚才所见府库充盈的景象，乃圣朝列祖列宗与今上体恤下情，与民休息的结果，实在是得来不易呀。"

"那我们皇家的用度，也取给于百姓吗？"

"朝廷的用度与官吏的俸禄取赋于民，自天子以至于王侯公主的封国汤沐邑①之赋税，则为各自奉养的收入，不从国库支出；再有就是各地山川池沼、市肆租税的收入，也归于此项。皇家的收支统于少府，不归臣管理。"

"不够用怎么办？"

"全靠天子节俭，孝文皇帝与今上全是俭省的表率，天下翕然从风，才

---

① 汤沐邑，指国君，皇后、公主等收赋税的私邑。

有今日富足的景象。二十余年前，京师的大库，还常是空空如也呢。"

"仲卿，你为他讲讲秦末汉初的景象，有个比较，太子的印象才能深刻。"刘启摆摆手道。

"是。"仲惠看了一眼刘彻，略作思忖后，道："秦始皇灭六国，天下一统，本应息甲兵，兴农作，与民休息。但他内修宫室，外攘夷狄，财力不足，则盘剥百姓，滥用民力。秦赋税之重，三分取其二；力役、戍卒，连年征发。民不堪命，人心思乱。他不思改弦更张，反而以严刑苛法镇压之，致使赭衣半路①，海内愁怨。所以陈胜等揭竿而起，天下响应，而强秦竟就此土崩瓦解了。"

刘彻插言道："《尚书》中说，天聪明自我民聪明，民为邦本，本固邦宁。民心一转移，则天命也随之转移。得民心者得天下，失民心者失天下，这就是强秦覆亡的道理吧？"

"殿下聪明睿智，真是一语中的。"仲惠赞道。

"说得对。你要记住，治天下者，民心向背不可不察，这是最重要的。"刘启也连连颔首，手捋须髯，面露出满意的笑容。

略停了片刻，仲惠又继续往下讲。"高祖力克群雄，扫平天下。可兵火之余，天下户口减半，人民流离失所，田地荒芜，跟下来的就是大饥馑。那时的米价，一石竟卖到五千钱，民间人相食，死者过半。高皇帝不得已，下令允许饥民卖子女求生，并将大批饥饿的流民迁往巴蜀与汉中就食。天下安定之后，仍是举国空虚，连天子的车驾也配不齐同样颜色的马匹，那时的王侯将相，所乘多是牛车，百姓更是衣不蔽体，一无所有。

"高皇帝起自布衣，最知晓民间的疾苦，于是躬自俭省而外，轻赋税，省徭役，缩简官吏数目，那时候朝廷每年漕运供应京师用度的粟米，年不过数十万石，而百姓的田租，十五税一，比前秦减轻了十倍。

"就这样过了四十多年，虽略有复苏，但国家与百姓、公家与私人还都是年吃年用，一年到头攒不下甚。没有积储，遇到荒年、边患，仍不免人心浮动、

---

① 赭衣半路，赭衣，罪犯穿着的囚衣，意思是，道路上被押解服刑的人犯不断。

国势阽危的局面。"

"朝廷轻徭薄赋四十年，何以不能扭转局面呢？"刘彻不解地问道。

"这就牵涉到朝廷的政策了。没有积储遇事难免阽危，持家与治国，同样适用于这个道理。而之所以没有积储，在于民弃本逐末。以商贾技艺求利者，逸而易，风气所至，力田者渐少，逐利者转多，农民收入菲薄而供养的游惰逐利之徒却愈来愈多，本末倒置。足食方能足兵，国势亦以此方能振作富强，这又是一条治国的根本道理。"

"你还要记住，治国之道的确定，离不开人才与纳谏。"刘启打断仲惠道，"孝文皇帝力行重农抑商的大计，得力于两个人。一是中大夫贾谊，二是太子家令晁错。贾谊建言力农以厚积储在先，晁错主张抑商劝农于后，先帝从善如流，切实加强了劝农的力度，国家才逐渐富足起来。"

刘启向仲惠示意，要他接着讲下去。"圣朝六十余年来，强本抑末，一力劝农。高祖禁商贾衣丝乘车，子孙不得为官，重租税以困辱其人，而成效不大者，诚如晁错所言，在于朝廷惜农，而民间好利，上下相背，好恶乖舛。扭转风气，在于贵粟贱商。贵粟之道，又在于以粟为赏罚。入粟者，可以拜爵，可以抵罪；能买粟入官者皆富有之人，其粟必买自农民之手，众人争买粟入官，则粮价高，农民得实惠。此策损有余而补不足，而又能实行于无形之间，在于得高爵与免罪，乃人心之所欲，自觉自愿，无悖于民心，可谓良策。孝文皇帝从晁错之言，将之推广于边塞郡县，且减免农民十二年租税之半。今上即位之初，又确立三十税一，屡屡降饬郡国以下有司以农为务。二十年来，风气丕变，百姓力耕，安居乐业，终于造成了殿下适才所见的大好局面。"

刘彻喜道："重农抑商，损有余而补不足，父皇，儿臣记住了。转移风气于不知不觉之间，这法子真是高明！这晁错的名字听起来很熟，此人还在朝廷任职吗？"

仲惠有些尴尬，支吾不言，其他人则面面相觑，刘启接过话头，有些感伤地说道："晁错在朕身边多年，是朕的智囊，已死去数年了。"

刘彻忽然想到了甚似的说道："父皇，大汉既已如此富强，为何还要曲事匈奴，难道还不足以与之争胜吗？"

"府库充实，可以言富，不可以言强。大汉虽可称得上富，但还称不上强。

与匈奴角力，时机还不到。"

"为甚？"

刘启眉头微蹙道："今日就到这里。几日后，去匈奴和亲的使节便要回到长安复命，你可到前殿旁听，到时候自会知道缘由。"

四十三

　　入宫十七年，直至做了皇后，王娡才第一次有了与家人团聚的机会。远远望见阔别了多年的女儿，臧儿悲喜交集，恨不能几步走近前去相认。可想起引他们进宫的宦者一路嘱咐的礼仪，却也不敢造次。于是带着儿子们在预设的席上跪下，俯身顿首，行参见皇后的大礼。

　　碍着众多的宫人宦者，王娡虽有着相同的心情，也只能耐着性子受礼如仪。之后，她挥挥手道："这里无事。孤与家人要在一起说说话，你们可以退下了。叫阳信、隆虑和各位皇子过来，再派个人告诉太子，要他来见外婆。"

　　侍从刚刚退下，王娡抢前几步，搀起母亲。"儿啊，你可想死娘了！"臧儿紧紧握住女儿的手，四目相对，泪眼盈盈，千言万语却不知从何说起，竟自唏嘘不止。良久，母女俩止住泪，细细端量起对方。王娡惊奇地发现，母亲几乎没有白发，皱纹也少，丰腴如旧，全不像个年逾半百的老妇。而臧儿眼中的女儿，虽然佩有假发，穿戴着华丽的皇后常服，眼角的鱼尾纹和略见憔悴的面容，还是透露出身心的疲惫。她拍打着女儿的手，道："阿娡，你受苦了。娘知道你不易，可毕竟还是熬出来了，真的做了皇后，应了天命。"随即又感伤道："儿姁的命苦，年轻轻的就没了。"说罢，泪水潸潸而下。

　　看来，母亲并未怀疑到儿姁死于非命。可王娡的心却抽紧了，像是打翻了的五味瓶，很不是滋味。她无话可说，只是面无表情地看着母亲。好在臧儿的感触来得快去得也快，很快又转悲为喜，她拭干泪水，转过身指着后面的男人们说道："可真的，光顾着咱们母子说话了，来，见见你哥和你兄弟。"

长兄王信的模样未大变，可农家劳作辛苦，已经须发斑白，面相竟比母亲还显老。王娡走上前，拉住兄长的手，道："兄长受累了。半生辛苦，今后可以享福了。房子可还合意吗？"

王信久在民间，哪里见过皇宫里的势派，进宫后就一直手足无措，此刻只呆呆地站在那里点头，拘谨的笑容，不免于几分僵硬与勉强。

臧儿将田氏兄弟领过来，笑道："这是你后添的两个兄弟。大的叫田蚡，十六了。蚡儿人机灵，会说话，他爹死后没少帮我的忙。小的叫田胜，今年十四。"她把两人推到王娡面前道："见过你姐。平日在家总猜你姐的模样，今日见到了，还不快叫大姊！外人面前你们要守朝廷的规矩，称大姊为殿下。"

田蚡五短身材，面相精明强悍，有种与年龄不相称的老成。王信与田胜拘谨局促，田蚡则要从容得多。他前行一步，俯首长揖道："大姊，娘在家总提到你，小弟不知多少次梦到大姊，可总也记不清面相。今日得见大姊，真真比那梦中的丽人姣好可亲多了，小弟真是打心里喜欢。"

尽管知道这是奉承话，王娡心里还是很欢喜。娘家人就是自己今后的依靠，田蚡头脑机灵，是个可造之才，假以时日，将来或许是自己与阿彻在宫里的得力帮手。她微笑着招呼众人就座，不必拘礼，又拉田蚡坐到身边，问道："阿蚡一向读书不？说给阿姊听听。"

"娘从小教我和弟弟识字。如今在读黄老学，叫甚盘盂之书，归于杂家，里面儒墨名法各家的学问都有。娘说以后要帮大姊和阿彻，在朝廷做事，这些学问一定要懂。"

"有出息！"王娡满意地点点头，对母亲说道："阿蚡、阿胜的学业要抓紧，请最好的师傅授课，钱由我这里出。"

说话间，儿女们走进殿内，王娡逐一报明公主与皇子们的姓名，臧儿喜不自胜，不待外孙们行礼，便都拉扯到自己身边，亲亲这个，摸摸那个，对没了娘的两个小皇子，更是疼爱怜惜，揽在怀里，心肝宝贝地叫个不停。

王娡要女儿们坐到自己身边，冷冷地看着，直到母亲停口，才说道："彻儿与阿越、阿寄都在太子宫读书，师傅对功课抓得紧，平日里不回来。已经差人去请，马上就能见到了。"

"娘，哪个是外婆？"话音未落，刘彻已经跑进殿中，刘越、刘寄紧跟其后，三个人都气喘咻咻，一望而知是跑着赶来的。

"这就是阿彻吗？快过来让外婆看看。"臧儿站起身，张开双臂，把刘彻揽在怀里，仔细端详过后，笑道："不愧是龙种，就是精神。"又拉过刘越和刘寄，挨个端详，欢喜得不住流泪道："我说过臧家的气运绝不了。当年只有一个燕王，如今可好，嗣皇帝而外，又有了四个王。"

王娡蹙眉道："娘，宫里边讲话莫要随意，让人听了去不好。阿越他们还没有封王呢。"

臧儿不以为然道："那还不是早晚的事！皇帝的儿子，太子的兄弟，他们不封王，谁还能封王？"随即又叹道："你们的娘地下有知，不知道有多高兴呢。咱家今日的大团圆，差的就是一个俗儿了。"

王娡一惊，大声喝止："娘，除了南宫，全家人今日都到齐了，你胡说个甚！"

看到女儿恼怒的样子，臧儿猛然察觉到自己失言了，连忙赔笑道："你看娘这记性，对，缺的是南宫啊。可真是的，有南宫的消息吗，她还好吧？"

王娡难过地摇了摇头。南宫走了快一年，一直没有消息，每逢想到女儿孤身一人生活在异族人中，心里的痛楚和惦念之情便会油然而生。

"送南宫去匈奴和亲的使者，这一两日就要回到长安，父皇要我随他接见，孩儿到时会细细打听阿姊的消息，回来讲给娘和外婆听。"

"真是个懂事的好孩子。"臧儿搂住刘彻，笑得合不拢嘴。

看来，皇帝还真是看重彻儿。王娡凝视着与臧儿说笑着的儿子，心里既满足，又不免有几分嫉妒。她猛然自警，怎么竟妒忌起儿子来了？真是庸人自扰，徒乱人意。她深吸了口气，宽慰地观望着儿女与娘家的亲人们说笑，觉着心里亮堂了不少。太后说得不错，生活里确实不能没有亲情。

郭彤走了进来，悄声告诉王娡她邀的客人到了。臧儿见到熟人，高声招呼起来，郭彤赶忙过去见礼。

"好久不见，公公可好？"

"托皇后和夫人的福，下官现在被皇帝派到太子宫做詹事，伺候太子殿下了。"郭彤微笑着，恭恭敬敬地向臧儿和刘彻等人施礼。

"公公，我当年讲给你听的话没错吧，你实心帮阿娡办事，她如今做了皇后，没有亏待你吧？今后你好好帮阿彻，好日子还在后边呢。"臧儿满面得色，郭彤则连连揖手称是。

"娘，还有位你想都想不到的贵客，被我请来了。"王娡点头示意，郭彤快步走出殿门，引进一位衣着朴素的中年妇人。妇人面含微笑，俯身施礼道："皇后殿下，臧夫人，一别十数年，不想今日于此相见。义姁向殿下和夫人道喜了。"

臧儿大喜过望，站起身走过去，拉住她的双手叫道："真的是你？嗨嗨，简直像做梦一样！"她转过身，对好奇的儿孙们说道："都来见过咱家的大恩人！要不是她，有没有咱家今日的风光，可真说不准呢。"

臧儿绘声绘色地讲起自己当年请义姁卜筮的经过，众人都聚精会神地听着。刘彻借机凑到义姁身边，悄声道："东市之事，千万别对我娘说。"义姁心里明白，却假作不解："出宫的事，你娘不知道？"看到刘彻窘迫，才故作恍然道："殿下放心好了，我不会说的。"脸上闪过一丝不易觉察的笑容。

午间，王娡设家宴款待戚友，互道契阔，自有一番欢喜与感伤。宴席散后，儿女们簇拥着外祖母与舅舅们去宫中游览，王娡则将义姁领到寝殿，上茶后要侍女退下。义姁知道王娡一定有要事相托，她多年行走江湖，经多见广，胸有城府，所以只是好整以暇地饮茶，静等着王娡自己开口。

王娡取出个沉甸甸的包裹，送至义姁的席前，道："义姊，如母亲所讲，你是我家恩人。这区区百金，不足以报恩，就算是我的一点儿心意吧。说句实在的话，自小到大，与我情同姊妹者，唯义姊一人。十七年前那番夜谈后，我就认定义姊是我唯一可讲心里话之人，今后还要请你帮我呢。"

义姁将包裹推开，笑道："殿下有今日，是天命，与人事无关。臣妾于此无尺寸之功，不敢受此重礼。殿下有事，尽管吩咐，义姁愿意效劳。"

王娡移席到义姁近旁，神色肃然地看着她，"义姊，你一定要帮我拿个主意，指条明路。"

见到她如此郑重，义姁也敛容问道："殿下有事但讲无妨，只要可能，臣妾一定帮殿下。"

"你我私下不必拘礼，还是姊妹相称。'殿下，殿下'的，太生分，也太见外了。"

义姁摇摇头，道："现在已不比当年了。皇后尊贵，不可以私情坏了朝廷的体制。殿下的心我领了，以卑达尊的规矩臣妾可是一定要守的。殿下若有心事，不妨说来听听。"

王娡不知道该如何向义姁诉说心里的烦恼，"你不知道，我在宫里头的处境很难"，她字斟句酌，觉着很难找到适当的词句表达自己心境。"这么说吧，皇帝立我为后，为的是让阿彻做太子，而非有爱于我。我虽贵为皇后，可想见皇帝一面都很难。在皇帝那里，我只是个摆设，连侍寝的机会也没有。后宫里头的那些嫔妃，还有被废掉的栗太子，在心里恨我，算计我，不知哪一天被他们寻着个短处，也会落得薄皇后和栗姬那般下场。我竟日难安，心里真是怕呀。"

她摘下假发、笄簪，披散开略显花白的头发。"你看看我这头发，白了多少！我娘还是满头青丝，比起她，我不像女儿，更像是姊妹……"王娡泪光盈盈，双颊涨红，伤痛与屈辱攫住了她，她语声凝噎，说不下去了。

义姁有些吃惊，沉吟着说道："真想不到殿下在宫里是如此处境，可皇帝既中意于太子，殿下的地位，没有人能够撼动。"

"我担心的就是这个。那些人心怀嫉恨，我敢说，他们无时不想对彻儿下手，万一他有个闪失，我命休矣。"

义姁想起东市发生的那桩事，觉得王娡的担心并非杞忧，于情于理，自己都应该帮她。"先发制人，后发制于人。既是这样，莫不如先动。殿下以为，何人对太子的威胁最大？"

"宫里头有个贾姬，眼下也还得宠，不过皇帝不甚喜欢她那两个儿子，况且她年岁已长，得宠不了几时了。我打算为她儿子提门好亲事，化解她的妒忌。我思前想后，觉得还是废太子可怕，一是彻儿取代了他的位置，他肯定不甘心；二是其母因废黜而死，诸栗因图谋行刺被诛，深仇大恨，他全都记在了我们母子的账上。去临江就国前，他亦曾扬言报复。他是太后的长孙，虽失欢于皇帝，可仍为太后宠爱，这最令人忧心。此人在，则隐忧在，我难以心安。义姊说要先发制人，如何做，还望给我一个明示。"

"臣妾所言先发制人，非指直接除去对手，尤其像临江王这样显赫的人物。那样做，皇帝会严查，最终不免于暴露，牵连到殿下。所谓先发，是指设谋于先，使之入我圈套，自蹈罪衍，弭患于无形的意思。"

王娡大喜，道："如此甚好，义姊何以教我？愿闻其详。"

义姁沉吟了一阵，神色毅然道："殿下当我知己，我亦以知己报殿下。如何做，我尚未想好，就是想好，殿下也不必知道，由我交给江湖上的朋友去做。这样万一出了纰漏，也绝无牵连。"她取回那包裹，笑笑说："这种事情非钱不办，这些就权作经费吧。"

王娡握住义姁的双手，有些哽咽地说："有你为我分忧，我就有了主心骨，一切就都拜托了。义姊既愿帮我，就帮到底，我还有一事相求，你一定要答应。"

"何事，但说不妨。"

"椒房殿内要配个御医，义姊是仓公的高徒，又是个女人，我觉得最为合适，所以没要太医署派的人，虚位以待，等的就是阿姊。有你在身边，有事，缓急也有个商量。阿姊有了御医的身份，进出宫门也方便。义姊要强，义不图报，我不勉强。御医有皇家俸禄，就职后衣食可以无忧，义姊凭的是医术，并非仰给他人，又是帮我，请莫再推辞了。"

义姁略作思忖，点头道："我有一事，殿下应允我，臣妾愿受此职。"

"请讲。"

"我记得曾对殿下讲过，家中有一幼弟，自幼失教，好勇斗狠。父母亡后，由我带大，可他不成器，一直不务正业。殿下若能允准我分心看顾他，我愿就此职。"

"这绝无问题。俸禄虽由太医署出，你却是皇后的御医，平日根本不用去那里，家中有事，你尽管去办好了。你这个兄弟现今多大了，不能进官里做事吗？"

义姁叹口气，道："二十六七的人了，不事生产，整日里伙着一帮人横行闾里，怎能进官？至今也成不上个家，爷娘九泉之下不知会怎样想。我这个做大姊的没能尽到责任，于心难安，这个兄弟，真成了我的心病了。"

王娡笑笑，没再说什么，可心里觉得这倒是个笼络住义姁的机会，去了她这块心病，义姁自会感恩图报，为己所用的。

义姁告辞。王娡派车相送，又取出百金相赠，说是供她办事用，义姁亦不再推辞，乘车绝尘而去。

回到家中，义纵不在家，义姁知道不到宵禁时他不会回来，正好一个人静静地想心事。自己年纪已长，不能总在江湖上讨生活，入宫做御医，有份稳定的收入，不必再为衣食奔波，且能兼顾兄弟，是再好不过的归宿。王娡如此，是报答，也是交换。将如此性命交关的事情托付于她，信任期望之重，令她意外，她本不想搅入宫廷争斗中去，可皇后堪忧的处境，又令她同情。最后还是侠义的心肠占了上风。

江湖上最重然诺，既慨然自任，就要把事情办好，祛除隐忧，又不落痕迹，兹事体大，出不得半点儿纰漏。临江她去过，熟人不少，那时的临江王还是刘荣的兄弟刘阏，已在前年崩逝。义姁反复掂量，竟寻不到一个适合的人，看来自己非得亲赴临江一行，把刘荣目前的景况摸清，方能计出万全。

但自己一介女流，难于抛头露面，办事很不方便。非得找个帮手不可。由此很自然想到了义纵与张次公，两人混迹江湖，很知道些道上的规矩，兄弟年龄也不小了，正可借此带他历练一番。皇后赠金颇丰，办事而外，足够三人此行的盘缠。想到这里，义姁完全推翻了原来的打算，决定自己亲手来办这件事。

主意既定，义姁去东市打酒割肉，烹制了一席丰盛的菜饭，在宵禁的鼓角声中，等候着那对浪荡子归家。

四十四

　　去年八月护送南宫公主赴匈奴和亲的太仆刘舍，刚刚回到京师，脚还未踏进家门，就被召入宫内。皇帝在宣室殿的东暖阁见他，在座的大臣只有丞相一人，在皇帝侧旁，坐着一位英气勃勃的少年，这应该是新太子了。

　　还在回来的路上，刘舍就听说朝局起了大变动。新太子是南宫公主的兄弟，去年送别南宫时见过，那时还是个稚气未脱的孩子，姊姊的出嫁远行，看得出他很难过，在车队后面跟出老远。令刘舍印象深刻的是，这孩子很内敛，有股子说不出来的劲儿。送别时，王夫人、南宫与其姊妹，无不双泪涟涟，泣不成声，而他竟然没落一滴眼泪。

　　刘舍呈上单于致皇帝的书信，然后详细叙述了送亲的历程。因为这是大汉第一次以真公主与匈奴和亲，军臣单于极为满意，亲自带队迎亲，在单于台①举行了盛大的接亲仪式，左、右贤王以下大小名王贵族都参加了仪式和后来的成婚典礼，仪从的骑士约在十万人上下。对于送亲的使节，此次匈奴方面没有盛气凌人，算得上客气，也允许他们随同进入匈奴腹地。在返回时，军臣赠送了大批皮毛和畜产作为礼品，还派楼烦王与白羊王一路护送直到边塞。

---

　　① 单于台，位于代郡与云中郡北百余里处，为单于游猎时的行宫，位置大致在今山西大同以北的阴山北麓。

刘启启开书信，里面虽不过是例行的问候之辞。但字里行间隐然含着的一种傲慢，令他不悦。他放下书信，问道："还是中行说那叛贼为他们撰拟文书吗？"

　　"此行臣未见到那老贼。听说是老病衰朽，已不再为单于所宠信了。"

　　刘启见儿子满脸疑窦，解释道："这个中行说，原是个宫里的宦者，孝文皇帝六年，朝廷派他出使和亲，他不愿去，未曾想规避不成，他竟怨恨在心，投降了匈奴。此后便为单于出谋划策，为虎作伥，二十余年来，处处与我大汉作对，可恶至极。南宫去年的和亲，也是他挑唆的结果。"

　　"我二姊在那里可还好吗？"刘彻忍不住问道。

　　"公主殿下被封为阏氏，单于对殿下还算尊重，可不甚宠幸。殿下与胡人言语不通，习俗上又格格不入，不免有孤独之感。尤其是漠北苦寒，肉食酪浆，公主十分不适，臣等亦为此在漠北多住了数月。离开单于庭①时，公主精神尚好，只是饮食不适，身体单薄了些。临别时要臣带话，祝皇太后、皇帝长寿无极，祝家人康健安好。"

　　"就君等见闻，匈奴那里的情况怎样？"刘启对女儿心怀愧疚，于是转移了话题。

　　"军臣为夸耀其国势强盛，去年秋后的蹛林大会，亦曾邀臣等与会。从其校课的数字看，人畜确比往年有所增加。回国时沿途所见，景况也可说是不错。这几年漠北风调雨顺，草场繁茂，牛羊牲畜大增，马匹也很多，称得上膘肥体壮。一路伴送臣等回来的匈奴骑兵，每人都配有五六匹坐骑。"

　　刘启看了刘彻一眼，叹道："彻儿，前几日你问本朝何以不能与匈奴角力，朕说过大汉朝国虽富，可还称不上强。匈奴之人众，不过略过我朝一大郡之数，它强，就强在这马上。"

　　"马？儿臣不明白。"

　　刘启指了指周亚夫："周丞相做过统兵的大将，你可向他请教。"

　　————————

　　① 单于庭，匈奴单于王帐所在地，在今蒙古国鄂尔浑河畔，杭爱山之东麓（从黄文弼说）乌兰巴托附近。

周亚夫揖手道："匈奴之强悍，一在往来迅疾飘忽，善于乘人不备；二在酪浆膻食，征战无须粮草辎重。它的这两样长处，如天子所言，全在马的身上。以刘太仆所言，匈奴骑兵一人五马，长途行军时随时换乘，千里奔袭，便可以速度不减。匈奴来犯，我军多为步兵，赶到战场时，敌军早已远去，疲于奔命，劳而无功。我军出征，粮草辎重随行，行军速度缓慢，远程作战时，给养尤为艰难。而匈奴则不然，屯师数万，可以不举烟火，原因还在马上。马奶可直接饮用，亦可搅拌后去其油脂，晾干后装入皮囊，挂在马背上，注入清水，行走颠簸而成酪浆，既充饥，又解渴。一匹马日产奶数十斤，可饱食数人，紧急时还可宰杀用作军粮。"

"那我们为何不多养马匹，多建骑兵？"

"朝廷已在各边郡放养马匹，也鼓励百姓养马，养马一匹，可免三人军役或赋钱。问题是塞内没有足够的草场，也不安全，胡人当然明白我朝养马的用意，经常突袭马苑，掳掠马群。欲与匈奴争胜于塞外，若配备十万铁骑，马匹最少也不能低于四十万匹。以目前繁殖的速度，尚须时日。"

"可匈奴也并非无隙可乘。近年来，单于用兵的重点在北边，与在北海一带游牧的丁零、坚昆等种落争夺水草牧地，连年征战。军臣尚武，且为人严苛寡恩，待匈奴诸部有远近亲疏之分。就臣等观察，不少人暗怀怨恨，有背叛之心。"刘舍插言道。

"哦，此事当真？"刘启兴奋起来，看定刘舍，一副急切求证的神情。

"蹛林大会时，各种落名王大会于王庭，臣等连日与之周旋应酬，颇有暗地向我大汉输诚者。臣等虽不敢擅自应许，但好言抚慰，殷勤结交，以为他日预留地步。"

刘启大喜道："好，好。君等可与之联络，告诉他们，归依者一律封侯，所部可迁至边塞安置。"

周亚夫却不以为然，认为这是不智之举，很可能会破坏和约，招致匈奴的报复，破坏这几年来之不易的和平局面。于是揖手陈奏道："老臣以为，此事暗通款曲可以，彰明较著不宜，封赏降胡更会刺激匈奴。我弱敌强，难得有几年和平时间休养生息，不宜过早与敌结怨，望陛下三思。"

刘启心中不悦，但面色如常。他笑笑，说道："丞相所虑自有道理，可两雄不并立，匈奴绝不会坐待我强盛，我与匈奴，早晚会有一战。当年晁错建言，降胡义渠①蛮夷之属，饮食长技与匈奴同，置之边塞，可收以夷制夷之效。先帝受之，以为国策；故凡有助于削弱匈奴实力的事情，我们一定要做。当然，要暗中行事，切勿张扬。刘太仆，你等与之联络，要不落形迹。"

"是。"

周亚夫还欲陈言，刘启视而不见地对刘舍说道："太仓陈粟甚多，可供饲马，你可尽快与大农商量个法子，把它出清用作马料。君出使远行，一路劳顿，朕不再耽搁你，早些回府与妻子团聚吧。"

散朝后，刘启带刘彻回到正殿，在满是卷册的书案上找出两卷简牍，交到儿子手中："这两封奏章，你抄去用心研读，不懂处可问师傅。对付匈奴，这算得上朝廷中最有见地的筹策了。"

简牍边缘光洁平滑，显然是皇帝时时展读，以手摩挲所致。刘彻打开浏览，乃晁错上言兵事的奏牍。

"父皇，为何要杀掉晁大夫？"

"哦，你从何得知此事？"

"上次父皇带儿臣去大农，说过贾谊、晁错是难得的人才。回宫后，我问过汲师傅，汲师傅说晁错原是父皇身边的智囊，尽忠谋国，死得可惜了。"

"晁错尽心谋国不假，可做事操切，激起七国之乱，亦有取死之道。"晁错之死，刘启几年来心怀愧疚，自己为七国叛乱的声势所慑，一时间乱了方寸，拿他做了替罪羊。可天子圣明，言出法随，是绝不可认错的。

"杀了晁错，七国也还是要造反，他死得太冤了。"

"也冤也不冤。晁错固然是被七国用作了叛乱的借口，可他的死，也使叛乱者失去了蛊惑人心的借口。继续作乱，他们的居心就大白于天下：其'清君侧'是假，谋逆叛乱是真。失道寡助，加速了他们的败亡，由此言之，晁错是死得其所。"讲到这里，刘启觉得不妨借此为儿子灌输一些帝王权术。

"为帝王者，不能存妇人之仁。有时候，明知是忠臣，可格于大局，亦

———————————

① 义渠，古西戎国名，在今甘肃一带，此处泛指羌戎。

不能不加罪乃至诛杀之，为的是潜消反侧，争取时间。"

晁错之死，有朝廷大臣间的政争和个人恩怨的背景。晁错入仕后，就职于太子宫十数年，从太子舍人、门大夫直做到太子家令，一直在刘启身边，其才能德行，刘启最清楚。晁错是颍川人，自幼学习申商刑名之术，后又从学于济南伏生，精通《尚书》，以此为朝廷征为博士。他如贾谊一样，学养深湛，足智多谋。极受孝文皇帝器重，所建言多被采纳。木秀于林，风必摧之，他们少年得志，当然会遭到元老重臣的嫉恨、排挤。贾谊屡遭谮毁，三十多岁就郁郁而终。晁错性褊急，为人锋芒毕露，更易遭嫉。亏得在太子宫办事，得以与朝臣相安无事。刘启承继大统后，任其为内史①，对之言听计从，法令多以其策更定，宠倾九卿。

丞相申屠嘉等一干老臣对此侧目而视，太常袁盎与之更是积不相能，晁错在，袁必避之；反之亦然，二人若不共戴天一般。内史府位于太上皇庙外的陵园空地之中，门在东墙，出入不便；晁错乃命人穿南墙造门出入。汉制，私自占用、毁坏陵园设施者，弃世。申屠嘉得讯，欲以此奏请诛杀晁错。晁错得到消息，先一步进宫禀告刘启并获得允准。申屠嘉奏请抓捕晁错时，却被皇帝以事先获准而拒绝。申屠嘉懊悔自己没能先斩后奏，恨恨不已，竟以此致病而死。

刘启后来又拔擢晁错为御史大夫。晁错掌管了司法，亦开始报复与之不和的老臣。首当其冲的就是袁盎。他派人查办袁盎在任吴国国相时收受吴王财物之事，抵罪后袁被赦为庶人。吴楚造反的消息传来，晁错又捡起这件旧案，对下属丞史说，袁盎多次收受吴王金钱，专为吴王说话，说吴王忠于朝廷，不会谋反；现今吴王果然谋反，应该将他抓起来查办，了解他们谋反作乱的内情。可袁盎在朝廷内人缘极好，丞史均反对查办，并暗地将晁错的打算通知了袁盎。袁盎又惊又怕，连夜去了窦婴家，两人思谋了一夜，最后窦婴进宫见皇帝，说袁盎知道吴王所以造反的内情，愿当面陈奏。于是奉召入宫，刘启当时正与晁错商讨筹措兵食给养，见到袁盎，便问他对吴楚发难的

---

① 内史，秦时为京师最高长官，汉因之，掌管长安三辅，为九卿之一。汉武帝时更名为京兆尹。

看法。袁盎回答说不足为忧，很快会平息。刘启当时则极为忧心，认为吴王即山铸钱，煮海为盐，富可敌国，以此引诱天下的豪杰，直到头发白了才起事，不是有了十足的把握，怎么可能发难，你怎么说他成不了事呢。袁盎回答说，吴得铜盐之利不假，可招诱到的不是豪杰，就算是其中有一二豪杰，也只是希望辅佐吴王为义，而不会跟随他造反。吴王招致的大多是亡命无赖之徒，只有这些人才肯随他作乱。晁错在旁冷笑道，袁大夫既知底细，想必有破敌的好办法。刘启急忙追问有何良策，袁盎知道这是自己最后的机会，情急生智，说事关重大，要求屏去左右。左右退下后，晁错仍在座，袁盎则说自己所言，不能有人臣得知，刘启乃命晁错退出。晁错恨恨而去，袁盎方陈奏道，吴楚两国约定说，高祖皇帝分给刘氏诸王的封地，晁错擅自削夺，他们反叛是被迫而为，一旦清除晁错，恢复故地，他们便会罢兵。方今为计，只有先斩晁错，派使节大赦七国，恢复其原有的封国面积，则可以兵不血刃地平息叛乱。事起突然，刘启当时忧惶无计，对自己同意晁错操切行事，激起了天大的乱子，颇有悔意。沉默了许久，方应许说，无论如何，吾不会为了一个人而使天下陷于祸乱。于是拜袁盎为太常，连夜南行安抚吴王。对于是否斩杀晁错，刘启心里还是委决不下。合该晁错命绝，十几日后。他又主张群臣不可信，天子应亲征，由他留京师镇守。朝臣原多痛恶之，于是由丞相陶青领衔，奏称晁错欺罔，大逆不道，应予族诛。刘启为稳住朝局，顺从了多数大臣的心愿，晁错竟身着朝衣被押往东市腰斩。

事后，派去前线为将的谒者仆射①邓公还朝，奏报沿途见闻，刘启问他吴楚得知晁错的死讯，是否有罢兵的意思。邓公回答说，吴王酝酿谋反已数十年，借削地起事，不过以诛晁错为名。晁错担忧诸侯强大不可制，所以请陛下削夺其封地，意在尊崇天子，以为皇家万世之利。计划刚刚实行，却遭受显戮，内杜忠臣之口，外遂了那些诸侯的心意。臣私心里觉得陛下失策，恐怕天下之士从此对国事要箝口不言了。刘启承认他说得对，但斯人已死，悔之无及。

刘启为儿子讲完事情的始末，喟然长叹道："当时形势凶险，朕即位不

---

① 谒者仆射，官名，为谒者令的副手。

过三年，朝局的维持要靠众大臣的合作，晁错与众臣积怨甚深，朕必须考虑多数大臣的意愿，做个平衡。若一意孤行，变起肘腋，身命不保，遑论其他！邓公说得对，可时势如此，吾不得不做此决断，牺牲晁错。你记住了，形势比人强，就是贵为皇帝者，也要忍一时之委屈，绝不可因小失大。"

"只可惜了这个人才。"

"以天下之大，何愁没有贾、晁这样的人才？但在发现、招揽而已。况且晁错虽死，可其筹策，朕并未废弃不用，而是时时展读，视同拱璧。朕将此筹策交与你，有深意在内。将来国力充实后，恐怕与匈奴一较短长的担子，要落在你身上。"

"父皇的教诲，儿臣记住了。"刘彻动容，恨不能立刻长大，一展宏图。

刘启摇头，道："光记住还不行。你要多读书，多观察，多琢磨。做皇帝外面风光，内里更多的是孤独和恐惧，是高处不胜寒的感觉。"

"父皇的话，儿臣不明白。"

"做皇帝的，不能与人交心，心思不能够让臣下摸透，让人摸透了很危险。所以会孤独。"

"为甚？"

"大臣们会察言观色，千方百计地揣摩朕的心思，为甚？为了投朕所好，迎合朕，获取朕的欢心。往好了说，是为了他们自己的仕路前途、荣华富贵，若是居心不良者，则可借势蒙蔽，行其奸恶。所以做皇帝第一就要深藏不露，喜怒好恶不形于色，要让臣子感到莫测高深，才能制人而不制于人。你记住了？"

"是。"

"做皇帝第二件要紧的事，是察识人才，是知人善任。人与人材质不同，大臣也是如此，不可一概而论。尺有所短，寸有所长，要紧的是把合适的人放在合适的位置，不必求全责备。郅都你知道吧？"

"是新任的中尉，宫里人都说他严苛无情，一点儿也不顾及亲贵的面子。"

"对，郅都是个酷吏，可这样的人放在中尉的位子上最为合适。"

"为甚？"

"京师多的是皇亲国戚、世家大族和各地迁京的豪杰，多为非不法之事，郅都是个恶人，不吃权势这一套，不法之徒落到他手里，断无生理。酷吏如同打人的鞭子，执法除乱必不可少，是所谓以毒攻毒。中尉管领京师卫戍治安，朕用郅都，正可以才尽其用。反之，卫太傅忠厚长者，可为人师表，朕派他去你那里，也是因材施用。"

"知人善任而外，第三件要紧之事呢？"

"要体恤民情。也就是你在《尚书》中读到的'民为邦本，本固邦宁'。做法是轻徭薄赋，抑制豪强，使升斗小民能够安居乐业。足食足兵，大汉方能强盛，而这都得取之于民。百姓平日耕织，战时服役，是大汉的根本。豪强兼并，商贾盘剥，都会动摇这个根本，朝廷在这上面，必得为民做主。"

看到刘彻聚精会神听讲的样子，刘启感到欣慰，"一国之君，有外忧，亦有内患，明于此，读书方有目的，方能通晓治国的道理。"

"外患是匈奴，内忧呢？"

"当然是那些不安分的诸侯王。高祖皇帝分封子弟为诸侯，本意是要他们屏藩朝廷，巩固大汉的基业。原以为自己的子弟最靠得住，给他们的封地大，权力也大。可一两代之后，有些诸侯王自恃位高权重，藐视朝廷，骄恣不臣，甚至勾结匈奴和朝臣，潜谋帝位。先帝时有济北王、淮南王的谋反，本朝有吴楚七国之乱。每一朝皇帝都要分封子弟为王，这种事就难免一代代重演。"

听到这里，刘彻也觉得事情严重，问道："有吴楚七王身死国除的前车，还不足以吓阻他人吗？"

刘启摇摇头，道："没有比人心更欲壑难填的了，总会有人图谋不轨。消解隐患，还是要从制度上着手。七国之乱后，朕已下令诸侯国相以下各级主官一律由朝廷任免，对朝廷负责，诸侯王只能坐食俸禄，不得干预政事。可这目前只能行之于远支的亲王，对至亲子弟，如你二叔梁王，这样做会落下刻薄寡恩的名声，有伤亲情，且有太后在，朕投鼠忌器。贾谊倒是提出过一个法子，可如何实行，朕还没有想好。"

他又取出一卷简牍，交给儿子。"这是贾谊上书先帝的《治安策》，他的法子是'众建诸侯而少其力'，无分嫡庶，诸侯王子均可承继王位。如此，则一国可分为数国乃至十数国，诸侯尾大不掉之势可潜消于无形。你也有十几个封王的兄弟，日后也会遇到相同的难题。这卷简牍你也抄一份去用心研读，琢磨出一个不伤亲情而又能弭患于永久的法子来。"

刘彻很快抄完三件奏章，见父亲已有倦意，便起身告辞。

"不忙，朕还有一事问你。韩嫣曾私自带你出宫吗？"

刘彻觉得头嗡的一声大了，心里又怕又恨，怕的是父皇的责难，恨的是母亲居然告了自己的状。

见到儿子红头涨脸的窘迫样子，刘启心里好笑，语气却愈加严厉："做就是做了。怎么，敢做不敢当？"

"当然不是。儿臣确曾要韩嫣带着出宫。父皇要儿臣不读死书，多观察，多琢磨治国的道理。可宫里的小天地，除了女人就是宦官，能观察个甚？民间的隐情只有宫外才能见到。"刘彻索性硬起头皮畅所欲言，倒也理直气壮。

"噢嗬，你倒有理了？你们去了哪里，观察到了甚？说给朕听。"

"儿臣等去过东市，见识了民情百态。"

"感想如何？"

"百姓富足，生业兴旺，不好的是豪强横行，不把朝廷的禁律放在眼里。"

"你见到甚？讲来。"

刘彻本想说出与朱安世那次遭遇，可担心父皇知道自己遇险，会严禁他再出宫门，于是轻描淡写地说道："市场上有人三五成群，横行无忌，众人避之不及，很害怕他们的样子。"

"这正是朕用郅都的原因，现在，怕是没人敢在长安横行了。"刘启沉吟片刻，觉得儿子说得在理，不识稼穑辛苦，不知民生艰难，锦衣玉食，长于妇人之手，闹不好真会成为纨绔子弟，应该允许他到外面见见世面。于是面色转缓，说道："你如今是皇储，身份不同于先前，出宫要向卫太傅请假，告诉郎中令周大人与卫尉知道①，由他们安排，身边也要带上些侍卫，以防意外，不要让朕与你娘担心。"

"父皇是允准儿臣出宫了？"刘彻喜出望外，几乎不敢相信自己的耳朵。

---

① 卫尉，秦汉时官名，为九卿之一，秩二千石，掌管内禁卫军（又称南军）之兵卫，负责宫门之内，殿门之外的禁卫。殿门之内则由郎卫禁卫，属郎中令管辖；皇宫以外京师地面的卫戍治安由中尉负责，又称北军。

"出宫可以，可前提是功课不能耽误。你可能做到？"

"儿臣准定做到。还有一事，请父皇恩准。"

"甚事？说。"

"父皇刚才说过，大汉与匈奴必有一战，请父皇赐给儿臣几匹良马，准许儿臣等骑马习武，以备将来。"

儿子既有此志向，刘启自然答应，当即派人去宫中的马厩选马，又召见卫尉，吩咐每日派人到太子宫教练骑射。尽管选来的是身量矮小的果下马，刘彻还是喜出望外，既可习武，又能出宫，海阔天空的日子，似乎就在眼前了。

四十五

椒房殿正殿前的空场上，两名仅着短绔、赤身露体的胖大汉子，正在做角抵之戏。两人均汗流浃背，看得出已搏斗多时了。最终着蓝绔的汉子捉住了对手的绔腰，借势伸腿一别，着红绔的汉子失去了平衡，被对手由身后倒提了起来。汉子五短身材，腰身粗大，虽还手脚并用地挣扎着，可使不上力气，那样子活像只凫水的蛤蟆，引逗得观者席上的贾姬格格地笑出了声来。

这女人靠甚迷住了皇帝？与贾姬同座的王娡，心思并不在角抵上，她冷眼旁观着忘情欢笑的贾姬，心里不由得生出一丝嫉妒。就是眯起眼笑时，贾姬的眼角上也看不出几道皱纹。这女人大自己两岁，却满头青丝，年逾四十，面容却依旧细腻白嫩，真是驻颜有术。女人丰腴，饱满，大笑时，宽大的深衣竟也遮掩不住一对丰乳的抖动，尤其是那顾盼流转的目光，迷倒皇帝的，恐怕就是这双会说话的眼睛。

着蓝绔的壮汉终于将对手牢牢压在了身下。王娡吩咐颁赏，然后领着贾姬进殿叙话。贾姬还沉浸在方才的兴奋中，笑道："从打进宫，就再没看到过角抵，算起来，快有二十年了。"

角抵自先秦以来，一直兴盛于宫廷与民间。秦二世尤好角抵、俳优之戏，以致荒废政务。汉初天下残破，高祖刘邦禁游戏，故只在民间春秋社祭时有角抵表演。这对力士，是田蚡为给王娡解闷，才买通少府和卫尉官员，悄悄带进宫来的。

王娡摇摇头，伸出食指，贴在唇上。贾姬连连点头，笑道："是了，是了，莫声张，莫声张。"稍停，又道："其实皇帝知道了也没甚，闷在宫里头的滋味不好受，我们无非寻寻开心而已。"

贾姬入宫前，家住代北，是一酒家女。早王姞四年入宫，生有二子，就是曾与刘彻交手打斗过的赵王刘彭祖与中山王刘胜，去年均已就国。贾姬早岁受宠，王姞姊妹入宫后，渐被冷落。儿姁、栗姬相继死后，贾姬才又开始得宠，近期尤甚。王姞被立为后，看得出她十分嫉恨，王姞原也将她作为新的对手，担心她会吹枕头风，时时在皇帝面前说自己的坏话。皇后领袖后宫，嫔妃们须依时到椒房殿请安侍奉，贾姬自不例外。接触一段时日后，王姞发现，贾姬是个胸无城府之人，心里的事全都挂在脸上，这样的人好对付。贾姬原也想要为儿子争太子之位，可在知道皇帝心意已定，僭毁皇后只会招致皇帝的反感与疏远后，也就认命了。王姞加意笼络，双方的敌意竟自化解开来，贾姬一改从前对她的敌视，转而讨好起她来了。今日请贾姬来观角抵，笼络之外，王姞的另一个目的，是为窦绾提亲。

"赵王、中山王可好？有信来吗？"王姞好似不经意地问了一句。

"承皇后记挂，都好着呢。彭祖上月刚来过信，这孩子上进，勤于公事，不治宫室，不好鬼神，专好律法，说是比朝廷派到封国的官员都精通呢！至于胜儿，还不是那副德行，整日扎在女人堆里，天生就是个急色儿。"

随即扑哧一笑，"其实男人还不全都是这个样？不过别人外表做出个正人君子的模样，胜儿表里如一，这点儿还真是像我。我这不是夸他们，孩子都是自己的好，殿下，是不是这个道理？"说罢，又止不住笑出声来。

王姞也微笑起来。这女人没心没肺，心里装不住愁事，怪不得不见老。她待贾姬止住笑声，继续问道："那么中山王也立了王后了？"

贾姬摇摇头，蹙眉道："阿胜那里倒是不缺女人，走的时候，他从我宫里带走了四五个宫女，听说在那儿又从民间选了不少女孩子充后宫。可王后比不得别的，阿胜好歹是皇子、诸侯王，王后的身份太低了不行。托人提了几户封侯的人家，可一个个惺惺作态，好像我家阿胜的人品有着多大的亏缺一样。伪君子！这样人家的女儿，就是白给做媳妇，我们也不一定要呢。"

"中山王年庚几何？生肖属甚？"

"阿胜今年十五，属小龙的。按说年纪还轻，等得起。我们慢慢寻，总能寻得个出色的人家。"

王娡故作沉吟，良久方说道："我来给中山王做个媒如何？有户好人家，论地位绝对配得上阿胜，属鸡的，一个小龙，一个凤，属相也合。差的是岁数，女的比阿胜大五岁。不过女大知道疼人，对夫君错不了。"

"皇后的大媒，人当然是好的。这可真是给我们阿胜面子，臣妾巴不得呢。敢问殿下，是哪家的女儿？人长得如何？"贾姬惊喜不置地追问道。

"南皮侯窦彭祖的女儿，窦太后的娘家侄孙女，名窦绾，今年才过二十。人的相貌虽说不上出众，可你想想，这样的亲事哪里寻得到？可遇而不可求啊。姑舅亲，辈辈亲，阿胜有了太后做靠山，不光在诸侯中硬气，连夫人你在宫里也脸面上有光呢。"

贾姬已经喜得合不拢嘴，连声应许道："就是，就是。年岁、容貌算得上甚？要紧的是皇家的血统不能乱！请殿下一定做成这门亲事。"她膝行数步，来到王娡近旁，顿首称谢道："殿下如此为臣妾母子着想，我们真是从心里感激。臣妾愚昧，刘胜顽劣，以前对皇后和太子殿下多有不敬之处，殿下不计前嫌，诚心待我，臣妾虽死不能报于万一！自今日后，臣妾甘为犬马，供殿下使唤。"

不过是个顺水的人情，却轻松赢得了对头的感戴，王娡心中暗喜，她赶忙扶起贾姬，道："莫要如此，起来说话。儿妁殁了，你便是我的姊妹，从前的误会，日后谁也不许再提了！"

时近正午，王娡留贾姬用饭。席间她煦煦和易，没有半点儿皇后的架子，使贾姬颇为感动。酒过三巡，二人都有了几分酒意，拘谨全无，竟真像是一对情好无间的姊妹了。

"夫人你说说，女人最能迷住男人的是甚？"王娡本想探听皇帝的近况，不想鬼使神差，脱口而出的却是这样一句话。

"皇后问甚？"那女人乜斜着眼，暧昧地笑着，黑色的眸子波光盈盈，因为喝酒，面若桃花，双颊泛起了红云。可真是个尤物，难怪皇帝宠她。王娡心里自愧不如。

"孤是想，皇帝对侍寝的那些个宫人，贪图的无非就是年轻貌美吧？"

贾姬不以为然地摇摇头，道："不见得吧。皇后想知道皇帝怎么说她们吗？"

"当然。"

“皇帝说她们全是些生瓜蛋子，没有味道。皇后听听，有甚可贪图的？”

“生瓜蛋子？皇帝当真是这样说的？”王娡也不觉笑出声来，心里觉得很解气。

“臣妾岂敢在皇后面前胡言，皇帝他确实这样说过。”

“那么，皇帝并不迷那些年轻的宫人了？”

“依我看，他不迷。皇帝召幸新宫人，不过是想换换口味，再好的东西也不能顿顿吃，是不？见异思迁，喜新厌旧，哪个男人不这样，有机会他们就会偷上一口。更何况皇帝这种要甚有甚的男人。其实，男人最迷的，还是女人的风情。”

“好东西也不能顿顿吃，是这么个道理。你说的风情，指甚？”

“怎么说呢？”贾姬难为情地笑笑，一副羞赧的样子。“男人心里都视自己作男子汉、大丈夫，占有、征服女人，都为的是证明自己。若是觉得女人被他摆弄的……死去活来，如痴如狂，满足了他那点儿虚荣，要他着迷其实很容易。”

“你是说……叫床？”

“也不全是，还有迎合，抚慰。男人有时粗暴得像头野兽，有时又软弱得像个孩子，得哄。”她笑笑，“其实，皇后也是过来人，男女间的事情当然都是明白的，用不着臣妾班门弄斧。”

“不，孤不如你。你对男人怎会知道得这么透，能说给我听听吗？”王娡好奇地问道。

“我爷娘在参合陂镇上开了家酒店，我十几岁就在店里做活，再大些就当垆卖酒。参合陂在代北，离边塞近，来往的要么是去北边与匈奴互市交易的商贾，要么是戍边的军士，还有犯罪发配到代北屯垦的农夫，南来北往，甚样的人都有。这些个男人，见了好点儿的女人，没有不动心思的。我们那里自古就是战场，不少人家男人战死了，家里孤儿寡母，为着贴补生活，就以家为店，提供过往客人的食宿，男女间的风流事自然也少不了。那些个臭男人，整日聚在酒店里，互相显摆自己炕头上那点儿事，唯恐别人不知道，想不听都不行。听的、见的多了，男人那点儿事也就都明白了。”

“阿姊那会就没有相好吗？”王娡打趣道。

"打我主意的，想占我便宜的从来就没断过，也有几个真心想和我好的。爷娘找人占卜，说我命中富贵，就不让我在店里做了。之后就被选送到宫里来了。想想可真快，一晃就过去二十年了，以前那些事还像是昨日一样。"贾姬呷了口酒，不胜怅惘地感叹道。

岁月催人，青春难再，自己何尝不是如此？王娡亦觉得悲从中来，她强打起精神，端起酒杯道："论年岁，阿姊还要长于我，可容颜姣好如昔，又得皇帝宠着，比那些独守空床的人，命可是好得太多了。我尽饮此杯，为阿姊贺。"说罢，举杯一饮而尽。

贾姬的兴致又高了起来，也将杯中之酒一饮而尽，照照杯道："皇后当我作姊妹，我自不能见外。我也借皇后的杯酒，祝愿皇后与太子康健无羔，长乐未央。"两人又对饮了一杯。

接下来，两人又为各自的亲人子女、为太后、为刘胜与窦绾的亲事频频干杯。两人醉意渐深，贾姬蒙眬着双眼，摆着手，说："皇后说我命好，我的命哪里有皇后的命好？独守空床？其实皇帝也不比从前了。"稍停片刻，又道："我告诉你个大秘密，你可千万不要对人说。"

"甚事？你说，我绝不会说出去。"

"皇帝的精力已大不济了。每次行房，累得满身是汗，可就是办不成事，伏在我怀里，沮丧得像个做了错事的孩子。我说陛下是累着了，要节劳，多歇息些日子就会好的。可皇帝是大男人，要脸，已经有些日子不再召幸那些年轻宫人了。"

"当真？"王娡有些不信，但随即内心一阵狂喜，仿佛见到了皇帝那副无奈的模样，心里竟隐隐生出一丝快意。尤其令她释怀的是，房事的无能，意味着皇帝再不可能有子嗣，也再不会有威胁自己和阿彻地位的新人出现了。

"皇帝不愿更多的人晓得这件事，最近召我陪寝的时候最多，每次都是如此，假不了。太医们也上了不少方药，可没有甚效验。皇后还说我命好？最好也不过是将来随儿子就国，享享清福罢了，哪里比得上殿下。"

两人一直喝到日晡时分，才尽欢而散。自被册封为皇后以来一直悬着的心终于踏实下来了，为此，王娡很感激贾姬，决心做成那门亲事。她来往奔走于两宫之间，还在长公主的陪同下一起去了趟南皮侯家，最终说定了这门亲事。送亲那天，窦太后在长乐宫设宴，皇帝和诸窦也到场。席间，太后、长公主、贾姬均盛赞王娡，推她为首功，皇帝也刮目相看，勉慰有加。宴后，太后命人取出自己寝宫中的一座镏金宫灯，送与窦绾；然后带着众人一直将窦绾送至宫门，方才挥泪而别。

此后，王娡与贾姬时相过从，竟成了好友。通过贾姬，她不仅能及时了解皇帝的心境，也改变了皇帝前些时候对自己不佳的观感。有时候，皇帝也会将她召去吃顿饭，说说话，甚至就后宫事务征询她的意见。王娡终于有了安全感，觉得皇后与太子的位置总算是坐稳了。

四十六

中元二年的早春分外寒冷，人们的心情也像阴霾的天气一样沉重。数日来，前太子、临江王刘荣因罪被征召进京，下入诏狱自尽身亡的消息不胫而走，震动了整个长安。人们窃窃私语，都说这是个凶兆，朝廷怕是要从此多事了。

事情还要从一年多前义姁赴临江说起。一路上，她将此行的目的告诉了同行的义纵和张次公，得知是为有过一番遇合的太子出力，二人摩拳擦掌，跃跃欲试。到了临江，三人扮作行脚的商贾，在王府所在的街上租住了一处房子。义姁每日在街上行医卖卜，打探消息。她为义纵等置办了行头，要他们整日里鲜衣怒马，出入酒肆勾栏，专门结交王府里的官员。这样一住数月，却寻不到什么机会。方方面面的消息都表明，临江王为人宽厚，不大过问政事，在封国中口碑不错，很难找到甚错处。

江湖中人最重然诺，义姁混迹于其中多年，不用说也把信用看得如同性命。既已自告奋勇为王娡祛除隐患，事情便一定要办成，绝无退路。正在无奈为难之际，机会却不期而至。一日，张次公回来后，讲起酒宴上听到的消息，临江王府丞透露，刘荣嫌府邸狭小，欲扩建王宫。前任临江王是刘荣的同母弟刘阏，在位仅三年而崩，王宫尚未建完便停工了。刘荣做过太子，这个王宫在他眼中，自然逼仄不堪，等不到与尚未到任的内史、国相商量，他便自作主张，提出要把王宫面积扩大一倍以上。

临江国的都城江陵，只有两条交叉成十字的街道。王府坐落于城北，三面环绕民居，只有西面有片极大的空地，数里之外，则是封国所立高庙①的所在。据王府府丞讲，若迁动民居，所费不赀，以封国的岁入作偿，尚有不足，为此，临江王亦踟蹰不决。

义姁怪道，既有空地，为何不用？次公说他也问过同样的问题，府丞说那是供高庙祭祀所需物品，如酒、粮和牺牲的生产用地，轻易动不得，动了就是大不敬的罪名。听到此，义姁有了主意。三人分头依计行事，一个月后，王府开工扩建，整块空地被新王府占用。随后，义姁兄妹悄然离去，只留下次公，以包工人的身份，在那里监督工匠们大兴土木。

去年年底，工程尚未竣工，朝廷派来的内史到任，知道高庙祭地被占是件非同小可的事情，一面责令停工，缉拿涉案人等，一面奏报朝廷。文书传送至长安，刘启得知儿子胆大妄为，十分恼怒，下诏征召刘荣进京，打算好生教训一下这个儿子。刘荣到京后，刘启并不接见，而是传命要他到中尉府报到，接受查问。

中尉府设在北军营垒之中，刘荣的车马随从一进府便被扣押，他也失去了自由。刘启对郅都的指示是，此子忤逆不肖，无须假以颜色，要他好好反省，知道皇子诸侯犯法与庶民同罪的道理。郅都吩咐手下将刘荣下入诏狱，他此刻所深虑的，是刚刚到访的一位内官的传话。

由临江内史报上来的案卷看，事情很简单，是件官商上下其手，勾结牟利的案子。一名叫李路的富商以巨资贿赂王府与高庙官员，以城外荒地对换高庙空地，解决了用地的难题，以此包揽了王宫扩建工程。事发后，受贿官员一名饮药而死，一名在追捕中投江自杀，而那商贾则渺无踪迹，无从追捕。临江案卷中说那商贾关中口音，可郅都遍查三辅的户口名籍，却并无李路其人，难道用的是假名？为何要用假名，除非他预先就料到事情一定会败露，可既知会败露，为何又以巨资行贿，做这等得不偿失的买卖呢？事出蹊跷，殊不可解。

至于临江王，在这件事上头，似乎并不知道多少内情，至多是个失察的

---

① 高庙，各封国中供刘氏皇族诸侯祭祀高祖刘邦的庙宇。

346

责任；处罚也不会很重，无非是训诫、罚金乃至削减临江国的封地。以郅都的理解，皇帝的意思，不过要震慑一下儿子，使他知道戒惧而已。这案子要深查，非待抓住那逃亡的化名商贾之后，迁延无期；或就事论事，给临江王一个教训了事，郅都原本打算如此。可听过那名宫里内官的话后，他的心思，一下子沉重了起来。

"本官从不受人请托，大人若也为临江王说情而来，就不必了。若是公事，请报姓名，出示诏令。" 他将那宦者带入内室，冷冷地说道。接连有位高权重之人探视刘荣，令郅都烦心。丞相周亚夫被他挡了驾，前太子太傅窦婴打着太后的旗号前来探视，也被他挡了驾，最后竟硬闯诏狱，守军未敢硬拦从前的大将军，放他见了刘荣一面。窦婴前脚才走，这位宫里的内官又到了，说有要紧事，请屏人单独密谈。这人去年郅都调任中尉时见到过，是皇帝身边的宦者，可叫不上名字。皇帝有事，总是当面吩咐，从不要人传话，莫不是又一个为刘荣说情来的？

那人笑笑，道："郅将军误会了。下官确为此案而来，可关心的不是栗太子，而是将军的安危。"

"你是谁，竟敢危言耸听？"

"我是谁不重要，可我带来的话，将军要听好了。栗太子之母、外戚诸栗全死在将军手上，刘荣也由此丢了太子之位，深仇大恨，他可能忘之须臾？如今他落入将军掌握，生死全在将军一转念之间，绝此后患，或任其脱罪，将来反噬将军？何去何从，将军好自为之。只是莫忘记，刘荣是太后的长孙，自幼格外得太后宠爱，至今不衰。"

郅都闻言凛然心惊，厉声呵斥道："临江王罪不至死，我郅都做事不欺暗室，从来堂堂正正。你为何人带话？遮遮掩掩，又是何用意？快说。"

"刘荣前年就国，宴请太子宫旧人，有怨望之言，发誓复仇。将军顺这条线索去查，刘荣难逃死罪。至于带话给将军的人，我不说将军也不难猜得出，当然是与将军休戚相关之人……"

话未说完，属下的司马季心来访，那人就势告辞。"这不是太子宫的郭大人吗，也是来探视临江王的吗？"两人擦身而过时，季心认出了他，那人不答，匆匆揖手作别而去。郅都这才知道，来者乃太子宫的詹事郭彤。他恍然大悟，所谓休戚相关者，栗太子同样是当今太子的威胁。可太子尚未成年，做不出这等事，这个主使人，应该是皇后。派人带话给自己，无非是想借刀杀人，除掉栗太子。皇后虽居心不善，可想想她的话也对，自己与栗太子已结下了不共戴天之仇，欲防反噬，这正是个机会。转念至此，如何办这件案子，他已胸有成竹。

季心所来，是受窦婴之托，为刘荣送刀笔。入狱之初，郅都吩咐属下禁予刘荣刀笔，季心此举，显然是同自己作对。郅都心下不悦，但季心振振有词，说既是对簿，案犯自应有刀笔可用。季心乃季布之弟，以侠义名震关中。郅都为官多年，对下属心存忌惮者，一是宁成，二是季心，季心的话在理上，他不好公然不允，可心里更下了不放过栗太子的决心。于是连夜布置，抓捕太子宫的旧人。

在酷刑逼供下，案犯无一例外都开了口。郅都认为证据已经足够，便在次日传刘荣对簿。为了加重压力，郅都将对簿地点设在一间潮湿阴冷的刑室，污渍斑斑的墙上挂满刑具。刑室很暗，壁上一灯如豆，四面鬼影幢幢，不时传来受刑犯人的惨叫和呻吟。被带进刑室的刘荣，平生第一次见到如此阴森恐怖的所在，不觉毛发直竖，心口发紧，好一阵才定下心来。室内很空，暗影中一张书案依稀可见，后面坐着个瘦子，看不清脸面，可刘荣感觉得到他犀利逼人的目光。书案两旁各站着一名身躯粗壮、面目凶恶的狱卒。

"你知罪吗？"许久，那瘦子方冷冷地掷出一句话来。

刘荣涨红了脸，屈辱和愤怒包裹住了他。"下属谋私，寡人最多有失察之过，何罪之有？！"

"你放明白了，这里是审决重犯的诏狱，不是你称孤道寡的地方。你也休想用临江的事蒙混搪塞，你如何怨望皇帝，图谋报复皇后太子，最好从实招供，免得皮肉受苦。"那人的声音不高，可内中透着一股阴狠。

"大胆！你一个狱吏，竟敢如此问话，诬陷本王。寡人的事情，自能向父皇分辩清楚，哪里轮得到你来问。"

"诬陷？你母亲没有下毒谋害过太子？你栗家外戚没有混入宫中图谋行刺？你在就国前的酒宴上没有放话报复？你一个诸侯王，狂的个甚？淮南、济北，还有作乱犯上的七国，身首异处的哪个不是王？到了这里，你就是个犯人，拿得甚臭架子！我还可以告诉你皇帝吩咐下来的话：皇子诸侯犯法，与庶民同罪。"

刘荣的一颗心，像一下子落到了冰水里，口气不觉软了下来："你肆口污蔑，说孤怨望报复，有何凭证？"

瘦子摆摆头，一个狱卒出去，很快带了两个人进来，匍匐在案前。刘荣认得，是曾在太子宫服侍过自己的旧人。两人身系重械，步履蹒跚，面目肿胀，看得出受过重刑。

"你们两个把各自的供词，向临江王重复一遍。"瘦子指指刘荣。

"你，你这算得甚？是……是屈……屈打成招，罗……罗织构陷！寡人要面见父皇，辨……辨明真伪。"刘荣气得发抖，说话也结巴起来。

瘦子示意将人证带下，笑笑说："皇帝若肯见你，也不会请你到这等地方来。你还是识相点儿，早早招认，否则死罪不免，活罪更有你受的。念你曾经尊贵过，我再宽待你一夜，窦太傅既然派人给你送了刀笔，你就把你种种谋逆的情事，原原本本写出来。明日若见不到供词，我一定会用刑，到时莫怪律法无情。"

说罢，那瘦子径自离去。两名狱卒将书案抬到刘荣身前，又将一盏灯注满油，放置案上点燃，备齐刀笔纸墨后，准备离开。

"且慢，刚才那问话者是何人？"

"自然是中尉郅都郅大人，落到他手里，不死也要脱去三层皮。你还是老实交代，免受皮肉之苦吧。"

"二位放我出去，我定重谢二位的大德大恩。"得知自己落入郅都的掌握，刘荣又恨又怕，竟有些慌不择言了。

那两个狱卒对望了一眼，张口噤舌，几乎不能相信自己的耳朵，"你说甚，放你走？亏你想得出！我二人的脑袋还要不要？你老实交代，莫再异想天开了。"

"那么我修书一封，劳二位连夜送到窦太傅府上，府上必重谢二位，日后寡人得脱厄运，亦当厚报二位，如何？"

"想不到大人物也这么难缠！"一个狱卒摇摇头道。另一个粗鲁地搡了刘荣一把。"你别做梦了，我们都有妻儿老小，犯不上为一个阶下囚送命。"

言罢，两人狠狠撞上室门，加锁后离去。

完了，完了，今番落到仇人手中，吾命休矣。刘荣绕室彷徨，惊惧愤恨，心乱如麻。他知道从前一时的愤激之言，虽无实际，可只要被坐实了有此居心，仍旧脱不了谋逆的罪名。想到郅都方才那副阴毒的面目，自己绝无生路，只可惜冤沉海底，大仇难报，如何面对阴间的母亲和亲人呢？一念至此，他已经是涕泪滂沱，泣不成声了。

宣泄之后，他的头脑反而冷静了下来，天潢贵胄，绝不能任由那些卑贱的狱吏摆布，屈打成招。既不免一死，就要死得尊贵，向父皇表白自己的冤屈。他拭干泪水，正了正衣冠，倚案奋笔疾书。之后，他解下绶带，悬结于梁上，伏地南向拜了几拜，吹熄油灯，蹬倒书案，径自悬梁自尽了。

刘荣之死，直至次日清晨，方被来探监的季心发觉。他一面差人通知郅都，一面携遗书赶到窦婴府上报信。窦婴闻讯，既吃惊，又痛心，嘱咐季心回去看护好临江王的遗体，自己则连早餐也顾不上吃，径直奔长乐宫而去。

那日，正是皇帝向太后请安的日子。刘启也刚到长信殿，窦太后正问起征召刘荣进京之事，孙子的死讯，不啻晴空霹雳，把窦太后与刘启全惊呆了。众人敛气屏息，大殿中顿时安静下来，静得似乎可以听到人的心跳声。良久，窦太后铁青着脸，对伏在身前的窦婴吩咐道："阿荣的遗书，你读来我听。"

儿臣荣顿首再拜上疏皇太后、皇帝陛下，昧死以闻。儿臣初至临江，宫室狭小，下属占用高庙空地，臣失察，有违孝道，不敢辞其咎。父皇征臣，臣绝无怨望。中尉郅都，诬我谋逆，臣欲见父皇，不允，又以严刑威逼，呵斥侮慢，百口莫辩。臣闻刑不上大夫，礼不下庶人。在东宫时，所习贾谊疏云：臣有过，帝令废之可也，退之可也，赐之死可也，灭之可也；若夫束缚之，系绁之，输之司寇，编之徒官，司寇小吏詈骂而榜笞之，非尊尊贵贵之化也。臣皇家骨血，宁可死，不可辱，逼臣死者，郅都也。儿臣死不足惜，所憾者从此天人永隔，再不能尽孝于祖母父皇，心诚痛哉。儿臣死后，愿葬于南山之阴，陪伴于母亲墓旁，恳请父皇恩准。儿臣荣昧死再拜以闻，顿首顿首，死罪死罪。

读到最后，窦婴念及从前师生的情分，禁不住悲从中来，语气哽咽，泣不成声了。刘启没承想会是这样的结局，也难过地流下泪来。太后更是哭得声嘶力竭，对着刘启大叫道："你们害死了荣儿！那个郅都对阿荣做了甚？你还不快下令捕人？你若放过他，吾绝不允！"

"母后息怒，儿臣一定查明此事，还阿荣一个公道。"说罢，刘启吩咐窦婴留下来抚慰太后，自己匆匆赶回未央宫，召见郅都，查问此事。

刘荣之死，也大大出乎郅都的意料。他坚不承认有刑讯逼供之事，说自己将临江王置于刑室，只是想震慑之，使之有所戒惧。至于查问刘荣怨望谋逆之事，郅都的回答是，太子宫有人举报，不得不问，并未认定，也未打算深查。他知道，郭彤来访带话之事绝不可坦白，否则就成了结交内官、通同谋逆的大罪，那样可真就是罪无可逭了。

见到太后震怒，王娡却暗自忧心，唯恐郅都说出真相。她盘算了数日，终于想到十几年前的一件旧事，可以用来说动正在得宠的贾姬，由她向皇帝施压，早早除去郅都，以免后患。

原来郅都在宫内任中郎将时，一次陪侍刘启与众宫嫔游上林苑。贾姬如厕，不料一只野猪随后跟进，贾姬大呼救命，刘启示意郅都救援，郅都却视如不见。刘启抓过一杆长戟，想要亲自救贾姬，郅都却挡在前面，跪下来抱住皇帝的双腿劝说道，失去一姬还可复进一姬，天下难道还缺女人吗？陛下万乘之尊，就是不看重自己的性命，难道宗庙、太后都不顾吗！刘启冷静下来，退到安全地带。最后野猪离去，贾姬也毫发未伤。窦太后听说后，赏赐郅都百金，刘启也赏赐他百金。唯独贾姬，恨之入骨，只是碍于太后，隐忍不发而已。如今见太后动怒，皇后推波助澜，她也自然不会放过报复的机会，每每在侍寝时，在皇帝面前添油加醋，但刘启不为所动。

验尸证明了郅都的话，刘荣身体上没有任何用刑或虐待的痕迹。真正为难的是刘启，是他有话在先，对簿时态度要严厉，郅都所为可说是他的授意。而郅都，忠诚廉洁，不畏权势，是难得的治乱能臣。可不杀郅都，太后那里难以交代。最后，以玩忽职守，诛杀数名狱卒抵罪，郅都连带罢官回乡。不久，刘启又以边防要紧，重新起用郅都，悄悄派他至雁门做太守。中尉的职位，由他推荐的宁成接任。宁成是郅都任济南郡守时的部下，也是出了名的酷吏。

郅都虽然是首次出任边郡，其声名却早已远播匈奴。都传说他有神力，可以百里之外，取人性命。胡人迷信，对此深信不疑。以至于干草扎成的郅都人像，似乎都有了莫名的魔力。匈奴骑射，以郅都偶人为靶，可心存畏惮，竟无一人射中。如此，他出任太守的两年中，匈奴骑兵竟一次也未袭扰过雁门。

但郅都最终还是未能逃出太后的雷霆之怒。两年后，太子宫的旧人翻供，说太子并无报复怨望之言，他们的口供，是郅都严刑逼供，屈打成招。宁成与郅都有旧怨，故意将此事透露给了长乐宫。太后大怒，亲自拿着汉律到未央宫见皇帝。

"大汉的律法，诬陷者反坐。郅都诬阿荣谋逆，反坐也应是谋逆的死罪！阿荣死得冤屈，吾今日特来看皇帝要怎样还他个公道。"太后目光灼灼，紧盯着刘启。

刘启嗫口不言，但经不起太后一再催问，嗫嚅道："人死不能复生，郅都是忠臣，也是边郡难得的将领，姑且免其一死吧。"

太后阴沉着脸，厉声喝道："郅都是忠臣，难道临江王就不是忠臣吗！你身为皇帝，就可以枉法了吗？"

刘启无奈，传诏派专使冯敬赴雁门接任太守，缉拿郅都，就军前处斩，传首长安。

四十七

由长安城东出霸城门三十里，过灞桥转向东南，就是可以直达蓝田的大路。由蓝田再前行二三十里，就进入了南山的支脉——蒉山，蒉山有道隘口，名尧关。再向前，就进入横亘陕南的南山主脉秦岭，灞水与丹水，一北一南，均发源于此。山道沿丹水蜿蜒南下，沿途层峦叠嶂，丛林密布，山重水复，形势险要，这就是著名的武关道了。关中自古所谓"四塞"①之地，武关即其一。出武关，地势豁然开朗，陆路可通南阳与江汉平原，所以武关如控扼关中的咽喉要塞，历来是兵家必争之地。

鸡鸣未爽之际，武关道上，一行八骑人马向尧关疾驰而来。空山静寂，马蹄嘚嘚的声音也格外响亮。平明时分，这群人已到了尧关。关吏勘验传文②，传为梁国中尉府发放，写明的目的地是京师，可从梁国赴长安，最近的路线是经由贯通关东的驰道，入函谷关，这些人为何舍近求远，由武关绕道进京？关吏有些疑惑，为此，他仔细打量着这些人，看得出，是些江湖上的人。可印鉴封泥，反复核对，确实无误，于是开关放行。这伙人在关旁传舍内打尖，略事休息后，上马绝尘而去。

清明三月，南山上的积雪尚未融化，山腰以下已是满眼春色。新草萌发，

---

① 四塞，即关中盆地东面的函谷关、西面的大散关、西北的萧关和东南面的武关，是进出关中的天然险隘，设有关塞，并称"四塞"。

② 传文，即汉代吏民出入关塞亭障时的身份证明文书。又称"传"，东汉以后称"过所"。

雀鸟啁啾，和风吹拂中，层林已隐隐有了绿意。北去的灞水宛若一条银带，在阳光下熠熠生辉。此时，周边的山间，开始升起缕缕青烟，这是赶早上坟的人焚烧祭品所致。尧关近旁的一块山间台地上的祭扫，尤其排场。一前一后排列着的新旧两座坟茔前，一行人正在焚香烧纸，烟火缭绕，纸灰飞扬，魂幡飘动，招魂人的呼叫声在空旷的山间格外悲凄响亮。

一名面容清癯的老者，望着山下一行飞驰而去的人马，捋了捋花白的胡须，催促道："王孙，辰时①已过，若赴昆吾亭访友，好动身了。"

"子丝说得是，人死不可复生。王孙送死尽哀，临江王地下有知，亦可含笑了。"另一老者看着茔前拈香沉思的窦婴，边说边将最后一沓奠纸投入火堆，火舌舔着纸张，窸窣有声，和着冉冉的青烟，灰白的纸烬飘飞散落了满地。

窦婴将燃香插入灰池，噙泪叹道："师生数年，不料竟是幽明异路的结局。人言世事如烟，祸福难测，这个道理我算是明白了。"他退后数步，对新坟再次深揖施礼道："殿下虽无子嗣，可只要太后在，窦婴在，就是不能亲至，殿下母子春秋年节的祭扫和血食，无虞短缺。"说罢，与那两位老者，缓缓下山。

窦婴受太后之托，将刘荣的遗体安葬在蓝田南山栗姬墓侧。可事后却并未回长安，而是住进南山窦氏的别馆，纵情声色，已多日没有进宫奉朝请了。诸窦与众多好友纷至沓来，劝他尽早还朝，他却托病不行。直到日前，老友袁盎、季心等来访，携同前来的有一梁国辩士高遂，他的一番话，方使之豁然警醒。

挚友来访，窦婴设酒宴，张丝竹，推杯换盏，兴致极高。可说到返京之事，却顾左右而言他。袁盎使了个眼色，高遂笑道："久闻大将军侠肝义胆，今日得见，不过如儿女子，扭捏作态而已。真所谓盛名之下，其实难副了。"

窦婴心里恼怒，可面上还是一副不以为然的样子，问道："先生此话怎讲？我倒想一听究竟。"

"当真？"

"当真。"

---

① 辰时，古代计时单位，相当于现在上午七至九时。

"将军能有今日之富贵，靠的是皇帝吧？"

"不错。"

"最亲近将军的人，是太后吧？"

"当然。"

"能做栗太子的师傅，可见太后、皇帝对将军的倚重。栗太子被废，是他辜负了皇帝的期望，也是将军的失职。而进，不能谏争；退，不能殉死，将军不反躬自省，却意气用事，托病不奉朝请，私下里却宴乐无虚日。摆明了是对今上处置临江王的做法心怀怨望，消息传到长安，两宫的怒气一旦发作，恐怕将军将家无噍类了。"

窦婴蹶然而起，揖手谢过。袁、季等人此来，一是劝窦婴回京，二是约他顺道拜访一位江湖上的朋友，于是众人议定，清明祭扫刘荣母子墓后，回程时一同前往昆吾亭访友，然后返回长安。

昆吾亭位于蓝田至长安的大道边上。窦婴等人所乘的数辆安车，从昆吾亭拐向左面的小路，小路伴着汇入灞水的一条小河，弯弯曲曲地伸向远方。又行过数里，穿过一片树林，远远望去，是一座庄院，庄前田地数亩，周边果木扶疏，花蕾满枝。小河潺潺，至此已分支成数股溪流，漫衍为大片的湿地。湿地上生长着茂盛的芦苇，白色的芦花衬着枯黄的枝叶，摇曳生姿，在早春单调的景色中，别有一种苍凉的美感。

几个孩童看到驶近的车队，大呼小叫着向庄院房后跑去。房后亦有青烟高高冒起，显然主人家也在扫墓。这就是他们要访的朋友，长安大侠韩孺的家了。

韩孺字千秋，颍川郏县人。少时好勇斗狠，声震一郡。韩氏世代业商，家赀豪富，后举家迁至京师，在此置地建房。父母去世后，韩孺承继家业，往来关东贩枲，成为长安东市的大贾。为人慷慨嗜酒，喜交游，与灌夫、季心、袁盎等是多年的好友。郅都任中尉后，侦缉豪强甚严，长安豪侠纷纷走避。韩孺亦敛迹于关东，平日难得一见。可韩孺是孝子，袁盎等算定他清明必会还家祭扫先人庐墓，故相约于今日来访。

一行人的车马尚未在庄前停稳，便听得有人朗声大笑道："我道是谁，原来是你们二位老哥。"只见两条大汉，在一群孩子簇拥下，快步走来。为首那人身长八尺，长头大鼻，状貌甚伟。他抢前一步，挽住正在下车的袁盎，又大笑着对其后的季心道："季司马，有子丝在，今日的酒喝起来就热闹了！"

看到从另一辆车上下来的窦婴，汉子的眼睛一亮，叫道："稀客，稀客！我说起早喜鹊叫个不停，原来还有贵人来到。"他边揖手施礼，边招呼后面那汉子过来见礼。

"毋辟，过来见过诸位大人。这位是窦婴窦大将军，当朝太后的侄儿。这两位是季司马季心、袁大人袁盎，个个都是朝廷上响当当的人物。这位是下走的堂弟韩毋辟，是今日一早赶来扫墓的。"

韩毋辟身量与韩孺相仿佛，人瘦削了些，可面目精悍。听到袁盎的名字，他一怔，随即恭恭敬敬地向众人施礼。从第三辆车中跳下来的高遂，见到韩毋辟，也欣喜地叫道："真是巧了！他乡遇故知，毋辟老弟，别来无恙？"韩毋辟笑笑，抱拳见礼，随即恭敬地退后几步，站在互道契阔的众人圈外，悄然打量着袁盎。

韩孺挥开围观的孩子，先领众人到父母坟上上香祭拜。之后吩咐庄人安顿车马，准备酒饭。窦婴道："不劳叨扰，吾等少时还要赶回长安。"

"到得这里，还想走？王孙也忒见外了！既是扑我来的朋友，哪有刚来就走的道理？况且一喝上酒，你们还能走到哪里去?！"

"有酒喝，老夫当然不走。要走王孙自己走好了。"袁盎笑呵呵地说道。

"酒不喝好，哪个也莫想开溜。"韩孺取过一把手锤，边说，边敲出三辆车轴上的车辖①，随手丢进院中的一口井内，大笑道："我看哪个走得了！"

众人也不觉大笑起来。韩孺是喝大酒的人，往年聚饮，每当宾客满堂之际，他都会锁闭大门，将客人座车的车辖投入井中，有再急的事情，客人也休想脱身，非喝到玉山倾倒，一醉方休而止。

他拉住窦婴的手，向众人道："这一向难得与京师的朋友聚首，叫人想念得紧，今日我们好好乐一乐，到时候各位怕是撵都撵不走呢。来，各位请

---

① 车辖，固定车轴与车轮的铜制部件，即插入车轴顶边穴孔处的销钉。拔去车辖后，行走时车轮会脱落。

入鄙舍。"

袁盎道："我看酒席莫不如就设在这门前。春风和煦，景色也好，看着心里都敞亮。"

"也好，就按子丝的话办。没有了车辖，不怕你们跑掉。"韩孺笑着吩咐庄人在外面设席。

推杯换盏，酒过三巡。韩孺举杯道："蒙各位兄长厚意，专程由长安访我，我以杯酒上寿，先干为敬了。"

袁盎叫道："且慢，哪有请客主人先饮的道理？况且吾等非自长安来，而是由南山来。王孙奉太后之命，安排临江王的丧事。今早刚在尧关上完坟，算准了你这孝子也非得还家扫墓，故顺路来访。"

韩孺笑笑，看了眼窦婴，放下杯，道："那么子丝说说，该如何饮？"

"汉家敬老，自该以年齿为序。"

"好，就请子丝先饮。"

"干喝哪有味道？还请主人歌舞一回，以助酒兴。"

"事先不知各位兄长会来，没有准备。不过我有个义妹歌舞俱精，此刻正在庖厨助内子烹饪，过会儿可来助兴。子丝不弃，我便献丑了。"

韩孺提起剑，走到席前的空场中央，向众人抱拳致意，将剑平伸，摆了个架势，深吸了口气后，舞将起来。起初动作舒缓沉郁，但很快就如旋风骤起，寒光耀日，衣袂飘飞，步履顿挫，凤舞龙翔，剑气逼人。正在酣畅淋漓之际，却猛然收煞，四下无声，如雷霆远去，江海清光。好一阵子客人们才缓过神，齐齐发出喝彩声来。

袁盎起身，奉上一巨卮酒道："壮士！壮士！当浮一大白。"韩孺一饮而尽，照照杯，转身望着远处的群山。青山永在，而人生倏忽，父母亡故，自己亦届中年，一种复杂莫名的感慨萦绕于心。他转身揖手道："独乐乐，不如众乐乐。我先起个头，请各位和歌。"

彼黍离离，彼稷之苗。行迈靡靡，中心摇摇。知我者，谓我心忧；不知我者，谓我何求。悠悠苍天，此何人哉！

是《黍离》之歌，歌声苍劲沉郁，有股撼动人心的力量。袁盎第一个起身，举着一杯酒，边舞边和道：

彼黍离离，彼稷之穗。行迈靡靡，中心如醉。知我者，谓我心忧；不知我者，谓我何求。悠悠苍天，此何人哉！

窦婴、季心亦加入歌舞，众人齐唱：

彼黍离离，彼稷之实。行迈靡靡，中心如噎。知我者，谓我心忧；不知我者，谓我何求。悠悠苍天，此何人哉！

歌舞毕，众人拊掌欢笑。袁盎一眼看到，在席上布菜的韩孺之妻与一年轻女子，正望着他们掩口轻笑，而那女子不是别人，正是嗍戏名伎窈娘。"好你个韩孺，竟敢将京师的好女拐带到这里！王孙、季将军看看，这不是窈娘嘛！"

众目灼灼之下，窈娘满面绯红，笑着与众人见礼道："袁大人就会说笑话，须发都白了，一点儿都不自尊重。"

"嘿嘿，老有少心嘛，若非须发皆白，老夫还要做一回新郎。当今太子金屋藏娇，老夫钱少，有窈娘这样的可人，却也要茅屋藏娇呢。"

"子丝莫再调笑了，还不与韩夫人见礼！"窦婴拉过袁盎，感谢韩夫人的款待，互道问候之后，宾主重新入席。

"千秋所言歌舞俱精的就是窈娘吧，她何时成了你的义妹？"窦婴问道。

原来，窈娘所在的戏班子年前应邀赴关东几户大姓人家巡演。路过颍川时，窈娘偶感风寒，病倒于客舍，适逢韩孺夫妻。韩夫人亲侍汤药，体贴关心，无微不至。窈娘便拜韩夫人为姊，对二人兄嫂相称。清明韩孺夫妇返乡扫墓，窈娘便也一路相随进关，打算在韩家小住一阵再回安陵。不想与众人不期而遇。

有这样一位色艺俱佳的女子在场，气氛便大为不同。又饮过一巡，经不住众人请求，窈娘取出一架琴，略调了调音道："今日清明，这么多位大人前来，情谊可感。我自幼父母双亡，流落在外，连庐墓也不知何处。义兄的父母，就是我的义父母，借一曲《蓼莪》，为父母、义父母祭。"

窈娘一手抚弦，另一手五指翻飞，勾拢拨挑，一段激烈跳荡的快板过后，乐声变微，层叠舒缓，如水波徐来，漫漫无际，而后波声渐息，若有若无，细若游丝。正当众人屏息凝神，驻耳静听之际，忽而铮然一声，随后高亢的歌声陡起，直刺云天。

蓼蓼者莪，匪莪伊蒿。哀哀父母，生我劬劳。
蓼蓼者莪，匪莪伊蔚。哀哀父母，生我劳瘁。
父兮生我，母兮鞠我。拊我畜我，长我育我。
顾我复我，出入腹我。欲报之德，昊天罔极！

歌声凄婉哀怨，把浓浓的亲情灌入人的心头，久久徘徊不散，听者如饮甘醇，仿佛又回到儿时与父母相依的时光。酒席上的大男人们，一个个鼻子酸酸的，有的竟至潸然泪下。于是轰然和唱道：

南山烈烈，飘风发发。民莫不穀，我独何害！
南山律律，飘风弗弗。民莫不穀，我独不卒！

"窈娘的歌，动人心，泣鬼神，大有进境。当得起'余音绕梁，三日不绝'了！"窦婴赞道。而季心与韩孺夫妇，眼中还泛着泪花。

袁盎拍手道："太悲，太悲了！老夫望七之人，心如古井，竟也大恸。我们换个调子。窈娘，你看那果树上已有数朵桃花绽开，就以它为题，歌一曲《桃夭》如何？"

众人齐声喊好。窈娘接过季心递过的一杯酒，一饮而尽。一手打起响板，一手向众人招摇示意。这次唱出的声音，柔媚撩人。

桃之夭夭，灼灼其华。之子于归，宜其室家。

众人和唱道：

桃之夭夭，有蕡有实。之子于归，宜其家室。
桃之夭夭，其叶蓁蓁。之子于归，宜其家人。

歌声刚落，袁盎大叫道："《芣苢》《芣苢》，接着来，接着来！"窈娘笑笑，脚步轻移，俯身做出采撷野菜的动作，歌声一转为欢快活泼：

采采芣苢，薄言采之。采采芣苢，薄言有之。
采采芣苢，薄言掇之。采采芣苢，薄言捋之。

窈娘满面喜色，犹如走进了茂盛的芣苢丛中，采摘的动作愈来愈快，开始似成把地捋摘野菜。而后又作出将衣襟别成个布兜的样子，仿佛在大把地搂装采下的菜叶。袁盎紧随其后，模仿着窈娘的动作，磕磕绊绊，十分好笑。众人亦纷纷起身，跟在袁盎之后，有节奏地踏歌起舞：

采采芣苢，薄言袺之。采采芣苢，薄言襭之。

围观的孩童们也加入了进来，歌声、笑声、叫声此起彼伏，乱成一团，欢乐的气氛达到了高潮。

从头至尾，只有一人安坐于席上未动，自斟自饮，冷眼旁观着这一切。他，就是韩毋辟。窈娘的歌舞也深深打动了他，梁王宫中的饮宴几乎无日不有，凡饮宴必伴有乐舞。他经常与宴，宫中的乐舞虽然华丽耀目，却远不及这来自民间的歌舞真挚感人。他暗自倾慕，心中对窈娘的好感愈深，对袁盎的反感就愈强。言语轻薄，举动佻佻，全无朝廷大臣的庄重，难怪梁王对他恨之入骨。

刘武运动储位不成，回到睢阳后不久，就收到赵谈的密函，告之太后态度的转变，全在于袁盎的谏阻，而朝内大臣对立储的意见亦多与之相同。刘武得讯，大病了三天，认为袁盎毁了自己的一生，亟意报复。公孙诡、羊胜等极力劝谏，才没有马上派出刺客。公孙诡向梁王保证要取这些大臣的性命，为他出气，但要假以时日。一年多过去了，公孙诡经不起梁王的一再催促，也觉得立储之事过去已久，此时刺杀这些大臣，皇帝可能不会怀疑是出于报复，便着手安排实施。他挑选了十名武士，两名已在一月前潜入长安卧底，其余八人，则交由韩毋辟带队，由武关道绕行赴关中行事。临行前，王宫设酒宴为众人壮行，每人赐赠百金。公孙诡代梁王传话说：养客千日，用在一时。此行务须万全，达成目的。万一出了纰漏，不成功，则成仁，绝不可牵累他人。亡故者梁王会看顾其全家，背叛者严惩不贷。韩毋辟一行日夜兼程，今早过尧关后，他将人马分成三组，一组赴安陵，目标是袁盎；一组赴长安，目标是力主立刘彻为太子的御史大夫陈介；另一组策应。路过昆吾亭时，他吩咐众人先到长安接头等候，自己则顺路过访堂兄，祭扫祖墓。原打算用过午饭后赴京师与属下会合，不想天从人愿，袁盎竟自己送上门来了。

他盯着跟在窈娘身后手舞足蹈的袁盎，心中冷笑道：老匹夫，你死到临头了！问题是何时下手，在哪里下手。在堂兄家中肯定不妥，季心武功了得，堂兄看来也是这老家伙的好友，而江湖规矩也绝不允客人在家中受人伤害。看来，在袁盎返回安陵的路上动手最为妥当，他要先一步在路上埋伏，窦婴等人骑从虽多，但暗算一个人终究是容易的。

"壮士为何独坐，不起来与诸位大人共舞？"韩毋辟抬眼，却是窈娘站在席前，笑盈盈地看着他，不觉大窘，支吾着不知说些甚好。

袁盎大笑道："看看，看看！吾等老朽终难当美人之意。窈娘，一人向隅，举座不欢，何不发扬蹈厉，再歌一曲，邀韩壮士起舞！"

窈娘故作嗔怒地瞪了袁盎一眼，一甩长髻，动作由柔媚一转为刚劲，若双手执兵，英气勃勃。舞步的进退旋转，竟不离韩毋辟之前后左右，毋辟大窘，不得不起身和舞。

伯兮朅兮，邦之桀兮。伯也执殳，为王前驱。　自伯之东，首如飞蓬。岂无膏沐，谁适为容！

是《伯兮》之歌，表达的是女子对心仪男人的爱慕。韩毋辟没有料到窈娘在情感上竟是如此大胆、投入，在女人直露不羁的爱慕与众人的注视下，这个八尺高的汉子，也禁不住心跳脸红了。窈娘双手合拍示意，众人随之踏歌和舞：

其雨其雨，杲杲出日。愿言思伯，甘心首疾。 焉得谖草？言树之背，愿
言思伯，使我心痗。

窈娘含情的目光，不离他的左右，如脉脉秋水，动人心旌，韩毋辟一时
竟难以自持。可猛然想起梁王交托的大事，此行吉凶难料，怎可有儿女私情
的牵挂？他恨自己如此没有定力。有了这个念头，他便硬得下心了。办完君
王交托的大事，后命如何，生死难测，这等沉重的心事，又能向何人道出？
家乡一首歌谣，倒是很合他此时的心境，也可以婉拒窈娘的情感。于是向众
人揖手道："毋辟鲁钝，扫了各位的兴，愿歌一曲补过。"

园有桃，其实之肴。心之忧矣，我歌且谣。不我之者，谓我士也骄。彼
人是哉，子曰何其？心之忧矣，其谁知之？其谁知之，盖亦勿思！

他感觉得到那女人的目光，但他执意避开，望着眼前的桃林，继续唱道：

园有棘，其实之食。心之忧矣，聊以行国。不我之者，谓我士也罔极。
彼人是哉，子曰何其？心之忧矣，其谁知之？其谁知之，盖亦勿思！

歌声激越，但又吞吐含蕴，给人以长歌当哭的感觉。众人面面相觑，适
才欢乐的气氛一扫而空。
"'投我以木瓜，报之以琼琚'，你这后生不识好歹，辜负人家女子的情义，
你有多重的心事，唱这种扫人兴致的歌子！"袁盎满脸不快，拉起神情黯然
的窈娘，离开了呆站着的韩毋辟。众人都没了兴致，直至酒阑人散，窈娘再
也没露过面，原本热闹的酒宴，竟草草收场。

四十八

"兄弟，你告诉嫂子句实话，你喜欢窈娘不？"

韩毋辟父母早亡，由兄嫂抚养成人，此后出入江湖，投奔于梁王。年近三旬，犹如飘萍，迄未成家。韩孺夫妇早将此事挂在心上，邂逅窈娘后，得知她未嫁，便存了撮合二人，做成一头好亲事的念头。以是韩夫人邀窈娘同行，而韩毋辟也不期而至。窦婴等来到之前，两人只匆匆照过一面，可韩夫人以女人的细心，马上觉出了窈娘对自己这个英俊小叔的好感。在庖厨打下手时，窈娘兴致极高，问这问那，话头总是往韩毋辟身上引。适才的表现，爱慕之心更是一览无余。可恨毋辟竟如不见，伤了窈娘一片痴心。她细细问过窈娘的心思，之后，将韩毋辟叫到后屋，打定主意要讨出小叔的实话。

"木头人吗？说话呀！"看到毋辟埋头不语，韩夫人恨恨地捶了他一拳。

"我与你兄长出入江湖，阅人可谓多矣，窈娘的人才，真正是千里挑一了。风尘女子中，有如此真感情的，更是少之又少。我问过她了，如你不弃，她愿托以终身。你到底怎样想，给人家一个回话！"

"我，我……请嫂嫂告诉那姑娘，她的情意毋辟心领了，容过一时，或可论嫁谈娶，眼下前实在不能给她甚承诺，还请她曲谅。"

"那你说，为甚眼下不能论嫁娶？嫂子从小养你到大，你有甚心事不能对我说？是她不当你的意？嫌她是风尘中人？"

韩毋辟摇摇头。

"那为的是甚？你倒是说话呀！"看得出，韩夫人有些恼了。

想想实在不能道出心曲，韩毋辟索性不再说话，双手扶膝，做出一副垂头挨训的样子来。

"你是大男人了，我说不了你了，是吧？那好，你和你哥说去。"韩夫人站起身，气哼哼地走了出去。阵阵闹酒声从前屋传来，午后众人小憩了一个时辰，又开始长夜之饮，看来兄长不把这些人灌醉不会罢手。他有些羡慕起兄长来了，无拘无束，快意人生，不像自己，为求事功上的出路，寄身豪门，却从此失去了自由之身。

"兄弟，有甚心事，说出来，咱们一起理出个头绪来。"韩孺掀开门帘走进来，在他对面坐下，目光平静，但却一直看到他心里。

"哥，我绝不是难为嫂子，也不是看不上窈娘。实在是身不由己，不能有所承诺。"

韩孺笑笑，"看得出你心事很重，有事情，说出来，莫憋在心里。这趟来，怕不是专为扫墓而来吧？"

"江湖上最重然诺，应许了的，定然要做到。我不像兄长是自由之身。梁王以国士遇我，我自当以国士报之。交托我的大事未了，我若应了婚事，万一不谐，岂不是耽误了那姑娘的终身。"

"哦，你所言的大事指甚？"

韩毋辟摇摇头，"哥，我受人之托，忠人之事，这个规矩你该知道的。"

韩孺的面色严重起来，他沉吟了片刻，低声道："莫不还是潜谋皇位的事情？毋辟，现今不比从前，储位已定，梁王所为是谋逆，你若参与进去，便是灭门的大罪。你莫忘记诸栗的下场，梁王待你再厚，这种事情，你也要三思而行！"他握住韩毋辟的手，继续说道："我不问你何事，也绝不会向外人露一个字。你若想退出，现在还来得及，以后的事情我来安排。"

韩毋辟摇摇头道："箭在弦上，不得不发。此去生死难测，我宁肯辜负窈娘的情意，不能耽误她的一生。哥，你自幼教我，男子汉活人，要有担当，要做顶天立地的大丈夫。我之作为，你应该明白！我若能平安归来，一定托兄嫂的大媒，与窈娘结百年之好。可现在，万万不成。"

韩孺不再说什么，只是用力握了握兄弟的手。两人心情沉重，默默相对，一时竟无话可说。又一阵闹酒戏谑传来，袁盎的声音尤其突出。

韩毋辟蹙眉道："哥，那位袁大人如此放浪形骸，全无一点儿朝廷大臣的庄重，你怎会交这样的朋友？"

"你是说子丝？"韩孺捋髯笑道："放浪形骸，沉浮于闾里，没有一点儿官架子，难道不好?！子丝到哪里，哪里热闹，交这样的朋友，有甚不好。"

"我听人言，此人巧舌如簧，惯于拨弄是非，专以谗言动摇人主。从前的晁大夫，后来的梁王，全都栽在他手里，是个奸佞的小人。"

"看来你对子丝的误会很深了。"韩孺看着堂弟，心中猛然一亮，莫不是梁王欲借毋辟之手报复？可他面色平静，好整以暇地把玩着须髯，好一会儿才接着说道："你听到的，要么是耳食之言，要么是恶意中伤。我与子丝相交二十年，他的人品我最清楚。你涉世未久，阅人不多，不可妄评人事。"

不容韩毋辟争辩，他又说道："江湖与朝廷，本来是两股道上的车，互不相干的。不少做官的愿意结交江湖中人，大多图的是声光，叶公好龙而已，比如窦大将军。可袁子丝、灌夫和季心不同，称得上是真朋友。你说他佻傝，我却以为他不用官僚的面具对人，正是我辈性情中人呢！"

他逼视着韩毋辟，低声问道："你此番进京，莫不是冲着他来的？"

韩毋辟摇首否认。韩孺心里却起了极大的疑问，他知道硬逼行不通，思忖着用个什么方法说动这个老弟。

"若有人想要害你，你会怎样？"

"我？当然自卫。"韩毋辟一怔，不知兄长何以这样问他。

"子丝建议诛晁错以平七国之乱，也是自卫。晁错欲害他在先，不去晁错，他必被陷害诛戮无疑。谁处在他的处境，要么反击，要么坐以待毙，怎么是拨弄是非？"

韩孺叹了口气，继续说道："至于建储之事，本来就是梁王非分觊觎。臣子事君以忠，子丝献议，无非协调两宫的意见，为的是朝廷的安定，怎么是谗言！你站在梁王的立场上，当然为梁王抱屈；可站在朝廷的立场，子丝所言，难道不是大臣所应做的吗？况且，皇帝有那么多皇子，就是子丝不进言，你以为皇帝会舍弃自己的骨肉，以梁王为皇储嘛！"

兄长振振有辞，句句都讲在理上，韩毋辟竟无反驳余地，垂首不置一词。韩孺拍了拍他的肩头，道："再说子丝的为人，也大有过人之处。我有位江湖上行商的朋友，原来在子丝手下做事，他所亲历的事情，最能说明子丝的为人。"

原来，皇帝虽以袁盎之议诛杀了晁错，却因他做过吴国的国相，指派他出使吴国，要刘濞罢兵。"清君侧"只是个借口，刘濞当然不会罢兵。非但如此，他还要袁盎出任叛军的将领，袁盎不肯，刘濞便派一都尉以五百人将袁盎软禁在军中，准备阵前杀他祭旗。生死之际，是那都尉部下的一个军司马放他逃生。那天天寒，那军司马搞来两石酒犒赏众军士，及至夜半，多数军士醉倒。那人唤醒袁盎，放他逃生。

起初袁盎不信，怀疑那人的动机，直至那人道出原委，他才恍然大悟。原来那军司马，就是他任国相时手下一名从史。袁盎有一侍女，与从史勾搭成奸。事为袁盎所闻，但他佯作不知，并不声张，对那从史一如从前。有人悄悄告诉了那从史，其私情已泄，从史惊惧，连夜逃亡。袁盎发觉后亲自追他回来，并将那名侍女赐给他，仍用他为从史。以后袁盎调任长安，但这人一直存心报答，适逢巧遇，故有此举。袁盎走后，那人亦举家逃亡。吴楚之乱平息后，转而从商。韩孺贩枭江南时，与之结识，亲耳听到这段故事。

"待人以善，必有后报。袁子丝之仁，闻名遐迩，提起他，江湖上没有不竖大拇指的！"

"看来，这袁大人倒真是个值得结交的朋友了！"韩毋辟赞道，像是颇为倾倒的样子。看着兄长宽慰的神色，他心里矛盾万分，不杀袁盎，是背信弃义；杀掉袁盎，是善恶不分。何去何从？委实难以决断。更何况箭已出弦，又怎样收回？就是收得回来，梁王、公孙将军能放得过他吗！

韩孺还想说些什么，可前屋传来酒客们大呼小叫的喧哗声，要主人出来比酒。他拍拍韩毋辟的肩头，道："好了，莫对客人失礼，你也来做个陪客吧。"走过中庭的天井时，韩毋辟觉得黑暗中隐约有个女人的身影闪过，可定睛细看，什么也没有。他叹了口气，跟着兄长向前屋走去。

没有了成见，看人的观感也随之不同。在韩毋辟眼中，此时的袁盎，须发皤然，和蔼可亲，言谈举止中，别有种矍铄脱俗的风骨，令人起敬。

韩氏兄弟落座后，窦婴摆手，止住筵席上的议论，看着韩孺道："千秋，我听季将军说郅都已放贬雁门，这个酷吏一去，京师地面安定不少。老弟可回长安重操旧业，朋友们也可以长相聚首了。"

韩孺摇首道："前门去狼，后门进虎，长安更非吾等居处了。"

众人不解，都用探询的目光盯着韩孺。

"新任的中尉可是宁成？"

季心点头道："不错，是叫宁成，听说是郅都从前的部下。这人你知道？"

韩孺道："此人也是个酷吏，其狠毒有过于郅都，其廉洁则远远不及。谁落到他手中，绝难幸免。行商中有句谚语，叫作'宁见乳虎，无直宁成之怒'。如此苛暴之人，吾等避之唯恐不及，谁会去触这个霉头！"

窦婴叹息道："人言'治乱世，用重典'，方今太平盛世，不知朝廷缘何喜用酷吏？用一个郅都，逼死了临江王；再用这个宁成，不知又会出甚事，国家怕要从此多事了！"

袁盎笑道："王孙差矣！长安八方辐辏，多的是宗室权门和大族豪强，最称难治，朝廷若不放上几个厉害角色，汝等还不翻了天！就如人家养犬以守门户，郅都、宁成之属，不过是朝廷用来看守门户的恶犬罢了，有甚大惊小怪的呢？"

韩毋辟用肘碰了碰身边的高遂，"这老儿总是如此呛人的吗？"

高遂笑道："他就是这脾性，说话一向口无遮拦的。"

窦婴则面色怫然，"子丝致仕闲居，自然可以说这样的风凉话。请问宗室豪门，如何翻天，你可举出证据来。"

看看二人要起口角，韩孺连连摆手，笑道："王孙、子丝，莫要意气用事，较不得真的。此事怪我，不该议论朝廷的人事，传出去，人家不说咱们酒喝大了，而会以为我们心怀怨望，私下诽谤朝廷，这可是大不敬的罪名呢！来，我们不谈国事，饮酒为先。"

话不投机，又默默饮了两巡后，窦婴推说明日要起早赶回长安，先自退席，众人意兴阑珊，亦各自告退安歇。令众人疑惑的是，主人一反从前，没有坚持尽醉而欢，晚宴就此草草而终。

韩毋辟走出庄院，静静望着星空中那弯残月。夜凉如洗，消去了不少酒意。他再三思忖，仍难以决定明日的取舍。情感上他已不愿再杀袁盎，可理智告诉他，放过袁盎将使自己陷入险境，公孙诡为人险狠，对背叛者定会追杀不止，等着自己的将是终身亡命的生活。他觉得心中燥热无比，到庄院前的小河中洗了把脸，慢慢走了回去。

走到自己住室门前，屋里灯火通明，推开门，韩孺夫妇正在等他。

三人默默相对，一时不知说什么好。过了一会儿，韩孺才道："兄弟，明日送走客人，我们也要赶回关东。这一别，不知何时再见。我和你嫂子，最放不下的还是你。你年届而立，该成家了。不孝有三，无后为大，父母先人的血胤要由你传下去，不可再耽误了！窃娘是个好女子，既肯托付终身，你要有个态度，莫辜负人家的心意。"

韩毋辟顿首道："毋辟自幼失怙，全靠兄嫂抚养成人。长兄如父，长嫂如母，毋辟本该遵命。可我受人之托，办成了，要躲避朝廷的缉捕；办不成，则难免于事主的追杀。从此漂泊无定，生死难卜。我若应了这亲事，等于害了窃娘，又于心何忍？"

韩夫人吃了一惊，韩孺依然沉着，接着说道："你我刚才所言，窃娘已听到了。她的心迹，也对你嫂子表过了。现在就看你了。"

"是呀，窃娘要我说给你，她愿意等，也不怕风险。只要你一句话，此次回安陵后，她便收束不出，只等你去接她。"韩夫人目光灼灼，紧盯着韩毋辟道。

"那，那……"韩毋辟胸中涌起极大一股热流，悲喜交集，竟是嗫嚅难言的样子。

"那，那甚！这等坚贞的女子，真正是世间少有。你若还拿不定主意，我是再不能管的了！"

"她不计较，我，我当然愿意。只怕辜负了她！"

韩夫人大喜，韩孺也露出了笑容。"有你这句话就行！我去叫她，你俩当面说定。"她站起身，欢天喜地走了出去。

"这件东西你收好了，遇事用得着。"韩孺从怀中掏出个物件，交到韩毋辟手中。原来是件行路过关用的空传。"这是季司马从前送我应急用的。你也会用得上的，需要时临时填写即可。"

他拍拍毋辟的手，接着说道："万一出了事，莫走函谷关，你们要走小路，渡去河东，投郭解郭翁伯。我与之有旧，你提我，他一定会帮你们的。

此去天各一方，关山阻隔，江海飘萍，音问难通，不知何日才能再见，兄弟，你保重了！"语音沉重，韩毋辟抬眼，看到兄长的眼圈红红的。

韩孺又拿过一包东西，"这里有百金，做男家的聘礼，我与你嫂子早就为你预备下的，你收好了。你是男人，顶门立户，不可委屈了媳妇。"

韩毋辟喉头哽咽，再也忍不住，泪水潸潸而下。"兄嫂抚育成立的大恩，毋辟没齿不忘。兄长的教诲，我记住了。窈娘，我会好好待她的，请兄嫂放心。"

韩孺递过一方手帕，道："把眼睛擦擦，不可让女人看了笑话。"门外已听得到脚步和女人的低语声，是韩夫人与窈娘来了。

四十九

次日，窦婴，季心等一早便赶往长安。袁盎年高，不胜酒力，起身时天已大亮，由韩毋辟和窈娘陪送他返回安陵。此刻的他，蜷缩在车中，双目紧闭，神情委顿，一副宿酒未醒的样子。窈娘同乘一车，照看袁盎。

三月阳春，地气转暖，荞麦返青，沿路望去，满眼都是暖融融的绿色。窈娘的心情就像这天气，她双眼不离韩毋辟，目光中充满着喜悦。昨夜当着兄嫂的面，两人约定，先送袁盎回家，然后窈娘回住处收拾等候，待他办完公事，两人一同远走高飞。

韩毋辟骑马跟在车旁，看着闭目养神的袁盎，心里大起波澜，早间的一幕又浮现在眼前。送走窦婴等人后，兄弟俩在庄院前踱步话别，走到苇塘边时，韩孺忽然握住他的胳膊，神色严厉地问道："你此行是为梁王做刺客，对不？"

韩毋辟一怔，知道瞒不过兄长，就点了点头。

"要刺杀的是袁盎，对不？"

"杀袁大人！为甚？"他心里吃惊，脸上却故作糊涂。

"你以为瞒得住我？我身在江湖，可有的是做官的朋友，朝廷上的事情还知道一些。子丝说动了太后，梁王谋位不成，衔恨于子丝，杀人泄愤，难道不是这样子嘛！"

他惊异于兄长料事之准，但绝不愿泄密，还是连连摇头否认。

"你为梁王尽忠办事，我无话可说。可袁大人，你绝不能动他！"

"为甚，就为了他是你的朋友？"

"不，为的是江湖道义。他是你家的恩人，救过你父母的命！你若杀他，就是背恩负义，天道不容！"

"你说甚？他是我家恩人！此话怎讲？"

"我昨晚对你说过的那个从史，那个救了袁大人的军司马，就是你的父亲。"

"这，这……兄长为甚不早说？那袁大人知道吗？"

"当然知道。我原想说破，可子丝讲，他为人处世原本不图名誉和报答，嘱咐我不可泄露此事。可昨晚看出你的意图后，我若再不挑明，会铸成大错，悔之无及！"

韩孺的话如晴天霹雳，极大地震撼了韩毋辟。现在他所考虑的，已与此行的目的完全相反，他要做的，是如何保护袁盎逃脱刺客的追杀，然后带着窈娘，躲避梁王和公孙诡势在必来的报复。

按分手时的约定，同伴们正在京师等他前去会合。如果由窈娘陪送袁盎直接去安陵，自己先到长安，改变原定的安排，只刺杀京师的目标，而后同伴们回梁国复命；自己则间道赴安陵接出窈娘，转赴河东，投奔郭解。从时间上看，还来得及。

思忖已定，一路无话，日中时袁盎一行已到长安市郊。他们在霸城亭旁的客舍打尖，袁盎宿酒已醒，用饭时饮了杯回龙酒，兴致又高了起来，称韩毋辟与窈娘为他的一对"小友"，说是要带他们去长安会会朋友，今日不回安陵了。上车后则嘻嘻哈哈，不停拿这对"小友"打趣。韩毋辟主意已定，并不理会。

车过灞桥，在通向长陵和安陵的一处路口，韩毋辟四顾无人，策马赶到前面，掉转马头，拦住了安车的去路。他抽出佩剑，指点着通向安陵的路口，胁迫车驭改道。

袁盎大怒，喝道："你这后生好没道理，老夫要去长安，你却偏要去安陵。也罢，你护送窈娘回安陵，我自去长安。"

韩毋辟拱手笑道："袁老伯，长安去不得，还是让窈娘送你回安陵吧。"

"长安为甚去不得？你是甚意思，难道想要胁迫老夫不成？"

看来，不说出真情，难以要袁盎听从自己的安排。韩毋辟翻身下马，伏地顿首道："恩人，请受毋辟一拜。"

袁盎一怔，随即笑道："韩孺背诺，下次见面我放不过他！"他下车扶起韩毋辟，"你父亲也救过老夫一命，也是老夫的恩人，一命还一命，互不相欠，不要再提甚恩人不恩人的事了。"

"话不是这么说。袁老伯，你若不是我家恩人，此刻你已没命了。"

"哦，这话怎讲？"

"老伯，你看我是作甚的？"

"你，你不是韩孺的堂弟吗？"

"不错。可我也是梁国派来的杀手，刺杀的目标，就是老伯你。"韩毋辟猛地抽剑出鞘，寒光指处，逼得袁盎倒退了几步，也抽出了佩剑。窃娘大惊，跳下车，拦在袁盎身前，道："袁大人是好人，你莫伤着他！"

韩毋辟退剑还鞘，笑道："我若想要动手，也不用等到这时候。老伯是我家恩人，江湖中无人不称老伯是忠厚长者，赞誉不容于口，我岂能为此不义之事！可梁王恨你入骨，此番来的刺客，不止于我。我请老伯回安陵，为的就是避开刺客。他们正在京师等我会合，老伯执意去长安，是自投死路。"

"你放过了我，那梁王难道会放过你？以老夫看，你莫若跟我去报官。"

"不，绝不可报官。坏了兄弟们的性命，我岂非成了背主卖友之人？袁大人应该知道江湖上的规矩。"

"这……那你打算如何？"

"我们就此分手。我先去京师安顿弟兄，尽量拖住他们。窃娘陪老伯回安陵，不要回家，先到朋友家避一避再说。"

袁盎心情沉重。他劝谏太后的那番话，极为机密，自己从未对他人讲过，梁王又从何得知呢？既然知道了，以梁王的为人，这个怨，怕是难以化解了。是福不是祸，是祸躲不过。看来也只有如此了。他决定先去长陵一个朋友那里，占卜一下吉凶。于是揖手与韩毋辟道别："你这个后生，为搭救我这条老命而得罪梁王，不值得。老夫感铭五内，更多的话就不说了，就按你说的办，我先带窃娘去长陵看个朋友。你也要保重，万一事情办不顺利，你可找昨日一同饮酒的季心将军，他会有办法的。"

韩毋辟解下背上的包袱，交给忧心忡忡的窃娘，笑笑说："这个你为我收好，照顾好袁盎大人，我会很快去接你的。"窈娘点点头，随袁盎登车而去。看看车子远去，韩毋辟回身上马，向长安疾驰而去。

进了长安城，韩毋辟马上感觉到气氛不对。城门的卫士明显增多，街上行人很少，且面色惊惶。大天白日，却不时有小股缇骑巡游街市，像是出了大事。他按约定直奔会合的旅舍，可远远看去，那里已被大批军士团团围住。事情败露了？一股不祥的预感笼罩了他。他策马绕行，直奔城北戚里的梁王府，见到府丞，才知道出了大变故。

昨日午前，同伴们就到了长安，与梁王府接头之后，便住进了事前约定的客舍。原定刺杀袁盎的三人，为了提前熟悉地形，也为防人多引起他人的疑心，当日午后便去了安陵，余者在卧底的带领下，熟悉了陈介上朝回家时必经的路线。韩毋辟当晚未到，众人就有些担心，及至午前还没有他的消息，遂决定尽快下手后撤离。恰好早朝后，陈介归家时只有两名僮仆随行，埋伏在陈家附近的刺客一拥而上，结果了三人的性命。立即离开了长安城，只派一人来王府通报得手，要府丞转告韩毋辟，他们会在函谷关外等他会合。陈介位居三公，声名显赫，他的死讯，很快传遍了长安。目前中尉府已开始全城大索，长安十二座城门，只许进，不许出。

"安陵那面如何？"韩毋辟闻讯，如入汤火。这个局面与自己原先的想法大谬不然，已无法控制，他真后悔没有陪袁盎同赴安陵。

"报信的人随后就去了安陵，想必是要那面马上动手吧。风声太紧，你最好早早离开。"府丞拿出一只木传交给他："你马上用这个出城，或许还追得上他们。"

尽管有梁王府颁发的传，韩毋辟出城时仍然受到严格的盘问，好在他灵机一动，提起了季心，守门的士卒才放他出城。他故作悠闲地缓缓而行，走出二三里后，方才夹紧马肚，向安陵飞驰而去。他满脸是汗，脑中一片空白，只有一个念头萦绕不去：上天庇佑，袁盎能在长陵耽搁一时，让自己抢先一步赶到安陵！

此时，袁盎与窈娘所乘的安车，已到了安陵城外。两人都是安陵出名的人物，把守郭门的士卒停止了闲聊，远远地向他们招手致意。车驭掉转马头道："大人请稍等，挂个马掌，马上就得。"随即将安车停在郭门北侧的一排茅草屋旁，这是间维修车马具的铺子，两名工匠一把钳，一抡锤，正在打制蹄铁；另一个汉子正在为一匹黑马挂上最后一只后掌。

车驭跳下车，招呼道："老弟辛苦。烦你给挂个前掌。"

"好说。"汉子抬头，眼睛一亮，赶忙敲进最后一枚铁钉，拍了拍那黑马的屁股，扭头看着屋檐下蹲着闲聊的四个汉子，说："巧了，真是说谁谁到，这不就是你们打听的袁将军嘛。"说罢，揖手向袁盎致意。

听到他的话，四人有些意外，都站起身来。为首那个虬髯、面色黧黑的矮个子走过来，问道："多少钱？"

"六个马掌，每个铜钱两枚，你给十枚好了。"

矮个子斜睨着袁盎，打开钱袋，边将钱数给那汉子，边问："哪个袁将军？"

"我们安陵还有哪个袁将军？当然是袁盎袁大人。"汉子接过钱，神情颇为自傲。

车驭发现四人面色不善，想到韩毋辟午间的警告，一下子警觉起来。"你们是干甚的，打听袁大人作甚？"

矮个子并不答话，向另外三人使了个眼色，未等众人反应过来，四人已经长剑出鞘，矮个子逼住了车驭，另外三人站成扇形，围住了马车。

袁盎也拔出了剑，冷笑道："是祸躲不过，真是一点儿不错！你们就是来杀我的刺客喽？"说罢，用剑猛击马臀。马受惊嘶鸣，奋蹄狂奔，转身向来路疾驰而去，刺客们猝不及防，险些被撞倒。窈娘大声呼救，惊呆了的郭门守卫这才回过神来，挺着兵器冲过来。

矮个子一剑刺倒车驭，与另一壮汉翻身上马追过去，看看追近，那壮汉扬手一掷，袁盎翻身落马，短剑洞穿了他的胸腹，血顺着剑柄汩汩而出，很快浸透了他的衣衫。两名刺客跳下马，默默地看着这个濒死的老人。

"你，你……们救救那女子，她，她是……韩毋辟的……新妇，莫……莫伤害她……"袁盎大睁着双眼，艰难地喘着气，血夹杂着泡沫，随着他说的每一句话冒出来，白色的长须被染成殷红色，情景十分吓人。

"你说甚？"矮个子有些不相信自己的耳朵，蹲下身子问道。

"救救那女子，她……她……是，是韩毋辟的……"袁盎的声音愈来愈弱，随着嗓子眼里的一声咕噜，气绝身亡。

矮个子看了看仍在疾驰的马车，对那壮汉说道："我去追那马车，你接应弟兄们跟上来。在长陵道口会合，明日无论如何要出函谷关。"壮汉点点头，向着杀声大作的郭门方向疾驰而去。

韩毋辟赶到安陵时，一切已经结束，郭门前陈放着十几具尸首，一大群人在围观议论，叹息不止。他混入人群，一眼便看到了袁盎和两名同伴的尸身。完了！他使劲吞咽着满口的唾液，心跳得厉害，浑身冷汗涔涔。他辨不清自己现在是种什么感觉，好一阵子，才把持住自己。在确信尸首中没有窈娘和另外两名同伴后，他问身旁的一位老者，这里出了什么事。

"罪过呀！不知哪里来的刺客，就在青天白日下刺杀了袁大人。袁大人这样的忠厚长者，不知得罪了谁，怎么下得了手？作孽呀！"

"这是甚时候出的事情？"

"就是刚才嘛，不过半个时辰。"

"刺客都抓到了？"

"只抓到个受伤的。狗日的好身手，人少了还真捂捉不住他们。这不，干死了两个，可官军死得更多。听挂马掌的说，还有一个奔长陵跑了，说是去追唱曲的窈娘了。那姑娘好本事，人也长得好，要让他给祸害了，罪过啊。"

"官家没派人去追吗？"

"追甚追！本事不行，十几二十个人对付不住人家三个。你瞧这地上，死的大都是兵。抓住的那个，被绑到县衙报功去了。"

韩毋辟悄悄退出人群，牵着马向长陵道慢慢走去。确信没有人注意，他才翻身上马，疾驰而去。跑出十里，他见到了那辆被遗弃的安车。一匹马已被卸走，想必是挟持窈娘所用了。

又前行数里，远远已看得到长陵，正欲加鞭赶过去，忽听得身后有人喊他。

"仲明，仲明，我们在这里！"

韩毋辟勒住马，回头看过去，从路旁一片松林中牵马走出来的，正是自己一伙的堂邑生。

堂邑生就是那虬髯的矮个子，字甘父，河西月氏胡人。文帝时匈奴数侵月氏，堂邑生父亲从军战死，母亲携带他兄弟逃难，被人掠卖至关东为奴。堂邑生兄弟长成，学了一手打铁的绝活，又善弓弩，平日弋猎鸟兽，从不空手而归。主人欢喜，竟允母子三人赎身。后梁国中尉府招募力士，堂邑生入选，练成一身绝好的功夫。此番进京，被韩毋辟派为第一组的头目。原来昨日赶到安陵之后，他们便连夜踏勘了袁盎宅院四周的地形道路，准备与韩毋辟会合后下手。可次日才知道，袁盎早几日外出访友未归，大感懊丧；又从赶来报信的老四那里得知，长安已经得手。是走，还是继续坐等，踌躇不决之际，却在安陵郭外意外遇到了袁盎。送上门来的机会，容不得多想，他们便动了手，于是便有了袁盎伏尸郭门那一幕场景。

"怎么只你一个人？老四他们几个呢？"堂邑生问道，神色颇为焦灼。

韩毋辟极为懊丧，长叹一声道："我赶到时，一切都晚了。他们被官军围住，两个弟兄格斗而死，老四受伤被擒。"

"我们怎么办？赶去函谷关与其他兄弟们会合吗？"

"他们或许能够抢前一步出关，我们肯定来不及了。长安已经戒严，朝廷肯定已通令缉捕，函谷关是出入关中的要冲，必会严密盘查。得走别的路。"

"哪条路？"

"栎阳道。我们绕过长陵，转向东北，过高陵、栎阳、临晋，从蒲阪渡河，去河东。"

"好，我听你的。对了，有个与袁盎同车的女子，怎么处置她？"

"在哪儿？"韩毋辟心中一喜，急切地问道。

"在林子里。她一路叫闹不休，我把她绑在了树上。她是你甚人？"堂邑生好奇地问道。

"一时讲不清。你在这里照望着，我去接她。此地不能久留，咱们得马上赶路。"

林子很大，也很暗，像是大户人家的墓地。韩毋辟走进去不远，便看到了被绑在树干上的窈娘。他解开绳索，扯出塞在她口中的汗巾，紧紧地将她抱在怀里。"袁大人被他们刺死了……"窈娘泪如泉涌，好一会儿才停止了抽噎，她鬓发散乱，形容紧张，看得出受了不小的惊吓。

他抚着她的头发，"要怪，就怪我吧。没想到弟兄们先到了安陵，我只迟了一步，就成了这种局面，是我对不住袁大人！原以为你们要在长陵耽搁几时，或可避开他们的。"

听过窈娘叙述分手后的经过，韩毋辟开始觉得，袁盎之死，冥冥中若有定数，非人力所能挽回。原来，袁盎携窈娘到长陵之后，所拜访的朋友是个名叫培生的术士。连问三卜，皆为大凶。袁盎不快，又为窈娘着急回安陵，就谢绝了培生当晚把酒话旧的邀请。事后想来，袁盎若在长陵留住一晚，原可以逃过这一劫的。

"窈娘，时机紧迫，我们得马上赶路。我已是朝廷缉捕的命犯，转徙逃亡，死生难测，迄无宁日。我们一同行路不便。你先回安陵，待我安顿之后再来接你，如何？"

"不成。我既许嫁于君，自当甘苦与共。你到哪里，我到哪里，生死相依，绝无怨言。"窈娘目不转睛地盯着韩毋辟，神色坚毅，是一点儿没有商量的态度。

韩毋辟胸口一热，握紧窈娘的手，道："兄嫂赞你是个奇女子，果不其然！我若辜负了你，天地不容。"他拉着她向林外走去，向着路上徘徊瞻顾的堂邑生喊道："甘父，过来见过你嫂子。"

五十

辇毂之下，一日之内，朝廷两名大臣被刺杀，是大汉建国以来从未发生过的大案。皇帝极为震怒，限期破案，这副重担，就压在了主管京师治安的新任中尉——宁成的身上。案发已经三日，根据各关口汇总来的消息，案件终于有了突破，可以给皇帝一个交代了。

宁成轻轻吁了口气，望了望百级台阶上面巍峨的大殿，一面疾步趋登，一面斟酌利害，盘算着如何拿捏奏报的分寸。他以前曾在宫中为郎，以谒者的身份侍奉过皇帝。皇帝城府很深，喜怒不形于色，可用心很深，是个很无情的人。郅都调任京师，他接任济南太守；郅都去职，皇帝又点名由他接任中尉之职，无非希望他也能像郅都一样，不畏强御，管住京师三辅的强宗豪右。上任不久，就遇到这样的惊天大案，正对他的胃口，他要抖擞精神，把案子办得干净利落，压倒郅都，让皇帝见识自己的真本事。

宁成字伯坚，南阳穰县人。他五短身材，方头大耳，一脸横肉，似笑非笑，眼中总似有股杀气。为人好气张扬，早年为官下僚，必凌其长吏。后来官做大了，使任起下属来，严紧而不留情面。案发以来，接连数日他没有睡过一个整觉，眼睛也熬出了血丝；中尉府的书吏捕役趋奉奔走，更是寝食不时，不得片刻的闲暇。可查明了案由，他却没有了最初的亢奋，反而心事重重起来。郅都因逼死临江王而得罪了太后，被贬黜到边郡。这件案子更棘手，所涉及的人物，与太后、皇帝的关系更胜于临江王，搞不好，自己欲做郅都第二怕也难。

召见安排在温室殿，看看已到了门前，宁成深吸了口气，把要上奏的事项又在脑中过了一遍，决定相机行事。皇帝诛杀反侧要用快刀，他要做的，就是证明自己就是把锐利无比的快刀。如何使用，进退取舍，是皇帝的事情，他无须多虑。

温室殿的四壁均涂有椒泥，和着熏炉炭火，散发出暖暖的香气。刘启近来四肢畏冷，腰背酸痛，御医诊断为气血不足，要在善自颐养调摄，所以尽管是阳春回暖的季节，也还是住在温室殿。

宁成稽首请安后，退后跽坐。他偷眼四顾，在场的只有丞相周亚夫与郎中令周仁两位大臣。而皇帝侧近，坐着一位英睿少年，面容虽未脱稚气，却有种不怒而威的气质。这应该是太子了，宁成任职中尉以来，这还是第一次见到刘彻。

看到宁成一双眼睛只在刘彻身上，刘启道："这是太子，出了这种前所未有的案子，朕要他也来听听，长长见识。说吧，案子查得怎样了？"

宁成边向太子顿首施礼，边回奏道："臣连日查办，已经有了眉目。"

"喔？说来听听。"

"据当日目击者言，刺杀陈大夫的凶手有六人，得手后即出城逃遁。臣闻讯，即命人携缉捕文书，火急驰报三辅各关卡加倍警戒，进出关中四塞者逐人盘查，并派大批缇骑沿路搜寻。昨日午后，刺客尚未出函谷关，即被缇骑追获。匪徒极为凶悍，三人格斗至死，两人伏剑自刎，无一降者。可刺客出关的传牒被缴，还是露了破绽。"

"不是六人吗？那么还应该有个活口了。"

"据北城厨城门守军所报，出事后不久，有一壮汉由此出城向安陵方向去了。袁大人不久后在安陵遇害，刺客有四人，两人被杀，一人逃逸，一人负伤被擒。经厨城门守军辨认，被抓的壮汉就是由此出城之人。由此可知，两宗谋杀实为一案。凶徒住过的那家旅舍主人亦供认，这伙人初来时七人，可住下的只有四人，另外三人，无疑是去了安陵。那个壮汉，就是那四人中的一个，他去安陵是通知同伙下手刺杀袁大人。"

"那人招供了？"

"没有。押到长安后，尚未及问讯，此人竟自绝亢①而死。"

"如此刚硬强梁，这都是些甚人？"

刘彻忽然记起在东市的遭遇，忍不住插言道："看他们的所为，倒像是江湖剑客一流的人物。那些人当中，有个朱安世么？"

"殿下所言甚是。是江湖中人的做派，可是其中没有朱安世。"

刘启狐疑地看了儿子一眼，问道："朱安世是甚人？"

"朱安世原是长安东市的大狃，江湖上名声很响，可自郅都主政以来，其踪迹少见，可能是离开了京师。"

"朕问的是太子！"刘启扫了宁成一眼。"彻儿，这些江湖人物，你由何得知？"语气中听得出不满。

刘彻脸一红，低头道："儿臣所闻，乃宫里的传言。"

刘启冷笑道："听听，好大的名声！都传到宫里来了。宁成，说来说去，你还是没有实在的证物，你说的眉目在哪儿？"

"不然。现今虽未抓到人犯，可刺客的人数、由来已经清楚了。"

"讲。"

"这些人出关传牒上注明的目的地是东海郡，封泥上盖的是内史的印章。经查对，内史根本未曾发过此传，显系伪造。可传文注明的出关者是十人，可见，这伙人打算与安陵的同伙会合后一同出关，这就是说，尚有两人在逃，而且很可能要在函谷关与他们会合。臣已安排停当，候其落网。"

"这些人……是哪里来的，受甚人指使？"刘启问得有些迟疑，似乎极想戳破谜底，可又怕得知真相。

"人来自梁国，受梁……梁国中尉指派。"宁成原想说的是"受梁王指派"，可看到皇帝面色难看，临时改了口。

"证据呢？"

"臣有两条证据，确凿不移。据尧关尉所报，这批刺客是由武关道进的关中。他当时就纳闷这些人为何舍近求远，故而暗自记下了传牒上的姓名。

---

① 绝亢，汉代成语，亢，喉咙；绝亢，扼喉而死。

380

这件传牍封泥上盖的是梁国中尉府的官印，注明进关的也是十人，传文书有为首者的姓名，叫韩毋辟。这个韩毋辟，经查乃梁国中尉麾下的将军。"

刘启猛然扬起头，蹙眉道："这个人朕知道，是位壮士。另一条呢？"

"是一把短剑。刺客留在袁大人背上未能拔出。此剑新铸，上面勒有工名，是京师西市的剑坊所打制。经工匠辨认，日前来他炉上铸剑的，正是那自尽的壮汉。此人绰号老四，是梁王府的郎官，曾多次在他炉上打制兵器，故而相熟。"

刘启面色发红，沉吟不语。

刘彻直觉到案件内中一定有重大的隐情，可还是禁不住好奇，问道："你是说王叔命人刺杀朝廷大臣，他干什么要这样？他们得罪了他吗？"

宁成故作踟躇，随后揖手道："现有的证据，还不足以定论。可此事确非一般之仇杀，经旅舍主人指认，死于函谷关内的五人中，有二人早在半月前就住进旅舍。显然，他们是卧底。如此周密布置，兴师动众，不似江湖中人所为。若能捉住那两名逃犯，内中的关节，当可明了。"

"若捉不住那两人呢？刺客不傻，会想不到朝廷在关塞布卡，自投罗网？"周亚夫问道。他早已疑心此事出于梁王的报复，痛惜于陈介、袁盎两位老友之死，他很想看看皇帝如何处置这件棘手的案子。

宁成傲然道："下官之权限，不出于京师、三辅。朝廷若能布告天下，缉拿人犯，不难为功。"

他略作停顿，决定以进为退："若陛下授臣以诏书，臣愿持节赴睢阳，查办此案直至水落石出，将所有人犯一网打尽。"

宁成带来的消息证实了刘启的怀疑。接到凶案的奏报，尤其是袁盎的死讯，他马上就疑心这是阿武所为。袁盎致仕在家，与世无争，无端被刺，肯定有着重大的缘由，非有深仇者不会出之以此种手段。陈介、袁盎都曾极力反对梁王继嗣，袁盎更是说动了太后，破灭了阿武继嗣的想头。这在阿武，是不解之仇。阿武的胆大妄为令他震惊，其策划实施谋杀的能力令他恐惧，今日谋刺大臣的利剑，谁知明日会不会指向自己？

他有两种选择：一查到底，还是适可而止？一查到底，势必暴露此案的元凶——梁王；适可而止，则只需剪除阿武的羽翼，使其日后不能为恶。派宁成为使，意味着彻查，这等酷吏，会先意承旨，无所顾忌，办案不遗余力。如其所言，会查得"水落石出，一网打尽"。可水落石出又如何？拿阿武怎么办？投鼠忌器，太后那里怎么交代？临江王之死，太后至今提起仍恨不绝口。想到此，刘启瞿然心惊。阿武自幼贵盛无比，恣意骄横，这种脾性不用说下狱，就是簿责也会被其视为奇耻大辱，万一如临江王般寻了短见，杀弟之名，百口莫辩，真不知如何面对母后与长姊了！可是若置之不问，不给梁王以惩戒，使之有所戒惧，刘启又心有不甘。就这样轻轻地放过阿武，日后他还不知会做出何等谋逆的事情来。

刘启又气又恨，可就是委决不下，身心倍感疲惫。他摆摆手，道："先缉捕在逃的人犯。周丞相，你与宁成先办理通缉布告，传送各郡国，布置查捕。派使的事情朕还要斟酌，你们先退下吧。"

望着宁成远去的背影，刘彻赞道："这个宁成看上去很能干。"

刘启捋须沉思道："是很能干，可也很可怕。"

"可怕？为甚？"刘彻不解。

"朕告诉过你，天子要有实施惩罚的利器。郅都、宁成之属，就是朕的皮鞭、快刀和恶犬，这难道不可怕嘛！"

"可二叔那么有权势，他能斗得过吗？"

"斗不过？他身后靠着的是朕，你说他斗不斗得过！"

"儿臣悟出的正是这个道理。酷吏诚如恶犬，可他咬人越多，树敌越多，越要死心塌地地为陛下卖命奔走。失去陛下欢心之日，就是身死族灭之时。与其说酷吏可怕，不如说他们是狐假虎威，借着陛下的威势，使人觉得可怕。故儿臣以为，他们能干而不可怕，要在善为利用而已。"刘彻近日读《韩非子》，颇有心得，不觉借题发挥，侃侃而谈起来。

刘启既惊异，又欣慰，看来，儿子近来的学问识见是大有长进了。他笑着对侍坐一旁的周仁道："看看，仲仁，这孩子不读死书，才能悟出这样的道理来，孺子可教，孺子可教呀！"

周仁亦笑容可掬，额手称庆道："太子殿下的学问大有进境，可喜可贺！"

"所以我说，宁成斗不过二叔，二叔的背后有太后，陛下也要投鼠忌器的。"

儿子的话提醒了刘启。他略作思忖，问道："仲仁，案子查到了这个份上，不能不继续。可如何继续，朕颇难决断。派宁成为办案的专使，你以为如何？"

"臣以为不妥。"

"哪里不妥？"

周仁避席顿首道："臣愚昧，愿冒死为陛下坦陈利害。"

"当然。你有甚说甚，不必忌讳，朕不会怪罪。"

"陛下若要梁王死，自可派宁成前往，可这样做，陛下置太后于何地？梁王乃太后爱子，太后春秋已高，若加以丧子之痛，万一不讳，陛下以何面目见先帝于地下！况且陛下与梁王乃一母同胞，手足之情，得无念乎？人死不能复生，臣恐陛下后悔无及，难道临江王之死，陛下已忘记了么？"周仁言下，十分痛切。

"朕岂愿阿武死？可他闹得太不像话，不严查，他怎知戒惧？姑息迁就，朝廷的法度又置于何地？将来犯下谋逆犯上的大罪，又有谁救得了他！"刘启越说越气，面色也涨红了。

"梁王无视法度，擅行诛杀，当然是死罪。可念从前其平乱有功，也为了宽慰太后之情，还请陛下法外施恩。大汉以孝治天下，宽贷梁王。俾使母慈子孝，兄友弟恭，正是孝道的精神所在。望陛下三思。"

刘彻插言道："周大夫，话虽是这样说，可有甚法子，可以既惩戒了二叔，又使父皇避开骨肉相残的恶名呢？"

"殿下聪明，正说在了点子上。"周仁笑笑，揖手陈奏道："臣以为，陛下可以给案子划一道界限，只查到梁国中尉府为止。这样既保全了梁王，又可免于枉法的议论。对参与阴谋的梁国高官则严惩不贷，明正典刑。这么办足以震慑梁王，又可借机从根本上剪除他的羽翼。此后梁国官员一律由朝廷派任，与其他诸侯国一视同仁，梁王今后只能坐享荣华，无权干预国政，不会也没办法作乱了。"

刘启不语，良久才点头道："这个办法可以，就命宁成照此办理吧。"

"不可。梁王骄傲，宁成酷烈而无顾忌，必多株连，折辱梁王，由他办案适促梁王以死。臣所言是让梁王活的法子，自应由宽厚长者来办。"

"那么仲仁以为派谁去好呢？"

"陛下可还记得田叔田伯恭？"

"当然。他还在汉中赋闲吗？你的意思是派他去？"

"正是，办这个案子，田叔是最合适不过的人选。"

刘启思忖了片刻，颔首道："你说得对，办梁国这件案子，非田叔不能两全。你马上去尚书台，要他们马上拟诏征召田叔进京。"

周仁起身，又被刘启叫住，吩咐道："不必征他进京陛见了。事情急，伯恭年事又高，还是诏命他安车就道，直接去睢阳办案，专使的符节，由传诏的使者带给他。"

周仁举荐的田叔，字伯恭，赵国陉城人。其先祖是齐国的王族田氏。田叔少好剑术，喜任侠，为人廉直，从乐钜公学黄老之术。学成之后，以此干谒诸侯，赵国相赵午荐之于赵王张敖，任为郎中，颇受赏识。

张敖之父名张耳，随汉高祖刘邦击项羽，因功被封为赵王。在位一年薨逝，张敖嗣位，尚高祖长女鲁元公主，立为王后。高祖七年，刘邦被匈奴单于冒顿围困于白登，被迫订立城下之盟，铩羽而归。归程路过赵国，张敖以子婿之亲，亲自上食侍奉，早晚不辍，态度极为谦卑恭敬。可刘邦此时的心情，要多坏有多坏，这个女婿便成了出气筒，箕踞骂詈，无所不及。

这就激怒了赵国的国相赵午、贯高，两人是已故赵王张耳的宾客，都已是六十多岁的年纪，义不受辱。于是游说张敖，请求刺杀刘邦以报其辱。不想张敖断然拒绝，他啮指出血说，君等所言大误，先王亡国，全赖皇帝才得以复国，德流子孙，孤有今日，秋毫都离不开皇帝的助力，这种话你们再不要出口了。赵午、贯高等十余个宾客退下后，贯高叹道，我们搞错了，吾王乃忠厚长者，受汉之恩惠，义不背德；吾等为臣子，主辱臣死，义不受辱。今皇帝辱我王，杀之可也，何苦拉王下水？此事成则归王，败则吾等一身承受罢了。众人歃血为盟，暗自准备。

一年后，刘邦击败韩王信，回程再次路过赵国柏人县境。贯高等事先安排了刺客，匿身于厕中。刘邦原想在此留宿，却忽然心动，问此处地名，得知为"柏人"后，认为不吉，竟连夜离去。刺杀的阴谋再次落空。

又过了一年，贯高的仇家探知此事，举报出首。与谋之人依前约皆自到，独贯高随张敖槛车诣长安，为王脱罪。田叔等没有参与密谋的宾客，冒着族诛的风险，也都自行赭衣髡钳①，一路跟随到了长安。贯高屡经酷刑，为王辩白，终于洗刷了赵王的罪名。刘邦颇壮赵国宾客之所为，认为他们与田横五百士一样，有古烈士之风，特为召见了田叔等人。接谈之下，竟觉得个个都是人中翘楚，满朝的廷臣无出其右者。刘邦大悦，全都拜任为郡守、诸侯国相等两千石级的大吏。田叔为汉中太守，守黄老治术，与民休息，百姓安居乐业，汉中郡的治绩，数十年名列前茅。刘启即位后不久，田叔年高致仕乡居，而今算来，应该有七十好几的年纪了。

听皇帝讲述过田叔的经历，刘彻不解地问道："以宁成那么能干的酷吏，还怕压不住二叔，派这么个老者办案，能够得力吗？"

"周大人才说过的话你忘记了吗？要放你二叔一条活路，当然要用田叔这样的宽厚长者。"看着刘彻似懂非懂的神情，刘启觉得不妨就此向儿子传授一些驭人之道。

"同一件案子，适用同样的律条，由不同的人去办，结果会全然不同。宁成是能干，也肯干，不过他是个以苛察为明，又残忍无情的人，案子交给他办，他会死抠律条，把人犯往死里办。他办案的宗旨就是要人犯脱不出法网，别说有罪，就是无罪者，他也有办法叫人服罪，所谓'有错抓无错放'，就是这个意思。

"田叔这样的长者，是完全不同的一种人。说他宽厚，不是说他会枉法，也不等于他不能干，关键是居心不同。这种人做事推己及人，所以才会悲悯为怀。以同样的律条，可死可不死之罪，在宁成之属必把人往死里办，在田叔之属则以全生为上。你二叔私蓄刺客，杀害朝廷大臣，是谋逆的死罪。可他又是你皇祖母与朕的至亲，朕亦不愿意他死，而朝廷又不能枉法不治，这种局面，由田叔去办最好。不用为他划甚界限，他也能体会朕的用心，把事情办妥帖。"

刘彻恍然道："父皇的意思是，法不可枉，而执法因人而异，可以变通？"

---

① 赭衣髡钳，古代赤褐色的囚衣；髡，剃去头发；钳，以铁索加颈，均为刑徒的装束，泛指罪人。

儿子颖悟可喜，刘启满意地笑道："不错。律条是死的，可人是活的，运用之妙，存乎一心，要在知人善任而已。这里面的分寸，你要用心体会，日后有大用处。"

"是。"

总算找到了妥当的人去办理这件棘手案子，刘启大为舒心。可谒者匆匆报来的新消息，又如巨石般压在了他的心头：梁王犯事的风声已传到了长乐宫，太后大恸，饮食不进了。

五十一

袁盎被刺三日后，韩毋辟一行三人渡河到了蒲阪。此后便避开大路，穿山越岭，风餐露宿，半月之后，进入河内轵县①境内。轵县背山面河，境内的轵关，是太行、王屋两山夹峙而成的山口，在太行八陉中号称第一。由此北去，便是纵贯太行山的轵道，轵县即由此得名。

一路奔波，三人形容均已憔悴不堪，出山之前，他们先在一条小河边盥沐梳洗。河水清澈如镜，窈娘望着水中倒影，惊叫一声，随即又开心地笑出声来。

"怎么？"韩毋辟问。

"哥，你看我这样子，像不像歌里面唱的'首如飞蓬'？"

韩毋辟会心一笑。十数日跋涉劳顿，窈娘所为不让须眉，非但无怨言，心情倒比两个男人还好，不时拿他们打趣，辛苦郁闷的旅程，因此平添了快乐。原把她视作累赘的堂邑生，也不由得刮目相看。韩毋辟则于爱慕之中，更增了几分敬重。

堂邑生草草洗过脸，走到韩毋辟身旁，抱膝而坐，心事很重地说道："送你们到地方后，我要回乡安顿老母兄弟，顺带打探其他兄弟的消息。风平浪静后，我还想回梁王府。"

---

① 河内，汉代郡名，在今河南省黄河以北及河北省西南部一带；轵县，河内郡所辖县，在今河南济源市南。

"这件事怕不会轻易了结，还是听听风声再作定夺为好。"

看看日头已高，他们动身下山。山下一马平川，是由黄河与沁水两条大河冲积而成的平原，道路宽阔平展，三人策马疾驰，到达轵县时，天将过午。他们不敢贸然进城，决定先找个地方打尖，然后再打探郭解的住处。

郭门不远处有家专供进城赶集者歇脚的饭舍，午间打尖的客人不多，只有两席。他们进来后，寻了铺空席，环几而坐，然后招呼仆庸安排饭食。舍内光线昏暗，可窈娘还是引起了众人的注目。原在酒垆旁猜枚赌酒的两名后生，也停了下来，两双眼睛，只是呆呆地盯在窈娘的身上。在逃之身，绝不可多事。韩毋辟等压住不快，视如不见，只想尽快用完饭，一走了之。

"朋友，一路辛苦！"一个后生走过来，不容分说便坐到了窈娘身旁。他人瘦瘦的，满嘴酒气，看上去不过十七八岁。"赶路的人该喝些酒，解乏！"他大大咧咧地说，然后挥臂大声招呼仆庸上酒。

"这位弟兄。承蒙厚爱，我等还要赶路，不饮酒。"堂邑生厌恶地看着他，揠手谢绝。

"赶路就不能饮酒？笑话！我们交个朋友，这酒，算在我账上。"

韩毋辟道："这酒账，我来会；可酒，既是以朋友相称，似不宜强人所难。"

后生冷笑道："饮杯酒的面子都不给，还说得甚朋友！二位不饮也罢，我敬这位大姊一杯。"说罢，斟满一杯酒，送到窈娘面前。窈娘眼观鼻，鼻观心，镇静如常，并不看他一眼。后生笑嘻嘻地斜睨着她，竟欲伸手拉扯她的袍袖。

堂邑生大怒，拍案欲起。韩毋辟按住他，对那后生揠手道："内子从不饮酒，请你放尊重些。"口气很冷，很硬。

后生也冷下了脸，两眼直勾勾瞪着韩毋辟。生人对视，江湖上称之为"目摄"，谁先移开视线，意味着示弱。韩毋辟本不愿生事，可也绝不愿当着窈娘的面向个乳臭未干的少年示弱。饭舍中的气氛陡然紧张了起来，所有的客人都转过身来，屏息凝神地看着他们。

后生眼露凶光，问道："你们是干甚的，到此作甚？"

"路过。"

"路过？去向哪里？"

"你既非亭长，又非啬夫①，我们去哪里，干你何事？"韩毋辟将一串铜钱丢在几案上，示意大家离开。他站起身，向那后生笑笑，揖手告辞道："小兄弟，我们要赶路，就不陪你了。这酒账，由我会了。"

后生恼羞成怒，也站起身，冷笑道："想溜，怕没那么容易！你也不问问这是谁的地界！"说罢后退数步，豁楞一声，长剑出鞘。堂邑生见状，也跳出一步，抽出了佩剑。

饭舍中的客人纷纷起身，退向墙边，舍内自然空出一片场地。有人跑了出去，像是去报信。主人则把臂旁观，并不惊惶，显然，类似的冲突在他这里并不少见。另一个后生也欲拔剑相助，是二对二的局面。

"各位少安毋躁，"韩毋辟将窈娘挡在身后，拱手向四下的围观者致意。无论甘父还是自己，都能轻而易举地收拾这两个恶少年。可他绝不愿在此时生事，惊动官府；尤其又是在郭解的家门口，闹不好会生出误会，若再得罪了江湖上的人，他们可真就是无处可逃了。

他又转向那两个后生，揖手施礼道："鄙人初到贵乡，人地两生，不懂这里的规矩，有言语冒犯之处，还望海涵。二位大人大量，高高手，放我们赶路。老话讲，山与山到不了一起，人与人总有相遇的时候。有缘再会，我们真就是不打不相识的朋友了呢。"

见到对方赔礼，后生们气焰更炽。瘦子用剑指着韩毋辟道："看不出你倒有副好口齿！怎么，怕啦？你们敬酒不吃，罚酒总得吃。摆上一席请罪，由你媳妇陪酒，小爷们甚时满意，甚时放你们走。"说罢，两人狂笑不止。

韩毋辟扯住堂邑生，冷笑道："敢问二位，这里是轵县吗？"

"当然是轵县，怎么，你还有甚话讲？"瘦子傲然逼视着对手。

"我听说江湖上的豪杰，志在扶危济困，救人急难。从未闻有仗势欺人，淫邪放辟者敢称侠士。这里竟有如你等样人，真令人不敢相信，这轵县会是天下景慕的大侠的乡里。"

---

① 亭长，秦汉时每十里设一亭（类同于驿站），亭长负有接待、巡查、诉讼之责；啬夫，秦汉乡邑的基层官员，主管赋税、稽查巡捕诸事。

"好个狗贼，竟敢口出不逊，在郭大侠的地盘上撒野！汝等的狗命难过今日！识相的延颈受死，尚可留个全尸。"瘦子面露凶光，跃跃欲试地想要动手。

"我等一忍再忍，委曲求全，就因为这里是轵县，有受人敬重仰慕的郭翁伯。口出不逊，在大侠乡里撒野的是你们！翁伯在此，我不信会容汝等恶徒逞凶，败坏他的英名！"

"说得好！"一个身材矮壮、方头大耳的人，不知何时站在了门口，低沉的语声厚重有力，吸引了满室人的目光。三位外来者而外，几乎所有人，都惊喜不置，纷纷上前施礼问候。原来，是郭解本人到了。

郭解与众人见礼，面色熙熙和煦。轮到那两个后生时，二人狂态尽消，一副觳觫不安的样子。

"黄三，汝等又使酒闹事了？"不容分说，郭解将二人带至韩毋辟面前，轻轻一按，两人竟如木偶般跪倒在地。郭解紫膛脸，双颊有数道凹凸不平的疤痕，这使他略显丑陋；而炯炯的双目，却有种不怒而威的气象，令人心生敬畏。他直视韩毋辟，嘴角露出笑意，揖手道："鄙邑的黄口小儿，愚昧无知，得罪了各位，也败坏了乡誉。客人教训得对，郭解代乡里谢过各位。"

说罢，扫视着那两名后生道："还不向外乡的客人请罪！"后生们连连顿首，谢过请罪。

韩毋辟边揖手还礼，边扶起他们，笑道："山不转水转，今日得遇翁伯，果然英雄气象。二位公子年少，不打不成交嘛！以后经得事多了，自会明白事理的。"

"滚吧，回家多帮爷娘做活，少来这里丢乡邑父老的脸！"郭解摆了摆手，后生们诺诺而退。

"各位是路过？"打发走黄三等人，郭解面色凝重，上下打量着韩毋辟与堂邑生。

"是路过，也是寻人。"

"寻甚人？敢问姓名，鄙人或许能帮上忙。"

韩毋辟笑道："正是有事求翁伯相助。这里人多不便，可否请翁伯借一步说话。"

郭解会意，将他们带出饭舍，要三人在后面慢慢随他而行。"乡邑无人不识我，与我同行，会招人注目。"郭解笑笑，乘牛车绕城前行，韩毋辟一行则牵马远远跟在后面。行过数里，来到一座小小的庄院，这就是郭解的住处了。百无聊赖的少年，三五成群，箕踞在门前，看上去，个个都像是好勇斗狠的角色。见到郭解回来，少年们纷纷跳起，迎上前问候，态度极为恭敬。郭解大声呵斥笑骂，视同家人子弟。一阵挥斥过后，郭解延客入门，少年们方才各自散去。

众人入席，分宾主重新见礼。"二位壮士，一定是韩将军和堂邑先生了！"郭解揖手施礼，面色庄重。

见客人大惑不解的样子，郭解道："我今日入城办事，朝廷的通缉布告已下传到县尉处，描述的形容与二位相像。布告一两日内就会张贴出来，情势很紧，各位做何打算？"

"家兄嘱我投奔这里，正是想请翁伯指一条出路。"知道事态严重，韩毋辟亦不免于紧张，可事已至此，生死祸福，全系于郭解一身，他只能相信兄长的话，郭解一定有办法。

"哦，令兄是……"

"郏县韩孺，这几年在关东行商。"

"原来是千秋的弟兄！这样说，我们是一家人了。"

"郭大侠，我家中尚有老母和兄弟，放心不下，望郭兄能助我赴梁国一行。"堂邑生揖手道，眼中是很恳切的神色。

郭解摇摇头，"现今哪里都去不得。你走不出去百里，就会被逮住。就算你到得了梁国，也是自投罗网。我听到的消息，朝廷追查主谋与凶犯的饬令急如星火，往来梁国办案的使者，相望于道。睢阳宫里上上下下人心惶恐，全乱了套。朝廷此次的动作非同一般，天子动了真怒，贵如梁王者，怕也救不了诸位了。"

他为客人斟满茶，继续说道："你们少安毋躁，容我想想，总会有办法的。"

众人各怀心事，默默饮茶。郭解看了眼窈娘，问道："韩将军，这位是与你一起的？"

"见笑了。如今成了逃犯，还称得甚将军！大哥称我仲明好了。这是窈娘，是兄嫂前不久为我聘定的女人。"

郭解揖手道："失敬了。如此红颜，肯随郎君涉险亡命，可敬可佩！千秋到底好眼光，仲明你要珍惜了。"窃娘闻言含羞，面色飞红，韩毋辟心里一动，接言道："我所放不下心的，正是内子，请翁伯兄务必代为设法。"

　　郭解不答。他蹙眉颔首，沉思了片刻，盯视着面前的客人，问道："袁大人江湖上的口碑很好，前些年曾随灌夫、剧孟到过敝舍，为人爽直率真，是个好老头。甘父，是你杀的他？"

　　"不是。"

　　"那么仲明，是你？"

　　韩毋辟叹了口气道："就算是吧。"

　　"为甚？"

　　"梁王和公孙中尉，平日礼敬弟等如国士，于我辈有知遇之恩。梁王有事，我等自当以国士报之。江湖道义，本该如此。事前我并不认识袁大人，后来在兄长那里见到，也有好感，本不想再动他。怎奈还是迟了一步，责任在我身上。"

　　"郭大哥，这事怪不得仲明，他没有杀袁大人，而是想要救袁大人！"见到韩毋辟满脸的沉重愧疚，窃娘忍不住了，于是将那日韩毋辟如何向袁盎表露身份，如何阻止他去长安，二人又如何相约，韩毋辟如何劝他暂避一时，她与袁盎如何去长陵访友，又如何在安陵遇刺的经过，细细讲述了一遍。堂邑生也证实，实在是他们先韩毋辟一天赶到安陵预备，扑空后，原已打算撤离，出城后却巧遇袁盎，方才意外得手。阴错阳差，似有定数。宾主心情沉重，唏嘘不止。

　　"既是这样，对朋友总可交代得过去了。"郭解松了口气。原来，对于有难投奔而来者，他从来不吝相助。可袁盎遇刺后，官场里的朋友，如季心、灌夫等知道他好收逋客，均来信嘱他遇到刺客，一定要抓住送官，为袁盎复仇。

　　望门投止，将性命安危托付于自己，这种信任，不容辜负。可实现好友的嘱托，亦是江湖道义所在。这种两难的局面，起初还真令郭解难于取舍。知道了事情的经过，他觉得可以对朋友交代得过去，心情宽松了不少，于是专心思谋如何助韩毋辟等脱险。

　　自己收容逋客的声名在外，官府一定会注意这里，而且早晚会找上门来，藏身于此，绝不安全。中原一带，正在严查密捕，通缉布告很快会传至县乡亭邑，他们一露面，就会落网，所以南方绝不可去。眼下尚未张网的，只有北方了。想到这里，他忽然有了一个主意。

"仲明，"他示意客人们聚拢到身旁，郑重地说道："朝廷认为你们会回梁国复命，眼下查捕的密网布在中原，往那里去绝无侥幸。我思忖再三，只有一条路可行，但会受苦。"

"哪条路，请兄长明示。"

"去北方。"

"北方？"

"对，北方。"郭解取出幅帛卷，展开后乃是幅地图。他一面指画图上的地理，一面为客人讲解，"你们看，由轵县北上，向东，沿太行轵道可达雁门、代郡乃至幽州；向西北沿河北上，可一直通往上郡、北地、朔方。北方地旷人稀，气候荒寒，朝廷数年以来，为防匈奴侵掳，一直鼓励移民实边。每年都有大批中原人，举家北迁。边郡兵民一体，由都尉辖理，为招揽流民，治理极为宽松，很少查问移民来路，即便查问，也无法核对他们的身份，故其中多杂有逋客。你们到那里落脚后，隐姓埋名住上一阵，等待朝廷大赦，相机行事，可以再返中原。"

"办法虽不错，可我家中尚有老母兄弟，两相牵挂，可怎么办！"堂邑生连声叹息，一脸的焦灼。

"兄弟，若信得过郭解，就交给我办。你先与仲明夫妇一同北上，你的家人，待风声过后，我一定派人送过去。"

堂邑生想想，也只能如此了。解决了这个难题，三人继续商量北上之事。窃娘提议去东北方的幽并，一是地方较为富裕，二是她在那里有不少熟人，缓急可以援手。

"灌夫在那里，不妥。"郭解连连摇头。

此人她曾在窦太傅家的筵席上见过，何以他在就不妥？窃娘不解，望着郭解，希望他能给出个答案。

"灌夫兄事袁盎，感情极深。他现任代国国相，最想捉到刺客，为袁盎报仇者，就是仲孺了。所以，你们离他愈远愈好。"灌夫来信要他协助缉凶之事，郭解原想告知他们，可想了想，还是忍住未说。

他盘算了一会儿，指着帛图，道："西北上郡、北地一带，古称河南地，原是极好的草场，为匈奴南下牧马之地。秦始皇驱逐匈奴后设立郡县，改称新秦中，汉胡杂处之地，最便于藏身。朝廷这些年一直在那里招垦屯田，现在去正是时候。轵县位当南北要冲，每年春天都有应招的流民由此经过，你们随同前往，最为妥当。"

最终，大家都认可了郭解的办法，主客又把北上的路线推敲了一番。看看暮色四合，已是用晚餐的时间，郭解一声吆喝，早有数位乡里少年赶进来听候吩咐。不多时，鸡黍麦饭，摆满了食案，简单而丰盛。郭解招呼客人用饭，解释说，非常之际，随时可能有事，就不备酒招待了。

饭毕上茶，主客闲坐说话。一少年进来，附在郭解耳边说了些什么，郭解无语，只是微笑颔首。适才晚餐，郭解一声吩咐之下，嗟咄立办，又想到麇集在郭家门前的众多少年，韩毋辟不免好奇，问道："翁伯乡里的少年，每日里都是这样子，等在门前听兄长吩咐吗？"

"是了。龟儿子的！赶都赶不跑，生生黏着人不放。"郭解口里骂着，可掩不住脸上的欢喜之情。"也有远地方来的，适才那几个弄饭的就是，赶也不走，只好让他们在家住些日子。"

"这些后生平日打着兄长的旗号在外招摇，没少给郭兄惹事吧。"堂邑生想起午间的事，不快地摇摇头。

"你是说黄三？"郭解淡淡一笑，神色大不以为然。"人小，血气旺，性子野，使酒任性，负气杀人，哪个人少年时不是这样过来的！可他们有一样大好处：没有机心，不讲利害。佩服了你，恨不得把性命都交给你。江湖上都说我郭解能帮朋友，殊不知离不开这些孩子！"

郭解呷了口茶，继续说道："黄三这后生是恶，可还算听说。仲明说得对，以后经得事多了，就明白事理了。"

郭解又问起韩孺的近况，由此又说起江湖朋友中的许多趣事，不知不觉，已至深夜。韩毋辟等均有倦意，奇怪的是，郭解虽也哈欠频频，却绝口不提就寝之事。直至院外响起轻轻的敲门声，他才敛容揖手道："舍间不留客，为的是各位的安全。住处已安排停当，请门外乘车。"

他领着客人们走出院门，黑暗之中，隐隐可看到等候在外面的数辆马车。郭解将他们送上一辆车，揖手作别道："各位安心住下，只要不外出，就绝对不会有事。北上的流民就在这几日内过境，到时候我会安排各位离开。"说罢，打了声呼哨，车驭一声吆喝，马车疾驰而去，隐没于暗夜之中。

一路无语，行约八九里的样子，到了处所在，庄院比郭解处大得多。夜深人静，庄院里一片漆黑。他们随车驭进到后院，两侧各有一排厢房。车驭打开门锁，示意客人进去，然后点燃屋内的灯烛，就着亮光，三人不由矍然而惊。这一路接送他们来这里的人，正是日间与他们大起冲突的黄三。

五十二

次日早起，宾主重新叙礼，经主人说明，韩毋辟等方才解开了满腹的疑惑。原来，黄三得知他们是前来投奔郭解的逋客，对日间所为大感愧悔，于是力争迎客人至自家藏身，以赎前衍。黄氏官宦人家，住地又远离县城，是个藏留亡命的安全所在。郭解将客人安排到这里，也是为了给黄三一个将功补过、消释嫌怨的机会。

黄三名轨，字公路，因排行第三，远近都称其为黄三。黄轨父母已故，两个兄长皆从军多年，在边塞任职，家眷也都跟去了。黄家是座两进的宅院。黄三自住前院，后院空闲，除兄长偶尔回乡时居住外，平日锁闭。黄家有地千亩，佃租取值，衣食无忧。黄轨以是不事生产，整日在县城游逛，庄院平时很清静，只有家仆数人。

黄轨欲行大礼致歉，韩毋辟等赶忙扶住，笑道："日前之事，乃是误会。我说过不打不相识，再会便是朋友，竟不料恁快就到贵府做客，这就是缘分呐，兄弟！"众人于抚掌大笑之中，尽释前嫌。

于是黄轨吩咐摆酒为客人接风。不多时便水陆杂陈，筵席之丰盛，远过于郭家。

"各位尝尝这牛肉，特别鲜嫩。"烤炉上摆着一排三齿肉叉，滴下的油汁，在炭火中吱吱作响，散发出诱人的焦香。黄轨拈起烤熟的炙肉，蘸上酱汁，逐一递给客人。

入口的感觉，果然鲜香滑嫩。堂邑生赞道："硬是不同！我少年时放牧河西，牛肉吃得多了，如此香嫩的炙肉，还是头一次吃到。"

"这是本地的小牛肉，筋少，切成小块，用细藕粉喂上，再滚上一层蜜油，汁水和鲜味就不会外流。这炭，是用老松的枯枝烧制，里面富含松脂，有股特别的香气。"

听过主人的讲解，再品味炙肉，更觉出内中细致入微的鲜美。于是纷纷下箸，大快朵颐。黄轨频频敬酒布菜，极为谦恭有礼。数番酬酢之后，宾主都不再拘束，彼此兄弟相称，觥筹交错，谈兴愈增。

"公路，昨夜翁伯门前，候着那么多辆车，都是作甚的？"韩毋辟呷了口酒，好奇地问。

"都是等着接各位到自家藏身的弟兄，可郭叔还是把活儿派给了我。"黄轨道，言下颇为自傲。

"素昧平生，你们怎知吾等是逋客？"

"各位随郭叔回家，他门前可是扎着伙少年？"

"不错，怎样？"

"被他们看见，就知道郭家又来了亡命客。"

原来，远近如黄轨之属的好事少年，倾慕郭解者大有人在，每日麇聚在郭家门前，无所事事。有能与郭解接一言，或为之奔走办事者，在这些少年眼中，是极有面子的事。郭解家赀不富，却好赈人急难，投奔他来的，十有八九是逋客，他家亦因此为官府所注意。奉郭解为偶像的少年，亦效其行事，每见他家来人，皆自愿登门分劳，争相接送客人到自家藏身。他们昨夜所见车辆，就是专门等在那里接送亡命客的，黄轨做这种事，已不止一次。

郭解在乡里有如此威望，韩毋辟等大感钦佩，于是借着酒兴，细问起郭解的出身为人。

讲起郭解的事迹，黄轨娓娓道来，如数家珍，敬佩之情溢于言表。郭解的父亲就喜任侠，孝文皇帝时，因报复杀人，入狱诛死。郭解自幼禀赋了父亲的气质，好勇斗狠，睚眦必报。平日呼朋引类，啸聚乡里，藏脱亡命①，

---

① 亡命，逃亡之人，意为藏匿和帮助犯人逃脱追捕。

作奸剽攻 ①，稍不快意，即动手杀人。对朋友则慷慨仗义，身命在所不惜。郭解不事生产，常以私铸铜钱，掘墓盗物为生。可与其他恶少年不同的是，郭解人虽强悍，头脑却极冷静，也从不饮酒。故其杀人为恶虽多，却如有天幸，危急关头总能脱身，一次也未被抓住过。

年长后的郭解，为人处世就像变了个人，待人谦恭有礼，以德报怨。排纷解难，已诺必诚。尤为江湖称道的是，厚施于人而不求回报，往往隐匿姓名，暗中帮救别人，事后亦绝口不提。由此，郭解不但得到了乡里父老的赞誉与敬重，也名重天下，王公贵戚无不愿折节下交，而郭解淡然处之，从不为家事请托公门。

在好事少年心目之中，郭解更是英雄偶像，颇有事事模仿其为人行事者。不相识的人冲撞得罪了郭解，往往身为事主的郭解谦恭退让，而崇拜他的少年们不忿，暗中代他寻仇报复，事后也不让他知道。许多人命案子，官府怀疑与郭解有关，可就是抓不到证据；而郭解亦从不武断乡曲，对官府保持着足够的尊重。久之，双方井水不犯河水，倒也相安无事。

说者眉飞色舞，听者津津有味，不知不觉时已过午。酒醉饭饱，各自休息。黄轨嘱咐他们只可待在后院，不要外出，又吩咐家人们小心伺候，自己则又驾车匆匆奔赴县城去了。

此后两日，黄轨踪影全无，家人虽侍奉殷勤，韩毋辟等得不到外间一点儿消息，不免有些焦躁起来。黄三到底是个浮浪少年，疏于待客之道，想来收留通客，为的是多与郭解接近，说不定现在整日泡在郭家，早把客人丢在脑后了。

又过了一日。夜深人定，三人绕室徘徊，烦闷无计之时，院外忽然车马嘶鸣，步履杂沓，似乎是主人回来了。再倾耳细听，前院有人低语，似在商量着什么事情；随后，脚步声向后院而来，韩毋辟等迎过去，推门而入者不是黄轨，却是郭解。

"仲明，抱歉，有位不速之客要见你，有些事，你们最好自己当面说清楚。"

---

① 作奸剽攻，汉代习语。作奸，指走私非法之事。剽，劫。攻，盗，意为抢劫偷盗之事。

郭解面色凝重。说罢，闪开身，月光下，站着位须发斑白的老者，目光紧盯在韩毋辟脸上，面相既威严，又冷淡。

韩毋辟先是一怔，可随即认出，面前站着的是中尉府的军司马季心。他心里一沉，恨自己大意。季心名重江湖，当然认识郭解，找到这里，不用问是为袁盎之死而来，一场恶斗怕是在所难免了。可他脸上仍很从容，揖手致意道："是季将军！别来无恙？请进屋叙话。"

原来，季心早年任侠，曾因杀人而逃亡到吴国，袁盎时任吴国国相，将他藏于府中，于季心有救命之恩。此后，季心兄事袁盎，弟畜灌夫，三个人称得上是过命的朋友。得知袁盎遇害的消息，季心之痛，如丧考妣。中尉府查明刺客来自梁国，为首的是韩毋辟后，他便暗下决心，要亲手缉拿案犯。他朋友多，对江湖内幕了如指掌，知道郭解是脱藏亡命的行家，定会有人犯的线索。于是，借奉派赴梁国办案之机，径直找上门来，要郭解助他捉拿案犯。

多年不见，一朝来访，不用说郭解也知其来意。都是朋友，袁盎又非韩毋辟所杀，郭解觉得有义务解开这当中的误会。于是不等季心提起，便将案子的整个经过讲了一遍，末了说道："刺杀子丝的真凶已经伏法，主谋是梁国的中尉。毋辟食人俸禄，奉命从事，而且本意是想救子丝，整件事情阴差阳错，冥冥中自有定数，怪不得他。"

季心闻言，知道案犯就在郭解处，不然他不可能详知内情。他也知道袁盎非韩毋辟所杀，但郭解说韩毋辟想救袁盎，他绝难相信。"翁伯怎知这不是一面之词？他受命而来，不杀子丝，回去如何复命，他不想活了吗？不可信！"

"单凭他自己说，我也不会全信。可他有人证。"

"哦，是谁？"

"与子丝同行的有位女子，对吧？"

"对，叫窈娘，安陵人讲，看见她被刺客劫持而去。你说的人证是她？"季心与窈娘很熟。窈娘与袁盎同住安陵，袁盎没有女儿，极喜欢窈娘，两人情同父女。与好友聚会时，袁盎常邀其助兴。她若作了证，无疑是可信的。

郭解点了点头。

季心仍旧不信，"她被刺客胁迫，怎知不是违心之言。"

"她非但不是被迫，反而是自愿。你可知她是甚人？"

"甚人？"

"是千秋为韩毋辟选定的新妇。"

季心记起来，昆吾亭聚会时，韩孺和袁盎确曾有意撮合。以郭解的为人，也绝不会对朋友撒谎。季心提出要亲自与韩毋辟与窈娘见面一叙，果如郭解所言，他便放过他们。

得知了季心的来意，韩毋辟悬着的心才放了下来，与窈娘从头细细叙述了事变那日的经过。季心唏嘘叹息了一番之后，起身告辞。公事在身，众人留他不住，送出庄院。上马之前，季心回身道别，郑重其事地叮嘱韩毋辟道："事情解释开了，我放得过，别人未必放得过，官府那里也绝不会放松。宁成已向关东派出了不少眼线，翁伯名声在外，官府自不会放过，这里是危地，各位还是早作打算。"

回到屋内，郭解告诉他们，明日会有一批前往朔方的移民由此过境，他们得赶这批人一起走。"确如季将军所言，朝廷缉拿得紧，此地甚危。县城左近，今日已有细作模样的人出没。"

"那个黄三，这两日全无踪影，不知是在县城游荡，还是在郭兄那里？"韩毋辟问道，言下颇有抱怨之意。

"仲明，你们误会他了。"原来，黄轨在县城见到了缉捕韩毋辟与堂邑生的告示，知道家中客人竟是刺杀朝廷大臣的要犯，非但不怕，反而钦佩得不行。得知逋客要北上，便找到郭解，自告奋勇要一路护送他们北行。

"黄三的两位兄长，都在边塞出任军职。这两日，他一直与县衙中的熟人应酬，为的就是办一封通行边塞的传牍，他借口探亲，各位扮作随从，路上要方便得多，也安全得多。"

韩毋辟大惭，自己竟以小人之心度人，实非壮士所应为，脸也不自觉地红了。好在灯光很暗，看不出来。

左等右等，仍不见黄轨回来，看看夜已交子，众人又不免心焦。郭解要众人放心，黄轨若办不成，他也早有预备。他取出两封传牍，解开束带，取下封检，将写有文字的传分别交给韩毋辟和堂邑生过目。

"巧得很，这批移民来自汝南郡，与你们口音相近。我在汝南有陈去病和鲁强两位朋友，你们就冒他们的名字走，仲明，不，陈去病是夫妇同往。记住，有人问起，就说是阳城县下颖乡人，是同乡，所以才结伴而行。"

传，由两支一尺五寸长的木牍组成。一支是传，上面写明持传人的姓名、籍贯、起讫地名、出行目的等事项。另一支空白，被称作封检，是用来覆盖传文的。合并到一起，以布绳沿木槽处缠紧，然后将封泥按入槽中，加盖上发传官员的印章，便是吏民出行时的身份证明文书。每行经一座县城或要塞关口，传都要交由当地官吏勘验无误，重新束封，加盖新的封泥印信后予以放行。

孝文皇帝十二年，曾一度取消用传。刘启即位第三年，发生了七国之乱，朝廷便于次年恢复了以传通行的制度。

待客人记住内容后，郭解收回传牍，扎紧后按入封泥，然后由腰间的布囊中取出一枚方寸大小的铜印，加盖印信。韩毋辟取过细看印文，是"轵县丞印"四个字。

看到他纳闷的神情，郭解笑道："印是假的，印文却一般无二，绝对分辨不出来的。"原来，他的印，是以废弃的封泥为模重铸而成，印文可以乱真。这类封泥，他收集的极多，故能帮助南来北往的逋客顺利通关过卡。

正闲谈间，有人咚咚地狂擂大门，家人开门，原来是黄轨与素常与他混在一处的少年，叫郑山。那日饭舍冲突时，他也在场。看到他们气喘吁吁，满面惊慌的样子，众人便知道一定是出事了。郭解拍拍黄轨的肩头，要他沉住气慢慢说。他俩上气不接下气，好一阵子才讲清事情的始末。

原来，黄轨探亲的文书没能办下来，原因是郡里下令，缉查要犯的非常时期，传牍文书一律改由郡上颁发。见到黄轨一脸沮丧，与之交好的县丞为他摆酒释憾，席间不经意透露了一个重大的消息：上面认为逃犯肯定会投奔郭解，特派下来能干的细作，已经暗中布置了人手，监视他的住处。一旦案犯露头，便可一网捕获。县丞知道黄轨这般少年崇拜郭解，警告他近日要小心，免得受牵连。黄轨闻讯，心急如火，恨不能马上通知郭解。可又怕引起县丞的疑心，不得不好整以暇地继续应酬。好容易等到散席，叫上郑山便一同去了郭解的家。郭解不在，两人等了许久，悻悻而归。走到半路，却发现有人在后面跟踪。

二人商量了一下，驾车拐上了岔路，在一僻静处，两人下车埋伏在两侧。不多时，果然有一人骑马从后面跟了上来。他伫立在远处观望了一会儿，下马走过来，绕着空车转了一圈，转身欲回时，两人一拥而上，将他扑倒在地。不想那探子身材很壮，反身将黄轨扳倒压在了身下。看看危急，郑山抽剑猛刺，探子受伤，大叫一声，放过黄轨，连滚了几个滚，翻出去老远。他跳起身欲跑，可腿伤跛行，很快被他们追上。探子见此，索性抽出长剑，且战且走。几个回合的格斗下来，看得出那探子的剑术很精。若不是受伤，他们决非对手。那探子也不想恋战，退后几步，翻身上马而去。两人这才一路驾车狂奔而还。

说完已是鸡鸣时分，事情有变，郭解决定不等天明便送客人上路。三人打点行装，黄轨又为他们准备了满满一大袋食物，并写了一封荐书，缓急可持此找他兄长帮忙。出得门来，天色尚黑，空中晨星寥落。郭解、黄轨与三位客人，五人五马，直奔西北而去，不久就隐没在夜色中。郑山则被郭解派去通知那些相好的少年，要大家近日小心，不要再去他家扎堆了。

天色微明时，众人来到一条小河边，估计已走出了数十里地。郭解示意停下，众人下马休息。郭解望着不远处的群山，为他们指示路径。

"此河名沈水，就发源于前面的王屋山。你们溯河前行入山，走小路约十里处就可以上大路，这样可以绕过轵关。北上的流民走的是这条大路，你们抄小路在关外等候，在中途混进去，不会有人注意。然后随大帮走就是了，遇到关卡，再用轵县的传牍就无碍了，这样一站站下去，估计不会有甚事。"

河边芦苇丛生，雾气很大，白茫茫的一片。荒野无人，只有水禽的鸣叫声，偶尔打破黎明时分的寂静。黄轨从马上取下一卷毡毯，在河边的平地上铺开，摆上食具酒盏，招呼众人入席。

郭解端起一杯酒，看看众人，道："识我者都知道，我郭解不善饮酒。各位北去数千里之遥，山高路远，雨雪风霜，我帮不了更多，仅以杯酒为君等饯行，一路珍重了！"说罢一饮而尽，照照杯，人已经是满面通红了。

韩毋辟等亦端酒称谢，然后一饮而尽。

郭解拍了拍黄轨，道："后面由阿三代我陪各位，我只能以水代酒，不成敬意，望各位包涵。"又看看窈娘，笑道："听季将军讲，弟妹琴曲俱精。分别在即，可否鼓一曲助兴？"

窈娘敛衽为礼，随即解开琴囊，取出一只七弦琴来。坐下略调了调弦，双手并抚，指法抑扬徘徊，一串串珠圆玉润的乐音如流水般溢出。清正相合，沁人心脾，听者无不心驰神往。

郭解兴起，揖手致意道："千秋与我情好如兄弟，各位就都是郭解的亲人。我歌一曲，代千秋与各位送行了。"说罢，气运丹田，以极为沉郁的低音唱道：

悲歌可以当泣，远望可以当归。思念故乡，郁郁累累。欲归家无人，欲渡河无船。心思不能言，肠中车轮转。

低回婉转，忧思不尽，一曲歌毕，歌者、听者的眼圈都是红红的。

韩毋辟站起身，揖手还礼，这是欲和歌的表示。黄芦飒飒，白雾如霜，即刻他们将要离开中原，背井离乡，不知何时能够重返故里，再见亲人。此情此景，由不得悲从中来，歌声荡气回肠，闻之令人鼻酸。

秋风萧萧愁杀人，出亦愁，入亦愁。座中何人，谁不怀忧，令我白头。胡地多飚风，树木何修修。离家日趋远，衣带日趋缓。心思不能言，肠中车轮转。

歌毕泪眼蒙眬，羞于被人看见，极目远眺，久久望着远处的王屋山。众人无不垂泪，黄轵更是泣不成声。良久，韩毋辟等收拾起身，双方注目揖手而别，终无一词。郭解与黄轵，默默望着远去的三人，直至他们的身影消失于群山之中。

五十三

君命召，不俟驾而行。田叔接到皇帝的诏命与符节，收拾了一下，次日一早便动身赴职。他推辞了郡太守为他提供的仪仗侍从，只要了一个人，名吕季主。他在任时，吕季主在他手下任尉丞，办案极为得力。

从汉中乘船，沿汉水顺流而下，两日便抵达了襄阳。然后登陆北上，经南阳、汝南、淮阳诸郡国，一路晓行夜宿，十日之后，终于抵达了睢阳城外的商丘亭。进入梁国后，驿递不断，消息早已传开，得知朝廷专使到来，国相轩丘豹、内史韩安国一早便到了亭驿，与先期到达的季心一起，迎候专使的到来。

田叔须发皆白，可精神矍铄，步履朗健，并不像年届七旬之人。他是当时著名的循吏，轩丘豹与韩安国虽也是两千石的长吏，均以晚辈自居，十分礼敬。互致寒暄后，轩丘豹满面堆笑，告诉田叔，专使下榻处安排在竹苑离宫，梁王已摆下酒筵，正恭候在那里，为他接风。

田叔笑笑，很沉着地说："这趟来并非履新，而是办案。皇命在身，不敢叨扰。请代老臣致意，大王的盛情老臣心领了，朝廷有制度，彼此都要避嫌，就不见面了。我们住宾馆，烦劳二位大人引路。"他面色蔼然，却是不容商量的口吻。

从汉中到睢阳这一路，田叔一直在琢磨这件案子的办法。刺杀朝廷大臣，刺客又出于诸侯国的中尉，摆明了是件谋逆的大案。诏命授予他办案的全权，可要他做的只是缉拿查办一个公孙诡，为什么？他反复思忖了几天，终于领悟了皇帝的用心。朝廷有的是郅都、宁成这样的酷吏，偏用以宽厚著称的他，意思已很清楚。皇帝赋予他全权，是担心梁王掣肘；把目标定在公孙诡身上，实际上是在示意他控制查办的范围，避免牵连到梁王。总之，案子要办，梁王也要保全。明于此，案子如何办，他心里有了数。不见梁王，便是他预定的一步棋。自己引而不发，要对方去猜去想，使之心虚慌乱，这种无形的压力，比起簿责或面对面地询问，更难于把握和承受。

安顿下来后。他先召见了季心，详细询问了京师方面掌握的案情与证据，并听到了一个意外的消息：不知何人走漏了风声，公孙诡已在数天之前，不知去向了。

"他的去向，就没有一点线索吗？"主犯失踪，田叔大感沉重，可脸上仍是好整以暇的样子。

季心摇摇头。

"京师的缇骑，你带来了多少？"

"一百人。"

田叔略作思忖，吩咐吕季主取节①授予季心，断然下令："季将军，我奉皇帝诏命办案，有便宜行事的全权。既已漏风，必得计出万全。你即刻持节接管梁国中尉府并属下全军，全部由京师来的人节制。然后封堵睢阳四门，所有进出人等皆严密盘查。行文各属县与相邻郡国缉拿公孙诡。在城内与王宫、竹苑四下，要加意巡查。"

季心走后，田叔又叫过吕季主，细细地吩咐了一番，然后与等候在前厅的梁国官员，重新叙礼相见。坐定后，田叔扫视着环坐着的人，似不经意地问道："轩丘相国，梁国千石以上的官员都在这里了吗？"

轩丘豹看了看在场的人，忐忑不安地说道："只有公孙中尉与羊胜羊大人未到。"

"羊大人所任何职呀？"

---

① 节，又称旌节。古代使者所持象征权力与身份的标志；以竹为干，饰以牦牛尾。持节者的身份类似于后世之钦差。

"尉丞，是公孙中尉的副手。"

"哦？"田叔的面容一下子严重起来，随即揖手道："各位请便。轩丘大人、韩大人请留一下。"

田叔取出诏书，递给二人传阅，然后语气沉重地说："二位大人怎么看？"

轩丘豹、韩安国面面相觑，心跳得如同擂鼓。听说京师出了谋杀大臣的大案，事牵梁国，可案情到底如何，两人并不清楚。得知刺客出自中尉府，诏书点名缉拿公孙诡，事情远比预想的严重。两人知道坏了，出了这种谋逆的大案，作为梁国地位最高的大臣，难脱干系。想到这里，两人的额头都冒了汗。

田叔西向揖了揖手，道："皇帝责成老臣办理这件案子，指明要拿问公孙诡。这个当口，他的副手羊胜也不见了。看来，案子的关键就在这两个人身上。二位大人是本国的首辅，更是大汉的臣子，这件事情的干系利害想必都是清楚的，何去何从，总该有个态度，对吧？"

"对，对。"二人诚惶诚恐，连连点头称是。

"那就好。这件案子，朝廷追我，我要追二位大人。二位大人怎样做我不问，我只要公孙诡、羊胜二人，抓到这两人，老朽可以复命，二位也可以解脱，是不是这个道理？"

"是，是。"听出朝廷不欲广为株连，两人大感宽慰。随后三人议定，即日起封堵梁国所有关津道口，向所有县乡驿亭下达缉捕文告；睢阳城内外由季心统驭中尉府的军士，梁国全境由轩丘豹与韩安国布置，逐户大索。

"案子的情况，要不要对殿下讲？"轩丘豹一番迟疑后，问道。

"当然。"早等着有这一问，田叔心下窃喜，揖揖手道："梁王乃一国之主，这样的大事，岂可不报！就劳二位将案情随时通报殿下。"

撒开了天罗地网，可半个月过去，仍未抓到案犯。此后，几乎三数日，便有一名朝廷派出的专使，来到睢阳，向轩丘豹与韩安国催促查问案情。听到案情没有进展，专使每每面如寒霜，厉声叱责。如同数日必有一次的苦刑，搞得轩丘豹与韩安国心惊肉跳，如坐针毡。

原来，这也是田叔布下的一着棋。他早就派吕季主去了趟京师，上表皇帝，请求朝廷隔几日派来一名使者，督促办案。目的是虚张声势，敲山震虎，造成一种危机迫近、大网日渐收紧的紧张态势，通过轩丘豹和韩安国，将这种紧张传递给梁王。同时，吕季主招募了众多细作，四下追踪案犯的下落。

又过了一个月，根据细作们由各地传回来的消息，终于有了线索，田叔于是请韩安国过来一叙。

"长孺，案犯就在睢阳城内，一二日内，便可以结案了。"一个多月来的朝夕相处，韩安国为人老成中庸，言辞辩给，很得田叔的好感，称呼上已亲近了许多。

安国大喜，额手称庆道："天幸如之！天幸如之！"

"不过，处置这二人，非借重长孺之力不办，望莫推辞。"

看到韩安国不解的样子，田叔微笑道："长孺可知，公孙诡与羊胜藏身何处？"

"何处？"

"就在梁王的后宫之中。"

韩安国的心一下子提到了嗓子眼，方才的喜悦一变而为巨大的焦虑与恐惧。藏朝廷要犯于后宫，则谋刺重案出自梁王主使，不言自明，也证实了他起初的怀疑。如此，则株连必深，自己作为内史，有辅佐梁王之责，绝对难脱干系。

"确实？"

"确凿无疑。这个公孙诡确实够'鬼'，就藏在我们眼皮子底下，这叫灯下黑。"田叔看了一眼侍候在旁的吕季主，"吕尉丞随我多年，办事一向牢靠，他说藏在那里，不会有错的。"

"那……那就是惊天的大案了！如何是好，还……还望大人指教。"韩安国已经乱了方寸，说话也结巴起来。

"长孺莫慌，我这把年纪，既已致仕山林，本无意于事功，更不想搞出个惊天大案来哗众取宠。朝廷要的是公孙诡、羊胜，我要的也就是公孙诡、羊胜，活要见人，死要见尸，我好向朝廷交代。可眼下事情有点儿难办。我身份不同，是皇帝亲点的专使，出面要人，梁王若不承认，一下子就成了欺罔的大罪，那时想要不惊天也难了。长孺出面则不同，晓之以理，动之以情，申明利害，在长孺是尽为臣者的言责，而出自忠臣的谏言，梁王不会抵触。如此，我可以向朝廷交代得过去，惊天大案可以化解于无形，上可以保全天子的手足亲情，下可以免于株连无辜。办好这件事情，非长孺不可！"田叔捋髯相视，是期望甚殷的神情。

韩安国似信非信地摇了摇头，"交出案犯又如何？还不是要押解京师审问，落到宁成手里，想不株连，可乎？！"

"所以，要劳长孺进宫向梁王进言，讲明利害，一定要殿下知道，若想免祸，交出来的，最好是两具尸首。"

韩安国一喜，问道："这样，田大人可能向朝廷交代得过去？"

"这是我的事情。你们要做的，就是交出犯人的尸首。"

"还有件事"，韩安国走后，一直默默无言的吕季主开口道："派去河内郡的细作报来了消息，京师逃出来的刺客，很可能藏身在那里。"

"很可能？他们见到了人？"

"没有。但前些日子，郭解家中来过两男一女，听上去很像脱逃出来的刺客，有个细作循迹跟踪时受了伤。"

"既无真凭实据，就不必望风捕影。一动不如一静，搞大了，未必是上边的意思。我们要做的，就是把网收紧，只要主犯跑不掉，案子就算办得圆满。你把河内的人撤回来，毋节外生枝。"

田叔反复思量后，吩咐派出重兵封锁王宫四门，只许进，不许出，并派吕季主放出风去，扬言只等皇帝的诏命一到，便要进宫大索。这样的压力，梁王会坐不住的，余下的事，就要看韩安国的了。

王宫被围的次日，韩安国进宫，立刻被带进了刘武的寝殿。

"田叔那老儿胆大包天，竟敢围困孤的王宫！他想要造反吗！长孺，你去把这老儿召来，孤要当面问罪。"刘武额头青筋暴起，血脉偾张，如困兽般在室内踱来踱去。

韩安国免冠稽首，埋头不语，可肩头却在不停地抽动。

"长孺，你这是……"

"臣安国供职无状，不能使殿下近贤臣，远小人，致使天子震怒，大祸将临。

臣闻主辱臣死，此来特请大王赐死，就此永诀了！"说话间已是语不成声，泣数行下。

刘武诧异道："何至于此？爱卿过虑了。"

"专使已查知公孙诡、羊胜藏在殿下的后宫，围困王宫，为的就是提防二人潜逃。据说已经上表请求皇帝下诏，允准他进宫搜索。若在宫中抓到案犯，殿下就是谋逆的大罪，汉法无情，那时会怎样？臣不敢想，唯有一死以殉殿下。"

多日来，风声虽愈来愈紧，可刘武并不怕，他知道，人藏在宫里，外面是搜不到的。如今行迹已露，万一皇兄绝情，下达了入宫搜查的诏令，如何应对？他不敢想下去，心里一片虚空，神不守舍地摇摇头道："孤与今上手足之亲，何至于此！"

梁王的固执，全在自己近支亲王的身份。要说动他，非由此下手破解他的自负不可。韩安国略作思忖，问道："大王自度，与今上之亲，比起当年高皇帝与太上皇之亲，哪个更亲？"

"太上皇与高皇帝是嫡亲的父子，自然更亲些。"

"那么，殿下与今上，今上与临江王，孰亲？"

"他们也是嫡亲的父子，孤比不上。"

"嫡亲的父子，可高皇帝说，是朕提三尺剑取天下，置太上皇于栎阳，终身不得干预朝政。也是嫡亲的长子、太子，只因栗姬说错的一句话，就被废为临江王。而为了宫垣占地这种小事，临江王竟自杀于中尉府，为甚？大王想过没有。"

"为甚？你说下去。"

"皇帝治理天下，绝不会因私乱公。民间有句谚语，'虽有亲父，安知不为虎？虽有亲兄，安知不为狼？'如今大王位列诸侯，却惑于邪臣的引诱，上干国法，下藏亡命。殿下自言亲不过临江王，而乱法干禁远过之，臣云大祸将至，难道有错么？"

刘武焦虑非常，沉思了片刻，问道："如你所言，天子真的会严究此事吗？"

"人犯没有归案，臣不敢臆测。即使天子以太后的缘故，不忍致法于大王。大王扪心自问，难道就没有愧疚？臣听说，太后为此日夜涕泣，希望大王改过自新，主动认错，可大王始终不觉悟。万一不讳。太后一日宫车晏驾①，那时还能依靠谁，大王就从不想一想吗？"

韩安国语声未落，刘武已是泪流满面，顿首称谢道："若非爱卿，孤险些辜负了太后、天子的苦心。吾今日便将案犯交出是了。"

"殿下莫孟浪行事，还是斟酌个万全的法子为好。"于是，韩安国将田叔的话转告梁王，他只要交出二人的尸首，田叔自有办法了结此案。

公孙诡、羊胜所为，乃刘武授意，若下令二人自尽，于情于理都是件不义的事情。见到刘武为难，韩安国再献一策。

当晚，刘武在后宫便宴韩安国，请公孙诡与羊胜作陪。酒过数巡，刘武推说不适离席，余下的三人喝了一阵闷酒，公孙诡望着韩安国，微微一笑。"长孺，今日这酒，有鸿门宴的味道。有话尽管直说，莫再打哑谜了。"

"大王待二位如何？"

"没得说！吾等一介匹夫，得遇梁王，一言既合，以布衣而跻身高位，知遇之恩，誓以身报。"公孙诡紧盯着他，双目灼灼，似乎看到了他的心里。

"既如此，二位派人谋刺朝廷大臣，惹下了大祸，而大王不避嫌疑，藏二位于后宫，置自身于险境。现在王宫已被围数重，插翅难飞，一旦被擒，必牵累大王。这样的局面，敢问二位何以善后？"

羊胜看了眼公孙诡，大笑道："长孺把吾等看作懦夫了！"

公孙诡道："吾等为大王刺杀仇人，报答了知遇之恩，生死可以无憾了。苟全性命，无非欲再效力于大王。如今事急，我们投案便是了。"

"不可。"

"为甚不可？敢请长孺有以教我。"

韩安国略作踌躇，狠狠心道："如今最大的事，是解脱大王。如此只有一条路可走。"

"甚路？"

"行赵午、贯高故事。"

<hr>

① 宫车晏驾，皇帝、太后等死亡的隐喻。

羊胜看了看公孙诡，大笑道："长孺怕吾等熬不过毒刑，转相牵累吗？"

公孙诡止住羊胜，双目熠熠，直视着韩安国道："惭愧，让长孺误会吾等贪生！"

他摆摆手，止住欲开口辩解的韩安国："你先听我说。古有豫让、聂政，今有田横五百士、赵午、贯高。大王以国士遇吾等，吾等自当以国士报之！吾等共事大王，道虽不一，可主辱臣死的道理义无二致。长孺，当真不用吾等自投诏狱为大王脱罪么？"

韩安国肯定地点点头。

公孙诡取下自己与羊胜的佩剑，以酒酹剑，然后斟满三杯酒道："长孺，大王的事就拜托了。我们满饮此杯，就此永诀。"

饮罢，二人掷杯于地，揖手北向拜辞梁王，随即伏剑自刭。殷红的鲜血从二人身下汩汩流出，浸透了地上的蒲席。

韩安国目瞪口呆，好一阵才回过神来。田叔、梁王交托下来的大事已了，他心里轻松了不少。可眼前的一幕，也深深震撼了他、感动了他。他含泪举杯，以酒酹地，心里暗自起誓：安国无论如何要帮大王洗刷，一息尚存，定不负二位将军所托。

五十四

  田叔与吕季主还京复命，走到长安东三十里的霸昌厩打尖，用餐之际，吕季主见田叔郁闷不乐，问道："案子办完了，大人缘何闷闷不乐？"

  田叔指指身边的箧匣，道："这些日子，查问梁国的臣子的反辞爱书，多与梁王、公孙诡等有牵连，且欲谋杀的大臣多达十数人。回去如实交上，皇帝震怒，恐怕多有株连。其实，为人臣者不过是食禄做事，吾等为梁王脱罪，下面的人却不免于枉死。想起来不免难过。"

  吕季主道："大人居心仁厚，既有此不忍之心，何不付之一炬？"

  田叔吃惊地看着吕季主，好一会儿才问道："烧得？"

  "烧得。"吕季主肯定地点了点头。"爱书所记，并非事实，报与不报，全在于大人。大人既以为皇帝有意保全梁王，那么所有事情尽可推到公孙诡、羊胜身上，死无对证，今上不会追究的。"

  田叔沉吟了一会儿，颔首道："你说得有道理。"于是招呼店伙取火，将箧匣中的文书尽行烧尽。看看日晡，两人策马疾驰，在宫门落钥前赶到了未央宫。

  得知田叔回到长安，尽管天色已晚，早已等得心焦的刘启还是即刻召见了他。在宣室殿的一间密室中，刘启屏退侍从，不等田叔参拜礼毕，便急切地问道："案子查清楚了？"

  "谨遵陛下诏旨，查清楚了。"

  "主谋是谁？"

"梁国中尉公孙诡、尉丞羊胜。"

"抓到了？"

"梁王交出来的是他们两人的尸首。"

"杀人灭口？"

"不，二人为报梁王，伏剑自刭。"

"死无对证，案子怎可说查清楚了？"

"谋划行刺时，有其他大臣在场。他们讲出了真相。"

"甚人？"

"邹阳、严忌和枚乘。邹阳以为不可，切谏，亦因此下狱。枚先生与严夫子惧不敢谏。"

"真相如何？"

"梁王愤懑，公孙诡等为主报仇，不得已而为之。"

"怎么说？"

"太后爱梁王，欲梁王为皇太弟，有这回事吧？"田叔想了想，问道。

刘启点点头。

"袁盎等大臣谏阻，太后不再坚持，胶东王被立为太子。梁王的想头落了空，愤懑非常。去年梁王曾上表，请陛下赐以容车之地，由梁国自己出钱出工，为朝觐太后，筑一条从睢阳直通长乐宫的甬道。此事亦为袁盎及陈介所阻。梁王以为朝廷大臣离间骨肉，气不能平。公孙诡等遂设谋报复，刺杀了他们。事情的真相，就是如此。"说罢，田叔屏息凝神，静候皇帝的反应。

刘启沉默了片刻，问道："你给朕句实话，梁王到底参与了此事吗？"

"参与了。"

"如何参与的？讲来！"刘启的声音不高，可面色阴沉，隐含着杀气。

田叔强自镇定，眼观鼻，鼻观心，鼓勇陈奏道："陛下的诏书，老臣愚昧，以为要查办的只是公孙诡之属，故办案时有意回避了梁王。一是要避嫌疑，二是为了保全梁王。"

"喔？事情既牵涉到他，你不问如何知道他参与的深浅？"

"梁王乃陛下手足，自幼贵宠无以复加，无论面讯还是簿责，老臣怕他天潢贵胄，不堪折辱。万一如临江王一般，白冠牦缨，盘水加剑，造请室而自裁①。那时，臣与陛下皆悔之无及了。"

"你不与他见面，案子怎能问得明白？"

"梁王心里有事，愈不见面，他心里愈慌。老臣等只要日日鞭策梁国的大臣，他们自会苦苦劝谏梁王，这样既保全了梁王的脸面，又迫他交出了主犯，也明了了案情。"

看来由田叔办理此案，自己是用对了人。刘启既感宽慰，又心有不甘。"那么阿武是幕后的主使了？"

"是。"田叔觉察到了皇帝的心思，揖手陈奏道："望陛下到此结案，不要再追究梁国的事情了。"

"怎么？"

"梁王不伏诛，是废了朝廷的法度；若行法伏诛，太后食不甘味，卧不安席，忧在陛下。"

田叔此语，刘启心里大为赞赏。疏不间亲，母子兄弟之间，外人绝难插言。田叔实际上是在用"孝道"开解自己的心结，居心仁厚。

"伯恭不愧忠厚长者，就依你的意思结案吧。你等马上到长乐宫谒见太后，太后为梁王的事食不甘味，听到儿子无事，心气应该可以平复了。"

"是。"

案子虽可了结，可母子兄弟间的关系如何转圜，刘启徘徊近月，仍理不出一个头绪来。此时，谒者令赵谈忽然自杀，案情亦由此有了新的突破，宁成查出，将袁盎等谏阻立梁王为嗣的绝密消息及事变后与梁国暗通消息者，正是刘启身边的谒者令赵谈，他可能以为风声走漏，畏罪自杀。想到刘武竟敢交通宫禁，在自己身边收买坐探，刘启怒不可遏，下令戮尸示众，将赵谈属下的谒者全部减死罚为鬼薪②。周仁、北宫伯子因失察受到严厉申斥，北宫也因此去职致仕，只有郭彤，因派任太子宫而免祸。正在刘启重新考虑如何惩戒刘武时，前来为梁王游说缓颊的，不期而至于长安者已有两人。

---

① 白冠牦缨，古之丧服；盘水加剑，指以剑自裁；请室，请罪之室。古代刑不上大夫，王公贵戚义不受辱，在受到传讯后，往往身穿丧服自杀。全句意为，穿戴丧服请罪后自裁。

② 鬼薪，秦汉时刑罚名称，刑期三年，罚为皇室宗庙采伐薪柴。

先到者是曾被下狱的梁国中大夫邹阳，后来者则是内史韩安国。

邹阳字子曦，齐人，为人有智略，言辞辩给，慷慨而不苟合。少习纵横之学，与公孙诡、羊胜同学。吴王刘濞招揽贤才，邹阳与严忌、枚乘等共投吴国。吴王谋逆，诸人屡谏不听，邹阳等遂弃吴投梁，做了刘武的文学侍从之臣。

邹阳听到羊胜等欲为梁王泄愤，献刺杀朝廷大臣之策，以为不可，抗言直谏。羊胜说他有二心，梁王在气头上，便将他下狱。他从狱中上书自辩，梁王虽释放了他，但敬而不任，不再要他与闻机密。直到公孙诡、羊胜事败自杀，梁王自危，这才想起邹阳的谏言，于是召见谢过，赠之以千金，托他想个办法化解这个危机。见到梁王悔过，邹阳慷慨自任，毫不犹豫地接下了这个重托。

及至回家后细想，却无论如何想不出个妥当的办法，一夜彷徨之后，想起一个人来，于是乘车到了睢阳城郊的王先生家。王先生也是齐人，虽已届耄耋之年，须发皆白，可耳聪目明，步履矫健，一点儿也不像八十余岁的人。没有人知道他的来历，只听说此人多奇计，当年身手了得。邹阳偶遇于市集，乡音亲切，接言之下，谈吐不俗，遂往来不断，久之，二人竟成忘年之交。

王先生正在菜园中浇水，望见邹阳，示意他进屋，又大声招呼家人烹茶待客。二人扯过一气闲话，王先生道："子曦形容憔悴，目带血丝，何事愁苦？不妨说给老夫听听。"

于是将案件始末细细叙述了一遍，末了讲起梁王对他的托付，问计于朋友。"难怪前些日子风声怎紧，我这里来搜过好几次，硬说我是齐人，应该知道公孙中尉的下落，真是岂有此理。"

他呷了口茶，迎着邹阳期待的目光，连连摇头，道："难，难啊！人主若是有了成见，存了诛杀泄愤的心，这种私怨深恨，要想开解真是太难了！以太后之尊，骨肉之亲，尚无可奈何，你想臣子能够办得到吗？！"

"可成功的故事也是有的。先生可还记得帝太后之事？"邹阳不以为然道。

帝太后乃赵人，美艳善歌舞，为阳翟大贾吕不韦的爱姬。秦国王子异人，庶母所生，被遣到赵国做人质，郁郁不得志。吕不韦一见，却以为奇货可居，倾心结交，遂将已有身孕的赵姬相赠，李代桃僵，生下一子，名嬴政，也就是日后的秦始皇帝。

吕不韦为异人设计，改名子楚，结好秦太子妃华阳夫人，被立为嫡嗣。太子安国君即位为王，子楚亦成为太子，秦王在位仅一年便薨逝，子楚竟以嫡子身份继承了王位，也就是秦庄襄王。吕不韦的谋划大功告成，被封为丞相、文信侯，食邑洛阳十万户。而赵姬亦被立为王后，嬴政自然成了太子。

庄襄王短寿，三年后薨逝。嬴政以太子即位，可年仅十三岁，难以亲政，遂尊吕不韦为相国，号"仲父"，代行国政，以此出入后宫不禁。赵姬虽是王太后，可正当虎狼之年，耐不住深宫寂寞，于是旧情复燃，每每借垂询国政，与不韦私通。嬴政年纪渐长，不韦担心漏风贾祸，于是私下寻觅了一个名叫嫪毐的人作为替身。嫪毐人极壮实，尤为特别的是阳具忒壮，纵起可以挑起桐木做成的车轮。不韦使人告发嫪毐，罪名将够腐刑，然后重赂行刑者，拔去须眉，诈作阉人入宫，与太后私通后，大受宠爱，封其为长信侯，宫室车马衣服苑囿驰猎恣嫪毐所欲，乃至干预国政，势焰甚至压过了吕不韦。

秦王九年，嬴政十七岁，开始亲政。一次，嫪毐与宫内左右侍中贵臣博弈赌酒，屡博屡负，醉后大言自称为秦王之"假父"①，且一旦不讳，自己就是新王的太上王。众人惊走，遂有人告发嫪毐非真宦者，与太后私通淫乱，生有二子，匿于后宫，且欲取秦王而代之。嫪毐酒醒后，自知失言，连夜矫诏，以太后玉玺征发军卒，欲攻袭秦王所在的蕲年宫。嬴政已有所备，发大军迎战，双方战于咸阳，嫪毐战败被擒车裂，夷灭三族。他与太后所生的二子被扑杀②，吕不韦亦被牵连自杀，其族人被流放于蜀地。此事秽声四扬，嬴政恨极，遂囚禁太后于旧都雍城的棫阳宫，并声言有为太后事谏言者，杀无赦。后来还是被一个齐国来的辩士茅焦说动，嬴政才将太后接回咸阳，奉养于甘泉宫。

"可子曦莫忘记了，茅焦之前，劝谏秦王者死了多少，二十七个！即便秦始皇采纳了茅焦的谏言，可他心里真就释怀了吗？不过勉强接纳，茅焦只是侥幸逃得性命罢了。"

话虽这么说，王先生脸上却很平静，他捋捋须髯，若有所思地继续说："所

---

① 假父，异姓父子，即义父。

② 扑杀，即捆入麻袋中摔死。

以这件事情难得转圜。子曦，你如今作何打算？"

"我已计穷。不过邹鲁齐楚韩魏一带，人才颇众，我打算走访一遭，或许还能请到茅焦那样的辩士也未可知。"

王先生点点头，道："你去吧，事情紧急，就不留君盘桓了。回来西去长安时，到我这里坐坐再走。"

一走就是一个多月，遍访关东，还是未能觅到能人。归来再访王先生，主人备酒小酌，几杯过后，王先生问道："此行可有收获？"

邹阳闷闷不乐，摇首道："还是计无所出。世无茅焦，在下只能硬着头皮西走京师，王命所托，无可奈何啊！"

王先生哈哈笑道："谁说世无茅焦，眼前即有，就是子曦你啊。"

"先生打趣了。"邹阳也自嘲地笑笑。

"非也。"王先生敛容，一脸庄重，指指盘中烹得酥烂的牛筋道："就如这道菜，事情难办而欲办成，关键还是在火候到不到。茅焦之前那二十七人，哪一个不是以大义谏言？你上次离开前，我觉得你去寻访一遭，或许能得高人指点，愚计浅陋，且时机不到，故不敢自道。目今情况又有所不同，你进京运动，或许正是时候。"

"怎么讲？"邹阳不解。

"专使回朝复命，都以为天子会震怒，只要追查下来，梁王必有不测之祸。可你走后这一个多月，京师那里全无动静，既不查，亦不赦。这其中的消息大可玩味，天子既犹豫斟酌，事情就有转机。子曦若行，便速去，到长安后必去见王长君，转圜此事，非此人不办。"

王长君就是王信，王皇后之兄，迁居长安后，尚无封爵，京师人尊称其为"长君"。邹阳猛然发窹，王氏方贵盛，最要紧的就是固宠，以此游说之，必能为他所用，对母子兄弟间关系的转圜，外戚远比身为外人的他管用得多。当年吕不韦为子楚运动，正是通过华阳夫人之姊进行的呢。

于是，连夜西行，竟不过睢阳再见梁王。到了长安，邹阳因门客往见王长君，留住于王府数日。王长君整日在宫里应酬，很晚才归家。这日，长君在家休沐，邹阳趁空自行谒见，道明身份，说自己并非为求任使来做门客，而是为了一件关系皇室和睦安宁的要事求见。王长君原是个农人，憨愚质朴，很得太后与皇帝的好感。尤其是太后，闲时总愿意听他摆摆民间的闲事。可近来太后总是面色阴沉，时不时大发无名之火，搞得他也揪着颗心，整日赔着小心，担心罹祸。他在王娡那里听到过此事的原委，得知邹阳是梁王所派，登时屏退闲客，长跪揖手为礼道："幸甚，先生有话尽管说，鄙人洗耳恭听就是了。"

邹阳还礼，恳切地说道："我私下里听说，足下因女弟得为皇后，位冠六宫而腾达，不知可想过居安思危的道理吗？"

"我是个粗人，先生有话还是直说。"

"也好。"邹阳深吸了口气，款款而言道："如今袁盎被刺之事已明，如果穷原竟委，再查下去，梁王恐怕难免被诛。梁王死，则太后必悱郁泣血，怒气无由发泄，必切齿侧目于身边的贵臣，稍有不慎，太后以为故意冒犯，必死无疑。长君虽贵，日日在长乐宫侍候，可危如累卵，在下实在是为足下担忧啊。"

邹阳此语令王长君震惊，想起太后近日所为，忧惧之心油然而生，于是长揖道："先生说说看，在下应为之奈何？"

"足下可能见得到天子？"

"当然见得到。这一向太后不适，皇上几乎日日到长乐宫请安。"

"这更好！长君若能说动皇上，不再追查梁国的事情，梁王得以保全，太后感念长君的厚德，必刻骨铭心。由此不仅长君固结于太后，王皇后亦会得两宫之青睐。地位有如金城之固。况且保全梁王，长君有存亡续绝之功，德布天下，名传百世。长君自计，是不是这个道理？"

王长君连连称是。略停，他又好奇地问道："我还有一事不明，请先生开解。皇上明明是个大孝子，太后只要开口，皇上肯定会听从。可太后为甚把话憋在心里，不为梁王求情呢？"

"这正是长君的机会呀！太后不言，一是梁王谋逆，本应依律处置，自己不便带头枉法；二是不愿皇上以为自己偏心。太后若枉法徇情，皇帝会更恨梁王，就算保得住梁王一时，后患会更大。太后是极聪明的人，所以绝不肯自己出面，而臣下又不明白太后的心思，没人出头为梁王缓颊，心里一定愤郁非常。长君此时做太后想做而不能做的事情，最能见情。"

一席话说得王信连连点头，末了答应一定相机进言，为太后分忧，要邹阳安心住在府中，听候消息。

韩安国到长安，已在数日之后，自然还是走长公主这条路子。细细讲过事情始末，韩安国稽首请罪道："闹出这么大的乱子，是安国无能，供职无状，愿听凭处分，可殿下一定要劝劝太后和天子，想办法帮梁王度过这一关，以全姊弟骨肉之情。"说罢泣下如雨。

"大男人莫老哭哭啼啼的，你起来回话。"大长公主道，面色冷淡。"你来这儿为阿武说情，可是第二回了。阿武的大毛病就是不守本分！皇上有的是儿子，皇嗣是轮得到他做的吗？明明不可能的事情，他还争得个甚！这下犯下了谋逆重罪，知道怕了？韩大夫，我告诉你句实话，除非皇帝赦免他，谁也没有办法。"

"梁王铸此大错，刻骨铭心，今后定会洗心革面，痛改前非。臣愿冒死面谏太后、天子，敢求殿下带我入宫。"

刘嫖摇摇头，道："你以为还能像上次那样？请罪求赦非阿武亲自出面不可。你莫触这个霉头，皇帝正在气头上，说不好就真的以供职无状的罪名下你于诏狱，落到宁成手里，想要活着出来可就难了。"

韩安国再拜顿首道："性命攸关，请殿下一定为梁王指一条明路。"

"性命攸关？"刘嫖摇摇头，笑道："皇帝顾念太后和亲情，已经赦免了他。你们梁国有位叫邹阳的大夫吗？"

"有。怎么？"

"这个邹阳不简单，运动了皇后的哥哥作说客。皇帝当着太后的面，已应允不再追究。可是这不等于皇帝心里没有芥蒂，解开这个结，要靠阿武自己。"

韩安国闻言，如释重负。这邹阳貌似平常，关键时行事大异常人，他心里暗自佩服。正欲再问详情，神色紧张的府丞匆匆进来，附在刘嫖耳边低声说了些什么。刘嫖亦神色大变，随即起身看着韩安国道："真是鬼使神差，说谁谁到！阿武真是给宠坏了，想起甚，说做就做。上书奉朝请，不待朝廷诏准，人已经悄悄进了城，你随府丞接他进来吧。"

韩安国大惑不解，跟随府丞赶到门前，吃惊地看到，端坐在一辆白布丧车中的，正是梁王刘武。

五十五

原来，田叔回京复命后，朝廷迟迟没有处置的诏命，睢阳朝野流言四起，弥漫着大祸将至的恐慌。刘武起初还强自镇定，可渐渐地，惶悚不安的心情也日甚一日，邹阳一去音讯渺茫，尤其在得知赵谈自杀的消息后，他更加杌陧不安，竟至于寝食难安起来。韩安国走后，他召见司马相如问计，司马相如的意见是，天子嫌怨已深，非臣子所能开解，只有亲奉朝请，面陈认罪，而且愈快愈好，赶在天子决断之前，或可开释误会，否则，凶多吉少。

于是，连夜上书奉朝请，文书发出的次日，刘武即启程，一行直奔长安而来。到得函谷关前，随行的侍中茅兰建议，既是去悔罪，用惯常的诸侯仪仗不妥，遂改易白衣素装，换乘丧车，单车入都。茅兰先去梁王府打探消息，他则径直奔堂邑侯府而来。

刘武往年奉朝请，都是住在宫里太后处或皇帝处，连梁王府都难得下榻，刘嫖这里，更是难得一顾。此番落难到了这里，也还是贵客。堂邑侯大张筵席，为刘武接风，席间商定，梁王就在这里悄悄住下，等候陈午和茅兰打探来消息，再定行止。

可茅兰已无由打探消息了。宁成早已在王府周围布置了细作眼线，他进入梁王府不久，中尉府的缇骑即将王府团团围住，随即强行入府搜查，将茅兰拘押于中尉府的囚牢之中。这种情势可以说是在茅兰预料之中，甚或是他所希望出现的情境。在宁成提讯时，他绝口不提梁王已经到了长安，只是说梁王奉朝请入都，大队已到函谷关前，自己是被派来打前站的。宁成得知梁王擅自入都，很有些吃惊，不敢耽搁，连夜派缇骑赴关堵截。

次日一早，宁成入宫禀报。刘启已接到了梁国的表册，正在踌躇要不要允准，闻讯后怒由心生。这个阿武，不待允准就擅入京师，竟不把朝廷的制度放在眼中，简直无法无天了。于是，他下令宣召丞相与宗正、太常与廷尉等九卿会议未央宫，决定将此事付诸廷议，要求众臣议出一个法子，严谴以震慑之。各位大臣正在讨论诏书的措辞时，却传来了一个惊人的消息：梁王的车驾被挡在函谷关，而梁王已经入关，可下落不明。

这个消息传到长乐宫后，太后当即晕厥过去，救醒后，太后时而大恸哭泣，时而恨声不断，一口一个"皇帝杀了吾儿""皇帝杀了吾儿"地叫着，状貌十分可怕。由于是请安的日子，王娡、刘彻、王长君等均在长乐宫伺候，见到太后这个样子，众人伏了一地，面面相觑，可谁也不敢劝谏。

"太……太后息怒，莫急……急坏了身子。梁王只是不见了，未必不是在路上。皇……皇上孝友，断不会做出那样绝……绝情的事儿。太后急……急坏了身子，皇上、梁王和奴才们可都要伤心死了。"最后，还是王长君开了口。刘启闻讯赶来时，正听到他期期艾艾的话语。

本来，田叔、吕季主奏告说皇帝已应允不再追究梁王，就此结案，压在窦太后心上数月的这块重石才落了地。不想今日一早，就听说皇帝召集三公九卿会议处置梁王的办法，而后阿武失踪的消息，使她怀疑皇帝已派人将阿武秘密下入了诏狱。一入诏狱，落入宁成那样的恶吏手中，会怎么样？她不敢想，临江王是个现成的例子。看到王信那觳觫不安的神情，窦太后的心情稍稍平复了下来，可一眼看到刘启进来，一股心火又冒了上来。于是视如不见地冷笑道："难为你还为皇帝开脱！孝友？孝友在哪里！我还没有死，他就欲作这种手足相残的事情，杀吾儿就等于是杀我，杀干净了，他就痛快了！"

"母后息怒，儿臣绝不敢存这样大逆不道的心思，也绝没有不利于阿武的想法。"刘启从未见到母亲动这么大的怒，刘武又下落不明，若是真出了事，自己会是百口莫辩。心里一急，额头上竟冒了汗。

"你还敢强辩！你叫田叔他们告诉我，阿武不涉案，案子结了。可三公九卿会议，会议个甚？阿武的下属犯下了大案，他一个做主子的，心里能不害怕？想来当面解释误会，迫不及待，犯了规制，你却小题大做，还三公九卿地会议，会议甚？还不是怎么给你兄弟定罪！你敢说不是这样吗？"

刘启忧恐之下，颤颤难言。刘嫖匆匆赶到，见状刚要开口，却被窦太后厉声喝止，"你给我住嘴！我在教训你弟弟，没有你插嘴的份！"此时的太后，已全然为情绪所控制，面色涨红，额头青筋暴起，她站起身，指着伏身于席上的刘启道："你养的那么些杀千刀的恶狗，平日里专挑皇亲贵戚的毛病。阿荣是你的亲儿，让那个郅都给逼死了。逼死儿子还不算完，如今又想逼死自己的亲兄弟吗？！"

"儿臣不敢。"

"你敢顶嘴？阿荣死了，你不叫郅都以命抵命，反而将他派出去做两千石的边郡太守，这种亲者痛仇者快的事情你也做得出！我前世做下了甚孽，老天要我活着看自己的儿杀自己的儿，我怎不早些死了啊！"说罢，太后呼天抢地，涕泪交流。

"娘，一切都是儿臣的不是，请母后息怒，莫气坏了身子。"刘启连连顿首，泣下如雨。

"请太后息怒。"其余的人皆长揖顿首，应声附和，长信殿中响起一片唏嘘之声。但各人的观感，大不相同。眼前的这一幕，王娡入宫近二十年，还是初次见到。平日里敬畏如神般的皇帝，此刻竟俯首帖耳地聆训不迭，皇太后的威势竟可以如此之大么！自己多年在宫中千般的委曲，似乎随着太后一声声的呵斥，宣泄而出，一种莫名的快意油然而生。她悄悄瞥了一眼跪在身旁的太子刘彻，这种威势不知何日才能轮到自己？她有些神思恍惚，似乎在那里发威的是自己，可马上警惕自己不可忘形。于是拉回思绪，眼观鼻，鼻观心，俯首屏息，静待事态的收场。

刘彻虽也为太后的盛怒所慑服，可暗暗为父皇不平。明明是二叔刺杀朝廷大臣在先，按汉法是谋逆大罪，必死无疑。父皇不深究，已经是恩出格外。太后不辨是非，一味指责父皇，绝对是偏心二叔。看来女人全凭个人之喜怒好恶行事，难于理喻，他偷眼看着刘启，父皇泣下，他也是初次看到，心里既同情，又不平，几次想要开口，都被身旁的王娡以眼色制止住了。

刘嫖终于忍不住了，大声说道："娘、陛下，你们这是怎的了？阿武好好的，没有死！刻下就在未央宫东阙等候陛下召见呢。"

这个消息，大出众人的意外，太后挥涕而喜，刘启如释重负，一叠声地吩咐备辇，一行人急匆匆直奔未央宫而去。原来，听到皇帝宣召三公九卿会议的消息，刘武再也坐不住了，一面要长公主进宫通报消息，一面解衣负质，舆榇相随①，直至未央宫伏阙请罪。

见到跪在阙门前的儿子，太后早已是老泪纵横，叫了声"我的儿"，下辇急走几步，将刘武抱在怀中，大放悲声。

母后的到来，使刘武真正感到了安全，可看到跟在母后身后的皇帝，惶悚、羞愧、屈辱，种种感觉如同翻倒的五味瓶，奔泻而出。看着泣下如雨，连连叩首请罪的兄弟，刘启心中老大不忍，俯身向前，扶起梁王，也不禁落下了几滴眼泪。兄弟安然无恙，心里的一块石头落地；而面缚请罪，也消解了他心中的愤懑。阿武既知错，他当然会不为己甚，放过他，上以慰老母，下以全亲情。

方才剑拔弩张的气氛至此一扫而空，母子兄弟相拥而泣，原先的隔阂猜嫌，似就此消解。太后命刘武穿好衣服，随自己回长乐宫，并吩咐晚间在长信殿饮宴，为梁王压惊接风。

刘启自无异议，吩咐谒者速将等候在函谷关外的梁王仪仗侍从召入长安，传令中尉府释放茅兰，撤除包围梁王府的缇骑。望着远去的母后与兄弟，他既释然，可心头又有一种说不出的郁闷。

"父皇，皇祖母是不是偏心，向着二叔？"

刘启回过头，原来太子刘彻并未随大队回长乐宫，他站在那里，若有所思地看着远去的人群。

"朕得了皇位，阿武有母后的偏爱，鱼与熊掌不可兼得，怕就是造化弄人的道理吧。"刘启苦笑，解嘲似的说。

"父皇大，还是太后大？"刘彻仍旧执拗地问。

"你先告诉朕，母亲大，还是儿子大？"

---

① 解衣，即袒露上身；负质，即背负着象征诛杀刑具的斧钺；舆榇，舆，车子；榇，桐木制成的棺木。袒身背负斧钺，棺木相随，古时意为认罪服法。

"当然母亲大。"

"这就是了。朕贵为天子，可也还是父母生养。《诗三百》里那首《蓼莪》你念过了吧？"刘启拉起儿子的手，向候在一旁的辇车走去。

"前日才念过，王师傅说是感念父母恩德的歌诗。"

"那么能够诵读了吗？"

"当然能够。"

"后面那段'父兮生我，母兮鞠我'会背诵了吗？"

"当然。'拊我畜我，长我育我。顾我复我，出入腹我。欲报之德，昊天罔及！'"刘彻一口气背出了全段，语声虽不脱童稚，可抑扬顿挫，别有情致。

刘启连连颔首，露出了难得的笑容。"背诵得好！你能细细体会其中的意味，就可以明白朕何以将顺于太后了。"他心情好了起来，带着刘彻一同回到温室殿，遣开侍从，决定为儿子好好讲解一番"孝道"。

"你问皇帝与太后哪个大，从礼制上说，当然是皇帝大，所以才有'予一人''朕'这样的称号。可你皇祖母是朕的亲生母亲，没有你皇祖母的坚忍克制，就没有朕今日的地位，更轮不到你来做太子。太后是明事理的人，虽溺爱梁王，并未以私情乱政。皇祖母人老了，人老了更顾念亲情，顺着她，让她舒心顺气地颐养天年，是人子的本分，是孝道，也是大汉治国的根本。这个道理，你要牢记于心。"

刘彻顿首受教，可脸上还是不甚明白的神情。

"大汉以孝治天下，为何要以用孝道治国的道理，你可说得明白？"刘启问道。

刘彻摇摇头。

刘启取出一卷简牍，交到儿子手中，说道："这是《孝经》，拿去让师傅为你认真讲解。人为父母所生养，即如歌诗中所唱，'拊我畜我，长我育我'，做儿女者发乎自然，也会有反哺之情。所以孝道始于事亲，中于事君，终于立身。父慈子孝，兄友弟恭，才能长幼有序，一家如此，家家如此，进而扩充至全国，上下皆循孝道，天下方能有序，方能大治。本朝以孝治天下的道理就在这里。"

刘彻若有所悟道："王师傅讲《论语》时说过，齐景公问政于孔子，孔子回答说'君君臣臣父父子子'，讲的就是上下有序，各守本分的意思。"

这孩子不读死书，能够举一反三，确实大有长进。刘启满意地捋着须髯，问道："彻儿，你说的这个王师傅叫甚名字，他辅导有方，朕要奖励他。"

听到皇帝欲奖励师傅，刘彻欣喜不置。"王师傅叫王臧，还有个赵师傅叫赵绾，书都讲得好。"

这两个人刘启知道，都是鲁国大儒申公的高徒，在诗学和《论语》上造诣很高，是石渠阁的博士，兼做太子宫授课的师傅。自辕固生得罪太后被罢归，刘荣罢废后，太子太傅一直由卫绾兼任，刘启一直想为太子觅个专责学业的少辅，这个王臧看来是个合适的人选。

"好，传话给你师傅，让他们好好辅导功课，太子学业有成，他们自会简在帝心，早晚会有不次之擢用的。"

"是。"

刘启叫儿子坐到自己身边，打开《孝经》，指着其中数行，道："此篇名《广至德》，你听这几句：'教以孝，所以敬天下之为人父者也；教以悌，所以敬天下为人兄者也；教以臣，所以敬天下为人君者也。''君子之事亲孝，故忠可移于君；奉兄悌，故顺可移于长；居家理，故治可移于官。'这也就是孔子所言推己及人的意思，忠臣必出于孝子之门，在家事亲，出仕事君，叫作移孝作忠。为天子者，应作天下人的表率，所以朕宁可自己委屈，也不违拗你皇祖母的意愿。"

"可皇祖母所为有违汉家的法度，难道就枉法不成？"

"法也要顺乎人情事理。一家、一国乃至于天下，都得有个规矩管着，没有规矩，家不成家，国亦将不国。这个规矩是甚？就是朕讲的孝道，周公制礼作乐，为的也是贯彻这个孝道，所谓'君臣上下父子兄弟非礼不定'。冠、婚、丧、祭、乡饮等礼仪，国家的舆服典章制度，无不依人之贵贱、尊卑、长幼、亲疏等身份的不同，有着不同的礼数，自庶人以至于天子，都得遵从，否则就是僭越。你皇祖母在汉家为尊长，在朕为至亲，尊尊亲亲，是礼义的大要，谈不上枉法。况且你二叔面缚①请罪，也称得上洗心革面了，朕宽恕他，

_____

① 面缚，双手反绑着当面请罪。

上慰太后之心，下全兄弟之情，这种合乎礼义的做法，也算不得枉法。当然，你二叔若怙恶不悛，自弃于礼义，那就只有刑罚一途了。"

刘彻若有所悟道："父皇的意思，行法当先衡以礼义，合乎礼义者，按礼义办。出乎礼义，方可入于刑罚，是这样吗？"

"你肯用心就对了。汉家于王、霸之道杂用之，不可拘泥。总之，刚柔并举、宽猛相济是大要。如何运用，要视情势而定。"

父子俩又议论了一气，谒者禀报，太后请皇帝早些过去叙话。刘启带着刘彻走出前殿，远远地看见梁王刘武，正候在肩舆前。刘启走近时，他恭恭敬敬地长揖道："皇兄请，母后命儿臣迎陛下一程。"

刘启淡淡一笑，道："朕与彻儿同乘，你坐后面那乘吧。"

刘彻瞥了一眼爽然若失的梁王，悄声问道："父皇往常总与二叔同舆，这次不带他，二叔很难过呢。"

刘启冷笑道："他怀恨谁，就敢遣刺客杀了他们；与他同乘，朕还能放心嘛！"

肩舆走出去很远，刘彻回过头，刘武还是呆呆地站在原地，一副失魂落魄的样子。

五十六

中元三年夏四月，刘启册封四名少子为王：刘越为广川王，刘寄为胶东王，刘乘为清河王，刘舜为常山王。一日，刘启前往太后处请安，说起此事。太后心情不错，颔首道："多亏了皇后，这几个孩子总算都长成了，往后该为他们每人配个好师傅，小树若不勤加修理，长成也是歪歪巴巴成不得材料。"

"母后教诲得是。儿臣想先要他们在太子宫随彻儿就学，那里几位师傅的学问很好，阿彻的学业最近大有进境。"

太后漫应了一声，神情上却是不以为然的样子。"阿彻那孩子是聪明，就是心太大。儒学强调事功，铺张扬厉，净是些华而不实的东西。祖宗靠的是黄老学，清静无为，与民休息，才有了今日的局面。这些事情你要常对他讲讲，太子宫的师傅要偏重用那些懂得黄老的学者，小心别让太子走偏了道。汲师傅还在吗？这个人还是正道。"

"还在。"汲师傅即汲黯，丁忧守制期满，才回到太子宫。太后话里有话，似乎是对自己任用王臧为太子少傅不甚满意。刘启赔着小心，不再多说一句。

陪在太后身边的王娡，却也借着这个话头，诉起苦来。"彻儿最近的心思全都放到了习武上面。整日里拉着个韩嫣舞刀弄剑，校练骑射。臣妾说了几次，全被他当作了耳旁风。陛下得管他一管了。"

"儿大不由娘，哪个不是这样？翅膀硬了，还能听进为娘的话！"太后的话皮里阳秋，分明指的是自己。刘启瞪了王娡一眼，淡淡地说道："为天子者，文武之道不可偏废。况且还有匈奴这个边患，彻儿习武没有甚不好，是朕允准了的。"

见皇帝不快，王娡敛容称是。殿上气氛尴尬，好一会儿太后才开口道："好了，别把心思全用在你儿子身上了。我说的那件事，这么些日子了，如何办，皇帝斟酌出个法子了吗？"

窦太后问到的这件事情，发生在梁王面缚请罪后的那次家宴上。几巡酒过后，太后兴致极高，大大夸奖了田叔、吕季主，说他们办案识大体，之后又盛赞王信居心仁厚，为排解皇帝与梁王间的误会出力不少。随后话锋一转，说王信既是皇后的兄长，于理应该封侯，要刘启斟酌。汉兴以来，尤重孝道，出于"亲亲"之意，皇帝之母舅，例应封侯。如薄太后之兄薄昭，窦太后之弟窦广国等。可是并无封妻舅为侯者。刘启以是婉拒说，先帝时南皮与章武①均未封侯，而是儿臣即位后才封的侯。由祖制上说，王信要等到彻儿即位后方能封侯。

不想太后大不以为然："祖制、祖制，哪里来得那么些讲究！规矩都是人定的，先帝是先帝，你是你，规矩也该因人而异。既然总要封侯，早封与晚封有甚区别？长君是你大舅，在世时不封侯，该得的皇家恩泽得不上，心里能不憋屈！想起这件事，我心里就恨。王信年岁也不小了，难道也像长君一样，到死也等不到个封爵吗？皇帝快些封个侯给他，人情事理上说得通。"

刘启颇为难。若封王，是刘氏宗亲内的事，他可以做主；可封侯，涉及的是臣属，按常规应议及三公，而丞相周亚夫是个认死理的人，他这一关就难于通过。果然，这个封王信为侯的提议，被周亚夫正色拒绝了。

"这件事，儿臣与丞相等议过了。大臣们以为不可行。"刘启本不想更改祖制，周亚夫的话正可用来塞太后之口。

"你是说周亚夫？他怎么说？"太后满脸不快，目光灼灼地盯着刘启。

"周丞相说，高皇帝当年与众臣立过誓约：'非刘氏不得封王，非有功不得封侯。不如约，天下共击之。'如今王信虽为皇后之兄长，可无寸功可得封赏，封侯，是违背高祖之约。"

---

① 南皮，即南皮侯，为窦太后兄窦长君之子窦彭祖；章武，即章武侯，为窦太后少弟窦广国。

"听听，你们都听听，真不知道这汉家的天下，是我儿子坐着呢，还是这些个大臣坐着呢！皇亲国戚，以恩泽封侯，要甚功劳？七国之乱也不是他周亚夫一个人平的，竟然居功自傲到了这个地步！难怪阿武总说他跋扈，全不把朝廷放在眼里。皇帝，你要当心了呢。"

刘启唯唯。王信封侯之事不了了之。可太后的话也提醒了刘启，周亚夫居功自傲，虽还称不上跋扈难制，可近一二年来，在一系列朝政大事上，总不乏违拗自己意志的事。如太子的废立、谋刺大臣案件的查办等，尤其是后一件事，他可以清楚地感觉到周亚夫目光中的怨怼不平之色。一年后发生的另一件事情，使刘启开始认真考虑如何处置周亚夫了。

太仆刘舍联络策反匈奴贰臣的事情进行了一年多，颇著成效。单于与左右贤王之下的名王八人，决心降汉。刘启得知后十分高兴，将刘舍擢任为御史大夫，接替被谋刺了的陈介。中元四年十月，这起集体叛降进入实施阶段。八部匈奴，陆续进入北方边郡安置，总计达一万落以上。十二月，刘启召集三公九卿会议，打算封赏各部归降的匈奴王为侯，又是周亚夫出头反对。

"臣以为不可。这些人背主而降陛下，本身就是不忠不义之举。陛下封他们为侯，今后又如何责人臣以守节呢？背乎大义之事，断不可行。"

"封匈奴降者为侯，非朕首倡，有故事可循。韩颓当、韩婴之属，先帝时就封了侯，如何又成了断不可行之事呢？"刘启心中大为不快，可神色如常。

"韩颓当、韩婴原本就是大汉功臣之后，弃暗投明，本该奖励，况且韩颓当平息七国之乱立有大功，自当封侯。"

刘舍道："丞相此言差矣。封侯乃劝善之举，大汉厚待降虏，会招致更多的匈奴归降。而且这八人之中，卢巳之也是燕王卢绾之子，也是功臣之后，弃暗投明的呢。"

"丞相之议不可行。"刘启大声说道，"朕意已决，来降的八人一体封侯。"

周亚夫还想再说些什么，刘启已拂袖而去。众臣侧目而视，窃窃私语着散去。不久，大殿中便空无一人，窦婴走到还在发怔的周亚夫身边，拍拍他的肩膀，道："上意既定，君侯毋再固执了。又不是甚大事，为这事得罪皇帝，不值得的。"

周亚夫冷笑道："王孙知道权变，我却行不得乡愿。君臣之道，合则留，不合则去。最多是不做这个丞相罢了。"说罢，也径自拂袖而去。窦婴目送着他的身影，无可奈何地摇头叹息道："这个犟脾气！不可理喻，不可理喻！"

果然，次日周亚夫便上表称病。刘启也不客气，即日免去周亚夫的丞相，任命刘舍接任丞相，卫绾接任御史大夫之职。

转眼又是正月，按例百官朝会，共贺新春。周亚夫罢职以来，这是首次上朝。由于是做过三公高位的元老，与现任的三公九卿一起，被安排在未央宫前殿，与皇帝一同飨宴。新春飨宴，照例要赐肉。上林苑早已预备下了十数头野猪，头一日便屠割涮洗，加入香料，连夜烹煮，至天明时肉已熟透，改刀成块，分赐群臣，以示皇家与臣子同贺之意。

百官就位后，皇帝携太子驾临。在谒者大声宣导下，众臣按朝仪依次行礼上寿。轮到周亚夫时，刘启问道："条侯有恙，可安好了吗？"

"老臣卸职家居，一身轻松，大安好。"周亚夫再拜顿首，可话语中明显有负气的意味。刘启虽不快，只是摇了摇头。

随后，侍者将赐肉分送群臣。送到周亚夫案上的肉块分外巨大，足有二三斤重。周亚夫呆呆地看着香气扑鼻的卤肉，面孔渐渐涨红。食盘中既无切肉之刀，又无夹肉之箸，面对着美食，他竟无从下手。

原来，这竟是刘彻搞的恶作剧。他见到周亚夫负气的样子，十分好笑，遂悄悄吩咐尚食撤去刀箸，将大块卤肉送与周亚夫，成心看他的笑话。

看着四下默默取食的大臣们，周亚夫终于忍无可忍。士可杀，不可辱，他也不再顾及皇家的礼仪，大声招呼道："尚食，无刀箸如何取食？取箸来！"

这一声四座皆惊，大殿中鸦雀无声，众臣屏息敛容，不知皇帝会怎样处置这个局面。尚食悄没声地趋近刘启身旁，附耳说了些什么，刘启看着周亚夫，不以为然地笑道："赐君大肉，君倒不满了吗？侍者偶失刀箸，怕也不值得你如此意气用事吧！"

周亚夫满面通红，免冠顿首谢罪。刘启要他起身后，周亚夫一言不发，疾步躬身退出了大殿。刘启面色阴冷，目送着他出殿，自言自语道："看他这副快快不乐的样子，不像是能够臣服少主的人呢。"在座的大臣们俯首屏息，都为周亚夫捏着一把汗，只有一人不时偷觑着皇帝的脸色，听到皇帝这番话，他似有所悟，阴冷的眸子也死死盯住了周亚夫的背影。

一场缿宴，不欢而散。回到暖阁后，刘彻谢罪，刘启倒也没有深责他的意思，语气平淡地嘱咐他，朝廷大臣的身份尊贵，不可滥开玩笑。

"至于周亚夫，倒是个现成的例子，看到他的所为，你便可以知道'使功不如使过'的道理了。"刘启将着胡须，若有所思地说。

"父皇，何谓'使功不如使过'？"

"'功'，指有功之臣，像周亚夫这样的，立过大功，又是开国功臣的后人，行事居功自傲，不好驾驭呢。必要时得给他些颜色看，让他知道利害。为政不可姑息，姑息足以养奸，这一条你要记住了。"

"是。'过'是指那些犯有过错之人吗？"

刘启笑笑，"正是。有罪之人、归降之人，往往心存戒惧，更为卖力从事，人主不用扬鞭，他们也自会奋蹄向前，驾驭起来要比功臣省不少力。周亚夫这样的人，谏议不被采纳，就托病不朝，迹同要挟，再姑息下去，或真如你皇祖母所言，会跋扈难制了。"

"父皇打算拿周亚夫怎么办？"

"他已无权位，以列侯身份坐食俸禄而已。但愿他能知道戒慎，好自为之吧。朕若非念他有大功，定从严治罪。《周礼》，你读到了吗？"

"师傅近日所授是《诗》与《论语》，还没有讲到《周礼》。"

"那朕预先提示你，以后读到时再留心体会。《周礼》中讲到驾驭群臣的'八柄'，也就是'爵禄废置，生杀予夺'八个字，归结起来就是赏罚二道，赏所以劝善，罚所以惩恶。赏罚之权，是人君手中的利器，须臾不可以放松。这你也要记住了。"

刘彻唯唯受教。本以为这场风波就此平息，不想没过多久，另一桩事情却将周亚夫送上了死路。

汉代供奉皇室的衙门——少府，为九卿官署之一，位于未央宫内西北。出北阙沿华阳街北行，可直通西市。西市名为"市"，其实是皇家工官作坊。少府在其中设有制作明器的专门作坊，一应出殡殉葬的器物，均由此制造，如皇族下葬时服用的玉柙（即金缕玉衣、银缕玉衣）、棺木，殉葬所用的兵马俑、兵器等，被统称为东园秘器。按规矩，东园秘器只有皇室与诸侯王可以使用，其他人等购用，要奏请皇帝特许，否则为违制。由于制作精良，不少达官贵人私下购买家用，东园和少府的官员，也乐得由此多得些收入。久而久之，这已是公开的秘密，民不举，官不究，没有人把这看作什么严重的大事。可恰恰是在此事上面，周亚夫受了牵累。

周亚夫有子周彗，得知东园工官为阳陵制作了一批兵俑穿戴的甲盾，做工精良，有剩余五百余披。周彗全数购入，说好一月之内给付价款。不想钱不凑手，又不愿老父垫付，于是迟迟不能结账。索钱的庸役几次上门，要不到钱，后来干脆吃了闭门羹。庸役知道回去免不了上司的责骂，忍不住在门外大呼小叫起来。这事，被中尉府的一个眼线看到，将他拉过一边，问明缘由，径直将庸役领到中尉府上变。

宁成传讯过庸役，眉头一转，下令书役以购置甲盾，图谋不轨上报。他故意不提这些甲盾乃人俑服用，由庸役画押后，竟上报到皇帝那里。刘启阅后，心里根本不信，可又觉着正可以此事杀杀周亚夫的傲气。于是下诏中尉府传讯簿责。

不想周亚夫竟是宁折不弯的性子，无论狱吏如何开导案问，竟无一言答对。此事报到刘启那里，刘启觉得这是在藐视自己，不由得无名火起，大骂道："也好，他不供，朕还不用他供了呢！"吩咐削去封爵，下入诏狱，按寻常案犯般鞫讯。

几日后的一个晚上，季心携带酒菜，进诏狱看望周亚夫。下狱不过数日，周亚夫须发皆白，皮肉松弛，人已经脱了形。季心吩咐去掉刑具，握着周亚夫的双手道："君侯就向皇帝认个错，何苦如此啊！"言罢心酸泪下。

"莫再称甚君侯了，我已是一介庶人，所欠一死而已。"周亚夫神色疲惫，声音却依然铿锵有力。他斟满两杯酒，招呼道："季将军，来，我们满饮一杯，权作诀别，日后怕再无对饮的机会了。"

两人对饮后，默默无言，相对而坐。季心盘算了一会儿，还是想要说服周亚夫向皇帝服软。

"君侯，还记得家君下狱那件事吗？"

"当然记得。我当时在河内任职，听说家君出事，心急如焚。事后问到家君，他却只说是个误会。个中的缘由，怎么也不肯告诉我们。"

季心当时已在中尉府任职，熟知此事的经过。后受周勃之托，没有对任何人讲过。如今为了救亚夫一命，可也顾不得那么多了。

　　"家君大人之事，我所熟知，君侯可愿一听？"

　　"明日廷讯，生死难测，长夜漫漫，与故人作竟夜之谈，又有酒菜，老夫何乐而不为！将军但讲不妨。"周亚夫呷了口酒，兴致不错地注视着他。

　　周勃与陈平等设谋，诛杀诸吕，扶立代王刘恒为帝，是为文帝。文帝初立，以周勃为右丞相，赐五千金，食邑万户。不过月余，经人讽谏，周勃自请归还相印，一年之后，陈平去世，文帝再用周为相。可不过十个月，文帝忽然要他率先就国，周勃不得已回到河东郡绛县的封邑。过起乡居的日子来。说到这里，季心问道："君侯可知，孝文皇帝何以忽然变计，对家君大人有了猜防之心？"

　　周亚夫摇摇头道："不详细，传言好像与子丝有关。"

　　"正是。家君大人质朴，无城府，居功意甚自得。孝文皇帝礼敬甚恭，散朝时，常亲自起立相送。子丝觉得如此下去，家君大人早晚会落下跋扈的罪名。于是乘间进言，说：'陛下以为丞相何等样人？'文帝答言：'社稷之臣。'子丝摇头说：'绛侯是所谓功臣，而非社稷之臣。社稷臣主在臣在，主亡臣亡。吕太后时，诸吕用事，丞相王侯全由吕氏包办，刘氏之危亡系于一线。那时候绛侯身为太尉，握有兵权，却不能匡正。吕太后死，大臣们相谋共叛诸吕。太尉主兵权，适逢其会，侥幸成功。所以丞相只能说是功臣，而非社稷之臣。如今臣骄主谦，是主次颠倒，违背礼制，臣私心为陛下担忧。'孝文皇帝由此严君臣之分，而先朝的功臣也收敛了不少，不再敢居功自傲了。"

　　周亚夫叹息道："好个子丝，老夫为他被刺，皇帝放过梁王，还日日为他不平，却不料他当年也谗毁过家君呢。人，真是看不透呢！"

　　季心示意他继续往下听。周勃就国后，心怀戒惧，每逢郡守都尉巡行到绛县拜望他时，都披甲陈兵相见。久之，便有传言，说他欲图谋反，更有人上书，事情闹到朝廷，下诏廷尉查办，竟拘押至长安案问。

　　周亚夫苦笑道："不想今日吾亦罹此祸，家君大人地下有知，不知作何感想！"说话间，眉头颇有愤懑不平之色。

　　"家君大人从未经历过这种场面，面对簿责，竟颚颚难言。狱吏如狼似虎，呵斥骂詈，根本不拿家君当人看。我看事急，传话给家君家里，送致千金，狱吏们才客气起来。案问时在案牍的背面书写提示，要家君大人以公主为人证，为的是牵连皇室，以求解脱。"

"我记得此事，胜之夫妇为此担惊受怕了多日。"

"子丝虽对家君大人居功自傲不满，但到了这种关节眼上却当仁不让。他得知家君曾将益封之地尽数让给了薄昭，就连夜赶去游说，请他代为缓颊。薄昭倒也仗义，将此事向薄太后剖白。太后在先帝请安时，问起此事，说：'绛侯当年绾皇帝玉玺，提兵于北军，他那时候不反，今日居一小县时，倒要造反了吗？！'孝文皇帝闻言语塞，才马上派使持节开释家君大人，复其爵邑。"

周亚夫举杯，一饮而尽，叹道："难得太后如此见识！痛快，痛快！"

"我送家君大人出狱，走出狱门时，家君的一番感叹，我至今记忆犹新。你知道他怎么说？"

"怎么说？"

"他说，'吾曾经统帅过百万大军，却不知道一个狱吏比我尊贵得多呢！'这是老人家蒙羞后的伤心之语，嘱咐我不要对任何人讲。可事到如今，我却不能不讲了。"

再看周亚夫，已是双泪长流，哽咽着说："将军莫以此劝我。这是冤案，我宁死不能委曲求全。"

季心也潸然泪下，良久方开口道："这当然是冤案。可你也要给皇帝一个台阶下。你不答言，皇帝会以为你心存藐视，把你交给宁成这类酷吏，为此受辱而死，不值得。"

"'死生有命，富贵在天'，孔子之言，我少时不信，事到临头，方知不谬。我认命了！"

"此话怎讲？"

"我在河内任太守时，轵县有个出名的相士，想来你一定晓得，叫许负，是郭翁伯的外婆。"

"当然。翁伯我不久前还见过，许负似已作古了。"

"这个许负，当时我还真是看轻了她。我自幼不信占卜，属下怂恿，全当游戏。你猜这老妪怎么说？"

"怎么说？"

"她说我三岁之后当封侯；封侯八岁之后出将入相，持国柄，贵重乃极，人臣无二；此后再过九年，我会饿死！"

"她算得准吗？"

"我当时大笑不止，告诉她，长兄已承袭家父的封爵，如有不测，也当由家兄之子承继，轮不到我了！且既然如你所言，我富贵已极，又怎么会饿死呢？请指示缘由。她却极为自信地说，你两颊有纵向的纹理伸向口内，从相法上看，这是饿死的征兆。"

两人相与抚掌大笑，引得狱卒们走近观看。季心斥走众人后，两人干了一杯。周亚夫放下酒杯，直视季心，脸上是豁然开朗的神情。

"现今回想起来，许负所算，除了这最后一件，竟是无一不准，事事应验，如今我算是信服了她。天命若此，与其效家君受辱蒙羞，终不免于一死，莫不如做个大丈夫，堂堂正正地自应天命。如此，可无愧于先人，余于愿足矣。"

季心还欲再劝，但周亚夫绝口不肯再谈案子，只是一味劝酒，饮至夜半，季心无奈，只得告辞出来，知道周亚夫已存必死之志，再劝无益了。

果然，次日鞫讯者改换了中尉宁成与廷尉邹福。面对不久前还是势尊权重的周亚夫，邹福还略显拘谨，很客气地问候了几句。宁成冷着脸道："邹大人，你面前的这个人现今既非丞相，也不再是甚侯了！皇上交代下来的诏命是查明案由，案子涉嫌谋反，怕不该这样客气吧？"

邹福唯唯称是。宁成狞笑道："周亚夫，看在过去同朝为臣的份上，下官还尊称你为'君侯'，你识相些，吾等君命在身，顾不得得罪大人了。"

周亚夫闭目凝神，充耳不闻。宁成示意邹福发问。

"君侯想要造反吗？"

周亚夫并不作答，只是摇了摇头。

邹福责问道："君侯若非要造反，买那么些甲盾作甚？"

周亚夫忽然睁开双眼，目光灼灼地盯着邹福，冷笑道："臣所买乃葬俑服用的明器，尺寸赶不上实物的一半。殉葬用的器物，也可用来造反吗？"

邹福语塞，一时竟无话可说。

"君侯纵然阳间不反，必是想在阴间造反了。"宁成语声不高，可含着种阴冷，给人的感觉好似用刀刃在你的肌肤上擦拭。

"欲加之罪，何患无辞，随二位说去吧！"周亚夫闭上眼睛，一脸不屑的神色。

"君侯可真清白！盗买皇家御用之物，其罪一；不付价款，其罪二；纵子为非，其罪三；抗拒诏命，不服案问，其罪四；居功不逊，骄蹇不臣，其罪五。你还敢称自己无罪，笑话！你老实招供，不然死罪难逃，活罪也够你受的。还要累及家人、亲族，你仔细思量，好自为之吧。"

其后，无论宁成等如何呵斥骂詈，周亚夫竟如目盲耳聋一般，绝不作半点儿反应。没有皇帝的允准，宁成等也不敢擅自用刑，只是调集来一批恶吏，轮番鞠讯羞辱。周亚夫则闭目端坐，不发一言，而且拒绝饮食。五日之后，狱吏们再行鞠讯之际，周亚夫忽然双眼圆睁，大口呕血，不过半刻工夫，就气绝身亡了。

消息报到宫中，刘启大感意外，既丧气，又感伤，原想打掉周亚夫的傲气，不想却成这般结局。在这场意志的较量中，自己竟是输家。

五十七

中元五年，似乎注定是个多事之年。周亚夫绝食死后不久，六月，又传来梁王刘武患病身亡的死讯，瞬时间震动了整个朝廷。

去年腊月，梁王再度入朝。刺杀大臣的事件过后，刘启下令宗正府，梁王留住京师的日期，今后按诸侯王规制一体从严掌握。因而二十日后，宗正府催促其归国。梁王上疏，以陪伴母后为名，欲多留数月，刘启不许。刘武意颇怏怏，不得已而归国。窦太后虽不悦，亦不便多说什么。不料仅过半载，梁王竟患热病不治而亡。听到梁王的死讯，太后连声长呼："皇帝果然杀了我儿！"随即昏死过去，经御医救醒后，连日哀哭，饮食不进，双眼视物昏花，竟辨不清近处的人物了。

见到母亲悲伤成这个样子，刘启悔之无及，绕室彷徨，不知所为。刘彻每日赴未央宫请安，见到父皇哀惧的样子，建议道："父皇何不与大姑母商议，总能想出办法，开解皇祖母的悲情。"

刘启已经乱了方寸，摇首道："你姑母日日守候在长乐宫，她的话管用，太后也不至于如此了。"

刘彻忽然想起了什么，问道："二叔子女多少，父皇晓得吗？"

"五子五女。怎么？"

"儿臣想到一个法子，或可开解皇祖母的心情。"

"当真？讲来！"

"父皇曾要儿臣熟读贾谊的《治安策》，贾大夫献议的那个'众建诸侯而少其力'的法子，正可用于此时，一举两得，既可慰皇祖母之情，又可削梁国尾大不掉之势。"

刘启双眼一亮，"你是说，把你二叔五个儿子统统封王，梁国一裂为五？"

"是。不仅二叔的儿子各个封王，女儿也都赐予封君之号，皆食以汤沐邑。人死不能复生，可子女不分嫡庶长幼，人人受封，这是汉家从未有过的恩典，如此，足以报梁王于地下，皇祖母心疼二叔，知此应可释怀。"

刘启抚掌道："彻儿不负朕望，学而能用，是成大器的材料。"

父皇如此称赞自己，这还是第一次，刘彻喜动颜色，揖手道："不过，皇祖母现今不惬于父皇，这个法子还要由姑母献议为好，父皇届时允准便可。"

于是，刘启带儿子起驾出宫，亲赴戚里的堂邑侯府，与大长公主刘嫖计议妥当后，一起赴长乐宫参拜太后。

太后数日不食，形容支离，人已有些脱相。刘启等人进去时，太后裹着头巾，仰面抬头，正由御医点眼药。听到声音，怔怔地望着前面，一时竟没有认出是谁。

刘启跪在母亲面前请安，一阵辛酸，不觉泣下。

太后听出了他的声音，面如严霜，冷冷地说道："不敢当。杀了阿武，不亲眼看我这老妪入土，你不甘心不成？你好狠，就这么一个亲兄弟，也不肯放过，我真是看错了你！"

刘嫖忍不住插言道："娘说皇上杀了阿武，怎么可能？梁国派了专使报信，娘也不听听，无凭无据地乱讲，也不怕大臣们笑话。"

窦太后冷笑道："是阿嫖？你少来凑这个热闹。你那脑袋瓜里的心思，瞒得住别人，瞒不住娘！怕阿武夺了你女婿的皇位，你也盼着他死不是？你们全是一丘之貉，我没能早看出你们的嘴脸，老天才要我瞎眼！"

太后双手捶胸，愤愤地说道："我已风烛残年，还能有几年的活头？见一次少一次，阿武是孝子，想多陪陪我，你就是不准。阿武心里难过，又不敢说，就是这么憋出的病！什么热病？根本就是由情志上得的病！杀人无须动刀子，伤人的心便是。你对阿武，就是如此。你……你安的是甚心哪！"或许是身体太虚，又太动感情，说话用力太猛，太后猛烈地咳嗽起来。几个侍女赶过来为她捶背，好一会儿才喘过气来。刘启顿首泣下，不断谢罪道："一切都是儿臣的过错，请母后息怒。"殿内的人跪倒了一片，齐声吁请太后息怒。

窦太后又饿又乏，满脸疲惫，已没有气力再发泄。良久，刘嫖凑到太后近前道："娘，人死不能复生，还是安排好阿武的后事，让他安心升天要紧，对不？"

见太后侧耳静听，没有反感的表示，刘嫖继续说道："娘可要皇兄赐给阿武一个好谥号，朝廷为阿武办个盛大的葬礼。阿武不在了，可娘的那些孙儿孙女们还在，朝廷应该打破常规，将阿武的五个儿子都册封为王，五个女儿都赐食汤沐邑，儿女们安置好了，阿武泉下有知，也会安心的。"

太后冷笑了一声。"你想得倒美，你那做皇帝的哥哥，可能允准？！"

刘启赶紧陈奏道："儿臣当然允准。在阿武的后事上，一切如母后所愿。儿臣只求母后早进饮食，保重身子。"

"好，皇帝答应我三件事，答应了，我自会重进饮食。"

"是。哪三件事，请母后吩咐。"

"第一件，如阿嫖所言，阿武的儿子全数封王；女儿全数封君，赐汤沐邑。"

"是。"

"次一件，阿武是最孝顺娘的孩子，他的谥号，要用'孝'字，就谥为梁孝王。"

知道太后是在揶揄自己，刘启脸色发红，可还是毫不犹豫地答应了下来。

"这最后一件……"太后取出一卷简牍，道："那个杀千刀的郅都，在雁门做太守，交结匈奴，图谋不轨，应该逮回京师。连同从前逼死临江王的案子一并问罪。"

刘启心里一沉，他知道这件事。郅都被派到雁门出任边郡太守后，其清廉和酷烈，竟使他的威名远著于漠北。在雁门一带边塞活动的匈奴骑兵，一改往昔侵扰不断的做法，迁移到几十里外的地方驻牧。他们仿照郅都的模样，用泥土烧制成偶人像，作为校射的标靶。骑兵环偶人驰射，竟难得有中靶者。对郅都的忌惮和畏惧，可见一斑。匈奴为患最烈的雁门一线，近几年没有发生过大的边衅，功在郅都。刘启对此十分满意，只是碍着太后，没有公然嘉奖而已。

太后手中的这卷文牍，是郅都属下呈递上来的密报。密报说是胡虏中传言，郅都巡边时，曾与边外胡虏骑兵相遇，接受过匈奴首领的宴请，怀疑他有与匈奴勾结的情事。刘启根本不信，以为那是匈奴的反间之计，即便真有其事，郅都为维护边塞上的平静，与胡虏有所酬酢，也算不得过失。因此，他根本未曾放在心上，阅过后就将事情丢到脑后去了。太后则时常调阅奏章，抓到了郅都的毛病，当然不会轻易放过。刘启心里暗暗叫苦，说道："郅都在边郡这些年，很做了些事。北边各郡，属雁门安定，匈奴畏其如神。交结匈奴的说法，母后决不可听信。"

太后满脸怒气，高声道："噢，倒是我这个老妪轻信啰？他被贬到边郡，你如何知道他没有心怀怨望。大汉立国以来，派到边郡上的功臣，卢绾、韩信、臧荼，勾结匈奴作乱的人还少么？非要等到造反成了真，你才认账吗！"

"儿臣不敢。可儿臣深知郅都的为人，他是忠臣……"

不等说完，太后便厉声打断了刘启："临江王反倒不是忠臣了吗！"

刘启还欲张口，跪在身旁的刘彻，使劲拽了拽父亲的袖子，摇头示意不可再争。刘启沉默了一会儿，道："一切全凭母后处置。"

"好。即便他没有勾结匈奴，逼死阿荣也还是罪在不赦！你传诏给刘舍他们，要朝廷派专使持节赴雁门，就地诛杀，传首京师。"

"是。"

"还有，阿武的丧事不用梁国的钱，赙仪加倍，由朝廷来办。你若舍不得，就由长乐宫出。阿武的封谥和子女的册封要先办，也要派专使，专使要有三公的身份。出殡时有五个王与朝廷重臣相伴，阿武或可安心。我若不是这副样子，是一定要亲送阿武上路的……白发人送黑发人，我前世做了甚孽？要受这种罪呀！"说罢，太后又忍不住悲痛失声，引发大殿内一片唏嘘之声。

刘启顿首不迭，连声称是。随即吩咐跟随的谒者即刻传命丞相刘舍等人照办。等这一切安排妥帖后，太后方传令尚食开饭。刘启等喜动颜色，小心陪着太后用餐。刘彻则乘着乱哄哄的当口，悄悄溜回了太子宫，吩咐侍读韩嫣去梁王府，将来京报丧的梁国大夫司马相如请过来。

原来，刘彻这一向学诗，有着极为浓厚的兴致。早听说司马相如才情卓越，一直不得一见，得知他来长安公干，几日来就想寻个时机，与之一晤，求教诗赋的文理。这几日因梁王死讯和太后绝食，宫里乱成了一团，皇帝、皇后和整个皇宫的心思全都在长乐宫那里，没有人关注他，反倒有了闲暇。

王臧当值，本欲温习近几日的旧课，却被刘彻止住，告诉他说，过会儿要为他引见大名鼎鼎的司马相如，可以一起听听他论诗。王臧不以为然，说司马相如文名虽高，未必有实在的学问，否则，当年也不必入赀为郎了。

司马相如年逾而立，眉目疏朗，美须髯，一副恂恂儒雅的样子。见礼过后，刘彻先问起梁王起病身亡的过程，司马相如娓娓道来，言下十分伤感。原来，刘武正月归国后，心情一直不好，为了散心，北猎良山。属下有捕获野牛呈献者，此牛背上生有一足，显见是个怪胎。请卜者占卦，云牛为丑畜，足出背上，是背主干上之相，大不吉，冲在六月。梁王大恶之，意忽忽不乐。六月中果然发热病，针药罔效，六日后竟一病而亡。天命无常，众人咨嗟感叹了一番，谈话渐渐转向了文学。

"先生的大名，久慕于心。孤目下诵读《诗》，还望先生有以教我。"刘彻揖手道，言下极为恭敬。

司马相如也揖手还礼，笑笑，说道："承蒙殿下错爱，臣于大赋略有心得，于《诗》，枚叔在上，臣实在不敢班门弄斧。"

"枚叔，是枚乘吗？"

"正是。在睢阳宫里，他德齿俱韶，枚叔是大家对他的尊称。"

"枚叔的大名，孤也仰慕很久了，惜不得一见。枚叔可好么，有无新作？"

"梁王既薨，门下客卿风流云散。臣来长安报丧之前，枚叔即致仕返乡。在送别的酒席上，他当众赋诗告别，这首诗，堪称佳构。"

"哦，请长卿先生即席一诵，吾等洗耳恭听。"刘彻满面喜色，倾慕之意，情见乎辞。

司马相如凝思片刻，随即轻声吟诵起来。"行行重行行，与君生别离。相去万余里，各在天一涯。"

首句便连用四个叠字，果然脱俗。刘彻一振，眼前仿佛看得到渐行渐远的离人，四下亦似乎弥漫起淡淡的离愁。

"起首四句，朴实平淡，其中实蕴含有深挚的别情。关山阻隔，人海茫茫，枚叔年高白头，自觉再见无期，所以接下去吟出'道路阻且长，会面安可知'二句，悲郁之情，至此已极。可接下来的两句，以比、兴的笔法，一笔宕开：'胡马依北风，越鸟巢南枝'，正所谓同声相应，同气相求。故土之思，乃万物之物性，鸟兽如此，人亦复如此，所以接下去便有'相去日已远，衣带日已缓'两句。相去愈远，再见愈难，友朋间的故人之思愈重，悲慨愈深，故身形为之消瘦，衣带为之松缓。'浮云蔽白日，游子不顾反'二句，乃以逐臣自况，诉说自己难于反顾的情愫。"

"以逐臣自比，苦衷何在？"刘彻有些不解地问。

"梁王之薨，做臣子者均不能免于自责。王遇诸臣极厚，王死，诸臣无以报答。风流云散，天各一方，乃自我放逐以求心安之举。当然这只是臣之猜测，枚叔是否真作此想，只有他本人知道。"

刘彻边听边记，提笔问道："下面几句，还请先生接着吟咏。"

"收尾一落一起，跌宕起伏，于生离的悲戚中，鼓励友朋努力加餐，期于来日的重逢。'思君令人老，岁月忽已晚'，愁思损颜，岁月销蚀人生，这是落；而'弃捐勿复道，努力加餐饭'二句是起，犹如漫天阴霾中泻出一道霞光，意境、色彩到此判然如变。有此一念，不见如见，万水千山，情思悠悠。当时在座的诸人情不能已，皆一掬泪下。"

"枚叔的诗，朴实深厚，直白而又不失含蓄，百转柔肠，浑然天成，绝无雕凿，俱如神来之笔。殿下学诗，一定读过国风了。枚叔之诗，得风温柔敦厚之旨，是难得的好诗，千载之下，其光彩定然不灭。"

刘彻听得痴了，好一会儿才回过神来，连连叹息道："能作如此好诗的人，只可惜难得一见！"

见到刘彻神往不置的样子，司马相如道："其实枚叔的诗，多得益于民间的歌谣。民间的歌诗，多真情实感。枚叔平日，常去睢阳四郊踏青采风，回来后反复吟咏润色，故多佳构。"

"民间果真多好诗吗？"

"果真。古之诸侯均有乐工专司采风，所谓《国风》者，即采风所得的歌诗。"

刘彻不由心向往之。他知道父皇不好歌诗，大规模的采风，只有俟诸来日。他暗下决心，将来一定要办一个乐府，将天下的好诗尽收于宫中，编成一部诗歌总集，以弘扬大汉的声教。

"枚叔还有'青青河畔草'一首，孤极喜欢，不知由何感发而作，先生可能为孤譬解？"

　　看得出来，太子的兴致极高。于是，司马相如亦抖擞精神，侃侃而谈："那还是在数年前，枚叔与臣一同在睢阳城中买醉，席间一弹筝女伎极美。枚叔睹物思人，有感而发。诗成，不胫而走，当时就轰动了睢阳，街头巷尾，皆可闻歌咏之声。就是梁王殿下，亦不时在宫廷燕乐中点唱此曲呢。"

　　两人还想谈下去，可暮色已深，又快到宫门下钥之时了。看到坐在一旁的少傅王臧一脸的不耐，司马相如遂揖手道别。

　　"长卿先生今后作何打算，可愿到太子宫做师傅吗？"

　　"殿下的厚意，臣铭感五内，可自臣出仕，已多年不闻乡音，故想先回西蜀一游，拜望乡梓，祭扫先人。"说罢，长揖作别，飘然而去。

　　走出司马门，他回望着未央宫高大的城阙与宫墙，威严壮丽之中不知隐藏着多少骨肉相残的悲剧。皇帝刻薄寡恩，随时可能把臣子当作替罪羊。晁错、周亚夫、郅都……甚至至亲骨肉如临江王、梁王者，亦难幸免。出仕建功，非其时也。他叹了口气，慢慢走向等在门外的安车。在返回梁王府的路上。他决心已定，一俟梁王丧事完毕，就回蜀中老家，尽快离开这个险恶的是非之地。

五十八

七月热辣，炎夏当头。刘彻、韩嫣从北军校场中出来，都已是汗湿重衫。两人来到明渠，脱去袍服，跳入水中，尽兴洗沐了一回。岸边绿草如茵，凉风习习，刚才的燥热一扫而空，两人躺在树荫下，伴着蝉鸣，漫无目的地闲话起来。

"云谁之思，美孟庸矣。期我乎桑中，要我乎上宫，送我乎淇之上矣。"韩嫣长伸双臂，高声吟咏。比之六年前，他已长成为一英气勃发的青年，仪容秀美，眉目含情，一副玉树临风的佳公子模样。每逢进宫，身后总拖着宫人们热辣辣的目光。

"王孙近日在《诗》上用力，连师傅都刮目相看。吟咏《桑中》，莫不是有了相好的女子？"看到韩嫣怅思神往的模样，刘彻吐掉口中嚼着的一棵草茎，打趣他说。

韩嫣望着蓝天的深处，目光迷离，一副情不能已的模样。"魂牵梦绕，依稀在我梦中，望之神似，即之全无，搞得我神不守舍。相思的滋味，殿下目下还体会不到呢。"

刘彻也已是十三四岁的少年，在男女情事上，颇有一种朦朦胧胧的神秘感。闻言大感好奇，于是缠着韩嫣，非要他把心中的情人公开出来。

韩嫣面色微红，似有几分羞涩，刘彻觉得意外，看来他是动了真情。"其实，这个女子殿下也知道。几年前我们还为她打过一架，还记得与赵王和中山王的那场恶斗吗？"

"你是说蔓儿？"刘彻眼前马上现出了椒房殿母后身边的那个侍女。也是，如今的蔓儿，已是年届二十的成人，如花朵般正当盛开的时节，是皇后身边很抢眼的女侍之一。

　　韩嫣点了点头，双目怅怅，回味无穷的样子。

　　刘彻转身趴在韩嫣身边，以手托腮，好奇地问道："王孙与她真有桑中之约了吗？快，讲给我听听。"

　　"前些年彼此年少，略无猜嫌，如今年长，反而显得生分了。可眉目之间，还是感觉得出她的心思。前日，我下学出宫时，也是在明渠边上，遇到她一个人。我百般央求，她才肯坐下来同我说话。这女子的柔肠，全藏在心里，可红晕的面色，迷离的眼神，还是泄露了她心中的秘密。最终，还是让我得亲芳泽。可惜难得相聚，'云谁之思，美孟庸矣'。"

　　"要想见蔓儿还不容易，多去椒房殿跑跑不就成了？"韩嫣的感叹，刘彻颇为不解。

　　韩嫣的眉宇间掠过一丝忧色，他摇摇头，道："皇后殿下近来总是板着副脸，冷冰冰的，不知道怎么不如她的意了。我若多看哪个宫人一眼，皇后那眼光，就像要吃人一般，怕人得很，我都不大敢去了。"

　　"哈，怕是母后看出你是登徒子，忧心你拐带坏了后宫的宫人吧？"刘彻看到韩嫣的窘态，不由大笑起来。

　　"殿下取笑。我对蔓儿是真心。"

　　"那好办，将来我把她要来太子宫，你们就可每日相见了。不过，你得给我说说，你是如何得亲芳泽的。"

　　韩嫣连声称谢，绘声绘色地将两人缱绻的光景，细细讲了一遍，直听得刘彻面红耳热，心旌摇曳。

　　两人分手后，刘彻回到太子宫。今日原定习武，骑马校射，所以停课一日。师傅们都去了石渠阁校书。正午时分，宫人大都已回室歇息，太子宫内阒无人声。刘彻在路上捉了只甲虫，想要吓唬一下大萍，他蹑手蹑脚地走进寝殿，四顾无人，正打算将甲虫扔掉，忽听得东室方向有撩水的声音。他悄没声地走过去，轻轻撩起帐幔，却是大萍正在洗沐。

　　大萍披着黑瀑似的美发，光身坐在浴盆中，一点儿也没有发觉有人偷窥。

随着洗浴摩挲，那白净丰腴的身子，凹凸毕现。刘彻痴痴地看着，腹中猛地冒起了一团火，他口干舌燥，浑身燥热。韩嫣刚才讲述的种种，一下子浮满了脑海，他强抑住莫名的冲动，悄悄退回到西室自己的寝室，边在卧榻上翻覆，边竖耳静听东室的动静。《关雎》诗中所吟的"辗转反侧"的滋味，如今是真真切切地体味到了。

良久，似乎是大萍的脚步声，向刘彻的寝室走来。他赶忙侧身向内，做出睡着了的模样。见到太子睡在卧榻上，大萍有些吃惊，看见他面色潮红，用手摸了摸，额头很热，不觉有些着慌。她用手推了推刘彻，问他哪里不适，要不要请御医诊治。刘彻心慌得厉害，竟不敢正视大萍的眼睛，只推说是身子乏，可能是暑热的关系，歇息一阵就会好了。大萍端来碗绿豆羹汤，亲手喂他服下，又手执纨扇，坐在榻边为他扇凉。凉风送来了大萍衣衫上的薰衣草香，刘彻的心平静下来，渐渐进入梦乡。

刘彻绮梦不断，醒来时欣快异常，可随即觉得下身胯间有摊凉凉的、黏黏的东西。他又惊又怕，招呼大萍更衣。摸到那摊东西，大萍也吃了一惊。可作为成年女子，她多少知道些，于是飞红着脸为他更衣。

大萍自幼照顾刘彻，二人情同姊弟。刘彻被立为太子，王娡更是点名要大萍照料儿子的起居。通常，每晚服侍刘彻睡下后，大萍自己在寝室门外铺一领睡席，夜间有事可随时起来服侍。可今日晚餐后，刘彻大异寻常，说是害怕，非要大萍在寝室内陪伴，睡在自己的卧榻旁边。

夜半，全无睡意的刘彻还是按捺不住，从卧榻上悄悄下来，躺到了睡梦中的大萍身边。室中极静，可以感觉到大萍轻微的鼻息，他一动不动，好久，撞鹿般的心跳声才渐次弱下来。可一探究竟的欲望反而更为强烈，他轻轻撩开被角，将身子挨了进去。

大萍惊觉，紧抓住刘彻的双手，两人一声不响，在黑暗中撑持了许久。最终，她放开了他，转身背对着刘彻，始终未发一言。刘彻紧贴在她身后，大萍的发丝搔着他的颜面，感觉痒痒的；他忘情地嗅着女人的发香，依照韩嫣讲述的方式，轻轻揽住大萍的身子，手指一点点在她的臂背上温存地游走。渐渐地，两人的呼吸都变得粗重起来，仿佛听得到增快的心跳声，一股热流在两人的肌肤间传递着，他感觉得到大萍的身子在微微抖动。她终于动了情，转过身来，一把将刘彻揽在了怀中，温暖、柔软和一种好闻的味道包裹了他，他将头紧紧埋在大萍的怀里，嗅着女人的体香，他觉得自己在沉向黑暗，一种销魂夺魄、飘飘欲仙的感觉攫住了他，这就是温柔乡了。

次日便是七夕，刘彻一整天魂不守舍，就盼着夜间缠绻的时光。给太后与母后上过寿，他推说不适，早早回到了太子宫，与宫人们共度七夕，一起观看牛郎织女会天河。大萍到底老练，举止一如平日，可言谈笑语间的神采焕发，还是绽露出有了爱人的女子特有的娇羞。经不住年轻宫女们的一再鼓噪，大萍终于答应唱一支歌。

迢迢牵牛星，皎皎河汉女。 纤纤擢素手，扎扎弄机杼； 终日不成章，涕泣零如雨。 河汉清且浅，相去复几许？ 盈盈一水间，脉脉不得语。

歌喉婉转深沉，带着种怨而不悱的意蕴。大萍的目光有一两次扫过刘彻，目光的相接，虽只是极短的一瞬，可已传递了她的爱意，深印在刘彻的心底。印象中的大萍有种忧郁的气质，平日不苟言笑，不想竟有如此出色的歌喉。刘彻时时偷觑着心爱的女人，心中漫起的千般柔情似乎要将他淹没，若非众目睽睽，他几乎难以自持了。

嬉闹至夜半，释放了喜蛛，众人兴尽而散。大萍侍奉刘彻睡下，又自去盥沐。然后躺到了刘彻身边。这一夜，在经久不衰的温存缠绻中，手忙脚乱地尝试了几番，刘彻终于第一次行了人道，大萍也成为刘彻生命中的第一个女人。两人相拥而眠，却兴奋得久久不能成寐，直说到鸡鸣一鼓，还兴致不减。

刘彻取出一对玉佩，是他托韩嫣在长安的市场上高价购来的。玉佩雕工极精，一为勾龙，一为朱雀，合起来如同一物，天衣无缝。刘彻将那支朱雀交给大萍，作为定情的信物。"萍姊收好了它，看见了它，就如看见了孤。"

"阿彘"，大萍接过玉佩，依偎着刘彻，轻柔地抚摩着他的臂膀，悄声唤着他的小名。

"嗯？"

"今后你我怎么办？"大萍很兴奋，可想到王娡，顿生不安，有种冷森森的感觉。

刘彻正沉浸于欣快后的放松之中，听到大萍的问话，满心涌动着对心爱女子的责任感。他抓起大萍的手，捋齐五指，然后一一按下去，道："孤若即位，先封萍姊为美人；生子后，晋封夫人；儿子长成，封王就国，萍姊就是当然的王太后。不过，孤不会放你走的，萍姊要日日在身边陪我。"

大萍喜极而泣，紧紧抱住刘彻的臂膀。良久，方低声问道："皇后和长主那里怎么办？"

这件事真的难住了刘彻。很显然，母后绝不肯为了一个宫女得罪姑母。她的地位，甚或自己的地位，都在很大程度上取决于他与阿娇的这桩婚约。他不可能为了自己心爱的女人而不管不顾，一念至此，万般豪情瞬时消散。他也有了种不祥的预感，母后重实际，肯定会千方百计拆散他们，这使他更为珍惜眼下这初恋的时光。他拥紧大萍，伏在她耳边道："我们不说，不在外人面前露形迹，就没人知道。等将来孤即了位，就没有人能够阻止我纳萍姊于后宫。"

"可若有了身孕呢？肚子大了，想掩饰也不行的。"

大萍的问题很实际，可在年方弱冠的刘彻这里，却是个他想不明白也搞不懂的难题。他只不断叮嘱大萍，两人间的情感一定要做到不露形迹，只要能将秘密保持到他即位，一切当可迎刃而解。为了转移大萍的不安，刘彻将话头转移到了韩嫣身上。

"萍姊，最近见到蔓儿了吗？"

"怎么？"大萍很警觉地问道。

"能不能私下约她到太子宫来？"

"你是甚意思？"有了爱人，女人的心会马上敏感起来，蔓儿虽是大萍宫中的女友，可这一问还是撩起了她的醋意。

"韩嫣知道吧？蔓儿是他的情人。苦不得见，想借这里一会。"

"我试试看。"大萍松了一口气，答应了下来。蔓儿能有韩嫣这样风流倜傥的公子做情人，足可夸耀，可也免不了众宫人的嫉妒。她不觉又为朋友担起心来。

几日后，大萍以请教针黹技法为名，数次将蔓儿约到了太子宫与韩嫣会面。两情相悦，恋人们全都沉浸在巨大的喜悦与欢情之中。尽管百计掩饰，可他们那通身洋溢着的幸福，那因幸福而放光的脸庞，无不在明示他们的情爱，绝难长久瞒过他人。实际上，从刘彻与大萍的初欢起，一切事态，就在太子宫詹事郭彤暗中的注视之中。

郭彤感到很难抉择。大萍是他的小同乡，从入选进宫时起，他就时时关心着她，视之如同女儿。刘彻是当今的太子，未来的皇帝，他的富贵前程乃至身家性命，全系于他的喜怒好恶，更是没有半点儿得罪的余地。可他也忘不了，王娡派他任职太子宫的目的。太子是大长公主的女婿，这段私情若泄露出去，大长公主会作何反应，他想都不敢想。若是危及了两家的亲事，对皇后与太子的地位会有极大的不利。说不准又会像六年之前，出现朝局的大变动。

可若视而不见，任其所为，或迟或早，一准会酿成大事。皇帝、皇后乃至太后与大长公主都会责怪他失职，未能防微杜渐，追原祸始，拿他做个替罪羊，死罪难逃。若出首告变，太子会恨自己入骨，大萍固然难逃一死，自己又能多活几日？太子登基即位之际，就是自己人头落地之时。最好的办法，是将大萍调回椒房殿，将二人拆散。可皇后对大萍信任有加，无故提出此议，定会招致王娡的疑心，结果与告变无二，况且刘彻又岂能容大萍离开？

皇家的私情，搞不好会演变为动摇国本的大事。郭彤深知此事的干系，连日徘徊，忧惶无计，竟自一日日拖了下来。像刘彻一样，他也心存侥幸：若能拖到太子即位，一切当可迎刃而解，动不如静，此时戳穿此事，哪里都讨不得好。于是，郭彤竟坐视不问。

直至一个多月后，大萍现出饮食不适的样子，反应之剧烈，竟像是有了妊娠。郭彤暗自查看了尚食监供奉的食料清单，近日太子宫索要的果然多是酸性果蔬。大萍若有了身孕，瞒是瞒不住的，自己若再不上变，性命堪忧。危机的逼近，反而使他有了决断。他调来伺候寝殿的宫人，连夜拷问，少年女子，哪里经得住恐吓，三木之下，乖乖招供。郭彤反复斟酌，盘算了一夜。次日一早，便押解着宫人，直奔皇后居住的椒房殿而去。

五十九

郭彤押着人证到达椒房殿时，王娡正由女侍们服侍梳妆。在蔓儿为之梳头绾髻时，王娡的心思正在皇帝身体欠安的消息上。听到郭彤求见的禀告，只是不经意地吩咐说，让他等着。

消息来自贾姬。近来皇帝身子不适，常由贾夫人侍寝。她告诉王娡，皇帝在房事上是越来越不济事了。现在全靠着太医寺配制的丸药，方能勉强行事，服药后往往性体大变，十分暴躁易怒，有如患了场大病，数日都恢复不过来。

这个消息，从任职于后宫的御医义姁处也得到了证实，她暗自查看过太医寺配药的方子，里面含有金石燥烈之物。义姁讲，此药虽可起效于一时，但久服必会伤身，每况愈下，最后会耗干精血，衰竭而亡。她劝王娡找机会劝说皇帝，节劳静养，或可延寿于一时。

王娡外表忧虑惶惑，内心里却颇感畅快。皇帝的薄情好色，令她深恶痛绝，早先那种重温旧好的想头，已对她不再有任何的吸引。相反，皇帝贪恋女色，被那些个骚货耗得油干灯尽，正是自作自受。她所关心的，是公车晏驾之前的这段时日，绝不要出任何足以危及彻儿即位的事情，只有儿子顺利继承了大统，她的整个安排，方可说是大功告成。梁王既死，她心里的最后一块石头落了地。她只要坐观事态的发展，静等着水到渠成的那一日就可以了。每念及此，她郁闷不乐的外表下面，都会涌起一阵夹杂着仇恨的快意，出头的日子毕竟不远了。

郭彤进来请安时，王娡就是这样好整以暇的心态。她瞟了一眼郭彤，悠闲地欣赏着新修的指甲，漫不经心地问道："公公请坐，太子那里一切都还好吧？"

"奴才有要事独对，请殿下屏退从人。"郭彤顿首再拜，声音不高，可语气严重，使王娡感觉到一定是出了什么的事情。她挥手要侍从们退出，盯着郭彤道：

"甚事？你快讲来！"

"太子……"

"太子怎样？快讲！"

"太子情窦初开，通了人道，有宫人怀了身孕。"

"你说得甚！"郭彤的话犹如晴天霹雳，王娡猛然间乱了方寸，目瞪口呆，好久才说出话来。

"你说甚？"

"太子宫的宫人有了身孕，是太子的种。"

"那宫人是谁？姓甚名谁？"王娡感到自己有些失态，强抑住怒气，口气也缓和下来。

"大萍。"

"甚，大萍？"

"是，大萍。"

王娡在心里骂自己糊涂，太大意。大萍已是二十岁的大姑娘，儿子也到了通人事的年纪，整日里厮守在一起，早晚会出这种事情。随即一股怒火直蹿上来，这丫头枉负了自己的信任和托付，乘虚而入，竟敢偷自己的儿子，还怀了孩子，心机好深呐！明摆着是想造成既成事实，把持太子，太可恶了。她压下内心的怨毒，冷冷地责备道："派你在太子宫作甚？连这种事都看不住。事情做出来了，往我这里一报了事？该死！"

"是。奴才该死，可大萍责在服侍起居，床闱密匆，奴才等外间人又从何能够得知？"郭彤顿首谢罪，言语中却甚感委屈。

王娡站起身，在前厅踱步彷徨。怕事，事情还是找上门来了。眼下的这个当口，万万出不得差错。这件事若传出去，刘嫖与陈娇，必生恶感，说不好两家的亲事就会……她不敢再想下去。阿彻即位的前景忽然蒙上了浓密的阴影，变得不确定起来。事态严重，她绝不能允许这种事情发生。

她停住脚步，盯着郭彤，"这件事情，还有谁知道？"

"除奴才与押来作人证的两名宫女外，尚无他人知道。"

消息没有扩散，王娡略感慰藉。现在斩断线索，尚为时不晚。她冷静下来，安抚郭彤道："你说得也是。这种事我本该料到的，是我大意了。消息既未走漏，还来得及处置。依公公之见，这件事当如何了断？"

"奴才愚昧，奴才以为，可以用太子的性命前程说动大萍，要她自愿离开太子，再许以丰厚的嫁妆，或遣之还乡，或尽快在宫外找户人家嫁出去。两名知情的宫人，或封禁于永巷，或也资遣出宫。这样，即使太子不能忘情，可茫茫人海，难觅踪迹，时日一久，也会慢慢淡忘的。与其扬汤止沸，莫如釜底抽薪。"

"釜底抽薪，好！就这样办。彻儿整日与那小贱人厮守在一起吗？"

"今日太子与宫禁的卫士们一起去上林苑会猎，怕是要很晚才会回来。"

"得，这件事就在今日办，当断不断，反受其乱。你马上传备肩舆，随我去太子宫。"王娡面如寒霜，眼中隐含着一股杀气，郭彤不由得暗暗心惊，大萍看来凶多吉少。

"殿下。"

"你还有甚事？快讲！"王娡急欲赴太子宫，言语间颇不耐烦。

"椒房殿的侍女蔓儿，曾数次去太子宫与韩嫣会面，此事不知她是否晓得。"

"也是大萍牵的线，对不？"

"奴才实在不晓得。"

王娡此时的感觉，就如自家珍爱的宝物被人窃走了一样，心里好似翻倒了五味瓶，说不出是种什么滋味。可她明白孰轻孰重，当务之急是斩断儿子的情思，并且神不知鬼不觉地打发走大萍，确保儿子与阿娇的亲事不出变化。至于韩嫣、蔓儿这对冤家，她可在以后慢慢收拾。

王娡止住欲行通报的太子宫宫人，吩咐郭彤看住寝殿大门，不许任何人进入，自己直奔刘彻的居室。大萍坐在卧榻上，正哼着一支小曲，满面柔情地缝制着一双小鞋。猛然见到皇后，吃了一惊，手中的童鞋也掉到了榻上。

王娡捡起童鞋看了看，皮笑肉不笑地说道："手工不错嘛，你要蔓儿教你的针黹活儿，就是这个？"

大萍满面通红，伏地请安。

王娡把玩着手中那双童鞋，"这么小小的童履，是给谁预备的呀？"

大萍张了张嘴，颞颤难言。

"我问你话呢，怎么，敢作不敢当了吗！"王娡提高了声调，话语中透着一股狠毒。

大萍知道躲不过去，索性一言不发。王娡陡然火起，走上前抓住大萍的头发，狠狠甩了她两个耳光。

"贱人，孤厚待于你，拿你做心腹，把彻儿托付给你，为的是甚？你倒会见缝插针，偷我儿子，你好大的胆！你还想活命吗？"

"我没有偷，是阿彻先找的我，两情相悦，望殿下成全！"大萍脸色惨白，昂起头，一副死生置之度外的样子。

"你还有脸说这个？我选你侍奉彻儿，是瞎了眼。孤待你如何？不想你狼子野心，反噬于孤，害我，害太子！"王娡气得满面通红，厉声斥责着大萍。

"我没有害殿下，更不会害太子。"大萍竟直视王娡，大声抗辩。

王娡怒不可遏，又接连甩了大萍几个耳光。一缕鲜血顺着大萍的嘴角流了下来。

郭彤走进来伏在地上，连声道："殿下息怒，莫跟这孩子斗气，气大伤身呢。"

"孩子？都是妇人的身子了，还称得上甚孩子？难道是她肚子里的那个小杂种？"

"我怀的不是甚杂种，是太子的骨血。"大萍昂首道，竟是副不甘屈服的神情。

王娡气得浑身颤抖，四下寻摸家什，打算置大萍于死地。郭彤见势不好，急忙拦住王娡，轻声道："殿下息怒，莫误了大事！"

王娡猛然省悟，打死大萍事小，过后如何对儿子交代？况且后宫中还有那么多双眼睛盯着自己，风声泄露出去，所关非小。她在卧榻上坐下，指着跪在地上的大萍，道："郭彤，这贱人是你的同乡，你好生开导开导她。"

"阿萍，对太子，公公知道你是真情。太子殿下情窦初开，于男女之事懵懂无知。你侍奉太子，怎可放任自流？这么做，确如皇后殿下所言，你是害了皇后，也害了太子！"

看着鬓发散乱、鼻口流血的大萍，郭彤暗自心痛，苦口婆心地劝道："阿萍，你我是同乡，公公从家乡领你们出来，总想着将来能好好地送你们回去与爷娘团聚。你可不能这么任性，伤了爷娘和家人的心呐。"

大萍掩面泣下，痛哭失声。

"阿萍，你想想，你们私下做下的这件事，传扬出去。太子与阿娇的婚事怎么办？万一吹了，太子和皇后的地位还能保得住吗？大长公主是好相与的吗！栗姬就因为得罪了她，儿子被废，她自己与阿宝都死于非命，这你都是知道的呀。不是说你有意害皇后和太子，可你的不谨慎，事实上是不是起了害人的作用呢？皇后殿下难道说得不对吗？"

王娡也放缓了口气，道："我恨你，我打你，为甚？你忘了我从前对你说的话了？我把太子交给你照看，你却不成器，这么做，对得起谁？若是这么多年的辛苦，因这件事付诸东流，你莫不如直接要了我的命呀！"

大萍不答，唏嘘不止。

郭彤见气氛有所缓和，便语重心长地劝道："大萍，这件事，你看这样好不好？为了皇后殿下和太子的名誉，这件事一定要保密。你既有了身孕，在宫里早晚会被人看出来。离家这么多年，也该看看爷娘，回乡探亲，皇后一定会恩准的。"

王娡道："这件事我可以允准。我再送你一笔钱，足够在你家乡过活。将来找户好人家嫁了，也算我们主仆一场，好合好散。"

大萍泪如雨下，知道万无留下来的可能，只能服从，否则，必有性命之忧。可想到刘彻，想到腹中的胎儿，她又心有不甘。

"可我身上有太子的骨血，请殿下开恩，让我见太子一面再走。"

王娡又欲发作，郭彤连忙使了个眼色，劝道："大萍，你想想，若是大长公主知道了你与太子做下的事，会怎样，你还活得了命吗？太子年轻，见了面不允你离开，事情一定会闹大，太后知道了还得了！是能够善罢甘休的吗？大长公主、太后闹到皇帝面前，皇后、太子何以自辩？万一皇上动怒，不仅你命休矣，你腹中的孩子，连带着皇后、太子都被你牵累，那时候局面万难收拾，你就真的害惨了大家！你不想这么干吧？"

大萍拭干眼泪，无奈地说："我明白了。我按殿下和公公的话做。今日就离开大内。"

"这就对了。"王娡走上前，拉住大萍的手，道："孤刚才气极，打了你，心里也是痛的。你侍候我这么多年，我也不忍要你走。若不是与长主定过亲，宫人生养个一男半女的，也算不上甚大事。可偏偏是阿娇，阿娇的后面其实是太后和皇帝。你抢了阿娇的先，长主和太后绝不会甘休。如郭彤所言，不走不行，孤母子的身家性命，全在你这一走上。你莫怨恨我啊。"

于是，大萍收拾了些衣物，随王娡等回了椒房殿。郭彤早已安排下了车辆，大萍含泪与众宫人告别，说是爷娘有病，皇后特恩准她还乡省亲，众宫人惜别，围住她问长问短。

内室中，王娡递给郭彤一盒丸药，吩咐道："到了宫外，给她服了这丸药，把那孽障打下来。记住，一定得打下来。若她拒服，就干脆结果了她，不能留这个后患！你若放过了她，唯你是问！那两个同谋的宫女，发送暴室，要不留活口。"

王娡面有杀气，令人胆寒。郭彤唯唯称是，背上已经渗出了冷汗。他陪送大萍出宫，当晚便连哄带劝地逼大萍喝下了药。次日，他安排大萍乘上一辆安车，直送到长安城东的灞桥。望着蜷缩在车内面色惨白疲惫的大萍，郭彤含泪道："大萍，你莫怪公公狠心，事已至此，一切都是天命。孩子，听公公的话，逃命去吧，逃得愈远愈好，永远不要再回来。宫里，不是我们这等人待的。公公没办法，只能老死在这里，阿萍，你还年轻，找一头好人家嫁了，莫再做傻事了！"

大萍有气无力地点点头。车驭抽了个响鞭，随着嘚嘚的蹄声，安车很快变成了路上的一个黑点。郭彤久久望着飞驰而去的安车，直到在视线中消失，方才摇头叹息着，乘传回宫去了。

六十

灞桥送别之际，刘彻也回到了太子宫。此次出猎，所获颇丰，他满心欢喜地招呼大萍，寝殿中却阒无人声。见到应声前来的并非惯常侍奉他的宫人，他才觉出不对头，大声喝问道："大萍哪里去了？"

几个宫人面面相觑，在刘彻的逼视下，一个年长些的宫人赔着小心说道："皇后殿下昨日来过，大萍姊说是家乡来信，父亲病重，皇后恩准她回乡探视，收拾了自己的东西，午后便出宫了。"

"郭彤呢？叫他来见我。"

"听说是送大萍出宫，郭公公还没有回来。"

如同兜头一盆冷水，刘彻此前的好兴致一泻而空。他回到寝殿，前思后想了一回，事情发生得如此突然，越想越觉得不对头。他又细细盘问了宫人们一回，得知另外两名侍奉于寝殿的宫人已被下入暴室，他知道，他最为担心的事情，还是发生了。

心里一急，也顾不上等郭彤回来问个究竟，吩咐备辇，径直奔椒房殿而来。王娡刚刚询问过回来复命的郭彤，听到刘彻来见，吩咐郭彤先到侧室回避。

刘彻请过安。王娡如惯常般地问这儿问那儿，从学业到这次行猎，唯独大萍离宫还乡这件事，一字不提，竟如没有发生过一样。

"儿臣宫里的大萍，母后究竟拿她怎样了？"刘彻终于忍不住开口问道。

"大萍？拿她怎样？你问得好怪。她家乡捎来信儿，恩准她回去探望病重的父亲，以全人伦，难道不对嘛！"王娡仍旧是好整以暇的态度。此刻的大萍，已在百里之外，堕胎的丸药也已逼她服下，儿子即使不甘心，也无可挽回了。

"母后说的不是真话。为甚单在我外出时送她走？我寝殿的另外两个宫人哪里去了，难道也还乡了不成？"刘彻又气又急，口气重了许多。

"彻儿，不许用这种口气对娘说话！这件事情，我还没有问你，你倒好意思问我？你做下的事情，娘替你善后遮掩，你倒怪起娘来了？"

"可萍姊已有了儿臣的骨血，娘不能就这样打发她走。"

"你还有脸说出来！那个小孽种留在宫里，会招来怎样的风险，你想过没有？一个宫女抢了阿娇的先，你姑妈会怎样想？皇太后会怎样想？你父皇会怎样想？万一这门亲事因这件事吹了，你以为你还能保得住太子之位吗？得罪了大长公主，会是甚下场？你忘记栗姬和栗太子了嘛！娘千辛万苦争来的这个地位，就这么让个小贱人给毁了，娘绝不允！"

"父皇也不止一位夫人，皇子十几个。大萍怎么就不能留在儿臣身边，为儿臣生儿育女？难道儿臣就不能有自己喜欢的女人！"

刘彻与王娡四目对视，没有一点儿退让认错的样子。看来，就事论事还真没法子让他死心，看到儿子对大萍那份痴情，王娡暗生妒意。她记起皇帝常称赞刘彻有大志，或可以此说动儿子，于是呵斥道："住嘴！真做了天子，才轮得到你自己做主。大萍要紧，还是皇位要紧？你以为这是儿戏嘛！皇帝说你有大志，必能有所建树，可娘看你不像。眼下这么点儿女私情，你都难于自拔。汉家的基业，放在陷溺于私情的人身上，不要说兴国的大任，就是守成，怕也难呢。你父皇若看到你现在这副样子，怕会寒心死了。"

刘彻语塞，王娡趁热打铁道："彻儿，娘做的一切，都是为的你好。你父皇身子欠安，说不上还能支撑多久，眼下这个时候，我们出不得半点儿差错。后宫里多少双眼睛在盯着，就盼着咱们有事。把大萍留在宫里，肚子越来越大，难保不露了形迹。到时候必会有人摇唇鼓舌，煽风点火，把事情告到大长公主、太后和皇帝那里去。娘做不成皇后也罢，若丢掉太子之位，你的抱负与宏图，会皆成泡影。孰重孰轻，彻儿你要三思！"言罢，王娡已是泣不成声。

刘彻的双眼也湿润了。是呀，与自己的抱负宏图相比，儿女私情又算得了什么？他开始理解了母亲的用心，可对大萍，还是不能忘情。

"可就这样子把萍姊遣出宫去，太无情了！儿臣求娘，萍姊把孩子生下来后，接她回宫。"

儿子不能忘情于大萍，这很危险，要彻底打消他这个念头。念及此，王娡大声吩咐道："郭彤，你出来见过太子。"

郭彤满心惶恐，快步趋近刘彻身前，顿首参见。刘彻心中陡然火起，恨恨地问道："是你告的密？！"

郭彤再拜顿首。"奴才死罪，实在是忧心殿下，才担着天大的干系，禀告了皇后。这么着，殿下与皇后可以安然置身于事外，大萍也可以保全。"

"大萍目下如何，你把她送到哪儿去了！"

"大萍回乡了，奴才亲自送她过的灞桥，这会儿估摸着快过函谷关了。"

"郭彤，告诉太子，孤如何处置的大萍。"

"皇后殿下赐给大萍千金，要她在家乡寻一门好亲事，她不会回来了。"

"我不信！她怀着孤的孩子呢？难道她会带着身孕嫁人？"

郭彤汗如雨下，并不回答，只是连连顿首请罪。

"你们到底把她怎么了？"刘彻怒不可遏，起脚把郭彤踹到了一边。

"放肆！"王娡厉声喝止。"这不关郭彤的事。大萍是个明事理的孩子，不愿拖累你，自己堕了胎。一个女子能够明白的事理，你一个将要继承大汉基业的人，反倒不明白了嘛！娘告诉你句实话，今生今世，再也没有甚大萍了！"说罢，拂袖而去。

暮色降临，大殿内一片昏暗，刘彻绝望了，他放纵地流着眼泪，心头像是长满了野草，根本理不出个头绪，眼前只是不断浮现着昨日大萍送他出猎时的音容笑貌。就这样不知坐了多久，忽然发现近旁有一团黑色东西在动弹，原来是郭彤膝行上前，恳请他节哀回宫。刘彻虽恨他告密，可事已至此，就杀了他，大萍也追不回来了。

回太子宫的路上，悻悻的刘彻对小心陪在一旁的郭彤问道："你给我句实话，大萍真如皇后所言，是没了吗？"

"殿下安心，大萍人好好的，可胎儿，确实是没了。"

"事情起自你，你得把大萍给我找回来！如此，可以将功折罪。"

不料郭彤竟一口回绝，没有一点儿商量的余地。"殿下要了奴才的命，奴才也做不到。事情既已过去，殿下就当大萍没了。她在外面，反而安全；越找，大萍的性命越危险，杀人灭口，宫里头这种事情多了！殿下爱之，实不啻杀之，望三思而行。"

刘彻不得不承认，郭彤的话对。以自己的身份，爱之适足以害之。他点点头，不再说什么。可心里仍在琢磨着如何打探到大萍的消息。

次日一早，王娡突然造访了堂邑侯府。自被立为皇后以来，她还是第二次出宫，对她的来访，大长公主还真有几分惊喜，亲自携阿娇到府门前迎接。相比于六七年前，及笄的陈娇已出落得美艳非常。王娡细细端量着向她行礼请安的阿娇，啧啧称叹道："亲家母，能有阿娇这样的美人做媳妇，我家阿彻真是好福气！"

昨晚刘彻走后，她一夜未眠。儿子既通了人道，就免不了男女之事。打发走一个大萍，远不能杜绝类似情事的发生。必须想一个万全的法子，防微杜渐，以绝根株。思忖了半夜，觉得最根本的法子，还是尽快为刘彻与阿娇完婚，方能真正祛除隐患。刘彻虽未到行冠礼①的年纪，可否从权，她要与刘嫖商量一下此事。如若不妥，今后也要让儿子与阿娇多多接近，增进两人间的感情，使这桩亲事更为牢固。

探视过卧病的堂邑侯，王娡被让到陈府的正厅内室。主客重新见礼，一名年纪约莫十五六岁的少年走进来，恭恭敬敬地为王娡奉茶。

"皇后还记得他吗？我为阿娇提亲时，跟我去你那儿的那个叫董偃的小厮。如今也长成个翩翩少年了。"刘嫖指着那少年说，面上不无得意。

岂止是个翩翩少年，这个董偃简直称得上是个璧人，品貌风度都不在韩嫣以下，所差的也就是在气质上。韩嫣是贵家公子，这董偃不过是个受宠的奴才，身上有种天生的卑顺气质。都说长公主不守妇道，眼下竟不避嫌疑，公然以自己的男宠陪客，可见传言不虚。

"董君果然好人才，大姊的眼光当然没得说。"王娡笑笑，像是发自内心似的赞叹不止。

---

① 冠礼，即古代中国男子的成丁礼（成年礼）。古时男子年届二十时，由父亲在宗庙里主持冠礼，成礼后即为成人，可以娶妻成家；女子则十五岁时举行笄礼，以示成年；又称加笄或结发，即将头发在头顶盘成发髻。及笄意味着女性成年，从此可以许嫁结婚。

董偃退下后。刘嫖的眼光还追随着他的背影。王娡打趣她道："大姊身边总跟着这么个人，姊夫他就不闻不问吗？"

刘嫖柳眉竖起，不屑地说："他有甚资格管我？长年拖着个病身子，近来愈甚，根本行不得房事，就是个废人。我们这个年纪的女人，夜夜守着空房，是甚滋味，皇后也该清楚的。说白了，董偃就是个面首，可他知道疼人，知冷知热，不瞒你说，我还真是稀罕他呐。"

看着刘嫖肆无忌惮的样子，王娡真是打心里羡慕。可在深宫之中，上上下下有无数只眼睛在窥伺着自己，她绝不敢有半点儿轻举妄动。她心里早就喜欢上了韩嫣，长久以来，为了能见到他，她一直借故差遣韩嫣为自己办理各种私事。随着韩嫣年纪渐长，她在心与身两方面对他的渴求，也愈来愈强烈了。那日听到郭彤禀报韩嫣与蔓儿在太子宫幽会，她嫉妒得几夜难以成寐，可她最终还是忍下了，决定暂不惊动这对鸳鸯。她要以蔓儿为诱饵，牢牢拴住韩嫣。总有一日，她会让韩嫣成为自己的董偃。

看到王娡面色飞红，痴痴地呆想心事，刘嫖神情暧昧地笑了起来。"皇后深宫寂寞，怕也是春心难耐吧？"

王娡被人看破心事，满脸羞红，忙将话头岔开，"皇帝身子欠安，我真有些担心呢。不知大姊怎样看？这次就是专程请教大姊来的，请有以教我。"

这是个要紧的话题，刘嫖的神态也庄重起来，问道："皇后听到甚消息了吗？"

"贾夫人私下里告诉我，皇帝近来常服食丹药，都是些金石燥烈之物，身子一日不似一日。可又没有人敢于谏阻，长此以往，真令人忧心呢。"

刘嫖叹息道："皇上是忒好女色了！劝亦无用。好在太后健在，就算不讳，阿彻的地位，应该是高枕无忧的。"

王娡心中大喜，可脸上还是忧心忡忡的样子。"大姊，我想阿娇已经及笄，到了出嫁的年纪了。阿彻虽未冠，可也不小了。我们可否从权，先把婚事给办了。这件喜事若能让皇帝开心，病体或有转机，也说不定呢？大姊以为如何？"

刘嫖拍手笑道："真是想到一起去了，我也常琢磨这件事呢。太后那里，我看没有问题，早成亲，早得子。太后想早点儿抱上重孙，皇帝又何尝不想早点儿抱上孙子？我看这件事，行得通。"

刘嫖当然盼女儿早早嫁入宫中做太子妃，这样，刘彻即位后，阿娇自会顺理成章地成为皇后。名位既定，就不易出现变数。在这上面她与王娡完全一致，一拍即合。两人又细细计议了一回，决定由刘嫖出面说动太后，由太后提出此事，皇帝多半会遵从，况且这桩婚事还有祈福冲喜的作用，对皇帝的病体不无好处呢。

王娡满意而归，盖侯王信和田蚡正候在椒房殿。周亚夫死后不久，刘启遵从母亲的意旨，首开先例，将妻舅王信封了侯。两人是请安来的，闲话了一回，王信告辞，王娡将田蚡留下来问话。

"最近外朝① 有甚传闻吗？"

"有。周亚夫死后，朝廷大臣颇以为冤枉，多以为是宁成折辱所致。传说宁成贪贿，倚势在长安各市索贿抽头，虽行法不避权贵，而苛酷过于郅都，屈打成招者比比皆是，冤狱遍地。朝廷大臣与宗室亲贵恨之入骨，四下里收集其劣迹，准备相机行事除掉他。"

王娡对宁成也无好感，母亲臧儿等外戚迁居京师后，有数次因张扬而为宁成所窘辱，一直心存芥蒂，在王娡面前哭诉过不止一次。可皇帝信用他，谁也无可奈何。如今他树敌过多，动了众怒，她倒是乐观其成。由此她又有了个新的想法。

义姁、义纵与张次公，在构陷临江王一事中为王娡出了大力。王娡视同心腹，一直想要有所酬庸。义姁被安排做了椒房殿的御医，而义纵与张次公，因自幼失学，难以学问仕进，可二人敢作敢为，对权势豪杰不稍屈服，是硬汉子式的人物。王娡曾出赀为他们求得郎官之职，张次公以勇悍从军，义纵则积劳外放至上党郡做县令。义纵治理的路子一同酷吏，豪杰百姓虽然震恐，可举县安居乐业，盗贼不作，治绩为全郡第一。义纵眼下迁升为长陵县令，是培植自家势力的得力人选。若宁成不久于位，义纵若能够取而代之，王家

① 外朝，即以三公九卿等大臣组成的朝廷（中央官僚系统），相对于"中朝"而言。中朝由皇帝身边的侍从宦者及后宫系统构成，又分为以皇帝为中心的"西宫"系统和以太后为中心的"东宫"系统，"东宫"又称为"东朝"，因皇帝所居的未央宫在长安城西侧，而太后所居的长乐宫在长安城东侧而有此称。

在长安的势力可望得到有力的护佑。她于是告诉田蚡，要留意朝廷人事上的动向，结交有才能之人，有机会时把亲友推上去，对本家的富贵尊荣，会大有助益。

"你近来还出入窦太傅家吗？"王娡问。

原来，臧儿携田蚡、田胜迁居京师后，为培植母族的势力，王娡煞费苦心。她一面授意兄长王信讨窦太后的欢心，一面以门荫为田蚡办了个郎官，嘱咐他勤在官场走动，尤其是豪门贵戚之家，一可多知道朝廷人事上的消息，二可树党结援，为将来的发展做铺垫。田蚡生性机灵，日日出入于窦婴府上，极致殷勤，跪起侍酒如窦家子侄，大得窦婴的欢心。

"小弟一直在太傅家走动，太傅待小弟亦厚，称得上是忘年之交了。"

"好，好。"王娡连连颔首，对田蚡的颖悟，极为满意。"窦家有太后在那里，在朝廷中是最有势力的。你结好太傅和诸窦，他们自会于太后和皇帝面前为你延誉，你日后的前程取决于此。皇帝最恨妇人干政，阿姊身在后宫，在人事上帮不了你。全要靠你自家的努力，你肯努力，阿姊就放心了。"

"阿姊，我们有一日也会如窦家一样吗？"

"当然。阿彻将来要接续汉家的大统，他做了皇帝，阿姊就是太后，你与阿胜，以母舅的地位，封侯没有问题。你长兄已经封了侯，你几个甥女，作为公主所尚自然也都会是诸侯。如此一门贵盛，绝不会比今日的窦家差。眼下，阿姊与大长公主正在谋划早早把阿彻与阿娇的婚事办了，办了，皇位就铁定是阿彻的了。"

想到自己与娘家未来的前景，想到过往多年含忧忍辱的日子，王娡真盼着出头的日子早些来。可她没有料到的是，借刘嫖之口提出的那件事，不仅未被允准，反而惹得皇帝大动肝火。

"太子未成年，你们这么急着为他行冠礼，为得个甚！以为朕不行了？盼着朕早死，你们好操纵朝政？这哪里是操心儿女婚事，分明是催朕早死嘛！"

刘启暴怒，面色灰败，边发怒，边剧咳不止，模样十分吓人。刘嫖知道自己犯了错，触动了皇上最不愿人触及的大忌讳，她连连顿首谢罪，赶快退了出来。几日后当面向王娡诉说时，还心有余悸。

成婚不成，王娡心里懊丧，怪自己糊涂，误判了形势。看来，只有促成儿子与阿娇私下接触这条路好走了。可刘彻一片心全在大萍身上，又如何能够使其移情别恋，钟情于陈娇呢？看来，接下来的几个夜晚，自己又得穷竭心力，辗转难眠了。

六十一

　　韩嫣一行，越过故秦长城边外的匈归障，直奔塞外广袤无垠的草原而去。河套以南的这片草原，横亘千里，水草茂盛，是极好的畜牧地。秦统一中国之前，这里是匈奴楼烦王与白羊王驻牧之地。秦始皇时，派将军蒙恬率领大军三十万，将匈奴逐出此地，置县三十余，移民垦牧，沃野千里，被称作"新秦中"。秦末天下大乱，匈奴趁乱收复河南地；汉兴，沿秦旧塞重置防线，沿边障塞与匈奴人的牧地犬牙交错，经常发生小规模的冲突。匈归障一带，由匈归都尉管领，安置着数年前归降的匈奴种落。这些沿边安置，亦戍亦牧的各族部落，被通称为"保塞蛮夷"，匈归都尉所管领的这一部，归属于上郡太守李广。

　　七月盛夏，繁茂的牧草已将草原织成了绿色的绒毯，鸢尾、紫菀、苜蓿、野菊和各种不知名的野花将草原点缀得五彩缤纷，空气中弥漫着草和花的香气，好几种颜色的粉蝶在花草丛中翩翩起舞。碧草晴空，鹰翔蓝天，极目远眺，天地相接的尽头，不知是绿色化入了蓝色之中，还是蓝色隐没在绿色之中，浑浑一片苍然，观者心胸如洗，无不赞叹其壮阔。

　　微风拂荡，牧草起伏，炎夏的灼热在草原上化成了惬意的凉爽。韩嫣吩咐属下驻马歇息，他卸下铠甲，四脚朝天躺倒在草地上，呗吸着微风送来的花草清香，耳边鸟啭虫鸣之声亦令他陶醉。真是不出来走走，不知道外边的天地之大，如此景致，岂是长安人所能得见的？他心里感激刘彻为他争得了这次出巡的机会，又为太子不能亲临边塞一行抱屈。看来，只能回去细细讲述此行的经历了，可再细也难有身历其境的感受。

上个月，周亚夫担心的事情果然发生了。由于汉廷策反并接纳了匈奴部落的降人，军臣单于认定汉朝违背了和约，遂施行报复。匈奴骑兵分两路入边，一路突入雁门，兵锋直指武泉县，但未深入，带有试探性质。一路则由上郡大举入境，在北部都尉和匈归都尉辖地与汉军和归降的"保塞蛮夷"展开了激战。这支骑兵直属军臣单于，战斗力极强，兵锋指向由"保塞蛮夷"围建的马苑，其中牧放着约上万匹军马。经过拼死抵抗，马匹是保住了，可伤亡惨重，吏民死伤超过了两千余人。

朝廷得到边报后，以为匈奴绝不会就此罢休。刘启决定派专使赴沿边各郡巡视边防，督促各郡加强防卫，以备匈奴。得知此讯，在北军校练骑射一年多的刘彻和韩嫣大喜，主动请缨巡边，理由是实地检验一下校练的成果。刘启虽然允准了，但以关系国本为由，不许刘彻前往，只许韩嫣以太子舍人的身份代太子巡边。这样，韩嫣的身份登时贵重了许多，被各地官员视为"中使"。刘彻与韩嫣对名将李广心仪已久，为了一觇颜色，特意选定了刚刚遭受的入侵的上郡作为目的地，李广正在那里任太守。

数日前，韩嫣率领五十余名大内侍卫来到上郡郡治的所在——肤施县城①。却未能得见太守，原来太守正在匈归障处理善后。他们赶到匈归障，在匈归都尉临时搭起的大帐中，韩嫣终于见到了名闻遐迩的李广。

李广四十余岁，眉目疏朗，美须髯。除去那双长臂和骨节突出的大手，并无令人印象深刻的特征。韩嫣盛陈仪仗，李广对中使自不能怠慢，可态度不卑不亢，以军礼相见。对随侍韩嫣的这批衣甲鲜明、神气活现的大内骑士，他只是扫了一眼，唇吻间似有淡淡的笑意。韩嫣以为他意存轻视，心中十分不满。于是晚间在李广为他接风的酒会上，他坚持提出，自己与京师来的这批人马，要出塞行猎，顺带或许能捉回几个匈奴的探子。

李广摇摇头道，边警尚未解除，匈奴骑兵大队并未走远，出塞很危险，中使不可造次。可韩嫣不退让，坚称这是皇帝和太子的意思。李广无奈，只

---

① 肤施，汉代县名，在今陕西榆林县南，当时为上郡郡治所在。

得同意他们出塞一行。韩嫣眼中的李广，远没有预想的威严与风采，很令他失望。木讷寡言，恂恂然一谨厚的儒者模样，这难道就是孝文皇帝赞其"令当高祖世，万户侯何足道哉！"的李将军吗？还真是看不出来。

次日巡边，韩嫣的印象大为改观。在陪中使巡视边防时，李广介绍了边塞防卫的态势与措置，一涉及军事，李广一改木讷寡言的形容，娓娓道来，如数家珍，听得出他对边塞的军事与敌情了解得极为透彻。难怪此次军臣以主力来袭，竟未能达成掳走军马的目的。汉军损失不小，匈奴亦伤亡惨重，可以说没有占到便宜。

"李将军，我问句外行话。单凭这长城，挡得住匈奴的铁骑吗？"看到沿途障塞的军民正在紧张地修缮旧障，夯筑塞墙，韩嫣问道。

"这话看怎么说。百密一疏，单靠城墙是挡不住匈奴的。看上去边塞虽只是道城墙，可实际上是有纵深的层级防御体制。"李广指了指塞墙之外分布着的一座座烽燧，道："匈奴来犯，首当其冲的是这些烽燧。发现敌情，白日点狼烟，夜间举火，敌情即被及时传递出去。而且烽燧可各自为战，迟滞敌军前进的速度，这是第一层防线。塞上敌楼和沿边侯官障城的驻军接到烽火警报后，得以提前警戒，调集军力，随时赴援，这是第二层防线。侯官障城后面是边郡各县，兵员和补给可由此输送到前线，这是第三层防线。边郡则为指挥与辎重粮秣之中心，除驻有可随时出动的重兵外，还可协调全郡的军事。同时敌情烽传障，障传县郡，逐次转递，消息送达京师，不过一二日之内。朝廷得讯及时，可以制敌机先。"

李广扬鞭指着不远处被毁坏的一处塞墙，道："即使匈奴打破几处缺口突进来，塞墙也还是有威慑作用，有这些塞墙在，突进来的匈奴铁骑就不能不有所顾忌，万一残墙很快修复，岂不被断了退路，身蹈危境？所以，边墙以内，敌军轻易不敢深入，塞内居民，也免受了不少的掳掠杀戮。"

"可总这么着坐等挨打也不是办法，有甚一劳永逸的法子吗？"韩嫣问道。

"当然有。要看我大汉马养得如何，有马，方能与匈奴在草原上角逐胜负。中原的步战与车战对付不了匈奴，只有骑兵，才能对付骑兵。胜负之道，全在速度上，兵贵神速，速度快，就可以制敌而不为敌所制，古今在道理上是一样的。军臣这次冲着这批马来，为的就是不让我们有足够的马匹装备骑兵。"

"李将军，大汉的骑兵虽少，可就一对一而言，我们也弱于他们吗？"韩嫣自负地指了指随侍在身后的大内骑士，"将军看见他们了，太子与我，隔日即在北军教练骑射，迄今已逾二年，可当得上士马精强吧？"

李广笑笑，道："大内的骑射，想必是好的。若真正与敌接战，靠的是勇气与经验。"

韩嫣觉得李广心存偏见，还是小看他们，心里大不以为然，于是按原议出塞巡边。李广见其执意如此，也不再劝阻，吩咐匈归都尉黄晓派人随行护卫，可韩嫣竟轻蔑地拒绝了。出关后一路射猎，所获颇丰，只是没有遇到并掳获匈奴人，使韩嫣心有不甘。

"韩公子，你看，那是不是匈奴人？"韩嫣躺在草地上，身心舒泰，昏昏欲睡之际，听到属下的话，一跃而起。远远看到前方一个缓坡上站着三个人，从服装上看，正是匈奴人。

看着从三面围拢上来的汉军，三人并不惊慌，也无丝毫退却之意。一名矮壮的汉子似乎发了声号令，匈奴人不慌不忙地取下肩上的大弓，扣弦搭箭，瞄着愈来愈近的汉军。韩嫣下令，汉军众弩齐发，无奈距离尚远，距匈奴人数丈远便纷纷落地。而匈奴人弓大力强，箭无虚发，头一箭便射倒了韩嫣的坐骑，将他兜头摔将下来。由于匈奴弓箭的射距远，汉军虽人多势众，但弩箭的射距够不到匈奴，根本靠不了前，一进射距，必中箭落马。不多工夫，已死伤三十余人，而那三个匈奴人毫发无伤。众人见势不好，将受伤的韩嫣和士卒扶上马，狼狈而还，直奔李广所在的中军大帐。

听过韩嫣的叙述，李广蹙眉道："这三人必是射雕者，在这一带活动，很可能是为匈奴大军做斥候，不能让他们跑掉。"于是点起百余骑人马，追击射雕人。韩嫣摔下马，只是皮肉受了些擦伤，带领余众，也跟从李广追了下去。

射雕人无马，可脚程很快，不过一个时辰，已走出四十里开外。远远望见匈奴人，李广挥手示意，骑兵迅即驰向左右两翼，远远地拉开了一条散兵线。那三人原想分散逃逸，见去路被封，遂张弓搭箭，欲做鱼死网破之争。李广见状，大喝一声："取我的大黄①来！"一名亲兵将一张黄色桑柘木制的大弩递给了他，他试拉了一下紧绷的弓弦，弓弦由五根牛筋绞缠而成，訇然有声，看得出力道非比寻常。李广目测了一下距离，挥旗止住了跃跃欲试的军士们。匈奴三人呈"人"字形站立，无论从哪个方向突击，只要进入其射程，必会遭到杀伤。这个僵局能否打破，显然全在李广这张弓弩的劲道上。

李广以双脚踩住弩臂，运了口气，轻舒猿臂，将弓弦紧扣在弩机的牙上。随后取出一支弩箭，顶在双牙之间的弓弦上。他端起弩机，觑了眼望山，已测度出匈奴射手的位置，随手扳动悬刀②，弩箭铮然而出，瞬时间，那矮壮的匈奴射手已应弦而倒。再射，再倒。为留个活口，第三人被射中臂膀，被冲上前去的军士活捉。整个过程，不过半刻，把个韩嫣看得目瞪口呆。

"李将军，好箭法，我今日算是开了眼界！"韩嫣由衷地赞叹道。

李广笑道："射雕者所用均为匈奴的强弓，力道大，射程可达千步以上。中使们所用擘张弩，射程不过数百步，而强弩蹶张，杀人亦不过千步，自难以制胜。大黄的力道在二十石上下，其射程可达千二三百步，故可制敌而不制于敌。"

说话间，军士将受伤胡人押解过来，一问，果然是射雕者；再问，则闭口不言，微微冷笑，一副桀骜不驯之态。李广下令将其缚在马上，带回去细审，忽然又警觉到什么，命人以皮绳勒住其口舌。果然如李广所言，射雕人左近，必有匈奴大军活动。李广一行刚刚上得一座草丘，就发现了对面不远处的数千匈奴骑兵。韩嫣不得不佩服李广的经验，若没有勒住那射雕人的口，一旦他大喊起来，汉军的虚实将暴露无遗。

几乎在同时，匈奴人也发现了这一小股深入草原的汉军，由于是突然遭遇，匈奴人如临大敌，随即在对面的草丘上排开了阵势。敌众我寡，汉军大为恐慌，骑士们纷纷勒转马头，只待主将下令，便返身奔逃。李广面色如常，估量着目前的态势，随后挥挥手，示意众人少安毋躁。他面色凝重地望着部下，沉

①大黄，汉代一种弩机的名称，因用黄连木或桑柘木作弩臂，呈黄色，故有是称。大黄是一种强弩，其强度通常为十石，射程可达600米以上；李广所用"大黄"为二十石的超强弩。

②悬刀，即弩机上的扳机；望山，即弩机上瞄准测距用的标尺。

着地说："我们现在离大军数十里，若就这样逃走，匈奴见我畏怯，明白我们是孤军深入，必会全力追射。这百十号人，片刻就会被收拾净尽。若留驻在这里，匈奴人反而会起疑心，以为是我们的诱敌之术，我大军就埋伏在左右，必不敢轻易攻击我们。现在听我号令，违令者斩。"

他挥动令旗，全军前进，直至距匈奴阵地约有二里远的所在，他再次挥旗，全军停止行进。他随即下令，全体下马解鞍歇息，至无定河边饮马。随行的骑都尉忍不住谏阻道："两军对峙，间不容发。我们解鞍下马，胡虏虎视眈眈，一旦发动，我军猝不及防，怎么办？"李广道："这些胡虏原以为我们要逃走，解鞍歇息，就是要他们看到，我们有恃无恐，不仅不走，更不把他们人多势众当作一回事。如此，胡虏会更加怀疑我们是诱敌之兵，不敢轻易出击。"

不时有匈奴的小股骑兵环绕奔驰，侦测汉军的动静。众军士皆色变自危，唯有李广一脸的闲适，对近在咫尺的匈奴大军视如不见。稍后，一骑白马的匈奴将领出阵号令汉军周围的逻骑，驰骋包抄，渐次逼近，距李广一行已不足一里。汉军无不惴惴战栗，韩嫣更是紧张，一颗心仿佛要从胸口中跳出，背上已经有了冷汗。李广觉得时机已到，点了十几名亲兵，飞身上马，直奔那白马将而去。一阵飞矢，白马将与几名匈奴骑士翻身落马，李广随即带队回阵，仍旧下马解鞍，甚至纵马食草打滚，一派好整以暇的样子。

对峙了约两个时辰，暮色渐起。匈奴始终摸不透汉军的意图，最终也未敢进击。僵持到夜半，匈奴人开始发慌，以为汉朝的大军会乘夜包抄，于是趁着夜色，悄悄撤离。天明后，李广派出逻骑四下侦伺，在确信匈奴人远去后，方率队返回匈归障。

这一番化险为夷的经历，使韩嫣对李广的观感大变，其箭术、谋略、镇定和勇气无不令他心折。回到长安，他绘声绘色地讲述了这番经历，作为听者的刘彻也眉飞色舞，心向往之。大汉若能多一些李广这样的名将，何愁匈奴不灭！李广的名字，深深印在了他脑中，他即位后任用的大臣中，李广是必在其选的。而他所以考虑未来的人事，是因为皇帝的病愈来愈凶险，势将一病不起，这在宫中已经是公开的秘密了。

六十二

刘启的病,时好时坏。窦太后开始忧心,亲自主持太医会诊,一致的结论是,皇帝房事过劳,阴虚阳亢,心火上炎,又服食内含金石燥烈之物的丹药,犹如火上添油;一旦阴液耗尽,很可能虚脱亡阳,有性命之忧。但在面陈太后时,太医令却颇费斟酌,既要说明皇帝病情的严重,又不可使太后心焦,其间的分寸,颇难拿捏。

窦太后将王娡、刘嫖召到长信殿,一同听取皇帝病情的奏报。

窦太后面色凝重,可仍难掩饰内心的忧戚:"今日召你们过来,为的是皇帝的病,这既是件家事,也是件国事。一是听听太医们诊治的法子,赶紧为皇帝调理好身子。万一不讳,朝廷里得有人主事,不能乱。太子尚未成年,就算是即了位,几年内也难以亲政。咱们得合计出一个法子来,以防不测。"

王娡、刘嫖应声称是。刘启的病情,王娡早已通过义姁了解得一清二楚。皇帝已是油干灯尽之人,行将就木。她所关心的只是儿子即位,承继大统之事。可她还是做出极为痛苦忧心的样子,双眸滢滢,似有泪光。

"太医令,你讲讲皇帝的病状,是怎么样,就怎么样,不得隐瞒。"

"是。"太医令略作思忖后,颇费斟酌地说道:"《素问》上有言,'行年四十则阴气自半',皇帝已经四十有七,精气、血脉都已不足,这本是人之常态。精气、血脉的不足,医书上称作阴虚,阴虚则阳亢,虚火上炎,证上的表现是热燥等实症,可实际上病由虚起。"

"甚虚呀实呀的,莫扯这些说辞,你就直截了当地说皇帝的病情吧!"

"是。皇上一向以来就觉着身子虚，阴虚生内热，所以总有脉数、手足心热、颧红、口燥咽干、易怒、易疲倦等症状，本该滋养肾阴，不想又服食了不少丹药，里面多含金石燥烈之物，不唯不能收滋养之效，反而耗劫真阴，致使每况愈下。为今之计，只有静养一途。臣等为皇帝配制了黄连阿胶汤，育阴清热，或可起效于一时。"

"你说的起效一时，是甚意思？"窦太后问。

"皇帝的身子亏欠得太多，药虽有效，可难以从根本上弥补。"

"那么皇帝的年寿，依你们看，还能延续多久？"

"臣等不敢妄测，若是调养得好，一二年应该可以维持。"

太后的额头上青筋暴起，厉声喝道："你下去马上传令卫尉，把那些进献丹药的人给我圈禁起来，皇帝若是有个三长两短，这些家伙全得埋进阳陵做陪葬。想不到新垣平之类的妖孽再现于今日，皇帝真是糊涂啊！"

太医令唯唯退下后，太后泣下如雨，"老天爷干吗不让我早死！连个养老送终的儿子也不留给我……"刘嫖、王娡陪着垂泪，三人唏嘘不止。

不知是否是汤药的作用，后元元年春正月，皇帝的病情有了起色。似乎知道自己来日无多，皇帝格外关注国事。他接受大臣们的建议，平冤狱以化解戾气。周亚夫的一个兄弟周坚被封为平曲侯，以奉功臣之祀，无形中平反了所谓周亚夫谋逆的冤狱。为此，皇帝免去了宁成的中尉之职，下诏令日后治狱务宽。三月，大赦天下。七月，桃侯刘舍病故，在由谁继任丞相之事上，太后数次提到窦婴，刘启认为窦婴为人自我标榜，反复无常，不够持重，坚不为动。八月，任用太子太傅卫绾为丞相，直不疑为御史大夫。

后元二年春，匈奴再入雁门，太守冯敬战死。刘启诏令征发车骑材官①，增援各边郡。由于内地上年歉收，民间多食用官府配给的马料。刘启下令禁止，偷食马料者，其马没入官府。四月，诏令天下务从俭朴，务农耕，备储积，以防灾害。责成各级官吏，抑强扶弱，除暴安良；严禁官吏货贿为市，侵渔百姓。告诫两千石勤于职守，渎职者，由丞相请示定罪，并布告天下。五月，降低

---

① 材官，秦汉时对力能拉动十石强弓劲弩的羡武之士的称呼，又称"材官蹶张"。

入赀为官的门槛，以利于廉洁之士入仕，同时严申不许有市籍者为宦的禁令。

可到了秋凉时节，刘启宿疾复发。这一次病势凶险，群医束手。太卜经卜蓍后奏告，冬令日行北方之宿，北方大阴，恐招恶鬼，提议作大傩以扶阳抑阴，除旧布新。太后召见丞相、御史大夫等重臣商议后，决定于今年腊日前举办大傩仪式，以驱除疫疠，为皇帝祈福攘灾。

腊日，大致在每年十二月二十八日，是祭拜祖先、百神的日子。所谓大傩，原是传承久远的一项古老仪式。传说上古颛顼氏有三个儿子，生而夭亡，化为厉鬼。一居江水而为疟鬼；一居若水而为魍魉；一居宫室人家的犄角旮旯而为疫鬼，专门惊吓小儿。后世每逢腊日的前一日（二十七日），宫廷民间都要举办大傩仪式以驱除疫鬼。流传到汉代，已渐渐演变成为年终岁尾的一项风俗节令，兼有驱疫攘灾，除旧布新的意味。

每逢大傩之日，宫廷民间都会举办盛大的游行狂欢，参与者人人佩戴假面，由扮成方相氏、十二神 ① 等神怪的巫觋打头，男女巫觋执帚紧随其后，宫内由少男少女扮成的侲子 ② 一百二十人（宫外则多达万人），面戴红色面具，手执桃木弓和棘矢，四下游行射击，布撒神丸和五谷，以驱除厉疫。刘启即位以来，不好神怪，崇尚俭朴，宫中已多年未曾举办此项仪式。而今身陷沉疴，不能自已，经不起太后与众臣的一再劝说，同意一试。

对于刘彻、韩嫣和阿娇及宫廷内外的少男少女而言，大傩则不啻一年一度的盛大狂欢，听到今年宫中要行大傩为皇帝驱疫攘灾，各个都兴奋得不得了，要求加入游行的侲子队列。

大萍离宫后，刘彻怅然若失了许久。事情既难以挽回，时间一久，也只能把这份情感封存在心里，渐渐恢复了常态。王娡与刘嫖有意让他与阿娇多接近，阿娇正值豆蔻年华，美艳而外，兼有一种高贵娴雅的气质。刘彻情窦已开，又在心猿意马的年纪，自不免为之倾倒，心思便渐渐放到阿娇身上来了。

十二月二十七日，夜漏上水时分，刘彻、阿娇、韩嫣等与获准参与大傩

---

① 方相氏，古代传说中驱疫辟邪之神，大傩时由巫觋担任，戴有极为狰厉可怖的假面，以吓阻疫鬼；十二神，均为上古神话传说中专门捕食各种疫鬼的神祇。

② 侲子，即童子，亦佩戴假面，是大傩仪式中追随方相氏等驱逐疫鬼的助手。

仪式的少男少女一百二十人，身着黑衣，头戴赤色头巾，面蒙红色面具，齐集在未央宫正殿前的广场上，期盼着仪式的开始。侲子们的心情既兴奋，又紧张，刘彻抓住阿娇的手，紧紧握住，轻声说道："你跟住我，别走散了。"四下戴着假面的侲子，穿着一律，看上去都是怪怪的，难以分辨。他觉得阿娇的手心很热，微微抖动着。

广场上早已有朝臣、宫内的谒者、尚书、各类郎官、禁军卫士等列队于陛前，也都是黑衣赤帻，静静地候在那里。良久，远远看到，皇帝倚在一架腰舆上，被抬出了前殿。坐定后，谒者令高声奏报道："巫觋、侲子齐备，请逐疫疠。"听不清皇帝说什么，只听谒者令一声高喊，鼓乐齐鸣，众巫觋领头，侲子和应，唱起了驱疫歌：

> 甲作食凶，胇胃食虎，雄伯食魅，腾简食不祥，揽诸食咎，伯奇食梦，强梁、祖明共食磔死寄生，委随食观，错断食巨，穷奇、腾根共食蛊。凡使十二神追凶恶，嚇汝躯，拉汝干，节解汝肉，抽汝肺肠。汝不急去，后者为粮！

载歌载舞，反复三遍。歌毕，方相氏与十二兽挥戈作舞，动作夸张而激烈。方相氏身着黑衣朱裳，背上披一张硕大的黑色熊皮，黑色的面具上绘有黄金四目，狰狞可怖。他左手执盾，右手扬戈，汹汹然似与众疫鬼作激烈搏斗状，每次获胜，众侲子都齐声欢呼起舞。反复三遍后，疫疠鬼怪似不敌而逃，方相氏挥戈打头，十二神、男女巫觋与面戴红色面具的侲子大队，紧追不舍。十二神张牙舞爪，作各种扑咬吞噬状；男女巫觋则尖声呼号，挥动扫帚作驱赶状；前排的侲子抬着一面巨鼓，六名鼓手挥槌猛击，发出惊天动地的轰鸣声；对于想象中有可能藏匿有恶鬼的角落，大队侲子或执弓猛射，棘矢纷纷；或从布袋中掏出一把把药丸和谷粮，四下抛撒。一时间，鼓声，怒斥呼号声夹杂着少男少女们情不自禁的尖叫声欢笑声，响成一片，整个未央、长乐两宫，人声鼎沸，与宫外的游行驱疫队伍遥相呼应，长安城中，火炬如游龙般蜿蜒舞动，预示着一个不眠之夜。

整个大傩逐疫的游行要反复进行三遍，深入宫中的各个角落。游至第二遍时，阿娇已气息咻咻，体力不支。前面就是太子宫，刘彻拉着阿娇的手，悄悄逸出杂乱的队伍，三拐两拐，便进了平日授读的书室。刘彻插上房门，猛地将阿娇揽在怀里，两人相拥着一动不动，耳中满是急促的喘息和怦怦的心跳声。不久，傩子们也呼啸而至，大呼小叫的驱鬼声声震屋瓦；门窗上响起一片沙沙声，是傩子们在抛撒五谷；伴随着杂沓的脚步声的，是韩嫣的声音，"太子殿下，太子殿下在这里吗？"刘彻搂紧阿娇，并不作声，脚步与喧哗声渐渐远去，刘彻放开阿娇，两人扯下面具，相互打量着，开心地笑起来。

阿娇吹气如兰，衣衫上散发出一股幽香，两人在师傅午休用的卧榻上，相拥而坐。刘彻在阿娇的脸上、脖颈间不停地嗅着，阿娇闭着眼，满面飞红，娇羞不胜的样子。可阿娇又不同于大萍，大萍温婉和顺，给人以宁静愉悦的幸福感；阿娇更主动、更热烈，犹如躁动不安的精灵，每每在刘彻的心中搅起热得发烫的激情。一番长久的缱绻温存之后，两人并头躺在卧榻上，阿娇依偎在闭目喘息的刘彻身旁，充满爱意地问道："阿彻，我们在长乐宫的初见，你还记得吗？"

"当然记得。"

"你许过甚愿，还记得吗？"

"记得。我说若娶阿娇为妇，当以金屋贮之。"

"如今还这样想吗？"

刘彻侧过身子，脸对脸盯着阿娇，豪气干云："孤一旦为天子，即立阿娇为后，绝不负心。那时候，天子富有四海，别说一座金屋，就是十座金屋，又算得了甚！"

阿娇盈盈的目光，充满着爱意，可嘴里却娇嗔道："男人只会说好听的，后宫里那么多女人，你不会像大舅那样，见一个爱一个吧？"

女人天性嫉妒，这个说法没错。刘彻摇摇头，轻轻捋齐阿娇散乱的鬓发，转移了话题："阿娇，你身上用了甚，闻起来这么香？"

"是麝香，听娘说是由巴蜀的客商从身毒国①贩运来的。"

---

① 身毒，古时中国对印度的称呼，又说是"印度"一词的音译。

远远又传来舞傩大队的喧哗声。两人爬起身，略整衣衫，戴上面具，重又潜回到了行傩的队伍中。在大内宫室内外，犄角旮旯巡行了三遍后，大队载歌载舞，人手一支火炬，开始向北阙的端门进发。想象中的疫疠鬼怪已无路可逃，将最终被从宫中驱除。早有卫士千人候在端门外，另有五千骑士分成三队，分布在从长安通往渭水几十里长的大道上。这是接送火炬，最终完成大傩仪式的最后一程。

卫士们接过宫内传出来的火炬，传递到长安城外的骑士手中，然后更相传递，直至数十里外的渭水之滨，将火炬投入水中，宫内外整个大傩仪式至此全部完成。此时，曙色熹微，长安城内的人家纷纷在大门上更换新的桃符，桃符上绘有神荼、郁垒两位门神，为的是防止被驱走的疫疠鬼怪溜回来。

此番大傩，对皇帝的病体并无明显的效验，一入正月，刘启的病情急转直下，他知道大限将至，于是连日召见大臣，安排后事。太子刘彻亲侍汤药，太后、皇后、长公主等一干人也日夜守候在未央宫，谁都明白，皇帝这一次是再也挨不过去了。

后元三年春正月，刘启最后一次诏令劝农：

农者，天下之本也。黄金珠玉，饥不可食，寒不可衣，以为币用，不识其始终。近年年成隔一年便歉收，朕意以为是从事末业者众，务农者寡所致。现下令各郡国务劝农桑，多多种树，可资衣食。官吏若有征发民夫，聚敛民财开采黄金珠玉者，坐赃为盗，两千石听之任之者，与之同罪。

次日，刘启召见皇后、太子，命宗正主持，于病榻前为儿子举行了冠礼。礼成，刘启叫过儿子，拉着他的手，道："加冠后你就是成人了。朕疾大渐，已经挨不了几日。你要记住父皇平日对你讲过的那些治国的道理，勤于政事，将高皇帝开创的基业发扬光大，朕所寄望于汝者甚厚，你要努力。"

刘彻泪流满面，哽咽不能成声，只是连连点头。

刘启伤感地说："太后高寿，我一个做儿子的不能尽养老的孝道，反而累她老人家为我难过，朕心里甚为愧疚。彻儿，朕有一个要求，你务必答应我做到，否则为父于九泉之下，亦不得瞑目。"

"父皇尽管吩咐,孝敬皇祖母,是孩儿的本分。"

刘启紧紧捏住儿子的手,道:"你听好了。你皇祖母年寿已高,动不得气,无论遇到何种事体,你一定要遵从她的意愿,不要违拗她,让她老人家快活、舒心,安心颐养天年。兴革的大事,一定要计出万全,一时行不通者,不妨缓办。有时拖一拖,事情反倒容易办。你要记住,逢大事尤其要镇定,欲速则不达,切忌操之过急。"

"儿臣记住了。"

"你发誓。"

"儿臣发誓。"

刘启费力地喘息着,好一阵方重新开口。"还有……就是你大姑和阿娇,你做了她的女婿,就要善待她,善待阿娇。我们是一家人,你做了皇帝,要照顾她们。"

刘彻一一答应了下来。刘启嘱咐他,朝政上的事情若有不甚明白者,可请教丞相卫绾。"卫绾是个忠厚长者,三朝元老,这样的老臣,要倚重。不可滥用少年新进,要观察考量,做到心里有数,喜怒不可在臣下面前显露出来,臣子们窥视到你的嗜欲,会投你所好,利用了你,你还不知道……"

望着泣不成声的刘彻,刘启拍拍他的肩头,苦笑道:"人生难免一死,却都执迷不死。只是死到临头了,真的明白这个道理了,一切又都迟了,你莫学朕,迷信甚长生的丹药,到头来全是一场空。"

他剧烈咳嗽起来,脸色发紫,开始大口吐血。御医们急忙上前救治。他的目光渐渐暗淡下来,可视线却一直不肯离开儿子。他口唇翕张,似乎还有话说,可只有呼噜呼噜的痰饮声。刘彻再也忍不住,放声痛哭起来。侍从的谒者们急忙向等候在殿外的太后、皇后与朝廷大臣们报讯。太后等赶忙进殿探视,不久,殿内便响起一片哭声。皇帝驾崩了,死时四十八岁,在位十六年。

国不可一日无君,皇帝宫车晏驾之后,按规制,太子随后就要在大行皇帝的柩前即位。在太后的主持下,下达禁令,关闭城门与宫门,内外一体戒严,内侍卫持兵器宿卫,京城驻军戒严,昼夜巡查。然后由丞相卫绾宣布大行皇帝的遗诏,太子刘彻即位为皇帝。等候在殿外广场的百官闻讯山呼称贺。随即,新皇帝提议为太后、皇后上尊号,尊窦太后为太皇太后,尊母后王皇后为皇太后。事毕，刘彻、窦太后、王皇后及百官皆免冠，白帻，加服白色单衣（丧服），哭踊如礼，百官则哭临于殿下。窦太后过于悲痛，哭踊时晕厥了过去，险些再出一起大丧。

长安通向各地的大道上，派往各郡国告哀的专使们驰马飞驰，皇帝晏驾的讣闻，如野火一般蔓延开来，传向四面八方。

六十三

皇帝升遐之际，太子宫门大夫赵绾正在书室中踱步徘徊，焦急地等待着前殿那里传过来的消息。大内已戒严，不准人走动，太子能否枢前即位，只有等到昨夜赶赴前殿与百官一同问疾的王臧回来，方能知道究竟。太子是储君，承继大统顺理成章，可窦太后迷信黄老，厌憎儒术，认为太子宫的师傅辅导无方，最近刚逼迫皇帝免去了王臧的太子少傅职务。太后的这种成见，就可能寓含着某种危险的变数，每念及此，赵绾都会紧张。"千万莫出意外……"他喃喃默祷，绕室彷徨，尽管正月的室温相当寒冷，可身上还是冒了汗。

赵绾，字子芝，代人。青年时师从鲁中大儒申公学《诗》，人既颖悟，学亦刻苦，很快就在申公众多弟子中脱颖而出，成为申公最为得意的门生之一。二十五岁时游学长安，以对《诗》的造诣，成为石渠阁校书博士中的一员。赵绾满怀儒者辅佐圣王、兴礼乐以致太平的抱负，在石渠阁一干就是十年。直至被派往太子宫授《诗》，成为刘彻的师傅，才时来运转，得以一展长才。八年来，他由太子洗马而庶子，一直做到门大夫，成为少傅以下地位最高的官员。事业上的际遇还在其次，尤为令他欣喜的，是太子对他的欣赏和倚重，堪称东宫第一，不仅赞同他的政见，而且对他所提出有关未来兴革的建议，可以说是言听计从。这样的君臣际遇，古今罕见。学以致用，致君尧舜的人生志愿有望实现，儒者立身扬名，以显父母乡梓的荣耀可期，赵绾这份踌躇满志的感觉，既使之身心鼓荡，恨不能早日乘风破浪，一展宏图；又使之不安，隐隐有种不祥的预感。王臧的免职，内含的消息是，主张黄老之治的窦太后，对朝政仍有着不容置疑的影响，独尊儒术的大政方针决非一蹴可就。可只要太子即位，成为天下独尊的皇帝，就再不会有甚力量能够阻挡新政。每念及此，赵绾都会勇气大增。

直至下午百官哭临过后，王臧才从前殿赶了回来。看到满脸焦虑、在宫门前迎候他的赵绾，他连连摆手，道："到里面说。到里面说。"进了书室，他小心地关闭门窗，落座后，满脸的兴奋才绽露出来。他是东海兰陵人，字仲凯，与赵绾同学，同在申公门下，是申公另一位高徒。原来也在石渠阁任校书博士，后为刘启看中，擢为太子少傅。他与赵绾，在授读《诗》时，将儒家之理想与治国理念灌注于其中，对刘彻有很大影响。刘彻越来越倾向于儒术，引起窦太后的极大不满，王臧为此失去了少傅之职，但仍被刘彻留在太子宫授读。王臧握住赵绾的手，道："子芝，太子已经柩前即位，承继了大统。我们成功了！"二人拊掌大笑，多日来的不安与忧虑一扫而空。

赵绾道："太后那里，没有甚训示吗？"

"太后，不，如今已上尊号为太皇太后。太皇太后因悲伤过度，当场就晕厥了过去，几乎未能成大丧之礼。听太医院的御医讲，太皇太后自梁王薨逝以来，一直郁郁寡欢；先帝不豫后，太皇太后日夜焦忧涕泣，身子已大不如前了，视力尤差，恐怕会有丧明之痛。"

孔子的弟子子夏，因爱子之死痛而失明，后世便称这种因丧子之痛而起的失明为丧明。二人唏嘘感叹了一番，可心里却另有一种窃喜。太皇太后若失明，则不便干预朝政，对于新政的推行，无形中便少了许多窒碍。

"太皇太后未能坚持到终礼便回长乐宫歇息了。原以为嗣皇帝与三公计议今后的人事时，有太皇太后在跟前，颇多掣肘。这下皇帝得以畅述己意。卫绾等老臣虽有异议，可皇帝不为所动，由殿内侍从传出来的消息说，看皇帝的意思，人事与朝局，怕要有大变动。"

说到这里，王臧敛容长揖道："子芝，据极可靠的消息，你我不久都会得大用，据说三公的高位，也都要换人。我没想到，皇帝更张人事的魄力会如此之大。有这样的明君和君臣际遇，你我就学时的抱负，可望伸展了！"

赵绾也兴奋得不能自已，连声叹道："辅佐明君成就三代之治，大兴礼乐，造就太平盛世，是先师孔子的理想，若能成于你我手上，不啻为名传百世的伟业！这样的际遇，千古难逢。仲凯，我们要努力啊！"

赵绾急切地摊出他对于新政措置的想法，认为最先要做的就是召集天下通儒，会议明堂制度，制度一立，百事循序渐进，国事可运之于掌上，提纲挈领，纲举目张。

王臧内敛，看到赵绾得意忘形的样子，摇了摇头道："子芝，我们莫太乐观了。有汉七十年来，朝廷一直奉行黄老治术，若想改弦更张，怕不会那么容易。况且太皇太后还在，贸然行事，搞不好我们会蹈辕固少傅的后尘。这次的机会、时运均极难得，慎重行事，方可收效于长远。"

赵绾揖手道："仲凯提醒得是，我喜极失态了。依仲凯之见，新政当从何下手，你我可先议出个大概，作为皇帝施政时的参考。"

王臧不假思索道："最先办理的当然还是人事，皇帝欲大用儒者，肯定会遭到太皇太后及先朝老臣们的反对，化解此种阻力，乃当务之急。路得一步步走，争取同情，化解阻力，将拥护皇帝行新政者安排在中枢，改变我们势单力孤的局面，我看是重中之重，子芝以为如何？"

赵绾沉吟不语，良久，忽然喜动眉梢地说道："仲凯，我有个想法，你听听可行与否？先帝崩逝，对嗣皇帝最有影响的是谁？"

"当然是皇后。"

"对，是王皇后。拉住了王皇后，就能分太皇太后之势。眼下正有一个机会，新皇帝嗣立，按规制可以加恩于母家的外戚。王皇后之兄王信已封为盖侯，可她的隔山兄弟田蚡、田胜身为皇帝母舅，却还是白身，我们可联名上一个条陈，奏请加封他们为外戚恩泽侯，皇后、二田都会感念我们的好意，于朝政的施行上，应该可以有潜移默化的影响。"

王臧击节叹赏道："好法子，子芝不愧是智囊。你这么一说，倒启发了我，田蚡之用还不止于此！我听说，田蚡数年来奔走于窦婴门下，二人均好儒术。田蚡有野心，颇想在朝廷中出头。此人内有皇后的支持，外恃母舅之亲，早晚定得大用。莫不如由我们推他上去，必会引吾等为同道，在新政上，就又多了一份助力。"

赵绾连连颔首，"你提到窦婴，我倒想起一件事来。前年丞相桃侯刘舍死后，窦太后数次提议先帝以窦婴为相，都为先帝所婉拒。如今举之为相，太皇太后必不会反对，由她信任的大臣辅佐皇帝，东朝即使有意见，也好化解。窦、田同在中枢，且都好儒术，则皇帝在三公这一层上，决策与推行新政，均会得如臂使指之效。中枢都是赞同新政的人，太皇太后就是反对，也难有作为了。"

两人愈说愈兴奋，觉得自己的成功，应光耀师门，于是决定人事大定后，及时议立明堂制度，届时召集天下通儒，自己的老师申公年至耄耋，学齿俱尊，为全国学士所景仰，一定要奏请皇帝以驷马安车迎至长安，目睹门生所促成的前无古人的盛事，立身扬名，以彰显师门，如此之荣耀，千载之下，亦将传为美谈。

赵绾与王臧的献议，被刘彻全盘采纳。三月，封太后同母弟田蚡、田胜为列侯；封太后之母臧儿为平原君。六月，卫绾、直不疑等老臣被免职；魏其侯窦婴就任丞相，武安侯田蚡被任为太尉，太子宫门大夫赵绾升任御史大夫，朝廷三公的高位，尽为赞同新政的新人所占据；郎中令周仁致仕家居，这一皇帝身边最为重要和亲密的顾问职务，被授予了王臧。

人事的更迭顺利实现以后，下一步便是议立明堂，以复兴古礼的方式开创新朝的气象。可古礼该如何恢复，明堂该如何建置，在这些具体问题上，无论是刘彻，还是窦婴、田蚡，乃至最热心提倡的王臧、赵绾，均力不从心，道不出个所以然来。于是，征请熟悉三代制度的硕学耆宿来京师规划明堂，被提上日程。刘彻原想请致仕乡居的辕固生主持此事，但为王臧、赵绾谏阻。理由是，辕固生是被太皇太后逐出长安的，现在请他回来，太皇太后可能会认为是故意向她示威。于是王、赵的老师申公成为首选。

申公名培，号申公，鲁国人。汉初传授《诗》学的大学者有三家，即鲁国的申公，齐国的辕固生和燕国的太傅韩婴，被学子们称之为鲁诗、齐诗与韩诗。申公少年时与楚元王刘交同学于齐人浮丘伯门下，后元王之子刘郢客与申公一道完成浮丘伯门下的学业，申公为博士，刘郢客被高后任用为宗正，封上邳侯。刘郢客继嗣楚王后，聘请申公做儿子刘戊的师傅。刘戊生性顽劣，不好学，对申公的严格管教，怀恨在心。继承王位后，故意怠慢诸儒。当时以儒学为王府宾客者有穆生、申公、白生三人。穆生窥知王意，对申公等道，是我们离开的时候了。醴酒不设，王有意怠慢吾等，若迁延不去，终不免陷吾等于罪衍。申公、白生却不以为然，劝他说，你难道把先王待我们的好处都忘掉了吗？主上偶有失礼，又何至于此！穆生道，《易》称"'知机其神乎！机者动之微，吉凶之先见者也。君子见机而作，不俟终日。'先王礼敬我三人，是王道尚存，如今忽视吾等，是王道已失。失道之人，不可与之久处，我岂是为了小小一点失礼呀！"于是托病辞职，而申公、白生留了下来。

刘戊淫暴，申公等屡谏，不仅不听，反而加申公等以胥靡①之刑，穿戴赭衣、枷锁，劳作于市。直至七国之乱失败后刘戊自杀，申公等才得脱缧绁。蒙此羞辱，申公甚愧悔自己不听穆生之劝，从此归鲁从事教学，终身不出门，谢绝宾客，唯独奉朝廷的诏命。申公的弟子，在朝廷做博士者十余人，另有孔安国等做到各郡国二千石以上的大吏者十数人，其中最为出名者当推王臧和赵绾。

二人奉诏，亲迎申公于鲁，申公驷马安车，束帛加璧，王、赵乘坐轺传侍从。从齐鲁至关中，沿途数千里，见者无不称叹。到京后刘彻召见，见申公已届耄耋之年，须髯皆白，望之如神仙中人，心中颇为敬惮。可接谈之下，不免失望。刘彻想问的是天下治乱之事，申公的回答是，为治者不在多言，致力于力行就可以了。所言颇似孟子见梁惠王时的问答，文不对题，在急于开创新局面的刘彻看来，迂阔而不切于实际，令他哭笑不得。于是授以太中大夫的闲职，安置在鲁王在京的宅邸，议论明堂之事，以备顾问。

在最初的兴奋过后，刘彻感觉到了不满足。新的班底虽按照自己的意愿组建起来，可除了外戚亲贵，就是太子宫的旧人，王、赵学识虽渊博，可坐而论道有余，真正拿出切实可行的治国方略，仍嫌不足。他最需要的是如先朝晁错、贾谊那样的智囊，再就是有一技之长，或军事，或庶政，或理财，或刑律，能够独当一面，而又尽心贯彻朝廷意旨的能臣。议立明堂制度，在他看来，并非当前的急务，且易招致太皇太后的反感，可丞相、太尉与师傅们对此极为热心，他起初也很投入，但很快就觉得，用人行政方为治国的关键，可看到中枢众臣意兴正浓，不忍拂逆大家的意愿，便放手不问，私下里考虑的却是如何效法高皇帝，不拘一格，从民间草野拔擢人才的办法。早在五月，

----

① 胥靡，古代以枷锁相连示众的一种徒刑。

他曾下诏丞相、御史、列侯、中两千石、两千石、诸侯国相举荐贤良方正、直言极谏之士，但为卫绾等守旧老臣所沮。卫绾奏告说，所举的贤良，全是操纵横之术，学申、商、韩非、苏秦、张仪学术者，只会淆乱国政，建议全数罢斥。刘彻虽不以为然，仍不免违心允准。事后，他以年高为名免去了卫绾丞相的职务，代之以窦婴，决心在适当的时机，再次从各郡国拔擢人才。

建元元年冬十月，刘彻已即位十个月，新年岁首，此前仍算孝景皇帝后元三年，此后则为新皇帝元年，新旧易代之际，刘彻重颁五月间的诏令，下令三公列侯及诸郡国守相举荐贤良方正、直言极谏之士。正当他满怀期待，等候新一批人才聚拢于朝廷之际，朝局却变生肘腋，不仅使他汇聚人才的期望再次落空，也威胁到了新皇帝本人的地位。

六十四

"听听，听听，他们这是在作甚？皇太后也未免太放纵他了。阿武、阿启脚前脚后地去了，我难过，身子不安逸，眼睛又瞎。心说有你这个当娘的和那些个大臣在那里，总不至于出甚乱子。不曾想这才几个月工夫，就搞成这副样子！阿彻还是个孩子，怎能由着他的性子来！议得个甚明堂？祖宗的法度难道不好，大汉能有今日的强盛，全靠的是祖宗的法度，他才做了几日的皇帝，就这么不知天高地厚，都是些甚人在背后鼓惑他？你这个做娘的，难道不管不问！"

窦太后打断正在诵读奏章的大长秋邓忠，转向侍坐在一旁的王娡，做着愤怒的手势。她已几乎完全失明，王娡在她的眼中，只是一团灰暗的、影影绰绰的轮廓而已。王娡却不敢怠慢，太后的目光在她眼中，依旧那么咄咄逼人。她俯身揖手，恭敬如仪。

"太后教训得是。媳妇与阿嫖，这一向的心思全在彻儿与阿娇的婚事上边，倒是没有过问朝廷上的事，以为有大臣们帮衬着，该不会出甚乱子。媳妇一定教训彻儿，遵从祖宗的法度，不允他由着性子乱来。"

"还有窦婴、田蚡这些个大臣，都是本家的亲戚，原以为用着放心，不想全是些没有心肝的人！阿彻他一个小孩子不懂事，他们这些个做大臣的难道也不懂事？皇帝身边没有老成可靠的人，整天由着那些别有居心的小人鼓惑，能不走邪路？看来，我们不出面不行了，不能这么由着他们的性子乱来。"

三朝的老太后，势尊威重，对朝局具有举足轻重的影响。刘彻刚刚即位，根基未稳，在这个当口，千万不能惹恼了太皇太后。否则变生肘腋，什么事情都有可能发生。想到这里，王娡更为谦恭，低眉顺眼地唯唯称是。

"议得个甚明堂？说是效法三代，其实还不是那些一心猎取功名富贵的人的骗术。我就纳闷，孝文皇帝、阿启还有这个阿彻，怎么一个个都像是呆子？让些个骗子玩得团团转！孝文皇帝时那个大骗子新垣平你知道吧？我看这个明堂与新垣平的那套邪术没有甚两样。"

王娡知道这件事，点头称是。新垣平是赵人，通望气①之术，为求富贵，文帝十六年夏四月，他赴长安上书言事，说是长安东北出现了神气，呈五彩之色，好似佩戴冠冕的人形，主天子之象，大吉。上天降此祥瑞，宜立祠祀上帝，以应符瑞。文帝大悦，于是在渭阳建造五帝庙，其殿堂屋宇门窗，皆依新垣平所言，漆成五色。庙成，文帝亲临郊祀，据说有光辉直通天际，新垣平由此被拜为上大夫。九月，为了进一步讨好文帝，他购置了一只玉杯，在上面刻下了"人主延寿"四字，悄悄埋在了宫城的阙门之下。然后谎称皇宫阙下有神玉之气，派人掘出后献给皇帝。文帝大喜，下令天下大酺，以示与民同乐之意。翌年，新垣平的作伪为人举发，以大逆不道的欺君之罪夷灭三族。

"所以说，未央宫那边的事情，长乐宫这里还真是不可放手不问。今后朝臣上的折子，邓忠，你要随时给我调过来！皇太后也要找皇帝说一说，凡事要两宫计议后再办，这样，那些个歪歪心眼的小人，就难以利用皇帝的少年无知，以售其奸。"

太皇太后的这个主张，正合王娡的心意，于是痛快地答应了下来。可一向刘彻提起，却立刻遭到儿子的断然拒绝。

"皇祖母年高丧明，还问得甚朝政？母后管领后宫，已不得闲，况且父皇交代妇人不得干政，太皇太后与太后不好好地颐养天年，倒有闲心操心朝政，朝政要你们操心，立我这个皇帝作甚！"

王娡大窘，被噎得说不出话来。儿子翅膀硬了，眼看着就要摆脱她的控

---

① 望气，古代的一种占卜之术，以观望云气附会人事，预言吉凶。

制，她心有不甘。于是，她将儿子的原话告到了窦太后面前，打算借着窦太后的威势杀杀儿子的锐气。窦太后倒并没有动气，只是冷笑道："当初可真是看走了眼，让阿启立了这么个不孝的儿子做太子。"王娡听了，暗自心惊，后悔激怒了太后。

窦太后到底老辣，她不动声色地每日调阅奏章，直到建元元年十月，她认为抓到了足以致命的证据时，才赫然发难，一下子将刘彻等打了个措手不及，乖乖就范。

原来，窦太后每日调阅奏章，犹如悬剑，搞得大臣们惶惶不安。赵绾实在忍不住，便上了一道表章，建议今后事关朝政的折子，不必再送太皇太后、皇太后处阅看，俾使皇帝有亲政之实，太皇太后、皇太后也可以安心颐养天年。听邓忠读过这件表章后，窦太后冷笑一声，吩咐通知王娡，到未央宫前殿会面。

王娡得讯，匆匆赶到前殿时，看到眼前的景象，知道出了大事。窦太后正襟危坐于宣室殿正中皇帝的位置上，面若冰霜。刘彻及大臣们屏气敛容，俯首跪拜在下首。听到王娡的声音，窦太后吩咐道："皇太后也到了，这回当着你娘的面，好好给我们个交代！"

刘彻与大臣们正在宣室议事，忽见太皇太后在侍从的搀扶下走进来，其势汹汹，刘彻不明就里，急忙搀扶祖母坐于上位，自己带领众人顿首请安。窦太后冷冷地不发一言。刘彻进退失据，正尴尬间，见母亲来到，连连以眼色示意，无奈王娡也不知窦太后所为何事，两人面面相觑，不知窦太后因何动怒。

窦太后猛击身前的御案，喝道："怎么，做下了的事情，反倒不敢承认了吗？"说罢，从袖中取出一卷奏牍，摔在地上。

刘彻上前，打开那卷奏牍，心一下子沉了下去。这是赵绾昨日上的表章，奏请今后事关朝政的奏章，不必再送太皇太后阅看。刘彻心里虽赞成，可担心窦太后动怒，并未允准。却不知奏牍如何这样快便落到了太皇太后手中，看来，今日的这场风波小不了。

"皇祖母息怒，请容儿臣解释。"是福不是祸，是祸躲不过。这件事，赵绾等人是扛不住的，只有自己硬起头皮揽过来了。"臣子们的本意，为的是皇祖母能够在朝政上息肩，节劳静养，安康延寿……"

"看不出来汝等还有这般的孝心。还说甚息肩？甚节劳静养？汝等变乱祖宗的法度，议甚明堂，朝廷里头马上要出第二个新垣平了，却要吾等静养？给你出这等主意的人是何居心，难道祖宗的天下就由着你们随意糟蹋不成！"太后怒不可遏，边说，边用手杖连连顿地。

"太皇太后误会了。明堂乃三代圣王传下来的制度，国家兴盛太平，方能举行。大汉承列祖列宗的运势，民富国强，皇帝怀抱大志，欲光大祖宗的基业，即位伊始，与时俱进，议明堂制度为的就是祭祀先祖，朝见诸侯，效法周公制礼作乐，为我大汉开一新局面之举。与新垣平滥言数术，欺诳朝廷全然是两回事。"赵绾见祸由自己引起，太皇太后当众训斥皇帝，不留一点儿余地，担心皇帝推动新政的信心动摇，遂不顾一切，抗言陈述，即便激怒太后，也顾不得了。

"你是甚人呐？"太皇太后打量着赵绾，冷冷地问道。

"臣赵绾，现任御史大夫之职。"

"哦，你就是赵绾，那个离间我们娘母子的小人？就你这样的小人居然也做到了三公的高位？皇帝，这个人你用他作御史大夫，凭的是甚呀？"

"赵大夫本是太子宫的师傅，学问很好，对朕忠实，不是甚小人。"刘彻不满于祖母的武断，语气中有了顶撞的意味。

"看不出皇帝还真很欣赏此人。学问好，甚学问呐？怕不是儒学吧？明堂之类的东西，除去那些个儒者，朝廷上恐怕没有几个人搞得明白呢。"

"正是儒学。臣少时于先师孔子故里就学于申公门下，年方弱冠，即由朝廷试录于石渠。儒学各经，朝廷既列于学官，就承认了它是有益于世道人心之学，不然先帝也不会挑选吾等到太子宫授读。周公制礼作乐，先作明堂。先师孔子一直仰慕周公的事业，一生颠沛，克己复礼，为的就是有一日天下太平了，复兴三代的伟业。大汉承列祖列宗护佑，现今国泰民安，正是重兴先圣伟业的大好时机。臣等议立明堂，为的是汉家制度声教上的长治久安，出于至诚，望太皇太后、皇太后明鉴。"

窦太后冷笑道："好个巧舌如簧的东西，难怪皇帝会被尔等蛊惑！那个叫王臧的在这里吗？"

"臣王臧在，恭请太皇太后圣安。"王臧顿首，额上已满是冷汗。

"卫尉何在？把这两个蛊惑人君、变乱朝政的小人圈禁起来！皇帝，你下诏吧！"窦太后满面严霜，逼视着刘彻，样子十分怕人。

刘彻心急如焚，抢前一步再拜，顿首道："皇祖母息怒，一切都怪孙儿好事莽撞，与臣下无干。高祖皇帝当年经过鲁国，也以太牢犉祭过孔子。儿臣以为现今天下太平，故议立明堂，皇祖母觉着不妥，不议便是。请皇祖母开恩，赦免了王、赵二位师傅吧。"

见到刘彻出头辩护，窦太后更为光火起来。她顿着拐杖大声叱责道："看起来你们还真把儒学当了真，把孔丘当成了个圣人。阿彻你去读读庄子，听听他是怎么骂这个孔丘的！'摇唇鼓舌，以迷惑天下之主，所以谋封侯富贵者也。'你如今做了皇帝，不成还这么幼稚？做臣子的哪一个不是为了谋官谋权？儒家那套东西说得漂亮，为的还不是遮掩自己的小算盘！你父皇难道没有教过你吗？"

窦太后用手杖指着赵绾和王臧，说："他们两个若真是崇奉儒学，应当是孝字为先，居然如此阴险，上奏离间两宫，其心可诛！单就这一件事，就罪在不赦！皇帝，今日当着我和你娘的面，当着百官众卿的面，你把这两个东西给我圈禁起来，如何处置，三日内，你要有个切实的交代！"

刘彻四下环顾，大臣们各个屏气俯首，再无第二个人敢于出头谏阻。刘彻无奈，只得向候命的卫尉示意照办。卫尉率领数名侍卫，将赵绾、王臧二人带出宣室殿，押往北军内监候命。

可事情并不算完，窦太后指点着面前跪伏的群臣，恨声道："窦婴、田蚡，你们两个贵为丞相、太尉，干吗躲到后边？给我跪到前面来！"

窦、田二人应命向前，叩首请罪。

"你二人从辈分上讲，是皇帝的母舅，朝中外戚亲贵，身份没有如你二人更尊贵的了。可你们如何辅佐的皇帝？由着皇帝受小人蛊惑不算，你们还倒极力提倡，唯恐落到后边。三个月前，皇帝提出更换三公的人选，我看你们两个在内，就没有反对，不想你们两个皇家的至亲大臣，也跟着一帮儒者胡闹！王太后，皇帝身边的这些个人，我看要换换了。还是先帝的话对，要着实选拔一批老成本分的人，你看呢？"

"太皇太后说的是，大主意当然要太皇太后拿。"王姞唯唯称是，打心里佩服窦太后的果断，有她在，儿子算是遇到了对头。窦太后对朝政的影响，竟如此之大，让她开了眼界。

"那就这么着，窦婴、田蚡，你二人就此罢职归第，好好给我闭门思过。丞相吗？我看就让太常令、柏至侯许昌做，御史大夫就让严青翟做。至于郎中令，是宫里头的要职，王臧有罪，不能再任此职，就改用万石君家的石建，皇帝以为如何呀？"

刘彻无奈，只得点头应承下来。至此，窦太后完全颠覆了朝局，尊奉黄老治术的老臣重据要津，明堂之议废止，一切又都回复到数月前的状态。刘彻尽管不愿，可势单力孤，难以得到多数朝臣的支持。他也曾动过与太皇太后硬顶的念头，可是想到父皇临终前的嘱托，还是委曲求全了。

太皇太后颠覆了朝政，再次确立了自己的权威，临回长乐宫时丢下了一句话，皇帝三日内最好对赵、王二人以离间宫闱、蛊惑人君的罪名断然处置，不然，三日后，她将召集宗室诸侯、外戚亲贵与三公九卿和百官会议处置的办法。这是个明显的威胁，届时刘彻若不能按照她的意旨办事，太后很可能会以忤逆不孝之名提出废立，满朝的官员都是父皇时代的老臣，几个拥戴自己的心腹大臣或圈禁、或罢黜，太皇太后若真想要废黜他，在这些个老臣那里是可以收如臂使指之效的。

散朝后，王娡没有离开。局面凶险，她无论如何要劝说儿子服从窦太后的意旨，否则，多年谋划得来的一切，她与儿子的地位，会于转瞬间崩塌。刘彻静静地坐着，一言不发，紧闭着的嘴角透出一丝倔强。王娡要侍从们退下，坐到儿子身边，拉起他的手，道："彻儿，不是为娘的不帮你。刚才的那个架势，娘若袒护你，咱娘母子与太皇太后立时就成了决裂的局面。满朝都是你父皇时的老臣，有几人能站在我们一面？太皇太后盛怒之下，或许就会有废立之议，搞成那种局面，不要说你的抱负志向会成为泡影，我们母子的身家性命，怕也难保。儿啊，形势比人强，你就服个软，向皇祖母认个错，顺了她的心。你父皇那么厉害的人，有些事还得让着她，你认个错，不丢人。"

刘彻紧闭双唇，一言不发，仍是一脸倔强的样子。

"儿啊，娘不懂得朝政大事，可有一句话，欲速则不达，娘知道错不了。你才十六岁，还有的是时间，太皇太后年逾七十，还能支撑几年？你顺着她，由着她过几年舒心的日子。一旦不讳，以后再议你们那个明堂不就行了吗？"

王娡的话，刘彻当然明白。时机不利，行韬晦之计，史书中的事例屡见不鲜，父皇耳提面命的教诲，也早已深印在其脑海。可在感情上，他就是觉得在窦太后的横蛮面前低头服软，是奇耻大辱，作为皇帝的他，向一个强词夺理的老妪屈服，皇权岂不威风扫地。可他又能怎样？母亲说得不错，满朝的文武，都是父皇时代的老臣，早已认同太皇太后的权威，能有几人干冒风险，与自己站在一起？他贵为皇帝，可没有自己的人，这种权势便虚弱得如同风中的芦苇。没有忠实于自己的人，即便设立了明堂，新制度也难免流于形式。他最大的错处，在于把握了中枢的人事后，没能抓住时机，大量引入任用认同自己的权威，为己所用的人才，彻底分化、削弱、破除官场原有的格局，而去从事明堂之类的不急之务，激怒了崇奉黄老的窦太后，却没有意识到自己在新旧之争中，远不具有与旧势力抗衡的力量。一句话，没有人，是此次朝局被轻易颠覆的原因，同样，没有人，自己也难以抗拒太皇太后的意志，否则无异于以卵击石。他唯一的选择，就是服从窦太后，把眼前的危机化解过去，而后慢慢经营，直到有把握取胜的那个时刻。一念及此，他猛然憬悟，心气也平和下来。

"娘教训的是。儿臣知道错了。儿臣今夜便处置赵、王二人，让太皇太后舒心顺气。"

王娡大喜，儿子肯认错，这场危机便不难化解。她凝视着儿子，觉得既欣慰，又隐约有所不安。儿子面色安详，一点儿看不出他内心的波澜。小小年纪，就有了城府，喜怒不形于色，儿子有了人君应有的成熟，却仿佛离她愈来愈远，变得陌生了。

送走母后，刘彻直接乘辇前往北军监所，他要与二位师傅道个别。他的心境平静，没有不安与歉疚。权力斗争是冷酷的，容不得半点儿温情。他记得当年问起为何诛杀自己心腹智囊晁错时，父皇那无奈与冷酷的神情。"为帝王者，不能存妇人之仁。有时候，明知是忠臣，可格于大局，仍不能不加罪诛杀，为的是潜消反侧，争取时间。"父皇的话言犹在耳，是呀，自己目前最需要的不就是时间嘛，有了时间，与窦太后的较量，他就胜算在握。而这时间，值得用两位师傅的人头去换，他大可不必为此良心不安，师傅们向往的大业，最终会由自己完成，为此，他们会含笑于九泉的。

看看快到北军监所，刘彻吩咐跟在身旁的郭彤道："传知御厨整治一席酒菜，送到北军监所，朕要与两位师傅诀别。"

六十五

　　建元元年秋十一月，秋凉初起，金风送爽，正是一年当中最佳的狩猎季节。日晡时分，打从未央宫南面的西安门，出来一行十数骑人马，沿着长安通往上林苑的大道，疾驰而去。

　　打头的两名少年，英气勃勃，虽然一身民间普通装束，却难掩天潢贵胄的气质。后面跟从的人，也全是英俊少年，身佩弓矢刀剑，神情警惕地紧随在两人身后。近来每日午后，不当值的侍卫都应皇帝之约等候在宫门之外，随同出城行猎，久之，皇帝微服出猎已是大内尽人皆知的秘密。这些轮流陪同出猎的卫士也因此被称为"期门郎"。

　　行至奉明路口时，大道分为两岔，一条向南直通连接汉中的子午道，一条拐向西南，通向户县和周至。"陛下，今晚奔哪儿，走哪条路？"身材略高些的少年勒住马头，开口问道。刘彻蹙额道："说好了在宫外变称呼，称我刘郎。你如此称呼，怎能不露行藏！"

　　韩嫣笑着吐了下舌头，"臣，不，我该死。请问刘公子，今晚何处行猎？"

　　"还是前日去过的老地方。"刘彻向西南挥鞭一指，众人策马，直向昆明池方向而去。

　　自从太皇太后干政，逼迫他赐死两位师傅以后。刘彻在朝政上十分消极。一应大事全委托丞相许昌、郎中令石建等奏报太皇太后议决。太皇太后却也安之若素，乐此不疲。皇帝则好似变了个人，耽于逸乐，尤其钟情于歌诗与狩猎。汉宫的规制，皇帝五日一朝太后，请安后，除朝政而外，时间可由刘彻自行安排。因而他每每利用两次请安的间隙，与韩嫣带上一些期门郎，悄悄潜出宫，赴上林苑行猎。

前日在户县近旁的一个村落，他们猎获了不少野兔和雉鸡，拿到一家猎户开的旅舍打尖。旅舍主人的女儿年方及笄，眉眼颇似大萍，娇憨可人。刘彻心动，借着酒意，与那姑娘调笑了许久。直至客舍主人怒目相对，下了逐客令，他才恋恋不舍地离开。日来无聊，他又想起那女孩，于是叫上韩嫣，带着十余名惯常跟随他的期门卫士，绮梦重温。

那家旅舍所在的昆明池一带，虽也属于上林苑的范围，可其中居住着许多猎户，为皇家贡献猎物而外，猎户们开垦了不少荒地，种植谷物菜蔬。此地离南山甚远，没有大的猎物，野鸡、野兔最多，偶尔也有野猪、狍子出没。皇家田猎，通常都在南山猎场，刘彻等行猎，既不事先通告地方，又是便装出行，逐猎兔雉之际，每每会践踏猎户们的庄稼，搞得地方上啧有烦言。百姓告到官里，户县守令虽不明猎者的身份，可知道一定是长安城中的贵游子弟，不愿去触这个霉头，后又听说是宫里出来的人，便更不敢过问了。

猎户们愤怒已极，遂结伙联防，一经发现，便鸣锣示警，众人各执兵器，驱逐追赶。好在他们的马快，每次都能脱险，事后谈起，竟成了比狩猎更富于刺激性的趣事，刘彻等由是乐此不疲。

天色渐渐暗下来。刘彻勒住马头，示意众人驻足静听。四周满是密集的粟稷，秋收已过，穗头都被剪掉了，只余秸秆立在田里，被猎户们留作冬季的马料。晚风把秸秆拂得沙沙作响，不时可以听到里面野雉咕咕的叫声。刘彻做了个手势，被撒开的两条猎犬，极其敏捷地钻入田中，随着一阵扑棱棱振翅的声响，不远处飞起十余只野雉，斑斓的羽毛在落日的余晖中闪烁不定。早已等候着的猎手们纷纷放箭，不久，每个人的马鞍上都挂上了猎物。一只受惊的野兔冲出田地，慌不择路地狂奔。韩嫣一马当先撵过去，看看追及，野兔猛然转向，再次钻入田中，韩嫣兴起，掉转马头狂追不舍，将田中的秸秆踏倒了一片，最终在猎犬的围堵下，抓获了那只野兔。

远远地可以看到火把，猎户们发现了他们，大呼小叫着围了上来。刘彻吩咐了一声"走"，一夹马肚，向着一条侧路直奔昆明池而去，很快就将追赶他们的猎户远远抛在了后面。行了十余里后，天色已大黑，前方隐约可见几缕光亮，那就是他们今夜的目的地——柏谷村了。

刘彻推开门，一行人把不大的店堂占得满满的。众人把猎获的雉兔扔到地上，韩嫣向着阴着脸站在柜旁的主人笑道："老翁伯，着人收拾起来，洗涮割烹，今夜吾等要好好乐一乐。"

老翁不动，冷眼扫视着众人。韩嫣道："那位好女如何不见？老翁伯，你呼人抓紧烹煮，好生侍候我们主人，只要主人欢喜，价钱可以不论。"

老翁问道："你们是何等人，何以专在夜间活动？我听说上林苑近来有伙盗贼，呼朋引类，为非作歹，糟害百姓的田地。这里是皇家禁苑，柏谷亭舍就在附近，识趣的马上离开，惊动了官府，你们可知道汉法的厉害！"

众人互相看看，做出紧张害怕的样子，随即哄堂大笑起来。

老者让他们笑得摸不着头脑，悻悻地说："我看你们各个相貌堂堂，身高体大，若勤于稼穑，应该是庄稼上的好手。为甚带剑群聚，夜行动众？如此作为，非盗即淫。汝等还年少，就算不顾惜自身的名誉，就不怕牵累父母嘛！"

韩嫣不耐烦道："你既是开店的，不快快为客人准备饭食，在这里啰唣个甚！马上去叫前日里那个女子来侍候，不然要你的好看！"

刘彻止住韩嫣，和颜悦色地说道："老伯，我等逐猎辛苦，到舍下打尖，不过欲向你老讨口浆水解渴，没有旁的意思，老伯莫误会了。"

老翁显然认出他就是前日与女儿调笑的后生，他冷冷地打量着他，那眼神如同利刃，似要将他切碎一般。

"我这里只有尿，没有浆水。"说罢，老翁大步跨入里间去了。

受此窘辱，刘彻尚能自持，韩嫣和几个侍卫则怒由心生，拔出刀剑，欲与主人理论。刘彻止住众人，吩咐一名卫士悄悄跟进去，觇视后面的动静。卫士跟过去片刻即返，神色张皇地说，那老翁在后院，正与十数个身佩弓矢刀剑的壮汉计议着什么，其意不善。

一种熟悉的感觉又从腹中涌上来，紧张、焦虑与兴奋兼而有之，十年前在东市遇险时，刘彻就体验过这种感觉。灰溜溜地离开，这绝不是他的作风，双方人数相当，真的动起手来，谅寻常百姓也不是大内禁军的对手。于是，他吩咐两人护卫舍外的马匹。其余人各就搏击的有利位置，自己则倚在柜台旁，好整以暇地静观事态的发展。

有顷，一老妪带着两名仆妇走进来，老妪提着壶热水，边为客人斟水，边吩咐仆妇们将猎物带到庖厨中收拾。老妪斟水之际，已将屋内形势尽收眼底。她向刘彻笑笑道："各位先喝口水，稍等片刻，酒菜就上来。"说罢，转身回里间去了。刘彻使了个眼色，韩嫣随后跟了进去。老妪掀帘进了后屋，韩嫣悄悄凑过去，听到老妪正在说话。

"我观察那为首的丈夫，绝非寻常之辈，况且他们已有准备，不可图。莫如以礼相待，两下里相安无事。"

"不过是些个后生小子，好对付！不行咱们就鸣鼓召集邻近的猎户，围击这伙盗贼，不信收拾不了他们！"正是方才那老翁的声音。

"若是这样，也先要安顿好他们，候其酒醉入睡后，方可动手。你叫小安子到附近几户人家送个信，待他们喝得差不多时，咱们的人也就该聚齐了。"

"就这样办。"

韩嫣一溜烟回到前屋，满脸忧惧地将老翁夫妇的谋划讲给刘彻听，末了道："长杨宫离此不过十里，我看今夜莫不如宿在长杨，明日调集长杨的侍卫，剿灭了这伙胆敢谋逆的反贼。"

刘彻淡淡一笑，道："我们微服出行，人家倒以为我们是鸡鸣狗盗的歹徒呢，不知者不为罪。可我们若现在离开，摆明了是心虚害怕，他们路熟，四下趁黑追杀，我们必会吃亏。不如就宿在此处，看看到底会出甚事，万一事急，亮出朕的身份就可以了。都是大汉的子民，不会为难我们的。"

正说着，老妪端着装满酒具的食案走了进来。她一面逐个为客人酌酒，一面不停偷觑着刘彻。而两人一旦目光相接，她却面如止水，绝难看出她内心中的半点儿波澜。

"朕，朕！"什么人敢于如此自称？难道这少年竟是当今的天子嘛！老妪在众人饮酒时，注意观察着刘彻，果然风骨非凡，像是王孙贵胄的模样。她走上前去为刘彻筛酒，问道："这位公子贵姓？年庚几何呀？"

刘彻不答。坐在刘彻对面的韩嫣笑道："阿婆问他？这位是刘公子，长安大户人家的子弟。"

"喔，那倒是当今大汉天子的本家喽！真是贵客到了，刚才那老翁有眼无珠，识不得贵人，得罪了，还望公子宽恕。"老妪惊喜不置地说道。至此，她已肯定在座的客人是当今的天子与大内的侍从。

这样一来，原来的想法全变了。她亲自下厨，不久便整治出一席爆炙杂陈的山珍，作料虽不及宫中齐备，但鲜美异常，别有一种风味，众人胃口大开，狼吞虎咽起来。老妪站在刘彻身旁，频频为他酌酒。刘彻微醺，问道："敢问阿婆，前日我等来此，酌酒的那位姑娘是谁？今日怎不见她出来？"

"是吾儿的新妇，过门不过几日，今日携吾儿去娘家回门了。"

刘彻怅然，随即说道："那日唐突失礼，惹阿翁怪罪，我没有别的意思，只觉得你儿媳长得像一个熟人，愿意同她说话而已。二老莫误会，我这里赔礼了。"说罢，揖手谢罪。

老妪连连摆手，道："使不得，使不得。老妪原也是宫里出来的人，今日得在家中邂逅贵人，是老妪的福分。"

"哦，阿婆也在宫里住过吗？"

"住过二十多年呢，在后宫的庖厨做过。我是在孝文皇帝大丧那年出的宫，家在三辅，后来嫁到这里的尹家，算来也十六七年了。"

"看阿婆这家里，还生活得不错嘛。"

"托孝文、孝景皇帝的福呗。先帝从前也不闲着到上林苑田猎，不过通常是去南山猎虎熊野猪等大猎物。先帝体恤这里的猎户，允准他们开荒种地。猎户们贡献猎物，每次都得到先帝的赏赐。先帝路过这里时，还特意吩咐随行的侍卫，千万不要践踏民户的庄稼。听说梁王有一年建议清丈、收回这里的田地，孝景皇帝顾惜民户开垦不易，凡不得不占用的田地，都厚给所直。这里的百姓日日念叨先帝的好处，为之祈祷冥福呢。"

老妪面色平静，可话中又像是有所指，把刘彻羞得满面通红，好在是在酒席上，可以借酒盖脸。想到父亲的俭朴和要他勤政爱民的教诲，他心里如同针刺，对自己这一向的行为颇有悔意。说话间，老妪又拉出老翁，扯到刘彻面前，道："刘公子他们是宫里来的贵人，咱们是误会了，快向刘公子赔个不是！"

老翁嘟嘟囔囔地解释着什么，刘彻没有听清。两人举酒对饮，算是消释误会，老翁很快就醺醺然了。老妪又将埋伏在后屋的人喊过来，众人呼卢喝雉，掷色猜枚，输者饮酒，很快就醉倒成一片。老妪带着几个仆妇，将那老者连同同伴们缚了个结实，之后向着满面惊愕的刘彻等人道："诸公子请宽谅主人翁适才的无礼，这老翁好酒，酒醉后忘乎所以，狂悖不足与计。如今公子等放心高卧安眠，再不会有甚事了。"说罢与仆妇们将老者抬到后屋去了。

刘彻等人饱啖一餐，尽兴醉卧，直睡到次日天明，方才起身。老妪杀鸡煮黍，又盛情招待了他们一番，众人方才懒洋洋地上路。在返回长安的路上，刘彻沉思了许久，方才对韩嫣与侍从们说道："记住，今后狩猎去南山猎场，不能再做糟害百姓、令父皇痛心的事了。"

韩嫣道："若去南山，来回需要数日，搞不好耽搁了去长乐宫奉朝请，太皇太后和皇太后怕又要挑礼了。"

"不会。太皇太后有朝政可议，精神好着呢！近来反而比皇太后更为开通。昨日午前请安时，居然就朝廷的人事问朕的意见。我举荐李广回京任卫尉之职，她竟然也同意了。反倒是母后，动辄指责我嬉游无度，荒疏朝政。也不想想，我若勤政，还有她们问政的理由吗？"

"太后是挺怪，做了太后，反不如从前乐观通达。每次我去椒房殿，太后的神色都是怪怪的、阴阴的，看得我发毛。可为了蔓儿，还不能不去。"韩嫣闷闷不乐地说。

"我要你打听的事情，近来有消息没有？"

"大萍的事？当然，凡是去赵国的人，我都托他们打听大萍的下落。可是她家搬了，没人知道去了哪里，都没有准信。"韩嫣知道刘彻一直不能忘情于大萍，连日行猎柏谷，为的就是那个眉眼有些像大萍的酒家女。他也打听到大萍嫁到了河间县一家姓赵的人家。可慑于皇太后的警告，不敢告诉刘彻。

刘彻叹了口气，道："居常快快，日久会生心病。明日就是皇太后的寿诞，要想个法子让母后开心才好。"

韩嫣忽然想起了什么，拍了拍头，道："有件事情，陛下只要做了，太后必会欣喜异常。以前先帝在世时，只能憋在心里，如今虽不碍了，可要太后主动提出，还真开不了口。陛下有此孝心，何不送皇太后一份大礼。"

"甚事，讲来，莫卖关子！"

韩嫣望望周围的侍从，摇头道："此事事关太后的隐私，不便公开，还是回宫后讲吧。"刘彻也领悟到什么，不再追问。眼前已望得到长安城高大的城墙和开启的城门，新的一日又开始了，不知还要过多少日夜，自己才能成为实至名归的皇帝，推行心中酝酿了多年的伟业！眼下，他却只能以退为进，行韬晦之计。可昨日的遭遇，也提醒了他，切不可玩物丧志，抛弃了本来的职责。空闲的时候，他要多读书，多接触些贤人，悄悄地为将来的亲政做好准备。

六十六

王娡吩咐郭彤和石建等在外面，自己悄没声地走进长信殿，向太皇太后请安后，静静地坐在一旁。窦太后眯着双眼，正在听丞相许昌诵读奏章。自十月以来，朝廷议政的规矩有了变化。皇帝早朝时与大臣们议过的重要事项，都要送到长乐宫征询太皇太后的意见。经太皇太后认可的，下达施行；有异议者，退回未央宫重议，直至两宫一致，方可施行。王娡心里焦躁，可脸上仍是恭恭敬敬的神情，不露一丝烦躁。

公事办完，许昌退下，王娡再拜顿首请安。窦太后兴致不错，问道："皇太后还好吗？有事情就说吧。"

王娡吩咐召郭彤与石建入殿，忧心忡忡地说："皇帝近来屡屡微服出游，我怕他荒嬉朝政，说过他几次，他全不放在心上。只好请太皇太后出面，或许管束得住他。"

"荒嬉朝政，有那么厉害？"窦太后眉头微蹙，似乎不信。

"郭彤，皇帝昨晚又没有在宫中过夜吧？"

"是。"

"石大夫，皇帝昨日几时出的宫，最近都去了甚地方？你讲给太皇太后听。"

"是。皇帝昨日午后晡时出西安门，向西南方向去了。入秋以来，除早朝和赴长乐宫请安而外，皇帝常微服出宫，大多去了长杨宫一带，夜出昼归，一般次日便回，在外面最多不超过两日。"

"似这般日事嬉游，哪里还有个做皇帝的样子！太皇太后再不能坐视了。"王娡对儿子最近的表现，真的很失望。儿子的翅膀硬了，正在挣脱出自己的怀抱，似这般微行嬉游，若被窦太后知晓，会不会再起废立之心，毕竟这是个不错的借口。她主动提起此事，也含有试探的意思。

"荒嬉朝政？怕不是这样吧。每日我这里处置的，全是皇帝当日送过来的公事，看不出有甚耽搁延误。至于微服出游，皇帝他终究还是个十七岁的孩子，整日价在宫里，觉得憋闷，想出去走走，也没甚了不得。当年孝文、孝景皇帝年少时，都没少微服出行。对这种事情，莫太认真了。"窦太后慢慢呷了口茶，脸上是不以为然的样子。

"可皇帝这一向，是愈来愈不听劝了。除了请安时露一下面，平时难得见到他，好像有意躲着我们。这个样子下去，越来越生分，我忧心哪。"

窦太后摇摇头，笑道："皇帝这哪里是冲你，他是冲着我来的。我分了他的权，处置了他的师傅，不许他建明堂，他心里有气，无从发泄。他躲的是我，借着游猎，行的是韬晦之计。我打从孝惠皇帝时入宫，经历过四代人主，他算是第五个。这点儿伎俩，还瞒不过我老婆子。"

王娡与郭彤的心一下子被提到了嗓子眼，太皇太后若真存了这种成见，刘彻的地位堪忧。王娡前趋顿首道："彻儿如太皇太后所说，还是个孩子，不懂事，净做些个让人不快的事情，望太皇太后宽恕。"

窦太后笑道："你说阿彻不懂事？我看最懂事的就属他了。你做娘的看不透自己的儿子，难怪他不听你的。那日我在宣室大发雷霆，你们以为我要行废立之事？我老婆子眼瞎，可心里明白，再气也不至于做出这种糊涂的事来。废了阿彻，谁来接这个皇帝？谁又有资格接这个皇帝！孝景皇帝选嗣的眼光没有错，阿彻这孩子有大志，天生是做大事的材料，大汉的前程在他的身上。我挫辱他，为的是历练他，磨一磨他的锐气，让他晓得，就是皇帝，也不是想怎么着就能怎么着的。少年得志之人，最容易猖狂。更何况他是皇帝，背后有那么些人撺掇他、蛊惑他，难保不走歪路。孝文皇帝一大把年纪，还让新垣平给骗了呢，阿彻他年少，心气虽高，可经的事情少，不随时敲打敲打他，保不准会出甚事。那日当着那么多大臣的面，我杀了他的威风，他能不恨？可他忍下了，不跟我赌气，他知道这次的输赢是一时的，时间在他一边，最

500

终的赢家还是他。所以他不跟咱们计较，而是行韬晦之计，你还说他不懂事？"

窦太后呷了口茶，敛容正色道："可我绝不容他乱改祖宗的法度。儒学我知道得不多，制礼作乐，多是些浮华夸饰的东西。儒家讲有为，有为就免不了造作生事，就会扰民，虚耗国家的资财。大汉的家底是列祖列宗攒下的，祖宗立国以来，行的是黄老，是清静无为，与民休息，这才有了今日富强的局面。我活一日，祖宗的法度便不容更改，我死了，管不了了，皇帝他爱怎么闹腾，随他。"

见窦太后有些伤感，王娡接口道："太皇太后放心，千秋万岁后，媳妇也要效法婆婆，对彻儿严加管束，不许他乱改祖宗的法度。"

"你？"窦太后摇摇头，笑道："你不成。为甚？你不是我，阿彻也不是他父亲。物有各自的物性，人有各自的人性，不一样的！阿启是个守成的皇帝，阿彻是个做大事的皇帝，这样的皇帝，绝不是皇太后所能管束得住的。你若识趣，还是力所能及地管好后宫的事情，朝廷上的事情，由着皇帝去做吧。那时候他的年纪也长些了，行事该不会如今日这般冒失了。"

王娡亦喜亦悲。喜的是，太皇太后交了底，不仅没有废立的意思，言下还很看重彻儿，一直以来压在心头的石头总算落了地。悲的是，太皇太后说得没错，她没有窦氏的能力与威势，儿子看来也难以像孝景皇帝侍奉窦氏那样孝敬她。

回到椒房殿，王娡百无聊赖地四下察看。明日就是自己四十五岁的寿诞了。母亲臧儿早就张罗着要为自己上寿，可她却没有兴致。小时候盼着过生日，老来反而怕过生日，岁月催人老啊！儿子已过了热孝期，过一阵子，就能够与阿娇完婚了。届时阿娇将会以皇后的身份入主椒房殿，她将移居长乐宫，与强势的窦太后做伴，低首下心地侍候太皇太后到死，真不知还能不能过上自己盼望的那种扬眉吐气的日子。

殿门外忽然车鸣马嘶，人语喧哗，似乎有大队的仪仗在外。王娡等驻足观望，大门启处，却是儿子刘彻走了进来，跟着的是韩嫣，再后面则是众宫人搀扶着的一个女子，二十五六的年纪，一脸怯生生的模样，可那眉眼看上去，又似曾相识般地熟悉。

"娘，看看谁来了？"刘彻将韩嫣拉到一旁，露出身后的女子。

王娡与那女子四目相接，心头一阵悸动，难道是她？那女子也反复端详王娡，脸上却是一片茫然。

"明日就是娘的寿诞，阖家大团圆，是儿臣奉献给娘的寿礼！娘还记不起她是谁吗？"

王娡心头一酸，失口叫道："是俗儿吗，二十余年了，你把娘给忘了？"言罢泪下，泪如泉涌。那女子呆呆地望着王娡，仍是一脸的惶惑。父亲自幼便告诉她，她母亲早已死掉了。而今忽然冒出个母亲，而且还是当今的皇太后，她一时还转不过这个弯子来。王娡走上前，一把将女儿揽在怀中，心肝宝贝地叫着，大放悲声。到底是母子天性使然，金俗很快也动了感情，涕泪交流，一声声叫起娘来。

众人陪着大喜大悲过一阵，王娡拉着女儿进殿叙话，这才想起问儿子何以得知他有个异姓的姊姊，又何以找到并载入宫来与她相认。刘彻将韩嫣推到她面前，笑道："娘托王孙去金家送过东西，难道忘了吗？"

原来，金家自王娡入宫，便从臧儿处索回了金俗，从此与王家断绝了关系。臧儿后来嫁到了长陵田家，几次欲去金家看望外孙女，均被金家拒之门外，臧儿母女送去的所有物品都被扔了出来。王娡尽管伤心，但景帝在世时，她只能绝口不提。只是在听到金俗即将出嫁时，密托韩嫣冒充贺客，送去了一笔钱。韩嫣因此知道皇后在民间尚有个女儿。

今早回宫时，知道皇帝欲在母后寿诞时送上一份厚礼，韩嫣就想到了金俗。孝景皇帝驾崩，这件事情可以不再遮掩，于是将事情的本末原原本本讲给刘彻听。刘彻又惊又喜，叫道："王孙何不早言！"于是先不回宫，换乘车驾，领着一干侍卫，顺华阳街北出横门，直奔长陵而去。皇帝出警入跸，中尉府得知车驾要去长陵，早已派出缇骑，沿途警戒。到达长陵时时间尚早，乘舆自小市西路直达金家的所在里居，里门尚未开启，卫士门一通暴擂，砸开门后一拥而入，将金家围了个水泄不通。金家不明就里，阖家惊恐，东躲西藏。卫士们在床下搜出了金俗，将她扶持出大门，拜谒皇帝。刘彻跳下车，搀扶起金俗，泣下道："大姊，为何要躲藏那么深呢？"然后载乘副车，一同返回长安，与王娡相认。

韩嫣正与蔓儿耳语，王娡以异样的目光盯着他俩，说道："难为韩公子如此用心，孤要酬赠你百金为谢。"韩嫣顿首辞谢，王娡却不给他机会："孤知道你打得一手好弹弓，特意为你预备下了这些。你这些年来没少为孤奔走办事，得着这些也是应该的。"侍女打开一只锦箧，里面满满装着的竟全是黄金制成的弹丸。

"这太贵重了，小臣不敢当。"

"贵重？你好好为孤办事，比这贵重的赏赐还多着呢！"说罢，她不再理睬韩嫣，径自向金俗问起金家的近况。

王娡入宫后，金王孙伤痛欲绝，一直没有再娶。四年前患病，久医无效，死前为女儿招赘了一个男人，靠着父亲留下的家产，金俗一家过得还算富裕。成婚三年，金俗生有一女一子，全都从金家的姓，女儿名金娥，儿子名金仲。听到金王孙终生未再婚娶，女儿又为自己添了外孙，王娡既感伤，又欢喜，遂同意刘彻的建议，明日在未央宫大宴王氏全族姻戚，为自己贺寿。

刘彻与韩嫣掰着手指计议明日大宴要请的宾客：太皇太后、刘嫖和窦氏家族，王氏家族、臧儿改嫁过去的田氏家族，自然还有新认了亲的金氏家族。看着儿子那副认真张罗的样子，王娡的眼睛湿润了。儿子无疑是孝顺的，自己的心血没有白费，窦太后以为只有她能够驾驭皇帝，未免忒看轻了自己。明日的寿宴，是儿子孝心的表示，窦太后见了，也该无话可说了吧。

次日的酒宴，果然盛况空前。窦太后、长公主、阿娇及窦氏宗亲，平原君臧儿、田蚡、田胜全家，盖侯王信、王娡的长女平阳长公主夫妇、少女隆虑公主夫妇、儿妁尚未就国的两名幼子，及金俗携其子女，全都亲临椒房殿，为皇太后贺寿。刘彻祝酒时，还当筵宣诏，加封金俗为修成君。并以母亲的名义，以钱千万，奴婢三百人，公田百顷，长安城内的甲第一座，赐予大姊。刘彻此举，窦太后也十分赞赏，称赞他有孝心，无形中，太皇太后与皇帝间的关系大为缓和。刘彻也答应母亲，今后用心于朝政，不再微服出游。

有生以来，家族姻亲的聚会，人来得如此多，到的如此齐，在王娡的记忆中，还是第一次。望着济济一堂的亲友，她泪眼盈盈，激动得不能自已。儿子正同阿娇说笑，撇开助成儿子即位的因素，他俩也是极般配的一对。阿娇人虽高傲，同她的关系却很好，称得上是个孝顺的儿媳。

母亲臧儿正在向金俗叙述着什么，怕是解释当年为何要强行拆散她们的道理吧。自己与长女一别二十四年，亏欠女儿的太多了，今后一定要好生看顾她与一双外孙，尽己所能地补偿他们。

韩嫣正与董偃热烈交谈，恐怕不外乎公子哥们呼卢喝雉、斗鸡走狗的玩经吧，刘嫖坐在近旁注视着这对璧人，喜爱之情溢于言表。近来长公主走到哪里，将董偃带到哪里。自陈午病重瘫痪以来，她与董偃出双入对，越发没有顾忌了。奇怪的是，如此有损门风的事，窦太后竟视若不见。王娡久久注视着他们，心中不由生出一丝嫉妒。

金俗的儿子金仲，正在倾听清河王刘乘与常山王刘舜间的谈话，看他那副痴呆神往的样子，两位皇子怕正在向他炫耀什么。看到儿姁的儿子，她总有一种不自在的感觉。可也绝无愧疚，她成功了，重振了臧氏的家声，她也将妹妹的遗孤抚养成人，都加封了王位，她对得起儿姁和家族姻亲中的任何人。

她应该感激而不在座中的只有义姁。不知怎的，义姁前不久坚决辞去了御医之职，辞别时对王娡说，义纵已经做到了县令，可以供养全家生活了。她一生未嫁，全是为了这个兄弟，如今义纵尚未成家，仍需要她为之操持家务，所以不能再效力于宫中。无论王娡怎样挽留，她坚不为动，竟放她去了。自己一生的命运变化，都出自这个女人的一次占卜与关键时刻对自己的帮助，可义姁淡泊名利，看来只好以关照她兄弟作为报答了。

以往与目前的一切，似梦如烟，在王娡的头脑中交叠起落。她成功了，可喜悦、满足与骄傲后面，仍有一种空荡荡的缺憾，生命对于她似乎并不真实。儿子已经是皇帝，即将娶妻生子，有自己的事业宏图；平阳、隆虑均已出嫁，南宫远在异国，生死莫卜；金俗虽与自己团圆，可也有家人儿女；就是母亲，也有室家之欢。唯独自己，无夫妻之爱，无室家之欢，虽然坐在皇太后的高位上，可世俗平头百姓所能享受的福分，她都不易得到。自己为之付出的一切，值得吗？成功后的失落，满足后的空虚，深深攫住了她。为了强抑住落寞的心情，她放怀饮酒，有生以来头一次真正放纵自己，不再自我约束。

六十七

王娡一觉醒来，已经是午后，仍觉得宿酒在头，有种恍惚迷离的感觉。她接过侍女奉上的茶水，发现奉茶者不是随身的侍女蔓儿，于是问道："蔓儿呢？"

"蔓儿随皇帝、阿娇、二位王爷和韩公子陪着修成君母子，去大内游览了。平原君和诸位舅爷都已告退出宫了。"

蔓儿这个贱人，觑着个机会就往外溜。王娡自打知道韩嫣与蔓儿相好后，不动声色，故意将蔓儿紧锁在自己的身边，将这对恋人的一举一动，置于自己的视线之下。看着有情人咫尺天涯，却故作生分、冷漠的样子，这样的精神折磨，每每使王娡的心头感到一丝快意。不料今日寿诞，略一疏忽，竟给了她一会情人的机会，王娡恨恨不已。

"太皇太后与长公主甚时走的？"王娡有气无力地问道。

"太皇太后年高，不胜酒力，早早就回长乐宫了。大长公主与陈府的人在偏殿休憩了一会儿，此刻正在前面的花园中漫步，说是等殿下醒过来告辞再走。"

这位大姑子怠慢不得，王娡急忙起身，洗沐更衣后，匆匆赶到椒房殿的花圃中来寻刘嫖。可见到刘嫖时，却又由不得止住了脚步。花圃中已是百卉凋零，甬路上满是落叶，唯有一大片竹林仍未褪去绿色，在风中摇曳生姿。刘嫖与董偃正在那竹林边上携手漫步，喁喁低语，全然是一对情人的样子。

王娡轻咳了一声，刘嫖扬起头，微笑着向她示意，握着董偃的手却并没有松开。董偃的脸红红的，问了声好，便低头不语了。王娡将二人让入前厅，看到董偃杌陧不安的样子，刘嫖道："我与皇太后说说话，董君若觉得不便，可径去园中走走，只是不要走远了。"

董偃起身告退，毕恭毕敬地退了出去。王娡望着恋恋不舍的刘嫖，笑着打趣道："董君？一个小厮，却如此相敬如宾嘛！"

"怎么？只要我喜欢，当然可以不把他当作小厮看。亲家母，我告诉你句实在话，在董君身上，有女人所想要的一切。与堂邑侯做了那么多年夫妻，却不知温情的滋味，只是在董君身上才有了这种感觉，令人不能自持。"

王娡的心中掠过种异样的感觉，既熟识，又陌生。是呀，男人的温情，自己有多少年不曾领略过了？她抑制住心头的躁动，语气平静地问道："你如此待他，太皇太后难道不怪罪你们吗？"

"太皇太后也是女人不是？独守空房是甚滋味，她知道得最清楚。董君人她见过，也知道我们的事，可她从来不过问。陈午瘫在家里，比死人就多了口气，守活寡的日子，她耐得，我却耐不得。"

刘嫖呷了口茶，打趣王娡道："别光说我们，殿下与那意中人走到甚地步了？也该告知我一二。"

"阿姊说的甚？孤不明白。"王娡正色道，可脸颊却微微有些发红。

"不明白？韩公子是怎么回事？听说殿下昨日赐给他的金弹丸足有百金之多，他与皇帝用之射鸟，金弹散落得四下都是，引逗的长安闾里的少年跟在他们四周，满处捡拾金弹。目下京师最新流行的一首谣谚，殿下知道怎么说？"

"怎么说？"

"'苦饥寒，逐金丸。'现下韩公子走到哪里，京师的儿童便跟到哪里，据说他这两日来丢失的金丸已有数十枚，拾到一枚，寻常人家可食数月。韩公子是阿彻的近侍，又蒙太后之赐，已成了京师最得宠的人了呢。"

"她大姑莫乱说。我赐其金丸，不过是谢他为我们母女相认牵线搭桥而已。"王娡有些后悔，前日不该当众将那些金丸赏赐给韩嫣。他不仅不知珍惜，反而四下张扬，难免引起人们的猜测与怀疑。

"乱说？赐金赐银就罢了，难为你想得那么周到！不是提前预备下的，哪里拿得出？再说太后看韩公子时那眼神，把甚心事都说出来了。"

"眼神，眼神怎样？"

"太后看韩嫣时的眼神，与我看董君时的眼神是一样的！女人动了情，唯独看心上人时的眼神是掩饰不住的。其实，独守空床的那份凄凉，哪个女人不晓得？太后又何苦拿我当外人，有些情愫，说出来，比借酒浇愁，一个人自己在心里苦着，不好吗？"

王娡叹了口气，道："我何尝拿你当外人？不过你我处境不同罢了。你在宫外，自然没有约束。我身份不同，得顾及皇帝的面子和皇家的体面。"

"既然有那么多顾忌，你莫不如就成全了韩公子。今日酒宴上，你那贴身的侍女，得空就与韩公子眉来眼去，那眼神与你我一样，一望而知是动了真情。你将此女赐予韩嫣，我看他比得着那些金丸，还会欢喜得多。"

"成全他们？谁又来成全我！"王娡反问道："阿姊，若有人要你放弃'董君'，你会作何想？你舍得吗？"

王娡的面色惨白，嘴唇也有些微微抖动。被压抑过久的感情一旦释放出来，是种可怕的力量。刘嫖注视着王娡，摇摇头，心里知道她是绝不会放过韩嫣的。

"那么索性将其收为己用好了。将那侍女打发掉，韩公子死了心，太后厚待他，他的感情也许会慢慢转移的。韩公子天潢贵胄，出身比董君高得多，人又风流倜傥，早听说后宫里的宫人都迷着他，有这样一个璧人做相好，也不辱没了皇太后呢。"

是呀，一个璧人。韩嫣那玉树临风的形象占据了她的脑海，那么英俊，那么年轻。近来王娡每每觉得光阴似箭，生命如水一般流逝。她的颜面愈益松弛，皱纹似乎也更深，连敷粉也盖不住了。不戴假发，几乎难以掩饰头发的稀疏与花白，每次对镜梳妆，这种感觉就分外强烈。她从心里羡慕蔓儿、韩嫣的年轻，嫉妒啮咬着她的心，若能占有韩嫣那年轻的身体，会不会留驻生命，让它走得慢些呢。起码长公主有董偃相伴，心情与容貌都比她好得多，虽然长她六七岁，可面相比她显得年轻而滋润。

景帝驾崩，窦太后丧明，这长安大内已不再有真实的威胁，她是该放纵、满足一下自己了。不然，辛苦谋划的这一切，为的是甚？成功如果不能带给人快乐，成功的意义何在！可怎样得到这个璧人呢？年长色衰，即使贵为皇太后，也难以打动男人的心，更何况韩嫣这样风流倜傥的公子哥。也许真如阿嫖所言，自己的眼神暴露了心事，韩嫣觉察到了甚，最近愈少到椒房殿来了，像是在躲她。若不是有蔓儿拴着他，王娡想见他一面都难。

见到王娡痴痴地出神，刘嫖笑道："妹妹的魂去哪里神游啦？是不是去会了韩公子，说给我听听。"

王娡猛然回到现实当中，不好意思地笑笑，说："大姊说得容易，我可是没有一点儿主意。要收作男宠，也得看人家韩公子敢不敢，愿不愿呢。"

"太后如此厚待于他，他本该感恩图报的。只要太后示好，有甚不敢的。在女色上，男人全都是馋猫，妹妹你说，有没有不吃腥的猫呢？"

王娡的心让刘嫖说得痒痒的，信心大增。是呀，以皇太后之尊，收个年轻人做面首，应该不是什么难事。她不能再亏待自己，从明日起，她便要着手安排这件事。

送走刘嫖之后，王娡的心情好了许多。原想好好教训一顿蔓儿的打算也放弃了，在韩嫣入彀之前，她还是个有用的诱饵。

翌日午前，刘彻早早阅完奏章，吩咐许昌送到长乐宫太皇太后那里议定，自己带着韩嫣和郭彤，一同到沧池边散心，顺带练习投壶。投壶原为一种古礼，到汉代已成为富贵人家宴会上常见的助兴游戏。刘彻近来游幸大姊平阳公主、三姊隆虑公主府上时，几次投壶，都负于姊夫，觉得很没有面子。郭舍人自告奋勇代他出赛，刘彻又不愿。既已答应母亲不再微服出猎，公事之余，便以练习投壶来打发时光。郭舍人是宫内出名的投壶高手，经其细心调教，刘彻投壶的命中率，已高出原来许多。

投壶的场地设在沧池边上的一块空场上，紧靠着一座凉亭。投壶所用的矢，以坚硬的灌木楛或棘的茎秆制成，重且直，不剥皮，底平头尖。矢有三种规格，以"扶"①为计算单位，分为五扶、七扶、九扶三种，相当于汉尺二尺、二尺八寸与三尺六寸，依场地不同而用。室内地方狭窄，多用五扶矢，厅堂中可用七扶矢，庭院宽阔处，可用九扶之矢。刘彻五扶、七扶之矢已经练得很准，

---

① 扶，汉代一种计算长短尺寸的单位，四指并拢的宽度为一扶，合汉制四寸。

于是特意在沧池边上开辟出一块空地，以练习既重且远的九扶投壶。

韩嫣被刘彻指定为司射（如今日之裁判），他吩咐近侍在场地上九尺开外处，安放好一只广口大肚、颈部细长的铜壶，壶内装满了小而滑的豆子。然后取出一只精美的兽头漆盒，打开后取出八支算筹，算筹是计算胜负的筹码，长一尺二寸。投壶一局每人四矢，相应地每人也应备四算。今日投壶者只有刘彻与郭彤两人，韩嫣于是取出八只算筹，分作两份。又命近侍摆好酒具，笑道："今日练习，非正式筵宴，无宾主之分，繁缛的礼节与奏乐都去掉了。可酒，还是要饮。每次胜负决出，胜者都要罚不胜者一杯。"

刘彻道："郭彤乃此中高手，如此这酒岂不都由朕包了！"

"那么这样好了，陛下如负，可将此酒赏赐侍从，有人分劳，当不至于醉酒。"说罢，韩嫣一挥手，早已备好的鼓手们开始擂鼓。隆隆鼓声由缓至急，由小至大，节奏愈来愈强烈、急切，似乎在催促投手。刘彻接过侍从递过来的长矢，觑准远处的壶口，用力投过去，可力量过大，棘矢擦着壶口飞了过去。

擂鼓声再次响起，轮到郭舍人，他抱着四支投矢，不慌不忙地取出一支，略作比画后，扬手而出，那棘矢不疾不徐地在空中划了道弧线，直入壶口，略微弹动了两下，稳稳落在了壶中。四下的人齐声叫好，韩嫣在郭彤身侧放下一支算筹。一轮下来，刘彻只投进一支，而郭彤四发全中。韩嫣将第四支算筹放在郭彤身侧后，高声喊道："郭舍人立一马①。胜饮不胜者！"

刘彻故作不快地命令侍从，将罚酒赐给韩嫣，韩嫣笑着一饮而尽。郭彤道："九扶之矢中的诀窍，在力道上面。陛下莫心急，心急则喘息不匀，力道便难于把握。屏息凝神，全神贯注于矢与壶口，均匀用力，则可一发中的。陛下可按此要领多练几次。"

按照郭彤所说的练习，刘彻很快就掌握了九扶矢的要领。之后的比赛中，刘彻连赢两局，韩嫣大叫道："陛下立二马，郭舍人负，所胜一局归于至尊，罚酒三杯！"在场的侍卫们齐声欢呼。

"这是他让我。这样，朕，郭彤、王孙各饮一杯，算是扯平了。"

---

① 立一马，投壶时所用的术语，意谓一局获胜。

稍停，刘彻吩咐郭彤为众人表演投壶。郭彤打起精神，从壶中拔出棘矢，走到九步开外，调匀口气，觑准壶口，不知用的什么巧劲，只见那棘矢飞也似的穿入壶口，随即被壶中的豆子弹出，沿着原来的弧线弹射回来；郭彤用掌一推，棘矢再向壶中飞去，又再次激射回来。如此循环往复，那支棘矢如同灵物，穿梭于郭彤和投壶之间，就是不落地。观者眼花缭乱，鼓掌喝彩之声，此起彼伏。郭舍人兴起，正待打足精神，为皇帝和众人表演反身背投等技巧，却被椒房殿的宫人打断了。

听说是皇太后传召韩嫣，刘彻笑道："王孙又可见到心上人了，还不快去。"

韩嫣则颇为迟疑地问道："太后传我何事？蔓儿也在吗？"

宫人笑笑点头，道："太后想问问金家的事，蔓姊在宫门候着，太后要你早些赶过去呢。"

金家的事，人都见到了，有什么事情不能当面问清？韩嫣心里狐疑，他自少声色犬马，是温柔乡里过来的人，女人的心思瞒不过他。近来太后目光中蕴含的意味，他虽不愿承认，却很清楚那当中的渴求。他惶悚不安，既不愿去，可又说不出不去的理由。秋凉时节，额头上竟急出了薄薄一层汗。

刘彻见他迟疑不决，挥挥手，道："朕另派司射，王孙莫让太后久等，去吧。"韩嫣不得已，将手中的漆盒递给郭彤，郭彤默默接过去，轻声道，"公子好自为之。"韩嫣看得出，他的目光中有着深深的忧虑。

到得椒房殿，却不见蔓儿的身影，不待他发问，宫人已将他引入了寝殿。虽是白日，殿内却挂着重重帷幕，光线十分昏暗，只有食案两侧的宫灯，将一席水陆杂陈的肴馔映衬得异常精致、华美。殿内的两只博山炉内飘出木犀的浓香，馥郁袭人。殿内的四角都有暖炉，散发出火炭的热气，寝殿虽大，却无一丝寒意，宫人禀报了一声"韩公子到了"，便悄然退了出去。殿内静悄悄的，没有一点儿声息，闪烁的灯焰，袅袅的熏香，弥漫于四周的黑暗，给人一种一定会有什么事情发生的诡异感觉，韩嫣觉得呼吸困难，自己的心仿佛凝固了。

不等他的眼睛适应四周的黑暗，王娡悄没声地从屏风后闪身出来。太后此刻的装扮，使韩嫣吃了一惊。太后显然才沐浴过，头发松松地披散着，用一条红丝带拢住。身着一袭龙凤对纹的信期纱绣睡袍，衣料轻薄露透，里面的红抹胸、织锦内裤与太后白皙的胴体皎然可见。一股奇香随之而来，是麝香。韩嫣觉得喘不过气，他顿首请安，眼观鼻，鼻观心，不敢再看太后一眼。

王娡走到近前，竟以手相扶，随即把韩嫣的手握住。她的手心灼热，很有力量。这亲昵的动作令韩嫣颤抖。可听到太后随后的话语，他的心几乎要停跳了。

"王孙不必拘礼，你我该如家人一般。孤一向不把你做外人看待，这里面的心思，韩君会不明白吗？"她拉他到案前坐下，偎在他身旁，在灯下细细地观看抚摩着他的手。"这么修长细腻，韩君的手，真像室女的一样呢。"

她亲手从案旁的酒缸中酌酒，递给韩嫣一杯。"韩君，我们先对饮此杯，之后，孤还有满腹的情思，要对你坦白呢。"

韩嫣心头撞鹿，又羞又怕，连连后退顿首。"小臣不敢。太后母仪天下，万万不可如此！"

"啐，母仪天下？在人前装装样子罢了。哪个女人耐得住深宫的寂寞，太后也是人呐，是有血有肉的女人，不能没有男人的爱呀。王孙莫怕，有孤在，没有人能对你怎样的。"

她端起酒，自顾自地一饮而尽，双目灼灼地逼视着韩嫣。"董偃你是知道的，孤所想要的，也就是大长公主所有的。宫里除去皇帝，只有宫女和宦官，没有男人。孤想有个男人长伴在身边，思量来，思量去，能够中意的，还是韩君你。你若答应，由孤去对皇帝讲，不会有事的。"

见韩嫣低头不语，王娡以为他动了心，用手抚着他的肩头，道："韩君可是觉得孤老了吗？"

"臣不敢，皇太后自有种成熟女人的魅力，光彩照人。"

这韩嫣说话就是讨人喜欢，王娡将另一杯酒递给韩嫣，"韩君，我已先干为敬，你莫再外道了，今后在我面前也不要再称臣，长公主称董偃为君，我们可更进一步，私下里你我相称便了。"

这竟真的是把自己当作董偃一流了。韩嫣羞怕而外，又添气恼。今日之事，看来是避不过去了。情急之下，他的头脑反而冷静下来。他捧起那杯酒，道："太后的心思，臣明白了。殿下抬爱，臣铭感五内。韩家三世受恩，韩嫣自幼为先帝选入宫中侍奉今上，汉家于我恩重如山，韩嫣万死不敢为此不伦之事。

臣还要冒死劝太后一句，太后身份尊重，切勿行遗羞于世人之事，若错行一步，太后何以面对先帝与今上，又何以面对太皇太后。"

如冰水泼头，王娡的心寒了。她盯着韩嫣，冷冷地说道："孤不怕，你又怕得个甚！莫不是你还舍不下那个贱人吧？"

这是在说蔓儿了。韩嫣故作不解地摇摇头，道："臣为至尊司射，说好去去就回，再不能多耽搁了，不然皇帝找来就不好看了。太后放心，方才的种种，臣已全不记得了。望太后三思，好自为之。"说罢，起身揖手告退。

退到门边，韩嫣转身，待要启门出去，忽然被赶上前来的王娡从后面紧紧抱住。"韩君莫走，你顺了我，我也会成全你。你喜欢蔓儿，我就赐给你。你若不愿日日来此，间日来陪我也好。深宫寂寞，王孙陪陪我，哪怕是出于怜悯，就当是我求你不成嘛！"

韩嫣惊出了一身冷汗，怕外面有人听到，既不敢声张，又不敢用力挣扎。太后动情的喘息声和浓浓的香气包裹住了他，他头晕目眩，喘息困难，几乎难以自持了。

不知相持了多久，殿外传来了脚步声，随后有人高声问道："韩公子可在？皇太后的话回完了吗？陛下还等着你去司射呢。"是郭彤的声音。太后一下子放开了他，声音也恢复了平日的威严。"既是皇帝在等你，话就先问到这里。孤的话你要认真思量，不要当作玩笑。孰去孰从，你要好自为之！"

韩嫣如逢大赦，忙不迭地跑出了椒房殿。郭彤在后面一溜小跑地跟着，皮里阳秋地笑道："公子慢走，陛下正在沧池泛舟，一时半会儿你这个司射还派不上用场。"

韩嫣掏出汗巾擦了擦额头上的汗，看看郭彤想要解释什么，郭彤摆手，道："公子莫讲，宫里头闲话传得最快，若不想祸从口出，第一要紧的就是管住自己的嘴巴。我们还是快走吧。"

六十八

　　韩嫣忐忑不安了数日，见椒房宫那里一直没有动静，心神才渐渐安定下来。到底是少年心性，很快他便把这件事丢在脑后，与刘彻竟日泡在北军校场，教练骑射。几个月下来，大内随侍皇帝的期门卫士，无论骑术还是射弩的力道，在新到任的卫尉李广调教下，大有长进。大多数期门郎，都可以于马上开弓，在平地上则能张动十石力的强弩。

　　刘彻十分满意，打算在这两千期门郎的基础上扩练出一支精兵，问计于李广。李广建议，关西汉阳、陇西、安定、北地、上郡、西河等边郡良家子中，多有父兄为国战死者，家境往往因此贫寒，朝廷念其为国尽忠，可用以补充宫中侍卫。其年幼者，可养在宫中，教以武功，俟年长后，自然可收精兵之效。刘彻大悦，遂命中尉石建按照这个意思奏告太皇太后。太皇太后欣然，还夸奖皇帝顾念为国殉死将士的遗孤，很痛快地允准了。

　　其实，刘彻此举，包含着很深的用心。李广之议启发了他，自己原来想从民间广招人才的想法，很可以借此落实，而又不落形迹。太皇太后把得紧的是三公九卿之类的高官，郎官俸禄最多六百石，低者仅三百石，即便多任些，大农也负担得起。将这些青年才俊置于大内之中，任使之外，他可以随时观察其才能器识，杰出者可派任地方历练，久之，治国经邦的文武人才，必会脱颖而出。精兵、人才一举而两得，又避开了太皇太后及守旧老臣的阻挠，实在是条瞒天过海的妙计。这个意图，他只向韩嫣透露过，韩嫣大赞成之，于是刘彻派任他为专使，赴各边郡征选郎官。韩嫣不遗余力，奔忙数月后，建元三年初，新入宫宿卫的郎官竟有千员之多。李广的三个儿子李当户、李椒、李敢也在其中。

此后，韩嫣奉命协同李广，教练这支新军。不过半年工夫，又一支精锐的禁军出现了，刘彻名之为羽林孤儿，又称羽林郎。韩嫣因劳绩被皇帝任为骑都尉，成为秩比两千石的上大夫，备极宠信，赏赐无算。与天子出则前驱，入则同卧，成为年轻皇帝最为亲信顾问之臣。而这一切，太后似乎从无过问，韩嫣的担心渐渐消退了。转过年，皇帝三年守制期过，与陈娇完婚，王娡则搬到了长乐宫与太皇太后做伴去了，未央宫内他又可出入无忌了。

不料，建元三年岁末，来长安奉朝请的江都王刘非，又牵动了太后的夙愿。

刘非是景帝第五子，程夫人所出。景帝前元二年封为汝南王。次年吴楚七国之乱，刘非年十五，体魄强健，有气力，上书景帝，自告奋勇愿击讨吴国。景帝派使赐其将军印信，率汝南军进击吴国。当时吴楚已兵败荥阳，一路溃败，大势已去，故刘非所向披靡。平乱后，吴国的封号被废，两年后，徙刘非为江都王，管辖吴国旧地。吴国富庶，刘非大治宫观，招纳四方豪杰，骄奢过于诸王。

此番进京，刘非已年届而立。刘彻多年未曾见到这位兄长，为表达亲亲之意，对他格外优容。小见①之后，特准他在长安多住些日子，知道他勇力非常，邀他参加秋季上林苑例行的秋狩。当日一早，刘非早早起身，夜漏未过，天色尚黑，他与侍从们已候在城南的驰道旁。

汉承秦制，驰道仍旧是主要的交通干道。其路面全由黄土夯成，宽约五十步，平整坚实，绝无杂草。每隔三丈，便植有青松。路为三车道。中央的宽道，为皇帝专用，没有皇帝的特别诏命，任何人不得妄入。否则轻则没入车马，重则送中尉府治罪。两旁的边道较窄，与主道有土堤相隔，是官员百姓往来出行的通道。刘非的车马就停在土堤连通主道的豁口处，准备迎候参见皇帝后，加入进皇家的行猎的车队中，一同奔赴上林苑。刘非少时随景

---

① 小见，汉代诸侯王赴长安朝见天子，按例天子只接见四次。即刚到时单独饮宴一次，称作"小见"。正月朔旦贺礼时正式接见一次；三日后，宴请与赏赐金钱财物一次；再过二日，诸侯王最后入见（亦称"小见"），向天子辞行。刘彻留江都王多住和狩猎，均含有优容之意。

帝出行时，曾在驰道上奔驰过，依稀还记得那种快意畅适的心情。这次又能重在这条主道上跑马，他很兴奋，连那辕马也不停地喷鼻踏蹄，颇有些跃跃欲试的样子。

远远传来缇骑称跸①的呼喊声，很央就看到一长列缇骑飞驰而过，沿主路两侧拉成一道警戒线。随后而来的是大批大内的侍卫仪仗，簇拥着十数辆皇家车驾而来。曙光熹微中，五彩斑斓的旗帜飘飞翻动，雄赳赳的期门武士与羽林骑兵列队而行。当中为首一车，朱轮重牙，上立黄屋左纛，竟是皇帝专用的金根车了，车上驭手身后，依稀可见一佩饰极为华贵的青年，虽看不清面目，应是皇帝无疑了。

刘非招呼了一声，带同侍从们一同跪在道边谒见。不想一阵风驰电掣的马蹄声中，并不如刘非预想的，皇帝会停车慰问，邀他同行。刘非偷眼望去，发现金根车上的青年并非皇帝，此人满脸骄色，昂首前行，对道边拜谒的人众，一副不屑一顾的样子。刘非气恼地望着远去的车队，向道旁警戒的缇骑问道："方才那盛气凌人的年轻人是谁，竟得乘坐天子的车驾？"

"这是目下皇帝跟前一等一的红人，新任的骑都尉韩嫣，与皇帝出则前驱，入则共卧，形影不离。长安城无人不晓的'金弹子'，你会不认识？未免孤陋寡闻了！"

"何以不见至尊？"

"听说是皇帝遣韩大人乘副车前行，先去看看南山一带猎兽的多寡与行踪，今日未必能够出猎。"

韩嫣，他记得，似乎是当年承明殿的陪读，弓高侯的庶子，连继承爵位家产的权利都没有的一个人，靠着在天子身边从事，竟有如此的威风，不把自己这个诸侯王放在眼里，是可忍，孰不可忍。刘非满面涨红，胸中怒气奔涌，他招呼众人起身回邸，决计赴长乐宫太皇太后与太后处请安，对韩嫣的张狂无礼讨一个说法。

---

① 古时皇帝出行，出警入跸，即喝止行人，宣布戒严，直至天子的车驾仪卫通过后方解严，边道的行人才能继续行路。

太皇太后近来身体欠佳，不见客。刘非只见到了皇太后王娡。看过刘非的礼单，王娡心里很满意。自从晋位皇太后以来，诸侯王觐见，还是头一次有人向她奉送如此厚礼，虽说吴国富庶，可也得这个江都王肯送。这样想着，王娡的脸色煦煦和易，对这个豪阔的藩王，格外假以颜色了。

"这多年不见，阿非竟出落得如此魁梧健壮，真是个伟丈夫了！可惜你娘不在了，若能见到儿子今日的样子，不知会欢喜成甚样子呢。"

刘非顿首道："儿臣虽没有了亲娘，可有皇太后在，儿臣仍有慈母在堂的感觉。"

他倒很会说话。王娡心里既受用，又警惕。"皇帝见过了？待你怎样，在长安还能住些日子吗？"

"禀告皇太后，皇帝待臣很好，小见之后，说要臣在长安多住些日子，还邀臣一起去上林苑行猎，亲亲之意，情见乎辞。天恩高厚，臣铭感五内。儿臣还有一不情之请，乞太后恩准。"

"噢？说出来听听。"

"儿臣甘愿放弃王位，爵位封土奉还于朝廷，所求者入于宿卫，日夕侍奉天子，沐浴皇恩……"话说到一半，刘非悲从中来，泣下难言，哽咽不止。

王娡吃了一惊，不知堂堂八尺的汉子，为何忽然作儿女子状。她摆摆手，道："你且慢哭。人们都说，快意威风无如南面王，况且江都是诸侯国中第一个富庶的所在。你怎么会起这样的念头！难道有甚隐情不成？"

刘非拭干泪水，道："太后哪里知道，诸侯王在京师，还比不上天子身边的一条狗，皇帝身边一个奴才，身份却比我们这些诸侯王来得尊贵呢！儿臣宁愿做皇帝身边的一个奴才。"

"竟有这等事吗？你们乃先皇血胤，贵为王侯，一个奴才也敢欺藐你们，他活够了嘛！这是个甚人，你指明白了，孤去给皇帝说，活活打死这个得志猖狂的小人。"

刘非暗喜，于是将早上得遇韩嫣的经过，铺张扬厉地叙述了一番。

听到韩嫣的名字，王娡心中便有种异样的感觉。那日自己以皇太后之尊示爱，却遭到他的婉拒，简直是奇耻大辱。她愧愤欲死，一直思图报复，尚未考虑好，就逢皇帝大婚，随后太皇太后不豫，她又得晨昏定省，亲侍汤药，这件事就放了下来。

　　"韩嫣？不过是从小陪皇上读书的纨绔，以此得宠。近一向孤也听说他张狂得不成样子，现今竟然敢于藐视诸侯王了？甚么东西！"她将小几上的茶杯用力摔在地下，恨恨地说道："明日皇帝来长乐宫请安时，我会当面为你讨个公道。"

　　次日，刘彻赴长信殿探视过窦太后的病情后，转道永昌殿向母亲请安。说起太皇太后的病情，都认为一时还不大要紧，可终究是耄耋高龄的人了，人又虚弱，能不能过得了这一关，很难说。看到祖母风烛残年，刘彻既难过，又有种隐隐的期待。他当然要依从父亲的心愿，不违拗皇祖母的意志，可此后太皇太后的身体、精力既难以有力地监控朝政，他也无妨为将来做些铺垫，招揽、储备人才，暗中开始新政的筹划。

　　说过窦太后的病情和皇室杂事后，王娡看似漫不经心地问道："听说皇帝拜封韩嫣做了骑都尉，是两千石的大官，是吗？"

　　刘彻知道母后自去年召见韩嫣后，就莫名其妙地对他有了恶感。刘彻曾问过他原因，韩嫣却讳莫如深，追问得紧了，含糊其辞地说是太后不许他与蔓儿来往。刘彻不解，曾问过母亲，不想同样不得要领。他劝太后将蔓儿赐予韩嫣，太后大怒，说蔓儿侍候了她多少年，最当她的意，让韩嫣死了这份心。刘彻于是劝韩嫣忍耐几时，蔓儿年届二十五六，按汉制，宫人年满三十者，放还出宫，届时接续前缘，不必再触这个霉头。如今见母后又提起韩嫣，口气不善，于是赔着小心道："韩嫣多年来在朕身边奔走，劳绩非寻常人可比，此次教练羽林军，成就尤其可观，赐个两千石的官职，是他该得的。"

　　"可是这个韩嫣，昨日竟冒用天子仪仗，在驰道上大摆威风。甚至来朝的诸侯王都将他错认为皇帝，行叩见天子之礼，他却不屑一顾。为人臣者，难道可以如此跋扈么！他过去行事还算得上谨饬小心，官做得越大，越显露出骄狂的本色。得志便猖狂，绝对是小人之流。皇帝莫再姑息他了，仅就擅作威福这一条，就应下入诏狱问罪。"

　　王娡面容僵硬，颜色由白泛红，很狰狞的样子。刘彻心里纳闷，从前母后那么看重韩嫣，待之如自家子侄，何至于为了个蔓儿，生出如此大的恶感。眼下语声虽不高，可听得出杀气。他揖手道："母后息怒，韩嫣如何跋扈，蔑视了哪位诸侯王，请明示。"

王娡于是将江都王昨日的哭诉细细陈述了一遍，当然也夹杂着许多自己的感想与意见。

刘彻心中生出一股恨意，这些个王侯竟是唯恐朝廷不乱了！这个江都王，平日在封国中，出入拟于天子，仗着有钱，招纳豪杰，豪奢不逊，地方上密报不断。此番进京，稍稍假以颜色，略示亲亲之意，不想他却跑到皇太后这里告刁状，居然说甚归国入宿卫，忒可恶了。他本想发作，可碍于母后，不得不敷衍，可口气很硬。

"母后误会了。韩嫣乃朕派乘副车，率领部分仪卫，先行至上林苑观察兽况，为会猎做准备。至于江都王错认拜谒，责任不在韩嫣，是他言过其实。要求归国入宿卫，尤属荒谬，平日他在封国中越礼僭制，擅作威福还少嘛！到长安却说他人跋扈了。若果真是韩嫣跋扈不逊，他为何不对朕面陈，而要跑到母后这里告状，是何居心？母后是偏信了。朕会打发他尽快归国，这件事请母后不必再问，以了了之。"

王娡被儿子顶得瞠目结舌，可心里对韩嫣的怨恨更深了。

回到未央宫，刘彻召来韩嫣，问起昨日之事。韩嫣笑道："臣早看到江都王跪谒道旁，有意视如不见，为的就是要他知道，他在封国的谱，莫到京师来摆。此番入朝，江都王四处结纳，大肆送礼，陛下略示优容，他却四下鼓吹与皇帝关系非同寻常，编了许多望风捕影的故事，这样的人，难道说不可以给他个钉子碰吗？"

"朕当然知道他的为人，可王孙你也要谨慎，莫要张狂，这朝廷内外嫉恨你的人不少，你要好自为之。"

韩嫣唯唯。刘彻于是问起近日托他在朝廷内外打探的消息，韩嫣道："有董先生的消息了。据说目下居住在故乡广川讲学。司马相如则在蜀郡的成都。他可真不愧是才子风流，勾搭了一位寡妇，当垆卖酒，老丈人丢不起这个脸，赠钱百万，现在成都买了田宅，做起富家翁了呢。"

刘彻闻言大感兴趣，要韩嫣将传闻细细叙述了一遍，听到有趣处，不觉笑出声来，倾慕之情，愈加迫切。父皇故后，刘彻整理暖阁中的文牍，发现了一篇大赋，铺排楚王神游云梦之事，想象奇诡，文采华丽，颇得宋玉《高唐赋》的遗意，但未书名姓。如此才藻，应召至京师，得其器使。刘彻于此耿耿于怀。一次，他与韩嫣在狗监斗狗，小憩时言及此事，叹道："朕真就不能与此人同时嘛！"在一旁服侍的杨得意插言道："臣同邑之人有名司马相如者，曾经写过以子虚乌有为主人公的大赋，不知可是此人。"刘彻登时想到司马相如论诗的那番谈话，拊掌笑道，弘扬文教的大才竟被朕忘掉了！

原来梁王死后，司马相如心灰意冷，打定主意还乡，梁王丧事完毕，竟弃官而去，回了成都。到家后才晓得，父母物故后，亲友离散，家业破败，老屋虽在，可萧条四壁，不得已只能租出去大半，靠租金勉强维持。相如的老友王吉，时任临邛县令，得知他的窘况，去信相邀，于是相如赴临邛一行，居住于县治所在的都亭。司马相如的文名闻名遐迩，王吉附庸风雅，公事之余，日日相访。起初，相如还与之盘桓。日久生厌，遂自称有病，推托不见。那王吉知道他的文人脾性，不仅不怪他，反而愈加恭谨。

临邛地处成都西南，虽只是个县治，可居住的富人冠绝全蜀。如卓氏、程氏，均是富甲一方的大族。卓氏之先乃战国时赵人，以冶铁致富。秦灭六国后，迁各国大族于蜀地。各家大族，纷纷贿赂押解的军吏，以求安置在靠近关中与汉中的葭萌县 ①。卓氏以为，葭萌土地瘠薄，而岷山之下水土肥沃，民间又有工贸的习俗，易于谋生。于是独求远徙，被安置在临邛。得知临邛山中有铁，卓氏大喜，即山鼓铸，从事滇蜀间的铁器交易，很快重振了家业。到了卓王孙这一代，卓家仅僮仆门客就有八百人之多，其生活起居、田池弋猎之豪奢，拟于人君。程氏是从齐国迁徙来的，也以鼓铸发家，与椎髻的西南夷贸易，到程郑当家时，也有僮仆门客数百人，与卓氏并为临邛首富。听到司马相如作客临邛的消息，两家争相结纳，求县令王吉引见。于是卓王孙在家中大摆筵席，王吉致书邀宴，程郑及两家数百门客汇聚一堂，期待着能一瞻大才子的风采。

相如起初大摆名士的身价，谢病不赴约。贵客不到不能开宴进食，数百人枵腹苦等。王吉无奈，亲赴都亭迎请相如。相如却不过这个情面，勉强赴宴。

---

① 葭萌，秦汉县名，位于嘉陵江上游，今川北剑阁东北。

临邛僻处蜀中，哪里见到过这等人才，相如的风致、谈吐倾倒了一座的陪客。酒酣耳热之际，主人家捧出一架焦尾琴，请相如鼓琴。相如执意辞谢。王吉见状，伏于相如之耳，告诉他卓家有一新寡之女文君，才貌俱佳，尤好琴音。君既丧偶，莫如以音寄情，卓家女儿若闻之心动，或可成就一段佳话。相如闻言心喜，鼓起精神，连抚数曲，果然打动了文君之心。

文君寡居在娘家，父亲虽托人提过几户殷实的人家，无奈质朴无文，文君看不中，遂迟迟未能再嫁。听到父亲邀宴京师来的才子，文君早就藏在窗后将相如从头到脚打量了个遍。只觉得他雍容娴雅，全然是京都名士的气派，心意已有几分活动。及至相如鼓琴而歌，文君更是认定这是自己想要嫁的男人了。当晚，相如应卓王孙之邀，安歇在卓氏庄院的客舍。他向王吉借了一大笔钱，买通侍者，重贿文君身边的侍女以通殷勤，倾诉自己的仰慕之情。文君意不自持，竟于夜半亡奔相如的寓处，连夜乘车私奔回成都去了。次日，卓王孙得知女儿与人私奔，大辱门楣，放出话来说："女儿不成材，做出这等伤风败俗的事情，我虽不忍杀她，可我卓家的钱，他们休想得到一文！"

到得成都，文君才发现司马家已经是家徒四壁，可事已至此，只得先将就着过了段清苦的日子。日久，文君不乐，于是劝相如道："我的兄弟俱在临邛，从他们那里借贷些本钱，也足以立业为生，何苦这么苦着自己呢？"于是相如卖掉了从关中带回来的车骑，又与文君同回临邛，向卓氏兄弟借了些钱，赁下了一间酒舍。文君当垆，相如着犊鼻裈，与酒舍中的仆庸一起端茶送酒，洗刷盘碗，两人略无愧色，却轰动了临邛一县之人。

卓王孙深以为耻，杜门不出。王吉与卓氏诸昆弟轮番劝说，都说文君既已失身于相如，再生气也没有用。相如是在朝廷中见过大世面的人，倦游还乡，眼下虽贫，其人才足以依靠，决不会潦倒一生。况且又是县令的客人，大可不必耿耿于怀。卓家只有一子两女，所缺的并不是钱财，认了这个女婿，将来未必不能得济。事已至此，卓王孙虽不情愿，还是分给文君僮仆百人、钱百万及衣妆财物等作为陪嫁。文君则与相如返归成都，大买田宅，过起了富家生活。

得知司马相如的下落，刘彻大喜，吩咐韩嫣马上传知地方，征召他入京。他要在京师聚拢起一大批文人学者，编纂乐府诗歌总集，大兴礼乐声教，使大汉的文治武功，臻于极盛，乃至超迈秦皇，步武三代。先帝与列祖列宗的事业将在自己的手中，开辟出既大且广的新局面。而这一切的前提，就是以前所未有的意志与魄力，汇聚天下英才，为我所用。终究，他已经成年，已没有什么力量可以阻止他畅行己意，亲政的前景，赋予他朦胧而巨大的期望，使他的内心躁动不安，渴望着即将到来的一切。

六十九

　　建元五年，是个多事之秋。太皇太后的身体时好时坏，一直未能康复。四月，刘彻的外祖母、平原君臧儿病逝。八月，两位异母兄弟，广川王刘越与清河王刘乘相继薨逝。一年之中，丧事不断，差堪安慰的只有一件事，那就是朝议终于同意设置《易》《尚书》《诗》《仪礼》和《春秋》这五部儒家经典的博士员位。

　　转过年春季，辽东高祖祭庙起火，朝议颇认为不祥。挨到五月，太皇太后终于撒手人寰，刘彻也终于能够按照自己的意志行政了。还在大丧之中，他即罢免了守旧的老臣许昌与庄青翟丞相与御史大夫之职，拜封其母舅、武安侯田蚡为丞相，御史大夫则由大农令韩安国接任。随即由田蚡起草了诏令，自下一年起，改元元光，在全国范围内重新推举孝廉并征召贤良文学之士。

　　元光元年五月，诏郡国进荐贤良。七月，各地举荐的贤良文学百余人齐集京师。刘彻亲拟制书，策问诸儒。核心的论题只有一个，即古昔圣王暨三代之治，如何再现于今日，大汉之文治武功何以超迈往古，独步于天下。气魄之大，求治之急，溢于笔端。各地来的儒士，如闻惊蛰的春雷，无不喜动颜色，各呈才智，贡献治国经邦、再造盛世的意见。这当中最称刘彻之意的，还属广川国的董仲舒。

　　董仲舒少治《春秋》，景帝时一度征至长安任博士。后还乡以教读为生，四方闻其名辐辏而至者甚多。到了后来，则由入室弟子转相授受，后来者甚至有为学数载，不得见其一面者。原因是董仲舒沉浸于历史上天人关系与灾异的研究，竟一连三年足不出户，寒暑数易，竟连园中景色的变化亦无暇窥看，在广川乃至京师都传为美谈。至于其进退容止，更是非礼不行，为一郡人所称道。

刘彻久闻其名，谋面之心早已急不可耐，遂单独召见，当面策问。君臣二人反复问难，在宣室殿中足足讨论了三日。刘彻对于今后经国之大略，终于有了成熟的想法。起初，董仲舒借年初辽东高庙起火一事阐述自己研究天人关系的心得，大讲灾异祥瑞乃天心之表现，天心系于民心，民心一失，则天心也必会转移，这种转移必伴有符命出现，为人君者朝惕夕厉，兢兢业业，必以天道为依归，否则上天必示灾异以警告之，高庙火灾即一例。刘彻虽觉得新奇，可他所关注的，是使朝议赞同自己的新政，即以儒学取代黄老，作为今后施政的方针。于是，在后两日对董仲舒的策问中，提出了自己存疑已久的问题。

"朕所不解者，虞舜垂拱无为，而天下太平；周文王日不暇给，国亦大治。朕想知道的是，帝王之道，岂非同条共贯的吗？何以劳逸如此不同。又如大汉七十年行黄老之术，国以富强，朕欲更张儒学，得无如大行太皇太后所言，会适得其反，重蹈秦始皇帝的覆辙？主张无为者说良玉不琢，主张有为者又说非文无以补德，二者之差别如方枘圆凿，帝王之道竟如此不同吗？子大夫 ① 请为朕答疑解惑。"

董仲舒至此方明白，皇帝欲有所作为，却在为要不要丢弃卓有成效的黄老治术所苦恼。他沉思了片刻，决心一吐多年的积愫，建议皇帝罢黜百家，独尊儒术。

"天道乃一以贯之，王道出于天道，自然是同条共贯的。陛下所言三代劳逸不同，非道不同，乃王者所遭遇的时代不同所致。时代不同，自然在制度上会有因革损益的不同，但无损于大道。所谓改正朔，易服色，不过是顺应天命而已。所以王者有改制之名，无变道之实。也就是先师孔子所言，'殷因于夏礼，所损益可知矣；周因于殷礼，其损益可知矣；其或继周者，虽百世

---

① 子大夫，为汉代对学者之尊称。

可知矣。'道之大原出于天，天不变，道亦不变。尧舜禹三圣相继，其道相因而无损益；桀纣残民以逞，故汤武文王顺应天命，起而以有道伐无道，承乱之后，于制度上不能不有所更张，所谓损益者是也。由此观之，继治世者其道同，继乱世者其道变。如今汉世继大乱之后，似宜少损周之文政，而用夏礼。"

刘彻不解。董仲舒胸有成竹，继续侃侃而谈。

"秦皇苛暴，捐礼义而任刑措，孔子曰：'导之以政，齐之以刑，民免而无耻'，故人心淆乱。汉承秦乱之后，势不能不行清静无为之政，休养生息至今七十年，应该是更张改制的时候了。"

"子大夫是说，如今正是以儒学取代黄老治国的恰当时机吗？"

"正是。陛下欲有所作为，则行事应遵循大经大法，上应天道，下合人心。"

"怎么说？"刘彻双目熠熠，紧盯着董仲舒。

"臣自少至今，一直攻读《春秋》，所悟出的心得是：春秋大一统者，天地之常经，古今之通义也。如今师傅传授的道理各异，人们所持的意见各异，百家诸子各执一词，意旨互悖，上无以维持一统，法制变乱；下不知所从，民心淆乱。臣愚以为可将众多不在六艺之科、孔子之术者，全部禁绝，勿使其与朝廷的大道并进，则邪僻之说自然熄灭。此后统纪可一，法度可明，百姓知所遵从，君民一心，上下一体，则陛下之意旨可以收到如臂使指之效，何忧壮志不得伸展乎！"

刘彻大喜道："子大夫之言，深获朕心。罢黜百家，独尊儒术，甚至黄老亦在摈弃之列，是这个样子吗？"

董仲舒意味深长地笑道："有些事情陛下不用说，只管去做就可以了。士子读书为的是入仕，陛下立儒家五经于学官，征辟贤良文学及孝廉均以儒家学问为根本，将来再为五经博士设立弟子员额，此后郎官主要由此选任，为学子开通入仕的门径，而以任子任赀①辅之。郎官为郡国两千石大吏之后备，

---

①任子、任赀，均为汉代选任郎官的方式。所谓任子，即朝廷高官的子弟可以直接任为郎官；所谓任赀，即富有之家子弟可以捐赀入仕，任用为郎官。郎官职衔虽低，中央及地方军政要员却大多出于这个阶层。董仲舒建议任贤，打破传统录用官员的成规，从学有专才的人中选拔郎官，以期得到更多有用的人才。

读书人以富贵功名为鹄的，儒学既为入仕捷径，自可不劝而兴；学子向风，儒学不难定于一尊。政治学术之嬗代，自会转移于无形。其他学术，不必明禁，也会渐渐衰微。陛下损益三代制度，与时俱进，必能超迈往古，成就一代圣王之治。"

董仲舒所论提纲挈领，正中肯綮，王臧、赵绾等议起明堂等大而无当的谋划与之相比，相去不可以道里计。刘彻感觉心智澄澈，今后何去何从，新政如何措手，全都了然于胸。对董仲舒的敬佩，油然而生。两人又议论了一阵推行新政的方略，在具体事务上，董仲舒的看法却不脱书生之见，大讲"正其谊不谋其利，明其道不计其功"。显然，作为宿学大儒，他长于指授，绌于任事。临到辞别时，刘彻改变了用董仲舒为朝廷重臣的初衷，而拜以两千石的江都国相。对刘非一类跋扈的诸侯王，他的道德学问或可起到些羁勒的作用。董仲舒心中虽不情愿，但以布衣一跃而为郡国长吏，已经是皇帝格外器重的表示，只能顿首称谢，接受下来。

董仲舒走后，刘彻仍然兴奋不已，在宣室殿外的回廊中来回踱步，思忖着下一步的举措。他忽然想到了韩嫣，韩嫣好骑射，对对策一类的皇皇大论避之唯恐不及，所以身边已数日不见其踪影。刘彻踌躇满志，急切间想把几日来的心得对挚友作一番倾吐，正待打发谒者传召他前来，却见到急匆匆地赶来的郭彤，形容之狼狈，令他大为吃惊。在他的印象中，郭彤为人处世，最为沉着内敛。他此刻面色苍白，满脸是汗，上气不接下气的样子，刘彻还是头一次见到。

"陛下，韩都尉出事啦，陛下若不亲自出面开解，他怕是过不去这一关了。"

"哦，出了甚事？你从速讲来。"

郭彤四下看看，很担心的样子。"韩嫣私会蔓儿，两人偷情被皇太后当场捉到，已被分别看押。皇太后说是淫乱后宫，必死的罪，谁说情也不管用呢。"

原来，刘彻与董仲舒对策问难这几日，韩嫣除去北军骑射，便拉着郭彤在金马门内的开阔地上比练投壶。偏巧这两日太后差蔓儿赴少府办事，每日里却由北阙出入。入北阙就是金马门，正遇韩嫣。两人已有一年多未曾相见，思念之苦，不言可知。郭彤有意成全，带人避入金马殿。今日午后，不知是否两人有约，蔓儿再入未央。郭彤觉得蹊跷，告诫韩嫣不可造次，他却如耳旁风一般，紧随蔓儿而去。及至看到长乐宫的宦者追踪而至，郭彤才察觉不妙，刚想去通知韩嫣，却见皇太后带着一批侍卫跟过来，他又想去前殿报告，却被皇太后叫住，随同去捉韩嫣。最后，韩嫣与蔓儿在明渠旁的草丛中被抓，形容狼狈。太后大怒，将蔓儿下入暴室，韩嫣关押在金马殿。随后便带着郭彤一道，奔前殿而来，说是要当面向皇帝讨个说法。郭彤一溜儿小跑，才得以先来奏报，而话未说完，不等刘彻再问，王娡一行已经到了宣室殿前了。

请过安，将母后延入清凉殿后，刘彻命侍从退下，亲自奉茶。"听说韩嫣一时糊涂，做下了错事，还望母后息怒，将此事交给儿臣处置。"刘彻赔着笑，沉着地说。

"一时糊涂？亏你还为他开脱。已通人道的少年，这么多年皇帝却还任他随意出入后宫，后宫里头这么多女人，除了皇帝可以有第二个男人出入么！大行太皇太后热孝之中，他竟敢在后宫白日宣淫，还了得么！这种大逆不道之徒，本该凌迟枭首，明正典刑，顾及皇帝、皇后及后宫的名誉，暗中处置，他也绝逃不过一死。五尺白绫，赐其自尽，算是全他一个体面。孤会代皇帝处置的。本宫来此知会一声，请皇帝好好反省一下自己，就不必为他费心了。"

放纵韩嫣出入后宫，无疑违背宫里的规制，可也并非没有先例，孝文皇帝就曾与邓通同卧起。而韩嫣在宫中，从无可以指证的绯闻。此次与蔓儿，乃少时青梅竹马的伙伴。"母后此言，儿臣不敢苟同。蔓儿乃太后的随身侍女，平日住在长乐宫。韩嫣出入未央宫这么多年，并无不轨之事。况且蔓儿与王孙早有情谊，母后也是知道的，两人咫尺天涯，难得见面，一见面难免做出糊涂事。莫不如成全了他们，既可见太后恩德，又可化解丑闻于无形，此后朕即禁止王孙再入宫闱，这样不好吗？"

韩嫣入彀，早在王娡的计算之中。蔓儿随她迁入长乐宫后，两人已一年多未能见面，相思之苦，可以想见。这时给他们一个机会，必定会上钩。得知儿子连日在前殿与征召入京的贤良文学对策，韩嫣独在后宫，王娡遂实施其报复。为了稳妥起见，她还要先给这对男女一点儿甜头，所以放过了他们的第一次会面。一切似乎都在其预料之中，韩嫣终于中了圈套，落入了她的掌握，生死就在于她的一句话，这种报复的快意，她要好好品味一番，岂是儿子所能劝解得了的！理在她一边，她倒要看看，自己的意志对于儿子，能否有窦太后对景帝那样的力量。

"皇帝可以问问郭彤，他们的丑事，后宫里头看到的人多了。即使贵为皇帝，怕也难以为他开脱秽乱后宫的罪名，他是死定了的。况且此人早就是个声色犬马之徒，娘若早将他从皇帝身边撵走，也不会有今日之丑闻。娘知道皇帝自小与他为伴，割舍不下，所以没有马上处置，留他与皇帝见一面诀别。皇帝若有心见他最后一面，可去金马殿，不然四刻之后，永巷的宫人即会结果其性命。"

刘彻心头陡然火起。难道走了一个太皇太后，又要由太后对自己颐指气使，发号施令不成！这个先例绝不能开。他沉下脸，斩钉截铁地说道："没有天子的诏命，朕倒要看看，谁敢在未央宫里杀人！"

"你，怎敢如此对母后说话！目无尊长，大汉治国的孝道皇帝忘掉了吗？"

"当然忘不掉！太后既然知道朕是皇帝，想必明白'天无二日，国无二主'的道理。大汉朝普天之下，率土之滨，只有皇帝一人可以言出法随！皇权至尊才是最大的孝道。"

刘彻面色可怕，目光凶狠，言辞绝无一点商量的余地。王娡被惊呆了，感觉自己构筑多年的世界正在脚下坍塌。

"韩嫣是朕的人，怎样处置自然是朕说了算，毋庸母后置喙。朕若喜欢，后宫的美人尽可以赐给臣下。那个蔓儿，朕马上可以下诏赐予韩嫣，不信有不怕死的人敢在背后嚼舌头！"

王娡气得浑身发抖，语不成声地叫道："你，太皇太后的梓宫才入山陵，你就要悖逆不孝了嘛！想成全那对奸夫淫妇？休想！那贱人丢不起人，已在暴室悬梁自尽，皇帝赐给韩嫣的只能是具尸首，哈……哈哈哈哈……"最后，竟歇斯底里地大笑起来。

刘彻冷冷地扫了她一眼，声音不高，却是绝对不容置疑的口吻。"朕正要告诉太后，今后不会也不允再有太皇太后了！无论朝政还是宫内的人事，做决定的只有朕一人。请母后安居长乐宫颐养天年，后宫的事情自有皇后统摄，母亲莫再无事生非，自寻烦恼了。"

随后，刘彻大声吩咐道："来人，备辇，去金马殿。"自顾自扬长而去，将瞠目结舌的太后丢在了一边。

七十

从北阙入未央宫，甬道两侧，排列着两组宫室，左为石渠阁，是皇家收藏秘籍和博士校书之处；右为金马殿，金马殿即宦者署，是未央宫出纳诏命奏牍的所在，门前一左一右，铸有两匹铜马，故又被称作金马门。殿内屋室众多，除宦者令、丞等内侍办公而外，还为各地来京上书言事，等候召见的士人与官员提供食宿。韩嫣就被关押在一间住室之内。

见到皇帝驾临，慌得一院子候命的宦者一齐跪倒请安。内中有数名体大身高、孔武有力的宦者，显然是暴室狱的狱吏，在此待命行刑。刘彻叫过永巷令，问起蔓儿的情况，永巷令连连叩首请罪，确如太后所言，此女因不堪羞辱，押到暴室狱后不久，就解带自尽了。刘彻幼时，蔓儿曾每日接送陪侍他上学，这样一个花信年华的女子竟这样香消玉殒了，心里自不免惘然。

关押韩嫣的屋内四壁萧然，一席一几而已。见到刘彻，韩嫣如逢大赦，面露喜色，扑到刘彻脚前，顿首道："臣死罪，陛下救我！"

刘彻吩咐郭彤把住门口，不许任何人靠近。看着俯在身前的韩嫣，冷冷地说道："朕告诉过你，假以时日，蔓儿早晚归你。可你孟浪从事，不仅身罹罪衍，还断送了蔓儿的一条性命，你知道吗！"

韩嫣已听到消息，经皇帝的口证实，难过地落下泪来。"找到我俩时，太后若非当众一味羞辱，她不会如此想不开的。"

"你们自己行为不检，反倒怪太后羞辱了么！"

"臣不敢。臣实在是一时糊涂，做下了错事，但凭陛下处置。"

"朕想放过你，无奈汉法无情，太皇太后热孝之中，你竟在后宫白日宣淫，是死罪。皇太后为皇室名誉计，不主张明正典刑，而是赐你五尺白绫，由你自我了断呢。"刘彻沉着脸说。他本不打算处置这个朋友，可韩嫣长期跟在身边，权势熏灼，朝廷内外不少人视其为佞幸之臣，对之侧目而视。此番蹉跌，正可以引为警诫，所以用母后的话，吓他一吓。

不想韩嫣闻言，却皱眉沉思起来，好一会儿才开口道："难怪郭舍人觉得蹊跷，现在看来，这竟是件阴谋，故意诱臣上钩，以置臣于必死之地了。"

刘彻大感意外，逼视着韩嫣道："王孙，你把话说清楚，有何蹊跷，有甚阴谋，何人欲置你于死地？你为朕——道来。"

"陛下请想，那蔓儿是太后贴身的侍女，平日须臾不离身者，何以连续两日放她单独到未央宫办事？况且臣日日陪侍在未央宫，太后是知道的。太后既不愿臣与蔓儿接近，却又给我们这样一个会面的机会，自己又随后追踪而来，做成人证俱获的罪证，难道是巧合吗？"

"你是说太后做成圈套，让你们去钻？为甚！"确如韩嫣所言，这一切未免太巧了。可母后为何如此处心积虑，陷人于罪呢？刘彻想不出理由，也不愿意相信，于是连连摇头，心里大不以为然。

"太后心计之深，下手之狠，有常人难以想象者。陛下若恕臣言而无罪，韩嫣愿将所知和盘托出。"

听韩嫣的口气，母后行事似多有隐情。刘彻吃惊了，盯着韩嫣道："朕恕你无罪，你从实道来，若有半点儿虚妄，朕轻饶不了你！"

"是。"韩嫣略作思忖，语气沉重地陈奏道："太后虽是陛下的亲娘，可陛下未必真的知道太后的秉性。有谁挡了太后的路，有谁违拗太后的意志，太后必用计除之。即使一母同胞的姊妹，也不肯放过的。"

"你是说小姨娘？小姨娘死于难产，先帝派人查证过，你好大的胆！太后为何要害小姨娘，证据何在？"刘彻额头青筋暴起，一把抓住韩嫣的胳膊，狠狠盯着他问。他本能地排拒韩嫣的说法，可内心又不能不有所怀疑。小姨娘临终前紧攥着他的胳膊，托付儿子于他时所说的话，"你不要杀他们，你发誓不会杀他们"，至今记忆犹新。他记起当时合欢殿内阴沉凶险的气氛，多少年来心存的疑窦，一下子又被唤醒了。

"臣当然有凭据。陛下可还记得，我曾问陛下，漪兰殿内可曾养有母猫，陛下说只有雄猫，未有母猫，我当时还纳闷王夫人为何骗我。后来听说小王夫人难产而死，蔓儿又讲夫人曾以猫试药，那只雄猫中毒而死，我才明白，太后要我去义姁大姊处配的药，原来是为合欢殿的小王夫人预备的。"

"可太后为何要谋害自己的亲姊妹？"

"个中缘故，臣不详细。可想必与争夺皇后的位置有关。小王夫人生有四子，又怀着龙凤胎，栗姬而外，属她得宠，也是问鼎皇后位置的有力人物。"

刘彻细细回想当时情景，感情上虽不愿承认，可理智上已不得不认为韩嫣的怀疑有道理了。"你继续说，太后还做过甚？"

"临江王之死亦与太后有关，是太后使人设计为之。"

刘彻心中又是一惊，问道："怎么说？"

"臣也是听义姁大姊说的。临江王就国前曾发誓为母亲报仇，太后乃下斩草除根的辣手。"于是，他将义姁姊弟如何受王娡之托，亲赴临江，设计陷临江王刘荣于罪的始末叙述了一遍。刘彻听得背上凉飕飕的，平日里看似温顺谦恭的母后，用心如此深刻，倒是要刮目相看了。

"还有大萍……"

"大萍如何？快讲！"听到心爱女人的名字，刘彻不由自主地握紧了韩嫣的臂膀，连声催促他快讲。

"大萍被赶走，是太后怕陛下的私情被大长公主得知，坏了与阿娇的婚事，危及东宫的地位。太后的本意是杀人灭口，除掉大萍。亏得郭彤心善，放了她一条生路。大萍被嫁到河间，太后一直严厉告诫我与郭舍人，不准向陛下透半点儿消息。"

"大萍现在何处，还在河间吗？"刘彻急不可耐地追问道。

"臣不知道，只听说是与男人迁居到辽东地方去了。"

刘彻叹息良久，既痛恨母亲之所为，又不得不承认母亲为使他成为太子，继承皇位，用心良苦，甚至干犯逆伦大罪而无所踌躇退缩，这种勇气与意志，须眉男子亦不遑多让，心里竟隐隐对母后生出了几分敬意。韩嫣的坦白与揭露，使他如置身于极大的感情旋涡之中，身心疲惫，至此，一切尚属事出有因，情有可悯。他叹了口气道："还有吗？"

"臣冒死进言，实在不敢为皇太后讳。先帝的薨逝，皇太后亦有干系。"

"甚？"刘彻的头嗡的一声大了。他目瞪口呆地望着韩嫣，一时竟不知如何是好。

"义妁大姊曾私下对臣讲过，太后在先帝不豫时，多次要她去太医院查看先帝用药的方子，她见内中多有壮阳与金石燥烈之物，曾一再请求太后劝谏先帝勿再服用丹药，节劳静养。可太后不仅不以为意，反而以为药性不够猛烈，要义姊再加些'强壮'之药。义姊就是为此，为避祸计，以照顾兄弟为由，辞去御医之职的。"

刘彻血脉偾张，一种怨毒之气渐次生发于全身。难怪父皇要他警惕女人干政，没有权力，尚可以阴谋害人，一旦握有大权，她们还会干些什么？这个答案，不用问也肯定令人毛骨悚然。

"你知道的这么多，为何一直对朕隐瞒，难道你不是朕的心腹吗？"刘彻冷冷地问道，不满之意溢于言表。

"事涉皇太后，谁敢说？没有人不怕死的！现今太后既然有心杀我，总不过是一死，也就没必要为之隐瞒了。"

"朕也觉得怪，为了一个宫女，太后何以会恨你入骨，必得置你于死地呢？其中难道别有缘由吗？"

韩嫣语塞，面颊红红的，低头不语。刘彻反复劝导，许诺绝不追究。韩嫣方才期期艾艾地将太后欲收他做面首，而为他所婉拒的事情讲了出来。他分析说，太后是因爱生恨，故意以蔓儿为诱饵，陷其于罪的。

看来，母后欲杀韩嫣，一是示爱不得，恼羞成怒；二是因韩嫣所知道的太多，意在杀人灭口。是呀，一个女人，即使贵为太后，也难以承担如此沉重的心理压力，拖着这铅一样重的忧虑，又怎能颐养天年？母后的后半生，怕是会生活在耻辱和恐惧的阴影中，得不到片刻的欢乐与安宁了。作为皇帝，他绝不允许母后干政；可为人子者，若能为母亲解除这种忧虑与痛苦，弥补自己在孝道上的亏欠，又何乐而不为呢。

若要母后满意，势必得借用韩嫣的性命，而韩嫣跟了自己这么多年，罪不至死。他神情恍惚，脑海中又出现了数年前与师傅们诀别的场景。他命人安排了一席极精致的酒菜，边饮酒，边与师傅们回顾就学时的往事。夜漏更深，可他就是说不出窦太后咬定他们离间皇室，赐死的诏书已经下达，天明前即须执行的消息。末了还是王臧、赵绾劝他不可意气用事，行韬晦之计以待将来。"只要皇帝在位，兴儒的大计就有实现的一日，陛下保重，臣等死不足惜，陛下新政发动之时，臣等虽死犹生！"他还清楚地记得，两位师傅饮下鸩酒时，满面含笑的表情。那种既沉痛又放松的感觉，使他明白了父皇那番话中的深意：为人君者，为渡过难关，可以以屈求伸，但绝不能存妇人之仁。父皇牺牲了晁错，他已经牺牲了王臧、赵绾，现下又得牺牲韩嫣，今后或许还会牺牲更多的臣子与亲人。可所有这些，相对于他将要从事的宏图大业，又算得了什么呢！

他原本是来解救韩嫣的，可他的主意变了。离开前，他对韩嫣笑笑，说："朕会为你向太后求情的。"走到外院，他面无表情地向候在那里的宦者丢下一句冷冰冰的话："按太后的吩咐办。"随后又派郭彤带专人赴长陵县令义纵家中，传达他的诏命，赐义姁自尽。郭彤迟疑地问道："就这一句话吗？"

"就这一句话。不，你可以再告诉她一句：韩嫣事发。她是个聪明人，何以自处，她应该知道。"略停，他又吩咐道："义家丧事的费用由公家出，你去之前，到少府支取百金送过去。告诉她，不干她兄弟的事，只要义纵好好办差，前途无量。要她放心地去吧。"

刘彻回到前殿时，身心已全然处在即将全面推行新政的兴奋与期待之中，他下达了两道诏命，任命卫尉李广为骁骑将军，中尉程不识为车骑将军，率领新训练出的精兵分别屯驻云中与雁门两郡。他要示匈奴以颜色：如今的天子不会再委曲求全，大汉也绝不再被动挨打，匈奴人若敢于犯境，他已授权这两位将军狠狠回击。他下令宣召三公九卿入宫会议，磋商从各地举荐的上百位贤良文学之中选拔切实可任的人才，派任到朝廷与地方的关键位置上，为日后大政方针的全面转变，做好人事上的准备。

韩嫣的死讯随即被传报于太后。帝、后意志的较量中，太后似乎占了上风。可听到后面的话，王娡的欣快随即消失殆尽。

"韩都尉的尸首抬到了殿外，请皇太后过目验看。"未央宫送消息来的宦者，恭恭敬敬地请示道。

"一个死人，有甚看头，发送到弓高侯府上就是了。抬到孤这里作甚？真是岂有此理！"王娡心里诧异，不知儿子在这件事上又在做甚么文章。

"皇上吩咐说，看到韩都尉真死了，太后才会心安。皇上还吩咐奴才转告太后殿下，太后今后要把身份放尊重些，凡事要顾着皇家的体面。朝政上的事情由皇帝做主，后宫里头的事情由陈皇后做主，请太后自己个好好的，安安生生地颐养天年。"

儿子话里有话，显然是知道了些什么。王娡涨红了脸，欲待发作，却又无从发作。韩嫣的尸首被送走时，已近日晡时分，又是一日过去了，等待着她的依旧是漫漫的长夜，是独守空床的孤寂。儿子的传谕，无情宣告了她精心编织了十余年的美梦的破灭。何尝有什么扬眉吐气的一日？又到哪里去抖太后的威风？儿子获得了权力，却永远疏离了她，她为他所做的这一切，竟是这般结果，是她所始料不及的。王娡心神疲惫，潸然泪下了。翌日，宫人们惊奇地看到，一夜之间，皇太后的两鬓有了白发，形容仿佛一下子老去了十年。

在咸阳北阪的高地上，两个小黄门正在阳陵近旁的宫人墓地挖坑，旁边一口薄皮棺材中，盛殓的正是蔓儿。郭彤坐在一处岗阜上，默默地想心事。来这里埋葬早殇的宫人，在他已难得数清了。微风拂荡着青草与野花的芳香，阳光下的京师，宫城崔巍壮丽，清澈的渭河，广袤无垠的原野，一切都那么宁静、美好。可却有那么多年轻、姣好的性命埋在了三尺黄土之中。从阿宝算起，宫廷里发生了那么多事情。大萍走了，不知眼下飘落到了何方？蔓儿与韩嫣那么好的一对，双双命丧黄泉，即使避到长陵，也难逃一死的义姁，这宫里头主子们的明争暗斗、阴谋情欲，竟牵扯进了这么多无辜的性命，自己又挨到哪一日才算完呢？

远处的小黄门向他高声喊着什么，示意坟坑已挖好，是否下葬。郭彤摇了摇头，笑自己居然如此多愁善感。他站起身，拎起酒壶，慢慢走了过去。在新坟上拍实最后一锸①黄土后，郭彤拔开酒壶的塞子，一面以酒酹地，作为祭奠，一面口中念念有词道：

---

① 锸，古时称铁锹为锸。

恭祝致告，樽洁酒芳；痛乎好女，终天永诀。幽明异路，相见无期；卜兹良辰，迁柩就舆。此去黄泉，倏忽归乡；蒿里薤露，痛杀爷娘；潜焉出涕，断我肝肠。

这是他昨晚请石渠阁的一位博士，连夜赶写出来的祭文。他酹尽壶中最后一滴酒后，乘车返回长安。皇帝连日召见廷臣与各地的贤良文学，会议朝政，似乎要有什么大举动，他不能耽搁得太久。望着渐去渐远的新坟，郭彤心里祝祷，蔓儿姑娘，一路走好。若能再度托生为人，愿生生世世莫再做宫里人。这宫里虽说富丽堂皇，却不是为你我这等人预备的呢。

刘忆江 著

漢武大帝

第叁册

辽宁人民出版社

《飞龙在天》主要人物

☆ ☆ ☆

刘　彻　汉武帝。故事中的他，自青年至壮年，随着汉朝进入全盛时期，也已成长为一代雄才大略、卓有建树的君主。

田　蚡　刘彻之母舅，以亲贵封侯拜相，跋扈贪婪，后与窦婴、灌夫交恶恶斗，虽致敌死命，自己亦暴病而亡。

陈　娇　武帝最初的皇后，因无子而行巫蛊厌胜，废居长门宫，后郁郁而终。

卫子夫　平阳长公主家的歌伎，入宫后为刘彻诞下皇长子并由此加封为皇后，皇子亦成为太子。

卫　青　字仲卿，卫子夫之同母弟，私生子，少时艰难，后为平阳公主家马夫。卫子夫贵幸后，被拔擢为郎官与侍中，后在汉与匈奴的战争中，拜将封侯，屡立大功，成为大将军大司马，为国重臣。

霍去病　字巨孟，为卫子夫二姐卫少儿与人私通所生子。卫子夫贵幸后，少儿嫁詹事陈掌，去病以门荫入宫为郎。霍去病天赋异禀，勇猛善战，在对匈奴作战中屡立奇功，颇受刘彻爱重，封冠军侯、大司马、骠骑将军，后因行事不轨，擅杀大臣，而遭赐死。

李　广　西汉名将，被匈奴称为"飞将军"，一生征战，命途多舛，不得封侯，后在征伐匈奴时迷途失期，以卫青不公，愤懑自刎而亡。

张　骞　字子高，初为汉郎官，建元二年奉使西域，联络大月氏，合纵以攻匈奴。行至河西为匈奴所获，十年后逃出，赴乌孙大宛月氏，首开凿空之旅。月氏耽于安乐，联盟不得要领，张骞等回程于羌中再被俘获，流落匈奴前后十三年。返汉后向刘彻提出打通河西，联合西域，以断匈奴右臂之战略。奉派再使西域，返国后出任联络四夷藩国之大行，不久病故。

司马相如 字长卿，蜀郡成都人，汉景帝时以辞赋为梁王客卿，后为刘彻招纳入宫为郎，拜中郎将，循抚西南夷，建议刘彻封禅，是西汉著名辞赋大家。

司马迁 字子长，初为少年郎官，先后就学于孔安国、董仲舒等大儒，博览群书，壮游四海，识见广博，后受其父太史司马谈之托付，立志撰述历史，以实现乃父未竟之志，后继乃父之后出任太史，是中国首部通史的作者。

刘 安 汉淮南王，学识渊博而又富有野心的诸侯王，将爱女安排在宫廷作中谲，然多谋寡断，瞻前顾后，因反迹暴露自杀身亡。

刘 陵 刘安爱女，被父王安排在汉宫做卧底，后因助皇后阿娇巫蛊厌胜，参与谋反而流亡江湖，为报父仇，于泰山谋划行刺刘彻，失败后跳崖自尽。

义 纵 初任长安令，廉洁奉公，勇于任事，行法不避贵戚，后历任各郡都尉、太守，杀伐决断，为著名酷吏，后因受郭解、朱安世等江湖人物牵连，被诛。

张次公 少时与义纵为挚友，后为汉宫期门郎，侍卫，后以北军校尉随卫青出征，因功封岸头侯，后因与刘陵有染被黜为城旦，是刘陵的情人与追随者，泰山行刺未遂，下落不明。

朱安世 早年为长安阳陵大侠，马匹走私的大驵。因早年夺剑之恨的心结，刘彻必欲得之而甘心。故其游走四方，隐姓埋名于江湖，乃至与朝廷为敌。后为贵戚出卖被捕，大揭内中黑幕，巫蛊之祸由此滥觞。

韩毋辟 汉军边将，匈奴攻陷障城后被俘，逃回，成为李广所部将领，李广自杀后，愤而辞职，代乃兄打理河洛酒家。

《飞龙在天》故事场景

☆　☆　☆

未央宫后宫之椒房殿　　后宫主殿，皇后居所。陈阿娇无子，失宠旷怨于此，与刘陵、楚服行媚道巫蛊之事，事发，被废黜。后成为新皇后卫子夫的居所。

长门宫　　位于长安城东南，浐水与灞水交汇之处。浐水又称长水，故此地又被称作长门园。内中池沼连属，水禽繁盛，长荻修竹，郁郁葱葱。长门园东为汉文帝霸陵，中间隔有千亩良田，文帝时被划作天子的籍田①，长门园原亦附属于籍田，文帝将此园赐予大长公主刘嫖，刘嫖被尊称为窦太主，故此园亦被称作窦太主园。刘嫖为讨好武帝，将此园奉与皇室，遂为籍田时皇帝一行休憩的离宫。巫蛊事发，陈阿娇被罢黜，被安置于此，后她以千金重聘司马相如作《长门赋》于此，进献于天子，试图唤回武帝的旧情。陈阿娇后亦死于长门宫，附葬于霸陵。

茧馆与蚕室　　均在长安近郊之上林苑中。四面为大片桑林，中有供奉嫘祖（传说为黄帝之妻，先蚕之神）的祭室。仲春化卵出蚕之际，皇后亦会亲率公卿贵戚的夫人们，亲临茧馆祭祀蚕神，之后率众夫人亲手采摘三盆桑叶，饲喂幼蚕。与皇帝每年躬行籍田大典一样，皇后此举是为了给天下的民妇作个表率，以示朝廷重视耕织之意。卫子夫进宫一月后，因无妊娠迹象，被放

---

　　① 籍田，古代专属于天子的田产，又是礼仪上的一项制度：每年正月立春前三日，皇帝斋戒，以太牢祭祀先农（即炎帝神农氏），立春之日，皇帝亲率百官，赴籍田亲耕以示劝农。

逐于此，后巧遇李嫣，得传递消息于皇帝。蚕室是茧馆中孵化蚕茧的所在，有大炕数铺，下有烧炕的地窖子。孵蚕期间炕火不熄，室内温热，门窗紧闭，密不透风，故亦被用作行宫刑之所，可以保证受刑人不致因风湿坐病身亡。李嫣兄长李延年、太史司马迁等均于此处受刑并养伤。

鼎湖宫　位于上林苑中的汉代离宫，地望在今蓝田县焦岱镇。据传黄帝于此铸鼎，鼎成，有龙自天而下，迎黄帝升仙而去。武帝寻仙，于此建宫，名为鼎湖。李少翁为帝于上林招魂与王夫人相会后，刘彻携齐王刘闳就近夜宿于此，不意偶感风寒，大病一场，由之引发霍去病密谋拥戴太子嗣位之议。

甘泉宫　在长安西北百里之外的车厢阪上，今淳化县铁王乡是也，是汉代帝王避暑之离宫。秦代于此先建有林光宫，以之为起点筑直道直达九原。武帝登基后于此大事扩建，周回十九里，因倚甘泉山而建，故名甘泉宫。武帝每年五月均来此避暑，为求神寻仙，由李少翁大事更张，四面墙壁均绘有大幅壁画，遍及天、地、太一之神，于云蒸霞蔚之中，腾云驾雾，光怪陆离。刘彻晚年，多以此为行在，处置国事。

一

匈归障前沿的障北燧，昨夜出现了人为扰动的可疑的痕迹。

顺着戍卒指画的方向，韩毋辟细细地打量着地面上的痕迹：烽燧前面用细土铺就的天田①边上，有被人踩踏过的足迹。看得出那人试图抹平足印，但在黑夜中没能做到，被拂拭过的地面上，足迹仍依稀可见。

"难道没有一点响动？你们竟甚也没看到么！"韩毋辟皱着眉，盯着昨夜值岗的两名戍卒，不满之意溢于言表。

"小的们午夜当的值，确实甚也没看到，甚也没听到。"

"前半夜谁当值？难道也一无见闻么？"

当值的戍卒连连摇首，脸上满是茫然无措的表情。

足迹位于天田的外侧，靴尖向着烽燧，汉人鲜有穿靴者，且足印向内，可以肯定不是逃亡者留下的。那么，最大的可能就是匈奴人了，是匈奴人就应该有马。韩毋辟双脚磕了磕马肚，纵马前行。百步开外就是高可没膝的大片草丛，里面果然有了踪迹，倒伏的草丛中，有不少尚未干透的马粪。看来，来人是将马匹留在草丛中，徒步潜行至烽燧前面的，难怪士卒们听不到声响。如此诡秘，所为何来？一丝不祥的预感，浮上韩毋辟心头。

---

① 天田，汉代边塞烽燧周围用细土铺成的地面，是具有侦测功能的设施。进出关塞的人畜，经过时都会在上面留下印迹，有发现敌人或逃亡者踪迹的作用。

自从作下了刺杀朝廷重臣的大案，韩毋辟携带窈娘与堂邑甘父辗转逃亡，经郭解安排，随徙边的移民来到上郡，韩毋辟投了军，甘父则重操旧业，打铁为生。郭解果然守信，不久后便将甘父的老母和兄弟候生托人送到了上郡，阖家团聚。边塞的兵器和蹄铁用量很大，堂邑兄弟在匈归障开了间铁坊，生意很好。两人隐姓埋名多年，新皇帝登基大赦，他们才恢复了本名。韩毋辟为人勇武，自不难脱颖而出，又有黄轨的长兄、都尉黄晓的看顾，他已由一名戍卒升任匈归障的侯官，管辖着沿边十数个烽燧。匈归障与匈归都尉的治所奢延县都在边塞以外，安置有不少归降的匈奴人，即所谓"保塞蛮夷"，为朝廷牧养马匹。近些年来，塞北风调雨顺，水草丰盛，加上军臣单于一直致力于征服北海一带的丁零人，匈奴很少扰边，上郡沿边很过了几年太平日子。为了便于照顾夫君，窈娘也将家迁到了匈归障，与堂邑一家做了邻居。有过一段患难与共的经历，两家情好无间，走动得如同一家人一样。

韩毋辟记起，堂邑侯生日前曾对他提起过，近来到他的铁坊上蹄铁的胡人中，有些生面孔。他当时不甚在意，以为不过是到此互市交易或串亲的胡人。接到昨夜有人窥边的报告，他一早就赶到出事的烽燧，在证实夜间窥边的是匈奴人后，事情就不那么简单了。现在想来，两者应有关联，难道匈奴人真要犯边？

汉代的制度，发现敌情之后，作为第一线的警戒措施，烽燧守军应即刻发送警报，昼举烽，夜举火。根据入寇人数的多少，警报也有不同。入寇者在十人以下者，或近处有敌五百以下活动者：白日，要点燃湿柴，以浓烟和上下摇动的两架烽表报警；夜间，则须点燃芦苇扎成的火炬。若有大股敌人入寇攻燧，则烽表或苣火都要增至三枚。烽燧间相距一般不过二三里地，一燧点燃烟火，相邻的烽燧会马上接续报警，这样由远及近，不过片刻工夫，后方的障城和边塞守军就会得知敌情和入寇规模，迅速派队增援，并及时将敌情报告给郡县长官。有了这套烽燧制度，敌情可在一两日之内传达到长安，朝廷可以及时调度军队和辎重，从容应敌。

韩毋辟属下的烽燧守军和直属骑兵，总计三百余人。在距匈归障约四十里地的奢延县城，驻扎着都尉黄晓统辖的两千骑兵。现在令他委决不下的，是无从知晓窥边匈奴人的多少。如果是小股，他自己就能解决；若是大股，就应即刻报警。但若不实，则会导致一场虚惊，自己也必会招致上峰的责备乃至处罚。

他思索了片刻，打算将所辖烽燧巡视一遍后再作决定。于是吩咐燧长，不可有些微的松懈，要备足薪柴和苣石，若有敌情，即刻燔柴升表。随后，带着亲兵向下一座烽燧疾驰而去。

在他戍边的这么多年中，匈奴人时有小的侵扰，大的进犯只有过两次。在他的经验中，匈奴大举犯边，多在天时不利，罹遭灾荒的年头，冬季的酷寒冰雪和春旱所致的草荒，会使畜群大量死亡。胡人犯边的主要目的是掳掠，以弥补灾荒中的损失，再有就是抢夺边苑牧养的马匹。通常是在秋高马肥之际，匈奴人才会大举南下。每年的春夏，是胡人的大忙季节，畜群要由大草原上的冬季牧场转场到山中的夏季牧场，通常不会有大股胡人犯边的事情发生。

归虏燧建在土丘上，站在敌楼上可以望出去很远。年初雨水偏少，草情不佳，虽已到了五月，边塞内外仍是一片枯黄的草色。难怪匈归障的关市上，胡人用以交易的马匹等牲畜数量明显减少，膘也比往年差了许多。如此年成，看来，小股胡人犯边掳掠的可能性很大，对此倒要严加防范呢。

他在烽台上转了转，逐一检查守备的设施。汉代的烽台上筑有可供戍卒躲避雨雪和箭矢的敌楼，在外向的燧壁处，设有木制楼橹，以栈木挑出台外，四面围以板壁，是士卒守望之所，作用相当于城墙上的马面①。台上还设有状如天平的烽架，架上安置着一根长达数丈的木杆，被称作桔槔。桔槔的一头系重物，一头系有被称作兜零的大笼筐，内置柴草，通过杠杆作用可以上下升降。这就是用于报警的所谓"烽表"，平时置于台上，发现敌情后，由戍卒操纵，一上一下地连续摇动示警。举而燃之为烽，举而不燃为表，夜则举烽，昼则举表；也有以赤白两色的麻布制作的烽表，晴天施用，起信号旗的作用。烽台上还设有放烟用的灶突，白昼升起的烟柱，十数里外都可以望到。相邻的烽燧见到信号后，会次第响应，警讯片刻之间就会传递到整个边塞。

---

① 马面，古代城墙上的凸出部位，由此可以射杀攻至城墙底部的敌人。

烽台上的防御设备是架巨大的弩机，可四面旋转发射，故又被称为"转射"。弩力强劲，射程在千步以外。韩毋辟转动弩机，眼睛从望山中觑准数百步外草丛中一只觅食的兔子，扣动扳机后，野兔应弦而倒，士卒们齐声喝彩。另一种武器是尺把长的河卵石，又称作蔺石，是防备胡人攻燧用的，相当于后世的滚木礌石。韩毋辟皱了皱眉，指着敌楼墙边堆放的一小堆卵石，告诉燧长，要马上大量补充，做到有备无患。

从烽台后面的陛阶，可以下到一座高墙围护着的院落，这是它的附属建筑——坞。坞中建有三丈见方的大屋一座，一铺大炕几乎占据了屋子的一半，是守燧士卒们的住处。每座烽台戍守的士卒十至十数人不等，由燧长统领，分三或四班值守，每班三到四个时辰。坞的垣墙高约一丈四尺，院内还有马厩和堆放柴草和食粮的库房。

从烽台上下来，韩毋辟又仔细检查了烽台外围的虎落①和天田，没有可疑的痕迹。但随从在捡拾那只死兔时，发现了草丛中有马匹践踏过的痕迹，仔细搜寻，又发现了尚未干透的马粪。显然，昨夜匈奴人也在此潜藏侦测过。

胡虏如此诡秘，意欲何为？韩毋辟开始不安。匈奴犯边，惯常的做法，是麇集呼啸而来，狂放张扬。昨夜这种隐秘的作为，十分反常。他思忖了片刻，嘱咐燧长近几日要严加戒备，然后派亲兵为斥候，深入草原，侦察匈奴人的动静，约定日落前在平远燧会合。平远燧是韩毋辟辖区最为边远的一座烽燧，距此约有四十里地。

一路巡查下来，各燧周边没有再发现匈奴人的痕迹，韩毋辟的心渐渐放了下来。或许，早间所见只不过是阑入②走私者留下的踪迹。到得平远燧，已近晡时③，他等了两个时辰，直至日落，却仍不见斥候来会合，心里又开始焦躁起来。要出事，要出事，不祥的念头在他脑际徘徊不去。派出侦察的亲兵没能按约定会合，可能的结果只有一个：他们遭遇了匈奴骑兵，而且是数量

---

① 虎落，汉代烽燧及障城外围的防御设施之一，即由削尖的木桩成片布成的鹿砦。

② 阑入，汉代惯用语，指无传（出入关卡所需的官方木牍）偷入塞内，多用于指称走私者。无传出塞称之为阑出。

③ 晡时，即后世之申时，午后三至五时。

很大的匈奴骑兵。他们不是阵亡，就是被俘，不然不可能不依主官的命令前来会合。如果这一带集结着大股匈奴骑兵，就极有可能犯边；如果是从自己的辖区进入，作为主官，他有很大的责任。这么想着，他叫过随行的府掾张成，命令他即刻赶赴奢延，务必连夜向黄都尉陈报自己的判断，要他早作准备。

"路过匈归障时，顺便到我家和堂邑家带个信，就说匈奴可能犯边，军情紧急，我一时回不去。告诉内子和堂邑候生，早早动身，去奢延避一避。"

韩毋辟心里焦虑，可脸上仍是一副好整以暇的神情。直到目前，还没有事情发生，也许不至于如自己料想那么糟？他抱着些许期望，决定再等一阵。如果午夜还没有消息，就连夜赶回障城，安排御敌的军事。

韩毋辟的预感没有错，在距障北燧约十里处，此刻正集结着数千匈奴骑兵。骑士和马匹都隐没在高茂的草丛中，数千人马屏息待命，静悄悄的没有一点响动，几个头领样的人物，坐在一处低语，议论着什么。

"这雾噜噜帽放的，不等半夜，几步开外就甚也看不见了，真真是天助！"蹲在地上的圆脸壮汉，面相凶狠，硕大的鼻头上泛着红光。精心鞣制的皮袍缘边缀有汉锦彩带，这是匈奴王族的标志。他名冒脱，王号白羊，上郡、北地先秦旧塞之外，黄河以南的这块广袤的森林草原，被匈奴称作"河南地"，而汉人称之为"新秦中"，就是他的驻牧之地。他拔开皮壶的塞子，咕咚了一大口酒，将酒壶递给盘腿坐在骆驼皮褥上的中年男人。

"这马奶子酒，醇！殿下来一口，祛祛寒。"

男人高鼻深目，一头黑发用一条红色丝带系住，披在脑后。瘦削而轮廓分明的脸上，漠然而外没有任何表情，只有鹰隼式的双目灼灼逼人，不怒而威，透露出王族的高贵气质。他名伊稚斜，出身于匈奴王族中最为尊贵的挛缇氏族，是军臣单于的幼弟，位居左鹿蠡王之位。伊稚斜摆摆手，止住了递过来的酒壶，摆头示意身前的矮个子继续讲下去。

"匈归障的关市明日午后散市，必得日出前包围，拿下障城，此行才能有所虏获。这里距障城约二十里，障城距奢延四十里，若能顺利拿下障城，即便奢延来援，也得一两个时辰，我军早已全身而退了。要紧的是出其不意地拿下正面两个烽燧，让它们来不及报警。"

"日间抓到的汉军探子交代，他们的主将已经有所怀疑戒备，出其不意怕是不能了吧！奢延来了援军又怎样？我们的人多，又善于骑战，战胜是手拿把攥的事。在塞外我们怕他个球哇！"冒脱不以为然地大摇其头。

矮个子谦和地笑笑，可眉宇间却透着一股精悍之气。"殿下说的是。可咱们所求的是财不是？若是与汉军开战，虏获的子女玉帛还带得走么？况且，这次并未事先请示大单于陛下，动静闹大了，回去不好交代呢。"

矮个子名赵信，父亲是汉初被掳入匈奴的汉人，后来娶妻生子，归化了匈奴。赵信自幼颖悟好学，精通匈奴语和汉语，长成后被选拔为通事，服侍单于，极受器重，去年被单于任为参佐政事的数位相国之一。军臣近年来一直在北海一带征伐丁零、坚昆人的部落，留太子、左屠耆王於单监国。伊稚斜与於单不和，借口视察春荒，邀了相国赵信同行。到得河南地，白羊王冒脱提出突袭关市，以掳掠弥补春荒的损失。伊稚斜为了笼络冒脱，答应参与此事。两部从转场牧人中抽出来的人手，加在一起约有四千骑兵。他们成功地掳掠，汉人无可奈何，因为他们马少，而步兵没有出塞作战的能力，单于知道了也不会深责。可若是与背倚城障的汉军胶着作战，不仅掳获的东西拿不走，军事上也未必占得了什么便宜。在大忙的季节，耽误了牲畜转场不说，再损兵折将，势必会受到单于的责罚。

伊稚斜颔首沉思了一会儿，扫了眼冒脱道："赵相国说得对，我们为的是求财，不是峥气。况且如你所说，今夜的大雾，几步外就甚也看不到，堪称祁连①神助！你马上去把那些爬高攻城的好手召集起来，带上家伙，趁着这雾气，我们马上就干，出其不意地拿下正面的烽燧，占住它，给大军回归留个安全的通道。"

一刻之后，匈奴大军分两路出发。人马迅速隐没在草丛中，雾气越来越浓，最终，大雾吞没了一切。随着队伍渐行渐远，人马穿行时的簌簌声变得若有若无，最终留下的是吞噬一切的寂静。

---

① 祁连，古匈奴语，意为"天"。

二

晚餐过后，障北燧长张彤带领三名戍卒，值头班岗。日间，依韩毋辟的指令，他带领戍卒们捡拾了大量薪柴，又向敌楼上搬运了数百枚河卵石，一日下来，众人都疲累不堪。黄昏时起了雾，一个时辰后，大雾弥漫一切，不见星月。从敌楼上眺望，三五步之外，黑蒙蒙一片雾气中，什么也分辨不出来。寒湿的雾气包裹了一切，连一丝风都没有，万籁俱寂中，时不时传来的，只有士卒们的鼾声。

两名戍卒沿着烽台的女墙对头巡视，负责引火报警的士卒，倚在灶突旁打瞌睡。张彤招呼了一声，要他们要睁大眼睛，竖起耳朵，自己则倚在敌楼的外墙上，裹紧羊皮外套，默默地想心事。长官的担忧，他觉得是过虑了。早间的踪迹，应该是走私的胡人留下来的，这两日不正是匈归障的关市么。

皮外套很暖和，这是他妻子在关市上用半袋谷子从胡人那里换来的，昨日才托人捎过来。他自二十三岁服役戍边，已经十年了。汉代男子均要服兵役，张彤家贫，代人过更①，为了还清债务，他须不断代人服役以获取过更之钱。就这样一年年拖下来，竟始终未能还乡。后来，他还清了债务，还有了些积蓄，娶妻生子，还乡的心渐渐地淡了。积劳绩升任燧长后，他每月有千钱的俸禄，

---

① 过更，即代人服役。汉代应服役而不能或不愿服役之人，向官府交纳一定银钱，而由官府统一给付代服役者，称之为"过更"。

家中还有屯田分得的粮食，比起务农，日子过得更富足，况且这么多年，他对这里的土地和人都有了很深的眷恋。皮毛的温暖催出了浓浓的睡意，他眯起眼，仿佛看见匈归障的家中，在灯下缝纫的妻子盘坐在炕上，正含笑看着两个已经入睡的儿子……

一声沉闷的响动惊醒了他。他睁开眼，赫然入目的，是一把紧紧扣在女墙内沿上的五齿抓钩，巡更的戍卒大声喊叫着，脸憋得通红，使足气力想把抓钩掀下墙去。张彤一跃而起，推开戍卒，抽出腰刀狠命向钩绳砍去。绷紧的钩绳轰然而断，一声惨叫后，是重物落地的声响。

张彤大声喝令引火燃苣。他从女墙上探出身子，想看看胡人如何能够越过烽燧前宽达一丈的鹿砦而没有响动。这一看，他的心凉了，匈奴人早已将厚厚的毡毯铺到了烽台之下。浓雾中，无数的胡人正悄没声地拥过来，随着接连不断的沉闷声响，一个个抓钩抛入了女墙，胡人迅速攀缘而上。守住烽台，眼看已不可能。张彤怒骂着，又斩断了两根钩绳，偏偏火绒受潮，迟迟打不着火。越来越多的胡人翻上女墙，与守卒短兵相接地格斗。

看看烽台守不住，苣火又点不起来，张彤翻身跃下烽台，打算点燃院内的积薪报警。被惊醒的士卒们已纷纷冲到院内，正沿着阶陛上来，他大呼：点火！点火！推开拥堵的士卒，向宿舍所在的大房跑去。他用铁锸从灶坑中撬出一堆火炭，转过身时，院中的情景让他惊呆了。匈奴人已完全控制住了烽台，以居高临下之势张弓齐射，箭矢密如飞蝗，顷刻间，张皇失措的汉军便倒伏了一地，空中回旋着濒死者的痛苦呻吟。匈奴人沿着阶陛慢慢走下来，坞墙外满是胡骑杂沓的马蹄声。

张彤明白自己已没有逃生的可能，头脑中唯一的念头就是点燃积薪报警，如此，自己的家人和驻守障城的兄弟们或许还有救。他端着一锸炭火，奋力向高高堆拢的薪柴跑去，但不过几步，就被身后掷过来的鹤嘴斧击个趔趄。他能感觉到利刃嵌入身体时的剧痛，带着腥气的鲜血从喉头奔涌而出，他用尽最后的气力，将铁锸抛向积薪，在他倒地前的最后一瞥中，是飞迸四溅的火焰。

烈火穿透了浓重的雾气，将障北燧映成一片通红。十数里之外，回程中的韩毋辟驻足观望着，他心情沉重，最坏的事情还是发生了，但愿障城还来得及防御。他勒转马头，疾驰进夜色中。

接到韩毋辟的口信，窈娘的好心情一下子没了。男人戍边，聚少离多，好不容易能一家团圆，厮守在一起过日子，却又要她搬回奢延去。她收拾着常用的衣物，心里乱乱地理不出个头绪，于是领着三岁的儿子韩昌，到堂邑家的铁坊讨主意。

三年前，朝廷派张骞为大使，前往西域联络匈奴人的世仇大月氏。大月氏世代居住于河西，逐水草游牧为生。汉初，匈奴强盛，冒顿、老上两代单于经过十数年征战，终于击垮大月氏。大月氏王被杀，头颅被制成酒器，老上、军臣单于每每用以饮宴报聘的外国使臣，炫耀匈奴的武功。大月氏被迫举族西迁，据说逃到了西域重新立国。堂邑家就是世居河西的月氏人，战乱中逃至中原。堂邑甘父通晓月氏、匈奴和汉语，故被朝廷征召为使团的通译，随张骞出使月氏，一去三年，传闻使团已陷没于匈奴，甘父迄今生死不明。甘父的兄弟名候生，也是个锻铁制器的好手，兄长走后，奉养老母和家室的担子就落在了候生一人身上。自从匈归障被开辟为关市，往来交易的汉胡商贾甚多，更有很多归附的"保塞蛮夷"被安置在周边牧马，兵器、马具的用量很大。堂邑候生雇了几个伙计，生意反倒比从前更红火了。

"大嫂，听到韩将军捎来的口信么？甚时动身？"韩毋辟曾任梁国的校尉，是堂邑甘父的上司，到了边郡，私下里兄弟俩还是一直敬称其为"将军"。两家是通家之好，见到窈娘，候生放下手中的活计，径直将娘俩让进内室。

"才搬过来几日？我不想回奢延。况且，那匈奴真的会犯边么？"窈娘与堂邑婆媳见过礼，问道。

堂邑候生摇摇头道："说不准。按常理，开春是胡人转场的日子，一个冬天下来，牲口的膘不行，很少有此时犯边的。"

"匈奴人诡谲多诈，韩将军既然有话，还是宁可信其有。"堂邑氏一头华发，虽年过六旬，精神仍然矍铄，耳不聋，眼不花，每日仍主中馈。

"那么婆婆家也是明日动身？一道走好么？"

"我还有批兵器要赶出来，障上急等着用，得过几日。娘，大嫂明日与你们先走一步可好？"堂邑候生笑笑，望着母亲道。

"我不走，儿子在哪里我在哪里。"堂邑氏摇摇头，是不容商量的口气。

众人又议论了一气，觉得边燧尚无警报，匈奴人会不会犯边，是没有一定之事，去不去奢延，到明日看情形再说。窈娘留下来闲话，当晚，就宿在了堂邑家。

夜半边燧火起时，守障的士卒立即点燃了苣火，同时吹响了报警的号角。夜雾中的角声听上去凄厉惊心，障城内的房屋，除少量客舍，多是士卒与随军家眷们的住舍，往来关市交易的商贾大都住在障城四外临时搭建的帐幕中。闻警后，众人纷纷携货物避入障城，一时间，人喊马嘶，秩序大乱。夜间敌情不明，主官又不在，几个掾史和军尉商量了一下，决定婴城固守。同时，派人通知奢延的都尉府和附近朝廷的马苑。

窈娘和堂邑一家被角声惊醒，惊疑不定之际，又响起猛烈的敲门声，打开门看，原来是晚间捎信要他们离开的候官府的掾吏。

"堂邑老弟，可见候官夫人？"府掾张成一脸的焦灼。

"正在我家，出了甚事？匈奴人来了么！"

看见从内室走出来的窈娘，张成舒了口气，边施礼边说："请夫人和公子马上随我们去奢延，障城即刻便要关闭，迟了就出不去了。"

"仲明呢？他出了甚事？不见他一面，我不能走。"

"夫人，大人一早出城巡燧，小的从平远燧回来后，就再无大人的消息。外围的烽燧起了大火，看样子是被匈奴人攻陷了，大人生死不明。匈奴大军就要过来了，吾等奉派去奢延和马苑报警，韩大人曾嘱咐小的要将夫人和公子送到奢延，请夫人立即随小的们动身，再晚就来不及了！"

"不，我不走，见不到仲明我不走。要死，死在一起。"窈娘面色惨白，呆呆地站着，口中喃喃自语。

"你糊涂！"厉声的呵斥惊得窈娘转回头去，原来是堂邑氏，眼中满含怒气地盯着她，"你自己不惜死，昌儿怎么办！昌儿是毋辟唯一的骨血，孩子若出了差池，你怎么对得起夫家！"

堂邑氏将韩昌领过来，对儿子吩咐道："候生，去把厩里的马牵出来。"

"婆婆，你们不一起走么？"韩昌揉着睡眼，拉着堂邑氏的手问。

"你二叔的活计没做完，过几日，婆婆与你二叔一起到奢延接你们回来。"

堂邑氏拉着窈娘和阿昌走出铁坊的大门，街上满是惊慌失措的人群。堂邑候生牵出了自家的黑马，这马是西域的种，比内地的马高出一截，脚程极快。他为马佩上鞍鞯，扶窈娘母子上了马，揖手道："大嫂保重，韩将军不会有事的，后会有期！"

窈娘母子在张成等几名士卒夹护下，好不容易穿过蜂拥进城的人流，刚挤出城外，守门的士卒即关闭了城门。大批人群、牲畜和货物被拦在了门外，哭喊、怒骂、诅咒声响成一片。放眼望去，远近不一的数十道烽火穿透了黑暗，将天际映得通亮，随着雾气浮动的，是一片血样殷红的夜色，那景象壮观而又令人心悸。忽然，一阵模糊、低沉的声音，由远而近席卷而来，匈奴铁骑的隆隆蹄声，穿透了浓浓的夜雾，将巨大的恐惧压入人们的心坎，麇集在障城门外的人们开始四散奔逃。窈娘母子随着张成等人，紧夹马肚，向着奢延方向狂奔，很快隐没在黑暗中。

韩毋辟赶到时，匈奴刚刚破城，左鹿蠡王率部继续奔袭马苑，留下来洗劫障城的是白羊王属下的骑兵。城上城下，三五成群的守军和商贾们仍在作殊死的抵抗，城内四处刀光剑影，空中回荡着杀声、哭叫声和濒死者的呻吟声。韩毋辟扒下匈奴死者的衣帽，易装后催马入城。他转过街角，来到自家的小院，院门洞开，室内狼藉，显然已被洗劫过。他策马直奔堂邑家的铁坊，看到堂邑候生正带着数名伙计与一队匈奴人相持。他抽出长剑，出其不意地砍倒两人。匈奴人遭到背后突袭，四下逃散。

韩毋辟跳下马，抛掉头上的尖顶风帽，堂邑候生才认出他来。

"晓生，没接到我的口信么？为甚不走？！窈娘、昌儿呢？"

"大嫂和阿昌随张成他们去了奢延，走了约莫半个时辰，应该没事的。"

"你们为何不一起走？"

"给障上打造的一批兵器还没完工。嗨！谁又想得到，匈奴人来得这么快，这么多！"

"快招呼伯母弟妹，我们马上走。天还没亮，这会儿乘乱走，或许还冲得出去。"

堂邑候生摇摇头道："没有马，这么些女眷孩子可怎么走？大哥，你快走吧，一个人容易脱身。"

"不成，我去找马。"韩毋辟边说边向院外走去，却被门口的伙计拦住。

"大人，出不去了。胡虏的骑兵又上来了，两面的街口都给堵住了。"

韩毋辟命伙计拴牢大门，到得这样的关头，就只有作困兽之斗了，但愿能够坚持到奢延的援军赶过来。他当然知道，这不过是自我安慰而已，求生的机会，百不及一。

匈奴人已清除了抵抗者，开始逐门逐户向城外驱赶居民。铁坊被围得铁桶一般，一个胡人用半生不熟的汉语在门外喊话：

"里面的人听着，放下兵器归顺，可以保全性命。"

韩毋辟与堂邑候生对望了一眼，谁也没有说话。五六支弓弩指向大门，等待着最后的搏杀。

"里面都是铁匠师傅吧，只要归顺，手艺人在我们那里是受不了罪的。我再重申一遍大王的军令：打开门，徒手出来，到城外听候处置。听命者生，不从者死！负隅顽抗者将遭火焚，尸骨无存！"话语声刚落，五六支火把抛进了院子，其中两支落到了院角堆积的柴草与焦炭上，浓烟瞬时而起，夹杂着尺把高的火舌。

"毋辟、候生，按他们的话做，不要再斗了，徒死无益。"堂邑氏不知何时来到院中，她将一套便装递给韩毋辟，面色如常地说，"你换上，就说是这坊间的伙计，他们分辨不出来的。"

"娘，万万不可，娘忘记了贼虏是如何处置老弱妇孺的么！"

"当然不会忘记。"堂邑氏淡淡一笑，"我这把老骨头，死不足惜，只是害了媳妇孙儿。"她回过头，看了看身后的女眷和孩子，泪水夺眶而出。

"娘，和他们拼了！要死，大家死在一起！"候生与几个伙计，纷纷抓起架子上的兵器，围着堂邑氏与内眷，布成了一道防线。

"伯母，匈奴人不识仁义，难以侥幸。到了这关口，也只有拼个鱼死网破了！伯母和内眷请先退到内室里躲避，我们总可以与他们周旋一时的。"韩毋辟换上汉装，对堂邑氏揖手致谢，面色凝重。

"毋辟，韩将军！候生不懂事，你难道也糊涂了么！这障城现下在胡虏的掌握之中，插翅也难飞了。不降，大家都会死，留不下一个活口。依他们的话做，你们这些个男人能活下来，各家的根苗就不会绝，我们这些先死的人也有冤仇洗雪的一日！"

她拉起堂邑候生，将他的手交到韩毋辟的手中。"韩将军，你与甘父是过命的兄弟，这么些年，没少看顾我们全家人。如今大难临头，我把候生也托付于你了！你们若能活下来，莫忘记多杀贼虏，为我们报仇。"众人大恸，韩毋辟、堂邑候生几个八尺昂藏的汉子也忍不住唏嘘泪下，而女眷孩童们更是哭作了一团。

堂邑氏望着儿子，用手轻轻拂去候生脸上的泪水，深情地说："你兄长生死不明，是为娘最大的心病。贼虏若押送你们到漠北，你一定要打探到甘父的消息。纵有千难万险，你们兄弟一定要活下来，回到中原，到堂邑氏的坟上告祭祖宗。只要你们好好的，堂邑家的血脉犹存，祖宗和爷娘都会含笑于九泉的。"

"里面的人听好了，我最后说一次，马上放下兵器，打开门出来！"

"打开门，照他们的话做。"看看众人不动，堂邑氏径自走上前去，拔下门闩，推开了大门。

曙光熹微，门外站满了目光凶狠的匈奴人，个个张弓搭箭，持满待发。曙色和火把把堂邑氏的面孔映得通红，她全无惧色，回转过头道："候生、毋辟，记住娘的话，放下兵器，跟他们走。"

韩毋辟长叹了一声，扔下了长剑，候生和其他人也丢下了手中的兵器。匈奴人一拥而入，将男人们的双手捆缚住，随后搜拣铁坊中的兵器。一个骑在马上的头目指着堂邑候生几人，对身边衣饰华贵的胡人统帅说着什么，那人高颧大鼻、满面虬髯的面孔极为惹眼，也似曾相识。堂邑候生一下子想了起来，这正是前日来此换蹄铁的胡人。

他们被押解到城外时，天色已经大亮。被驱赶出城的有几百人，黑压压一片站在城外的旷地上，四周围着密密匝匝的匈奴骑兵，持满待发，根本没有脱逃的可能。装满粮食和财货的牛车排成长列，缓缓向北方进发。不断有强壮的男人与手艺人被从人群中挑出来，用牛皮绳拴成一列，随着车队北行。不顾押解的匈奴骑兵的斥骂和鞭打，男人们频频回头张望，希望能够再看亲人一眼。堂邑候生和韩毋辟都清楚亲人们将会是什么命运，但一切为时已晚，匈奴人这回能否网开一面，放过被挑剩下的老弱妇孺，只能祝祷老天，保佑自己的亲人了。

不同于偷袭得手的白羊王冒脱，伊稚斜心中回荡着一股怨毒之气。本想此次能够虏获一批战马，补充自己的实力。却被汉军提前报警，当他率部赶到马苑时，非但未能虏获大批牧马，反而遭到了伏击，损兵折将，无功而返。他望了望渐行渐远，隐没在草原中的车队，恨声道："这次便宜了汉人，我们撤！"

"这些人怎么处置？网开一面如何？我看，那些来关市交易的商贾，可以放生。以后，我们短不了还要同他们互市。"冒脱用马鞭指着被围着的人群，问道。

赵信望着伊稚斜，也试探着说："要是这样，莫不如全都放生。我们也可以仿效汉人怀柔的手法，这样，日后他们抵抗的意志，该当可以减弱。"

"一个不留，全杀掉。你们记住，摧毁敌人的意志，要靠恐惧，而不是甚怀柔！要把恐惧深深钉在他们心里，要汉人想起我们来就发抖，就出冷汗，就整夜地做噩梦！我们强胡送给对手的，只有剑与火、铁与血，要他们记住，这是对抗我们的唯一下场！"

伊稚斜目光阴冷，叫过身旁的传令官吩咐了几句。一声号令，包围着人群的匈奴骑兵，密集的队形迅速散开，拉成了一圈散兵线，张弓搭矢，对准了惊慌失措的人群。又一声令下，千矢齐发，箭若飞蝗，大批人中箭倒下，哭喊詈骂之声直冲云霄。匈奴人还不停向人群中投掷火把，并格杀试图逃跑的人。几轮齐射之后，空场上尸身狼藉，空中弥漫着杀戮的血腥和濒死者的呻吟。临行时，匈奴人点燃了城内的房屋和贮藏的马草，冲天的烟火，边燧报警的烽烟，与数百人的冤魂，在塞外的旷野上，久久徘徊不散。

三

"哦？他真是那样问的么？"刘彻很有兴致地问道，脸上有股忍不住的笑意。

"千真万确，那多同确实问臣，'汉与夜郎，哪一个更大？'"唐蒙敛容顿首，小心地回答。

"哈！天下还真有如此自大无知之人，哈哈……"刘彻再也忍不住，朗声大笑起来。他双手扶着御案，全身抖动，笑不可抑。富于穿透力与感染力的笑声，在宣室殿中回荡，引得满殿的大臣与内侍郎官都笑了起来。

待皇帝笑过，唐蒙才又开口道："夜郎地处荒服，蕞尔小国，如井底之蛙，不识大汉的威仪。可那多同是个憨厚率直之人，真心向化。陛下若以爵禄羁縻之，收夜郎为外藩，定可得他日之用。"

刘彻笑道："当然，当然。那个多同，自称夜郎侯是吧？如此大国的国君，怎可只是个侯？朕当加封他为王，以副大匡之实。"殿中又响起一片笑声。

唐蒙出使夜郎，还要从前年闽越与南越之争说起。建元六年，闽越王骓郢攻击南越，南越告急于汉。闽越与南越都是汉的封国，产生纠纷，于礼应首先陈告于天子，由朝廷出面调解。闽越擅自发兵，违制悖礼，给了南越假朝廷之手，打击闽越的口实。南越上书朝廷，说自己谨守诸侯的本分，不敢擅自发兵抵御，特为奏报，请朝廷处置。刘彻于是任命大行王恢、大司农韩安国为将军，分别由豫章、会稽征集军队，分两路夹击闽越。

骑郢闻讯，下令倾全国之兵，倚山据险抗御汉军。其弟骑余善与宗族大臣密谋，认为此次战争，全因骑郢擅自发兵所致。汉军兵强势众，即使一时幸胜，后来增援者愈多，最终不免于亡国，莫若杀王以谢天子。天子若许罢兵，国家可以保全；若不许，再力战，失败了则亡命于海上。众人全都赞同，所以征讨的汉军尚在半路，闽越即发生了政变，骑郢被杀，闽越迎降。使者将骑郢的头颅呈献给王恢。王恢一面通知韩安国暂且按兵不动，一面派使者携带闽越王的头颅驰报长安。闽越既屈服，皇帝下诏罢兵，另立繇君丑为粤繇王，以奉闽越之祀。

王恢兵不血刃，不战而胜，于是借出征的兵威，派当时还是鄱阳县令的唐蒙出使南越，晓谕闽越灭国的消息，隐含有镇抚的意思。南越朝廷在宴请唐蒙时，席间有一味枸（音矩）酱，引起了他的注意。这枸酱的原料乃蜀地所产的一种桑葚，味酸甜，蜀中用以酿造果酱，是当地的特产，被视为珍味，故又称为蜀枸酱。南越僻处南海，巴蜀远在数千里外的内地，两地并无交通，蜀地特产如何到得了南越？

唐蒙大为好奇，于是问起枸酱的来由。陪宴的南越官员告诉他，境内西北有条大水，名牂牁江①，水道宽达数里，有舟楫之利，蜀地物产，可由此江直达南越的国都番禺城下。问到个中的细节，则支吾搪塞，不肯多谈。唐蒙回到长安后，专门就此询问了蜀中的行商。原来枸酱贩运到南越，多由夜郎走私而成。夜郎国位于牂牁江上游，水深江阔，足以行船。南越以财货利诱夜郎，从而打通了这条走私的通路，但并不能臣使夜郎。唐蒙究明底细，便上书朝廷，提出了结交夜郎以图南越的建议。此议一上，大得天子的重视，将唐蒙调任宫中为郎官，又派任他出使夜郎。经营西南夷的政略，竟由此发轫，成为汉朝大规模开边的序幕。

原来，南越早在秦时已并入中国版图。始皇帝三十三年，开始经营岭南，他派任校尉屠睢为将军，征召天下的逃亡者、赘婿和贾人五十万编练成军，凿灵渠连通湘、漓二水，以通粮道，伏尸流血数年，最终镇抚了百越，攻占

---

① 牂牁江，即今横贯黔、贵、粤三省的珠江之上游的北盘江。

了大片土地，设立桂林、象郡、南海三郡。战后，这五十万大军就地屯戍，统理百越。秦末，陈胜、吴广举义，天下响应，群雄并起。而后又是刘项争雄，中原战乱的消息不断传过来，驻守在岭南的秦军中流言四起，人心惶惶。此时，有个从中原来此做官的汉人，因缘时会，趁势而起，成为割据岭南一方的势力。

此人名赵佗，常山真定县人，随秦军征伐岭南，以军功升任南海郡龙川县令，很得上司、南海郡都尉任嚣的赏识。秦末战乱之际，任嚣身患沉疴，自知不起，于是召见赵佗，对他说：中原群雄逐鹿，天下不知会乱到什么时候，南海地处偏僻，还算安定。我担心中原的兵火会蔓延到我们这里，打算切断往来中原的通路，兴兵自保，静观其变。番禺负山临海，东西数千里，中国人在此也算是立住了脚跟，退可以为一州之主，进可以立国称王。这个心愿，我病重难起，力有未逮。郡中诸长吏均碌碌不足与谋，惟公可称人杰，所以将思虑已久的这件事交代给你，希望你能有所作为，不负所望。随后便写下文书，命赵佗行都尉事，将兵权交给了他。任嚣死后，赵佗果然行檄南岭各个关口，宣称中原乱兵有南下之意，要各地立即断绝与内地的交通，据兵自守。同时，他又诛杀了那些不服从的官吏，以自己的党羽取而代之。秦亡后，赵佗又趁乱以武力兼并了桂林、象郡，自立为南越王。

刘邦立国后，百废待兴，也因南越偏僻，不愿劳师远征，曾派陆贾招抚赵佗。剖符立约，承认他为南越王，要他和集百越，毋为边患。南越与汉之豫章郡、长沙国①接壤，两国因边界走私而屡生龃龉。吕后时，有司奏请禁绝与南越的关市，以制止铁器流入南越。赵佗认为是长沙王使谗，试图依仗汉朝的势力削弱、兼并南越。于是调集军队，数次侵扰长沙国境。吕后曾派隆虑侯周竈率兵征伐，可岭南暑热潮湿，疫疠流行，士卒病死大半，出征了一年多，竟不能越五岭一步。吕后崩逝后，不得已而罢兵。赵佗由此益发桀骜不驯，自上尊号为皇帝，黄屋左纛，临朝称制。他还广为联络与之接壤的骆越、西瓯、闽越等国，示以兵威，遗以厚贿，软硬兼施，役使如同属国。一时间，东南万余里皆其号令所及，颇有与大汉分庭抗礼的声势。

---

① 豫章郡、长沙国，位置大致在今江西、湖南一带。

孝文皇帝即位后，再派陆贾出使南越，招抚赵佗。赵佗诉说委屈，顿首谢僭越之罪，明里信誓旦旦，愿去尊号，长为藩臣，实则阳奉阴违，汉使一走，仍自称尊不误。朝廷后来虽得知实情，终因道路险远，派大军征伐，一怕暑湿疫病，二忧辎重转运困难，不得已而姑息迁就，睁只眼闭只眼罢了。赵佗十分长寿，建元四年薨逝时，已逾百岁高龄。其孙赵胡即位，虽不得已派太子婴齐入质于朝廷，可仍托病不奉朝请。南越不平，南方不靖，最终会牵制对匈奴的作战，这是刘彻的一块心病。只要有机会，他是要扫灭南越，使之再入中国版图的。唐蒙的建议之所以大受重视，刘彻之所以加派他为中郎将，出使联络夜郎，即种因于此。

经营西南夷，最终平定东南，重立郡县的大略，刘彻已在心中酝酿了多年。他知道，在朝廷的重臣之中，反对经营四夷者大有人在，在朝臣中具有压倒性的势力，这个政略通过的难度很大。好在这些年来，运用大量招用郎官的方式，他已在身边聚拢了众多人才。近些年来，凡朝议难于通过的议题，刘彻并不直接与大臣们争执，而是转而征询随侍郎官们的意见，并由着他们与朝廷大臣问难辩驳。郎官们气盛善辩，先声夺人，每每能使朝议逆转，这时他或予以肯定，或加以折中，不必与大臣们冲突，朝廷之政策即可顺遂自己的意志。郎官们虽然官卑职微，可有真才实学，有朝气，求进取，而且作为内廷侍从，与皇帝朝夕相处，更能领会贯彻他的意图。刘彻亦得以从中识拔人才，因材施用。近来，愈来愈多的事情，他不再经由三公九卿议决执行，而是加派差遣，由身边的郎官去办，这种做法既得心应手，又能分朝廷重臣之势，渐渐扭转了原来"外重内轻"的局面。同样，经营西南夷的政略，他也不打算由自己，而是从内廷郎官们的口中提出来。

"多同你见过了，夜郎的山川形势你也实地看到过了。那么说说看，朝廷羁縻蛮夷，益处何在？经营西南夷，若不能得其所用，朝廷大臣里面，可有不少人以为这是得不偿失，虚耗国帑呢！"刘彻看定唐蒙，双目灼灼，面色转为凝重。

"小臣以为，南越自高皇帝以来，黄屋左纛，僭制越礼，时叛时服，表面恭顺，内藏祸心，实为南方之大患。东南、西南蛮夷诸国，多视其马首是瞻。

朝廷若姑息不问，久之必附于南越。陛下若赐以爵禄，假以名器，则诸蛮夷不难向化中夏。如此既可以分南越之势，又可以潜消反侧，这是一。

"其二，南越王桀骜不驯，阳奉阴违，自汉初至今已七十余年，是可忍，孰不可忍。南越所恃者，五岭委蛇，道路险远，大军征伐，若道出长沙、豫章两郡，水道不通，粮草转运诚为难事。可若道出夜郎，则由牂牁江顺流而下，可直抵南越国都番禺城下。出其不意，攻其不备，这是制服南越的奇计。况且小臣听说夜郎有精兵十万，以大汉之强，巴蜀之饶，凿通夜郎之道，收其为边郡。待南越有事，于南岭虚张声势以作牵制，合夜郎之兵，乘船一鼓而下，赵越当束手就缚，成功可期。小臣愚昧，凭陛下明断。"

"唐蒙的建议如何，行不行得通？各位大臣以为如何，尽可以各抒己见。"刘彻扫视着群臣，目光落在了丞相田蚡和太中大夫公孙弘身上。公孙弘顿首不发一言，田蚡面色难看，斜睨了他一眼，迟疑了片刻，揖手道：

"建议固然不错，可实行起来，怕不像说起来那么容易。西南蛮夷的所在，崇山峻岭，四季烟瘴，修路谈何容易！况且蛮夷生性狡猾，叛服不定，谁给他们的好处多，他们便依附于谁，能靠得住么？臣以为，南越边僻，乃疥癣之患；经营西南夷，为不急之务；朝廷之肘腋大患，在北边之匈奴。轻重缓急之别，不可不辨，望陛下三思。"

"臣以为不然，敢为陛下言之。"刘彻循声看过去，原来是随侍在旁的郎官司马相如，于是颔首示意他讲下去。

"巴蜀殷富，四夷皆欲与之关市贸易，臣祖籍蜀郡成都，以臣所知，邛、苲（音眨）、冉駹（音芒）、白马①诸夷，环踞于蜀郡周边，道路并不如传说中那般艰难险远。诸夷自秦时已为中国收为郡县，后因秦乱而重归化外。于今中国大兴，诸夷应有向化之意。朝廷可借这种向心力，招揽羁縻西南诸夷，重新收为郡县，正其时也！陛下即位以来，边塞并无大警，且军臣正用兵于北海，这正是朝廷经营西南诸夷的大好时机。西南平定，则南可以制南越，北可以抗匈奴，也消解了后顾之忧。丞相之言，是过虑了。"司马相如侃侃

---

① 邛、苲、冉駹、白马，古西南夷中较大部族，分布于今四川邛崃、雅安、汶川、松潘一带。

而谈，全不顾忌田蚡那愈来愈难看的脸色。

"小臣亦赞同唐蒙与司马先生所言。秦始皇帝时，西南诸夷多已内附为郡县。此时大汉休养生息七十余年，国力充实，经营西南夷，恢复前人基业，实所应为。"说话的人站在随侍的一排郎官的末尾，年纪极轻。

"你是……"刘彻看那少年面熟，可一时记不起他的名字。他摆摆手，示意那人到前面回话。

那人出列，疾步趋行，伏地顿首道："小臣司马迁，新近入宫为郎。"扬起头看，年纪不过十几岁的样子，稚气尚存的面孔上，眉清目秀，儒雅蕴藉之中亦不乏勃勃的英气。

"哦，朕记起来了，你是司马谈的儿子？"

"是。家父是司马太史。"

"既是司马太史的哲嗣，家学必有渊源。你们说西南夷早已内附，有甚根据？载籍上有记载么？"刘彻问，是鼓励的口气。

"有。小臣曾助父亲整理列国史记，亲眼所见，敢为陛下言之。战国时，秦最强，而楚之国土最大，经营西南亦最早。楚威王时，曾派庄蹻带兵循江而上，攻略巴与黔中，立为郡县。此后一鼓作气，进军到滇池。滇池阔三百里，周边良田沃土数千里，庄蹻以兵威镇抚，收归于楚。就在他想要归国报命时，秦楚开战，秦军夺占巴郡和黔中郡，道路因此湮塞不通。庄蹻乃楚庄王苗裔，知道归国不能，遂因其军称王于滇。他变易服装，从当地风俗，成为滇人的君长。"

"此乃用夷变夏，何来的内附？不足为训。"踞坐于田蚡侧后的御史大夫韩安国忽然冷冷地插了一句，可看到皇帝不满的目光，赶紧又低下了头。

"秦灭楚，于山中凿五尺道，遂灭滇。虽未立郡县，却派任了官吏，为蜀郡之外徼①。吕不韦有罪，自杀于蜀，其家人门客多被放逐于此，子孙遗胤甚多。秦灭汉兴以后，以蜀之故徼为界，西南夷遂成弃地。"

"西南夷者，所言即夜郎、滇国两处么？"刘彻问。

---

① 外徼，边界。

"夜郎与滇，是其中较大者。称为君长的有数十人之多。夜郎以西，有靡莫①部落十余个，其中滇国最大。其北，有十数个部落，邛都最大。这些部落都是椎髻，耕田定居为生。其南方名为巂〔音髓〕、昆明②，地方千余里，此地蛮夷编发，放牧牲畜，随水草迁移为生，居无常处，亦无君长。其北面则如长卿先生所言，为邛、莋、冉駹、白马诸部落，由十数个君长统辖，其俗或定居或迁徙。以上全体，通称之为西南夷。"

"这么个地旷人稀的地方，如何经营，你若有成算，说来与朕听听。"刘彻望着唐蒙，眉头微蹙，西南夷如此广袤，一时颇有无从措手的感觉。

唐蒙抖擞精神，胸有成竹地说道："西南夷地方虽阔，可分为数十部落，互不统属，分而制之，不难收服。小臣以为，经营西南夷，一在凿通道路，深入诸夷，探察其底蕴；二在以财货厚贿之，使诸夷君长自附于朝廷，允许朝廷派置官吏。蛮夷不知工商，贪我器物华美，多愿与我交易。夜郎为其中大国，夜郎宾服，诸夷定会风从效仿。陛下若能厚赐夜郎君长，谕以威德，待以宽厚，诱之以关市贸易，则西南夷可兵不血刃而依附于大汉。羁縻日久，人心向化，则可以因时制宜，设立郡县，西南夷定可再入中国版图。"

"兵不血刃么？好！朕就加派你为中郎将，前往镇抚夜郎。至于财货，朕会要大农与少府为你安排，兵与筑路之人么，可以就地在蜀中征集。兵，不宜多，宣示军威，朕看千人足矣。"

田蚡狠狠地瞥了眼身旁的公孙弘，公孙弘不得已，深吸了口气，硬着头皮出班陈奏道："兵凶战危，请陛下三思！秦始皇当年征伐百越，以臣所知，伏尸流血数十万，主将屠雎战死，国家也因此伤了元气，后来的大乱，可说是种因于此……"

"如此就更要收回南越！几十万条人命换来的土地人民，难道是说声不要就可以丢掉的么！"刘彻攒起眉头，盯住公孙弘，厉声喝问道。

"当……当然不是。"公孙弘一急，额头上竟冒了汗，也结巴了起来，

---

① 靡莫，古羌人之一支，今云贵川边的彝、纳西等各民族即其后裔。

② 巂、昆明，为古代西南夷中较大部族，位于今四川西昌、云南大理一带。

"老……老臣的意思是，是对……对西南夷和南……南越，最好用羁縻的法子，能用财货招抚的，就不必用兵。"

刘彻颔首，微笑着对唐蒙道："公孙大夫的话你记住了？此去西南夷，羁縻招抚是一等的要义，能用钱办下来的事情，就莫动干戈。"

看到田蚡还欲谏阻，刘彻面色蔼然，口气却不容争辩："丞相可听明白了？唐蒙此去是招抚，而非征伐，不会大动干戈，耗伤国家元气的。仅巴蜀之力，西南应该可以底定于成。这是大好的事情，丞相以为不是么！"

田蚡等默然无语，敛容揖手，既无赞同，也无反对的表示，可沉默亦可视为无言的抗议。看着田蚡负气的样子，刘彻心中不快，不以为然地说道："人无远虑，必有近忧。朝廷休养生息为的是甚？当然为的是有朝一日能够奋起有为，重振国家的声威。四夷边患，国家富强之际不去消除，难道要坐待它们成为朕及子孙的心腹大患么！都说老成谋国，各位多是两朝的元老大臣，还是要从长远计，辅佐朕尽忠谋国，切莫尸位素餐，苟且图安。今日的朝议就到这里，散了吧。"

退出宣室殿，田蚡不满地瞥了跟在身后的韩安国与公孙弘一眼，恨声道："长孺、伯远，约好了我们一起当廷力谏，事到临头你们却首鼠两端，看我一个人的笑话！你们的话，我今后还敢相信么！"

"君侯难道看不出，经营西南夷，皇帝早已下了决心，辩有甚用？明知无益，何苦再触这个霉头。不辩，不等于赞同这个政略，哪里扯得上首鼠两端？"韩安国摇摇头，苦笑着说。梁孝王死后，安国失势，居家了很长一段时间。直至新皇帝即位，武安侯田蚡以亲贵用事，出任太尉，安国以五百金贿遗田蚡，经田蚡上言于太后、皇帝，韩安国方得以北地都尉起复为官。依附田蚡后，他官运亨通，先升迁为位列九卿的大农令，去年，田蚡被拜为丞相后，又举荐他为御史大夫，成为位列三公的朝廷重臣。田蚡既是丞相，又是太后的弟兄，皇帝的母舅，位高势尊，韩安国在朝廷公事上多以田蚡马首是瞻。可他也认准了一条，决不能拂逆皇帝的意志，田蚡有椒房①之亲，有恃无恐，他韩

——————————

① 椒房，古代指太后与皇后居住的宫殿，意思是与皇室有着裙带关系。

安国却无批逆鳞的本钱。所以，看到皇帝有心经营西南夷，他只能三缄其口。对于田蚡的责备，他只能付之以苦笑，自我解嘲地想道：官大了，人老了，怕是胆子都会愈来愈小吧。

公孙弘的心情很复杂。他是淄川薛县人，出身贫寒，母亲早死。早年为狱吏，后牧猪于海边，直到四十多岁，方才自学春秋杂说。公孙弘为人孝悌，为此，建元初年，以贤良文学征为博士。此后，仕途蹭蹬，他心灰意冷，以母病辞官回乡。嗣母死，他亦为之守孝三年，传为乡里的美谈。去年，朝廷征孝廉，他再获推举，赴太常应试。初选时，参加策试的百余人中，公孙弘的策论被置于下位，本已绝望。不想皇帝亲自阅卷，通览过后，竟擢其策论为第一。原来其策论以"仁、义、礼、术"为治国之本，以为不可偏废，与一般儒者只论道德大有不同。再察其履历，知其早年曾为狱吏，熟知律法而又深通儒术，实在是体用兼备的难得人才。召见时，公孙弘魁伟的身材、斑白飘逸的须发和辩给的言辞，给皇帝留下了深刻的印象，以为他容貌甚丽，有大儒之相。此时的公孙弘已年逾花甲，原以为注定会一生蹉跎，却不料出幽谷而迁于乔木，这次的际遇是太难得，太可珍惜了。

在朝为官这一年多来，他时时努力在皇帝面前表现自己，含蓄而不张狂，很得皇帝的好感，很快就由博士升任官秩千石的太中大夫。他每日必做的功课就是揣摩皇帝的心思，毕竟，只有顺遂皇帝的意旨的人，在官场上，才能够百尺竿头，更进一步。至于与田蚡走到一路，夤缘亲贵权势的动机只是一个方面，共同的原因却是出自对内廷郎官们的嫉恨。这些个郎官，由于侍从于内廷，对皇帝的影响，竟超过元老重臣。自己一生坎壈所得，在这些后生小子那里竟是轻而易举，老天岂不是太不公道了？

今日这场朝会，看得出来，皇帝对这位娘舅已经心存不满，倒是该与田蚡拉开些距离，行迹过密，招致皇帝的猜疑，被视为丞相一党，就不妙了。当然，丞相是亲贵重臣，也得罪不起。他笑了笑，敷衍田蚡这种胸无城府的跋扈之人，在他是游刃有余。

他大睁起眼睛，若有所悟道："错了，我们都错了！风头不对，不是该我们说话的时候。"

"甚风头？"田蚡转过头，一脸的阴云。

"皇帝乃大有为之君，身边的少年新进又都亟思表现自己，还能不生事？正在兴头上的事，任谁也谏阻不了的。"

"那就看着那些狂徒鼓惑天子？朝廷的体统何在？大臣的尊严何在？"

"就任他们欢喜一时，又有何妨？火候到时，我们再说话，自然管用。"

"甚火候？"田蚡满脸疑惑。

"以君侯看，唐蒙的谋略行得通么？一千人，又要凿路，又要示蛮夷以兵威。纸上谈兵容易，真正实行起来，难处多着呢。"公孙弘面色凝重，却是不以为意的口气。

"伯远的意思是……"

"等着看他们的笑话就是。等闹到劳民伤财，怨声载道之际，君侯再说话，皇帝即便不甘心，也只能虚心受教了。"公孙弘捋着花白的胡须，笑了。

三人走入朝臣办公事时的值庐，正待坐下，一名当值的尚书郎捧着几卷简牍，急匆匆地走进来："北边有紧急公事奏报，请丞相过目。"

田蚡掰开封泥，展开卷牍扫了两眼，递给韩安国："还以为北边太平无事，这下看他们还有甚话好讲！"随即又展读另一卷奏牍，他的眉头皱了起来，吩咐候在一旁的尚书马上将这些简牍上奏皇帝。

迎着公孙弘探询的目光，田蚡不无得意地道："伯远，看来火候是说到就到了。匈奴人袭击了上郡匈归障的关市，杀了数百人，这是几年来都没有过的事情。再有，军臣的阏氏，皇帝的姐姐，我们大汉的南宫公主上个月薨逝了。这两桩事碰在一起，皇帝马上得就和战大事作决定，西南夷的事，恐怕得放一放了！"

四

田蚡回到相府，正待沐浴更衣，宾客告之，淮南国的中郎伍被刚刚来府上拜谒过，说是淮南王刘安的车队，已经过了函谷关，午后便可抵达长安。田蚡心头一喜，大声吩咐道："马上备车，去灞上接王爷。"

田蚡五短身材，鼻高耳阔，双目微凸，看上去有些暴睛。一张四方大脸上，放松时和蔼可掬，板起时则有股豪横的霸气。其貌虽不扬，可母亲曾请义姁为他相过面，义姁说他这种身材与面相，在相法上是贵格，日后必会大发达。果然，不到四十岁的年纪，他便封侯拜相，成为朝廷中炙手可热的显贵，对此，他颇为自负。他边更衣，边端详着铜镜中那张因酒色过度而略显臃肿了的脸，吩咐候在一旁的府丞道："若是宫里头有事情找我，就说我去了长乐宫，出迎淮南王的事，莫声张。"

刘安是老淮南王刘长的长子。刘长是高祖与赵美人所生，是刘邦的幼子，极受宠爱。刘邦打下天下不久，为保刘氏的天下长治久安，开始有意剪除因功被封为王的异姓诸侯。高祖十一年，刘邦伐灭淮南王英布，将他的地盘转封给了刘长。

刘长的母亲赵美人，原是赵王张敖的宫人。高祖八年，征伐韩信，途经赵国时，张敖献赵美人侍寝，竟而受孕，赵王将其安置在离宫奉养。贯高等人谋反事发后，赵美人连同赵王张敖等一干人犯，被押解至河内郡听鞫。赵美人请求狱吏转告高祖，自己已有幸怀了身孕，是皇帝的骨血。刘邦当时正全力以赴在案子上，无心理会这件事情。于是，赵美人再托人，走辟阳侯的路子。辟阳侯名审食其，被吕后倚为腹心，他若尽力，不难借吕后之力救出赵美人。不想吕后得知此事后，心存妒忌，不仅不为她说情，反而将事情压住不报，而审食其亦没有为之力争。赵美人绝望，生下刘长后，怨而自杀。狱吏抱着婴儿请示刘邦，刘邦悔恨不已，将孩子交与吕后抚养，赵美人则被葬于家县真定。

刘长自幼失母，寄人篱下，常遭吕后及其男宠审食其的取笑侮辱，他隐忍不发，脸上一副憨态，心里却渐渐由怨愤而扭曲变态。长大后，刘长勇武过人，力能扛鼎，性格亦骄蹇刚直。孝文皇帝即位后，由于是仅存的亲兄弟，对他格外优容，每每宽宥其骄恣不法的行为。孝文皇帝三年，刘长进京奉朝请，亲赴辟阳侯府求见，酬酢间，突然以藏于怀中的金锤击杀审食其，并命令从人将其碎尸泄愤。之后刘长驰诣阙下，肉袒谢罪道：臣母无罪，辟阳侯能救而不争，致臣母冤沉海底，其罪一；吕后杀赵隐王如意母子，幽死赵幽王刘友，辟阳侯不争，其罪二；吕后封诸吕为王，欲以危刘氏宗亲，辟阳侯非但不争，反而阿附吕氏，其罪三。臣杀审食其，为母复仇，为赵隐王母子与赵幽王①复仇，为天子诛贼臣，一时愤激擅杀，伏阙请罪。孝文皇帝悯其志在为母复仇，特谕赦免，没有治他的罪。

刘长是近支亲王，自恃尊贵，对文帝直呼"大兄"，又兼性格刚烈，好勇斗狠，往往一言不合，即怒目相向，自薄太后、太子至诸大臣皆对之敬惮有加。归国后，刘长益发骄恣不逊。不仅僭制逾礼，不奉汉法，甚至数次上书，口吻极不驯顺。文帝曾亲自作书切责，刘长不仅全无悔改之心，反而勾结朝臣、闽越与匈奴，试图谋反。事发后，文帝尽诛与谋者，将刘长全家发配到蜀郡严道县的邮亭服役。囚车就道后，刘长不堪其辱，于途中绝食自杀，留下了四个年幼的孤儿。

刘长死后，文帝悯其早死，将这四个孤儿都封作了侯。八年后，有好事者将兄弟之争编排成了民谣，曰：一尺缯，好童童；一升粟，饱蓬蓬；兄弟

---

① 赵隐王，即赵王如意，隐为谥号；赵幽王，即赵王刘友，刘邦庶子，原被封为淮阳王，刘如意死后被徙封为赵王。因与王后吕氏不谐，吕氏进谗他欲谋反，被吕后召入长安囚禁饿死。幽为其谥号。

二人不相容。言下似责难文帝待兄弟苛刻。文帝听到后笑笑说："难道百姓以为朕贪图淮南的土地么！"于是将淮南国一分为三，加封刘长已成人的三个儿子刘安、刘勃、刘赐为淮南、衡山和庐江三国的国王。身为长子的刘安，与乃父作风迥然不同，自幼好读书鼓琴，不喜弋猎狗马驰骋。长大后尤其好名誉，暗中以德行拊循百姓，树立名声。孝景皇帝前元三年，刘安二十五岁，七国构乱，他原打算响应，但为其国相所阻，刘安竟因此免祸。

刘彻即位后，刘安得知皇帝好儒术艺文，于是招致四方宾客术士数千人，其中出名者有苏飞、李尚、左吴、田由、雷被、毛被、伍被和晋昌八人，及儒者大山、小山之徒。刘安与宾客，整日议论学问，著书立说，天文地理、仁义道德、古今存亡治乱之道与世间诡异飘渺之事，无所不论。撰述为内外百余篇，又有中篇八卷，专论神仙黄白之术，总名之曰《淮南鸿烈》。刘安将此书进献，大得皇帝的好感。刘彻曾试使之为《离骚》作传，刘安日出受诏，食时即撰写完毕，所费不过一个时辰。他还进献过《颂德》及《长安都国颂》，尽极歌功颂德之能事。由于摸准了皇帝的嗜好，刘安不露痕迹，总能逢迎得恰到好处，每次宴见，坐而论道，探讨政治得失和赋颂、方技，君臣侄叔两个都兴会淋漓，直到日暮掌灯时分，方才依依惜别。

刘安身材高大，眉目疏朗，留着一口美髯。进退行止间，既有从小锦衣玉食，长大南面为王养成的那份尊贵，又有由学问中浸淫出来的儒雅。从辈分论他是刘彻的叔父，不仅辈分高，且学问渊博、才思敏捷而又善于文辞，颇为皇帝所敬重。凡下达给淮南国的诏敕、信件，刘彻每每召司马相如等视草润色后方才发出，对刘安的景慕，可想而知。

田蚡得与刘安结识，是在淮南王上次进京奉朝请时。田蚡因得罪窦太后，被罢职家居，刘安以长辈的亲王，折节下交。在京期间，两人往来游宴无虚日。探知田蚡虚荣好货，刘安每每厚赠之，分别时，两人竟成了忘年之交。数年后，田蚡被拜为丞相，朝廷中有了这样一位有权势的朋友，刘安窃喜自己的钱用对了地方。田蚡则与之互通声气，朝廷中的机密大事，刘安知道得一清二楚。汉代的诸侯王，大致五年进京朝觐一次。刘安上次朝觐是在建元二年，转眼四年过去，这次再入长安，他已经是四十六岁的人了。

淮南国的车队到达枳道亭时，已经时近日中了。看到田蚡等在那里，刘安心里一喜,下车见礼道:"迎送诸侯乃太常①的职掌,怎敢劳动丞相的大驾!"

田蚡长揖道:"殿下乃高祖皇帝的嫡亲孙儿,连皇帝尚且拿殿下作长辈对待,能伺候王爷,是我们这些作臣子的荣幸,甚劳动?谈不上,谈不上,王爷客气了!"说罢,两人相对揖手,大笑起来。

刘安向坐在后面车子上的一位女子招了招手道:"陵儿,还不下车见过你田叔叔。"

田蚡觉得眼前一亮。那女子从车上一跃而下,身手甚为矫健。年纪也轻,不过十四五岁的样子。肤色白皙润泽,两只黑亮的眼睛深若潭水,波光潋滟,一头黑瀑似的长发松松地绾在脑后,瓒珥不施的她,却艳光逼人,不可方物。

"父王姓刘,哪里来的姓田的叔叔?"刘陵打量着田蚡,莞尔一笑。

刘安喝道:"陵儿不可放肆!当朝的丞相,天子的母舅,你田叔身份贵重。丞相与寡人情好无间,有如兄弟,当然称得上叔叔。快些与你田叔叔见礼。"说罢又对田蚡介绍道,"这是小女刘陵。此番进京,非缠着要跟来不可。寡人无奈,带了来。小女顽皮,打算在长安住一阵子,还要承望君侯日后多加看顾喽。"

"噢。田叔叔大安。陵儿初来乍到,不懂得京师的规矩,请田叔叔指教。"刘陵直视田蚡,笑语莺声,长揖着请安。

"哪里,哪里。都是自己人,用不着客气。" 刘陵容色夺人,目光中有种勾魂摄魄的力量,在她的审视下,田蚡竟有了种说不清的感觉,既有些自惭形秽,又有些心旌摇动。真看不出,刘安竟会有如此出色的女儿。

刘安邀田蚡同乘一车。车驭是侍候他十几年的心腹,御术极为老到。四马并辔,一溜小跑,宽敞的车身伴着嘚嘚的蹄声,款款而行,几乎觉不出颠簸。刘安用眼角的余光扫视着身旁的田蚡,田蚡仍是色眯眯的,一副神不守舍的样子。刘安心里生出一丝鄙夷,他咳了一声,堆出满脸的笑容:

"君侯,皇太后安好?"

---

① 太常,汉代九卿之一,秩二千石,掌宗庙礼仪,下辖太祝、太史、太乐、太宰、太卜、太医六署。

"哦……还好，太后近来心思全在外孙女的婚事上。吾上封信中提起的事情，不知殿下以为如何？"修成君金俗，是太后王娡的长女，论起来也是田蚡的外甥女，她的女儿金娥年已及笄，到了出嫁的年纪。太后对这个女儿一直心怀愧疚，所以对外孙女的婚事看得格外重，一心要为她寻一门好人家，要田蚡在诸侯王中加紧物色。淮南国的太子刘迁年将弱冠，年龄相当，身份也贵重，田蚡早早就向刘安打过招呼，一心要成就这门婚事。

在这件事上，刘安心里很矛盾。金俗出身微贱，乃太后入宫前与平民所生，并非皇家血胤，根本配不上自家的门第。娶金娥作太子妃，其他诸侯王背地的非议和耻笑，一定不会少。可与权势相比，门第又算得了什么！太后自觉亏欠女儿太多，对修成君母子格外看顾，缔下这头亲事，与太后乃至皇帝的关系就更进了一步，金娥毕竟是刘彻的外甥女。想到这里，他有了决断。

"能与太后攀亲，幸何如之！待犬子行了冠礼，寡人即托君侯议亲。"

这下可以给太后一个喜讯了。田蚡极为满意，笑道："都是皇室宗亲，这下亲上加亲了。今晚吾做东，为殿下洗尘接风。"

"君侯太客气了！还是寡人做东。天子这一向可好？"

"这要看这好指甚了。"

"怎么说？"听出田蚡话里有话，刘安诧异地问道。

"自打太皇太后崩逝后，再没人管得住上边了。这回闽越内乱，不战而胜，上边的心气更高了。眼下又盯住了西南夷和南粤，在边事上，仗着国家府库充实，上边的雄心大着呢。"

"是呀，寡人知道君侯的主张，也曾上书谏伐闽越，不想全无作用。今上身边有个名庄助的中大夫吧？"

"有。怎么？"

"今上派他出使南粤，回来路过淮南时，竟专程来王府，说是传达皇帝的谕意，实则申斥老夫。人倒是精明强干，不晓得他是怎么个背景，如此得天子之宠？"

"这个人，说起来倒是有些家学渊源。他父亲庄忌，善辞赋，与枚乘齐名。都在梁孝王那里作门客。建元元年举贤良文学，这小子对策当意，被今上擢为第一。此人巧舌如簧，皇帝每每令他和其他郎官与大臣廷辩。在征伐闽越这件事上，非但王爷，就是我这个丞相，也曾被他窘辱过呢。"

皇帝重用小臣，折辱大臣，显然已引起了大臣们的不满，日后的祸乱，搞不好就会伏机于此，倒是个值得注意的迹象。刘安笑笑道："皇上这个年纪，少年气盛，好大喜功。既存了经营四夷之心，也只好随他去了。谏阻无用，徒然招怨，寡人是不会再触这个霉头了。君侯放心，早晚碰了壁，皇帝方会知道国事艰难，不是想甚就能做甚的。"

田蚡心有灵犀似的笑笑，决定试探一下刘安。他近来失意于天子，除亲近太后以固宠外，也有外结诸侯巩固权位的心思。自梁王薨逝后，诸侯王中，淮南最盛。世事无常，这淮南王日后或许会大贵，倒是值得费心结交的呢。更何况，他还有这么一位妙龄好女。

"国事上顺，可在家事上，上边焦心得很哪。"

"怎么？"

"王爷难道想不到？上边与陈皇后结缡七八年，竟无一子半女，尤其不可解的是，后宫其他嫔妃也全无子息，殿下想想，这正常么？"田蚡话中有话，他看定刘安，双目灼灼，说出了一番令刘安既紧张又振奋的话来。

"王爷试想，这病若是在天子身上，就难得有子嗣，宫车一日晏驾，谁接位的可能最大？王爷是高皇帝的嫡亲孙儿，正值壮年，学识渊博，平日广行仁义，口碑遍传天下。够格承继皇室大位的，除去王爷，还能有谁！"田蚡侧过身子，躬身长揖，很有几分输诚的样子了。

刘安内心狂喜，可脸上却是惶惑不安的样子。他扶住田蚡，正色道："天子富于春秋，哪里谈得上绝嗣，君侯莫妄测未来，况且此事非吾等为人臣者所宜言。我们先谈眼前的事，晚间还是寡人做东，我们好好商量一下两家的亲事。这件事，若能蒙太后允准，寡人欲觐见长乐宫，太后那里，还请君侯为寡人先容。"

"这绝无问题。论起来，那女子还是我外甥孙女，这个亲家，我们算是做定了。"田蚡捋髯笑道。稍顿，他回首向后车瞟了一眼，凑到刘安的耳边，很恳切地说道："还有件事情，不知王爷可能帮忙？"

"君侯莫客气，尽管说，尽管说！"

"内子故去已好二年了，中馈乏人。这继室，找，就要找个门第、模样都好的。我想要在刘氏宗亲中物色，物色到了，还要请王爷助成田某这件大事。"说罢，田蚡紧紧盯着刘安的反应，只等他开口应允，自己马上就可以毛遂自荐，做淮南国的女婿。

田蚡的心思，从他对女儿的频频顾盼之中，刘安已了然于胸。这个人，权势财色，无一不贪，人品卑下，自己是决不可能将爱女许给他的。可他位高权重，是皇帝、太后的近亲，又是得罪不起的人物。况且，朝廷上的机密大事，离不开田蚡为他通气，若如他所言，日后自己果真有龙飞九五的机会，朝廷中还真不能没有他的合作，这个面子，还真就不能驳他。一念至此，他故作思索地沉吟了一会儿，一拍额头道："有了！君侯这件事情，就落在寡人身上。可真是不能再巧了，君侯还记得燕王么？"

"燕王？刘定国？"

"正是。他有个妹妹，极美，已寡居数年。上次朝觐，他就托我在京师为之寻一户好人家。君侯大贵大富，运势正旺，这兄妹两个必定会满意的。燕王位在诸侯，妹子也是个翁主①，门第足够，陪送也不会少。丞相若有意，孤愿做这个大媒。"

真是个老狐狸！田蚡心有不餍，却又不好回绝，于是颔首漫应之："那么，便有劳殿下作伐了。"

两人一时无话，车入长安，田蚡要去长乐宫，换车告辞。看着他怏怏不乐的样子，刘安向随侍的家臣使了个眼色，笑道："寡人备了礼物，一车劳君侯敬献给太后，还有一车就直送君侯的府上。都是些淮南的特产，不成敬意，请笑纳。"

望着侍从押解过来的两车方物，田蚡的脸上又有了笑意："王爷太客气了。既是在京师，当然由我做东，尽地主之谊。晚间吾邀些大臣，就在舍下摆酒，为大王洗尘接风。"

---

① 翁主，汉代诸侯王的女儿的通称。

五

　　进得长乐宫不久，田蚡远远就看见停在长信殿前的车驾仪仗。看来，皇帝得知南宫的死讯，已先一步亲自报知太后了。

　　果然，太后倚在卧榻上，双泪长流。刘彻面色肃然，正襟危坐着不发一言。田蚡深吸了一口气，抢前几步，泪眼婆娑地扑倒在卧榻前，语不成声地说："人死不能复生，请皇太后、皇帝节哀。悲恸伤身，皇太后哭坏了身子，如社稷、苍生何？"

　　"阿舅所言极是。死者已矣，可母后膝下仍有儿孙满堂呢。南宫既死，朝廷正可重新检讨与匈奴的关系，汉家的公主今后决不会再远嫁匈奴。"南宫的死讯，唤起了刘彻的旧恨，他也难过，可更令他愤怒的是匈奴人全无信义，连年不绝地侵扰边郡，此次匈归障的陷落，是最新的证据。南宫之死，是个恰到好处的契机，他不会再投鼠忌器，打算一反本朝七十余年来的对匈奴和亲的国策，从根本上扭转因循被动的局面。

　　"南宫一去几近二十年，可到死，连亲人的面都见不到，竟成了流落异乡的孤魂野鬼。想起这个，我这个为娘的心哪……"平时只有双方使节报聘时，母女方能互通消息，不想此番带来的竟是女儿的噩耗，母女就此天人永隔。想到这里，王姪心痛似绞，大放悲声，四下顿时跟着响起一片啜泣之声。

　　觑准一个间歇，田蚡劝谏道："人死不能复生。皇太后身子要紧，凡事请多往开处想，节哀顺变。太后身心康泰，皇帝、臣子们和天下之人方能心安释怀啊。"

"你倒说得轻巧！中年丧夫，老来丧子，白发人送黑发人，这些个倒霉事情全叫孤遇上了。伺候走一个老太婆，孤也成了个老太婆，一个人整日困在这冷清清的殿堂里，开心处在哪里？又如何去想？"王娡的心头像是翻倒了的五味瓶，苦涩酸辛一下子涌了出来。她冷冷地瞥了儿子一眼，恨声发泄着积压已久的不满。

刘彻眼观鼻，鼻观心，不作一声，竟似充耳不闻的样子。他明白太后这是在敲打自己。自韩嫣死后，他与太后的关系日渐生分了，请安时母子间的话也愈来愈少。

田蚡偷觑了眼面无表情的皇帝，赔着小心道："眼下就有件让太后开心的事情。太后托付臣为阿娥物色的夫家，有着落了。"

"哦？是甚人家，门第如何？"

"是一等一的人家，淮南国的太子刘迁，年将及冠。刘安来京师奉朝请，臣已当面与他讲定此事。"田蚡将刚才与刘安议亲之事复述了一遍，王娡心头一振，情绪上松快了不少，于是细细询问起刘安与淮南国的事情来。

难怪他午前议事时缺席，原来是忙着结交淮南王去了。刘彻冷冷地注视着田蚡，努力抑制着心里的无名之火。诸侯王进京朝见，例应由太常接待，田蚡此举，有交通诸侯之嫌，他不能不警惕。尤其可恨的是，他居然谎称到太后处报丧，这个方头大耳的家伙，仗着太后的宠爱和母舅的身份，竟敢明目张胆地欺罔自己了。

窦太后死后，刘彻起用田蚡，一是朝廷有以母舅辅政的传统，更根本的意图是为了削抑窦氏和朝廷中守旧老臣的势力，推行兴儒的大政。起初，田蚡十分卖力，刘彻颇得其腹心肺腑之力。甥舅二人议论国是，常常议到日头西下方止。田蚡的建议，他可以说是言听计从。可渐渐地，刘彻觉得，他这位母舅表面谦恭，内里跋扈。其所作所为，并没有将他视为君临天下、至高无上的君主，而是一切大包大揽，自己在田蚡眼中，仍不过是个不谙世事的少年而已。

田蚡为相不过两年，外间关于丞相豪奢贪贿的传言大起。刘彻命郭彤暗地察访，事实有过之而无不及。田蚡为人豪横霸气，利用权势与京师官吏上下其手，占据了长安城内外大量膏腴之地，大治宅院甲第。而后又派人四出各郡县，搜购奇珍异物，往来的车马相属于道。相府堂前，编磬、钟鼓罗列，曲旃①竖立，已有僭越的味道。充其后房的妾侍和女乐人数过百，各地进献的珍物、犬马与玩好则不可胜数。可田蚡仍不知分寸，竟公然向他开口，求要一块准备扩建武库的公地。那一次刘彻真的动了怒，大声呵斥道："你何不干脆将武库一并占走？！"此后，田蚡才有所收敛。单是贪贿奢靡还罢了，尤令刘彻不能容忍的是，田蚡打着为朝廷求贤的旗号，大肆进用私人，有的甚至起家就成为两千石的大员，颇有把持人事的迹象。一次，廷议九卿官署与地方郡国官员的任免，他竟一口气荐举了五六十个人选，满朝的大臣无人敢发异议，唯唯称是。刘彻心下不平，揶揄他道："丞相的官位安排够了没有？朕也想要安排几位做官呢！"

在兴儒治国的方略上，田蚡也一改起初的敢作敢为，变得保守谨慎起来。由他主持诸儒议定的礼仪制度，议论虽多而迁延不决；每每皇帝欲用兵于四夷，他都领头谏阻。东越如此，西南夷如此，匈奴还是如此。

接到匈归障遭袭的边报后，刘彻心中陡然火起，马上诏命三公九卿会议和战大计。众臣平日唯田蚡马首是瞻，田蚡不在，皆敛容屏息不作一声。主战者只有大行王恢一人。王恢为燕人，曾数为边吏，熟知胡事。他以为和亲数十年来，并不能约束匈奴，反而使胡人觉得朝廷软弱可欺，不反击，胡人势必得寸进尺。反对与匈奴开战者，占了朝臣中的绝大多数，以御史大夫韩安国的意见最有力量。他的理由是兵凶战危，无必胜之把握即不可轻易言战。匈奴地广人稀，迁徙不定，得其地不足以耕作，兼其众不足以强盛。胡人善于骑战，来若飙风，去若流电，居无常处。朝廷的马匹不足，速度先就输了一筹，难于捕捉其主力决战。若冒险深入，则有粮草中绝，后援不继的隐忧。自高皇帝以来的列祖列宗，无不以天下苍生为重，力行和亲，以女子玉帛羁縻强胡，为中国求得一个太平的局面，足为后世效法。言外之意竟是他刘彻不遵祖制，不自量力了。刘彻虽不快，亦不得不承认韩安国的话有道理。是呀，

---

① 钟鼓编磬，是皇室、诸侯王方可使用的礼器；曲旃，即曲柄赤旗，亦为皇室诸侯身份之标志。田蚡身为列侯（武安侯），位不至王侯，列钟磬，立曲旃，有僭越之嫌。

马匹不足，反击匈奴又从何谈起？

然而这场争论，还是令他觉得几年来的措置，非但没有使自己在用人行政上收到如臂使指之效，反而凡事掣肘，使他的意志难于贯彻伸张。原有的守旧势力虽已消散殆尽，而田蚡等一批新贵，占据了朝廷的高位，左右着朝野的舆论，党同伐异，权移主上，已成为左右朝政的新势力。而太后，亦通过田蚡，暗中对朝局施加着影响。犹如面对着一张无形而又绵密的大网，诸事皆难于措手。人心惟微，帝心惟危，他真正理解了父皇所言，是君主都会有孤危的感受，真正是孤家寡人！打破这种局面还是要靠进用新人，以分而治之。不过，今后的用人行政他必得亲力亲为，断不能再假手他人，就是至亲也不成。

"皇帝，你阿舅提的这头婚事，你觉得如何？"

刘彻怔愣了一下，看到母后正殷殷地望着自己，尽管不满田蚡所为，可金娥能嫁到淮南，无论门第还是身份，再难找到第二家，于是颔首道："母后觉着好，当然好。"

"那好。这件事可以定下了。皇帝，你阿舅是当朝的丞相，既是刘安托的媒人，又是阿娥的舅姥爷，这头婚事，交给他办最妥当，对不？"

"是。六礼①仪节繁复，可以交给太常办理，丞相总其成就可以了。"

"不，你阿舅一手托两家，这件事还是他亲自出面张罗，我才能放心。一可见朝廷重视，让淮南王觉得有面子；再者也能壮壮阿娥这边的门面，她娘亏待过就罢了，绝不能再委屈了这孩子。"

母亲的心思，刘彻当然清楚，于是颔首道："一切听凭母后的意思办就是。"

"那刘安欲给长乐宫请安，不知太后见不见？请示下，臣等好去安排。"

"见，既然作了亲家，面当然是要见的，就在这几日内吧。今晚，阿蚡你先约上几位大臣，好好宴请一下淮南王，告诉他儿子的婚事孤与皇帝准了，问名、纳吉之后，就可以定日子了。"

虽不满于田蚡私下结交诸侯，可见到母亲由悲转喜，刘彻还是觉得欣慰。

---

① 六礼，古代婚礼要经过纳彩、问名、纳吉、纳征、请期、亲迎等六道程序，故统称六礼。

有这么件婚事要操办，母后的悲戚与无聊寂寞可以排遣于一时，是件好事，自己正可用心于国事，斟酌对匈奴的和战大计。

回到未央宫，斟酌再三，仍旧是计无所出。这种心有余而力不足的感觉令他焦躁，他无心批读新送上来的章奏，于是传召当值的郎官司马相如过来一谈。

"匈奴寡诺背信，连年侵扰我边郡，数日前偷袭匈归障，杀掠我数百吏民，是可忍，孰不可忍！南宫既死，朕已无牵挂，本想以之为契机，一举颠覆和亲的旧局。无奈我们的马匹不足，韩安国讲得有道理，没有马，难于制敌。和不愿，战又不能，长卿，这个局面下如何作为，朕想听听你的想法。"

司马相如沉吟了片刻，道："小臣以为，朝廷既然准备不足，莫不如先将和亲之事拖一拖。陛下可先下一道敕书，责问匈奴为何背约攻掠我边塞，要来使带回去，看单于如何回答再作定夺。"

刘彻起身踱步，沉思了片刻，转头看着司马相如道："和亲先不谈，而责之以大义，堂堂正正，对头。你讲下去。"

"至于军事，则非臣所专……可臣看今日廷议中，王恢似未尽言。他既主战，必有他的道理，不过碍于重臣的权势，未敢深辩而已。陛下可召他独对，听听他的意见。"

得知是皇帝单独召对，王恢又紧张，又激动。稽首行礼后，屏息敛容，静候皇帝的问话。

"今日廷议，君一人主战。朕亦想战，可马匹不够，没有把握，孤注一掷的事情则朕所不取。韩大夫主张循先帝故事，与匈奴和亲以维持一时，有他的道理。这个局面下，君何以主战？直说无妨。"

王恢略作思忖道："大汉与匈奴，处于必战之势。既如此，则迟不如早。兵法云：先发制人，后发制于人。"

"何谓必战之势？"

王恢取出一轴卷帛，展开后乃是一幅边塞山川形势图。他边比画，边为皇帝讲解："陛下请看，这图中一南一北，有两道长城。南面的一道，西起临洮，北接河曲，是战国时秦昭襄王为防匈奴南下而筑，人称前秦故塞，也是目前大汉与匈奴的分界之处。

"北面这道长城，则是秦始皇兼并六国后，派将军蒙恬率大军三十万驱逐匈奴以后修建的，与赵燕两国的故长城相接，东向逶迤直入朝鲜。南北两道长城之间的这块土地，即匈奴所谓的河南地，秦始皇则名之为'新秦中'。

"河南地阔千里，水草丰茂，是极好的牧场，且其土质肥沃，易于开垦耕作。秦始皇即于此移民垦荒，并设置了三郡四十县，以之为关中屏障。可惜秦末战乱，胡人乘间再占河南地，牧马长城。中国无此屏障，则强邻逼处，势难苟安。孝文皇帝时，胡人大举进犯，前锋直逼甘泉，京师震动，数月戒严，原因即在于此。

"陛下再看北面这道长城，建于大河之北，直抵阳山①。阳山之北即匈奴之腹地，单于庭亦在此处。由此形势一目了然：河南地属我，则我有大河与两道边塞为屏障，胡人势难南下牧马。且逼近匈奴腹地，势成其肘腋之患，反之亦然。臣所谓必战之势，指的就是河南地势在必争的这种地位。谁占据了这里，即可制敌而不为敌所制。"

王恢兴奋起来，言辞辩给，滔滔不绝。

"匈奴失了河南地，其腹地仅阳山一道屏障，形势由安转危，朝廷则可相机攻逐之。匈奴势必将王廷迁移至漠北，失去了漠南这片膏腴之地，其国力必衰，久之，绝难再为患大汉。"

这番形势的分析，令刘彻大为折服，也坚定了他与匈奴开战的决心。可兴奋之余，马的问题依然存在。"诚如君言，汉家与匈奴不能两立。可朝议主和，且以祖制不宜为说，而马匹不足，又奈匈奴何？"

王恢胸有成竹，应声道："礼乐之大法，五帝三王也不相沿袭，何况和亲乃先帝不得已之举，因时因事制宜而已。况且臣所言反击，非发兵塞外，而是诱敌深入，在自己的地盘上打。"

"诱敌深入？怎么说？"

---

① 阳山，又称狼山，即今之阴山山脉。古人称山南水北之地为"阳"，反之则为"阴"。汉在山之南，故称此山为阳山；匈奴在山之北，故称此山为阴山。

"朝廷事先调集大军设伏，再将匈奴诱至塞内，关起门来打狗，我军可以己之长攻敌之短，如此单于可擒，匈奴主力亦可一网打尽。"

刘彻摇头沉吟道："匪夷所思。"随即又目光灼灼地看定王恢，"那军臣也是久经战阵之人，会那么乖乖地入彀？你拿甚诱他动心？"

"有了这个人，臣料定军臣一定会动心。"王恢从怀中取出一卷写满了字的细麻帛书，呈给皇帝。

一望而知，帛书是用扯下的袍襟写就，内容杂乱，大意是愿意献计诱擒匈奴单于，以赎死罪。落款署名聂壹。

"这聂壹是甚人？何以带信给你？"

"这个人是雁门郡的豪强，出身于驵侩①世家，生意做得很大，家财豪富。他既做边塞关市的牲畜买卖，也背着官府与匈奴阑出②交易，数月前被逮，下入狱中，依律当弃世。臣数年前巡边时与之相识，他知道臣职掌四夷，故托人关说。"

"他有何能为，可以诱致军臣？"刘彻盯着王恢，问道。

"这聂壹往来出入边塞多年，不仅与胡人相熟，而且极得军臣的信任。臣以为，他献的这个苦肉计可以行得通。"

刘彻细读帛书，也被聂壹这个大胆的计谋打动了。原来，聂壹提出，只要朝廷赦免其死罪，他愿诈亡匈奴，立功赎罪。他的计谋是：以官府治罪为由，亡命匈奴。取得军臣信任后，游说匈奴入塞掳掠。他则回城作内应，斩杀马邑县令，开门迎降。马邑为雁北要塞，一旦失守，汉之边防如同被撕开一个大口子，雁门、太原这两个最富庶的边郡门户洞开，军臣既可饱掠一番，又能重创汉军，这个前景，无疑对他有极大的吸引力。而要实现这一点，军臣必得携大军深入塞内数百里。汉军则可以逸待劳，一举全歼匈奴主力，从此确立优势。这样的机会与前景，是太难得了，刘彻竟不敢相信。

"这个聂壹，靠得住么？"

---

① 驵侩，从事马匹交易的经纪人。

② 阑出（阑入），汉代法律术语，指未经官府准许而私自出（入）关塞贸易，即走私。

"臣以为靠得住。此人信守然诺，在江湖上是有名的。况且还有其数百口男女族人的性命在官家手里。"

如此，他不能不动心。刘彻站起身，在殿堂内踱起步来，面色如常，可心潮却如翻江倒海一般汹涌难平。他记起父亲一再对他讲起，要他牢牢记住的往事：高皇帝被困白登山，不得已而与匈奴订立城下之盟，深以为耻；高祖薨逝后，冒顿单于竟致书调戏高太后，而太后忍气吞声，卑辞厚礼以谢冒顿。文皇帝、景皇帝之时，匈奴连年寇边，单于国书自夸"天地所生日月所置"，故意侮慢汉家天子。乃至朝廷迫于匈奴的淫威，以亲姊妹出塞和亲，更是自己少时经年不解的隐痛。这一切令他痛苦的耻辱，果能由此一战而洗雪，他还犹豫个甚！他停下来，望着同样兴奋的王恢，问道：

"军臣若来，你以为他会带多少人入塞？我们又要多少人，方能置敌于死命？"

"匈奴地域辽阔，由单于、左、右贤王分三大部统驭。胡人掳掠，与者有份，臣以为，军臣不会倾国出动，而会以本部精骑自行出击。如此，当在十万人上下。兵法：十则围之，倍则攻之。我军有备而战，以逸待劳；又可绝其归路，断其辎重，敌孤军深入，发觉中计，军心必乱。如此，有三四十万汉军，足以制敌了。"

"三四十万，三四十万……"刘彻摩挲着双手，欣喜之情溢于言表。"切莫忘形，切莫忘形，决定大事时一定要冷静，要周全。"他暗自叮嘱自己，容色渐渐如常。他看了眼在一旁侍候的郭舍人，问道："郭彤，这件事你怎么看？"

"奴才一向侍候陛下，于军事一窍不通，无从置喙。"

"你但说无妨，朕想要知道的正是外行人的想法。"

"奴……奴才，"郭彤口中嗫嚅，脑子却在飞快地转动。看来，皇帝是铁下心要与匈奴开战了，自己人微言轻，可如此大事，提醒皇帝小心决断是不会错的。一念至此，话即脱口而出了：

"能捉住单于当然好。可这么大的战事，几十万人调往雁门，难保不走漏风声，消息一泄露，军臣还能上钩么？陛下三思，还是与各位大臣商量个妥当的法子为好。"

刘彻摇首道："事以密成，这你说得没错。可谋及众臣，知道的人越多，消息走漏得愈快。这件事情，眼下只有朕、大行与你三人知道，绝不可外泄，你二人记住了？"

二人顿首答应。刘彻命郭彤将虎符取来，一一交代给王恢。当晚王恢奉诏持节出京，名义上是巡边，暗中则负有诏令各边郡的主将厉兵秣马，准备大战的使命。同时王恢还受命坐镇马邑，亲自监督实施聂壹的计谋。待一切毕备，他才会对大臣们公开这件大事。想象着众臣得知此事时惊愕的样子，刘彻无声地笑了。

六

王恢出使边郡的当晚，长安尚冠里的丞相府张灯结彩，府前车水马龙，宾客盈门。淮南王午后拜会了先到了几日的燕王，为田蚡提亲，燕王很痛快地许了婚。消息早已通报到田府。田蚡既奉有太后的口谕，索性两好并一好，大办宴席，淮南王而外，还请了燕王与来京师朝觐的其他诸侯王，并知会御史大夫与九卿与宴作陪。主宾到齐后，检点人数，唯独少了大行王恢一人。

田蚡面色一沉道："这王恢忒不识轻重了！大行职任接待四裔、诸侯，王爷们都到了，他却连个人影子也不见，总不成要贵宾等着陪客吧。好大的架势，来人，拿我的名刺去请！"

"丞相误会了。在下听说是上边差遣了王大人紧急的公事，君命，不俟驾而行，这会儿，他只怕是已经出了长安城了。还是先请各位王爷入席吧。"太常、宣平侯张欧（音右）知道田蚡是个极要面子的人，见其恼怒，赶忙劝解。

"甚紧急公事，我怎的不晓得。"

"君侯告假，整日都在东宫，如何晓得。"韩安国于是将午前朝廷会议和战的经过讲述一过，"听说，皇帝午后单独召见了王大人，之后就派他出京巡边，看来这趟差事与考察边塞的军备有关。皇帝还是想战哪。"

"既是这样，各位王爷就请入席吧。"田蚡摆摆手，脸上仍是一副悻悻的样子。

酒过三巡，田蚡宣告了太后许婚的消息，宾主纷纷向刘安祝酒贺喜。刘安又报告了田蚡与燕国公主结亲之事，众人又纷纷向田蚡与燕王道贺。一番觥筹交错之后，相府的女乐出场，燕乐歌舞的柔管繁弦之中，酒宴的气氛放松下来。乐舞间歇，刘安看似不经意地问道："君侯，看来皇帝是一心求战的喽？以君侯之见，何时开战，胜算如何？"

"求战？吾又何尝不想求战！可马呢？马匹不足，怎样战？全无胜算嘛！皇帝年少性急，做大臣的也不晓事吗？岂能不计轻重利害，阿顺上意，行险侥幸！"田蚡满面阴云，看得出对王恢主战耿耿于怀。

"君侯差矣，兵法上不是有庙算一说嘛。皇上天纵英睿，即便身在庙堂，也可以决胜千里之外呢。"燕王刘定国嘿嘿笑道，颇有皮里阳秋的味道。

"王叔是在说笑话吧。"一个声音既尖且细，听上去怪怪的。众人循声看去，主宾席上一个身材瘦削的人物，其貌不扬，但目光与声音中却有股阴森森的力量。原来是胶西王刘端，他是景帝第八子，与江都王刘非同为程夫人所出。

"如丞相所言，别说马匹不足，即便有马，出得边塞作战，最要紧的是甚？当然是粮草辎重。打起来，这粮草辎重从哪里征发？还不是北边这些郡国。王叔的燕国，我们胶西、中山和赵国，朝廷哪一个能放过？"

"老八所言在理，大汉才过了几年安生日子？兵凶战危，征兵加赋，天下扰动。若能战败匈奴倒还罢了，怕的是劳师远征，一无所获，国家从此多事了。"坐在刘端身旁的赵王刘彭祖大有同感。

刘端不以为然道："加赋？加赋倒好了，怕的是皇上体恤民瘼，这打匈奴的钱粮要从吾等身上找补呢。"

背后议论天子，是大不敬。陪席的大臣们面面相觑，杌陧不安起来。

再这样议论下去，大不妥，要赶紧转圜。刘安摆摆手道："各位少安毋躁。匈奴既是我汉家的宿敌，战是早晚要战的，莫说皇上想战，吾等难道就不想雪祖宗之耻？关键是时机。时机适宜，对皇上扫灭匈奴的抱负，凡我汉室宗亲，哪个不愿鼎力相助？时机不到，言战还不是徒托空言。吾等还是莫辜负了丞相家的美酒佳肴，来，寡人为丞相上寿。"说罢，举酒一饮而尽，照照杯。

主宾都领会了刘安的用意，纷纷跟随祝酒。一时间笑语喧阗，宴乐重新进入高潮，及至夜深，客人方陆续告退，由巡夜的缇骑，分头护送回邸。

刘安是最后离开的。回到府邸，已时交二鼓。他酒意虽浓，可头脑却十分兴奋，全无睡意。他盥了盥面，又吩咐侍者烹了壶浓茶，倚在卧榻上，思绪如潮，浮想联翩。

一日之内，他与太后结了亲，为田蚡提了亲，由此加深了与皇室的关系，当然也加深了与当朝势要的关系。更令他兴奋的是，他知道了宫廷中的隐秘，皇帝因无嗣而焦急，而帝后之间必由此而生龃龉，宫中从此多事了！从今日之酒宴上可以感觉得出，丞相、大臣与诸侯王大都不赞成皇帝外事四夷的主张，担心这会损及自身的利益。皇帝少年意气，好大喜功，正是容易犯错误的年纪。对国家，这不是好事，对自己，却未必是件坏事。

二十年了，二十年了！不想机会又一次重现了。被深深压抑住的那一点念想又开始萌动，在他心中掀起涟漪。

文帝八年，时年十六岁的刘安被封为淮南王，继承了被贬黜而死的父亲的王位，而国土被一分为三，权势大不如前。他表面恭顺，心里却怀着一股恨，发愤读书。他一反诸侯王狗马弋猎、骄奢淫逸的做派，文雅、好学直追河间王；在国政上，他更是宽厚仁慈，不吝钱财，抚循百姓，广揽人才。景帝三年，朝廷削藩，激起了吴楚等七国之乱。吴国使者到淮南联络时，二十五岁的刘安本欲响应。国相看出他的意图，假意愿意带兵出征，哪想到取得兵符后，却将他软禁在宫里，顿兵坚守，直到朝廷救援的大军赶到。响应吴楚的事情，竟因此消弭于无形，刘安亦由此得免七国败亡的命运。此后，他深自韬晦，恭顺朝廷，极力讨好皇帝与宫廷势要。自保而外，原先的仇恨、不平和雄心被深深压入心底。原以为此生只能顺遂天命，老死苑菀，不想前年（建元六年）秋，中国出现了几十年方得一见的天象——彗星。

古人最重天象，认为天象关乎人事。彗星当空，自古是大凶之兆。一般人都说它是事关太皇太后崩逝①的天象，而占星者对此的推算是，天下将要刀兵大起，血流千里。他将占星的史官召入密室，那一晚的密谈惊心动魄，刘安至今记忆犹新。

"这种天象，预示人世将有逆乱凶孽的事情发生，很准的。"

"何以见得？"

---

① 窦太后于是年（建元六年）五月崩逝。

"殿下可读过《左氏春秋》？"

"当然读过，怎么？"

"文公十四年，周内史叔服的占验，大王可还记得？"

刘安略作思忖，问道："是彗星现于北斗，叔服预言，不出七年，数国国君都会死于祸乱那件事？"

"正是。其言极有效验。三年后，宋昭公被杀，公子鲍僭位；五年后，齐懿公被弑；七年后，晋灵公被赵穿弑于桃园。"

"这次又会如何？"

"昨夜彗星孛现，星官在角①，角宿有两星。依甘氏星经，彗星孛犯两角间，主邦有大丧；而石氏星经②也以为此种天象，主天下大乱，皇位更迭，都是极为凶险的兆头。"

"那么应在何时、何处？"

"角宿之分野③对应于兖州，而彗尾西指长安……"史官停顿了片刻，打了个冷战，压低声音道，"近则三五年，远则不过九年。大王可早为预备。"

一股热流直走丹田，刘安竭尽全力，方才压住了心头的躁动与狂喜。当夜，他便秘密处决了这名史官，那番谈话，则成为紧锁于他心头的秘密。

什么事情会使天下刀兵大起，血流千里，皇位倾覆？他百思不得其解。匈奴内侵？不可能，匈奴扰边是常事，可他们没有深入中原的力量。再就是内乱，如以前的七国之乱。可从何而乱？什么人倡乱？仍然理不出头绪。直至今日，田蚡向他暗示，皇帝有可能绝嗣，他才恍然大悟：国无太子则国本动摇，皇帝一日宫车晏驾，刘姓诸侯会并起争夺皇位，天下大乱。所谓刀兵大起，流血千里，定是起于这样的局面。现存刘姓诸王中，自己与皇室的血统与亲缘最近，辈分和声望最高，天子一旦不讳，最有机会的不就是自己吗？

---

① 星官：古代观测天象，将众星命以百官之名，如帝后将相等，以别尊卑；又称天官，其实指的是空中的恒星团。角，二十八宿之一，为东方七宿之首。

② 甘氏，即甘公，战国时齐人，名甘德，是著名的占星家；石氏，名石申，战国时魏人，又称石申公，也是著名占星家。二人学说均对古代天文学有深远的影响。

③ 分野，即与星宿相对应的地域，占星学认为，星宿天象之吉凶可以直接影响到分野的人事。

或许是酒的作用，他觉得气血涌动，浑身燥热，于是呷了一大口茶，站起身在堂内来回踱步。他恨自己沉不住气，拍拍额头，深吸了口气，重新坐下，收拢思绪，开始做下一步的打算。

首先，他要未雨绸缪，大治攻战的器具，招揽更多的豪杰，暗中联络各郡国，互通声气，使自己的声名德望，百尺竿头，更进一步。同时他要安排可靠的人，为他联络朝廷的重臣，侦伺宫廷的消息，淮南距京师千里之遥，一旦有事，他决不能落了后手。可这种极为机密重大的事情，他能托付于谁呢？

随驾同来的中郎伍被，是门下数百豪杰中的佼佼者，对自己忠心无二，才能智计，亦不在京师中的人物以下。可之前自己从未向他透露过心曲，他赞同与否，尚不可知。况且以伍被的官职身份，不便与朝廷重臣交往，更难窥探宫中的动静。

看到面前递过新茶的那双纤纤玉手，刘安才从沉思中抬起头来："阿陵！怎么是你？"

刘陵嫣然一笑，取下簪子，将灯焰挑亮："父王一路风尘，进得京城不遑歇息，又去拜会诸王和大臣，就不觉得疲累么？夜半归来，中堂的灯就一直亮着，鸡鸣时分还不安歇，莫不是有甚心事么？"

刘安眯着眼，细细端量着灯下的爱女。一袭月白色的睡袍中的女儿娇小婀娜，黑瀑似的长发、鹅蛋形的面庞、高挺的鼻梁与盈盈似水的眼波，十六岁的女儿已经出落成为一个美人，这正是自己理想的人选啊。

"心事？当然有。陵儿，你过来，坐下。"他将女儿的一只手握住，抱憾道，"阿爹场面上的事多，顾不上你哟。说说看，今日在长安逛了哪里？玩得好不？"

"好。"提起日间的见闻，刘陵来了兴致，"我带着阿苗，坐车在长安城里转了一圈。长安好大噢，咱们淮南国的都城可真是没法子比！午后我们又逛了东市，好大噢！阿爹，你猜，我买了甚东西回来？"刘陵满脸欢喜，急切的目光中仍不脱顽皮的稚气。

"好看的衣裳？"女儿摇头。

"珠宝首饰？"

"才不是呢！"女儿娇嗔道，头摇得像是拨浪鼓。

"不是衣裳，不是珠宝，那还能是甚呢？香粉、胭脂"刘安掰着手指沉吟，故意作出苦思不解的样子来。

女儿果然忍不住，将头靠在刘安肩上，扑哧一声笑出来："我要不说，阿爹永远猜不出来的。"之后又跳起身，瞪大眼睛，两手夸张地比画着道，"黑黑的，长毛，好大好大的头！身子就像只小牛，可凶了！"

"哦，是只猛兽么？"刘安并不吃惊，这丫头的性格自小就不像女儿家，若是买些脂粉妆奁回来，反倒不像是她的为人了。

"是獒犬！商家说是西海①羌人那里产的，中原根本没有，很名贵的。阿爹，你再猜，这只犬要多少钱？"

通常的家犬，不过百钱上下，名犬可值万钱。刘安想了想，伸出二指道："两万钱。"

"才不是呢！"女儿嗔怪似的跺跺脚，满面骄色，把头一昂道，"百金。"

"百金？"那就是一百万钱了！刘安吃惊了。五口之家一年的用度不过五千钱，百金可以养活二百个这样的家庭。女儿平日奢靡成性，挥金如土，他是知道的。可彀輂之下，如此作为，免不得惹人侧目，闲话传到宫里去，会引起何种议论，可想而知。

"还有个不知谁家的公子哥，与我争买，惹来一市的人围观。可他的现钱没我多，狗还是被我牵走了，众目睽睽，气得他鼻子都歪了。"说到得意处，刘陵咯咯笑出声来。

"陵儿，在京里做事切不可张扬，这里不比淮南，是自己的地盘。阿爹之上有皇帝，有朝廷。当朝的贵戚公卿，哪一个权势都不在你阿爹之下。你要学会夹起尾巴做人。不然，朝请过后，你随爹一同回去。"刘安板起脸，不快地说。

"不嘛，我就不回去。"刘陵抱住父亲的胳膊，使劲摇晃，双眸荧荧似有泪光。刘安不忍，放缓了口气道："好了，好了。你买的那只獒犬，拴到了哪里？"

"在后院的狗圈里。原来的那些狗，见了它，都伏在地上，摇晃着尾巴，

_____

① 西海，即今之青海湖。

呜呜地叫唤，害怕极了。"谈起自己的爱物，刘陵转忧为喜，又有了笑容。

"陵儿，看来你是愿在这长安长住喽？"

"是。女儿愿意。"

"那好，你坐下。阿爹有事情交代。"刘安正襟危坐，神情一下子庄重起来。见到父亲如此，刘陵亦敛容端坐，神情专注地看着他，犹如长大了十岁，不再是个少女了。

"长安是天子之都，高皇帝创立基业的地方。此番带你来，本意是要你见见世面就回去。你既如此喜欢长安，就要谨守朝廷的体制，不可如在家时那般随意。你记住了？"

"女儿记住了。"

"近日内，阿爹会带你进宫问安，面见皇太后、皇后，也许还能见到皇上。你要想法子讨她们的欢喜，她们喜欢你，才会常常召你进宫做伴。陵儿，你要切记，在太后、皇后身边，务必谨言慎行，不可骄恣放纵，如此，她们才会信任你、亲近你。"

"我干吗要低首下心，让她们信任？就是不进宫，这么大一个长安城，也足够女儿玩的。"刘陵直视着父亲，不屑地说。

"阿陵，你年已及笄，不是小孩子了。平常人家的女儿，在这个年岁上早都有了婆家。你是阿爹的独女，要为阿爹分忧哇。"

"阿爹是一方诸侯，南面为王，何忧之有？"

"可你阿爹，还有其他诸侯王，在皇帝、朝廷那里仍只不过是个臣子，生杀予夺，是由不得自己的。你以为诸侯王风光？其实哪一个不是战战兢兢，揪着心过日子。朝廷视诸王为异类，监视得紧。一旦被拿住甚把柄，轻则申斥，重则削地黜爵，稍有怨望，即以谋逆论处。诸侯王身死国灭的事情，从大汉立国时起，就没有断过……"

"我们淮南也会这样么，难道没办法免祸吗？"刘陵显然被吓住了，原本红润的脸色苍白了。

"当然，淮南国在你爷爷手里已经灭过一回。若不想贾祸，就得低首下心，忍辱吞声，除非……"

"除非甚？"

"除非自家做皇帝。"

"自家做皇帝？那不是谋反么！"刘陵惊呆了，怔怔地盯着父亲。

刘安看着女儿，心潮起伏。做大事，非得有种力量做支撑。而人世之中，没有哪一种力量的深沉、持久比得上恨。从懂事时起，占据他心灵的第一种情感就是恨。四十年来，父王被贬黜后押赴西蜀的那段经历，时时浮现在他脑海中：囚车中困兽般的父亲，鬓发散乱、衣衫不整的宫人，沿途围观者的唾骂嘲弄，跟在囚犯队列中的他与涕泣不止的幼弟……他想托付的大事，没有仇恨的力量，女儿是做不来的。是时候了，该把这几代的仇恨，交代给女儿了。

"这皇帝的位子，本是高皇帝打下来的。高皇帝的子孙，都有承继的资格。你爷爷是高皇帝的儿子，阿爹是高皇帝的孙子，若不是一直被些恶人压着，坐这刘家天下的，保不定就是我们这支人。"于是，他从赵美人屈死狱中，刘长寄人篱下，受尽吕氏欺凌说起，备述七十年来淮南刘氏的故事。讲到刘长被黜，负气绝食而死一节，刘安词气哽咽，刘陵则已泣不成声了。

相对啜泣了好一阵子，情绪方略有平复。"爷爷报了祖奶奶的大仇，奸人污蔑，皇帝摧折，爷爷宁可绝食而死也不稍屈服，是顶天立地的硬汉。可爷爷的冤屈，又何时昭雪？"刘陵盯着父亲，黑亮的眼睛中闪烁着愤懑不平。

"阿爹的心事，就在这上面。七国败亡后，二十年来，阿爹忍辱负重，卧薪尝胆，等的就是雪耻报仇的一日。可眼下还不是时候，我们还得忍。"

"忍到何时？"

"或许不会太久。阿爹这次回去，会暗中准备，可有件大事，阿爹做不了。"

"甚大事？"

"今早田丞相告诉了阿爹一件惊天的秘密，当今的皇上大婚已经八年，皇后，还有其他的嫔妃却至今未有子息。皇帝是太后的独子，一旦不讳，连个接位的亲兄弟都没有。这个皇位会交给谁？"

"交给谁？"刘陵也紧张起来。

"自然要在刘氏的宗亲中挑选，而这，就是阿爹的机会了。现存的诸王，论亲缘，没有谁比阿爹与高皇帝更近；论德行名望，也没人能与你阿爹比肩。即便诸王并起争位，阿爹亦能号召天下，扫平群雄。那时候，追尊你爷爷皇帝的封号，我们方能一吐七十年来的腌臜之气，光耀祖宗的门楣。"

"阿爹既已成竹在胸，为甚还说做不了？"刘陵既兴奋，又不解地问道。

"外面的事情，阿爹可以暗中准备。可宫里的事情，就非阿爹力所能及了。宫闱秘事，外人绝难知晓啊。"

"甚秘事？"

"皇后不能生育，不仅皇帝忧心，也会引起他人的觊觎，乱象定会由此生发。皇帝与皇后的关系如何？皇帝还会亲近哪些女人，有无子息？宫内的争夺最终会到何种地步？这些事情，非帝后腹心之人，是无从知晓的。而这，恰恰是阿爹判明形势，决断大局最要紧的根据。兵法上讲的'知己知彼'就是这个道理。"

"阿爹的意思，是要陵儿结好太后和皇后，坐探宫里头的秘事，随时通消息给阿爹么？"

"真是个聪明的丫头。还不止于此，有机会还可以推波助澜，宫里头越乱，我们的机会越大。"刘陵秀外慧中，一点即通，京师的事情，很多可以交给她来办。刘安喜不自胜，慈爱地抚了抚女儿的头。

"这样子，女儿住在长安可就不只是一年半载了，对么？"

"当然，三年五载不回淮南也成，用度上，阿爹会供着你。以你的身份，不光可以进出内廷，也可以多多结交朝臣，为阿爹物色些有用的人才，来日总会派上用场的。"

知道可以长住京师，而且有花不完的钱财，刘陵大喜过望："不就是挑动宫里不和吗，阿爹放心，陵儿准叫这些个宫人争得鸡飞狗跳，让那个皇帝气死。"想象着宫里被搅得乌烟瘴气的情景，刘陵自觉有趣，扑哧笑出了声，那笑容既顽皮，又灿烂。

刘安心头一沉，这丫头全不知利害，竟视宫廷内争为儿戏，得警告她。"陵儿，兹事重大，切莫视作儿戏！孟浪从事，一旦露了行迹，会坏了父王的大事！"

见父亲面色严峻，刘陵也郑重其事起来："父王放心，陵儿知道如何做，决不会牵累父王，危及大事的。"女儿面色坚毅，一副成熟稳重的模样，仿佛一下子长大了十岁。刘安大为释怀，比起儿子来，这个女儿是强得太多了。两人重又对坐，低声推敲起行动的步骤与细节来，直至平旦，父女方各自归寝。

舟车劳顿，又一夜未眠的刘安困倦已极，刚刚宽衣睡下，府中的侍者却叩门通报，宫里头传诏的谒者，已经候在门外，说是皇帝召淮南王速去雍城陪祀五畤，天子的车驾已经上路，要他马上赶去从驾。皇帝郊祀，是件很少有的事情，最近的一次，已在十几年前。能够陪祀，是很大的荣耀，也是接近皇帝的难得机会。尽管哈欠连连，步履踉跄，刘安还是匆匆盥洗更衣后，在众人服侍下，登上自带的车驾，乘着熹微的晨光，西出长安，绝尘而去了。

七

雍城① 位于三辅右扶风郡的西头，是秦国的旧都，有回中道与长安相通，距京师百里之遥。刘安一行赶到时，天色已经向晚，通往皇帝驻跸的棫阳宫沿途，五里一坛，已燃起了熊熊的烽火。

这一带是渭、汧、雍②三水交汇而成的冲积平原，古称周原，历史上是周人、秦人的发祥之地，故留有不少祭祀天神与祖先的遗址。如吴阳的武畤③、雍东的好畤，多已废弃不用。周幽王被犬戎击杀后，周室被迫东迁，周王将关中的弃地封给了勤王有功的秦襄公。秦国此时尚僻处西陲（即今陇西一带），后来逐走犬戎，方才入据关中。秦王室姓嬴，奉西方之神祇白帝为祖神。白帝名招拒，是上古传说中西方的天帝。秦人出自西陲，故尊之为神，并设立西畤，作为郊祀之处。

之后，秦文公行猎于汧、渭二水交汇处的汧阳，卜居大吉，遂迁都于此。又梦见空中跃下一条大蛇，蛇口止于鄜衍。史官详梦，解为上帝之征，可于此立畤，于是立鄜畤以祀白帝。又过了几十年，秦德公嗣位，卜居于雍，得"子孙饮马于河"之大吉。河者，黄河也，意谓秦国之疆土可以东扩至大河，囊

---

① 雍城，秦早期都城之一，建于秦德公元年，至秦献公二年迁都栎阳止，254 年中，雍城一直是秦国的都城，其遗址在今陕西凤翔。

② 渭、汧、雍，汧（音干）水、雍水，都是渭水的支流。

③ 畤，覆有封土的祭坛，是古代帝王祭祀天帝始祖的所在。

括整个关中。德公大喜，于是迁都于雍。直至秦献公迁都栎阳，二百五十四年中，雍城一直是秦国的都城，而秦人亦由此崛起发达，最终一统天下。

德公仍以鄜畤郊祀，其子宣公又作密畤于渭水之南，把据说是山东一支秦人先祖的青帝（又称东帝）作为白帝的陪祀。周、秦两大氏族都发祥于陇西与关中，而周后来成为天下之共主，秦人自视与周一脉相承，为争正统之地位，后来的秦灵公索性将周人的先祖炎、黄二帝（黄帝姬姓，炎帝姜姓，两姓互为姻娅，分别是周人父系与母系上的先祖）列入秦人的祭祀系统，在吴阳分立上、下两畤，上畤祀黄帝，下畤祀炎帝，做成了一个完整的郊祀系统，这就是著名的秦雍四畤。

战国末年，齐人邹衍以五行之术阐述政治运数，首倡五德终始说①，流行于山东。秦灭齐，此说为秦始皇采用，此后流行于天下。高祖刘邦曾杀大蛇，当时即有传言说，蛇乃白帝之子，杀蛇者乃赤帝之子，刘邦颇为自喜。诛灭项羽后，刘邦回到关中，询问前秦都祭祀哪些天帝，博士奏以白青黄赤四帝。高祖又问，吾闻天有五帝，秦人只祀四帝，是甚缘故？众说纷纭，莫衷一是。于是高祖裁断道：吾知之矣，乃待我而五帝俱全矣。以汉承秦制，为水德，尚黑，下令于雍地设立黑帝祠，命名为北畤。这样，西、鄜、上、下、北，五畤一体郊祀，又称汉雍五畤。秦以冬十月为岁首，一年的郊祀，即于此时举行，奉祀者须宿于雍城，提前沐浴斋戒。汉初，仍以十月为岁首，郊祀一如前秦。

秦及汉初岁时祭祀五方天帝始祖，多由太常下属的太祝等职官代行，皇帝很少亲临奉祀。刘彻何以忽然动了这个念头呢？这就不能不涉及他对朝政的失望与不满。国之大事，在祀与戎。在刘彻心里，戎即战争，击败匈奴，一雪前耻，继而镇抚四夷，开拓疆土，扬大汉声威于天下，这是自少年时已有的渴望。祀关礼制，乃国家制度的基石。敬天法祖，以兴儒做成太平盛世

---

① 五德终始说，齐人邹衍运用金、木、土、火、水五行相胜相生创立的一种政治学说，认为王朝的命运依五行德运为转移，循环往复。如秦自认为水德，周为火德，水克火，故秦能取代周而有天下。水德尚黑，以十月为岁首；汉初承袭秦之水德，武帝时改制，推汉为土德，取土克水之意。土德尚黄，以正月为岁首。此后，每逢王朝嬗递之际，新朝都要改正朔，易服色，以标榜自己奉天承运，作为新统治者合法性的包装。

的新气象，由此复兴三代之治，成就圣帝明王的大业，则是他亲政后萌生的志愿。太皇太后死后，原以为可以一展宏图。可很快他就觉察到，群臣非但不能给他以助力，反而事事掣肘，使他难遂所愿。不要说反击匈奴，就是征伐闽越、南越这样的藩国，田蚡之流亦百般阻挠。至于兴儒所需的礼乐典章的创制，大臣们虽然踊跃，可众口嚣嚣，莫衷一是，至今也议不出个究竟来。

斟酌了数月，他将清了施政的头绪：若做大有为之君，则垂拱之治决不可行。打破目前因循拖沓的局面，非得自己先动起来，群臣才会动起来。而后可再选贤良文学之士，为朝廷注入新的朝气。诱击匈奴之事，已在暗中发动之中。而重兴礼乐，以郊祀入手，没有人能够阻拦，不是说帝王须率先垂范，方能化民成俗么！可这件事不能在京师办，大臣博士们的争论徒乱人意，好在有雍城这么一个僻静的所在，可以找些行家，把这件事情问个明白。

刘安沐浴更衣后，在谒者令郭彤引领下走进棫阳宫正殿。殿内正在晚膳，皇帝而外，尚有数人作陪。见到刘安进来，主宾纷纷起身见礼。刘安欲行大礼，刘彻笑道："郊祀斋戒，不备酒，素飧便宴。朕请些人过来闲话，王叔年齿最尊，就不必拘礼了。"

皇帝东向而坐，刘安被让到南向的席上，同席的是河间王刘德。北向的席上，相对而坐的两人，苍苍美髯，年纪已近五旬，风度儒雅，可从服饰上来看，不过是职位很低的郎官。此等人物，想来便是田蚡所说的文学侍从之臣，身份虽卑，可日日在皇帝身边，对朝政的影响，怕是贵为诸侯王的他，也难以比肩的呢。一念至此，忧戚顿生。

素飧无酒，很快用完餐，各自盥手擦脸后，宦者奉茶，主宾开始闲话。

"数年不见，王叔一向可好？"

"承陛下关爱，老臣的心身都还健旺。"刘安揖手称谢，目光却在对面两人身上。

刘彻笑笑道："这两位先生王叔看着眼生，可说起名字，怕是耳熟能详呢。"

"哦？"

"司马相如，邹阳。朕致王叔的诏书和书信，多请司马先生视草润色。邹先生原来也是梁孝王那里的客卿，如今也被朕罗致到了未央宫，都是当今的大才，不可小视哟。"刘彻语声刚落，刘德已起身揖手致意："得见二位先生，幸何如之！虽未谋面，可二位的诗赋遐迩闻名，吾神交已久了。"

刘安也淡淡一笑道："是呀，《子虚》《上林》之赋，传诵天下，司马先生的大名，老臣如雷贯耳呢。幸会，幸会！"话虽这样说，可司马相如还是觉出了其中的不屑。都说淮南王礼贤下士，门下食客三千，其实不过如此，叶公好龙而已。他心里好笑，面上却纹丝不露。

"哪里，殿下《鸿烈》一书，上述天文地理，下论阴阳造化，瑰奇诡异，荟萃诸子，折中百家，王爷这般学识，方称得上渊博。微臣之诗赋，不过小道末技而已。"

刘彻摆摆手道："都是一时之秀，就不必过谦了。有些事情，朕还要请各位贡献意见。"

刘彻注视着刘安与刘德，神情殷切："二位乃诸王中学养最深者，朕亲奉郊祀，为的是移风易俗，重兴三代的气象，二位怎么看？王叔请先讲。"

"陛下有此大志，真乃我大汉之幸也！"刘安跃如，满面喜色，忽而又敛容，以极其庄重的口吻道，"帝王之事莫大乎承天之序，承天之序莫重于郊祀，所以古圣王无不尽心竭虑以建其制。我朝承列祖列宗荫庇，天下富庶，已有太平盛世的气象。陛下此举，正当其时呀。"

"是么？"皇帝昂首抱头，很开心的样子，随即注视着刘德道，"二哥以为如何？"

"当然是大好事。而且古圣王奉天承运，必封禅泰山，巡狩五岳。《舜典》言'五载一巡狩，群后四朝，敷奏以言，明试以功，车服以庸'。巡视九州，考察治绩；怀柔远人，安抚四夷，整齐天下的风俗，正是圣王大业之所在。"

刘彻喜动颜色，击节道："二哥所言，正朕之所想。郊祀只是第一步，朕早晚要追随大舜，巡狩九州，封禅泰山的。"

看不出少年天子，竟有如此志向。看来田蚡所言不虚，皇帝是个好大喜功之人。征战匈奴而外，再行封禅巡狩，天下将无宁日，怨声载道之时，或许就是自己的机会了！刘安亦喜亦忧，可脸上仍是欣然的样子。

"朕自幼长于宫中，迄今足迹不出三辅。这天下究竟是个甚样子，朕心中全无印象，如此做皇帝，岂不形同瞽人！当年赵师傅、王师傅曾为朕草拟巡狩封禅诸般兴儒大计，可格于太皇太后，赍志以终。如今能够畅所欲言了，可三公九卿连带偌多博士，竟没有中用的！三代的典章制度，如何因革损益，经年议而不决。兴革的大计无从入手，朕心焦虑，可满朝的公卿安之若素。看来这朝廷中的暮气，不冲一冲，是不成的了。"

事涉亲贵，疏不间亲，众人皆低首敛容，缄口不言。丞相居三公之首，皇帝虽未点田蚡之名，可内心的不满已溢于言表。刘安的心一下子沉重起来，皇帝若罢黜了丞相，自己会失去朝廷内最大的助力，他虽看不起田蚡的人品，可为长远计，还真要想个法子帮他。

"王叔此次进京，田丞相亲迎到了灞上吧？"

刘安一惊，顿首道："是。丞相急皇太后所急，想先一步落实外孙的婚事，以分太后之忧，所以……"

"朝廷的规制，诸侯王奉朝请，例由太常接送。而丞相违制，朕没有办他交通诸侯之罪，也是看在为母后分劳的分儿上。此事过不在王叔，无须挂心。田蚡没有抱怨朕好大喜功么？"

刘安的身上已是冷汗涔涔，再拜顿首道："丞相实在只谈了婚事，定议后便匆匆赴长乐宫复命，断无大不敬之语。老臣愿以身家担保！"

看着刘安惶恐不安的样子，刘彻暗自好笑。宽猛相济，恩威并施，先帝所授的驭人之策还真是好用。他并非真起了疑心，只不过敲打敲打，示之以警告而已。于是放缓口气道："丞相乃朕之母舅，王叔也是皇家至戚，朕厚望于汝者，凡事为朝廷着想，助朕成就大业。"

"陛下的教诲，老臣感铭五内，谨记了。"刘安松了口气，可旧恨上又添了新愁。看不出，皇帝人年轻，却是个厉害的角色，大意不得呢。

"礼乐的复兴，势在必行。朕初即位，董仲舒上天人三策，深得吾心。兴儒为的是甚？所谓改正朔，易服色，无非以礼乐重新确立我汉家的大一统。推崇儒术，罢黜百家，兴学校，举孝廉，董先生这些提议，都是些治国的大要。现在想来，派他去江都，莫如留在长安以备顾问。朕真是想他了呢。"

"那么陛下为何不留住他呢？"刘安感兴趣地问道。

"董先生是个醇儒，治国的大经大法，他是看得准的。可论起做事，就未免书生气了。"

"陛下看人入木三分，老臣佩服。"刘安直觉，若董仲舒还朝，肯定于他不利，要想法子打消皇帝召回他的念头。

"淮南与江都密迩，老臣也听到过董先生的故事。"

"哦？甚故事，说来听听。"

"董先生为江都王讲解《春秋》，江都王曾问他，勾践与范蠡、文种卧薪尝胆，最终报仇雪耻，以此种谋略和意志，这三个人可否称为越之三仁。"

"他怎么说？"

"董先生先举了个例子，说是鲁国的国君想要攻打齐国，召问国中的贤人柳下惠。柳下惠对曰不可，退下来后面有忧色道：'我听说谋伐国者，不问于仁人，国君何以问我？惭愧呀！'董先生接下来便发挥道：'柳下惠见问尚且觉得羞愧，更何况以诈力伐吴！以此观之，越国本来就没有仁人，更何论三仁呢？仁人者正其谊不谋其利，明其道不计其功。春秋之义，贵信而贱诈。诈人而胜之，虽有功，君子不为也。是以仲尼之门，虽五尺童子，羞称五霸。'董先生的志意虽高，可揆诸实际，确如皇帝所言，是迂阔了一些。"

刘安此说，果然止消了皇帝召董仲舒回京的念头。马邑诱击战正在发动之中，以董仲舒反对诈力的立场，此时召他回来，不啻增强了朝廷中反战者的力量。刘彻笑道："江都王骄横跋扈，也只有如此道德学问的长者，才拘束得了他。"于是顾左右而言他，转问刘德道，"王兄素通儒学，封禅巡狩之事，何时可行？"

"古人云：'功成作乐，治定制礼。'高皇帝创业垂统七十年，国家富庶，天下治安，大汉已有太平盛世的气象。臣以为，一俟礼乐典章议定，即可行古圣王之事。"

"典章？天晓得朝廷里那些人还要议到甚时候。至于太平，四夷尚未宾服，匈奴尤其肆无忌惮，封禅一事，怕还要假以时日。不过，有些事情，眼下就可以做起来。譬如郊祀的乐舞……"

"臣在河间，收集到了一批雅乐古谱，这次奉朝请带了来，正要呈给陛下。"刘德拜手陈奏，侍从随即献上以卷帛誊抄精裱过了的曲谱。

"难为王兄有心。"刘彻颔首，含笑翻看着曲谱。

"不过，"刘彻望着司马相如和邹阳，"只有古谱还不够，制礼作乐，还是要推陈出新。朕在东宫时，就想立乐府采风，作一部新的诗歌总集。二位先生是这方面的行家，这件事要请你们主持。"

原以为皇帝会将此事托付于他，便可以在暌别多年的长安多住些时日。不想皇帝全无此意，看来，冷冰冰的君臣关系已完全取代了往昔的兄弟之情，刘德心有戚戚。

"陛下所言极是。此次郊祀，臣不才，作了数首歌诗。"邹阳说罢，起身呈上简册一卷。刘彻展开卷册，看到的是一手雄浑苍劲的汉隶。

朱明盛长，敷与万物。桐生茂豫，靡有所绌。

敷华就实，既阜既昌。登成甫田，百鬼迪尝。

广大建祀，肃雍不忘。神若宥之，传世无疆。

"子曦先生诗作得好，不曾想书法的功力亦如此深厚，二美并兼，相得益彰，难得，难得！"刘彻满面喜色，双目熠熠地看定邹阳道，"说起郊祀，朕还有一事要请教。人言海岱①之间多仙人，此事可真？邹先生是齐人，可曾目睹过神仙么？"

众人面面相觑，吃惊于皇帝为何忽然问起神仙之事。邹阳略作思忖道："臣之乡里，这类传说极多，可臣实在从未目睹过仙人。"

"朕少时，七夕乞巧，曾听宫人讲过牛郎织女和董永之事，你们说说，这些事情都是真的么？"

"臣鄙陋寡闻，"司马相如看了眼刘安，顿首道，"淮南王博洽多闻，所撰《鸿烈》一书，神仙黄白之术，所论多有。此事所知必多。"

"老臣所纂之书，已进献于朝廷，应该藏在石渠阁。"司马相如的推许，令刘安心里很受用。皇帝的兴致更使他感悟到了什么。是呀，哪个做皇帝的不想得道成仙，长享荣华？鬼神的话题谈说不妨，可一旦认真追求，就难免做出种种荒唐事来。当年孝文皇帝最喜鬼神的话题，而新垣平之流得售其奸。孝景皇帝据传也是死在长生的丹药上面。

---

① 海岱：海，东海；岱，岱宗，即泰山。

"神怪之事，虽不可全信，亦不可不信。老臣虽未曾亲见，可老臣会集来撰述《鸿烈》的诸生中，目睹过神仙者，所在多有。故在书中亦有所论列。"

"果真么？怎么说？"刘彻好奇心大起，恨不能马上看到此书。于是吩咐郭彤，回长安后的第一件事，是去石渠阁将书找出来。

"神仙出没之处，多是人迹罕至的名山与海上。据见到过的人说，山中雨后初晴，雾色朦胧之际，空中往往化出七彩灵光，中有仙人出没，其形颇大。"

"那仙人，可与人接言语么？"

刘安摇首道："寻常人等并无诚心，偶然撞到，神仙怎肯搭言？不过听说也有化作常人之形，混迹于人间者。"

"那么朕所祀天神上帝，平日又是住在何处呢？"

"自然是在九天之上。《鸿烈》书中有'地形'一篇，说是自昆仑之丘，上登万里，是凉风之山，凡人至此已可长生。再上登万里，是名为'悬圃'的所在，至此者可以通灵，能呼风唤雨。再上登万里，就到了天上，名为太帝之居，登上此处者，就都成了神仙。臣以为，诸天上帝和三皇五帝得道成仙者，均居于此。"

刘安当然明白，这些不过是上古的传说，但他却言之凿凿，煞有介事。皇帝既好鬼神之事，不妨投其所好怂恿之，刘彻的心思一旦用到这上面，朝政的荒疏可以料定。而对自己的大事而言，却正是巴望不得的局面呢。

于是，他鼓足精神，开始大讲神仙鬼怪之事，手舞足蹈，绘声绘色，而刘彻等人则如饮醇醪。这一番神仙话题，直谈至深夜，方才兴尽而散。

辞出时，连夜不寐的刘安已神形委顿，内心却极为欣快。皇帝既显露了自己的嗜欲，就不难摆布。他已经想到了一个人。有了这个人，不仅可以缓解皇帝对田蚡的恶感，更可对皇帝的嗜欲推波助澜。

八

雍城的郊祀未完，就传来皇太后召见的口谕，刘安向皇帝告假后，连夜赶回长安。次日一早，携女儿赴长乐宫谒见。宫门下车后，由宦者迎至太后所居的长信殿，他要女儿等在外面，自己入殿后急趋数步，伏地顿首请安。

"臣淮南王刘安再拜顿首，愿皇太后褆寿安康，长乐无极！"

"皇太后为淮南王起！"一旁的大长秋高声赞礼。

"都是本家的至戚，又亲上加亲，就莫拘礼啦！王爷请起。"王娡一面起身还礼，一面示意侍女们为淮南王看坐。她没有穿着正式的礼服，而是淡妆素裹，身披一袭月白色的锦袍。

刘安抬起头，只见面前端坐着五六位丽人。居中而坐的那个年纪较长，体态丰腴，笑容可掬的女人，应该就是皇太后了。皇太后接见外臣，为何不穿朝服？侍坐于殿中的女子，为何也多是淡妆素裹？ 思忖间，他猛然想起，远嫁匈奴的南宫公主就是太后的次女，她的死讯传来京师还没几日，太后素装，为的是还在女儿的丧期。

"这位是陈皇后，王爷也是初见吧？'王娡指了指身旁的年轻女人，女人容颜妍丽，身着天青色的织锦缣袍，可面孔看上去冷冷的，一副心思很重的模样。这就是当年喧阗众口，天子欲以金屋贮之的陈阿娇了。

"臣淮南王刘安再拜顿首，恭祝皇后华颜永驻，长乐未央。"

"皇后为淮南王起！"大长秋再次高声赞礼。

陈娇躬了躬身，算是还了礼。她的烦恼，刘安心知肚明。

"余下的都是晚辈，就莫拘礼了。大丫头是阳信长公主，嫁到平阳侯曹家，都称她平阳公主。小的是隆虑公主，嫁给了馆陶长公主的儿子。"王娡冲侍坐于身后的两个女儿摆摆头道，"平阳、隆虑，过来见过你王叔。"

平阳长公主长于阿娇，体态略显丰腴；隆虑个子较矮，与阿娇年纪相仿。若论容貌，两人与阿娇相去甚远，但皇家贵胄，自不乏富贵骄人的气质。

王娡拍拍身旁另一位妇人的手，笑道："这位，就是王爷的亲家，修成君金俗，是皇帝和平阳他们的大姐。"妇人略近中年，体态丰腴，妆画得很浓。她笑吟吟地望着刘安，促膝向前，揖手为礼。妇人身着黑色织锦深衣，簪珥流光，全然是命妇入朝时的装束。看得出，对今日的相亲，她看得很重。

这位修成君，是太后与前夫所生的女儿，并非皇家的血胤。可仗着太后的威势，全无上下尊卑，竟与身为诸侯王的他揖手为礼。刘安心里不快，可面上纹丝不露，还是揖手还了礼。

"王爷，不，亲家！"妇人满面喜色，拍打着双膝，咯咯笑出了声，"她舅爷给拉拨的这头婚事，太后与我这个为娘的，打心里头满意，管谁都说是天作之合呢！"女人很张扬，谈笑无所顾忌，太后想必是很宠她。

她一把拽过身后的女儿，推到刘安面前："丑媳妇早晚要见公婆，何况咱家阿娥不丑呢！你害的甚羞？快见过你公公。"又附在刘安耳旁道，"丫头随我的姓，叫金娥。"

刘安细看那女子，相貌平平，迎回去作淮南国的太子妃，儿子肯定不会喜欢。可木已成舟，反悔不得了。他从怀中取出一束帛卷，递给修成君，是夫家纳彩①的礼单。

修成君看过礼单，交给王娡，喜滋滋地说道："亲家南面为王，阿娥嫁过去，享福是一定的，咱们娘家脸面上也光彩。咱家也不弱，阿娥好歹是皇帝的外甥！迎亲时，太后和皇帝都会陪送大笔的嫁妆，太后说是不？"

王娡颔首道："那是自然。这么些孙女里，孤最疼的就是阿娥。嫁过去，

---

① 纳彩，古代结亲的六礼之一。男家有意纳妇，先要向女家请婚（提亲），请婚时向女家提交一份初步的礼单，称之为纳彩。

王爷要厚待她。"

刘安赔笑道:"那是当然。"

"太后,舅老爷到了。"一个侍女匆匆进殿禀报。话音未落,田蚡已大步跨进正殿,身后还跟着一女一男两个人。刘安看过去:女的,是女儿刘陵;男的则衣饰华贵,像是贵戚出身的公子哥。刘安正思忖着怎样向太后引见女儿,田蚡的到场,恰逢其时。

"谈婚论嫁,父母之命而外,缺不得媒妁之言。今日议亲,不等我这个媒人到场,忒不像话啦。"田蚡昂首阔步,大咧咧地与众人见礼。正待为刘陵引见,一眼看到刘安,蹙眉道:"王爷可真是的,既带女儿过来,为甚不进殿请安,叫她孤零零等在外面,真是让人心疼。"

"此次入朝,这孩子非缠着跟来。老臣原想,带她进京见识见识也好。只是在淮南娇纵惯了,怕坏了宫中的规矩,所以没带她进来。阿陵,还不快给太后、皇后和各位公主请安!"

刘陵黑瀑似的秀发如丝般光亮,一袭藕色薄丝绣袍,使得款款前行的她,愈发娇小婀娜。众人几乎从第一眼起,就都喜欢上了她。在她身上,依稀可见自己少女时代的影子。

睽睽众目之下,刘陵落落大方,行礼如仪,有份超乎年龄的成熟。王娡拉住她的手,上下端详,赞道:"南国的女儿到底不同!人水灵,又不小家子气。谁说咱不懂规矩?"她斜睨着田蚡身后的青年,笑道,"要说没规矩的,是我这个野马似的外孙,阿仲,还不给淮南王行礼!"

那青年笑笑,朝刘安揖揖手,算是见礼,一双眼睛却只盯在刘陵身上。刘安早听说太后有个外孙,绰号修成子仲,依仗外家的权势在京城横行不法,看他行事的派头,可证传言不虚。

"阿菱?是菱角的菱字么?"一直无语的陈娇,忽然发问。

"是'青青陵上柏'的陵字。"

"哦,你读过乐府的歌诗?"随口就能引用乐府歌辞作答,这孩子不但模样好,人也聪慧,陈娇不由得刮目相看,从心里喜欢上了她。

"读过一些,是父王布置的功课。"

"嗯!都说淮南王学问大,养出的闺女也是冰雪聪明,不知哪家有福气,能娶了去做媳妇。"刘陵进止有序,对答得体,王娡也很满意,笑吟吟地问刘安,"这丫头多大啦,及笄了么?"

刘安点了点头:"今年才满十五。"

"寻婆家了么?"王娡问道。

"还没有,她娘只此一女,舍不得,想多留她几年。"

"唉!女大不中留,早晚还不得嫁人?孤倒可以在长安为这丫头寻一头门当户对的好人家,王爷意下如何?"

"这……这要待老臣回去与她娘商议后再定。况且她兄长的婚事还没有办,哪里轮得到她。"

"也是,长幼得有序不是?"王娡颔首道。

修成子仲不知何时绕到母亲身旁,附在她耳边说着什么。金俗连连点头,喜不自胜。她又附到王娡耳边低语了一阵。王娡看了眼刘安,含笑不语。

"亲家,"金俗看了眼刘陵,指着金仲,喜滋滋地对刘安说道,"我就这一个宝贝儿子,亲家也就一个宝贝闺女。我有个主意,包亲家你满意。咱们索性两好做一好,我闺女嫁过去,王爷的闺女嫁过来。这样亲上加亲,咱们可就成了对头的亲家!"

这女人真是得陇望蜀,匪夷所思!刘安呆呆地愣在那里,一时竟不知如何作答。女儿是他的心尖子,怎可许给金仲这种纨绔子!若一口回绝,则一定会拂逆太后……以后的事情,他不敢再想。他低头不语,努力克制着自己的厌恶之情,思索转圜的办法。

"辈分怕是对不上吧。"一直冷眼旁观的陈娇,忽然淡淡地插了一句。

"怎么?"金俗不满地看着她。

陈娇扬眉对视,毫不示弱,她根本看不起这种平民出身的暴发户。"论辈分,我们还要喊淮南王叔父,阿陵与你我平辈,金仲的辈分更低,难道侄儿娶姨娘为妇不成?传出去,皇家丢不起这个人。"

"照你的说法,阿娥的婚事岂非也不合适?"金俗恶狠狠地盯着陈娇。

"夫家辈分高些,说得过去,我没说不合适,你用不着红头涨脸。"陈娇冷冷地看着金俗,一脸的不屑。

王娡沉下了脸:"辈分?好,就说这辈分!修成君年长于你,论辈分你和皇上还要称她大姐，你就用这种口气对她！"

陈娇的脸也渐渐红了起来："我是大汉的皇后，领袖六宫，对一个命妇，不成还要低声下气！"

"你是皇后？孤还是皇太后呢！今日家人聚会，你摆的甚架子！"

"正是家人聚会，我才实话直说，给她提个醒，她却恼了。有甚可恼的？我说的不对么！"无视太后的恼怒，陈娇仍不甘示弱。太后与皇后起了冲突，一种紧张倏然而生，人人屏息敛容，大殿中静得怕人。

"太后，意见既由我而生，小女子能不能讲几句？"一直静观着的刘陵开了口。王娡点了点头。

刘陵看着金俗，指着金仲，笑吟吟地问道："夫人的意思，是要小女子嫁给这个人么？"

"对，对，就是他。"

"我的夫婿，自要当我之意。这个人，我是不会嫁的。"

"怎么？"

刘陵转向父亲，大声道："父王，这就是那日在东市与女儿争买獒犬的人哪！一看就是个衣轻裘、乘肥马的膏粱子弟。这样的人，女儿不嫁。"

太后与修成君本已气急败坏，女儿再火上浇油，局面将不可收拾。刘安一急，高声呵斥道："你莫胡言乱语，婚姻大事，父母之命，媒妁之言，哪里由得了你！马上给我退下去！"

刘陵冲父亲做了个鬼脸，嫣然一笑道："退下就退下呗，干吗那么大声。可父王得答应女儿去看未央宫，这皇宫大内真是好大好大呢！"小儿女之态，天真毕露，众人不觉莞尔。

"放肆！皇宫大内是你随便进出的？"刘安佯怒，见到太后的面色有所缓和，揖手赔笑道，"小孩子不懂规矩，老臣管教无方，太后、修成君莫与她一般见识。"

王娡已然冷静了下来，当着这么多人与媳妇争吵，失的是自己的身份。于是大度地说："王爷莫怪她，小孩子哪个好奇心不重？阿陵既愿意来大内，就给她办个门籍，时常出入就是了。"

对气头上的意气用事，陈娇也心生悔意。太后心机很深，睚眦必报，得罪了就很难化解……她不敢再想下去。太后所言，正是个机会，于是起身告退，笑道："翁主既想去未央宫，就随我一同回宫便了。门籍的事，媳妇会按母后的吩咐，交代人去办。"又对刘安道，"王叔尽管在此议婚，阿陵我会派人送她回去的。"说罢拉起刘陵，扬长而去。

看着她们离去的背影，金俗恨声道："娘，她这不光是冲着我和仲儿，也是冲着太后你的。"

王娡不置可否地笑笑，怨愤之气，却并未稍减。她没有当年太皇太后那种权威与霸气，儿子处处防她干政，未尝不是由此。不然，皇后又怎敢当面顶撞，给她难堪！这种隐痛，已折磨她多年。她终于承认，即使贵为皇太后，宫中的人事，也还是要处之以自己一贯的阴柔。老子不也认为，柔弱胜刚强么？！金俗说的对，陈娇对她的藐视，也含着对自己早年身世的鄙视。金俗虽非皇家的血胤，却是自己的骨血。这鄙视仿佛无声的嘲笑，令她恨之入骨。你以为皇后就了不得了？笑话！摆设而已。作为过来人，个中三昧，她一清二楚。何况陈娇还没有子嗣，皇后之位，又能坐多久呢？她会琢磨出个周全的法子，叫她落入圈套，再收紧绳索，慢慢地收拾她，让她生不如死。想到这里，她无声地笑了。

适才的冲突，令刘安如芒刺在背。搅进这样一场是非之中不是件好事，还是早些离开，置身事外为好。刘安向田蚡使了个眼色，田蚡一笑，打哈哈道："一家子人，好容易凑到一起相个亲，吵吵个甚！"他凑到王娡身边，低声道，"大姐，阿娥的婚事既定，两家人也见了面，余下的事情，交给我这个媒人办就可以了。阿陵、阿仲年少，婚事晚些再议也罢，事缓则圆嘛。再者，王爷就这么个女儿，也真得回去与王后商议后才能定夺，咱们也得容王爷个工夫不是？"

王娡领首。此刻，她的心思全在陈娇身上，对眼前的事情已兴趣索然。又客套了几句，便要众人退下，只留下大女儿陪她说话。

见母亲郁闷不乐，平阳劝解道："阿娇从小惯出来的脾性，得理不让人，母后莫与她一般见识。她这脾性，四面树敌，早晚会吃大亏，那时她哭都来不及的。"

"娘哪里是同她赌气，我知道，她怀不上个儿子，心里一直不痛快。自己的肚皮不争气，可也用不着拿你大姐出气呀！我忧心的是，阿彻二十好几的人了，还没有个儿子。没有皇嗣，这根基就不稳，那么些个刘姓的诸侯，哪个不存觊觎之心？皇后怕的是失宠，我忧心的是阿彻呀！"

平阳心里也着了急："阿娇生不了，可后宫里有的是宫人，也都怀不上。娘，我怕像我家那死鬼一样，这毛病，是出在阿彻身上！"

"不会。"王娡想起了大萍，很肯定地摇了摇头。

"平阳，娘问你件事，你给娘说实话。都说你在曹家征歌选舞，使钱如流水，果真如此么？"王娡话题一转，扯到了平阳身上。

平阳脸一红，略停片刻道："曹家是万户侯，有的是钱，不用又待怎的？"

"你行事不检，平阳侯他不晓得么？"

"晓得了又如何？"提起曹寿，平阳满腹委屈。曹家是汉初开国大功臣曹参之后，到了曹寿这一代，几代的养尊处优，曹家子弟的体质却孱弱下来，曹寿更是先天阴痿，行不得人道。平阳在曹家等于是守活寡。三十岁出头的年纪，也没有一儿半女。曹寿愧对妻子，常常避到自己的封地平阳去。久之，不甘寂寞的平阳开始自己找乐子。她征选了大批歌姬舞伎，聘请了名师教练。家中每日丝竹高张，笙歌不辍，车水马龙，门庭若市。不久，便有种种闲话传出，说是她有不止一个男宠。

这些事情王娡早有耳闻，可她能体会女儿的苦楚，一直放任不管。之所以今日方才问起，当然别有肚肠。

"你莫只顾着自己乐，你是老大，要为娘分忧，为你兄弟分忧。"王娡的语气严重了起来。

"分忧？"

"对，分忧！"

"分甚忧？"

"自然是皇嗣之忧。"

"女儿不明白，如何做方能为母后与阿彻分忧？"

"你选来的歌伎、舞伎中，有无出色的？"

"当然，可说是个个出色。"

"那么有无宜子之相呢？"王娡急切地问。相法，女人面丰耳阔，三停匀称，印堂饱满者，为宜子之相。

平阳明白了："这我倒没有在意。母后的意思，是要选几个女人送进宫里？"

"不，不是送到宫里来，而是养在你那里。"

送给皇帝的女人，却要养在自己府中，平阳纳闷道："为甚？"

"送进来过得了阿娇那一关么！"

平阳猛然间心如明镜。皇后主管后宫，宫人录籍，嫔妃进御，她都能管到。阿娇目前最忧心的，就是有哪个女人在她之前有孕生子，那样就会从根本上动摇她的皇后之位。为此她会不遗余力地防止其他女人得到皇帝的宠幸。进宫的新人，不要说面君，怕是一进去就会被禁闭在永巷，再难有出头之日了。

"不进宫见不到皇上，也是枉然。"平阳有些泄气。

"不然。邀皇帝到你府上游宴，姐弟亲情，再自然不过的。在那里把事情办了，生米煮成了熟饭，阿娇纵恼，也无可奈何了！"

想到阿娇气得发疯的样子，母女二人不由得大笑起来。

田蚡随刘安去了淮南王府，诸侯王在长安都有自己的府邸，以待进京朝请时驻跸之用。协商过迎聘的细节，刘安设宴尽主人之谊。酒过半酣，叹道："皇后无嗣，已自处于危疑之地，不自克制，反而意气用事，冲撞太后，危矣！"

田蚡呷了口酒，满脸的不屑："还不是出身贵盛给害的！处处拔尖使性，从小惯成的娇狂脾性，改是改不过来的。可风水轮流转不是？太后换了王家！没了太皇太后，窦家算个甚？就是刘嫖见了咱也得低首下心。不能生养的女人，如同不能下蛋的鸡，她还狂得个甚？也不想想，这皇后的架子，她还能端几时？笑话！"

刘安的想法却不同。不能生养的皇后，会千方百计地阻止其他宫人生养，她若能坐稳皇后之位，皇帝就难有皇嗣。这不正是自己的机会么。好在皇后与阿陵投缘，要告诉阿陵，两宫之争，她应暗中帮助皇后。

田蚡的骄狂，亦不在阿娇之下，身居高位，不知守拙，亦不免步他人后尘。真是旁观者清，当局者迷，正该借此点拨，要他心知警惕。

于是面色凝重地叹口气道："富贵而骄，自遗其咎。这居安思危的道理，放在谁身上都是一样的。君侯要警惕啊！"

"你这话甚意思？"

"此次雍城的郊祀，皇帝召老臣作陪。言语之间，对君侯，对朝政，似多有不满。君侯要当心呢。"

刘安语气严重，田蚡一惊，酒意下去不少，连连追问，皇帝都对他说了些什么。

"皇上说，朝中暮气重，要冲一冲。"

这话，田蚡也听到过。皇帝无非嫌他把持人事，要再征贤良文学之士，引进新人。"还说了甚？"

"君侯到灞上迎我，越俎代庖了太常的职事，皇帝疑心你交通诸侯呢。"

交通诸侯乃图谋不轨的罪名，田蚡一惊，背上已是冷汗涔涔，顿时酒意全无，急问："王爷怎么说？"

"还能怎么说？自然是为君侯遮掩，说你为太后分劳，为金娥提亲呗。皇帝看来也体会了你的苦心，才没有追究。所以，公事而外，你我今后的来往真要小心了。"

"看来，皇帝是真对我有成见了！"田蚡叹了口气，满面忧容。

"皇帝未必有甚成见。即使有成见，又从何发生？君侯身居相位，参与密勿，难道就从无反省？以老臣观察，皇帝欲作大有为之君，却每每受阻于君侯与大臣们，志不得申。你们这是在批逆鳞，很危险！"

"皇帝好大喜功，今日要伐匈奴，明日欲经营西南夷，兵凶战危，事关社稷苍生，为大臣者难道听之任之，由着他的性子不成？"田蚡颇不服气。

"可也不能硬顶。圣人言枉则直，曲则全，君侯莫如顺着来，以柔克刚。事不可行，定会碰壁，碰了壁皇帝自然回头。"

"嗨……"田蚡长叹一声，嗒然若丧，"我早觉出今上心有不惬，与我疏远多了。若非太后在那里，我这丞相之位难保，做一日算一日吧。"

"君侯莫消沉，以老臣观察，尚有转机。"

"怎的？"田蚡精神一振。

"此番郊祀，老臣觉出皇帝颇好神仙之事。"

"神仙之事？"田蚡颇感吃惊。

"对，神仙之事。斋戒无事，今上召吾等闲话，详问此事，一直谈到深夜，意犹未尽。寻访神仙，求道长生，君侯于这上面投其所好，下些功夫，应该可以讨得皇帝的欢心。"

田蚡又犯开了愁："可去哪里找那神仙与长生之药呢？"

"寡人的宾客中有人识得一人，长年在齐鲁山中修炼，据说已得道成仙。你可派人带上他，一道赴山东，应该可以访得到。"

"好！就这么办。访到后，吾当驷马安车迎来长安，举荐给天子。" 田蚡兴奋至极，拊掌大呼。

刘安摇首沉吟道："不可！今上乃雄猜之主，君侯如此，搞不好会弄巧成拙。"

"那该怎么办？望王爷有以教我。"

"君侯可将其招纳府中，待以上宾之礼，大宴宾朋，为之延誉。用不了许久，消息就会传到宫里，皇帝一定会问起此事。此时举荐，时机最好。"

田蚡大喜，称谢不止。于是重开酒宴，佐以女乐，直至日晡，方才散席。刘安送至大门，田蚡已醺醺然，被侍从扶上马车，正待离去，却猛然睁开了眼。

"说了那么多，那神仙姓甚名谁，王爷知道么？"

"李少君。"

九

以又急又快的锤法锻完刃口，堂邑候生抹去脸上的汗水，长嘘了口气。把钳的韩毋辟将短剑丢入一旁的水桶中淬火，欻然一声，青烟中，剑身由暗红转为青灰，刚硬、锋利，在夕阳的余晖中熠熠生辉。剑名径路，剑身长约一尺，宽三寸，中棱双刃。平日宰牲割肉，战时肉搏击刺，是匈奴人从不离身的利器。这把径路是使用过多年的弃物，刃口早已锈蚀，是堂邑候生捡拾到的，重新锻打，加了钢口后，仍是一把利剑。他拾起短剑，深深地插入一旁的柴草垛中。

堂邑候生精湛的手艺，大为匈奴人所看重。伊稚斜起了私心，没有将他送往单于庭，而是留在自己的驻牧地。候生借口离不开把钳的，把韩毋辟也留了下来。二人做胡人分派的杂活，更多的时候是为胡人修补与打造马具和兵器。被掳八个月来，胡人已放松了看管，只是将他们的脚踝上了铁钛①，以防他们逃亡。

候生望了望远处，两个匈奴人似在争论什么，完全没有注意他们。他示意韩毋辟抬脚，将系在脚踝上的铁钛靠住铁砧。他从怀中掏出一支钢凿，用力连凿数下，钛虽未断，可已被凿出一道深印。以韩毋辟的腕力，足可掰断。他抓起一把泥灰，在铁钛上抹了几把，不留心，很难看出凿过的痕迹。

---

① 铁钛，古代刑具，系颈为钳，系足为钛，今之脚镣。

"把凿子给我。"韩毋辟伸出手，意在为候生凿断铁钛。

候生摇了摇头道："我不走。我要随他们去龙城，找我兄长。"

"你怎知道甘父一定在龙城？一起走吧。"

"甘父随张大人出使，陷在匈奴，肯定在单于庭。每逢五月，胡人大聚龙城祭天，所有的部落都会与祭。到时候或许能够找到我哥。"

"若是找不到呢？还是一起走吧。"

候生摇摇头，看得出主意已定。

"大家是过命的兄弟，你不走，我也不走。"

候生攥住了韩毋辟的胳膊，很恳切地说："我娘与妻子家人都没了，没了念想，回去做甚？况且找到甘父，是娘临难前的嘱托，再难，我也要做到。兄长不同，嫂子与昌儿还在，日日盼君早归呢！"

几个匈奴骑士向这边走来。两人不再说话，重新锻打起兵器来。一个矮壮的匈奴人拾起锻好的环首刀，用手指试了试刃口，说了句什么。胡人斜觑着他们，抱起兵器，大声哄笑着离开了。

候生扫了眼匈奴人的背影，沉吟道："将军若能回到塞内，要告诉咱们的人，看样子胡人很快就要大举犯边了。"

"怎么知道？"韩毋辟一惊，五月并非胡人南下的季节。

"他们的议论，我多少能听懂几句。方才那个矮子话里有话。"

"他说些甚？"

"他说龙城大会后就可以试试新刀了。那些个汉人死都想不到，砍死他们的兵器会出自自家人之手。"

难怪匈奴人连日打造兵器马具，原来如此打算。

"事情听起来挺紧急。莫如兄长今晚就走，早些把消息带回去。很可能咱们那边出了内奸，是里应外合。"

"我走了，你怎么办？"

"他们还得打兵器不是？凭我的手艺，胡人不会把我怎样的。"

很快暮色四合，远近放牧的匈奴人，赶着大群的牛羊马匹归栏。毡帐外燃起了一堆堆篝火。男人们煮茶烤肉，女人们为牛羊挤奶。她们吆喝着将羊群收拢成数队，一人扯住羊角，另一人从身后分开羊的双腿，攥住羊的奶头，利索地将羊奶挤入身下的皮桶中。女人们的动作飞快，数百只牛羊，不过半个多时辰，奶已经挤完。鲜奶被倒入几个铜制的大釜，边加热边用棍棒搅拌，很快就浮起厚厚一层奶沫，捞出后拌入食盐，胡人称作脑儿，可以经久不腐，保存起来用作日常的食粮。另一些鲜奶，煮沸后晾温，掺入前一日剩下的酸奶作引子，盖上驼绒毡子，一两个时辰后，便成新鲜的酸奶，既可食用，又可用来搅制奶油。

牲栏的一角，用厚毡搭着一座窝棚，这是韩毋辟与堂邑候生的宿处。匈奴人送过来一壶奶茶和一堆吃剩下的骨头，这就是他们的晚餐了。堂邑候生用那把日间锻好的径路，细心地剔着骨头，韩毋辟则大口喝着奶茶。想起来也怪，初入胡地，饮浆食酪，他只觉得膻腥难以下咽。可胡地无稼穑，不粒食，每日三餐，顿顿无缺的偏偏就是奶茶。时日一久，他竟喜欢上了这种饮料，这东西耐饥耐渴，一日的劳作下来，几杯入口，就能消弭枵腹难耐的感觉。

"仲明兄，晚上要赶路，多吃些。"候生将削刮下来的肉装在一只开裂的旧木盘中，递了过来。随即又从皮荷包中取出一大块奶油，小心翼翼地装入一只注满清水的牛皮囊中。这东西搭在马背上，行路时不断颠簸，囊中的奶油与水会融合成一种清凉微酸的饮料，既解渴，又可充饥。胡人称之为马湩（音踵）。有它，即便没有干粮，也可驰行千里。身陷匈奴后，韩毋辟才明了，匈奴人的善战，不单单靠马匹，其饮食习俗，在草原作战时也有着汉军难以比拟的优势。

胡人陆续进帐安歇，篝火渐次熄灭。夜色虽深，可月明星稀，铺洒下来的月光，将草原映染成一片银白色。堂邑候生与韩毋辟靠在一起，垂头假寐，只待胡人夜半加喂牲畜草料后，便可盗马逃亡了。

又过了约莫一个时辰，最后几个匈奴人加过马料，进帐歇息。韩毋辟双手握住铁钚，运足气力，钶银一声，铁钚断了开。他俩屏住呼吸静听，除去毡帐中的鼾声与草丛中的虫鸣，草原上一片静寂。将脚踝上另一支铁钚掰断后，韩毋辟轻声道："兄弟，还是一起走吧。"

候生摇摇头，指了指马栏，示意他快走。

"好兄弟，珍重了！"他拍了拍堂邑候生的臂膀，起身欲走。

"慢着，带上这个。"候生将径路与那袋马湩递到他手里。韩毋辟心头一热，两眼酸酸的，转身跪下，紧紧握住堂邑候生的双手道：

"这一别，关山阻隔，相见无期。见到甘父，代我致意，告诉他，我在中原等着你们回来。千万珍重！"

他用腰带杀紧身上的皮衣，将径路插入靴筒，拎起皮囊，轻手轻脚地走向马栏。马儿静静地咀嚼着草料，他逐个看过去，最终选定了一匹黑马，他越过栏杆，解开拴马的皮绳，牵起缰绳。见是生人，那马打了个响鼻，嘶鸣蹬踏起来。他摸出把粟米，送到马嘴边，轻轻抚着马背，马安静下来。他停了许久，听到四下并无响动，方才将马轻轻牵了出来。

他将那只皮囊搭上马背，用皮绳杀紧。正待跃上马去，忽然觉着肩头一沉，脖颈上凉森森的，侧眼一觑，搭在肩上的，是把匈奴长刀的锋刃。命悬一线，已容不得思索，他就势一蹲，从马肚下扑了出去，跳起后，与匈奴人已是隔马相对。

匈奴人正是日间那个矮子。夜间起来小溲，正看到韩毋辟往栏外牵马。他从背后悄没声地摸上来，打算活捉这个盗马贼。看清楚是汉人铁匠，矮子先是一怔，随即明白了韩毋辟想要逃亡。他狞笑了一下，边用长刀指着对方，边拽住马缰，大声呼喊起来。

间不容发之际，韩毋辟本能地拔出短剑，扬手一掷，矮子应声倒地，短剑刺穿了他的喉咙，他瞪着韩毋辟，大张着的口中，发出嘶嘶的声响，鲜血从伤口处汩汩而出，带出一串串殷红色的泡沫。韩毋辟拔出短剑，顾不得擦拭，便翻身上马，用足跟狠磕马肚。黑马嘶鸣了一声，如箭一般射向草原，蹄声踏碎了夜的寂静。待帐中的匈奴人赶出来时，四顾茫茫，人与马都已融入无边的夜色之中了。

韩毋辟纵马驰骋，一口气狂奔了数十里，估摸匈奴人一时难以追上，方才勒住马头停了下来。四野茫茫，不辨西东。他细细搜索着自己的记忆，可除去穿行过大山而外，草原单调齐一的景象，竟使他难以记起来时的路程。他仰头观望中天，北斗七星皎然可见。斗衡坐北，斗勺指南，朝着斗勺的指向，一直前行，应该不会错。穿过阳山，离边塞就不远了。

接下来的数日之内，他昼伏夜行，尽可能地避开有人烟的地方。人与马的饮食，全靠那袋马湩维持，偶尔也能捉住些野兔和獾鼠充饥。可穿越阳山时，还是遇到了麻烦。连续几日的瓢泼大雨，使他迷了路，转来转去，总是在原地打转，找不到出山的山口。接着，夜宿时又遭遇了狼群。虽侥幸脱险，可受惊的黑马却跑得不知去向。数日来，狼群一直跟踪着他，害得他昼夜不寐，疲惫不堪。终于，他熬不住了，夜宿时整夜燃着篝火，以防狼群的袭击，如此会不会暴露行踪，他已经顾不上了。

终于，他走出了阳山，也甩掉了追踪他的狼群。他计算着，再有一日，最多两日的脚程，应该可以走到边塞了。想到可以很快回到自己人中间，与妻儿团聚，他心里暖暖的。数日来，饥餐浆果，渴饮山泉，他并未觉得如何不适，可一旦绷紧着的神经松弛下来。饥渴难耐的感觉却陡然而起。他俯下身子，用短剑拨开草丛，仔细地搜索着，很快就找到了草原獭兔的巢口。他将短剑深深插入土中，又从怀中摸出一根皮绳，一端结成活结，悬于洞口，另一端在剑柄上缚牢，随后退身数步，匍匐于草丛中，静静地等候着。

约莫一个时辰后，果然有出洞的獭兔被勒住。獭兔死命挣扎，越挣，勒在脖颈上的绳套越紧，很快就气力不济，奄奄一息了。韩毋辟走过去，按住獭兔，抽出短剑，结果了它的性命。他顾不得腥膻，对着刀口，大口吮吸着兔血，唇吻间鲜血淋漓，看上去很是怕人。之后，他利索地剥下兔皮，燃起篝火，将兔肉割成块，插在剑上烤炙。饱啖一餐后，浓浓的倦意又攫住了他。他用泥土盖死火灰，以牧草铺成厚褥，打算好好睡一觉，然后乘夜一气赶到边塞。

他望见窈娘领着昌儿，向自己招手。他急不可耐，大步流星地赶过去，昌儿挥舞着双手，扑入他的怀抱。他抱起昌儿，大笑着举到空中……远远地，似有狗吠马嘶之声，四下张望，却无半点人烟村落的踪迹，而妻儿也转瞬间没了踪影。他猛然惊醒，耳边却分明听得到愈来愈近的狗吠马嘶之声。他坐起身，豁然入目的，竟是匈奴骑兵的身影。

坏了！定是方才的烟火引来了匈奴人。他弓下腰，钻入茂密的牧草丛中，使足气力奔跑着。可没有用，他甩不开胡人的猎犬，身后的狗吠与胡骑呼啸之声愈来愈近，愈来愈可怖。他心若擂鼓，喘息如牛，知道绝难幸免，索性转身蹲下，打算做鱼死网破之搏。

一只褐色的大犬最先追上来，龇牙露齿，狂吠着扑了过来。不等它上身，韩毋辟的短剑已掷入了它的喉咙，犬嘶鸣着倒地，浑身抽搐。随后而来的两只猎犬见状不敢近身，可仍追在他身后狂吠不止。又跑出数十步，匈奴人追了上来。他们并不拦截韩毋辟，而是在两旁策马夹峙而行。他们斜睨着这奔跑着的汉人，大声嬉笑着什么，似乎是想要试试他到底能跑出多远。

这样跑下去是跑不脱的，唯一脱身的生路，是劫夺胡人的马匹。这样想着，韩毋辟停下身，大口喘息着，做出体力不支的样子，慢慢蹲了下去。左侧的胡人勒转马头，俯身想要看他的笑话。猛不防韩毋辟一跃而起，将他拉拽马下。不等他回过神，韩毋辟已从身后牢牢扣住了他的脖颈，胡人拼命挣扎，试图抽身出剑，无奈对方的手掌如铁钳一般，竟然动弹不得。觑准个机会，韩毋辟腾出左掌，猛力一推，咔嚓一声，那胡人的脖颈断了。韩毋辟松开手，瘫软的胡人轰然倒地，他拾起那胡人的长刀，紧跑两步，跃上了那胡人的坐骑。

被惊呆了的匈奴人这才醒悟过来，大呼小叫着将韩毋辟围了起来。韩毋辟猛然勒转马头，让过匈奴人劈面而来的刀锋，觑准一个空当，策马疾驰，冲出了包围。无奈匈奴人太多，驰出十数里，仍然甩不脱追兵。最前面的两骑胡人已追了上来，从嘚嘚的蹄声可知，身后的胡人与他相距不过咫尺，他甚至听得到胡人下刀时的唰唰风声。说时迟，那时快，他用双腿夹紧马肚，猛然转身，双手将环首长刀推了出去。紧随其后的胡人猝不及防，惨叫着摔下马去。不等另一个胡人反应过来，他已勒转马头，两马对头交错之际，在他斜劈出去的刀锋下，那胡人不及出声，便已身首异处。

他继续策马狂奔，匈奴人仍紧追不舍。终于，远远望见了汉朝的烽燧，他心中一喜，正欲加鞭策马，身后的响箭却如蜂鸣一般，呼啸而来。他转身以刀格挡，无奈密矢如雨，他腿部中了一箭，坐骑的臀部也中了两箭。马负痛不过，跃起蹬踏，将韩毋辟掀下马来。他咬住袖口，用力拔出腿上的箭，伤口的肉翻开来，血流如注，剧痛令他头晕目眩，冷汗如注。站起来待走，则踉跄难行。他长叹一声，原地站住，准备与匈奴人作最后一搏。

匈奴人将他团团围住，知道他身手了得，不敢近身擒拿，而是远远地用弓矢逼住他。一名小个子匈奴人，策马在他左右兜了数圈，扬手甩出一圈套索。腿伤和剧痛，使他难于躲闪，竟如方才那只獭兔一般，被绳圈死死缚住，动弹不得。胡人纷纷下马，走到他跟前，将他的手脚缚住后，匈奴人开始泄愤，狠命地打他踢他。片刻工夫，韩毋辟已面目青肿，血肉模糊。那个小个子胡人，还抓出一把盐，用力揉进他腿上的创口，痛得他高声惨叫，匈奴人则放声狂笑。看得出来，不将他折磨死，匈奴人不会罢休。

剧痛使得韩毋辟几次昏厥过去，再醒来时，日头已经过午。围坐在一旁的匈奴人边进餐，边似商议着什么。最后，两个胡人走过来，用两条长长的麻绳系住他的双腿，头朝后缚在小个子的坐骑上。一声唿哨，胡人都上了马，策马小跑起来。韩毋辟被仰面朝天地拖着，剧痛，失血过多已使他虚脱麻痹，身下的颠簸反而不似先前那样痛楚，只觉得浑身的筋骨似乎正在散开。

他双目茫然，高远澄蓝的天穹和翻飞飘动的云团令他眩晕，一只苍鹰在他上方盘旋，窥视着这垂死的猎物。窈娘、昌儿、候生、甘父、韩孺，一个个亲人挚友闪现在他濒死的记忆中……他拼尽最后一点气力，侧首回望边塞，依稀间看到，远近不一的烽燧都已冒起了狼烟，一团黄尘正在远处升起……匈奴人大叫着加快了马速，他长嘘了口气，觉得自己正在沉沉的黑暗中下落。

十

似乎有只小虫在鼻孔中骚动，奇痒难耐，鼻翼不由自主地抽搐起来。随着一声响亮的喷嚏，韩毋辟终于睁开眼，苏醒了过来。咯咯的笑声似乎就在耳边，眼前弥漫着雾一般的混沌。他使劲眨巴着眼睛，良久，他看到了一双童稚的眼睛，正好奇地注视着自己。

"你是谁？我，我这是在哪里？"

孩童有五六岁年纪，黑色衣裳，头上留着刘海。他并不答话，转身喊道："婆婆，阿叔醒了。"

一个老妪快步走进屋，骨节粗大的双手团着一堆晾晒过的军衣。看到韩毋辟醒来，老妪如释重负地笑道："老天保佑，这可好了，这可好了。"

"我这是在哪里？您老是……"

"这里是上郡肤施同安里田家，我是这家的家主，你喊我田婆婆好了。"老妪鬓发花白，满面皱褶，背微驼，可神态落落大方，看上去已年过六旬。

"肤施？"韩毋辟一脸茫然。肤施是上郡的郡治所在。自己如何到得这里，他一点也记不起来。

"军爷们送你过来那会儿，简直吓死个人，全身血肉模糊，找不出几块好地方。伤口恶犯，腿上还生了疽疮，高热连日不退，大伙都以为你活不过来，亏得李将军执意救你，说是死马全当活马医吧。这不，昨夜黑才退了热，算起来，你昏厥了整整八日呢。"

"哪个李将军？如何救我？"

"大汉朝有几个李将军？当然是李广将军。看到你腿伤生了疽，肿起老高，李将军亲自吮脓敷药。不然，壮士的一条腿，怕是保不住的。"田婆说到这里，目中滢滢似有泪光，声音也哽咽了。

"婆婆这是……"

田婆抹了把眼睛："我没有事情，不过是触景生情，想起了家里人从前的事，心里难过。"

"敢问婆婆因何难过，家里人怎么了？"李广爱护军士，韩毋辟早有耳闻。此次救他，印证了这个口碑，可这与田婆家人何干呢？

"剩儿，到婆婆这儿来。"田婆坐到炕沿上，将那孩童揽在怀中道，"这孩子名字叫田剩，是老婆子的孙儿。我们田家，眼下只剩我们婆孙相依为命了。他爹，他爷，都跟过李将军。打仗受了伤，李将军也都为他们吮过疽伤。"

"李将军爱兵如子，跟了这样的人，岂不是大幸，婆婆何以难过呢？"韩毋辟大惑不解。

"谁都是这么说。李将军本心，当然出于仁爱。可也因此得了士卒们的死力。早年李将军在上谷，给他爷爷吮过疽伤，他爷爷打匈奴战死在那里。李将军调任卫尉，带我儿去长安，说是朝廷收留阵亡军士的儿子，叫甚羽林孤儿，也归他管。朝廷管穿衣吃饭，还给银子花。后来吾儿操练时受了伤，又是李将军为他吮的疽伤。吾儿来信说起此事，我当时就哭了出来。乡里邻居都说，你儿子一个小卒，将军亲自吮伤，幸何如之，哭得个甚！他们哪里知道，当年李将军为他爹吮伤，他爹作战赴死唯恐不及；如今再吮吾儿，我个老婆子怕是没得养老送终之人了呢！"说到这里，田婆的泪水夺眶而出。

"果真如此么？"韩毋辟不觉动容，失声问道。

"我那儿，后来跟李将军去了陇西，战殁在西羌。"

韩毋辟不觉长叹一声，冥冥中自有定数。李广救了自己一命，大丈夫要当知恩图报，这条命，或许真是会交代在沙场上吧。

见到他叹息，田婆以为韩毋辟误会了她的意思，连忙解释道："那一战死了不少人，李将军一怒，将捉住的八百羌虏，同日斩杀，为他们报了仇。后来，还把我和孙儿接到这里，盖了房，平日为军营洗洗缝缝，可以养家糊口。李将军族人众多，还不时从俸禄中省下些银钱，接济我们婆孙，是个大好人哪。"

"婆婆，我长大也要跟李将军当兵打仗。"一直倚在田婆怀中静听的剩儿，忽然叫了起来。

田婆在他头上拍了一巴掌，故作嗔怒道："打甚仗！你是田家仅剩的根苗，阿婆决不允你从军。"

韩毋辟再问起如何获救之事，田婆却不知晓，只是嘱咐他安心静养。他托田婆带话给军府，说是有要事相告。军府来人听取了胡人将大举入寇的消息，却一去再无回音。又托人打探妻儿的下落，却得知他们已不住奢延，去向不明，令韩毋辟十分郁闷。就这样，军营中的医士每日为他换药，田婆侍奉他的饮食，半月之后，他的伤势已大见好转，可以下地慢慢行走了。所盼的是，早些痊愈，当面拜谢李将军，然后去寻窈娘母子。

这一日，韩毋辟与田婆在房前负暄闲坐，正说话间，远远看到数骑进了里门，直奔田婆家的方向而来。走至近处，他一眼看出，原来是自己的上司，匈归都尉黄晓。跟在黄晓身后的人中，有一人看上去眼熟，可急切间又想不起在哪里见过。他起身招呼，那人见到他，满脸喜色，舞着双臂，大呼小叫着策马跑上前来。

直至那人翻身下马，握住他的双手时，他才猛然认出，来人是多年以前邂逅于轵县的故人，黄晓的兄弟——黄轵。十余年不见，黄轵长高了，也壮了，唇上生出薄薄一层髭须。

"兄弟，别来无恙乎？"两人把臂相对，眼中都噙着泪花。

"好着呢！儿子都有了两个。听说兄长陷没于匈奴，却又捡了条命回来。早就想来看望，无奈边郡戒备得紧，好容易才弄到探亲的传策，昨日到奢延，今日就督着我哥来看兄长。还有郭大哥也问你好呢。"

"翁伯兄？他还好吧？"看着黄轵，想到郭解，韩毋辟心潮起伏，当年亡命时的经历，历历如在目前。

"好，好，郭大哥的生意，现在做到了长安城，有的是达官贵人帮衬，红火着呢……"看到黄晓一行到了近前，他没有再说下去。

韩毋辟一下子伏倒在黄晓马前，顿首行礼道："罪将韩毋辟参见都尉大人。"

黄晓跳下马，把臂相扶，微笑道："莫要如此，仲明受苦了。"之后，他将韩毋辟引见给同来者，都是边郡重镇的将领。其中一位高鼻深目，卷发虬髯者，他识得是驻防于龟兹①的属国都尉公孙昆邪。

众人大都认识田婆，一一见礼。一下子来了这么多将官，田婆既欢喜，又局促，忙不迭地招呼众人进屋，与剩儿煮水烹茶，忙活了好一阵子，方才分宾主坐定。

匈归一役，韩毋辟下落不明，都以为他已不在人世。得知他逃亡归来，黄晓已探视过一回，无奈他昏厥不省人事。今日郡守李广召众人会议军事，于是顺路过来探视。闲谈中，韩毋辟历数当日匈奴杀戮之惨，堂邑氏举家赴难之烈，逃亡之艰难，与胡人殊死搏杀力屈被俘的经过，众人无不动容，唏嘘感叹了好一阵子。

韩毋辟望着黄晓，揖手道："毋辟尚有一事不明。在下最后记住的，是边燧狼烟四起，此后便无知觉。醒后听田婆讲，是李将军吮伤救我，至于谁从胡人手中抢下我，她亦不知。都尉大人可知当日实情？再生之大恩，毋辟没齿不忘，是一定要报答的！"

公孙昆邪道："这件事我知道。你该感激的是小李将军。你那日逃到高平边燧，是我的辖区。军士们发现匈奴人，照例施放烟火报警，并无出塞救人之责。也是你命不该绝，那日正逢小李将军巡边，见胡人马后拖着个汉人，便率人追了出去。他射杀了数人，胡人一哄而散，你才捡了条性命。"

"哪位小李将军？莫不是李广将军的公子么？"

"正是。是李将军的长公子，名当户。李将军在京城做卫尉时，当户是未央宫随侍天子的郎官。眼下随父镇边，他勇力过人，现已升任校尉，是员虎将。"

一股暖流起自丹田，灌注于周身。韩毋辟情不能已，喃喃自语道："大恩难以言谢，毋辟日后只求多杀胡虏，以报将军父子于万一。"良久，又揖手发问道，"敢问都尉大人，可知在下妻儿的下落？"

黄晓沉吟了片刻道："自你陷于匈奴，生死莫辨。你媳妇等了数月，实

---

①龟兹，西域古国名。这里指上郡龟兹县，为龟兹属国都尉驻地，位于今陕西榆林县北。此处安置的多为西域归附于汉朝的胡人，由朝廷任命的属国都尉管辖，是汉朝用来对抗匈奴的所谓"保塞蛮夷"之一种。

在得不到你的音讯，便卖了房，领着孩子回长安了。后来也曾派人来打探过一回你的消息，此后再无联络。只是听说，在京师的大户人家做事。仲明放心，想来不会有甚事情的。"

黄轨插言道："兄长放心。我近日受郭大哥之托，要去京师一行。郭大哥为人四海，朋友也多。只要嫂子在长安，就一定找得到她。"

"谢了。一切就拜托公路了。"韩毋辟大喜，长揖致谢。

看看时候不早，众人起身告辞。黄晓落后几步，拍拍韩毋辟的肩头道："仲明，宽心调养。有件事李将军要我与你通个气。朝廷厉兵秣马，要与匈奴对决。天子下诏，申明军纪，功必赏，过必罚。比起从前，严厉了许多。你做侯官，守土有责，丢失匈归障，虽情有可原，可于军法不能不问，你要有个准备。"

"如此，这件事我要当面向李将军陈情。大人可否转告将军，韩毋辟求见？"失地被俘于军法是死罪，韩毋辟有些沉不住气了。

黄晓握住他的手，很恳切地说道："你我相知多年，我当然晓得你绝非贪生之辈。李将军被召到雁门会议军事，昨日才回上郡，便召见众将，朝廷怕是会有大举动。你还是安心养伤，今日所述，我一定报告给将军。将军视君为壮士，你尽管放心，不会有事的。"

众人走后，黄轨留下盘桓了二日。两人互道契阔，细说江湖故事，倒也不寂寞。原来，洛阳大侠剧孟已于数年前病逝。死前，他将自己在长安东市经营的几家店铺卖掉，除周济亲友，还清赌债外，余下的一家酒店，半卖半送地盘给了郭解。郭解朋友愈来愈多，解难济困在在离不开钱，手头颇感拮据。盘算起来，是得有个生财的地方，于是接下了这爿店。可郭解长居轵县老家，并无意亲自经营。于是派黄轨到关中寻韩孺，试图说动这位经商多年的老友，代他打理此店。有知于此，韩毋辟思亲之情更切，黄轨离去后，他便每日活动拳脚，一心早日复原，告假寻亲。

半月之后，得知韩毋辟伤势已瘳，李广召见了他。韩毋辟疾行数步，欲以大礼叩谢救命之恩，被李广一把扶住，道："你莫如此，一切尽在不言中，说出来，反倒俗了。你莫谢我，要谢，谢朝廷。多杀胡虏，报君国，卫百姓，方是壮士的大节。"

节堂正中坐着位老者，鬓发花白，服饰华贵，看面相很熟，却想不起是谁。侧旁便是李广。空着的一侧设有几案笔墨，另一侧坐着匈归都尉黄晓。见他在场，韩毋辟忐忑不安的心，稍稍放下了些。李广看看那位老者，老者颔首示意，脸忽然沉了下来，大声吩咐道："来人，请军正①上堂问话。"

一个身量不高的瘦子走上堂来，满脸公事公办的神情。尤其是那双眼睛，冷冷地，盯着人看时目不转睛，令人心瘆。向在座将领揖手施礼后，他在空着的几案后坐下，取过跟从军士手中的简册，在几案上铺展开来。

"韩毋辟，你将匈归障陷落与被俘逃亡的始末情节，为各位大人细细说一遍。"李广声音不高，可面色阴郁。室内的气氛一下子紧张了起来。

"是。"节堂中的静默，化成了令人窒息的张力，压得韩毋辟喘不过气来。他深深吸了口气，尽可能捋清思绪，从巡察边燧，发现匈奴人踪迹那日起始，叙述自己八个多月来的经历。军正时而提笔记录，时而提问，其他人则一声不吭地静听。随着讲述，那隐藏在记忆深处的可怕场景，又一幕幕闪现出来。他忽然觉得很屈辱，很压抑，强烈的、挥之不去的灰心绝望攫住了他。于是，他不再强调当时的无奈，放弃了争辩，不过半个时辰，就讲完了整个经过。

"完了？"军正问，目光阴冷逼人。

"是。"

"韩毋辟，你知罪么？"李广问道，声音不高，可仍令人心惊。

"末将失土被俘，未能死节，知罪。"他匍匐顿首，觉得额头上的冷汗正在一点点渗出来。

李广问："军正，依大汉军律，该治何罪？"

瘦子解开一个青布袋囊，取出一卷简册，又从另一布囊中找出几支尺把长的竹简，排放于案头。他展开简册，略扫一眼后答道："韩毋辟身为侯官裨将，守土有责。既未能预警于前，又不能坚守于后，亡失甚多，且为胡虏所生俘，

---

① 军正，汉代军中之执法官。

于律当斩。”

又问：“可赎么？”

“可赎。”瘦子拿起那几支竹简，看了看，略作思忖道，“依律，可以军功和爵位赎罪。从在下调来的尺籍①看，罪将过去作战时曾斩捕首虏甚多，拜爵累计五级。再者罪将戍边年久，亦可以积劳为功，积劳四岁，可记一功。算来可以折功三级。”

“那么折算如何？”

“夺爵免职，减死罪一等，髡钳完为城旦。”髡钳意为剃光头，披戴枷锁。完为城旦，则意味着韩毋辟将身着罪人囚服，在边塞服充苦役。身体发肤，受之于父母，不可毁伤。髡钳苦役，辱及先人，对军人是种极大的羞辱。

“夺爵免职，赎为庶人不可么？”李广仰头，闭目沉思片刻后，问道。

“不可。失陷匈归障，吏卒百姓丧命者不下数百人，罪将身为主官，难辞其咎。死罪可赎，活罪难逃。”瘦子似胸有成竹，回答得斩钉截铁，无半点商量的余地。

“刻下正值用兵之际，将才难得，就不能略作通融么？”李广仍是商量的口吻。

“不能。军律无情，对谁都是一样。通融？对不得通融者岂非不公！再有类似事情，难道再通融？如此，又置大汉律法于何地！枉法行权，恕在下不敢。”

“军正何必说得这么难听，甚枉法行权？小题大做了吧。”李广的声音仍然不高，可已明显听得出压抑着的怒气。

“军正，韩毋辟在麾下多年，恪尽职守，从未有过疏失。匈归障失陷，乃胡虏背信突袭，猝不及防，情有可原。是不是可以从轻量刑呢？”黄晓向瘦子揖手致意，口气和蔼，试图转圜僵持的局面。

“将军们爱惜部属，在下晓得。可律法无情，讲不得通融。功不抵罪，

---

① 尺籍，一尺长的竹简，汉代用以记录军士作战时立功斩首的数字，这些尺籍犹如军士的档案，是用以记功授爵和折抵刑罚的凭据。

减死一等无非如此。除非他还有积功，不然论到朝廷那里，也还是宽免不了的。"瘦子坚执律条，有恃无恐，环顾诸人，意颇扬扬。

"军正此话当真？军中无戏言！"侍卫在李广身后的一名军将，一直在阴影中。此刻忽然前行一步，站到了光亮处。韩毋辟抬眼看去，原来是位英气勃勃的青年将军。

"在下乃执军法者，何敢戏言？"

"韩毋辟方才所述，各位都听到了。其亡命归汉，先后斩杀胡虏四级，依律可拜爵二级，以之赎罪，免为庶人，戴罪立功应该可以了吧。军正以为如何？"青年将军咄咄逼人，众人的目光也都集中在瘦子身上。

瘦子不为所动，扬了扬手中的尺籍道："我只认律条，空口无凭的东西，作不得证物。"

"此乃我亲眼所见。军正若不信，那日跟我出击的数十士卒亦可作证。"原来，这青年将军就是当日救了韩毋辟性命的李当户。

"口说无凭，人再多亦不可取信。若无记功的尺籍作凭据，在下绝不敢变通！"瘦子十分倔强，不稍屈服。

"好了！军正既要凭据，本府就给你凭据。来人哪，唤郡史，取尺籍笔墨来。"李广看了眼瘦子，好整以暇地捋着须髯。

郡史按李广的吩咐，写好为韩毋辟记功的尺籍，放到军正的几案上。"如此，功罪相抵，赎为庶人，戴罪军营可以了吧。军正以为如何？"

"郡守大人如此坚持，在下无话可说。天子诏命严申军纪，在下虽在将军治下，却是代朝廷行法，不敢妄自裁夺。此事在下要奏报上峰裁断。"瘦子将那尺籍推到一边，神色傲然不屈。

"哦？既然如此，那就还按军正说的办，请上峰裁断好了。"李广看看居中坐着的老者，向那瘦子笑道，"这位是本朝御史大夫韩大人，位在三公，主持朝廷的律法监察。皇帝特拜韩大人为护军将军，主持北方各郡军务。这件事由韩大人裁夺，军正看可行？"原来是当年一起在梁国共过事的韩安国，难怪看着那么眼熟。有他在，韩毋辟的心放下了大半。

瘦子一下子泄了气，满脸惶恐，伏地顿首道："下官成安，鲁钝无知，不知大人在此，顿首死罪。"

韩安国道："不知者不为过，成军正起来吧。你严执律法是好的，可拘泥于律条，不识变通就不对了。被俘不等于降敌，况且他千里逃亡，手刃数敌，亦属难得。朝廷用人之际，宜宽大为怀，死抠律条，未免过苛。这件事夺爵减死，赎为庶人，戴罪军营，我看可以。既由老夫裁断，就按李将军的话办吧。成安，你还有甚说道么？"

瘦子唯唯，向韩安国、李广等行礼后，收起简册，悻悻而去。韩安国望着他的背影，摇了摇头道："这个人，面恶心亦不善，李将军要小心他呢。"

韩毋辟再拜顿首，叩谢搭救之恩。韩安国连忙扶起他道："都是故人，仲明又何必如此。一别十数年，不意竟在这里重逢！要谢，你还是谢李将军吧。我当他拉我来何事，原来是为他顶雷。不过既是故人有难，老夫自当搭救。"

韩毋辟又转向李广父子，揖手道谢："将军救我脱难，恩同再造，毋辟没齿不忘。大恩不言谢，惟有依将军所言，多杀胡虏，以报国家。"

"好！早听黄晓说你是个壮士，今后就留在我这里，杀虏立功。大丈夫人生一世，要当立功封侯，衣锦还乡。你说是不？"李广拍拍韩毋辟，大笑道。

之后，李广设便宴招待韩安国，韩毋辟亦叨陪末座。席间宾主谈谑话旧，说起梁国旧事，不胜沧桑之感。觥筹交错，酒酣耳热之际，韩毋辟提出要去长安找寻妻子。不想李广竟若充耳不闻，频频劝酒，顾左右而言他，令他好不郁闷。

散席后，李广、黄晓送韩安国安歇，李当户叫住韩毋辟道："长安，你去不了了。父亲要我告你，接妻儿之事，留待日后再说吧。"

"为甚？"

"大军近日即将开拔到雁门待命。朝廷要诱匈奴入塞决战，韩将军便是全军的统帅。大战在即，军中所有人等概不许离营，否则以军法论罪。那个成安今日所为，你都看到了。你若临阵缺席，他会放过你么！"

韩毋辟不由得倒吸了一口冷气。

十一

元光二年夏五月，谋划半载，诱击匈奴之战终于启动。刘彻下达了实施作战的诏命。出乎众人的意料，皇帝没有任命首谋且主战最力的王恢出任统帅，反而任命主张和亲的御史大夫韩安国为护军将军，作为前敌的主帅。卫尉李广、太仆公孙贺、大行王恢与太中大夫李息则分授为骁骑将军、轻车将军、屯骑将军和材官将军，四将军均受韩安国节制。韩安国本不主战，可皇帝将如此重任托付与他，这份器重与信任，他不能不心生感戴。此战若胜，会大大成就他的功名，私心里，他也未尝没有这种企盼。

诏命下达后，北方边郡的数十万大军开始向雁门、代郡集结。名义上是调防，但却昼伏夜行，行动隐秘，各军将军之外，没有人知道去向与目的。韩安国将李广、公孙贺的两支劲旅与各郡征调来的材官蹶张①之士组成三支军团，作为正面攻击的主力，二十余万大军隐蔽于马邑城东南句注山的密林深谷之中。王恢、李息则率三万步卒，屯兵于代郡北部的参合陉（今河北阳高一带），他们要做的是，在匈奴人入塞后，抄其后路，断其辎重，最终形成合围之势。

聂壹则依计行事，四月便潜出了边塞，在匈奴五月大祭时赶到了龙城②。

---

① 材官蹶张：材官，意谓勇武之卒；蹶张，以足踏弩张弓，指力壮身强的弩手。

② 龙城，匈奴人每年一次祭祀天地祖先神祇之处　在今内蒙古多伦一带。

他因私自出塞交易而罹祸，家产被抄，族人下狱，颇得匈奴人的同情。哭诉过破家之难与侥幸逃脱的经过，聂壹献议，为报此恨，他愿作内应，诛杀马邑的长吏，接应匈奴入塞掳掠。南宫死后，汉廷迟迟没有和亲的回应，军臣原已不满。既可掳掠，又能教训羞辱汉朝，是个不错的机会。于是一拍即合，约定聂壹携其使者先期潜回马邑，军臣则顿兵塞外，一俟聂壹得手，遣使者相告，匈奴即纵军入塞，里应外合，饱掠一番。

龙城大会一过，正值月满，被匈奴视为动兵的吉时。军臣调集十万精骑，一路行猎，接近了边塞。六月，汉军也部署到位。聂壹从狱中提出个死囚斩了，谎称是马邑县令，将头颅悬挂在城墙上示众。一直候在城外的使者见其得手，黄夜驰报军臣，于是大军从武州塞①突入长城，一路南下。至此，势态与预想契合无间，再过一日，匈奴军抵马邑，埋伏在句注山中的汉军即可以迅雷不及掩耳之势，予敌以迎头痛击。却不料弄巧成拙，功亏一篑。

原来，聂壹等为诱匈奴上钩，将马邑城内外的牛羊牲畜，遍放于四野。匈奴骑兵距马邑百余里时，但见牛羊遍野，军臣大喜，随其出征的伊稚斜与赵信却起了疑心。匈奴入塞，汉人早应逃遁，现今放牧依旧，却无人看管，不合常理。军臣闻言，也犹豫起来，下令暂停待命。此时恰有雁门郡的尉史带队巡边，见到匈奴大军，急忙避入近处的亭燧。匈奴人很快攻下了亭燧，捉住了尉史。刀口之下，贪生的尉史竟将实情和盘托出，军臣等大惊，即刻回师北撤。隐蔽在句注山的汉军闻讯出击，无奈已迟了一步，追到边塞时，胡人早已出关，扬长而去。而王恢、李息的步军亦未能如约截断敌军的归路。一场精心策划的战事，偏偏在最后关头出了纰漏，无疾而终。

谋划半载的马邑诱击战，竟如此结局，是刘彻没有想到的。几十万大军的调动集结，军需辎重转运所耗费的大量民力与资财，到头来竟落得一场空，岂非滑天下之大稽！自己的苦心孤诣，竟成了众口嚣嚣的笑料。每念及此，他都会恨得全身发抖。尤其是王恢，若如约堵截住匈奴人的后路，只需顶住一两日，马邑的大军就会追上来，予匈奴以重创。可他却踌躇不进，贻误军机，

---

① 武州塞，古长城要塞，位置在今山西左云县一带。

使这次战事成了天下人的笑柄。

很快，朝臣们纷纷上书，不仅主张和亲的大臣们振振有词，尤令刘彻忧心的是，他准备用来冲一冲朝中暮气，上月才征召来的一批贤良文学之士，竟也纷纷上书，指陈用兵的不当。其中一个名为主父偃的，言辞极为激烈。谏书起首便引《司马法》之言："国虽大，好战必亡。"又称，古之人君一怒必伏尸流血，故圣明的君主要善于制怒，谨慎行事。之后举秦始皇拒谏饰非，北攻匈奴为例，指出穷兵黩武，必引发内乱，累及苍生，最终没有不后悔的。

令刘彻震动是其中关于兵事累及民生的一段话。主父偃称，干戈征战本身已经很可怕，可由此加诸天下百姓的负担更为可怕。从其家乡所在的山东诸郡，数千里转运军粮到大河前线，出发时的三钟①粮，人食马喂，沿途损耗，到达边塞时，余下的不过一石。由此扰动天下，"男子疾耕不足于粮饷，女子纺绩不足于帷幕。百姓疲弊，孤寡老弱不能相养，道死者相望，人心怨恨，天下亦会由此大乱"。

果真如此，这次的损失就大了。愤怒而外又添加了不安，刘彻将奏章递给正在一旁侍候的右内史②郑当时。

"你看看这奏章，他讲军粮转输耗费大，三钟才余一石，是这样么？"

郑当时默读奏章，惊奇于这个主父偃的大胆，心里却在转念，让皇帝明白征战非只沙场拼杀，而是会牵动国本，累及苍生，这倒是个机会。

"钟为古制，约合六斛四斗；钟、斛、斗，乃以容量计数。现今以权量计数，用石、钧、斤、两，折算起来不同。十六两为斤，三十斤为钧，四钧为石，合一百二十斤。换算成古制，约合一斛。三钟约合二十斛，余一石，则途中损耗折合二十比一。"郑当时指掰口算，条分缕析，把账算得明明白白，倒真让刘彻对从前这位师傅刮目相看了。

"二十比一的损耗，不夸大么！"刘彻问道。文人好大言夸饰，这个主

---

① 钟，古代计量单位，一钟合六斛四斗，折合约为六石多。三钟余一石，则损耗比率高达二十比一。

② 内史，古代管理京城的最高官员，位比九卿。景帝二年分为左右内史，右内史武帝太初元年更名为京兆尹；左内史更名为左冯翊。

父偃亦难免危言耸听。

"应该说，去实际不远。《孙子兵法》上说，智将因粮于敌，食一钟，当吾二十钟。意思是，作战应尽可能从敌人那里夺取给养。食用敌国一钟粮，相当于从我之后方运送二十钟粮，其比正为二十比一。主父偃的话，不算夸大。"

刘彻赧然："如此，马邑之耗费，怕不在少数吧。"

郑当时颔首道："兵法云：'兴师十万，日费千金。'更何况是三十万大军！运筹半载，耗费巨亿，匈奴却毫发无伤，全身而退。这笔账，是太不划算了。"

每句话都如同重锤，敲打在刘彻心上。于是顾左右而言他，话题转到了郑当时身上。"郑师傅工于计算，应该是个当家理财的行家。大农令掌理国用钱财，非凡庸可任。大农一职，韩安国之后，尚无朕当意的人选，就烦郑师傅为朕当家理财吧。"

大农掌管赋税收入，位在九卿，位高权重，郑当时无意间跃升高位，自然欣喜，拜谢而去。刘彻又召见了上书言事的主父偃、徐乐、严安，大加勉励，均拜封为郎官，出入内廷办事。那个主父偃，竟已年近五旬，衣着寒薄，可骨相奇特，高颧大鼻，双目深陷，能言善辩，尤其精通律令，令刘彻印象深刻。

马邑的善后，是在一个多月后。大军解散，各回驻地，韩安国等六将军回到京师，向皇帝交卸将军的符节。这次行动的失败，王恢的责任最大，故而面君时脸色灰败，再无先前的豪气。刘彻望着他，心情复杂，痛恨与怜惜兼而有之。

"王恢，你知罪么！"

刘彻的声音不高，可内含杀气。六将军个个敛容屏息，王恢不由自主地打了个寒战，一下子仆倒在地上。

"臣知罪。可事出意外，臣实有隐衷，敢为陛下言之。"

"讲。"

"军臣半途起疑，抓获巡边的尉史，实出意外……"

"朕将意外归罪于你了么？朕要知道的是，身为偏师的主帅，你为何不按照约定出击，截断军臣的后路！"

王恢嗫嚅难言，环身四顾，希望能有人为自己缓颊。可天子震怒，朝臣们眼观鼻，鼻观心，个个目不斜视，无人愿触这个霉头。而他寄予了最大希望的丞相田蚡，竟不在朝堂上。他心里一沉，额头冒出了汗水。

他知道，马邑之事，自己的干系最重。还在参合陉前线时，已密令家人请托于田蚡，致送千金，求其在皇帝面前代为缓颊。回到长安，听家人说相府收了馈遗，心才安了下来。不想紧急关头，田蚡面也不露，径自避开了。人情之奸伪，竟至于此！

人绝望了，头脑反而冷静了下来。他思忖片刻，辩解道："临战前会议军事，约定匈奴进了马邑城，两军接战后，臣所部凸击截其归路，掳其辎重，与大军呈合围之势。可军臣半途折还，情势与预想已大为不同。臣等以三万步卒，当胡虏十万精骑。臣知道，战，寡不敌众，丧师辱国。不战而还，是死罪，可也为陛下保全了三万战士。臣，选择了后者。"

"哦？听起来，韩安国、李广的责任比你还大啰？是他们没按约定出击在先，你方失约于后？朕原以为你是个有担当的人，不想尔巧舌如簧，文过饰非，一至于此！军臣退兵，对马邑的将士可说是意外，对你则不是甚意外，他已进了长城，你完全有机会抄其后路。三万人倚城而战，拖他一两日，马邑的大军就会赶到，重创军臣！甚丧师辱国？难道韩将军会坐视不进，要你孤军作战？他们敢么！"

刘彻愈说愈气，声音也高了起来。"明明是临敌畏懦，反而美其名曰为保全战士。避战苟活，你已亵渎了我大汉的军威！三十万大军的军资耗费，数以亿计，这个花费，难道只为保全三万战士？"

王恢语塞。刘彻命将其下入北军诏狱，以军法议罪处分。

其实，田蚡一直在为王恢活动，只因近来皇帝不惬于他，自己不便出面而已。他曾几入长乐宫，去太后处设法。皇帝请安时，太后依他所言劝说过皇帝，说是王恢为匈奴设计了这个圈套，虽未成功，杀他不正中匈奴人的下怀，为敌人报了仇么。刘彻拿奏章给她看，众口嚣嚣，无不指责王恢，说他轻启战端，而又临战畏懦，贻误军机，要求绳之以律法。马邑的失利，必得有人负责。王恢是朝中仅有的主战大臣，刘彻虽不情愿，最终却不能不以"首谋不进，畏懦逗留"的军法处他以死罪，给天下人一个交代。

这样，当日家人向狱中送衣物时，告诉王恢，丞相府已退回了馈遗。王恢明白绝难幸免，夜中以衣带悬梁自尽。

匈奴那里，能够从如此险恶的圈套中全身而退，军臣单于归于天命佑护。回到龙城后，军臣宰牲祭天，日日欢宴，那被俘的尉史竟被他视为上天所赐，授予了天王的封号。

尉史受宠若惊，大礼叩谢而后，起身斟酒，自军臣起，逐个向在座的大小名王、贵人敬酒。敬到伊稚斜处，遭遇到了尴尬。

"你不过是个无名的军卒，贪生叛降，凭甚敢称天王？大匈奴的天王，竟是这么好当的么！"伊稚斜满脸的不屑，身子欠都未欠。

"天王"无言以对，四顾仓皇，无助地望着军臣。

"伊稚斜，若非天王，吾等还能在此宴乐么？他教汉军的阴谋落了空，这就是天意，封他个天王的名头，有甚不可！天王乃祁连①神的使者，他敬酒，你得喝，莫要搅了大家的兴致。"军臣的脸沉了下来，言语中明显有了不快。

伊稚斜非但不从命，索性放下酒碗，起身陈词道："汉人狡诈，诡计多端。匈奴当以其人之道反治其人之身，汉人用间，我们也可以用间。兵法上讲，知己知彼，百战不殆。深入马邑之险，就在于我们疏于情报，轻信了汉人。"

"放肆！"军臣大喝一声，目光凶狠地盯住伊稚斜。伊稚斜是他的幼弟，随着年龄见长，翅膀硬了起来，近来常擅自行事，愈来愈不把他的威权放在眼里。

"始祸之人，倒还振振有词？若非你偷袭汉人的边障，和亲之议早就有了结果，食物酒浆、缯絮布帛会源源不断地送过来，又何必与汉朝刀兵相见！"

兄长真是老了，竟贪恋起汉朝的衣食酒浆了！当年的勇武哪里去了？伊稚斜不觉心生怜悯，抗声道："吾强胡入塞，岂为的是衣食财物？汉人休养生息七十年，日渐富强。汉人强大了，必会亟思报复，此次马邑的圈套可为佐证。我们决不可坐视汉人强大，必得如高祖祖父，时时侵袭掳掠，耗其国力，使之永远疲弱，方可永绝后患……"

---

① 祁连，匈奴语，意为"天"；祁连神即天神。

军臣气得目瞋须张，咂唧一声，将酒碗掷了过来，随即戟指怒骂道："你个目无尊长的东西，还轮不倒你小子来教训我！马上滚出去，滚回你的牧场去！"

众人纷纷下席劝解。伊稚斜被几个王兄强按着跪下请罪，待要分辩，赵信将他拽出大帐，一路劝解着回了自己的宿处。

"大单于正在兴头上，殿下怎好当面顶撞，叫他下不来台？"坐下后，赵信摇摇头，嗔怪道。

"难道我所言不对？"

"对，也不必如此张扬。锋芒太露只会树敌，殿下终究还不是大单于！"

"赵相国，我忧心国事有甚错？汉人讲得对，人无远虑，必有近忧，等到汉朝羽毛丰满了，就难制了，那时悔之晚矣。"

"这道理我懂，许多人都懂。大王拳拳之心，吾等知之久矣，所以才会亲近大王。在下与一批贵人有厚望于殿下，殿下切不可意气用事，自坏前程！"

伊稚斜斜睨了赵信一眼："前程？甚前程？你们甚意思？"

"大单于年寿已高，太子於单幼弱，不堪承继大任。能够振我匈奴神威者，大王而外，再无他人。还望殿下潜心励志，以待将来。"

"你是说……"

赵信用力握住伊稚斜的双手道："臣等心意，尽在不言之中，殿下不必说破。"

如此看来，单于庭中会有一批人助自己竞夺大位，一念及此，伊稚斜只觉周身热流涌动。伊稚斜是左鹿蠡王，位在左屠耆王（即左贤王）於单之下。按匈奴的规制，身为左屠耆王者便是未来的单于，更何况於单是军臣之子，血缘更近。他不过是军臣之弟，本无继位的可能。但若有诸王与大臣们的支持，又当不同。他紧握赵信双臂道："赵相国，当真？"

"当真。按理父死子继，可於单身子羸弱，难以克承大任。殿下神明勇武，众望所归。可时机不到，宜韬光养晦，大单于若把你视作於单的威胁，起了杀心，就难办了。"

赵信之言令他凛然，头脑也渐渐冷静下来。两人相对默然。良久，伊稚斜猛然跳起，拉着赵信道："走，去向大单于赔罪去。"

赵信颔首笑了。

走向军臣大帐的路上，伊稚斜看了眼赵信，若有所思地说道："对汉人，吾等还是要有所防备，有件事情一定得做。"

"甚事？"

"用间。"

"用间？如何用？"

伊稚斜仰头望着繁星密布的夜空，长吁了口气道："这件事情怎样办，我还没有想透，想透了自当告诉你，而且事情只能由你来办，我才放心。"

十二

　　戚里魏其侯家冷清了几年的门庭，终于来了访客。访客姓翟，名公，字明远，京兆下邽人。原为廷尉，位在九卿。大行王恢于狱中畏罪自杀，未能明正典刑，皇帝怒管狱者渎职。追究下来，翟公也受到牵连，担失察之过，被免为庶人。

　　让入中堂，寒暄见礼后，窦婴吩咐家人烹茶待客，宾主对坐闲话。

　　自罢相后，尤其是窦太后死后，窦婴除每年岁首的朝会大典，随班进宫贺岁而外，极少出入宫廷。彼此见面少了，原来很熟的人，却有了些生分；相对无言，各自呷茶，好一会儿，主人方没话找话地问道："明远别来无恙，这一向可还好么？"

　　翟公尴尬地笑笑："好甚？我的事王孙应该知道，在家赋闲而已。"于是将马邑失利，皇帝震怒，王恢下狱自杀，自己牵连免职之事叙述一过，摇头叹息道，"丢了官，方才明白了人情势利，世态炎凉！"

　　"怎么？"窦婴望着他，目光中似有同情，唇间却隐含笑意。

　　"在位时，家中宾客填门，逢迎请托者奔走门下，推都推不掉。每日退朝还家，难得有片刻的清闲。这么些年，对这些宾客我总不能说全无好处吧？可一日去职，全作鸟兽散。半月来竟门可罗雀，家中无一人上门，每日对坐者，惟老妻而已。"翟公苦笑，眼中却满是愤懑之情。

　　"明远家居半月，就受不了清静了？老夫赋闲数年，日子又该怎么打发？怨天尤人有甚用，要怪，就怪自己看不破好了！"

　　"看不破甚？"

"就是你方才所言的人情势利，世态炎凉嘛。"窦婴捋髯笑道，"当年我做大将军，做丞相，巴结我的人还少吗？我下来时，明远你又来看过我几次？我也是不平了几年，方看破了这其中的道理。"

翟公尴尬地笑笑："公事忙，家里客人又多，分不开身……"

窦婴摇摇手道："你莫辩解，在位时都是这么说。明远，今日能来看我，就是朋友。我送你三句话：一死一生，乃知交情；一贫一富，乃知交态；一贵一贱，交情乃见。高朋满座莫若有一知己，这天下最可珍贵的，是朋友情义！有所图者，没有了利益，当然会作鸟兽散。而以情义相交者，朋友有难，虽杀身之祸，亦绝不趋避。"

翟公额首道："知己难得，王孙可有这样的朋友么？"

"当然有。不过这种朋友官场少，草野多，尤其游侠中人，大都如此。老夫好侠，为的就是这个。"窦婴捋髯微笑，神情颇为自负。

"可为在下引见几位这样的朋友么？"翟公脸上是颇为向往的神情。

"等下就有个朋友会来。不用我引见，明远也熟识的。"

翟公凝神细想，猛然而窹道："王孙说的朋友，可是灌夫？"窦婴微笑不答。这就是了，朝内外早传窦婴与灌夫情同父子。灌夫一直在关东各郡国任职，皇帝即位之初，一度调入京师，出任掌理马政的太仆。可次年即因醉酒殴击太皇太后的从弟，皇帝担心太后报复，将他任命为燕国的国相。数年后因违法事免职，移家于长安。

"官场中讲义气的朋友，不是没有，灌夫而外，尚有袁盎、季心、周亚夫，可惜好人不长命，都已物故了。"

同朝共事，翟公也熟悉这些人。窦婴忆及当年欢聚时的盛况，历历如在目前，感叹光阴荏苒，故人凋零，两人又相对唏嘘了一阵。

又有客人来访，可不是灌夫，而是宗正刘弃疾。他也是窦婴、袁盎、灌夫的至交，不时过府来看看老友。

熟不拘礼，不待寒暄，主人便笑道："好了，朋友中唯一在朝的到了。无病，近日朝廷上有何消息，可能给吾等在野之人说说？"

无病是刘弃疾的字，他笑笑说："王孙还真问着了，还是惊人的消息。你们猜猜看，弃疾在丞相府见到了甚人？"

"你莫卖关子，有消息就讲来。"

刘弃疾慢条斯理地呷了口茶，漱了漱口，将残茶吐入盂中。窦婴、翟公知道他是在吊人胃口，索性不再催他，也端起杯，好整以暇地品起茶来。

看看无趣，终于开了口："武安侯昨日大张筵席，九卿全都请到了。开席以后，方知贵客乃一耄耋之年的老者。经丞相给众人引见，方知此人了得，竟是个得道的活神仙！"

"活神仙？！"窦婴、翟公面面相觑，不由得瞪大了眼睛。

汉代之人，虽普遍信仰鬼神，可活生生的神仙，几乎没有人见过，更不用说请到家中，同席共饮了。故震惊过后，反而生出几分疑心。"怎么知道他是神仙？"窦婴问道。

"这个人叫李少君，说起来倒是有些来历。"李少君原是深泽侯府的舍人，主方药，后来亦以方药游走于诸侯之间。他为人视病巧发奇中，常常有奇效，在各诸侯国间很有名气。关东齐鲁一带的人，都说他能役使鬼物，且长生不老，故尊之如神，给其金钱衣食，所以他不治生产而衣食无忧。后世之人不识其来历，愈加信服，争相服事之。宗正府掌管皇室宗亲与刘姓诸侯王事务，故而刘弃疾亦久闻其名。

"深泽侯赵将夕，是高祖皇帝时封的侯，那时此人便在赵府做舍人。他没有妻子儿女，也没人知道他的年龄。高祖至今已经七十年，算起来，此人年纪最低也超过百岁了。可鹤发童颜，精神矍铄，酒量大，说起话来中气十足，哪里像个百岁老人。"

"既无人知其来历和年龄，又怎么知道年逾百岁不是他信口胡编的呢？"多年审罪查案，使翟公养成不轻信的习惯。况且以前也出过新垣平之类的骗子。

"百岁是推算，问他，他永远自称七十。今日席上，有一老翁年届九十。闲谈时，李少君笑问老翁可还认得他，老翁茫然不识。少君言，还在老翁儿时，他俩便相识。老翁不信，一座的人也都心存疑惑。于是少君历数当年他与老翁之大父①携其游猎之处，与老翁记得的竟纤毫不差。举座皆惊，

———————

① 大父，古人称祖父为大父。

老翁也服了气。"

看看翟公等仍心存疑惑，刘弃疾道："二位莫不信。深泽侯已传承四世，赵将夕的曾孙赵夷，昨日亦在席上。少君叙其家世，历历如数家珍。赵夷连连称是，不由得人不信。"

"武安侯不好好做他的丞相，摆弄神仙作甚？"窦婴不以为然道。

刘弃疾道："我也纳闷。不过，他这一向收敛了许多，事事看着皇帝的眼色行事。"

翟公亦有同感："是这样。武安侯自称要做太平丞相，历来主张和亲。此次马邑的军事，若搁在以往，他肯定会大加反对，可这回一声不吭。事后，对平日最为忌恨的王恢，他却施以援手，很反常。"

提起田蚡，窦婴总有种说不清道不明的复杂感情。先帝时，窦婴先后出任过大将军和太傅，位高权重，又有窦太后的背景，奔走于他门下的官员，如过江之鲫。当时还不过是个小小郎官的田蚡，对窦婴的殷勤巴结，堪称个中的翘楚。

那时的窦家，风光极一时之盛。日日筵席高张，宾朋满座，来客不是当朝的三公九卿、皇亲贵戚，就是各郡国上计的主官与江湖中的朋友。而那田蚡亦如上课一般，日日到窦府报到，或帮忙招呼客人，或与窦家晚辈一道，充任斟酒布菜的杂役。他的殷勤恭敬颇得窦家人的好感，窦婴亦视其为自家子侄。

王娡被封为皇后，特别是刘彻即位为皇帝后，田蚡以母舅之尊，被封为武安侯，身份日渐贵重。二人此时仍旧友好，相互汲引，建元初年，窦婴为丞相，田蚡为太尉，赵绾为御史大夫，三人均好儒术，合作无间，辅佐天子的兴儒大业。不想触怒了窦太后，赵绾下狱死，他与田蚡罢职家居。

风水轮流转。建元六年，窦太后薨逝，外戚之权势随即转移至王太后家族，田蚡也复出为丞相。官场上多的是追求势利之人，自然弃窦而就田。田家门庭若市，窦家门可罗雀，一个热闹，一个冷清，反差之大，令窦婴备感凄凉。起初，田蚡还顾念旧情，窦婴之子醉酒伤及人命，罪应抵命，是田蚡下令赦出。丞相府年节宴客，也邀请窦婴。但田蚡日渐骄狂的做派，令他难以忍受。

田蚡宴请皇室外戚列侯，其兄盖侯王信、弟周阳侯田胜、魏其侯窦婴等都到了场。通常家人亲戚饮宴，以辈分年齿为尊，尊者坐西朝东，依次为向南、向北。以此，窦婴、王信本应上座，可田蚡却称丞相体制尊贵，不可因私害公，自坐东向，而置窦婴、王信于下座。窦婴一气之下，拂袖而去。

丞相府长史藉福，曾为窦婴下属，追出来劝道："君侯个性太刚，刚者易折。世间君子少，小人多，君侯能够兼容，可以长久。做不到，好恶也不必挂在脸上，徒然招怨而已。"可盛怒之下的他，根本听不进去。事后虽后悔自己意气用事，却也羞于再登田府大门，两家从此便断了来往。

及至灌夫移居长安，两人原来交情就深，又都致仕家居，遂日夕往来，相互引重，亲密犹如父子。灌夫不好文学，喜任侠，重然诺，家资豪富，交往的多是江湖豪杰。尤其好使酒任气，醉后常常痛骂贵戚豪门势利小人，让窦婴感觉十分解气。

窦婴道："这没甚可怪的，我早料到他会有这么一天。人得意时不可忘形。甥舅归甥舅，君臣归君臣。他仗着母舅的身份，骄狂跋扈，早晚会招致天子的反感。现下他夹起尾巴做人，不用说，是觉出了皇帝的不满。"

"王孙所言甚是。"翟公道，"上个月朝廷又招纳了一批贤良文学之士，大都被安排在宫中任郎官，大得信用。我揣度着皇帝这么做，为的就是打破武安侯独揽朝政的局面。"

"对，对。我也觉得，这一向皇帝城府更深了。想要做的事，只出个题目，要随侍的郎官们与朝臣辩论，而后折中采纳。这些新人，个个智珠在握，辩才无碍，廷议中，大臣们常处于下风，武安侯这个丞相，现下确实难做了。"

"哦？都是些甚样的新人？"窦婴颇感兴趣。

"老少不一，无奇不有。大都是些怀才不遇的穷书生。有个会稽吴县来的朱买臣，家贫不事生产，只好读书，实在挨不过去，方入山樵采，以给衣食。一次，夫妻担柴去市场卖，他边走边高声诵书，引得一市之人围观讪笑。妻子愈劝，他声音愈高，妻子羞愤不能自已，下堂求去。公等猜这个朱买臣怎么说？"

"怎么说？"

"他说我年届五十命当富贵，已没有几年了。你跟我苦了这么久，难道就不想等我富贵后报答你么？这样的话他妻子听得多了，哪里肯信，骂他道，等你富贵，我怕早已饿死于沟壑了。还是与他绝了婚。

"后来有了个机会，这个朱买臣充当押车的卒隶，随上计的官员到了京师。他诣阙上书，待诏于公车①，可迟迟没有回音。干粮食尽，只好向同行的吏卒们乞食。"

"为求仕进，一至于此，真是有辱斯文！"窦婴摇头叹息道，"后来又怎样如愿了呢？"

刘弃疾道："也是他时来运转。一日，在司马门遇到了故人。君侯可还记得建元初年那次贤良文学的征召么？"

"当然记得，那次董仲舒上天人三策，今上据此制定了兴儒的大计。怎么？"

"那批贤良文学之中，有个叫庄助的，君侯可还有印象？"

"名字听说过，人不详细。"

翟公插言道："这个人也是会稽郡吴县人，与朱买臣同乡。早年也是个穷人，曾为富人所辱。他学问好，有辩才，很得皇帝的器重，升迁甚速。后来被拜为会稽的太守，在那里，认识了朱买臣。"

"明远所言甚是，就是这个庄助帮了他。庄助亦曾身历坎坷，推己及人，惺惺相惜，便向天子荐举了他。召见后，说《春秋》，言《楚辞》，大得赏识，遂以郎官侍中。老来发达，看来还真是被他说中了。"

久仕之人，即便下野，对于官场的人事也会格外关注。这批新进之人，既然得到皇帝的信用，必会影响今后的朝局，所关匪细。看来田蚡的好日子也快要过去了！窦婴这样想着，微笑着问道："老夫家居，孤陋寡闻。此次征选，朝廷还得了甚奇才异能之士？还望二位告我。"

"此次入选者，多为自荐。或以文名，或故作惊人之语，以动人主之心。譬如枚皋，是从前梁王宾客枚乘之子。此人禀赋其父，也作得一手好诗赋。今上好诗赋，欲兴乐府，当然不能缺司马相如、枚皋这样的人才……"

---

① 公车，汉代卫尉下属的公车署的简称，主官为公车令，负责皇宫司马门的警卫。臣民上书或征召，均由公车接待，自带干粮，在公车署等候回音。

"那么无病所言，故作惊人之语者又是谁呢？"刘弃疾话音未落，窦婴已忍不住追问起来。

"是那个东方朔吧？"翟公道。

"正是。此人是平原郡厌次县人，身长九尺，是个大个子。他素性诙谐，明明貌不出众，偏称自己目若悬珠，齿若编贝，勇若孟贲，捷若庆忌，廉若鲍叔，信若尾生①，以此可以为天子大臣。"

"这倒是个有性格的狂人呢，见面名不符实，皇帝怎么说？"

"他如此夸示，还真起了作用。今上好奇，说是此人既敢这么说，应该不差，当日就召见了他。伺候今上的郭公公告诉我，在皇上面前，他更大言不惭，说自己文史兵法，样样精通。皇上问他何以为证，他说证在公车。结果公车令连同下属，三个人才勉强把他带来的简策搬进宣室殿，数了数，足足有三千支之多。"

"皇帝重用了他么？"窦婴笑问。

"皇帝只觉得此人有趣，赐食公禄，要他待诏公车。可他不甘心久等，就吓唬御厩中那些饲马的侏儒，说是皇上说汝辈力不能耕田，战不能从军，出不能治民，徒然耗费衣食而无益于国用，想把你们都杀掉。侏儒们不明就里，怕得要死，涕泣问计于他。他教他们再遇到皇帝时，叩头请赦。侏儒们依言行事，在遇到皇帝时，顿首号泣请罪。皇帝问明原因，果然召见，责问他为何矫诏吓唬侏儒。矫诏是死罪，他却理直气壮地说：非如此不能向陛下面诉委屈。侏儒身长不过三尺，俸禄是一袋粟米，钱二百四十；臣东方朔身长九尺，俸禄也是粟米一袋，钱二百四十。侏儒们撑得要死，臣饿得要死。臣言可用用之，不可用罢之，莫在长安浪费国家的米粮。皇帝听后笑得要命，加了他的俸禄，命他待诏金马门。"

窦婴摇头笑道："求官不是这样子求法的。这个东方朔，聪明反被聪明误！出之以诙谐，必处之以诙谐，靠逗天子开心，是得不到重用的。"

---

① 孟贲、庆忌，均为古代著名之勇士；鲍叔，即鲍叔牙，春秋时齐国大臣，有廉名；尾生，传说为战国时鲁人，与一女子约会于桥下，女子未来，水涨，尾生抱桥柱而死，后成为坚守诺言的化身。

翟公颔首道："君侯所言甚是，那个主父偃就比他精明得多。他上书所言九件事，除谏伐匈奴一事外，余者所论，全为律令，大得皇帝赏识，当日召见，拜为郎官，不久后升为谒者，再升为中郎，一月三迁，升迁之速，可称是官场中的异数了。"

"哦，此人甚来历，所学为何？"

"这个人的事情，我倒听说过一些。"刘弃疾道，"此人早年所学乃长短纵横之术，中年以后又习《春秋》与百家之言，因学术杂驳不纯，而为齐鲁诸生所排斥。后北游于燕、赵、中山各诸侯之间，皆不得志。游学四十年不遇，家贫乏资用，告贷无门，客困于长安。半生潦倒，此次一鸣惊人，也许是厚积薄发所致吧。"

"我倒不这么看。"翟公道，"不知二位注意到没有，皇帝用人，有自己的一套章法。"

"甚章法？"窦婴、刘弃疾注视着翟公，不约而同地问道。

"我觉着，皇帝真正赏识重用的是通才。光学问好不够，只会做事也不成。只有二者兼备，才会得大用。譬如这个主父偃的学问，骨子里是权术，外饰以儒术，既堂皇，又实用，皇帝青睐的，其实是这个。再如太中大夫公孙弘，看上去平庸木讷，其实城府很深，中年学儒以前，他做过多年的狱吏。这两个人的意见，皇帝很看重，别看现在位置不高，我敢预言，此二人将来必会大用。"

窦婴很注意地看着翟公道："明远的意思是，他们会做到丞相？"

"那主父偃太张扬，不是长久之道，不敢说。公孙弘老于世故，深藏不露，应该是做大事的材料。无论如何，这两个人必得重用是肯定的。"

"我看不尽然。今上欲作大有为之君，故凡勇于任事者，皇帝都喜欢。譬如这次征召的博士弟子终军，年方十八，全无阅历。皇帝也拜他为谒者给事中，每日带在身边，信任得很。"

窦婴欣然称庆道："如此看来，皇帝睿智英明，必成大有为之君。老夫忧心外戚把持朝政，看来是多余的了。"

三人又闲话了一会儿，看看日已正午，翟公、刘弃疾起身告辞，窦婴不允，吩咐家人备酒饭。正推托之间，灌夫到了。一眼看到翟公，诧异道："这不是翟大人么？稀客，稀客！我不是在做梦吧？跟我们在野的人一路，不怕沾了晦气？"

翟公知道他是在奚落自己，不好意思地笑笑："仲孺莫揶揄人，总归我也下了野，要骂，就由你骂吧。"翟公服软，灌夫倒也不为己甚，拍拍他的肩头道："不忘记老友，就算有良心！"

得知二人欲走，灌夫瞋目道："见面话没有说上两句，二位就要走，做朋友不是这般做法吧！"又对窦婴道，"王孙也莫张罗，我知道个饮宴的好去处，我做东，大家一起去乐乐。"

窦婴道："酒肆饭舍，人多眼杂，不免拘束，还是家里清静。"

灌夫道："饮酒图的是热闹，要甚清静！你老莫再矫情，随我来，管教各位有意外的惊喜。"

言罢，不由分说，将三人带至府门，各自登车。一声招呼，一行车马直奔东市而去。

十三

进得南门，穿过几排货肆，赫然入目的，是座粉刷一新的酒肆，檐下挂着一排红色灯笼，斜挑着的酒旗上写着"河洛酒家"四个大字。

窦婴对这里并不陌生。剧孟生前，每逢到长安，都要在这里与朋友聚会。剧孟死后，这里被布置成灵堂，供长安的友好吊唁。此后，他再没有来过，听说不久就关张歇业了。

人还在门外，灌夫已大呼起来："黄三，黄三！有贵客来了！"

一个酒佣掀开门帘，边让客，边答应道："黄主事一早出去办事，几位先请进，小的约莫着他快回来了。"

店堂里面也已修葺一新。大厅东侧用木隔扇间壁成数间雅座，莆席铺地，矮几上，酒具而外，还摆放着一盆兰草，一挂细竹帘遮挡住入口。室内洁净素雅，看得出，主人的品位不低。可能才开张的缘故，饭口上的客人并不多。

进到雅间，那酒佣带着两个小厮，跑前跑后地侍候，很是殷勤巴结。客人们盥手擦脸完毕，一壶滚烫的热茶已经烹好。待要请客人点菜，灌夫摆摆手道："不忙，等等主人再说。"

窦婴打量着室内的陈设，笑道："很像样子么，那个姓黄的，是新主人么？"

灌夫摇摇头，拊髯微笑，一脸的莫测高深。

"仲孺是个直肠子，怎么也学开故弄玄虚了！"

见到窦婴蹙眉不快的样子，灌夫道："主人有话，要给君侯一个惊喜。"

话音未落，竹帘一挑，一个身长八尺的大汉走了进来。窦婴双眼一亮，起身招呼道："千秋，怎么是你？"

韩孺大笑，环视众人，长揖为礼。主宾坐下叙话，互道契阔，方知他一直在关东经商。不久前，才受朋友之托，来长安打理这家酒肆。

"怎么，千秋也不是主人？"窦婴诧异道。

"主人也是王孙的故人，郭解郭翁伯。我只是代他照管而已。"于是将剧孟死前把酒肆转让郭解之事，讲给他听。

看到窦婴吃惊的样子，灌夫道："我也是昨日闲逛，到这里买醉，方知剧孟的买卖已经姓了郭。千秋兄知道君侯在家赋闲，邀我们来聚聚，特意嘱我不要事先露了他的身份。"

韩孺对众人笑笑："王孙与灌将军，是多年不见的故人，在下行走江湖，难得与朋友一聚。今日各位大人肯赏光，在下心里高兴，旧雨新知，这顿酒，咱们得喝好。伙计们，上酒菜来！"

一声吆喝，咄嗟立办。后厨煎炒烹炸，香气四溢，不多时，小厮们抬进数张食案，酒肴兼备，爆炙杂陈，丰盛异常。韩孺径自斟满一大杯酒，一饮而尽，照照杯道："此杯在下代翁伯尽主人之谊，先干为敬。"随即再斟再饮，"这一杯所为故人重逢，青山常在，情义不渝。"第三杯举起，却辞气哽咽，泪光隐约可见，"人生苦短，聚散匆匆。袁盎、季心、亚夫……多少老朋友做了鬼。此杯权作祭奠，以慰亡灵！"言罢，以酒酹地，窦婴、灌夫亦跟从之。把个翟公和刘弃疾看得目瞪口呆，但觉一股豪气，跌宕起伏，搅得人心里热辣辣的。

灌夫不甘人后，也欲换大杯，韩孺笑道："喝大酒可以，可得有酒德，等下醉了，仲孺莫耍酒疯。"

于是推杯换盏，互致祝愿，几巡下来，不擅酒如翟公、刘弃疾者，已面红耳赤，醺醺然了。

灌夫叫道："干饮岂不寡淡！快去招些女乐歌伎来！"

"翁伯与我乃江湖中人，不愿招摇，故肆中不备鼓吹女乐。"韩孺言罢，为不使众人扫兴，笑道，"不如这么着，吾与仲孺和歌一曲助兴，各位以为如何？"

众人赞同。于是韩孺与灌夫站到室中，相对注目，揖手致意。猛然击掌两声，韩孺引吭而歌：

青青河畔草，绵绵思远道。远道不可思，宿昔梦见之。

是《饮马行》①，灌夫和道：

梦见在我傍，忽觉在他乡。他乡各异县，辗转不相见。

韩孺的音色厚重沉郁，灌夫则高亢而略带沙哑，相映成趣。可歌声中浓浓的故人之思，闻之还是令人鼻酸。

枯桑知天风，海水知天寒。

歌声再起时，韩孺盘旋起舞，灌夫亦击节对舞和歌：

入门各自媚，谁肯相违言！

《饮马行》的曲辞流行已久，众人耳熟能详，于是纷纷起身，击掌踏歌而和之：

客从远方来，遗我双鲤鱼。呼儿烹鲤鱼，中有尺素书。
长跪读素书，书中竟何如？上言加餐饭，下言长相忆。

歌毕，主客轰然大笑。此时酒肆中客人渐多，不少人被歌声吸引透过隔扇上的透雕槛窗，向里面张望。

————————

①《饮马行》，古乐府曲名，又名《饮马长城窟行》，所歌咏者，多为征夫思妇，故友怀思一类内容。

归坐重新把盏。竹帘一掀，出外办事的黄三走了进来。韩孺为众人引见道："这位小老弟是翁伯的同乡，姓黄名轨，字公路，也是帮忙打理这爿店的。"

黄轨对灌夫笑笑，向客人们拱拱手，算是请安，随即附在韩孺耳边，低声道："嫂子我给请过来了，就等在外面。"

韩孺猛然起身，想到马上可以见到暌违多年的亲人，不由得心中一热，竟有些不能自持的感觉。他向众人抱抱拳道："各位接着用，我出去见个人。"又拍了拍黄轨的肩头道，"小老弟，代我招待好几位客人，我去去就来。"

韩孺走后，黄轨与众人重新见礼。窦婴等问起郭解的现状，黄轨于是将剧孟如何赠酒肆与郭解，郭解如何托他找到韩孺，两人又如何修缮经营之事，细细叙过一遍。"郭大哥一再吩咐'河洛酒家'的招牌不能变，一是追念剧大侠，二是为江湖上的朋友们留个熟门熟路的落脚之处。"

黄轨边说，边为客人们斟酒。斟完一轮，仍不见韩孺回来。窦婴问道："千秋去见的，是个重要的客人么？"

"哪里是甚客人，韩大哥见的是离散多年的义妹，也是他兄弟媳妇。"于是将自己如何受人之托，在长安寻找朋友的妻儿，不想数月过去，了无踪迹。直至昨晚，方得知她是在平阳侯府上教练歌舞伎。今日午前去打探，果然不错。通过消息后，女人向府上告了假，方得来此相会的经过讲了一遍。

窦婴双眼一亮，紧紧追问道："公路说的这个女人，可是安陵人氏，叫窈娘？"

"怎么，大人也认识她？"

"她也是袁子丝的干女儿，老夫岂止认识，还很熟呢！故人到了，也不请进来见个面，千秋未免外道了。公路，你快去招呼他们进来！"

黄轨出去后，灌夫的脸色却沉了下来，豁朗一声，佩剑出鞘。

"王孙，这女人不正是那个刺杀子丝的凶手之妻么！"

窦婴连连摆手："你莫乱讲，她男人是千秋的从弟，老夫见过，是位壮士。况且季心亲自查过，告诉我不是他的错。他原想救子丝，不料阴差阳错，没能如愿。"

灌夫收起剑，可仍虎起脸不说话。黄轨掀起竹帘，韩孺带着两个衣妆华美的女子走了进来。众人眼前一亮，不约而同地将目光投在了她们身上。前

639

面的女人略显年长，鹅蛋脸，用一方丝帕包住的前额下，一双杏眼，含着几分忧郁。后一位身材娇小，年不过十四五，眉似远山，面若芙蓉，皓齿明眸，一望而知是个绝色的美女。

窈娘见到窦婴，躬身下拜请安。

"快起来，快起来。我记得上次聚首还是在千秋的家里，有十多年了吧？今日不期而遇，真是想不到的事情。"言罢又将窈娘一一引见给席上的客人。引见到灌夫，灌夫扬眉睨视道："听说袁子丝死在你男人手里？"

"不是。"窈娘很沉静。

"你怎敢肯定不是！"

"出事时我就与袁大人在一起，亲身亲历，我当然敢这么说。"于是将当日整件事情的经过细细讲述一遍，末了说道，"我知道，灌将军与袁大人情同父子，大人之死，将军心里难过。可袁大人待我，亦亲如儿女，这窦大人可以作证。袁大人的死，我也难过。可把责任推在原想救大人的仲明身上，这不公平。若是仲明作的案，郭翁伯与季心将军能放过他么？"窈娘不卑不亢，侃侃而谈，且叙事入情入理，灌夫挑不出什么破绽，心中的积郁消解了许多。

黄轵也将韩毋辟一行到轵县投奔郭解，郭解与他如何助他们亡命北上的经历讲了一遍。应窈娘之请，又将前不久赴上郡探亲时的见闻，铺张扬厉地渲染了一番。讲到匈归障遇袭，韩毋辟被俘，又如何历尽艰险，九死一生亡归塞内的经历时，众人皆咨嗟感叹；窈娘情不能堪，亦悲亦喜，泪眼盈盈；而灌夫则不免神游意夺，血脉贲张，方才的猜疑与仇视烟消云散。

于是向韩孺与窈娘拱手道："千秋，韩夫人，灌夫莽撞，多有得罪，失敬了！韩将军乃壮士，将来若来长安团聚时，请一定告诉我，灌夫为他摆酒赔罪！"

误会解开，皆大欢喜。于是添酒加菜，重开筵席。窈娘是久历江湖之人，男人们聚饮的场面见过多了。令众人惊奇的是，一直静坐旁听的那名少女，竟也毫无怯色，随窈娘入席陪酒。

见到男人们的目光盯在那女子身上，窈娘笑道："光顾到说话，忘了给各位大人引见，这位是窈娘的弟子阿嫣，听说我要到东市，就缠着跟了过来。阿嫣，与各位大人见礼。"

阿嫣嫣然一笑，与众人见礼。窦婴笑道："名师手里出高徒，这姑娘看上去就错不了。不知可否请姑娘献艺，助助兴。"

"嫣儿的舞技确是精湛，若是有只打点的盘鼓，阿嫣的舞技，包各位大人耳目一新。"窈娘含笑道，看得出对自己的弟子很有信心。

"盘鼓么？市场里甚样鼓没有？我陪阿嫣姑娘去挑一面。"黄轨兴冲冲地说。那姑娘看了看师傅，窈娘颔首，于是跟着黄轨去了市场。

见众人好奇，窈娘便说起这姑娘的来历。她从上郡回到安陵，本不想重操旧业，就为人缝补洗涮，勉强度日。可到了孩子进学的年纪，菲薄的收入远不足以供儿子读书。不得已将儿子寄养在安陵，自己到长安入聘平阳侯府，教府中的女伎歌舞。其中虽不乏歌舞俱精者，可要论到舞技，最拔尖的还要数这个阿嫣。阿嫣姓李，李家世代乐工，阿嫣的兄长李延年，尤其精通音律。而阿嫣幼承家教，且兰心蕙质，天生是个歌舞的好坯子。经她调教，现已是平阳侯府中最出色的舞伎了。

韩孺道："弟妹，今后莫再为钱发愁了，你辞了事，带孩子搬来这里住，或到蓝田乡下家里与你嫂子做伴，等毋辟回来团聚可好？"

窈娘略作思忖，摇摇头道："昌儿我会接到大伯这里。辞事的事情，教练未完，平阳主怕是不会允准。"

正说话间，一阵嘈杂的人声，由远及近地传来。李嫣急匆匆跑进来，气喘吁吁，神色慌张，看来受了不小的惊吓。

"阿嫣，出了甚事？与你一起的黄主事呢？"窈娘一把揽住她，问道。阿嫣惊魂未定，喘息了好一阵子，方开口讲话。

原来李嫣随黄轨转了几个售卖乐器的摊子，正欲挑选盘鼓时，遇到一伙闲逛的浮浪子弟。他们先是嬉笑围观，而后言语挑逗，黄轨与他们理论时，这伙人竟推搡嘲骂。黄轨要她快走，自己与他们动起了手。

"姑娘，莫慌，他们有多少人？"韩孺问。

"说不准，总有十几人吧，都带着兵器。"话音未落，酒肆外已是人声鼎沸。

韩孺、灌夫正待起身出去接应黄轨，只听哐当一声巨响，酒肆的大门被踹开，一拥而入的是四五个面目强横的后生，黄轨面目青肿，鼻口淌血，被绑缚在后面。随后进来的是两位少年主子，衣饰华丽，像是出身豪门的公子哥。两人身后还跟着七八个壮汉，从衣装上看，都是豪门的仆役。

透过竹帘看过去，翟公、刘弃疾猛然一惊，两人竟都是当今的皇亲贵戚。翟公拦住正欲出去的韩孺与灌夫，低声道："韩兄、灌将军，不可造次。这两人大有来头！"

其中年纪稍长、个子较高者便是修成君之子金仲，绰号修成子仲。个子较矮的那个是隆虑公主之子，名陈珏，被封为昭平君。论起来两人均是太后的外孙，天子的外甥，自幼锦衣玉食，骄恣放纵。成人后更是仗着外家的权势，整日里游手好闲，架鹰纵犬，呼朋引类，在京师横行无忌。翟公任廷尉时，不时有二人违法为恶的案卷上报，可慑于其家世背景，没有人敢于认真查办。

"就是这家？"个头较矮的昭平君，横眉立目地四下扫视，客人们不知发生了什么事，个个敛容俯首，不敢作声。

他指着黄轨，对当垆的酒保道："叫你们店主给小爷滚出来，这小子太岁头上动土，若没个说法，小爷砸了他的买卖！"

韩孺大步跨出雅间，朝两位少年拱拱手道："在下是主事的，公子有事可对我说。"又看了眼黄轨道，"他是我兄弟，你们放开他，有话好说。"言罢，径自上前为黄轨开解束缚。韩孺身高体壮，目光阴郁，不怒而威，那伙人被慑住，一时倒也无人敢拦。

韩孺招呼酒保拿过条手巾，为黄轨擦拭血迹。他斜睨着昭平君问道："我这兄弟，如何得罪公子，公子将他打成这样？"

"他坏了我大哥的好事，就得揍他！非但如此，你们店里还得摆酒赔罪，叫那个小丫头出来陪酒，侍候得小爷们高兴。不然，这件事没完。"昭平君冷笑着，一副睥睨一世的神态。

"你们大天白日，稠人广众之中调戏少女，打了人不算，还要让受害人摆酒赔罪，是这样么？"韩孺话音未落，黄轨已将沾满血迹的手巾攥成一团，猛掷了出去。昭平君一闪，身后的仆从躲闪不及，被砸了个正着。满脸血水，甚是狼狈。

那伙人一下子炸了窝，亮出手中的兵器。昭平君挥剑欲上，被修成子仲止住。他看着韩孺道："你可知小爷是谁？说出来吓死你！我们再让你一步，把那个小姐交出来，这件事就此作罢，怎样？"

"二位的身份，在下知道。可这是京师，毂辇之下，即便皇亲国戚，怕也不能无视朝廷的法度！"韩孺的目光更阴郁了，声音冷冷的。

"朝廷？"两人相视，纵声狂笑，群从亦哄然大笑，"你说朝廷？朝廷是我家开的买卖，老板是我大舅，掌柜的是我舅爷！"昭成君笑不可抑。雅间内的窦婴等人无不气愤填膺，外戚子弟如此骄狂不法，不亲眼看到，竟难以相信。

"大哥，莫与他啰嗦，来人，给我把那小妞搜出来！"笑罢，昭成君傲然喝道，恶狠狠地盯住韩孺。

"放肆！你们两个孽障给我住手！"灌夫怒不可遏，目眦欲裂，一脚踏出雅间，一声暴喝，声震屋瓦。

灌夫名重京师，他不认得别人，可别人却认得灌夫。看到他，昭成君怔住了。

"原来灌将军也在这里快活！"修成子仲对灌夫揖揖手，皮笑肉不笑地对韩孺说道，"灌将军是你朋友？也好，你把那小妞交出来，我们不与你为难。"

"放你娘的狗屁！别以为没有人敢收拾你们，识趣的，赶快给老子滚出去！"灌夫目瞋须张，戟指怒骂。

修成子仲恼羞成怒，也回骂道："这里是长安，不是颍川！老匹夫，给脸你不要，莫怪小爷们不客气了！"

灌夫年轻时，是个万军之中斩将夺旗的勇士，根本不把这些纨绔子弟放在眼里。他哼了一声，随手脱去外面的长袍，露出一身短打，正欲一跃上前，胳膊却被韩孺紧紧攥住。

"仲孺，莫坏了翁伯的生意。不要在这里动手！"

"甚人在此搅闹，活不耐烦了是不！"数名市掾恶狠狠地推开围观的人群，走在前面大声呵斥者，身材矮壮，虬髯满面，相貌凶恶。韩孺认得是市丞胡镇。店里的一名仆庸，方才溜出去，向正在当值的胡镇报了案。

韩孺等在筹开酒肆时，没少请客送礼，与胡镇处得很熟。听说有人闹事，他马上带人赶了过来，一进门，正与韩孺打了个照面。胡镇抱抱拳道："韩老板，呀，灌将军也在！谁他娘不识好歹，到贵处找事？落在老子手里，要他的好看！"

及至拨开人丛，看到里面的昭成君与修成子仲，胡镇原本凶巴巴的面孔一下子变得煞白，舌头仿佛短了一截，张着嘴，却嗫嚅难言。可片刻沉默之中，他却有了决断。韩孺不过是个商人,灌夫名气虽高,可已卸职家居,没有了权势。而面前的两个少年却是当今的贵戚,孰重孰轻,一目了然。他的脸,也马上阴了下来。

"韩孺,二位公子光顾你的店,是长你的脸。你不好生侍候着,还惹公子们不快,真是吃了豹子胆!还不快给人家赔不是!"他转向修成子仲,堆起一脸的谄笑道,"这家店哪里得罪了公子?公子尽管吩咐,是罚他的钱,还是封他的店?"

"你是甚人,敢在小爷跟前放话?"修成子仲和昭成君冷冷地看着胡镇,一脸的不屑。

"小的胡镇,是这里的市丞。公子们常来东市溜达,公子不认得我,我可认得公子。公子可还记得,前几月淮南国的公主买那獒犬那码事,若不是公子点头,小的绝不会放她走的。"

"哦?你是这东市管事的?"修成子仲记起来,那日确有个满脸胡子的人,脚前脚后地巴结他。

"小的正是。"胡镇长揖行礼,毕恭毕敬。

"那好,你叫他们把那个小妞交出来。"

"小妞?"胡镇不很明白,怎么忽然冒出来个小妞,可还是盯着韩孺问道,"韩老板,你听明白了,赶快把小妞交给公子,不然,你这家店,是开不成了。"

"朗朗乾坤,天子脚下,你们还敢强抢良家女子不成!"窃娘气愤不过,拉着李嫣,走了出来。众人眼前一亮,胡镇心想,如此好女,难怪修成子仲纠缠不放。可跟出来的几位,更让他吃惊。其中的两人,分明是从前的丞相窦婴和不久前才卸任的廷尉翟公,他以前曾为狱吏,是翟公的下属。

"你们是甚人?何以得罪修成公子!"胡镇避开翟公的目光,只向两个女人提问,中气已明显不足。

"我们是平阳主府里的人,今日来这里会亲。"窃娘逼视着修成子仲,厉声问道,"公子莫不成连你大姨家的乐人也要抢吧!"

原来是平阳长公主家的人!胡镇心跳加速,额头开始冒汗。两边都是来头极大之人,哪边都得罪不起,还是马上脱身为妙。想到这里,他马上绽开笑脸,作出很欣慰的样子,四下揖手道:"嗨嗨!闹了归齐,原来都是自家人。

这下好办了，各位慢慢商量着办，莫伤了和气。小的外人，不敢在此掺和，告退了！”说罢连连揖手，带着手下，忙不迭地退了出去。

“你们是长主家的？那好啊！咱们是一家子了。一家人不说两家话，没的说，跟我们走吧！”听说是长公主家的乐人，昭成君更加有恃无恐，满脸轻佻地走上前，伸手欲拉李嫣。

窈娘将李嫣挡在身后，怒斥道：“公子是皇亲，大庭广众，请放尊重些！”

“你个半老的徐娘，跟着裹甚乱！难不成也想跟小爷们一起乐和乐和？”昭成君做了个淫邪的手势，那帮仆役顿时狂笑起来。

是可忍，孰不可忍！乘其不备，韩孺一把攥住昭成君握剑的右手，顺势一别，昭成君已疼得大叫，长剑哐啷落地。而不待修成子仲挥剑，灌夫一跃近身，伸腿一扫，把他摔了个仰面朝天，黄轵随即夺下他手中的长剑。转瞬间，韩孺已用两指锁住昭成君的喉咙，黄轵则剑指修成子仲的胸膛，跟从的恶仆瞠目结舌，人虽多，可害怕危及主人性命，没有人敢上前。

“你之所为，哪里像个人？畜牲不如，在人世间是个祸害！”韩孺逼视着昭成君，冷冷的目光中含着股杀气。

“你以为与皇家沾亲，就没人敢动你了？”韩孺手上加了力，昭成君痛得大叫起来。

“千秋，手下留情，莫惹出大事来！”昭成君命悬一线，窦婴一急，不觉叫出声来。

顺着叫声看去，修成子仲也认出了窦婴，大叫道：“魏其侯救我！”

放了这两个恶少，谁能担保他们不找后账，危及家人性命？可若取其性命，朝廷必穷追不舍，一生亡命奔波，还会累及亲人，不知何日方是尽头。思前想后，竟没有两全的办法。于是狠狠心，扭头对窦婴道：“大丈夫个人做事个人当，我为百姓除去这两个祸害，与各位无关。”再看昭成君，双目圆睁，方才的气焰，已全然为死亡的恐惧所取代。

韩孺运足中气，两指收紧，对已经吓得瘫软了的昭成君笑笑：“汝等欺人太甚，自作孽，不可活，明年今日，便是你的周年……”

话音未落，一名壮汉推门而入，口中高喊道：“韩千秋，手下留人！”

十四

来人高挑身材，狭长瘦削的脸上，生着双黯淡无光的小眼，可盯着人看时，却有种令人不寒而栗的力量。

韩孺一怔，那人用手指抵住薄薄的嘴唇，示意他不要声张。这人不是别人，正是睽违了十几年的大侠朱安世。景帝时，两人都曾在东市经商。后来郅都接掌京师的治安，用法严苛，游侠豪强纷纷走避。韩孺去了关东，此后，他绝少再听到朱安世的消息。不想今日不期而遇。

翟公碰了碰灌夫："这是谁？"灌夫摇了摇头。在场的，除去韩孺而外，没人认识此人。

而躺在地上动弹不得的修成子仲与昭成君，看清来人面目，却大叫起来："师傅救我！"

"师傅？"韩孺看看二人，又看看朱安世，满脸的疑惑。

"在下朱六金，这两个后生，是我的弟子。"说罢，他朝两人身上各踢了一脚，骂道，"不好生习武，跑出来给我丢人。"他蹲下身，朝韩孺笑笑，继续训斥道，"蛇有蛇路，鼠有鼠路。朝廷与江湖是两码事。你们到韩大侠的地盘上，摆甚威风？做官的怕你们，可江湖上不吃这一套！我若晚来一步，汝命休矣！你们信不？"

"信，信。"二人再也抖不起威风，一连声地称是不迭。

"还敢不敢再来闹事？"朱六金问，眼睛却望着韩孺。

"不敢了，弟子再不敢了。"

"都是皇孙公子，平日绝难向人低头的。既认了错，韩兄就卖我个面子，饶了他俩？"

"我好说，"韩孺看了眼黄轨道，"这位是郭翁伯的弟兄，被他们伤着了，你该问他肯不肯。"

朱六金起身，向黄轨长揖施礼，边赔不是，边从腰间取出个沉甸甸的钱袋，递给黄轨。"久仰翁伯的大名，无缘得见，今日能见到翁伯的兄弟，也算是缘分。这两人少不更事，是我管教无方，过错都在我身上！这点钱，权作疗伤之用。回去我代黄老弟教训他们！老弟放他们一马，如何？"

作为地位很高的大侠，话说到这份上，算是给足了黄轨体面。若再不依不饶，依江湖规矩，就是有意裁朱六金的面子了。黄轨即便心有不甘，也不能不退让一步，于是点了点头。朱六金摆手示意，仆从们赶忙上前扶起他们。

看看这伙人要走，韩孺道："朱兄，既然是你的弟子，有句丑话我且说在前头，这些人再来此闹事，我会找你说话。"

"你们听到了，再来这里闹事可就是不给我脸了！你们先回去，我与老友叙叙话。"言罢，朱六金挥挥手，一伙人灰头土脸地狼狈而去。

韩孺将朱安世让入雅间，知道他改名必有隐情，依江湖道义，自己必得为他遮掩，于是以朱六金的名讳为众人引见。得知在座者多为官宦，朱六金大喜，尤其是对灌夫，颇有相见恨晚之意，不仅频道仰慕之情，而且言辞极为谦恭，全无江湖大侠的傲气。

寒暄过后，众人意兴阑珊。窦婴、翟公与刘弃疾等先后告辞回府，窃娘师弟则由黄轨护送回府。他们走后，韩孺按不住满腹的疑窦，问道："朱兄，你何以做了那两个纨绔的师傅？"

"说起来，话就长了。孝景皇帝时，郅都那个酷吏坐镇长安，追查栗家的案子，兄弟们为避祸，风流云散，各奔东西。我家里不能待了，就出关去了鲁国，寄食于先大父①的朋友家中。坐食他人，岂是我辈所为？于是凑了些本钱，也做起了生意。"他不愿露底，字斟句酌，故意含糊其辞。

---

① 大父，汉代称祖父或高祖父为大父，这里所指乃汉初大侠朱家。

其实，起初几年，朱安世投奔了齐鲁的大盐商东郭咸阳，为其押运盐车。后来又做中间商，钱赚到一些，可是比起东郭家，差得就太远了。他是见过世面的人，可东郭家的财大势雄，还是令他惊叹。田连阡陌，僮仆数千，衣必文采，食必粱肉，履丝曳缟，肥马高车。饮食起居上的豪奢，比之于长安的贵戚豪门，有过之而无不及。东郭家有钱，又能交通王侯，势力竟压过了地方上的官吏。东郭家的人出游，虽千里之行，冠盖相望，处处不乏送往迎来的高官大贾。

有汉以来，朝廷一直重农抑商。高祖皇帝甚至有贾人不得衣丝乘马，拥有兵器的命令，而且重施租税以困辱商贾，更禁止有市籍者①做官。可天下的富庶繁荣终究离不开贸易，大汉与民休息，开放山泽盐铁的国策，更是给了商贾贸易蓬勃发展的空间。几十年下来，随着国家的富强，商贾之地位已非从前，禁律虽在，形同具文。富商大贾，争相奢侈。当时民谚称，千金之家比一都之君，巨万②者乃与王者同乐。民间流行的是笑贫不笑娼的淫靡风气，富商大贾之家被称之为“素封”，意思是，虽没有朝廷的封号，他们的生活仍富拟王侯。

朱安世原本看不起商贾，可在东郭咸阳家的所见所闻，却由不得他不眼热，心理上发生了极大的转变。他心里盘算，继续依附于东郭，固可衣食无忧，可难以自立门户，永远也发不了大财。于是他北走雁、代，结识了马邑大驵聂壹，做起了利润更丰厚，风险也更大的走私马匹的生意。他胆大心细，武功高强，很得聂壹的倚重，每次分成都所得不菲，很快便积攒起一笔资财。可惜好景不长，一年多后，生意便失了手。聂壹被逮入狱，他则辗转逃到南阳，在那里竟意外结识了一个当年的仇敌，现今地方上的豪强——宁成。

宁成景帝时继郅都为中尉，掌管京师的治安，也是行法不避贵戚的知名酷吏。长安的宗室豪强，畏之如虎，十年之间，其治绩斐然。虽称不上路不

---

①有市籍者，汉代对商贾家庭的歧视性称呼。有市籍者，无论个人是否经商，均不可拥有田产，不可入仕，战争时优先征为士卒。

②巨万，汉代常用语，即亿万。

拾遗，夜不闭户，可贵戚王侯的逾制违法与民间的罪案，逐年减少。可宁成有个最大的短处——贪财，于是仇视他的皇族贵戚，时时散布其贪贿的传闻。刘彻继位后，徙宁成为内史，意在保全，要他避避风头。可他索贿受贿的证据，最终还是被抓住了，好在他已把资财预先转移了出去，赃证罪不至死。抵罪后，他被髡钳示众，处以苦役。宁成知道，那些从前被他处以重刑，满腹怨恨的刑徒们绝不会放过他，一旦被押往服刑地，自己断无生路。于是，他贿赂狱吏，为他解脱刑具，用事先藏下的传，混出函谷关，逃回南阳穰县老家藏身。隐姓埋名了几年，直至大赦之后，宁成方敢露面活动。

遇赦后的宁成，依然威风不倒。他与家人亲戚聚饮，酒酣之际，大放豪言道："大丈夫仕不至两千石，贾不至千万，还能叫人么！我宁成，两千石的高官做过，现今既归故里，也要做一回布衣王侯，为宁氏父老争光。"此后，他用多年为宦聚敛的资财，买入了千顷良田，雇用上千家贫民为其耕种，又兼营盐铁，不几年，他果然成了家产千万、名闻关东的富豪。

宁成为宦多年，官场的黑幕自然心知肚明。他多方行贿，握住官员们的把柄后，又巧为操纵。郡县两级的官衙，乃至南阳的郡守，在民间的声望，都难以望其项背。

此时的宁成，一反从前，倾心结交江湖中人。往来出入时，身后总有数十骑人马跟从，其中多是江湖中人。朱安世逃亡到南阳，投奔故人，却被引见给宁成。朱安世乃长安有名的大侠，宁成曾多年缉捕不得，此次相会，却倾力相助，将他藏在自己的庄园中，直到风头过去。

在宁家躲藏时，每日晚间，朱安世常与宁成把酒闲话。问起他为何收留自己，宁成道，皇帝用我做恶犬，整治贵戚豪强，得罪的人多了，最终不免弃如敝屣①的下场。伤了心，方知江湖道义的可贵，多个朋友总是好事。

宁成好为人师，酒后每每吹嘘自己东山再起的经历，为他讲述官场内幕，以及如何操纵利用官府，为自家牟利的种种事情。得意之际，往往拍着朱安世的肩头道："小老弟，你得记住，马不吃夜草不肥，人不发横财不富。要

---

① 敝屣，破草鞋；屣，古称草鞋为屣。

发横财，第一要紧的就是要靠住官府，靠住了官府，你才有的钱赚，你赚的钱也才能保得住。"他还举聂壹被赦的事为证，说若朝廷里没有人为聂壹缓颊，他绝不会有戴罪立功的机会。"老弟，走私确有大利，可这是刀头子上舔血的勾当，没有当官的罩着，绝做不长远。"朱安世向他请教结交官场的诀窍，他笑笑道，没有甚诀窍，但看你敢不敢放开手使钱，"别吝惜钱，你送出去的愈多，回来的愈多，怕的是你送不出去。"尤其令朱安世印象深刻的话是，"大生意没有权势罩着不成。怎么办？先靠住那些位高权重的人，做他们的死党，他们当你是自己人，才会给你机会，才会保护你！日子一久，就成了自家人，一荣俱荣，一损俱损。关系到了这个份儿上，做官、做生意都好办，要在善为操纵利用而已！"

朱安世有种豁然开朗的感觉，打心里服膺宁成。不久后，他又回到马邑重操旧业。而朝廷为加快马匹繁殖，也放宽了关市马匹交易的监管，马匹走私进入了黄金时代。聂壹年高，且怕匈奴报复，遂将塞外走私马匹的生意交给了他。经聂壹引荐，朱安世结识了不少边塞驻军的将领，尤其与他交好的，是驻扎在上郡北边的龟兹属国都尉公孙昆邪。

公孙氏原是北地义渠胡人，汉初即归附于朝廷，是所谓"保塞蛮夷"中的一支。公孙昆邪早年从军，平息吴楚七国之乱时，因功被封为平曲侯。此后一直在边塞出任镇将。龟兹县为边郡重镇，公孙昆邪统率着一支由西域胡人编成的骑兵，守护朝廷在这里设立的马苑。朱安世走私之余，也夹带着为边郡驻军引进匈奴的优良种马，一来二去，两人渐成忘年之交。由此，他又结识了公孙昆邪的孙子公孙贺。

公孙贺的父亲死于边塞战事，皇帝当年与韩嫣组建期门和羽林骑兵时，作为战死者的遗孤，公孙贺被选入长安大内，成为侍从皇帝的郎官，极受宠信。皇帝即位后，升迁更速，不数年，由中郎将而骑都尉，元光初年，二十多岁的年纪，就被皇帝任用为太仆，成为位列九卿的重臣。太仆执掌朝廷的马政，沿边各郡数十个马苑，数万养护马匹的军卒，均属太仆管辖。朱安世生意的大头，就是马匹出入走私，有了公孙昆邪与公孙贺这两层关系，他算搭上了顺风船。不过一两年的工夫，他已取代聂壹，垄断了边塞关市的马匹贸易，成为拥资巨万、畅行无阻的大驵，他此时的身家，虽不敢说超过东郭咸阳，可宁成之属，已远不能望其项背了。唯一令他忧心的，就是当年胶东王的夺剑之恨，这个现在高坐在皇位上的人，据宁成讲，一直对此耿耿于怀。所以他也早做了预备，将名字改为朱六金，家资虽富，可绝不显山露水。为了隐匿行迹，他连家都不敢安在京师，更避讳过去的熟人。除非生意上的事，他几乎不来长安。直至结交了几门皇家贵戚，情况才有所改变。

他从公孙贺那里取得一批马匹入塞的许可后，独自在东市的一家酒肆中饮酒。恰逢修成子仲与昭成君带着一群恶仆，也在此聚饮。席间，因调戏侑酒的歌女，与人口角，竟然大打出手，将店堂砸得一片狼藉。朱六金不愿惹事，早在双方动手前即避了出来。换了家店用饭后，他回驿馆结了账，打算连夜赶赴龟兹。在行经一条深巷时，却又意外遇到修成子仲一伙，被近百名手执棍棒刀剑的后生围得水泄不通，其势汹汹，原来是吃了亏的一方，求来了援兵。众寡不敌的局面下，修成子仲一伙的下场可想而知。他忽地灵机一动，大呼缇骑①，不少人慌了神，择路而逃。他乘乱冲入重围，剑锋指处，所向披靡。见到有人相救，修成子仲等亦勇气倍增，里应外合，围击的人群，很快便作鸟兽散了。

事后，修成子仲与昭成君自然不肯放走这位救星，请入府中，置酒高会，待为上宾。得知二人的贵戚身份后，朱安世暗自心喜，亦倾心结纳。两个恶少本来就喜欢舞剑弄枪，见他身手了得，无论如何要拜他为师。他略作逊谢，便答应了下来，"师傅"之称便是这样来的。此后每逢来长安办事，他便住在修成君府上，向二人传授些剑术，更深的用心，是欲借二人的关系，结识更多的权门势要，为自己的生意编织成一张保护网。

凡此种种，皆江湖中深以为耻，不足为外人道者。朱安世自不会如实相告，他淡淡一笑："甚'师傅'，不过受生意上的朋友所托，指点他们些剑术而已。"

见朱安世闪烁其词，韩孺亦不便再追问。灌夫却道："此等恶少仗势欺人，横行京师，怙恶不悛，老弟授其剑术，但愿不是助纣为虐。"

---

① 缇骑，中尉下属负责缉查逻捕的骑士，相当于现代都市中的骑警。

朱安世赔笑道："少年气血未定，好勇斗狠也是有的。等到年岁渐长，明事理后就好了。"随即话头一转，"颍川灌氏，名重一郡，在下仰慕已久。灌将军，不知可对生意感兴趣？"

"生意？哈哈，老夫不缺钱花，做甚生意，若说兴趣，老夫只认得酒！"

"那么韩兄经商多年，不知可愿与我联手，做些大买卖？"

"甚大买卖？"

"马。"

韩孺一下子明白了，朱安世做的是马匹走私的买卖。这确实是赚钱的大生意。他虽信不过朱安世的为人，可也不愿得罪他，于是笑道："朱兄的情谊可感，可我受翁伯之托，打理这家酒肆，实在分不开身。联手之事，还是容后再议吧。"

"那么拉翁伯一起做好了，何苦守着间酒肆，能搞出甚名堂？！他名气大，人缘广，若能与我联手，在下包他月进斗金。"

"笑话，翁伯若有心发财，还用等到今日！"灌夫不屑道。

话不投机，主客都不免尴尬。韩孺见朱安世脸色难看，知道灌夫的话伤了他的面子，于是哈哈一笑，打圆场道："朱兄的盛情，我一定转达。不过，翁伯生性疏懒，平日足迹不出乡里，剧孟送他的买卖，他还要推给朋友打理，与人联手经商，我看希望很小。"

大汉承平既久，奢靡之风渐起。关中，尤其是长安，贵戚、达官与豪门会聚，夸权比富的风气极盛。近来更是兴起了一股比拼车马的风气，车求华美，马求雄健，贵戚豪门与朝廷高官，无不以此相标榜。于是，对西域名马的需求大增。西域的马匹面目清秀，身形高大矫健，四肢颀长。而普通的中国与匈奴马匹多为蒙古种马，个头较矮，躯体壮实，四肢短粗，耐力持久。相形之下，不免在形象上略逊一筹。况且通往西域的通道——河西，在匈奴人手中，西域名马根本进不到中国。物以稀为贵，一匹西域马的价格，是中国马的数倍乃至十数倍、上百倍，也就不足为怪了。即便如此，世家豪门对此仍是趋之若鹜。

西域的马，只有通过匈奴人方可搞到。而这，就是他朱安世的机会了。他仔细算过一笔账。中国之马，一匹约合五千钱，牝马可卖到万钱。而西域之马，少则数金①，多则十数金，最高可至百金，其间差价可达十数倍乃至百倍以上。匈奴无内地奢华风气，不甚追求马的外观。相反，马在匈奴人那里，为日常生活生产及作战所必备，因而胡人更注重马匹的粗饲性、耐力与挽重能力。以朱安世与匈奴人交易的经验，阑入西域马，所费并不比匈奴马或中国马更多，甚至还要低些。若能将西域马由匈奴走私到长安，这一进一出之利，大到他不敢多想，一想便如欲火焚身，反侧难眠。

从匈奴人那里搞到西域马，对朱安世而言，不算难事。走私入塞，他亦有把握，边塞关市与驻军的关节，早已被他打通。问题在于，如何把马匹带入长安。朝廷严禁边郡的马匹进入关中，路经的关口，查核极严，没有朝廷特批的文牍，根本没办法把走私进来的马匹送入长安。尤其像函谷一类的重要关塞，更是极难过，而又非过不可的关口。

千里贩运，关卡重重。朱安世左思右想，终于琢磨出了一个办法。这就是，从边塞到关中，组织一个严密的贩运网络。这个网络上的"结"，就是所经的关卡，可用重贿收买官吏，打通关节；而一站站输送马匹的"线"，则只能由江湖中的人充任。他这次到长安，为的就是这件事。留下来叙旧，为的是联络江湖中人，共筹大计。

官场中人虽然爱财，收贿可以，通关节可以，若要他们亲力亲为地参与经营，则绝难指望。商贾虽富，可身份是四民之中最为低下的，权门贵戚非但不肯，而且不屑与之为伍。生意愈做愈大，朱安世深感力不从心，于是想拉些江湖中的朋友一起干。方才低首下心，曲意奉承的用意即在于此。可甫经接谈，他便看出，江湖中人，特别是郭解、韩孺这类声名在外的大侠，大多高自标置，爱惜羽毛。与他们联手，自己是寻错了对象，与其白费口舌，莫不如去找从前的兄弟们帮忙。

朱安世仿佛想起了什么，一拍额头，叫声"糟了！"起身揖手告辞，说是与别人约了生意要谈，匆匆道别而去。

"此人铜臭满身，顶风都要臭出十里，也配称大侠？笑话！"灌夫呷了

---

① 汉代货币比值，一金合一万钱。

口酒，不屑地说。

　　"是呀，一别十数年，他真是变了许多。"韩孺摇摇头，若有所思地说。

　　"还有方才那两个恶少，在长安城里是出名的霸道，今日当众栽了面子，是不会甘休的。千秋你莫大意了。"

　　"我乃江湖中人，大不了一走了之。仲孺方才动了手，他们外家的势力大，将军也要小心。"

　　"小心个球！"灌夫猛然将酒杯顿在食案上，"当年老夫做到两千石的国相，他们的舅爷，也就是当今的丞相田蚡，不过是个郎官。整日在魏其侯府上跑前跑后，比窦家的子孙还孝敬！光给我斟酒，怕也不下百回。如今靠太后发达了，眼睛抬上了天，凡人不理，最他娘的势利不过！哪日老夫有心情，还要找上门去，好好数落数落他，要他莫得意忘形！"

　　看看天色向晚，闭市的钲声亦响起，灌夫告辞回府。送走他，韩孺命仆庸点灯，一个人坐下来，默默想心事。平阳主是那两个小子的姨娘，他们少不了上门，窈娘在那里不安全。好不容易寻得他们母子的下落，他一定要确保他们不再有任何意外，等候韩毋辟回来团聚。

　　"韩叔。"韩孺猛然抬头，原来是黄轵回来了。

　　"日间我放过他们，没有为你出头，公路不怪我吧？"

　　"我知道不能在这里动手，坏了郭叔的买卖。"

　　韩孺颔首道："那两个恶少是太后的外孙，仗势横行，今日栽在这里，怕不会甘休，我们要加小心。"

　　"不甘休？我还没有完呢！韩叔，我想抽空回趟轵县。"

　　"怎么，找郭解为你出头？"

　　黄轵摇摇头道："这事用不着郭叔，也不要你我出面，约几个兄弟过来，办完事就走。抓不着事主，他们干吃哑巴亏。"

十五

长安来了活神仙，而且成了相府的座上宾，这件事，次日便传入了未央宫。果如刘安所料，刘彻迟疑了几日，终于按捺不住好奇，传召李少君进宫。

"草民李少君，给天子请安，恭祝皇帝寿与天齐，长乐未央。"李少君长揖为礼，并不跪拜。请过安，捋着满口雪白的须髯，气定神闲地望着刘彻。

面前这个人，虽须发皆白，可面色红润，双目炯炯有神，话语中气十足，绝不像耄耋之年的老人。相见之下，刘彻先自存了几分疑惑。

"老人家，今年高寿？"

李少君眯起眼，若有所思："前生之事，老朽已记不清，七十岁总是有的。"

"陛下，"陪侍在旁的田蚡，上前一步解释道，"李先生所言，乃其得道成仙后的年数。"

"哦，那么此前老人家身在何处，又做些甚呢？"刘彻问道，脸上是半信半疑的神色。

"老朽在深泽侯府上做过事，后来去了齐鲁，在山中采药修炼。"

田蚡又陈奏道："确实如此。深泽侯先人的家事，李先生娓娓道来，如数家珍。那日深泽侯赵夷与九卿全都在场，李先生所言，与赵夷记得的，全无差错。"

"真是这样？"刘彻看了眼随侍的刘弃疾，他是宗正，位列九卿,应该在场。

刘弃疾俯首称是。刘彻决定亲自试他一试，命人将平日盥手的那件铜盂取来。这件铜盂，虽屡经擦拭，光可鉴人，可在纹饰铭文中，斑驳的锈色仍隐约可见，一望可知是件古器。

"老人家年高识广，可知道这东西的来历么？"刘彻指了指那件铜盂，问道。

李少君略作端详，很肯定地说道："这东西我见过。那还是齐桓公十年，那会儿，它摆在柏台齐桓公的寝宫里。"

在场者无不震惊失色，面面相觑。齐桓公十年，距今已有五百余年！这东西他当时既亲眼所见，那么他的年岁，只会比这更长。

"郭彤，传司马太史上殿。"刘彻在手中摩挲着那铜盂内的款识，识得铭文，当可鉴别出这古器铸造的年代。这老者所言之真伪，亦当皎然可辨。他看了眼李少君，微笑不语。

太史令司马谈，先世世代为史官，学识渊博，举朝无出其右者。他匆匆赶过来，将铜盂内外的纹饰与款识翻来覆去地看了许久。宣室殿内，除李少君外，所有的人都屏息凝神地盯着他的反应。

终于，司马谈放下铜盂，顿首道："老臣愚昧，不敢说识得每个字，铭文大意是，桓公作器，子孙宝用。这应该是齐桓公自用的铜器。"

话音刚落，殿内外响起一片啧啧称奇之声。刘彻大喜，此前的疑惑一扫而空，言语中已添了几分虔敬："先生既是得道的仙人，敢问擅长何术，凡俗之人又何以得道成仙呢？"

"老朽所为，长生而已。所学不过祠灶、辟谷、长生而已。"

"祠灶？"刘彻听得一头雾水。

"祠灶者，奉祀灶神也。灶神乃炎帝神农精魂所托。人死皆为鬼，可也有极少人魂附于灶神。陛下可听到过神君显灵之事么？"

"神君？"

"长陵有个女子，死后不久，忽然在她妯娌面前现身。事情传开后，四邻乡里之民纷纷前往拜祭，据说求子很灵。后人都称这长陵女子为神君。神君，便是灶神之使者。"

田蚡兴奋地插话道："陛下，确有此事。记得少时我娘说过，她也常去拜祭神君，说是子孙的发达，离不开神君的护佑呢！"

"祠灶何以能致长生，还请老人家指点。"刘彻欣喜不置，恨不能马上得知长生的诀窍。

"凡祠竈，心先要诚，诚则能通灵。通灵则能役使鬼神，鬼神可使丹砂化为黄金。这黄金含着仙气，使用它制成的饮食器具，可以益寿延年，也可以通神，见到海中蓬莱三岛中的仙人。有帝王之尊者，益寿延年兼以封禅，则长生不死，升天成仙，比如黄帝。凡人如我等，则先死后化，尸遁升仙。"李少君捋髯微笑，侃侃而谈。

"老人家得道后可曾见得仙人？"刘彻双目熠熠生辉，兴奋地盯着他。

李少君颔首道："那是自然。陛下可听说过安期生？"

刘彻摇头，怔怔地望着李少君。

"安期生就是个得道的仙人，他原是琅邪郡阜乡人，在东海一带卖药为生，传说已寿高千岁。这个人超逸不群，道相合者，现身相见；道不合者，你求上门去，他亦隐匿无踪。当年秦始皇帝东游，曾见到过他，密谈了三日三夜。秦皇帝赐金璧千万，他却不稀罕，封存于阜乡亭，只以赤玉鞋一双为报，留下话说：数年后求我于蓬莱。秦皇帝于是遣使者徐市、卢生等数百人入海，可都未曾到得蓬莱山，就遇风波而还，最终也没能够见到。"

"那么老先生见到过这个安期生？"

李少君捋髯，矜持地笑道："老夫曾与之游逸于海上，他请我尝食蓬莱仙山上产的巨枣，那枣竟如瓜般大小，一只可供常人饱食一年。"

"今日得见真仙，幸何如之！"刘彻心驰神往，不觉前席相就，欢喜之情，溢于言表。他握住李少君的双手道："仙人可愿指教朕长生之道么？"

李少君略作沉吟，颔首道："老朽已届化生之期，这副皮囊，但求速化，怕是不久于人世了。陛下既有心于仙道，老朽自当尽力，不知陛下打算从何着手？"

"一切自然按老先生的话办。"

一番计议之后，刘彻下令，在上林苑中建馆，作为李少君养身修炼之处；长陵神君的神主也要迁至馆内，作为皇室祠竈之处；祠竈列入皇家祀典，为五祀之一。明年冬腊月二十三日，他将亲临祠竈。至于化炼丹砂为黄金之事，他命太祝史宽舒、祠官黄锤（音追）师从少君，配集方药丹砂，一俟齐备，即开始炼金铸器。

天子祠竈炼金，所求者长生不老，可更深的用心，刘彻是无论如何不肯在人前表露的。近来，无论是国事还是家事，带给他的，郁闷而外，又添了烦恼。马邑的失手，使他大失颜面，而京师的治安亦大不如前，外家子弟倚势横行的消息，不绝于耳。看来确如先帝所说，长安城非酷吏不治。他已有几个人选，如何用，尚在斟酌。

　　最令他忧心者，则是后宫至今尚未诞育皇嗣，他甚至疑心是不是自己有了毛病。起初，他疑心阿娇不能生育，可召幸多人，仍迟迟没有宫人怀孕的消息。近来，他每次去长乐宫请安，太后都会提起此事，焦虑之情，还要超过他。前几日甚至很露骨地暗示他，应下诏征选一批民间女子入宫，挑选一些有宜子之相的女子，纳为嫔妃，充任后宫，早育皇子，以稳固皇基。

　　最令他头疼的是皇后阿娇。骄矜而外，加以嫉妒多疑，这女人就不独是让人烦，而且令人怕了。孔子所言，惟女子与小人为难养，远之则怨，近之则不逊，真是一点不错。结缡之初，帝后之间称得上是琴瑟合鸣，情好无间。阿娇出身贵重，自幼娇纵非常，养成了骄矜傲慢的性格。这种骄矜的个性，配以皇后的地位，使年轻的阿娇，平添了威势。六宫中的嫔妃、宫人与宦者，在皇后面前，无不低首下心，后宫秩序井然。

　　起初，阿娇宠擅专房，他的一片心也全在皇后身上。可久久不能成孕，他郁闷，阿娇焦躁，太医署几经诊视，调配了无数求孕的药方，温经活血，调肝补肾，仍无济于事。绝望之下，他开始召幸宫人，龃龉，也由此发生了。

　　宫中的规制不变，阿娇每隔五日，仍可到前殿侍寝，可脸上已满是怨怼之色。整日地批阅奏章，与大臣们讨论国事的皇帝，退朝后求的是心身的放松。可每当皇后侍寝之夜，他却要面对一副怏怏不乐的面孔，与随之而来的坏心情。阿娇泪眼盈盈，他怜惜她，劝慰她，可无嗣动摇了她的自信，而愈不自信，阿娇愈要紧抓住他不放。女人要的是情感上的证明。她说他负心，说他虚情假意，责备他移情于别的女人。他若辩解一句，她会跟过来十句，搞得他百口莫辩，索性以沉默应对。每次相对，都是一场煎熬，言语上的勃豀，阿娇无休止的吵闹，令他身心疲惫。他发怒，喝止她，她泣下如雨，伤痛欲绝的样子也伤透了他的心。

　　与妒忌并生的是多疑。阿娇布置了不少窥伺动静的眼线，后宫的一举一动都逃不过她警觉的眼睛。她逐日索要永巷的宫档，了解每晚伴皇帝过夜的是些什么人。后宫的嫔妃每日要向皇后请安，阿娇会趁此训斥她们，夹枪带棒，冷嘲热讽。宫人若稍有得宠的迹象，更会被她视若寇仇，詈骂而外，阿娇总有办法将其打入另册，或发配永巷浣衣扫除，或以年长为由放归乡里。后来，她索性以皇帝国事繁重，须节劳养生为由，亲自甄选侍寝的宫人，只有那些相貌平平的女子，方能有侍寝的机会。

刘彻得知她的所为，不由得怒火中烧，召她来问话。她着皇后的朝服相见，冷冷地听着皇帝的训斥，一言不发。最后，他说，皇后大可不必迁怒于人，要怪，只能怪她自己不育。皇嗣事关国本，少了这个根本，皇统难以为继。皇后母仪天下，应以朝廷的安定为重，不该沉溺于个人的情欲而不能自拔。这时，阿娇一下子爆发了。

"五日方得一见，倒是我沉溺于情欲？没有皇嗣怪谁？凭甚说我不能生育！"愤怒攫住了她，阿娇泣下如雨，冲口而出道，"怎知道不是陛下身上的毛病？！"

"你放肆！"刘彻勃然大怒了。

"皇帝亲近过的宫人还少么？哪个受孕了？难道不是陛下无能么！"阿娇口无遮拦，她现在一心想要的，是狠狠伤害这个伤害了她的人。

总是这样，以争辩始，以哭闹终，如同没有尽头的梦魇。刘彻再不能忍受这一切，他令侍者强行架出阿娇。吩咐郭彤，传谕后宫，今后不准皇后再过问永巷的事情，皇后例行的侍寝取消，责其闭门思过。

可过后他又不忍，到底是从少年夫妻走过来的，一日夫妻百日恩，更何况十年的深情。母后频频暗示可以大不敬的罪名罢黜皇后，他没有答应。刘彻知道皇后无子的后果，阿娇的焦虑与处事乖张，情有可原。事后冷静下来，他心中颇为不忍，很快恢复了皇后的事权。阿娇的话，并非全无道理，或许毛病真在自己身上？无子的焦虑，已成了他的一块心病。

田蚡家里来了神仙，也是从太后那里得到的消息。王娡告诉他，民间的说法，祠竈求子很灵验。当年平原君嫁到田家，据说就是祠了长陵的神君，才一连生下两个儿子。"这是你姥娘亲口讲的，皇帝不妨见见那个神仙，毕竟大婚快十年了，皇嗣的事情不可再拖了。"

回到寝宫，盥洗更衣后，刘彻斜倚在卧榻上，心情比以往松快了不少。他看着在一旁侍候的郭彤，问道："这个李少君，你以为如何？"

"奴才从未见过活神仙，不敢说。不过他看上去可不像是几百岁的人，可太后、丞相所荐之人，应该不会错。"

"你说这个祠竈，真如民间所言，求子很灵么？"

郭彤侍奉刘彻十余年，皇帝的心事，他自然知道。"陛下莫把皇后的话放在心上，皇子，早晚会有的。"

"朕盼了十年没有结果，你怎敢说一定会有？"

"陛下忘记大萍了么？"

刘彻猛然坐起，胸中沁沁似有凉意，仿佛有一团冰正在化开，令人心畅神怡。是呀，大萍曾怀过他的孩子，这不孕的原因绝不在自己身上！

十六

　　刘陵人小，可机灵鬼怪，主意多，直言无忌且又是王室翁主，大得陈皇后的欢心。虽然年龄相差十余岁，皇后却视刘陵如姊妹，投契得不得了。为此，不仅为她办了门籍，而且日日召她进宫陪侍。不久，刘陵便被皇后倚为心腹，常常留宿宫中了。

　　体制所关，皇后难得出宫。只有在年节朝会，与皇帝出席朝会大典时，方能够远远望见到奉朝请的爹娘。除非窦太主进宫看她，与娘家的联络只能靠宦者居间。有了刘陵，这件差事自然也少不得她，由此，皇后与大长公主一家视刘陵如自家女儿。她出身高贵，人又姣好聪慧，本来就招人喜欢，再有这般背景，在长安的局面，毫不费力就打开了。

　　有女儿作中诇①，朝廷内外与皇宫禁苑的各种消息源源不断地传往淮南国，其中最重大的消息，就是帝后勃谿，皇后险些被黜与皇帝召见李少君之事。刘安得意于自己的算度，一切尽在预料之中。皇帝既热衷于鬼神，必会荒疏国事，孛星②所预示的动乱，或迟或早，一定会发生。知天命，尽人事，他所要做的，就是因势利导，促使那一时刻早日到来。至于另一件，他派人带密信给女儿，要她悉心维护皇后的地位。

----

① 中诇，汉代用语，诇，刺探，侦察之意；中诇，即在宫廷中坐探。

② 孛星，即彗星，古人认为彗星出现是大凶的天象，主刀兵四起，天下大乱。

父王的心思，刘陵了然于胸，皇后地位的稳固，取决于她能否为皇帝生一个儿子。皇后之子是嫡子，也是天经地义的皇嗣，有了他，皇后地位方可稳固不摇。可皇后偏偏不能生育，不能生育的皇后会引来无数双窥伺的眼睛，更可怕的是，皇帝最终会为此罢黜皇后。

　　自从相遇于长乐宫，一年多来，刘陵与皇后渐成莫逆，她了解到皇后的处境，开始同情她的苦闷，真心想帮她。中秋之夜，是阖家团聚的日子，可上次长乐宫婆媳间的口角，使太后与皇后大为不睦，本该随皇帝赴长乐宫的晚宴，皇后却以身体不适推掉了。独处深宫，那种冷清凄凉，刘陵虽少，可也能体会得到。那次冲突起因于她，自己在京师也是孤身一人，于是主动留宿在椒房殿，陪皇后赏月。

　　月明星稀，扶疏的树影与重重宫阙披着一层淡淡的银光，亦真亦幻。两人沿着殿外的回廊散步，月色虽好，可陈娇的心思不在于此，默默地走了一回，就回寝殿了。

　　"若能像高唐神女那样，托梦于天子就好了。"刘陵年少，终究耐不住寂寞，望着灯下沉思的陈娇，说道。

　　"甚？"皇后神思恍惚，根本没有听清楚她的话。

　　"宋玉《高唐》之赋，殿下可还记得？"刘陵顽皮地一笑，朗声吟诵道，"昔者先王尝游高唐，怠而昼寝，梦见一妇人曰：'妾巫山之女也，为高唐之客，愿荐枕席。'"

　　陈娇脸一红，嗔道："你个小女子，知道些甚？莫乱说。"

　　"怎么是乱说？淮南乃楚国故地，此类传说极多，臣妾自幼已耳熟能详了。殿下思念皇帝，托梦于他，回转天心，有何不妥？"刘陵不服气地说。

　　"哦？那你说说，宋玉赋中所言之事，可是真的么？"陈娇心神一振，盯着刘陵。

　　"都说是真的呗。巫山脚下立有朝云祠，据说所祀就是高唐神女。传说她是天帝的季女，名瑶姬，还未出嫁就亡故了，葬在巫山之阳。她的精魂化为香草，又名瑶草，楚人说那草有移情的奇效。可使负心人回心转意，两情相悦，和好如初。"

　　"当真如此？"陈娇双目熠熠，紧锁的眉头舒展开来，"阿陵，你可能帮我采到瑶草？"

刘陵摇摇头："臣妾只是听说，这草甚样子，我也没见过。不过……"

"不过甚？"

"楚地多巫觋，识医药，通鬼神，都说很灵的。殿下何不以重金密召入宫，由她们作法，必有效验。"

巫觋？太常属下的太祝，倒是管辖着不少巫觋，郊祀陪侍而外，节令时用以禳灾祓禊。其中一些被皇帝派去上林苑，随李少君炼金铸器。召用巫觋，必得通过太常府，皇帝就会知道这件事，一旦被皇帝误会为自己在行巫蛊，这个皇后也就做到头了。思来想去，这件事情只能托付给刘陵，绝不可假手于宫里的人。陈娇沉吟了许久，方才看定刘陵，低声道：

"擅用巫觋作法，所关非细，一旦走漏了风声，你我百口莫辩，是灭门的大祸。阿陵，这件事对我，性命攸关，我想办，可怎么办，你要再三斟酌，务必做到万无一失才好。"

皇后以身家性命相托，使刘陵也感到了压力，她略作思忖道："外头的事情，由臣妾分劳，待物色到楚巫，殿下可以疗疾之名，召入宫中，封作御医，留她在椒房殿伺候。可宫里头的事情，还得皇后安排，若保不住密，莫如不做。还有……"

"还有甚？"

"这恐怕要耗用殿下大笔的资财，若从少府支取，要说明用项，难以保密。"

陈娇站起身，逡巡徘徊了一阵，最终下定了决心。"钱不是问题，太皇太后把所有的积蓄都留给了我娘，用不着少府，钱也足够用了。至于椒房殿内的宫人，全是跟了我多年的，这件事孤会交给胭脂来办，绝无问题。"胭脂，原是大长公主的贴身侍女，从小照看陈娇长大，陈娇出嫁，她也随之陪嫁入宫。年届三十，本来可以放归乡里，可皇后从来都由她一手服侍，起居饮食，样样都离不开她，不肯放她走。于是胭脂便留在了后宫，现已位居女御长，是皇后治内的得力助手。有着这种一荣俱荣，一损俱损的关系，再机密的事情，交给胭脂来办，她都可以放心。

两人又细细地议论了一阵，把各种细节都考虑了进去，直至妥帖无误，方才吩咐侍女奉茶点宵夜。

看看皇后心情转好，刘陵把一直藏在心里的话说了出来："殿下今夜何不去长乐宫团聚？回避总不是办法，太后对殿下的误会会更深的。"

"误会？她才不会误会！若能做得到，她恨不能皇帝马上罢黜了我。非如此，她不能插手后宫之事。我去与不去，她都会恨我，我又何苦向这个老太婆低头！"陈娇呷了口茶，不屑地说。

看来，皇后与太后结怨，有更深的缘故。刘陵故作不解，借题发挥道："难道太后恁大年岁，不安于位，还想与殿下争后宫的权位么？"

"阿陵，你可明白，甚是妒忌？"

刘陵一脸茫然地摇了摇头。

"一件好东西，人人想要。别人有，你没有，那种难受的心情，就叫作妒忌。"

看着似懂非懂，怔怔地望着自己的刘陵，陈娇忽然有了个主意，莫不如将内情和盘托出，将这个丫头拉到自己一边。"太后恨我，根子在妒忌。她出身贫寒，入宫之前已经嫁人生子，也就是修成君。那女人好似她的疮疤，谁也碰不得。先帝在世时，她低首下心，忍人之所难忍，为的就是一朝扬眉吐气，成为像大行太皇太后那样的人。可儿子即位做了皇帝，偏偏不给她那样的权势，而要皇后统驭六宫，她插不进手来。论出身，论家世，论权势，她样样都不如我，坐了皇太后的高位，权势却不出长乐宫。她怀恨在心，当然会迁怒于我。

"还有，修成君为甚非攀着你家，还不是为了抬高自己的门第！那女人俗不可耐，那副暴发户的嘴脸，令人齿冷；我泼了她冷水，等于揭了太后的疮疤，她们当然恨我刺骨。太后是个心机很深、睚眦必报的女人，结下了这样的怨恨，你想还能解得开么？你那日当众回绝她们，也是一样，你也要当心。"陈娇吁了口气，眉间又有了忧色。

皇后说得不错，刘陵自己也感觉到了长乐宫的疏远。起初，太后还有意撮合她与修成子仲，可刘陵心里有数，父王绝不会应允，以父母之命为搪塞，谁也拿她没办法。可随着她频频进出未央宫，太后对她日渐冷淡。近几次请安，太后甚至连面也不露了。

太后妒忌，皇后欲独占皇帝的宠爱，不也是妒忌？妒忌催生仇恨，也暴露人的弱点，利用得好，巾帼弱女也可以将须眉男子玩弄于股掌之上，成就自己的愿望。想到此，刘陵唇吻间泛出了笑意。

"那个修成子仲一定是个纨绔子了，殿下可为我讲讲他么？"

"你说的不错，非但纨绔，他还呼朋引类，架鹰唤犬，横行京师。下面知道他与皇帝沾亲，没人敢管，可事情总会传到宫里，皇帝碍于亲情，很为这件事头痛，可早晚会处置他。你轻易莫招惹他，这人很难缠的。"

"恐怕我已被他缠上了。"刘陵掏出一卷锦帛，展开递给陈娇道，"他差人到淮南府邸送信，约我去茂陵西园比犬，殿下说我该去么？"

"比犬？怎么回事？"陈娇不明就里，蹙眉看信。信不长，大意是约在茂陵斗犬，负者必得应胜者所求，不赴约者，视为认输。

"我初到长安时，去东市闲逛，看中一头上好的獒犬，价钱都讲定了，不想碰上了他，非要我让给他。他带的一帮打手把我们围在中间，货主怕他，市里的掾吏也向着他，都要我让犬。凡事要讲先来后到不是，我买犬在先，凭甚让？当时以为他不过是个地痞无赖，我亮出父王的名爵，他们的气焰才下去了些。后来，我当场拍出百金，他身上没那么多钱，獒犬还是被我买下了，拴到车后扬长而去，他们也没敢再拦我。"

"你以为淮南国翁主的身份能吓住他？"陈娇不以为然地笑笑，"诸侯王到了京师，不比在封国，朝会的位次尚在三公之下，若论起权势，连九卿都不如！至于钱，莫说百金，就是千金，那个纨绔也会挥之若土。他既不是怕你，更不是没钱。他让过你，我思忖着，是他当时便中意于你，有心与你家结亲。不然，你绝出不去市场，更带不走那条犬。犬的事，拒亲的事，你算把他惹下了，这个约你不要去赴，就住在我这里，他胆子再大，也不敢闹到未央宫来。"

"不，我一定要去，不然他会以为我怕了他。"刘陵柳眉轻竖，全无惧色，颇显巾帼英气，陈娇也在心中暗暗赞好。

"再者，在淮南时，臣妾便听说京师茂陵有座西园，如何的富丽奢华，百闻莫如一见，正可趁此看个究竟。"

"那么孤给中尉府打个招呼。派些缇骑随你去，有官家的人在，他或许不敢乱来。"

"殿下放心，一帮纨绔子，谅也没甚真本事，我带上阿苗，足可应付了。"

"阿苗？"

"就是那个黑黑的，总跟在我身旁的侍女。她原是武陵诸蛮的王女，诸蛮内讧，她父母被害，逃亡到淮南，父王收留了她。阿苗自幼与我做伴，登山走马，弩剑飞刀，样样身手了得，须眉男子，亦不遑多让。"

陈娇记起，是有个面色黝黑、体格强健的侍女，不离刘陵的左右。"这个阿苗，既出身于苗蛮，对于鬼神之事，想必知道得不少。"

"是知道一些。臣妾心里掂量过，派阿苗去江南寻找楚巫，是再恰当不过的了。"

陈娇大喜，当下召见阿苗。阿苗人机警干练，言语谨慎，一见而知是极靠得住的人。

"苗人放蛊之事，你可知道？"

"小时候听阿爹阿娘讲过。"

"亲眼看到过么？"

"放蛊者都是女巫，是件极机密的事情，连家人都背着。奴婢没有见到过。"

陈娇想询问媚道①之事，张了张口，话没说出来，脸却红了。刘陵知道她的心思，接口问道："男女相恋，有使男人不负心的法子么？"

阿苗垂着的头一下子抬起，瞥了她们一眼后又垂了下去："有的。"

"怎么做？"刘陵追问。

"奴婢所知全是听来的，做，要由女巫亲手操持，凡人不灵的。"

"你就先说说听来的。"刘陵有些不耐烦，口气急躁。

"是。法子很多，最常用的是由巫觋刻制男女相交的木偶，将男人身上的东西粘在偶人上，然后埋在那男人的近旁。每逢月明之夜，女巫作法诵咒，时日一长，可以把他的魂勾过来。"

"男人身上的甚东西？"陈娇终于克制不住好奇，开了口。

"身体发肤，只要是身体上的东西都成，比如须发、指甲。"

---

① 媚道，古代流行于西南的一种巫术，使用偶人或草药作法，据说可以使所爱之人钟情于自己。

"巫山的瑶草，据说可以转移人的情意，你见过么？"刘陵又问。

阿苗摇摇头："听人说起过，没有见过。可媚草，我家武陵山也出，名字叫鹤子草。很少见，汉人常有用金子换的。"

"能够作法移情，采摘媚草的人，你可认识？"陈娇的心，跳得很急，口气也促迫了起来。

阿苗点了点头："我家大寨中就有。那年寨子被攻破，也是她带我逃下山，路上失散了。后来听家乡的人说起，有人见过她，好像是在江汉一带行医。"

"是女人么？"

阿苗又点了点头："是女人。"

陈娇、刘陵大喜过望，对望了一眼，脸上都有了笑容。"这女人怎么称呼，有名字么？"

"有，叫楚服。"

十七

出长安城，过渭桥，沿西北方向的回中道行约八十里，就是右扶风郡的槐里县。建元二年，刘彻起建寿陵①时，将槐里东北一大片地区划归陵邑，因为陵址选定在茂乡，故陵邑也定名为茂陵。

茂陵南面渭水，北倚五凤山，位于广阔的关中平原之上，用风水占筮的行话说，背山面水，明堂宽广，是国祚绵长，泽及子孙的旺地，当然会被当作寿陵的首选。

寿陵工程浩大，非多年的开凿经营不能为功。所以新皇帝即位之初，就得着手预备。至于陵邑，则是汉朝确立的一项新制度。汉初，高祖听从娄敬、张良之议，定都关中。可关中经历秦末的兵燹，户口流失，城垣残破。为了充实关中，强干弱枝，刘邦又采纳娄敬的建议，将关东六国如齐国的诸田，楚国的昭、屈、景，燕魏韩赵的强宗大族，计十余万口，迁居于关中。此后，每代皇帝均借寿陵的营建，从关外将地方豪族大量迁移到陵邑定居，既可以卫护皇陵，充实中枢，又削弱了地方诸侯与豪强的势力，此长彼消，一举两得，遂逐渐形成为制度。陵邑既为供奉皇陵所置，故由职掌宗庙礼仪的太常府管辖。陵邑的建制，相当于县，但事关皇室，所以地位又略高于县。

陵邑居民的主体，是各地的贵族豪强，家资豪富，他们的衣食住行，游

---

① 寿陵，古代，皇帝的陵墓称作寿陵。

乐玩好，带动起诸多行业的兴旺发达。因而各陵邑的富庶繁荣，不逊于京师。茂陵虽属初建，人口、规模却都不在诸陵之下。陵邑西北有座富人的园囿，富丽奢靡，堪称京师第一。

园子的主人袁广汉，家居长安。以贩盐起家，累积起千金。可真正成为关中的巨富，还是靠了某种机缘。吴楚七国之乱时，京师列侯贵族子弟多应命出征，可马匹甲胄兵器均得自备，需要大笔的现钱置备。家资不足者纷纷告贷，可有钱人多囤钱居奇，认为关东战事胜负未定，风险太大，不肯放贷。只有与袁氏一起贩盐的毋盐氏，坚信朝廷必能平叛。他说动袁氏，两人凑集了数千金，借贷给这些贵族子弟，利息高到平时的十倍。三个月后，叛军瓦解，毋盐氏与袁氏独擅其利，家财暴增十倍，成为富压关中的豪门大户。袁氏尝到了放贷的甜头，干脆做起了这一行，二十年来，放贷收利，以钱生钱，成了关中数一数二的富户。袁广汉继承家业后，在茂陵北邙阪买了块地，斥巨资修建成这座庄园，起名为西园，作为休憩与待客之所。西园周回数十里，引水入园，构石为山，亭台楼阁，皆以回廊连属。园内遍植奇花异卉，茂林修竹，还畜有各地搜购来的珍禽异兽，洋洋大观，不一而足。有人曾骑马细游此园，移暑尚不能及半。

茂陵李亨，是袁广汉的外甥。平日呼卢喝雉，架鹰走狗，与修成子仲等沆瀣一气，也是五陵有名的恶少。李亨家中养着众多名犬，尽用兔鼠等活物喂食，性情极为凶猛。修成子仲两次受窘于刘陵，亟思报复，李亨得知刘陵买了只獒犬，便献议斗犬，大言必胜无疑。袁广汉得知金仲的背景，亦有意结交，地点便定在了他的西园。

金仲一早就赶到茂陵，亲自从李亨家中选了四条大狗。一条黑褐色，背部耸起一丛鬣毛，名为修毫；另一条土黄色，眉上有长须的被称作鬣睫；通体乌黑，两眼上方各有一个白斑者名为白望；青色杂有白斑，阔口垂耳者，被呼作青曹。李亨巴结地说，这四条犬，弋猎时全都捕到过狐狸和豺，狼若走了单，也未必是它们的对手。

到西园时，时候还早，他们将犬拴到兽池近旁的兽舍中。兽池是专门用作斗兽的，池壁用石块砌筑而成。呈长圆形，高两丈，底部有两个相对而设的栅门，由通道连至兽舍，供斗兽出入。之后，两人坐上袁家特备的肩舆，到前堂去见主人。

袁广汉很殷勤，请金仲上座，自居于客位。见礼后，仆僮奉茶点，主人殷殷垂询，公子这，公子那，赞誉不绝于口，倒使金仲有些不好意思。闲谈过一阵，金仲想起朱六金的托付，呷了口茶，问道："袁君放贷，利息几何？"

"哦？"袁广汉望着金仲，脸上依然笑容可掬，可闪烁的目光中，已经有了生意人的警觉，"公子是想用钱？"

金仲点了点头。

"利息没有一定，但看借多少，风险大不大。寻常利息，不能低于三分。公子要用多少？"袁广汉好整以暇地捋着胡须，笑眯眯地说。

"少了我也不会找你。我有笔大买卖要做，钱不凑手。"金仲懒洋洋地说道。对袁广汉这类商贾富人，他根本没看在眼里，若非师傅所托，他才不会张这个口。

"哦？大买卖！"袁广汉佯作吃惊，心里飞快地计算着。鬼才相信金仲这种纨绔子会做买卖，他才不会拿自己的钱打水漂。

李亨也很吃惊，金仲这般门第的豪门公子，会做生意？在他看来，简直是匪夷所思。"金哥，甚大生意？"

"马。西域的马，长安豪门趋之若鹜，能卖大价钱。"

袁广汉马上明白了。金仲指的是走私，且不论从哪里搞到那么多西域马，只将马匹运至长安，就绝非一般商贾所能为，没有一个周密的网络，不打通层层的关节，根本没有可能。他笑了笑："公子的这桩买卖，没有千金，怕是提都不要提。阑入西域马，要经过匈奴，还要过重重的关卡，风险之大，难以逆料。搞不好会血本无归，公子还是慎重为好。"

"千金算甚！我既开了口，就只定能赚到钱，你怕我还不起么？"金仲有些不快，脸渐渐红了起来。

园丁来报，淮南公主的车马已经进了园门。

袁广汉放贷，打交道最多的就是金仲这类王孙公子，色厉内荏的大话他听得多了。他心里头冷笑，面上却仍是煦煦和易的神情。"不是老夫信不过公子，实在是这等买卖，绝非一般人所能为。钱，我有，也能借，不过买卖要讲诚信。请公子转告那位想借钱的主儿，或者他来，或者我去，中间人免谈。"说罢，揖揖手，径直去接客人了。

刘陵先看了看对方带来的犬，又由袁广汉陪着，逛了好一阵园子，方才来到斗兽池。

"修成公子，犬，我带来了。你说说看，怎么个斗法。"刘陵嫣然一笑。她簪珥不施，素面无华，一袭黑色的斗篷裹住了娇小的身体，可仍难掩她绰约的风姿。金仲怔怔地望着她，又爱又恨，一时竟难以自持。

"就在这兽池子里斗，死伤自负，负者必得如胜者所愿……"李亨话出了口，方才见到刘陵身后的獒犬，不由得心里一惊。獒犬头大如斗，通体深黑色的被毛，蹲坐着的个头已在人腰之上，凹陷的双目，色如点漆，警觉地盯着他们。

"是这样么？若是公子胜，我怎样如公子之愿呢？"

"我的心意，翁主应该明白，你许嫁于我，我、太后与我娘，都不会亏待你。"

"我若不答应呢？"

一股怨毒翻上心头，金仲冷笑道："翁主不许嫁也成。可是得允我陪你乐几日，翁主年方及笄，怕是还不知道与男人相好的滋味吧？在下愿意效劳。"话音刚落，李亨与金仲的家仆们，一齐哄笑起来。

"若是我胜了呢？"刘陵却并未生气，笑声止后，仍很平静地问。

"但从翁主吩咐。欲识男人的滋味，金仲仍愿效劳。"金仲斜睨着刘陵，无赖之中，透着凶狠。

金仲的顽劣，比传闻的更甚，袁广汉开始后悔答应他们在此斗犬。他将将胡须，笑道："二位都是皇家贵戚，输赢小事，又何必意气用事！天地间和为贵，看在老夫的薄面上，这个犬还是不斗了吧。"

李亨悄悄拉了一下金仲的衣襟，轻声道："她那犬是西羌的獒犬，狼都怕的。公子言语上已脏污了她，莫不如见好就收。"

"话都放出来了，怎么能不斗！修成公子自称是个男人，就这么偃旗息鼓，岂不难堪！是不是，阿黑？"刘陵对袁广汉笑笑，好整以暇地拍了拍身旁的大獒。

众目睽睽之下，在个女子面前退缩，修成子仲当然不肯。于是，双方纵犬入池，各自俯在池沿上观战。

首战出场的是修毫，它耸着背上的鬣毛，龇着利齿，冲着对手放声狂吠。大獒阿黑盯着它，猎猎低吼着。片刻之后，两只犬几乎同时向对方扑去，滚作了一团。再看时，修毫猛咬阿黑硕大的头部，可粗厚的被毛，阻挡了它的利齿，没能给敌手以致命的伤害。而阿黑则以有力的双腭咬住了它的一条前腿，人们清楚地听到骨头碎裂的声响。修毫呜呜哀叫着，拼命挣扎，阿黑则猛力撕扯着，将奄奄一息的对手拖出去好远，随即一口咬断了它的脖颈，殷红色的鲜血汩汩而出，淌了满地。

金仲大怒，命手下提起栅门，将余下的三只猛犬全都放了进去。三只犬从三面围着大獒，可无论金仲一伙怎样狂呼乱骂，它们只是猎猎狂吠，并不敢近身攻击。对峙了片刻，见过血的阿黑野性大发，一跃而起，将"四眼"的白望撞了个趔趄，随即将它压在身底，咬穿了它的头骨。余下两只犬见状，心胆俱裂，伏在地上，摇着尾巴，呜呜哀叫着表示屈服。

刘陵眉毛一挑，得意地看着金仲："不想公子的犬中看不中用，人别也是这样子吧。怎么，服么？"

"服？你当爷是甚人！想知道爷中不中用？好哇，今日就要你个小贱人见识见识。"金仲倚着身后的树，狞笑着，开始解带宽衣。

两道白光闪过，众人惊叫声中，金仲觉得双颊凉森森的，用眼角一觑，两把飞刀的锋刃紧贴着他的脸颊，牢牢嵌在树干里，把他的头夹在中间。向前面看去，不知何时闪出来的一个小个子侍女，已将刘陵护在身后。女子面色黝黑，身手矫捷，手中张着的连弩，直指金仲；另一只手挥着尚未甩出的三把飞刀，威吓着他的手下。之后撮口打了个长长的唿哨。哨音未落，大獒已撞开木栅，回到了主人身边。它目光凶狠地望着四周的人群，发出威胁的低吼声。

挺大个男人，输了耍赖，没有一点担当，该当受些教训！袁广汉心里鄙夷，可还是堆出副笑脸，连连摆手道："各位千万莫伤和气，都是王孙贵胄，伤了谁，老夫也担待不起。公子、翁主，看在鄙人的薄面上，都退一步说话，好不？"

"主人家的面子，我当然会给，可这要问他干不干。"刘陵指着金仲，笑道，"要是输不起，你还可以寻条好犬，日后再比。不过这次你是输了个干净，我要的不多，你这四条犬得给我留下，肉，请袁公剐下来宴客，骨头，喂我的阿黑。"

望着愤郁难平的金仲，刘陵喜滋滋地说道："不服，对吧？谁让你们没有眼光，寻不到好犬。我还可以给你提个醒，茂陵本来有只猛犬，叫青骏，今日你若带它来，与阿黑还有的一拼。你买到了青骏，咱们可以再比。"

金仲一伙离开后，袁广汉叹道："翁主不该说出青骏之事。这个修成公子决不会甘休，而那青骏的主人爱之如命，决不肯出让，非出人命不可，造孽呀！"

刘陵早就打听出，茂陵有个叫杨万年的人，养着一只猛犬，唤作青骏，个头如小牛犊般大小，凶猛异常。杨万年视如性命。刘陵曾托人试探，价格出到百金，主人却一口回绝。这次修成子仲启衅，她知道长安内外，除去青骏，没有可与阿黑较量的猛犬，而青骏的主人决不肯出让。由此她心生一计，决心做个圈套要金仲去钻。斗犬金仲必败无疑，这她早已料定，金仲为挽回颜面，必会寻犬再比。闻知杨万年有猛犬，他必会寻上门去，主家不肯出让，以他的性体，一定会动抢，主人必会以性命相搏，若酿成命案，引来官署介入，事情早晚会报到宫里，惊动皇帝。皇后讲，皇帝对这个外甥已很头痛，再加些码，兴许就有决断，给这个恶少一个大教训。

父王回淮南前，曾与她深谈。她问刺探消息外，她还能做些什么，父王告诉她，凡能引起宫廷不和，朝纲紊乱的事情，不妨推波助澜，使敌人一步步自毁而不觉，是最高明的办法。父王还把这种谋略概括为一句话，叫作"逢君之恶"。她同情皇后，可她更秉承了祖上的仇恨与野心，决意助成父王的大业。她诱使皇后寻求媚道，看来是在帮她，实际便是在行逢君之恶。她诱使修成子仲夺犬，同样是逢君之恶，事情虽小，要敌人不知不觉地向死路上走，则无二致。

果然，数日后便有了消息。得知修成子仲一伙在茂陵强抢杨宅，逼死了两条人命，刘陵无声地笑了。

十八

西园斗犬的次日，茂陵杨家便出了命案。杨家报到官衙时，茂陵尉张汤尚在寿陵的工地。案情重大，尉史^①鲁谒居不敢耽搁，策马赶到工地，将消息报告给他。汉代地方县治，令长^②之下，设有尉，主管一县的治安。茂陵为陵邑，与一般县治不同，不由郡管，而是分归太常府管辖，而陵邑的县尉也兼管工程。张汤对此极为上心。他家远在杜陵，衙内无公事时，几乎日夜驻守在工地，在他的监管督促下，陵工进展很快，土方掘进已经过半。

张汤皱着眉头听完报告，问道："这事报过县令大人了？"

鲁谒居点点头："李县令要小的急报给大人，说等你回去商议。杨家的苦主还等在县衙。"

"既是抢劫杀人，先把案犯拘起来，审结后，依律问罪就是了，有甚好商议的。"张汤颇不以为然。在他眼中，陵工比案子要紧得多，对他的前程关碍甚大。

"可……"鲁谒居看了看四周，放低声音道，"案子牵涉京师的贵戚，县令大人说很难办。"

"贵戚，谁？"

---

① 尉史，县尉的下属。
② 令长，汉代大县（万户以上）的首长称县令，小县（万户以下）的首长称县长。

"说是修成君家的，来头大着呢。"

张汤出任茂陵尉前，曾在长安做过多年的狱吏与内史掾①，修成君的背景他当然知道。他不再说什么，纵身上马，随鲁谒居飞驰而去。

回到县衙，县令李文早已等在后堂。匆匆看过杨家的诉状，张汤知道他为何畏缩了。

当日一早，家住茂陵的李亨带着修成子仲一伙，到杨万年家买犬，指名要那只青骏。价钱出到了二百金，杨万年坚不肯卖。买卖双方先是起了口角，而后恶语相向，恼羞成怒的修成子仲，仗着人多势众，命手下强行牵犬，双方都动了手。争斗中两死一伤，死的是杨万年与其父杨昌，伤的是李亨的家仆，系被青骏咬伤。青骏最终被修成子仲的人射死，之后这些人便扬长而去，估计已经回了长安。狱丞已带人去杨家踏勘了现场，死者亦经仵作验明，致死的是刀剑之伤，初定为强买民物不遂，故意伤人害命。

张汤摩挲着手中的爰书②，头脑却在飞速翻转。狱吏出身的他，各种律条早已烂熟于胸。这案子事实清楚，狱丞定谳准确，按律是弃市③的重罪。通常情况下，他会"行法不避贵戚"，问题是，这个修成子仲，与天子有甥舅之亲，如何处置，决不可造次。

从前，他最为服膺的是酷吏宁成。这不单是因为他出任茂陵尉，出于宁成的力荐，更是由于在治狱上，他们志趣相投。宁成行法不避贵戚，敢作敢为，极有决断。他任中尉的十年间，京师的皇亲贵戚，听到他的名字，无不谈虎色变。可终因树敌过多，百密一疏，被人抓住了把柄，髡钳亡命，逢大赦方保住性命，下场令他心寒。

结发以来，张汤做狱吏几近二十年，虽精于律法，却沉沦下僚，久久得不到升迁。后来，一个名叫赵兼的人因事下狱，囚在他的管牢。张汤得知此人是淮南王的姻亲，于是倾身服侍，没有让他吃到半点苦头。赵兼引之为患难之交，出狱复职后，奉为上客，处处为他延誉，张汤这个名字，从此才为

---

① 掾，汉代中央与郡国两级属官的通称。

② 爰书，汉代法律术语，指包括原、被告和官府所有申告、自诉与公诉及证人笔录文书的案卷。

③ 弃市，古代死刑之一种，在城内居民集中的市场行刑，以暴其罪于众。

人所知。由此，宁成才会用他为内史府掾，他也才有机会崭露头角，一年之内，以自己的精明干练迁升为长吏。二十余年的仕途蹭蹬，他揣摩出来的教训是，做事要认真，可得留余地，与人方便，自己方便。再就是要善用律法，该狠的要狠，该松的要松，而且要松得没有毛病。

他合上爰书，声色不露地望着县令："这件案子，大人怎么看？"

"人死了两个，是件重案，压是压不住的。如何按律，是张君的职事，你斟酌着办吧。"李文看看他，意味深长地笑了。

不错，这样的重案是压不住的。至于职事，一县的治安，责在县尉，由他定谳，也是正办。李文召他回来，名为商议，实则置身事外，轻轻一推，责任全落在了自己身上，居心不问可知。自任职茂陵后不久，张汤就觉出县令与他面和心违，可嫌隙由何而生，李文不讲，他也无从问起。渐渐他才明白，他的能干与勤勉，使他在劳绩与官声上，都盖过了县令。汉代一县之主官，有令、丞、尉三人。令为首，丞为副，掌管文书，是令的副手。尉掌治安，与丞官秩相同，同为长吏，由朝廷直接考绩任用。李文虽由妒生恨，张汤无过错，他也无可奈何。张汤为求相安无事，平素致力于陵工，为的就是避开他。可怕什么来什么，这件棘手的案子，陷他于两难的境地。

此案牵涉皇室亲贵，深究严办，会得罪权门势要；不办，是失职；办而敷衍，不深究，是枉法渎职。无论他怎么做，都是凶多吉少。县令有项使他忌惮的权力——在邑县官吏的考绩上报前，加以评语。汉代每年秋冬上计时，丞尉以下，都要接受考绩，称之为（考）课殿最，即据官吏的劳绩大小，排出名次。名次靠前者（最者）为优，予以勉励嘉奖，名次殿后者为劣，予以督责，甚至会上报大府①，以不称职免官。李文刚才那一笑，很阴险，可以想象得到，他会给自己什么评语：不任职②，软弱不胜任，甚或更糟，说他见知故纵、枉法不直③。

---

① 大府，汉代称丞相府为大府。

② 不任职，汉代法律术语，指官员不尽职办事，意思类同于现今法律上的"不作为"。

③ 见知故纵、枉法不直，均为汉代法律术语。前者意为知情不举，后者指不能依律办案，徇情谋私。

"为官一坐'软弱不胜任'，势必终身废弃，再难入仕。其羞辱甚于贪污坐臧。"他耳边又响起宁成的声音。宁成好为人师，常对下属耳提面命，这是他最常说的一句话。有过错免职，还有起复的机会，而"软弱不胜任"，则意味着你根本不够做官的材料，会被永远关在官场大门之外。他心头一震，瞻顾徘徊，徒乱人意！李文想看他的笑话，他偏要抖擞精神应对这个挑战，要对手的算计落空。

张汤看似不在意，冲李文点点头道："那好，卑职就先办眼前办得了的事。来人，带杨家的人上来。"

男女老少十余人，跪了满满一堂，呼天抢地，要官府做主，缉凶申冤。张汤摆摆手，止住众人："汝家之事，本尉与县令大人都已明了，朝廷律法无情，对恶人决不会姑息。汝等先回去安排后事，殡殓亲人，入土为安。"

"天子脚下，竟有歹人白日入户行抢，行凶杀人，王法何在！他们仗着甚？我杨家拼上全家的性命，也要讨个公道出来。杀人抵命，欠债还钱，求大人为小民做主，为吾儿吾孙申冤哪！"一个须发皆白的老者，目光灼灼地看定张汤，抗声而言。侍候在一旁的鲁谒居，悄声告诉他，这是杨家的家长，杨万年的大父。

"来人哪！"张汤喝道，声音不高，却带着股肃杀之气，一屋的人众顿时安静下来。他传令鲁谒居带领一队狱卒，拘捕李亨下狱候审。随即起身搀起老者，很郑重地说："老人家放心，人犯一个也跑不掉，都会按律治罪，明正典刑。你老还是先回去料理亲人的后事吧。"

"可那主犯跑掉了，说是甚长安来的贵戚，大人一定要捉他归案，莫使吾儿吾孙，九泉之下，抱恨终天哪！"老者言罢，大放悲声，杨家的人也都随之泣下不止，整个后堂，哭声震天。

"老人家，"张汤揖手道，"拿住了同伙，他还脱得了干系？可在长安拘捕人犯，由不得茂陵，总得呈报京师的衙门允准，你老总得容我些时候不是？老人家还是先领家人回去，操办亲人的后事要紧！"

对张汤的承诺，老人半信半疑，可也只能如此了，于是长揖道："大人的话吾等记住了。大人积德行善，为小民做主申冤，吾阖家焚香祝祷，愿大人子孙富贵，公侯万代！"说罢，由晚辈们搀扶着，一行人千恩万谢地去了。

总算打发了苦主，张汤长吁了口气。在一旁静观了多时的李文笑道："看不出老弟做事还真有良吏之风！这件案子你若办得妥当，本县考绩时最好的评语非君莫属，老弟好自为之！"

　　"全凭大人栽培。"张汤恭敬地笑笑，心里已经有了主意。次日一早，便单人匹马去了长安。

　　坐落于尚冠里的武安侯府，是座占地百亩，前后五进的大宅。院内近日工料堆积，匠人蚁聚，斧锯之声不绝于耳，看得出又在大兴土木，扩建装修。散朝后，田蚡推掉了几处应酬，早早赶回了家中。今日，他约见了一位重要的客人。

　　他与燕王刘定国已约定了婚期，明年春三月，燕王之妹将嫁入田府。田家原为编户平民，自己封侯拜相，贵极人臣，很快又要迎娶诸侯国的公主为妻，虽属再醮，可对田家，仍是件光大门楣的大喜事。婚事，他决计要大办，皇太后也赞成。扩建装修，使侯府焕然一新，是题中应有之义，更关系到他的脸面。可计算下来，工、料两项，所费不赀，手头一时颇感拮据。借用官钱，必得经过大农令，绝难保密，消息若传到天子耳中，以为他假公济私，保不准就会有不测之祸。他也不愿向太后与亲友们张口，觉得有失丞相的身份。正在踌躇无计之时，外孙修成子仲来找他，说是他师傅有事求他办，细问之下，那人竟是个做马匹生意的富商。田蚡心中窃喜，商贾求人决不会空手，更何况所求者是当今的丞相。

　　在后宅更过衣，田蚡回到会客的前堂，正思量客人会求他办什么事，府丞禀报，客人到了。及至照了面，却不觉暗自失望，脸也冷了下来。

　　客人四十上下，身瘦脸狭，眼小无光，身着普通的麻布衣衫，全无富商大贾的气象，或许不过是个平常的马贩子。客人俯首敛容，长揖为礼，态度极为恭敬。田蚡颔首，算是还礼，连坐也没让。

　　"听仲儿讲，你是他师傅？"

　　"公子们好武，在下少时习过武，有时指点一二，不敢忝称师傅。"

　　"连仲儿都肯为你说项，可见面子不小！有甚事，讲吧。"田蚡白了他一眼，思忖着如何赶快打发他走人。

"小人求见丞相，是受人之托，并非为了一己的私事。"

"哦？"田蚡大感意外，"你受谁之托？"

"罪臣宁成。"

"宁成！你是说那个做过中尉的酷吏？"田蚡不只是意外，而是大为吃惊了。整倒宁成，他是主要人物，宁成恨犹不及，竟会求到他门下，真有些匪夷所思。

"正是。"

"他求我甚事？你说。"

"宁大人闻知丞相将有合卺之喜，特托付在下，奉千金为贺。"

一直低着头的客人猛然举首，幽幽的目光仿佛看到了田蚡心里。田蚡倏然心惊，这才觉得面前这个人绝非寻常之辈。

"你与宁成？"

"是朋友。在下贩鬻，游走四方，在南阳结识了宁成。"

"哦？南阳，他可还好么？"

"宁君是南阳人，遇赦后便回了家乡。与族人垦田殖荒，兼营盐铁，宁家现已是郡中的大户，与孔氏、暴氏鼎足而三。"

这个昔日的对头，想不到却能因祸得福，他送这份厚礼的居心，倒不可不问明白。田蚡这才向客人摆了摆手："请坐下说话。客人怎么称呼，哪里人哪？"

"在下朱六金，山东鲁人。"客人顿首称谢，神色愈发恭敬。

"你去告诉宁成，他的心意我领了，这礼，我不能收。"

客人面露难色，沉吟不语，良久，方揖手道："在下受朋友之托，诺而无信，无颜再见宁君！敢问丞相，为甚不能收？"

"从前虽然同在朝廷做事，可我们不是一路人，并无交情。平白厚赠，居心叵测，你说，我敢收他的礼么？"

原来如此，朱安世的心放了下来。"丞相误会了！临别时，宁君一再叮嘱下走代为向丞相陈情，拳拳之心，可质天地。他说自己往昔好胜任性，招怨甚多。戴罪以来，时时反省，知道自己糊涂一时，是大错了。宁君奉千金为贺，别无所求，无非借大婚之机，向丞相谢过输诚，表白心迹而已。在下愚笨，没有先向丞相道明宁君的曲衷，错在下走，还望丞相见谅。"

别无所求？田蚡根本不信，大摇其头道："宁成已是布衣草民，就是不送礼，本府也不会把他怎么着。千金之礼而别无所求？骗骗小孩子可以，这个话，会有人相信么？你是买卖人，人情事理上，应该很明白。既做说客，就讲明来意，用不着藏着掖着。不然，这不明不白的礼，本府是绝对不能收的。"

"丞相洞幽烛微，是在下多心了。宁君确实还有话，说他愿为朝廷，再效驱驰。恳求丞相在朝廷起复罪臣时，在天子面前，为他说句话。"

"哈哈！"田蚡捋须大笑起来，"这不就得了！说来说去，还不为的是做官。这么大的手笔，是想要多大的官哪？"

"宁君自二千石的位置上罢职，当然还想在这个位置上起复，若有难处，退而求其次，做个比二千石的关都尉也成。"汉代高官的秩禄，大致可分两档：万石，二千石。三公秩皆万石。二千石又分三等：中央九卿秩皆中二千石；郡国守相次之，秩皆二千石；郡国及关塞都尉又次之，秩皆比二千石。宁成曾为中尉，位列九卿，以比二千石复职，等于降了两级，俸禄也低了许多。

朝廷每年秋冬上计时，要考核官吏的劳绩，奖优黜劣。罢职官员的起复，一并进行。官员的任用陟黜，丞相有建议之权。不过张张口，就能有千金的进账，解了自己的燃眉之急，何乐而不为！田蚡心中暗喜，可面上仍是公事公办的样子。"话，本府可以去说。可事成与否，用与不用，用，派作甚官，全在于天子。宁成他应该明白，所望不要过奢。"

"丞相肯帮他，不啻再生之德！宁君是个知恩图报的人，定会肝脑涂地，以报万一。在下先代宁君，叩谢丞相再造之恩！"朱安世再拜顿首，大事有望告成，这一份欣喜，情见乎辞。

"你倒是个肯帮朋友的人！你告诉他，即便如愿，也莫得意忘形。以后凡事要小心，莫重蹈前衍。"

"是。"朱安世猛然憬悟，自己有些失态。其实，整件事都是他谋划中的一步棋，宁成毫不知情。他出巨资，为宁成打通复出的关节，为的是引西域马入关的大生意。他已在贩运的沿途的驿亭，安排了接送转运的人手，又与京师藁街的胡商，议定了代售马匹的合约。而走私网中至为关键的一环，取决于进出关中的要塞上，有无肯与他合作卖放的官员。他看中宁成，一在他敢作敢为，胆子大，办法多；一在他亦官亦商，熟知如何卖放关节，贪贿求利的门道。当然，他也算定，自己斥巨资为宁成谋官，宁成必会感激图报，助成他的生意，更何况还能从中提成分润呢。

府丞走进来，附在田蚡耳边，说是周阳侯介绍来一位茂陵来的县尉，有要事求见。田蚡正待说不见，转念一想，莫不是陵工上的事？大意不得，于是吩咐府丞要他等在门外候见。

朱安世见状，起身告辞。"丞相公务繁劳，在下就不打扰了。"见府丞退出后，他又低声道，"在下既赶上丞相的喜事，也备下五百金为贺，日暮后与宁君的贺礼一并送过来，请丞相笑纳。日后有事用到朱某，只要传个话给我，在下愿效犬马之劳。"

雪中送炭，且出手阔绰，办事又谨慎得体，初见时不佳的印象早已一扫而空。田蚡竟也屈尊起身送客，站在前堂门前，满面含笑地目送他出府。

十九

朱安世出来时，张汤正等候在侯府大门之外，只觉得此人看上去有些眼熟，正思忖间，府丞用手碰了碰他："你随我来。"

府中正在施工，院落中工料成堆，甬路不通。他跟着府丞，沿着曲曲折折的回廊走了许久，穿过数座角门与两进院落，终于止于一座大院之中。院中屋宇呈凹字形，高大峻伟，映掩于扶疏的花木之中。将他引入东厢的客室等候，府丞却径自去了。

田蚡曾视察过陵工，朝廷与三辅的官员前呼后拥，排场很大。张汤随令丞迎送，根本靠不了前。他早年交结过田蚡之弟周阳侯田胜，田蚡贵后，他也一度频繁出入田胜府邸，但运气不佳，一直无缘得见田蚡。这次单独谒见，还是走的田胜的路子，但心里仍不免有股莫名的紧张。他深吸了口气，眼观鼻，鼻观心，屏息凝神地思索谒见时应持的举止。莫张皇，莫失态，谦而不卑，要言不烦……他默默打着腹稿，渐渐拾回了自信。若论律法精熟，运用得宜，他自认不在任何人之下，惴惴不安的心情一扫而空。

张汤的自信，来自他对律法的精通。算起来，自幼而今，他浸淫于律法已近四十年。张汤之父也是狱吏出身，后来做到了长安丞，仍协管刑狱。张汤自幼颖悟，尤得父亲的喜爱。张家居住在杜县，张父任职京师后，常常带他在身边，居住于官舍之内。

张汤儿时，一次，父亲外出办事，叮嘱他看好门户，他却与邻里的孩童游戏，乐而忘归。父亲回来后，儿子不见踪影，庖厨中的腊肉却为老鼠所盗。父亲一怒之下，将张汤好顿打。次日，父亲办事，中途折回，目睹了若非亲眼所见，绝难相信的事情。原来，张汤遭笞后，愤懑不能平。父亲走后，便连掘带熏，活捉了那只老鼠，还在鼠洞中找到了残余的盗肉。奇就奇在，张汤并不马上处死累他挨笞的元凶，而是一如审决人犯，按律施行。他将那只老鼠四肢拴牢，头前陈放着盗肉，又自撰了爰书，援引律法，一条条按问盗肉始末。他身兼两造，既提出指控，又代鼠答辩，每每以老鼠诡辩为由，不时以荆条抽打得老鼠吱吱惨叫。最后，宣判老鼠盗窃成立，方才以小刀肢解老鼠，报仇雪恨。父亲取过他书写的爰书，更为吃惊，文辞之老辣，用律之得当，一如老狱吏所为。原来，平日父亲审案时，张汤经常在旁观看，耳濡目染，久而无师自通。张父惊喜不置，此后便加意培养，每每由儿子代他书写按狱文牍。所以，还是在儿时，他已精于此道。父亲故后，张汤子承父业，也做了长安的狱吏。

屋外步履杂沓，两名侍女掀开竹帘，田蚡走了进来。田蚡方头大耳，满脸横肉，霸气十足。他五短身材，身着华丽的丝绸便服，挺胸凸肚，举手投足，都不脱旁若无人的傲慢。张汤伏地顿首，以六礼请安。

"你是茂陵尉？陵工上有事情么？"田蚡上下打量着张汤，这个人，谨饬中透着精明干练，不觉先有了几分好感。

"下官张汤，职任茂陵尉。承问，陵工一切顺利。在下谒见丞相，为的是一件特别的公事。"

"陵工之外的事情，你该逐级上报，即便是陵工上有事，也该先报太常。都像你这么越着锅台上炕，岂不乱了朝廷的规矩！太常若知道你之所为，你的职事只怕是要做到头了。"田蚡的语气中有了教训的意味。躐等奏事，是官场上的大忌，刚才还以为他谨饬，看来并非如此。

"此事，在下原想报知太常，可上报之前，下官觉得丞相应该先一步知道。"

"哦，为甚？"

张汤看了看左右，揖手道："事关重大，张汤只能向君侯一人奏报。"田蚡略作沉吟，摆了摆手，府丞与侍女们悄然退了出去。

"是件杀人的命案，事情牵涉丞相的亲属。"

"哦？谁？怎么回事！"田蚡一惊，追问道。

"修成君之子，在茂陵强买民物不遂，杀人害命。若下官所知不差，修成君乃皇太后之女，君侯大人之甥女。"

"是金仲？他跑去茂陵做甚？强买甚？这件事确实么？"田蚡有些急了，这个孽子，平日胆大妄为，终于闹出大事了。

"确实。事情出在昨日午前，修成子仲由茂陵浮浪子弟李亨引领，到杨万年家买犬。杨家有一名青骏的猛犬，爱之如命，坚不肯卖。双方起了争执，动了手，杨万年与其父杨昌毙命。"

两条人命！田蚡倒吸了口凉气，知道这是绝难遮掩的重案，唯一的希望，是外孙没有亲自动手。"金仲动手了么？你敢肯定，人是他杀的？"

"光天化日之下，杨家邻里有多人目睹，均已作证。目击者众口一词，说是修成子仲先动的手，杨万年胸口致命的一剑，是他所刺。杨家的人上前拼命，混乱中，杨父亦被刺中，伤重不治。"

"张县尉，这件事汝等作何处置？"

"在下已将始作俑者李亨下狱，杨家那头先安抚了回去。下一步拟报太常府，同时行文长安令，协缉人犯到案。"

田蚡眉头紧锁，脸色阴沉。这件事若报上来，修成子仲下狱不说，皇帝必会震怒，而且很可能会迁怒于众外戚，太后、修成君乃至自己日子就难过了，非得想办法压住不可。一念至此，原先的倨傲一转而为和煦。

"张君为官，一直做治狱这行么？"

"是。自束发至今，已近四十年了。"

"哦，那么，汉律应该是极熟的了？"

"是。"

"看得出来，你是个精明干练的人。我这个外孙顽劣非常，本该要他抵罪。可修成君是太后的爱女，又只此一子，若抵了罪，就是绝了修成君的后。老来丧子，她会伤痛欲绝，一旦不讳，如太后何？太后不安，天子又当如何？况且，事关皇家与外戚的脸面！依张君看，有无转圜的余地，怎么办为好呢？"

张汤等的就是这句话。"张汤不才，敢为丞相言之。在下贸然谒见的初衷，就是想要君侯早早有个准备。这件案子无非两种办法：一是依律而行，修成子仲必死无疑；一是先压下来，之后慢慢设法。事缓则圜，多与金钱，安抚住杨家。民不举，官不究，以不了了之。"

田蚡双眼一亮，可随即又黯淡了下来。"好个以不了了之。可是怎么压？若知情不举，可就是欺君罔上的大罪！日后通了天，不要说你，就是我这个丞相，也难脱死罪。"

张汤淡淡一笑，这件事他早已成竹在胸。"压住，自然也可以依律而行，律法是死的，可人是活的，关键在于活用。依律而行，即便日后追究起来，于情于理，天子亦无可挑剔。"

田蚡大喜，不觉前席，与张汤造膝而谈。"果能如此，张君就帮了修成君，也帮了本府与太后的大忙！说说看，依照哪些个律条，能将此事压住？"

"其实，事情的关键，就在这上报的程序上面。君侯该知道，朝廷有先请之制。借用这个制度，应该可以压得住。"

"先请之制？"田蚡搜索枯肠，终于想起，高祖皇帝曾颁有诏令，对身边的近侍郎官，罪耐①以上者，要先请示，由皇帝决定是否定罪，如何定罪。他摇了摇头道："高皇帝的诏令只用于郎官，可能适用么？况且请示上去，皇帝出于大公，必会治罪。非但压不住，修成子死得更快！"

"皇室宗亲，包括远亲，犯法当髡②以上，亦可先请，以示亲亲之意。这一条可以适用。"

"如何用？"

"九卿中的宗正，掌录皇室宗亲。郡国上计时，各地有涉及皇室宗亲犯法当髡以上者，规定要先报请宗正，由宗正请示皇帝，然后方可决狱。这就有了缓冲的时间，在下可以案涉皇室宗亲为由，须呈报宗正府，将此案拖延到上计时。如此，可以争取到一个多月的时间。宗正若能压住不报，则时间更长，哪怕只多几日，也是好的。当然，宗正那里，得丞相出面，这个面子，他不可能不给。"

两个月的时间，料理善后应该够了。天大的一个官司，顷刻之间便有

---

① 耐，秦汉时处罪的一种刑罚，刑期二年，剃去胡须。古时以为身体发肤，受之于父母，不可毁伤。故视剃掉胡须为一种惩戒。

② 髡，古代处罪的一种刑罚，刑期三年，被刑者要剃光头发，惩戒之意同上。

了转机。对这个小吏，田蚡不由得刮目相看了。自己身边，缺的正是这等人物。

"还有一事，职任所在，例行的程序不能不走。在下会行文长安，请示协捕人犯，修成子最好躲避一时，彼此都会省去许多麻烦。至于长安令，丞相可以派人关照，以例当先请，要他听候上边的裁断。"

田蚡沉吟不语，忧形于色。许久，才语气沉重地说："恶事传千里，两条人命啊！压得住一时，压不住一世。吾等凡事要从最坏处想，万一漏风，又该如何？望张君有以教我。"

"压得住一时，便足够了，事过境迁，疏解起来要容易得多。万一杨家不肯了事，也有另一条路可走。"张汤并不在意，一副成竹在胸的模样。

"甚路？"

"买爵赎死。孝惠皇帝三年，有赎死之诏：'民有罪，得买爵三十级以免死罪。'此事若下廷尉决狱，可以此比照。爵一级直钱两千，三十级不过六万，先把命保下来，以后遇到大赦时，再想办法脱罪。"

"此事可行？"

"可行。君侯想，朝廷中难道真有那不识死活的官员，一意与丞相、太后作对？只要律法上说得通，谁不愿意做好人！"

"只要律法上说得通，人人愿做好人。你说得对，说得好！"田蚡双手拍腹，忘情地大笑起来。

张汤等他笑够，很沉着地说："在下以为，买爵之事当马上着手，有备无患，不可临渊羡鱼。"

田蚡握住张汤的手道："好，这件事就照你说的办！"

他看定张汤，笑吟吟地问道："听家丞讲，你是老二介绍来的，你们怎么个关系？"

张汤俯首道："在下十年前在长安城中做个小吏，适值田君搬至小的的管地，初来乍到，人地两生，小的义不容辞，跑前跑后地张罗，由是熟识。"

田蚡大笑着，拍了拍脑门道："好像听老二提起过这么个人，可朝廷公事忙，就撂脑后去了。"

随即收起笑容，正色道："张君是个通才，做邑县的小吏未免委屈了。

野有遗贤，我这个丞相有责任，好在可以弥补，吾当为朝廷举拔人才。按理，相府也该有位谙熟律法的智囊，我看你很适合。我这里还缺一位长史，你用心办事，本府会虚位以待。"

丞相府的长史，秩禄千石。尤其重要的，它是仕途跃升的关键位置。长史协助丞相佐理政务，参与机要，往往略经迁转，即可升至九卿的高位。张汤暗自心喜，眼前这个赌注，自己是押对了，不仅逢凶化吉，而且出幽谷迁于乔木。李文的失算，即在于他不明白，危机善为利用，也可以化为机遇。既已见知于田蚡，李文的评语已不足为虑，两个月后，见到自己后来居上，李文怕是鼻子都会气歪吧。想到这里，张汤差一点笑出声来。他强自克制，赶忙顿首称谢，把这份得意遮掩了过去。

张汤辞出后，先回了杜县的家中，与老母妻子团聚。返任路经长安时，他顺路访友，有意多盘桓了一日。想象着李文每日被杨家的苦主纠缠不休，无一刻得安宁的窘状，觉得很开心。

他在长安做狱吏时，交下了两个朋友，一名田甲，一名鱼翁叔，都是东市坐市的富商。当时他还是升斗小吏，入不敷出。仗着二人的接济，维持家用。他的来访，二人欢喜非常，买了酒菜，一起到田甲家中叙旧。主宾欢洽，互道契阔，觥筹交错，一席酒宴直吃到日晡。面对两位于他有恩的朋友，他心中一热，滴水之恩，当涌泉相报。

自己日后发达，决不可辜负了他们。

于是奉酒齐眉，很郑重地说道："在下早年丧父，家境寒微，上有寡母，下有弱弟，蒙二位兄长不弃，以朋友相待，汤无日不感念于心，他日得志，定当图报。汤仅以杯酒为誓，拳拳此心，苍天可鉴！"言罢，一饮而尽。照照杯，面色已经红了。

散席后烹茶解饮，张汤醺然，打算留宿于田家，与朋友作竟夕之谈。田甲眯着醉眼，拉过一直在旁侍候的少年道："这是吾弟田信，自幼好学，我不想再让他做这行。张兄若能提携他，在公家谋个差事，在下感激不尽。"

张汤笑道："怎么，从商不好么？我可是一直羡慕二位呢。"

鱼翁叔抿了口酒，叹道："从商固然可以发财，可背着市籍，世世低人一头不说，豪门恶吏，予取予求，稍不如意，非打即骂，这个中的滋味，不好受啊！"

张汤曾为狱吏多年，豪强欺行霸市，恶吏敲诈盘剥一类的事情，他听到看到得多了。"怎么，京师市场的秩序很乱么？"

鱼翁叔道："外戚豪强，横行无忌！现今的中尉，畏懦不任，连问也不敢问。说句心里话，我们这些规规矩矩的生意人，倒宁愿由宁成那样的酷吏坐镇京师，起码他在时，街市贵戚敛迹，没有人敢胡作非为。"

田甲道："我看物极必反，他们闹大发了，劣迹早晚会传到宫里，朝廷必会起用酷吏整治他们。这几日已有些迹象，那两个外家的太岁，已一连数日未在东市露面了。"

"田兄所言，指的是皇太后的外孙修成子仲么？"张汤问道。

"正是，还有个叫陈珏的更恶，是隆虑公主之子。这两个纨绔拜个姓朱的驵侩为师，整日里舞拳弄剑，啸聚于街市。看谁不顺眼，非骂即打。只要这两个恶少在，东市人人提心吊胆。"

"姓朱的驵侩？这个人是不是瘦高挑，小眼睛，走路步子疾快如风？"张汤猛然想起前几日在田蚡府门前遇到那个人，面熟，可就是记不起那人是谁。

"这个人物江湖做派，极少张扬，吾等只是听说，从没有见过，都传他生意做得很大。"鱼翁叔道。

"我见过他。"一直在旁别斟茶的田信忽然开了口。他每日随兄长去东市，田甲谈生意时，他随意闲逛，曾目睹过河洛酒家那一幕，于是绘声绘色，将那日修成子仲与陈珏受窘的事情讲述了一遍。

"那个搭救他们的人自报姓名，叫……对了！叫朱六金，是个瘦高个儿，修成子仲和陈珏都叫他师傅。"田信印象极深，很肯定地说。

"好小子！你还听到见到过甚，说给张叔听。"

田信少年心性，本来心里就存不住事，于是又讲出了修成子仲与陈珏离开长安的事。他昨日在藁街看胡商交易时，一列五六辆马车由戚里驶出，沿章台路直奔安门而去。最前面一辆驷马安车上，坐着的就是这两个人，后面几辆车，载的是仆庸和行李，一望而知是出远门。

与陈珏同行，出远门……张汤明白了，他们这是外出避风，去向极可能是河内隆虑县，那里是陈珏父母的封邑 ①。看来，田蚡已经按自己的话办了。他打消了在此过夜的念头，人犯既已不在长安，他便没必要在长安拖延，可以回去办案了。

他拍了拍田信的肩头，看定田甲，很肯定地说："田兄放心，阿信的脑子很够用，将来定能出头。你的事便是我的事，我肯定帮忙，或许不用许久，我就能为阿信谋个让你们不再受欺的差事！"

说罢，张汤起身，不顾友人们的一再挽留，一路快马加鞭，连夜返回茂陵。夜风习习，吹散了酒意，他突然记起了，那个时时浮现于脑海中的人，根本不叫朱六金，而是当年威震长安的大侠朱安世！

_____

① 封邑又称汤沐邑，汉代皇室加封给公主的封地，称作汤沐邑。

二十

元光三年冬十月，寒气比往年来得早，刘彻的心情也如长安的天气一般阴冷。一个月前，他还十分乐观，下诏于秋收之后，举国大酺五日，普天同乐，与民休息。可郡国上计的结果告诉他，国事并非如他所想，诸事顺遂。尤其有几件大事，像沉甸甸的石头，压得他喘不过气来。

先是，关东诸郡纷纷上报，河堤年久失修，应予翻修，工程浩大，钱粮、民力均有不足。北边诸郡，塞外匈奴异动，有可能大举扰边的奏牍不断。西南巴、蜀、广汉诸郡的太守，则对朝廷派去经营西南夷的唐蒙啧有烦言，抱怨他滥用民力，征发无度，诸夷怨望，早晚会酿成事端。尤其令他愤恨的，修成子仲与陈珏胡作非为，为恶不悛，大臣们却意图蒙蔽，压住不报。他昨日观犬，狗监杨得意哭诉了其从弟杨万年父子被杀之事。外戚子弟横行闾里，时有耳闻，可如此胆大妄为，出乎他的想象。

他连夜召人查问。太常张欧坦言，案子刚报上来不久，已交宗正府议亲议贵①，意见不一，故尚未上奏。再查长安令、丞，则云早已接到茂陵的协查文书，可人犯不在长安。且宗亲有罪，有先请之制，如何办，他们要等上边的裁决。进封君的府邸抓人，也须待朝廷的诏令。一切都合乎祖制，中规中矩，

---

① 议亲议贵，古代封建社会中，达官贵族处罪时享有的特权；是根据人犯身份地位，与皇室亲戚关系的远近而予以减轻刑罚的一种特权规定。

他竟难以驳斥。这件已发生两个多月的血案，若非杨得意冒死陈奏，他至今还会被蒙在鼓中。

冷静下来后，他也感到了为难。两人都是皇太后的外孙，与他有甥舅之亲，若置之以严刑峻法，是绝难活命的。可自己做恶人，又如何面对母后与姊妹？身为天子的他尚且犹豫，大臣们不愿做恶人，更害怕得罪皇室，毋宁说是在情理之中。己所不欲，勿施于人，无可厚非。置之不理，是枉法；依律问罪，有伤亲亲的孝道。这种两难的局面，非常人可解，办这种案子，非自甘于恶人的酷吏不可！三辅的治安，自宁成罢罪去职，已经大不如前了。他有些怀念起这些个酷吏来了。先帝常言治国之道，赏罚不可偏废，酷吏如同君主的皮鞭、快刀与恶犬，是实施惩罚的利器，真是一语中的。自己的失误，就在于身边没有甘做恶人的酷吏，急切间难得其月。这个失误，日后决不容再有。

"丞相，你说，这大汉的天下，朕要怎样才能够坐得稳？"

这日的朝会，自丞相以下，无不敛容屏息，惴惴不安，以为皇帝会严究茂陵一案。不想，刘彻神色和易，好整以暇地问起了一个毫不相干的问题。

田蚡一怔，不知皇帝是何用意，支吾了一车，赧颜道："陛下圣明，臣愚昧。"

公孙弘见状，出列揖手道："老臣以为，欲求社稷之安，还是要遵循先贤孔子的教诲，为政以德为上。为政以德，居其所而众星拱之。如此方能上下尊卑有序，君君臣臣父父子子，令行禁止，方可江山永固。"

"公孙大夫不愧是宿儒。那么又如何做到令行禁止呢？"

"子曰：其身正，不令而行；其身不正，虽令不从。自天子以至众臣，要率先垂范，方可化民成俗。"

"说得好！如今京师三辅纪纲不振，民风浇薄，甚至出了外戚子弟强抢民犬，草菅人命的案子！又该怎么收拾呢？"刘彻脸色一沉，问道。

"严惩不贷，以儆效尤。"众臣面面相觑，这句话就在嘴边上，却无人敢于说出来。

"看来，你们都怕，都不愿意做恶人。也好，你们推举几个肯做恶人的能吏出来，整肃一下京师三辅的治安。田蚡，丞相掌丞百官，你肚子里，有无现成的人选哪？"

"陛下所言极是，三辅的治安是该整治了。当年宁成在时，京师十年无事。可惜他为官不谨，自毁前程。臣以为，中大夫赵禹廉明奉公，可当此任。还有一个人精通律法，精明强干，臣想用作相府的长史。"

甘当恶人？田蚡看出皇帝是想用酷吏整治京师，他早有运筹，并不觉得突然。作为丞相，他掌丞百官，对人事上的事了然于胸。可他从前任用官吏时的大包大揽，引起过皇帝极大不满，现在他已收敛了许多。转行投石问路，见机行事的办法，反而可以隐蔽地达成目的。

"赵禹么，可以算上一个。另外的那个人是谁？"

"此人名张汤，做狱吏几四十年，律法精熟，现任茂陵尉。"

"宁成现在哪里？"

"在南阳穰县故里，听说富甲南阳。"皇帝果然有起复宁成之意，田蚡不由心中暗喜。

"朝廷用人之际，朕看可以起复他。要他重回京师，再做内史如何？"

"老臣以为不可！陛下所言极是，其身不正，虽令不行。宁成因贪贿罢职，人心不服，怎可号令三辅！"公孙弘道。

"人非圣贤，孰能无过？要在知错能改。臣以为，吃一堑，长一智；宁成是再不敢犯赃的，何况他如今有的是钱。"田蚡恨他沮事，狠狠瞪了公孙弘一眼。

不想公孙弘视若不见，抗声道："臣从前居山东为小吏时，宁成是济南都尉，其治民如狼似虎，以虎狼牧民，民可活乎！臣以为，决不可使宁成治民，陛下明鉴。"

刘彻觉得公孙弘的话有道理，宁成坐赃，京师无人不知，难以服众，还会有不少人忧心他报复。可田蚡的话也不错，使功不如使过，宁成这样的酷吏不多见，弃之可惜。一时竟有些委决不下。

沉吟良久，刘彻方问道："丞相，官吏考绩陟黜的结果出来了么？"

"出来了。"

"宁成既不可与治民，就退求其次，比二千石的空缺还有么？"

"有。函谷的关都尉调任武关，位置还空着。"田蚡暗喜，能做关都尉，也算是不负宁成所托了。

"函谷扼守关中门户，是得有个厉害的人守着，就着宁成去那里吧。可这京师的治安，派甚人为好呢？"

太常张欧出列陈奏道："长陵令义纵，执法不阿，勇于任事，在三辅邑县考绩第一。"这也是田蚡预先的安排。他早已将茂陵血案报知了太后，太后要修成子仲与昭成君外出躲风而外，点名要他重用义纵，说是自己对他们姐弟有恩，万一事发，有他在长安，自会知恩图报，照应他们。所以。他早已授意张欧，举荐义纵出任长安令。

"你是说义纵？"刘彻记起当年东市酒肆那一幕，唇吻间浮出了笑意，可心里亦不免歉疚。

"义纵之前在上党郡任县令时，县无逋事，路不拾遗，治绩也是第一。"汲黯道。刘彻为太子时，曾与汲黯有师生之谊。汲黯治任黄老，政清刑简，清静无为，出任东海太守一年多，全郡大治，远近称誉。念及师傅体弱多病，刘彻从任上调他回长安，出任主爵都尉。

"义纵治绩虽优，可只是个六百石的县令，越级拔擢到京师，资望轻了些。"田蚡道。这是欲擒故纵，他愈迟疑，皇帝往往会愈坚决。

刘彻不以为然道："一县之治，麻雀虽小，肝胆俱全。做过一县的长吏，就能胜任郡守的职任。县令乃亲民之官，他为政多年，应当熟知民间疾苦，官场弊端，用到京师来，朕看可以。"

大功告成！田蚡道："那就用用看，先做千石的长安令，合用，不负陛下所望，再大用为两千石？"

刘彻点了点头道："先这么办吧。义纵到任前，先要他进宫陛见。"

这次廷议，自始至终，皇帝没有提到过修成子仲与陈珏的名字，大臣们却都知道，调义纵入京，为的是茂陵的血案。可皇帝会动真的，对自己的外甥下手？谁也不敢肯定。是抓是放，这个两难之局，总算有人顶起来了，除田蚡外，众人既松了口气，又都为义纵捏了把汗。

人事之后，有待于议定的，是河工、边备与西南夷的问题。秋冬枯水季节，河工似可以缓一缓。而边备，则事关要不要继续经营西南夷，在这件事上，争议很大。

元光元年，刘彻派唐蒙为中郎将，抽调巴蜀广汉士卒千人，经营西南夷。

起初诸事顺利，夜郎侯多同不仅拜受了朝廷的封爵，而且约定由朝廷代为置吏。周边众多邑聚部落，见朝廷厚赐多同，贪图财帛，纷纷与唐蒙定约内附。朝廷将夜郎及归附的诸邑、广汉南部与僰人①的疆域合辟为犍为郡，辖六县，郡治设于鄨县②。鄨县位于符关③至夜郎的中途，是深入夜郎与牂牁的要冲。沿途山重水复，层峦叠嶂，若要打通深入夜郎的道路，实现沿牂牁江顺流而下，直捣南越的目的，非架桥筑路不能为功。这条道路西起僰道④，与蜀郡灵关道相接，东至符关，再向西南转入夜郎。唐蒙挟朝廷专使之威，号令三郡，征集民工，修治道路。仅转运粮食工料者，就有上万人。

两年过去，仅修通了僰道至符关的一段，暑湿炎热，瘟疫流行，加以食粮不继，疲饿交集，病死者甚多。而三郡食粮工料的征发转运，也已不堪负担，吏民怨声载道。三郡每年上计的文书，无不抱怨，停筑缓筑的呼声不绝。尤其令人忧心者，当道路临近夜郎时，诸多内附的夷人开始不安，反对筑路。

原来，这些夷人并非诚心归附，而是贪图朝廷赏赐的财帛。以为道路险远，汉朝终不能对他们实行实际的统治，乐得骗些财物使用。一旦看到道路将要修筑到自家门口，遂群起抗拒。唐蒙不得已，以兴律⑤诛杀其渠帅，激起了部分夷人的反叛。一时间，传言四起，都说朝廷将征集大军进剿，三郡吏民惶恐不安。而三郡亦将耗费巨大，民心浮动的情况，借上计的时机，奏报朝廷。

看过奏牍，刘彻又羞又恼，经营西南夷，是他全力坚持的方略。平心而论，当初他低估了经营的难度。尤其是筑路，最为耗费民力。可行百里而半九十，半途中辍，功亏一篑，他心有不甘。斟酌数日，他有了个主意，准备听听大臣们的意见，再下决心。

刘彻指了指案头的奏牍，对田蚡道："丞相，巴蜀广汉上计附来的奏牍读过了吧。当初你不赞成经营西南夷，可谓有先见之明。事情搞成这种不上

---

① 僰（音勃）人，古西南夷之一种，居于今四川宜宾以南。

② 鄨（音必）县，汉代县名，初为犍为郡郡治，位于今贵州遵义附近。

③ 符关，古代由巴蜀通往夜郎的关口，位于今四川合江附近。

④ 僰道，汉代县名，位于今四川宜宾。

⑤ 兴律，汉代用以征集钱粮物资以供军用的律法，又称军兴法。

不下的局面，何以善后？丞相怎么看？”

　　所有上计的文牍，均须先报到丞相府，经田蚡之手上奏皇帝，这些奏牍他当然看过。奏牍中陈报的种种，无一不在他的预料之中。可这种得意他得藏在心里，还要给皇帝一个台阶下。“臣一直以为，西南不过疥癣之患，我朝的大患在北边的匈奴。西南夷不是不能经营，可要分轻重缓急。当务之急，重中之重，还是北边的防务。马邑之后，就更是如此。”

　　他略作思忖，加重了语气：“自马邑之后，我大汉与匈奴原有的和亲关系破裂。一切迹象都表明，匈奴正在酝酿大规模的报复，朝廷必得集中力量，严阵以待。这个时候在西南夷出了乱子，会陷国家于两面作战的不利境地，使匈奴人有隙可乘，危及大局！”

　　“那么西南这一摊子，就不管不顾，前功尽弃了么？”

　　“当然要管。臣以为，不妨行晁错故事。唐蒙以首谋之人，欺蒙天子，好大喜功，扰动三郡，虚掷民力，罪不容诛！应派专使就地诛杀，以释民怨。如此，西南可以传檄而定。”

　　“虚掷民力？偌大一个犍为郡难道是天上掉下来的！”田蚡指责的是唐蒙，可一个个罪名，无一不是像在数落自己。刘彻不悦了，吩咐宣召司马相如上殿。

　　“司马相如，经营西南夷，你与唐蒙都是始作俑者。闹成这样的局面，丞相要诛杀首谋以儆效尤，你有甚话好说么？”

　　“臣有一事不明，敢问丞相。”司马相如揖手请示，双目熠熠，直视着田蚡。

　　刘彻点了点头，司马相如转向田蚡，揖手道：“首谋者何罪之有？南粤僭制称尊，勾连百粤，心怀不轨，是我大汉的隐患。为臣子者忧心国事，未雨绸缪，为天子分忧，何罪之有？”

　　“唐蒙滥用民力，虚耗国帑，三郡惶恐，诸夷怨望。以司马先生之见，这些不是罪，难道是功？”田蚡白了他一眼，反唇相讥。

　　“何谓滥用民力，虚耗国帑？西南崇山峻岭，非筑路不能深入夜郎，不入夜郎，又何以挟制南越？唐将军挟三郡之力，兵不血刃，为大汉增一郡之地，扬天子之威德，夜郎归附，群夷宾服。这当然是功。”

　　“那么三郡的父老，何以怨声载道？”公孙弘冷冷地插了一句。

"民不可以虑始，而可以乐成。今上乃大有为之君主，如鲲鹏翱翔四海，其志非燕雀可得而知。盖世必有非常之人，然后有非常之事；有非常之事，然后有非常之功。非常者，故常人之所异也。故曰：非常之原，黎民惧焉，及臻厥成，天下晏如也。"

司马相如引经据典，辩才无碍，言辞如滔滔江水，激越飞扬。刘彻听得心驰神往，如饮醇醪，原有的焦虑也一扫而空。尤其是那番非常之人与非常之事的议论，道出了自己内心的抱负，令他激赏不已。

"天聪明自我民聪明，难道百姓的怨声可以不顾么？"司马相如避实就虚，称扬天子以塞众人之口。汲黯本与田蚡不合，可他最见不得这般巧舌如簧的文人，便也加入到问难之中。

"秦孝公用商鞅变法，头一年秦民怨新法不便者数以千计。可新法行之十年后，秦民大悦，道不拾遗，山无盗贼，家给人足。民勇于公战，怯于私斗，举国大治。民怨的对错，要看长远，而非一时。经营西南夷是安天下之举，以一时之累，而遗泽百世，造福中国，何罪之有！"司马相如侃侃而言，愈辩愈勇，诸臣辟易，竟无一人可以折服他。

刘彻心里有了决断，散朝后，单独将司马相如留了下来。

"长卿，今日廷辩，君风头之健，辟易千军哪！朕也算领教了你这张利口。不过辩得好！辩明了西南这件事情上的是非。"刘彻将司马相如领入寝宫，边称赞边示意他坐下说话。

司马相如笑笑，引了句孟子的话自我解嘲："余岂好辩哉？余不得已也！"

"不过，老臣们的话也有他们的道理，一件事情，搞得民怨沸腾，总不是件好事。唐蒙功大于过，可过犹不及，他的躁进会偾事，不可置之不问。三郡的民怨，也要化解，你怎么看？"

"陛下圣明。臣以为，朝廷可以派专使赴三郡传谕天子的德义，抚慰民心。对唐蒙则不宜苛责，不然会冷了勇于任事者的心。"

刘彻颔首道："朕记得，长卿乃蜀郡成都人吧，家乡还有亲人么？"

"臣之父母，早已物故。内子的家人在临邛。"

"朕还听说，长卿上次还乡，还家徒四壁，赖妻丈资助过活，是这样么？"

"臣空怀文才，百无一用，蹭蹬半生，辱及先人，实在惭愧！"司马相如脸一红，低下了头。

"惭愧？长卿大可不必！今日朝堂之上，三公九卿皆非君之对手，这个面子，你可挣大了！"刘彻笑起来，好整以暇地问道，"人都说富贵不还乡，如衣锦夜行。长卿以为如何？"

"衣锦还乡乃人人所欲，陛下的意思，是派小臣去巴蜀广汉，宣抚吏民？"司马相如眼中一亮，小心地问道。

"你是朕身边的近臣，最知道朕经营西南夷的用心。加之辩才无碍，有张所向披靡的利口，笔头子又了得，由你抚慰三郡，朕看最为合适。朕将拜你为朕的持节专使，另加中郎将的职衔，秩比二千石。这样，可以当得起富贵还乡了吧？"

司马相如再拜顿首，多年来立功显亲扬名的抱负，而今总算有了施展的机会，事出意外，不由得他感极而悲，泣数行下。"陛下知遇之恩，臣至死难报于万一……愿竭犬马之劳，不负陛下所望。"

"马邑失手后，朕算定匈奴绝不肯善罢甘休，大汉或迟或早要与强胡对决。既如此，就莫不如先下手，出其不备，予匈奴以重创。为此，朝廷非以全力不能为功。田蚡说事有轻重缓急，这话不错，两面作战会分散力量。所以西南夷的事情要先放一放，维持现状就可以了。你记住，不是放弃，不是半途而废，而是把摊子收拢一些，以待将来。对唐蒙、三郡的守尉与地方上的父老，你要把朕的这个意思交代清楚，要他们上下一心，维持大局，寓开拓于守成之中。"

"是，臣明白。"

处置完两件大事，刘彻的心情好起来，斜倚在卧榻上假寐，朦胧中听到有人轻声言语。他坐起身，问道："谁在那里？"

郭彤从帐幔后闪出，双手捧着封奏牍，趋前顿首道："尚书那里送过来一封特奏，说是窦太主上的奏牍。"

"哦？"姑母上书言事，在刘彻的记忆中，还是头一次，不觉好奇地问道，"奏牍所言何事？"

"窦太主说，要将她家的长门园献给陛下，供陛下藉田时休憩。"说罢，郭彤含笑，将手中的奏牍恭恭敬敬地递了过来。

二十一

　　出长安城东南数十里，在浐水与灞水交汇处，有一处极大的庄园。内中池沼连属，水禽繁盛，长荻修竹，郁郁葱葱，论起景色的佳丽，在长安城东首屈一指。浐水又称长水，所以该地被称作长门园。长门园东面不远，便是汉文帝的霸陵，其间隔有上千亩良田，自文帝时起，它就被划作天子的藉田。长门园原来也附属于藉田，文帝疼爱女儿，把它赐给了大长公主刘嫖。刘嫖后来被朝野尊称为窦太主，这片庄园又被称作窦太主园。

　　藉田，既指古代天子专有的田产，又是礼仪上的一项制度。中国以农立国，历朝历代，无不以农为本，把重农奉为国策。每年正月，在立春前三日，皇帝照例要斋戒，准备藉田大典。朝廷杀牛宰牲，以太牢 ① 祭祀先农（即炎帝神农氏，传说为农神）。立春之日，皇帝亲率百官，携耒耜赴藉田亲耕，率先垂范于天下百姓。至于各郡国的守相，也都相率于此时躬耕劝农。藉田的出产，存于专用的藉田仓，用于每年天地、宗庙与诸神的祭祀。

　　作为制度，藉田有三重含义：首先，皇帝亲耕，以所产的黍谷作为奉祀的粢盛 ②，是尽孝心于祖先。其次，天子率先亲耕，寓有劝农之意。最后，示范子孙，使他们知道稼穑之艰难。

------

　　① 太牢：牢，盛装祭牲的食器称牢，太牢即最高规格的祭祀，要用牛、羊、豕（猪）三牲。又有祭牲用牛者，亦称太牢。

　　② 粢盛，古代祭祀用的祭品，即盛于祭器之中的黍谷。

藉田距长安数十里，周围没有离宫别馆可供驻跸休憩，皇帝与众臣藉田亲耕，来回近百里，不得休憩，不免疲累。而长门园近在咫尺，用作藉田时的离宫，最合适不过。可长门园归窦太主刘嫖所有，刘嫖是皇帝嫡亲的姑母，皇帝与大臣们谁也开不了这个口。

刘嫖之所以主动献园，半是想化解女儿与皇帝之间的龃龉，半是出于她与董偃的私情。女儿做皇后已近十年，却没有一男半女，皇帝召幸别的女人，皇后妒火中烧，更怕别的嫔妃有孕生子，取她而代之，几次寻死觅活，大闹未央宫。由此，帝、后日渐疏远。皇后无子，会是什么下场，刘嫖心知肚明。她心急如焚，以重金寻医问药，源源不断地送到宫里，可仍不见一点效用。

而刘嫖自己，老来颇不寂寞。堂邑侯陈午去世后，年逾半百的刘嫖再无顾忌，与男宠董偃，出双入对，宛如夫妻。董偃年方而立，自幼被刘嫖收养，当作自家子侄一般教以六艺①，博览群书。弱冠之后，董偃出落得一表人才，非但面容姣好，而且性格温顺，善解人意，极讨人喜欢。董偃名为窦太主的近侍，实为爱侣。出则执辔，入则侍内，关系之亲密，已到了不拘行迹的地步。即便在外人面前，刘嫖亦以"董君"相称。

老来的刘嫖，情热似火，有种不管不顾的劲头。为了给情人打通社交的大门，刘嫖走到哪里，将董偃带到哪里，不但四处为他延誉，而且命他散财交士。按她的吩咐，董偃用钱，一日金不满百，钱不满千万，帛不满千匹，可以不用请示，直接从府库中支用。长安的豪门贵戚，起先是碍于窦太主的面子，勉强接纳了他。而相接之下，董偃的彬彬有礼，谦和可亲，颇出人意料。加之他为人大方，出手豪阔，就更是博得了众人的好感。很快，他便成为达官贵戚座中最受欢迎的客人，"董君"的大名，在长安不胫而走。

董偃的朋友中，安陵的袁叔，最与他交好。一次两人对饮，酒酣耳热之际，袁叔问道：足下私侍太主，挟不测之罪，何以自处？董偃忧从中来，叹息说这不光是他，长久以来，也是太主心头的大病。两人于未来都有种不祥的预感，长夜相对，计无所出，不免相拥而泣。于是，袁叔为他们谋划了一个久安之策。

---

① 六艺，古代贵族子弟的教育科目，即礼、乐、书、数、射、御，通称六艺。

袁叔的计策，就是主动进献长门园。长门园的位置，最适于作藉田大典时，皇帝与公卿大臣们休憩的离宫。皇帝心有所欲，可不便开口，不如主动进献，以博取皇帝的欢心。皇帝晓得了献园出于董偃的建议，当然会对他抱有好感，如此，他与太主可以高枕无忧，两情长久。

　　听到袁叔的计策，刘嫖几乎立刻就答应了下来。能与董偃两情长久，她什么都舍得。另一个考虑，就是帮助女儿。阿娇忧心皇后之位，茶饭不思；她却顾自与董偃快活，不免心生愧疚。女儿怀孕生子之事，她无能为力。可进献一处园子，讨皇帝的欢心，多少化解一些他对皇后的恶感，她无所顾惜。于是，便有了那封进献长门园的奏牍。

　　这手果然奏效，刘彻大喜，将园子更名为长门宫，并派宦者到窦太主府上传谕，约姑母奉朝请时相见，他要当面致谢。窦太主喜出望外，要董偃以黄金百斤，谢赠袁叔。袁叔却之不恭，于是再作筹划，这回的目的，是使皇帝面见董偃，当面认可他与窦太主的关系。

　　汉代皇室的公主、封君，以及朝廷命妇，例当于春秋两季进宫朝见，春称朝，秋称请，通称奉朝请。为示以恩德荣耀，皇帝对于致仕退职的大臣与皇室外戚，也常会给以奉朝请的名义，使他们得以参加朝会。窦太后生前，刘嫖可以随意出入大内，可太后死后，随着窦氏一族失势，王太后与她的关系也日渐疏远。女儿阿娇虽贵为皇后，却因无子而与皇帝、太后时有龃龉，这些年，除去进宫看望女儿，未央、长乐两宫，她已不能如从前那样出入无忌了。一年中有数的几次朝会，她也只能与其他皇室命妇一起，远远地望上皇帝几眼。皇帝传话约见，在她而言，已经是很难得的机会了。

　　可朝请之日，她没有去。刘彻见到的，是姑母一封称病谢恩的奏牍。刘彻已许久没有见过刘嫖了。他得登太子之位，最终顺利即位为皇帝，姑母之力，功不可没。阿娇虽令他心烦，可对刘嫖，他心中仍怀有一丝感激。姑母称疾不朝，莫不是生了重病？他有些放心不下，决定亲临问疾，终究，她是自己仅存的嫡亲长辈了。

　　车驾到了堂邑侯府，满府上下的人，又惊又喜。待要通报主人接驾，刘彻摆了摆手，要人引路，径直奔刘嫖的寝室而来。相见之下，刘彻不觉有些心酸，眼前这个老妪身上，哪里还有当年那个丰容盛鬋、心高气傲的大长公主的影子？

刘嫖粉黛不施，裹着件缥丝睡袍，卧于睡榻之上，她头上包着方丝帕，由于未戴假发，花白的、有些稀疏的头发披散着，额头、眼角与唇吻间，已可见细碎的皱纹。

"阿彻，可见到你了！可见到你了！"看到刘彻，她挣扎着要起来，还未开口，已双泪涟涟。

刘彻赶忙上前搀住，侍女往她身后垫了几只茵褥（靠垫），使她能够坐起来。刘嫖握住皇帝的手，仔细端详着他的脸，露出一抹欣慰的笑容。

"皇帝气色很好。"随即神色又黯淡了下来，"阿娇她不争气，净惹陛下生气，臣妾没少说她，陛下莫与她一般见识。"

刘彻尴尬地笑笑："朕不会与她生气，姑母放心。姑母的病如何，要不要派几位宫中的太医来这里诊治？"

刘嫖摇了摇头道："我这病，九成是心病。陛下不忘当年的话，善待阿娇，姑母的病就好了一半。阿彻，你不会怪阿娇吧？"

"朕怎会忘记姑母之恩呢！皇后若非妒忌心重，朕又怎么会怪她呢？姑母放心，无论如何，朕都会善待她的。"

"阿彻，你这就是不懂女人了。女人妒忌，吵啊闹的，那是她在乎你，真爱你！陛下误会了她，她心里苦哇！阿娇没有为陛下生下皇子，她连死的心都有，陛下再不理她，她还有甚活头？"

刘彻心有不忍，不愿意再谈这些，于是转了话头："姑母的园子，是文皇帝所赐，献给朕，这份心意朕领了，可园子姑母还是自己用。立春藉田之际，朕与大臣们到那里歇歇脚就可以了。"

"不可以。"刘嫖看着刘彻，声音很高，她要侍女扶她下榻，伏地顿首道，"臣妾得列位于公主，是蒙先帝之遗德；陛下厚恩，赐我以奉朝请之礼，备臣妾之仪，皇恩浩荡，臣妾万死无以回报。献给陛下一个园子，算得了甚？陛下不要，是生阿娇的气，看不起姑母这个老姬了么？"

"哪里的话！"刘彻扶起刘嫖，侍女们重新服侍她在卧榻上躺好。刘彻坐在榻旁，握住姑母的手道："这个园子朕收下便是了。姑母缺甚，尽管向朕开口。"

"姑母甚都不缺。梁王与你父皇死得早，太皇太后死前，把她的私蓄都给了我，我下辈子都用不完。要说愿望，老妪倒是有一个，不知皇帝可能允准。"

"姑母尽管讲，只要办得到，朕一定允准。"

"我已年高体衰，说不准哪一日就起不来身了，填埋沟壑也许会比我的那些马呀、狗哇的还早。姑母最怕的是老来寂寞，身边没有个人陪伴。要说愿望，还真有一个，陛下公事之余，常到姑母这里走动走动，若能时时与亲人聚首，我就是死了，又何恨之有？"

姑母似有责备自己淡忘亲情之意，刘彻笑道："姑母大可放心，早些养好身子，这些都不难办到。朕只怕到这里，随行的大臣侍卫众多，劳姑母破费呢。"

"我的钱比不上皇帝多，可也够花。陛下若不忍，就厚赏臣妾以偿酒食之费么！"刘嫖大笑道，刘彻及一室的随从侍女也都忍俊不禁。

"朕看太主人虽苍老，可精神很好，不像有病的样子。你怎么看？"回宫的路上，刘彻心有所感，向陪侍于车中的郭彤问道。

"皇上明鉴，太主自己不也说了，她得的是心病。"

"心病，"刘彻颔首道，"看来，她还是放心不下皇后啊。"

"是。可以奴才看，太主的心病，还不止于此。"

"哦，何以见得？"

"太主说，皇上待皇后好，她的病会好一半，可太主还说自己九成是心病，好了一半，还有另一半呢。"

"另一半？"刘彻憬然而悟，方才姑母说自己最怕老来寂寞，身边没有人陪，竟是意有所指的暗示，"你是说她的那个面首？"

"正是。奴才听说，正是此人，劝太主进献长门园。"

刘彻记起，从前曾听到过母亲与姊妹们议论过这件事。"那个人是叫董……"

"董偃。"

"对，是叫董偃。"刘彻不解道，"他不过是个奴才，怎么会成了姑母的心病？"

"太主是主子，而董偃不过是个奴才，有伤风化的事，总免不了被人议论，朝廷若追究下来，董偃被问罪，再到哪儿找这么个知疼知热的人呢？太主说她最怕老来寂寞，要说心病，应该就在这上头。"

"知疼知热？"刘彻有些好奇，"他为人如何？"

郭彤于是把自己听到的种种传闻，拣要紧的说了几件，刘彻听了，对这个董偃生出了几分好感。"那么姑母所求，不过是朕的认可喽？"

"奴才以为，应该是这样。"

姑母与那董偃的关系，已有十几年。陈午死后，他们的这种关系不过由暗化明而已。既是两情相悦，又有甚不可的呢！姑母当年有恩于己，阿娇之事，已在姑甥的亲情上罩上了一层阴影，认可这件事，对她倒不失为一种弥补。想到此，刘彻有了主意。

"郭彤，你马上去少府支领千金，然后送到大长公主府上，告诉她，朕之所赐，乃肴馔之资，要她好好预备着，就在这几日，朕会去她府上做客。届时，会有京师的列侯将军作陪，总会有百人之多，风光得很。"

郭彤领命，正待退下，又被刘彻叫住，叮嘱道："你到那里莫多言语，尤其是她与董偃之事，你要装作一无所知。"

"是。"

数日后，刘彻再到大长公主府时，刘嫖仿佛换了个人。她神采焕发，盛装出迎，先引着刘彻一行观览府中的园林池沼，亭台楼阁，一路偕行，到了一座宽大的殿堂，升阶登堂后，刘彻看到，内中的几筵，早已分宾主设好。东向的一张纹饰华丽的漆案上，放置着一套极为名贵的错金食器，在烛光下熠熠生辉。刘嫖笑道："这是你二叔梁王当年送给姑母的，只在太后与你父皇来时用过，如今轮到陛下使用了。"

入席后，欲坐未坐之际，刘彻忽然向正在安排众人入席的刘嫖招了招手，刘嫖走到近前，笑盈盈地刚要开口，刘彻揎手道："客人都入了席，主人翁该露面了吧？"

刘嫖一怔，脸色一下子苍白了起来，口中嗫嚅着，不知道如何应对。侍坐于刘彻身后的郭彤见状，高声复述道："皇帝口谕，请主人翁出来相见！"

众人面面相觑，殿堂内一片肃然，静得仿佛能够听到人的心跳。刘嫖急急退入后室，再出来时，已经换了装束，素衣徒跣①，簪珥不施，俨然又是一副老妪的模样了。

"臣妾辜负了陛下，无颜以对，请陛下致之以法，顿首死罪。"话音未落，泣数行下。

刘彻心中好笑，连连摆手道："朕哪里有怪罪姑母之意！快下去更衣，引董君见我。"

好一会儿，装扮一新的刘嫖，拉着董偃走进来。董偃身着绿衣，胳膊上戴着套袖，一副庖人（厨师）装扮。见到皇帝，慌得手足无措，伏地稽首，战抖着说不出话来。刘嫖见状，只得代他请安："馆陶公主家庖人，臣董偃昧死再拜天子，顿首顿首，死罪死罪。"

董偃一个劲地叩头请罪，刘彻起身，亲自扶他起来。之后诏赐衣冠，董偃穿戴整齐后，与主人同席，坐于南向上首之位。刘嫖亲自为刘彻斟酒布菜，刘彻举筯，对董偃笑道：

"董君，自今而后，你便与朕沾亲了。只要侍候好朕的姑母，你虽年少，朕见尊不名，就称汝'主人翁'可好？"

刘嫖大喜，连忙拉着董偃，顿首谢恩。举座的列侯将军与随从官员，齐声欢呼上寿，筵席上的气氛随即热烈起来。事先早已等候在一旁的鼓吹女乐，也开始奏乐起舞，席间觥筹交错，笑语喧哗，很快就进入了高潮。

这一场饮宴，宾主可谓尽极而欢，车驾回宫时，刘彻已醺醺然。郭彤带着所忠、苏文等几个小黄门，连搀带抬地将他扶回寝宫，不待盥沐更衣，他便呼呼睡去了。

仿佛还是四月阳春，繁花似锦的时节，似曾相识的花坛，好闻的香气，一种久远而又温馨的感觉紧紧包裹住他，好像还在大长公主温暖的怀中。阿娇羞红着的脸，一闪而过，远远传过来女人熟识的声音："七岁啦？阿彘想娶媳妇不？""想娶。"一阵女人的哄笑声……"阿娇好不？""好。若得

---

① 徒跣，赤足行走；古时赤足为请罪的一种表示。

娶阿娇作媳妇，吾当作金屋贮之。"又是女人们哄然大笑的声音……

　　大傩仪式上驱逐疫疠的鼓声隆隆作响。"如今还这样想么？"是阿娇的声音。他四下寻觅，远远的，在空荡荡的大殿门口，有个女子的身影，与阿娇依稀相似。"你说谎，你负心！"阿娇的声音，和着鼓声，在空旷的大殿中回荡，尖厉、凄凉。"你要善待你大姑，善待阿娇。我们是一家人，你做了皇帝，要照顾她们。"父皇的声音忽然响起在耳畔，伴随着剧烈的咳嗽与喘息。"我没有，我不会！"他争辩着，想要拦住殿门口的阿娇，可两腿似乎没有了知觉，怎么也迈不开步。强烈的光线刺向他的眼帘，晃得他睁不开眼睛。阿娇的身影一晃，闪了出去，他大叫起来："阿娇，你等等！别走，等等我！"

　　他猛然醒过来，额头上满是汗水。日头高起，阳光透过窗棂，将寝宫照得通亮，小黄门苏文正在用丝帕为他擦汗。谒者令郭彤走进来奏报，新任长安令义纵应召候见，已在金马门等候多时了。

二十二

　　为了休沐日的饮宴，窦家上下，已足足准备了一日。自昨日起，窦家的人为采购宴客的菜蔬禽畜，在东市忙活了一个午后，又连夜洒扫供张。鸡鸣未爽之际，窦夫人便躬亲下厨，指挥爨炊。窦婴也早起沐浴更衣，曙色熹微，便吩咐家人于门下候客。不知怎的，他有种如承大祭、如见大宾的感觉，不时要人到路口观望，客人是不是过来了。

　　仿佛当年侍奉先帝与太后时的感觉，这种踧踖不安在窦婴是久违了。一个他素来看不起的人，兴之所至的一句话，却搅得家中忙乱一团。真是落了毛的凤凰不如鸡，从前的日子，竟颠倒了过来，悲夫！窦婴边在室内踱步，边摇头叹息。这个搅得他亦喜亦悲、坐立不安的人物，不是别人，正是当朝的丞相——田蚡。

　　原来，因族人过世，灌夫回了趟颍川老家。办理完丧事后，为了家族一桩田产官司，他专门造访了田蚡。谈完了案子，两人闲话，窦家兴盛时，两人都是座上的常客，话题很自然便转到窦婴身上。田蚡好整以暇地说，本想一同造访故人，不巧仲孺在丧期，不免遗憾。灌夫闻言大喜，说将军既有此意，灌夫又怎敢以服丧为辞！于是与田蚡约定，次日休沐，去窦家饮宴。

　　之后，灌夫兴冲冲地来到窦府，告诉窦婴，他越俎代庖，邀约了丞相田蚡来府饮宴。窦婴起初不信，细听灌夫讲过事情经过，心头一热，难为田蚡还记着他！能够请动丞相到府饮宴的人家，毕竟少有，再现窦家的声光，这是个送上门的机会。面对长安朝市上的那些势利小人，窦家总算可以一吐胸中的腌臜之气了。

先帝时，窦婴以至戚之尊，出任大将军与太傅。那时的魏其侯府，几乎日日置酒高会，门前车水马龙，府中高朋满座，笑语喧哗，觥筹交错，那一段流金般的岁月，恍如昨日。那时的田蚡，几乎粘在了魏其侯府中，如同窦家的子侄一般，每日四下招呼宾客，斟酒布菜，那一脸殷勤巴结的笑容，还历历如在目前。曾几何时，这一切如同翻了个个儿，田家侯门如市，窦家门可罗雀。乃至于听到田蚡会来做客，自己竟怦然心动，紧张到难以自持。权势竟有如此魔力，能够颠倒人的心智么！

室外杂沓的脚步声，打断了他的沉思，正待出外迎客，门帷一挑，进来的却是灌夫。

"王孙，我带来些颍川的家酿，有劲！听说丞相善饮，今日咱们就弄他个尽兴！"灌夫满脸喜色，乐滋滋地说。

窦夫人派家人传话，酒食已备齐，问他何时开筵。窦婴看了一下院中的日晷，时近隅中①，可田蚡全无消息，心里一沉。若田蚡不来，一日的辛劳便尽成笑料，受此愚弄，窦家会颜面扫地。

"仲孺，丞相与你，确是约定今日午前来访么？"窦婴蹙眉问道。

"绝不会错。我还特意告诉丞相，我会马上去魏其侯府，要他们备办酒食。临行前还相约次日早早在王孙处见面，他不可能食言的。"灌夫信誓旦旦，窦婴的心安下了一些，耐下心来等待。

可等来等去，哪有田蚡的影子！时过日中，窦夫人频频催问，窦婴苦笑道："看来，丞相不过是随口说说，早把此事忘在脑后了。是你我自作多情，过于当真了！"

灌夫心里早已搁不住，脸涨得通红。"难道，丞相以为我身在服中，不宜共饮么！"他向窦婴揖了揖手道，"王孙莫急，我亲自去迎他，拽，也要拽他来！"说罢，大步出门，登车直奔尚冠里去了。

---

① 隅中，古代计时的名称，相当于以后的巳时，现今的上午十一时。

田蚡果然将此事丢在了脑后。昨晚，他大宴宾朋，酒食征逐，直闹到后半夜。灌夫过府亲迎时，他尚高卧不起。家丞不予通报，灌夫大怒，不顾众人拦阻，一直闯进田蚡的寝室。

看到醉眼蒙眬的田蚡，灌夫强压怒气道："将军忘记昨日之约了么？"

"甚约？"田蚡故作不知。

"今日休沐，将军曾与灌夫相约，共访魏其侯府，丞相忘了么？魏其侯夫妇自昨日起便预备供张，亲治酒食，敬候丞相，自平明等到日中，至今未敢进食。"

"哦？有这回事？"田蚡拍了拍额头道，"你看我这记性！都怪昨夜饮过了量，到现在还反不过乏来。魏其家么，我们改日再去吧。"

灌夫伏地请行，言辞斩钉截铁："丞相乃国之重臣，岂可言而无信，又怎可陷灌夫于无义！丞相不践约，下走就一直跪在这里！"

田蚡无奈，只得答应践约，可事非情愿，心里窝着股火。于是吩咐侍女服侍他盥栉更衣，故意耗了半个多时辰，方才登车揽辔，去魏其侯府赴宴。一路上他借口宿醉未解，车马行快了头晕，要车驭按辔徐行。从尚冠里的田府，到戚里的窦府，不算很远的路，又足足走了半个时辰。为了不失信于好友，要田蚡到窦府践约，灌夫只好迁就，可心潮已如釜中的沸水，强忍着才没有发作。

到得窦家，已近晡时，虽已枵腹等候了多半日，看到田蚡能来，窦婴夫妇还是很高兴。一番寒暄后，升堂入室，张灯开宴。

酒很醇，回味悠长。主人殷勤致意，频频劝酒，可田蚡心存芥蒂，推说宿酒未醒，不肯干杯，只是小口啜饮。窦婴无奈，只好主随客便，陪着他浅斟慢饮。灌夫也不计较，自斟自饮，连干数大杯后，面色酡红，自席上一跃而起，哈哈大笑道："好酒！好酒！痛快！痛快！"

他斜睨着田蚡，讪笑道："都说将军善饮，不想今日扭捏作妇人态，枉费大名！"他击掌两声，做了个邀舞的动作，"将军心绪不佳，饮酒易醉，来，来，吾与汝共舞一曲，以助酒兴，如何？"

田蚡觉得他意存戏弄，有些恼了，冷冷地看着他，问道："仲孺总呼我将军，有甚特别的用意吗？"

灌夫边舞边向田蚡招手，哂笑道："汝曾任太尉，主朝廷军事，呼尔将军有错么？将军就该有将军的气派，汝言而无信在先，小肚鸡肠于后，扭捏作态，难怪羞称'将军'！"

"仲孺，你给我住口！"窦婴喝道。

田蚡视若不见，轻蔑地问道："王孙，仲孺在此，总是这样酒后无德么？"

"酒后无德？"见到田蚡那不屑的神态，灌夫心头陡然火起，一个靠裙带关系身居高位的家伙，不知斤两，居然敢藐视自己！他愤怒了，索性移席相就，坐到了田蚡身边，"君醉酒高卧，累人久等，灌夫不过起舞助兴，反倒是吾酒后无德了么！"

灌夫乜斜着眼睛，满嘴酒气，田蚡避开身子，蹙眉道："你使酒骂座，当然是无德。朝廷体制尊卑不可废，今日私人燕聚，我不与你计较，你要知道适可而止。"

"啊哈！将军的身份尊贵嘛，"灌夫哂笑道，他推开上前劝阻的窦婴，猛地捉住试图避开的田蚡，瞋目怒视道，"你牛得个甚？以为靠女人的裙带，爬上个高位，自己的斤两也重了？"他一把扯开袍服，累累伤疤，虬结于前胸与臂膀，足有十数处。

"老子也做过将军，可我这个将军，万军之中，斩将掣旗，是拿命换来的！你这个'将军'，连战场甚样子都没见过，不过是个银样镴枪头。不服？不服你敢解衣露体，让王孙与我看么？里面怕只是细皮白肉，一身囊脓吧！"灌夫言罢，纵声大笑。田蚡脸上一阵红，一阵白，气得浑身乱战。

看看要起冲突，窦婴招呼过几个家人，将灌夫架起，扶入安车，强送他还家。一阵忙乱过后，回来招呼客人，田蚡已面色如常。他冲窦婴笑笑，好整以暇地说道："仲孺说咱们靠女人起家，连王孙你也骂在里面了。说轻了是他酒后无德。说重了，他这是大不敬，掉脑袋的罪！"

窦婴赔笑道："他就是这么个脾性，酒喝多了，就成了个疯子，君侯何必与他一般见识！"他斟满酒杯，亲自递到田蚡手中，"其实，仲孺心里不是那样想的。这杯中之酒，还是他从颍川携来的佳酿，知道君侯善饮，特意拿来这里，为的就是与丞相饮个尽兴。不想酒后失态，君侯看在老朽身上，莫与他计较。"

"是么？"田蚡啜了口酒，细细品了一回，赞道，"果然是佳酿。方才光顾与那疯子生气，竟喝不出味道了！王孙，你我故人，多年不聚，是有些生分了。今日便放开量，借灌仲孺的好酒，一醉方休，如何？"

"那么君侯不会计较仲孺的无礼啰？"

"看在王孙的面子上，这回就放过他。可你要告诉他，别以为在江湖上混出了名气，就可以得意忘形。他若不知悔改，日后便怪不得本府无情了！"

窦婴的一颗心放了下来，于是殷勤致意，频频劝酒，两人推杯换盏，直饮至深夜。告辞回府时，两人皆醺醺然。田蚡扶住窦婴的肩头道："这酒……喝，喝得痛快。王孙有…有事，尽管对我讲，我……一准给办。我若有事求到王孙头上，王孙不会驳我面……面子吧？"

窦婴与家人将田蚡扶到车旁，用力托他上车，只道他在说醉话，便信口敷衍了几句："丞相说醉话了不是？君侯位高权重，只有老朽求丞相的份儿，丞相用得上，老朽甘为驽马前驱。"

"好，王孙够……朋友，够朋友！"醉眼蒙眬的田蚡，满意地摆了摆手，车马在一群相府侍从的卫护下疾驰而去。窦婴回到后堂，吐了好一阵子，心里才觉得好受些。今日的饮宴，虽有灌夫闹酒，总还算圆满。回想两日来的种种，他不禁摇了摇头，不过是饮酒这样的小事，把一家人折腾得疲累不堪，无非因为来者是炙手可热的权要。他责备翟公看不破官场人情，自己又何曾真的看破呢。

两日后，丞相府长史藉福到访，窦婴方知道，田蚡不是说醉话，而是真的有求于他。

藉福是丞相府的老长史，侍候过几任丞相。建元初年窦婴任丞相时，他就是长史，彼此相熟，藉福略致问候，便开门见山地讲明了来意。

"君侯可是答应过丞相，愿出让城南的田产？卑职此来，乃奉丞相之命，与君侯商定一个价格。"

"出让田产？哪里的话！丞相莫非是指老夫的东门瓜田么？"窦婴先是一惊，随之而来的，是满腹的心酸与愤懑。田蚡的予取予求，摆明了是种轻视，以为自己与他门下的那些势利小人，没有什么不同。

"老仆虽弃，将军虽贵，怎可强加于我，以势相夺！"

长安城东的霸城门，由青泥夯筑而成，故又被称作青城门。相传秦末有个广陵人邵平，曾被封为东陵侯，秦亡后成了一介布衣。为了维持生计，便在霸城门外买了一块田产，种瓜为生。这块地的土质特别，产出的甜瓜瓤分五色，甘甜适口，因而格外好卖，被称作东陵瓜。邵平死后，后人举家迁回广陵，这块瓜田，便卖给了少府，归皇室所有。

景帝前元三年七国之乱时，窦婴以大将军出师平叛，立有大功，朝廷封他魏其侯外，也将青城门外这块瓜田赐给了他。几年前窦婴儿子杀人，为赎死罪，窦婴卖掉了南山的别墅，可这块瓜田他却舍不得出卖。不仅因为这块地的瓜好，更是由于这块地乃先帝所赐，里面寄托着窦氏往昔的成就与荣光。

藉福来访时，灌夫也在座。他不明就里，见窦婴愤懑难平，便细问缘由。原来，田蚡所要娶的那个燕国的公主，幼时生长在长安，极爱东陵瓜。燕国使者来京师纳征，议定聘礼时，指明要以这瓜田作聘。藉福来前，田蚡告诉他，几日前聚饮时，魏其侯已答应过，派他去，是议定价格，早日成交。

"难怪他肯来喝酒，原来图的是这块瓜田。他既想要，当面不讲，事后强加于人，一肚子诡计，是可忍，孰不可忍！王孙，这块地，决不可卖，我就不信，他能奈何于你！"灌夫恨声道，一拳几乎将书案擂倒。

藉福见状，知道这趟差事难办，赔笑道："这块田，事关丞相在燕王那里的脸面，他是志在必得。二位莫要意气用事，还是从长计议为好。价钱可以往高了叫，有了钱，哪里买不到好田？以卑职之见，不值得为此得罪丞相。何况君侯大人与灌将军也都求过丞相办事呢。"

"放你娘的狗屁！他志在必得？我就不信，他敢动抢不成！得罪，老子就得罪他了，怎的？你回去告诉他，我求的事他爱办不办，想强买王孙的瓜田，做梦去吧！"灌夫拍案大骂，声震屋瓦。随藉福前来的几个掾史，不知发生了什么事，面面相觑，引颈细听。

窦婴决心亦定，他揖揖手道："烦藉长只带话给丞相，其他事情有的商量，惟此田产，乃先帝所赐，恕难从命。"

藉福灰溜溜地回到相府。他知道灌夫与田蚡有过节，如实禀报，会激起更大的仇怨，于是息事宁人，假称魏其侯还在犹豫，不妨缓一缓，窦婴人老体衰，来日无多，假以时日，这块田早晚是他田蚡的。可田蚡不久后还是从其他掾史处得知了真相，找藉福对证。藉福不得已复述了那日的经过。

"好，好！魏其侯的儿子杀人，理当抵命，是我田蚡帮了他。他儿子的一条命难道抵不上几顷田？我田蚡侍奉魏其侯，无所不可，他却舍不得几顷田！好！好！这田本府不要就是。况且买田是我与魏其侯两人的事，与他灌夫何干？！"看着田蚡阴恻恻的目光，藉福知道，田蚡与窦、灌两家，这回是真的结下了不解之仇。

数日后，新到任的另一长史张汤，被田蚡召去面授机宜。

"颍川有件强占民田的案子，牵涉灌氏，你速派人去密查究竟。灌氏是颍川的豪门大族，多年来横暴不法。当地民谣都传到了京师，说是'颍水清，灌氏宁，颍水浊，灌氏族'。可见百姓恨之入骨。尤其是那个灌夫，他混迹官场，结交江湖，是个心怀不轨的危险人物。三辅与京师的治安不靖，根子即在灌夫者流的骄纵不法。可这等人名气大，朋友多，在官场上也颇有人缘，证据不足难以扳倒他。你们要细查深究，尽可能多地搜集证据。除恶务尽，这个道理你可明白？"

"在下明白。"张汤略作思忖，很谨慎地问道，"敢问丞相，茂陵那件案子怎么办？"

"茂陵的案子有我们自己的人在办，不用你费心。况且人犯不在长安，一时半会结不了案。你该关心的，是颍川灌氏，给我把那个灌夫查个底儿掉！"田蚡口气倨傲，白了他一眼。

"是。"张汤恭恭敬敬地顿首领命。

几乎在这同时，一辆四马传乘出了长安城，沿驰道向着函谷关飞驰。传乘中坐着的，正是新任的长安令——义纵。

二十三

由轵关北进，便是纵贯太行山的轵道。沿途谷深林密，阴森晦暗，时有虎豹熊罴出没。胆小的行人，是不敢孤身上路的。北行二百余里，便是轵道上最险要的去处——羊肠坂。这段道路弯曲狭窄，起伏盘旋，状如九曲回肠，行人过此，无不汗如雨下，气喘如牛，中途要歇息四五次，方能登上峰顶。登顶后的视野豁然开朗，太行山蜿蜒起伏、层峦叠嶂的景观可尽收眼底，一览无余。

三个牵着马的男人，满头大汗登上了羊肠坂。拴好马匹后，三人在一块巨石上坐了下来。阳光驱散了秋寒，三人解开衣衫，任由山风吹拂，汗湿很快被吹干，浑身暖洋洋的，好不舒服。

"你们看那面，下山后过条小河，向东北不远，就是隆虑县了。"说话的是个身材矮壮、方头大耳、紫脸膛的中年男子。另外两个都是二十多岁的年轻后生，随着那男子的指向望着，神态十分恭敬。

男人又指了指不远一座垭口处的岔路："顺这条道下去，山口处有座乡亭，郑山，你马上下去，假作行人，在乡亭中候着，他们过来时，你先一步回来报信。"

"是。"郑山答应着，牵起一匹马，从岔道处下了山。

"黄三，你敢肯定，他们今日动身？"中年男人顺来路溜达着，边问边观察地势。

"不会错。我们买通了县里的人，前日传话过来。说是京师来了人，修成君的女儿要出嫁淮南，要他们赶回去送亲。动身的日子，就定在今日。"

踱到距峰顶百步之遥的弯道处，有块巨岩，高数丈，上面生满一人多高的茅草，是个绝好的藏身处。那男人略作端详，满意地笑了。"对，就是这儿，咱们就在这儿等着。"

"郭叔，这两个恶少，到哪里都带着打手，前呼后拥一大帮人……"后生面带忧色，迟疑着没有再说下去。

"林深路隘，人多了反倒不得施展。况且我等在暗处，出其不意，攻其不备，没有甚可担心的。"被称作郭叔的男人冲他微微一笑，握拳挥了挥，示意胜券在握，"别说他们了，秦始皇东巡，随行护卫的虎黑之士总有十万吧？可在博浪沙，张良与东海力士猝然一击，他们还不是连个人影子也捉不到！"

他走回到马旁，取出一柄铁锤交给后生："我还要四下看看，你先在附近找个地方，把坑挖好。我们没有工夫耽搁，办完事就走。"

四下踏勘地势的人是郭解，而挥锤挖坑者，正是还乡养伤的黄轵。黄轵的伤痊愈后，纠集了一批轵县少年，亟图去长安报仇。消息传到郭解那里，知道此事非同小可，拦住了他们。郭解答应，一定代他出头，可事涉皇亲外戚，要从长计议。之后，韩孺来信告诉他们，金仲与陈珏在京师犯案，已赴隆虑公主的封邑避风。隆虑县也归河内郡管辖，进出必经轵道，本可以逸待劳。可他们得知消息后，修成子仲等早已到了封邑。而封邑平时护卫严密，不但难于下手，而且会惊动官府。郭解的打算是，尽可能不惊动官府，神不知鬼不觉地把事情办了，全身而退。而这，非得等他们从封邑中出来不可。前日得知他们要回长安，他带上黄轵与郑山，马不停蹄，日夜兼程地赶过来，为的就是要赶在羊肠坂下手，这里地势险峻，动起手来，可收以一当十之效。而人少，更便于隐藏行迹。少年时，他曾长年于此打劫行旅，对这一带的地势极熟。

巡视一遭后，黄轵也挖好了坑。两人将马匹藏好，寻了个隐蔽处躺倒休憩，等候郑山的消息。

郑山此刻，正坐在邮亭旁的饭舍廊下，就着碗热水，吃着干粮。

汉代大抵五里一邮，十里一亭。亭乃官家所建的房舍，类似于后世的公署，大都建在大道旁的高地上。亭的前面，树立有名曰"桓表"的路牌，标明道路方向。亭的前部为办公事的处所，后面有楼房，可供行人留宿。亭中还设有鸡埘畜圈，饲养着鸡豚；亭旁有饭舍，以供行旅饮食。

这种邮亭遍及全国的郡、县、乡，设在乡间的称乡亭，设在城郭附近及城内街头的称作都亭。亭，不仅是地方的行政治安中心，也起着交通与邮政驿站作用，成为帝国巨大道路网的网结。西汉时全国计有二万七千左右个亭，这些亭和与之相连的道路，共同建构了一个紧密有序的行政交通系统，奠立了帝国牢固的统治基础。

长年驻守在亭中的，吏卒各有一名。吏称亭长，卒称求盗；前者管理一亭的事务，后者的职责是治安。县里所置的乡官，如啬夫、有秩、游徼^①，与乡里拔擢出来的三老、孝悌、力田^②等，有事会议，也在亭中举行。

"这位客人，要去哪里呀？"郑山抬起头，一个眨着一双泡眼，满脸横肉的矮个子不知何时到了他的身前，目光中含着一丝警惕。

"足下是……"郑山少年老成，揖手致意，一副气定神闲的模样。

"我么，是本亭的求盗。你是哪里的？拿传出来我看。"矮子伸出手，神色倨傲地说。

"城关方会验传，怎么，这里有甚事么？"郑山心里好笑，屁大个求盗，连乡官都算不上，威风倒摆得足。可他不能因小失大，还是取出一副木牍，交给了矮子。

矮子反复查验着木传，看不出破绽，口气便缓和了一些："今日，有皇家外戚的公子打这儿过，得格外小心。出了事情，我们担待不起。"

他将传还给郑山，催促道："你赶紧吃完了上路，等会儿贵人来了，备不住会在这儿打尖。"

"隆虑不过是座山城小县，有甚贵人？闹这么大动静！"郑山慢条斯理地吃着干粮，不以为然地笑笑。

---

① 啬夫、有秩、游徼，均为秦汉时乡官的名称。啬夫主管一乡之诉讼与赋税；有秩主管一乡之民政；游徼察捕一乡的奸盗。

② 三老、孝悌、力田，秦汉时由民间推选拔擢上来，协助地方推行政令的人，他们或年尊德韶，或孝行突出，或长于耕作，均为民间有名望与威信之人。

"咋？小县？告诉你，这儿是隆虑侯与大汉公主的封邑！"矮子圆睁双眼，瞪着郑山，"今儿个打这儿过的，是公主的儿，皇帝的外甥，你开玩笑！"

郑山心里有了数，点了点头道："你老放心，贵人来了，我一准回避，决不给你老惹事。"

"嗳，这就对了。你也别急，慢慢吃，还来得及。"矮子满足了自尊心，可能是闲得无聊，并没有离开的意思。

"这贵人来这儿，地方上沾了不少光吧？"

"沾个鸟光，百姓遭老了罪了！听说，县邑里模样好点的姑娘，白日里都不敢出门。让他们瞅见喽，就没有个好了，罪孽呀！"矮子愤愤然，可怕人听见，声音压得很低。

"如此为恶，难道县里不管，任凭他们胡作非为么？"

"县里？他们巴结还来不及！别说不管，老百姓若想去郡里告状，根本出不了县境。"他指了指亭前的路，"去郡里或关中，只能走这条路。县里的游徼日日在这里把着，没有县里颁发的关传，谁也甭想从这儿出去。"

"那今儿个他们打这儿过，是要回长安了么？"

矮子凑到他耳旁："前几日长安来了个不小的官儿，听说是迎他们回长安。说是姊妹出嫁，要他们赶回去送亲。谢天谢地，这伙子人走了，咱们这地面上也就消停了。"

一骑人马自县城方向飞驰而来，到得近前，骑者飞身下马，看装束像是县里的游徼。"赶紧招呼他们预备上，大队随后就到！"他冲着矮子大喊，快步走向亭舍。矮子答应着，也跟了过去。郑山引颈远眺，东北方向，车马带起的烟尘，已依稀可见。他解开缰绳，手抓马鬃，一跃而上。马感觉到了主人腿上的加力，嘶鸣一声，跑了起来，不久便隐没在密林中。

郑山回来后，他们又在羊肠坂足足等了两个时辰，当听到金仲一行的人语马嘶时，日已落山，天色暗了下来。三个人白布裹头，只露出双眼。郭解命郑山爬到巨岩上面，以弓矢封住隘口。他与黄轵埋伏在弯道两边，待机而动。

暮色更重了，火把的光亮，惊起了树上的寒鸦，叫成了一片，他们等候的人终于到了。金仲与陈珏一行，在乡亭打尖，酒足饭饱后，与送行的县邑官员话别，又耽搁了一气。两人为求舒适，非要乘坐安车，可一路上坡，马匹气力不济，行走艰难。最后还是众人连扛带推，费了九牛之力，总算将安车拉上了羊肠坂。

轵道路窄坡陡，只能容双马并行，安车厢体宽大，占据了多半边路面。尤其在羊肠坂，走这种盘旋曲折的山路，即使在白日，稍有不慎，也有车毁人亡的危险，何况是在夜间。不得已，金仲与陈珏跳下车，换乘马匹。两人一前一后，在随从们的簇拥下，缓缓前行。车驭则牵着辕马，慢慢地跟在后面。

铮然一声，一名手持火把的侍卫应弦而倒，没等金仲等人反应过来，又有数人中箭倒下。黑暗中，人喊马嘶，秩序大乱。陈珏大呼有刺客，率先掉转马头下山。金仲欲待后退，却受阻于身后的那辆安车，他慌不择路，在几名侍从卫护下，直奔弯道而来。

拐过弯道，是条长长的陡坡，冲在前面的侍卫，触到了绊索，连人带马摔了出去。金仲猛然勒住马头，再看身边，只剩下了两名侍卫。

"想活命就站住别动，把剑都扔到地上！"

呵斥声低而有力，眼前忽然闪出两个人，白布蒙头，只露出眼睛，手中的弓弩直指着他们。再看身后，百步开外巨岩上，也有个蒙面人，张弓搭矢地瞄着他们。知道没有了退路，金仲的头脑，反而冷静了下来。

他跳下马，揖手道："各位老大，都是汇湖中人吧，敢问高姓大名。"

个子较高的蒙面人，附在那个身材矮壮者的耳边说了句什么。"你是修成子仲？"矮个子蒙面人问道。

"不错，我就是修成子。各位老大既知道我，事情就好办。要钱，报个数，没有问题。"

矮个子用剑指了指他身后的侍卫："把剑与马留下，放你们两个一条生路，滚吧。"

两人如蒙大赦，跳下马，扔下长剑，顺着来路，跌跌撞撞地跑掉了。

该死的，事头上没有一个顶用的，孬种！金仲心里骂着，心里发慌，脸上却仍是满不在乎的样子。"那么各位是冲着我来的了？也好，各位要甚，痛快点说。"他边说，便拔出了佩剑。

不等他有所动作，郭解已抢到他身边，三拳两脚，打落了他的长剑，金仲被反剪着双手，按倒在地。

"各位老大，不就是求财么？有话好说，何必伤和气呢！"

郭解并不理他，吩咐黄轨与郑山将他缚牢，抬到事先挖好的坑边。"办了他，手脚利索点。"

看到那深坑，金仲害怕了，挣扎着大叫道："我与汝等素无冤仇，为何害我性命？这么不明不白地杀人，算甚好汉！小爷不服！有种汝等就报个名姓，让小爷我死个明白！"

"好，就让你死个明白！"黄轨一把扯掉蒙面的头巾，目光灼灼地逼视着金仲，"你看好了，可还记得我？"

"是你……你与灌夫一伙？东市那件事，不是了结了么，你若嫌不足，我愿以百金谢罪，如何？"

黄轨冷笑道："钱，我们不要，要的是你这恶人的命！你恶贯满盈，该下幽都！你怕死？好，我这就送你活着上路。"言罢，起脚将金仲踢进了深坑。

"我与皇帝沾亲，杀了我，朝廷放不过你们！我师傅也是江湖上的大侠，他也绝放不过你们，一定会为我报仇！"金仲绝望了，声嘶力竭地大叫起来。

黄轨扬起一锸泥土，抛在了金仲脸上，他惨叫一声，咳嗽不止，死命地摇晃脑袋，想把溅入眼耳鼻口中的泥土甩出来。

"慢着。"郭解走了过来，蹲在坑边，问道，"既然你师傅是大侠，道出名讳我听听。"

"我师傅姓朱，叫朱六金。"

"朱六金，大侠？没听说过。"

金仲真的绝望了，泪水浸湿了脸上的泥污，他泣不成声了："大叔，是真的，我师傅是朱家的后人。"

"朱家的后人？"郭解蹙眉沉吟，若是朱家的后人，应该是朱安世。这个人虽未曾谋过面，可他听剧孟和韩孺提到过，十几年前，在长安很有名气。

"翁伯叔，那伙人回去求援，会很快赶回来。再不动手，要来不及的。"郑山道，是焦虑不安的口气。

"好吧，我让你死个明白。"郭解扯下头巾，望着仰卧在坑中的金仲，"你伯伯我郭解，少时睚眦必报，是个眼里不揉沙子的人。时下你伯伯只想过安稳太平的日子，本不愿生事。可不生事不等于怕事。我郭解不欺负人，也绝不允别人欺负，谁欺负了我的朋友和兄弟，我必代他们出头。"

他指了指黄轨："你动了我兄弟，打得他口鼻蹿血，犯在了我头上，不是道个歉就能完事的。不错，你是皇亲，杀了你官家肯定会追究，这我知道。可有件事你肯定不知道，蛇有蛇路，鼠有鼠路，官家与江湖，从来是两股道上的车，各跑各的路。像你这种人，我见过多了。平日里仗势欺人，鱼肉百姓，官家不敢动你，这很正常，你势力大么！可物不平则鸣，你为恶不悛，犯到了江湖中人，这笔账就得一块算了！老百姓的冤屈也得加到里头。侠之大者，在于替天行道。你师傅既是大侠，这个道理他理应对你讲过，理应劝你为善，所以今儿个把你活埋在这里，算不上不教而诛，而是替天行道，替你师傅行道。话我是给你讲透了，你安心上路吧。"

郭解挥了挥手，黄轨与郑山开始向坑中填土，金仲破口大骂，绝望地闭上了眼睛。

"且慢！"树丛后忽然闪出一个人影。郭解等一惊，拔剑出鞘，围了上去。

来人头戴两梁进贤冠，黑色官袍上佩戴着印绶，中等身材，目光锐利。"是翁伯兄么？"面对刀剑，他并不惊慌，语气沉着。

"你是甚人？怎么认识我？"郭解的剑锋直指他的喉咙。

"吾名义纵，吾姐义姁，翁伯可还记得？"

"义姁？"郭解一惊，长剑归鞘，上前仔细端详，眉眼果然与故人十分相似。

"你怎到得这里？"郭解回头看看坑中的金仲，狐疑地问道，"你与这恶少是一伙的？"

"翁伯兄，请借一步说话。"义纵作了个手势，示意郭解到路上去。

看看离土坑已远，义纵放低了声音："阿姐曾对我说过，论江湖道义，没有比得上郭兄的。小弟有一事相求，望翁伯答应。"

"甚事？不会是要我放过那恶少吧？义姐乃我故交，别的事，我都可应允。若是这件事，没得商量。"

"为甚？"

"为的是诛恶扬善，还天下人一个公道！"

"国有律法，郭兄怎可擅行诛杀？"

"怎么叫擅行诛杀？你们官府畏惧权势，难道良善百姓就该当冤沉海底，恶人反倒逍遥法外？朝廷不管，江湖上要管，何况他犯到了我兄弟头上。"

"谁说朝廷不管？我这次来，就是奉命带他们回京师问案的。皇帝已决心澄清吏治，整肃贵戚豪强，修成子仲等在茂陵犯下了血案，理当押解回京，明正刑典。君等在此施以私刑，当然是擅杀。"

郭解摇摇头道："我才不信，这恶少一路前呼后拥，风光得很，哪里有半点羁押还京的样子！"

"这乃我有意为之。我放出风，明里说请他们回去送亲，其实是防其逃，诱其返京的一个安排。只要他们乖乖随我回了长安，一进城便会被逮入狱，按律治罪。"

"当真？"

"当真。我义纵若不能将此恶人绳之以法，甘受天谴！"

"我得想想。"郭解犯了难，自己已向金仲袒露了身份，金仲不死，必会反噬。到时不仅自己危险，还会累及他人。何去何从，颇难决断。

"翁伯兄，我受命整肃京师治安，成功与否，在于茂陵这件涉及皇亲的大案，我敢不敢秉公执法。若连人犯都带不回去，案子从何问起？又何谈行法不避贵戚！皇帝怪罪我事小，朝廷追究起来事大。如此，非但他们的罪行得不到清算，朝廷会转而追查他失踪之事。大狱一兴，殃及天下，吾兄乃至整个江湖，危矣！能够堂堂正正办到的事情，又何苦冒斧钺，走偏锋呢？孰得孰失，望郭兄三思！"

人喊马嘶之声愈来愈近，岔道处的亮光已隐约可见，显然，山下的援兵就快赶到了。黄轨、郑山跑了过来，一脸的焦灼。

"郭叔，再迟，就来不及了！索性用剑刺死罢了。"黄轨道。

"慢着。"郭解拦住他们，转身逼视着义纵，"你不会放过这恶人么？"

"决不放过。"义纵的语气很沉，很肯定。

"那好，我信得过你。人，就交给你了。我们后会有期！"

目送郭解一行远去后，义纵下到坑中，为金仲解脱了束缚，扶他上来。

"你认识郭解？"

义纵点了点头。

"你们都说了些甚，他怎么会放过我？"

"我说出了你师傅的真名，你师傅原名朱安世，看在你师傅面上，他才肯放过你。"

金仲忽然狂笑不止，笑得上气不接下气，好一阵子，才恨恨地说："他肯放过我，我却不肯放过他，落到我手里，我会一刀刀地慢慢磔死他！"

"那是以后的事，眼下我们还在他的地盘上，入函谷关之前，公子说话做事都得小心。"

义纵扶着他，向岔道口走去。远处已看得到赶来救援的士卒，在数十支摇曳的火把下，士卒们斑驳陆离的身影，被映染成了不祥的暗红色。金仲一激灵，心有余悸地望了望四周，不再开口。

二十四

　　义纵一行晓行夜宿，八九日后，来到了函谷关。函谷东西长约十八里，沿途路隘林深，狭窄处仅能容一车通过，是中原通往关中的要冲，地势极为险要。关城将函谷一截两半，人称一夫当关，万夫莫开。如同其他重要关塞一样，朝廷于此设有关都尉，征收关税，稽查往来行旅。

　　离关城还有数里，义纵便觉得气氛不对。商旅充塞，错毂摩肩，道路拥堵不堪。金仲与陈珏哪里容得了这个，一声令下，侍从如狼似虎，棍棒交加之下，商旅行人纷纷避让。躲闪不及者挨打之外，车辆也被推翻，货物抛撒了满地。人们侧目而视，敢怒而不敢言。义纵看在眼中，恨在心里，强抑着怒气，随他们前行。

　　到得关前，才发现已经警跸，塞门内外，道路两旁，布满了手执长戟的军卒。等候过关的人都被拦在百步之外。金仲等驱车向前，未到警跸线，就被数只长戟逼住。

　　"狗胆包天的东西，小爷的路也敢挡！赶快让开！"陈珏怒骂道，扬手甩出一记清脆的响鞭。

　　戍卒们目光冷漠，不仅不为所动，反而有更多的长戟指向他们。

　　"混账！把你们陈都尉找来……"

　　不待陈珏讲完，一名卒史模样的人走过来，他摆摆手，要戍卒们少安毋躁。"陈都尉已调任武关，朝廷有重大公事，关城警跸，公事完了方可过关。各位莫吵，新都尉怪罪下来，不是玩的。"

义纵上前揖手道："这两位公子乃皇亲贵戚，本官奉命护送回京。烦请通报都尉大人，事急从权，请放我们过关。"说罢，将通关的传牒递了过去。

"皇亲贵戚？"卒史晒笑道，根本不接传牒。义纵身着千石官员的服绶，可显然并未被他放在眼里。"你这话，对原来的陈都尉兴许管用，可新都尉不吃这套，你们还是老实等着，莫自讨没趣。"

义纵拦住欲待发作的金仲，问道："敢问新都尉高姓大名？"

"宁成宁大人。"

听到这个名字，不光义纵，连金仲与陈珏也吃了一惊。不过五六年前，提起宁成，京师三辅的豪门贵戚，无不闻名丧胆，谈虎色变。这个坐藏受刑、逋逃亡命的罪人，居然能够东山再起，又做了关都尉，实在出人意料。难怪他手下的一介小吏亦如此张狂！义纵记起从前的民谣：宁直乳虎，莫直宁成之怒。带崽的母虎，尤为凶悍，可这仍不足以譬喻宁成的凶狠。犯在他手上的人，绝难侥幸，轻则破家，重则灭族。

二十年前的义纵，还是长安东市中的混混。那时，郅都、宁成这类酷吏，被豪族权门视为克星，却是百姓们心目中的偶像。酷吏们行法不避贵戚，为底层小民所津津乐道，落在大人物颈上的屠刀，仿佛代他们出了口腌臜不平之气。草根出身的义纵，也禀赋了这种平民气质，自步入官场，他有意无意，总是效法酷吏的行事。那些昔日对他不屑一顾，高高在上的人的哀求、恐惧与战栗，每每给他以最大的心理满足。茂陵血案，事涉皇亲，义纵接手后，一则以喜，一则以忧。喜的是，这是个能够成就大功名的案子，办得好，他会一鸣惊人，在酷吏中后来居上，狠如宁成者也会瞠乎其后。忧的是，涉案者后面的那股势力前所未有地强大，铅一般沉重的压力很快驱走了义纵心中最初的喜悦。

压力出自太后与丞相。他调任长安，尚未到任，太后便召他去了长乐宫。太后殷殷垂问，含泪回忆当年与义姁相处的往事，露骨地暗示他该知恩图报。到任伊始，丞相田蚡则明白告诉他，他之所以能够做这个长安令，出自长乐宫的意愿，太后拿他当作自己人，他得想法子为太后的外孙洗脱罪名。这是公然要他枉法了，他们把他看作了甚？可他强压住内心的愤懑，还是接下了这个案子。不接，他或许永无报仇雪恨的机会。

四年前，阿姐死得不明不白，事后隐隐约约听人传说，阿姐之死，是被杀人灭口。他四处求证，终于在郭彤那里，得知了事情的真相。义姁是因为知道太后太多的阴事而被赐死。从那时起，他的心里仿佛时时在淌血，这个仇不报，这道伤口永难愈合。阿姐既由太后而死，太后就得为此付出代价，她的外孙草菅人命，她却想要保全这两个恶少的性命，好像他们的命有多贵重？是可忍，孰不可忍！她们居然选中他来办案，不啻为冥冥中的报应，天假其手，还阿姐与受害人一个公道！

可单凭一己之力，又怎能将罪人绳之以法！他真能与太后、丞相这样的人物对抗么？即使拼上性命，在官官相护的官场上，他又能有几分胜算呢？

忧惶无计之际，皇帝的召见，犹如一道阳光，驱散了漫天的阴霾。皇帝还记得他，笑着提起少时在东市的那番遭遇，称他为患难之交。皇帝也很清楚他在上党与长陵的治绩，着实夸奖了他一番。皇帝告诉他，调他来长安，期望甚高，就是要他整肃京师的风纪，问他有何打算。他借机举出了茂陵的案子，请示机宜。此案牵涉贵戚子弟，京师瞩目，若不能碰硬，整肃风纪云云，无乃空话。皇帝迟迟不语，心事很重的样子，末了只说了一句话：行法不避贵戚，你放手办案，遇大事谒请，其余便宜行事。

皇帝的话，给了他信心，他动了起来。诱人犯归案，只是第一步。第二步、第三步要艰难得多，他将直接面对长乐宫与丞相府的巨大压力。即便如此，亲手复仇的快乐，他决不愿放弃，这是他之所以阻止郭解活埋金仲的本意。他父母早亡，是阿姐一手抚养他成人，阿姐迟迟未嫁，也是为他维持一个家所致。阿姐于他，既是姊妹，又如父母。这个仇不共戴天，不报，他枉为男人。仇复了，也就没有了退路，他会成为太后与丞相必欲置之于死地的仇人，生死荣辱系于皇帝的一念之间，一生活在忧虑与恐惧之中。

一阵杂沓的蹄声打断了他的沉思。抬眼望去，一伙人正赶着数十匹高头骏马走向关门，为首几人似曾相识，仿佛在哪里见过。正思忖间，身旁的金仲与陈珏却大叫起来："师傅，师傅！"

为首一人勒转马头，向这边望过来。就在此刻，义纵记起，这个被称作师傅的，正是当年横行东市的大侠——朱安世。

"二位公子怎么在这里？"朱安世策马过来，边揖手致意，边问。

金仲拍了下陈珏的肩头道："去他家的封邑住了几日。阿姐就要出嫁，长安来人接我们回去。师傅这是去哪里？"

"还能去哪里，送这些马去长安。既是回京师，一路走，如何？"

"娘的，这里的都尉换了新人，说是有朝廷的公事，公事不完，一概不予放行。师傅，你道这个新都尉是甚人？"陈珏悻悻地说。

不想朱安世全不在乎："不管甚人，不能不让咱们过！二位上马，带上你们的人，跟我来。"他看到了身着官服的义纵，觉得眼熟，问道，"这位大人是？"

"在下义纵，奉命接送二位公子回长安。"

"义纵，义纵……"朱安世沉吟着，一时记不起在哪里见过此人。

"呦，官做得还不小么，真是士别三日，当刮目相看哪！大哥不记得了，当年在东市，为了朱家那把剑，咱们还同这小子干过一架。他姐姐是个卖药的，挺能讲的一个女人。"朱安世身后跟过来的一个刀条脸的瘦子，讪笑着说。

义纵一眼认出，瘦子是朱安世的手下，绰号李虫儿，当年是个在东市横晃的打手。

朱安世自从做起走私的买卖，最忌遇到熟人，尤其是在官的熟人。他心里一紧，拍拍额头道："人上了岁数，记性也差了。各位请上马，跟我来。"说罢掉转马头，双腿一夹马肚，直奔关门而去。

说来也怪，方才公事公办，绝无通融的卒史，此刻非但不阻拦，反而满面谄笑，指挥着守关的士卒退后让路。一行人马大摇大摆地进了关城。

义纵有意落在后面，问那卒史："江湖上的人，反倒比皇家来的尊贵么！何前倨而后恭？"

卒史红着脸，揖手笑道："哪里，哪里。在下眼拙，不知大人与朱先生有旧。朱先生与都尉交好，待遇自然不同。望大人包涵。"

"如此警跸，请问今日有何公事？"

"听说是淮南国迎娶太子妃，丞相府的公函前日就到了，说是昨日出城，今日应该过函谷的。宁大人吩咐封关，要等淮南国的车马仪仗过后，方准通关。"

淮南国的太子妃，不就是金仲的姐姐么？真是巧了，姐弟在此相逢，见的只怕是最后一面了。义纵想着，策马向前赶去。到了都尉府，一干人马都在，金仲与陈珏被都尉请进内堂相会，而朱安世一伙连人带马却没了踪影。一问，才知道，他们只同宁成打了个照面，就过关直奔长安了。义纵悄悄叫过一名侍卫，低声吩咐了一阵，侍卫领命而去。待要进堂参见宁成，却被拦在了外面。

这朱安世出入关城，如此随意，他与宁成的关系，绝非一般。他又是金仲他们的师傅，这些人之间，到底是甚关系呢？朝廷对马匹的管制，十分严格。刚才那几十匹骏马，看模样像是产自西域，朱安世怎么会搞到西域的良马呢？他苦苦思索，却总也得不出一个合理的解释。

"到了，京师过来的仪仗马上就到了！"一名尉史快步跑进庭院，口中大喊着冲进内堂。宁成陪着金仲与陈珏走了出来，边走边对身边的随从下令："关城内的士卒官吏马上列队迎送，关外由骑士清道，莫堵了迎亲仪仗的路！"

金仲指了指义纵，对宁成说了句什么。义纵长揖为礼，宁成瞟了他一眼，拱拱手道："辛苦了！"随即大步走出都尉府，去布置接送仪仗的事宜。义纵曾见过宁成，印象中的形象变化不大，还是五短身材，方头大耳。一副似笑非笑的泡眼中，暗含杀机。只是苍苍的须髯使他略显老态。

义纵随众人出来，鼓乐喧天，大队仪仗已经过来。最前面的是一队奏乐的鼓吹，紧随其后的，是近百人组成的仪仗，胄甲鲜明的骑士手持五彩斑斓的旗幡，并列而行。之后是一列十余辆驷马安车，在骑士的夹护下款款前行。中间两辆是迎亲的彩车，车马装饰极为华贵，一辆乘坐着淮南国的太子刘迁，另一辆乘坐着新妇金娥，由返国省亲的公主刘陵骖乘。其余各车，则由接亲的使臣、陪嫁的侍女分乘。车队之后，是嫁妆，也足足装了十车。殿后的卫队，也有近百人之多。将不长的关城主路，塞得满满的。

车队在都尉府前停了下来，宁成、金仲与陈珏上前参见淮南太子夫妇，礼成后，刘迁与新夫人下车，与两位妻舅话别。义纵看到，金仲的目光，并未在那对新人身上，而是痴痴地望着后面那辆车。随着他的目光看去，车上乘坐着的一位殊色少女，正与身边的一位侍卫说着甚。少女时不时地瞟一眼金仲，似笑非笑，含着某种挑逗。金仲开口，她却视如不见，径自与那名侍卫说笑。看得出金仲对她是爱恨交加，却又无可如何。

义纵正在琢磨金仲与这女人是何种关系，那名侍卫转过头来，一张再熟悉不过的面孔，出现在他眼前。那人也看到了义纵，两人几乎是同时喊出了对方的名字。

"次公！"

"义纵！"

那名侍卫正是他少年时代的好友张次公。两人因义姁的关系，都被召入宫中做郎官，可义纵很快便外放地方，辗转迁升，而张次公仍是三百石的郎官。此番乃初次出外差，担任送亲的护卫。他朝走过来的义纵当胸一拳，笑骂道："这家伙，官做大了，还记得朋友？"

义纵也回敬了他一拳，笑道："你总窝在宫里，想见都难，说我忘了朋友，亏你说得出口！"

张次公勾肩搭背，附耳道："刚才还说起你！来，过来见见淮南国的公主。这一路肥吃肥喝，还伴美人而行，你说是不是趟难得的美差？"他将义纵推至彩车前，揖手道，"殿下，这位就是小臣提到过的好友，新任的长安令义纵。"

义纵长揖为礼。刘陵注意地看着义纵，颔首笑了笑，算是还礼。"听次公说，你是个能吏，"她瞟了眼金仲，"你不在长安，与他们在一起做甚？"

"下官奉命接二位公子回京送亲，不想在这里巧遇，若耽搁半日，他们姐弟……"

刘陵吃惊地扬起眉毛："是么？我可听太后说，想要他们在封邑多住些日子呢。你奉谁之命接他们回来呀？"

义纵心里一紧，回头看看金仲与陈玞，正在与金娥话别。于是顾左右而言他，笑道："险哪！吾等只早到了一个时辰不到，他们姐弟总算见到了面，幸何如之！"

刘陵意味深长地笑道："是奉皇帝之命吧？这趟差事怕是不好办呢，太后丞相那里你怎么交代？你好自为之喽。"

她难道知道内情？一旦漏风，会坏了大事。义纵心里焦急，却仍是一副好整以暇的神情。"殿下所言，在下不明白。"

好在金娥走了回来，义纵借势退到后面，刘陵没机会再问。金娥登车后，大队人马又开始行进。他紧跟在金仲等人后面，一直目送车队远去，方才回到都尉府，交验传牍。

众人归心似箭，一行人日夜兼程，赶到长安时，已经是次日的深夜了。进得清明门，看到候在那里的大批差役与缇骑，义纵松了口气。

"送二位公子到他们该去的地方！"义纵一声喝令，众人前呼后拥，夹护而行。金仲与陈珏以为是他格外的关照，还笑着向义纵挥手致意。他们哪里晓得，他们即将面对的，不是自家的家门，而是阴森可怕的诏狱。

二十五

　　清明门一别，金仲与陈珏再见到义纵，已经是七日之后。两人及所有的随从，无一人漏网，都被拘入了长安的诏狱。长乐宫、丞相府与两家家人，都以为他们尚在隆虑，这给了义纵时间，他可以从容办案。把他们抛进阴森恐怖的牢狱，不闻不问，一撂数天，足以折辱其傲气，摧垮其心理，只要他们急于出狱回家，事情就好办得多。

　　义纵坐于长安令署堂上，边浏览案牍，边思忖着如何使人犯招供。以他的经验，一压一拉，软硬兼施，是迫使案犯就范最有效的办法。他已经吩咐狱丞，在狱中拷问囚犯，刑室就设在金仲与陈珏囚室的隔壁，他相信，连日刑讯的种种惨状已足以令其丧胆，而每日一餐与少得可怜的清水，也足以消磨其体力与意志。狱吏报告，这两个自幼锦衣玉食的纨绔，已没有了初来时的气焰，每日里垂头丧气，甚至哀求狱卒，许以重贿，要他们去家中报信。这些信件就摆在他案头，火候看来是够了，现在，他所需要的是个搭帮做戏的帮手。他上任不久，手下的这些狱吏，他还不够熟悉，用谁好呢？

　　"长安城里出了大事，大人可曾听说？"

　　义纵抬起头，说话的是属下的一名捕头，名叫王温舒。此人个子矮小，而面相凶恶，义纵心里一动，这个人或许能行。王温舒家住阳陵，据说从前也是个好事的恶少年，成年后，数为亭长，捕缉奸盗很有一套。

　　"甚大事？"

　　"丞相府与颍川的灌夫较上劲了。灌夫不知怎么得罪了丞相，丞相府的人搜集了灌氏不少的劣迹，呈报给了皇帝。"

"哦，皇帝作何处置？"义纵问道。灌夫是他所崇敬的那类响当当的硬汉子，在感情上，他自然偏向灌夫。

"皇帝给丞相碰了个软钉子，说是丞相权限内的事情，用不着事事请示。可灌夫以两千石的大员致仕，无真凭实据，岂是轻易动得了的！"

"其实，丞相也未必那么干净。"

"大人说的一点不错。那灌夫也不服，把田丞相收受贿赂，假公济私，交通王侯等不少阴事都抖搂了出来。总之你来我往，闹得不可开交。"

"此事我一无所知，你消息倒很灵通，从哪里得来的？"

"小的巡街时遇到个同乡，他在廷尉府做事，丞相府送过去的案牍，他亲眼见过。"

义纵板起脸道："好了，此事到此为止。背后议论上官，不是件好事，言语多，是非多。你记住了。"

"是，小的记住了。"王温舒恭恭敬敬地答应着，转身欲走。

"且慢，有件案子，案犯来头很大，我正缺个帮手，不知你可愿意助我问案？"

王温舒受宠若惊，揖手道："来头再大，在狱中也只是个犯人。大人用得着，温舒愿效犬马之劳！"

义纵对这个回答很满意，于是将案头的爰书递了过去。"这案卷你先看看，琢磨个法子出来。我给你交个底，咱们是搭帮做戏，你充那个恶人，除去动手用刑，你怎么做都行，总之要让这两个纨绔害怕，怕得要死！"

王温舒阴阴一笑："小的明白。"

"白昼归你，估摸着应该够用了。夜间我会趁热打铁，非让他们认供画押不可。他们已被关了七日，估计心劲消磨得差不多了，今日，先从那个姓陈的小的开始，他招认了，那个大的就好办了。"

王温舒唯唯称是，可翻开案卷，脸色却一下子白了。"这件事丞相、太后晓得么？"

"当然不晓得。我可以给你交个底，此事乃皇帝亲自交代查办，授我便宜行事之权，不然我怎敢把他们扣在这里。这件事，在他们认罪前，绝不可外传，他们家里人知道了，会即刻要我们放人。搞不好会前功尽弃。"

"是。"天塌下来自有长人顶着。王温舒回答得斩钉截铁，心中的忧虑一扫而光。

"还有一事，敢问大人，对他们手下那些人，可以用刑么？"

"你看着办吧。"义纵微微颔首，"这些人为虎作伥，死有余辜。"

长安令属下的刑狱，半处于地下。一条长长的走道两面，间壁着数十间囚室，囚室终年不见阳光，阴暗潮湿，弥漫着腐肉与粪溲的恶臭。金仲与陈珏被分开监禁，根本见不到面。起初两人喊叫大骂，还可以听得到对方的声音。可时日一久，饥渴难耐，谁也不再有力气喊叫，整日昏昏沉沉，难辨昼夜，睡了醒，醒了睡。

开锁的声响，惊醒了陈珏。他抬起头，映入眼帘的是火把的亮光。囚室平时一灯如豆，极为昏暗。乍现的亮光刺得他睁不开眼，光晕中闪动着许多人影，好一会儿才看清，狱卒们正向他的囚室内搬运刑具。梁柁上束着根绳子，下面摆放着一个盛满水的巨瓮；巨瓮旁边安置着一盆熊熊的炭火，里面插着几把长柄烙铁；一个赤膊露胸、肥壮矮胖的狱卒，正在试着手中的皮鞭，蘸了水的皮鞭被甩得噼啪作响，在墙上划出一道道痕迹。陈珏又惊又怕，使劲叫道："本公子是皇亲，谁敢动我！"

他的话引起了狱卒们的一阵哄笑。

"谁敢在狱中喧哗，好大的狗胆！再他娘的乱叫，给我掌他的嘴，掌烂了为止。"一名矮个子狱吏走了进来，双目暴睛，恶狠狠地盯着陈珏。

"甚他娘的皇亲？你他娘的死到临头，还敢拉硬？你放明白点儿，这是囚牢，任他娘的甚人，到了这儿，都是一样的身份！王孙公子，公卿将相，这里头关过得多了，你一个乳臭小子，捏死你还不就像捏死个虱子？"

他一把攥住了陈珏的前襟，像拎小鸡子一样拽到胸前，就着火把亮光，他端量着陈珏苍白秀气的脸颊，淫邪地笑了："老王，这小子细皮嫩肉，看上去还是个雏呢？夜间留给你受用吧！"

被喊作老王的狱卒凑到跟前，用粗壮有力的大手捏住了陈珏的下颌，把一张油汪汪的胖脸贴了上来。陈珏又气又怕，用力一挣，摔倒在地上。那胖子还要动手，被那狱吏止住："先问案子，夜长着呢，足够你受用。"

一名狱卒在地面铺了张席，狱吏坐下，双目如鹰隼一般，紧紧盯住陈珏，仿佛要看到他心里去。"小小的年纪，就敢动刀杀人，你服罪么？"

"小爷没有杀人，你含血喷人！"陈珏自幼不服软的脾性，压倒了恐惧，他昂首对视，恶狠狠地说。

"嚯？在这儿还敢来脾气！小小年纪就敢称爷，来呀，把他的衣衫扒开，看看他毬上长毛了没有！"

不等那狱吏说完，两个彪形大汉将陈珏按住，他羞愤惊恐，猛烈地蹬着双腿，尖叫了起来。

那狱吏笑了笑，示意放开他。"怎么，怕了？怕了就老实招供！茂陵杨家死的那两个人是不是你杀的？"

"不是！"

"不是你是谁？是那个修成子仲么？"

"不是。"

"光天化日，汝等入室劫掠，杀人害命，目击的人证海了去了！你以为赖得过去么？来呀，把他们一伙的押上来！"

两名蓬头垢面的犯人被带了进来，跪在狱吏身旁。狱卒要他们抬起脸，火光映照下的面孔肿起老高，狰狞可怖，显然因受刑所致。陈珏认出，一人是茂陵的李亨，另一人是自己府中的家人。

"李亨，这个人你认得吧？"狱吏指着陈珏，问道。

"认得，是隆虑侯的公子。"

"茂陵杨家出事那日，此人在场么？"

"在场。"

"与杨家争执时，他动手了么？"

"动了……"

李亨话音未落，狱吏猛然逼问："人是他杀的？"

李亨觑了陈珏一眼，费力地咽了口吐沫："那……那会儿很乱，小的看不真，实在记不得了。"

狱吏揪住李亨的头发，将他的脸拉向自己："没看清，记不得了，是么？

732

方才你个狗东西说甚，你敢耍我！"他猛击一掌，将李亨打倒在地，狱卒们将他脸朝下按倒，剥光了他上身的衣衫，狱吏抄起一支烧红的烙铁，用力按他背上。霎时，皮肉烫焦的味道与李亨撕心裂肺的叫声充斥了整间囚室，陈珏的心狂跳不止，额头冒出了冷汗，四肢像是失去了知觉，动弹不得。

"怎么，这会儿记得了么？"狱吏将褪了色的烙铁重新插入火盆，望着不停抽搐着的李亨，好整以暇地问道。

"大人饶命，大人说甚，小的都认……都认下了。"

"好个狡猾的东西，我说甚，你认甚，那么你的口供，竟是我王温舒授意所为，屈打成招的了？"陈珏这才知道，面前这个狠毒的狱吏，名叫王温舒。

"火里来，水里去，你该清醒清醒脑子了！"王温舒做了个手势，狱卒们缚住李亨的手足，将他吊起在梁柁上。狱卒手中的绳索一松，李亨便会一头扎入那只水瓮，随着狱卒手中绳索的收放，李亨像只被钓住的鱼似的时起时落，不一会儿便呛得口鼻淌血，大叫道："大人饶命，我招，我招哇！是修成子仲杀的人，周公子他……他也……也动手杀了人哪！"

轮到隆虑侯府的家人时，那人早已魂飞魄散，身子抖如筛糠，涕泪交流地哭诉着："我家公子杀了人，我家公子杀了人啦！"

王温舒命令将证人带下去录供画押，得意地望着陈珏道："看到了，这水火两关是最轻的，后面还有三木①，三木之下，我还没见过能挺得住不招的！招，还是不招，我给你两个时辰，你好生掂量着。今儿个不动你，为的是留着你这身细皮嫩肉，人定②一过，你就是老王的人了，他会让你圆个好梦的！"

王温舒指了指身旁那个肥壮的狱吏，他冲陈珏做了个淫邪的手势，狱卒们哄然大笑起来。

陈珏怕得要命，蜷缩在角落里，嘤嘤地抽泣。他心乱如麻，漏壶计时的水滴，如同催命的脚步，拉紧着他的每一根神经。不知过了多久，他才松弛

---

① 三木，古代指拶指、压腿、拶足的酷刑。

② 人定，汉代计时的时段，相当于后来的亥时，即晚九至十一时。

下来。申时已过，狱卒并未如往常一样送来饮食，他饥渴难耐，顾不得其他，俯身在那水瓮上饮了个够。他染上了虱子，身上总有种蚁走的感觉，奇痒难当。可虱子藏在襞褶中，囚室阴暗，捉不到，也捉不净。他只得脱下内衣，披着袍衫，倚在墙壁上打盹。

家里真好啊，面前的食案上满是精馔美食，母亲微笑地望着他。不停地有侍女为他添酒布菜，他大嚼不止，觉得饭菜从未这样香过。酒足饭饱后，他回到寝室，几个面容姣好的侍女侍奉他沐浴更衣，他躺在温软爽洁的卧榻上，熏香的被褥催人欲睡……远远似有人凄厉地嚎叫，他猛然惊醒，许久眼睛才能适应囚室中的黑暗。囚室中弥漫一切的恶臭，辘辘的饥肠，全身复起的蚁走感……逼得他几乎发疯。此时此刻，无论让他做甚，他都会答应下来，只要能够离开这个鬼地方。

黑暗中响起了脚步声，脚步停在了这间囚室门外，有人在开锁。随后出现的该是老王那张油汪汪的胖脸，淫邪的笑容……陈珏想喊，却发不出声来，手脚冰凉的他，绝望地蒙住了双眼，蜷缩成一团。

有人踢了他一脚，喝道："起来跟我走，大人传见。"

陈珏挪开手掌，看清楚不是老王，悬着的心才放了下来。他随那狱卒出了刑狱，来到一处院落。月光如洗，陈珏四顾，只一间屋内还有灯火，已是夜深人静之时。那老王莫不是在这里？陈珏一惊，绝望又攫住了他，他停下脚步，期期艾艾地问道："传……传见……见我的，是……是……是哪位大人？"

"少他娘的废话，见了面自然知道。"狱卒不由分说，拽他到门前，掀起门帷，将他推了进去。

室内灯火通明，就中对设着两张食案，一张陈设着笔墨简牍，一张则满是美食精馔。陈珏被推进门的同时，空案后有个人站起，呵斥道："不得无礼，快为公子除去缧绁。"狱卒为他松了绑，那人走过来，揖手施礼道，"公子受苦了！"此时陈珏方看出，传见他的大人，正是去隆虑迎接他们回家的义纵。

陈珏满腹委屈，眼圈也红了，喝问道："好你个义纵，竟敢诱骗拘捕皇亲贵戚，这件事我大舅姥姥知道了，你还想活命么！"

义纵笑道："这件事我也是事后才晓得。那日原以为缇骑是送二位公子回府，谁知道皇上另有诏命。公子一定饿了，先用过酒饭，我们有的是时间。"

望着狼吞虎咽的陈珏，义纵心里有了主意。

陈珏这餐，足足吃了半个时辰。狱卒收拾起餐具，奉上一杯热茶后，悄悄退了出去。

"义纵，你马上放了我们，送我们回府！"饱食后的陈珏，呷了口热茶，气焰复起。

义纵并不答话，双眉紧锁，翻来覆去地翻看着案上的卷牍。良久，叹了口气道："看来，公子是在劫难逃了！"

"怎么？"陈珏不明就里，看见义纵愁眉不展的样子，心里也跟着忐忑起来。

义纵指指案上的卷牍："茂陵杨家告二位公子杀人劫财害命，此事已轰动了京师三辅，皇帝诏命深究严办。现在又有茂陵李亨与足下的家人指证，坐实了汝等杀人……"

"他们是被逼无奈，屈打成招。这是我亲眼所见，证言绝不可信！"陈珏又气又怕，不等他说完，便大叫起来。

一阵急促的敲门声过后，那个人称老王的狱卒走了进来，他冲陈珏笑笑，揖手道："大人，王头要连夜突审案犯，要我马上带他下去。"

"不！"陈珏的心一下子凉到了底，恐惧与绝望再次攫住了他。他猛地冲到义纵身后，死死抱住他的胳膊不放，他想大声喊叫，可心慌气短，竟再也发不出声响。

义纵扶陈珏坐下，对那狱卒道："我还有话要问，你先去外面等着。"胖狱卒死死盯了陈珏一会儿，方才不情愿地退了出去。

义纵又为陈珏斟了杯茶："公子先喝口茶，宽宽心。"随后他在室中来回踱步，心事很重的样子。好一会儿才坐下，心情沉重地看着陈珏道："我知道，审案子的这些人如狼似虎，蛇蝎心肠，可这是皇上交办下来的事情，水落石出以前，谁也不敢拦着不办。废格明诏①，是弃世的死罪，他们要审，我实在不能拦着。这个苦衷，还望公子曲谅。"

---

① 废格，汉代法律术语，意为不执行皇帝的诏命，又称废格明诏，罪当弃世。

"义大人，义大人！千万救我！千万救我呀……"陈珏又急又怕，一下子瘫倒在席上，涕泪交流了。

沉吟了许久，义纵皱着眉头，很恳切地望着陈珏说道："公子若能为我讲清案由与经过，我或许能想想办法。放二位回去，我做不到，可给你换个地方，不受狱卒的折辱，有洁净的衣裳被褥，一日两餐的饱饭，我还是能够做到的。可有一条，必得讲实话，公子可能做到？"

陈珏已是心胆俱裂，只要不落到王温舒一伙手中，他什么都愿意做。"我讲了，那些狱吏不会再审我么？"

"你交代了真相，自然不用再审。"

"可承认了杀人，会处吾等重罪么？"

"二位公子天潢贵胄，朝廷有议亲议贵之制，更何况还有太后、公主和修成君在呢？总会有办法的。"

于是，陈珏将当日去茂陵杨家买犬不成，金仲等动抢行凶杀人之事，原原本本讲述了一遍，义纵边记边问，足足写满了三卷简牍。次日，他与王温舒如法炮制，金仲要顽固得多，可看到陈珏的供述后，也泄了气，最终承认了杀人的事实。

义纵接手此案后，从缉凶、诱捕到案犯认罪，前后不及一月，案件侦办之顺，出乎他的预想。他本想顺着这个线索，继续追查朱安世、宁成与王、田两支外戚间的关系，可来不及了。田蚡忽然急召他去丞相府，修成君、隆虑公主的家丞亦先后上门求见，种种迹象显示，金仲与陈珏被羁押在长安这件事已经走了风。太后与丞相虽未必会直接插手，却很可能将案子交由廷尉或太常重审，为免于功败垂成，他备齐爰书，连夜呈递到了未央宫。他回望着暮色中的宫城，长出了口气。他已完成了天子的托付，此后，事情的吉凶悔吝，个人的祸福安危，皆系于皇帝一念之间了。

二十六

"那个义纵，是条养不熟的狗！娘看在与他姐姐当年的情分上，要你舅舅看顾他。想不到他做了长安令后的第一件事，竟是拿你的外甥们开刀。他这是想要做甚？这等连皇家都不放在眼里的人，早晚都是个祸害，皇帝，这个长安令不能再要他做了！"

得知金仲与陈珏被逮进了诏狱，长乐宫里一下子炸了窝。接连派去长安令署的侍者，都吃了义纵的闭门羹。王娡又急又恨，次日亲临未央宫，刚一落座，不等刘彻开口，便气急败坏地大骂起来。

随王娡而来的隆虑公主与修成君，更是不遑多让。

"阿娥才出嫁，大姐身边就这么一个儿子，他义纵竟敢把阿仲关到牢里头，打狗还要看主人，皇亲他都敢关，真真是狗胆包天，他这是要反哪！"修成君红头涨脸，目光凶狠，仿佛义纵就在面前。

"阿珏还是个孩子，他就敢下这样的狠手？此人狠不说，还阴险狡诈。皇帝，阿珏本来是同他哥到阿姐的封邑去玩，娘、大姐与我都以为他们要在那儿住上几个月。谁承想，这个义纵竟找上门施骗，说家里要他们赶回来给阿娥送亲。若非封邑那边来信问安，说起此事，我们至今还会被蒙在鼓里。这不是假传诏命是甚？都搞到皇帝头上来了，他胆子也忒大了！"

三个女人各逞口舌，把义纵骂了个狗血喷头。刘彻面无表情，不发一言，只是静静地听着。在一旁侍候的郭彤不免为义纵捏了一把汗。

"这件事，依母后的意思，该如何办呢？"终于，刘彻开了口。

"马上放了仲儿与珏儿。义纵以下犯上，欺君罔上，大逆不道，不杀不能以儆效尤。皇帝该召他来，当面问罪，为娘，为你姐姐们出这口恶气！"

"两个月前，茂陵出了件血案，父子二人同日毙命。这件事，母后听说过吧？"

皇帝话中有话，王娡心中一紧。"茂陵死了人，有甚相干？我不像窦太后，能调看朝廷的奏章，皇帝请安的时候，又从不愿与我这个老太婆谈公事，茂陵的事情，我上哪里知道！"她冷冷地说道，试图先声夺人，以进为退。

"这父子二人为何罹此大祸？是因为有人看上了他家的狗。杨家父子不愿卖，他们威逼利诱不成，干脆就动手抢夺。人家反抗，他们就在光天化日下杀人！京师三辅，首善之区，竟有此等狂徒横行无忌，百姓还安生得了吗？不惩治，大汉岂不国将不国！"

刘彻语气沉重，在他锋利目光的扫视下，三个女人面面相觑，气焰顿挫。"要惩治，就要缉拿人犯。这些人犯是谁？你们心知肚明，不用朕点出名字来了吧？义纵奉诏办案，行法不避贵戚，难能可贵，何罪之有？"

刘彻沉吟道："记得先帝曾交代给朕一句话。他说，酷吏如同打人的鞭子，执法除乱必不可少，是以毒攻毒的法子。郅都、宁成是先帝的鞭子，义纵是朕的鞭子，也是朕手中的利器，这样的利器，多多益善！"

奉诏办案？难怪义纵有恃无恐，原来有皇帝作靠山。皇帝竟向自家人下手！王娡的心寒了，可以母后之尊，她不肯退让。"利器？郅都当年逼死临江王，还不是被赐了死！阿仲阿珏年少无知，一时莽撞做错事也是有的。自家关起门来，要打要骂，随便皇帝。何苦下到狱中，由那些如狼似虎的狱吏们摧折羞辱，皇帝以为这丢的只是汝姐姐的脸么？不，这丢的是皇家的脸，丢的是皇帝的脸！"

"秉公执法，非但不丢皇家的脸，百姓们反倒会体认朝廷的公正无私。母后还提临江王？他被人构陷下狱，还要拜赐义纵姐弟吧！"看到太后变了脸色，他指了指面前的案牍，转而向两个姐姐道，"这件命案，那两个孽子已经供认不讳。汝等平日娇纵，惯成了他们的毛病。犯了事，你们又将他们藏到封邑，犯下了首匿之罪。朕念及亲情，未加追究，尔等不思自省，还闹到未央宫来，真是岂有此理！"

修成君道："皇帝就这么绝情，真要杀自己的外甥？"

"杀不杀，要由朝廷依律公断。"

"娘，女儿一子单传，皇帝这是要绝我家的后哇！"修成君倚到王娡跟前，牵衣顿足，大放悲声。

"你给我站好！他要大义灭亲，你哭瞎了眼又有何用？这未央宫不是咱们待的地方，我们走！"走出几步，王娡回过头，冷冷地看着儿子，"我真没有想到，皇帝竟如此绝情。可皇帝莫忘了，大汉以孝治天下！孔子还讲父为子隐，子为父隐，直在其中。陛下不正在提倡他的儒学么！为娘的与你姐姐为亲者隐，何错之有？"

刘彻并未起身相送，王娡等离去很久，他仍在垂头沉思。他绝情么？显然，他伤了母亲与姊妹们的心。可他若放过那两个孽子，满朝的大臣会怎样看，天下的苍生又会怎样看？为人君者决不能存妇人之仁！他记起父皇的话，觉得心中有股杀气在涌动。

"杀，会伤了母子姊妹间的亲情；不杀，难以服众，会冷了群臣百姓们的心。郭彤，你若碰到这么棘手的案子，该当如何？"

"小臣愚昧，不敢妄言。"

"朕并非要你断案，你但说无妨。"

"小臣以为，陛下若当其为家事，尽可以独断；若欲取信于天下，当由公断。"

"取信于民当由公断，说得好！"刘彻有了主意，满意地笑了。

小黄门所忠悄声走进来，顿首陈奏道："陛下，丞相田蚡、太常张欧、宗正刘弃疾、长安令义纵，已在宫门候见多时。"

"召他们上来。"

在田蚡等人应召上殿这会工夫，案子的处置，刘彻胸中已经有了成算。他不待田蚡等人开口，先指了指自己："朕是人犯的娘舅，"又指了指田蚡，"丞相是人犯的舅姥爷，你我对此案理当回避。"

他吩咐郭彤，将全案的爰书，交予太常与宗正阅看。"茂陵的案子理当太常管，议亲议贵，责在宗正。眼下案犯认罪不讳，口供、人证俱在。义纵开了个好头，下面该由他们两位接手了，丞相以为如何呀？"

"陛下圣明，臣以为如此甚好。"田蚡既忧且喜，忧的是，皇帝明示他不得插手这件案子，明摆着不相信他。喜的是，张欧与刘弃疾，居官温和，与他的私交不错，金仲与陈珏在他们手中，还有活路。

"义纵行法不避贵戚，敢作敢为，在朕与丞相的头上动了土，了不起！朕要大大地奖励他，升他的职。丞相，河内位当关中之门户，豪强纵横，历来号称难治。把义纵这样的硬手放在那里，朕看行，丞相以为如何啊？"

"义纵虽能干，可任职长安令不过一个多月，从四百石一跃而为二千石，未免升迁过速，臣恐怕难以服众。"

"谁不服气，叫他也办件案子给朕看看，办得好，一样可以升职么！甚升迁过速？朕就是要让天下的人都知道，只要实心办事，卓有才能者，朕都会擢之以不次之位。以此为天下树立一个榜样，廉顽立懦，扫除官场因循唯喏的风气。"

皇帝既如此打算，多说无益，田蚡唯唯称是。大臣们告退后，刘彻单独留下了义纵。

"义纵，这件案子你办得好，可也得罪了一大窝子贵戚，太后也恨上了你，你怕么？"

"不怕。臣奉诏办案，情非得已，得罪人是免不了的。"

"把案子交给别人，调你去河内任都尉，朕的用意你可明白？"

"小臣愚昧。"太后亲临未央宫，必是为外孙们求情。这个面子，皇帝不能不给。皇帝若有心放过自己的外甥，自然要换人办案。换人，他既有解脱之感，又心有不甘。可对皇帝，这个话他不能说，也不敢说。

"苍鹰郅都，你知道吧？他办了栗太子一家，得罪了窦太后，被军前处斩。宁成，你也该知道吧，这个人做了十年的中尉，行法严苛，得罪了不少权门贵戚。可终因为贪贿，被人捉住了把柄，差点掉了脑袋。你捉了修成子仲他们，代朕做了恶人，朕自然要保全你。可你莫学宁成，而要像郅都那样，狠而廉。天子立国，文武之道，不可偏废，朕治乱，离不开皮鞭、快刀与恶犬。你，就是朕手中的利器，放到哪里，哪里即应路不拾遗，秩序井然。你记住了！"

"小臣记住了。"

"你只管放手做事，至于太后那里，你不用忧心，不会再有第二个郅都的。"

皇帝向他交了底，义纵大有知遇之感，鼻子酸酸的，他想说些甚，可又无从说起，于是顿首再拜，响亮地答应了一声："是！"

此刻的田蚡，正在宫中的直庐①内，大骂义纵。"想不到王家养虎遗患，竟遭反噬！"他盯着张欧和刘弃疾，冷笑道，"今上要吾回避，两位大人接了手，打算如何办这个案子，我不便过问。我只提醒二位大人，不光皇帝，皇太后那里，也要交代得过去！"

张欧与刘弃疾面面相觑，谁也不说话。良久，刘弃疾道："今上既然有话，君侯当然不便过问此案，可也不是全无变通的法子。"

"哦，是甚法子？"田蚡两眼一亮，问道。

"我听说丞相府才调来的长史，精通律令。不妨唤来，以备咨问。如此，君侯不参与也等于是参与了。"

田蚡一拍脑门，大喜道："我是叫那个义纵给气糊涂了！无病所言甚是，张大人以为如何？"

张欧事事以明哲保身为上，当然不愿得罪田蚡与太后一族。他颔首道："吾等于律法不甚精通，有人备顾问，当然好。"

"弃疾还有件不情之请，望君侯答应。"

"甚事，你尽管说。"

"我听藉福讲，君侯与灌仲孺闹得不可开交，长安人言藉藉，都在看你们的笑话。魏其侯托我进言，灌夫是个酒疯子，君侯莫与他一般见识，还是和解了吧！"

田蚡双目圆睁，哂道："魏其侯？说到底，这件事还是由他而起。吾与燕王之妹结缡，翁主喜食东陵瓜，吾想以瓜田为聘，遣藉福与之讨价。他不肯出让也就罢了，反诬我是欺负他，口出恶言。灌夫尤为可恨，本来不关他的事，他却大放厥词。当年，魏其侯之子杀人，本该抵命，赖我救其不死。如今求他几顷田，吝惜成这个样子，还口出恶言！谁是谁非，你们评评看。"

---

① 直庐，古代宫廷中，大臣们办公值宿之处。

张欧道："评甚？都是皇亲，以往又都在朝为官，能争出个甚是非来？徒然让外人笑话。冤家宜解不宜结，不是我愿做和事佬，窦婴既求和，君侯当朝丞相，该大度些，就此息事宁人吧。"

"藉福当初也劝我不与他们计较，可我若忍下了，他们或以为我可欺，这口气，我咽不下！"

"以丞相之尊意气用事，这就是君侯不智了。"

田蚡盯着刘弃疾："怎么说？"

刘弃疾拍拍书案上的爱书："君侯想想，现在是甚时候，你们互揭阴私？皇帝本来在为外甥杀人的事烦，打算整肃京师，你们的这些事传到宫里，就不怕陛下再派个义纵来查？那时候，我怕君侯悔之晚矣！"

田蚡一惊，呆呆地坐了一气，站起身道："我去唤张汤来。"走出几步，转过身道，"我就卖你个面子，再容他一回。无病，我知道你与窦婴灌夫交好，就烦你代我传个话，此番吾不再与他们计较，要他们好自为之！"

张汤来到直庐时，张欧与刘弃疾正在为罪名争执不下，他长揖施礼后，恭恭敬敬地坐在一旁。争论发生在律目上，宗正认为是伤人致死，太常则以为是杀人。张欧道："久闻张长史是治狱的行家里手，茂陵的案子，有争斗的情节，刘大人不解，何以径报杀人呢？"

"小臣自少为狱吏，行家里手不敢当，熟谙差之，敢为二位大人言之。"张汤揖揖手，很沉着地说道，"律：斗伤人，伤者于二旬中死亡，为杀人。杨家在争斗的当时已毙命一人，另一人稍后亦死，虽有争斗情节，也要定为杀人。"

"杀人者死，伤人者刑。杀人，是弃世的罪；伤人，受刑而已。两者可有着死生之别呢！"刘弃疾叹道。

"刘大人的担心下官明白。可杀人者死罪，争亦无用。眼下要紧的，是想办法为他们脱罪免死。案犯有皇亲的身份，按律可以议亲议贵，赎死减等。小臣以为，皇帝要大人们参与此案，也有这个意思在里头。"

张欧指了指爱书道："张长史说得对。二位公子已对杀人供认不讳，律目争无可争。好在不是殊死的罪名，我们还是议议如何为他们脱罪免死吧。"

汉代死罪分两等：死与殊死。一般的死罪为弃市，即在大庭广众的去处施以绞刑，可以保全一个囫囵的尸首。严重的死罪称作殊死。据律目之不同，分别施以磔、腰斩与斩首①之刑，身首异处，不得全尸。而且逢赦不赦，不能减免。

刘弃疾道："我记得具律②上有议爵议贵的条文。张长史也知道吧？"

"是。具律：上造③，上造妻以上，有罪可减刑一等，此为议爵。皇亲外戚子孙，虽无爵位，可比照上造减刑一等，此为议亲。二位公子为太后之外孙，按律可以减死一等。"

减死一等，仍要服六年的徒刑，先要做四年的城旦，之后转为鬼薪与隶臣妾④，二年之后，方可释放。不要说六年，就是一年，那两个纨绔也受不了。刘弃疾摇头道："死罪虽免，可活罪也够他们受的。太后那里绝交代不过去，还得想法子。"

"除非遇到大赦，没办法减刑。若要免除刑罚，怕只能求皇帝特赦了。"张欧道。

一个多月来，长乐宫已多次派人去过茂陵，经不住威逼利诱，杨家已经退缩，以千金的赔偿接受私了了。可事出意外，金仲与陈珏被义纵诱捕，进入了决狱程序且认罪不讳。由此，必得依律行事，私了已不可能。张汤本已绝望，听田蚡说案子换由朝廷大臣主持，觉得事情又有了转机。

皇帝若一意严办，就不会换掉义纵。显然，皇帝不能不顾及太后、丞相为首的外戚势力。皇帝拿自己的外甥开刀，本意是要震慑权贵，以儆效尤，并不真想置他们于死地。张汤由此揣摩，觉得皇帝所要的，是能对金仲、陈珏起到足够的吓阻作用，使他们以后不敢为恶的惩戒，未必一定要他们服刑。

---

① 磔、腰斩与斩首：磔，车裂；腰斩，将人身体斩为两截；斩首，又称枭首。将处死的人犯肢体断裂，不得完尸，被古人视之为比死更重的惩罚。

② 具律，汉代对治狱量刑作有详细规定的律法。

③ 上造，秦汉时二十等爵之第二位爵的名称，可用以抵罪；上造之妻，亦可以比照丈夫爵位议罪减刑。皇室、诸侯王子孙亦可比照次等爵位议罪减刑（参见《张家山汉简·具律》）。

④ 城旦，秦汉时徒刑，犯人被剃发披枷锁押往边塞，从事修筑守卫长城的苦役，刑期四年，满期后转为鬼薪，即为宗庙祭祀从事樵采。服刑一年后转为隶臣妾，即充作公家的仆从，一年后释放。总共需服徒刑六年。

张欧的话，触动了他心中的一点灵犀。

他兴奋地说："张大人所见甚是。不过刑罚不可全免，总要有所惩戒，要他们知所畏惧。如此，方可收惩前毖后，治病救人之效。"

"哦，怎么说？"

"二位大人奉诏议罪，议爵议亲，减死一等，完为城旦。这是依律议罪，谁也挑不出毛病的。可揆之以情理，不能不顾及皇家的尊严、外戚的体面。由此上奏天子恩出格外，易徒刑为圈禁，要他们在家面壁思过，下可以惩戒逆子，上可以告慰亲情，不是很好么！"

"圈禁，面壁思过，毋乃过轻，行么？"刘弃疾问。

张欧颔首道："六年徒刑改行六年圈禁，思悔改者可减为四年，我看可行。"

刘弃疾用指头敲打着爱书："我觉得，这么大一件案子，总得杀个把人，方能给杨家一个交代。那个李亨，引良家子弟为恶，罪不可赦，定他个弃市，不算冤枉。"

张汤连连摆手道："主犯圈禁，从犯弃市，两相对照，朝廷岂不是不公？今上最忌讳这个，万万不可如此！莫如完为城旦，他家里有的是钱，总有办法为他赎刑的。"

最后，由张欧与刘弃疾联名上奏，金仲与陈珏以杀人议定为弃市罪，议爵议亲后，依律减死一等，完为城旦。提议由皇帝特赦，圈禁闭门思过六年。同案的李亨诱良家子为恶，完为城旦。

奏牍久久没有批复，可也没有发下来重议。直到年终，制书仅一个可字。出乎张汤意料的是，那个李亨，皇帝另有诏令，说他是始作俑者，诱人为恶，罪不可恕，竟被斩了首。

二十七

元光三年春三月上巳日，由函谷关方向，驶过来一列车马，车马行至霸昌观受阻。大队的缇骑守卫在驰道两面，禁止所有行人车马过往。最前面那辆安车上的帘帷被掀开，一个衣饰华贵的女人露出脸来，蹙眉问道："前面出了甚事，为甚不放我们过去？"

一名侍卫策马上前，对手执长殳，阻断道路的缇骑揖手道："淮南国公主要去长安，请让路放行。"

缇骑神情倨傲，挥了挥手道："汝等退后等着，没有命令，谁也过不得。"

刘陵自幼娇纵惯了，哪里见得了这个，涨红着脸喝道："岂有此理！本公主赴长安有急事，光天化日里封得甚路？还不快快让开！"

"公主有甚了不得？长安天子脚下，就是诸侯王，谁敢撒野！"那缇骑全然不惧，嘲讽地盯着刘陵。

"放肆！你敢报出名字么，我今日就要你好看！……"

"甚人在此喧哗？"一名骑郎将策马上前，缇骑纷纷让路，看到刘陵，他眼睛一亮，急忙跳下马，长揖道："原来是殿下，属下无知，冒犯了翁主，在下代他们赔罪了。"

原来是个熟人，数月前淮南国娶太子妃时，张次公曾一路护送过她们。刘陵莞尔一笑，问道："张将军，为甚不准我们过去？"

张次公不过是个三百石的郎官，在送亲路上，他与刘陵闲谈时，曾言及自己的抱负，是成为统率千军万马的将军，立功封侯。此后刘陵便一路调侃，称他为将军。

张次公脸一红，做了个鬼脸。"今日是上巳日，皇帝全家在灞水修禊，整个霸上都警跸了，车驾还宫前，这段路是不准通过的。"

每年三月上旬的第一个巳日，被称为上巳日。古时民俗，在这一日要临水洗浴，祛除宿垢，称作祓禊。有祓除不祥，祛灾求福的含意。沿袭至后来，上巳日渐成民间与官方踏春嬉游的共同假日。每逢上巳日，百姓、官吏乃至皇家，都会出城到河边沐浴燕聚。普通人汇聚于渭水之滨，皇室则修禊于灞水之滨，窦太主进献了长门园，今年皇家的燕聚，就定在了长门宫。所以车驾经过的霸上一带，早早就清道警跸了。

"皇帝全家？皇帝而外都有谁？"

"太后，皇后，还有窦太主都在。翁主与皇后交好，皇后知道了，一定会邀翁主同浴。要不要在下奏报一声？"张次公问道，殷勤备至。

刘陵不自觉地望了眼后面那辆安车，沉吟了片刻，笑道："我一路劳顿，想早早休憩。总不成就这么不前不后地堵在这儿吧，将军行个方便，放我们过去，可好？"

刘陵的笑，天真妩媚兼而有之，张次公哪里说得出不字。他想了想，转身上马道："翁主随我来。"

警跸的缇骑让开了一条路，到了不远处的一个路口。张次公道："往北面有条侧路，不在警跸之中，翁主由此可以直达长安城的宣平门。"

"多谢了，日后得空，到我府里坐坐。"刘陵冲他扬了扬手，一行车马上了侧路，疾驰而去。

上巳日的修禊，被窦太主视为修好的机会，因而极力主张在长门宫举办。自从进献给皇帝，变园为宫以来，这里还是首次启用。长门宫修葺一新，筵席由窦太主家的名厨主灶，佳酿珍馐，百味杂陈，酒食餐具鎏金错银，尽极富丽奢华之能事。可席上的气氛却沉闷压抑，原因还是出在皇室的子嗣上。

皇帝大婚已经十年，却仍无一男半女的事实，已经成了席上诸人心头的大病。刘彻苦恼，阿娇忧心如焚，刘嫖一心想帮女儿，王娡则隔岸观火，幸灾乐祸。

酒过数巡，众人轮番上寿，刘彻还是提不起兴致，于是吩咐撤席，饮茶闲话。王娡看着窦太主，年长她几岁的刘嫖风韵犹存，令她既羡慕又嫉妒。这女人容颜耐老，怕是得益于她的那个男宠，皇帝居然还称他作主人翁，等于是认同了他们这种关系。董偃露了一面就退了下去，并不在席上，可王娡心里还是酸涩难忍。

窦太主瞟了眼刘彻："已经是仲春之季，春分一至，燕子又该回来了。说到这燕子，我倒想起件事。陛下知道高禖之祀么？"

刘彻略作思忖道："《诗》中有玄鸟一首，首句是'天命玄鸟，降而生商'，说的是商之始祖契由此而降生的故事，这个高禖所祀就是契吧。"

"陛下所言甚是。可除去祭祖，高禖还有祈子求福之用呢。我问过太常张欧，他讲高禖是于燕子初回之日，以太牢祭祀于郊禖之所。天子携后妃前往行礼致祭，可以祓除无子之病而得福。眼下准备还来得及，陛下不妨与阿娇试试这个法子。"

"皇帝皇后十年的夫妻，要能有早有了。没这个命，就算日日祭祀拜神，又有甚用？"王娡冷笑道，她决意要打这个破锣。

陈娇的脸唰地白了，太后明摆着在讥刺她。可在皇帝面前，她得谨守孝道，只能忍下这口气。

"太后这是甚话！"刘嫖涨红了脸，不快之意溢于言表，"你这是咒阿彻，还是咒阿娇呢？皇子事关国本，谁能不急？不试，又怎知道管不管用！"

看看要起口角，刘彻开了口："朕若能得子，高禖之祀又算得了甚！"他苦笑着摇了摇头，"母后的话也不是没有道理。腊月二十三，朕曾便衣出宫，到上林苑的礩氏馆祠竈。那晚朕宿在馆中，李神仙陪我坐了一夜。半夜时起了一阵风，帷幕后似有人走动叹息，影影绰绰仿佛是个女人的身影，朕欲相见，被李少君拦住。朕默诵求子之愿，许久，远远传来女子说话的声音，仔细分辨，好像是说，天命有常，时日不到，不可妄求之类。鸡鸣之后，就再无动静了。"

刘嫖道："臣妾听说那个李少君神乎其神，道行了得，陛下养着他，难道就帮不上忙么？"

"他的本事在长生炼丹上，祈福求子，还是神君更灵。"

"当然是神君灵，当年平原君也是祠奉神君，才有了田蚡田胜。皇帝还是按照神君的话做，不可妄求。何必枉费心机呢！"王娡的话皮里阳秋，摆明了是在揶揄刘嫖母女。

话不投机，窦太主提议出去沐浴，拉着阿娇先退了席。看看她们走远，王娡不屑地说道："阿嫖还当是太皇太后当家那阵，甚好处她都能占全呢。"

刘彻颇为厌烦，起身道："一家人，互相体谅一下不好么！朕夙兴夜寐，操心国之大事，宫里面还不得消停，真是岂有此理！"

"是我不让陛下消停么？皇后不能生育，就该早想办法。皇帝心急，我难道不急，我也想早些抱上孙子呢！"

"好了。儿臣有事，要先行一步，告退了。"刘彻实在受不了女人们的聒噪，拂袖欲去。

"彻儿，何不去看看你大姐、三姐，阿仲、阿珏有错，给皇家丢了人，可陛下也处置了他们，难道姐弟间的情义就这么生分了么？"

刘彻停下脚步，回身道："她们最好管好各自的家事，母后可传个话给她们，错可一而不可再，那两个孽子若再惹是生非，就莫怪汉法无情了！"

"陛下不愿意见她们，可以到平阳那里散散心么。平阳总没有做甚错事吧？"

刘彻头也不回地走了出去。直到车驾进了清明门，才想起今日修禊，大臣们都会携家人踏青嬉游，朝中无公可办。于是吩咐骖乘的郭彤："先不回宫，去戚里平阳侯曹家。"

平阳侯曹寿府邸的大门开向戚里东街，车驾未到，远远便听到一阵笙歌。曹家是万户侯，也是开国功臣之后，府邸极大，前后五进，进了大门，绕过影壁，豁然入目的，是处阔大的庭院，遍植木兰，一簇簇花蕾，姹紫嫣红，如火焰般含苞欲放。正堂前阶下的一处空地上，笙歌起处，一队盛装的歌伎正翩跹起舞，人面花丛，点染得满院春光益然。

看到被家人搀扶而至的曹寿和满面惊喜的平阳公主，刘彻笑道："真是神仙的日子，姐夫好兴致！"

曹寿早年嗜酒，喝坏了身子，体弱多病，面色灰败，大多时候卧床不起。故全家上巳日只能于府中游宴。接驾行礼后，曹寿支持不住，回了后堂，招待皇帝的事，便由平阳主持。

"陛下不在霸上修禊，怎的想起来这里？"平阳边问，边喜滋滋地为刘彻斟酒。

"娘，大姑，阿娇，聚在一起就免不了聒噪，难得相聚一日，却不让朕有片刻的清闲！"

"还是为皇子的事？"

刘彻抿了口酒，点了点头。

"来，陛下尝尝我家庖厨的手艺，这是用三个月的猪崽烧制的炮豚，脆嫩而不肥。"平阳将片成薄片的乳猪肉蘸上酱汁，夹到刘彻面前的盘中，笑道，"这事陛下不能怪她们着急，臣妾摊上这么个痨鬼，十几年了，最知道个中的滋味。太后想抱孙子，大姑、阿娇愁没皇子，女人心里存不住话，要憋住不说，非疯了不可。"

刘彻指指堂下的歌伎道："阿姐也愁么？朕看你兴致不错，没有一点愁样子。"

"还能总愁？总愁人还活不活！时日久了就得往开处想，自寻其乐呗。"

"阿娇若能像你这般开通，就好了。"

平阳摇摇头道："我无子嗣，曹寿不能也不敢出妻。阿娇不一样，没有皇子还能坐得住皇后之位么，陛下忘了当年的薄皇后么？"

刘彻叹了口气道："姑母当年对朕有大恩，阿娇与朕又是少年夫妻，即便生不下皇子，只要她不为己甚，朕不会难为她的。"

"可娘的话，陛下不该不听。不早想法子，陛下年高之后，难道将皇位拱手送人！"

"若天命如此，不送又怎么办？真有那么一日，朕也想好了，皇位就传给胶东王，要不就传给常山王。兄终弟及，总还是先帝的血胤。"说罢，刘彻猛饮了一大口酒，心情更加郁闷了。

"阿寄和阿舜？小姨娘的儿子？不成，母后不会答应的。"

"怎么不答应，欠别人的总要还的！"刘彻又饮了一大口，重重地将酒杯蹾在食案上。

"陛下富于春秋，哪里谈得上让位！阿姐这里的歌伎中，有不少美人，我叫人为她们相过面,都有宜子之相。阿彻,我唤她们上来,你挑几个带去宫里,保准能为你生儿子。"

"又是母后的主意吧。"刘彻冷着脸,未置可否。

平阳侯府的歌伎,个个云鬟花容,皓齿明眸。虽有妍媸肥瘦的不同,可春兰秋菊,各擅一时之秀。可以刘彻目前的心境,却提不起兴致。看过一遍,摇摇头道:"比起宫里的女人,也不见得怎么出色么。"

费了恁大的钱财与心力,得到的却是如此的评价,平阳大失所望。"陛下看不中,阿姐再找。以天下之大,不信找不出个陛下喜欢的。"

她忽然想起李嫣,这个丫头若在,皇帝肯定会喜欢。她开始后悔不该放她回乡探亲。她这一走几个月没有音信,看来是不会回来了。她走下前堂,吩咐把车驭卫青找来。

"卫青,你马上驾车去请韩师娘过来,就说天子驾临饮宴,要安排些歌舞助兴,请她过来帮忙。"

回到堂上,刘彻还在一杯杯喝着闷酒,不久,便醺醺然了。即位十年,家事国事均不如意。匈奴依然睥睨一世,至今扰边不断,而他却奈何不得他们!还要忍耐多久,大汉才能与强胡一战,洗雪前耻?僻处南荒的西南夷,居然也没能搞定,还要派专使安抚,真是一事无成,愧对先帝。再看朝政,亦乏善可陈。外有诸侯豪强,内有外戚权臣,自己的意志,在国事大政上每每受阻于群臣,远不能收如臂使指之效。内兴儒术,外事四夷,成就一代圣王大业,仍是遥不可及的追求。孔子云,三十而立,自己已年近三十,尚一无所成。白驹过隙,时不我待,时不我待呀!

先帝在这个年纪,已是儿女成群了,而自己孑然一身,只能与阿娇茕茕相对……他一阵晕眩,仿佛身不由己地向黑暗中飘落,飘忽与沉沦的感觉交织成为一种紧张,人从高处跌落,触地那一刻,会是甚感觉?他屏息等待着。朦胧中,有人唤他,声音听起来很熟,"陛下,陛下……"那是谁?是韩嫣,不,不是韩嫣,是大萍!一双温暖丰腴的手在摇动他的肩头,若断若续的歌声,圆润清亮……

雉朝飞兮鸣相和,雌雄群游于山河。我独何命兮未有家,时将暮兮可奈何,

750

嗟嗟暮兮可奈何！

刘彻抬起头，倚在平阳肩上。醉眼恍惚中，一队歌伎载歌载舞，亦真亦幻。"我独何命兮未有家，时将暮兮可奈何！"他反复吟诵着这两句，觉得特别契合此时的心境。

"好，唱得好！这是甚歌，歌者何人？"

"歌名'雉朝飞'，歌者乃臣妾家的歌伎卫子夫。"

"卫子夫，卫子夫。这名字好怪！"这颇似男人的名字，给了刘彻深刻的印象。

平阳欣喜地招手道："卫子夫，陛下赞你歌唱得好，还不快上前谢恩！"

卫子夫伏地稽首，行参拜大礼。刘彻要她扬起头，恍惚中，但见丰容盛鬋，皓齿明眸的一个美人，在锦绣华衣的衬托下，光彩照人。

"方才怎么不见她？"

"方才见过的。想是陛下心烦，顾自饮酒，视若不见。"

"哦，是这样么？"刘彻有些不好意思。

平阳笑道："适才陛下酒入愁肠，险些醉了。眼下心情好，不妨多饮几杯。子夫，再歌几曲为陛下助兴！"

"陛下喜欢听甚歌诗，请示下。"

卫子夫再拜顿首，莞尔一笑。刘彻心旌摇动，竟有了些不能自持的感觉。"朕看这满园的春色不可辜负，就唱些男欢女爱、琴瑟相和的歌诗吧。对了，'凤求凰'这首歌，可会？"

"当然会。难得陛下有这样的兴致，子夫，你要用心侍奉！"平阳笑道。这首歌诗，是司马相如在蜀中琴挑卓文君时所作，早已传入关中，成为流行一时的情歌了。

堂阶下设有一席，一名淡妆素裹的妇人，只手清扬，一串珠玉铮鈇的琶音过后，是一段舒缓轻柔的过门。先似清风徐来，水波不兴。继而宛转抒情，在一队歌伎的伴舞下，卫子夫舞袖轻扬，啭喉而歌：

凤兮凤兮归故乡，遨游四海求其凰。时未通遇兮无所将，何悟今夕升斯堂。

群伎进，卫子夫退；群伎退，卫子夫进。舞姿之翩跹曼妙，如杨柳轻拂，鱼龙曼衍。群舞之后，琴音转为而激越。

有艳淑女兮在此方，室迩人遐愁我肠。何缘交颈作鸳鸯！何缘交颈作鸳鸯！

最后一句声如裂帛，高遏行云。众歌伎齐声应和，坐中人无不色动。"好一个'何缘交颈作鸳鸯'！"刘彻兴起，起身加入，与卫子夫相对，且舞且歌。

凰兮凰兮从我栖，得讬孳尾永为妃。交情通体心和谐，中夜相从知者谁。

群伎回转盘旋，将二人围在当中，舞袖飘飘，如鸟翻飞。曲终齐声高唱：

双兴俱起翻高飞，无感我心使余悲。

舞毕，众人鼓掌大乐，齐声赞好。刘彻回到座中，早些时候的不快与郁闷一扫而空，下令赐赏千金。心情一好，他又与平阳猜枚行酒，又饮了数杯后，酒多内急，起身欲如厕更衣。一旁侍候着的郭彤，领着两个小黄门，正欲上前，却被平阳一把拦住。"皇帝更衣，我府里有人服侍，不用劳动公公了，各位正可以放松一下，饮几杯酒。"她转身直视卫子夫，连连招手道，"你还愣着干甚，还不快扶陛下入室更衣！"

在众人的哄笑声中，卫子夫羞红着脸，扶刘彻去了尚衣轩。许久，她又走了出来，告诉平阳公主与郭彤，皇帝醺醺大醉，要回宫。郭彤等赶忙入内服侍。平阳叫过卫子夫，悄声问道："皇帝宠幸了你么？"

卫子夫红着脸，嗫嚅难言。"陛下他醉了，他亲……亲了臣妾，倒在臣妾怀里，说是要回宫，就一头睡过去了。"

平阳蹙眉道："就只这些？陛下还说了些甚？到这个地步，你还有甚难为情的，快说！"

犹如电光石火，卫子夫猛然意识到，一生的富贵贫贱，就决于此刻，这正是自己千载难逢的机会，她还犹豫个甚！她嫣然一笑道："陛下说喜欢我，要我入宫陪他。"

平阳闻言喜笑颜开，马上吩咐侍女为卫子夫更衣装扮，并将自己日常用的一套金镶玉错的头饰，送与了卫子夫。郭彤等将刘彻搀扶上车驾，平阳把他叫到一旁，告诉他，卫子夫已被皇帝宠幸，不宜再留在宫外，要他携卫氏一道进宫。皇帝醉成这个样子，还能行房事？郭彤将信将疑地打量着盛装待命的卫子夫，最后还是决定宁可信其有，吩咐另备一辆安车带她回宫。

平阳送到府门之外，卫子夫登车时，平阳公主拊着她的背道："走了么？到了宫里，一切小心，加餐强饭，保重了。他年若得富贵，毋相忘！"

卫子夫回过身，俯首长揖致谢。动身时，伴随着车马辘辘与侍卫们的警跸呼号声，卫子夫心怀忐忑，泪水夺眶而出。此去宫中，会给她的命运带来何种变化，她难以想象。天阴着，举目四望，漫天阴霾，即将到来的，会是个不见星月的暗夜，与吞噬一切的黑暗。

二十八

上巳休禊之日，阿娇与母亲在长门宫盘桓了一日，次日一早回宫，却从胭脂处听到了一个令她心惊的消息：皇帝昨日从平阳侯家带回了一个女子。

"这女子是甚人，甚来路？"阿娇强压下心头的怒火，问道。

"这女人叫卫子夫，是平阳侯府的一个歌女。听永巷的人讲，皇帝中意她的歌，由她服侍更衣，沾了恩泽，才被带回宫来。她家里头出身微贱，母亲是平阳侯府中的仆妇。"

"这女人你见过了么，模样如何？"

"昨夜在永巷录名安置她时，臣妾见着了。模样不算很出色。"

"怎么安置的？"

"先安置在永巷的尚衣监。按规制，一月之内无妊娠迹象，即发给永巷劳作。若有孕，则奏报天子，晋封名位。"

"你要找个靠得住的稳婆①侍候她，把她给我看紧了，别管甚消息，要马上报过来，决不能大意了。"汉代的制度，被皇帝召幸而无孕的女子，除非天子特召，将很难再有机会侍寝。时间久了会被皇帝淡忘，被发配到永巷从事扫除浣洗。

"是。"

---

① 稳婆，古时以接生为业的妇女。

"还有，若月内无孕，不能留她在永巷。你要尽快将她撵出宫去，决不能让她再得见皇帝。上林苑的蚕室不是还缺人么，就把她放到那里去。"

"万一她要是有了孕呢？"

"那就早早用药打掉，决不能让孩子生下来！"

胭脂领命，正待退下，忽然又想到了什么，回身道："还有件事情要奏报殿下，淮南国的刘陵回来了。"

阿娇猛然一喜，急问道："哦，甚时到的？"

"昨日到的长安，午后觐见殿下不得，说了会儿话就走了。她说为殿下带了个人来，要办个名籍入宫。"

"那你倒是快去办哪！办好了马上传召她们进宫来。"

刘陵午后才入宫，足足让陈娇心神不定了几个时辰。才见过礼，陈娇便急不可耐地问道："人带来了？"

刘陵点点头："我叫她在殿门外边候着呢。"

"是楚服么？"

"是。"

"快传她进来。"

楚服年近四旬，可身材瘦削，皮肤白皙。一点也不显老。漆黑的头发被她盘成了高髻，修得细长的眉毛下，一双眼睛奕奕有神，总是盯着人看，仿佛要看到人的心里去。

"你是楚服？"陈娇好奇地打量着她，问道。

"我是楚服。"

刘陵道："宫里头有规矩，称呼时要以卑达尊，见了皇后要称殿下，不得直视，你也要具名自称臣妾。"

楚服顿首称是。

"不知者不罪，日子长了你就明白了。"陈娇的心思并未在礼数上，她吩咐侍从们退下，留下了刘陵与楚服。

"听说你懂得医术？"陈娇问。

"是。"

"你们那里有种药草，说是能使人相恋，叫甚……鹤子草？你带来了么？"

楚服解下缚在背部的一个布包，小心翼翼地打开，里面是个扁平的药箱。她从里面取出一小扎蔓草，蔓草藤本，交互缠绕着，叶形如柳而稍短，因干枯呈现灰绿的颜色。茎头有花数朵，干后呈浅黄泛紫的颜色，细看时，花瓣上可见一道道淡紫色的条纹。

"殿下说的就是这个，岭表地方的女人，喜用鹤子草的花装扮自己。贴在两靥，当地男女皆以此为美，就如汉人点唇敷粉一般。"

陈娇反复端量着蔓草，狐疑地问道："这扎枯草就能使男人回心转意么？"

刘陵插言道："阿娇上次讲得不对，来时路上臣妾细细问过楚服，能令人相恋的不是鹤子草，而是食草为生的媚蝶。"

"哦，媚蝶？"

楚服又从箱中取出一只赤黄颜色的干蝶，小心翼翼地递到陈娇手上。"春草蔓生时，总有成对的毛虫附生于草上，只食鹤子草的叶子。蜕过几次皮后，虫化为蝶，化蝶在夜间，一经交尾，便无功效，极难捕捉。岭表的女人往往收幼虫于妆奁之中，采鹤子草叶饲之，如养蚕一般。老蜕为蝶后，佩于身边，称之为媚蝶。佩此蝶者，均秘不示人。这只蝶，还是我在武陵行医时，救了一病重女子的命，她以此相赠为谢。不然，纵使千金，也是有价难求呢。"

"为甚？"陈娇问。

"消息一旦被男方晓得，媚人的功效会大减。更因为南中视此为巫蛊，一旦为他人知晓，会招来极厉害的报复，有性命之忧。"

南方如此，北方还不是一样。陈娇根本不敢想，皇帝若知道了此事，会如何处置她。可为了保住皇后的地位，她决计行险侥幸，后果已在所不计了。

"这东西真那么好使么？"她问。

"雌雄成对最好使，不过保存不易，效力也短。岭表女人年年孵化饲养，可使其效力延续不绝。"

刘陵道："媚蝶之外，不是还有其他媚药么？你都对皇后讲讲。"

"是。"楚服又取出一对鸟的头骨，"殿下看，这是鹊脑，雌雄各一。每年的五月五日，将脑仁取出焙干，入于酒中，丙寅日饮用，可令人相思。"

鹊脑散发出一股腥气，刘陵蹙眉掩鼻，陈娇却不在意，前席相就："孤看看你这里面还藏着甚好东西。"

她打开药箱，拨拉着里面的物件。她将手指探进一只五彩锦囊，一个毛茸茸的东西吓了她一跳："这里面是甚？"

楚服从囊中掏出一只干瘪了的动物，形似北方的花鼠，只是个头更小，通身红褐色的被毛。"这件东西最难得。是南粤交趾所产的红毛鼠。雌雄结对后，终身不离不弃。平日深藏于花丛绿叶之中，捉住了一只，另一只总会跟来；一只死掉，另一只很快也会死去。南中的妇人皆佩于锦囊之中，以之为媚药。"

"这又是甚？"陈娇手指着缠结成一团，看似菟丝女萝样的东西。

"这就是巫山下生的瑶草啊。煎服代茶饮，可与思念之人梦中相会。新鲜的最好，最灵。"

"这么多的媚药，除去相思之病，你可还通其他医术么？"

"是阿苗告诉我，京师的贵人患在相思上面，所以臣妾带进来的多是媚药。其他药也有，存在了淮南国的京邸，翁主知道的。"

刘陵颔首道："是这样。我派阿苗去江汉一带，很容易便找到了她。她医术高明，在那一带名气很响的。"

"好！"陈娇满意地笑了，"孤这一向总觉得不适，不光身子乏力，心情也差。寝难安枕，食不知味。你可愿在孤身边做名御医？"

楚服再拜顿首道："承殿下不弃，臣妾愿服侍殿下，伏愿殿下康健无恙，长乐未央。"

刘陵吩咐侍女告知胭脂，为楚服更换宫妆，并通知太医署，椒房殿添置了一名御医，月俸比照诸太医。楚服游走江湖，半生漂泊不定，能做皇后身边的御医，不啻有了可靠的归宿。她大喜过望，连连叩首谢恩。

陈娇对刘陵使了个眼色，刘陵会意，问道："听阿苗说，你还通巫蛊之道？"

楚服的脸色有些发白，低头不语，一副嗫嚅难言的样子。

刘陵不以为然道："怕甚，皇后当你身边之人，难道还有甚好隐瞒的么？讲嘛！"

"臣妾当年在武陵山寨为巫觋时，曾为寨主放蛊诅咒过敌人。"

"皇后若有敌人，须施蛊厌魅，你可肯做？"刘陵步步紧逼。

楚服猛然抬起头，紧盯着面前的两个女人，黑亮的目光中，闪过一丝冷漠与凶残，虽只是瞬间印象，陈娇、刘陵还是不由得打了个冷战。

"皇后如此看顾臣妾，天恩高厚，臣妾万死难报。日后，皇后的敌人就是楚服的仇人，臣妾必除之而后快。耿耿此志，敢质于天！"言罢，楚服啮指出血，在自己的前额上抹了个十字。

"你这是……"陈娇惊问道。

刘陵道："我父王说，南中的蛮夷，以此为血誓，恰如汉人的歃血为盟。"

"好，好！"陈娇大为感动，亲手扶起了楚服，"你有此心意即可。孤与皇帝已结缡十载，却迟迟没有子嗣。没有皇子，孤心烦，皇帝也心烦，搞得琴瑟不谐，夫妻反目。为了这件事情，孤与皇帝愈来愈疏远了。长此以往，孤可真怕有甚狐狸精乘虚而入，迷惑住皇帝。"

陈娇面色苍白，眼中似有泪光。她拉起楚服的手，握在掌中："有了你，孤的心，安稳多了。眼下，孤要你办两件事。一是觅购你所知道的媚药，施展你的医术，使皇帝回心转意，回到孤的身边来。再就是尽你所能，使孤怀上皇子！"

楚服受宠若惊，顿首称是。

"阿陵，这件事情上你还得帮我。昨日在长门宫，我娘已应允，为孤求子，寻医问药之资，随用随取，她全包下了。楚服在宫里，出入总是不便。宫外头的事情，你要为孤分劳。我娘家那头，由你居间联络，药材上的事情，楚服拟方子，由你去办。媚药的事情，吾等三人而外，再不可有其他人知道，包括我娘。"

"你就是昨晚进宫的新人？"

尚衣监厢房的门被推开了，明亮的阳光晃得卫子夫眯起了眼。一个年纪颇长的宫人走进来，不无妒意地打量着她。

"你叫卫子夫，从平阳侯府来？"

卫子夫急忙起身，敛衽为礼道："臣妾卫氏，字子夫，敢问阿姆是……"

"你喊我史阿姆便是了。我在尚衣监的年头多了，皇帝、皇后、嫔妃与皇子们的衣裳全归我们这里照管。你在平阳侯府里做甚？"

"讴者。"

"甚讴者，不就是歌伎么？"

"是。"史阿姆颇不友善的态度，使卫子夫不知说什么好。

"别呆呆站着啦，跟着我做活去吧。"史阿姆边说，边走了出去。

卫子夫有些恼了，她追出几步，鼓足勇气问道："阿姆，皇帝带臣妾入宫，怕不是为了跟你做活吧？"

史阿姆回过身，斜睨着她，不屑地笑道："可真是的，让皇帝沾了回身子，就真当是上了枝头作凤凰？宫里像你这样心高的人多了去了，最后还不是扫除的扫除，浣衣的浣衣，一辈子老死在宫里。反倒不如没被亲近的宫人，还能放归乡里，嫁人成家。"

"不可能，皇帝这么快就把我忘了，不再召见我了？"

"那要看你中不中用了。你昨夜在永巷登录了吧？"

卫子夫点了点头。

"自此一个月之内，你若有孕，皇帝或许会再见你。不然，你就是从事贱役的命了。可这么多年，还没有一个人能再蒙皇帝的召幸呢。"

卫子夫蒙了。昨日更衣时，皇帝已酩酊大醉，虽与她有过肌肤之亲，但并未真正宠幸她。也就是说，她根本没有也不可能受孕。原想进宫之后，有的是机会亲近皇帝，不想宫中竟是这样一种制度，弄不好竟是要一辈子在宫里从事贱役，她是弄巧成拙了。

"阿姆，可能让我见皇帝一面？"

史阿姆大摇其头："能让你见着皇帝的，只有三个人。安排宫人侍寝的永巷令或丞，还有就是皇后宫里的女御长。你既得恩宠，上面会派个宫人来，你若有孕，她会报上去并待候你，直至孩子出生。"

她小心地扫了一眼四周，低声道："我劝你还是老实做活。你这样四处求人见皇帝，让椒房殿那里知道了，很危险。"

"危险，为甚？"卫子夫不解。

"皇后十年不育，已成了她心头的大病。若得知宫人中有人抢了她的先，你想她会怎样！"

卫子夫打了个冷战："阿姆，我当如何？"

史阿姆生了恻隐之心，讲出了自己的经验之谈："决不可再提皇帝之事，你要尽可能做出卑微恭顺的样子，低首下心地做活，尽快被人遗忘、漠视，甘为蝼蚁才是最好的自保之道。"

尚衣监的活并不重，每日里只是晾晒整理衣物。卫子夫自怨自艾了几日，渐渐适应了宫里的生活。可二十日不到，在确定她无孕之后，永巷忽然来了两名宦者，不由分说，将她推上了一辆辎车，带出了未央宫。辎车走了一个多时辰，到了一个所在，下车四望，是刚刚萌生嫩叶的大片桑林，一片新绿，远远望不到头。大门的门楣上，题有"茧馆"两个大字。大门内建有数排房屋，正中是供奉蚕神嫘祖的祭室。两旁则是孵化蚕蛾的茧室。

宦者向管事的作了交代，径自驾车离去。管事的自称为丞，带她进入茧室，室内挂满了编成长串的蚕茧，年龄不一的妇人们正穿梭于一排排木架之间，拴挂用于产卵的缣帛。他指指那些妇人道："你就随她们做活，蛾子出来溺子后，将蚕卵收集起来，送去蚕室孵化。"

"大人，这是哪里？"

"这里是上林苑的蚕室。你莫问这问那的，快去做活。"

上林苑距长安数百里，每年除春季皇后来此行先蚕祀典而外，这里所能见到的，便只有被处宫刑的犯人了。如果说卫子夫此前还有所希冀的话，到了这个地方，她真的绝望了。

二十九

光阴荏苒，转瞬已是初夏，可短短两个月，在卫子夫，却度日如年。上林苑的蚕，已进入三眠，三眠之后，蚕即开始作茧。入眠后的蚕不再进食，不用整日采桑，劳作轻了许多。卫子夫倚在蚕室门前，默默地想心事。

她自幼随母亲生活在平阳侯府中，没有出过大力。终日劳作，汗流浃背的滋味她还是初次领略。她被晒得黝黑，手上的皮肤也被蚕沙杀得粗糙了。身体上的劳累而外，最令她痛苦的是屈辱与无望的处境。先蚕祀典上皇后对她的羞辱，令她不堪回首。

仲春化卵出蚕之际，依惯例，皇后会亲率公卿贵戚的夫人们，亲临上林苑蚕室，祭祀蚕神。祭祀之后，皇后要率众夫人亲手采摘三盆桑叶，饲喂幼蚕。如同皇帝每年躬行先农藉田大典一样，此举是为天下的民妇做一个表率，以示朝廷重视耕织之意。

那日采桑饲蚕完毕，皇后把她召到跟前，当着众多公卿命妇奚落她的情景，还历历如在目前。"啧，瞧瞧，瞧瞧！这就是皇帝上巳日从平阳主那里带回宫的美人呢。可怜皇帝全无顾惜，被发配到这里。风吹雨淋的，这才几日呀，快把个美人糟蹋成黄脸婆了么！"

那些命妇们围着她，评头品足，放肆地嘲弄她。她低头跪在那里，汗流满面，脑子里嗡嗡作响，心慌得仿佛要跳出来。她任凭众人奚落，咬紧牙关去忍。在心里默默地念叨史阿姆传授给她的自保之道：卑微恭顺，低首下心，甘为蝼蚁。

那些人戏弄得乏了，见她畏缩胆怯的样子，皇后也觉得无趣，问她有什么话说。她抽泣着，说出了真相。皇帝醉了酒，并未亲幸她，她糊里糊涂地被带进了宫里，又糊里糊涂地被送到蚕室。她思念家人，哀求皇后开恩，放她出宫团聚。

"早知如此，何必当初。你以为这宫里想入就入，想出就出？"坐在皇后身旁的一个贵妇冷笑道，"你在此卖力做活，等到真熬成了个黄脸婆，皇后想留你，皇帝也不答应呢！"众贵妇哄然大笑。事后才知道，那言辞恶毒的贵妇，是皇后的母亲窦太主。

直到皇后一行的车驾卤簿离开了许久，卫子夫还如木胎泥塑般地跪在那里。此后，蚕室上下人等，均知她得罪了皇后，视她为异类，避免与她接近。她茕茕孑立，竟找不到一个人可以倾诉内心的痛苦。而从那时起，她也放弃了出宫的想头，时时告诫自己，要以无尽的耐心去忍受这一切，直到可以扬眉吐气的那一日。

不远处传来呜呜咽咽的笛声，曲调沉郁，低回不去。循着笛声，卫子夫又看到了那个男人，背对着她，坐在一座土堆上。男人李姓，听说是犯了死罪，赎为宫刑，在这里行了刑，下在蚕室养伤。蚕室下面是地窖子，灶火直通上面的蚕炕。春蚕孵化后，为防受病，须将蚕炕烧热取暖。地窖子位于地下，除一门上通蚕室外，四面无窗，里面灶火常燃，内中极为温热。处宫刑者，极易受风坐病，于是便被置于其中，直至伤口痊愈后，方可外出。

这男人可能是刑后初愈，露面没有几日。可他那一手笛子吹得极好，卫子夫觉得，甚至超过了平阳侯府的乐工。男人可能是受刑屈辱，出入总是避开人，从不与人接语。所吹的曲子，多忧郁悲切，动人心扉。卫子夫觉得，他的曲子很能宣泄自己的悲苦，她想要了解他的过去，可又无从接近他。对这个谜一样的男人，她由好奇而好感，同为失意沦落之人，虽形同陌路，却心有灵犀。可那男人见到她，总是脸也不抬，匆匆避开，她甚至恨他无情了。

这谜团，却因一个不期而至的熟人破解了。十日之后，卫子夫正在屋前晾晒衣物。远处驶过来一辆辎车，车驭停下车，掀起帷幕，下来了一个妙龄女子，女子随车驭进了蚕室令丞的公室。待她转身出来时，卫子夫看清了她的面目，不觉失口大喊道："阿嫣，怎么是你？"

那女子端详了一会儿，也吃惊地叫了起来："三姐，何以如此狼狈！"她快步上前，把臂相视，几乎不敢相信自己的眼睛。

相对无言了许久，卫子夫望见室丞正向蚕室走去，不时回头看看她们，叹了口气道："我的事一言难尽，先说说你来此做甚吧？"

"我来看我哥。"

"你哥，在这里？"

"他受了刑，关在这里。"

室丞带出了那个男子，向这边走来，原来这个男子竟是李嫣的兄长——李延年。李嫣见到兄长，飞似的迎了过去。回身向卫子夫招招手道，"过会儿去看你。"

有了李嫣，就可以通消息给平阳侯府，让他们来救她出去。卫子夫又感觉到了希望，犹如死水微澜，心思又活动了起来。她焦急地等候着，直至晡时，李嫣方姗姗而来。

原来，李嫣为防修成子仲与陈珏的报复，不敢再留在平阳侯府中，于是假借探家，回了中山老家。不想在中山，又有个当地的无赖看上了她，逼着李家许嫁。李嫣的哥哥李广利不愤，与那无赖子争讲起来，一失手，竟刺死了他。李延年见状，当即要兄弟逃亡，自己则去官府自首，把罪过揽到了自己头上。李氏变卖家产，勉强够赎死罪，李延年还是被押解到京师，处以宫刑。李嫣在家乡随人卖艺为生，直至攒够了一笔钱，方回到长安探望兄长。兄长入狱，全是为了她，她打算这次回来就不走了，陪在兄长身边。

两人相与叹息了一阵，李嫣问卫子夫为何也在这里，得知她的经历后，不平地说，这件事她一定要转告平阳主，求她向皇帝要人，救卫子夫出去。久别重逢，两人有说不完的话，李嫣索性就留在卫子夫的住处，联床夜话。

"你兄长伤愈后打算如何呢，带你还乡么？"男人是一起姊妹的亲人，卫子夫感情上与那男人更近了一层，关心地问道。

"我哥说他大质已亏，无颜再见乡人父老，只能留在京城了。他说以自己这样的残躯，往好了说，或可入宫做个宦者，不然就在京师为官宦豪门作乐演奏，倒不愁没有饭吃。我也想帮我哥，就怕遇到那两个恶少，纠缠起没完，大哥反而又会受我牵累。"李嫣叹了口气，发起愁来。

"不用怕了！你还有所不知，那两个恶少，在茂陵犯了命案，被拘禁了一阵，现在都被圈禁在家中，闭门思过，不许出来。听说是皇帝亲自下的制书呢。"

李嫣一下子兴奋起来，拍手道："那太好了！我哥告诉我，他有个好友，名气可大了，被朝廷派去巴蜀公干，不知何时回来，有他在，我哥的出路就好办了。我明日就去长安，一件事是帮三姐你通消息，另一件就是去找我哥的朋友。如果行的话，也要他帮你出去。"

"你哥的朋友是谁？"

"说出来你准不信，是大名鼎鼎的司马相如。"

"司马相如！"上巳日与皇帝对舞时所唱的歌诗，便是司马相如的《凤求凰》。卫子夫清楚地记得，在唱到"何缘交颈作鸳鸯"一句时，皇帝那神往动情的目光。当日的一切，于今已恍如隔世了。

此时的司马相如，正在茂陵的家中生闷气。

元光三年冬十月，他奉皇帝之命，以二千石的大员身份出使西南。此番出使，仪从甚盛。不仅有王然于、壶充国、吕越人三名副使扈从，而且建节旄，乘驷马，有数十名骑士护卫。未到成都，蜀郡太守率属下百官，北出十里郊迎。

相如当年只身赴长安时，曾在这里的送客观歇脚，临行时在观北升仙桥的柱廊上刻有"不乘朱轮驷马，不过汝下也"的誓言。此番重游，字迹依然清晰可见。抚今追昔，他感慨万千。父母虽已亡故，不得亲见儿子发达，显亲扬名，可自己总算不负平生，实现了衣锦荣归的志愿。

在送客观小憩之后，蜀郡太守为他举办了盛大的入城仪式。由属县的县令负弩前驱，太守与郡中的主吏陪同，数百名卫士前呼后拥，夹护而行。入城时，士女云集，万人空巷。场面之盛，为有汉以来所未有。此行之风光，蜀中众口喧阗，皆以为是天子前所未有的恩宠。丈人卓王孙与临邛诸富豪都赶来成都谒见，进献牛酒。相如大宴宾朋，席间，卓王孙感喟自己看人没有眼光，自恨没有早些将女儿嫁给长卿。他当众宣布，要将家产一视同仁地分给儿子与女儿。

此番出使，相如也确实不负所望。不但安抚住了巴蜀三郡的官员父老，而且周边的蛮夷，如邛、莋、冉、駹①、斯榆②等部君长，闻风而动，纷纷遣使请求内附。这个结果大出司马相如的意料，西南的局面非但没有收缩，边关之外的领地，反而向西延伸至沫、若二水，南界则以牂牁为边徼，而深入邛莋的灵山道与孙水桥也已贯通。

归报朝廷，皇帝大悦，准备重重地赏赐他，甚至有封侯的传说。相如志得意满之际，却有人上书，列举了他出使时种种跋扈情景，且言其从蜀中满载而归，有受贿贪赃的嫌疑。事情下到廷尉署，他不仅未得封赏，反而被削职居家听讯。经查，相如携回关中的十数车财物不假，但都是岳父卓王孙分与女儿的家产。最后以"事出有因，查无实据"结案，不了了之。相如不明不白地丢了官，而且是脏污的罪名，胸中愤懑难平，终日以酒浇愁。结案之后，他变得十分消极，几乎杜门不出。好在有岳父之赠，夫妻二人衣食无忧，没有了二千石的俸禄，日子照旧富足。

一日，邹阳来访，说是皇帝近日问起他，可能不久便可起复，重新入宫侍中。司马相如对此却看得淡了。

"子曦兄，弟沉浮官场二十余年，多作趋奉君主的文学侍从之臣，此番有机会做番事业，总算不辱使命。不料却遭小人暗算，险些丢了性命。弟已近知命之年，若再看不破，就是个愚人了！吾从前于功名利禄，孜孜以求者，是不甘心学无所用，此番蜀中之行，一支笔，一张口，兵不血刃，群夷归服，总算不负平生所学，我知足了。至于做不做官，做多大的官，随他去，吾当随遇而安。"

"长卿看得开最好。我听皇帝的口气，还是打算由你主持乐府。你我以文学侍从始，看来还得以文学侍从终。"

相如自嘲道："侍从天子，诗酒风流，这样的命也算不错了。"

邹阳诡秘地一笑，压低声音道："嫂夫人在家么？"

"她在后堂，怎么？"

---

① 駹，音芒，古代西南夷部落名，在今四川茂县一带。

② 斯榆，又名斯臾，古代西南夷部落名，在今四川邛州一带。

"说起风流，有个绝色的少女，这几日常到宫门打探长卿呢？"

"少女，打探我？子曦见到了？没问她做甚么？"

"当然问过。她姓李，是中山人。据她说，兄长与你是好友，有事求你。"

"哦，姓李，中山人？一定是李延年，那女子应该是他的女弟。"司马相如兴奋了起来，"当年在睢阳，我与枚乘常去买醉，在酒肆与之相识。吾等所作歌诗，他都能即席谱曲吟唱，是难得的奇才。梁孝王薨逝，我回了成都。这一别有十余年不见了。此人精于音律，正是乐府急需的人才！"

"对，是叫李延年。"邹阳道。

"真是太好了！子曦，我们马上去访他。"司马相如站起身，"他现居何处，是在平阳侯府中么？"

邹阳微笑道："此人的居处我不知道。不过，他的女弟我同车带过来了。"

相如不悦，蹙眉道："嗨，人来了，子曦为何不请入相见，哪有如此待客的道理，叫人家等在门外！"

"我倒想带她进来，可贸然进来，如此绝色的美人，文君夫人见了，会怎样想？女无美恶，入室见妒啊。"

司马相如一怔，随即笑了："内子哪里都好，唯独……也好，我们要她带路，径直去访李延年。"

司马相如以为邹阳在开他的玩笑，及至出了里门，看到等在邹阳车上的李嬿，他才真正吃惊了。不想李延年竟有个如此出色的姊妹。而当李嬿嫣然一笑，落落大方地施礼问候的时候，他那颗老于世故的心，竟也跳得快了。

三十

田蚡的吉期，定在了元光三年的夏至。汉代的夏至与冬至，是重要的假日，朝廷的官员，有一连五日的假期。田蚡以丞相之尊，中年再婚，娶的又是诸侯王的公主，当然想要风风光光地大办，早早就将婚期告知了同朝为官的大臣们；太后也赞成他大办，并特为传谕在京的列侯宗室，一定要亲临致贺。魏其侯窦婴，是前朝太后的侄儿，自然也在传谕进贺的外戚之列。

自从上次因东陵瓜田一事交恶后，窦、田之间再无来往。事后冷静下来，窦婴颇生悔意，田地终为身外之物，为此得罪田蚡这样势高权重的小人，未免意气用事了，之后田蚡与灌夫相互攻讦，虽经两家的宾客朋友调解，总算没有酿成大事。可以田蚡睚眦必报的性格，恶感不消，后患不除。窦婴几次想去田府，开释双方的恩怨。可事到临头，总觉得像是主动去递降表，深深的屈辱感攫住了他，无论如何迈不出这一步。

太后的口谕，不啻为一个极好的转圜机会，由于是奉谕上门致贺，自不会有主动求和的屈辱。他自己要去，而且要携灌夫同去。嫌怨既由田土而起，他估算了一下，东陵瓜田既为新妇所求，而足直百金的良田，即使对田蚡，也是份厚礼。他以此为贺，田蚡既得其所欲，又有了面子，应该可以释憾，放过灌夫了。对此，窦婴很有把握，当日一早，便驱车去了灌夫府上。

但灌夫却不这样认为。听了窦婴的来意，他连连摇头，说自己是沾酒便醉，点火就着的性子，几次饮宴，都闹得不欢而散。如今又与丞相结了仇，丞相看他不顺眼，他看丞相也不顺眼，酒酣耳热之际，保不准又会出什么事情，还是不去赶这个热闹为好。僵持了半日，终拗不过窦婴，还是随他往田府致贺了。

到得田府，最先到贺的宗室外戚，已经散席。两人于是随第二批到贺的大臣们入席。看过窦婴的礼单，田蚡淡淡一笑道："难为王孙肯送这么厚的礼，早知如此，又何必当初呢！"见到灌夫，则眼皮也不抬，拱拱手便与他人寒暄去了。灌夫受窘，本想一走了之，却被窦婴拽住，强留在了席上。

酒过数巡之后，笑语喧阗，客人们开始活跃了起来。田蚡起身祝酒，众人皆避席①伏地，以示恭敬。轮到窦婴祝酒，朝中与之有深交的老臣，亦避席致敬，可多数客人，仅只略作退让。窦婴虽心有不惬，可自己资格虽老，终究是在野之身，也无可奈何。而灌夫最恨势利之人，看在眼里，窝了一肚子的火，强忍着没有马上发作。

又过两巡之后，轮到灌夫行酒。轮到主人时，田蚡原位不动，只用嘴唇抿了抿杯口。客人敬酒，主人不饮，是很失礼的。田蚡明摆着是要当众给灌夫难堪。

灌夫怒火中烧，强笑道："丞相大人大量，莫与我一般见识。灌夫先干为敬。"言罢，将杯中酒一饮而尽。照照杯，盯着田蚡。

"我无将军的海量，干杯做不倒。"田蚡冷着脸，一副全无商量的神态。

灌夫满面通红，可口吻已转为讪笑："今日乃将军大喜之日，身为贵人，不会是看不起吾等吧？满饮一杯，如何？"

田蚡不肯满饮，两人僵持不下，还是窦婴喝止了灌夫。此景此情，引得满席之人交头接耳，议论纷纷。田蚡的下首，坐着临汝侯灌贤，正与邻席的东宫卫尉程不识低声耳语。灌贤是开国功臣灌婴之孙，与灌夫虽非一系，但有联宗关系，同属颍川灌氏。从辈分上论，灌贤是晚辈，还要称灌夫叔父。他没有注意灌夫已来到自己的席前，既未避席，仍在与程不识耳语。

灌夫见状，满腔的怒火就此发泄在了他的身上，喝骂道："你平生私下

---

① 避席，汉代饮宴，主客均席地跪坐；凡身份地位高的人祝酒时，其他人均会后退至席子之外，以示恭敬；反之，则不动或稍稍后退（半膝席），恭敬的程度低于避席。

把程不识贬得一钱不值，今日长辈敬酒，你倒如小儿女般，叽叽咕咕在人家耳边啰嗦起没完了？你个目中无人的东西！"

灌贤与程不识满脸通红，嗫嚅着不知说些什么。可最后一句话，田蚡听起来像是指桑骂槐，忍不住冷笑道：

"程将军是东宫的卫尉，李将军①是西宫的卫尉。仲孺当众羞辱程将军，难道就不为李将军留点脸面么？"

灌夫气血奔进，额头青筋毕现，完全失去了控制。"我骂的是势利小人。管他娘的姓程姓李，今日就是开胸斩首，把我大卸八块，汝等势利小人，老子该骂还是得骂！"言罢，将手中用来斟酒的铜斗掷在地上。

众人见状，纷纷起身如厕更衣，一时间宾客零落，杯盘狼藉。窦婴情知不好，起身拉灌夫退下。望着灌夫的背影，气得浑身乱颤的田蚡恨声道："这件事怪我，是我把灌夫娇惯坏了！搅和完了想走？没那么容易！来人，把他给我提溜回来！"

藉福见势不妙，起身排解。他拉回灌夫，强按住他的脖子，要他向田蚡低头赔罪。灌夫哪里肯从，昂首怒骂不止。

田蚡命侍卫将灌夫绑起来，先押在传舍②。他将藉福、张汤两位长史召至后堂，恶狠狠地说道："今日的婚宴，乃奉太后之诏。灌夫使酒骂座，搅闹筵席，他冲着谁？不光是冲着我吧。仅此，就可以劾他一个大不敬的罪名。"

藉福道："灌夫是个酒疯子，谁人不知？醒了酒会后悔的。君侯莫与之一般见识，看在故交分儿上，还是网开一面吧。"

田蚡满脸的不耐烦，白了藉福一眼："网开一面？笑话！他一而再，再而三地羞辱我，是可忍，孰不可忍！这回我要与他新旧账一起算。吾晓得，藉长史与灌夫交谊匪浅。你既然抹不开这个面子，不参与也罢。你退下去吧！"

看看藉福走远，田蚡瞟了眼张汤道："张长史，你以为此事该怎样办呢？"

"丞相所言极是。藉长史空有妇人之仁，不足为训。丞相还记得前一阵

---

① 李将军，指时任未央宫（又称西宫）卫尉的李广。东宫，即长乐宫，位于未央宫之东，故称东宫（又称东朝），程不识时任长乐宫卫尉。

② 传舍，古代供官员往来食宿的客舍，如后世之宾馆。

灌夫大放厥词，四处扬君侯之恶吧？打蛇不死，定遭反噬。既翻脸，就该一做到底，斩草除根！"张汤出身狱吏，加之曾受命暗查过灌氏的劣迹，对灌夫这类地方豪强有种本能的反感。

田蚡颔首道："你提醒得好，是要斩草除根！这个人在朝廷与江湖上名气大，朋友多，留下来早晚是个祸害。你说说具体的办法。"

"诚如丞相所言，灌夫名气大，朋友多，被拘的消息传出去，这些人必会上门探视，设法营救。所以最要紧的，是先一步将他与外界隔绝。把他由传舍转移到一个别人想不到，也去不成的地方囚禁起来。"

"对，就按你说的办。"田蚡满意地点点头，吩咐侍卫，马上将灌夫押入廷尉署软禁起来。

张汤道："蛇无头不行，这第二步，就是趁灌氏群龙无首之际，剪除其羽翼。灌夫一向所交通者，无非豪杰大猾，这些人不奉朝廷的法令，多横行不法之事。丞相曾对下走提到过那首颍川儿歌：'颍水清，灌氏宁；颍水浊，灌氏族。'灌家之横暴，可想而知。眼下，正可以用前番搜集到的证据，以迅雷不及掩耳之势，将其党羽一网打尽。"

田蚡连连颔首，"好！就这么办。这件事吾当知会廷尉赵禹，这个人很能干，定能不负所托。"

"地方上的豪强不难处置，可灌夫在朝廷中的朋友不少，有些还是元老重臣。这些人若出面为他缓颊，甚至捅到天子那里，此事的胜算就难说了。"张汤沉吟道，眉间现出一丝忧色。

"我想不至于。灌夫平日好臧否人物，嗜酒任性，得罪的人太多。肯豁上身家为他出头的，怕只有窦婴一人。窦婴投闲置散有年，已远没有当年的威势了，不用怕他。"田蚡很自负地说，满脸的不屑。

"不然。窦婴终究是两朝元老，又有贵戚的身份。他的话，足以引起皇帝的重视，君侯切不可大意，有备无患。"

田蚡想了想，觉得张汤言之有理。皇帝这一向对他颇为冷淡，倒要防着窦婴见缝插针，从中作梗。他沉吟了许久，认真地看着张汤，做出了决断："明远所虑甚是，是得未雨绸缪。眼下当值大内的侍御史出了个缺，官职虽不算高，可侍候皇帝，是仕路上的要津。我会即日安排你补缺。"

张汤暗喜，顿首再拜，很恳切地说："君侯的栽培，在下没齿不忘。若入禁中，张汤愿为君侯耳目。"

"不单单是耳目。"田蚡指了指他的脑袋道，"皇帝那里有个风吹草动，特别窦婴若想不利于我，通气而外，你要代我设法，消解隐患。"

田蚡依张汤之言行事，猝然一击，大获成功。灌氏一族中的豪强，银铛入狱，京师与灌夫交好的侠士，纷纷走避。灌夫被拘，亲友宾朋四散亡命，无人能代其出头申诉，形势对灌氏极为不利。而窦婴起初也被蒙在鼓中。直至韩孺到访，方了解到事态之严重。

风声愈来愈紧，与灌夫交好的韩孺，将酒肆托人代管，自己携窈娘母子回乡间避风。临行前，他悄悄去了趟窦府，道别而外，希望窦婴出手相救。

"千秋误会了。仲孺有事，我岂能作壁上观！"灌夫出事，窦婴内心有深深的愧疚。都怨自己，硬拉着灌夫去田府，才会酿成大祸。数日来，他几次去见田蚡，却都被挡在府外。他出资宴请田蚡的门客，托他们在田蚡那里为灌夫缓颊，也都碰了壁。昨日从藉福处得知，灌夫的案子已转到廷尉署，他连夜携翟公探视，却硬是被拒之门外。

"眼下执掌廷尉的赵禹，是个只认法，不认人的酷吏，绝难疏通。非但我，就是原来的廷尉翟公，连面也不肯一见。嗨！千不该，万不该，老夫不该强拉他去赶这个热闹！"窦婴老泪纵横，唏嘘不止。

"王孙莫自责，谁能想到，田蚡会下如此狠手。以下走看，这件事，只托人缓颊已无济于事。要救仲孺，除上陈天子申诉而外，别无良策。眼下，长安缇骑四出，江湖上的朋友自顾不暇。而这，就要借重于王孙了！"韩孺叹了口气，揖手道别。

窦婴拭了把泪，握住韩孺的手道："仲孺与老夫情同父子，他的事，就是我的事。千秋可以转告江湖上的朋友们，老夫会尽吾所能，代灌夫出头，为救仲孺，窦婴何惜一死！"

韩孺走后，一直在屏风后面偷听的窦夫人走了出来。"灌将军闹酒生事，不单得罪丞相，连太后家也得罪了，能救得了么？君侯能做的都做了，适可而止吧。"

窦婴喝道："你个妇道人家，知道个甚！灌夫为何与田蚡交恶，还不是为了我。此番的祸事，亦由我造成。朋友有难，束手旁观，我窦婴还算是人么？还有脸见朋友么！"

"我是个妇道，可我晓得一个道理，小胳膊拧不过大腿。我怕你人救不下，反而坏了自家的前程。"

窦婴冷笑道："甚前程？大不了丢了这个爵位。这个侯自我得之，自我捐之，没甚好心痛的。我告诉你，在这件事情上，我是铁了心。终不能令灌仲孺独死，窦婴独生！"言罢，拂袖而去。

当晚，窦婴避开家人，连夜上书，求见皇帝。奏章报到皇帝那里，立时召见。窦婴将当日灌夫闹酒的经过原原本本地讲述了一遍，称酒醉偾事，罪不至死。田蚡借此兴起大狱，杀人立威，为的是排除异己。刘彻颇以为然，频频颔首。奏对之余，皇帝设便宴招待魏其侯，席间殷殷存问，颇示优渥。窦婴辞出时，刘彻说，这件事，明日他不妨与田蚡当廷辩论，由大臣们评断是非曲直。皇帝的态度，使窦婴大受鼓舞，拜谢而去。

夜半时分，酣睡之中的田蚡与新夫人被惊醒，家丞报称，宫里有人到访，非面见主人不可。田蚡满肚子不快，及至见到来人是新任的侍御史张汤，知道必有要事，忙引入密室细谈。

"我今晚当值，魏其侯果然代灌夫出头了！他今晚奉召进宫，灌夫之事，已被他捅到皇帝那里去了。"张汤神色凝重，看上去很紧张。

"魏其老儿都说了些甚？"

"他说灌夫不过是酒后失态，而丞相小题大做，挟嫌报复。"

"哦，皇帝作何反应？"

"皇帝对魏其侯相当看重，见到奏章后立刻召见，事后还留他饮宴，君臣谈笑风生，很亲密的样子。"

田蚡也觉得严重了，追问道："对灌夫之事，皇帝有态度了么？"

"皇帝未置可否，说是要魏其侯与丞相明日在长乐宫廷辩，由百官评判是非曲直。可从皇帝的态度上看，君侯不容乐观。"

皇帝有了先入之见，田蚡的心慌了。他绕室彷徨，计无所出，一叠声地自语："廷辩，廷辩……"

"君侯，事机急迫，得马上拿个主意。'见到田蚡失魂落魄的样子，张汤心中生出几分鄙夷。这个平日专横跋扈的人，事到临头却变成了六神无主的屠头，自己是不是跟错了人。

"拿主意？对，拿主意！张君，此事你怎么看，说来听听。"

没有田蚡，自己得不到侍奉御前的机会，举朝的官员都会把他视作田蚡的人。田蚡倒了，对他绝无好处。无论如何，还是要帮他过关。张汤想到这里，抖擞精神，将来时想到的腹案讲了出来：

"既是东朝廷辩，丞相可以而且必须借太后之力。明日一早，一定要派人去长乐宫通消息，求太后做主。"

田蚡连连颔首："嗯，嗯。好，这件事不用你说，我也会做的。还有呢？"

"魏其侯为救灌夫，廷辩时，很有可能兜出丞相的阴私，无论他怎么说，丞相都毋动怒，甚至不妨应承下来。只要死死抓住他们一个短处不放，仍可置灌夫于死地。"

"哦？"田蚡两眼放光，急切地追问道，"甚短处，你快说！"

"天子与朝廷最忌讳的事，就是朝廷大臣结交地方诸侯豪强，图谋不轨。魏其侯与灌夫，久以任侠自诩，朝野闻名。灌氏横行乡里，尚可活命，可结交江湖，居心叵测，那就必死无疑！君侯切记，无论真假，只要死死揪住这件事不放，今上一旦动了疑心，丞相就胜出有望。"

三十一

东朝廷辩，这是皇帝继位以来没有过的事情。大臣们奉召来到长乐宫前殿，不知所为何事，免不得低声议论起来。不久，皇帝驾临，群臣行朝拜大礼后，谒者高声宣召武安侯与魏其侯上殿，大臣们才觉出事情可能关系到灌夫。

"田氏、窦氏，都是朕的外家。为灌夫闹酒一事，武安侯与魏其侯各执一词。一个要严办不贷，一个以为薄惩即可。两位都是朕的母舅，朕无所偏祖；孰是孰非，一秉于朝廷的公论。所谓廷辩，不过如此。两人各有各的道理，而是非，要决之于公论。魏其侯年高，先讲；武安侯后讲。之后由各位大臣评断是非曲直。窦婴，你有甚话，讲吧。"

窦婴看了看身后那些既熟悉又陌生的面孔，深吁了口气道："灌夫的为人，各位都知道。闹酒当日，各位想必大多在场，亲眼所见，也不用窦婴啰嗦。我想说的是，灌氏一门，是为国尽忠的英烈，当年七国之乱，田丞相或不知道，可韩大夫身在前敌，应该知道。灌夫之父战死于沙场，灌夫亦奋不顾身，斩将搴旗，勇冠三军。身被大创十余处，几次险些丧命，是位功在国家的勇士啊！"

他望了眼皇帝，揖手道："灌夫好酒，醉即失态，人又刚直不阿，难免得罪人。陛下想必记得，建元二年，灌夫任职太仆，臣叔父窦甫任长乐卫尉，两人饮酒，为酒多酒少争得不可开交。灌夫醉击窦甫，打落了他满嘴的牙齿。陛下爱惜功臣，特意派任他到燕国为相，以躲避太皇太后的诛杀。"

刘彻颔首，唇吻间露出了笑意。

皇帝的态度鼓励了窦婴："此番闹酒，也是由于丞相不肯与他对饮。当时酒过数巡，席上主宾皆已微醺。灌夫乃沾酒即醉的人，伤了自尊，酒性发作，搅闹了丞相的婚宴，当然可恨。就事论事，尽可以处罚。可丞相却以其他的罪名拘捕了他，进而罗织构陷，大捕灌氏族人，必欲置灌夫于死地而后快。窦婴愚昧，不知丞相如此，是何居心！"

田蚡白了窦婴一眼，恨声道："他冲撞我，搅了我的婚宴，我都可以不计较！可这是太后特谕举办的贺筵，他仅只是冲我么？他这是冲着朝廷，冲着太后来的，是大不敬的罪名！"

刘彻道："有理不在声高。武安侯说他蓄意大不敬，可有甚佐证么？"

"当然有。灌夫一向飞扬跋扈，坐法丢官后，更是愤世嫉俗。不仅结交江湖中人，肆意非诋大臣，妄议朝政。而且勾结地方豪强，纵容门客家奴，无视朝廷律法，横行乡里，侵渔百姓，是颍川一霸。凡此种种大逆不道的证据，都在廷尉赵禹那里，陛下可以随时调阅。其实，听听当地的儿歌，即可知颍川的百姓，恨灌氏刺骨。"

"哦，甚儿歌？"田蚡的话，引起了刘彻的注意。

"'颍水清，灌氏宁；颍水浊，灌氏族。'凡去过颍川者，都听到过此歌。王孙问我的居心？我可以告诉你，拿办灌夫，为的就是与民除害。"田蚡道，得意地瞟了窦婴一眼。

窦婴本想把争执囿于使酒骂座，可田蚡并不打算就事论事，而是肆意牵扯，唯恐天下不乱。事出无奈，为救灌夫，窦婴顾不上其他，即使得罪田蚡，亦在所不计了。

"今年黄河于濮阳瓠子决口，漫延关东河淮十六郡，陛下顾惜民隐，而丞相却称河决是天意，非人力所能挽回，以一念之私，放任关东百姓流离失所，饥啼寒号，而至辗转于沟壑。丞相自谓视民如伤，不自觉虚伪吗？"

本年夏，河决于濮阳，刘彻曾派汲黯、郑当时发军卒十万塞杜决口，但塞而复决，竟至黄河改道。田蚡确曾谏称江河之决口，皆为天意，不宜以人力强塞，塞而复决，即天意不可违之征候。他又征询过王朔对此的意见，也称塞河不宜，应顺其自然，所以他才放弃塞河的念头。难道田蚡在这件事上，怀揣了私心？

刘彻看了一眼田蚡，问道："丞相有何一念之私？"

"臣不赞成塞河，为的是塞而复决，劳民伤财，最终徒劳无功。魏其肆口诬蔑，臣冤枉。"

窦婴上前一步，看定田蚡："敢问君侯的食邑所在？"

"在鄃，怎么？"田蚡一愣，面色慢慢涨红了。

"再请问鄃在河北，抑或河南？"

"当然在河北。"

窦婴转向皇帝，揖手道："丞相不赞成塞河，怕的是决口塞住，河或于北面决口，患及他的食邑，此乃老臣说丞相有私念的缘由。"

"你竟拿个子虚乌有的罪名诬蔑于我？"田蚡瞪着窦婴，恨声道，"河工是朝廷的大政，塞与不塞，朝议不同，各有道理。即便我有私心，与灌氏之横行不法，岂可同日而语？！"

原来这个娘舅在塞河这件事上确有私心，刘彻看了眼田蚡，摇了摇头，示意窦婴说下去。

"田丞相难道比灌仲孺清白多少么？比起丞相的贪贿不法来，灌夫不过小巫见大巫罢了！"

田蚡恶狠狠地盯着窦婴，眼里好像要冒出火来。"你血口喷人！你说我贪贿，证据何在？"

"证据？证据还少么！"窦婴积蓄已久的怨愤，至此爆发了出来，"丞相看来健忘了。丞相索要老臣的东陵瓜田不过几日，以我两朝老臣的地位，都不敢拂逆丞相，乖乖将私产献上，遑论其他！丞相在长安城内外有多少处田产私宅？后宅又有多少好女？怕是不下百人吧！可君侯仍不餍足，甚至谋夺武库的地产，凡此种种，昭昭在人耳目，君侯又有何面目责他人不法呢！"

田蚡的跋扈、贪贿，刘彻早有所闻，可他也知道，自己内心的憎恶，决不可以在臣下面前表露。他不动声色地问道："丞相还有甚话说么？"

红头涨脸的田蚡猛一激灵，反而冷静了下来。"无论他怎么说，丞相都毋动怒，不妨应承下来；只要死死抓住他们的短处，今上动了疑心，就胜出有望……"张汤的话萦回在耳边，他定了定神，揖手道：

"承陛下宵旰忧劳，皇天庇佑，天下安乐无事。臣幸为陛下倚为肺腑。魏其说得不错，臣好狗马驰骋之乐，爱倡优音乐之巧，为子孙计，多买田宅甲第，是个耽于享乐、胸无大志的庸人。哪里比得上魏其侯与灌夫，致仕家居却又不甘寂寞，招聚天下豪杰壮士，指摘诬蔑朝廷大臣。汝等日夜睥睨于两宫之间，仰观天象，窥测天子与太后的年寿吉凶，安的又是甚心？不是盼着天下有事，汝等可以东山再起，左右朝政吧！臣逸乐在明里，魏其、灌夫则居心叵测。在这上面，臣自愧不如，甘拜下风。"

田蚡的辩白近乎无赖，可还是令刘彻心中一动。窦婴好任侠，喜交游，人所共知；说他不甘寂寞，胸怀异志，刘彻根本不信。可那个灌夫看来不同，地方上的豪强大姓，往往控制乡里，成为雄霸一方，削弱中央控制的势力。这历来是朝廷的一块心病，剪除一批，又会生出一批。刘彻想起自己当年东市的遭遇，想起了朱安世。灌夫狂傲不羁，不过匹夫之勇，算不得甚；可若是灌氏坐大成为能够左右颍川一郡的势力，就决不可姑息不问。他决定要亲自调看灌氏一案的爰书。

群臣的目光都集中在皇帝脸上，揣摩着皇帝会偏向哪一方，可刘彻面无表情，沉吟不语。良久，他看看窦婴，又看看田蚡，扫了一眼众臣，问道："两造是公说公有理，婆说婆有理，孰是孰非，该由各位大臣评断了。怎么，谁先讲？"

大臣们面面相觑，谁也不肯出头。刘彻有些不耐烦了，他看了一眼御史大夫韩安国道："田丞相而外，韩大夫最尊。就由长孺带个头，说说你的想法吧。"

"魏其侯所言，灌夫之父战死，灌夫奋击敌阵，身背数十创，勇冠三军种种，臣当时在军中，实亲所闻见。这么位壮士，只为了争杯酒，不该以其他的缘故诛杀。魏其侯的话对。"言罢，看了眼满面阴云的田蚡，韩安国又道，"可话又说回来了。丞相所言灌夫交通奸猾，侵渔细民，家累巨万，横恣于颍川。且以下犯上，凌轹宗室，屡犯而不思改悔。正所谓'支大于干，胫大于股，不折必披'。丞相的话也对。是非曲直，惟明主裁断。"

模棱两可，各是其是，各非其非。韩安国的评议提供了一个样本，除主爵都尉汲黯赞同窦婴而外，其余大臣，全持首鼠两端的态度。轮到内史郑当时，初似赞同窦婴，而后话头一转道："丞相之言自然也有他的道理……"

话没有说完，刘彻已忍无可忍。他怒视着郑当时道："汝平日几次私下论及魏其、武安的长短，无不振振有词。今日当面廷辩，话却讲不出来了？

像只驾不起辕的马驹子！"他指了指噤若寒蝉的群臣，喝道，"汝等惧怕谁？想要讨好谁？是非曲直都听不明白么？一群不中用的东西，吾恨不能连你们一起斩了！"言罢，拂袖而去。

未出长乐宫门，长信殿的詹事就赶了上来，禀报说太后闻知廷辩之事后，大怒绝食了。刘彻转去太后的寝宫长信殿，尚未进殿，就听到了王娡呼天抢地的哭声。

"堂堂大汉朝的丞相，竟如犯人般当廷鞫问！我还没死，人家就拿吾弟不当个人，人人都想踩他一脚。我百岁而后，又当如何？王家、田家怕是全成了人家俎上的鱼肉吧！"

砰的一声，好像是摔掷杯盘的动静，随即悲声大作，代之而起的又是王娡恨恨的声音："吃，吃甚吃！皇帝难道是个石头人么？皇帝还在，碌碌诸公，竟没有一个敢站出来说句公道话的；皇帝百年之后殡了天，还能指望这帮人辅佐新君？祖宗的江山能够信托给他们么！"

刘彻立在门前，静静地听了一会儿，决定不进去。母后正值盛怒，还是由着她发泄为好。他低声吩咐东宫詹事道："太后息怒后，你传朕的话。窦氏、田氏，都是朕的外家，不能偏着谁、向着谁，更不是有意针对谁，所以才要廷辩。不然的话，一个狱吏便可决断。告诉她强饭保重，武安侯不会有事的。"

罢朝后，韩安国出了长乐宫西阙，正待招呼自家车马，却见田蚡坐在车中，远远地向他招手。

"君侯有事么？"韩安国走上前去，揖手道。

田蚡阴着脸道："我这车宽敞，搭你一程，我有话说。"

韩安国上了车，两人对视着，默默无语。韩安国不由得微笑了。

"君侯不是有话说么？说吧。"

田蚡怒道："你我同朝为官，我亏待过你么？没有我帮你，你能上到三公的位置？窦婴不过是个致仕家居的秃头翁，以你我之力，足以应付。不想你对不住朋友，首鼠两端！"

韩安国沉吟了许久，摇摇头道："魏其攻讦丞相，丞相本该暗自心喜才对。可惜君侯念不及此，别人又如何帮得上忙？"

田蚡气冲冲地说道："你这个话我就不明白了。魏其大放厥词，我倒该心喜？真是岂有此理！"

"看来丞相在中枢这么多年，还是没摸透今上的脾性。皇帝最见不得人跋扈。皇帝念旧，窦婴老迈家居，君侯又咄咄逼人，同情本来就在他那边。兵法云：能而示之以不能。同样道理，强应示之以弱。丞相一人之下，万人之上，本来就处于遭忌的地位，低首下心，方可化敌意为同情。"

"以长孺之见，我该当如何？"

"魏其侯毁君，君侯当即刻免冠解印绶，对今上请罪说：'臣以外戚附幸得为肺腑之臣，固然不称职，魏其侯的话全是对的。'你若如此，今上必会赞赏你的谦恭，更不会允准君侯致仕还家。而魏其侯必心怀愧疚，搞不好会杜门不出，断舌自杀呢。可人家毁你，你也毁人家，如同市场中的商贾妇人争价，恶言相对，未免有失体统，贻笑大方了。"

田蚡拍着脑袋，懊悔得不行。"当时争急了眼，哪还能想得到这个？还是你这手高，是我错怪长孺了。"

皇帝做出决断，是在调阅了灌氏的案卷之后。无论是张汤，还是韩安国的谋划都没有起作用，促使刘彻下决心的，是郎中令石建。建元二年，窦太后以蛊惑皇帝、离间两宫的罪名罢黜王臧后，指名以孝谨闻名的石建接任这个宫内最要紧的位置。起初，刘彻以为，这是太皇太后监视自己，以老臣扼制新进的手段。可时间一久，他却不能不由衷佩服窦太后用人的眼光。窦太后死后，他有了用人的大权，他罢黜了丞相许昌与御史大夫直不疑，可石建，他仍留在身边。

原来，石建不但孝谨，而且有学问，有见识。他人极内敛，平日朝会上，木讷寡言，恂恂若不能言者。可刘彻私下有所咨询，无他人在场时，石建总能直言不讳，把事情分析得十分透彻。

一日，刘彻看过廷尉呈报上来的案卷，对侍坐于一旁的石建叹了口气道："灌夫父子有大功于朝廷，灌氏虽横，可也不是灌夫一人之过。杀掉这样一个人，天下不会当朕是个刻薄寡恩的君主么？"

石建扫了眼刘彻身后的几位宦者，揖手道："陛下圣明。"

刘彻知道，凡如此，意味着石建有话要说，可碍于众人，不好开口。他摆了摆头，示意侍者们退下。

"灌夫罪不至死，而且有功于国家。可颍川灌氏……"刘彻翻开手中爱书，将简牍上的一段文字指给石建看，"你听听赵禹的说法：'灌家身无封爵，而荣乐过于封君，势力侔于守令。财贿自营，犯法不坐，刺客死士，为之投命……'石建，你怎么看？"

"陛下为民父母，要为天下的苍生做主。可民，有细民，有豪民。细民寡弱，豪民骄暴，灌氏乃颍川豪民。灌仲孺罪不至死，可他所代表的那种势力，如赵禹所言，绝对是朝廷的祸患。"

石建略作沉吟，继续说道："齐国的太公姜尚，传下来一部《阴符经》，曾论述过豪民之害，陛下有空不妨找出来读读。"

"太公怎么说？"

"太公说，豪民有十大，注定是害群之马。"

"十大？害群之马？你讲来听听。"

"周武王也曾这样问过太公，太公所对，臣记得不一定准，可大意错不了。太公说，民的威信高过官吏，胜过大臣，这是一大。强宗大姓，侵陵群下，这是二大。民饶于财，富可敌国，三大。民亲附其君长，天下归慕，四大。民恃强凌弱，以众暴寡，五大。民有百里之誉，千里之交，六大。民以吏威而非皇威为权，七大。民施恩于吏，上下颠倒，八大。强宗豪右，夺人田宅妻子，九大。民横行乡市闾里，勒索民之基业畜产，十大。这种豪民，倚财仗势，交结官府诸侯，威令地方，权移主上，久之必为朝廷大患。所以太公说，民忧十大于此，除之则国治民安。"

刘彻深以为然。杀灌夫，就如给天下的强宗豪右一个明确的警告，灌夫名气愈大，震慑的效果也愈强！对此，他没什么好犹豫的了。可田窦之争，也要做个了结。

"那日廷辩，孰是孰非，石君如何看？"

"陛下若要处置灌氏，窦太傅代灌夫出头，当然有过。陛下可使御史簿责，如此看似严厉，实则无事，应该可以出太后与丞相之气了。窦婴若认错，自不必深责。"

"那田蚡如何，这个混蛋，是个蠹虫。"放过田蚡，刘彻心有不甘。

"臣记得，陛下已传话给太后，说武安侯不会有事。恕丞相以慰太后之心，乃陛下大孝之举。武安侯若怙恶不悛，以后再处置他也不迟。"

"也好，他若不思悔改，朕早晚会收拾他。"

冬季万物肃杀，也是朝廷行刑的季节。元光四年冬十月，灌夫以大逆不道论族①，全家及众多门人宾客被斩于渭水之滨。窦婴闻讯，心痛如焚，在接受宫中派来簿责他的侍御史责问时，他非但不认过，反而抗言灌夫罪不当死，他的辩护没有错。事情交付廷议，此时朝廷中已经是田蚡一边倒的局面，结论是他与灌夫朋比为奸，有欺君罔上之嫌。由于他是皇室宗亲，廷议建议将他拘禁于宗正所属的都司空②，继续审查他与灌夫的关系。但这道劾奏被皇帝压住，并未实行。

既然翻了脸，窦婴不死，就是田蚡心头的大病。他日夜与心腹计议的，便是如何置窦婴于死地，彻底扫除窦氏一族的势力。而机会，竟然不期而至。风声最紧时，窦婴曾托昆弟子侄上书言事，说自己曾奉有先帝的遗诏，有事可以面见皇帝，免除死罪。这件上书递到宫中的尚书台，却落到了当值的侍御史张汤的手中。

太后与田蚡得知此事，密令张汤连夜查看尚书台的存档，盗出了景帝遗诏的底本，交到了长乐宫。在销毁遗诏之后，那件上书才直达御前。刘彻吩咐郭彤去魏其侯府上取回了那份遗诏，又命尚书台核对可有原本。副本上只有侯府家丞的封印，而尚书台查不到原本，结论是：大行皇帝并无此遗诏。这一下子，问题严重了起来。所谓遗诏并非皇帝的亲笔，真伪难辨，若不能查明真相，窦婴就要承担矫制的罪名。汉律，伪造皇帝的诏书印玺，称矫制，是死罪。果然，尚书台劾奏他伪造先帝诏书有害，罪当弃世。

事情紧急，窦婴赶到窦太主家，想请她出面代为缓颊。可窦太主携董偃

---

① 族，古代死罪之一种，刑及父母妻子。

② 都司空，汉代宗正属官。司空为古代主管工程的官员，秦汉以来，工程多用刑徒，司空亦逐渐演变为实施刑罚的官员。

去了馆陶的封邑，没有一两个月回不来。汉代大臣义不受辱，多于入狱前自杀，情急之下，窦婴佯作中风偏枯，绝食欲死。过了几日，听说皇帝并无处死他的意思，廷议亦议决他过不至死，才又重新进食，延医治病。

田蚡自然不肯甘休，他以重金买通了窦婴的家仆，诬告主人背地里腹诽怨望朝廷。消息报到未央宫，皇帝允准了劾奏，而窦婴竟因此冤死，于当年十二月在渭城被处以弃世之刑。

除掉了灌夫、窦婴，外戚中窦家的势力大削。田蚡志得意满，日日置酒高会，开怀痛饮。却不料乐极生悲，不到两个月，就一病不起了。

三十二

司马相如要李延年等在东阙的司马门外，自己进了未央宫。他顺着甬道，向前殿走去。行不多远，身后驶来一辆二马拉的传乘，他闪到路边，却听到车上有人在喊他。

"司马将军，司马将军！"车驭勒住马头，传乘停在他身旁，一个年轻宦者跳下车来，微笑着向他揖手致意，眉宇间透着种精明伶俐。他对那车驭挥挥手道："你先驾车回马厩，我陪着司马大人走几步。"

原来是侍奉御前的小黄门所忠，此人地位虽低，可甚为皇帝所亲信，是个不能慢待的人物。司马相如亦揖手还礼，自嘲道："甚将军？相如戴罪之身，所公公笑话了。"

"眼下不是清白了么！皇上近来没少念叨先生，今儿见了先生，一准的喜欢。"所忠笑容可掬，司马相如的心踏实了下来。所忠的表情，如同皇帝情绪的晴雨表，看来皇帝对他确已释怀，今日入宫举荐李延年，成功有望。

"我久不进宫，有甚新闻，皇帝这一向可好么？"

"还不就是武安侯与魏其侯两家那档子事么！"他环视了一眼四周，低声说道，"丞相怕是也挺不了多久了。"

"怎么？"田蚡病倒之事，司马相如还不知道，闻言很是吃惊。

"前儿个相府的晚宴上，丞相忽然就犯了病，双目圆睁，边跑，边大呼服罪。浑身若有人笞击一般，痛楚难当。昨日更甚，明明寝室中空无一人，他却跪在地上，大呼饶命。"

"哦？这真是有些怪了，延医了么？"

所忠笑道："那还用说？太后连夜派陈太医到府诊治，诊断是中风历节①。太医说，丞相病在过食肥甘，又嗜酒喜女色上面。其状貌如狂，妄行谵语，就是这病的一种症候。至于身痛如磔，则属气滞血瘀，经脉筋骨痹阻不通所致，不通则痛。我觉着陈太医说的有道理，你想丞相那肥头大耳、脑满肠肥的样子，不就是吃喝出来的么！"

"可服罪求饶又作何解呢？"

"就是呀，陈太医说是谵妄所致，可也不敢肯定。这不，今儿个一早，皇上派我去接李少君，说他善视鬼物，请他为丞相视病。司马大人猜猜看，李神仙看见了甚？"所忠一脸诡秘、恐惧的神情，声音也变了调。

"怎么说？"

"说是魏其侯与灌夫，手执竹笢，一个守在丞相身前，一个守在他身后，劈头盖脸地猛笞。"

"李少君有办法么？"

"他说阴间的仇恨恩怨，神仙也无能为力，倒是陈太医按照治中风的法子，为武安侯放了血，又开了汤药，眼下倒安静了一些。可太医说，这病凶险，可能挨不了几日了。司马大人，咱们私下说，这就是报应，对不？"

"或许是吧。"司马相如若有所思地点了点头。田蚡仗势欺人，诛灭功臣，无乃太甚。自己被诬，据说也与之有关。看来天道昭昭，恶人终有恶报。

"大人慢走，皇上等着听消息呢，小的先走一步了。"看看到得前殿，所忠拱拱手，快步上殿去了。司马相如停下脚步，望着所忠远去的身影，渐渐变成了一个黑点。

春风送暖，宫中的草地与树丛，又染上了一层新绿。司马相如觉得，自己蛰伏的心田，仿佛薄冰下面涌动的潺潺春水，新鲜、清凉而又甘甜。这种既熟悉又陌生的感觉，令他欣喜，又令他害怕。他放诞于诗酒，整日嬉游于长安的酒肆，想要忘却这种莫名的烦恼。可愈如此，愈苦恼，最终，他不得

---

① 中风历节，古代中风病的一种症候，病人发狂谵语，一身疼痛。其症状治法见《金匮要略》。

不正视内心的情感，他喜欢上了李嫣，无可救药地陷溺于其中了。

窈窕淑女，君子好逑。辗转反侧，寤寐思服。这种情感美好而折磨人，即在于它若即若离，可远观而不可以亵玩。李嫣的举手投足，一颦一笑，无时不在司马相如脑中回旋。李嫣视其为兄长，嬉戏笑闹，全无猜防。与她在一起，他重温着年轻时心跳的感觉，更觉得韶光易逝，去日难追。他愈虔敬，内心愈痛苦。他几次鼓足勇气，欲向李延年提亲，可想到患难与共的妻子，却又张不开口。李延年觉察出什么，缄口不言，可是看得出，他对这件事很不情愿。司马相如再去上林苑，就很少能够见到李嫣了，近来干脆见不到了。据李延年讲，她回中山，探望兄弟去了。

十月以来，朝野都注意于田蚡与灌夫、窦婴之争，皇帝也迟迟没有召见司马相如。直至昨日，恢复其郎官身份的诏书才下达，传诏的使者告诉他，皇帝说，这几日有空，随时愿意见他。司马相如连夜去了上林苑，他要向皇帝举荐李延年，兑现自己的诺言。可细思起来，他这么迫不及待，未始没有讨好李延年的意思。

昨日的种种，依然萦绕在他心头。李延年听了他的来意，兴奋而不忘形，揖手致谢后，很沉着地对他说："长卿情谊可感，可我不会以阿嫣的终身作为报答。"

望着司马相如讶异的神情，他放缓了语气："阿嫣豆蔻年华，来日方长，我们兄弟对她期望很大。君既有妻室在堂，看在你我兄弟的分儿上，丢开那份心思，大家都好过。"

司马相如的脸红了。"我是喜欢你家阿嫣，可从未对她有过哪怕些微的暗示！此事我敢质之天日。"

"长卿诗酒风流，哪个小姑娘挡得住你？你或许没有在意，可我是阿嫣的兄长，她那点心思瞒不过我。"

"那么所谓去中山探亲，是专为避开我了？"

"有这个意思在里头。她知道家人的期望，我们也不能坐视她铸成大错。"

良久，李延年道："长卿不惬于我，明日自己进宫好了。"

"这是两回事，我不会食言的。"司马相如既失落，又欣慰。失落的是，佳人一别，相见无日。欣慰的是，阿嫣竟对自己有意。

远远地有人呼唤他的名字，他抬头望去，所忠正在向他招手，他正了正衣冠，快步登台，向宣室殿走去。

刘彻听了司马相如的举荐，即刻召见了李延年。他打量着面前这个相貌英俊的男人，心里先就有了几分好感。

"听长卿讲，你精通音律？"

"奴才全家皆为倡优，自幼习歌曲，略有所通，精通不敢当。"

"长卿怕是对你讲过，朕欲在太乐之外，另办乐府，创制新赋而外，还要采风，把民间的歌诗搜集上来。眼下文学之士尚可，缺的是精通音律、善赋新声的人。你既通音律，可知乐之雅俗，区别何在么？"

"奴才愚昧，敢为陛下言之。乐之雅俗，有器、音用处的不同。器之不同，在雅乐多用金石，如钟镈声磬；而俗乐多以丝竹管弦。器之不同，则音亦不同，雅乐如黄钟大吕，音声动静有节，中正平和；俗乐以丝竹取胜，所谓凄婉悱恻，哀怨动人，流连忘返者是也。音声又决定了它们各自用处的不同。雅乐多用于祭祀礼仪；而俗乐人称郑卫之音，桑间濮下，男欢女爱，多为时人所好，故多用于饮宴唱和的所在。"

"好个男欢女爱，世人所好！"刘彻将髯大笑道，"你算是道出了个中的肯綮。雅乐庄重不假，可大病在于沉闷，催人昏昏欲睡。朕欲兴一代圣王之业，不独学术要变，制度要变，乐声律制也要变。俗乐如何？郑卫之音又如何？世人所好么！长卿，汝等可尽力搜罗，朕看无害于乐府。"

"是。"皇帝的心情不错，是个好兆头。司马相如看了眼李延年，"陛下，李延年不惟解律，尤其难得的是，可即时为歌诗谱曲。"

刘彻颔首道："那好啊。你擅长哪种乐器？"

"奴才会使笛、瑟、琴、筝，节鼓也打得。"

"好，好。乐府缺的就是这样的人，你就留在未央宫吧。郭彤，你为他在禁中安排个住处，再告诉狗监的杨得意，这个人朕留下了。"

郭彤领着李延年退了下去。刘彻望着司马相如，面色转而凝重。

"长卿先生，前一阵冷落了你，中郎将做不成了，觉得委屈了吧？"

"臣不敢。"

"不做也罢。朕以为，先生之长，不在军事，而在于辞赋。用人当舍其短，用其长，先生以为如何？"

"陛下圣明。"

"所以朕还要你回大内侍中，为新乐府牵个头，多作诗赋，这才是正道。西南夷传檄而定，先生之功甚伟。你在南中时发布的那两道檄文，辞情并茂，道理也说得透彻，好文章！朕诵读再三，觉得让你外任，还是辜负了人才。"

司马相如再拜顿首道："臣行有不轨，�人物议，愧对陛下。"

刘彻注视着司马相如："木秀于林，风必摧之；行高于众，人必非之。这是常有的事，先生不必放在心上。你或许会奇怪，既然无事，为何不官复原职，先生怪朕么？"

"小臣不敢。"

"大汉之兴，文治武功，缺一不可。武功，朝廷还在蓄积力量，文治则延迟不得。十年树木，百年树人，礼仪之变革，风气之转移，非积久不能为功。这个文治，朕仰仗于先生者甚多，不能要你分心，所以要你回到朕身边来。朕的用心，先生要体谅。"

"是。"

"眼下先生先带着他们纂辑乐府。将来朕还要改正朔，易服色，重修历法。待击败匈奴，朕还要步武历代圣王，行封禅大典，告慰天地祖宗。那时的封禅书，还要借重先生的大笔。这些都是朕的心事，没有几个人知道。你记在心里，莫对外人讲。"

皇帝语重心长，情辞恳切。尤为难得的是，皇帝竟与他分享了自己内心的秘密。司马相如受宠若惊，连连称是，心又热了起来。

司马相如辞出后，一路都沉浸在兴奋之中，差点与回来复命的郭彤撞在一起。他不好意思地笑笑，揖手道："公公见谅，冲撞了。"

郭彤赔笑道："不碍，不碍。"

"李延年安置好了？"

"安置好了。"

"此人乃在下的好友，以后他在宫里，有甚不明白的，还望公公不吝指教。"

"好说，好说。"郭彤笑容可掬。

司马相如正欲道别，忽然想到一件事，问道："有人托在下一事，敢问公公，可能帮忙？"

"甚事？"

"去年上巳，皇帝从平阳主家带回一个歌伎，名卫子夫。此事公公可记得？"

"怎么？"郭彤并不回答，好整以暇地看着司马相如。

"这女子进宫一个月就被发配到上林苑蚕室，境况凄惨，她想再见皇帝一面，公公可能帮他？"

郭彤问道："大人如何认识这女子？"

"李延年在蚕室养伤时，我常去看他。这卫子夫与李延年的女弟交好，故而相识。"

郭彤摇摇头，为难地说："皇上召幸过的女子，无孕者都会被打入另册。这件事归永巷管，而永巷得听命于皇后。大人想，皇后能答应么！"

"可我受托于人，怎可言而无信？要不，我去对皇帝说？"

郭彤连连摆手："多事贾祸，后宫里头的事情，大人千万别掺和。"他沉吟道："这么着吧。宫里很快要放一批不中用的宫人回家，我去对少府讲讲，把她的名字列进去。这么着好歹能与家人团聚，嫁个男人成家，强似在这宫里面苦熬。这么办，大人看成么？"

司马相如点了点头。如此差强人意，总算不负李嫣所托了。

望着司马相如远去的身影，郭彤摇了摇头，上巳酒筵上的事情他记得很清楚。当时就觉得这个叫卫子夫的女人颇有机心，留下来，宫里早晚不得太平。司马相如的求情，更坚定了他的想法。

五日之后，是这批宫人出宫的日子。卫子夫携着衣包，呆呆地站在出宫的队列中。她已竭尽所能，想到时过正午，宫门将从此对她深锁，不由得潸然泪下，万念俱灰了。

三十三

此时的刘彻，正高卧于宜春宫。自建元初年起，气血正盛的皇帝便爱上了田猎。公事闲暇之际，每每率领期门卫士，狗马驰骋于上林苑之中。皇帝每每亲自搏杀熊罴，奋不顾身。随侍者屡谏，他总是笑道："虎豹熊罴，匈奴是也。朕之田猎，练兵而非逸乐，今日不敢当虎豹，他日岂可战匈奴？"

连日游猎，收获颇丰。若非京师来人报告丞相田蚡的死讯，刘彻还打算由长杨宫南下，深入南山，亲手捕猎猛虎。车驾连夜启程，行至长安附近的宜春宫，一行人疲惫已极，驻跸于宜春宫。

日上三竿，皇帝与扈从们仍在酣睡。司马相如偷闲，单人匹马，到附近的秦二世胡亥的墓冢处，凭吊了一番。墓冢位于从长杨回京师的路侧，黄土长阪之上墓木已拱，青青的春草，在风中摇曳呜咽，似乎在诉说着什么。相如发思古之幽情，感慨良深，回到离宫，提笔作赋。赋成，名之为"哀二世赋"。

他吟诵一过，觉得有一处用词不妥，正待笔削，身后却有人赞道："'持身不谨兮，亡国失势；信谗不寤兮，宗庙灭绝。呜呼哀哉！'长卿先生，又有佳构，可否允我先睹为快乎？"

原来是扈从的郎官东方朔。他揉着惺忪的睡眼，接过竹简，嘴里嘟囔了一阵，不以为然道："胡亥那个糊涂虫，值得浪费司马大人的笔墨么？"

"不过是有感而发。"司马相如淡淡一笑，收回简牍，起身欲走。

"先生请留步，在下有事请教。"

司马相如注视着面前这个人高马大、相貌堂堂的男人。虽同朝为官，两人却并无交往。他觉得东方朔为人高自标置，过分招摇，言语谐谑不经，热衷于仕途，与自己不是一路人，故而敬而远之。

"先生特立独行，朔敬慕已久。人言大隐隐于朝市，先生就是这样的人吧？"

"东方君过誉了。鄙人不过是率性而行，随遇而安罢了。" 东方朔话里有话，意存讥讽，司马相如觉得无趣，拱手作别。不想东方朔紧紧拉住了他的衣袖，很恳切地说道：

"人言旁观者清，当局者迷，在下有一事不明，望先生为我譬解。"

"请讲。"

"天子雄才大略，拔擢人才，在下入宫几年，同时的诸人都已获得重用，可为何我不得发达，做不成大官呢？以长卿先生看，在下为人行事，有甚不妥么？"

东方朔焦忧之色，溢于言表，平日的那种诙谐，全无踪影，看来是真心求教。司马相如略作思忖，决定帮帮他。

"曼倩可是要听真话么？"司马相如问道。

东方朔很肯定地点点头："当然是真话，长卿但说不妨。"

"曼倩是极聪明之人，言辞亦辩给，可惜所用非是。官场自有规矩，曼倩不愿受其拘束，自然做不成高官，换言之，你我之辈，文人也，本来就不是做官的材料。"

东方朔连连摇头，满脸的不快。"不对。先生淡于荣利，尚且能够出使巴蜀，一展长才。陛下何以不置我于囊中，让我一试身手呢？先生说我所用非是，指的又是甚？"

司马相如笑道："世人言，一为文人，便无足观，无非是游戏文字，玩物丧志者罢了。一旦背负了这种成见，翻身就难了。天子何尝不用曼倩，君自负诙谐，不拘小节，陛下以你为文学侍从之臣，俳优处之，正是用你所长。至于所用非是，曼倩想想从前射覆①之事，心里还不明白么？"

---

① 射覆，古代覆盆，使人猜测下有何物的游戏。后来发展成猜谜式的酒令。

原来酒筵之上，皇帝曾将一只守宫①置于铜盂之下，令众人射覆。没有人猜得中，轮到东方朔，他以蓍草作卜，一射而中。皇帝赐帛十匹，东方朔抖擞精神，连射连中，所获得赏赐也越来越多。皇帝身边的弄臣郭舍人，是谒者令郭彤的侄儿，在一旁看的眼热，说他是幸中，而非真本事。两人较上了劲。郭舍人提出由他覆物，东方朔若能猜中，他愿受搒一百。结果仍是屡射屡中，郭舍人亦遭痛笞，股血淋漓，卧床不起了一个多月。

"郭舍人妒忌生事，自取其辱，与我何干？"

"可郭舍人的背后是谁？郭彤是今上太子宫时的旧人，最得信用，这叔侄两人，日夜在御前侍候，岂是得罪得起的？你一时痛快了，可今上耳边再也听不到你一句好话，又孰得孰失？"

"再如去年伏日，陛下诏赐祭肉②。不等三公九卿到场，君拔剑割肉而去。皇帝罚你自责，你说些甚？"

东方朔笑道："怎么，先生不记得了？'朔来！朔来！受赐不待诏，何无礼也！拔剑割肉，一何壮也！割之不多，又何廉也！归遗细君，又何仁也！'皇帝闻言大笑，非但没有怪罪我，反而加赐酒一石，肉百斤。这有何不当么？"

"你的聪明都用在这上面，难怪今上当尔俳优，用你寻开心了。君以弄臣自处，又怎能期望今上重用你呢？"

东方朔拍拍脑袋，懊悔不及。"真是聪明反被聪明误！如今不但皇帝，满朝的大臣都当我是个弄臣，这个印象怕是磨都磨不去了。在下何以自处，望长卿先生有以教我。"

"君生性谐谑，改也难，但求凡事自律吧。今上看你是个乐子，当然不会把你的话当真。这个印象，只能一步步扭转，先从眼前的实事做起吧。"

"甚实事？"

"皇帝为驰猎便利，打算扩建上林苑，把苑内的百姓迁出去。听说吾丘寿王已将苑内的民田造册，要把阿城以南，盩厔以东，宜春以西的大片民田，

---

①守宫，即壁虎，蜥蜴类的爬行动物。

②祭肉，汉代夏季的伏日，冬季的腊日，均要放假一日，祭祀天地鬼神。祭神后的肉食，皇帝会分赏群臣，以示同乐。

划入上林苑，而以长安四周的荒地，作为补偿。这是件关系民生的大事，曼倩辩才无碍，何不为民请命，谏阻此事，做一件令举朝刮目相看的正事呢！"

东方朔狐疑地看着司马相如："既是正事，先生为何不做？"

"吾已绝意于仕进，随遇而安而已。况且这件事，今上心意已定，是阻止不了的。"

"阻止不了，为甚要我去做？"

司马相如笑道："你不是想要做大事，扭转众人的成见么？这就是机会。"

"这种拂逆鳞的事情，搞不好要杀头，怎么是机会？"

"曼倩自称学富五车，文史足用，君人南面之术不知道么？今上不会因人谏阻而停建上林苑，可仍会赏赐进言之人。为的是鼓励臣下建言，保持言路的通畅。不信？你可以试试看。"

小黄门所忠，捧着宫人的名册，急匆匆地赶到宜春宫。被遣出的宫人应于午时出宫，行前名册要经皇帝过目勾红。可一连数日，皇帝均在外行猎，郭彤于是派他去永巷取回名册，赶赴上林苑呈给皇帝过目。

车马一路疾驰，所忠的心情亦如车马般平静不下来，早上的一幕，萦回不去。他去永巷，身份虽不过是个小黄门，在宦者中只是个不入流的角色。可身在御前，却是个得罪不起的人物，永巷的令丞迎来送往，殷勤备至。他盘桓了一阵，取了名册回前殿复命。还没走出永巷，身后追过来一个女人，不容分说地塞给他一副金镶玉错的头饰，恳求他让皇帝见她一面。女人名卫子夫，是个即将被遣出的宫人。所忠本不想揽这种闲事，可那副头饰太珍贵、太值钱，不由得他不动心，于是答应了下来。

他本打算甚也不做，干没此物，可转念一想，那女人肯送他如此贵重的东西，见不到皇帝，绝不肯甘休，日后此事一旦被捅出来，麻烦绝少不了。可他又怎么敢对皇帝提这种事情，一旦皇帝疑心他交通后宫，他这条小命，就算完了。前思后想，总也想不出个妥当的主意，一路忐忑着到了宜春宫。

跳下传乘，却一眼看到在苑中蹀步闲谈的司马相如与东方朔，所忠心头一喜，叫道："司马先生，奴才有要事求教，请借一步讲话。"

两人走到背静处，所忠将卫子夫的托付讲述了一遍，眼巴巴望着司马相如道："奴才见那女子可怜，心肠一热，糊里糊涂就答应了下来。不办，对不住她；办，这种事，哪里是奴才敢管、能管的事。要了命我也不敢对皇上开这个口哇！这批人午时就得出宫，大人无论如何帮小的拿个主意。"

"这女人叫卫子夫？我认得她。"司马相如沉吟良久，拍着所忠的肩头道，"这件事这么办，你将名册摆开在皇帝的案头，奏请皇帝勾红，其他话我来说。至于皇帝能否记得她，召见她，那是天意，谁也帮不了她。"

刘彻起身沐浴之后，正在寝殿中进食。他瞟了眼所忠，问道："你不在大内当值，跑到这里做甚？"

"有批不中用的宫人，午时要遣散出宫。郭公公怕皇上赶不回去，要奴才带名册过来，请皇上过目勾红。郭公公还要奴才请示，这些宫人临行前，皇上还要不要见她们一面。"

"不见。"

所忠将名册铺展在一张书案上，将毛笔蘸满胭脂研成的朱墨，放置在笔架上，等候着刘彻勾红。被勾红者，意味着允准出宫；反之，则会被留在宫内。

刘彻夹起一块脍炙的狍肉，细细咀嚼着，品味着猎物的鲜美。"放出去的人有多少？"他不经意地问道，又夹起一块狍肉。

所忠偷觑了一眼走进来的司马相如，对道："三十六人。"

"长卿，你来得正好。"刘彻指了指书案上的名册，"你代我勾勾红，一个不留，全勾上。"

司马相如提笔勾红，很快就轮到了卫子夫。他看了眼刘彻，皇帝正大口咀嚼，显然沉浸于品尝美味的快感之中，根本不关心这件例行的公事。

"卫子夫？这宫人的名字挺怪，像个男人。"司马相如高声道，随即重重地勾下了一笔。

"甚，像个男人？你说她叫甚？"刘彻放下筷子，用丝帕拭了拭嘴，朝司马相如看过来。

"卫子夫。"

"卫子夫？卫子夫……"刘彻念叨着这个名字，觉得很熟悉。伴随这个名字而来的，是种很温馨的感觉：灯火通明的厅堂，翩跹的舞姿，曼妙的歌喉，美人们的皓齿明眸……他记起来了，这是平阳侯家酒筵上那个歌伎，他曾与之对舞和歌。

"哈！这个女人我记得，说起来，这段姻缘，还是长卿先生的大媒呢！"刘彻回想起当日情景，心里很快活。

"怎么，这女子我闻所未闻，大媒，从何说起？"事情有望，司马相如与所忠心中暗喜，却又有点吃惊。

刘彻大笑道："'何缘交颈作鸳鸯'，长卿琴挑文君夫人的大作，自己倒不记得了么！这女子歌唱得好，长卿的文辞更好，打动了朕，这才带她进宫。说先生的大媒，错了么？"

司马相如会心一笑，问道："可是臣已奉诏把这卫子夫勾了红，要不要削掉？"

刘彻沉吟了片刻，起身道："先不忙，见一面再定。所忠，传朕的话，起驾回宫！"

回銮的车驾进入未央宫时，已届午时。遣出的宫人们已集中在司马门内，也是天意所佑，晚一刻，这些人就会被带出宫门，四散而去。召见即在宫门内举行，被点到名字的宫人，一一出列向皇帝拜别。点到卫子夫时，她百感交集，一年来的遭遇，如狂涛般在胸中翻涌，只说了句"臣妾谢陛下恩典"便泪如雨下，泣不成声了。

尽管卫子夫因在蚕室劳作，容颜大不如前，但在刘彻眼中的卫子夫，依然光彩照人，且寂寞红颜，梨花春雨，别有种楚楚动人的风致，激起了他的怜惜之情。他当即下车，扶起卫子夫，改乘肩舆回宫。卫子夫重得皇帝宠幸的消息，像野火一般，当日就传遍了东西两宫的每一个角落。

三十四

窦氏与王氏两大外戚势力中，若说窦婴是窦氏的中坚，田蚡就更是王氏家族的顶梁柱。窦婴之死，使窦氏的势力一落千丈，王氏一家独大。可惜好光景只持续了三个月，田蚡之死，使王氏的顶梁柱訇然倾覆，王太后的苦心孤诣，顷刻间便失去了凭借。这个打击，使她一下子老了十岁。

办过丧事，悲恸过度的太后连日来茶饭不思，神思恍惚。直至灵柩归葬长陵祖茔之后，她才起身略进饮食，精神也稍稍恢复了一些。田蚡是贵戚，又身为当朝的丞相，葬仪可谓哀荣备至。天子诏赐棺椁赙仪，百官会丧，军士列阵护卫，皇帝与皇后，车驾素服，亲临送葬。武安侯的爵位，由田蚡之子田恬承嗣。可王娡仍心有不餍：田蚡没能享有朝廷重臣的最高的恩典——陪葬茂陵；田蚡之弟——周阳侯田胜，也未被允准入朝为官。此后，王、田两氏的外戚只能以列侯坐食俸禄，再难干预、影响朝政了。

看着围坐在身旁的兄弟子侄，王娡既郁闷，又伤感。盖侯王信年事已高，平庸嗜酒；周阳侯田胜，贪贿无能；田恬也是个骄奢淫逸的纨绔子。三个女儿，平阳嫁了个废物，至今无子。隆虑与金俗，各有个惹是生非，至今仍被圈禁的儿子。

太后叹息道："阿蚡去了，朝廷里头再没有为咱们说话办事的人了。孤百年之后，还有谁能护着你们？都好自为之吧。阿蚡扳倒了窦婴，也与窦家结了仇，窦太主，皇后都恨着咱们，你们日后得小心着点，都给我收敛些。"

"娘未免过虑了。"对母后的忧虑，平阳不以为然，"娘的法子起效了，皇帝留下了卫子夫，很得宠，阿娇的好日子快到头了。我敢说，她与她娘，比咱们更怕，哪儿还顾得上与母后作对呀！"

"跟谁作对我也不怕，孤终究是皇帝的娘！可你们就不同了。" 王娡全无喜色，白了平阳一眼，"你以为这是好事？这个卫子夫含恨忍辱一年多，终能得遂所愿，绝不是个善茬子。我担心的是，用不了多久，这外家的权势就会转移到卫氏一门去。窦家靠着太皇太后，风光了二十多年，我们才几年？平阳你们给我记住了，好生应承着这个女人。孤百年之后，你们或许都要靠着卫家呢！"

未央宫的宣室殿中，刘彻正在与郎中令石建密议田蚡身后的人事。刘彻早就不满于田蚡专权，可投鼠忌器，碍于太后，一直未下决心。田蚡的暴死，是个扭转外重内轻局面的契机，他要潜削相权，乾纲独揽，非如此，不能统一事权，在朝廷兴革的大政上，贯彻自己的意志。

"石卿，丞相一职，以何人接任为好？"

"依例，丞相出缺，应从三公之中以次递升。御史大夫本为丞相之副，如此，则该韩安国继任。"

"韩安国这个人，你以为怎样，直言无妨。"

"韩大夫知兵，有大略，才智器用，足称国士。为人忠厚，无野心，荐举贤能不避亲疏。短处是贪嗜财利，大事当前，模棱两可。"

知兵，忠厚无野心，举贤荐能，都是国家重臣应有的品质。贪财嗜利，只要不过分，也可以容忍。刘彻不喜欢的是，韩安国曾党附田蚡，遇事首鼠两端。

"那就先要他以御史大夫代行丞相事，看看再说。你再提几个可任丞相、御史大夫的人出来，要那些老成持重，年高德劭的。"

皇帝想用什么人，石建心知肚明。一山难容二虎，今上乃大有为之君，丞相若强，必生争执。他故作沉吟道："平棘侯薛泽，是功臣之后，人老成廉谨，只是年近耄耋了。中尉张敺，也是两朝老臣，忠厚恭谨，唯办事魄力不足，任中尉九年，京师三辅的治安不能令陛下满意。再就是宣平侯张欧，为先赵王张敖之后，年事亦高，现以太常为九卿之首，依例当晋位御史大夫。"

"在朝中办事的人老成持重点儿好！这几个人先作为备选。三公之中，"

太尉一职，久已空缺，朕欲改其名为大将军。将来与匈奴作战，得有个足智多谋，又能亲冒锋矢，身先士卒的统帅。这个人得坐镇前敌，所以要年富力强，眼下缺的就是这么一位大将军。这个人最难寻，你要为朕留意。"

"韩安国知兵，马邑伏击时为前敌统帅，节制众将军，资望够，人也老成。若任大将军，所遗御史大夫一缺正好由张瓯继任。"

刘彻连连摇头道："韩长孺遇事首鼠两端，没有决断，临敌最足以偾事。不成，不成！"

"李广将门世家，身经百战，匈奴惮之，陛下以为如何？"

"李广、程不识都是名将，朕所以要他们出任东西宫的卫尉，为的就是考察其为人行事。李将军教练期门、羽林，确为朕练出了一支精锐的骑兵。朕对他期望甚高，可武职不同于文职，非军功不足以服众。谁能出任大将军，全在于未来大战时的表现。眼下，还要虚位以待。"

议论过人事，君臣闲谈，刘彻忽然问道："朕那位母舅，石君，盖棺论定，此人如何？"

皇帝憎恶田蚡揽权霸道，人所共知。石建顺着这个思路，赔着小心道："武安侯以椒房之贵，难免霸道了些。"

"石君错矣，霸道不是过，朕得大力于田蚡的霸道！"见石建迷惑不解的样子，刘彻微笑道，"人死了之后，想到的多是他的好处。有汉七十年来，朝廷奉行黄老，太皇太后尤甚。朕即位之初，朝廷上下充斥着守旧的势力，朕用武安侯作丞相，不出二年，尽黜黄老、刑名百家之言，荐任文学儒者为官者百数。风气至此丕变，儒学大兴，天下从风。不霸道他能有颠覆旧局面的魄力？故霸道之长短，不可一概而论。可事事霸道，不知收敛，乃至诛除异己，权移主上，则是自取灭族之道了。他死得其时，保住了他一家的富贵。"

石建倒吸了口凉气，暗自提醒自己，皇帝已长成为雄才大略、城府很深的君主，再也不是当初那个垂拱端坐，冲动稚气的青年了。

椒房殿女主人的心情，此时却是喜忧参半。

"你皇祖母崩逝没多久，娘就觉出你婆婆没安好心，她想让她娘家那一拨子人尊荣富贵，把咱窦家的风光压下去。可娘怎么也没想到，田蚡把你大舅（指窦婴）往死里整。这下好了，你大舅与灌夫阴间变鬼也放不过他。报应，真是老天有眼！"

窦太主满面喜色，饮下一大口酒，斜睨了一眼陈娇与刘陵，问道："田蚡一死，你大舅的仇也报了，太后家再没有上得了台面的男人，张狂不起来了。你俩还板着个脸做甚？"

刘陵道："前门去虎，后门入狼。大姑还不知道吧？皇帝宠幸了个宫人，传闻有了身孕，皇后她能好受得了么！"

"啊？这宫人叫甚，甚来路？"仿佛晴天霹雳，窦太主一下子变了颜色。

"卫子夫。"陈娇语气平静，可面色惨白，双目荧荧似有泪光。

"卫子夫？"

"就是平阳主送到宫里的那个倡女。去年先蚕祀典时，娘还见过这个人，就是那个被发配到蚕室做事的贱人。"

"哦，是她。这贱人远在上林苑，怎么勾上的皇帝？"

"听说是出宫门时遇上了皇帝，被留下来的。"刘陵道。

陈娇摇了摇头："宫里我让胭脂她们盯得很紧，没人敢为她通消息。原本想打发她出宫，不想事到临头，还是出了纰漏。我敢肯定，皇帝身边有人替她说了话。"

"真有了么？那么多年，宫里头没有一个有孕的，不是以讹传讹吧！"

"我命胭脂查问过太医署，说那女人身重恶阻①，喜食酸，手少阴②脉动有力，是真的有了！……娘，我可怎么办哪！"陈娇再也忍不住，终于哭了出来。

窦太主的心也慌了，她掏出块丝巾，为女儿拭泪："阿娇，莫哭。就是有了，也未必就一定能生儿子。阿彻他答应过娘，无论如何，他会善待你的。"可在心里，她自己也不敢奢望，皇帝若有了那女人的儿子，女儿皇后的地位还能保住？一念至此，不觉悲从中来，她也潸然泪下，与女儿哭作了一团。

刘陵看着这对母女，心里颇为不屑。"皇后好歹还号令着后宫，就不能

---

① 身重恶阻，古代医学用词。身重，指身体慵懒倦怠；恶阻，呕吐。

② 手少阴，即古代十二经脉之手少阴心经，古代视此脉搏有力为妊娠之征候。

想个釜底抽薪的法子，把那孩子拿掉么？"

"甚！阿陵你说做甚？"窦太主惊问道，不敢相信自己的耳朵。

侍奉在旁的胭脂摇摇头道："行不通的。这是头一次有宫人怀上至尊的孩子，至尊拿她看得极重，不但专门安排了住处，而且派专人护卫侍奉。寻常人等，根本进不去那里。"

"阿陵，可不敢做这种事。"窦太主语气严厉起来，"再怎么着，也是皇帝的骨血。做下这等事，要夷三族的，你不为我们想，也要为你爷娘想想。"

刘陵撇嘴道："可真是的，我为皇后抱不平，大姑倒冲我来了！那女人生与不生，干我何事？若不是为皇后分忧，我才懒得操这份心！"

陈娇向刘陵递了个眼色，示意她莫在窦太主面前争嘴。

"王家做这种事，明摆着是想把皇后挤倒。前一阵丞相害窦太傅，不也是冲着你们窦家。你们越忍，人家越猖狂。"刘陵视若不见，侃侃而谈。上次省亲时父王的话言犹在耳：宫里闹得愈凶，愈有利于淮南。你在长安，要尽可能地推波助澜。捅出天大的娄子也不要怕。

"谁说忍了？"刘嫖伤了自尊，脸涨红了，"这些忘恩负义之徒，没有窦家，她们王家能有今日！"

"这个卫子夫是平阳家的甚人？"稍停，她看着胭脂，问道。

"奴婢查看过永巷的名簿，她出身微贱，原是平阳侯府上的歌伎，父母原是平阳侯府的家奴，她还有个同母异父的兄弟，原在平阳侯府里做车夫。"

"阿娇，这口气娘代你出，我要当面问问平阳，她到底想做甚！可在宫里，你千万莫乱来，惹出事情，娘帮不上你呀！阿陵，你既与皇后情同姊妹，就莫撺掇她生事，惹恼了皇帝，悔之晚矣。"

"大姑说哪里话，我怎能撺掇皇后去惹皇帝。说实在的，只要皇后能生养，哪里会有今日这个局面。阿陵一向做的，不过是寻医问药，大姑不信，问问皇后，我可曾生事？"

刘嫖颔首笑道："这就对了。你们莫灰心，阿娇一定能怀上皇嗣。再大的花销，我也供得起。你们尽管放手寻医问药，药上，钱上，都到我府上支用。来，来，都打起精神饮酒。"

送走母亲，日色已暮。陈娇将刘陵拉进密室，急切地问道："楚服去南方买药，已经数月了，怎么还不回来？"

"前次买回的药我记得还有不少，够殿下服几个月的，足够支撑到她回来。"

陈娇双目圆睁，像是要冒出火来，直直地瞪着刘陵："孤想的不是药。这次回来，孤要她放出最厉害的手段，要那个贱人卫子夫连同她的孽种，不得好死！"

三十五

元光四年五月，长安东市的河洛酒家于歇业半载后，重新开张。行迹不出乡里的郭解，此番也到了长安。

原来，义纵出任河内都尉，以诛除地方豪强为务，上任伊始，就族灭了河内郡的豪强穰氏一门百余人。消息传出，全郡大震，平素强横不法者纷纷走避，素称难治的河内郡，不过数月已风气大变，路不拾遗。之后朝廷又诛灭了颍川灌氏，风声愈来愈紧。郭解虽不为害乡里，可他的名声远在穰氏之上。义纵传话，要他暂避风头，无奈之下，借酒肆重开之机，悄然赴长安一游。

韩孺与他，已暌违二十年，相见之下，悲喜交集，连日盘桓，互道契阔，真是有说不完的话。这日，两人又在店门旁的小几上把盏小酌，说起故人灌夫、窦婴的冤死，不胜痛惜。

正嗟叹间，门帘一挑，走进来三个壮汉。为首一人，高鼻深目，虬髯浓须，一望而知是个胡人。跟在他身后的人亦相貌英俊，两人均身着皮铠，从装束上看，是皇宫期门的卫士。走在最后面的人令郭解一怔，此人面长耳阔，印堂丰满光洁，眉骨隆起直达发际，是大贵之相。可从服饰看去，不过是京师大户人家仆庸的装束。

三人向里间走去，走出约十步，郭解起身招呼道："各位请留步，雅间在这面。"

后面那人停住脚，稳稳站了片刻，从左侧慢慢回转身来。郭解见状大喜，抢前数步，揖手道："贵客临门，在下有失迎迓，请随我来。"

那人很沉静地笑笑，揖手作礼道："不烦主人劳动，吾等小酌，没有很多钱的。"

"这家酒肆，乃天下豪杰聚会之所，谈甚钱不钱，有缘即可！"郭解边说边将三人让到很宽敞的一座雅间中。

韩孺纳闷，低声问道："这几人是翁伯的朋友？"

郭解摇了摇头，将他推到前面。"各位请坐，这位是店主，今日由他做东，请三位饮酒。在下不善饮，叨陪末座。"他又指着中间的位置，对那人道，"贵人请坐首席。"

那人脸红了，不好意思地说道："鄙人乃为人执贱役者，哪里敢称贵人，店家取笑了。"

郭解道："吾外祖善相，我亦略得其皮毛。君适才回首左转，相法称之为官兆，且君骨相不凡，发达只在早晚之间。"

那人闻言一震，怔怔地望着郭解，去年赴甘泉服役时遇到的事情，不觉又萦回于脑际。与其同室而居者，有一受过髡钳的刑徒宁乘，也为他相过面，说他命当大贵，拜将封侯，前程未可限量。他一笑置之，自嘲道："人奴之子，免于责骂鞭笞足矣，拜将封侯？这不是异想天开么！"

"仲卿莫妄自菲薄，英雄不问出身，我看人家说得有道理。"那虬髯骑郎插言，随即揖手问道，"敢问店家名讳。"

郭解指着韩孺道："这位是店主韩孺韩千秋，关中大侠。在下轵县郭解。"

"壮……壮士就是天下闻名的郭……解郭翁伯？天哪！仲卿，子敖，这就是郭……解郭大侠！次公等得瞻颜色，幸何如之！幸何如之！"另一骑郎激动得面色发红，言语也结巴起来。

郭解笑笑，揖手道："幸会！幸会！敢问各位尊姓大名？"

原来，这三人分别是未央宫的骑郎公孙敖、张次公与尚在平阳侯府做车驭的卫青。公孙敖，北地义渠的胡人。义渠为北方之戎，密迩中原，筑城定居，春秋战国时于秦国北境建立起一个小国。秦国在壮大过程中，逐步蚕食其国土，义渠最终于昭王时被兼并，成为秦国的郡县。义渠与匈奴同源，饮食长技相同。景帝采纳晁错之议，将归降的义渠人安置于边塞，捍御匈奴。义渠子弟多有被选拔至长安者，编入期门骑兵。公孙敖就是其中的一员。张次公乃义纵少年时的密友，后与义纵同时入宫为郎，现在是骑郎将。

卫青则是个私生子。他的亲生父亲，名郑季，是河东平阳的一位县吏。平阳是曹家的封邑，县吏要轮流到平阳侯府服役。卫青的母亲卫媪是曹家的婢女，后嫁入卫家做继室，有三女一子。步入中年的卫氏，风韵犹存，与郑季私通，生下了卫青。

卫青虽冒姓为卫，可卫家很清楚他是个野种。为此，他自幼不受待见，年方五岁，就被迫随兄长们一同牧羊。卫家子侄根本不把他当作兄弟，乡里的孩童对他，更是鄙视讥笑无虚日。童年时的卫青，没有玩伴，只有母亲与三姐卫子夫，暗中给他些安慰。卫青忍气吞声，在孤寂与屈辱中默默成长，养成了沉稳内敛的性格。

作为奴仆，卫氏全家都要为曹家服役。卫青长成之后，先做平阳侯府的骑从，充当外出时的仪仗。曹寿发现他善驭马匹，便选他做车驭。平阳侯夫妇进出宫禁时，他都要驾车马等候在司马门外，一来二去，与守卫宫门的卫士混得很熟，尤为要好的，就是公孙敖与公孙敖的族兄公孙贺。张次公与他相识较晚，关系也不错。

近来，三姐卫子夫成为皇帝新宠，又有了身孕，平阳侯府上下人等对他客气了很多。平阳主连日进宫探视，多在傍晚出宫。长日无聊，公孙敖等不当值，于是拉着他来东市小酌。

主客重新见礼，分宾主坐下。众人纷纷祝酒，各道对郭解的倾慕之情。推杯换盏，酒过三巡，郭解以茶代酒，唯独与卫青对饮了一杯，霎时间面色酡然。

"大侠说仲卿是贵人，面相上有甚说法么？"公孙敖好奇地问道。

郭解指了指自己的眉际："这地方叫作印堂，印堂丰满光洁，主贵。"他又指了指卫青的额头，"君之印堂有骨隆起，微微可见，自额头直贯头顶，这在相法上称作'伏犀贯顶'，主大富大贵。"

他又用手触了触卫青的眉脊，很肯定地说："君辅骨直接天仓，也主贵，是大将之相，你该多读些兵书。"

公孙敖似信非信地摇摇头道："仲卿乃一车夫，缘何做大将？"

张次公却坚信不疑："郭翁伯的外祖许负，相人绝准。当今太后微时，有人推其贵不可言，果然应验。准吧？可此人不过是许负的弟子，郭大侠得乃祖真传，所言该当不虚。"

"既如此，郭兄也为我与次公看看相，如何？"公孙敖道，眼里是很期待的目光。

郭解环视众人，捋须微笑道："兄弟高看我了，吾于相术，略知皮毛而已。不过各位的面相都主贵，都有做将军的命，大致是错不了的。"

众人闻言，面面相觑，皆有喜色。

只有韩孺觉得意外，追问道："翁伯所言，我也在内么？"

"千秋一身勇力，武艺非凡，若弃商投军，定会脱颖而出。"郭解很肯定地点了点头。

韩孺的心一热，随即摇摇头叹道："大汉承平七十年，只在边塞上与胡人小有冲突，若无大战，即如李广李将军，也是空有一身功夫，难望立功封侯。"

张次公猛然将酒杯蹾在食案上，豪迈地说："不然。以我所知，今上对匈奴憋着一股劲，上次马邑失手，皇帝不甘心，暗中厉兵秣马，大汉与匈奴，早晚会有场生死较量。彼时吾等驰骋沙场，奋击胡虏，功名还不是如囊中之物，任由你我探取。"

公孙敖亦连连颔首："次公所言不错。近日皇帝大大扩充了北军，中垒校尉而外，又添练了七支精兵，其中屯骑、越骑、长水、宣曲、胡骑、虎贲等军都是骑兵。不是为了对付匈奴，编练那么些骑兵做甚？我还听我族兄说，北边马苑所养马匹的数量已大增，年年都会向长安输送。我猜马匹足够之后，朝廷必会有大的举动。"

听着友人们的议论，卫青的心中也泛起了涟漪。自己的人生或许真如郭解所言，要在战场上改变。他心中升起一丝渴望，他要如轭下的赢马一般挣脱羁绊，自由驰骋。他的双目湿润了，往昔的自卑在消退，心绪如同盘旋的苍鹰，翱翔在广漠无垠的绿色草原之上。

他望着郭解，双手奉杯齐眉，郑重地说道："闻君一言，卫青茅塞顿开。他日若得遂所愿，翁伯兄于吾人有再造之功！卫青与在座诸位，敬为郭兄上寿，我们对饮一杯！"

众人纷纷举杯，郭解让了几让，推辞不过，只得一饮而尽，脸色已如一块红布了。

笑语喧哗之际，酒佣掀帘进来，问道："哪位是平阳侯府上的车驭？外间有人找。"

"甚事？"卫青问道。

"说是公主即刻便要出宫，要你预备马车。"

卫青起身，向席上的众人拱手作别。公孙敖饮多内急，起身随他一起出来，两人揖手道别，卫青去牵自家的车马，公孙敖则拐入酒肆西面的圊厕，自行方便。

一泡急尿而后，公孙敖的小腹一下子松快了下来。他满意地舒了口气，系好腰带，正待回去，忽听得墙外人声嘈杂，一个极熟的声音高叫道："汝等甚人？放开我！"

圊厕的外墙就是东市的垣墙，墙外就是夕阴街，他们来时，卫青的马车就拴在街边的树干上。公孙敖一惊，顾不得龌龊，搬起一块垫板，靠在墙垣上，奋身上去，扒住墙头向外看。数名大汉正将一人塞入一辆有帷帘的车内，那人双脚乱蹬，拼命挣扎，虽然看不到那人的头脸，可他还是明确无误地从衣装上，认出了卫青。

公孙敖大喝一声："大胆狂徒，光天化日下竟敢行劫，住手！"为首的一名壮汉瞄了他一眼，随手一掷，一道寒光闪来，公孙敖本能地一缩，一把匕首牢牢插在了身后的木柱上。那几个壮汉面无表情，跳上车，一声响鞭，马车疾驰而去。

他俯身下墙，拔出那把匕首，大步跑回酒肆，大叫道："不好了，卫仲卿被人劫持，各位马上随我去救人，迟了，卫君有性命之忧！"

张次公抓起身旁的佩剑，跳起身来，韩孺则招呼店伙备马。郭解摆摆手道："各位少安毋躁。"随即盯着公孙敖问道，"绑他的人有多少，往哪里去了？"

"六七个人总有，个个孔武有力，驾车顺夕阴街向东去了。对了，这伙人身手了得，我险些被狗日的匕首刺中。"说罢，公孙敖将那把匕首递给了郭解。

郭解用食指试了试匕首的刃口，蹙眉道："京师辇毂之下，竟敢白日劫人，绝非寻常盗贼所为。京师闾里，均有里正监管，他们绝不敢留在城内。千秋，夕阴街往东有几条路通向城外？"

"大致上有三条，余者得经过未央宫与长乐宫，沿途禁卫森严，他们未必敢走。"

"好，三条路中，哪一条出城最快？"

"当然是顺东市东街北拐，出厨城门最快。"

"还有呢？"

"再就是从章台路南拐，顺香室街直行向东，出清明门。"

郭解略作思忖，不容分说地吩咐道："为稳妥计，我们分作两路追。千秋，你带上郑山，奔清明门。我带黄轨走厨城门，二位军爷与城门守吏相熟，各跟一路。事后咱们还在这里会合。"

卫青被人蒙眼塞口，在车上颠簸了许久。车子停下来时，他被两名壮汉拽下车，踢倒在地上。有人解下了蒙在他眼上的黑布，他眯起双眼，许久才适应了刺眼的光亮。一条宽阔的大河出现在他眼前，原来，这些人将他绑架到了城北的渭水之滨。

几名黑衣壮汉已是汗流浃背，他们脱下衣衫，蹲在水边洗浴。为首那人，吩咐一人牵马到河滩上吃草，自己解开衣衫，在阳光下落汗。他坐到卫青对面，端详了他一阵，问道：

"你是平阳侯府的车驭，叫卫青？"

卫青点了点头："我与诸位素不相识，更无恩怨，各位莫不是绑错了人？"

"错不了，绑的就是你。"

"为甚，我有得罪之处么？敢请壮士告我。"

"如你所言，我们素昧平生，无怨无仇。可有人被你们卫氏得罪了，吾等不过是受人之托。"

"你们要拿我怎么办，是勒索要钱么？"

"钱，自有人给。主家要的是你的命。"汉子淡淡一笑，从车上取出条粗麻织成的袋子，捽打了两下，撑开袋口，在卫青身上比量着。

"你要做甚？"

汉子阴阴地笑着，好整以暇地望着他："送你归天。装你在这麻袋里，丢进水里，好歹能留你一条全尸。"

一个面目凶狠、满身横肉的壮汉懒洋洋地从河边踱过来："樊哥，天不早了，早些完活儿，还赶得及进城领赏。今儿晚上弟兄们好好聚聚，一醉方休。"

"你把住他，咱们把他装进去。"

那汉子按住卫青的双肩，示意樊哥将麻袋套上来。卫青拼尽全力，用头猛撞。壮汉猝不及防，仰面朝天摔了出去。被称作樊哥的头领从身后猛起一脚，将卫青踢倒在地。壮汉跳起身，取出长剑，恶狠狠地刺过来。

卫青闭上眼，脑子里忽然闪过方才聚饮时的情景。郭解称他有富贵之命，不过数刻工夫，却要命丧黄泉，真是滑天下之大稽了！他的嘴角浮出一丝苦笑。

预期中的痛苦与死亡迟迟未到，负痛的叫声却让卫青睁开了眼睛。长剑已经落地，那个壮汉正捂着手臂号叫，一支弩箭射穿了他的手腕。远处三骑人马，拉成一条散兵线，各从不同的方向，张弓搭箭，瞄着怔在一旁的樊哥与其他汉子。

三十六

"哈！我当是谁恁大的胆子，敢在京师白日行劫？樊老二，数年不见，你出息了！"郭解策马上前，公孙敖与黄轵张弩瞄住两边，那伙人虽心有不甘，无奈兵器不在手边，谁也不敢乱动。

看清是郭解，被称作樊老二的头领瞠目结舌，一时竟不知说什么好。郭解解去卫青手脚上的束缚，指着远处的公孙敖道："你先去那里等着，我说两句话就过来。"

卫青等人望着河滨，只见那头领对同伙说了些什么，那帮人争相上前，向郭解揖手致敬。郭解笑着与众人招呼，又与姓樊的单独谈了许久。末了拍拍他的肩头，与众人拱手作别，飞身上马，招呼卫青等人回城。

"这是些甚人，大侠认识？"公孙敖好奇地问道。

"姓樊的名樊仲，排行老二。少年时好勇斗狠，作奸犯科，无所不为。壮年之后收敛了许多，不过他这一帮子人，在长安道上的人中，仍算是狠的。樊仲从前犯事时，到我那里躲过一阵子，故而熟识。不然，今日不那么好脱身呢。"

公孙敖不以为然道："今儿个算是便宜了他们。若非大侠认识，真该一鼓作气，将这伙歹人捉将官里去。"

郭解瞟了眼卫青，笑道："此等人无非受人钱财，与人消灾而已。江湖中人，讲的是多个朋友多条路，少个仇人少堵墙。解释开了便罢，犯不上结怨。仲卿，对不？"

"我与这伙人素无瓜葛，那樊仲讲，是雇用他们的主家欲置我于死地。不知他可对翁伯道出真凶？"

郭解的面色凝重起来，颔首道："这还真不是件能轻易化解的事情，主家有财有势，一击不中，还会雇刺客再来，防不胜防。"

卫青似乎想到了什么："主家是谁？"

"窦太主。"

卫青、公孙敖闻言大惊，也明白了事发的原委。窦太主雇凶杀人，原因只能有一个，卫子夫的得宠，极大地威胁了皇后的地位，可有皇帝护着，她们拿她无可奈何，抓卫青是为了出口恶气。这种怨恨是化解不了的，这也就意味着对他的追杀不会终止，情势凶险，卫青与公孙敖都没了主意。

跟在一旁的黄轨插言道："郭叔，救人救到底，总不成要卫叔束手等死吧？"

郭解看了看卫青，不假思索地说道："了断此事只有一个法子，就是通天。天子既对你姐姐宠幸有加，当不会容忍他人加害她的亲人。仲卿何不托她求告于皇帝呢？"

深宫九重，内外悬隔。卫子夫进宫后，家人就再没有见过她，托她求告，谈何容易？可舍此别无办法，走一步看一步吧，卫青闷闷不乐地想道。

转至夕阴街，远远看到东市门前簇拥着大队的缇骑，看样子有事发生。郭解看着卫青与公孙敖，揖手作别道："看来此事已惊动了朝廷，在下不方便出入这种场合，就不过去了。二位给我个面子，放过樊仲他们，把事情都推在窦太主身上，天塌下来，有长个子顶着。如此，想不通天也难。"

其实，这件事已经闹到皇帝那里去了。平阳主出宫不见卫青，派人四下寻找，得知卫青在东市被一伙人劫走，当即就怀疑是窦太主报复，随即重回未央宫，向刘彻告了一状。

"你怎么敢肯定此事为姑母主使？"听过平阳的话，刘彻将信将疑。

"三日前我去后宫探视子夫，路上遇到姑母。我给她请安，她却横眉立目，开口就责怪咱们忘恩负义，说是没有太皇太后和她，就没有今日的陛下，那口气好像离了她，陛下根本坐不了天下似的。我一气，也没客气，顶了她。我说，阿娇自己的肚皮不中用，怪得了谁！她不能生儿子，就不允别的女人给皇帝生儿子了么？太霸道了吧！"

刘彻阴沉着脸，喝道："你放肆！你说姑母是主使，证据何在？"

平阳满脸委屈："证据？她冲我使劲，为的就是我向陛下进献了卫子夫。卫子夫有陛下护着，她们没办法在宫里头报复，就拿子夫的兄弟卫青出气。若非如此，臣妾甘愿受罚。陛下肯认真查下去，一定查得到证据。"

"卫子夫家中姐弟几人？"

"五人。大姐卫君孺，二姐卫少儿，子夫排行第三。下面还有两个兄弟，大的叫卫长君，小的卫青，是侯府的车驭。姑妈若想报复，肯定会在他俩身上下手。"

刘彻命太常张欧派车送平阳回府，又命中尉张毆派出缇骑，查找卫青的下落。他近日要在宣室宴请姑母与董偃，这件事查清楚后，他会明白无误表明心志。窦家也好，王家也好，尊荣已极，懂得收敛方可安享富贵。他要尽快扶植起一股新的力量，一股完全仰赖且听命于他的力量。

日暮时分，张毆回奏，卫青已经找到了。刘彻当即召见，殷殷垂问，卫青谦和稳重，应对得体，很得他的好感。当问及绑架他系何人所为时，卫青并未捅出窦太主，而是轻描淡写地说，一伙人误以为他是有钱人，劫他为的是勒赎。后来得知他只是个车夫，就放了他。刘彻舒了口气，若真是姑母所为，惩戒而又不伤亲情，他还真是难以措手。

大祸临头，而能出之以沉着冷静，是种难得的品质。这个卫青，居然能有这样的心性，或与其出身贫贱有关。刘彻感叹卫青儿时经历的坎坷，艰难困苦，玉汝于成，古人的话，真是一点也不错。望着卫青远去的背影，刘彻看了眼一直在身旁侍候的郭彤，问道："你看这个人怎样？"

郭彤赔笑道："陛下看中的人，错不了。"

"此人出身贫寒，五岁就得做活牧羊，从小遭人欺侮，不想倒成就了他的大器。你再看看太后家的修成子仲和昭成君，看看窦太主家的陈须，都是些从小锦衣玉食的膏粱子弟，除去惹祸，哪有一个成器的？'故天将降大任于斯人也，必先苦其心志，劳其筋骨，饿其体肤，空乏其身。行拂乱其所为，所以动心忍性，增益其所不能'。孟轲此言，诚是也！"

刘彻沉思，感叹，郭彤心里明白，窦氏、王氏，争斗不已的这两家外戚的失势为时不远了。代之而起的一定是卫家，迟速则取决于卫子夫何时生下皇子。

"陛下，太中大夫吾丘寿王求见。"小黄门所忠，进殿通报。

刘彻猛然回过神来，吩咐传他上殿。郭彤见机会来了，顿首道："常侍郎东方朔有奏疏陈奏。"

"哦，大个子常在朕侧，有甚话不能当面讲，上的哪门子书，该不是又在要甚怪吧？"东方朔身材高大，谐谑成性，刘彻俳优处之，戏称他"大个子"。

这道奏疏三日前已递到尚书台，郭彤见到后，有意压了两日。奏疏的内容是谏阻扩建上林苑。吾丘寿王觐见，肯定是为上林苑之事而来，皇上扩苑的决心已定，在兴头上被东方朔泼了冷水，肯定会发怒。这道上书八成会触霉头，皇上一怒之下，或许会赶他出宫，算是为侄儿报了抢掠之仇。

郭彤将奏疏展开，略微浏览一过，说道："奏疏所言，是扩建上林苑之事。"

刘彻颇感意外，瞥了郭彤一眼："哦，大个子有甚话说，吾丘大夫，正好一起听听。郭彤，读来听。"

"是。"郭彤清了下嗓子，以抑扬顿挫的声调大声读起来。

臣闻谦虚静悫，天表之应，应之以福；骄溢靡丽，天表之应，应之以异。今陛下奎郎台，恐其不高也；弋猎之处，恐其不广也。如天不为变，则三辅之地尽可以为苑，何必盩厔，鄠、杜①乎！奢侈越制，天为之变，上林虽小，臣尚以为大也。

"'奢侈越制，天为之变。'大个子这是在借天象警示朕呢，不过是拾董仲舒、王朔的牙慧，没有甚新鲜的。郭彤，你拣要紧的读，看看他能说出甚花样来！"刘彻的脸沉了下来，很不高兴的样子。郭彤则抖擞精神，继续

———————

① 盩厔（音周至），鄠（音户）、杜，均为当时长安属县，位于长安城西南，即今之周至、户县一带。

高声读道：

……酆镐①之间号为土膏，其贾（价）亩一金。今规以为苑，绝陂池水泽之利，而取民膏腴之地，上乏国家之用，下夺农桑之业，弃成功，就败事，损耗五谷，其不可一也。

……长养麋鹿，广狐兔之苑，大虎狼之墟，又坏人冢墓，发人室庐，令幼弱怀土而思，耆老泣涕而悲，其不可二也。

……斥而营之，垣而围之。骑驰东西，车骛南北，又有深沟大渠，夫一日之乐不足以危无隈之舆，其不可三也。故务苑囿之大，不恤农时，非所以强国富人也。

夫殷作九市之宫而诸侯叛，（楚）灵王起章华之台而楚民散，秦兴阿房之殿而天下乱。粪土愚臣，忘生触死，逆盛意，犯隆指，罪当万死，不胜大愿，愿陈泰阶六符，以观天变，不可不省。

"读完了？"

"读完了。"

"王朔夜观星象，奏告说泰阶六星昏乱。大个子竟借此指摘朕的不是，可恶！"刘彻恨恨不已。郭彤、吾丘寿王屏息敛容，揣度着皇帝会给东方朔怎样严厉的处置。

良久，刘彻面色转晴，叹道："难为他肯把心思用在民生上，做了件正事，朕要赏他。"

郭彤大失所望。吾丘寿王吃不准皇帝的用心，期期艾艾地问道："可……可这扩苑的事情？"

"一切照旧，该办的还是得办。民间讲话，喇蛄再叫唤，地还是得种！朕若怪罪处置了大个子，别人会以为朕听不进逆耳之言，言路若闭塞，朝廷

---

① 酆（音丰）镐（音浩），西周初年都城的所在地，在今陕西西安市西南，亦汉武帝想要圈占扩建上林苑的地方。

上下一片阿谀颂扬之声，朕岂不是成了聋子、瞎子！喇蛄固然可恶，朕却不能不让他叫唤。"

次日，刘彻颁诏，拜东方朔为太中大夫、给事中，赐黄金百斤。东方朔大喜过望，打心里佩服司马相如的判断，决心一有机会，再做件令举朝刮目相看的正事。

两日后，刘彻在宣室殿置酒，宴请窦太主与董偃。谒者令郭彤在宫门迎候，以肩舆接二人赴宴。窦太主的肩舆在前，到得宣室殿，却迟迟不见董偃的踪影。郭彤赶回去寻找，却见董偃的肩舆被持戟陛卫的东方朔拦在了陛阶之下。

"东方朔你做甚，董君是皇上的客人，你也敢拦？"

东方朔毫不示弱，盛气而言："前殿乃朝廷议论决策大政之地，不相干的人怎可僭越？"

郭彤望了望大殿，有些急了："皇上与太主都等在上面，你快放董君过去，有甚事情过后再说。"

东方朔不为所动，一副绝无商量的样子。董偃则被窘得满面通红，气咻咻地说不出话来。

"你也太张狂了！"郭彤的眼睛像要冒出火来，"你敢随我面君么？"

"怎么不敢？天子也得讲理，欲化民成俗，更得率先垂范。"

"讲理，好啊，你说来听听。"

郭彤与东方朔都吃了一惊，刘彻不知何时赶了过来，冷冷地盯着东方朔。

东方朔将长戟递给旁边的卫士，长揖道："臣愚昧，可也知道亲近嬖幸小人，有辱圣德。"

"董君乃朕的客人，何谓有辱圣德？"

"董偃死罪有三，安可步于朝堂之上？"

"怎么说？"

"董偃以人臣之体，私侍公主，其罪一；伤风败俗，淆乱教化，其罪二；陛下富于春秋，正当大有为之时，本应博览六经，专心国事，董偃则诱陛下以靡丽奢侈为务，尽狗马驰骋之乐，极耳目声色之娱，行淫邪便嬖之路，其罪三也。如此奸恶之徒，昂然于朝堂之上，有累圣德，故臣不肯放行。"

东方朔振振有词，冠冕堂皇，还真难于同他理论。刘彻默然，良久，以商量的口吻说道："吾业已设席于宣室，仅此一次，下不为例，如何？"

"不可。宣室，乃先帝与大臣决策国事之正殿，不合法度的事情不得入内。陛下宜防微杜渐，这种恶例决不可开。"东方朔不为所动，口气上没有一点商量的余地。

刘彻心中气恼，可众目睽睽之下，又不好发作。于是下诏将酒筵挪至北宫。一行人默默离去，在众人异样的目光中，东方朔打了个冷战。他讨好地望望四周的卫士，做了个鬼脸，露出自来诙谐的笑容。

北宫的酒筵很沉闷。董偃当众受辱，满面羞惭。刘嫖心里虽然为他难过，可两人不正当的关系终究令她心虚，斥责东方朔的话自然难于启齿。皇帝默然沉思，客人的窘迫，他看在眼里，却不置一词，使得一老一少两个情人，愈发忐忑不安。

良久，刘彻抬起头，望着刘嫖，缓缓地说道："朕年将而立，方才有宫人怀上了朕的孩子，姑母不为朕欢喜么？"

刘嫖一怔，董偃扯了下她的袍袖，接口道："这真是皇天护佑，可喜可贺之事，太主，我们该为陛下干一杯。"

刘嫖也回过神来，不自然地笑道："是么，这可真是个好消息。能怀上陛下的孩子，不知甚人有这样的好福气。"

"这宫人名卫子夫。姑母该知道的，她说，太主与皇后先蚕时专门召见过她呢。"

刘嫖仰起头，仿佛用心回想着什么："是么？我可记不得有这么个人。人老了，记性也不济了。出个门，也总是丢三落四的，全仗着董君帮我记着呢。"

董偃赔着笑，频频点头，"太主的记性是赶不上从前啦。"

"是么？这女人原是平阳家的歌伎，她还有个兄弟在平阳侯府做车夫，姑母这会儿记起来了吧？"刘彻冷笑道。

刘嫖的脸红了："好像听平阳说过，是有这么个人。"

"姑母，你不想朕绝后，把皇位传给兄弟吧？"

"你这说的甚话？这太冤屈人了，姑妈怎会有这等念头！"

刘彻笑道："没有就好。卫子夫为朕生子，按规矩，该封她做夫人，卫家的人便成了外戚，理当共沐皇恩，是这样吧？"

刘嫖不情愿地点了点头。

"朕打算拜卫子夫的两个兄弟为郎，给事建章宫，另加侍中的名义，这样不过分吧？"

刘嫖无奈地点了点头，心中却觳觫不安。皇帝难道晓得了她的所为，意有所指？郎官给事禁中，而侍中的差遣，意味着卫家兄弟成了皇帝身边的亲信侍从，前程远大，今后再难加害于他们。

"那个东方朔，朕当他俳优，姑母、董君，莫把他的话放在心上。他虽然放肆，可为了鼓励臣下建言，朕还得赏他。"

刘嫖的心中一阵阵发冷，该来的终究来了。女儿的地位岌岌可危，卫氏或将取而代之，成为外戚中一族新的势力。她心乱如麻，魂不守舍，好容易挨到散席，她破天荒地要董偃独自回府，径自去了皇后的椒房殿。

三十七

　　椒房殿的后堂重帷密闭，幽香四溢，鼓声砰砰，灯影幢幢，给人一种诡异的感觉。

　　女巫楚服正在降神作法。她身裹红袍，披散着一头黑发，两道细细的长眉下，是灼亮逼人的目光。涂成黛蓝色的眼皮，眉间、两颧与口唇上点染着的鲜血，使她愈发妖娆可怖。她聚精会神地盯着面前的一只蟾蜍。蟾蜍四肢大张，被牢牢钉在几案上。剖开的肚腹中，心脏还在有力地搏动。女巫仔细察看着征兆，振振有词地诵读着咒语。

　　她含了口酒，用力喷出时却化为蓝色的焰火，火舌舔舐着蟾蜍抽搐着的四肢，发出吱吱的声响。女巫猛然揪出它的心脏，一口吞了下去，随即尖啸一声，双臂扬起，十指勾曲作鸟爪状，随着建鼓的节奏，翩然起舞。鼓点由慢转快，舞步也从舒缓转而紧张。她甩动黑瀑似的头发，蛇似的扭动，如痴如狂的舞姿，狂野而怪诞。

　　激烈的摆动耗尽了她的气力，女巫尖啸一声，抽搐着倒了下去。黑发遮盖住她的面孔，女巫蜷缩成一团，一动不动地伏在地上。众人屏息静气，默默地注视着她，不敢发出一点声响。

　　刘陵附在陈娇耳边，轻声说道："她这是魂灵出窍，神游物外了，降神还得过一会儿。"

　　眼前的一切，陈娇闻所未闻，只是呆呆地看着。得知卫子夫再受宠幸而且有了身孕的消息，她就再没有安睡过一日。起初的气急败坏过后，一种莫名的恐惧，从内心深处升腾而起，萦回不去。她开始服用楚服配制的方药，药力发作时，果然有种神奇的效力，她身心放松下来，焦虑消失了，甚至时有飘飘欲仙的快感。

有几次，她恍如见到了皇帝，皇帝亲切体贴，仿佛又回到了从前的时光，夫妻恩爱，琴瑟和鸣。她再也离不开楚服的汤药，亢奋欣快的感觉虽然短暂，却令人心醉神迷，只要能重复那种体验，她愿付出一切。她信服楚服的神通，对她言听计从。这次降神，便是楚服为回转天心所作的最新尝试。

良久，楚服动了起来，她如大梦初醒般四下观望着。随后，她打开一个陶瓮，从中拎出一条长长的青蛇。她不停把玩着它，任由它在手臂间盘旋游走，之后猛然扼住青蛇的脖颈，与之四目相对。她嗫嚅诵读着咒语，青蛇仿佛被催眠，一动不动地注视着她。

诵过咒语，她将蛇放回陶瓮，一挥手，两名小巫又开始击打两边的建鼓。此番鼓声带给人震撼与躁动，仿佛有种原始的力量在体内升腾。女巫夸张地摆动着身体，不知从何处闪出一个娈童，贴近她身前，与之对舞。娈童面相姣丽，以致起初被观者误认作女子。女巫从壶中倒出一杯浆液，让那娈童喝下。她用手轻轻摩挲着他的脸，极尽旖旎温柔，娈童似心醉神迷，随之而舞，舞姿舒缓，柔情。随着鼓点的加快，舞者愈来愈兴奋，动作亦渐次激烈夸张，淫靡放浪。两人汗水淋漓，神情却飘飘欲仙。有顷，那娈童支持不住倒了下去，女巫绕在他身旁，做出多情而伤痛的表情，如招魂者般挥舞着两臂，引吭而歌：

高唐帝女，名瑶姬些；朝云暮雨，荐枕席些。
长夜无眠，守空床些；君亦薄情，忘妾身些。

狐媚惑主，姣丽极些；蛇蝎心肠，害君王些。
丰豕长蛇，食人醢骨；赤蚁玄蜂，啄害人些。

神兮归来，莫迟疑些；执迷不悟，自贻昚些。
南巫楚服，通魂灵些；神兮来归，不可以久淫些！

817

执迷不悟，自贻害些；归来归来，离彼不祥些！

歌声深情而凄厉，闻者无不伤心噙泪，心里空空的，失魂落魄了一般。

窦太主赶到时，发现椒房殿门禁森严，气氛与平日迥异。正待询问，隐隐听到击鼓之声，便循声找了过去。她止住把门的侍女，示意不必通报，悄悄走了进去。室内明烛高烧，炭盆中不知烧的什么东西，发出一股极为馥郁的浓香，闷得人透不过气来。再看室内的情景，她被惊呆了，正待喝问，却被人拉至帷后。她回头一看，原来是刘陵，她用食指压在嘴唇上，示意她不要出声。

女儿目不转睛地注视着那巫女，竟没有觉察到她的到来。窦太主的心一下子凉到了底。阿娇好大的胆子！竟敢引女巫进宫，暗中降神祝祷，一旦事泄，难逃大逆不道的罪名。不用说皇后之位难保，窦家的富贵尊荣，也会随之灰飞烟灭。

"阿娇，汝等在做甚？要他们马上都给我停下来！"刘嫖厉声喝道。

窦太主的不期而至，并未使陈娇惊慌。她摆了摆手，要众人退下。"娘不在前殿陪皇帝饮宴，来此何干，有甚急事么？"

"眼下这事还不急？幸亏我撞见了。你们吃了豹子胆，敢在宫里搞这个！这事让皇帝知道了，是灭族的罪！快把那些巫觋撵出宫去，一个都不要留。"

"不成。"陈娇的语气斩钉截铁，没有半点商量的余地。

"怎么？"刘嫖吃惊了。

"我不能眼看着姓卫的贱人，偷容取巧，夺走孤的位子！"

刘嫖摇首道："没有皇子，位子早晚不保。今日饮宴中，阿彻的心全在那卫氏身上，他加封卫子夫的两个兄弟为侍中，意思再明白不过了！"

"真有此事？"陈娇的脸唰地白了。

"阿彻他特意当面告诉给我，你想会是甚意思？无非是警告我们，今后莫再为难卫家。"

陈娇潜然泪下了。这么看来，自己梦中所见无非镜花水月，全是一厢情愿。皇帝如此无情，自己又何苦缱绻以对？

窦太主见女儿伤心，心也软了下来，叹息道："阿娇，人再要强，也争不过命去。你得学你皇祖母，先忍下这口气，与那卫子夫相安无事。她就是生了，也不保准是个儿子，没有儿子，她就登不上皇后的位子，到头来还不是一场空！可阿娇你若不听娘的话，信用左道，反而会授人以柄，正中那贱人的下怀。皇帝得知此事，会放过你么？阿娇，你一定要听娘的话，千万莫做蠢事呀！"

陈娇此时已冷静了下来，是福不是祸，是祸躲不过。她生就的金枝玉叶，身上淌流着的是帝王家的血脉，以她狂狷不屈的个性，是绝不肯步薄皇后的老路的。与其束手认输，莫不如拼死一争，大不了鱼死网破！她相信以楚服之力，应该可以剪灭卫子夫。生而贵胄的她，宁可与敌手同时毁灭，也不愿觍颜侍人，忍辱偷生。她对母亲笑了笑，颔首道："我不会的，娘的话，我记下了。"

刘嫖拉过站在一旁的刘陵："还有阿陵你呀，你和阿娇好，向着她，我知道。你帮她寻医问药，我老太婆感激得很，可你千万别撺掇着她摆弄这些个旁门左道哇。你年纪小，不晓得这其中的利害，无论在哪朝哪代，沾上了巫蛊，都是了不得的祸事！你不想牵连你爷娘丧命，淮南因为你灭国吧！"

刘陵哧哧笑道："姑母可真会吓唬人，皇后怎么会行旁门左道！阿陵又懂得甚是巫蛊？刚才那个女巫，是为皇后禳病祈福，哪里咒那卫子夫了？"

"有病找太医，用巫师禳灾，传出去，人家说你们行蛊，有多少张嘴也说不清。你们莫把我的话当作耳旁风，一旦有事，悔之晚矣！"

窦太主离去后，陈娇吩咐把楚服等人召回来。刘陵问道："还接着降神么？"

"降神？你没听我娘说，皇上被那贱人给迷住了，有她在，皇上何能回心转意？那贱人是孤的心病！不是能生么？我偏要叫楚服行蛊，叫她不得好死，叫她娘母子一起死！"

东方朔退值后，四处寻找司马相如。陛卫的郎官告诉他，天子家宴，郎官们无事，都偷闲去了兰台①。汉代宫廷中枢设有尚书、谒者、御史三台，有

---

① 兰台，汉代宫廷藏书之处。

中台、外台、宪台之称，是宫中掌管文书档案、出纳诏令章奏与监察百寮风宪的衙门。兰台为未央宫藏书之处，位于北阙内石渠阁附近，归御史中丞掌管，故御史台亦称兰台。

匆匆赶到兰台，室内笑语喧阗，推门而入，只见聚在一处的郎官御史中，一位少年男子正在侃侃而谈。见有生人进来，少年停了下来，众人的目光一下子集中到了东方朔身上。

"抱歉，打搅了各位，司马先生没在这里么？"东方朔环视着众人，揖手问道。

"哪位司马先生？"

"岂有此理，宫里难道还有第二位司马先生？"

"曼倩，是找我么？"

司马相如从人丛中站起身来，向他打了个招呼。他指着那位少年，笑吟吟地引见道："这就是另一位司马先生，郎中司马迁，是司马太史的哲嗣。天子派他周游列国，搜求古诸侯所遗藏之史记，一去数年，近日方回宫复命。汉宫中学富五车者，无过于太史父子，足下未免寡闻了！"

他又指了指东方朔，对司马迁笑道："这位东方大夫，是元光二年你走后进的宫，眼下是天子跟前的红人。"

司马迁沉静地笑笑，揖手为礼。

东方朔匆匆还了个礼，拉起司马相如的衣袖："长卿，我们借一步说话。"

司马迁又开始讲述一路上的见闻，众人津津有味地听着。司马相如跟着东方朔来到室外，心不在焉道："曼倩有事就讲吧。"

"午前我在前殿当值，生生没让董偃进殿，长卿听说此事了么？"

司马相如笑道："先生所为，自然不胫而走，想是长安城中，此刻已是无人不晓了。怎么？"

"可今上这次只赏了我三十金，少得很。此事若令今上不快，为何颁赏？我真搞不懂了。"

"今上即使不快，为虚心纳谏计，也还是会赏你。赏得少，无非让你明白，天子的家事私事，毋庸他人置喙。你若不识趣，下次给你的怕就是罚了。"

"何以见得？"东方朔不以为然。

"喏，"司马相如向远处走过来的几个人努了努嘴，"窦氏失势，董偃又是个面首，天子当然不会与你较真。可这些新贵，足下就要小心了！"

远远走来的，是侍御史张汤，跟在他后面的，正是刚刚被封拜为侍中的卫长君、卫青兄弟。

"各位同人，静一下！"张汤眯起一双笑眼，环视着屋内的众人。

"这又是谁？"司马迁附在司马相如耳边，好奇地问道。

"侍御史张汤，是个刀笔吏，田蚡举荐上来的人，入宫没多久。"

张汤往旁边退了一步，露出了身后的卫氏兄弟。"在下为各位引见两位新人，这两位是兄弟，与今上沾亲。这位名卫长君，字伯孺；这位名卫青，字仲卿。天子今日拜他们兄弟为郎，给事建章宫，加侍中差遣。日后大家都是同僚了，还承各位多多看顾！"

以新进的郎官而加侍中衔，表明了皇帝的爱重。满屋的人鸦雀无声，好奇地打量着卫氏兄弟，复杂的目光中有歆羡，有妒忌，更多的则是鄙夷。初见同僚，卫氏兄弟不免有些腼腆，憨笑着四下揖手致意，反倒是张汤，不无倨傲之色。

"看他那样子，又找到新的靠山了。"司马相如身旁的一名郎官低声道，满脸的不屑。

"嗨呀呀！"东方朔大咧咧地叫道，"难怪二位大拜，敢情是天子的妻舅……不，是妾舅！幸会，幸会！"

众人哄笑起来，卫长君涨红了脸，想说什么却又嗫嚅难言。倒是卫青安之若素，气定神闲地注视着众人的反应。

张汤似笑非笑地盯着东方朔："东方先生何必这么刻薄，外戚以椒房之贵，得天子重用，乃本朝故事，田蚡还做到了丞相，足下的噱头并不可笑。"

"噢呀，张大人这一点拨，鄙人如梦初醒，二位敢情还是日后的丞相呢！"东方朔面向卫氏兄弟，夸张地长揖为礼，口中高呼，"失敬，失敬了！"

众人又哄笑起来。卫长君还礼不是，不还礼也不是，已经是手足无措的样子。卫青走到东方朔面前，揖手施礼，不卑不亢地一笑道："足下就是人称滑稽的东方先生了？相见之下，果然名不虚传，幸会了！"

他伸出一掌，止住正欲开口的张汤，继续说道："我当然知道，我们兄弟无尺寸之功，得以侍中，全出于皇帝爱屋及乌，顾念亲情。可皇帝天纵英明，慧眼识人，我做车夫时便听说过东方先生上书自炫，言称学问大，兵法熟，入宫数年，却也不过就是个博天子一笑的弄臣而已。卫青自幼贫贱，少文才，可也知道一句俗谚，是骡子是马，得牵出去遛遛。东方先生遛过了，不过如此。卫青是块甚材料，日久自知，不烦先生噪聒。"言罢，拉起卫长君，大步扬长而去。张汤冷笑一声，亦随之而去。东方朔瞠目结舌地站在一旁，满室之人鸦雀无声，默默注视着他们的离去。

"曼倩一向恃才傲物，戏弄他人，此番自取其辱了。不想这个卫青，倒像是个人物！"司马相如叹道。

司马迁颔首道："小弟此番遍游中国，阅人多矣，此人静水流深，立如山，步如风，颇有履险如夷的气质，看上去是个大将之才。"

三十八

次日，刘彻在宣室殿召见了回朝复命的司马迁。元光二年，年仅十五岁的司马迁，奉诏乘传出游，搜求先秦各国史记。这件事本该太史司马谈去做，可适逢他患病，于是举荐儿子代己一行。司马迁少年颖悟，十岁时便从师于博士孔安国，诵读《古文尚书》。十三岁时以博士弟子补任郎官，博闻强记而有主见，与桑弘羊同为郎官中的少年英才，深受皇帝的器重。太史是世职，既有这么个增广见闻的机会，刘彻也乐于放他出去历练一番。

刘彻微笑地端量着司马迁。三年不见，过去那个颜如处子的少年，长高了许多，脸上添了些风尘之色，唇上也长出了一层软软的口髭。同样欣慰的还有太史司马谈与博士孔安国，父子师徒昨日秉烛夜谈，两位长者颇感意外。这孩子出游数年，学问大进，见识大增，每每有发人深思的见解。可见古人主张少年壮游，有他的道理。

刘彻东向而坐，身后有两个宦者陪侍。两侧席上，父亲、师傅而外，就是司马相如。墙边阴暗处亦坐着两人，司马迁认得出，是新拜的侍中卫氏兄弟。

他先细细禀报了几年来的行程、见闻，夹叙夹议，历历如数家珍。然而搜求典籍史记的事情，并不顺利。六国灭国兼秦末焚书，各国史记多已付之一炬，所得断简残篇，只能够对旧史起些补苴作用。

刘彻摇摇头道："所行甚远，所得甚少，你这趟走得不值。"

"不是这样。古人讲，读万卷书，行万里路。行路亦如读书，小臣所获颇丰，敢言不虚此行。"

"哦？你才说过断简残篇难征信史，又说不虚此行，那这颇丰的收获都有些甚？你说给朕听听。"

司马迁顿首再拜道："小臣愚昧，敢为陛下言之。臣以为所谓史记，并非只见于载籍者。历代遗迹，名人故里，金石碑刻，父老传闻，非但可用以证史，亦足以启迪智慧，教化人心。譬如臣曾南游衡山、湘水，于九嶷山寻觅传言大舜崩逝之处。秦始皇帝亦曾到此处望祀，书于简册，臣亲自踏勘，遗迹确实还在。"

"在又如何？于人心教化何在？"

"史载嬴政乘舟欲至湘山祠祭祀虞舜，遇大风，以为湘水之神作祟，暴怒之下，使刑徒三千，尽伐湘山九嶷之木。小臣泛舟四望，此处果然成了童山①，灌木杂草而外，绝无一棵大树。人们都说始皇帝个性乖僻，恣睢暴戾，观此可证此言不虚。秦行暴政而民不堪命，二世而亡。反观我大汉，为政以德，宽厚仁慈，与民休息，传之五世，国运方兴未艾，蒸蒸日上。天下的得失，取决于人心的向背，高祖皇帝能以一布衣，提三尺剑而取天下，道理就在这里。"

刘彻捋着胡须，满意地笑了："说得好！再讲讲看，还有甚心得。"

"小臣去到了高皇帝的故乡丰沛，访问地方上的遗老，也探访了当年随高皇帝打天下的萧何、曹参、樊哙及滕公的故居，其寒素艰难，大异于传闻。萧曹滕公均不过县乡小吏，周勃织席兼作丧家之吹鼓手，樊哙更是操刀屠狗之徒，却都能风云际会，成就大业，垂名于竹帛，成为一代安邦定国的功臣。追思既往，三代封建，世族世官，寒素庶民绝难出头。自高皇帝起，颠覆了旧局面，英雄辈出，但凭本领，不问出身。我大汉得兴，正在于用人上的不拘一格！"

"好个英雄但凭本领，不问出身！子长有此见识，不愧少年英睿，且所见与朕略同，痛快！痛快！"刘彻斜睨了一眼卫家兄弟，捋髯大笑起来。

皇帝兴致高，司马迁也兴奋起来，他看了一眼孔安国。"小臣此行也去了老师的家乡鲁国曲阜。学生最为感动的是瞻仰了先贤的故居，祭祀仲尼先

———————

① 童山，古代对光秃秃、无树木庇荫之山的称呼。

生的庙堂与车服礼器仍在，诸儒弦歌不辍，四时讲学习礼于此。'高山仰止，景行行止'，学生虽不能至，心向往之。再读先师笔削的《春秋》，憬然有悟，陛下兴儒的本意，豁然开朗！"

"哦？"刘彻两手扶膝，身子前倾，目光灼灼地看定司马迁，追问道，"朕兴儒的本意何在？"

"孔子作《春秋》，所求者，复兴周礼，进而大一统中国。高皇帝肇造鸿基，统一了天下，可中国之大一统尚未完成，还须辅之以人心之大一统。这个大任，落在了陛下肩上。"

刘彻捋须仰首，若有所思。司马相如问道："子长所言，有甚根据么？"

"当然有。孔子言：'郁郁乎文哉，吾从周。'又云：'克己复礼为仁。一日克己复礼，天下归仁焉。'如此，归复周礼，乃孔子之理想。可他适逢乱世，言不闻，道不行，自知无力回天。于是潜心于《春秋》，折中史事，评断是非于二百四十二年的历史之中。上明三王之道，下辨人事之纪，别嫌疑，明是非，定犹豫。扬善惩恶，举贤贱不肖，存灭国，继绝世，振敝起衰，大有益于世道人心。"

司马相如不以为然道："《春秋》不过一部史书，子长偏爱于史，未免言过其实了。"

"《春秋》真有那么厉害，可以定人心于一统？"刘彻亦半信半疑。

"陛下决不可小看历史！历史不是死的文字，而是声教礼乐之传承，传统之载体。君主败亡，朝代更迭，只要历史在，文化在，国家就不会灭亡。所以孔子云，'夷狄之有君，不如诸夏之无也。'夷狄即使强盛一时，终因无文字历史难得长久；中夏哪怕一时分裂衰败，仍能传诸久远，就在于历史之传承。历史在，则华夏一脉不绝。春秋时周道废衰，礼崩乐坏，孔子致力于著史，正是为了延续中夏的血脉！"

孺子可教！司马谈与孔安国频频颔首，不时对看一眼，会意地微笑。

"朕当然不会小看历史，可你还是没有回答朕的问题，《春秋》何以能够定天下人心于一统？"

"小臣为陛下打个比方，孔子著《春秋》，如同一个医生为患者疗疾。不过视那个时代为病人而已。为甚这么讲？陛下读史一定知道，春秋二百余年间，是纪纲败坏，天下大乱的时代。所谓弑君三十六，亡国五十二，诸侯奔走，不得保其社稷者不可胜数。孔子著《春秋》，为的就是诊察这乱世的病因，以待后世拨乱反正。所以他会说，后世知我罪我者，全在于《春秋》这部书。"

司马迁略作思忖，继续说道："其实，先师列举出春秋时那么多乱事，要说明的只是个很简单的道理：国家不能没有一个合于王道，能够凝聚人心，规范言行的思想制度。没有它，人心就会乱，世道也会随之而乱，由之而来的便是动荡，分裂，天下大乱。人而不知礼义，无异于禽兽。贵贱蹼等，长幼失序，最终会沉沦于君不君，臣不臣，父不父，子不子的局面。《春秋》之本旨，以礼义为大宗。所谓礼禁于未然之前，法施于已然之后，乱臣贼子蔑视礼义，犯上作乱，就在于他们心中没有自律，而自律非由礼义难得养成。所以无论君主臣子，都不可以不知《春秋》，君主不通《春秋》，亡国而不知其所以亡；臣子不通《春秋》，则犯上作乱，身死族灭，势不可免。孔子以一部《春秋》，阐扬大一统，为的就是提醒后来者尊行礼义，莫蹈乱世的覆辙。陛下罢黜百家，弘扬儒学，则《春秋》之义行，《春秋》之义行，则乱臣贼子惧，民心归于一统，而大汉朝万世基业可成！小臣愚陋，斗胆陈言，望陛下裁断之。"

刘彻含笑颔首："听你所言，朕倒是要把此书找来，认真读读了。"董仲舒曾对他说过，"天不变，道亦不变"，所指无非就是《春秋》所阐扬的这种君臣父子的纲常伦理，看来欲皇基永固，还真离不开春秋大义的教化。

他忽然起了个念头，司马迁这样博闻强记，见识闳通的少年英俊，他要多多网罗一些在身边。诚如这个少年所言，不拘一格，方可造成人才辈出的局面。面对即将开展的宏图伟业，朝廷在人才的准备上，还远远不够。看来，征辟选举人才之事不可放松，数年一次的征辟，不敷足用，应该想个法子，常川选拔人才。而众多的列侯功臣，只要不妨碍自己兴国的大计，不妨以高官厚禄供养在朝堂之上。

召见过司马迁后，刘彻找来了郎中令石建，最后议决了朝廷的人事。鉴于韩安国坠车伤足，卧床养伤，平棘侯薛泽被任为丞相，御史大夫韩安国与中尉张殴对调，伤愈上朝之前，由赵周代行中尉职事，而他的廷尉一职，由起复的翟公接任。出乎石建意料的是，年事已高的太中大夫公孙弘，被提名拔擢为左内史。

田蚡死后，朝局大变。以前朝政的中心在相府，皇帝过问朝政，非得经过丞相不可。如今朝政的重心转移到了宫中。皇帝五日一朝，平时有事都是特别传召有关的大臣，而整日侍从于身边，随时顾问的，都是些官卑职小的郎官、侍中。三公九卿位尊秩高，却不过是些朝堂上的摆设，平时连皇帝的面也难得一见。朝会时，若非皇帝征询，也难得有建言的机会。

石建略为迟疑了片刻，还是忍不住问道："公孙大夫年事已高，内史任事繁剧，他受得了么？"

刘彻微笑不答，反问道："石君，这个人你以为如何？"

"臣与之无私交，感觉上此人城府甚深，善于察言观色。从前好像也党附于武安侯。"

"田蚡霸道，大臣党附不足为过。田蚡既死，他们还党附谁？这个人做过狱吏，读过春秋，博士出身，学问够用而不愚道。不比那些整日空论的学究，是有真本事的。朕欲以春秋大义一统民心，他是个用得上的人才，用他作内史，历练几年后可以大用。"刘彻振振有词，一副戍竹在胸的样子。

石建喏喏称是，他明白了两件事：公孙弘不久会发达；《春秋》会成为一门显学和入仕的捷径。这件事他一回府便要告诉兄弟子侄，要他们早作准备。

"还有件事，朝廷用人之际，现有几年一次的征辟不敷足用，你看看有甚好法子，能源源不断地向朝廷输送人才？"

"陛下的意思是……一年一次？"

"对，就是一年一次！"刘彻肯定地点点头。

"陛下可记得，每次征辟，都有不少落选者赴京师上书自荐，庄助、朱买臣、东方朔、主父偃等都是由此获用的。臣以为陛下可诏命郡国守相，吏民有明时务，习先圣之术者，皆可以自荐。由郡县供给衣食盘缠，与当年上计的官员偕行，赴京师量才录用。"

"好，就这么办。你马上去起草诏书，朕看过后尽快发往各地！"

郭彤匆匆走了进来，脸色很难看。等到石建出去后，陈奏道："上林那边报来了消息，李少君昨夜祠竈，与神君交接。天微明时，无疾而终。"

"怎么？死了？不可能！"按李少君的说法，他寿高千载，怎么可能一夜而终？刘彻猛然想起，初见李少君时，他曾说过自己已届化生之期，但求速朽。难道真如他所言，他尸遁成仙了！

好不容易遇到位得道的真仙，可黄金未能炼出一两，人却化去了。刘彻既惋惜，又懊恼，吩咐道："你传令少府，送付棺椁先把他殓了，不要下葬，供奉在蹏氏馆中，看看与凡人有何不同。"

郭彤称是，却迟疑着不肯退下，嘴张了几下，嗫嚅着说不出话来。

"怎么，还有事么？"刘彻注意地看着他。

"司马太史与灵台的唐都、王朔求见，说是天象不吉。"

"与李少君之事有关么？"

"不是，说是与宫里头的人事有关。"

刘彻一下子变了颜色："叫他们进来。"

巫史卜祝，皆归太常管辖，而观测天象的灵台由太史兼掌。司马谈还未出宫，便遇到灵台赶来报信的史官。唐都长于观日，而王朔善占风角。昨日天象异常，有日蚀。古人以为，日为太阳之精，为人君之象。日蚀关涉人君，两人求见，必是有严重的事情发生。

"日蚀当然不是个好天象，你们看出了甚？不吉，怎么个不吉？"刘彻心里紧张，脸上仍是好整以暇的样子。

司马谈瞅了眼王朔，示意他先讲。

"臣王朔前日当值，日入于北方七宿，经须女①而蚀，观测日旁的云气，戒在右夫人姪娣，或有祠礼求幸于主者。"

后宫的宫人，哪一个不盼望得到皇帝的宠幸，有什么稀奇？可这个右夫人指的是谁，姪娣又是谁？

"有人求幸于主，这件事有甚不吉么？"刘彻问。

---

① 须女，星座名，四星。又名女宿，婺女，古人以为北方七宿之一，分野于扬州。

唐都再拜顿首，额上已有了微汗。"臣唐都昨日再察甘氏星经①，上面说，日蚀于须女，戒在宫中。有使巫祝祷祀以求贵幸者，戒在于巫祝。"

刘彻勃然变色了。"司马太史，这么说，有人在朕的后宫行巫蛊之事？"

"从天象上看是这样。凡日蚀，都是阴侵阳，臣掩君之象。"

"何以见得事出后宫？"

"日蚀于北方之宿，北方为阴，此为阴侵阳之象。须女之星官②下应于少府，少府主后宫之事，而须女为贱妾之称，所以可以推断事情出自后宫的宫人。后宫里面或有人为求陛下宠爱，妄行巫术。"

刘彻气冲丹田，他猛然站起身，挥挥手，要司马谈等退下，自己在殿中逡巡徘徊起来。胆大妄为，罪无可恕！他要把这些个奸人找出来，绳之以法。可这到底会是谁呢？卫子夫？她正得宠幸，应该不会乱来。阿娇？身为皇后的她应该知道利害，不会如此糊涂。再有就是那些深宫寂寞，得不到皇帝亲近的宫人了，没错，奸人就在这些人里！此事有损皇室声望，不可声张，只能派人暗中进行。这个人要干练无情，与后宫没有一丝瓜葛。刘彻细细搜索着自己的记忆，终于想到了一个合适的人。

"郭彤，你去把侍御史张汤给朕找来！"

---

① 甘氏星经，甘氏，名甘德，又称甘公，战国时齐人，著有《天文星占》八卷，对古代中国天象学影响极大。

② 星官，古人迷信天人感应，认为天象下关人事。所谓星官（又称天官）即将天上的星宿比拟于下界的文武百官，由星官显现的天象占测当世的吉凶祸福。

刘忆江 著

漢武大帝

第肆册

辽宁人民出版社

三十九

元光五年冬，卫子夫终于生下一个女儿。刘彻内心的欢喜，难以言喻，女儿的出生，彻底扫去了盘踞他心中十年的阴影。有了女儿，儿子也一定会有的。

他抱着女儿，笑得合不拢嘴。"皇后，过来看看，这丫头又白又胖，还冲着朕笑呢。"

陈娇瞥了眼那孩子，勉强笑了笑。心中仿佛长满了荒草，有无数只虫子在里面爬动。

"朕看这丫头的眉眼很像朕，皇后看是不是？"

孩子很可爱，眉眼也确实像皇帝，可惜不是自己的骨血。"这孩子相貌不错，是挺像陛下的。" 陈娇苦笑道，她想作出为皇帝高兴的样子，可就是做不到，心里像翻倒了的五味瓶，说不出是种什么滋味。

刘彻将孩子交还给乳母，要她转告卫子夫，哺乳后将孩子送去长乐宫，让太后也见见孙女。乳母退出后，刘彻要陈娇坐下，很关切地问道："朕看你脸色不大好，身子没有不适吧？"

陈娇神色落寞，摇了摇头。

相对无言，良久，刘彻道："皇后该做些甚，本用不着朕提醒你。皇后领袖六宫，要胸怀大度，能容得下人。堂堂正正，方可母仪天下……"

皇帝话中有话，陈娇一惊，随即恼羞成怒，满腹的积怨一下子爆发出来："胸怀？堂堂正正？我哪里做错了么？皇帝若觉得我不配做这个皇后，明说好了！"

少年夫妻，每逢见面却形如怨偶！刘彻既感伤，又无奈。他摆摆手道："好了，我们不说这个。今日请你来，为的是几件关涉后宫的事情，朕该听听皇后的意思。"

陈娇揣度出是什么事，冷着脸一言不发。

"这头一个女儿，朕要加封她为长公主，选定名号之前，就先称作卫长公主。"

"天子的长女自该封为长公主，这事陛下用不着同我商量。"

"卫子夫为朕生了孩子，母以子贵，朕打算加封她为夫人，皇后以为如何？"

"我记得祖宗的成法，宫人生有皇子，也就是儿子，方有资格加封'夫人'名号吧，难道我记错了？"

"朕十年苦等，才等到这么个孩子，卫子夫功莫大焉！封她个夫人，不算过分。"

陈娇冷笑道："陛下贵为天子，言出法随，想封谁就封谁呗，问我做甚？我说了也是白说，陛下又何苦做样子给人看呢！"

刘彻的好心情一下子没了，他双手拄膝，恨声道："近之则不逊，远之则怨，圣人的话真是一点不错。女人的嫉妒，真是无药可医，可怕！"

"女人的嫉妒？女人为甚嫉妒！皇帝可以亲近的宫人成百数千，可这满宫的女人呢？连一个囹圄的男人也得不着，得着了也保不住！这是命，我认了。皇后不就是个摆设么？陛下愿意封谁尽管封好了，不必惺惺作态来问我，我也犯不着惹气伤身。"言罢，陈娇径自扬长而去。

不可理喻，不可理喻！刘彻负气地望着陈娇的背影，心里涌出一股怨毒。他就是要封卫子夫为夫人，越发地宠幸她。非但如此，他还要加封卫青。他要让阿娇明白，她娇纵任性的后果，只会适得其反。

次日，封卫子夫为夫人的诏书便下达了。不久后，卫青被加封为太中大夫。由于卫尉李广被派往陇西，平定当地羌人的叛乱，刘彻将皇室骑兵的教练也交给了卫青。卫氏一门一跃而为京师炙手可热的人家，趋奉者甚多。经好友公孙敖撮合，卫青的长姐卫君孺，嫁给了他堂兄，身为九卿之一的太仆公孙贺。

卫青的二姐卫少儿，后来也嫁给了詹事陈掌。皇室外戚中，卫氏之势，俨然与皇后与太后两家鼎足而三，且大有后来居上之势了。

卫氏的风光陈娇都忍下了，可数月之后，听到卫子夫又有了身孕的消息，她终于失去了理智。她要胭脂马上派人出宫，把刘陵与楚服召进宫来。上次祝祷后，她遣楚服出宫，藏在刘陵那里。

晓得皇后又欲行蛊，胭脂慌了："宫里这一向风声很紧，后宫里头进来不少生人，奴婢听说是皇上派来查案子的。椒房殿左右常有不明身份的人走动，殿下要三思呀！"

"顾不得了，那贱人若再生下个儿子，做甚也晚了。与其这么挨下去，莫如拼一拼，也许还有活路。"陈娇容颜惨沮，可有股决绝之气。胭脂知道多说无益，领命去了。

卫子夫的再孕，对长乐宫中的太后来说，是个喜忧参半的消息。喜的是，这次自己或许真就要抱上孙子，而皇后连司窦氏，日薄西山，怕是来日无多了。忧的是，取而代之的不是自家，而是煊赫一时的卫家。

"是么？"王娡端详着褓褓中的孙女，满脸的欢喜慈爱，她瞥了眼乳母，笑道，"但愿这回生个儿子。你回去告诉卫子夫，就说是皇太后说的，要她努力，生了儿子，这皇后的位子就该她坐了。"

乳母抱着孩子退下后，王娡的脸沉了下来："费力不小，却是为他人做了嫁衣！"

陪坐在一旁的平阳当然知道母亲的心思。"女儿昨儿个去看卫子夫，她可是对女儿巴结得紧呢，一个劲地谢我。我想她不该是个忘恩负义的人，即便得了势，也不会对咱们不利。"

"她巴结你？那是她还没生下儿子，身后还有个阿娇在那里虎视眈眈！等她做上了皇后，她儿子做上太子你再看！"

平阳不以为然："娘过虑了。除了修成，我们都是皇帝的亲姊妹。她卫家再发达，靠的也是皇帝，论亲疏他们没办法比。"

王娡摇了摇头，神色黯然："可她若给皇帝生了儿子就大不一样了！做姊妹的终究是外姓，亲不过夫妻父子。"

"这也是没有办法的事。"王娡叹了口气道，"你二舅一死，咱家没有个男人能顶得上去。为了咱家这些个儿孙后代，娘得未雨绸缪，早做打算。平阳你要记住，今后万不能妄自尊大，你们得反过来，巴结卫家。卫子夫若真生下了儿子，准定会被立为太子。你们靠住卫家，娘就是不在了，你们仍会有靠山，家人也才能长享富贵。"

王娡陷入沉思中，良久，抬眼注视着平阳，问道："好像听你提过，你府里有个舞伎，色艺俱精，比卫子夫还强？"

平阳颔首道："嗯。是有这么个人，叫李嬣，称得上是个绝色佳人。"

"快把她找到！"

"怎么？找她做甚？"

"安排皇帝见她一面，自有妙用。"

平阳一下子明白了母后的用意，可对她翻手为云、覆手为雨的做法，不免心存疑虑。"娘方才叮嘱女儿要靠住卫家，送李嬣进宫，不是与卫家作对么？"

"卫氏一家独大，就不会在乎你们，再巴结，卫家也未必看重你们。可她若在宫里有个厉害的对头，就端不起架子了，她得有人帮她，在卫家眼里，你们才更有地位。"

"可那李嬣一走便没了音信，去哪儿找她呢？"

"要找，就没有找不到的。我听郭彤讲，皇帝前不久用了个刑徒为乐府配曲。这个人也姓李，原籍也是中山，一家子世代为倡。他代他兄弟顶罪，下了蚕室……"

平阳猛然记起，窈娘曾对她提过，李嬣有个受刑的长兄在上林苑。"对。她是有兄长在上林苑，找到他，自会问出阿嬣的下落。"

"这件事要让李家的人出面去做，你在一旁点拨一下即可。要悄悄地去做，出之以自然，不落痕迹。如此两家都会感激你，借重你，拉你。到时候别管她们怎么斗，你记住，咱家无偏无党，谁也不得罪，即可稳立于不败之地。"

平阳连连称是。母后心机之深，令她吃惊，也令她佩服。

王娡吁了口气："你按我的话把事情办了，咱家就没有了后顾之忧。娘年寿已高，操心的事还有两件，把这两件事办了，娘九泉之下，也可以安心了。"

"娘何出此不祥之言！甚事让娘放心不下？"

"还不是你大姐与隆虑家的事。金仲与陈珏那两个不争气的东西，娘还得豁上这张老脸，求皇帝宽恕他们。另一件更揪心，金娥嫁到淮南两三年了，看样子一直不舒心。她娘把她近几次书信拿来我看了，信里的口气，她夫君对她不好，最近尤甚，逼得她下堂求去。当初，娘与你大姐一心想的是找个能让她享福的高门大户，没想到反而辜负了这丫头。修成整日苦着个脸，我知道她心里头怨我。也罢，我做的主我善后。无非与淮南退婚，再为阿娥寻头好人家。"

"这样子了么！"平阳颇为吃惊，"信里没讲淮南太子为甚对她不好么？"

王娡摇了摇头道："男女间的事，阿娥一个女孩子怎么好意思说。八成是那小子不正经，另有女人。淮南国没几个好人，也怪我看走了眼。"

平阳连连摇头："下堂求去？不明真相的人还以为阿娥有甚见不得人的毛病，传出去咱家丢不起这个人！淮南国的翁主不是在京师么，娘何不召她来问问，能维持还得维持。"

"那你就找她问问。可那丫头精灵鬼怪的，又傍着皇后，跟咱家隔着心眼。我怕你也问不出几句真话来。"

"我哥与我嫂子为甚反目？"刘陵一脸的天真，摇摇头道，"这两口子的事谁知道呢？父王为此，没少责骂我哥，可他就是不听。父王一怒之下，把他俩锁在一间屋内，可越这样，就越生分。他们爷俩较上了劲，夹在当中受罪的是嫂子，整日以泪洗面。嫂子的为人宁折不弯，大姐该知道的。我哥我最知道，人糊涂不说，犟起来八头牛也拉不回来。"

平阳紧盯着刘陵："阿娥人不丑，新婚燕尔，不该出这种事情。这里面一定有隐情！阿陵，你实话告诉大姐，刘迁他到底安的甚心？"

刘陵迟疑了许久，很为难的样子。"还能安甚心？男人还不都一样，喜新厌旧呗……大姐，我要说了真情，你千万不能说是我告诉你的，要不我爷娘和兄长，非骂死我不可。"

"你尽管说，我指天为誓，一定为你保密！"

"我哥好色，还是个束发少年时，身边就有不少女人。嫂子人虽不丑，可淮南宫中的姝丽成百上千，哪一个不是千娇百媚？嫂子出嫁，我同行回淮南省亲，没几日就觉出嫂子郁郁寡欢，后来听父王讲，我哥嫌弃嫂子，最多时一连三个月不回太子宫。家人相聚，见嫂子在场，他扭脸便走。父王一怒之下，才把他锁在嫂子房里，可还是不管用。"

王娡料事很准。刘陵绝不会讲真话。这番话是她与刘安精心准备好了的。金娥受淮南太子的冷落，是刘安与儿子一手策划的。婚事定下来不久，刘安便心生悔意。淮南这些年来，四处招募豪杰壮士，私造兵器，已经有了相当的规模。娶进一个与皇室沾亲的女子，时间久了，难免不被看出破绽，走漏消息。可无缘无故地悔婚，刘安得罪不起皇室，于是便与儿子合谋了这出闹剧，逼得儿媳自己下堂求去。

刘陵瞟了眼平阳，继续说道："父王说，强扭的瓜不甜，这么撑下去，会毁了人家女儿一生。父王很苦恼，本想上书谢罪，将嫂子送归长安娘家，另择好人家。可又怕太后和皇帝生气，一直迟迟下不了决心。"

刘迁既是无可救药的好色之徒，看来只有绝婚改嫁这一条路了。平阳起身看着刘陵，冷笑道："你兄长如此德行，怎配做太子，早晚得遭报应！你父王要谢罪就谢罪吧，好好把我家阿娥送回来。这世上高门大户想与我家攀亲的多了，我就不信，阿娥寻不下个比你们淮南更好的人家！"

"那是当然！"刘陵边送平阳上车，边赔笑道，"我哥那人品，根本配不上嫂子，嫂子再寻户好人家，气死他才解恨！"

待回到室内，胭脂从屏风后闪了出来。平阳来时，她正与刘陵密谈。

"这下，长乐宫那边，算是与翁主家结下仇了。"

"结就结，怕她怎的！谁让田蚡、太后当初上赶着把那女人塞给淮南的？这种以势压人的婚事，我父王原本就不愿意，是她们自作自受。"

刘陵满不在乎，心里很高兴代父王了结了这件难事。她看了眼计时的漏壶，对胭脂说道："出了这档子事，长乐宫会记恨我们，皇后那里我就不方便常去了，免得被她们抓把柄。你自己带楚服进宫好了，药材我会随后派人送进去。你给殿下捎个话，要她小心行事，过些日子我会去看她。"

胭脂走后，刘陵回到寝室换装。椒房殿那满腹怨恨的女人，已引不起她的兴趣；京师豪门的斗鸡走狗，日复一日的饮宴更令她生厌，她交了新朋友，有了新乐子。她女扮男装，过会儿有人带她深入长安的闾里街巷，商家酒肆，去见识民间风情百态。

小黄门苏文，匆匆赶到未央宫前殿旁边的值庐，一个中年人正倚案沉思，见到屋中没有别人，苏文揖手道："张大人，椒房殿来了个女人。"

"女人？查过她的门籍没有？"

"查过。这女人叫楚服，是后宫的女御长胭脂从淮南王的京邸接进宫来的，说是请来为皇后医病的。"

"楚服？"张汤双目一下子亮了起来，他放下手中的简册，起身踱了几步，吩咐道，"你马上要司马门把两年来出入宫门的记录检查一下，看看这个楚服最初是在甚时入的宫，入了多少次，在宫中留宿未出几次。查明后马上报给我。"

"等等，"他叫住苏文，"你先去趟后宫，多布置些人手，给我牢牢盯住椒房殿，有甚异常，立刻报我。"

他兴奋地来回踱步，他的直觉告诉他，他苦苦查访数月的案子，就要露头了。

四十

四月的长安，春风送暖，时值休沐，司马迁与司马相如结伴而行，在东市逛了回市场。乏了，看看时候尚早，两人商议到现在已经非常出名的河洛酒家小酌一番。

进得大门，乱哄哄地围着一堆人，当中一人披散着头发，面色酡红，看得出已醺然大醉，他高举着只酒杯，不顾围观者的讪笑，踞地而歌：

陆沉于俗，避世金马门。宫殿中可以避世全身，何必深山之中，嵩庐之下哉！

当门一间雅座中，一名眉清目秀的少年，好奇地问道："这个大个子甚人？当着这么多人撒酒疯，好没脸！"

相对而坐的男人三十出头，面相英俊，从装束上看，应该是大内的军吏。他瞥了一眼歌者，笑道："你还真说对了，这个人行事不拘小节，宫里都称他为'狂人'。"

少年颇感诧异："哦，他也在宫里做事？"

"他就是天子身边出了名的弄臣东方朔。平素侍候御前，也总是这么装傻充愣，博皇帝一笑罢了。皇帝赐宴，饭罢他总是怀揣余肉，说是带回去给细君吃，弄得满身油污。他这么耍怪，皇帝很开心，总是额外赏他些酒肉。"男人脸上有些不屑。

少年望着东方朔，不解地问道：“在宫里能得赏，可在这里要怪，他图得个甚？”

“这回不是要怪，他是丢了官，真的伤心了。”

“怎么？”

“前几日大内饮宴，他醉酒内急，来不及去圊厕，就在殿内的柱子后面小遗，被个侍御史劾奏为大不敬。好在皇帝不很计较，免他为庶人，要他待诏宦者署。他升到千石的太中大夫没几日，这下子一撸到底，是真伤了心，来此买醉浇愁，不想……”

“哎，你看，那一老一少劝解他的人是谁？”

男人随少年的指向看去，原来是司马相如与司马迁，正在搀东方朔起来。

“那老者是司马相如，少者是司马太史的公子，都在宫中为郎，是天子身边的文人，吾等老粗，与他们谈不来。”

“曼倩，起来，朝市之中，君如此自污，又是何苦呢！”

东方朔认出了司马相如，他挥手笑道：“是长卿么！你们以为我丢了官，借酒消愁？才……才不是呢。天子以弄臣待我，我便以弄臣自处，醇酒妇人，怎么就是自污？你……你听好了，古人隐于深山，而今大隐隐于朝市。我东方朔，即所谓避世于朝市间者，是大隐士！”

“好，大隐士！”司马相如与司马迁一边一个，将他架起来，吩咐酒保叫车。东方朔挣扎着，忽然放声大哭起来：“圣人说，君子疾没世而名不称，吾堂堂八尺男儿，被当作供人逗趣开心的俳优，有何面目见先人父母于地下！”

司马相如抚背劝慰道：“圣人还说过，人不知而不愠，不亦君子乎。何况老弟的声名，长安三辅尽人皆知呢。快回去醒醒酒，莫让细君夫人苦等！”

“三辅，细君，回家……”发泄过后，东方朔渐入醉乡，喃喃低语着，被店里的仆庸搀扶出去。司马迁与司马相如将他送上车，又回到店里，拣了个散座，招呼店家上酒。

“这位仁兄看似旷达，不想热衷如是，可叹！”司马迁亦知东方朔被免为庶人之事，可失意一至于此，是他没有想到的。

“其实也难怪他，圣贤教人修身齐家治国平天下，读书人的出路，本来就是入仕做官。沉沦下僚者，抱负不得施展，郁郁不得志的太多了。"

"小弟倒以为不尽然。长卿兄，小弟此番出游，曾专程去瞻仰圣人的遗迹，感慨良深。古往今来，天下的君王乃至于贤人很多，当时可谓荣耀已极，死后又能有几个人能记得他们？可孔子则不同，其学问教诲，传到今日已经十余世，学者宗之。自天子王侯，中国言六艺者，无不折中于孔子，人称至圣先师。在下敢说，百世之下，其英名不灭。小弟以为，读书人未必一定要做大官，著书立说，究天人之际，通古今之变，成一家之言，藏诸名山，传诸后世，成就反倒要在那些做官者之上。"

看到司马迁少年英睿，朝气蓬勃的样子，司马相如心里一热："太上有立德，其次有立功，再次有立言，人称三不朽。立德非吾等凡人所能为，立功要看机遇，立言全凭天分。子长有此志向，愚兄佩服。来，咱们干一杯！"

曾几何时，自己不也是个志怀高远、意气风发的少年！可岁月蹉跎，人不知不觉间就老了，须发苍苍，志气消磨。司马相如捋起花白的胡须，感慨道："其实人之追求，随年岁之不同而不同。少年仗剑出游，谁没有建功立业的抱负？可时过境迁，雄心亦难免消磨，孔子说四十不惑，五十而知天命，确实如此。子长到了我这个年岁，心境肯定不同于今日。"

"长卿今日的心境如何，追求如何，可否告知小弟一二？"

司马相如微微一笑："人出来做事，所为无非权势名利。做官求权势，从商求财富，建功立业，功成身退，求的是名垂青史。你羡慕著书立说，传诸后世，为的也是个名。其实圣人亦不能免俗，诚如孔子所言，君子疾没世而名不称，就是这个意思。至于我，文名有了，功建过了，钱也不缺，所求者情也，但求老病残生，情感有所寄托而已！"

话音未落，有人接言道："亏你还有脸在此奢谈情感！你把文君夫人撂在茂陵独守空房，一去经年，连封书信也没有，天下薄情负心之人，我看就是长卿你了！"

司马迁与司马相如一怔，抬眼一看，原来是宫里的同事邹阳。司马相如脸一红，揖手寒暄道："子曦兄！怎么找到这里来了。"

"我去茂陵有事，顺便到你家看了看，文君夫人托我为你带了些药来。她要我告诉你，消渴病最忌酒肉，要你清心静养，不要挂念家里。这么贤惠的夫人你不知道珍惜，整日里痴心妄想，到头来还不是一场梦！"

司马相如有消渴病？司马迁也略有所闻，他仔细看着司马相如，果然形容消瘦，面带憔悴。

"即便是梦，暂解巫山云梦之思，又有甚不好！"司马相如苦笑道。

"子长不是外人，我就告诉你李延年的打算。我问过他，他的野心大了！他妹子不过是块图富贵的敲门砖，是要进献给皇帝的。与今上争美人，长卿，你即便有这个心，能有这个力，这个胆么？"

李延年如此居心，难怪他要将李嫣送走。司马相如形容沮丧，嗫嚅着说不出话来。邹阳从怀中掏出一方锦帕，递给司马相如，恨声道："君夫人托我带这个给你，你好好读读。当年你落魄之际，君夫人嫌弃过你么？现今你衣食无忧又靠的是谁？扪心自问，你这么做对得起谁？"

司马相如展开锦帕，上面以娟秀的笔迹，写着一首歌诗。

皑如山上雪，皎若云间月。闻君有两意，故来相决绝。
今日斗酒会，明旦沟水头。躞蹀御沟上，沟水东西流。
凄凄复凄凄，嫁娶不须啼。愿得一心人，白头不相离。
竹竿何袅袅，鱼尾何簁簁。男儿重意气，何用钱刀为！

体味着妻子的心声，一股温情汩汩而出，司马相如的眼睛湿润了。当年落魄无依，文君夜半出奔托付终身，夫妻当垆卖酒，患难与共时的情景历历如绘。以老病残生，还要痴心妄想，糊涂啊！天下美人多矣，可真能关爱自己，相守一生的，只是文君。

司马相如猛然扯下一块襟袍，铺展在食案上，大声招呼道："店家，取笔墨来！"

邹阳问道："长卿这是？"

"子曦责备的是，我辜负了文君。所幸亡羊补牢，时犹未晚。"言罢略作思忖，文不加点，运笔如飞。司马迁与邹阳看去，原来是写给卓文君的一篇书信。

五味虽甘，宁先稻黍。五色有灿，而不掩韦布。惟此绿衣，将执子之釜。锦水有鸳，汉宫有木，诵子嘉吟，而回余故步，当不令负丹青，感白头也。

司马相如将书信封好，交给邹阳："烦子曦兄交与内子。告诉她，我不日便会求见皇帝，辞官归里，与之携老于乡梓。"

店门被猛地推开，一伙壮汉簇拥着一个瘦子走进来。看来是熟客，店伙很是巴结，把众人迎入最大的雅间。伙计们忙不迭地烹茶送水，端酒上菜，不一会儿，雅间中喧声大起，酒客们呼卢喝雉，猜枚行令，旁若无人。

"这伙人派头不小，是甚样人物？"雅间中那个眉清目秀的少年，好奇地问道。

"江湖中人。就中那个瘦高个儿，叫朱安世，是当今的大侠。十几年前在长安东市，他就是个一顿足乱颤人物。后来去了关东，改名换姓做起了生意。"

少年兴致十足地问道："你认得他他们么？"

少年就是改了装的淮南国公主刘陵，带她来此的是骑郎将张次公。父王嘱咐过她，要留心结交英雄豪杰，他日或可为用。淮南国内，不少豪杰勇士都是父王的座上宾。这个朱安世，无疑是个值得结交的人物。

"十几年前，打过一次交道。现在我认得他，他未必认得我。哎？那不是……"

一名身着便衣的男子进了店，不期然与张次公打了个照面，两人一怔，张次公喜出望外，正欲招呼，那人连连摆手，示意他不必声张，自己向他们所在的雅间走了过来。

"次公！"

"义纵！"

两人把臂相望，随即笑起来，各自朝对方的胸前击了一掌。

"这位是京师的朋友刘公子。这位……咦？老弟为何如此装束？"

"有件公事，为的是方便。"义纵看了眼刘陵，觉得似曾相识，揖了揖手道，"这位公子，好相貌！"

刘陵莞尔一笑："张将军，你这位朋友的大名？"

"这个人，别看他这般装束，眼下在京师可算是大名鼎鼎了。义纵义大人，现任河内都尉。横行不法之徒，听到他的名字无不胆寒心跳。修成子仲厉害吧？就栽在我这位老弟手里！"

刘陵眼睛一亮，揖手道："哦？义大人行法不避贵戚，在下神交已久，佩服！"

义纵看上去心不在焉，眼睛不时朝那喧闹的雅间望着。

张次公随着他的目光望去，轻声问道："那里面是朱安世一伙。老弟此行的公事，与他有关？"

义纵颔首道："此人这些年一直做阑入阑出的买卖，我听说是往长安贩运西域的马匹。现今京师的富贵人家，十有七八都换乘了他搞来的高头骏马，他也发了大财。"

张次公道："朝廷禁的是马匹出关，往关里长安进马，好像没有甚禁令。朱安世他犯禁了么？"

"这么多马匹进关，函谷的税金却没有见增，我看他与宁成不清白，十有八九是上下其手，一贿一贪，逃漏过关的税金。"

一名随从模样的人走进来，附在义纵耳边说了些什么。义纵揖手作别，匆匆离开了酒肆。

刘陵不以为然道："这个人，手倒伸得长。管事管到函谷关和长安来了。"

"你是说义纵？我这位兄弟最是嫉恶如仇，贪赃枉法的人和事碰上他，算是倒了大霉。这回朱安世我看是悬了。"

"嗳，那矮子是谁，旁人怎么那么敬着他？"刘陵指着一个刚刚进门的矮壮男人，客人纷纷起身致敬。寒暄之声不绝于耳。

"是郭解郭大侠。"张次公一跃而起，也加入到店堂问候的人群中去了。

望着这个五短身材，相貌平平，谦和微笑着的男人，被客人们众星捧月般围在中间，司马迁等面面相觑，颇为讶异，这就是天下闻名的郭解？

司马相如道："子曰：以貌取人，失之于子羽。这郭解如此为人看重，想必有他的过人之处。"

外间的喧闹声惊动了雅间当中的客人，垂帘起处，朱安世一伙走了出来。他带同属下迎上前去，向郭解长揖为礼。郭解亦长揖还礼，但谢绝了同席共饮的邀请。人群慢慢散去，他拉起朱安世的手，在散客席上闲话。两人相知甚久而从未谋面，朱安世自做马匹生意以来，人变得谨慎而内敛，在郭解面前颇为虔敬，以后辈自居。

"翁伯兄的大名，如雷贯耳，今日得见，得偿在下平生夙愿。"

郭解谦和地笑笑，自嘲道："盛名之下，其实难副，老弟笑话了。"

"在下欠翁伯兄一个人情，无以为报。此番从西域进了批马，其中顶尖的一匹儿马名黑鹰，脚程极快，望足下笑纳。"

"人情？老弟是说……"

"就是修成与昭成二君，翁伯在轵道上差点要了他们的命。他们回来说，是提到了在下的名字，足下才放了他们一马。这两人是纨绔子，被惯坏了，伤了翁伯兄的弟兄，兄弟我一直戚戚于心。翁伯大人大量，所幸今日能当面致歉，这两个小子眼下被圈禁于家中，日后怕再也不敢为非作歹了。"

郭解哈哈一笑道："都是过去的事了。我既放过了他们，自然不会再与他们为难。除非他们怙恶不悛，再犯在我手上。"

"那这马？"

"我收下了。如老弟所言，此马想必所值不菲，就算我反过来欠你个人情好了。"

"听说千秋兄代翁伯打理这家店，怎么今日没见到他？"

"他兄弟随军戍边，近日随主将回京师。他先一步回家，接兄弟的妻小来长安相会，昨日就走了。"

散市的钲声敲响了。客人纷纷起身结账，酒肆渐空。朱安世一行与郭解道别后，走出东市，解下拴在夕阴街道旁树干上的马匹。他翻身上马，隐约间看到街对面的树丛中，有双眼睛正在注视着自己。

久历江湖，练就了朱安世极为犀利的眼风。他做了个手势，纵马上前。手下的人马即刻呈半圆形散开，牢牢地将那人围堵在墙边。

"朋友，出来吧。"朱安世冷冷地说，幽黯的目光中透出一股杀气，令人不寒而栗。入关这一路上，朱安世都有种隐隐的不安，似乎某种危险在向他迫近。这个窥测者，无论是江湖中人，还是官方的细作，他都会毫不犹豫地杀掉他。

那人一闪身出了树丛，出乎朱安世的意料，原来是个容貌俊秀的少年。

"朱安世朱大侠吧？在下有要事相告，请借一步说话。"少年揖手致意。

"你是谁，鬼鬼祟祟地躲在这里做甚？"朱安世拔出长剑，指着那少年的喉咙。

少年全无惧色，眉毛一扬，双目流波，妩媚中透着刚强。"你不相信？我说两个要紧的人，你就明白了。宁成，义纵，你知道吧？"

朱安世的脸色变了，他做了个手势，手下勒转马头，退出去好远。"有甚话，你快说。"

"你与宁成的买卖，叫人盯上了。"

"甚买卖，叫谁盯上了？"

"马，西域马的买卖。装甚糊涂？那个叫义纵的跟踪你到过酒肆，你竟不知道？"

"你怎么知道的？那个义纵在哪儿？"朱安世不安了。义纵是河内郡的都尉，竟然一路跟踪自己到长安，所为何来，他猜不透，可里面不用说暗藏着凶险。

"他在酒肆只待了一会儿，就随着个报信的走了。你若是有马，得藏好了，别让朝廷逮住了证据。"

报信的？难道囤货的地方暴露了？事不宜迟，他得马上将马匹转移走。"朱某与公子素不相识，做甚帮我？公子姓甚名谁，望报名讳，容朱某日后图报。"

少年嘻嘻笑道："我之如此，是敬重大侠的为人。你莫管我是谁，大侠你欠我一个人情，你只记住自己的话就够了。"

朱安世心急如火，揖手作别道："好，在下记住了。我们后会有期！"言罢，他勒转马头，紧夹马肚的双腿猛力一磕，马前蹄跃起，一声嘶鸣，疾驰而去。

那少年注视着他们的背影，开心地笑了。

四十一

"照你这么说，朝廷内外，竟有一个官私勾结、朋比分肥的团伙了！证据呢？"听过义纵的奏报，刘彻颇为吃惊。

"证据不多，可臣敢言一定是这样。陛下试想，通往西域之路，现为匈奴人把持，要得到西域的良马，只能同匈奴人交易买卖，过境这道关卡，没有边塞驻军放行，根本入不了塞。而从边塞到京师路程千里，沿途关卡重重，没有官家发放的传、繻①，无论人还是马，根本过不来。此番进京，臣颇为吃惊，不知陛下留意没有，京师富贵人家的车骑，大都改换了西域来的高头骏马。朝廷打从马邑事后，与匈奴交恶，各边郡与胡人的关市交易几乎断绝，这么些西域马怎么进到关中来的？只能出之于走私阑入。而如此长期大量阑入西域马匹，入塞，押运，过卡，售出，哪一件都不是件简单的事情。"

"引入西域的良马，可以改善中国的马种，不是件坏事，无可厚非。况且律法上禁的是出，不是入。"刘彻有些不以为然。商人重利，有钱赚的事情自会趋之若鹜，义纵未免有些小题大做了。

"律法确实没有禁止，引入西域良马也确非坏事。可这种官商勾结，上下其手的风气，陛下绝不可纵容！奸商逃漏税金，分润给官员；官员受赃枉法，

---

① 传，木或竹制；繻，帛制。二者均为汉代出入关塞时的凭证（类似后世的通行证），经查验并加盖印信封泥后放行。

纪纲废弛。时间久了，律法全成具文，官场风气大坏，更可惧者，豪强恶吏狼狈为奸，尾大不掉，形成地方上难以左右的势力，害莫大焉！"

刘彻心中一动："豪强恶吏！贩马的难道不是商贾？你这话是推想，还是实有所指？"

"臣岂敢以推想之言妄渎宸听。臣两次路过函谷关，两次亲眼所见。此番回京述职路上，所见押送马匹过关的是同一批人，为首者陛下从前也见过，并非甚商人，而是个地地道道的豪强。"

"朕见过，谁？"

"就是当年在东市与陛下和臣等干过一架的朱安世。"

"朱安世？"刘彻仿佛被烫了一下。他清楚地记得，这个人曾经劫去了他的剑，并使他蒙羞受辱。

"正是他，如今改了名字，叫朱六金。"

"你说他勾结官府走私，有甚确证么？"

"臣敢肯定，他与函谷关都尉宁成关系非同一般。函谷那么严紧的关口，朱安世进出，就像自家大门。昨日臣派人跟踪了他们，发现他在长安圈放马匹的所在，也是京师贵戚的产业。"

"贵戚，谁？你但说无妨。"

"是修成君家的一处闲宅。臣还听说，修成子仲与昭成君还称他作师傅。"

有如此的关系与靠山，难怪此人能做也敢做马匹走私的买卖！义纵所言，看来实有其事，此风确不可长！

"这件事，你以为该怎么办？"

"臣以为，最好先不惊动他们，而是顺藤摸瓜，暗中查证，俟证据足够之后，一网打尽。"

"从哪里查起？先把那个朱安世捉住如何？"

"朱安世不可先动，一动必会打草惊蛇。臣以为，可从宁成下手。此人颇为张扬，据说其故里南阳，宁氏已成了巨富，可以左右一郡的官员。"

"有如灌氏在颍川么？"不过数年，宁成竟搞成这么大的局面，刘彻吃惊了。

"有过之而无不及。灌氏是几世簪缨的大族，宁成则是暴发户，有财可以贿赂官府，结交江湖，役使百姓；有权势则更易于敛财。宁氏二者兼备，很容易成为雄霸一方的恶势力。"

这个宁成不思改过，反而变本加厉，可恨！看来，他已畸变成为寄生的恶疽，不除不行了。刘彻沉思了一会儿，终于下了决心。

"义纵，朕若由你专办此案，你可有替手么？"

"替手？"

刘彻颔首道："对，替手。三辅之难治，你是知道的，你若不在，可有行法不避贵戚的人作替手？"

义纵略作沉思，道："有个叫王温舒的，原是臣的属下，这二年在广平任都尉，治绩不俗，应当可以。"

"王温舒？"刘彻略作思忖，想起了这个人。去年上计，广平的治安号称路不拾遗，当时就引起了他的注意。

"治广平易，治三辅难，怎知他可以？"

义纵揖手道："当年拿下修成子仲和昭成君口供的，就是此人。"

"哦？是这样。"刘彻拿定了主意。

"此事自你发端，也要由你完成。况且宁成、朱安世这类豪恶势力，亦非酷吏不治。你不必再回河内，朕即日诏任你为南阳太守，把家安顿一下，直接赴任。"

"陛下天恩高厚，臣愿效犬马之力，万死不辞。"

"这件事没有查清楚前，只朕与你知道。若有必要，你可以便宜行事。你以往的治绩，已简在帝心，朕相信，卿定能不负所望，除恶安良。"

义纵退下后，刘彻命郭彤传令尚书台，草拟义纵的任命诏书，自己则在宣室殿内来回踱步。水至清则无鱼，他明白这个道理。朝廷内外许多事，他可以听而不闻，视而不见，但总该有一条不可逾越的界限。这个界限该怎么定，定在哪里？他心里一直没数。方才那番谈话，使他豁然开朗，那界限就是，在大汉朝廷治下，无论在诸侯贵戚，还是地方豪强中，决不容产生任何可能危害与挑战皇权的异己势力。

郭彤领着一名当值的尚书，将草好的诏书呈上，刘彻首肯后，吩咐誊抄后转给丞相副署，传告各地。尚书退出后，郭彤又领入一人，低声奏报道："陛下，侍御史张汤求见。"

行过礼，张汤抬起头，偷瞥了皇帝一眼，随即屏息凝神，等候问话。皇帝的面色不快，得小心应对。刘彻叫住了正欲退出的郭彤。

"这件事你也知道，一起坐下来听听。"

他注视着张汤，心里有些不安，可眼神依旧不怒而威："事情查明白了？"

"查明白了。"

"谁在行蛊？"

"臣昧死陈奏，事情出在椒房殿。"

"当真？"刘彻扬起眉毛，怀疑自己听错了。郭彤的心咚咚狂跳，这件事坐实了，皇后与窦家算是彻底完了。

"当真。"张汤字斟句酌，很沉静。

"证据呢？"

张汤打开布囊，里面是十余册卷起的简牍，记录着每日宫门出入的人名。他展开一卷，铺在刘彻面前，指着上面的一个姓名道：

"这个楚服是椒房殿专聘的御医，其实是个女巫。去年入宫后一直服侍皇后，有时也出宫数月，说是去江南为皇后采购草药。最近又入了宫，眼下还在椒房殿。"

刘彻仍是满脸狐疑："皇后何以能够从江南找来个女巫！后宫派过人去江南么？"

"这个女巫，是淮南国的公主刘陵带进宫的。入宫的门籍，则是少府奉皇后之命办的。"

"淮南国的公主？她不在淮南，跑到京师做甚？"

"元光二年，她随淮南王进京奉朝请，之后便留驻在淮南王的京邸，与皇室贵戚过从甚密，尤其得到皇后的青睐，随意进出椒房殿，时有留宿。那个女巫，当是她回淮南省亲时，从江南寻来的。"

事情牵扯到了淮南国，大出刘彻的意外。印象中的刘安，是位慈祥渊博的父执，他实在不愿意相信，淮南国也卷入了宫廷阴谋的旋涡。

良久，刘彻道："出入记录而外，朕要椒房殿行蛊的确证。"

张汤胸有成竹，不慌不忙地将一幅素帛铺在席上，又从怀中掏出只锦囊，将其中的物事一一摆列于帛上。

"这是那女巫自江南购办来的药材，原存于淮南王京邸，前日后宫女御长带那女巫入宫后，小臣便派人在各司马门严加守候，果于今日查获了这些蛊药。"

"怎见得是蛊药？"

"小臣请陈太医辨认过，陈太医以前曾在南中行医，认得它们。"

张汤指着一只四肢有蹼，腹被长着红色鬃毛，形似松鼠的动物："这东西名红毛飞鼠，产于南越交趾一带。据说此鼠出双入对，从不分离。南中的妇人皆买而佩之，说是有魔媚之用，配上它，男人会永远钟情于自己。"

"陛下再看这个。"张汤指着红毛飞鼠旁边一团卷曲缠绕的枯草，"陈太医说这东西名瑶草，产于巫山之下，当地人用作媚药，说是煎服后可与情人梦中相会。"

他又指着一对干萎了的蝴蝶道："这东西名为媚蝶，生于鹤子草上，据说南中妇人亦用它吸引男人……"

"够了，把这些收起来。"刘彻蹙眉道，厌恶地挥了挥手。

阿娇为维护自己的地位，竟一至于此！他既震怒，又痛心，呆呆地坐着，许久说不出话来。

"陛下，陛下，"郭彤轻声呼唤着刘彻，心中直打冷战。在宫里这几十年，皇后之位争夺所酿成的夫妻反目、姊妹仇杀、父子绝情的事变，算上这次，他已经目睹了三起。

刘彻深吸了口气，问道："椒房殿的事情，窦太主知道么？"

"小臣奉诏后，日夜监视着后宫，尚未见到窦太主入宫探视皇后。"

刘彻松了口气，但愿姑母与此事无涉。"要善待你大姑和阿娇，我们是一家人。"父皇临终前的话，又浮现于他的脑海。可令他苦恼的是，若曲宥了阿娇，不啻为带头枉法，以后又有何面目督责臣下？

"张汤，这件事，依律如何论处？"

"巫蛊罪当大逆不道，十恶不赦，依律该当灭族。为首者身当大辟，胁从者一律枭首。"张汤只背律条，但凭皇帝决断，一个字也不肯多说。

刘彻瞟了眼身旁的郭彤："郭谒令，你看呢？"

郭彤泪如泉涌，猛然伏地稽首，哽咽道："皇后与太主乃陛下至亲，望陛下无忘先帝遗言，恩出格外！"

"怎么说？你起来回话。"刘彻眼睛酸酸的，他仰起头，尽量不让泪水流出来。

"先帝崩逝前，奴才随陛下服侍于榻前，亲耳闻先帝叮嘱陛下善待、照顾大长公主母女。皇后多年无子，怕失去陛下的宠爱，一时情急，做下了糊涂事。真正杀无赦的，应是蛊惑皇后的奸恶小人，陛下尽可以惩戒皇后，但切不可以一时之愤，背诺弑亲，做下悔之无及的事情，奴才昧死请陛下三思！"

郭彤又抬眼看了看张汤，问道：'张大人寻到祝诅所用的桐人或布偶了么？"

张汤摇了摇头。

"这就是了。奴才以为，媚道与祝诅有所不同。祝诅是加害于人，而张大人方才举出的物证，不过是些媚药，为的是使陛下回心转意，并无加害之意。"

"可她摆弄这些左道旁门，还有甚脸面领袖后宫，母仪天下？皇后她是不能再做的了。朕也不会株连她的族人，如此朕无背于先帝，对姑母一家也算得上仁至义尽。郭彤，如此可以了么？"

郭彤再拜顿首道："敢问陛下，罢黜了的皇后，安置于何处？"

"你以为，朕该将她安置在哪里？'

"奴才以为，废后不宜再居于后宫。窦太主只此一女，皇帝欲上全其母女天伦，下示对废后的宽宥，只有一处，最为适宜。"

"你是说长门宫？"

"正是长门宫。此处原为窦太主家的产业，她探视女儿可以出入无禁。而废后虽移出大内，环境却仍如自家，心情会慢慢好起来。尤其要者，陛下眼不见，心不烦。如此，后宫很快会风平浪静，余下的宫人们也会相安无事。"

刘彻颔首不语，沉思良久，终于有了决断。

"皇后失序，惑于巫祝，不可以承天命，其上玺绶①，罢退居长门宫。"

---

① 玺，皇后的印玺；绶，标明皇后身份的绶带。玺绶被收缴，意味着被罢黜。

他字斟句酌，口述了废黜陈娇的诏命，吩咐郭彤明日一早，宣示椒房殿，并即时看押陈娇，移住长门宫。

张汤再拜顿首道："皇后而外，其余参与了媚道的人员如何处置，敢请陛下训示。"皇帝与郭彤之用心，他一目了然。皇帝既无心深究，自己又何必多事！这么一想，话头也随之而变了。

"那个淮南国的公主，是通到刘安那里的一条线索，不动她，就稳住了淮南国。你给朕盯住了，放长线钓大鱼，暗中访查他们在搞甚名堂。其余人等，有一个算一个，都不能放过，那个女巫，可恶至极，要枭首示众。"

张汤奉诏，顿首再拜，很干脆地答应了一声是。

郭彤道："椒房殿清出来后怎么办？敢请陛下示下。"

"先空在那里，谁为朕生了儿子，留给谁住。"

退出后，张汤与郭彤商量了明日行动的细节。议定郭彤带陈娇移宫离开后，张汤再出面抓人。

分手之际，郭彤揖手道："在下还有个不情之请，望张大人允准。"

"请讲。"

"那个女御长胭脂，是自小服侍窦太主与皇后的侍女，明日大人行个方便，就放她陪皇后去长门宫吧。"

张汤面有难色："这个人乃此案的要犯，下官碍难从命。"

郭彤笑道："张大人熟谙律法，自有办法把事情做得圆通。方才你也看到了，今上对皇后有不忍之心。既要做好人，不妨索性做到底，与人方便，自己方便。"

张汤入宫虽不久，大内里的人事却捉摸得很透。他知道，这个郭彤，是自小侍候皇帝的近臣，得罪不得。往深里想，陈娇虽已废黜，卫子夫未必一定能够取而代之。听皇帝方才的口气，皇子之母方能最终成为皇后。卫子夫的命运，取决于其腹中胎儿的性别，在这分际不明的当口，他不能得罪郭彤，自坏前程。

"公公说得透彻，明儿个就照公公说的办。"

四十二

　　春日迟迟，刘陵直睡到日上三竿，仍恋榻不起。她倚着蚕丝锦被，神态慵懒，心身都沉浸在脉脉温情中，昨夜她携张次公回府饮宴，醉而忘情之际，她第一次尝试了男女之事。那旖旎的光景，不时闪回，在头脑中萦回不去。两人缠绵至夜半，张次公才离去。约定今日午前，两人依然乔装改扮，去长安内外其他市场游玩。

　　看看时候不早，她起身盥沐更衣用餐，时近日中，仍然迟迟不见张次公的踪影。刘陵不耐烦枯等，吩咐府丞，张次公来时，要他去东市河洛酒家会合，自己带着阿苗，径直奔东市去了。

　　走出不远，刘陵便觉察出城中的气氛与平日迥异。刚转过华阳街与夕阴街相交的路口，路上已是万头攒动，人潮从四面八方向东市涌去，个个脸上都是兴奋好奇的神情。一队相貌凶恶的狱吏挥舞着皮鞭，随着狂暴的呵斥声，人群闪出了一条窄窄的通道。刘陵等被捅向外围，可骑在马上，远近的情况，仍看得很清楚。

　　"老伯，出了甚事，哪里来的这么多人？"刘陵用马鞭捅了捅坐骑前的一位老者，他手搭凉棚，正踮起脚向前瞭望。

　　老者回头，不满地瞥了她一眼："还能有甚事，杀人呗！"

　　"杀人，杀甚人？"

　　"谁知道哩，听说杀的是宫里的贵人。"

　　"贵人？"刘陵打了个冷战，心里有了种不祥的预感。

远远已经看得见押送人犯的槛车了。槛车一共五辆，从装束上看，都是女人。头一辆中的人犯，头发披散着，遮住了面孔，可刘陵还是一眼认出了她。是楚服。这么看来，巫蛊终于事发了。皇后命运如何，她已顾不上去想，楚服被抓，第一个被牵连的肯定是自己。刘陵乱了方寸，汗出如浆，此时此刻，朝廷的缇骑或许已将淮南王邸围得水泄不通了。

　　刘陵与阿苗，被四下的人群簇拥着前行，一直来到东市的南门。南门前面已被清出一大块场地，用作刑场。当犯人被押解下车时，阿苗也认出了楚服，她扯了扯正在发呆的刘陵，低声道："殿下，看来宫里出事了，王府是不能回了，咱们得马上出城！"

　　"出城，出城做甚？"

　　阿苗又气又急，没好气地说："当然是回淮南，难道等在这里受死不成！"

　　她跳下马，拽住马缰向外牵，费了好大气力，两人才摆脱出人群。远远传过来开市的鼓声。午时已到，犯人马上会被执刑，身首异处。

　　两人失魂落魄，原想从最近的厨城门出城，可城门已被关闭，没有中尉府颁发的特传，根本出不去城。宣平门、清明门也是如此，怀着一丝侥幸，她们绕道直奔河洛酒家。酒肆里十分冷清，平日的酒客都去看杀人了。刘陵求见朱安世、郭解，店伙却称，主人与朱大侠搭伙去关东，昨日便出城了。

　　万般无奈之际，张次公却找来了。"抱歉，宫里头出了大事，牵连到了皇后。一早就有差事，脱不开身，累公主久等了。"

　　"宫里出了大事？甚大事？皇后怎样了？"她佯作震惊，一叠声地追问。事情牵涉到皇后，巫蛊事发确定无疑了。是福不是祸，是祸躲不过。危险一经证实，刘陵反而冷静下来。

　　张次公四下看了看没人，压低声音道："后宫里出了巫蛊大案，皇帝震怒，下诏废黜了陈皇后。之后皇城戒严大搜，椒房殿数百宫人，都被拘禁候审。几个行蛊的女巫，被先行押赴东市枭首示众，眼下她们的脑袋怕已悬在东市门楣之上了。"

　　"皇后呢？"

　　"皇后被移往长门宫安置，这件差事落到我们禁军头上。在下一早出城，忙乎的就是这件事，我这也是才赶回来。"

刘陵神色黯然："我与皇后亲如姊妹，她出了事，想必不用多久，就会牵连到我了。"

"老天保佑，宫里倒没有听到甚。"张次公面露忧色，吁了口气道，"可王府那边不妙，方才去你家，外面已有缇骑看守。我没敢靠前，来此碰碰运气，不想你们还真在这里。"

"次公，还记得你昨夜的话么？"刘陵双目灼灼，盯着张次公，像是要看到他心里去。

"事隔一夜，我当然记得。怎么？殿下以为次公会临事退缩么！"

刘陵容色肃然："那好。以我与皇后的关系，此番十有八九会受牵连。大祸临头，你若怕事，可以将我等献出去求赏；你若守约，请助我们出城，我要回淮南。"

"殿下太看轻张某了！"张次公悻悻然道，"我若是小人，就不会一个人找到这里。在下还是那句话。公主用到我，赴汤蹈火，在所不辞！"

言罢，他一把拉开店门："要走，就赶快。长安很快就会全城搜捕，再晚就走不脱了。"

刘陵与阿苗跟着张次公，策马疾行，很快又来到清明门。刘陵勒住马头，望着城门处麋集的卫士，心有余悸地问："这里方才我们来过，出不去。"

"长安十二门都是只许进，不许出，哪里都一样。在此门缉查人犯的都是期门的卫士，彼此相熟。好在你们都是男装，记住了，若有人问起，你们咬死了说是朱六金的人。你们现在沉住气，跟我过去。"

看到三骑人马过来，卫士早早就挺起了长戟，防备有人冲门。及至看清是张次公，纷纷竖起兵器，注目致敬。当值的骑郎将公孙敖冲他挥挥手，走上前来。

"次公，你才从城外回来，怎么又要出城？"

见是公孙敖，张次公的心一下子落了肚，他跳下马，揖手笑道："有两个朋友耽搁了，怕出不去城，我送他们一程。"

公孙敖上下打量着刘陵，问道："朋友？哪条道上的？"

刘陵揖手道："回将军的话，在下是朱大的手下的弟兄。"

"朱六金的人？我怎么看着眼生呢。"

张次公对公孙敖使了个眼色，接言道："他们是初次来京师。朱六金昨日出城时，有几笔账没结完，留他俩晚走一步，谁想碰上了警跸，不知道还追不追得上他们。"

"他们带着货，走不太快，你们快马急追，赶在他们出关前，还能追上。"公孙敖与朱六金很熟，他的坐骑就是朱六金所赠，于是挥挥手道，"打开城门，放他们出去。"

张次公一直送到灞桥。作别后，刘陵二人如丧家之犬，昼夜兼程，果然在第三日追上了朱安世一行。朱安世、郭解不知道长安出了大事，商队满载货物，晓行夜宿，此时已到了渑池，再过新安，百多里外，就是函谷关了。

一行人正在路旁盘灶打尖，相距不远的一棵大树下，郭解与朱安世正在纳凉闲话。刘陵一喜，策马上前，揖手道："二位大侠，可真是巧遇，别来无恙乎？"

郭解打量着马上的少年，记不起自己认得这么个人。朱安世则起身还礼道："是巧了，公子这是去哪里呀？"

"去关东，回家。"刘陵翻身下马，将马缰递给阿苗，要她牵马到道旁吃草。

"敢问公子乡里何处？"话音未落，郭解轻轻推了下朱安世的腰，低声道，"这两个人绝非男子，我看是乔装改扮的女子。"

朱安世细端量，果如郭解所言，这两人确是女子。他沉下脸问道："你们到底是甚人，为何要跟着我们，从实道来！"

刘陵四下望去，午间打尖时分，路上阒无人迹，朱安世的商队在十数米开外，听不到这里的讲话，于是笑道："大侠的眼风果然厉害。不错，我们是女子，改扮男装，为的是行路方便。"

朱安世盯着她，脸色依然很冷："你还是没有说，你们是甚人，为何跟着我们？"

刘陵扬起眉毛，傲然道："我是淮南国的公主，阿苗是我贴身的侍女。跟上你们，为的是要大侠带我们过函谷。不过几日前，朱大侠还欠我个人情，不会这么快就淡忘了吧！"

"当然忘不了。可你这话就让人不懂了，堂堂一国的公主，为何要易装潜行，又怎么会没有行路的关传！"

刘陵咬了咬嘴唇，恨声道："我以为凡称大侠者，该是胸襟磊落之人，不想尔等猜忌如此。好吧，我就实话告诉你们。宫里出了大变故，皇后被黜，我与皇后交好，怕受牵连，所以要潜行回淮南。我们乃亡命之身，到哪里去弄行路的关传？"

朱安世与郭解面面相觑，几乎不敢相信自己的耳朵。"你是说，陈皇后被废黜了？"

"我干吗要骗你们？不信，你们可以派人回去看看啊。"

陈皇后久无子嗣，被废是早晚的事，可真的废掉了，还是令人震惊。受益的该是谁呢？不用说，是为皇帝生了孩子的卫子夫。一念至此，震惊之下，郭解也为朋友感到欣慰。这下，卫氏去一劲敌，而卫青的发达，亦指日可期了。

"新皇后是谁？是卫氏么？"朱安世心中暗喜。田蚡之死，修成子仲等被拘，使他精心构筑的护墙坍塌了大半。若卫氏富贵，应该对他有利，公孙氏兄弟与卫青交好，而公孙兄弟，尤其是公孙贺，在他重金贿赂下，早已成了他生意上的伙伴与庇护人。

"不知道，出事的当日我们便出了城。"看到郭解与朱安世不置可否的样子，刘陵心中一紧。

"可否带我们出关？请大侠明示。若有难处，吾等就此告辞。"她双目灼灼，逼视着他们，咬紧的双唇泛出了白色。

"你欠她甚情？"郭解很好奇，附在朱安世耳边轻声问道。

"有对头跟踪了我，亏她报信，我及时转移了马匹。"

"那这是大恩了。"不等朱安世开口，郭解纵身向前，长揖道，"殿下助人于危难之际，郭解佩服。过关之事，包在吾等身上。不嫌弃的话，就搭伙同行吧。"

朱安世亦颔首笑道："公主以为在下是忘恩负义之人么？方才所问，无非想明了公主的真实身份。日已向午，二位怕是还未进食吧，请随我来。"言罢，他做了个让先的手势，几个人随他向商队走去。

商队过关，朱安世借口核算税金，单独求见宁成。在衙门的密室中，他打开一只藤箧，里面黄澄澄的全是瓜子金，足有百金。

宁成捧起一把金子，又松开手，看着金子流下去，两眼眯成了一条缝。

"这是这回的分润。往后的买卖，怕是难做了。"

"怎么？"宁成收住笑容，注意地看着朱安世。

"有人盯上咱们了。"

"谁？"

"义纵。"

"义纵？是那个诱捕了修成子仲，被派到河内做都尉的义纵？"宁成的心一下子沉重起来。

"就是他。此番不知怎么被他嗅出了踪迹，从函谷一直跟我到长安。亏得有人报信，及时转移了马匹，才没有出事。"

宁成愤愤地骂道："他娘的狗拿耗子多管闲事！他地盘在河内，手也伸得太长了吧。"

转念一想，不对。郡国的守相都尉，平白无故决不敢擅离职守。义纵去长安，函谷是必过的关卡，自己竟然一无所知，宁成紧张了。"他去长安办案？不能啊。京师三辅、中尉、内史、太常外加长安令，多少个衙门管着，容不得他去插一手！不对，这里面肯定有名堂。"

朱安世点了点头："我怕的也是这个，他若给咱们来个阴损坏，把事情捅到天子那里，危矣。"

"你这次的货不都出手了么？他抓不住证据，也是枉然！"

"这次算涉险过关，可以后就难说了。我打算收收手，过一阵看看风头再说。来者不善，善者不来，伯坚兄你也要小心。"

宁成不以为然："他拿不住证据，其奈我何！"

"可皇帝挺看重他，不然也不会坐视他拘捕自己的外甥。"

"我就不信他能撑得住多久！要论酷吏，我以前比他还狠。可树敌多了，早晚会中了仇家的道。飞鸟尽，良弓藏；狡兔死，走狗烹。做官得留条后路，这个道理，我吃了亏才明白。他义纵早晚也会明白。"

"但愿吧。"朱安世笑笑，"方才忘了告诉你，京师出了大事，皇后被废了。"

"这可是惊天大事！怎么不见诏书过来，真么？"

"错不了。大人还记得从前打函谷经过的那位淮南国公主么？她是皇后的密友，怕受牵连，逃出了京师，想随我们过关。"

宁成沉吟道："她若牵扯进去，就是逆犯。律法上见知故纵是死罪，放她过关，风险太大了。"

"大人刚说过甚？不是还没有接到朝廷的查捕文书么？我欠她个人情，一定得还。况且她女扮男装，没有人知道她是谁。足下卖我个面子，神不知鬼不觉我们就过去了。"

"也好，那我就不出面了。日后上面查问起来，也有个说话的余地。守关的军吏你们都认得，交验了关传，就走你们的。"

宁成站在敌楼上，望着渐渐远去的商队。一名军尉跑上来呈送公文，说是刚刚传到的朝廷紧急公事。一件要求各地关塞即日起严格盘查出入人员，显然与长安的宫变有关。第二件公牍，是朝廷任命官员的文告。宁成呆呆地盯着文告上那行短短的文字，脑中一片空白。真是怕什么来什么，方才说起过的义纵，竟然被派到了他的家乡南阳，出任一郡之守。

去南阳赴任必经函谷关，宁成连续在关门候了两日，终于等到了义纵。他安排了盛大的仪仗与丰盛的酒筵，打算留这位父母官盘桓一日，以深相结纳。出乎意料的是，对亲在关门大礼迎候的他，义纵竟视若不见，连传乘也未停，径自扬长过关而去。

作为过来人，宁成深知，皇帝把酷吏视作快刀，派到哪里，意味着在哪里开刀。义纵在河内诛灭了穰氏，此次去南阳，刀锋又会指向谁？宁氏在南阳属于后起，论富有比不上以冶铁起家的孔氏，论田土比不上暴氏，惟论势，可以睥睨一郡。义纵的态度是个不祥的信号，好在他已做了最坏的打算，两日前已在密信中作了缜密的安排，派心腹日夜兼程送回了南阳家中。此刻，赃证该早已销毁，而官府，也理应打点停当了。

四十三

　　就在刘陵离开长安的同时，城西的直城门，也进来一彪人马。为首者眉目疏朗，美须髯，是个年近半百的男人，肩披标志大将身份的燕尾赤幡。紧随其后的，是三名英姿飒爽的青年军将。他们后面，一个面目精悍的中年军将，双手擎着一面军旗，上面绣着"卫尉骁骑将军陇西太守李"十一个大字。军旗之后，跟随着数十名亲兵。

　　为首的正是李广。马邑设伏后不久，羌人犯境，朝廷将他调任于陇西。他虽兼着卫尉之职，几年中倒有大半时间驻守在边郡。三位青年军将都是他的儿子：长子李当户，次子李椒，少子李敢。护旗的军将正是韩毋辟，数年来他一直跟从李广，戍守于各边郡，现已升任军中的护旗校尉，极为李广爱重。

　　城门守军与巡城的缇骑，见到李广一行，无不肃立致敬。李广挥手致意，心里纳闷，满街缇骑，莫不是朝廷出了甚大事？到得皇城北阙，一行下马。李广拍拍韩毋辟的肩头道：

　　"仲明，此番回来，想必可以松快几日，你领弟兄们去南军营垒住下后，一定要去会会家人戚友，代我问他们个好。吾等先进宫面君，明日得空，到我家饮酒。"李广的三个儿子都是宫中的郎官，宫门备有名籍，按例可以随父入宫面君。

　　言罢，李广与众人揖手作别，带着儿子们进宫。一入司马门，郎中令石建含笑迎上来，身后一老一少，跟着两位郎官。老的李广认得是司马相如，少年看上去则颇为眼生。寒暄已毕，经石建引见，方知道是司马太史之子司马迁。

司马迁向前一步，长揖为礼，极为恭敬。"将军当世名将，在下倾慕已久，今日一见，得慰平生所愿，敬问将军安好！"

"不敢，不敢。司马太史好，少公子也好！"李广拙于言辞，在文人面前更觉拘束，揖手见礼后，起身欲走。

"伯远稍候，还有两位新人没有引见。"石建指着甬道两旁一字排开的禁军卫士道，"将军卫戍边郡，南军①的教练，皇帝改派了他人。眼下南军的军容气势，将军可还满意？"

李广带兵不拘形式，可眼前的禁军卫士个个目不斜视，执戟肃立，比他在宫中教练时的军容严整得多。他不以为然地呵呵一笑道："莫不是程不识代我教练？这些兵，倒像是他带出来的。"

"程将军还在长乐宫任职。代将军教练未央卫士的是这一位。"石建指了指身后一个人，笑道，"仲卿，见过李将军。"

此人三十出头，身材颇壮，长头大耳，印堂饱满，目光谦和而沉着。他上前一步，揖手道："卑职卫青拜见将军。"

石建又指了指身后另一个人，此人年纪长于卫青，面相亦相仿佛。"这位是卫青的兄长卫长君，字长孺；卫青，字仲卿。两位都是去年才入宫的郎官，甚为今上见重，现已擢升为太中大夫。"

他凑到李广耳边轻声道："其姐卫子夫贵幸非常，两位都有椒房之宠。"

原来是靠裙带上来的外戚。李广斜睨了二人一眼，略一抱拳，淡淡一笑道："幸会，幸会。"

李敢少年气盛，不屑道："这种花架子，要到战场上才知道顶不顶用。"

李广瞪了儿子一眼，拉住石建的手，转了话头："石大夫，今日京师满街缇骑，出了甚事么？"

石建看了眼被冷落在一边的卫氏兄弟，赔笑道："李将军鞍马劳顿，征

---

① 南军：汉代长安的卫戍，由三部分构成。中尉统率的北军规模最大，肩负京师三辅的治安保卫；卫尉统率的南军，负责皇城内苑的警卫；郎中令统辖的郎官约千人，食俸禄，轮班侍奉拱卫天子，被皇帝视为储备待用的人才。

尘未洗。过会儿皇帝要召见，先要盥沐更衣，二位先请便吧。"

石建陪着李广等人向前殿去了。卫青无语，向承明殿走去，卫长君则满面悻悻之色，跟在后面。司马相如看着二人的背影，叹了口气。

"李广木讷耿直，这下子与卫氏结下梁子了。"

"怎么？"司马迁不解道，"我看李将军未必是有意给他们难堪，他原本就木讷寡言，不善交际。"

"陈皇后被废，卫夫人入住椒房指日可待，那时你再看卫家的势焰！外戚皇亲，前车之鉴可畏呀。灌夫招惹田蚡，自罹无妄之灾，族灭身死，这才过去多久！"

"我看不至于。卫氏兄弟远不如田蚡跋扈，卫青尤其谦和沉稳，不像是得志猖狂之人。"

司马相如怅然道："随他们怎样，我是要离开这个是非之地了。"

"长卿兄告病还乡，天子允准了？"

"回乡是别想了，今上不放我离开长安，派我为霸陵园令。说是要我拿份俸禄就近养病，有事时好随时都能找得到我。"

他看看司马迁，揎手苦笑道："好在霸陵距长安咫尺之遥，子长空闲时可来盘桓。愚兄要赶回茂陵，就此作别了。"

司马迁望着相如远去的身影，怅然若失。如此文名卓越且大得天子赏识的才子，何以灰心如此！或如自己凭吊过的屈子、贾生，仕途蹭蹬，忧谗畏讥，或自沉，或郁郁而终，有大才之人傲世而独立，多伤于性情，世道人心一至于此，可叹！

少年不识愁滋味，转瞬间他又兴奋起来。如父亲所言，大汉国势蒸蒸日上，天子雄才大略，躬逢盛世，正该是他大有作为之时。皇帝近日极大地提升了太史的作用，下诏擢太史令为近臣，随时记录天子议政时的言行。天下郡国上计的文书，要先交到太史令处备案撮抄，再转给丞相。皇帝还特命司马迁随侍父亲实习，给了他参与机要的难得机会。

"司马迁，朕寄厚望于汝，你要努力呢！朕欲做一番前无古人的事业，其间的人和事，你要序事如春秋，桩桩件件记录在案，传诸万世而不朽！"皇帝言犹在耳，令他回味不已。他知道，皇帝召李广等人回京，是要作出打击匈奴的最新决策。一场波澜壮阔的历史画卷即将展开，而自己亦会置身于其中，亲笔记录下事件的全过程。沉甸甸的使命感，在司马迁心中油然而生，他向前殿走去，由司马相如引退而生的遗憾，亦如流水中的浪花，转瞬而逝。

安顿好亲兵们的食宿，韩毋辟直奔东市。远远望见东市的旗幡，想到就要与暌别已久的亲人们相会，竟不由得有些心慌。结缡多年，与家人却聚少离多，算起来，儿子该有八岁了，窈娘信中讲，儿子已长成懂事的少年。他不敢想象，昔日的顽童会长成甚样。自从获救，他一直跟从李广转徙各个边郡，根本没有机会回长安与家人团聚。与妻子一别，已近五年，家里全靠她一人支撑，除去不时捎回些饷银，他再没有为这个家做什么。走近河洛酒家时，韩毋辟忽然心生怯意，不自觉放慢了脚步。

门帘掀处，走出个妇人，将一盆污水倒入浥沟。抬眼看到一个军吏站在门前，她以为是客人，正待招呼，却猛然怔住了。如此熟识的面容，不正是分离数载，昼思夜想，无数次梦中相会的丈夫么！

两人相对无言，细细端量着对方，如在梦中。夫君肤色黝黑，满身征尘，略显苍老的面容刚毅如旧，依稀可见当年的风采。窈娘人近中年，身材仍保持得很好，只是眼角已生出细细的皱纹，依然黑亮的乌发中已看得到缕缕银丝。

韩毋辟的眼睛湿润了，嗫嚅着说出一句：“夫人受苦了！”

“你可回来了！”窈娘泪如泉涌，掩泣失声。

一名少年闻声而出，挡在窈娘前面，警惕地盯着韩毋辟：“娘，你怎么了？这人是谁？”

少年面相英俊，舒展的额头，抿起的嘴角都与自己仿佛相似。韩毋辟伸出手，亲切地叫了一声“昌儿！”

昌儿打开他的手，退后一步：“你别碰我！我不认得你。”

“昌儿，这是你爹，你平日总念叨的亲爹！”窈娘笑起来，抱住韩昌，把他推向前去。

韩昌怔怔地望着眼前的男人：“你真是我爹？”

“你娘的话还能假得了么？傻儿子！”韩毋辟一把拉过儿子，紧紧搂在怀中，一股热流涌上来，他竟身不由己地颤抖起来。

韩孺闻声赶出来，身后也跟着个孩子。"嘿，仲明到了！原想去迎你的，不想出了逆案，全城警跸，出不了门。"

韩毋辟走上前，与兄长把臂相望，不觉泪眼蒙眬。昆吾一别，已逾十载。光阴荏苒，两人鬓上都有了白发。

另一个少年抱住韩孺的手臂，问道："阿爹，这就是二叔么？"

韩毋辟摸了摸少年的头："这孩子是延年？"韩毋辟从家信中得知，兄长有了个独子，起名延年。当年韩毋辟亡命时，还没有这个孩子。

韩孺笑道："正是犬子。听到你要回来，非缠着相跟到长安。还不快给你二叔请安！"

少年羞赧地问了声安，转到叔父身边，抚摸着韩毋辟的佩剑。

韩孺拉过儿子，笑道："好了，让你二叔进屋叙话。都进屋，都进屋说话。"

众人进店后，窈娘亲自下厨操持酒食。兄弟俩相对而坐，韩昌与韩延年倚在韩毋辟身旁，听大人叙话。

"怎么不见大嫂？"韩毋辟四下打量着，店堂中很冷清。

"全都来了长安。家里种着麦菽青菜，还有鸡鸭鹅狗，总得有人照应，她脱不开身。"

"这店生意如何，怎么不见客人？"

"好着呢，饭口上来的客人都得等座。这几日宫里出了事，满街巡查的缇骑，谁还敢出门找事？过一阵子，还会火的。"

"甚事？"

韩孺道："听说是宫里有人行巫蛊，皇后为此也被废黜。你若早回几日，东市门前，还见得到被枭首示众的巫婆脑袋呢。"

于是细细讲述了最近的传闻，韩毋辟错愕之外，不免相与咨嗟。韩孺忽然想起什么，双手拍膝，叹道："可惜。"

"怎么？"

"你若早回来几日，就能见到当年救你们出险的恩公，郭解郭翁伯。"

韩毋辟叹息道："兄长既知我近日还京，为何不多留他些日子！此番错过，又不知相见何日了。"

韩孺笑道："我岂能不留？可我去昆吾接弟妹，回来时他已然走了。留下话说他与人搭伙出关还乡，风头过了，后会有期。翁伯是个自行来去的主，他想走，任谁也留不住。"

"黄轨呢？他不是也帮着翁伯打理此店么？"

"前年他与京城的恶少结了梁子，搬翁伯教训了他们。怕人报复，去上郡他兄长处投了军。说实在的，若非朋友之托，我也想换个行当，弃商从戎呢！"

"哦，为甚？"

"为兄堂堂八尺男儿，一身长技，无所施展，岂不虚掷了一生！眼下家中衣食无忧，儿子也大了，没有了牵挂，该是换个活法，为国建功立业的时候了。"

韩孺抿了口茶，叹道："从私心上说，也是为了改换身份。商贾乃四民之末，比奴婢强不到哪里。朝廷抑商，有钱也不许捐资为官。为子孙计，脱去市籍，再造家世，亦只有从军一途。"

得知兄长有意从军，韩母辟亦兴奋起来。"此番天子召回李将军，据闻便是咨商和战大计。匈奴欺我数十年，皇帝早有意转守为攻。愚弟以为，朝廷不久当会遣大军出塞，重击匈奴。兄长有意从军，正其时也！我在李将军面前可以说得上话，要不要兄弟我代为先容？"

"仲明追随李将军数年，真如传闻所言，胡人畏之如虎么？"

"有过之而无不及！弟随将军转戍上郡、北地、雁门、云中四郡，胡虏知道他在，皆不敢贸然犯境。此番去陇西平乱，一举诱杀数百羌豪，威震羌中。"

韩孺兴致极高，好奇地追问："据说朝廷两大名将，程不识与李广不相伯仲。依仲明看，两人孰高孰低？"

"论起治军，各有千秋，一严苛，一简易。程将军可学，李将军不可学。"

"怎么讲？"

"程将军治军律法极严，从不打无准备之战，行军必依部曲行伍，扎营必严阵以待，军吏巡徼，刁斗直敲到天明。没有主帅军令，谁也不准妄动一步，故胡虏无隙可乘。李将军则不然。幕府文书简易，行军不布阵，扎营就水草而居，人人自便，夜无刁斗之声。"

"胡人偷袭怎么办？"

"无论行军还是扎营，将军都会放出数支斥堠，伺察敌人动静，外紧内松，胡虏根本靠不了前。士卒多乐于跟从李将军，而苦程不识。有位将军曾说过，'李广才气，天下无双。'确是一语中的。"

"那么仲明是赞成李广了？"

"不由得你不赞成。将军爱兵如子，与士卒共饮食，有口皆碑。带兵出征，行至水源缺乏处，士卒有一个没有饮到水，他绝不沾水。士卒饱餐之前，他也绝不会碰一下食物。有赏赐，辄分与麾下士卒；宽和仁厚，全军爱戴，乐于为之效死。以此论之，他人差矣，相去不可以道里计！"

"古之名将，不过如此。难得，难得！"韩孺赞叹不置，"若有机会得瞻颜色，烦老弟一定为愚兄引见。"

"没问题。适才分手前，将军还邀我明日去他家饮酒，兄长可随我同去。不过我得先提个醒，将军为人木讷寡言，不善交际。平日军中无事，与部下划地为阵，以弓弩校射，负者罚酒为游戏。将军长臂善射，力开百钧，箭无虚发，观者无不叹为观止。"

韩毋辟绘声绘色，韩孺啧啧称叹。兴致正高时，偎在韩毋辟身边的韩延年蓦然插嘴道："二叔，我也要投李将军，从军杀敌！"

"昌儿呢？"韩孺笑问。

"我也要从军！"韩昌不甘落后，也叫起来。

两个孩子兴奋得涨红了脸，稚嫩的面容上流露出对军旅生活的向往。韩毋辟摸着儿子与侄儿的头，笑道："好，到时候咱们全家都从军。打虎亲兄弟，上阵父子兵！"众人哄然大笑。

窈娘领着店伙托着酒菜过来，听到了他们的对话。她蹙眉佯怒道："好了，好了。老的，少的，别动不动就从军打仗！肚子饿了就让开，容我们布完酒菜，再唠扯你们那些事。"

孩子们跳起身，欢呼起来。

四十四

"传召的人都来了么?"

刘彻身着便服,东向危坐。平日众多侍从的宦者宫人全被屏除,随侍于身旁的只有郎中令石建,谒者令郭彤与郎官司马迁三人。显然,今日会议的定是机密大事。

郭彤道:"都在殿外候着呢。"

"传进来吧。"

"是。"郭彤走到殿门旁,清了清嗓子,逐个大声宣召候见的官员。

"中尉韩安国觐见!"

"大农郑当时觐见!"

"未央卫尉、骁骑将军李广觐见!"

"长乐卫尉程不识觐见!"

"太仆、轻车将军公孙贺觐见!"

"太中大夫、材官将军李息觐见!"

"太中大夫卫青觐见!"

被宣召者鱼贯而入,依次向皇帝行礼后,各依官爵位次入席,每席的书案上,都摆放着一卷简牍。

"今日奉召入宫的各位,除卫青而外,都带过兵,有将军的身份。闻鼙鼓而思将帅,朕不讲,各位想必也明白,今日所议必与军事有关。"

刘彻扫视着众人,举起手中的卷牍道:"各位面前都有这么一卷简牍。

这是前御史大夫晁错上孝文皇帝的《言兵事疏》。先帝将此疏交给我时说，晁错虽诛，但其见地不凡，有谋国之忠，不可因人废言，要我细心研读，摸索出战胜匈奴的办法。朕翻检诵习此疏，不下百遍，熟而生巧，终于悟出了一些道理。此疏朕让人誊抄多部，各位人手一册，请各位细读后，共议对匈奴的军事。"

奏疏不长，众人很快读完。刘彻接着说道："说到对匈奴的军事，朕想起了另一个人。大行王恢马邑之役偾事被诛，可他的判断没有错。他说我与匈奴处于必战之势，如此则迟不如早，先发制人，后发制于人。马邑失利，汉匈绝了和亲，断了互市，胡虏耿耿于怀，连年侵扰我边郡，意在疲敝，削弱我国力。若听之任之，则国无宁日。晁错提出合小以攻大，以蛮夷制蛮夷，朕原来亦想远交近攻，联络匈奴之世仇大月氏，以牵制、分散匈奴的兵力。可张骞一去八年多，渺无音讯，生死不明。看来月氏是指望不上了，匈奴只能靠我们一家来打，好在休养生息了几十年，国力已大为充实。公孙太仆，你给各位说说，朝廷可用于作战的军马，现状如何？"

公孙贺顿首道："臣遵命。先帝深谋远虑，于北方边郡设置马苑三十六所，发官奴婢三万人，养马三十万匹。现今的规模，可用于骑兵征战的军马约三十万匹，以一骑两马计，可装备十五万骑兵。用于挽重转输的马匹近二十万，尚待长成的马驹更多，二三年间，便可得力。虽然累于辎重，我大军尚不足以深入匈奴腹地，但在边郡沿线，足可出塞与匈奴一战。"

"各位将军，以大汉目前的实力，如何打击匈奴？各位尽可直言不讳，贡献自己的意见。"刘彻言罢，看了眼韩安国，示意他先讲。

韩安国道："臣愚昧，敢问陛下：依公孙将军的判断，我军尚不足以深入，只宜在边塞附近作战，那么无非还要用老办法——以逸待劳，诱敌来战。问题是，马邑涉险之后，军臣还肯不肯上钩？"

"李将军怎么看，与匈奴开战，可乎？"韩安国对开战不积极。刘彻压住心里的不快，转问李广。

得知皇帝欲出击匈奴，李广极为兴奋，终于可与劲敌一较高下了！心中蠢蠢欲动的战斗渴望，化作了激情四溢的一句话："天子圣明！臣等这一日，等得头发都白了！"

少年时随孝文皇帝出猎的情景，历历如在目前。他赤手格杀猛兽，皇帝拍着他的肩头赞叹道：可惜了人才！你若生在高皇帝之世，万户侯何足道哉！朝廷数十年与匈奴和亲，边塞少有大战，身怀长技的他，本该立功封侯，显扬父母；战场之于他，犹如苍穹之于鹰隼，深林之于猛兽，那种驰骋沙场的渴望，充斥着他的身心。无奈生不逢时，半生蹉跎，志意难伸。

李广自觉失态，敛容道："韩将军之言差矣！兵法云，兵无常势，水无常形。故用兵不可囿于常规，军臣肯不肯上钩，要看鱼饵够不够大！鱼饵够大，不愁他不上钩。"

刘彻大喜，双目熠熠，催问道："将军请讲，要甚样的鱼饵军臣才肯上钩？"

"军臣年老，耽于享乐，其众多阏氏姬妾，最喜欢的就是中国的缯帛织锦。以往有朝廷的赏赐与关市交易所得，尚难餍足其嗜欲。而今绝和亲，断关市，军臣所欲，只能由走私与抢掠得之，可数量太少。臣在边郡多年，深知胡人对关市之依赖，朝廷若能恢复边郡关市，胡汉客商定会麇集交易。军臣闻讯，必来掳掠。我军以逸待劳，猝然击之，可获全胜。"一涉及军事，李广仿佛变了个人，口若悬河，神采奕奕，绝难相信他平时竟是个木讷寡言之人。

韩安国笑着摇了摇头："军臣糊涂，他下面的诸王未必糊涂。你开一关市，明摆着是个圈套，再大的诱饵，他也不会上钩。伯远太过一厢情愿了！"

"谁说只开一个关市？边郡关市可以多开几个，虚虚实实，让军臣摸不着头脑。我敢断定，军臣必来。韩将军多虑了！"

"好，就算军臣受不住诱惑，那么何以知道胡虏会袭击哪一个关市？难道每个关市都设伏，扑了空怎么办？马邑之役，你我劳而无功的教训还不够么！"

"关市与马邑根本是两回事！匈奴袭掠关市，多是数千人的小股。我军亦不用兴师动众，各关市预备一万精骑即可，相互策应，随机应变，有利则进，无利则退。哪里谈得上劳师动众！"

刘彻看看石建，问道："二位将军的议论，石大夫以为如何？"

"老臣以为，李将军多年来转战于各边郡，身在前线，比起吾等久列朝堂之人，更熟悉那里的情况，也最熟知匈奴的战法。他说可行，就应该可行。"

"程将军？"程不识用兵谨慎，刘彻很想听听他的想法。

"臣以为，凡事应从最坏处打算，向最好处努力。战，则应求必胜；战而不胜会挫伤士气，折辱军威，则不如不战。臣只有一个疑问：关市胡汉杂处，匈奴人细作众多；大军设伏，难于保密。风声一旦走漏，军臣以大军奔袭一处，何以应之？请各位三思！"

程不识之问切中肯綮，众人面面相觑，场面一时冷了下来。

一直沉默不语的卫青忽然开口道："小臣奉诏研读此疏，略有心得，不知可否冒昧陈言？"

刘彻早于数月前，即已指示卫青研读此疏，有加意栽培之意。卫青明白皇帝的用意，日日往承明殿研读军事，不懂的便向石渠阁的博士们请教。刘彻有时问其心得，卫青总是闪烁其词，语焉不详。不想今日大庭广众之中，竟然有勇气开口。

刘彻注意地看着他，颔首道："好啊，今日召你们来，为的就是征询汝等的意见。你既有心得，不妨说给众人听听。"

卫青环视着众人，揖手道："在下冒昧，在各位将军面前班门弄斧了。"

他深吁了口气，语气不疾不徐，款款而谈："晁大夫疏中，概述了敌我态势的不同，与作战方式之短长。具体而言即匈奴长技有三，中国长技有五；而所谓长技皆取决于其所处地形技艺。长久以来，皆以为中国不敌匈奴，输在马上面。初闻有理，但细一琢磨又不尽然，晁大夫于此早有先见之明，卫青不揣冒昧，愿再为各位将军诵读。"

他展开简牍，大声读道："今匈奴地形技艺与中国异。上下山阪，出入溪涧，中国之马弗与也；险道倾仄，且驰且射，中国之骑弗与也；风雨疲劳，饥渴不困，中国之人弗与也。此匈奴之长技也。若夫平原易地，轻车突骑，则匈奴之众易扰乱也；劲弩长戟，射疏及远，则匈奴之弓莫能格也；坚甲利刃，长短兵器相杂，游弩往来，什伍俱全，则匈奴之兵莫能当也；材官驺发 ①，矢道同的，则匈奴之革甲木盾弗能支也；下马地斗，剑戟相接，去就相搏，则匈奴又不如我。此中国之长技也。

---

① 材官，汉代习语，指勇武之士；驺发，善射之骑士。

"由此可知，车战、步兵或骑兵，各有其适宜之地势，地势不对，纵有长技亦难得施展。匈奴背倚阴山，占尽地利；又善于骑战，来如风，去如电，纵横驰骋，我军若无长城，几乎无险可守。故小臣以为，阴山，乃我军与匈奴必争之地，我军长远战略亦应基于此，步步为营，逐次推进，直至将匈奴逐出阴山一线。阴山以北为草原大漠，一马平川，无险可据，最利于中国之长技。拿下阴山，则敌之依托变我之依托，如此攻守易势，以我之长击敌之短，我军终将化被动为主动，胜券方可稳操于中国之手。"

卫青的分析切中肯綮，众人频频颔首，豁然开朗。对这个由裙带邀幸的外戚，刮目相看了。

"卫卿所言，深得朕心。眼下关市一战，你怎么看？"

"臣不才，以为可战。如晁大夫疏中所言，有汉以来，归顺朝廷的降胡甚多，其饮食长技与匈奴同，多安置于北边各郡。小臣听同在期门为郎的公孙敖讲，阴山险阻，可以义渠胡骑当之，与平原作战之车骑步战，各施长技，互为表里，则军臣不足虑。"

"朕记得这个公孙敖就是个义渠胡人，太仆，他不是你的堂弟么？"

公孙贺道："正是臣弟。"

"此番诱击匈奴，朕要派你们兄弟大用场。" 刘彻笑道，欣慰之情溢于言表。晁错言，安边境，立功名，在于良将，不可不择也。卫青后生可畏，朝廷之良将，李广之后后继有人了。有了能够贯彻自己意图的将领，他决心一战。

郭彤拉开墙上一幅大图的遮帘，刘彻指点着地图上的山川形势："此番作战，就定在云中、雁门、代郡与上谷一线，四郡相邻，便于相互策应。作战方略如李将军言，有利则进，无利则退。机动灵活，不拘成法。要在痛击来犯之敌。"

他扫视了一眼众人，神色肃然："一开春，就在这四郡开放关市。雁门当敌之正面，由李将军带一万精骑出塞。公孙太仆加轻车将军节钺，亦领一万义渠胡骑出云中；卫青加车骑将军节钺，带一万车骑出上谷；公孙敖加骑将军节钺，带本部胡骑出代郡。平时四路均听李将军节制，军臣若携大军前来，谁当之即以谁为主，其他各路及时策应，必予其以重创。"

将军是高级军职，秩二千石。卫青、公孙敖以郎官跃升至将军，是一步登天的超擢。众人惊愕之余，面面相觑，对此不赞一词。皇帝用人不拘一格，不循资历，司马迁奋笔直书，既为之鼓舞，又有些为李广抱屈。刘彻也看出，卫青的平步青云，老资格的将领们心里不服，以缄默表示着不满。

他虽然给了卫青机会，可在心里更看重李广，四军之中，李广经验最丰，威名最高，军力也最强。他把李广置于雁门，在于雁门之方位正对着单于的王廷，最有可能与军臣遭遇。而卫青所在的位置偏东，与敌相遇的可能很小，与其说他要卫青去作战，莫不如说，他是要这个布衣出身的妻舅去实地感受一下战场的气氛。

"卫青、公孙敖教练期门骑兵，卓有成绩。可中不中用，还要在战场上见分晓。此番委以重任，尔等好自为之，切莫负朕之厚望。"

说到这里，刘彻觉得不妨申明自己的用人之道："朕用人无论亲疏长幼，要之人尽其才，才尽其用，有功者必赏，有过者必罚。但能有建树者皆可望拜将封侯，朕虚位以待，决不吝惜爵赏！各位听明白了！"

"臣等明白。"众人再拜顿首。

"大战在即，为不蹈马邑覆辙，朕即此重申数条军律，各位将军谨记军法无情，莫谓朕言之不预！"

众将皆肃穆。

"知虏在前，畏懦逗留不进者，斩。"马邑之役，大行王恢即因此而死。

"作战失期，贻误军机者，斩。"

"临阵脱逃，败战失军者，斩。"

"降敌者，诛其身，没其家。"

刘彻的声音不高，可肃杀之气逼人，众将凛然。

刘彻放缓了脸色："本次战事一如马邑，其成败仍在于保密。各军应分批小股出动，各赴待命处集结。对外则佯称朝廷发卒筑路，修治雁门道的险阻。大农，兵马未动，粮草先行，朝廷现时的储积可足用么？"

郑当时道："粮草辎重够用，不足用者钱也。前年河决赈灾，今年开掘连通渭水的漕渠，民工数万，所费不资。此番转输辎重到边郡前线，要从民间征调车马力役，修治道路，取给支付均需现钱。官库的钱大部要留作平准之用，故不敷足用。"

"可否从少府皇库中支用，以为挹注？"

"上林苑正在扩建，建章宫亦在修治，皇库亦感支绌。怕要另想办法。"

"甚办法？"

"算商车。"

"算商车？"

"对，是算商车。石大夫属下有一新进少年郎官，年仅十三，洛阳贾人之子，以资入官为郎。此人有家承，心思细密，言利事不差秋毫，诚为理财之能手。算商车，正是他的主意。"

"哦，是这样么？这商车该怎么算？"刘彻很感兴趣地问道。

郑当时道："天下承平数十年，我朝商贾兴盛过于以往。商贾贩运必以车船，朝廷可径以车船计值，每车或船征收税金若干，称为一算。此钱乃商贾取之于民，朝廷征收后又用之于民，而商贾亦为国家作了贡献。以每算百钱计，于商人不过九牛一毛，合税总计当不下巨万，足可支付军用。"

"此人叫甚名字？"

"姓桑，名弘羊。"石建道。

财用之难题迎刃而解，满心欣慰的刘彻露出了笑容。"好！又一个少年英才。小小年纪，能有如此头脑，难得。你会同石建，与这桑弘羊尽快拟好条陈呈上来，对他说，朕要召见他。"

他看了一眼众臣，很恳切地说："诸事俱备，各位可以分头准备去了。春季开市之前，各部人马均须到位，一俟有匈奴来犯的消息，你们便分路出塞，寻找战机。朝廷教练骑兵十数年，可否与匈奴一较短长，乃至战而胜之，全要看各位将军的表现了。李将军，大将出征，朕本应亲临宫门，为各位饯行。可事涉机密，这件事得推到各位奏捷凯旋之时，届时，朕当御门摆酒，为各位叙功。"

众人退下后，刘彻回到寝宫。他觉得有些疲倦，斜倚榻上闭目养神。有人悄没声地走进来，轻轻地招呼："陛下，陛下！"

他睁开眼，原来是所忠与小黄门苏文。"甚事？"

他记起，卫子夫今日分娩，所忠与苏文是派去听消息的。他猛然起身，满怀希望地问道：

"生下来了？"

"生下来了！奴才恭喜陛下，是双胞胎，母子全都平安。"所忠的笑有些勉强，刘彻看出了他的不安，心一下子沉了下去。

"儿子？！"

皇帝的脸色难看了，所忠嗫口不言，瞪了眼身旁的苏文。苏文无奈，战战兢兢地说道："奴才该死，卫夫人又为陛下生了一对公主。"

刘彻极为失望，方才的兴奋转瞬即逝，他倒下身子，倚在卧榻上发呆。

"陛下可要去后宫看看卫夫人，看看新生的公主？"所忠赔着小心，悄声问道。方才来前殿时，卫子夫所赠颇丰，求他们一定让她见皇帝一面。

刘彻冷冷地说道："苏文，你去传朕的话，要她们母子好生将息。朕忙公事，有空自会去的。"

苏文走后，刘彻吩咐所忠前往永巷，传王美人侍寝。王美人是赵国人，新近入宫，颇得皇帝的好感。所忠吁了口气，看来，除非生下皇子，卫子夫想要入主椒房殿，还真不好说呢。

四十五

横亘于塞外的阴山,东西绵亘千余里。山中沟谷纵横,草木繁盛,禽兽极多,自先秦以来就是匈奴人狩猎的场所。在雁门边塞以北数百里开外的阴山北麓,有片广袤丰美的草场,一座巨大的毡帐支在中央,四外环立着千百顶大小不一的帐幕,远远望去,犹如遍地盛开的花朵。这里便是匈奴单于驻节之处,汉人称之为单于廷,而胡人自称其为龙城。每年的五月①,匈奴诸部都会聚集于此,祭祀天神,祈祷一年的风调雨顺,人畜平安。

四月的春风,吹绿了草原,圈养了一冬的牲畜被放了出来,安静的草原重新喧闹起来。源源不断的胡人每日都在向这里汇集,草场上支起了越来越多的毡帐。与以往不同的是,前来的是清一色的青壮年男人,无人携带眷属与牲畜。

近午时分,阴山方向疾驰来一队人马,直奔单于大帐。大帐外熊熊的篝火上,正在烤炙着一只全羊。侍从们不停地翻转羊的酮体,将炙熟部位的羊肉割下,送入帐内,单于正在那里与奉召前来的诸王宴饮。

军臣东向而坐,身旁是左屠耆王、太子於单、相国赵信。左首是左鹿蠡王伊稚斜、左犁汙王伊秩訾,右首是姑夕王庞勒、日逐王奥鞬。马邑之役后,各边塞的关市中止了四年,匈奴日常所需的缯帛织锦、茶叶美食等奢侈品断

---

① 五月,汉初以十月为岁首,则五月相当于汉历的春二月。

了来源，走私所入有限，使享乐惯了的贵族们尝到了匮乏的滋味。风闻雁门等边郡即将开放关市，军臣决计要大掠一番，一为鲜衣美食，一为报马邑之仇。龙城已会聚了十万大军，一俟探明虚实，匈奴的铁骑便将以迅雷不及掩耳之势，直扑雁门。

"百夫长贺兰英叩见大单于，愿腾格里①护佑我大单于！卑职向大单于，向各位王爷请安。"探马三十岁年纪，面目精悍，是军臣亲军的统领，数日前被派去边塞打探关市的消息。

"情况都摸清了？"

"摸清了。汉人在上谷、代郡、雁门与云中四郡都开了关市。可能是久停的缘故，今年的关市盛况空前，尤其是雁门与代郡两处，赶去交易的胡汉商贾，不下千人，货物堆积如山。"

军臣又问："汉人那面的防卫如何？"

"标下派出了细作，装扮成胡商。几日来摸出了不少消息。汉人数月前派了几万军卒，修治雁门道。而后将筑路的军卒分派到沿边各郡驻守，护卫关市的也是这同一伙人。雁门驻军的首领是悍将李广，带有一万骑兵驻扎在塞外的颓当城。代郡驻扎的据说也是汉军的精锐骑兵，也有万把人，由归附了汉人的胡人充任，带兵的将军公孙敖，就是个义渠胡人。"

"上谷与云中两地呢？"

"上谷穷瘠，交易的行商少，当地的百姓多，值钱的货不多。标下派去的人在市场转悠了一日，只见到少数戍卒，看样子汉人没有在此屯驻重兵。云中有汉人的马苑，防范很严。关市上以马匹交易为主，汉人多以缯帛食物换我匈奴马匹。守将是个朝廷的大官，名公孙贺，听说也是个义渠胡。"

"雁门与代郡的关市，开了多久？"

"雁门已开两日，代郡昨日方开市。据雁门关市管事的讲，交易火得很，收市还得几日。"

军臣环视着诸王，大笑道："我们兵分两路，昼夜兼程，这桩买卖还来

——————————

① 腾格里，匈奴语"天"之谐音。

876

得及做！我带五万骑奔雁门，於单带五万人去代郡。本大单于要会会李广，与他硬碰硬地战一场。"

於单道："汉人包藏祸心，开市或许又是个圈套！请大单于三思，莫蹈马邑之覆辙。"

军臣不满地白了儿子一眼："以为我们是傻子？汉人的皇帝不会蠢到这个地步！圈套又怎的？汉军人少，吾等不入塞，汉人干我个球！汉军若敢出塞作战，正合吾意，管叫他有来无回。"

伊稚斜接言道："大单于圣明。汉人有句成语，叫作'不入虎穴，焉得虎子'。汉军平日龟缩在塞内，若关市遭袭，必会出战，重创其精锐，扬我天威，此其时也！小弟昨夜占测过天象，这几夜正当月圆，是出征的大吉之兆。"言罢，他对赵信使了个眼色。

"臣以为，龙城乃我之根本之地，太子乃国之储君，应留此镇守，代郡一路，当慎重推选一名王代太子出征。"赵信当然明白他的用意。太子而外，诸王的地位身份都低于伊稚斜，於单留守，左路的统帅，自然非他莫属。

於单的优柔寡断，一直是军臣的心病。他虽然猜忌伊稚斜，可心里不能不承认，统驭大军，攻坚野战，无论谋略还是勇气，伊稚斜远胜于儿子。好在自己的身体还足够强健，威望也足以压制这个不安分的兄弟。他扫了眼伊稚斜，淡淡一笑，问道：

"赵相国的话有道理。伊稚斜，若派你代於单出征，这一战，你打算怎么打？"

"诱击。臣以为，我军亦可以其人之道反治其人之身。汉军依托于边塞，有利则进，无利则退，我军难于措手。最好的办法，是把他们诱至塞外，一鼓而歼灭之。"

军臣的眼睛亮了："好啊！可如何做到呢？"

"春季牲畜转场之际，乃放牧的忙季，以往我方即便犯塞，最多不过数千人的小股。汉人凭经验办事，探马所报各关市护卫的汉军不过万骑，就是他们这种心态的反映。我们则不妨将计就计，先派出两三千人掳掠关市。敌见我人少，必穷追不舍，我军可佯作畏惧败退，诱使汉军远离关塞，然后出其不意，以埋伏于两翼的大军包抄合围。敌军孤军深入，外无援兵，粮草不继；我军数倍于敌，又占据天时地利，可期于必胜。"

军臣捋髯沉思了一会儿，颔首道："你这个主意成，就这么办。於单与赵相国驻守龙城，庞勒、奥鞬随我率本部去雁门，伊秩訾随你率左屠耆王部去代郡，要给我狠狠地打，叫那刘彻知道甚叫作痛！"

军臣与诸王们大笑了一阵，吩咐巫师占筮，卦象也是大吉，众人大喜，直饮到晡时才散席。

伊稚斜走后，军臣下令姑夕王庞勒率所部四千骑兵为前队，兵锋直指雁门，大军则隐蔽于阴山南麓的沟谷之中待命。诸王分头集合人马上路，大帐中只剩下军臣与於单。望着郁闷不乐的儿子，军臣抚慰道："不是为父的不给你机会，实在是伊稚斜更有取胜的把握。"

於单恨道："那赵信摆明了是伊稚斜一党，两人一唱一和，居心叵测。伊稚斜狼子野心，早就觊觎单于的位子，父亲就看不出来？伊稚斜屡建军功，睥睨一世。父亲一旦不讳，儿子怕只有等死的份了。"

军臣拍了拍儿子的头："你莫慌，我心里有数，他还左右不了大局。这次我留给你一万人马，你把家给我看好了。那个赵信，是他的智囊，我不在时，找机会你栽个罪名处置了他。对付伊稚斜，要先剪除掉他的羽翼，以后收拾起来就容易了。"

颓当城位于雁门塞外西二十里处，原是汉初韩王信为抵御匈奴而修筑的一座障城。韩王信投降匈奴后，这里便被废弃。数十年后，城垣尚在，可城里面四处断壁颓垣，残砖碎瓦，几乎找不到一间完整的房屋。李广驻军雁门后，清扫修葺，颓当城面目一新，被用作举办关市的场所。

开市三日，商贾会聚，货物山积，一日之交易过百上千，呈现出空前的兴旺。每日赶来交易的商贾百姓依然络绎不绝，主持关市税金征收的掾吏啬夫乐得合不拢嘴。坐镇于中军大帐之中的李广，每日出城校射，看上去倒也闲适自在，可熟悉他的属下都知道，眼下颓当城中心事最重的人，就是他们的主将了。

韩母辟踩紧脚下的强弩，运足力气，不紧不慢地将牛筋缠制的弓弦拉开，扣在弩牙上。他抽出支弩箭，顶入弓弦，伸直臂膀，扣住扳机，从望山①的缝隙中觑了眼千步之外的标靶。标靶是个匈奴装束的草人，头、胸、腹部都以红色标出了要害部位的记号。他用手指抹了抹弓弦，有种硬邦邦的感觉，可想而知这强弩的力道。他再觑了一眼望山，猛地扣动扳机，弩箭脱弦而出，铮鈇有声。几乎是在同时，标靶处响起一片喝彩之声，从挥动红旗的靶监的示意中，韩毋辟知道自己射中了最要害部位——眉心。

李广接过大弩，对韩毋辟笑笑，赞道："仲明的箭法越发出色了！"李广极少对部下下这样的评语，韩毋辟笑笑，心里很受用。眉心是最难命中的部位，全军只有李将军自己能够百发百中。

李广轻舒猿臂，将弩箭上了弦，略微测度了一下靶距，扬手之间，扳机已被扣动。随即欢声雷动，可靶监的旗语传递过来的讯息却出人意料，弩箭擦靶而过，并未中的。

"晦气，校射心不静不行。"李广摇摇头，将大弩递给身旁的亲兵，走回大帐。他已连续数日派出斥堠，可一直没有匈奴人的消息，难道自己估算错了？昨夜十五，月满而圆，是匈奴人出兵的吉日，若犯塞，应该就在这几日。凭着对军臣的了解，李广不相信匈奴人会对开市无动于衷。关市一开，他便派儿子当户出巡，嘱咐他要深入阴山窥伺匈奴人的动静，最好能捉几个俘虏回来。三日了，报信的军士早该回来了，李广心里焦灼，面色却很平静。他看了眼跟在身旁的韩毋辟。

"你那个兄长，现下如何，有信来么？"

"有信。禀将军，我哥他已经投军，被编入北军越骑校尉麾下。"

上次回京城的次日，韩毋辟便领韩孺去了李广家。相见之下，惺惺相惜，李广得知韩孺有意从军，十分赞成，说是男儿理应志在四方，不可老死于牖下。韩孺答应一俟将买卖家人安顿停当，便会投奔李广，不知什么原因，却在京师从了军。

李广觉得惋惜，叹息道："你兄长是位英雄，此番错过了，早晚也会出头的。"

---

① 望山，古代弩机上瞄准器之称。

韩毋辟没有答话，他的思绪已移至窈娘和儿子身上，兄长一从军，家里只剩女人与孩子了，她帮大嫂支撑家业，又得辛苦了。

一名军吏飞跑进大帐，喜形于色地叫道："到了，到了！李校尉有消息了！"

李广猛地站起身，大步跨出营帐。一名驰到帐前的军吏翻身下马，拜倒在他面前："禀报将军，匈奴人过来了！"

"哦？过来了！有多少？"

"四千人总是有的，昨夜过的阴山，是奔这里的关市来的。"

李广大喜之余，亦有些不安，追问道："匈奴人离这里还有多远，李当户为甚不回来？"

"说不准，总在百里开外。少将军要标下先行回报，他自己带队留在后面，一看胡虏有没有后援，二是开战后，他会适时从敌后突击，杀胡虏一个措手不及。他要标下转告将军，后路一断，敌阵必乱，我军可乘势掩击合围，聚歼胡虏。"

李当户自行其是，大出李广的意外。他原来嘱咐儿子，一旦发现匈奴来犯，应即刻返归报信。儿子带去的亲兵，不过二百余名，背后突袭，虽出敌不意，终究寡不敌众，会遭遇极大的危险。好在胡骑仅只四千，自己足够应付。当务之急，是尽快与敌接战，接应儿子回来。想到此，他好整以暇地看着侍立在身旁的军吏，以极冷静的声音下令道："马上再派两队斥堠出去。吩咐下去，各部埋锅造饭，整备军械，一个时辰之内，全军开赴前敌。"

幕府长史陈规问道："匈奴人是冲关市来的，是否马上传令关闭？"

李广道："不关。关了，匈奴人会缩回去，岂不功败垂成。"他随即命令李椒带一千骑兵巡徼边塞；李敢带一千骑兵留在频当城，护卫关市。

"陈长史，大军开拔后，你即修书两封，遣人送代郡公孙将军、上谷卫将军处报警，要他们尽速开拔，向我军靠拢，以备策应。"

匈奴来势甚猛。李广刚刚端起饭碗，第二批出巡的斥堠已赶了回来，据他们报告，匈奴前锋已进抵到四十里开外。好在他总是最后一个用饭，全军已然处在整装待发的状态。

"韩毋辟听命。"

"标下在。"

"传令全军马上开拔，偃旗息鼓，中军在前，两翼殿后，前行至二十里处，依此队形布阵，左右翼要尽可能隐蔽。大军前面，要广撒斥堠，匈奴人的动向，要随时报我。"

"标下领命。"韩毋辟走出帐外，大声宣布开拔的军令。

隆隆的鼓点混合着大队骑兵奔驰的蹄声，如同暴雨来临前滚动于天际的闷雷，令人心惊。李广不慌不忙地往口中扒饭，仿佛根本没有看到身旁军士们的紧张。良久，他要了盂水，喝了两口，余下用来漱了漱口。随后命卫士取来甲胄，穿戴停当，大步走出营帐。韩毋辟早已将他的坐骑带到帐前，李广拍了拍爱骥的额头，这才转身望着跟随在身后的将士，笑道："戎马半生，如今才有个与匈奴人堂堂正正打一场大战的机会，胜算如何，各位心里没底是吧？

"我也没底。可你们要记住，用女人财货换取国家的平安，是大汉堂堂男儿的耻辱！缩头乌龟我们当得还不够么！朝廷忍辱负重七十年，为的就是扬眉吐气的这一天。天子圣明，下诏开战，那些个平日耀武扬威的胡虏，终于轮到我们来教训他们了！这么着想各位就会求战心切，恨不得立时斩敌于马下，哪里还会瞻前顾后，忧虑害怕呢，对不？"

将士们都笑了起来。

"两军相遇勇者胜！况且，我军一倍于敌，以众击寡，以逸待劳，可期必胜。即便匈奴有后援，我军亦有公孙将军与卫将军的策应，可保无虞。"李广收起笑容，敛容正色道，"我重申军令：全军以我之军旗鼓声为号令，各翼以主将之军旗为号令。旗在人在，旗进人进！杀敌建功者，朝廷不吝爵赏；临阵畏缩退却者，斩无赦！"

说罢，他跃上坐骑，双腿夹紧马肚，一声吆喝，那马箭一般飞驰而去。韩毋辟高擎军旗，率领大队亲兵紧随其后，所到之处，士卒欢声雷动。

行进不足十里，又一批斥堠来报，匈奴人的前锋距此已不足十里。李广下令就地布阵。他在边郡戍守二十余年，经历最多的是与匈奴人的遭遇战与关塞保卫战，像今日这般规模的阵地战，前所未有，他从心里渴望着这场大战。

骑兵战阵的演练，数年来已不啻百次。随着主帅军旗的挥动舒卷与战鼓擂声的疾徐轻重，这支铁骑已可以如臂使指，在他的指挥下自如地进退周旋。全军分为三部，将军之下，分由三名校尉统率。中军紧随主帅，由护旗校尉韩毋辟统带，红衣红旗红幡①，红色负羽②；左翼由校尉王昕统率，青衣青旗青幡，青色负羽；右翼本由校尉李当户统率，现由他的副手，军司马彭攸统领，白衣白旗白幡，白色负羽。行军布阵时，李广将左、右两翼隐蔽于后面，他的打算是，待两军接战胶着之际，一直附翼于中军之后的两翼迅速展开，突然快速迂回于敌之两翼，阵形变门为凵，形成三面包抄之势。

匈奴人作战，利则进，不利则退。形势有利，鹰击蚁聚，争先恐后；形势一旦不利，逃遁唯恐不及，并不觉得有什么耻辱。今日胡虏一旦发现汉军占据着优势，肯定会尽快逃逸。李广排出这个阵法，为的就是要阻断他们的退路，围而歼之。

李广的中军，是全副武装的重装骑兵，全身铠甲而外，每人都配有弓弩、盾牌、投枪与环首长刀。另有约千人组成的蹶张骑士，每人均携带射程千步的强弩，攻击或断后时，千弩齐发，杀伤力强大。两翼则是轻装骑兵，只佩戴胸甲，兵器只有臂张轻弩与环首长刀。由于负重轻，机动性大大强于中军。李广的战术是，以重装骑兵突击敌阵，在冲击出缺口与缝隙后，乘势全力压上，将敌军分割成团块，近战搏杀，形成胶着状态。与此同时，两翼快速包抄合围，使敌人陷入恐慌，动摇其战斗意志，最终予以全歼。这个方略，他反复思忖了几日才定下来，并向三军的主将作了详细的交代。

他四下望了望，大军已布阵完毕，前几排的军士荷戟持盾，掩护着身后的蹶张骑士，强弩都已持满待发，冲击敌阵的骑兵也已整装待发。午后的阳光照射在甲胄、兵器与旗帜上，反射出耀眼的光芒。临战前的静寂笼罩着草原，人们屏住呼吸，等待着那血腥杀戮时刻的来临。李广看了眼身旁的韩毋辟，无声地笑了笑，心中却掠过一丝不安。他不怀疑自己会获得胜利，唯一令他

---

① 幡，古代军队将领佩戴的一种徽识，形制如燕尾形的披肩，颜色与衣、旗、负羽一致，以便于战斗中敌我之识别。

② 负羽，古代军队徽识之一种，军官与士卒通用，即以与军旗相同颜色的鸟羽，插缚于士卒背部，以利于战场识别，称为负羽之制。

担心的是：匈奴人会不会入彀，在接战前便掉头而去。

　　远处低沉的隆隆声，打破了寂静，这是万马奔腾的蹄声，合着凄厉的鼓角向前逼近。扬起的烟尘，使天地为之黯淡。大队的匈奴铁骑终于露面了。匈奴人身着鞣制的皮衣，皮质铠甲，被发左衽，前额上绷着束发带，褐衣褐甲褐旗，仿佛蔓延在草原上的褐色浊流。正中一面大纛上面绣着一只巨大的熊罴，纛下数十名骑士簇拥着一位神情傲慢的主帅，这就是姑夕王庞勒了，他似笑非笑地打量了汉军片刻，一挥手，身后四名号手吹角进军。角声带着种渗入骨髓的凄厉，把莫名的恐惧压入人心。四队骑士，约有千人之数，呼啸着直捣汉军，匈奴人的第一波冲击来了。

四十六

估算着匈奴人已进入射程，李广果断地做了个手势，喝道："蹶张，放弩！"

千支劲弩呼啸着飞向空中，如飞蝗般扑向匈奴人，人仰马翻之际，匈奴人开始掉转马头，试图退到射程以外。李广瞪了眼韩毋辟，喝道："仲明，看你的了！跟上去咬住！"

韩毋辟双臂高擎军旗，猛挥一圈，大吼道："随我来，杀呀！"一马当先地冲上前去。五百名敢死勇士紧随其后，猛扑向正欲退后的敌人。很快，他们便贴住了奔逃的匈奴人，相距不过一个马身。为了不伤着自己人，匈奴人没有放箭和投枪，汉军前锋借势逼到了敌人阵前。韩毋辟猛挥军旗，汉军齐刷刷掷出了手中的投枪，当者非死即伤，匈奴人呼啦啦倒下了一片，阵地的正面被撕开了一道缺口。他将军旗交给身旁的军司马，率先挥动长刀，大吼着冲入敌阵。

李广见状，下令击鼓，鼓声激越有力，和着将士们急跳的心弦，激发起杀戮的欲望。蹶张骑士退向阵后，汉军的重装骑兵开始全力压上，与此同时，轻装骑兵突然闪出，如箭一般直插匈奴军阵的两翼。李广登上左近的小丘，俯瞰到了壮观的战场景观。

匈奴骑兵的褐色军阵正在缓缓地退却，韩毋辟所率的前锋，如同一支红色的楔子，已牢牢地插入了敌阵。后续的重装骑兵如同巨浪，正以排山倒海之势压向敌阵；敌阵两侧，奔驰的轻骑隐约可见，如同画笔拉出的青白两条线，在扬起的尘烟中，快速向前延伸。

匈奴人显然觉察到了汉军的意图，在角声催促下，加快了后退的速度。虽三面受敌，匈奴人并未惊慌，也不与汉军胶着作战，而是且战且退，保持住了完整的阵形。两军的距离愈拉愈大，侧翼的汉军轻骑，面对严阵以待的匈奴人，难以实施有力的冲击。李广发现，他低估了对手，汉军非但未能形成合围，而且没能分割敌军，予敌以重大杀伤。更危险的是，韩毋辟带领的前锋仍在敌阵中苦苦鏖战，天却要黑了。

李广下令鸣金收兵，派出又一支亲兵接应韩毋辟等撤回来。连夜打扫战场，点算的结果，杀敌一千，自损八百。匈奴人并未受到重创。结果出乎意料，在理智上，出师不利，他应尽速将全军回撤，以边塞为依托，以利再战。可以众击寡，竟未能破敌，李广心有不甘。多年等来的机会，岂可轻言放弃？对手显然是军臣属下的精锐，悍厉能战，拿下这样的对手，不能按常规行事。况且大军一旦回撤，儿子带领的那支孤军，会立时深陷危地，几乎没有平安脱险的希望。

军中一夜刁斗不断，午夜时分，派出的斥堠回来了，匈奴人并未撤走，而是退到了六七十里外扎了营。李广估算了一下自己的位置，颓当城已远在百里之外，再向前百多里，就是阴山山口，儿子就等在那里。进，还是退？李广委决不下，在帐内徘徊到二更，方和衣而卧。刚刚躺下，却又被侍卫叫起，说是当户派人来联络。李广大喜，一跃而起，吩咐带人进来。

"你们现在甚位置，匈奴人有无后援？"

"禀将军，李校尉率部一直隐蔽在山口处。昨日曾派探马沿敌之来路走了一遭，直至北麓的山口，并无胡虏踪迹。"来人是李当户的侍卫，名何季，与李广也很熟识。

得知儿子平安，李广的心放下了大半，决定见好就收。"昨日之战，我军小胜，敌军强悍，看来是匈奴的精锐。你回告当户，我即派人接应，要他马上返回大营。"

何季一惊，叫道："返回？不可能了！"

"怎么？"

"当户命标下禀告将军，三更时，他会率部突袭敌营，请将军先作预备，一俟敌营扰乱，可全力猛攻，定获大胜。"

"咳!"李广一拳砸在书案上,儿子自作主张,他急怒交加而又无可奈何,长叹了一声,不得不被儿子牵着走了。时已过二更,马上动身,方可能按时接应。他下令全军即刻开拔,又命何季马上回禀李当户,要他等到大军赶到后再发起攻击。

夏日天长,未到三更天色已经泛白,清晨雾气很大,白茫茫的大雾遮蔽了一切,前面隐隐传来人喊马嘶的声音,儿子很可能动了手。李广细听了片刻,判断匈奴军阵应在数百米开外,于是一声令下,鼓声咚咚,蹶张强弩万箭齐发,李广身先士卒,破阵而入;大队汉军紧随其后,奔突驰骋,杀声震天。

晨曦渐渐驱散了雾气,李广在亲军护卫下,退向一座高丘。俯瞰战场,他吃惊地发现,汉军与匈奴胶着在一起,数十骑一伙,各自为战,非但不成阵形,而且没有对匈奴人形成合围。混战的当口,哪一方退兵调整都会造成溃败的局面,只有全力以赴地压倒对手,才可能获得最终的胜利。

他仔细寻觅着姑夕王的大纛,很快就发现了儿子的身影。褐色的匈奴军阵中,一队骑士正簇拥着红色的军旗,奋力向大纛的方向挺进。他指着那支苦战的汉军,对韩毋辟吼道:"擒贼先擒王!得帮帮当户。仲明,旗进人进,看你的了!"

他跳下马,夺过一名鼓手手中的鼓槌,用力擂动起来。数十只大鼓以同一节奏擂响,这是决战的信号,犹如暴雨来临前天际炸响的滚雷,骇人心魄。韩毋辟高擎主将的军旗,缓缓挥动了数次,风中的军旗发出猎猎的声响。军旗所向,便是攻击的目标,在确信全军明白无误后,韩毋辟大吼一声,纵马跃出,约两千名后备的重装骑兵紧随其后,呼啸着冲入敌阵。

震天的杀声中,红色的军旗引领着汉军,所向披靡,一路深入,很快与李当户会合。他们只剩下几十人,个个血染征袍,通身的血渍,不知出自敌人还是自己。认出韩毋辟,李当户高兴得两眼放光,他兴奋地挥动手中的长刀,催马直逼大纛下的庞勒。

匈奴的军阵被汉军分割成几大块,开始作困兽之斗。与李广以往经验不合的是,渐处劣势的匈奴人,不仅不退却,反而吹起攻击的号角,不断发动反击。前进中的汉军,不断为匈奴骑兵投出的短矛所伤,韩毋辟身边的亲兵倒下一批,又补上一批,匈奴人始终难于接近他,夺取他手中的军旗。

他们终于靠近了庞勒的大纛，他们甚至清楚看到了匈奴王狰狞的面容。捉住或杀死他，朝廷会给予封侯的奖赏，李当户内心充满着渴望，炯炯的目光，片刻不离庞勒。韩毋辟会心地笑了，他再次高高摇动军旗，召唤战士们发起最后的冲击，大声喝道："少将军，看你的了！"

李当户一马当先，还回过头冲他笑了笑，就在一刹那，韩毋辟后悔了。一队持满待发的匈奴弓箭手突然冒了出来，拦在了庞勒与汉军之间。百步不到的距离，汉军的铠甲盾牌难挡匈奴的强弓。密集的矢雨下，冲在前面的汉军纷纷中箭落马，李当户的战马至少中了七八箭，嘶鸣着高扬起前蹄，额头与胸前的伤口血流如注，不待挣扎，便颓然倒下了。胡人欢呼着拥上来，开始屠戮余下的汉军。

眼见李当户跌落马下，生死莫卜，韩毋辟心急如焚。他将军旗交给军司马，挥起长刀，大吼着向拥上来的敌人冲过去。他劈砍推刺，闪转腾挪，连续放倒了数名匈奴人，将被困住的少数汉军解救出来。

前面十步开外，十几具为箭矢所伤的马匹士卒躺卧在那里。凭借背上的红色负羽，韩毋辟从伏卧不动的死伤者中，很快就发现了李当户。匈奴人知道那是汉军重要的将领，数十人争先向前，试图斩获他的首级。他们跳下马，无情地砍杀还活着的人，受伤坠马的汉军，人自为战，做着濒死的抵抗。

为了李将军，无论如何要带当户的全尸回去。韩毋辟顾不上多想，示意军司马稳住阵脚，自己催马上前，狂呼着冲入敌阵，刀光闪处，两名胡人倒了下去，鲜血从开裂的脖颈中喷出，染红了他的臂膀。胡人稍稍散开，他纵身跃过数匹死马的尸身，直扑那簇红色的负羽而去。匈奴人正在肆意砍杀李当户身边受伤的侍卫，他拄着一支长矛强撑着护在主将身旁，脸色因失血而变得惨白，韩毋辟认出，这人是清晨时报信的何季。一名胡人趁其不备，侧劈一刀，拄矛的手臂断了，再一刀深深插入他的腹部，何季双目失神，口喷血沫，仰面摔倒在李当户身上。

韩毋辟拔出短剑，用力掷出去，正中那胡人的脖颈，他一声未吭就倒了下去。四五名胡人围过来，他闪转腾挪，却怎么也摆脱不了匈奴人的缠斗。一个小头目模样的胡人拎着把鹤嘴斧，掀开何季的尸身，打算斫下李当户的首级请功。情急之下，韩毋辟大吼一声，手起刀落，劈倒当面的胡人，一跃而前。可来不及了，高高举起的利斧，正在砍向李当户的头颅。韩毋辟惊叫一声，汗出如浆，木然看着眼前这一幕，心想，完了……

难于想象的事情发生了，插有红色负羽的尸身猛地侧滚，坚利的斧刃深深嵌入了地下。说时迟，那时快，那匈奴人还在愣神，李当户一个鲤鱼打挺，跃起的同时，长刀已插入了匈奴人的胸口。原来，李当户只受了轻伤，跌落马下时，被摔晕了过去。何季的尸身砸在他身上，使他清醒了过来。韩毋辟喜出望外，鼓勇冲杀，刀光过处，非死即伤。

汉军欢声雷动，一拥而上，敌军为之气夺，开始退却。大半日拼杀，双方均已人困马乏，伤亡枕藉。可匈奴减员尤重，被分隔开的小股已被消灭殆尽，余者都已退缩到姑夕王的中军，困兽犹斗。此时的汉军，已经对敌军形成了合围，催促进军的鼓声，一阵比一阵紧促，两人重新上马，略整队形后，重新向敌阵发起冲击。

后路被截断，匈奴人退无可退，依托于一座小丘，集结成新的密集阵形后，反而难于插入分割。汉军于是退后，与敌军脱离接触，转用强弩与投枪实施攻击。密集如雨般的矛矢中，不断有胡人惨叫着倒下，匈奴人的阵脚终于乱了。鼓声再起时，李当户率先杀入敌阵，汉军蜂拥而入，照这个态势，不用到日落，即可结束战斗。

再见到庞勒时，他的中军已经移驻到一座小丘之上。大纛立于军帐之前。四面都有弓箭手护卫，难于接近。

李当户手搭凉棚，望着军帐后面，问道："仲明，你看那黑压压的一片，都是马么？"

"是马，是胡人备用的马。"马足有二三千匹。韩毋辟知道，匈奴人出征，每名骑士都配有备用马匹。此时匈奴人若换马突围，汉军是追不上的。一丝疑问浮上韩毋辟心头，匈奴人明明寡不敌众，为什么不逃呢？这太反常了。

"仲明，你奔马，我奔庞勒，这回咱们一鼓作气，一定要手到擒来！"李当户言罢，挥刀大呼，带领大军，对匈奴军阵作最后的冲击。韩毋辟无暇思索，也高举军旗，率先冲阵。十步，百步，在汉军如潮的攻势下，匈奴军阵节节退缩，大纛下的庞勒也紧张起来，他上了马，不住四下张望着。此时，李当户距庞勒不过百步之遥，以为他要跑，大吼道："弟兄们，盯住庞勒，死活别让他跑了！"

接下来发生的事情，是李广、李当户、韩毋辟没有想到的。庞勒忽然振臂大呼，身后的号手再次吹响凄厉的号角，此前撤下来休整的胡人，迅速换乘备用的马匹，以锐不可当之势，向汉军反扑。很快就在汉军中撕开了一道口子，反而将汉军断为两截。

李当户距庞勒已近在咫尺，正在与护卫他的大批侍卫作殊死格斗，他一心活捉庞勒，根本顾及不到势态的转变。韩毋辟却觉察出情况有异，匈奴号角并非庞勒一处，而是角声四起，其势如月夜中的群狼，一狼长嚎，群狼肆应，令人不寒而栗。而己方的鼓声节奏也有了变化，一快三慢，是脱离接触，重整阵形的讯号。他用力挥动军旗，传达着同样的讯号。汉军停止进攻，转行防御的阵势，手执盾牌长戟的重装骑士迅速在前排围成数道防御屏障，弓弩手与轻骑退到中间。开始缓缓地退却，向主将所在的小丘集结。

为什么要转攻为守？处于战场中心位置的李当户与韩毋辟是不知道的，而在小丘上观战的李广却已明了一切，心情十分沉重。庞勒吹起攻击的号角时，他便心生不祥的预感。及至角声四起，源源不绝的匈奴大军，犹如泄出的山洪席卷而来，他一下子明白了，匈奴人是有备而来，庞勒以寡敌众，目的就是拖住汉军。敌军沿汉军两翼快速推进，黑旗黑甲，远远看去，如同翻滚奔腾着的黑色浊流。一面狼头大纛标明了统帅的身份，这是单于御用的颜色与图腾，合围庞勒的汉军，即将被军臣所合围。

戎马半生，终于有了同单于对决的机会。他心中一喜，但势态的严峻使他的欣喜转瞬即逝。面对数倍于他的匈奴精锐，他已经难得脱身了。撤退，人困马乏的汉军根本跑不过匈奴，况且两军胶着之际，先退的一方，会生发心理恐慌，很快溃不成军，任由敌军追逼杀戮。李广唯一的指望，是公孙敖与卫青的援军，计算时日，策应雁门的军令应该已传达到他们。公孙敖从临郡赶到这里，最快也得两日，卫青则更长。他若能坚守数日，苦撑待援，局面或许会改观。

于是，他下令鸣金召唤全军回撤，重新布阵，以支撑到天黑。匈奴人夜间通常不会发动进攻，汉军可以乘隙进食休整；检点战场，收集兵器箭矢；救回伤者，掩埋死者。

李当户与韩毋辟回来时，暮色已深。李广不在中军大帐，侍卫告诉他们，将军巡视各军，看望伤者去了。当户疲惫已极，由亲兵服侍着脱下甲胄，就着热汤吃了几口干粮，就倒在席上睡了过去。韩毋辟也很疲惫，用过饭，倚在几上，头沉得仿佛灌了铅，昏昏欲睡之际，忽听得耳边有人唤他。

"韩将军，醒醒；韩将军，快醒醒！"

睁开眼睛，唤他的是一名亲兵。昏暗的烛光下，李广面色严峻，正向一个人询问着什么。那人背朝着韩毋辟，身着的却是匈奴人的服装。他跳起身，那人回过头来，原来是幕府的长史陈方，他在边塞主持防务，怎会跑到这里，又为甚一身匈奴人的装扮？

"陈长史，你……"韩毋辟上前见礼，却被李广打断了。

"仲明，事情糟了，我们只能指望自己了！"

"怎么？"

陈方道："午前公孙将军那里派来了人，匈奴人也袭击了那里的关市，他们出塞迎击，遭遇了左贤王的大军，自顾不暇，不能赶来策应我军了。"

"还有车骑将军呢？"

陈方苦笑道："公孙将军也派了人向他求援。他就是过来，也只能先策应公孙敖，缓不济急！"陈方接到军报后，心急如焚。事态紧急，他下令立即关闭关市，点燃烽火报警，随即马不停蹄地赶来报信。匈奴人已将汉军合围，他改换匈奴服装，才混了进来。

"在下与少将军约定，明日我若没有赶回去，就是大军遇到了麻烦，他们会立即赶来增援。"

"糊涂！你们跟我来。"李广大步走出营帐，指点着匈奴人四下燃起的无数篝火道：

"军臣的大军，数倍于我。目前可用于策应的，只有李椒、李敢的两千骑兵，杯水车薪，无济于事。这仗是不能再打了，现在唯一要做的，是如何把队伍带回边塞。"

他仰望着空中的明月，叹息道："都怪我求战求功心切，料敌不精，反中了军臣的圈套！"

他拍了拍韩毋辟的肩膀："少不得又得借重将军了！夜中时分，你带数百人冲阵，保护陈长史回去。边塞的驻军，归你节制。两千骑兵，增援作战是送死，接应突围却能派上用场。你要转告他们，出塞接应，不要超出五十里。在这个距离，有利则进，无利则退，进可攻，退可守。我当初若依此行事，又怎能落到今日的地步！"

李广长叹了一声，面色转而严肃，扫视着陈方与韩毋辟："你们告诉李椒、李敢，这是军令，违令者斩，不服节制者亦斩！"

他一挥手，侍卫捧过一套匈奴人的服装，他要韩毋辟换上。"你马上挑选一批人，换装后来大帐集合。"

韩毋辟迟疑了片刻，决定还是把心里的话说出来："将军，还是派当户随陈长史回去……"

李广余恨未消，恨声道："他？决不成。若非他自作主张，我们能追出这么远？我决不允他再坏大事！"

陈方道："莫不如全军一起突围，夜色中敌我难辨，大军突围应该有成算。"

李广摇首道："受伤的弟兄怎么办，扔下他们在这里等死？吾等即便逃得一命，又怎么有脸面对他们的父母妻儿！你们莫再多说了，快去预备，全军的存亡，就看你们的了！"

四十七

韩毋辟等突围的同时，公孙敖的骑兵也已陷入了匈奴人的重围。

先是，接到李广的军令，他率部出塞，西行百里之后，忽然发觉身后的烽燧，由远及近，一个接一个地燃起了烽烟。细看烽表全是三道，而且有大堆的苣火燃放。这是最高等级的示警信号，犯塞的胡人，应在千骑以上。

正在犹豫不决之际，留守的校尉派出报警的尉史追上了他们。大军离开的当日，大队匈奴骑兵如从天降，将关市洗劫一空。守军寡不敌众，燃烽报警后，放弃了塞外的烽燧，退入障城固守。匈奴人的意图似在劫掠关市，没有入塞，次日便带着劫掠的财货北返了。

"犯塞匈奴有多少人？"

"总有二三千人。"

公孙敖动了心。以他的军力，收拾这二三千人绰绰有余。匈奴人携带着财货走不快，马上回师还来得及。李广那面，即使如约赶了去，功劳也是别人的。他与卫青一起被皇帝拜为独当一面的将军，举朝侧目，自己也颇感心虚。他是太需要用一场胜利来证明自己了！用不着权衡，他便作出了抉择，在下达大军回头抄击匈奴的军令后，他甚至有几分窃喜，匈奴犯塞，真是老天送他的一个机会！

可不过一日，他的窃喜就变作了恐惧。昨日午前，他追上了匈奴人。甫经接战，敌人望风逃遁，公孙敖留下两千人收拾弃掷满地的财货，自己率部紧追不舍。可人没有追到，善后的部队却遭到围击。领军的校尉惊慌失措，

892

率先逃遁，汉军乱作一团，伤亡殆尽。而他自己，也被不知从哪里杀出来的匈奴大军截断了归路，敌军数倍于己，军阵中飘扬着的鹿头大纛，表明这是匈奴左贤王的嫡系。

两军结营对峙，严阵以待。公孙敖连夜派出了信使向雁门与上谷报警。去雁门的信使，是解释不能策应李广的原因；去上谷的信使则是催促卫青火速赴援，接应他撤回关塞。此时的他，已全然没有了建功立业的念头，一心盼望的，是如何从当前险恶的处境中全身而退。

天亮后，公孙敖以校尉公孙戎奴为前锋，对匈奴军阵发动了两次冲击，义渠胡骑之骁勇善战，不下于匈奴，无奈寡不敌众，未能打开一条回撤的通路。而匈奴人却从容布置，完成了对汉军的合围。公孙敖不敢再轻易出击，他紧缩了军阵，用强弩射住阵脚，决定苦撑待援。为此，他再次派出信使向卫青求援。

卫青的骑兵整装待发，只待午时主将祭过军旗，大军便要开拔。午前三刻，第一名信使赶到，李广、公孙敖均遭遇匈奴主力，苦战待援的消息令他吃惊不小。匈奴人倾巢来犯，汉军屈屈四万，集中到一起尚不足以抗衡，更何况分布于四郡，首尾难顾，一旦救援不及，难免被各个击破。赴援，众寡悬殊，很可能是白白送死。不赴援，则畏懦不前，贻误军机的死罪难逃，不但辜负了皇帝的期望，也会使族人蒙羞受辱，是件想都不能想的事情。

事出突然，卫青不敢贸然行事，他内心焦灼，神色却依然沉着。他下令三军暂缓开拔，就地造饭，等候命令。回到军帐，他找出一幅地图，吩咐侍卫去关市寻一位熟悉匈奴地理的商人过来。

他仔细地俯看着摊开的地图，一个大胆的念头忽然浮现于他的脑海之中。若是单于与左贤王全都倾巢而出，那么龙城与左贤王的驻地一定空虚。眼下李广、公孙敖与匈奴的苦战，恰恰拖住了敌军，自己若能乘隙而入，出其不意地奔袭于敌后，胜算可期。单于廷遭袭，对胡虏气焰及心理的打击，绝不亚于一场大胜。

见危不救，是干犯军法的死罪，卫青心中也泛起一丝有负于朋友的愧疚。可那个念头的诱惑力太大，机会也太难得，况且奔袭于敌后，多少能起到些围魏救赵的作用。主意一定，卫青决定上疏天子，陈述自己的理由。李广的算计对，有了大饵，匈奴人必会上钩。可他与公孙敖都未能谨守有利则进，无利则退的原则，求战立功之心太盛，孤军深入，为敌所乘。攻守易势后，败局已定，扭转局面必得另辟蹊径。匈奴倾巢而出，恰恰是汉军扭转颓势的机会。出敌不意，避实击虚，直捣龙城，会大长汉军声威，大灭匈奴志气。战机间不容发，稍纵即逝，作为主将，他决定甘冒斧钺之诛，一切付之以圣裁。

他将简牍封好，吩咐以八百里加急呈送长安。又下令给幕府长史，立即关闭关市，车骑装备一律封存，全军改换为轻装骑兵，每人只许带足二日的饮食。决策既定，心里反而平静下来，他继续研究那张地图，从图上看，到龙城的直线距离，不过四五百里，日夜兼程，二日内赶到，绰绰有余。

被派去找人的侍卫走进营帐，揖手道："启禀将军，人带到了。"

卫青放下地图，打量着面前这名商贾打扮的汉子。

"你在匈奴做过生意？龙城去过么？"

汉子没有抬脸，很谦恭地回话："回将军的话，小人贩马为生，常出入匈奴，龙城也去到过几回。"

"由这里去龙城，路有多远，快马要走几日，好走么？"

"六百里总有的，骑马得三四日，路还算好走。"

"左贤王驻牧的地方你去过么，与龙城比，孰近孰远？"

"回将军话，小人没去过，可听说左贤王驻节于弓卢水①，远在数千里之外。"

数千里之外？显然匈奴此番早有准备，左贤王部肯定是先到龙城，与军臣会合后，才分头南进的。

"你抬起头回话。"

汉子满脸精悍，一望而知绝非寻常的商贾。卫青道："你怎么称呼？哪里人氏？"

"小人朱六金，山东鲁人。"

---

① 弓卢水，黑龙江上游之克鲁伦河的古称，在蒙古国东部。

朱六金，倒真像个商人的名字。卫青屏去侍卫，低声问道："去龙城的路，你熟么？"

"熟。"

"熟就好。本将军有事借重于你，大军要去龙城，你得带路。"

汉子一下变了颜色，迟疑了片刻，赔着小心道："敢问将军有多少人马？"

"骑兵一万。"

"龙城乃单于驻地，精骑数万，将军侥幸一逞，太险了！"

"怎么，怕了？"

朱六金蹙眉道："怕倒不怕，只是小的历年往来于匈奴，认得人多，若被胡人认出，买卖就再做不成了。"

卫青沉下脸："大军奔袭龙城，如此机密只有你我二人知道，你以为还会放你走么？"

汉子并无惧色，揖手道："小人冒昧，敢问将军可是姓卫？"

卫青颔首道："不错，我是卫青。"

汉子一下伏倒在地，顿首拜道："久闻大名，今日得见，幸甚。"

自己名不出宫闱，这商人何以知道自己姓名？正纳闷间，汉子看出他的疑惑，又道："在下与公孙太仆相熟，曰是得知将军姓名。"

难怪！卫青亦记起，自己也曾在公孙贺处听到过朱六金这个名字。"既是太仆的熟人，事情就好办。我军奔袭匈奴，你带路，乃为国尽忠之举，成事之后，算你首功，我会代你向朝廷请功的。"

朱六金略作思忖，揖手道："蒙将军不弃，在下愿效犬马之劳。可有一条，将军先答应了，在下才能应允此事。"

"你说来听听。"

"小的是个商人，千里贩鬻，所为无非一个利字。请功，就不必了。"

"那么，你所谓的利？"

"在商言商，将军只要将在龙城虏获的马匹，分些与我即可。将军若允准，在下愿为前驱，击掌为约。"

"好，我们一言为定！"两人击掌大笑。

汉军昼夜兼程，只在进食时能小憩片刻。次日夜间，前锋已越过燕山与阴山余脉交汇处的珂勒山口，大军紧随其后，相距约三十里。

"朱先生，到龙城还要多久？"张次公勒住马头，打了个哈欠，他已升任前军校尉，是前锋主将。

朱六金望了望星空，月过中天，应该已经过了午夜。"不远了，天明前应该可以赶到。"

他拔下挂在马背上的皮壶塞子，递给张次公："将军喝一口，提提神。"

张次公接过皮壶，连饮了几口，赞道："好酒，有劲道！"

朱六金望着他，笑道："上谷陈家峪头流的酒，塞北闻名。这次关市上，他家的酒让我包了圆。将军好这口，回来我送你几坛。"

"岂敢，朱大侠太客气了。"

此人何以知道自己的底细？朱安世一惊，敷衍道："在下不过一介商贾，哪里敢称大侠，将军笑话了。"

"大隐隐于市，先生何必客气。十几年前，长安东市上的少年，哪一个不曾瞻望大侠的颜色？大侠记不得我，我却记得大侠呢。"

"你那会儿就认得我？我怎么不记得？"

"吾等无名小辈，大侠如何记得！可有件事，大侠怕不会忘记。"

"甚事？"

"在河洛酒家，为了把宝剑，大侠与一伙少年起了冲突，当时标下亦在其中。"

"哈，那时年轻气盛，整日价拳脚刀剑，有得罪处，多包涵！"

朱安世大笑，不理会张次公的暗示，看似不经意地问道："大军这次来塞北，也走的是函谷关这条路吧？"

"不错，是路过函谷。怎么？"

"跟将军打听个事，那函谷的关都尉，还是宁成么？"

"是宁成。不过，他的好日子，怕是快过到头了。"

朱安世一惊，追问道："怎么？"

"半年多前，我有个朋友被朝廷派去南阳做太守。他这个人，嫉恶如仇，走一路，杀一路，是个出了名的酷吏。宁成的劣迹落在他手里，能有好么？"

"哦，敢问你这位朋友的名讳是？"

"义纵。"

义纵既然到了南阳，宁成看来是逃不过这关了，他俩的关系一损俱损，看来不帮他是不行了。心里这么想着，脸上却是很钦敬的表情。

"是办太后外孙案子的那个人？贵友确为不畏强御的廉吏，在下心仪已久，以后有机会，还请将军为我引见。"

"好说……"

朱安世忽然做了个手势，止住了张次公。他侧身细听了一会儿，低声道："有夜行之人，是奔山口来的。大军当马上隐蔽，不要露了行迹。"张次公点了点头，向身后的军士们做了个手势，大军迅速隐没于山谷丛林之中。

又过了一刻，已经听得见清晰的马蹄声。月色中，一行数骑人马直奔谷口而来。进了谷，几个匈奴人将马拴在树上，围坐在地上，就着马奶吃起了干粮。汉军一拥而上，不等他们明白过来，已牢牢将几人按住，缚紧手脚，押解到张次公面前。

"先生会讲匈奴语么？"张次公看了眼身旁的朱安世，问道。

"凑合吧。"朱安世出入匈奴贩马，多少能讲几句。

不想匈奴人中的一个大声叫道："你们是汉军么，我说得汉话，要与你们将军讲话。"

张次公将那人推至光亮处，上下打量着他。这人是个矮个子，与张次公相比足足矮了一个头。他面容沉静，毫无惧色，眉宇间透着股精悍之气。

张次公用马鞭指着他的脸，冷笑道："你们深夜跑到这里做甚，莫不是奸细？来人哪，将他们的身上，细细搜一搜。"

"且慢！"朱安世上前一步，仔细端详着矮子，两人几乎同时认出了对方。

"赵相国！"

"朱先生！"

看着吃惊不小的张次公，朱安世道："这个人我认识，是匈奴的贵臣，赵信赵相国，我历年交易，承他帮忙不小。"

"那两个又是谁，随从么？"张次公指了指躺倒在地的两个人，问道。

"启禀将军，他们是我的副手，一名贺兰月氏，一名赫猛。"

张次公仍是满腹狐疑，喝问道："汝等夜入深山，所为何来？"

"我们是投奔大汉而来，请将军明察。"

张次公冷笑道："投奔大汉？奇了！放着堂堂的相国不做，投奔自己的对头，这话你说给几岁的娃娃听行，到底来做甚，从实招来！"

"狐死首丘，吾等岂愿离乡背井，老死异国！实在是事出无奈，一言难尽哪！"赵信长叹一声，讲述了出逃的原委。

军臣离开后的第三日，太子於单大宴群臣。饮宴持续到晚上，烹牛炙羊，胡女佐舞，尽极欢娱。酒至半酣，於单忽然翻脸，指责赵信是汉人奸细，不容分说，命人将他缚在拴马桩上，等到宴后审决。贺兰等闻讯大惊，他们素与赵信一党，於单既翻脸，他们亦绝难侥幸。于是刺死守卫，救出赵信，连夜出亡。三人慌不择路，昼伏夜行，原本想投奔左鹿蠡王，可伊稚斜率领的，乃左屠耆王属下的大军，多听命于於单。三人合计后，遂决定投汉，不意与汉军相遇于此。

事关重大，张次公不敢怠慢，亲自将三人押送至中军。相见之下，卫青待之以礼，握手寒暄，态度亲切，深得三人的好感。

说起赵信等人的出亡，卫青不经意似的问道："於单麾下有多少人马？"

赵信道："大单于留下了一万人。白日四散放牧，晚间于龙城宿营者不过四五千骑。"

"平日戒备得严么？"

"汉人足迹从未越过阴山，龙城王廷腹地，可说是全无戒备。"赵信答毕，脑中念头一闪，一下子明白了汉军的来意。

"将军可是要奔袭龙城？"山口距汉塞已有两日的路程，汉军轻装，深入如此之远，目的不问可知。匈奴大军南下，龙城空虚，千里奔袭，可期必胜。赵信不由暗暗佩服卫青的胆略。

卫青微微颔首，笑而不答。

龙城遭袭，不啻对於单声望的重大打击，既为自己出了口恶气，更会博得汉人的信任，何乐而不为！赵信双目炯炯，直视着卫青，揖手请战道：

"这里到龙城，有一条近路，大军马不停蹄，拂晓可达。将军不弃，赵某愿为前驱！"

卫青暗自庆幸，一举攻占龙城，汉军即可因粮于敌，总算可以让士卒们放开肚皮吃顿饱饭了。他传令全军就地休整，用餐饮马。三刻之后，大军列成纵队，衔枚疾行，很快便隐没于夜色之中。

拂晓时的草原上笼罩着一层淡淡的薄雾。远远望去，龙城中千百座毡帐仍处于沉睡之中。所谓的"城"，不过是四周环立的木栅和深沟，张次公做了个手势，命令军士们牵马步行，借着六月深草的掩护，悄悄地摸了上去。

汉军干净利索地干掉了栅门前瞌睡中的卫兵，换上匈奴人的服装，控制住了栅门。张次公仿佛能够听到自己咚咚的心跳声，他强抑住自己的亢奋，看了眼朱安世，低声问道："於单会住在单于的大帐么？"

朱安世用胡语向身边的赫猛问了些什么，随即附在张次公耳边道："军臣外出征战时，於单于大帐代理国务。可他与军臣，晚间都在阏氏与王妃的住处过夜。於单王妃众多，很难说他在哪儿过夜。女眷们的毡帐，集中于龙城北面。"

晨曦拂走了薄雾，天色愈发亮了。张次公向身后望去，大队的汉军已经列好进攻的阵形。无数面红色的军旗在微风中招展，甲胄与兵器泛着青灰色的光芒，草原依旧静谧，可笼罩于其上的已是沉沉的杀气。他拍了拍赫猛的肩头，指着栅墙内的毡帐，做了个抓握的手势，低声道："於单，於单！"

"於单？於单！"赫猛笑着，冲他点了点头。

一个早起的胡妇走出毡帐，手中提着个皮桶，看上去是要为牲畜挤奶。她打了个哈欠，一仰头，望见了悄悄逼近的汉军。她大张着嘴，怔怔地看着眼前的情景，猛然抛下皮桶，双手拍膝，大叫起来。随之而起的，是犬吠与群马不安的嘶鸣声，此应彼和，乱作一团。

张次公扬手一箭，射倒了那胡妇，可匈奴人已被惊醒。大批人光着上身冲出毡帐，大呼小叫，无头苍蝇般地四处奔跑。卫青的帅旗高高摇动着，发出了进攻的信号，隆隆的鼓声随即而起，一阵紧似一阵，犹如暴风雨中的滚雷。张次公跳上马，挥剑做了个劈刺的动作，叫了声"跟我来！"率先冲进城栅，身后回荡起一片杀声。

猝不及防的匈奴人难以形成有效的抵抗，纷纷上马逃窜。张次公紧随赫猛，直插到城北王族驻地，在粉碎小股侍卫的顽抗后，汉军开始逐帐查找於单。可除了女眷，全无男人的踪迹。再去大帐查问俘获的侍卫，张次公后悔不迭。原来，於单连日派人四下缉捕赵信等人，一直住在军臣的大帐，汉军攻进来时，他在亲军护卫下，从东栅出城，此刻应该跑出十数里之外了。

张次公欲追击於单，被卫青喝止。点算战果，此役斩首七百余级，俘获老弱妇孺无算，各类牲畜十余万头。匈奴人四散逃逸，消息会很快传开，汉军孤军深入，龙城不可久留。除马匹而外，虏获的人畜会迟滞行军的速度，只会成为汉军的负担。用过早饭，备足粮秣后，他下令立即回师。匈奴人众被赶出城外，牛羊等牲畜则驱散于四野，之后燃起一把大火，将龙城付之一炬。

卫青的决断是对的。汉军沿原路回师，刚刚穿越山口，得知内变的伊稚斜，已率大军越过了阴山。汉军得以脱离危地，全身而退，全在于早撤离了两个时辰。

四十八

伊稚斜大军的撤离，使公孙敖免于全军覆没的命运，五日的鏖战，他的骑兵只余下不足二千人。而与军臣相持了六天的李广，也已到了最后关头，数日来汉军且战且撤，南移了数十里，可仍难以突破重围。军中已断粮数日，不得已杀马充饥。最为可怕的是，汉军的箭矢已经不足，难以远距离杀伤敌人，而匈奴人却能以弓矢近距离攻击汉军，汉军大营中，已没有一处不在匈奴人的射程之内。

匈奴人很有耐心，并不急于发起总攻，看来是想等到汉军矢尽粮绝，一鼓歼之。李广领着亲兵，收集着匈奴人射进营内，散落于各处的箭矢。每日下来，总能收集到数千支，对于汉军的防卫，大有裨益。

汉军三五成群，有的在挖坑，有的在掩埋战死的士卒。六月炎夏，人畜的尸身，一两个时辰便会肿胀发臭，久之必引发瘟疫。李广要求每日打扫战场时，一律就地掩埋。马尸被剥皮剔肉，充作军粮；人尸则裹入麻布，就地掘坑掩埋。李广蹲在地上，默默地看着眼前的景象，两眼不觉得湿润了。残存的士卒，连同伤者，不足三千人。以目前之情势，是挺不了几日的。李敢来时，只听说公孙敖也受困于左贤王，卫青、公孙贺这两路则消息全无。看来援军是指望不上了，不想束手待毙，唯一可行的，便是拼死突围了。

"将军，单于派来的使者，说有要事相告，现已在大帐等候。"李敢匆匆走来，揖手禀报。他是三日前，自带一千骑兵，杀入重围，接应父亲的。他走后，韩毋辟、李椒只剩下一千骑兵，守塞尚且不足，根本没有能力策应李广的大军了。

李广命侍卫找来条湿汗巾，细细擦干净手脸，束甲正冠，大步走回军帐。匈奴使者是个青年将领，看装束应是个千夫长。见李广进帐，使者躬身伸出双手，向李广致敬。

"末将千夫长贺兰英谒见将军，大单于敬问李将军无恙！"

李广微微一笑，不卑不亢地问道："彼此彼此，大单于派你来，有何见教？"

"大单于命标下带话给将军，识时务者为俊杰。将军伤亡殆尽，外无救兵，内乏粮草，徒战无益。我大单于爱惜人才，久闻将军大名，无缘得见。此番相遇，虽为敌国，可大单于惺惺相惜之意不减。将军如愿归附于我，大单于愿待以亲王之位。属下汉军，愿随同将军归附者，仍由将军统帅；不愿者，放其还乡。"

"你好口才。大单于的好意我知道了，可惜他错看了人。我堂堂丈夫，怎肯做辱及先人父母，不齿于乡里之事！请转告大单于，李广宁做断头将军，也不会背叛国家。"

"将军如此，末将无话可说。汉军能挺到今日，是大单于心存怜悯，爱重人才，期望将军自觉。贵部人不满三千，矢不足一万，人马伤残，当我数万精骑，决战之下，胜负不卜可知。届时玉石俱焚，悔之无及，还望将军三思！"

李广仰头大笑，之后敛容正色道："汝等以多胜少，不足言勇。我汉家男儿有战死的，没有吓死的。回去告诉军臣，想决战尽管来，我李广恭候大驾。来人，送来使出营！"

劝降不成，匈奴必倾全力来攻。贺兰英走后，李广立即布置营防，他命全军退缩，布成一个圆形的防线。最前面一排是盾牌手，这是防备匈奴弓矢的第一道防线；盾牌手后面是长矛手，这是防备匈奴骑兵冲阵的第二道防线；第三道防线由弓箭手组成，这是杀伤力最强的一道防线，几日来收集到的箭矢，分到每名士卒手中，不过数十支，可以勉强支撑一日。再就是备用的八百名骑兵，反击或突围，所能依靠的只有他们了。造饭，救护伤者，捡拾箭矢，修理兵器，埋葬死者等一切杂务，则由负伤的士卒们承担。

排阵甫毕，角声四起，大队匈奴骑兵开始逼近，举目四望，黑压压一片全是敌军。胡骑愈逼愈近，开始环绕着汉军阵地往来驰骋，喊杀声此起彼伏，动人心魄。他们知道汉军箭矢不足，直逼到汉军阵前。随着悠长凄厉的角声，胡骑搭箭齐射，矢下如雨，伴着由远及近的啸声，如飞蝗般铺天盖地直扑汉营。虽有盾牌的防御，还是不时有人马中箭倒下。李广骑马环营督战，他用剑格开箭镞，大喊着士卒们的姓名，时而称赞，时而呵斥，有时也开两句玩笑。士卒们最初的慌乱与紧张很快缓解了，挺过了匈奴人的第一波攻势。

箭雨甫停，匈奴骑兵就压了上来。李广挥动令旗，盾牌手立即与长矛手交换了位置，后者前行蹲踞，斜倚的长矛直指前方，组成一道密集的新防线。李广命令弓箭手持满毋发，没有他的将令，无论匈奴人怎样逼近，也不准妄发。

铁骑奔踏下的大地在战栗，隆隆的蹄声仿佛不堪重负的呻吟。三百步，二百步，百五十步……望着逼近于阵前的敌军，汉军胆寒股栗，人人色变，只有李广依旧意气自如。他从侍卫手中接过扣好弦的大黄连弩，觑了眼冲在最前面的匈奴裨将，从容不迫地扣动扳机。强弩穿透了马颈，鲜血四溅，匈奴裨将连人带马，颓然倒于百步之外。再射再中，一名匈奴旗手也应弦落马。胡骑凶焰虽挫，仍以排山倒海之势，席卷而来。

李广猛地挥动手中的令旗，汉军千矢齐发，队形密集的胡骑无从躲闪，纷纷中箭落马。少数冲至阵前的胡骑，或被密集的长矛所伤，或于短兵相接中战死。为避箭矢，前面的胡骑纷纷掉头后退，与身后的胡骑，冲撞践踏，乱作一团，不得不散开后撤。数刻之后，胡骑整队再来，汉军依李广之命，仍将胡骑让到极近处后，方发矢攻击。匈奴人连续冲击三次，竟不能迫近汉营一步。午时鼓角响起，匈奴人归阵休整时，汉军阵前已是尸枕狼藉。

检点战果，汉军可谓大胜，可箭矢已严重不足，匈奴人若持续来攻，将难以为继。而没有了强弓劲弩的卫护，以三千疲惫之卒，挡数万胡骑，绝无幸免的可能。看来，最后的时刻就要到了。李广在大帐中踱步沉思，汉军之生死存亡，系于今夜，非突围出去不可。大计一定，战法也了然于胸。他默诵起孙子那段名言：兵者，诡道也。故能而示之不能，用而示之不用，近而示之远，远而示之近。欲成功突围，必先迷惑敌人，所以他要反其道而行之，弱而示之以强，走而示之以守。

午后，匈奴人再次轮番冲击汉营。军臣下令，攻破汉营时，一定要生擒李广，不许伤害他的性命。他料定，汉军伤亡过半，消耗殆尽，已成强弩之末。

再加几把力，汉军的抵抗意志便会崩溃。可出乎他意料的是，汉军非但没有垮，反而在匈奴的攻势受挫之际，借势突击。李当户、李敢各带数十骑，分两路闯入匈奴大营，大砍大杀，所向披靡；汉军往返驰骋，如入无人之境，而胡骑虽多，竟如狼奔豕突，乱作一团。看来，汉军困兽犹斗，尚能一搏。天色尚明，军臣便下令停止进攻，全军提早休整，打算明日与汉军决战，活捉李广。

李广将汉军分为三部，他自己带领约千余名伤员居中，两个儿子各率四百骑兵，一前锋，一断后，掩护全军突围。夜半时分，李敢所率的前锋，以迅雷不及掩耳之势，一举突围成功。李广率大队紧随其后，断后的汉军则与围追堵截的敌军混战作一团，敌军愈来愈多，汉军后队身陷重围，难以脱身。

李广命李敢护卫伤者先走，自己选拔了百余名尚称精壮的骑兵，接应李当户。他返身杀回敌阵，与儿子会合，两人左冲右突，无奈众寡悬殊，他们陷入了匈奴人铁桶般的重围之中，插翅难飞了。

借着四面匈奴人的火把，李广清点了剩余的人数，汉军多已挂彩，人数不足二百，被紧紧包围在中间。匈奴人每一次放箭，都会有人在箭雨中倒下。

"我们要为陇西李氏姓争脸！"李广拍了下儿子的肩头，示以鼓励的眼色，然后掉过马头，挥舞着长剑，大声呼喊道，"弟兄们，朝廷养兵千日，用在一时，报效天子，杀身成仁，就在此刻！杀一个够本，杀两个有赚，够血性的汉子，相跟上我，杀呀！"

言罢，催马冲入敌阵，主帅身先士卒，汉军士气大振，人人怀抱必死之心，奋不顾身地冲向敌人。李广接连砍杀了几名胡骑，自己的战马也中箭倒毙，他爬起身，一手舞剑，一手执盾，继续厮杀。一名胡骑绕至他身后，挥刀劈下来，李广一闪，肩头还是挨了一刀，摔倒在地。李当户大吼一声，从马上腾身跃起，从背后抱住了那胡人，两人一起滚落马下。他死死扼住了胡人的喉咙，胡人踢蹬了几下便气绝了。他正待立起再战，却被身后的胡骑踏倒，那胡人使足气力，将投枪狠狠刺入他的背部……

李广见状，大喝一声，一跃而起，将那胡人刺落于马下，再看儿子，口中鲜血汨汨而出，手足抽搐了几下，便不动了。李广血脉贲张，用力砍下那胡人的头颅，向近旁的胡骑掷去。

冲入敌阵的汉军已被分割成小股，各自为战。李广护住儿子的尸身，从死去的匈奴人身上取下弓箭，连发皆中，射倒数人，胡骑稍稍后退，弯弓瞄着他，却无人放箭。李广心中纳闷，胡虏若放箭，可以轻易取他的性命，难道是想活捉他？妄想！他冷笑了，在匈奴人的尸身上擦拭着长剑，准备在最后时刻，自刭成仁。

　　哐啷一声，一件重物击中了李广的头盔，力道强劲，他只觉得脑袋一沉，身体仿佛失去了知觉，跌入沉沉的黑暗之中……不知过了多久，前方模模糊糊地闪现出一团光亮，他费力地爬起身，踉跄着向那里走去。斑驳陆离的光影中，似有无数人在厮杀，他好像又回到了战场，可奇怪的是，听不到一点响动。一个人缓缓走在他前面，从背影上看，却是儿子当户。儿子活着，他大喜过望，大声喊着儿子的名字，却怎么也不见儿子回过头答应……眼前的景象又变了，这不是未央宫么？皇帝蹙着眉头，很不高兴的样子，老友韩安国、程不识则满面忧容，很为他惋惜的样子。四面一下子暗下来，黑暗中却有双眼睛盯着他，一副窃笑的神情。李广啊，李广，可叹你一世英名，毁于一旦，丢人哪！

　　又不知过了多久，忽然，他觉得脸上奇痒难当，他试着睁开微肿的眼皮，强烈的日光刺得他睁不开眼。就在此时，他听到了人说话的声音，他又回到了有声的世界。

　　"这就是李广？你老兄怎么捉住的他？"

　　李广满脸血渍，一名年轻的匈奴后生策马赶过来，挥手赶开一群吮吸血渍的苍蝇，俯下身，细细打量着俘虏。一直昏迷的李广被置放于两马牵引的绳网之中，正在押赴军臣王帐的途中。

　　"怎么收拾狼，就怎么收拾他呗。"前面那匹马上，一个长脸的中年胡人，得意地拍了拍腰中佩戴的皮囊，从中掏出个物件抛给他，原来不过是块鸡蛋大小的椭圆形的卵石。胡人放牧，用以驱赶牲畜，掷击野狼，高手掷无虚发，中者非死即伤，竟也是件厉害的兵器。

　　"活捉李广，大单于有重赏，老兄最少也是个千夫长，回去不用牧羊了！"少年满脸艳羡，策马上前，与那中年胡人并辔而行。

　　匈奴骑兵散漫无章，成散兵队形。不时有胡骑过来，好奇地观看俘虏。

胡骑离开后，李广眯起眼睛，观察着四周。匈奴人大胜而归，十分放松，没有些许戒备。他试着动了一下腿脚，并无大碍，肩部的刀伤不深，疼痛已轻了许多。匈奴人以为他伤重昏迷，动弹不得，竟没有加以束缚。

前面两个胡人只顾说话，全然不知他已经醒来。从后面看过去，那少年的坐骑是匹良马，脚程应该很快。李广心中暗喜，他略作思忖，张开干裂的口唇，发出嘶哑的叫声。匈奴人转过脸看他，他大张着口，用手指无力地比画着，示意着口渴。后生将马身错后，解下腰间盛水的皮囊，俯身递过去。说时迟，那时快，李广把住络绳，猛一借力，腾空跃起于马上，将那后生压在身下。他双腿加力，那马一声嘶鸣，狂奔而去。不等四下的胡人明白过来，那马已跑出老远。

一阵混乱之后，那中年胡人纠合了几百胡骑，追了上来。李广紧抱吓得半死的后生，快马加鞭，一路南行。胡骑紧追不舍，李广取过后生的弓箭，且射且走，当者无不应弦而倒。胡骑不敢靠近，远远地跟在后面，南行数十里后，远远看到一队人马，当先一面大纛，正是李广的帅旗。匈奴人不敢再追，眼睁睁看着他将那后生推落于马下，扬鞭催马，直奔汉军而去。

此役李广惨败，侥幸生还。可夺马逃生那惊险的一幕，却不胫而走，传遍草原大漠的每一个角落，李广从此有了个新的绰号——飞将军。

四十九

"司马先生，请这边走。"陈娇领着司马相如上了一座回廊，回廊的前端，伸展于长水之滨，是座描梁画栋、四面通风的华堂。堂下环水，绿水涟漪，苇草丛生，白鹭翱翔，是个景致绝佳的去处。

华堂的梁椽皆由黄白色的木兰木搭建，立柱不饰髹漆，完全由硬木打磨而成，木纹古拙，极具装饰效果。司马相如用手摩挲着光洁的立柱，问道："敢问这柱子由何等木材所制，华美如是？"

陈娇微笑道："这柱子乃文杏木所制，故此堂亦被称作'文杏堂'。这里临水，比殿里凉快。"

堂中临水的一面，早已布置下了座席，宾主相对而坐，侍女们奉上茶水果品后，退于堂外。碧水长天，凉风习习，竟觉不出炎夏的暑热，果然是个纳凉的好去处。

司马相如就任霸陵园令后不久，适逢窦太主携女儿赴陵园祭扫，相见之下，陈娇极道仰慕，邀他就近去长门宫一游。早听说长门宫是城东第一佳处，相如虽答应前往游观，可担心卷进宫廷间的纷争，迟迟没有成行。近年来他的消渴病日渐严重，一再上书辞官，前日方得皇帝允准回家调养，交卸之后，打道长安回茂陵。无官一身轻，相如的病痛也好像轻了许多，于是决定顺路游览长门宫，以践前约。

陈娇的精心装扮，掩不住容颜的憔悴。她失神地望着栏杆外面的景色，两眼空空，似有泪光。风光势焰如陈皇后者，不想竟会落得这个下场！他是见过少年时的陈娇的，眼前这个韶华渐逝的女人，就是当年那个娇艳如花的少女么？岁月无情，老病缠身，自己又何尝不是如此！万千感慨涌上心头，司马相如不觉顿生美人迟暮之感，对主人有了种惺惺相惜的感觉。

　　"殿下的居处，果然堪称京东名胜，住在这里，比起大内，感觉应该好得多……"

　　陈娇收回目光，看了相如一眼，苦笑道："先生不必安慰我，我知道自己的处境。"

　　"可我就是不甘心！"陈娇直视着司马相如，双目灼灼，一时间似乎又是从前傲慢尊贵的那个皇后，"我与皇帝少年定亲，是结发的夫妻。她卫子夫也没生下个皇子，凭甚受宠？！"

　　司马相如俯首敛容，一副洗耳恭听的样子。这种敏感的话题非人臣所宜言，他绝不愿卷到里面去。

　　"姓卫的想得美，皇帝是她一人霸得住的吗！我听说后宫里头又有个姓王的骚货得了宠，卫子夫她的好日子也快到头了！"

　　陈娇纵情发泄，并不在乎司马相如的反应。女人固执于情感，全无理智可言。司马相如有些不安，废后在自己跟前发泄怨恨，传出去难脱干系，他开始后悔到这里来了。

　　于是顿首再拜道："时候不早了，谢殿下赏我游园。小臣明日要赶回茂陵，路经长安时还要到宫门请安。殿下若无他事，小臣就此拜别了。"

　　陈娇并不作答，她看了眼司马相如，很平静地问道："先生还记得梁王么？"

　　"当然。怎么？"

　　"我二舅生前最欣赏的人，就是先生。那时我还小。记得每逢来京师，二舅都带着先生，是这样么？"

　　"蒙孝王不弃，确实如此。"相如心头一热，蓦然有故人之思。

　　"我二舅待先生如何？"

　　"孝王爱重人才，待相如以上宾之礼。"

　　"看在舅舅面上，我有一事相求，司马先生可能帮我？"

　　"请殿下明示。"

　　"我想再见皇帝一面，求先生帮忙。"

相如一惊："小臣已然辞官致仕，见不到皇帝了。这个忙，在下只怕帮不上。"

"先生肯定能帮我，但看愿不愿罢了。先前在宫里的时候，皇帝多次对我提到过先生，说先生的大赋作得好。每逢先生有了新作，皇帝恨不能第一个找了来诵读。"

"小臣鄙陋，蒙天子错爱。"相如面作惶恐，心里却很受用。

"皇帝爱的就是你这支笔！先生愿意帮我，不过举手之劳。"

"殿下的意思是？"

陈娇做了个手势，候在堂外的女侍抬进来一只木箱，放置于几上。陈娇打开箱盖，赫然入目的，是一箱黄灿灿的金饼。

"我只求先生为我作篇大赋，将这里的所见所闻、所感所思写下来。此箱中千金，权作润笔之资。"

"可在下已辞官归里，见不到皇帝了。"

"你在宫门请安时递进去，之后便无须先生费心了。皇帝听说先生有了新作，一定会先睹为快的！"

看看推辞不掉，司马相如只好答应下来。陈娇大喜，命侍女取来一方白色丝帛铺在几上，亲自为相如磨墨。相如以景寄情，将故人之思、弃妇离愁与长门胜景糅为一体，洋洋洒洒，运笔如飞。深宫锁闭，长日无聊，惆怅，悔恨，神不守舍，失意宫人种种难言的幽怨，细致入微的情感，一一再现于他的笔端。

午后赶到长安，司马相如入北阙，到金马门递上请安的简牍，正欲出宫，却听到身后有人招呼他。回过头看，却是司马迁。每日皇帝的起居言行，都要由史官记录在案，称作起居注。今日正值司马迁当值，散朝后，他将起居注整理誊清，送金马殿封存。

"长卿兄稍候，我去去就来。"司马迁举了举手中盛装简牍的青布囊，快步走入金马门。

司马相如本想当日赶回茂陵，见到司马迁，又游移起来。相如与官场格格不入，邹阳而外，再难有谈得来的人。司马迁为人正直，不慕荣利，少年博学，尤为难得的是有见识，不盲从。而司马相如才华横溢，文名蜚声天下而又平易近人。一老一少意气相投，两人竟结为忘年之交，京师人称"两司马"。

司马迁很快跑回来，把臂望着相如略显憔悴的面容，摇摇头道："一别经年，兄长老矣！"

相如苦笑道："老倒不怕，恨只恨往昔放浪形骸，喜食肥甘厚味，坐下了这一身的富贵病。子长当以我为鉴，莫蹈覆辙呀。"

"要不要请宫里的太医看看？"

"长安城内外的名医，早都看了个遍。消渴之疾，别无良法，只能静养。所以我向朝廷辞了官，回家养病。"

两人走出宫门，看看时候还早，司马迁道："小弟有个建议，兄长今日就留住于舍下，弟略备小酌，你我作竟夜之谈，如何？"

"如此不叨扰司马太史么？"

"家君被今上派了外差，近来随一伙术士去了甘泉宫。"

司马迁与父亲同居，住在长安城西北角的孝里。东厢是司马谈的书室，西厢是居室，正堂三间，则是待客之处。升堂入室，司马迁自去安排酒食，相如信步走入东厢，浏览司马家的藏书。室内窗明几净，搁架、小几与台案上摞满简册，他坐到主人的书案旁，展开案上的书卷，默诵沉思，意有所得。

"长卿兄，酒菜略备，请入席吧。"

司马相如放下简册，走入中堂，只见盘盏精洁，几样素菜，一碟煎蛋，一小盘冷牛肉，新炊的黍米，散发着诱人的饭香。

"兄长之疾，忌食肥甘，薄酒蔬食，不成敬意。"

"难为子长有心，这很好了。"

两人相对而坐，司马迁举杯道："兄长辞官家居，小弟此杯为嫂夫人贺。"

相如举起杯，只在唇上沾了沾。"愚兄有病之身，不胜酒力，只能做做样子了。"

"不妨，兄长自便好了。"

"方才在书室见到太史公的文章，学兼百家，令相如佩服。"

司马迁道："家父一直以来想做两件事。一是总结先秦诸子之学术，兄长适才所见，乃家君拟订定的提纲，名为《六家指要》。第二件事，就是上承三代，接续春秋战国直至大汉之史记。可惜杂务甚多，难于专心。"

"对了，你说太史随一帮术士去了甘泉，做甚？"

"长卿兄有所不知。自从今上宠信李少君，山东齐燕滨海一代的术士趋之若鹜，皆以神仙长生之术自炫于朝廷。近来有个叫谬忌的人，向朝廷献上了一个祠祭'太一'的方子。说'太一'是天神中最为尊贵的，古代天子皆以太牢祭之于南郊。还有个齐人少翁，自称能通鬼神，建议于甘泉宫中建通天台，画天地太一诸鬼神于其上，四时致祭以通神灵。今上颇惑于此，家君职掌所在，自得随之赴甘泉筹划，这么折腾下去，真不知伊于胡底。"

"哦？有意思。"司马相如笑着摇了摇头，"富贵长生，人同此心，人之欲望永难餍足，天子富有四海，自难例外。时间长了，子长就会见怪不怪了。"

他吃了口菜，以茶代酒，一饮而尽。"我做了一年守陵的老卒，闭塞得很，朝廷这一向有甚大事，老弟不妨说来听听。"

"要说大事，当推卫氏。此次关市之战，独卫青一路有功，斩获虽少，却掏了匈奴的老窝。皇帝激赏他为大汉争了脸，夸他胆略兼优，赐爵关内侯。随征的将领也有封侯的，就是归降过来的三个胡人，也都封了侯。"

"人奴之子，竟尔一飞冲天。看不出这个卫青还真是个人才！"

司马迁不以为然道："依小弟看，也不尽然。"

"怎么？"

"卫青因势利导，勇于决断，有大将之才不假，可此番立功，也不免因人成事。若无李广、公孙敖苦战，拖住了匈奴大军，卫青又怎能有奔袭龙城的机会！按理说，这功劳不该算在他一人身上。"

司马相如若有所思地点了点头，问道："李将军的处分下来了？"

"下来了。李广、公孙敖两路皆败，险些全军覆没，按军法都是死罪，押在廷尉候斩。好在今上爱惜人才，允准赎罪。只等家里凑足钱后，便可赎为庶人。"

司马相如忽然想起早间陈娇的话："听说皇帝又有了新欢，卫子夫不甚受宠了，有这件事么？"

司马迁诧异道："哪有此事？卫子夫又有了身孕，据太医院讲，有得子之征，皇帝极为关切。卫青又立功封侯，一门贵盛，举朝的官员都趋之若鹜呢。"

司马相如笑笑，顾左右而言他道："邹阳兄好么？" 看来，又是陈娇的一厢情愿了。卫子夫若真为皇帝生下皇子，陈娇则永无翻身之日了。

"皇帝不召见，他从不进宫。听说，他与乐府的律丞不和。"

"乐府的律丞？此人可是个阉人？姓李，名李延年？邹阳与他缘何不和？"

"正是李延年。邹兄讲，此人心机极深，善伺上意，巴结权贵无所不用其极。近来常在平阳公主门下走动。"

看来陈娇的话也不错，螳螂捕蝉，黄雀在后。李嫣的色艺，倾城倾国，李延年若将其进献给皇帝，是肯定可以得宠的。然而以色事人者，色衰而爱弛，李嫣亦不过步卫子夫的老路而已，可叹！

"富贵荣华，人之大欲，无可厚非。子长少年英俊，还记得去年春天你在河洛酒家那番话么？"

"当然记得。"

"初志未改么？"

"未改。"司马迁回答得斩钉截铁。

"好兄弟！愿你成就名山之业，愚兄愿为此破例，你我浮一大白！"司马相如举起那杯一直没动过的酒，一饮而尽。

五十

"这'所受监临饮食，坐免'一条，历来如此，有甚不妥么？"

刘彻翻看着案上的简牍，问道。

"受监临饮食"，意指官员在自己治下的官府用餐而不付钱，占公家的便宜。汉景帝以前，犯此者一律免官，景帝以为处罚过重，改为吃饭付钱。可实际实行起来，往往一席奢华的酒宴，官员们只是象征性地付几个小钱，每年计算下来，仅此一项，所费不资。

中大夫赵禹与侍御史张汤，奉诏修订律令，几个月下来，将一些过时的条文剔出，又新增了若干，删繁就简，拟定了一部新律，呈报皇帝批准。

张汤道："各地饭食取值不一，难于计算。为了讨上官的欢心，往往所费甚多，付值甚少，仅各地各级衙门送往迎来的宴请一项，所费公帑便已甚巨。而官员自以为付费，吃起来反而无所顾忌。臣等以为，不如恢复旧规，官员办差一律自备伙食，凡受监临饮食者一律免官，如此方可资震慑，以肃官箴。"

刘彻颔首道："有律不行，不如无律，律令既定，就该令行禁止。这一条，就恢复旧规吧。"

"这贪污营私一条，有甚疑义么？"刘彻拿起一支简牍，上面以红笔作了记号。

张汤看了眼赵禹，顿首再拜道："此条小臣与赵大夫所见不同，敢为陛下言之。原律令就此罪量刑分三等：赃二百五十钱以上者，免官；赃五百钱以上者，下狱；赃十金以上者，罪不道，弃世。赵大夫以为，前两等案值甚微，不如以千钱起算。小臣以为，案值虽低，正所以防微杜渐，不必改易。故以红笔勾出，惟陛下圣裁。"

"防微杜渐？你所见甚是，不必改。"

刘彻又挑出两支简牍，问道："'见知故纵'与'不举奏'这两条，有甚不同么？"

赵禹道："回陛下的话，上司、同僚或部下有罪，不举报甚或有意隐瞒者，为'不举奏'；明知有罪，而放纵罪人逃亡者，为见知故纵。犯者包庇罪人，当与之同罪。"

刘彻道："这两条所指类同，可合而为一。"

"是。"

刘彻又翻看了一阵律条，觉得不甚满意："你们修订律令，琐琐碎碎，通篇没有个一以贯之的头绪。只在惩治贪墨上用力还不够。修订律令的目的，你们心里要有个数。《春秋》讲求的是个甚？公孙内史，你精通《春秋》之学，开导开导这些刀笔吏。"

公孙弘谦和地一笑："《春秋》者，大一统也。普天之下，莫非王土；率土之滨，莫非王臣。二位大人把握住这一点，律令之修订，有如纲举目张。其实惩治贪官也好，诛除豪强也好，所为无非大一统。大一统者，一言以蔽之，就是树立天子的权威。"

刘彻满意地笑了。"公孙内史说在了点子上。暴秦焚书坑儒，以吏为师；我大汉欲兴三代之伟业，你们光抠律法条文不行，还得读些书，懂得《春秋》大义，方能制定一部好律法。普天下的百姓都是朕的子民，朕欲百姓安居乐业，国家富强，你们要从这个大局修订律法。凡有损于这个大局的，诸如诸侯、贪官、地方豪强横行乡里，欺压良善，商贾渔利，兼并民田，侵害小民者，一概不能允许。律法要公平，就得一碗水端平，就得抑强扶弱，抑之不行则锄之。天下只有一个头，那就是天子，君君臣臣父父子子，上下有等，尊卑有序，诛奸猾兼并之徒，众不敢暴寡，强不能凌弱，百姓方可安居乐业，懂了么？这些东西你们拿回去，细心体会，按照朕的意思重新修订。"

赵禹、张汤退下后，刘彻看了看廷尉翟公，问道："李广、公孙敖的赎金补足了么？"

"公孙敖的补足了，已于前日出狱。李广那一份，他家人还在筹。"

"朕记得李广从前多有功劳，可以以爵抵罪么？"

翟公回答得很小心："李广数十年戍边，三子俱从军，不事生产，家无余财。以爵抵罪，爵一级抵钱二千，爵三十级方可免死。李广军功所积之爵不过十级，相差甚多。"

"这次落败，李广情有可原。李当户莽撞深入，牵累了他父亲。当户战死，也算是赎罪吧。他还差多少钱？"

"四万钱。要不网开一面，先放他归家，这钱先挂在账上？"看出皇帝有意宽宥，翟公乐得做个顺水人情。

刘彻摇摇头道："律法一视同仁，岂可枉法施恩！郭彤，你去少府支四万钱，交与翟大人。再去问问李当户家还有甚人，送些钱过去。"

李广、公孙敖的失败，令刘彻的心情颇为郁闷，若不是卫青奇袭龙城成功，此番关市之战又会成为他的一大败笔。初知李广战败，他心里极为愤懑，曾一度恶向胆边生，生了诛杀大将以警来者之心。后来得知李广与敌周旋六日，虽全军覆没，可杀敌亦近万人。尤其是李当户战死沙场，李广被俘，九死一生逃归的事迹，又令他感奋不已，为之惋惜。

李当户早年亦曾在宫中为郎，任太子侍卫，与刘彻、韩嫣朝夕相处，感情弥笃。忽忽焉光阴似箭，一晃几近二十年了。

在刘彻心目中，李广地位崇高，大将军一职，本来就是留给他的。原想关市一役大捷之后，筑坛拜将。却不料李广大败亏输，落了个全军覆没的下场。军臣倾巢而出，事前难以逆料，可卫青奏牍中的分析很对，李广不该违背他自己提出的有利则进，无利则退的原则贪功求战，自蹈败局。

反之，卫青之机智果敢，令刘彻刮目相看。数日来他详询奔袭之细情，头脑中有了种新的想法：与匈奴周旋，汉军不能拘泥于边塞，而是要走出去，到胡人的地盘上作战。卫青那个先将匈奴挤出阴山，使之失其凭借，再决战以歼之的谋略，由龙城之战获得了有力的佐证。汉军欲有所作为，必不能拘于一时一地的得失，而是要注重战略上的深谋远虑。这个卫青，他会再予之以机会，果真是大将之才，他将放手任用他。

回到寝宫，正欲召王美人侍寝，郭彤回来复命。他说，钱已由少府取出，交到了廷尉府，李广当日即可出狱还家。李当户前年新婚，去年有孕，出征后方才生了个儿子，李当户战殁，孩子竟未能见到父亲，成了个遗腹子。

刘彻一时感伤，眼中有了泪水。"告诉他妻子，当户为国捐躯，功在国家。孩子长成后送到宫里，由皇家教养。"

想了想，又吩咐道："明日你代朕去趟李家上祭，告诉李广节哀，要他好好将息一时，国家有事，朝廷总会用得到他的。"

郭彤连连称是，却并没有动身的意思。刘彻问道："怎么，还有事么？"

"司马相如卸职归家，昨日宫门请安，随请安简牍递上来的，还有篇大赋。"

"大赋？"刘彻眼睛一亮，伸手道，"拿来朕看。"

展开那幅丝帛，赫然入目的是题头三个字：长门赋。"长门？难道他去了长门宫不成？"

郭彤敛容顿首道："昨儿个见到这篇东西，奴才即派人去查问，说是长门宫邀司马先生游宴，以千金润笔，请司马先生作此赋。"

看来，阿娇还是活得蛮有滋味的么！大赋递到宫里，必是有话要对他说，阿娇竟能想出这种法子，真可谓绞尽脑汁。他倒要看看，阿娇花大价钱买的，是篇怎样的说辞。

大赋仍不失司马相如一贯铺张扬厉的风格，而细读之下，则多了一份缠绵悱恻。司马相如笔下，风云、飞鸟、殿廊、台榭，乃至于日月天象，无一不信手拈来，作为比兴抒情的对象。千般思念，万种柔情，徘徊不去，在结尾数句发为心声，感人至深。

……忽寝寐而梦想兮，魄若君之在旁。惕寤而无见兮，魂迁迁若有亡。众鸡鸣而愁予兮，起视月之精光。观众星之行列兮，毕昴出于东方。望中庭之蔼蔼兮，若季秋之降霜。夜漫漫其若岁兮，怀郁郁其不可再更。澹偃蹇而待曙兮，荒亭亭而复明。妾人窃自悲兮，究年岁而不敢忘。

默诵毕，久久无言，刘彻陷入了沉思。一年多来，他疏远了窦太主，疏远了董偃，几乎忘却了阿娇的存在。司马相如的美文，勾起了他的回忆，万千往事汇聚心头。巧笑倩兮，美目盼兮，少年时在长乐宫与阿娇捉迷藏的情景历历如绘。阿娇一身白衣，若隐若现，不时回身向他招手，发出流莺般的笑声，犹如花丛中的仙子。还有大婚合卺那天，阿娇一身红装，娇羞不胜地倚在他怀中的样子，仿佛就是昨日的事情。

"你做了你大姑的女婿，就要善待她们，善待阿娇。我们是一家人，你做了皇帝，要照顾她们。"父皇的话又回响在耳际。平心而论，他自觉没有违背对父皇的承诺。姑母老来不谨，他体会她老来孤单的处境，默认了她与董偃的私情。阿娇于宫中行厌魅之术，按律是死罪，他不仅没有治她的罪，甚至没有幽禁她；为了她们母子见面方便，将她安置于景色绝佳的长门宫。

可这篇大赋还是让刘彻起了故人之思，他忽然强烈地想要见阿娇一面。"郭彤，你吩咐备车，叫上几个侍卫，我们出城一行。"

"长门宫？"

刘彻颔首笑道："朕的心思瞒不过尔，莫声张，是微服出行。"

车驾抵达长门宫时，已是掌灯时分。闻知皇帝驾到，整个宫里乱作一团，好一会儿，陈娇才匆匆装束过，到正殿迎驾。

"陛下有的是新欢，难为还记得贱妾。"话一出口，陈娇就后悔了。

还是个醋坛子。刘彻摇摇头，想要叙旧的兴致一下子没了。"你花了那么大价钱，请人作赋。朕不来看看你，你怕是又要咒朕薄情了。"

落座后，刘彻就着烛光打量着陈娇，他吃惊地看到，确如司马相如赋中所言，女人没有了爱，就难以抵挡岁月的侵蚀。阿娇出宫时仍算得上是一个美人，此刻却容颜黯淡，憔悴得几乎不像是同一个人了。

"你过得还好吧？有甚不足，你找郭彤，让他办。"

"吃的，用的，臣妾缺甚，我娘会送过来，不劳皇帝费心。臣妾缺的，皇帝应该知道的，全写在司马先生那篇大赋里头。"

"亏你能请动司马相如，你怎么做到的？"刘彻不想谈情，在情感上，他知道自己给不了阿娇什么承诺，于是笑着岔开了话题。

"司马先生是霸陵园令。清明时，臣妾随母亲祭拜孝文皇帝时，约他来长门宫一游。昨日他卸职还家，我差胭脂在路口候着，请他过来的。二舅当年十分器重司马先生，凭这点君臣间的际遇，臣妾请他写点甚，他还不至于推辞，何况还有千金奉送。这件事，陛下想必也已经知道了。"

"你诸般皆好，朕就放心了。"

陈娇有满腹的话想要倾诉，可话到嘴边，却化作了无尽的委屈怨恨，明知会激怒皇帝，却还是脱口而出："皇帝读过那篇大赋，心里就没有一点感动？可真是铁石心肠！终究是十年的夫妻，陛下用在卫子夫身上的情，用一点在我身上，不行么？"

刘彻愤怒了。"你总把事情扯到别人身上，岂有此理！卫子夫能生养，你行么？"想到这话太伤阿娇的自尊，于是放缓口气道，"女人失败就失败在妒忌上。妒忌会让人丧失理智，做出大逆不道的事情来。你想拉近男人，殊不知妒忌只会让男人远离你。这个教训还不够么？"

陈娇冷笑道："男子花心，却把罪过推到女人身上，说她们生性好妒。我真后悔，我不该图虚名，嫁到宫里，误了一生。"

"哦？你是说朕亏待了你？耽误了你？想要出宫？这辈子是不可能了！你悔之晚矣！你记住，你是做过皇后的人，死也得死在宫里。"

阿娇继续这么口无遮拦，会激起皇帝的大怒，引发不测之祸。郭彤心急如焚，急忙顿首道："陛下息怒。宫里头还有事，还是起驾还宫吧。"

阿娇送赋，不无悔意，而个性却使她事与愿违。刘彻原想抚慰阿娇，以减轻心中的愧疚，不想旧怨未释，又添新恨。回宫路上，刘彻一路无言，在心里骂自己儿女情长，脱不出感情的羁绊，活该自取其辱。他暗下决心，无论是谁，日后他绝不会再为情所困。快到宫门时，刘彻忽然开了口：

"阿娇说的那个胭脂，是不是宫里原来的女御长？"

"是她。"

"你传诏永巷，明日下她到暴室狱，审结后处决。这女人跟阿娇多年，是她的心腹，上次巫蛊就有她，除掉她，免得再为虎作伥。"

"是。"郭彤一惊，他知道，从此刻起，阿娇在皇帝心里已经是个死人了。

五十一

主父偃倚在安车中，眯着眼想心事。入宫以来，多年所学得以展露，皇帝深为器重，言听计从，一岁之中官职四迁，举朝侧目，都以为是难得的异数。可他踌躇满志之余，居常怏怏，意有不足。譬如说他养不起车，每日上下朝，只能雇车代步。又譬如他这个堂堂中大夫，在朝廷上炙手可热，却住在长安最差的地段——穷里的一座小宅之中。不能忘怀的，还有从前种种屈辱的遭遇，他不是个大度的人，或者说他就是个睚眦必报的人，非报复不能一吐心中的腌臜之气。

安车拐入穷里的深巷，在一座小门前停下。主父偃跳下车，丢给车夫两个铜钱，举手推门。

"大人，讲好了四枚钱的，还差着两枚呢？"车夫擦了把汗，伸出手道。

"是么？"主父偃不以为然地摸了摸口袋，"今日身上没有散钱，你且记下，明日一并与你。"

"小人家里每日等着这钱用，大人是官身，哪里在乎这两个铜钱。若真是没有散钱，大人进家取，小人候在这里。"

主父偃不耐烦道："你这个人怎么这么啰唆，每日里没少坐你的车，告诉你明日补齐，难道会赖你不成！"

车夫无奈，嘟囔着调头，走出不远，骂了句"穷酸样，还摆得甚官架子！"不等主父偃搭话，把鞭子挥得噼啪作响，愤愤而去。

主父偃又羞又恼，呆呆地站了一会儿，推门进宅。

"爹，散朝了，方才甚人在门外吵嚷？"一名女子，正在院中择菜，见到他进来，起身招呼。

妻子早死，女儿一直承担着家务，一晃十年，错过了婚嫁的好时候，转过年去，就该二十五了。这个年岁的女子，已难于找到合适的人家。主父偃发达后，又不甘心女儿草草出嫁。女儿为自己耽误了婚事，他暗自发誓，要报偿女儿，一定为她寻头能够光大门楣的富贵人家。

"没甚。车夫无赖，讨赏钱，爹训了他几句。"

主父偃不想女儿知道自己受窘，漫应着走进屋里。他脸上火辣辣的，真是一文钱难倒英雄汉！堂堂大臣，竟为一市井刁民所耻笑，是可忍，孰不可忍！这样的穷日子该结束了，做官求的是富贵，他要尽快想个法子敛财。

屋子收拾得很洁净，可陈设简单。居中的客室，四壁萧然，地上铺的席子也已略显陈旧，室内一几，一案，一卧榻而已。东厢是他的寝室，西厢则是女儿的居室。

他倚在卧榻上闭目养神，神思仿佛又回到了阔别多年的故乡。他是齐国临淄人，少年时攻读长短纵横之术，成年后不事生产，又学《易》《春秋》与百家之言。后家道中落，一贫如洗，妻子久卧病榻，告贷无门，眼睁睁看着不治而亡。他发奋携幼女出游燕赵，打算以平生所学干谒王侯，可走一处，碰一处壁。非但无人待之以上宾，反而处处遭人白眼与耻笑。他还记得燕王刘定国和赵王刘彭祖的目光，那目光视他如无物，甚至不屑于从他脸上扫过，仿佛他不过是一只摇尾乞怜的野狗。

这些人如今再见到他，不知会是副什么模样？以皇帝对自己的宠信，这些混账东西怕是会像朝臣们一样，一个个胁肩谄笑，争相巴结自己了吧！他想衣锦还乡，一吐胸中多年积攒下的腌臜之气，可没有钱，乡人或许还会拿他当个穷酸看。不是不报，时候未到，他有这个耐心，会像草丛中的蛇一样静静地守候着伤害过他的人。只要让他抓到机会，他会下狠手要了仇家性命，决不宽贷。他们会怕得发抖，龟缩在自己的阴影中，后悔来到过这个世上。想到这里，他不由得乐出了声，报复的快意使得他心里暖暖的……

女儿掀开门帘，伸头道："阿爹，有客人，说是宫里的。"

主父偃起身迎到门前，不觉一怔。"原来是所公公，失敬，失敬！是陛下有事召我么？"

"没有公事就不能来你这儿认认门么？"所忠揖手还礼，笑吟吟地打量着这所宅院。

所忠是天子身边近臣，怠慢不得。主父偃堆出一脸的笑："寒舍简陋，难为所公公肯来，快请里边坐。"

"简陋好啊！简陋不是透着大人的廉洁么？皇上就喜欢清廉的官儿，照大人这么做下去，不愁做不到丞相。"所忠打着哈哈，往屋里走。

主父偃叹道："在下家徒四壁，三餐温饱而已。公公莫笑话我寒酸，说实话，若能有钱，这官做不做不要紧。"

所忠注意地看了他一眼，笑了笑："大人是天子跟前的红人，若有心敛财，有的是机会，但看肯不肯罢了。"

两人相对而坐，女儿送上一罐茶水。"这是小女，名沉香，老朽这个家全交给她了。"

所忠扫了眼室内简陋的陈设，点点头道："不当家不知柴米油盐贵，操持这个家，真难为她了。"

他呷了口茶，决定开门见山："大人一定奇怪，我凭空到府上做甚。实不相瞒，在下今日休沐，是受贵人所托，专程到府上求助来的。"

"求助？贵人又是哪位？请公公明示。"

"后宫的卫夫人要奴才代为致意。"

卫夫人，一定是卫子夫了。他兄弟卫青近来因功赐爵关内侯，卫氏一门新贵，可自己平素与卫氏并无往来，卫子夫缘何求助于他呢？他脑筋转得飞快，马上意识到，卫子夫求到自己头上，只可能为了一件事。

主父偃饮了口茶，不紧不慢地问道："在下与卫氏素昧平生，不知卫夫人找我，为的是甚事？"

所忠眯起眼睛，似笑非笑道："主父大人见外了不是！后宫里头还能有甚事？你能不明白！"

"不明白。"后宫之事乃天子的家事，非臣子所宜言，他不想惹是非上身。

"中宫之事，足下明白了吧。"

"卫夫人宠冠后宫，兄弟又新立大功，一门贵盛，待生下皇子，正位中宫是迟早的事，又何求于我呢？"

"大人有所不知。皇上前阵子专程去长门宫看望了废后，再就是有个姓王的宫人，这一向屡蒙皇上召幸，更要紧的是，她最近也有了身孕。卫夫人为此茶饭不思，知道皇上器重大人的意见，故想请大人帮她。"

"卫青也是皇帝面前的红人，难道不能帮她？"

"正因为是至亲，才要避嫌。大人与卫氏素昧平生，这个话才好说，皇上也才不会起疑心。"

话，他倒是可以对皇帝说，可凭什么要他帮卫氏？主父偃心头一动，笑道："公公讲的事，在下亦有所闻，听说那废后是用了重金，请司马相如写了篇情辞并茂的大赋，才打动了天子的……"

所忠当然明白他话里的暗示，笑道："卫夫人是极明白的人，劳动先生的酬庸比起司马相如，只会多，不会少。"

"这种事情，非臣子所宜为，所公公如此卖力奔走，看来是卫夫人的人喽？"

所忠全无避讳，有恃无恐："朝里有人好做官，官场上的事，主父大人难道不明白？有势力的朋友愈多，官就愈好做。卫氏一门新贵，交上了他们，就如同搭上了顺风船。咱们在要紧的时候帮了她一把，她将来做了皇后，儿子就会是太子，也就是日后的皇上，咱们有拥立的大功，你想他们能亏待咱们么！"

所忠话中的道理，他当然明白。这种侍奉在主子身边的小人，整日揣摩主子的心事，消息又灵通，很可怕，是得罪不起的人物。于是故作恍然地笑道：

"透彻，透彻！公公回去可以告诉卫夫人，主父偃愿效犬马，为夫人前驱。只是这进言的时机，要视情况而定。"

"甚情况？"

"要看卫夫人此番能否产下一个皇子。有了皇子，一切都好办。没有皇子，在下无从进言，就是进了言，也没有用处。"

"足下说的对。那么我回去禀报，就说你答应了。"

"答应了。夫人若有了皇子，在下一定会相机行事的。"

要紧事谈完，两人都轻松下来，主父偃坚留所忠便饭，所忠笑道："大人家用不宽裕，这么着，你请客，我出钱，不然不敢叨扰。"于是命车驭去东市购买酒食，两人继续对坐闲话。

"公公常在御前，消息最灵，宫里面近来有甚秘闻，可否透露一二？"

"要说秘闻，我还真得着点儿，不过不是京里的，是燕国的。"

"哦？燕国！甚秘闻？"主父偃精神一振，连声追问。

"你莫急，反正我要在你这里吃过饭走，有的是工夫，你听我慢慢讲。前几日，匈奴人为了报复卫青进袭龙城，大举犯边。皇上拜韩安国为材官将军，坐镇渔阳。这个韩安国兵少，被匈奴围在障城中，危急时分，仗着燕王派军来援，韩将军才脱离了险境。皇帝以燕王明大义，派我出使燕国，嘉勉燕王，我去了一个多月，才回来几日。"

"难怪近来朝会，御前见不到公公，原来是到燕国去了。"

"我在燕国下榻于宾馆，有个在燕王宫内做事的老相识来看我。他乡遇故人，自然要把酒话旧，可酒至半酣，他却向我道出了个惊天的秘密！"

"甚秘密？"主父偃大睁着眼，兴味十足。

"你想都想不到，那个燕王，一把年纪了，竟是个禽兽不如的畜牲！"

主父偃既吃惊，又兴奋，直视着所忠道："这种话可是臣子能乱讲的？无凭无据，诽谤诸侯，可是大逆不道的重罪！"

"当然有证据。我那个朋友，就是燕国的宫丞。刘定国那些见不得人的阴私，他最清楚。刘定国还是燕太子时，就看中了父王的侍妾，他嗣位后没多久，就与之通奸，还生下了个儿子。父王之妾，犹如庶母，他这么干，不就是乱伦么！"

"是乱伦。不想这老家伙冠冕堂皇，却是个衣冠禽兽。"

"还有比这更狠的呢。他做了燕王后，垂涎他兄弟妻子的美色，强夺为姬妾，其弟一气之下，暴病身亡。更不堪者，其弟三个女儿，也都被他逼奸，都是他的亲侄女，你说他不是畜牲是甚！"

真是踏破铁鞋无觅处，得来全不费功夫！燕王这斑斑劣迹，一旦通天，足够他受的了。主父偃心中窃喜，看上去却是一脸的茫然。

"燕王如此胡作非为，难道就没人举发他么？"

"当然有，可丢了命。"

“怎么？”

“关东诸侯，最难缠，也最令人头痛的就是燕、赵、胶西三国。朝廷派任外官，都视这三国为畏途，没有愿意去的，就是去了，也干不长远。”

“为甚？”

“除非你唯燕王是从，否则他会派人暗中监视窥伺你，直到找到你的短处，想方设法陷你于罪。燕国肥如县令郢人，得知燕王的劣迹，曾上书出首举报。可燕王把持邮路甚严，奏牍中途被截了下来。刘定国派谒者传他议事，就在宫中诱杀了他，而后又杀了他全家，只有个在上郡服役的兄弟，幸免于难。”

“是可忍，孰不可忍！如此巨奸大慝，难道就没人报告皇帝么！”

“没有真凭实据，谁敢告？刘定国论起来，是皇上的叔父，搞不好惹火上身，有不测之祸。所以这个事，说到此为止，你若外传，出了事，我可是不认账的。”

“那是当然，公公放心，这件事我会让它烂在肚子里。”

所忠走时，留下一个沉甸甸的青布囊，说是卫夫人的一点心意，事成之后还有重谢。主父偃回到寝室，解开布囊，眼前赫然一亮，囊中竟是十枚黄澄澄的马蹄金。有生以来，他还没有见到过这么多金子，更不用说这金子是属于自己的了。他逐个摩挲把玩，爱不释手，直至女儿的惊叫，方将恍如梦中的他，唤回到现实中来。

“呀，爹！这些是金子么？”

“是金子，当然是金子！沉香，你过来摸摸看。”

女儿走过来，用手指触了下金子，又马上移开。主父偃将一块马蹄金塞到女儿手中，用力握住，哈哈大笑道：“怕甚？这金子又不咬手！这些都是咱们的，丫头，我们穷日子熬出头啦！”

“这金子是刚才那位客人送的？他干吗要送爹恁多金子？”

“不是他，是别人求爹办大事情。咳！说了你也不明白，你就当老天眷顾，爹爹时来运转，以后往咱家送钱的人还多着呢！”

父女俩守着那堆马蹄金欢喜了许久，主父偃将金子收入囊中，交到女儿手中：“你把它收好，之后去前巷你孔叔叔处，请他过来。”

这个被称作"孔叔叔"的人名孔车，字百里，他人瘦瘦的，其貌不扬，可为人极重义气，有游侠风骨，经常往来贩鬻于京师边塞之间，与江湖上的人物多有往来。

孔车是主父偃的恩人，也是主父偃在京师唯一的患难知己。主父偃父女初到京师时，身无分文，流落街头，是孔车将他们领到自己家中安顿下来。接谈之下，孔车不仅同情他的遭遇，而且对其才学极为钦佩，认定他必能出人头地。半年后，天子征召人才，孔车鼓励他临阙上书自荐，果然一举中的。初为郎官，俸禄微薄，以致寄住在孔家，直至升任中大夫，父女两人方赁屋别居。

"伏之兄，找我有甚么事么？"两家有通家之好，孔车并不讲客套。

主父偃将两枚马蹄金放在几上，很诚恳地说道："我父女数年来蒙百里兄照拂，所费不资，一直感念于心。这点金子，是我父女的心意，望老兄笑纳。"

"甚话！我帮你们，难道是贪图回报？这金子你收起来，不然我们朋友没的做！"言罢，竟起身欲走。

"百里，你坐下，我还有一事相求。"

主父偃将两枚马蹄金推到孔车一边，揖手道："百里兄义不受报，我不勉强。这个钱还是放在老兄处，遇有如我当年落魄困厄之人，老兄赡穷救急，总得用钱不是？"

孔车想了想，颔首笑道："伏之福贵不忘贫贱，难得！如此，这金子我收下了，代老兄周济穷人。"

"拜托了。百里近来贩鬻，去过上郡的边塞么？"

"没有。这一向一直走定襄、雁门、代郡诸地，朝廷在那里用兵，耗费大，有钱赚。怎么？"

"我有位故人，为仇家所害，他兄弟亡命于边塞，近来听到个消息，说是在上郡服役。老兄若去上郡贩鬻时，顺带找找此人，找到了就带他到我这里来。我如今身在朝廷，可以帮他兄长昭雪复仇了。"

"既是如此，我专程去上郡寻他便了。他哪里人，姓甚名谁，多大年岁？"

"年岁我记不住了。你只打听一个燕国肥如县姓郢的，全家被灭了门的人。"

孔车一怔，随即颔首道："我这几日办点货就动身。伏之兄放心，只要此人还在上郡，我一定找得到他。"

　　望着孔车远去的背影，主父偃通身畅快，他伸了个懒腰，仰天大笑起来。刘定国，刘定国，你死到临头了！

五十二

　　"老人家，有甚冤屈，你尽管说，新来的太守大人会为你做主的。"杜周为老者解去桎梏，老者四肢上镣铐处，斑痕累累，被磨出了一道道紫色的疤痕。

　　老汉耳朵有些聋，睁着一只独眼，茫然望着面前的这个人。牢狱中极为阴暗，火光中的人影若明若暗，影影绰绰地看不清面目。

　　"你说甚？我听不真着。"

　　杜周附在他耳边，大声叫道："新任的太守大人复查案子，有冤情，你就讲出来。你不讲就是认了，过了这个村可就没这个店了！"

　　"天爷呀，老天总算开眼了！"老者哽咽道，和着浑浊的泪水唏嘘不止。他手脚并用地爬到义纵身前，抬起身子细细打量着他，两手不由自主地战抖着。

　　"青天大老爷，小的斗胆问一句，老爷不是本地的官吧？"

　　"大人是长安人，天子脚下，与南阳没有瓜葛，你莫怕！"杜周对着老者叫道，转过头对义纵笑笑，"前几次覆狱，喊冤的事后会遭顿暴打，都怕了。"

　　"长安来的，天子派来的？"老者似信非信，自言自语。

　　义纵点了点头，附在他耳边道："老人家，莫怕，有甚冤情讲出来，本府会为你做主的！"

　　"是真的？大老爷为小民做主，积德行善，公侯万代呀！"老者浑浊的独眼一下子亮了起来，呜咽道，"宁家夺占我家田产，我那儿子、媳妇……全家十口就剩了我一个呀！"

义纵望着泣不成声的老者，眼睛也有些发酸。他吩咐杜周找碗水给老汉喝，要他慢慢诉说冤情。老汉姓陈，居于宛城东里，两个儿子都娶了亲，全家老少十口，靠着自家的百亩良田，精耕细作，倒也能维持温饱。可六年前南阳大旱，所得不足以为生，不得已借了债。转年春季，又缺少种子。此时宁氏放贷，本息以青苗估产作抵押。秋后无论收成好坏，一律以估值还贷。若不能还贷，则以田产抵债。当年又歉收，宁家派人收债，百般威逼利诱，要陈家卖地抵债。陈家认准土地是自家的命根子，坚决不肯出卖，求宁家缓些时日，容他们筹钱还债。宁家垂涎这百亩良田，不容分说将陈家告到县里。郡县官员多与宁家交好，派出隶卒随宁家强行占地。陈老汉和儿子与之争讲，被诬为不轨行凶，一个儿子被当场刺死，老汉与另一个儿子被押入牢狱。两个儿媳变卖了房产，打算结伴上长安诉冤，还没有走出南阳，便在路上被人劫杀，儿女被掠卖，下落不明。另一个儿子覆狱时抗辩，被毙于杖下。

"小人苟且偷生，为的就是活下去，看不到恶人恶报的一日，我死不瞑目。大老爷为小的做主，我全家地下有知，来世结草衔环，也要报答大人。"

等到杜周做完笔录，义纵沉着脸问道："南阳如这老者般获罪者有多少？"

"全郡在下不敢说，这杜衍县狱内关押的，不会少于十家。宁氏本来只是平民，宁成还乡后，雇人开了些荒，可数年间，宁家的田产猛增了百倍，其中的好地，大都是这种来路。"

"这东里的百姓，肯出头为这老者做证么？"

杜周摇摇头道："不好说。宁家在南阳郡上上下下都有关系，没有人不怕。"

义纵又提讯了一些人犯，大都与陈老汉类同，因与宁家争田产而入狱。出了县狱，天色向晚，县令与县丞等早已恭候在门前，请太守前堂赴宴。义纵很客气地笑笑，说朝廷颁布新律的特使不日到郡，他不能耽搁。临上车前，他叫过杜周，低声吩咐道：

"你将今日提讯人犯的笔录誊好备用。这批人犯，是重要的案证，你要看护好。我会很快回来。"

杜衍县在南阳郡治宛城西南十里处，用不到一个时辰，义纵便回到了太守府，用过晚饭，掾史来报，邮驿送过来的消息说，朝廷宣付新律的使节，已过了鲁阳，明日一早可到宛城。他摆摆手要掾史退下，独坐沉思，回想上任一年来的经历。

到任之后，慑于他的威名，全郡竟不治而安，官吏百姓无不重足^①而立。郡中的大户，如孔、暴、宁氏之属，无不循规蹈矩，敛足不出。义纵治乱，惯常的做法是趁其为恶之际，鹰击毛挚^②，可豪强敛迹，竟使他无从下手。显然，事前他们已得到了警告。

义纵暗中摸了一下郡中豪强大户的底。南阳宛城，与齐之临淄，并为关东富庶的商邑。南阳西通武、郧二关，东接淮水，北靠中原，南临江汉，是中原枢纽之地，四方商贾无不辐辏于此。所谓"宛周齐鲁，商遍天下，故乃贾之富，或累万金"。南阳是富郡，而富郡中的首富则为孔氏，孔家自秦末迁徙至此，以冶铁起家，几世经营，现已成为举世闻名的大铁商。孔氏富拟王侯，起居用度豪奢，平时倒不甚作践百姓。

暴氏原为宛城商户，后勾结官府，联络江湖，养了一大帮打手，成为宛城市场上的一霸。除垄断大宗棉麻食粮交易外，除孔、宁二家，无论坐地商，过路商，在宛城及邻县市场上交易，必得向暴家交纳保护费，稍有不从者：轻则货物被抢，人遭暴打；重则摊位被砸，杀人害命。不合作者难在市场立足。久之，交保护费竟成地方惯例，官府不闻不问，与之相安无事。自义纵到任后，表面上市场中再见不到收取保护费的事情，可商户们惧怕报复，仍暗中向暴家送缴。

至于宁氏，主要是放贷，然后以债务为名兼并农户的土地田产。失去了田地的农民，又只能以租佃为生，久之欠债愈多，多有沦为宁家奴婢者。而在官私两面，宁家都极有势力。百姓状告宁家，绝无胜诉之望；不甘屈服者，宁家会找江湖上的人暗算你，那个暴家，也会为了钱，出头充当打手。或举族背井离乡，或低头服输，或家破人亡，与宁家作对者，脱不开这三种下场。

义纵还发现，郡县官员，盘根错节，多与豪强大族关系密切。自己有什么打算和举动，竟难于保密，对方都能事先知晓，预为布置，使他功败垂成，

---

① 重足，秦汉时习用语。指因过于害怕而不敢挪动一下脚步的样子，泛指循规蹈矩。

② 鹰击毛挚，鹰隼展翅于空中扑击飞鸟之状，用于比喻动作的凶猛无情。

难于将他们绳之以法。后来，他更换了府中的掾属与护卫，泄密的事情止住了，可自己信得过的下属多是外地人，办事情仍离不开郡县各级官吏，难收如臂使指之效。于是他借巡视之机物色本地可用之人，杜衍县的狱吏杜周，就是他近来发掘到的人才。杜周是能吏，但不得重用，心怀不满。经他指点，义纵终于发现了蹊跷之所在。

义纵上任伊始，就在宛城覆狱。以他的经验，只要找到被冤枉的犯人，就不难查出官场的黑幕。可令他吃惊的是，他翻遍了案卷，竟无一例冤案，且案情多为鼠窃狗偷，案犯多为外地之人。他大惑不解，问主持治安牢狱的都尉侯成，难道宛城竟无一人犯法么。侯成笑眯眯地反问道，大人治下都是良善之民，难道不好么？很久以后他才得知，这个都尉，竟是宁成的妹夫。

原来宛城的人犯，在他到任之前，已经转移到各县。案卷存于都尉之手，人犯则属临时拘押，不造名册，根本无从查起。若不是他事先知道了底细，猝然临狱提讯，人犯来不及进一步转移，这个黑幕，绝难揭破。下一步怎样做，他已胸有成竹。只要平反了一个冤狱，百姓认准他真能主持公道，一潭死水的局面就不难打破。只要有一个受害人开口，百姓平日的积怨就会如洪水溃堤般喷薄而出，宁暴之属，难逃灭顶之灾。

明日接送过专使，他要再去杜衍提回人犯，一举将案子审结，公布于全郡。那时想要捂住黑幕，就绝无可能了。想象着万民欢腾，宁成之属惶惶不可终日的样子，他不由得微笑了。他要好好睡上一觉，五日里接连巡视了六个属县，他太累了。

"长孺兄，长孺兄！"

杜周正在瞌睡，听到有人招呼，猛然惊醒。原来是自己的顶头上司，狱丞罗岗。

"狱里潮湿得很，你睡在这里，会坐下病的，还是到上面睡吧。" 罗岗笑眯眯地说，很关心的样子。杜衍县的牢狱在地下，狱门则在地上，里侧有座简陋的小室，与牢狱相通，供当值的狱卒休憩。

杜周道："郡守大人行前吩咐过卑职，要看押好这批人犯，在下怕出纰漏，不敢不躬自守护。"

罗岗不以为然道："人犯在此关押了一年，从无纰漏，怎么郡守大人一来就会出事？长孺未免过虑了。"

看看杜周没有离开的样子，他沉下脸道："县令大人有话对你说，正在上面候着呢，你马上跟我去一趟。"

杜周无奈，喊过一个狱卒接替自己，随罗岗走到前堂。前堂便是县衙，县令彭川正等在那里。

"今日郡守大人提讯人犯，都问了些甚？"

"禀大人，问了人犯的姓名、籍贯和案由。"

"还有甚？"

"没有了。"

彭川双目灼灼，久久盯着杜周。杜周心里发毛，可还是迎着县令的目光，很坦然的样子。

"没有了？"

"没有了。"杜周很肯定地说。

"你做狱吏多少年了？"

"差两个月十年。"

"十年里换了几任县令啊？"

"连大人在内，有五任了。"

"那么，你在县里也算老人了，官场上有个道理你不该不懂。"

"在下不明白……"

"你莫揣着明白装糊涂！'铁打的衙门流水的官'，这句话你敢说不知道？"

"在下知道。"

"知道就好。新官上任三把火，哪个不是这样！你跟着他闹腾，把大户得罪遍了，能有你甚好处？任期一到，他拍拍屁股走人。可你呢，你是坐地户，你走得了么？你全家和族人走得了么？你还得在南阳做事吃饭不是？"

"可是郡守大人吩咐下的事，在下不敢不认真。"

罗岗瞪起眼，喝道："杜周你别忘了，县官不如现管，得罪了郡守，你大不了削职为民，得罪了大户，你怕是死无葬身之地！"

彭川厉声喝道："本县叫你不听郡守大人的吩咐了？笑话，你倒会倒打一耙！"他对罗岗使了个眼色，缓和口气道，"你再想想，好自为之。"言罢拂袖而去。

罗岗拍拍杜周的肩头道："县令知道你勤勉能干，只要你听话，过后就会升你的职。"他从怀中掏出两枚马蹄金，放在公案上，"这点意思你先收下，是大户送的，你帮了他们，日后的孝敬会更多。"

杜周知道，县令及同僚们已经怀疑是他暗中相助义纵了，不然不会如此开门见山。在这场旋涡中，他已不可能置身事外了，他的前程乃至身家性命，全系于义纵能否扳倒宁暴之属。想到这里，他反而泰然了。

"谢谢县令与罗大人的抬举，这金子在下不能收也不敢收。小人区区小吏，可也知道律法无情，欺蒙上官，枉法徇私的事情在下实在是扛不住。请恕我公务在身，告退了。"言罢，径自扬长而去。

院中很静，听不到一点儿声响，要出事，杜周忽然有了种不祥的预感。一踏进牢狱，他便知道确实出事了。狱门大开，代他值守的狱卒被人打昏在小室中。他点燃一支火把，下入狱中察看，果然，那老者及所有宛城移来的人犯，已踪影全无。杜周急火攻心，大叫着冲出牢狱。天色已经一片漆黑，火光中隐约可见几条黑影闪过，杜周抽出长剑，张口欲喊，后脑上却挨了重重一击。他晃了晃，颓然倒地，昏迷中听得身后有人对话。

"干掉这家伙？"

"人犯被劫，责任在他，留着他上官家的刑场吧。"

"那些人犯怎么办？"

"转移到平氏……"

伤处的疼痛开始弥漫，吞噬了他的意识，他昏过去了。

五十三

次日一早，义纵在城北的宜安亭摆开仪仗，迎候颁律的专使张汤。张汤时任中大夫，秩千石，可义纵知道他是皇帝倚信之臣，怠慢不得，还是出城十里亲迎。

这就是以猛为治，行法不避贵戚，把太后的外孙押入牢狱的人物？张汤上下打量着义纵，义纵身材中等，貌不出众，只有那双不卑不亢、略带杀气的眼睛，透露出些许酷吏的本色。

略作寒暄后，义纵向专使一一引见郡中的官员。引见到都尉侯成时，张汤道："你是函谷关宁都尉的姻亲？"

侯成也是官秩比二千石①的大员，态度却要谦恭得多："承专使抬问，宁都尉是卑职的妻舅。"

张汤将一支加盖了封泥的简牍递给侯成："路过函谷关时，宁都尉托我带封信给你。"

"多谢专使大人。"侯成得意地瞥了义纵一眼，将简牍揣入怀中，揖手道，"阖郡的乡耆得知专使大人途次宛城，在城里公设了筵席为大人接风，卑职受乡里耆老之托，恭请大人光临。"

---

① 比二千石，都尉负责一郡的军事与治安，是郡中仅次于太守的官员。太守秩二千石（与朝廷中九卿的官秩略等），都尉比二千石，略次之。

张汤微微一笑，揖手还礼道："乡里父老的好意，在下心领了。侯都尉代我谢谢各位。在下皇命在身，还要赶往淮南，不敢耽搁，恕不能从命。"

一直冷眼旁观的义纵道："专使来此，食宿由地方供张，是惯例。我已吩咐预备了酒食，用多少，大人付钱便是。"

张汤捋髯笑道："二位大人有所不知，新律又恢复了旧制，受用属下的饮宴，是要罢官的，即使交钱也不可以。"

"可专使出行，一路上难道都要自备伙食？"侯成摇摇头，不解地问。

"沿途都有驿馆，饮食不成问题。二位大人就不必费心了。"言罢，张汤命侍从从副车上取出新律，授予义纵。

"皇帝励精图治，尤重吏治，新律在这上面严了许多，要在抑豪强，除兼并，使百姓安居乐业。在下出京前，皇帝命我捎话给郡守大人，说地方上的事情头绪多，要谋定而后动，不可操切偾事。"

义纵再拜顿首，感谢皇帝的训谕。安民生，抑豪强，除兼并，新律恰逢其时，来得太及时了！他心里欢喜，面色也和缓了许多。在得知专使也是新律的修订人后，义纵对张汤更增好感。接谈之下，两人颇有惺惺相惜之感。

送走张汤，义纵决定一鼓作气，再下杜衍，揭开黑幕。可当他赶到杜衍县狱时，情势却大大出乎他的意料。杜周不在牢狱中，昨日提讯过的人犯一个都不见了，而狱吏们却如什么事情都没有发生过一样，懒洋洋地聚在院中闲话。义纵大怒，吩咐侍卫将县令与狱丞找来。

"彭县令，这县狱中宛城的人犯到哪里去了？"

"宛城的人犯？"彭川一脸的茫然，他看看狱丞，问道，"咱们这里有宛城的人犯么？"

"宛城的人犯？"狱丞也是一副很吃惊的样子，随即很肯定地答道，"没有，咱们这里没有宛城来的人犯。"

"大胆！本府昨日亲自提讯过这些人犯，你们把人犯搞到哪里去了？"

彭川并无惧色，很沉着地说："大人提讯人犯，下官并没有在跟前。罗岗，你看到了么？"

"大人昨日查狱，不许小的跟从，小的也没有在跟前。小的主狱，咱们的狱中，从来没有关过宛城的人犯。"罗岗边说，边将犯人的名册递给义纵，"这是狱中全部犯人的名册，确无外来的人犯，请大人过目。"

义纵一掌将名册扫落在地，怒喝道："你们好大的胆子，竟敢上下其手，欺蒙本府。昨日提讯时，狱吏杜周明明在场，宛城来的人犯，乃本府亲眼所见，亲耳所闻。一夜之间，人犯竟不翼而飞，这渎职欺诳的罪名，你们怕是担不起吧！"

彭川揖手道："大人息怒。卑职在杜衍任职两年，大人所言的人犯，实在是闻所未闻，若有欺诳，甘愿服罪。且大人昨日提讯，不允卑职与狱丞与闻，既然杜周在场，大人不妨去问他。"

罗岗更是一脸的无奈："是呀，狱，大人查过了，名册上，根本没有大人所说的人犯。大人咬定了说有，可谁也没见过，小的们实在糊涂了。"

望着两人有恃无恐的无赖样子，义纵气涌丹田，恨不得将其立毙于杖下。他记起皇帝要张汤捎给他的话，强压下怒气，阴着脸问道："杜周呢？叫他来回话。"

罗岗道："杜周昨夜值狱，不知被甚人打了，在家养伤。"

义纵吃了一惊，责问道："值夜遭袭，这么大的事，为甚不报？"

彭川道："卑职原打算报案，可查点之后，狱中一切安好，并未丢失任何人犯与物品。所以打算查明杜周遭袭的真相后，一并上报。以免遇事张皇，遭小题大做之讥。"

彭川振振有词，全无惧色，义纵竟拿他无可奈何。于是转赴杜周住处。杜周躺在炕上，脸色惨白，头上包着块麻布，渗出的血渍已经干了。见到义纵，他强撑想要爬起身来，义纵一把扶住他，要他重新躺好。

义纵示意侍卫退出去，待室内只剩他与杜周后，方才问道："昨夜出了甚事，谁干的？"

杜周摇了摇头，苦笑道："彭县令召我去问话，回来就发现人犯不见了。我出来喊人，被人打了闷棍。"

"甚人做的，是彭川指使的么？"

"说不准，应该是那些不愿大人查到这些人犯的人吧。"

"那么这些人犯呢？"

"小人被打倒时，听到了歹徒们的话，人犯好像是被他们转移去了平氏。"

义纵恨声道："这些恶贼，竟然矢口否认，好像没有这回事一样！"

杜周道："大人要即刻去平氏找到这批人犯！晚了，我怕他们会灭口。没有了这些人证，大人斗不过他们，处境就难了！"

"可你这伤势……"

"我不要紧，他们一时半会儿不会把我怎样，要紧的是找回人证，找不回来，大人就败了，我也完了。"

"那好，我马上带人去平氏，你要保重，回来再与他们算账！"

义纵起身欲走，杜周却一把拉住了他的胳膊："这里到处是他们的人，大人一路小心，多带些人去，万万不可掉以轻心。平氏有个叫朱疆的狱吏，人很直，与我交好。大人如遇到甚难事，缓急之间，他是个靠得住的人。"

平氏县位于东南一百多里外的桐柏山区，淮水即由此发源，山深林密，地广人稀。只有一条驿路穿山而过，通往毗邻的江夏郡。平氏城西三十里处，有座宜秋亭，是驿路必经之处，建有供往来官员客商歇脚打尖的驿舍。日晡时分，暮色四合，驿舍庖厨的廊前，坐着一个瘦高的男人，他年过四旬，鬓间已有了白发。男人全神贯注，意态安详，仿佛全身心都集中于呼吸吐纳上，只有时而四下观望的眼神，透露出他内心的焦虑。

"朱先生，酒食都备好了，马上开饭么？"亭长吕无病笑吟吟地走过来，满脸殷勤。

"不急，我还要等几位朋友。"男人微微一笑，掏出块东西塞入吕无病手中，"有劳足下，这点小意思，请笑纳。厩中的马匹，烦足下饮足水，喂足精料。"

吕无病满心欢喜地看掌中的金子，连声道："先生客气了不是？宁大人的朋友，手面就是阔！小的在公署候着，先生有事尽管吩咐。"

男人正是朱安世。龙城得手后，他随卫青回到上谷，从虏获的匈奴马匹中分得了八百余匹。此后他一路贩鬻，所得颇丰。十天前，他赶到函谷关，与宁成会面。问起义纵在南阳的所为，宁成颇为自负，以为自己预先的布置天衣无缝，只要查不出要紧的证据，义纵再狠，也奈何不了宁家。朱安世对义纵的无所作为，却有种不祥的预感，以义纵的为人，绝不会轻易放过盯住的猎物，表面的平静下面，敌人也许正在悄悄地接近目标。

于是亲赴南阳一行，果然，义纵已经寻到了踪迹。若非他预为布置，一旦被义纵拿到了人证，宁成经营了多年的势力，很快便会土崩瓦解。宁成就逮，又会牵连到他，以及由他精心构建，官商一体的走私团伙。他与这些官员上下其手，共同营私牟利，多年来已形成一损俱损、一荣俱荣的关系。到了危及他事业的关头，他必得出之以援手。发现义纵查到了人证的所在，他当机立断，于是便有了昨夜那一幕。

由远及近，传来一阵急骤的马蹄声。朱安世用头巾蒙住脸，隐身于廊柱之后。片刻之后，一行十几骑人马已来到亭前，朱安世打了个唿哨，一高一矮两个人跳下马，向庖厨走来。这是一伙出没于桐柏山区的强人，平日里在家务农，看似循良百姓，暗中却从事掘墓盗铸，杀人越货的勾当。为首两人，一名梅免，一名百政。五年前朱安世押货去江夏时，在山中遇到这伙人的堵截，一番恶斗后，梅免与百政落败被擒，朱安世不为己甚，非但没有将他们押解到官府请功，反而放了他们。此番南阳之行，朱安世绝不想落下任何痕迹，这伙山贼正好派上用场。

"朱大侠……"哨声是约定的暗号，梅免、百政知道蒙面人是朱安世，走到他身前，长揖为礼。

朱安世做了个手势，止住他们，放低声音道："称我先生。事情都办妥了么？"

高个子点点头道："劫来的人犯都已押在山中了。"

"你们能肯定，义纵会来平氏么？"

"昨晚劫人时，照先生的吩咐，我故意漏下句话，说是人犯转押在平氏。义纵从那狱吏口中得知此事，应该会追过来。"矮个子是百政，射得一手好箭。

朱安世长吁了口气，拍了拍百政的肩头，笑道："他若来，必在今晚。你们就在这亭驿中候着，出其不意，做掉他们。能不能取他性命，全在你这弩箭的准头上了！"

他望了眼亮着灯火的公署，冷冷地说道："这里的亭长与他的属下会碍事，过会儿先把他们干掉，由你们的人扮成亭长、求盗。① 客舍后面的马厩中有二十匹马，是我从塞外带回来的，送给你们。活儿要做得干净利索，不留后患，事后看上去，要像遭了劫匪。事成之后，主家尚有千金之赠。"

"可杀害郡守，朝廷放得过我们么……"梅兔面带忧惧，迟疑着说道。

"你以为藏在山里，义纵就会放过你们么！郡中的大户一倒，接下来就会轮到你们。不是鱼死，便是网破，若除去义纵，宁家不倒，你们的日子，要好过得多。"

他拍拍梅兔的臂膀道："我要庖厨准备了酒食，你们马上带弟兄们用饭，我估摸着，要不了许久，义纵便会带人追踪而来。"

"若他带的人多怎么办？"梅兔问，看得出他仍然惴惴不安。

"义纵在明处，你们在暗处，你们扮成亭驿的人，他们不会戒备。即便人少，也可以智取。出其不意，猝然一击，不等他明白过来，你们已经得手了，何惧之有？亏你还是在江湖上混的！"

百政道："梅哥，没甚好怕的，只要杀了义纵，咱们就撤。"

朱安世颔首道："百政说得不错，只要做掉义纵，你们即可全身而退。劫狱的事已经做下了，眼下退缩，你以为义纵会放过你们么？"

"先做掉这里的乡吏，填饱肚子再说。"百政拉起梅兔，向亭署走去。

朱安世忧郁地望着他们的背影，心中生出了一丝不安。用山贼办这种大事，是不是自己的失策？可临时换人，已无可能，义纵肯定已在通往这里的驿路上了。看来，必要时只有亲自出头，方可稳住这伙山贼了。

义纵一行路经宜秋亭时，天色已经完全黑了下来，亭驿中只有一间屋子中燃着灯光。来之前，他先回了趟宛城，调集了约三十名亲兵，决定连夜赶到平氏，给对手来个猝不及防。宜秋亭距县城已经不远，再有半个时辰足以赶到县城，义纵不打算在这里停留，做了个继续前行的手势。

---

① 求盗，乡吏名。汉代十里一亭，负责当地的治安与邮驿；每亭设亭长一人，掌理全亭；求盗一或二人，行使缉捕盗贼的职能。

"站住！你们是甚人？"黑暗中猛然冒出个壮汉，拦住了他们的去路。

"放肆！郡守大人在此。你是甚人？"掾史尹齐，纵马上前，手中的火把将那壮汉的脸照得通明。

"在下宜秋亭长吕无病，不知郡守大人驾到，冒犯了。请大人先到公署暂歇，卑职马上为各位安排饭食住宿。"大汉边应承，边向尹齐身后打量着，神色看上去有些紧张。

"你说你是谁？"一名侍卫催马向前，问道。

"卑职吕无病，是本亭的亭长。"

"你？吕无病？"侍卫吃惊地望着他，忽然明白了什么，大叫道，"吕无病我认得，这个人是伪冒的，抓住他！"

大汉撒腿就跑。几乎在同时，黑暗中飞来的一支弩箭穿透了侍卫的喉咙，他双目圆睁，鲜血从大张着的嘴中喷出，晃了两晃，便栽落马下了。随着嗖嗖的声响，矢下如雨，不等惊愕官兵做出反应，又有几人中箭落马了。

"娘的，咱们中埋伏了！莫慌，保护郡守大人！"尹齐大呼，一面挥剑格挡飞矢，一面护着义纵后退。

义纵大喝道："快把手中的火把丢掉，莫让贼人做了活靶子！"

亲兵们迎着弩箭飞来的方向，用力将火把甩了过去。有几支火把落在了驿舍草缮的屋顶上，烈焰瞬时而起，舐噬着茅草，很快就燃起了一丈多高的火舌，将宜秋亭映得一片通明。

透过火光，义纵发现袭击者人数并不很多。他安下心来，低声吩咐尹齐："你带一队人从驿舍后面绕过去，把他们赶到前面来！"

数十名蒙面大汉被压迫到了驿舍前面，暴露在火光中。义纵双膝猛磕马肚，马嘶鸣着冲向前去，他手起剑落，砍倒了一名蒙面人。官军士气大振，杀声大起，那伙人开始慌乱起来，左冲右突，试图逃走。

义纵又将一个蒙面人砍落马下，一抬头，一支弩箭正向他飞来，他本能地偏过头，弩箭擦面而过，随即感觉左耳一阵剧痛。他用手一摸，觉得耳朵好像被削掉了一块，血流如注。一个蒙面的小个子手执连弩，连发连中，冲在前面的亲兵又被射倒了几个。另一个瘦长个子的蒙面人，剑术极为精妙，连续刺倒两名官军，当之者无不辟易。山贼士气复振，呐喊着扑了过来。

义纵强忍住疼痛，在尹齐与亲兵护卫下，向亭署退去。亭署是座夯筑而成的三层土楼，易守难攻。尹齐为义纵包扎了伤口，可能是失血过多的缘故，义纵觉得眩晕不止，头很沉。

"尹掾史，你马上带几个人冲出去，到平氏传我的命令，要县里尽速调人会剿，要快！"

"可大人你呢，为甚不一起走？"

"这伙人是冲我来的，我留在这里，能拖住他们。你马上走！"

尹齐走后，义纵率亲兵们退入亭署，用公署中的物件堵住屋门，打算固守待援。他们在楼内的木梯旁，发现了两具男尸，有认得的士卒说，死者正是这里的亭长与求盗。

发现不是义纵，山贼不再穷追，很快返回来与同伙会合，围住了亭署。他们拆掉亭前的木表①，用作撞木，不过几下子，屋门便被撞碎。义纵率士卒退到二层，将登亭的木梯抽起。见到仰攻不易，山贼们退出亭外商量对策。好一阵子没有动静，义纵起了疑心，他登上顶楼下望，心一下子凉了：山贼们正将庖厨旁边的柴堆移向亭署，亭署四周已堆满了柴火。

夹杂着烈焰的浓烟，很快包裹住了亭署，士卒们剧烈地咳呛着，如无头苍蝇般上下乱撞。他们只能放下木梯，架起义纵，试图冲出去。可门窗早已被山贼的弩矢封住，一露面就会被射倒。义纵被呛得涕泪交流，喉咙与胸口火辣辣地痛，身边不时有人倒下。恍惚中，他看见了屋角的水缸，踉跄着跑过去，脱下官袍浸入水中，捞出后紧紧蒙在脸上，感受着水湿的丝丝凉意。亭署中的木梯与板壁也开始燃烧，愈来愈浓的烟雾让他透不过气来。他低估了对手，活该遭此暗算，朦胧中他似乎看到了宁成狰狞的笑脸……他昏了过去。

不知过了多久，嘈杂的人声惊醒了他，烟雾中冲进来几个人，影影绰绰地看不清面目。看来，最后的时刻到了……身为朝廷大员，要死得有尊严。他倚坐在墙角，正了正头上的冠带，握紧长剑，准备作最后的一搏。

---

① 木表，古代亭驿前竖立的用以标示地名路程的木柱，状如后世之华表。

五十四

"郡守大人,郡守大人!"来人大叫,四下张望着。

义纵倚着墙壁站了起来。见有人移动,那人走过来。"是郡守大人么?"

烟雾中的面孔很生,义纵点了点头,用剑指着他,警惕地问道:"你是谁?"

那人回过头大呼:"尹大人,郡守大人在这里!"随即揖手道,"在下平氏县吏朱疆,参见大人。"

见到满脸欣喜的尹齐,义纵才松了口气。尹齐与朱疆将他扶到屋外,整个驿亭,除了这间摇摇欲坠的亭署,已化作一片灰烬。

"那些蒙面贼人呢?"

"见到县里的援兵,这帮人不待接战,就四下逃散了。据朱县吏讲,这伙人很像是桐柏山中的山贼。"

义纵摇摇头道:"山贼?山贼靠打劫商贾为生,也敢袭击官军么?"他忽然想起什么,盯住朱疆问道,"你是平氏的狱吏?"

"在下朱疆,任平氏县尉,兼管县狱。"

"我有件事问你,昨夜可有一批人犯押入县狱?"

"人犯?"朱疆摇摇头道,"昨夜并无新人犯入狱。"

"你敢肯定?"

朱疆肯定地点了点头:"在下管狱,所有人犯,必经下官查验登记。"

"那么平氏县狱中,可关押着宛城的人犯?"

"宛城的人犯?没有。"

半途遭劫，而人犯竟不在平氏狱中，事情太蹊跷了，难道是杜周听错了？义纵百思不得其解。"今晚这些山贼，甚来路？平日也这般猖獗么？"

朱疆道："这伙山贼，平日居家为民，有事时啸聚山林，打劫过路的商贾，这几年一直偃旗息鼓，从无滋扰地方之事。"

这伙山贼竟是专门冲着他而来的了。为甚？他们又如何能提前得知自己今夜要路过宜秋亭？看来，杜衍转移人犯，与宜秋亭的伏击有着密不可分的关系，杜周听到的话乃有人故意为之，作为诱他上钩的诱饵，整件事情竟是个精心设计的圈套！义纵不禁私心佩服起这个设套之人，为他被人牵着鼻子走而脸红了。

没有人证，案子就难以突破。自己竟如皇帝所言，是操切偾事了。他叹了口气，看着朱疆，此人厚重沉稳，倒像是个可以交托大事之人。

"朱疆，今夜这件事关系重大，必得尽速查个水落石出，侦破此案，你可有甚想法么？"

朱疆道："山贼隐伏不动，难查其踪迹；只要他们动弹，就会露马脚。方才山贼仓皇逃逸，留下了几具尸首，由此明察暗访，不难找到线索。"

"怎么做？"

"卑职以为，可先约集四乡的三老五更①，认领尸首，则山贼身份可知；再查平日与其往来密切，行迹诡异之人，则其同党忧心暴露，必惶惶不可终日。再于四乡公示举报赏格，另派细作暗中查探，顺藤摸瓜，定可寻到巢穴，擒其首恶。"

义纵摇摇头："你这个主意固然好，可有批人犯在山贼手中，是重要的人证。耽搁得太久或查得太紧，山贼都会铤而走险，杀掉人证，我们就得不偿失了。为今之际，当趁山贼惊魂不定，出其不意，攻其不备，穷追不舍，决不可留给他们喘息之机。"

山贼事小，人证事大，时机稍纵即逝，他也要反其道而行之，绝不能容对手从容布置，再看自己的笑话。于是当机立断，命令尹齐随朱疆即刻沿着

---

① 三老五更，三老、五更，汉代乡官名，由当地德高望重的老人担任，负责一乡民事教化。

942

山贼逃遁的方向追踪，自己则连夜赶回宛城布置。自明日起，他要兵分几路，全郡大索，逐一查验属下所有县狱，找出被对手隐匿起来的人证。

尹齐、朱疆赶到宜秋亭时，朱安世并未随山贼们逃遁，而是一路北行。天将破晓时，他已出了南阳，进入了颍川郡。晓行夜宿，三日之后，他又到了函谷关。

宁成将一封简牍递给朱安世，狞笑道："他就是侥幸逃得性命，又有何能为？我妹夫来信了，转移到各县的那些个人证，都已做掉了。他娘的，干净利索。他义纵再能耐，没有了人证，干我个毬！"

"此人以猛为治，不搞出名堂来不会善罢甘休。证据，他只要找，总会找得到。你宁家在南阳那么多仇家，只要有一家开了口，决堤之势，没有人能压得住。况且，他后面撑着的是皇帝，新律法有一条除奸猾兼并之徒，咱们都在里边。"

宁成不以为然："我看未必，水至清则无鱼，这个道理天子能不知道？！"

"可百姓是朝廷兵税之源。你夺了一份百姓的土地，国家就少了一份兵税。这种事多了，于国家不利。我真想不透，你弄那么些田地作甚，做生意一样可以发大财么！"

"可商贾是什么身份？我可不愿子孙永远矮人一头。被征去从军作战，上阵送死的，有市籍人的子弟还少么！"

"这义纵绝非善荏子，你还是多留心，好自为之吧。"

"娘的，是福不是祸，是祸躲不过。即便吾家兼并，也不犯死罪，逢赦还可以出来。对了，忘记了告诉你，宫里头有了大喜事。"

"大喜事？"

"皇上有儿子了，是卫夫人生的。这么喜庆的大事，朝廷一准要大赦，义纵即使抓了我的家人，也关不了几日。"

朱安世一喜，卫氏生了皇子，地位当更为尊贵了。他也该去长安一行，访访朋友了。

皇帝二十九岁，才得了头一个皇子，长安两宫皆大欢喜，连日赐宴百官，举朝同庆。

"阿彻，你看这孩子，憨憨厚厚的样子，与你小时候简直一模一样呢。"王娡抱着孙子，看过来看过去，喜不自胜。老了，老了，总算抱上了孙子，皇帝总算有了皇嗣，皇家的血脉不愁传承了。欢喜之余，又不免有些伤感，卫子夫为皇帝生了儿子，迟早会被立为皇后，卫氏真的要取代王氏，成为朝廷内外最有势力的外戚了。

"娘，也让朕抱抱儿子。"刘彻接过襁褓中的婴儿，亲了亲，满怀慈爱地端详着。

"太后，陛下，这孩子还没有取名，请陛下为他取个名字吧。"卫子夫笑吟吟地说道。

"对，是得取个名字。"刘彻沉吟了一会儿，说道，"此儿乃我大汉之国本，刘家的依靠。朕看，就叫他刘据吧。"

王娡颔首道："刘据，刘家与大汉之依靠，好，这个名字好！"

卫子夫喜滋滋地躬身行礼道："臣妾谢皇帝与太后赐名。"

王娡瞥了眼卫子夫，不经意地问道："皇帝，那位王夫人的身子也有七八个月了吧？听太医说，也是个儿子？看来今年皇帝是双喜临门哪。"

刘彻笑道："吴太医诊过几次脉，说是从脉象上看，十有八九也是个儿子。"卫子夫赔笑依旧，可笑得很难看，目光也暗淡下来。

"可惜让阿娇耽搁了十年，不然眼下陛下的儿子也该老大了，太子也早就立了。"

刘彻心里不快，蹙眉道："过去的事，娘就莫提了。"

"女人若太张狂了，就活该自作自受，好了！娘不提她了。来，再让奶奶抱抱宝贝孙子。"皇太后意有所指，卫子夫佯作不知，从刘彻手中接过婴儿，恭恭敬敬地交给王娡。

回到未央宫，数封边塞的警报，驱散了刘彻得子的喜悦。他紧急召见卫青、李息、公孙贺与主父偃等近臣，讨论对付匈奴的方略。最后决定，在时机与条件尚不足以与匈奴决战之前，先由卫青与李息各带一军，游弋于雁门与代郡边塞，寻机与犯边的匈奴交战，予敌以重创，杀一杀匈奴人的气焰。

众人退下后，刘彻正欲去后宫探视王夫人，忽然看到主父偃仍在原位未动，仿佛有话要说。

"你还有事么？"

主父偃稽首再拜道："闻知陛下得了皇子，大汉皇祚永续，小臣恭喜皇帝，贺喜皇帝！"

"就这事？天下同喜。" 刘彻含笑点了点头，起身欲走。

"陛下，小臣还有话说。"

"有甚话方才不说，要等到现在？"

"小臣敢问陛下，自李将军免为庶人，欲破匈奴，朝廷所能依仗者，卫将军一人而已，是这样么？"

刘彻想了想，颔首道："算是这样吧。"

"小臣愚昧，敢问陛下，大将出征，心存感戴者比起心存怨望者，哪一个更能为陛下出死力？"

"你这是明知故问么！当然是心存感戴者更为出力。怎么，你是说卫青心存怨望？"刘彻的脸色有些难看了。

"卫将军么？当然不是。可以小臣方才的观察，卫将军似意有不足。"

"意有不足？怎么，朕亏待了他么！"

"当然没有。以小臣的揣度，卫将军为的不是自己。"

刘彻沉吟道："你是说卫夫人？"

"陛下神明天纵，不言自明。卫夫人为陛下诞育皇子，延续了皇祚，大有功于汉室。母子若无封号，卫氏意有不足，乃人之常情。"

刘彻的脸色更难看了："你管事管到朕家里来了！依你说，该给他们母子甚封号呢？"

"恩出于陛下，非臣子所敢妄言。小臣束发就学时起即知春秋继统，母以子贵，子以母贵。陛下首倡儒学，何不率先垂范，以化万民。小臣惶恐，罪该万死，可思之再三，陛下之家事关乎国运，为臣者理应知无不言，言无不尽，耿耿此心，敢质天日。望陛下三思。"

主父偃的话，搅动了刘彻心中的波澜。自从有了王夫人，他对卫子夫已日渐疏远。他之所以迟迟不作决定，就是想等到王夫人分娩后再作决定。王夫人若也生了皇子，则皇后与太子可以择人而立。主父偃的话提醒了他，切不可以个人之爱憎好恶行事。比起驱逐匈奴的大业，这些个男女私情算得了什么？作为一国之君，当以国事为先，拿得起，放得下，方可称大丈夫。

况且，立王夫人为后，她是否会像阿娇一样，恃宠而骄，把持后宫，妒忌生事呢？卫子夫为人行事内敛，待人和善大度，主持中宫者应该有此风范。可也有人称她有心机，他留意观察过，倒也没有发现什么。况且，她生了皇长子，立她为后顺理成章，百官会一致赞同，不会引发争议。当然，主父偃的话也有道理，国家用人之际，对大将之才要结以厚恩。立了卫氏，卫青必会感恩戴德，更加卖力地去打匈奴。

斟酌再三，刘彻心中的天平偏向了卫子夫一边，决定于春三月择日册立她为后。至于皇太子，儿子尚在襁褓，事情并不迫切，他完全可以俟诸来日。

"你的话朕自会斟酌。"皇帝的神色转为平和，示意他退下。主父偃知道说动了皇帝，兴冲冲走下前殿。迎面遇见了匆匆赶来的太常司马当时与郭彤，后面还跟着所忠。他拉住所忠，悄声道："卫家托我的事情，十有八九成了，公公可以去报喜了。"

所忠喜出望外："成了！真的？"

"我估摸着旬月之内，必有消息。"

"事情成了，卫夫人必有重谢，大人前程似锦，在下这里先给大人道喜了！"所忠看了看司马当时与郭彤的背影，揖手道，"改日再给大人贺喜，在下公事在身，先走一步了。"

主父偃好奇地问道："你们这么急匆匆的，有甚大事么？"

"事倒不大，可得由皇上定夺。"

"怎么？"

"上个月江都王薨逝，报丧的使者近日才赶到。太常议谥为'易'，再有就是太子嗣位之事。江都的使者急着回去复命，可这太子刘建，劣迹昭彰，太常不敢拿主意，要请示皇上。"

"哦，又是个有劣迹的，比燕王如何？"

"此刻实在无暇，我得走了，咱们改日细谈。"所忠揖了揖手，追赶司马当时去了。

"继嗣，继嗣……"主父偃喃喃自语着向宫门走去。在走出司马门那一刻，一个念头忽然闪现于脑际，盘旋不去。一日之内，为卫家办成了大事，又有了这为皇帝分忧，可邀天子之宠的妙计，他的发达，指日可待。想到这里，主父偃得意地笑出了声。

　　"大人请上车，小的送大人回家。"

　　主父偃一抬头，原来是以前上下朝常乘的那辆安车的车夫。

　　想起不久前尚受窘于此人，主父偃冷笑道："难为你还要我坐你的车，不怕我赊你车钱了么！"

　　言罢，他轻蔑地扔给那车夫一枚半两钱，朝着近处一辆华丽的轺车做了个手势，轺车驾着西域种的高头骏马，朱漆彩轮，耀人眼目。车驭一声吆喝，轺车直奔他而来，这是他才买下来自用的私车。

　　"回尚冠里新宅。"他昂首阔步登上轺车，心里充满了报复的快意。车驭答应了一声，脆脆地甩出一声响鞭，四马扬鬃奋蹄，转瞬之间，轺车已消失在长安的街市之中。

五十五

次日是休沐日，主父偃原想美美地睡个懒觉，却不料一早就有不速之客上门。他不情愿地披上衣服，趿拉着布屣，走出寝室。

"你这人咋这么不识相，你就不会说主人不见客么！"他长长地打了个哈欠，斜睨着门房，没好气地说。

"小的原想推托，可这些人看上去来头不小，万一得罪了，不是给大人你惹事嘛。想想还是得回大人一声。"门房赔着笑，将两支名刺递了过来。

主父偃扫了眼名刺，神色为之一变。"快请各位大人正堂就座，说我随后就到。再告诉沉香烹壶好茶送过去。"

来访者原来是当朝的贵戚，卫子夫的姐夫、太仆公孙贺与卫子夫的长兄、侍中卫长君。主父偃急忙盥洗更衣，赶到前院的正堂，揖手谢过道："想不到各位大人光临敝宅，真是蓬荜生辉！在下失迎，失迎了！"

客人有四个，除去公孙贺与卫长君外，另外两人很面生。一人年轻，贵家公子模样；另一人年近四旬，瘦骨嶙峋，目光黯淡，一望而知涉世很深。客人们纷纷起身还礼，公孙贺笑道："吾与长君，稍后还要入宫办事，过来早了些，搅了大人的清梦，不好意思。"

主父偃连连摆手，笑道："哪里，哪里！平日请都请不到呢，何打搅之有！"

"犬子公孙敬声，字伯光。"公孙贺拉过身后的青年公子，吩咐道，"问主父大人好。"

"主父大人安好。"公孙敬声恭恭敬敬地作了个长揖。

"公子面相英俊，日后必成大器，伯光，伯光，定能光大太仆大人的家声。"主父偃哈哈笑着，抢前一步扶住公孙敬戸。

"这一位是我家的世交朱先生，也是敬声的师傅。"

朱先生也作了个长揖："久闻主父大人之名，在下倾慕已久，得知太仆大人要来，特为跟来一瞻颜色，今日得见，足慰平生。"

"在下不过一介文士，承天子识拔，备位顾问而已。先生谬奖了。"朱先生的话，说得主父偃心里很受用，先就对他有了几分好感。

卫长君笑道："主父大人过谦了。谁不知道大人是今上的智囊，朝廷百官之中，能使皇帝言听计从者，主父大人一人而已。"

主父偃连连摆手道："在下不过出了几个主意，是皇帝天纵英明，从善如流。好了，各位请入座，君子之交淡如水，请各位尝尝这茶，是东越的贡品，皇帝赐给我的。"

众人齐声称赞茶好，又应酬了一气，公孙贺等方道明来意。

"大人有乔迁之喜，我与长君事前不知，今日来特为道贺。"言罢吩咐侍从抬过一只木箱，"余与内子以千金为贺，望大人笑纳。"

卫长君也命人抬进一只箱子，说是他代卫氏一门亦以千金为贺。主父偃一下子明白了，卫氏已经知道他说动了皇帝，如此厚赠，乃履行从前的诺言。比起皇后的大位，这区区两千金又算得了什么！既是该得的，受之无愧，他也就不客气地收下了。

人逢喜事精神爽，公孙贺与卫长君走后，主父偃睡意全无，留公孙敬声与朱先生闲谈。公孙敬声是个贵公子，满脑子的声色犬马，哪里耐烦在这里闲谈，敷衍了一会儿便告辞了，倒是那位朱先生，品茶议论，一脸的闲适，没有一点儿离开的意思。

"听大人的口音，好像是齐国人？"

"不错，我是齐国临淄人。你怎么能听出我的口音？"

"在下祖上乃鲁国人。齐鲁不分，皆是乡音，听上去很亲切，故知大人是齐人。"

"这么说来，你我倒是小同乡了。敢问先生名讳，祖上鲁国哪里人氏？"

"在下朱六金，祖上鲁朱家是也。"

主父偃一怔，随即揖手道："朱家，朱大侠！你是朱家的后人？失敬了！"

"在下除去赚到些钱，一事无成，先祖地下有知，怕是会遗恨九泉呢。大人佐明君，安天下，见重于朝廷，立名誉于乡里。相形之下，在下无地自容。"

"哪里，足下客气了。不瞒你说，我亦困顿多年，只是近几年，光景才好起来。'穷在家门无人识，富在深山有远亲。'真是一点儿不假！当年乡里亲党，视我如路人，避之唯恐不及呢！"

"大丈夫富贵不还乡，如衣锦夜行。大人此刻发达，何不还乡一行，一吐当年的腌臜之气？"

主父偃叹了口气道："我原来亦作此想，无奈朝廷事多，离不开。回乡数千里之遥，往来用度不会少，盘缠也不凑手，故迟迟不能成行。"

朱安世笑道："大人何苦请假还乡？以皇帝对大人的器重，谋一郡国守相之职何难！大人以封疆大吏的身份还乡，何愁盘缠？又何等荣耀！"

"你是说回乡做一任父母官？"主父偃沉吟不语，意有所动。

"在下诚心想结交大人，又怕大人嫌弃。方才碍着各位大人，不好亮明身份。不怕大人笑话，在下是个商人。"

主父偃捋须笑道："商人有甚不好，何嫌弃之有！我有个朋友孔车，就是个专跑塞北的生意人。吾贫贱之时，多蒙其周济呢。"

朱安世叫道："孔车？这个人我早就认识，为人侠义，多年不遇，他还在长安么？"

"还在长安。不过最近有生意，去了上郡。"

"小同乡，又都是孔君的朋友，真是越说越近乎了。大人若不弃，我们就做个朋友，如何？"

"好啊，朋友么，多多益善！"

"既是朋友，大人乔迁之喜，不可不贺。"言罢，径直出屋，不一会儿，从停在门外的马车中，也搬进来一只箱子。打开，全是金灿灿的马蹄金。

"在下亦以千金为大人贺。"

主父偃连连摆手，脸上则笑容可掬："不可，不可！公孙太仆与卫家厚赠，是谢我为他们办成了大事。你我乃初交，吾怎可受此厚礼！"

"大人不肯收，是看不起我这个朋友了！"朱安世垂头道，脸上是极失望的神情。

初次谋面，竟有如此之厚赠，这位朱先生显然是有备而来。主父偃狡黠地笑了笑："无功者不受禄。你实话告诉我，送我这么厚的礼，是不是有求于我？你若不说实话，我会真看不起你的！"

朱安世被一下子问住了，他做出副嗫嚅难言的样子，思忖着这话该怎么讲。

主父偃道："我一生蹉跎数十年，这世态炎凉、人情冷暖我见过多了。当朝的廷尉翟公翟大人说得好，一贵一贱，交情乃见。我当年转徙流落关东，食不果腹时，怎么不见有人送我钱，交我这个朋友？如今身为天子身边的近臣，送钱交友者乃络绎不绝。是看得起我么？我还不缺这点自知之明，他们看得起的是我在皇帝面前说话管用，包括方才与你同来的大人们。所以，你莫不如实话实说，办得到，我就收下你这份贺礼。你我既非贫贱之交，所图者无非一个利字，你是商人，更该明白这个道理，直来直去，反倒更容易成交。朱先生看，是不是这个道理？"

这个主父偃，果然厉害，也真的痛快。朱安世点点头，很恳切地说道："透彻！大人所言极是，官场，商场，所图者无非一个利字。在下确是有求于大人，也诚心想交大人这样的朋友。"

"说吧，甚事？"

"函谷的关都尉宁成，大人可知道？"

"知道。"

"宁大人是我的患难之交，南阳郡守义纵与他过不去，以兼并民田为由，欲置其于死地。求大人援手救他。"

"兼并民田……"主父偃沉吟着，面露难色。朝廷刚刚颁布的新律，抑豪强，除兼并，是内中的要点。这是件赶在风头上的事情，颇为棘手，可这黄澄澄的金子他也舍不下。沉吟良久，方才开口问道：

"这宁家兼并的田产有多少，全是宁成所为么？"

"宁成居乡时，垦殖了不少荒地，也买过别人的地。自他起复后，在乡的兄弟子侄，数年来倚势横行，打着他的旗号强买强卖，眼下宁氏田产不下万亩，宁成名下之田约占十之一二。"

主父偃颔首道："若是如此，他还有可能保全。至于其亲族乡党，吉凶祸福，但由天命了。"

"可那义纵心狠手辣，必会广为株连，把事情捅到皇帝面前，那时候，望大人出以援手，代为缓颊。"

主父偃顾左右而言他，笑道："这两人酷吏对酷吏，倒要看看谁狠了！"

"伯坚让人抓住了短处，危在旦夕，大人救他一命，事后他一定会厚赠大人的。"

主父偃却是一脸的漠然："救命之钱，有事后才付的么？"

"要多少，请大人明示。"主父偃之贪婪，令朱安世心惊。

"宁成以为自己的命值多少钱，就是多少钱。"

"好。在下马上去趟函谷，宁大人也是识趣的人，一定会让大人满意。"此人乘人之危，狮子大开口，其心可鄙。可他敢收钱，就敢办事，紧要关头，还真得靠这样的人。

"你告诉宁成，眼下的办法，只有一个忍字。先撇清自己，再徐图将来。至于亲戚乡党干犯律法的情事，要一概推说不知。蚤蛇螫手，壮士断腕。这个道理，他应该明白。至于义纵，他若把事情捅到天子面前，我自会相机行事的。"

送走朱安世，主父偃匆匆走回正堂，摩挲着那三千两黄金，喜不自胜。商贾欲家累千金，没有十数年的努力怕是很难做到。而自己仅凭着一张能言善辩的利口，竟也能坐拥千金，数月之前，这是他想都不敢想的事。几十年的艰难困厄，终于有了回报，只可惜来得太晚。想想从前的日子，他有些伤感，有种逝者如斯、无可奈何的心酸。他已年逾知命，人生七十古来稀，这辈子留给他的只有十来年了！他还有几件大事未办，复仇，女儿的婚事，衣锦还乡……他不觉倏然心惊，年华老去，时不我待的感觉油然而生。

义纵调集士卒，兵分五路，遍查全郡三十多县的牢狱，可至关重要的人犯仍杳无踪迹。无可奈何之际，尹齐、朱疆那里却派人送来了消息，他们发现了山贼们的藏身处。义纵当即率大军赶赴桐柏山区，直捣山贼的巢穴，山贼们早已成惊弓之鸟，几乎没有抵抗，即作鸟兽散了。令义纵喜出望外的是，在贼巢的一间窝棚中，找到了杜衍县狱中被劫的六名囚犯，其中就有陈老汉。

由此，案情大白。杜衍县的令、丞故意纵贼行劫，为的是毁灭证据，这六个人犯之所以没有被杀掉，是因为山贼想以此为要挟，向官府讨要更多的赏金。掌握了人证，义纵在宛城举行了公审，当堂斩杀了杜衍县令彭川与狱丞罗岗，拘押了都尉侯成与宁氏族人数十口。消息不胫而走，阖郡震动，孔、暴氏等大族纷纷外逃，伸冤与举报者则纷至沓来。整座宛城人头攒动，每日来旁听审案的百姓，里三层外三层，将郡衙围了个密不透风。

五日后，案情审结。一日之内，宁成之昆弟子侄数十人，连同平日助纣为虐的家奴恶仆百余人，被并斩于市，观者欢声雷动，阖郡欢腾。南阳之风气，就此一变，义纵亦因此名传遐迩，豪强大户，恨之入骨，闻之丧胆；百姓商户提起他，则无人不竖大拇指，称其铁面无私。

都尉侯成与关都尉宁成，均为二千石的大员，义纵无权自行处置，于是将案卷汇集为爰书，专使递送长安。义纵呈请朝廷议定罪名后，将二犯押回宛城行刑，以平民愤。他极为自信，皇帝读过这些案卷，一定会震怒。此二人劣迹斑斑，铁证如山，绝难逃身首异处的下场。

五十六

深秋的南山，落叶簌簌，万木萧疏，地下堆积起一层厚厚的落叶。人走在上面，深一脚，浅一脚，腐叶没及脚踝。虎啸猿啼之声，此起彼伏，更为山林的肃杀添上了几分恐怖。从沟谷中走出几个人，循着这声音，走走停停，来到一处林间空地，空地上长满齐身高的茅草。

几个人都是一身短打，佩剑带弓，看上去仿佛是山中的猎户。为首者年纪已长，猿臂长身，眉目疏朗，须髯已略显斑白。而步履之矫健，又绝不似老者。跟在身后的两人，一个是面目精悍的中年汉子，另一个年纪略长，长须美髯。年长者侧耳细听了一阵草丛中的窸窣声，回过头，指了指那片草丛，又将手指抵在唇间，示意同伴不要发出声响。

一阵山风掠过，荒草摇曳，有只巨物若隐若现。老者张弓搭箭，屏息凝神地瞄着草丛中的东西，两个同伴悄然绕至两边，也向着老者瞄准的方向，持满待发。

远处又传来虎啸声，飒飒风声中，那东西仿佛在动。老者一激灵，大喝一声"着！"箭矢应声中的，訇然有声。几乎在同时，同伴的箭矢也都向那巨物射去。三人抽出长剑，准备迎战受伤扑出的猛虎。足足等了半刻，那家伙却卧在原处，既不吼，也不动。

那个面目精悍的中年汉子，拨开草丛，小心翼翼地走了进去，随即传出了他开心的大笑声。

"李将军，灌公子，快过来看看咱们射到了甚，将军真是好力道！"

那东西竟然是一块巨大的卧石，远看颇似一只卧虎。老者的箭镞正中卧石中部的一道裂隙，没进去足有两三寸深，难以拔出。另外两支箭则被弹了出去，散落在地下。

被称为将军的人就是李广，中年汉子是他的属下韩毋辟，长须美髯者则是颍阴侯灌疆。灌疆是开国功臣灌婴之后，与李广交好。元光三年，颍川灌氏受灌夫牵连，被免去封爵。可他家几世富厚，资财足用。李广被赎为庶人后，家居郁郁，灌家在南山脚下有座别墅，于是灌疆邀他小住，闲来无事，三人常结伴入山射猎。

李广用力拍了下卧石，笑道："我说射中时那么大声响，听上去就不像射中活物的动静。"

灌疆啧啧称奇道："如此力道，想来在老兄箭下，盾牌盔甲全无用处。"

韩毋辟接语道："确实如此，将军的箭法，举世无双。我亲眼所见，将军弓弩所向，胡虏避之唯恐不及。"

李广走出百步，对着卧石，张弓再射数箭，都弹了出去。"方才那箭，看来凭的是股寸劲儿。"他看了看天色，"时候不早了，咱们下山吧。天色一暗下来，咱们就成了瞎子，那会儿就不是咱们猎虎，而是虎猎咱们了。"

"伯远兄，历年算下来，你打到过多少只虎？"灌疆跟在李广身后，沿着来路下山，边走边问。

"算起来，总在十只以上吧。这回落了空，算我欠你一张虎皮。回到长安，你随我去挑，我家里现在还存着几张。"

到得山下，却有李家的人赶来送信，说是皇帝拜李广的次子李椒为代郡太守，边塞军情紧急，近日即须赴任，要他赶回去见一面。日已过午，当日是赶不回去了。韩毋辟于是提议，可先赶到昆吾亭他兄长处过夜，明日晚间即可赶回长安。

"千秋在家么？"灌疆问。灌氏因灌夫的关系，与韩孺相熟，灌疆也是他的朋友。

"每月月底他都要回家，我想应该在家。即便不在，还有我，住的地方有的是。"

于是三人赶回别墅，盥沐更衣，带着当日打到的猎物，直奔昆吾亭而来。

韩孺果然在家，见到他们，不觉大喜过望，忙将李广等让进庄院，一叠声地吩咐女眷们收拾猎物，安排酒饭，自己陪客人们闲话。

听到李广明日要赶回京师为儿子送行，韩孺大笑道："伯远急着见儿子，我亦急着见兄弟，赶到了一起，咱们得好好喝一回酒，以后朋友们聚首，就难了。"

"怎么？"

"皇帝日前任命了一批郡国的守相。你家的李椒去代郡，我却被派到了济北国。这一走至少三年，这酒，喝一回少一回了。"

灌疆道："这么说，千秋兄是被派了济北国的国相，可喜可贺，是得好好喝一回。"

"所以我着急找仲明，走前，我得把家里的事交代给他。"

"千秋兄从京里来，朝廷内外近日可有甚大事么？"

"大事么……北边各郡一直不太平。匈奴自龙城遭袭后，存心报复。前不久大举犯塞，连入辽西、渔阳、雁门三郡。辽西太守战死，渔阳、雁门两郡都尉败绩。最惨的是韩安国韩大人，疏忽铸大错。一世英名，毁于一旦。"

原来韩安国以材官将军屯驻渔阳后，捕到的胡虏均言匈奴大军远去。时值盛夏，正值农时，安国即奏请暂时罢屯，放屯垦的士卒回乡收割麦黍。不想胡虏去而复来，直逼上谷、渔阳。安国屯驻的障城仅余七百士卒，出战不力，他又受了伤，不得已退守障城，坚壁不出，沿边百姓千余人与众多牲畜被匈奴掳走。安国以年纪老迈，难以胜任，意欲辞官，皇帝以为他畏懦讳责，派专使严加斥责，不仅不许他致仕，而且把他迁到更为偏远的右北平郡。

至于西线，朝廷派卫青、李息分别从雁门、代郡出击。李息扑空，无功而返，而卫青，如有天佑，遇到了左贤王於单，一战而胜，斩首二千级，受到了皇帝的嘉奖。

"有椒房之亲，又连战连胜，举朝的将领，在天子眼中，都比不上这个人奴之子了！"灌疆摇摇头，不屑地说。

韩孺道："子孟这话我不爱听，英雄不论出身，这个卫青，还真就不能小瞧他。单说奇袭龙城那一战，可称得上是有勇有谋，绝非庸才所能为。"

韩毋辟对兄长的话不以为然，关市战败，李广被黜，他很为之不平。"兄长不知道这里面的内情。李将军与公孙将军与敌鏖战，牵制住了胡虏，卫青方得隙进袭龙城。以毋辟看，他之得手，不过因人成事罢了。"

韩孺道："我看不尽然。敌众我寡，他就是全军赴援，也不过万把人，杯水车薪。可避实就虚，这万把人却有大用，他能因势利导，克敌制胜，就是大将之才。"

李广摆手道："我军失利，在贪功冒进，与他人无干。因人成事也好，因势利导也罢，事过境迁，再提也没有意思。千秋兄左迁，关山阻隔，今日一别，不知何日方能再见，我们莫再扯这些令人不快的话题了。"

说话间，酒席已经摆就。众人情谊殷殷，把酒话别。席间，窈娘伴奏，韩孺、灌疆与韩毋辟各自拔剑起舞，引吭而歌，以助酒兴。觥筹交错，兴会空前，唯独李广怏怏不乐，意兴阑珊。身旁的韩孺看在眼中，悄声道："胜败乃兵家常事，无足挂怀。郁郁寡欢，伯远有心事么？"

李广拍了拍自己的腰，苦笑道："赋闲二年，腰间都生了赘肉。我戎马一生，有两件事未成，心有戚戚焉。一是与匈奴单于一较高下；一是立功封侯，立名誉于乡里。吾已渐入于老境，不知还有没有这样的机会了。"

韩孺叫道："哪里话！闻鼙鼓而思将帅，朝廷一旦有事，第一个想起来的便会是将军。届时金戈铁马，旌旗猎猎，有的是胡虏等你去杀，何愁没有立功的机会！"

"你是宽我的心。"

"我若言之不预，下一次饮酒，我认罚。"

"下一次？不知何年何月了！"李广叹息道。

灌疆举杯道："一人向隅，举座不欢。朋友聚会，要当及时行乐，久闻仲明夫人歌舞俱精，请歌一阕为李将军助兴。"

窈娘看看夫君，韩毋辟点了点头，于是走到李广面前，敛衽为礼道："仲明在麾下，久承将军看顾，窈娘无以为谢，愿与将军共歌一阕。"

李广脸红了，颇为局促："李广愚钝，夫人唱的歌，我怕是不会。"

"敢问将军可是陇西人氏？"

"是陇西。怎么？"

"秦时陇西有首出征前的战歌，流传极广，将军肯定会唱。"

“甚歌？”

“歌名《无衣》，将军一定会。听说李公子也要远赴代郡，我先唱，将军继之，各位和之，作为对李公子出征的祝愿，可好？”

众人齐声赞好，李广虽有些不好意思，亦只能颔首同意。窈娘看定李广，双手微扬，做了个邀舞的动作。

岂曰无衣？与子同袍。王于兴师，修我戈矛。

歌声柔而渐刚，由沉郁转为高亢。四句方止，窈娘做了个手势，众人齐声和道：“与子同仇！”下一段轮到了李广。

岂……岂曰无衣？与子同泽。王于兴师，修我矛戟。

众人再和道：“与子偕作！”在窈娘引领下，李广与之对舞，一柔媚，一刚劲，相映成趣。第三段是合唱，窈娘连连摆手，众人轰然合唱。

岂曰无衣？与子同裳。王于兴师，修我甲兵。与子偕行！

歌舞之后，李广胸中的郁闷散去许多，人也开朗起来。众人推杯换盏，猜枚行令，直喝到明月当头，方才兴尽。李广急于见儿子一面，无论韩家怎样挽留，也不肯留下，亦不许韩母辟随他走。

“你随我这么多年，与家人聚少离多，再随我去，未免太不近人情了！即便夫人不说，我也不能允，我一个居家赋闲之人，用不着人侍候。况且千秋要去关东赴任，偌大个家你怎能丢给妇人操持？你好好与家人过日子，若将来朝廷再用我时，我自会捎信给你。”

话别后，李广与灌疆结伴而行，走大路回长安。月光如洒，将道路映得通明，两人乘着酒兴，促马疾行。时过子夜，赶到了霸陵亭。霸陵亭在长水东岸，过灞桥数里便是枳道亭，由此到长安，不过一个时辰的路程。可欲过灞桥，先要过霸陵亭。而汉代制度，日头一落，驰道便会禁止行人通过。当然也有例外，紧急公务或高官显宦，经过通融，也可放行。此亭亭长张可与灌疆相熟，灌疆自然全无顾忌，上前猛播亭门。夜深人静之际，咚咚的播门声，分外响亮。

"谁他娘的这么不知好歹，大半夜的不晓得禁行了么！"一个人高举火烛，趿拉着鞋赶过来。听声音正是张可。

"是我，灌疆，灌子孟。"

那人透过栅门，端详了一会儿，才认出了灌疆。"你怎地恁晚到这儿？这夜里驰道不准走人。"

"李将军急着见儿子，这才赶的夜路。我们要连夜赶回长安，你快开门放我们过去。"

"哪个李将军？"张可将烛火举高，仔细打量着灌疆身后的李广。

"还能有几个李将军？飞将军李广呗！"

"真的是飞将军李广？"张可将信将疑地打量着一身便衣的李广。

灌疆有些不耐烦，声音也高了起来："你这人怎地了？我灌疆甚时说过谎话！我们要赶路，你快打开门，放我们过去。"

"不是我不认朋友，县里的长官巡视到此，今夜就宿在亭里。我私下放人过去，这碗饭就吃不成了！"

灌疆觉得很没面子，有些气急败坏了："你打开门，哑默悄声放我们过去，有谁知道？别啰嗦了，快开门！"

张可犹豫了一下，还是从腰间掏出了钥匙，插进了锁眼。

"甚人在此噪聒，不晓得朝廷的王法么！"黑暗中，蓦地响起一声暴喝，沉闷而嘶哑，三个人都被吓了一跳。

张可回过头，脸色一下子变得极为难看。来者五短身材，方头大脑，很壮，一脸的横丝肉。正是留宿于此的霸城县尉何定彪。

"回大人的话，是长安的两位官人，有事要连夜赶回去。"张可怯生生地说，钥匙也从锁孔中拔了出来。

"甚官人也不能破了朝廷的律法，你芝麻粒大个亭长，胆子倒不小，竟敢私放行人，我看你是干到头了！把钥匙给我。"

"小的不敢，小的再不敢了。"张可满脸恐慌，忙不迭地将钥匙递到何定彪手中。

灌疆揖手道："这位大人，我等实在是有急事赶回长安，还望大人通融。"

矮子瞥了他一眼，盛气凌人地说道："是公事么？要是公事，就拿公牒来验看。"

"吾等都是朝廷上有身份的人。吾乃颍阴侯之后，这一位，乃故李将军！"灌疆也急了，声音中有了负气的味道。

矮子斜睨着他们，满脸的轻蔑："少拿他娘的官身吓唬我！别说故李将军，就是今李将军没有紧急公事也不准夜行。打我这儿过的大官多了去了，你们算个屌，老子不尿你们，就他娘的不放你们过去，你能干我个屁！"言罢，竟解开腰带，朝着他俩撒起尿来。

灌疆大怒，正欲上前对骂，却被李广拽住了。"律法既禁夜行，吾等自当遵行。敢问大人名讳，身居何职？"

矮子一瞪眼，满不在乎地哼了一声："怎么，想找后账？老子坐不更名，立不改姓，霸陵县尉何定彪。"

李广很沉着地一笑，揖手道："承教了，咱们后会有期。"

"少他娘的跟我来这套，老子候着你们！"

灌疆还想说些什么，李广拉住他，向附近留宿行旅客商的驿馆走去。

五十七

刘彻的心情很坏，他放下手中的奏牍，吩咐道："召孔臧、主父偃进殿议事。"

连日来，有关各地诸侯王荒淫无道、滥杀人命的奏报不断。先是睢阳人犴反，上变告梁王刘襄母子不孝，虐待祖母李太后，梁王王后任氏，无孙媳礼，对李太后病不视疾，薨不侍丧。然后，又有燕国肥如县人郢弘，上告燕王刘定国擅杀朝廷长吏，行同禽兽，乱伦奸淫诸事。之后又有赵、胶西、济东诸国官员密报各王横行不法，犯奸作科种种情事。

刘彻的心情很复杂，这些诸侯王的恶行，固然令他汗颜，令皇室蒙羞；可这种种的胡作非为，却也让他放心不少，他倒宁可这些人是些渣滓，声色犬马总比他们励精图治，成为朝廷潜在的威胁强。像淮南王刘安、河间王刘德这样得人心，以仁义号召天下而又宾客盈门的诸侯，才是他真正的心头之患。

"臣孔臧叩见陛下，恭祝陛下千秋万岁，长乐未央。"孔臧是开国功臣之后，承袭了蓼侯的爵位，是三朝老臣，年高德劭，须发皆白，走起路来颤颤巍巍，可为人行事，仍旧一丝不苟。

"臣主父偃叩见陛下，愿陛下千秋万岁，长乐未央。"跟在孔臧后面行礼的正是主父偃。

刘彻拍了拍案上的奏牍，问道："这么些上变的文书，你们议过了么？"

"臣等议过了。"

"如何论罪处置，你们也议过了？"

孔臧道："议过了。臣等以为，诸王禽兽行，逆人伦，横暴不法，实堪痛恨。

依律应诛杀，国除为郡。"

"你们说得不错，这些混账东西是该死！可他们不是朕的叔父，就是朕的兄弟子侄辈，一概诛杀，天下人作何议论？朕岂不成了骨肉相残，刻薄寡恩的暴君！"

见到皇帝不快，孔臧有些心慌，再拜顿首道："臣等不过奉诏议论，如何处置，唯陛下圣裁之。"

"主父偃，你怎么看？"

"诸王之恶有轻重之分，自不可一概而论，况且不教而诛，也有失厚道。臣以为，重恶者应绳之以法，以儆天下；次者诏斥以示惩戒。如此，既昭示大汉律法之无情，又体现陛下的宽厚仁慈。"

"何为重，何为轻？"

看看机会来了，主父偃轻轻吁了口气道："臣愚昧，敢为陛下言之。诸王天潢贵胄，天子分封的本意就是要他们安享尊荣，在自己的封国内骄奢淫逸，贪图的是享乐，花的也是自己的钱，即便过分，亦不足深责。可若不安于位，有非分之想，做出悖逆无道之事者，则不诛不足以儆天下。"

"你但说不妨，谁悖逆无道，谁又有非分之想？"

主父偃成竹在胸，侃侃而言："圣朝以孝治天下，梁国王后恃宠而骄，目无尊长，悖逆无道，是首恶。再如燕王，寻衅杀害朝廷派去治理地方的长吏，无视大汉的律法，权移主上，是重罪。"

为阻止地方官员举报他的不法情事，刘定国居然截查公文，擅杀官吏，甚至使出灭门的手段，可恶至极。此风不刹，诸侯们一个个岂不又成了独立王国？刘彻深以主父偃的话为是，他点了点头，命孔臧将廷议燕王与梁王的罪名呈上来。

对燕王的评议仅寥寥数句：定国禽兽行，乱人伦，逆天道，当诛。刘彻提起朱笔，在后面填上了一个字：可。

梁王的罪名是忤逆不孝，公卿大臣请诛杀梁王夫妇与其母陈太后，以正纪纲。刘彻摇了摇头，杀鸡儆猴，杀一王足矣。梁王刘襄这类纨绔，比起燕王，不过是酒囊饭袋，可以留下来以示宽大。

"首恶失道者，是王后任氏。不能辅佐刘襄向善，朕为梁国所置的官员也有责任，朕不忍置之于法。这件案子这么办，削梁王五县，夺陈太后的汤沐邑成阳，首恶任氏，枭首示众。"

对其他有过的诸王，刘彻亦打算借惩戒之名，削减他们的封地。孔臧对此，唯唯称是，而主父偃不以为然。

"臣以为一味削地不妥。古者诸侯地不过百里，强弱之势易于为制，今者诸侯或连城数十，地方千里。朝廷宽缓，则骄奢淫逸，无所不为；朝廷严苛，则合纵连横以逆京师。昔日晁错以法削割封地，激起七国之乱，前车可鉴。朝廷即使以举国之力削平叛乱，可国家元气大伤，非数十年难以复原。臣以为，强削不可行，潜削可行。"

"潜削，怎么说？"

"几代传下来，如今诸侯的子弟众多，可依制只有嫡子可以承嗣袭爵，其余虽也是诸王的骨肉，却无尺寸之封，不过一二代，即难免冻馁之苦。我朝以仁孝治天下，陛下以亲亲之德意，诏告诸侯可以行推恩之法。也就是诸侯可于嫡子之外，自行择地封子弟为侯，隶属于所在郡县，报天子允准。如此，恩出于陛下，诸侯人人得遂所愿，还要感激陛下的恩德。而在实际上，其国已一分为若干，不过一两代之间，诸侯已自行削弱，朝廷不动一兵一卒，而诸侯坐大不轨之弊尽可消弭于无形。"

"推恩令，好，好主意！君不愧为朕的智囊。"刘彻喜形于色，击节叹赏，随后又大笑起来，"朕闻中山王好内，王子多至百人，若不准推恩，日后还不知道要饿死多少。"

"眼下就有个机会。臣听孔大人说，梁王前不久曾上书朝廷，愿以地分给兄弟城阳王。陛下与其削他五个县，莫不如允准他分地于子弟。并就此事诏示诸侯可以自行奏请推恩册封子弟。"

"好，就这么办。另外，淮南王、菑川王年事已高，又是朕的叔父，朕要赐他们鸠杖，免奉朝请，以颐天年。"

众多大臣都等在未央前殿的丹墀之上，听候皇帝如何处置诸侯王。见到孔臧出来，都纷纷围了上去。

"孔大人，廷议所拟的处分，陛下允准了么？"内史公孙弘揖手道。昨日的廷议，他儒法兼论，先声夺人，主导了廷议的基调。以春秋大义决案，这些个诸侯，都免不了一死。

孔臧大摇其头："这个主父偃，也不知哪来的那么些匪夷所思的鬼点子！经他一说，陛下竟幡然变计，除了燕王，其余诸王，非但不杀，还要推恩。此人的嘴皮子，老夫是服了，皇帝对他，简直言听计从，这个人我看了，先意承旨的功夫了得，得罪不起。"

公孙弘道："推恩？怎么回事？孔大人给我们说说。"

孔臧将方才入奏时的情形细细讲述了一番，众大臣皆啧啧称叹。公孙弘又妒忌，又佩服，主父偃这种逞口舌之辩，不循常规做事的人，最善于揣摩人心，也最为危险。他看了眼身旁的翟公与张汤，叹道："事关国法，二位正管的大臣被撇在一旁，反倒由这么个外行唱独角戏了。"

翟公与张汤面面相觑，谁也没有搭话。

温室殿中，刘彻与主父偃继续议论宁成的案子。南阳的爰书到后，朝廷已将宁成免职，押入京师狱中。刘彻道："这义纵要把宁成押回南阳明正刑典，你以为如何？"

"臣以为不可。"

"说说你的道理。"

"臣听说，义纵在南阳恣意横行，擅杀朝廷派去的长吏。"

刘彻不以为意道："你是说杜衍县令彭川？那是个赃官，平日与豪强大户勾结，鱼肉乡里，劣迹斑斑，又与山贼勾结转移人犯，难道不该杀？"

"当然该杀，可要由朝廷允准，方可用刑。没有陛下允准，就是擅杀。燕王杀肥如县令郢人，是擅杀；义纵杀杜衍县令彭川，也是擅杀。这叫权移主上，此风决不可长！宁成与侯成，更是官秩二千石的大员，其处分只能出于天子。义纵求在南阳行刑，无非是沽名钓誉，为自己立威。南阳一郡，无人不知郡守，可有几人知道，陛下抑豪强，除兼并的律法才是救民的根本？"

不错,此风不可长！刘彻忽然心生警惕,对义纵有了种不满。"那么依你看，这件案子，该如何处置呢？"

"臣以为，不但宁成不能押去南阳，那个侯成也该解到京师拘押。"

“不杀？”

“不杀。”

“为甚，难道他们不该杀？”

“该杀。该杀而不杀，是种暗示。义纵若是聪明，此中的消息他该明白：生杀予夺之权唯陛下所有，乾纲独断，决不容臣下为所欲为。”

刘彻满意地点了点头。主父偃暗喜，宁成保住了命，再逢大赦就可以出狱，自己又会有数千两黄金进账了。

看到皇帝心情好，主父偃借机又上了个削弱豪强的法子。

“其实抑豪强，并非只有诛杀一种办法。祖宗有移民以实关中的成法，茂陵初立，人口疏少。陛下可责令各郡国，将地方上的游侠与豪强兼并之家，查实造册，逐年分批迁居茂陵。这些人背井离乡，脱离了根本，又被置于警卫严密的京师近畿，无能为矣！如此内实京师，外销奸猾。不诛而害除，比起义纵一味杀人的做法，要好得多。”

望着主父偃离去的身影，刘彻久久不语。亏得这个人，不然今日几件公事，还真难以处分得如此妥帖。他看了眼郭彤，赞道：“这个主父偃，是个为朕分忧的难得人才！”

“陛下圣明，主父大人绝顶聪明，只是未免张扬了一些。”

刘彻不以为然道：“张扬？张扬也比朝廷中那些身居高位却尸位素餐，整日唯唯诺诺者强。”

郭彤知道皇帝指的是丞相薛泽，御史大夫张欧等人，近来皇帝对他们的不满，已经溢于言表。看来，主父偃的前程未可限量。

所忠走进来，说是边塞有紧急军情。刘彻接过简牍，原来是匈奴再入上谷、渔阳两郡，杀掠吏民千余人。自关市之战后，匈奴人的侵袭，一波急似一波，看来，该是彻底改变这种被动挨打局面的时候了。这件事他已思虑了许久，眼下匈奴人的主力，集中于东北各郡，而新秦中一地，只有白羊、娄烦两王驻牧，春季转场之际，人丁分散，避实就虚，这里是最好的攻击目标。问题在于，东北各郡不能有闪失。韩安国资历虽老，可不顶事。近来又时常呕血，看来是支撑不了多久了。他必得择一大将，代韩安国驻守右北平，协调东北边塞的防卫。

只要牵制住东北方向的胡虏，现在屯驻于云中郡的卫青，便可从中部各郡抽调出三万骑兵，作为突击河南地的主力，新秦中的作战方有胜算。材官将军李息，现统率一万骑兵，驻扎在代郡，与卫青互为掎角。可以作为一支疑兵，佯动出击，牵制匈奴援军。

河南地属我，则我有大河与边塞为屏障，胡骑势难南下牧马。谁占据了这里，即可制敌而不为敌所制。刘彻又记起王恢当年的话，这块土地既然决定了汉匈力量之消长，他是一定要拿下来的。汉军一定要打出去，打到匈奴人的土地上去。主动出击一定要成为汉军的作战方针，这个方针，要不折不扣地贯彻于此次与今后所有的战争之中。

夺取河南地的战役，由卫青出任主将。中路，由李息策应。东路的主将，他心中早已有了人选。内外的大事，一日之内都有了决断，连日来的焦虑一扫而空，刘彻心里十分痛快，兴之所至，吩咐去王夫人的寝宫。去年夏天，王夫人也为他生下一子，名刘闳，聪明伶俐，备受他的喜爱。

长安孝里西街李宅，李广正于灯下洗脚，外面却传来急促的敲门声。他吩咐孙儿李禹开门，让进来的却是谒者令郭彤。

李广趿拉着鞋，一时颇感意外，揖手道："不知公公登门，失敬了！"

"哪里，哪里！都是老相识，将军太客气了。在下来此，是传皇上的口谕，召拜将军为右北平太守，接替病重的韩将军。军情紧急，皇帝要你即日赴任，就不用陛见了。恭喜将军了！"郭彤揖手致礼，笑容可掬。

李广急忙还礼，招呼子弟备酒。郭彤摆摆手道："将军的心意在下领了，我还得赶回宫去侍候皇上，以后有机会再来叨扰吧。"

见到郭彤要走，李广一把拉住了他："且慢，我还有个不情之请，烦公公带个话给皇帝。"

"甚事，将军尽管说。"

"此番去右北平，李广想借一人同行，求皇帝允准。"

"甚人，身居何职？"

"霸陵县的县尉，何定彪。"

五十八

汉代东北有辽东、辽西、右北平、渔阳、上谷五个边郡，右北平位置居中，在燕山东麓，战略位置十分重要。汉景帝前元三年之前，五郡都属燕国；七国之乱后，朝廷大幅削减诸侯王的封地，五郡由燕国划出，归朝廷直辖，燕国只剩了广阳一郡之地。

右北平的郡治，设于平刚县。邮驿传来的消息，新任太守今日抵达，韩安国尽管已极为虚弱，还是扶病出迎。侍从们用肩舆将他抬到城门口，阖城的官吏百姓听说飞将军李广要来，早早就箪食壶浆，迎候在城外，一时间人头攒动，笑语喧哗，人人争说李广，个个喜笑颜开，如同吃了定心丸。前不久还弥漫于此地的恐慌，竟如从未发生过一样。韩安国也感觉到从未有过的轻松，自己身上这副千斤重担，总算可以卸下了。

不到一个时辰，驿路上远远出现了一支队伍。从扈从的旗帜上看，正是李广一行。人们欢呼喝彩着迎上前去，拥着队伍前行，到得城门近前，李广跳下马，接受乡里耆老们的祝酒慰问。他连饮三杯，一抬眼，看见韩安国正由侍从们搀扶着向城外走来，急忙放下酒碗，赶过来相见。

"长孺兄！"

"伯远兄！"

韩安国的变化太大了，面色灰白，须发皆白，瘦骨嶙峋，竟是一副弱不胜衣的样子。马邑一别，不过六七年，昔年那个驰骋疆场，号令三军的壮年将军，如今却成了病体支离，垂垂老矣的衰翁。李广摇了摇头，叹道："长孺有病，何苦迎我！"

韩安国笑道："岂止是我，阖郡军民，如大旱之望云霓，谁不盼将军早来啊！"

人群中忽然起了喧哗，韩安国看过去，只见李广身后的随从中，有个满脸颓丧的汉子，被缚于马上。围观者议论纷纷，多以为是俘获的匈奴探子，可看长相穿戴又像是汉家官吏。

"这个人……"

"是个不识好歹的混账东西，一两句话讲不清楚。我们先去府上办交接，事后再讲给你听。"

在太守府交验了调兵的虎符，接掌了太守的印信后，李广吩咐在堂前升起李字大旗，喝道："把那个混账东西押上来！"

何定彪被押上来，跪在旗下。李广于是把他与灌疆在霸陵亭受辱的遭遇，细细讲给韩安国听。边讲，边向何定彪求证，何定彪满额是汗，浑身颤抖，一叠声地求饶。

李广不屑地看着他，冷笑道："不是不尿我们么，不是候着我呢么，你那股霸悍劲儿哪儿去了？实话告诉你，押你到此，为的是借你的人头祭我的军旗，去去我李广一身的晦气！"

韩安国道："且慢，这种小人无处不有，将军又何苦与之计较！吾亦遇到过这种事，伯远可想听听？"

"请讲。"

"那还是三十多年前，我还在梁孝王那里任职。一次坐罪入狱，被关在蒙城县的牢狱里。那里有个狱卒叫田甲，人极霸悍，好折辱犯人取乐。我初入狱时，被他骂了个狗血喷头。我气不过，指着狱中取暖剩余的灰烬问他，我再不济也是个官身，未必不能东山再起，你这么对我，就不怕死灰复燃么！你猜，他怎么说？"

"怎么说？"

"他轻蔑地说，县官不如现管。你死灰复燃？老子他娘的就浇灭它！当着全狱犯人的面，他掏出那东西就朝那堆余烬撒尿，那副张狂不可一世的样子，我至今记忆犹新。"

"那你死灰复燃之后，是怎么收拾这个狱卒的？"

"没过多久，梁国的内史出缺，孝王本想用公孙诡，可窦太后想到了我，派专使到梁国，拜封我为内史，官职中二千石，比原来还大。这个田甲闻讯，连夜逃亡。我发布了通告，说田甲不投案，我灭他全族。田甲无奈，肉袒谢罪于门前。他既认罪，我自不会与这种小人计较，我放过了他，而且善遇之。这个人，至今还在长安做狱吏。"

李广明白，韩安国是在讽喻他放过何定彪。可想起那晚的遭遇，不杀难泄他一腔腌臜之气。"吾堂堂丈夫，岂可受小人之辱？我非韩信，也没有长孺的雅量。"

韩安国道："可霸陵尉也是朝廷的命官，擅自诛杀，伯远就不怕天子怪罪么？"

"大丈夫做事，敢作敢当。天子那里，吾自会上书请求处分。长孺不必多言，这个混账东西，必死无疑。"

何定彪听到这里，哼了一声，径自昏死了过去。

李广喝道："把他提溜起来，斩首祭旗！"

两名侍卫走过去，架起何定彪。一人抮起他的头发，露出后脖颈；另一人手起剑落，人犯身首异处，殷红的鲜血喷了满地。

韩安国摇了摇头，李广使气杀人，未免戾气太重，而且意气用事，绝非大将应有的气度，长此以往，会给他的前程蒙上阴影。

数月之后，边郡来的军报，好消息频传。右北平自李广去后，形势一变，匈奴人听到"飞将军"驻军于此，竟不战而遁，右北平及相邻边郡，数月来已不见胡虏之踪影。

"李广不愧名将，贼虏望风而遁，用他坐镇东北，朕是用对了人。"

"李将军的奏疏里，还有两件事上禀。"郭彤见皇帝心情好，悬着的心，也放了下来。

"甚事？"

"韩安国将军，呕血不止，已于上月，卒于右北平。李广请陛下施恩，准其家人扶柩回乡安葬。"

969

刘彻沉吟了片刻，颔首道："韩安国也算尽瘁于国，准奏。"

"还有一事，李广自请处分。"

"自请处分？"刘彻诧异了。

郭彤于是将李广受辱于霸陵尉，奏请携其共赴右北平，斩首祭旗的事情叙述了一遍。"李广以擅杀长吏有罪，自请处分。"

原来如此。李广要带霸陵尉上任，并非因此人有用，而是为了泄愤。刘彻的眉头皱了起来。刘定国擅杀，义纵擅杀，李广又擅杀，长此以往，谁还把朝廷放在眼里！主父偃的话没有错，此风不可长。刘彻提起笔，思忖着给李广一个什么处分。

可看着李广的奏疏，他就是落不下笔。飞将军的威名，遏阻了匈奴人犯塞，东北边疆赖李广而安。相对于汉匈之战的大局，一个小小霸陵尉的性命又算得了什么！更何况这个县尉以下犯上，自取死路。同样，义纵诛杀恶吏，也是纾解民怨，贯彻自己抑豪强、除兼并的决策，与刘定国杀人灭口，抗拒朝廷全然不同。一念至此，刘彻豁然开朗，写下的批语，非但没有处分李广，反而勉励有加。

将军者，国之爪牙也。夫报怨除害，捐残去杀，朕之所图于将军者也。若乃免冠徒跣，稽颡请罪，岂朕之旨哉！将军其率师东辕，弥节白檀，以临右北平盛秋。①

卫青那里的军报，就更令刘彻欢喜。卫青集中了三万骑兵，自云中出塞，由高阙②穿越阴山，一路迂回到河套以北。匈奴白羊王冒脱，娄烦王可辛所部多从事春季转场，人丁分散，对于来自后方的突袭猝不及防，几乎不能组织起有效的抵抗。十数天内，卫青的大军，如同张开的大网，从河套直撒到陇西。

---

① 全句意为：将军乃国之爪牙，一怒之下报庚杀人，可以理解，朕所期望于你的又岂是请罪！将军率师东征，建节于白檀，应以防备胡人秋高马肥之际返我边塞为重。白檀，县名，右北平边塞上的重镇。

② 高阙，阴山西脉的山口，为塞北要隘，在今内蒙古杭锦后旗东北，由此可直达河套平原。

游牧的匈奴人望风而逃。斩获虽只有二千余人，可虏获的牛羊牲畜，多达百余万。秦末失陷于匈奴的河南之地，全数收复，这是大汉自与匈奴交战以来，获取的最大战果。

听过奏报，刘彻拿过卫青的军报，在地图上一一核对，喜悦之情，溢于言表。"卫青不负众望，出任大将军，朕看名至实归。石建，你以为如何？"

"陛下天纵英明，慧眼识人，卫青连战皆胜，确为大将之才！"郎中令石建笑着应道，心里有些为李广惋惜。

卫青的战果，令刘彻踌躇满志。前几次的战事，互有胜负，可就总体而言，汉军仍处于守势。此番重占河南地，实现了他的战略意图，重创了匈奴，消除了朝廷的肘腋之患。下一步打击的目标，就是匈奴人的老巢——阴山了！兴之所至，不吐不快。刘彻于是又亲笔下诏，嘉奖卫青。

匈奴逆天理，乱人伦，暴长虐老，以盗窃为务，行诈于诸蛮夷。造谋借兵，数为边害。故朕兴师遣将，以征厥罪。《诗》不云乎？"薄罚猃狁，至于太原"；"出车彭彭，城彼朔方"。今车骑将军青度西河至高阙，斩获首虏二千三百级，车辎畜产毕收为虏，西定河南地，驱马牛羊百有余万，全甲兵而还。卫青前已封侯，现益三千八百户封青为长平侯。钦此。

"有功者必赏，朕说到做到。此次随卫青出征立有大功者，也要封侯。"于是，卫青所部的校尉苏建被封为平陵侯，张次公被封为岸头侯。消息不胫而走，汉军士气大振，民间从军者甚为踊跃，举国上下议论的都是从军杀敌，建功封侯的话题。即便是孩童，游戏时亦好舞枪弄棒，尚武成了一时的风气。

可如何处置河南地，却在廷议中起了争论。主父偃上了道奏疏，力主筑城于朔方，作为未来出击匈奴的基地。这个主意很对刘彻的心思，可如何经营，心里没数，于是将主父偃的奏疏交付廷议。不料多数大臣态度消极，公然反对的，是才从西南夷巡视回来的专使，内史公孙弘。

"此事不可行。殷鉴不远，在秦之后世，秦始皇命蒙恬征发三十万人，在大河以北修筑长城，最后没有完工就放弃了。工程浩大，劳民伤财，甚至国家亦因此而衰亡，这个教训还不够么？近年来，南通西南夷，东置苍海郡①，现在又要北筑朔方，奉无用之地以疲弊中国，此乃大不智之举。"公孙弘这番话，出于对主父偃的恶感，而在刘彻听来，颇有影射他好大喜功，行类秦始皇之嫌。他心有不慊，但却不动声色地问道：

"筑城有弊无利，这是一种意见，谁还有不同的想法么？"

班次中走出一人，顿首道："臣与内史大人所见不同，敢为陛下言之。"原来是中大夫朱买臣。刘彻点了点头，朱买臣向公孙弘揖了揖手，很恭敬地问道：

"敢问大人，筑城疲弊中国，何以见得？"

"我听大农讲过，京师的粮仓与钱库，数年来已消耗过半，大都用在了开边上。老臣奉天子之命出使巴蜀，亦亲身见闻。西南夷本化外蛮夷，地广人稀，朝廷筑路以通舟车，耗费之大，巴蜀广汉三郡官民叫苦不迭！以三郡役力与赋税的巨大耗费，却得不到商贾贸易之利，筑路为的是甚？河南地广袤千里，全是草场，若无匈奴人放牧，本是荒无人烟之地，大河以内，亦无险可守。朝廷若派兵驻守，要征兵、筑城、转输辎重，哪一样少得了用钱？这块地犹如鸡肋，食之无味，弃之可惜，徒然耗费朝廷的资财。请问，这不是疲弊中国，又是甚？"公孙弘振振有词，声若洪钟，朝堂上响起一片低语声，听得出，多数人都是赞成公孙弘的。

"公孙大人之言，知其一，不知其二；听似有理，实为短视。以在下看，守住河南地，于大汉利莫大焉！"

"何利之有？"

"河南地虽是草原，可土质肥沃，烧后翻耕，可为良田一利也。"

"改草原为农田，说得轻巧，人呢？难道要匈奴人弃牧种田不成！"

"人有的是，而且不是甚匈奴人，而是种地的好手。元光三年，河水于濮阳决口，改道由顿丘入海，泛滥十六郡，失地灾民至今要靠官家赈济。这

---

① 苍海郡，汉武帝元朔元年秋，秽貉（在今韩国江原道）之君主南闾上书，愿归附于汉朝。武帝接纳，将此地置为苍海郡。元朔三年春，撤销。南闾以举国二十八万人内附。

些人不下十万，朝廷下诏移民朔方开荒，灾民必踊跃应征。将赈灾的钱转用于移民，则垦荒之事迎刃而解，二利也。"

不待公孙弘开口，朱买臣笑道："大人少安毋躁，容小臣把话讲完。灾民屯垦，则前敌之粮秣无待于转输，三利也。移民实边，垦荒不必征发百姓，四利也。筑城设防，修复前秦故塞，则河北有险可守，五利也。而最大的利还不止这些看得见的收益……"

公孙弘冷笑道："你所说的大利，我不知道，我只知道，匈奴人丢了河南地，必会报复。大汉的边郡此后难得片刻的安宁。未见其利，反受其害，我说疲弊中国，难道有错么！"

主父偃抢前一步，揖手道："敢问公孙大人，不取河南地，匈奴人就不犯我边境，不疲弊我中国了么？"

公孙弘道："起码孝景皇帝一朝，汉匈和亲，边郡十数年无警，我大汉得以与民休息，才有今日之富强。"

主父偃傲然道："此一时彼一时也！往日之和亲，正是为了今日之富强；今日之富强，则绝非安枕无忧之理由。河南地密迩关中，留在匈奴手中，会是朝廷的心腹大患，哪里会有安宁可言？"

他看了眼公孙弘，揖手道："孝文皇帝时，匈奴人数度入侵，深入关中，全经由河南地。长安警讯频传，一夜数惊。尤其是孝文皇帝十四年，老上单于率十四万骑入侵关中，兵锋直指彭阳，焚回中离宫，前哨直逼雍城与甘泉，京师警戒数月不息。我说它心腹之患，算不得危言耸听吧？"

"而筑朔方，修故塞，虽有一时之费，可守住了河南地，则吾原来之不利可化为有利，而匈奴之利则一变而为不利。为甚这样说？河南地归我，则关中至边塞，有了块缓冲之地；匈奴则失去了富饶的草场与威胁关中的基地。更有甚者，我军筑城修塞于河北，反而逼近了匈奴的腹地阴山，成为胡虏的肘腋之患。如此，攻守之势互易，一旦与匈奴决战，我军先已处在有利位置，可以先发制人。"

公孙弘满面通红，想驳斥，可却想不出什么有力的根据，一时竟嗫嚅难言。

刘彻见状，冷笑道："疲弊中国，你这个帽子不小！可为天子者，只盯着眼前的小利，而不知道居安思危，从长远打算，能算够格的君主么？钱粮少了不假，可国土增加了好几郡，人民物产，哪样不是财富！这总比让钱粮烂在库里强吧！公孙弘，你还有甚话说么？"

皇帝的立场明显站在主父偃一边，公孙弘一急，汗出如浆，心中暗恨自己只想着贬斥主父偃一伙，却在无意间惹恼了皇帝。于是伏地谢罪，再拜顿首道："臣山东鄙人，愚昧无知，不知朔方之利若是。可臣奉诏巡视西南，耗费确实巨大，苍海郡僻处海外，鞭长莫及，望陛下体察民瘼，罢苍海、西南夷事。"

公孙弘一认输，满朝的大臣噤口不言。于是，刘彻下诏，以河南地置朔方、五原两郡，募关东灾民十万口，移民实边。派平陵侯苏建率部筑朔方城，修缮前秦故塞。对于西南夷，则诏命道路修通后，免除三郡赋役。而苍海郡，则确如公孙弘所言，受制于朝鲜，往来极为不便，不如先搁置起来，俟诸将来。

白羊王冒脱，望着绵延于地平线上的阴山，使劲揉了揉硕大的鼻头，长长地吁了口气。他在数十名侍卫护卫下，昼伏夜行，辗转逃亡了半个多月，总算躲过了汉军的搜剿。

"殿下，有动静。"即将脱离险境，可匈奴人已如漏网之鱼，惊弓之鸟，一点风吹草动，都会激起他们极大的警惕。冒脱向着侍卫指点的方向看去，薄暮中，远处影影绰绰地有一骑人马向这边驰来。他做了个手势，部下散开，呈半圆形包抄了上去。

"白羊王可在这里？请白羊王出来讲话。"来人一身汉军装束，说的却是胡语。

侍卫们开弓欲射，冒脱喝止了部下，催马上前，喝道："这里没有白羊王，你是谁？"

"殿下别来无恙？"那人摘下头上的帽盔，静静地望着他。

冒脱惊讶地睁大了眼睛，叫道："是你……娘的个叛贼，我还以为这辈子再也见不着你了呢！"

五十九

豁朗一声，冒脱拔出弯刀，侍从们牢牢围住了汉将，只要一声令下，瞬间即可将他砍落于马下。

汉将是龙城之役中降汉的匈奴相国赵信。他平静地看着冒脱，冷笑道："殿下鲁莽如昔，难怪败得这么惨。各位少安毋躁，这附近有汉人的大军。"

"你找我做甚？"冒脱远眺，心又提了起来，远远可见汉军点燃的火把，距此不过数里之遥。

"自然是救殿下出险。"

"救我！为甚？"冒脱满脸疑惑。

"我们借一步说话。"赵信面无表情地看着环绕在他左右的侍卫们。

冒脱做了个手势，侍卫们散开，两人策马走到一边。

"有话你就说吧，我们还得赶路。"冒脱仍然满腹狐疑，警惕地盯着赵信。

"我若想加害你们，不会一个人过来。"赵信指了指远处那片火光，"我带的骑兵不下一千，若想捉你，你们插翅难逃。"

"有甚话你就说，别跟我卖关子。"

赵信沉吟了片刻，问道："大单于近来如何？"

"正月龙城大会时，看上去还成，怎么？"

"不怎么。你们过阴山，莫走高阙与鸡鹿塞①，那儿的山口都留驻有汉军。从西面走，绕过去。"

冒脱心里一惊，他们正是打算由鸡鹿塞穿越阴山。"那我们得多谢你了。"他犹豫了一下，还是忍不住问道，"你相国干得好好的，干甚投靠汉人！是为了做卧底？"

"一言难尽。太子与左鹿蠡王势成水火，我与伊稚斜亲近，於单想要杀我。殿下也与伊稚斜走得近，也得当心。此番惨败，他们或许会借此诛戮异己。"

"真的？"冒脱又惊又怕，追问道，"照你这么说，不能去龙城见单于？"

赵信双目灼灼，看定冒脱道："我劝你投伊稚斜。大单于一旦殡天，於单肯定不足以服众，出来收拾局面，重振我强胡的，只有伊稚斜。"

"我听你的。"冒脱略作思忖，猛地拍了一下赵信的臂膀，"干脆，咱们一起走，投伊稚斜！"

赵信摇了摇头："大单于、於单恨我入骨，大单于在，我回去是送死，还会连累伊稚斜。早晚我会回去，可不是现在。"

天色更暗了，暮色笼罩了草原，阵阵角声响起，似乎是汉军在相互联络。冒脱有些心慌，四下张望着，额头也冒出了冷汗。

"不用怕，是我的人在召唤我。"赵信指了指西北方向，"我过会儿会带他们奔东去，你们从西面绕过去，很安全。还有件事，你务必转告伊稚斜。"

"甚事？"

"汉军要在北河修缮旧长城，还要修筑大城，看来，他们要向河南地移民屯垦。据我所知，汉人下一步会以边塞为依托，深入到阴山以北，寻求我主力决战。你要转告伊稚斜，切不可掉以轻心。汉人的军力，尤其是骑兵，已大大强过从前了。指挥前敌作战的大将卫青，比起李广，谋略与胆识有过之而无不及，是我们的劲敌。"

冒脱恨声道："娘的，老子这把就栽在了这个卫青手里，让他攻了个措

---

① 鸡鹿塞，先秦赵长城上的要塞，位于高阙以西，阴山最西面的山口（今内蒙古磴口西北狼山的哈格乃隆山口）处。

手不及！"

"你转告伊稚斜，先发制人，后发制于人。汉人在边塞屯垦，是为深入草原作准备。眼下汉军羽翼未丰，吾当全线出击，令其顾此失彼。要尽可能在他们的土地上作战，摧毁其屯戍，疲弊其国力。"

"我记下了，一定带到。"

两人揖手道别。冒脱的几十骑人马，很快就消失在黑暗中。赵信估摸着他们去远了，方才朝着点燃着火把的汉军疾驰而去。

赵王刘彭祖的使者赵蕤，在长安转了一天，也没有找到主父偃的家。打探了几次，才知道他已买下故魏其侯窦婴的宅第，搬到戚里去了。一年之中，他已是三易其居，房子是越住越大了。

窦婴死后，窦家便败落了。窦婴夫人去世后，子女遂将旧宅出售。近年暴富起来的主父偃家则门庭若市，每日奔走于室者不下百人，原来的住所顿觉逼仄不堪，于是斥巨资买下这座五进的大宅，改建一新。前两进被打通，堂庑相接，是门客们每日聚会议论之处。一日两餐招待，往来就食者川流不息，常常要开流水席。不久，主父偃礼贤好士的名声，在长安内外不胫而走。

还没有到门前，道路已被众多的车马壅塞不通。赵蕤无奈，只得就地停车，步行过去。门丁接过名刺，见是诸侯王的使者，会心地一笑，径直将他领到中堂等候。落座以后，赵蕤才发现，已有四五位先来者等在那里，其中不乏相识者。

"赵兄，久违了。今日不期而遇，真是太巧了！"一个瘦瘦的小个子男人凑过来，满面笑容地向他长揖致意。赵蕤认识，他是中山国的宫丞李枬。中山王与赵王是一母同胞的亲兄弟，常有往来，两人因此熟识。

赵蕤赶忙还礼，揖手道："李兄也在长安？此来也是为了分封的事情么？"

"彼此彼此。"李枬看了眼四周，低声道，"咱们那位王爷好内，姬妾成群，眼下光儿子就不下百人。前阵子朝廷颁布了推恩令，允许分封庶子，几个最得王爷宠爱的姬妾就闹腾开了，都想为儿子弄块封邑。扛不住她们闹，王爷给朝廷上了表，要拿四个县出来分封。喏，这儿的人，都是为了这事儿来的各诸侯国的使者。"

"赵王想要推恩封侯的儿子更多。"赵蕤伸出手指比画着，"八个！"

李枬笑道："那钱可少花不了！这位大人，眼睛里只有金子。"

"推恩之事，都得走这里的门路么？"

"当然，推恩之事即出于主父偃的建议，推恩于子弟的奏表，朝廷汇总后，由他作初审。此人极贪，不上供，他随便挑个毛病，你就得从头来过。谁经得起这么折腾，认头花几个钱，把事情办顺。"

"如此胆大妄为，他就不怕有人上变举报？"

"这个人睚眦必报，可得罪不起！他那张嘴太厉害，言语之间可以决人生死。天子视其为智囊，宠信有加，言听计从。据说卫皇后之立，也得力于他。燕王刘定国得罪过他，这回也遭了他的报复，身死国除。眼下他见天在御前侍候，谁敢当面讲他的坏话！"

赵蕤咂舌道："我初来乍到，不摸行情，敢问李兄，一份封邑，要多少钱办得下来？"

李枬沉吟道："那倒没有一定。封地的大小肥瘠不一，价码也不同。反正最少不能低于十万钱，多的可达百金、千金。"他伸出三指道，"中山王此番欲加封五子为侯，我带过来的是这个数。"

"三千金？"

李枬点点头："就是这个数。"

赵蕤心里一沉，看来此番带钱太少，办不了事。赵王临行前，曾专门叮嘱赵蕤打探主父偃的阴事，他脑子一转，觉得眼前正是个机会。李枬之外，赵蕤认得的有长沙国、广阳国的使者。他沉吟了片刻，低声道：

"李兄，平时咱们天各一方地侍候主子，难得一聚。今晚小弟做东，请各位饮酒。小弟不认得的，还请李兄引见。"

李枬笑道："请客？好哇。赵兄既如此慷慨，吾等却之不恭，请人的事，你交与我好了，保你一个不少，全到。"

新宅的第四进，是主父偃与女儿的住处，第五进则被他用作了库房。此刻，主父偃正与一位客人在寝室中密谈。

客人是长乐宫的宦者徐甲。他原在齐国宫中服事，前年朝廷从各诸侯国中抽调了一批老成的宦者，充实长安两宫，徐甲被派作长信殿丞，侍候王太后。徐甲心思细密，善伺人意，很快就看出太后有很重的心事。修成君之女金娥，自淮南退婚之后，一直住在太后这里，她的婚事，简直成了太后的心病。为巴结皇室，京师的大户，有意结亲的并不少，无奈金娥心高气傲，决不肯降格以求，非要再嫁与诸侯。可年纪尚轻的诸侯王多已妻妾成群，根本找不着相当的。时日一久，金娥心性也变了，动辄发怒哭闹，摔砸什物。王娡看在眼中，痛在心里。外孙女的婚事，已经成了她的心病。

徐甲了解太后的心思后，忽发奇想，自告奋勇，要为太后分忧，游说齐国现任的国王刘次昌，要他上书娶金娥为妻。齐王刘次昌是元光四年嗣的位，年纪刚过三十，论年纪相当，可几年前已经立了王后，是王太后纪氏的娘家侄女。纪太后此举，为的是巩固娘家的势力，可齐王根本不爱这个女人，立后数年，茕茕独处，尽管纪太后坚持，这个王后早晚会被齐王废黜。徐甲剖析了这个前景后，王娡心中又燃起了希望。她没敢声张，害怕万一不成，没面子还在其次，外孙女受刺激太大。于是私下派徐甲回齐国一行，试探一下齐王与王太后的意思，若有结亲的意愿，再正式下聘，谈婚论嫁。事成之后，太后许愿用徐甲做长乐宫的大长秋，也就是总管。

徐甲想讨好太后，更想做东朝的总管，可他心里明白，自己说的是大话，实在没有什么成算。唯一的希望，是与皇室联姻这块金字招牌，可凭这能否打动齐王与纪太后，他全无把握，忧惶之际，他猛然想到了一位同乡。主父偃也是齐国人，人传足智多谋，眼下圣眷正隆，或许能够助他一臂之力。徐甲于是以同乡之谊，登门求教。

"齐国的太后人怎么样？好相与么？"听过徐甲的叙述，主父偃马上意识到，事情成功的关键在纪太后身上。齐王既不喜欢纪王后，乐得换一位新人，徐甲提亲正对齐王的心思。可纪太后的目的不同，她想的是将齐王牢牢控制在纪家手里，废黜王后，等于是削掉她的臂膀，这一关绝不好过。

徐甲苦笑道："老太太狂得很，小国之君妄自尊大，都是这个样子。"

"再狂，皇太后也压王太后一头！你求亲时，话不妨说得硬气点，记住你后面是皇太后，当今天子的娘。"

徐甲点了点头，可看得出来，他信心并不足。

主父偃沉吟道："你在齐国多年，这齐王或纪太后为人如何，宫里有过甚丑闻么？"

"纪太后霸道，齐王寡弱，夫妇不相亲，除此之外，别无丑闻，怎么，大人听到过甚么？"

主父偃冷笑道："人若有短处，就不怕他不就范。你此番到齐国，提亲之余，不妨向熟人打探一下齐王宫内的情形。这些诸侯王多是些纨绔子，骄奢淫逸，为恶不悛，你若能找出他们的短处，我必能助你成功。"

"即使那纪太后反对也能成么？"

"肯定成。不过我帮你，你也要答应我一件事。" 主父偃的口吻斩钉截铁，眼中却含着狡黠的笑意。

"甚事，大人尽管说。"

主父偃紧盯着徐甲，问道："方才为咱们烹茶的姑娘，你以为如何？"

徐甲拿不准主父偃的心思，可看那女子出入无忌的样子，应该是他的女儿。于是颔首道："娴淑沉静，看得出是位能干的姑娘。她是……大人的女儿？"

"正是小女沉香。鄙人早年蹭蹬，她跟我吃了许多苦，婚事也耽搁了。如今我发达了，想要为她寻户好人家。既然公公去齐国议婚，我看索性两好作一好，捎带着把我闺女的事也一起办了。"

"大人的意思是……"

主父偃双目灼灼，逼视着徐甲："公公，哪一国的诸侯不是妻妾成群的，王后只能有一位，可姬妾嫔妃可多可少，不在乎多一个两个的。我的意思是，让沉香陪嫁过去，充齐国的后宫。将来为齐王生下一男半女，我主父一族的脸上也有光，对不？"

可真会见缝插针，其心可鄙！可自己所图的不也是富贵？他若能助成此事，让他搭回车也算不了什么。何况此人圣眷正隆，绝不是可以轻易得罪的人。徐甲一念至此，满脸的愕然顿时转成了微笑。

"当然，当然！大人放心，我一定把话带到。可齐王从不从，就不由我了。"

"你把话带到即可，公公只要找着了齐王的短处，我自有办法叫他从。"

送走徐甲后，主父偃在中堂逐一接见了诸侯国的使者。轮到赵蕤时，已近晡时了。主父偃斜睨了一眼名刺，轻蔑地扔到一旁，皮笑肉不笑地问道："怎么，堂堂赵王殿下，今日也求到我主父偃头上来了？"

赵蕤赔笑道："奴才临来前，王爷一再叮嘱，要奴才向大人再三致意，从前的误会，王爷很后悔。此番遣奴才来，一是为了子弟推恩之事，二是专为向大人谢罪的。"

"谢罪？我还记得，从前的赵王双眼望天，是看都不屑于看我一眼的。如今怎么这么客气，何前倨而后恭也？"

"这……小人入宫晚，不晓得大人与王爷间的事。"

"燕王，你可知道？"

"是。"

"他被朝廷赐死的事，你想必也听说了？"

"听到过一些……"

"他怕了，是不是？"主父偃双眉一扬，纵声大笑起来。笑过一阵子，他忽然沉下脸问道：

"你家主子以为几句空话就可以了事了？就这么让你两手空空地来谢罪！"

"不，不是。王爷奉百金谢罪。"赵蕤捧起一只重重的青布囊，恭恭敬敬地放到主父偃身前。

"看来，你们这位王爷不仅势利，人也苟气。人活一口气，树活一张皮！他当年如此羞辱我，以为区区百金，事情就可以了结了？你把这金子拿回去，告诉赵王，要他该吃吃，该乐乐，反正他的好日子也不长了，及时行乐吧。"

赵蕤拾起布囊欲走，主父偃叫住了他。

"慢，别以为我是吓唬他，你稍等片刻，我叫个人来你见见。"他走到门边，大声吩咐道，"来人哪，去前堂叫江充过来！"

一个身材魁伟、相貌堂堂的中年男人走入中堂，对着主父偃，恭恭敬敬地行了一个礼。赵蕤一惊，这不是赵王原来的门客江齐么？江齐是赵国邯郸人，字次倩。有个妹妹善于歌舞鼓瑟，甚得太子刘丹的宠爱，江齐亦由此发迹，成为赵王门下的宾客。太子丹淫邪为恶，为赵王责罚，怀疑是江齐泄露了他的阴私，两人争吵乃至恶言相向。江齐惧祸逃亡，数年没有消息，其父兄皆被太子丹诬以弃世的死罪，不想他竟投奔了主父偃。江齐在赵王宫中多年，尽知赵王父子的阴私，他投靠了主父偃，赵王父子凶多吉少。

主父偃捋须笑呵呵地说："回去告诉赵王，就说故人江充问他好。"

江充走近赵蕤，揖手道："赵公公，别来无恙？我改名你们还不知道，你回去对赵王与太子讲，就说我江次倩一直在惦记着二位殿下呢。我在长安主父大人府上过得很好，也问二位殿下好！"

赵蕤面色灰白，汗出如浆。这两个与赵王结怨甚深的人走到一起，赵王的好日子怕真是要到头了。

六一

元朔三年冬十月，徐甲到了齐国的国都临淄。

"听说你在长乐宫做事，做得怎样啊？"宫人正为纪太后绾假发，她斜睨了一眼徐甲，爱搭不理地问道。

"回太后的话，奴才被分在长信殿任殿丞，专门侍候皇太后。"看来，纪太后傲气依旧。徐甲低首下心，毕恭毕敬地回答。

"侍候皇太后？那你是攀了高枝，成个大忙人喽。怎么有空还乡啊？"还是那副懒洋洋的腔调。再怎么也不过是个奴才！纪太后鄙夷地撇了撇嘴，并未因他是皇太后身边的人而有任何改变。

"是皇太后体恤下人，放奴才回家来看看。奴才昨日到临淄，今儿个特为来向太后和王爷请安。"

这回纪太后脸上有了笑意，颔首道："难为你还不忘旧主，还想着来看看，算是个有良心的。"

"徐甲，长安这一向怎样？有传闻说，燕王自杀，是栽在一个叫主父偃的人手里，是这样么？"齐王刘次昌好奇地问道。燕王之死，令他有种物伤其类的感觉。

"是有这么个人。说起来，也是咱们齐国临淄人呢。"

"哦，齐国人？"

齐王既对主父偃感兴趣，正是个递话的机会。徐甲抖擞精神，决定把齐王的胃口吊起来，相机行事。

"就是临淄城里的人。这个人学问挺大，早年曾游历燕、赵，可一直怀才不遇。直到五十岁了，逢朝廷征辟人才，他赴北阙上书，得到了皇帝的赏识，被留在皇上身边任郎官，皇上视其为智囊，言听计从。一年之内，就升了他四次官。"

"那燕王怎么得罪他了呢？"燕王之死，震动了关东诸国。齐王关注的，还是这件事。

"奴才不清楚，听说是主父偃当年在燕国时，受到过燕王的冷遇。"

纪太后不以为然，插言道："这么个睚眦必报、以下犯上的主，朝廷却任由他操纵，这世道可真是变了！"

"可他终究还是齐国人，犬马恋主，这个主父偃还托我向太后与殿下请安呢。"

"哦，是这样。他家中还有甚人么？"刘次昌点点头，不觉对这个主父偃有了些好感。

"临淄这里，他的族人亲戚不少，可长安的家里，只有一个待嫁的女儿。说来也可笑，这个主父偃，说是愿将女儿充任大王的后宫呢。"徐甲试探着说，小心观察着太后与齐王的反应。

齐王未有表示。纪太后却冷笑道："穷鬼攀高枝，我看他是想富贵想疯了！"

徐甲心里鄙夷，脸上却赔笑道："太后有所不知，这个人可是当今皇上身边的红人。现在虽只是千石的中大夫，可说的话，比丞相三公都管用，万万得罪不起！当今的卫皇后，据说也是走了他的门路才上去的。"

纪太后撇撇嘴道："他再大的本事，也管不到我们齐国的地界上来。小人得志，有甚好夸耀的？不提也罢。还是说说宫里的事儿吧。"

这个话题是个机会，可以不露痕迹地讽喻齐王，徐甲接过太后的话茬，试探道："未央宫那边的事奴才不清楚，可长乐宫这边，这几年，皇太后最大的心思，奴才一清二楚。"

"哦？"纪太后与齐王起了好奇心，目光一齐盯到了徐甲身上。

"皇太后有桩心病，谁若能把她这块心病去了，皇上必当对谁刮目相看。"

齐王兴冲冲地问："你说说看，到底怎么回事？"

"太后有个与前夫生的女儿，后来封作修成君，殿下听说过吧？"

齐王木然，摇了摇头。纪太后却颔首道："我听说过。孝景皇帝在世时，王太后一直隐瞒着不敢认她，对吧？"

"正是。皇太后觉得亏欠这个女儿太多，所以格外宠爱。这个修成君，有一儿一女，这女儿叫金娥，至今还没有婆家。女大不中留，太后与修成君愁得不得了。"

纪太后不以为然道："京师那么多高门大户，还愁没有好人家？"

"说的是呢！可这金娥，心硬是比天还高，除去诸侯王家，任谁也看不上。皇太后干着急没有办法，这回奴才回乡前，皇太后还特意叮嘱，让奴才一路留意察访，哪国有年龄相当的诸侯王，后宫里头要人，要奴才搭搁呢。"

齐王道："那她是想做王妃喽？"

"倒没有明说。可依奴才想，她是皇太后的亲外孙，皇上的外甥。凭这么高的身份，她是绝不肯委屈了自己的。再说不论哪一国的诸侯王，能驳太后和皇帝面子！又有哪一国的诸侯，不想与皇帝亲上加亲？"

"她非得做正室么？"与皇帝亲上加亲的前景显然很有诱惑力，齐王有些心动了。王后不是他喜欢的人，而他喜欢的人又绝做不成王后，为此，他的心情一直很郁闷。

"能做正室最好，马上不成，暂求其次也不一定就不成。"见齐王动心，徐甲一下子来了精神。

纪太后的脸却一下子阴了下来。自她嫁入齐国，三十年来，感受最深的，就是夫家的不平之气。第一代齐王刘肥，是高祖刘邦的长子，但是庶出，死后由太子刘襄即位。吕太后薨逝，刘氏宗亲与朝廷大臣联手诛除诸吕，刘襄与其弟朱虚侯刘章出力最多，功劳最大。事后，刘襄作为高祖皇帝的长孙，又立有大功，最有资格嗣皇帝位。可朝中多数大臣，认为其母家暴戾，搞不好会再出现吕氏专权的局面，于是竟拥立代王刘恒为皇帝。第四代齐王刘将闾是刘襄之弟，后因参与七国之乱自杀，太子刘寿即位，娶纪氏为后。本该是自家的皇位被他人取而代之，这是令历代齐王耿耿于怀的事情，这种不平之气自然也感染了纪氏。

徐甲这个奴才，不过服侍了几天皇太后，竟敢在旧主人面前托大，满口皇帝、皇太后地唬人，以为别人都巴不得娶宫里头的剩货！更可恶的是，他明知道齐王与王后不睦，竟想火中取栗，把皇太后的外孙女塞进来。对这样的奴才，一定要给他些颜色看看。

纪太后冷着脸道："皇太后的这个外孙女孤听说过，不就是被淮南国太子不要了的那个女人么？年纪也老大不小了吧！"

"这……"纪太后冷不丁儿一闷棍，把徐甲给打蒙了，他呆望着纪太后，口中嗫嚅难言。

"怎么，孤说得不对？你以为孤白活了这么大年纪，连你这点儿小伎俩也看不透！我们齐王有王后，后宫也不缺人，要你来牵个甚红线？"

徐甲脸色煞白，顿首道："太后息怒，奴才不敢。"

"你家里头贫寒无依，这才做阉人进宫讨口饭吃。送你去长安，没见对齐国有甚补益，你倒打着太后的旗号，把别家不要的剩货塞给我们昌儿，你安得甚心？那个主父偃算个甚东西，也想把嫁不出去的老姑娘塞进宫里，你把这王宫当成甚地方了？看在你从前还算勤勉，孤不办你的罪，马上给我滚出去！"

徐甲满面羞惭，惶惶如丧家之犬，走到宫门附近，忽听身后有人招呼他。回身一看，原来是旧时一起的宦者苗通。

"听说你来见齐王，怎么说走就走？"

徐甲叹了口气道："一言难尽，说起来都晦气。"

苗通不放他走，拉着他去了一家酒舍。两人叫了个单间，互道契阔，几番推杯换盏后，两人酒酣耳热，都有了些醉意。徐甲猛然想起临行前主父偃叮嘱他的话："人若有短处，就不怕他不就范……"

"苗兄，齐王与王后，现在还是老样子么？"

"老样子？每况愈下啦。"

"怎么？"

"老太后一心要王后先生下个儿子，将来好继承齐国的王位。可齐王硬是不与她同房，结缡四载，仍没有子息。为防其他宫人先于王后生子，老太后派了长女纪翁主入宫监视齐王的起居，这下儿，反而生出了邪事。"

"甚邪事？"

苗通四下看了看，轻声道："齐王与翁主日夕相处，竟有了奸情！这件事老太后还不知道呢，话说到为止，你可别乱传，出了事不得了。"

哈！齐王竟然也出了这种事，燕王刘定国就是为此而丧命的呢。老家伙知道自己亲手促成了儿女的逆伦，怕是再也狂不起来了吧！徐甲无声地笑了。

徐甲正愁没办法回复皇太后，怨自己行前夸下的海口，齐王姐弟乱伦之事，给了他极好的借口。果然，听到齐王犯这个毛病，王娡的心一下子凉了下来。

"听说太后愿将外孙女嫁给他，齐王倒是满心欢喜。可后来奴才一打听，他犯这个毛病，不敢不明白回禀。"

王娡颔首道："你做得好。娥儿若是不明不白地嫁过去，悔之晚矣。有燕王的前车在那儿摆着，这种人就是再上赶着，也不能与他结亲，不然就是害了娥儿。今后再不要提嫁女齐国的事了，寒碜！"

晚间退值之后，徐甲又赶到主父偃家，在纪太后那里受的腌臜气，他要假主父偃的手报复。听过他添油加醋地叙述纪太后的话后，主父偃冷笑道："敬酒不吃吃罚酒！小小个诸侯王，几多斤两？老夫早晚叫他知道。"

接着，徐甲叙述了齐王姐弟相好的丑闻，主父偃的眼睛亮了。有了这个把柄，齐王算是犯到自己手里，在劫难逃了。原打算举发赵王之事，不妨往后放一放，他先要收拾这个不识抬举的齐王刘次昌。

次日进宫，见到皇帝正与心爱的小皇子刘闳玩耍，他一下子有了主意。刘闳是王夫人之子，皇帝宠爱王夫人，爱屋及乌，对这个儿子格外钟爱。

"伏之，你来得正好，朕将来若封闳儿为王，你说封在哪里为好？"

"当然是封在齐国为好。"主父偃揖揖手，不假思索地说。

"齐国？"刘彻仿佛不相信自己的耳朵，诧异地望着主父偃。

"自然是齐国。天下利薮所在，自然要封给陛下的爱子。臣是齐国人，最知道齐国的富庶，临淄城户口十万，不仅人口多，富庶也有过于长安，仅市租一项，就能月收千金。这样的地方，只有天子一母的同胞兄弟和爱子，才有资格封王。"

刘彻心有所动，可仍蹙眉道："你胡说些甚，齐国早于高祖皇帝时已经封了出去，哪里还有地可封？"

"臣冒昧，请细听臣为陛下剖析之。最早的齐悼惠王，是高祖皇帝的长子，故得此封国。可眼下，齐王与陛下，已经出了五服，只能算是远亲了。况且齐王几次反叛朝廷，若非先帝宽大为怀，齐王早该被罢黜了。"

"反叛朝廷？真有其事么？"

"孝惠皇帝无嗣，高祖便没有了嫡系子孙。吕太后薨逝时，齐哀王（悼惠王之子）以为自己是高祖皇帝的长孙，最有资格继承皇位，起兵反叛。他虽以诛杀诸吕为号召，却居心叵测，真正想的却是争皇位。可事与愿违，大臣们推举了代王，也就是陛下的祖父孝文皇帝即位。"

齐王最先联络朝廷大臣，讨伐诸吕，这件事刘彻听父亲讲过，但不知道其中还有这么一段故事。他沉吟道："还有呢？"

"哀王崩，太子即位，是为文王，在位十四年崩，没有儿子，国脉本已断绝。孝文皇帝可怜长兄绝嗣，于是将齐国一分为六，尽立悼惠王健在的六个儿子为王，其中杨虚侯继嗣为齐王。七国之乱时，齐王起初犹豫，暗中与七国通谋，后来汉援军赶到，才没有加入叛乱。事后密谋泄露，齐王畏罪自杀。又是因为孝景皇帝宽大为怀，齐国才得以保全。"

"这都是些陈年旧事了，先帝既已宽恕他们在先，现今的齐王并没有过错，朕又怎么好罢黜他呢？"

"陛下有仁恕之心，可恰恰不如陛下所愿，现今的齐王，也犯有逆伦之罪。"

刘彻颇为吃惊："甚？你说甚？"

"齐王犯有逆伦之罪。"于是，主父偃将齐王姐弟通奸之事，绘声绘色地讲述了一番，把个刘彻听得目瞪口呆。

"你怎么知道这等事？"刘彻狐疑地盯着主父偃。燕王的阴私，他知道；齐王的阴私，他又知道。此人未免令人惧怕。

"臣齐人，是听一个从临淄回来的同乡讲的。"

刘彻脑中忽然冒出了一个念头，他沉吟了一阵，问道："你是临淄人？"

"臣原籍临淄循安里。"

"离开乡里很久了么？"

"屈指数来，有二十年了。"

刘彻点了点头："是该回乡探探家了。齐王人还年轻，难免为情所惑，不足深责，可得有人约束训诲他。朕欲拜卿为齐国的国相，去正一正那里的风气，你可愿意？"

诸侯国的国相，秩二千石，而且以封疆大吏的身份衣锦还乡，那种威风快意，正是他久已向往的！主父偃又记起朱六金的话，想不到机会竟是说来就来了。他抑制住内心的激动，敛容顿首道："臣知遇于陛下，但能为陛下分忧，为皇子效力，臣愿肝脑涂地，效犬马之劳。"

主父偃抬起头，君臣相视而笑，莫逆于心。从这一笑中，主父偃知道，他已得到皇帝的默许，为皇子谋取这块富庶的封地了。

数日之后，数千里之外的邯郸，在赵王宫中的密室中，刘彭祖也正在与几个心腹近臣密谈。主父偃不收他的钱，意味着与他做定了仇人。既是仇人，下手就不该留情，幸亏赵蒜从诸王使者口中搞到那么多赃证，不然他还真难扳倒这个对头。

"上变①的文书整理好了？"

"整理好了。"贺凯道。他是王府的詹事，也就是内务总管。

刘彭祖眉头紧皱，看得出他满心焦虑。"整理好了就快些誊抄出来，送去长安上变。娘的，要干，就得先下手。"

宫丞许顺顿首道："殿下，不可操之过急，要等时机。"

"等时机？甚时机？"

许顺道："奴才听说，那主父偃巧舌如簧，又深得天子的信任，御前论事，与其意见相左者，每每落败。大王若上变，也要等到他不在朝廷的时候，才有胜算。"

刘彭祖嗒然若丧，一下子泄了气。自从听到江充在主父偃处，他就再没有睡过一日安稳觉。从赵蒜捎回来的话看，主父偃与自己结怨甚深，不可挽回；那江充更是与儿子结下了杀父灭门之仇。这两个对头凑在一起，如同悬在他脖颈上的两把利剑，令他时时有大祸将至的感觉。

---

① 上变，汉代用语，指向朝廷举报、告发诸侯或官员的阴谋、劣迹等。

"坐等？难道要孤步燕王的后尘，束手待毙！你们倒说说看，该如何办？"

贺凯道："我看不如这样，大王把上变的奏牍备好，先派人携重金去京师，一面联络朝廷大臣，一面俟机而动。老虎还有打盹的时候，我们总有机会下手。至于那个江充，没有了主父偃，他掀不起大浪来！到时候找个江湖中人，做掉他就是了。"

刘彭祖叹息道："只怕来不及了。那小子已经向赵蕤放过话，说不好这会儿已经向皇帝进了谗言。他们近在长安，我们远在邯郸，先就落了后手。先下手为强，后下手遭殃啊！"

太子刘丹恶狠狠地说道："父王，是福不是祸，是祸躲不过。大不了拼个鱼死网破，他主父偃贪赃枉法，也难逃一死！"

刘彭祖沮丧地摇摇头，他与皇帝自幼就有过过节，关系一直很疏远。诸侯五年方能一至长安，二十天后就得返国，平时不得出封国一步。而主父偃是刘彻跟前的红人，几乎日日见面，他若恶人先告状，他们父子凶多吉少。

正在彷徨无计之时，密室的门忽然被推开了，一名内侍闪身进来，对刘彭祖揖手道："大王，赵蕤大人从长安带话过来，说是主父偃被皇帝拜为齐国的国相，近日就要出关赴任了。"

"哈哈，天无绝人之路哇！"刘彭祖怔了一下，随即仰头大笑，声震屋瓦，浓密的须髯亦随之抖动不止。众人也跟着大笑起来。

笑过一阵子，刘彭祖目露凶光，恶狠狠地说："贺凯，你马上去少府提取万金，携文书连夜赶往长安。告诉赵蕤，只要主父偃一出函谷关，即刻上变。"

六十一

　　张骞将手指伸进锅中，试了试羊奶的温度。煮沸的羊奶已经晾了半个多时辰，不再烫手了，他用铜斗将羊奶舀进一只高可及膝的皮桶中，倒入昨日的剩酸奶，搅匀后，封好桶口，再用厚厚的毛毡裹严，发酵两个时辰左右，新鲜的酸奶就做成了。春寒料峭，他裹紧皮袍，走到自家的毡帐前，在一截矮木桩上坐下来，默默地看着妻子为母羊挤奶。

　　妻子的手法很熟练，她蹲在羊身后，很利落地分开它的后腿，伸入胳膊，攥住乳头，将奶挤入羊身下的皮桶中。妻子很专注，额上已沁出小小的汗珠。长年的放牧劳作，已催出了她满脸的皱纹。初识时，妻子还是个少女，红扑扑的面庞，乌黑发亮的长发，灿烂明丽的笑容……张骞摇了摇头，岁月如流，一生就这样不知不觉地淌走了，就这样老于牖下，他死也不会甘心。

　　他的思绪又回到了十三年前。建元二年，朝廷招募出使大月氏的使者时，他还是个青年的郎官。当时汉匈尚未交恶，他带领着一支百余人的使团由陇西出发，穿越原属大月氏的河西走廊，前往寻找这个西迁了的国度。河西早已在匈奴人的控制下，进入河西不久，使团就被扣住，押往单于廷。问过汉使的目的地，军臣心生警惕，于是以擅自越境的罪名扣押了使团，一扣就是十年。其间，张骞娶妻生子，可一刻也不曾忘记朝廷的使命，始终不肯交出使者的旌节。

　　他终于等到了机会，与几名随从一起逃出了匈奴，西行数十日，到了大宛，大宛王派人护送他们到康居，康居人又将他们转送到了大月氏。张骞万万想不到的是，月氏王满足于当地的富庶安乐，全无与汉结盟，报仇雪恨的意向。拖了近一年，得不到一点儿要领，张骞无奈，只好率队东返。这次他们试图沿南山①南侧潜行，从羌人居住的地区返回汉地。可羌人亲胡，他们还是落到了匈奴人手中，这回匈奴人将他们拆散隔离，居住在不同地方，平时很难见面。不幸中的大幸是，他的妻子仍在，家保留了下来。

转眼又是一年多，自己年近不惑，却仍困处于漠北。此生不知还能否与父母家人相聚，或许真会老死于异乡？一念至此，不觉鼻酸，两滴清泪从眼角滚落下来。

远远驰过来几骑人马，跑在最前头的正是他十岁的儿子，后面跟着的两人虬髯满面，都是胡人装束。儿子使劲挥着手，兴奋地大声叫喊着："阿塔②，阿塔，有人找你！"

直至两人到得跟前，张骞才认出，打头那个矮壮的汉子，正是与他患难十余年的向导兼通事堂邑甘父。后面那人，相貌身段与堂邑甘父相似，问过果然是他的兄弟堂邑候生。他乡遇故知，更何况是患难之交，张骞把臂相视，嘴里一个劲地说，想不到，真想不到。直到妻子提醒，才忙不迭地将朋友让进帐幕叙话。

妻子为客人斟满热腾腾的奶茶，又端出一盘酸奶干待客。儿子倚在他身边，好奇地看着堂邑兄弟。张骞抚着儿子的头，问道：

"胡人平日看得那么紧，怎能允你们来我这里？"

堂邑兄弟对视了一眼，甘父看了看胡妇，示意道："大人这里方便说话么？"

张骞做了个手势，妻子笑笑，很恭顺地退出了毡帐。他又拍了拍儿子的头："乖儿子，去帮你阿纳③做活，赶羊去吃草。"

甘父抿了口奶茶，放低声音道："子高兄，军臣单于病重，看样子要不行了。"

"哦，怎么知道？"

"大单于近来一直不适，数日前已长卧不起。前日召来了好几个巫医，

---

① 南山，汉时对今祁连山的称呼，与关中南山（即秦岭）不是同一条山脉。

② 阿塔，突厥语父亲的谐音。

③ 阿纳，突厥语母亲的谐音。

轮番降神驱鬼，可仍不见好。挨到昨夜，已经进不了饮食了。"堂邑甘父被留在单于大帐做通译，他的消息应该很可靠。

张骞问道："军臣一死，可是太子於单即位？"

甘父摇了摇头道："难说，若各部名王不服，於单未必压得住。第一个不服的，就是军臣的兄弟伊稚斜。"

"可伊稚斜远在漠北，等他赶到，怕是木已成舟了。"

"不然。"甘父拍了拍堂邑候生的肩膀，"我兄弟候生，一直被扣在伊稚斜那里打造兵器。伊稚斜已悄悄赶到龙城附近，候生趁乱混进龙城找我，我才知道要出大事了。这是千真万确的事，不信你问他。"

候生颔首道："五日前伊稚斜就率本部往龙城赶了。一路上还联络了其他裨王，总军力不下五万精骑。现在都埋伏在龙城附近，等着单于殡天的消息。"

张骞眼睛亮了，他用力拍了下大腿，举起茶碗道："这消息太好了！咱们以茶代酒，干一碗！"

堂邑兄弟也都举起茶碗，会意地笑了。伊稚斜夺位，龙城必会发生血战，整个匈奴亦会大乱，是难得的逃脱机会。

张骞从火塘上提起铜壶，将奶茶续满，问道："伊稚斜此来，於单会听不到一点儿风声？"

甘父道："依我看，他也有防备。自军臣卧病起，龙城就人心惶惶，戒备也十分森严。各地的裨王被陆续传召到龙城觐见单于，据说唯独没有传召伊稚斜。据说这是军臣的授意，想要甩开伊稚斜，让於单顺利接位。"

张骞捋着长髯，兴奋异常："军臣一死，马上会内乱，没人顾得上咱们。我们莫再分散了，都住在我这里，时候一到，咱们就走。"

甘父向帐外望了一眼，问道："嫂子和孩子怎么办？他们肯跟你回关中么？"

张骞略作思忖，肯定地点了点头："上次去西域，皇命在身，没办法带上他们。此番回乡，当然要全家一起走。"

当夜，雾气很大。张骞一家与堂邑兄弟束装待发，围坐在火塘旁。约莫一更时分，龙城方向火光大起。帐外人喊马嘶，不断有人用胡语大声呼喊，要男人们马上携带兵器去龙城参战。张骞所在的这个驻牧地是於单的辖地，可想而知，他与伊稚斜的争斗已经开始。半个时辰后，驻牧地的男人们披挂整齐，向龙城方向呼啸而去。他们走出毡帐，远处一些妇孺老弱，正望着龙城的火光议论纷纷，没有人注意到他们。他们悄然上马，朝着相反方向疾驰而去，很快就隐身于茫茫大雾之中。

龙城火并之际，长安的朝廷中也有了重要的人事更迭。御史大夫张欧与廷尉翟公因老病致仕，由内史公孙弘、太中大夫张汤分别接任。

长安的春天，比起朔漠的春寒，要暖和得多。树梢与草地，已蒙上了一层茸茸的绿意。公孙弘深吸了一口清新润泽的空气，沿着未央宫前殿的丹陛拾级而上，心中的得意与踌躇满志，兼而有之。民间说，七十三，八十四，是人生中寿夭的关坎。他今年刚过七十三岁的大坎，不想一步登天，自己这样须发如雪的老翁，竟能荣登三公的高位。命欤？天欤？他捋了捋长须，傲然四顾，不由得笑出了声。

"公孙大人，甚事如此高兴？"

身后传来的声音，吓了公孙弘一跳，回头望去，原来是新任的廷尉张汤，正快步赶上来。

公孙弘转过身，笑眯眯地望着张汤："原来是张大人。春风和煦，万物复苏，难道不可喜么？"

张汤心不在焉地点了点头，他的心思不在风景上。赵王上变的文书已经递到了廷尉衙署，这是件大案子，怎么办他还心里没数。御史大夫兼管司法监察，他急着在上奏前，请教公孙弘的意见。

"赵王告主父偃借推恩贪贿，苛索诸侯金钱，为数甚巨。此事弘公知道了么？"

"这个主父偃，小人得志，骄横至极，老夫就知道他早晚会犯事！"

"这件事报上去，皇上保准会震怒，弘公以为此事该如何办？"

公孙弘笑笑，不紧不慢地说道："当然是公事公办，公事公办。"

张汤不解地摇了摇头，他与公孙弘，都视主父偃为仕途上最大的威胁，对手自蹈罪衍，正是除去他的良机。可公事公办是句官话，公孙弘的本意如何，还是暧昧不清。

公孙弘伸出两个指头："两条。证据查实了，依律该甚罪定甚罪。再就要看皇帝的意思，是杀是赦，以今上的意旨为准，用不着咱们强出头。"

张汤像是明白了什么，连连点头道："弘公说得对，公事公办！"

公孙弘何尝不想置主父偃于死地？可宦海沉浮了这么多年，他真正明白了这样一个道理：仕途之顺与不顺，与揣摩功夫的深浅大有关系。皇帝的心思便是陟黜的路径，揣摩得透，顺着皇帝的心思走，宦海上自会顺风顺水；反之，必致蹉跌。主父偃足智多谋，能言善辩又勇于任事，正是皇帝器重那种人。此人睚眦必报，一击不中，必遭反噬。他今日之地位来之不易，在揣摩出皇帝的心思前，押这个头风险太大。好在他先已做了安排，自有直言敢谏者代为出头。

昨日，赵王的使者赵爽登门造访，历数主父偃贪赃的事实，求他为扳倒主父偃助一臂之力。他虽痛恨主父偃的跋扈，可也绝不愿代诸侯王出头，招致皇帝的猜忌。当然，也绝不可轻易放过主父偃，思来想去，最适合做这个恶人的，只有一个人——汲黯。

公孙弘任中大夫时，曾与汲黯共事，十分了解他的性情。皇帝还是太子时，汲黯就是东宫的师傅。皇帝即位后，用他做谒者，可汲黯仍时时以师傅身份自居，规谏皇帝的行为。一次，河内郡失火，延烧千余家，皇帝命他为专使，去河内安抚灾民。不想他见河内遭遇水旱饥荒的灾民众多，竟甘冒矫诏之罪，以专使持节可以便宜行事为由，擅自开仓赈济。皇帝以他用意良善赦了他死罪，降职为荥阳县令，汲黯以降职为耻，称病归田。皇帝念师生之情，召还任中大夫，又因屡屡不留情面地直谏，让皇帝哭笑不得。之后他被外任为东海太守，名为重用，实际上是皇帝嫌他聒噪，图个耳根清净。汲黯在东海，以清静无为为治。他体弱不任繁剧，于是择官任事，责大旨，不苛察。不过一年多，东海大治，路不拾遗，远近称誉。皇帝知道后，又召他回京，用为主爵都尉，列位九卿。

汲黯生平任侠负气，与袁盎、灌夫等相互标榜。为人倨傲少礼，不能容人之过，生就一副嫉恶如仇的肝肠。与之志趣相投者善待之，不合者则视若路人，即使在皇帝面前，也敢犯颜直谏。公孙弘主张儒术，而汲黯好黄老之术，本来不是一路人。可在与匈奴和亲，罢苍海郡与西南夷的主张上，两人却出奇地一致。由此，倒也有了些共同的语言。

于是公孙弘告诉赵蕤，若想扳倒主父偃，必得汲黯出头。赵蕤果然去找了他。汲黯听后，果然气愤填膺，竟连夜造访公孙弘，联络他一起向皇帝进言。公孙弘不想得罪他，满口答应，两人约定，一定要在皇帝面前力争，严惩主父偃。

赵王的上变，不仅详尽列举了主父偃每一次受贿的事由、地点、经手人与数额，而且指明赃证就藏在他家的后堂。援引律法丝丝入扣，切实详明，无可挑剔。看过上变的奏牍，刘彻的脸色变了，心头燃起一股无名之火。主父偃可恶！他不是一个苛察的人，可这个主父偃，竟辜负了他的信任，滥用权力营私索贿，而且数额巨大，这是他没有想到的。尤其可恶的是，有人劝他收敛自重，他竟狂言：吾老矣，来日无多，故倒行而逆施之。

然而在内心深处，郁结得更深、更沉的，却是对赵王的不满。少年时那场争斗，刘彻还记忆犹新。被立为太子之后，刘彭祖与刘胜多次托贾姬向他赔罪，及至他即位为皇帝，兄弟两个更是诚惶诚恐，生怕他会挟嫌报复，不利于他们。刘彻理解他们这种心情，格外宽纵他们，以示自己不念旧恶。久之，刘胜还好，刘彭祖却变得有恃无恐，我行我素起来。

先是，赵王上书，自言为排遣无聊，愿督缉国内盗贼之事。刘彻允准后，他竟真的不惮辛苦，日夕巡行于邯郸城中，只要是他看不顺眼的人，都会逮进牢狱严刑拷问，能够活着出来的，十不及三四。之后，他又干预封国中各县的市场交易，派出使者为监督，把很多有利可图的生意垄断为专卖，收取大笔税金，封国的岁入，竟然高过缴纳给朝廷的数额。

尤为可恨的是，自己这个异母兄长，不好宫室游乐，专心于律法，又巧舌如簧，每每能以诡辩屈人。七国之乱后，朝廷要求诸侯国一律实行汉法，并直接委派官员执掌诸侯国的行政 。刘彭祖认为汉法不利于自己，每每设下圈套，陷害坚执汉法的官员。每逢朝廷新任的国相或内史到任，刘彭祖都会身着朴素的布衣，到馆驿亲迎。他巧言令色，表面上恭维备至，内里却暗设机关，用一些看似平常的话题诱人失言。失言者浑然不觉，他却细细地为你记下一笔。一旦谁违拗了他，他便会以此进行胁迫，胁迫不成，他便会上书告讦，加以各种莫须有的污蔑，使你干不下去。二千石的大吏，或罪死，或受刑，或罢职，几乎没有坐满任期的。久之，朝廷派任郡国的大吏，无不视赵国为畏途，刘彭祖亦由此得以在封国内擅作威福。

刘彻几次想要教训这个兄长，可彭祖行事诡谲，一直难以抓到有力的证据。此番，自己的心腹之臣反倒被赵王抓到了把柄，主父偃死不足惜，可长赵王的志气，灭自家的威风，也是他所不愿看到的。

见到皇帝沉默不语，汲黯频频向公孙弘示意，公孙弘却佯作不见，他早已抱定了不进言的宗旨，更何况皇帝此刻脸色难看，他才不会去触这个霉头。无奈，汲黯只好独自进言了。

"陛下，主父偃胆大妄为，大逆不道，不严惩不足以谢天下。臣请陛下召回主父偃，处以大辟之刑，以儆效尤，以正视听。"

刘彻不以为然道："也不能光凭赵国一面之词，就定大臣的罪，也得听听主父偃一面的说法。这件事所关非细，要查清楚后处置。"

汲黯再拜顿首，争道："主父偃索贿受贿，案卷上一笔笔列得很清楚，找那些经手人一核实，即可真相大白，陛下还要怎么查？"

刘彻面露不悦，敷衍道："主父偃家的后堂是不是堆满金子，总要查看一下吧！审案子，两造也要当面对质的嘛。张汤，你掌廷尉，是不是这个道理？"

张汤道："陛下说的是。臣以为，案子再大，也得公事公办。无规矩不成方圆，朝廷定立的律法，就是办案的规矩。主父偃固然可恨，可还是要按照律法的程序走。"

刘彻颔首道："朝廷既有律法，就以律法办，自天子以至庶民，谁也不该僭越。张汤说得不错，这才是公事公办。公孙大夫，你看是不是这个道理呀？"

"陛下圣明，是该公事公办。"公孙弘一脸正色，声若洪钟。殿中的大臣，纷纷附和。

汲黯语塞，恨恨地瞪了公孙弘一眼。

散朝后，公孙弘追上汲黯，赔笑道："汲师傅息怒。"

汲黯狠狠地白了他一眼，呵斥道："背诺无信，小人所为，我今日才算明白了你主张的儒术是甚东西！"

公孙弘大睁着眼，满脸委屈："我何曾背诺，实在是汲君将我心里的话说尽了！"

　　"无耻！"汲黯掉头而去。

　　公孙弘哈哈大笑道："汲师傅误会了。我何曾不想严惩主父偃？可急，也不在这一刻。公事公办，他也逃不掉一死。我们又何苦惹皇帝不快呢！"

六十二

　　张汤很快查明，主父偃借推恩分封子弟一事，向各诸侯王索贿受贿，确有其事；而且在主父偃家的后堂中也搜出了黄金，数量惊人，足有万金。刘彻下令张汤严密封锁消息，他还要想一想，看一看，再决定如何处置主父偃。此时，一件更大的事情占据了他的心思，令他激动不已。

　　先是，驻扎于雁门边塞的车骑将军卫青，向朝廷发来了急报，塞外的匈奴动静异常，大批骑士纷纷北返，似乎发生了什么大事。其后不久，每日开始有三五成群的匈奴人叩关归降。从他们口中得到的消息是：军臣单于病亡，诸王争位内讧，在龙城开了战。又过了数日，战败的一方开始大规模内附，直至四月初，局势才最终明朗，左鹿蠡王伊稚斜获胜，自立为大单于。军臣之子，原本应该继承王位的匈奴左贤王、太子於单战败负伤，逃至云中一带的塞外，请求内附。

　　匈奴的内乱，正是大汉的机会。刘彻毫不犹豫地指示卫青，接於单入塞，并封其为涉安侯。可诏命刚到云中，於单已伤重不治身亡。刘彻惋惜不已之际，又传来一个难以想象的好消息，十三年前派去西域联络大月氏，身陷匈奴，生死不明的汉使张骞，竟奇迹般地回来了。卫青亲自送张骞一行回到长安，在沐浴更衣、稍事休息后，一行人被带入未央宫见驾。

　　远远看到走进前殿的张骞，期待了一个下午的刘彻再也坐不住了，径自起身迎了上去。张骞面庞黑瘦，颧骨高耸，鬓边已有了缕缕银丝，只有目光一如从前，依然深邃坚定。刘彻把臂相视，见到张骞满面风霜、憔悴不堪的样子，摇首叹息，很有些情不自已。

"大个子，一别十三年，你……老了！"

"想念咱们大汉想的！皇天庇佑，陛下神明天纵，风姿依旧！臣无能，有辱使命，死有余辜！"言罢，张骞百感交集，不由落下泪来。

"回来就好，回来就好！"刘彻一眼看到张骞身后两个胡人装束的虬髯壮汉，问道，"这两位壮士是……"

堂邑兄弟伏地顿首，行觐见大礼。张骞道："他们是一对月氏兄弟。兄长堂邑甘父，是当年随我去西域的通译。兄弟堂邑候生，原在上郡，被掳入匈奴，也是最近才团聚。此番随我一同回来的。"

刘彻扶起二人，叹息道："百余人的使团，只回来你们几个，真是九死一生，难得呀，难得！走，我们进殿谈。"

众人落座后，张骞开始讲述十三年来的经历。他语调深沉，富于感染力。西域的山川形胜、人物风情，在他口中，绘声绘色，如在目前。众人听得如醉如痴，惊讶、叹息、欢喜之声时起时伏。在细述大月氏王不愿与汉结盟，共击匈奴的缘由后，刘彻叹道：

"父母之仇，不共戴天。人言蛮夷不明礼义，不讲孝道，果然不假。大月氏王既然数典忘祖，耽于安乐，这样的盟友，没有也罢。"

看看天色已暮，刘彻意犹未尽，吩咐就在殿中设席为张骞接风，秉烛夜谈。张骞于是为刘彻细说西域之山川道路。他们去大月氏时，从阴山向西南过居延，沿弱水穿越河西草原，过白龙堆、盐泽①。因北道为匈奴控制，故从鄯善向西北行数十日，先到大宛，然后至康居、大月氏、安息诸国。结盟之事不得要领，他们回返时，则自葱岭入大戈壁。大戈壁东西六千余里，南北千余里，有大河横贯东西。西源葱岭，东处于祁连山下之于阗，注入盐泽。沿河多绿洲城邑，往往一洲一邑便自成一国，有三十六国之多。诸国居民多为土著，亦农亦牧，定居于城邑，与北路匈奴、乌孙、大宛等逐水草而居者迥异。而小国寡民，户不过数千，口不满几万，国之兵力少则几百数千，多者也不过一两万，国

---

① 盐泽，罗布泊古称盐泽，又称蒲昌海。

势甚弱，所以皆臣服于匈奴。西域人善贾，好中国之丝绸。可惜商路为匈奴截断，过不来。匈奴日逐王在西域设置了僮仆都尉，管领各国，收取贡献赋税，成为匈奴财货的一大来源。

刘彻叹息，又问北路诸大国国势、对大汉的态度及其与匈奴的关系。张骞道："北路大夏臣服于大月氏，与安息俱愿与中国通好，无奈相距遥远，道路为匈奴阻绝，难于往来。康居距长安一万二千三百里，人口六十万，相当于汉之一郡，凡青壮男子人皆为兵，约十二万。西北二千里有奄蔡国，东临大泽 ①，人口三十万，兵仅六万。自大宛以至安息，民俗、语言大同小异，相互通晓。人则高鼻深目，面多须髯，以银为钱，不识铁器。诸国多臣服于匈奴，其物产也多贡献于匈奴。"

听到匈奴的势力遍及于西域，刘彻心有不甘，热切地问道："那么大宛呢？子高初到西域，大宛王不是很友好，派人送你们去大月氏么？"

"大宛人口亦不过三十万，胜兵六万，不足以抵御匈奴。不过其物产有足称者。"

"怎么？"

"大宛产一种藤果，名葡萄，土著以之酿酒，甘甜微酸，可贮数十年不败。当地又盛产良马，身形体魄皆极强健，其中一种，出汗色红如血，名汗血马，土著皆言其乃天马之种。当地还盛产苜蓿草，马极喜食，用为马料。"

刘彻的眼中，满是向往的神情。"汗血马，长安城中也有西域来的马匹，也是大宛马么？"

"是大宛马，但肯定不是汗血马。大宛王视此马为天马，轻易不准交易。"

刘彻扼腕叹息道："以西域之大，竟无可与我联手对付匈奴的国家么！"

"臣所到之国，皆有心与我交通，因畏惧匈奴，不免首鼠两端。可臣在匈奴时听说，还是有不听命于匈奴的国家。"

刘彻的眼睛亮了，追问道："哪一个？"

"乌孙。"

---

① 大泽，即今咸海，又称北海。

张骞如数家珍，将他所知有关乌孙的情形，一一道来。乌孙原来也是游牧于河西祁连、敦煌一带的小国，国王名难兜靡。大月氏强盛时，攻杀难兜靡，夺占了乌孙故地，乌孙人北徙依附匈奴。那时，难兜靡之子昆莫刚刚出生不久，抱着他逃亡的大臣将他藏在草丛中，外出觅食归来，惊讶地看到有只母狼在为之哺乳，又有大鸟衔肉围着他飞翔。观者皆以为这孩子有上天的神佑，哄传四方。消息传到老上单于那里，单于也以为是上天的神兆，收其为养子。

昆莫长大后，勇武超群，单于将乌孙人交还给他统领。他随单于征战，助匈奴击破大月氏，又西击塞王，屡战屡胜。塞人南迁，月氏占据了塞人之地。昆莫自请为父报仇，率军击败大月氏，大月氏西迁数千里，其土地人民多为昆莫掠取，乌孙逐渐强盛起来。老上单于死后，昆莫即不肯再臣服于匈奴。匈奴为此曾攻打过乌孙，可没能取胜，以为昆莫真有天神护佑，遂不再逼其臣服。两国从此相安无事。

一去十三载，却未能完成朝廷的使命，不免愧赧于心。看到皇帝初衷未改，张骞借机把自己熟思已久的想法端了出来。

"欲破匈奴，非经营西域不可！大月氏不可恃，还有乌孙可恃。臣不才，敢为陛下言之。"

"你说，但说不妨！"张骞的话正对刘彻的心思，他捋着胡须，示以鼓励的目光。

"军臣新死，诸王争位，匈奴又与我为敌，精兵多屯于塞北。河西空虚，乌孙故地旷无人居。蛮夷依恋故土，又爱我大汉财物，若能厚贿乌孙，招其东归，重返故地；再以大汉公主与之和亲，结舅甥之好，其势必归心于我。乌孙附我，则大夏之属皆可招徕附庸于大汉。如此可以扫平河西，断匈奴之右臂。匈奴与西域城邑诸国的通路隔断，西向皆敌国，赋税物产之收益全无，即便不战，匈奴已被大大削弱了！"

兴奋转瞬即逝，张骞的建议虽好，可河西在匈奴手中，又从何联络乌孙？刘彻蹙眉叹息道："当初派你们出去，为的就是这个。可联络西域的通路至今还在匈奴手中，远交近攻的战略虽好，可眼下难以实施，总不能再耽搁十几年吧。难道除去南北两道，再没有其他通路了么？"

张骞忽然想到了什么，揖手道："臣在大夏时，曾见到产自邛州的竹杖和蜀郡的布帛。我曾问他们当地哪里来的这种东西，大夏国人告诉我这些东西是从身毒国买来的。身毒在大夏东南数千里，地方卑湿暑热，临大水，士兵往往驭象而战。以臣度之，大夏距汉一万二千里，身毒又在大夏东南数千里，而且有蜀中的物产，应该离巴蜀不远。如今出使大夏，不走匈奴人所据的河西，就得走南面的羌中，臣等由西域回来走的就是这条路。可羌人亲胡仇汉，臣等即被羌人俘获，交给了匈奴。看来只有走蜀道，借道西南夷去身毒，由身毒转赴大夏，虽是绕行，可沿途无敌寇，或许行得通。"

是呀，身毒既然能买到蜀地的物产，就一定有一条商道可通。可即使能够找到一条迂回的商路，仍不足以扭转匈奴在西域坐大的局面。关键还是在河西，占据河西，方能切断匈奴与西域、羌中的联系，实现断匈奴右臂，削弱其国势的战略目的。与匈奴的战争不可拘于阴山一线，而是要延伸至河西，在这漫长的战线上打击匈奴，大汉实力足备，现在缺的，不是马匹与战士，而是独当一面的大将之才。东线有李广坐镇，阴山一线有卫青，这河西的作战又交给谁呢？

如张骞所言，匈奴之内争，正是进击的极好机会。伊稚斜篡夺大位，降服反对者，获得匈奴诸部的拥戴需要时间，短时间内难于外顾。机不可失，时不再来，他要筹划一次全面的出击，给匈奴人以沉重的打击。

筵席散后，夜色已深。刘彻还沉浸在兴奋中，了无睡意。他踱出前殿，沿着宽大的回廊散步，两名值夜的郎官随侍在他身后。夜雾凉气逼人，石砌的栏杆湿漉漉的，摸上去冰手。

侍从取来了披风，在加衣时，刘彻忽然发觉此人眼生。侍从年纪很轻，不过十七八岁的样子，英气内敛，少年老成。

"你是新来的！叫甚名字？"

青年揖手，很沉着地回话道："小臣霍去病，是一个月前进宫的。"

"谁送你进的宫啊？"未央宫的郎官多为刘彻亲选，可他心里却记不得有这么一个青年。

"小臣父亲早死，娘改嫁，是寄父以门荫送臣进宫为郎。"

"你寄父又是谁？"

"陈掌。"

难怪了。他不久前曾允准数名达官子弟入宫为郎，其中就有詹事陈掌。说起来，这陈掌娶了卫子夫的二姐卫少儿为妻，论起来还是自己的连襟。这个霍去病既是卫少儿之子，也就是皇后的侄儿，与自己有一层亲戚关系了。

"哦。宫里的日子还过得惯么？"

"过不惯。"

"哦？"这下刘彻吃惊了。入宫服侍天子，被视为仕途的捷径与莫大的恩荣，不想竟有如此出人意表的回答。

"若能如你所愿，你又能做甚？"

"臣愿随舅父出征胡虏，驰骋塞外，杀敌漠北，立功封侯。"

这番话也大出刘彻的意料，他不能不对这个青年刮目相看了。"杀敌立功可不像嘴上说说那般容易，你可会武功？"

"小臣不当值之时，均随北军教练骑射。"

"练得怎么样呢？"

"还成。"

"怎么叫还成？"

"力开千钧，手搏数人。"

听得出，对这个结果，霍去病不无得意。刘彻摇首道："个人再有勇力，不过一人敌，作战要的是万人敌，你该读些兵书。"

霍去病振振有词，颇为自信："兵书是死的，兵法是活的。小臣愚昧，可也知道，古之兵法方略不可拘泥。其实制胜之道只有一个：知己知彼，因敌制宜，出敌不意。"

这个年轻人的大胆、自信、卓尔不群令刘彻印象深刻。"好啊，有志者事竟成，你努力吧！驰骋塞外的日子，不会太久了。"

郭彤匆匆走来，脸色很难看。"陛下请回宫，齐国递来了紧急公事，出事了。"

又是主父偃！刘彻的心沉了下去。

六十三

主父偃元朔二年冬十一月出京，次月底抵达临淄就任国相，至齐王刘次昌饮药自杀，在职不过三个月。这个结局，不光刘彻，连他自己也没有想到。

刘彻的本意，是借整肃齐国风气之机，恩威并施，要他授意齐王自动上表，愿以齐国贡献于皇子。这样，他可以顺水推舟，转封刘次昌于他处。之后，便可堂而皇之地封刘闳为齐王，使爱子宠姬享用这块富庶的封地。

主父偃此番赴任，兼有衣锦还乡的用意，故一路招摇，仪从甚盛。皇帝拜他为齐国国相的消息，不胫而走，临淄城内的亲朋故旧无不喜笑颜开，奔走相告。有钱的人家，竟至迎出千里之外，所以出函谷不久，就有旧时的亲戚与宾客迎候在那里。一路上远迎的乡人不下十几拨。一路走，一路应酬，随从者愈来愈多，自然快不了。从长安到临淄，路上足足走了一个月。

到了临淄，下榻于馆驿，来访的亲戚故旧更多。主父偃索性于馆中设宴，遍召亲友宾客。赴邀的人，足足有五百人，屋里坐不下，索性在院中设席，偌大的庭院，被挤得满满的。主父偃笑容可掬，逐席敬酒，酒过三巡之后，他站上台阶，摆手示意，喧闹之声渐渐静了下来，众人含笑望着他，听他讲些什么。

"穷在家门无人识，贵在深山有远亲，这个话，我身历其境，说得透彻！各位以为如何？"

众人纷纷附和，主父偃笑道："我在长安的家中，平日宾客盈门，谈笑饮宴，不遑终日。今日在乡里，不料也是这番景象，抚今追昔，我才更明白了一个道理。有钱，有权，有势，就不愁没有人趋奉；无钱，无权，无势，即便是家人也会视你如路人。各位，是不是这样啊？"

众人面面相觑，席间响起一阵嗡嗡的议论之声。

"难道不是么？我早年贫寒时，宾客不纳我入门，兄弟们甚至不肯接济我衣食。如今我发达了，来齐国任国相，诸君拜门唯恐不及，竟有人迎我于千里之外！这个面子，我不能不领，不能不谢。来人哪，把资敬散给各位。"

言毕，四名随从抬出一只木箱，打开，里面是满满一箱金叶子。数十名侍从逐席交给每位客人一叶，分量大致一金。众人不明就里，接也不是，推辞又不敢，都呆呆地望着主人。

散完金叶子，主父偃向众人揖揖手道："今日一会，老夫把欠诸君的人情还清了，从此绝交，各位再勿入主父偃之门！各位心里一定骂我无情，可各位当初又何曾有情！愿意骂我的，尽管去骂，老夫却要倒行逆施了！"言罢一声暴喝，数十名彪形侍卫挥棍冲出，逢人便打，众人大哗，抱头鼠窜而去。主父偃望着遍地狼藉，纵声大笑，笑得流出了眼泪。

家事处理完，主父偃觐见齐王与纪太后。他一心要在气势上压倒齐王母子，言谈之间，颐指气使，咄咄逼人。纪太后责备他无人臣礼，他却冷笑道，他所知道的君主只有一个，那就是大汉天子。余者都不过是臣子。齐国虽为诸侯，其地位不过相当于一郡而已，他则是朝廷派来治理齐国的最高官吏，上自王室下至庶民，无一例外，他都有权过问。

之后他召来了服侍于齐王后宫的宦者，严刑峻法之下，很快就取得了刘次昌与翁主姐弟相奸的证据，遂以此为要挟，逼齐王自供。齐王羞惭而外，忧心朝廷会像处置燕王那样处置自己，惶惶不可终日，竟焦虑过甚，饮药自尽了。齐王是独子，没有子嗣，他一死，齐国竟绝了嗣。纪太后悲恸欲绝，亲笔写了劾奏主父偃的奏章后，亦投缳自尽了。王宫中酿成的这场惨剧不胫而走，被传说得沸沸扬扬，到后来矛头竟指向了刘彻，说是他贪图齐国的富庶，授意主父偃逼死齐王母子的。

主父偃的本意，是借齐王的阴私胁迫其就范，不料齐王懦弱，经不起这一吓，一出敲山震虎的戏演砸了。为平息流言，刘彻不得不下主父偃于诏狱。

主父偃平日予智自雄，树敌甚多，此番蹉跌，大臣中非但无人出头为之缓颊，朝廷内外反而处处皆曰可杀。

主父偃的案情重大，从律法上绝难宽恕；可处决他，刘彻迟迟下不了决心。无论如何，主父偃是个难得的人才，是绝对忠实于他的。主父偃的贪贿，由于元朔三年三月的大赦，可以免于一死，可以下犯上，逼死齐王按律是大逆不道，罪在不赦。主持讞狱的御史中丞减宣，是个认死理的酷吏，坚执据律处决。最后还是御史大夫公孙弘的一番话，使刘彻下了决心。

"大赦虽可赦其贪赃，却难塞天下悠悠之口。齐王忧惧而亡，绝嗣国除，主父偃乃首恶，举世昭昭，不杀无以平复诸侯的怨望。难道陛下要代主父偃承担逼死齐王，灭国绝嗣的罪名么？诸侯们若以为陛下刻薄寡恩，不恤宗亲，从而暗中勾结，蠢蠢欲动，大汉还安定得了么？中国不靖，陛下驱逐匈奴的伟业又从何实现？为一人而负天下之望，孰得孰失，望陛下三思！"

主父偃被定为族诛之罪。消息传出，他门下的上千宾客顿时作鸟兽散。及至行刑时，竟无一人为其收葬。故友孔车不忍，出面收葬。望着身首异处的故友，孔车感慨万分。曾几何时，主父偃张扬跋扈，大肆受贿，孔车曾以老友身份劝他自重，却被他断然拒绝。主父偃生前与他最后一次见面时的豪言，他记忆犹新："吾自结发游学四十余年，从来没有顺遂过。父母不把我当儿子，昆弟不许我进门，宾客尽弃我而去……没有人肯正眼看我一眼，我困厄太久了！大丈夫生不五鼎食，死也要五鼎烹吧！我老了，日子不多了，故倒行而逆施之！"现在回想起来，这番话倒更像是他一生的谶言了。

得知主父偃身后凄凉，刘彻难过地叹息道："以主父偃的聪明，竟结交了一帮趋炎附势之徒，真是想不到。倒是那孔车，可称忠厚长者。"

一个须发皆白、长髯飘飘的老者不以为然地摇了摇头："待人不能以诚，好耍心术的人怎能交到真朋友！有个孔车为他收尸，不错了。"老者正是董仲舒，他以身体老病为由辞官，从胶西国相的位置上致仕，举家迁居京师茂陵。路过长安，进宫向皇帝述职请安。

刘彻忍住笑，看了一眼这位大儒。董仲舒当年吃过主父偃的亏，难怪他耿耿于怀。前些年，董仲舒热衷于天人关系，好以灾异之变推演五行阴阳，辽东高庙与长陵①园寝都发生过大火，董仲舒以为是上天示警。一次，主父偃来访，偷看了他的草稿，乘其不备，窃书上奏，说他妄议天象。刘彻召集诸儒予以评议，其中一人是董仲舒的弟子吕步舒，他并不知道此书乃老师研究的心得，大加抨击，以为愚妄荒诞。由此，董仲舒竟被以大不敬的罪名下了狱，若非刘彻下诏赦免，几乎为此丢了性命。此后，他也不敢再说什么天人灾异了。

"只可惜了这个人才！未央宫中这么多郎官，主父偃是出类拔萃的一个，堪称朕之智囊。"

"以老臣之见，陛下求才心切，不妨眼光向下，草野民间不乏才俊之士，但看朝廷肯不肯用心网罗了。"

"子大夫此言何谓？"

"天下郡国之长吏，多出于郎官。郎中署乃为国储才之地，选举的范围宜宽。眼下二千石子弟多以门荫、訾财为郎，都是贤才么？臣以为不见得。陛下求才，可命郡国守相及二千石的高官，每岁择其吏民之贤者，举荐给朝廷为郎官，宿卫于宫禁，以俾陛下随时量材任用。从这些推荐上来的人身上，也可以了解大臣荐人之眼光。所荐贤者有赏，不肖者有罚，如此诸侯、二千石必会尽心于求贤，天下之良材，陛下尽可得而器使之。"

"好办法！郭彤，拿笔记下子大夫的话。"刘彻频频点头，击节叹赏。

"有了人才，还要看能否知人善任。老臣以为用人上的弊病，是循资排辈，此病不去，有人才亦等于无人才。"

刘彻颔首道："讲下去。"

"选贤任能不能循资历，而要看是否称职。庸才任职虽久，也应在下位；贤才资历虽浅，不妨委之以重任。所以有司的职责是知人善任，循名责实。由此言之，郎中令一职，宁用老成谨饬者，而不可用浮滑躁进者。"

刘彻指了指作陪的郎中令，笑道："子大夫以为石大夫如何？"

董仲舒仔细端详了石建一会儿，问道："石大夫？是万石家的么？"万石君名石奋，赵人。十五岁时为服侍高祖的小吏，忠厚少文，侍上待人恭谨

---

① 高庙与长陵：高庙，即汉高祖的祭庙；长陵，汉高祖之陵。

1008

无比。文帝时积劳为太中大夫，景帝时历任九卿、诸侯国相，四个儿子也都秉承了家风，孝顺恭谨，都做到了二千石的职位。景帝特赐号石奋为万石君，后归老于家，至今聚族而居。

"石大夫正是万石君的长子。"

董仲舒颔首道："既是万石家的，错不了。"

众人又谈笑了一会儿。董仲舒精神矍铄，语声洪亮，并不像有病之人。公孙弘笑道："我看董君尚康健强饭，何以早早就乞骸骨① 呢？"

董仲舒白了他一眼，揖手道："这还不是拜公孙大夫所赐么？吾若久留下去，怕不得寿终呢！"

董仲舒为人廉直，学问也比公孙弘高，曾当面责备他曲学阿世。公孙弘怀恨在心，得知胶西国王刘端凶狠狡诈，常常暗害不顺从他的官员，于是建议说胶西王这样顽劣不堪的诸侯，必得董仲舒这样的博学硕儒作为辅佐，方能去恶向善。用心之险，不问可知。

"怎么说，他又闹事了么？"胶西王刘端，先朝程夫人之子，也是刘彻同父异母的兄长。他为人阴鸷，所为与赵王刘彭祖相类，顺之者存，逆之者亡。朝廷派去的官吏，若奉行汉法，他一定会想方设法陷害。死者甚多。刘彻对此一清二楚，有司屡屡上报，公卿也不止一次地请求置之以法，可他就是硬不下心来。

董仲舒苦笑道："这位王爷，一句话，强足以拒谏，智足以饰非。对我，还算得上客气。可规谏久了，难保他甚时一怒，老臣就再也见不到陛下和公孙大夫了。"

刘彻曾于心中立誓，不杀同父的兄弟。况且燕王、齐王相继暴死，人言藉藉之际，他绝不想谈论这种令人不快的话题。于是顾左右而言他："子大夫致仕后，有何打算？"

董仲舒捋了捋长长的胡须，微微一笑道："老臣一生的兴趣在学问上。孔子云，假我数年，五十以学易，可以无大过矣。老臣年逾耳顺，正当步先

---

① 乞骸骨，汉代常用语，意为请求退休。

圣的后尘，学易。"

"学易？周易八卦么？都说从卦象上可以推算一个人的运势，是这样么？"刘彻好奇地注视着董仲舒，双目熠熠。

"老臣所学以易理为主，也就是贯注于天地万物中的大道。明了于这个大道，心智澄明通澈，洞见万物，可以乐天知命。无如世人，汲汲于名利，患得患失，戚忧不止。至于运势，乃事物生发变化之常理，无须推卦，亦可以预知的。"

"那么朕之运势如何，请子大夫为朕譬解。"

董仲舒再拜顿首，推辞道："老臣愚妄，学易未精，怎敢妄言天子的运势。"

"先生但说不妨，讲出个大概即可，吉凶悔吝，自有天数，朕绝不怪罪你。"刘彻前席相就，扶起董仲舒，目光十分热切。

"陛下不嫌老臣愚陋，老臣就勉为陛下譬解一回。"皇帝既然虚心求教，董仲舒自然不敢峻拒，也正可以借这个机会，有所规谏。

"陛下身为天子，天为乾，臣就以乾卦之卦辞，推求陛下的运势。初九之卦辞是，潜龙勿用。陛下即位之初，也是条潜龙。"

"潜龙？"

"对，潜龙。从字面上看，就是潜于水下之龙；勿用，就是不可轻动。寓意是，陛下少年承继大位，虽贵为天子，亦难有作为。"

刘彻领首道："先生的话有点意思。朕即位后，受制于太皇太后，确实难有作为。"

"世间一切变化，都可以归结为两个字：时也，位也。时不至，在位者亦难有所作为；时至，则可以大有作为。"

"先生是说，朕现在可以大有作为了？"

"陛下欲大展宏图，可万事皆不可一蹴而就，欲速则不达，这个道理，也是易理所强调的。九二的卦辞是，见龙在田，利见大人。龙之为龙，或跃于渊，或飞于天，在田者，不上不下，受困之象也。所谓大人，即百姓所言之贵人。受困之际，利见贵人，意味有贵人助陛下成就大业。而陛下屡屡下诏求才，贵人会更多。"

董仲舒看了一眼刘彻："譬如陛下方才惋惜的主父偃，就是陛下命中的贵人，可他僭越违法，则贵人一变而为恶人，非但不能助陛下成大业，反而会败坏陛下之清望。弃之正当其时。圣人不仁，以万物为刍狗，用过了的东西，丢掉就是了，没有甚好惋惜的。中国广土众民，人才济济，陛下有伯乐之胸怀与眼光，还愁没有贵人相助么！"

是呀，以中国之大，还怕没有足够的人才么！刘彻颔首，若有所思地笑了。

"九二之卦，讲明圣王之业，要有大人助成。九三之卦，讲的是成大事者，要磨炼淬砺自身的道理。卦辞是，君子终日乾乾，夕惕若厉，无咎。即便有大人之助，治国平天下仍要立足于修身，所谓'终日乾乾，夕惕若厉'，指的就是为学做事要专注精神，始终如一，方能不出错。无咎，就是这个意思。臣还拿主父偃作譬，事业得意时，人最容易忘形，他不能克己守法，最后落得身死族灭的下场，正好为这一卦做了反证。"

"那么以先生看，朕目前的运势如何？"

"陛下莫急，先看九四的卦辞：或跃在渊，无咎。到了这一步，陛下之大业已有了转机，露出了苗头。'或跃在渊'这四个字，言简意赅。平静之中，豁朗一声水花四溅，一条龙探了下头，一条鱼翻跃于水面，都是活泼泼蓄势待发的意象，是好兆头，所以卦辞说无咎。这种时候，陛下尽管放手去做，不会错。"

刘彻面上有了喜色，急切地追问道："那么下一步的运势又当如何？"

"陛下将一飞冲天，由潜龙一跃而为飞龙，自然是大吉。九五之卦辞是，飞龙在天，利见大人。奇数为阳，九为阳数之极，五在阳数之中位，九五意寓至尊至正，象征着天子之位。飞龙在天，自在遨游，寓意陛下身负九五之尊，又有大人相助，伟业大成，无往而不利。"

"飞龙在天，无往而不利。是否说朕可以驱逐匈奴，一统华夷？"

"还不止于此。陛下可还记得即位之初老臣那番话？"

"当然记得，先生答朕的策问，提出春秋大一统之说，要朕罢黜百家，独尊儒术。这些年，朕一直在推行儒学，五经博士早已立于学官。"

"可这还不够，没有制度上的更新，大汉仍难脱前秦的窠臼。"

"先生是指……"

"改正朔，易服色，之后封禅，告祭于天，成就一代圣王大业。如此，陛下才真是达到了飞龙在天的境界。"

刘彻颔首，这些事情他当然会做，可路得一步步走，朝廷的当务之急，是重击匈奴，使之再难危害中国。

他捋须笑问道："封禅祭天就算到头了么，再以后呢？"

"再以后？再以后天下太平，垂拱而治就是了。可是……"董仲舒忽然明白了，圣王的光环并不能满足皇帝的欲求，传闻皇帝好神仙，怕是会步秦始皇的后尘，追求长生不老吧。一念至此，眉间不觉有了忧色，欲言又止。

"可是？可是甚？"刘彻追问道。

"极高处也是极危处，所谓乐极生悲，物极必反者是也。九五大吉之后，紧跟着的是上九，卦辞为亢龙有悔。亢者，过也，过犹不及，反而会事与愿违，悔之无及。"

"这其中的道理呢，就没有挽回的办法么？"

"陛下若想无悔，就得行持盈保泰之道。也就是凡事要有节制，做事留有余地，量力而行，适可而止，当可逢凶化吉。其中的道理，陛下可以慢慢体会。与其事后挽回，莫不如不让事情发展到有悔的地步。"

刘彻无心捉摸卦辞中的道理，只记住了那些让他为之心动的预言。正如卦辞所言，他正处于或跃在渊、蓄势待发的状态，而卦象告诉他无咎，告诉他必得大人相助，可以一飞冲天！这种前景令他怦然心动。

"先生檠檠大才，退居读书，未免可惜了。可否留在朝廷，以备朕随时顾问？"

董仲舒一惊，他已侍奉过两个诸侯王，深知伴君如伺虎的危险，于是顿首道："臣精力日衰，难以胜任职事，只想读书以尽余年，望陛下恩准。且老臣举家迁居茂陵，近在咫尺。陛下有事，随时可以找得到臣。老臣还是那句话，陛下但有伯乐之胸怀与眼光，必可网罗到胜老臣十倍百倍的人才。"

刘彻心有戚戚，可还是允准了董仲舒，放他致仕家居。

六十四

　　出乎刘彻意料的是，伊稚斜竟然很快慑服了匈奴诸部，并于当年夏季大举入侵雁门与代郡，大肆杀戮掳掠。代郡太守，李广之子李椒阵亡。接到边报，刘彻连夜召集卫青等将领议事，决定以大军出塞，新近逃回来的张骞等人在塞外生活多年，熟知匈奴水草放牧之地与山川形胜，有了可靠的向导，刘彻对找到匈奴主力并战而胜之，很有信心。为此，他拜张骞为太中大夫，堂邑甘父为奉使君。

　　卫青麾下有功的校尉被提升，岸头侯张次公被拜为北军将军，苏建被拜为游击将军。此外，大行、材官将军李息，左内史、强弩将军李沮，太仆、骑将军公孙贺，轻车将军李蔡，俱归卫青节制。经过卫青为之缓颊，因兵败赎为庶人的公孙敖也被起用，在卫青麾下重任校尉。此番出征，刘彻准备使用十万骑兵，随征的战马，不下二十万匹。

　　方略既定，正待下诏发兵之际，皇太后却病倒了，而且病势凶险，群医束手。王娡的病，起因于外孙女的婚事。金娥与淮南国太子绝婚，受了刺激。被送回长安后，一直神情恍惚，怏怏成病。王娡心痛外孙女，将她接到长乐宫居住，答应再为她说一门更好的亲事。可听说齐国之事不谐，金娥的病势骤增，常常喃喃自语，哭笑无常，太医的诊断是癫狂症。消息不胫而走，现在即便降格以求，也没有人家肯于结亲了。一日，散步到鱼池，金娥乘宫人不备，竟赴水求死。虽被仆人救起，可人却疯癫了。修成君大恸病倒，王娡本已心力交瘁，这下更觉得对不起女儿与外孙女，自责不已。

一连多日，王娡夜不能寐，偶尔入睡，则噩梦连连，惊醒后大呼报应。宫人问她梦到了什么，她却沉默不言。终于有一日，在宫中散步时，王娡猝然倒地，人事不省。抬入寝殿，才发现皇太后面红口干，脉弦数且半身麻木无知觉，是中了风。延太医视病，诊为肝气郁结而致肝风内动，用了大剂滋阴药平肝熄风，王娡才苏醒过来，可气息微弱，左侧肢体麻木，根本起不来床了。

挨到次日，王娡清醒了一些，吩咐把在寝殿外守候了一夜的儿女们叫进来。

王娡没戴假发，花白的头发稀疏散乱，全然一副老妪的模样。见到母亲这个样子，刘彻一阵心酸，他仰起头，强忍着才没有落下泪来。

王娡想把头抬起来，可费尽力气，脖颈仍是软软的，支撑不住脑袋。宫人用锦被把枕头垫高后，她才能看到儿子的面孔。

"阿彻吾儿，娘……要去了，去见你父皇了。儿啊，把你的手给娘。"她张开还能活动的右手，要刘彻把手放入，使劲握着。母亲握着他的手小而瘦弱，软弱无力，刘彻不觉又是一阵心酸。

王娡扫了一眼儿子身后跪着的女人们。前排是三个女儿，修成君金俗，平阳公主与隆虑公主。后面则是她的儿媳们，皇后卫子夫，王夫人与新近有妊的李姬。

"彻儿，娘去了以后，只有这几个姊妹是你一母同胞的亲人了。你要照顾她们，特别是你大姐，差一点就要白发人送黑发人，可怜啊！阿娥疯癫了，她只有阿仲这棵独苗了。你看在要死的娘面上，莫再圈禁他了，还有阿珏，行么？"

母亲是在交代临终前的愿望，一种茕独无依的感觉与汹涌而来的伤感攫住了刘彻，他再也忍不住，任凭泪水泗涕横流，泣不成声地答应道："儿臣……知道了，儿臣这就下诏，放他们出来。"

他陷入了深深的自责。含饴弄孙，是老人最大的快乐，祖母疼爱孙儿，而圈禁两个外甥，不啻冷酷地剥夺了母亲晚年不多的快乐。太医说皇太后中风，根源于长期郁闷寡欢所致的肝气不舒，这难道不是他造成的么？这些年来，他忽视了母亲，总觉得她唠叨自私，除去例行的请安，他很少关心母亲在做什么，更难得陪母亲说话。此刻他一下子理解了母亲，她所求的无非是儿子与家人间的亲情，而这正是自己给予最少的，最吝啬的。

王娡将儿子的手向怀里拉了拉，怔怔地看着前面，叹了口气道："娘为了你，为了咱们这个家，做过许多可怕的事情，最后还是逃不过报应。你父皇那些儿子，特别是你小姨娘的儿子，都是你同父的兄弟，要善待他们，有错处，宽容些。也算是为娘赎罪了，这样娘才好去见先帝。"

"儿臣知道了，娘放心。"刘彻知道母亲心里的恐惧，韩嫣死前说出了一切，他只是装作不知罢了。

王娡放开刘彻的手，示意他退下。"叫你姊妹们过来，我们说说话。"

她拉起平阳的手摩挲着，看了眼远处跪着的卫子夫，轻声道："皇后这个人，有心机，也懂得谦退，扳不倒的。扳不倒的人你就要与她站在一起，不要再同她作对了。你得机会劝皇帝立刘据做太子，卫家会感激你。与卫家一起，娘不在了，也没有人敢欺负你们姊妹。"

"阿俗，娘这辈子亏欠最多的就是你和阿娥了，别记恨娘……"她望着金俗，泪水潸潸而下，修成君扑倒在她身边，泣不成声。

宫人为王娡拭干泪水，她望着女儿们，叮嘱道："记住娘的话，从今往后，你们要管住自家的孩子，娘走了，他们再犯事，没有人能要皇帝枉法不杀他们，你们也不成。"

女儿们频频点头，母女抱着哭成一团。侍候在一旁的宫人们见状，纷纷调转过头，不忍再看下去。

良久，轮到卫子夫上前问安，王娡瞟了眼远处的王夫人与李姬："怎么样，做皇后的滋味不那么好受吧？"

卫子夫的脸红了，敛眉低首，不知道说什么好。

"这个位子你若想坐牢，就得想得开。谦退，大度，容得下人，做后宫的管家，这些都不能少。"

"皇太后教诲得是，臣妾记住了。"

王娡不胜今昔之感，叹了口气道："我是过来人，你心里的苦我晓得，可在我们女人这是没有办法的事。你得忍，只要你坐稳了现在的位子，据儿早晚会被立为太子，那才是你真正的盼头。皇帝喜欢甚女人，就由他去吧。"

卫子夫忍住泪，低声道："臣妾谨记太后的教诲。"

"你兄弟卫青很得皇帝的器重，你们姐弟好好帮着皇上坐稳这个天下，就是帮了据儿。"她摸了下卫子夫的手，无力地笑笑，"你放心，那个王夫人没甚心机，据儿会被立为太子的。"

卫子夫的眼泪夺眶而出，哽咽道："臣妾万死不足报答皇太后的恩典。"

"你下去吧，要他们都退下去，叫皇帝来陪陪我，我困了，想睡……一会儿。"言罢，王娡忽觉舌端塞涩，说不出话了。

刘彻等赶进殿来，儿女们围在太后的卧榻前，呼唤不止。王娡抓住儿子的手，环视众人，茫然地笑笑，昏睡了过去。过了约半个时辰，她忽然睁开眼睛，恐惧地望着空中，喉咙中咕隆了几声，握着刘彻的手一下子松开了。再看，王娡的头已歪到一边，一瞑不视了。

长信殿中响起一片哭声，举哀之声瞬间响遍了长乐宫，随即又传至未央宫。很快，整个长安城都知道了皇太后崩逝的消息。

长安霸城门内客栈的一间客房内，三个人正在计议着什么。客栈外面忽然传来了缇骑净街的呼喝声。一个中等身材、满面虬髯的汉子跳起身，外出打探。另外两个人，继续低声议论着。

"伯坚兄打算回南阳？"问话的人瘦高个儿，室内很暗，看不清面目。

"不回。有个对头在南阳，倒是巴不得我回去呢！"回话的人五短身材，满脸横肉，须发苍苍。

"是义纵？"

矮个子颔首道："就是这个王八蛋！乡里捎话来说，他布下了差役，说我一露面，就逮我下狱。天子都赦了我，他却非要我的命，老子一直在琢磨，得用个甚法子除掉这个祸害，有他在，你我都没有好日子过！"

"我在南阳时试过一回，一击不中，再做就难了。眼下他正得势，动不得。君子报仇，十年不晚，总有收拾他的机会。"

瘦子蹙眉思索了一阵，很果断地说："伯坚兄，我看，你们还是投奔淮南国吧。淮南王刘安好客，天下闻名，而且我与淮南的翁主相识，你们到那里提我，他们肯定会收留你们。"

矮子摇首道："淮南？数千里之遥，怎么去？我家破了，可恨那主父偃又敲走了我数千金。如今你老哥我，是两手空空，吃了这顿，不知哪里去找下一顿了！"

"钱你不用愁。"瘦子从身后的行李中取出一个包裹，捧给他。

矮子道："这是甚，钱么？"包裹沉甸甸的，很有些斤两。打开看，足有百金之多。

矮子双眼湿润了，揖手道："老弟仗义！我算没看走眼，没有白交你这个朋友。大恩不言谢，这金子我收下了。"

"这算不得甚，当年兄弟落魄时，伯坚兄不是也帮过我。"

矮子笑起来，眼睛眯成了一条缝："帮你不白帮！怎么样，一起到淮南一游？"

瘦子摇摇头道："此番不行，我有批货在定襄，得先去把买卖做了。"

街上戒严之声不断，门又被推开了，虬髯汉子走了进来："你们猜猜看，宫里头出了甚大事，京师戒严了？"

矮子瞪了他一眼："卖甚关子，快讲，出了甚事？"

"皇太后崩逝了，京师大丧，正在净街戒严哪。"

瘦子一下子跳起来："戒严？事不宜迟，咱们得马上走。大丧在即，道路、关卡对行人都会严加盘查。走晚了，就脱不了身了。"

三人赶在霸城门戒严前出了城，当晚赶到了霸陵。在霸陵路口，瘦子交给另外两人过卡的传牒，揖手道："我走北路，你们奔东南，就此道别。兄长最好绕开南阳，从梁国的睢阳奔寿春。还是那句话，君子报仇，十年不晚，我们后会有期。"

"后会有期。"

言罢，矮子与那虬髯汉子策马东行，瘦子驻马看着他们消失在夜色中，然后调转马头，疾驰而去。

六十五

淮南国的国都寿春，北临淮水，南望勺陂①，平野开阔，水道纵横，一派南国风光。初秋，暑热渐消，金风送爽，正是一年中最好的时候。

两名商贾装束的人走近宫门，其中的虬髯汉子向卫士揖了揖手道："敢问这位军爷，淮南公主可在宫内？"

卫士不屑地瞥了他们一眼，摆手示意他们走开。另一个矮子见状，高声骂道："你他娘的狗眼看人低！老子是你们王爷与翁主的客人，痛快去通报，不然有你小子受的！"

矮子的蛮横镇住了门卫。另一个卫士赔笑道："敢问二位客人，怎么称呼？"

"你就说阳陵大侠朱安世的朋友有事求见……"

话没说完，忽听得宫内一片人喊马嘶之声，卫士丢下他们，纷纷执戟肃立。转眼间，一行数十骑人马，风驰电掣般驰出宫门，绝尘而去。打头的是个中年人，一袭锦衣，通身玉佩，一望而知是王室贵胄。

待那卫士再来搭讪时，矮子道："气派不小，可比起当年的梁孝王，可还差着多呢。这是王太子么？"

"正是太子殿下，殿下去东郊校练骑射，无一日间歇。"

日日校练骑射，所为何来？矮子与虬髯汉子对视了一眼，会意地笑了。

---

① 勺陂，寿春西南的大湖；陂，水泽湿地之意。

寿春的王宫经过两代淮南王数十年的营建，规模虽比不上长安的皇宫，可也是深宫重阙，殿宇堂皇，亭台楼榭，鳞次栉比。刘陵住在王宫东厢的一座院落中，昨日她与宫中的年轻郎官纵酒欢宴，闹到后半夜才就寝，所以日上三竿，才勉强起身梳洗。

内侍者来报时，刘陵宿酒未消，头昏沉沉的。"求见我？甚人？你们怎么办事的，连个名字也不问！"

"客人只说是阳陵大侠朱某的朋友，说是公主听到后，自会接见他们。"

刘陵一怔，猛然记起元光五年巫蛊案发前后，邂逅朱安世与郭解的情形。蛇有蛇路，鼠有鼠路，江湖与朝廷平时素不往来，此番朱安世的朋友找来，肯定不是一般的事情。

"请他们前厅稍坐，我随后就到。"侍女们围着她，梳头的梳头，穿衣的穿衣，上妆的上妆。刘陵再看一眼铜镜，里面又是个神采焕发的美人，她满意地笑了。

宁成是见过世面的人，可面对着由十余个皓齿明眸的南国佳丽陪侍，在衣香鬓影中漫步而来的公主，他还是惶惑了。他扯了一把发呆的虬髯汉子，两人伏地顿首，向刘陵请安。

分宾主坐下后，刘陵仔细地打量着他们，扑哧一声笑了。

"我道是谁，这不是宁成，宁大人么！怎么，入了江湖，随了朱安世，不做官了？"刘陵几次出入函谷关，宁成方头大耳，一脸横肉，那副似笑非笑的神情，是人都会过目不忘。

"翁主取笑了。我的事殿下想必也听说了，我宁伯坚倒是想为朝廷做事，可朝廷弃吾等如敝屣。早听说淮南王礼贤下士，招纳四方宾客，故而不远千里，特来投奔。"

"投奔？宁君是个有本事的人，父王想必会很喜欢。这位是……"刘陵瞟了一眼虬髯汉子，问道。

"他是在下的妹夫，名侯成，原是南阳郡的都尉。受我牵连入狱，也随我一同投效王爷。"

"朱安世怎样？他为何不一起来？"

"安世是江湖中人，散淡惯了，受不了官场的拘束。而且他有笔生意要做，去了定襄。”

刘陵颔首道：“不错，他就是这样的人。”略停，又笑道，“二位才过淮水，还没有用过早饭吧？吃过饭，我带你们去见父王。”

刘安正倚在卧榻上，闭着眼，听郎中令左吴诵读皇帝不久前下达的诏令，诏令责备各郡国不向朝廷举荐人才。

……夫十室之邑，必有忠信；三人并行，厥有我师。今或至阖郡而不荐一人，是教化不施，而德行君子壅于上闻也。二千石官长纪纲人伦，将何以佐朕烛幽隐，劝元元，厉众庶，崇乡党之训哉？且进贤受上赏，蔽贤蒙显戮，古之道也。其中二千石、礼官、博士议不举者罪。

刘安猛然睁开眼睛，叫道：“好家伙，不给他贡献人才，他都要杀人了！那么，有司是怎么回奏他的？”

左吴道：“有司当然是顺着皇帝说话，说甚古时诸侯有贡士之责，不贡士者，要黜爵黜地。结论是，在上位者不能进贤就要黜退，非如此不能劝善黜恶，移风易俗。二千石不举孝，不察廉，概以不奉诏、大不敬或不胜任论罪，一律免官。”

一直静听的宫监晋昌，看了一眼刘安，愤愤不平地开了口：“看来，皇帝是想把天下的人才网罗到朝廷，为己所用。与推恩令一样，都是强干弱枝的举措。说得冠冕堂皇，甚劝善惩恶，移风易俗，其实是削弱地方，心机用得实在是太深了！”

晋昌说得透彻，皇帝削弱地方诸侯，竟是无所不用其极了。可刘安还是摆了摆手，蹙眉道：“晋昌，怎么说话呢？大不敬，大不敬啊！”

晋昌不服：“朝廷收走了兵权，收走了人权，现在又割裂诸侯的封地，搜刮地方的人才。若坐视不问，一旦有事，自保尚且不能，王爷的宏图大业，难道付诸东流么？”

刘安捋须笑道：“皇帝要人，孤就送给他人，以天下之大，一年送几个人去，孤就不信，淮南的人才就空了！”

地方举荐的孝廉，照例会入宫为郎。田蚡一死，女儿又因陈皇后巫蛊事发逃回淮南，淮南在京师再无得力的耳目。几年来，得不到朝廷内部的消息，很令刘安苦恼。凡事有弊必有利，这道诏令不啻是送上门来的机会，他可以名正言顺地送入自己的坐探。

一名内侍匆匆进来，附在他耳边说了些什么。刘安要其他人退下。刘陵带着两个人从旁门走进来。

"父王，这两位是专程投奔淮南国来的。"

宁成与侯成顿首请安，刘安笑容可掬地看着他们，连声道："二位不必拘礼，请坐，坐下说话。"

刘安鹤发童颜，仪态庄重，不怒而威。初见之下，两人不免有些踧踖。刘陵附在父亲耳边说了些什么，刘安点了点头，问道：

"二位是从长安来？"

"是。"

"长安近来如何？"

"在下离开长安时，皇太后刚刚去世。"

皇太后薨逝的文告早已由驿路传递到淮南，刘安对此没有兴趣。他看定宁成，问道："宁君所为何来？"

宁成再拜顿首道："王爷想必知道，宁成中人暗算，两为刑徒，在朝廷已无立足之地。大丈夫失意，无非北走胡，南走越。良禽择木而栖，王爷的好客，声闻遐迩。故而前来投效。"

刘安颔首道："宁君的委屈，孤略知一二。那个义纵仍不肯放过你么？"

宁成的脸红了，似眯非眯的眼睛猛然睁开，露出一道凶光。"臣阖家百口，都死在他手中。此仇不报，宁某誓不为人。"

"你怎么报？那义纵，可是有天子做靠山呢！"

"谁做靠山，也救不了他！他义纵总有走背字的时候，君子报仇，十年不晚。"

敢于藐视皇帝，是块得用的材料。刘安满意地点了点头："敢作敢为，不愧是宁成。二位患难之际投奔于孤，孤自不能拒之不纳。只是有一件，二位是朝廷的罪臣，孤没办法用你们做官，用了，朝廷也不会允准，反而会疑心孤招降纳叛。二位在淮南只能是客卿的身份，不免委屈了。"

宁成、侯成顿首道："王爷肯收留我们，已经是再造之恩，吾等愿效驱驰。"

刘安摆摆手，看似不经意地问道："除了皇太后薨逝，你们还有甚宫里面的消息么？"

宁成与侯成面面相觑，不知道刘安想知道什么消息。

也是，两个刚刚出狱的囚徒，又如何晓得宫中的消息。刘安自嘲地笑笑："孤的意思是，你们在长安时，有没有听说燕王与齐王之死的真相？"

这件事，宁成在狱中时，张汤曾去探视他，对他讲过些内幕。淮南王关心此事，看来是兔死狐悲，物伤其类。于是，他将听到的内幕讲给了刘安。得知齐王之死，是结亲不成而由主父偃施行的报复，刘安有些不安了。太子与金娥绝婚之事，不唯得罪了太后，皇帝怕也会心有不惬。他有些后悔自己在这件事情上做得操切了，金娥与太后之死，皆起因于此，皇帝对淮南的这份恶感，怕是再难消释了。

陈皇后巫蛊之案，女儿牵连其中，几年来令他惴惴不安。可长安那里全无动静，皇帝反于元朔二年赐予他鸠杖 ①，免其奉朝请。刘安心里明白，皇帝看似优容，可在实际上加强了对淮南的控制。与他关系密切的国相、内史与中尉相继调离，新任者对王室公事公办，敬而不亲，而且完全把握了淮南的军事与任用官员的大权。显然，皇帝已经觉察到了什么，对他心存警惕。

正思忖间，郎中令左吴匆匆走进来。

"殿下，太子受伤了。"

刘安一惊，他看了看两位客人，示意他们退下。

"怎么回事？"

"太子与郎中雷被比试剑法，不慎被刺中。"

"伤势如何，人现在哪里？"

"伤得不重，正在御医那里敷药包扎。"

刘安松了口气，惊吓虽消，恼怒却继之而来。明知是与太子比剑，就该

---

① 鸠杖，杖头以鸠鸟为饰的拄杖，汉代朝廷每每赐给年长老人以鸠杖，以示敬老之意。

点到为止，这个雷被也忒胆大了！居然动了真的。

左吴道："敢问殿下，那个雷被如何处置？"

"不识尊卑的东西，先罢了他的职，关起来以观后效，以儆效尤。"

淮南国的太子刘迁，自幼锦衣玉食，骄奢淫逸，为人极为傲慢自负。他自以为剑术淮南第一，听说雷被剑术精巧，屡屡召其比试剑术。雷被心存忌惮，一再推说自己不行。本日校练时，适逢雷被在场，刘迁约其比剑，雷被无论如何不肯。刘迁以为他轻视自己，恼羞成怒，不由分说，拔剑便刺。雷被无奈，被迫还手，交手不过数合，一剑刺中刘迁的小臂，剑应手而落。众人喝彩声中，刘迁大失颜面，拂袖而去。雷被则呆呆地站在校场上，不知如何是好。

有人拍了拍他的肩膀："攸之兄，随我来。"

雷被回头，原来是好友伍被，他随伍被走到僻静处。

"太子为人阴鸷，睚眦必报，攸之，你惹了大祸了。"

"他先逼我，我处处退让，根本没想赢他，谁知道……"

"眼下说这些有甚用，梁子结下了，攸之做何打算？"伍被叹了口气，心事很重的样子。

雷被道："扛着呗，是福不是祸，是祸躲不过。王爷总会公断吧？"

伍被摇摇头道："王爷小事通达精明，大事自负，对太子尤其溺爱，指望公断？攸之未免天真了。这件事，伤了太子的面子，他们不会放过你的。"

"那怎么办？还望伯刚兄有以教我。"雷被满面忧色，揖手求教。

"走。"

"走？"

"对！走。一不做，二不休，马上就走。"

"往哪里走？"

"长安。"

"长安？"

"对，长安。朝廷四月曾布告天下，招募郡国壮士与勇敢之士从军，征伐匈奴。攸之兄剑法无双，必当立功边域，荣膺乡里。说实在的，若非老母在堂，我亦愿随君从军呢。"

"可王爷肯放我走么？"

"不肯也得放行。汉律上有一条，叫废格明诏，不奉法，是弃世的死罪。你可以上书朝廷，自报愿奋击匈奴。有了这个，谁敢阻拦，就是废格明诏。"

"这么做能行？"

"能行。不过要快，迟则生变。上书递到长安，等于在朝廷上挂了号，他们不放你走，朝廷会查问的。"

可雷被未能走脱，在淮水的渡口被捉住，从他身上，搜出了自荐从军的上书。刘安大怒，认定他背叛自己，将他下入牢狱。

伍被，字伯刚，楚国人氏，祖上是春秋末年的名将伍子胥。他不仅才能出众，而且通兵法，善谋略，在招纳的数百英才当中，淮南王最器重他。可察觉淮南王图谋不轨后，伍被身陷两难境地，追随刘安，势必会走上反叛朝廷之路，到头来是死路一条。弃刘安而去，则会被视为无情无义，背弃主人的小人，又有何颜面立足于人世？思来想去，刘安终究待他不薄，他应该留下来，随时规谏主人，这方是忠臣该有的作为。

得知雷被被拘禁，伍被求见刘安。禀报后，他随内侍入内，刘安踞坐于殿中，见伍被进来，起身招呼道："伍将军请上位就座。"

伍被一惊，揖手道："小臣不敢当此称呼。"将军之称，只有天子有权授予，诸侯王这么做，明显是僭越。

刘安不以为然道："怎么当不起！你是中郎将，统领孤的卫队，祖上又是名将。孤看当得起。"

"大王千万不可讲这种亡国之言！传出去不得了。当年臣祖子胥谏吴王夫差，夫差不听，臣祖说，臣今日见麋鹿游于姑苏之台也。臣今日也要说，大王若不轨，臣也将见宫中荆棘遍地，蓬蒿丛生了！"

"放肆！你在咒孤亡国？"刘安的脸沉了下来。他称伍被将军，意在试探，伍被若欣然答应，则可进而参与机密。伍被若不从，也要拉他下水。

伍被再拜顿首："臣不敢。臣效忠于殿下，犹如殿下效忠于天子。"

刘安将须笑道："你倒很会口辩。孤何曾不忠于朝廷？不过形势逼人，孤不能束手待毙，不得不未雨绸缪，早为预备罢了。"

"敢问殿下，何谓形势逼人？束手待毙又指甚？"

"燕王、齐王，不过半年，相继被逼死，难道你不觉得，朝廷要对远宗的诸侯下手了么？"

"可据臣所知，燕王、齐王逆伦无道，罪无可逭，是自杀而死。"

刘安愤然作色道："要说逆伦无道，岂止燕、齐！远处的先不说，与我淮南相邻的江都王刘建，不也是禽兽不如，所作所为不比齐王更甚？易王①还没有下葬，这个孽子就与易王的姬妾相奸，而且一奸就是十人！他的女弟徵臣，是盖侯王信的儿媳，回来奔丧，他也不放过。平日恣意横行，杀人取乐，种种不法情事，上告到朝廷，天子、朝廷动他一根毫毛了么？

"再说胶西王刘端，赵王刘彭祖，恶名昭著，陷害了多少朝廷派去的官吏，汉法，诸侯王不奉诏不得出国境半步。可刘端怎么样？易名便衣数度出游列国，还来过淮南，有人管过么！这两人跋扈不臣，凭的是甚？为天子者应一秉大公，对诸侯一视同仁，岂能亲者宽，疏者严，公道何在！"

伍被顿首道："这些事，臣闻所未闻，我想天子也未必清楚，大王若有证据，可以据实参奏，不可妄自猜疑。"

刘安冷笑道："据实参奏，揭皇帝的短？那是自取速死之道，这种蠢事，寡人是不会做的。亏你这么聪明个人，居然看不出朝廷的用意。

"几代皇帝，受臣下挑唆，无不以削弱诸侯为务。贾谊向孝文皇帝上'众建其地而少其力'之策，意在削弱诸侯，我淮南即由此一分为三。孤今日的封地，不及父王远甚。晁错则找寻诸侯的错处，削割诸侯的封地，激起七国之乱，孝景皇帝又借此收走诸侯用人治军行政之权。今上更甚，信用主父偃，搞甚推恩，明眼人谁看不出来，名为推恩，实际于不知不觉之间，将一国分为数国乃至十数国，一代之后，诸侯尽成坐食租税的废物，这种用心，寡人说他毒辣，难道说错了么？

"这还不算，昨日又传来了诏令，说是郡国大吏每年必得向朝廷举荐人才，否则郡守要免官，诸侯要黜地黜爵。伍君，朝廷这一步紧似一步，为的是甚？

---

① 易王，即江都王刘非，刘建之父，易王是其谥号。刘非为汉景帝第五子，是武帝刘彻的兄长。

还不明白么！刀就要架到老夫脖子上了，不作预备成么！淮南难道就这样无所作为，等着步燕王、齐王的后尘么？"

伍被惊心动魄，汗出如浆。站在淮南国的立场，他不能不承认，刘安的话有道理，于是顿首道："大王贤明，天下共知，朝廷若无故加罪于淮南，臣愿追随大王，作鱼死网破之争。"

刘安大喜，捋须笑道："孤就知道伍君深明大义，是孤的忠臣。孤有件事，要你赴长安一行。"

"长安？"

"朝廷要人才，孤自然奉命惟谨。你借送人才的机会，打探一下朝廷的动静，尤其是皇帝对淮南的观感，再就是立嗣的事，一定要详细。京师的人物，你也要留意，能为我淮南所用的，尽可能拉到我们一边，不要怕花钱。"

又议论了一气，刘安忽然想起，伍被是有事求见，他拍了拍脑袋，笑道："看看，光顾了说话，你求见的事倒忘了。伍君今日来，有事么？"

伍被伏地顿首道："求殿下宽大为怀，宽恕雷被。"

"雷被？不成。太子是甚身份，他又是甚身份？不识尊卑，以下犯上，关他，为的是以儆效尤。"

伍被再拜顿首："可此事怪不得雷被，雷被本不想比剑，一再辞让，是太子不依不饶，交手之下，误中太子。臣在场，乃亲眼所见。"

刘安语气冷淡，毫无商量："这个雷被，非但无悔改之意，反而上书自荐，要去打甚匈奴，讨朝廷的好，这种弃主背恩的东西，是淮南的祸害！这件事，关乎王室的颜面，淮南的安危，寡人不能答应你。长安的事情要紧，你回家准备一下，早去早回吧。"言罢，竟拂袖而去。

伍被一人在大殿中，默默地跪了许久、许久。

六十六

　　元朔三年，汉军大举进军匈奴的作战，因皇太后的大丧而搁置。而伊稚斜得到密报，决定先发制人，元朔四年夏季，伊稚斜兵分数路，抄略代郡、定襄、上郡与朔方四郡，试图深入塞内，夺回河南地。匈奴虽未得逞，可汉军伤亡甚重，沿边百姓被掳走数千人。刘彻怒不可遏，决计趁来年春季匈奴转场人畜分散之际，以大军出塞，予匈奴以重大打击。汉军的战略是：声东击西，避实就虚。派大行李息、岸头侯张次公以两万骑兵出右北平，佯作攻击之势，以为牵制。而以车骑将军卫青，率苏建、李沮、公孙贺、李蔡四将军，总计十万骑兵，出朔方穿越阴山，长途奔袭匈奴右贤王部。

　　大军出征已近半月，却没有前线的任何消息，刘彻心中的焦虑不安，可想而知。他俯视着身前的舆图，计算着六军行进的里程，按说，卫青的大军早该越过阴山，抵达预定位置了。难道出了问题，为匈奴人所困？不可能，这个季节，匈奴人的兵力是最分散的时候，十万大军，犹如一只击出的铁拳，应该能够所向披靡。

　　这是汉军首次大举出关，也是主动打向匈奴的第一拳。打赢了，会削弱右贤王部，为下一步出击河西扫平障碍。打输了，或者如关市之役战个平手，不仅关乎朝廷的威望，而且会给反战的六臣提供口实，阻挠后来的战事。对卫青，他寄予了最大的信任，朝廷的精锐，都交给了他。你得争脸，莫辜负了朕。刘彻边在前殿宽敞的大堂中踱步，边喃喃自语。他对上天发了个誓：卫青此番实现了他的夙愿，他会不吝重赏，拜他为大将军。

所忠满心欣慰地赶进来，揖手道："陛下，卫青的信使到了！"

刘彻一怔，脸上掠过一丝喜色："哦？告诉他不必沐浴换装，朕马上传见。"

传见的呼声此落彼伏，刘彻甚为忐忑，既怕传来坏消息，又恨不能马上见到信使，一问究竟。他走到殿门前，望着跟在内侍身后，拾级而上的信使。

信使尚来不及卸下甲胄，满脸汗渍，一身征尘。刘彻好一会儿才认出，来人原是大内的郎官，现任卫青麾下的校尉黄义。

"胜了？"刘彻顾不得问别的，他要知道的是结果。

黄义使劲点了点头："胜了，而且是大胜。"

刘彻长长地出了口气。大胜，皇天庇佑！他走回君位坐下，招呼黄义到跟前来："黄义，你给朕说说，这仗怎么打的？"

黄义揖手道："我军三月中由朔方出塞，乘夜由高阙进入阴山，隐蔽了二日一夜。直到探明右贤王的确切位置，卫将军将人马分为三路，乘夜掩袭。右贤王猝不及防，等到集合起人马时，已被我军合围了。"

"难道他一点儿准备都没有？"

"本来是有准备的，右贤王驻牧地集中的人马有数万骑之多。后来审讯俘虏时才知道，他以为我军没有熟知地理者为向导，根本不敢深入匈奴腹地作战。合围的当晚，他还与部下张灯饮宴，我军发起突袭时，他尚醉卧于帐中。"

"捉到了？"

"没有。他带着爱妾，在数百骑侍卫保护下溃围而出。轻骑校尉郭成等追击数百里，终因路途不熟，被他跑掉了。"

刘彻不胜惋惜，蹙眉道："跑掉了！那么你为朕讲讲战果，何以称大胜？"

"我军如从天而降，胡虏几乎不战而溃，事后点算，此役斩获匈奴万五千人，虏获牛羊牲畜百余万匹。车骑将军麾下众将，几乎人人都有斩获，捕获右贤王麾下的裨王总计十余人。而我军伤亡不过数百人而已，相较而言，当得起大胜了。"

刘彻喜形于色，将须大笑道："好，好极了！确乎当得起大胜了。"

笑过一阵，刘彻忽然想起什么，问道："这次跟去的霍去病，表现如何？"

"霍去病？陛下是说派任卫将军麾下的青年校尉么？"

"对，就是他。"

"此人了不得，是个孤胆英雄。"

"孤胆英雄？"刘彻不解，好奇地看着黄义。

"此番他带着八百骑士随征，卫将军本想要他们护卫中军，可他说甚也不肯。将军无奈，胡虏溃围后，命他带这八百骑兵，追杀亡虏。可他一气追出了数百里，好几日没有踪迹，卫将军迟迟未能会奏军情，就是在等他的消息。"

"结果如何？"刘彻双目熠熠，充满着期待。

"五日后，方见他返回。计斩捕胡虏二千二百多级，其中有相国、当户等匈奴高官，尤令全军振奋的是，单于的叔祖父、叔父也在其中。"

千里奔袭，以少胜多，这个霍去病不光有胆识，而且身上有股令敌人胆寒的杀气，绝对是块独当一面的材料。此番放他随卫青历练，果然不负所望。将来河西方面的征战，他不用担心没有担纲的大将了。

"大军回撤了么？"

"霍校尉回来后，卫将军随即班师。在下奉命先期回报，沿途随驿换马，马不停蹄走了七日。大军回撤得慢些，估计现在也该越过阴山，距边塞不远了。"

黄义退下后，刘彻感奋莫名，命郭彤草诏，他要厚赏全军，给卫青、霍去病等人一个惊喜。

"大将军卫青，统帅六军，克获大捷，掳匈奴名王十数人，斩获万五千人，牲畜百万，威慑敌胆，扬我天威，功莫大焉。兹益封卫青八千七百户。"

郭彤犹豫了一下，怀疑自己听错了："陛下是说……大将军？"

"不错，就是大将军。朕即派专使，就军中拜卫青为大将军。郭彤，这不妥么？"

"妥，妥得很。卫青立了大功，大将军对他是实至名归。"

"再草一道诏书。卫青之子卫伉、卫不疑、卫登分别加恩，封为宜春侯、阴安侯、发干侯。"

郭彤落笔疾书，心里不由得感叹，皇帝对卫家，可谓恩宠已极，连几个身在襁褓的婴儿，居然也封了侯，有汉以来，这还是破天荒的事。看来，太子一位，非卫家莫属了。

"第三道诏书，骠姚校尉霍去病以八百骑深入敌后，追奔逐北，身先士卒，斩捕过当①，获单于大父、季父，勇冠诸军。以二千五百户封去病为冠军侯。"

毫无疑问，卫家已代王氏而起，成为最有权势的后戚家族了。郭彤有些后悔，自己平日与皇后和卫氏一族不即不离，眼下卫氏崛起，此时再攀附，会不会晚了呢？

"其他有功将领，是不是也一同封赏？"

刘彻想了想，很肯定地点了点头："你这么写，此番作战，太中大夫张骞、奉使君堂邑父随军向导，功不可没，并前番出使西域时艰苦卓绝，坚贞不屈，封张骞为博望侯，封堂邑父关内侯，食邑三百户。其他诸将，凡杀敌过当，擒获匈奴名王大臣者，朕不吝厚赏，着卫青综核事功后，一并封赏。"

自元朔三年起，朝廷欲进击匈奴，在全国范围征召才能与勇敢之士，此后前来投效者八方辐辏，络绎不绝。长安城比平日喧闹了许多，街道、客舍与酒肆中，处处可见从军者，到处是有关大战的议论，整座城市处在莫名的躁动、兴奋与期待之中。北军校场门外，每日报名投军者络绎不绝，北阙的金马门外，也不乏上书自荐的奇才异能之士。伍被穿过熙来攘往的人流，向东市走去。他访友不遇，悄然去了趟北阙，将雷被的上书递了进去。现在他要赶去与同来长安的刘陵和谒者曹梁会合，他们约定，午时在南门相见。

老远就看见等在那里的曹梁，伍被挥手打了个招呼，赶了过去。

"劳曹君久等，翁主呢？"

"翁主去会个熟人，要我们别等她，说是在东市的河洛酒家见面。你事情办完了？"

伍被随口敷衍道："没甚事情，不过去访了个同乡，他随军出征了，没见着。"代雷被上书自荐，被淮南王晓得，有性命之忧。

时辰近午，两人都有些饿，正合计到哪家饭舍用饭，忽然有人在身后招

---

① 过当，汉代军事习用语，指以少胜多，杀伤敌人远超过自身伤亡。杀敌一百，自损八十，敌我双方损失接近的，称为自当。

呼伍被："伯刚兄，是你么？"

伍被回头望去，不觉大喜过望。骑在一匹西域高头骏马上，为一群亲兵簇拥着的，正是适才不遇的同乡黄义。黄义跳下马，与伍被把臂相视，笑道："期门的卫士，说是有个姓伍的同乡找我，我一听就想到是你。果然不差！"

"子菁，一去十年，别来无恙乎？"

"好，好着呢。伯刚兄如何？"

"也好，也好。来，吾为子菁引见一位朋友，这位是淮南王御前的曹谒使。这位就是我刚刚访而不遇的老乡，黄义黄子菁。"

"幸会，幸会。"两人互致问候，揖手致意。

得知伍被二人欲去用餐，黄义大喜道："我在长安，当然由我做东。"他挥挥手，命部下回营，不由分说，拉着伍被与曹梁，径直进了东市。

绕过几排商肆，走不远，是座颇大的店堂，斜矗的酒旗上，赫然书写着"河洛酒家"四个大字。伍被与曹梁相视而笑，巧了，这正是刘陵约定见面的地方。

"这家酒肆主人与大将军相熟，酒菜也好，是我们期门骑兵常来的店。"言罢，黄义一撩门帘，大声招呼道，"有客到了，伙计们侍候着！"

看得出来，黄义与店家很熟。两个伙计跑出来，殷勤备至地将他们一行三人让入单间。黄义略作吩咐，不大工夫酒菜齐备，伙计又用炭炉为他们烹上一罐热茶，说了声慢用，就退了出去。主宾互道契阔，连连祝酒，不多工夫，三人都面红耳热，有些醺醺然了。

"伯刚，此番你我得见实在侥幸。一别十年，君偶来长安，愚兄本该在塞外军中，竟被大将军派回来报信。曹大人你说，这是不是缘分？"

曹梁频频颔首道："是缘分，当然是缘分。"

"是缘分，咱们就碰一杯。"三人举杯，一饮而尽。

伍被道："子菁，你刚才说甚大将军，谁是大将军，哪里来的大将军？"

"也是，这大将军是刚刚才封的，难怪你们不知道。此番出征，以车骑将军卫青为主帅，奇袭右贤王，大获全胜，皇帝派专使就军中拜他为大将军。我在卫将军处任中军校尉，是专程回京报捷来的。"

伍被与曹梁一下子来了兴趣："哦？你在大将军麾下？他为人怎样？"

"为人？"黄义喝了一大口酒，放下耳杯，在食案上重重击了一掌，叫道，

"厚重少文，好人！"

他看看两位客人，做着手势以加强语气："大将军遇士大夫有礼，驭士卒以恩，无论甚人，都乐为其用。伯刚说说看，这是不是本事？"

"是本事，当然是本事。"伍被道。

"至于行军作战，则军律严整，号令分明。对敌之际，身先士卒。露营扎寨，必士卒休息，大将军乃就军帐；穿井得水，必士卒先饮，自己方饮；回撤遇河时，必待士卒安全渡过后，他才会登舟。天子、皇后所赏赐的财物，都尽数分给士卒，自己一文不留。如此作为，伯刚评评，不在古之名将以下吧！"黄义娓娓道来，如数家珍。

伍被叹服地连连颔首。曹梁默然，临行前，淮南王叮嘱他们观察京师的人物，看来，淮南将来若举事，这卫青绝对是劲敌呢。

曹梁试探道："此番卫青拜封为大将军，卫氏一族，是大贵了。"

"何止大贵，是大贵而特贵了，皇帝赐予卫家的，是有汉以来从未有过的恩典！"

"怎么？"

"卫青拜大将军不算，他的三个襁褓中的儿子，也一并封侯。他的外甥霍去病，因军功卓越，此番也被封为冠军侯。而大将军不仅是皇后的兄弟，而且是皇帝的姐夫，未来太子的舅舅，这种身份，开国以来，可说是绝无仅有。"

"皇帝的姐夫？"曹梁愕然。

"皇太后薨逝后不久，新寡的平阳公主就托皇帝的大媒，嫁给了大将军。于今三载，一连生了三胎，都是儿子，如今都封了侯。"

这件事京师内外早已沸沸扬扬，只是不明究竟。曹梁更感兴趣的是太子的人选。"子菁说大将军是未来太子的舅舅，这么说，太子定下来是卫皇后之子了？"

黄义肯定地点了点头："从卫家的势头看，只能是这个结果。"

他又抿了口酒，问道："伯刚一直在淮南王处么，所任何职？"

伍被颔首道："淮南待吾甚厚，现任中郎将之职。"

黄义摇首道："再厚，局面小，也不过是个千石的中郎将。以伍君的才能，若在大将军麾下，不愁拜将封侯。曹大人，是不是这个道理？"

曹梁笑笑，不以为然道："当然。淮南安处于江淮，无仗可打，没有军功自然不能拜将封侯。"

"打匈奴，大将军麾下立功封侯的人老了去了！我给你们念叨念叨。"黄义竖起手指，边说边数，"平陵侯苏建、岸头侯张次公、博望侯张骞、合骑侯公孙敖、龙雒侯韩说、南窌侯公孙贺、乐安侯李蔡、陟轵侯李朔、随成侯赵不虞、从平侯公孙戎奴，还有李息、李沮、堂邑甘父、豆如意、陈缙也都赐爵关内侯，食邑三百户。这些人，从前大部分都是军中千石的校尉。"

黄义说得不错，以自己的才干，若投致朝廷，不难像这些人一样，驰骋疆场，立功封侯。投淮南王，不仅难得施展，而且很有可能被牵连到刘安的逆谋之中，累及家人妻子。可老母在堂，他又怎能弃养？淮南王厚待于他，自己又怎能背弃主人，为此不孝不忠之事？伍被心中黯然，不想再谈这个话题。

"匈奴人吃了亏，怕是要报复吧？"

"那是肯定的。眼下的单于，一意与大汉为敌。不过即使他不来，我军也要打上门去。皇帝下了决心，要重创伊稚斜，驱除胡虏于漠北。今后，有的是大仗要打……"

门帘一掀，一个店伙望着黄义，赔笑道："军营来人找，要黄大人立马回去呢。"

"人在哪儿？"

"在大门候着呢。"

黄义扫了眼等在门口的部下，做了个要他等着的手势。不想那士卒径直走过来，揖手道："大将军班师回来了，就快到霸城门了。"

黄义一惊，跳起身来。"军务在身，连酒也喝不痛快，我们改日再聚吧。"随手取出一串铜钱丢给店伙，"酒钱记在我账上，好生侍候二位大人。"

伍被也跳起身，揖手道："子菁兄，吾等皆欲一瞻大将军的丰采，随君同去，可成？"曹梁也站起身，请求带他们同去见见大将军。

黄义迟疑了片刻，颔首道："也好，那就一起去吧。"

三人走到店门处，却见女扮男装的刘陵，与一位形容瘦削的汉子，正向这里走来。

六十七

刘陵一副贵家公子装束，对伍被等人挥了挥手道："你们自便，我与朋友有事，晚上淮南王府见。"言罢，径自随那瘦子进了酒肆另一个包间。

入席后酒菜上毕，店伙退出，瘦子方端详着刘陵，低声问："翁主怎么这身打扮？"

"还不是图个往来方便。朱大侠该称我公子，莫露了行迹。"

朱安世似笑非笑地望着刘陵："也好，可公子也莫称我大侠，我朱六金如今是个商人，你称我先生好了。"

刘陵直视着他，眼中隐含笑意："有人要我代问先生好，向先生报个平安。"

"是宁成吧？"

刘陵颔首道："他俩现在是淮南国的客卿了。"

朱安世哼了一声，自斟自饮，不置可否。

"先生的事情，宁成都讲给我听了。"

朱安世取了块野鸡肉放入口中，用力咀嚼着，对刘陵的暗示，似乎充耳不闻。

"这野鸡多骨头少肉，有甚嚼头？"朱安世将鸡骨嚼碎，细细品尝着滋味，刘陵斜睨着他，一脸的不屑。

朱安世道："你知道甚？味道好着呢！"

他喝了口酒，冷笑道："公子说甚，我的事情？不就是从塞外贩马进来么？朝廷不限制这个。"

刘陵眉毛一扬，哂笑道："可劫狱呢？行贿呢？先生以为义纵会放过你么？"

该死的宁成！朱安世心里骂着，可脸上仍是好整以暇的样子："就算他不放过我，没有证据，其奈我何！"

刘陵咯咯地笑出了声："先生难道忘记了，你与今上有夺剑之仇呢！你想到过吗？皇帝抓到了你，会怎么做？"

朱安世一下子变了颜色，猛然恶向胆边生，他拔出佩剑，直指刘陵，恶狠狠地问道："你想胁迫我么？看不出你个小妮子，用心很深呢。"

刘陵面不改色，微微一笑道："先生误会了。我没有别的意思，只想请先生加入我们，大伙一起干。"

"你们是谁，大伙又是谁，甚意思？"

"宁成、先生与我俱负案在身，我们何不联起手来，做番大事业！"

朱安世哈哈笑道："大事业？我，一个买卖人？宁成不过是个丧家的刑徒，公子不过一介女流，即便联手，敢问能做成甚大事业？"

"怎么不成！最起码能把义纵这类与我们为敌的人除掉。"

"怎么除？"

"他们在明处，我们在暗处，明枪易躲，暗箭难防，总能找到他们的短处。主父偃如何，最后还不是着了别人的道儿。"

这丫头知道得不少，倒不能小看她。"公子与义纵素无仇怨，何以要除去他？"

"这些人无孔不入，少一个，就安生一些。"

淮南王自恃是高祖皇帝的嫡孙，觊觎大位，朱安世早有耳闻。可以淮南之力，图谋大位，不啻痴人说梦，他才不会去蹚这个浑水。可转念一想，即便不掺和，也不必为此得罪淮南王，于是笑道："公子今日约我来，就是这件事么？"

"也是，也不是。"

"公子若需在下效力，但说无妨。"

"淮南僻处江淮，消息不灵。我这回来京师，就不准备回去了。先生知道我与陈皇后的案子有牵连，为掩行迹，亦为联络方便，不能住在父王的京邸。

还求先生为我谋一落脚之地。"

这丫头竟打算留在京师为淮南王当坐探，朱安世不由得刮目相看了。他想了想道："修成子仲与昭成君之子是皇亲贵胄，金枝玉叶，也都是我的弟子。我的朋友，他们会厚待的。公子可任选一家，住在他们那里，会很舒服。"

刘陵连连摆手道："不成，不安全。"

"不安全？笑话，没有人会想到公子隐身于此，最险的地方最安全，江湖上管这叫灯下黑。"

"不成。这些人都认得我，况且为儿女绝婚一事，修成君与淮南已反目成仇。"

"是这样？"朱安世思忖了许久，沉吟道，"住处有的是，可简陋得很，怕委屈了公子。再有公子打探消息，当然还是住在官宦人家更方便。"

"简陋算甚，先生下榻何处？我愿与先生同住。"

"我么，自然是客栈，可你是个女儿身，进出不便。"

"怎么不便？我与先生兄妹相称，不就成了么？再说客栈八方辐辏，进出往来，更不惹人注意。"

"我那些兄弟，多是江湖中的粗人，你一个女人，不怕么？"

"怕甚，江湖中人不也是人，我正想结识他们呢。再说，我身边也带的有人，没人能欺负得了我。"

朱安世无奈地摇了摇头："既不嫌简陋，就随公子好了。"

刘陵举杯道："谢谢大哥，小妹敬大哥一杯，先干为敬。"言罢莞尔一笑，一饮而尽。

再说伍被一行赶到霸城门时，卫青的仪仗已经开始入城了。在前面开道的是四十名赳赳武夫，赤帻缇衣①，四人一排，手执棨戟②；紧随其后的是百名赤帻黄衣的弓弩手，与棨戟手一起组成前导仪仗。主车之前则由黑帻黑衣、

---

① 赤帻缇衣，赤帻，红色的头巾，帻，头巾；缇衣，黄赤色的衣衫。缇，黄赤色，为古代兵服颜色。

② 棨戟，配有彩幡的木戟，古时用作官员出行的仪仗。

手执梃杖的辟车二十人护卫，高声呵斥着要路人闪避；主车前后各有八名头戴武冠大弁，手执棨戟护卫的侍从僚佐。十辆从车紧随其后，后面有赤帻黄衣、身佩弓弩的缇骑二百扈从，殿后的则是赤帻黑衣、四人一排、手执长矛的百名骑士。大队车骑，浩浩荡荡，直入长安。坐在主车中的应该是大将军，可前后左右盛陈的仪卫，使围观者根本无从看清他的模样。

望着渐去渐远的车队，黄义颇为懊丧："算啦，你们随我去大将军府，我为二位引见吧。"

随着卫氏一门贵盛，卫青的宅第已经搬到了贵戚云集的戚里。几里之外的车马人流就已阗街壅巷，前来道贺的官员摩肩接踵，都被卫士挡在大门前。一名侍者大声喊道：

"各位大人请回吧，大将军军旅劳顿，今日不见客！"

好一阵子，壅堵的人群方散去，身为中军校尉的黄义与卫府的卫士很熟，打了个招呼，卫士就放他们进去了。卫宅不算大，一式三进，他们进去时，卫青刚刚沐浴完毕，正坐在中厅休息。

卫青屏息端坐，闭着双目，正在听身旁的一个中年男子说话。黄义领他们走到附近，摆摆手，示意他们耐心等一会儿。伍被细细观察着这个名震天下的人，心中暗暗吃惊。他早年学过相面，卫青面长而阔，印堂饱满，眉骨隆起直达发际，相法上管这叫作"伏犀贯顶"，是大富大贵之相。

说话的人名宁乘，齐人，当年曾与卫青一同服役甘泉，是最先道出卫青日后富贵的人。卫青发达后，交友极为谨慎，唯独宁乘被视为贫贱之交，是可以随时出入他家中的朋友。

"仲卿，适才到府，门前人满为患，都是来贺喜的官员呢？"

卫青叹口气道："见，没完没了地应酬；不见，人家骂我不近人情。我真不知道如何是好了，子才聪慧，望有以教我。"

"大将军是万户侯，这是开国功臣萧何、曹参才有的恩典。大将军的三子，襁褓之中，无寸功可言，竟同日封侯，这个恩典，竟是前无古人的了。仲卿以为，自己的功劳，真的超迈前贤了么？"

卫青摇首道："卫青岂敢比肩前贤！今上无非看在平阳和皇后的面子上，赐小儿爵位。从平阳那里论，皇帝是这些孩子的舅舅。"

"仲卿能作此想，有自知之明。可还有一层，不知大将军想到没有？"

"哪一层？"

"敢问现今皇后与王夫人，哪一个更得皇帝的宠爱？"

卫青沉吟道："当然是王夫人。"

"对极了。将军一门贵盛，皇亲国戚，没有哪个比卫家风光。可王夫人出身贫寒，虽受宠于天子，可宗族呢？比起卫氏，简直天上地下，将军以为，他们对卫家会怎么想？"

卫青一怔，随即双眼一亮："子才的意思我明白了，独乐乐，不如众乐乐。"

宁乘道："皇上为此番大捷，赐予大将军千金，我看就用这笔钱，为王夫人的二老双亲做寿。他们念大将军的好处，很多嫌怨可以化解于无形。"

"千金贺寿，太张扬，不妥。"卫青思忖良久，下了决心，"就用五百金做寿，两家二一添作五，不那么咄咄逼人。这件事要顾到王家的脸面，你马上亲自去办，你知我知，再不要外传。"

宁乘走后，黄义才上前参见，顺带把伍被与曹梁引见给了卫青。

卫青打量了他们一眼，淡淡地说："淮南国的么？来我这里有事情么？"

伍被等揖手道："大将军声闻天下，下官等今日得瞻丰采，于愿足矣。"

卫青狠狠地瞪了黄义一眼，正看到平陵侯苏建走进来，于是揖手还礼，很客气地说道："卫某与淮南素无往来，难得各位来看我，卫青多谢了。"他指了指苏建，笑道，"苏将军有军务要事，恕不能与二位久谈。来人，送客！"

客人出了府门，卫青猛地沉下脸，怒斥黄义道："你好大的胆！不得允准，竟敢私自带人进府，混账东西！"

黄义俯首屏息，喏喏而退。

苏建笑道："大将军至为尊重，而天下士大夫却没有称誉大将军的，大将军不觉得奇怪么？如此冷落客人，岂不令天下的士大夫寒心么！"

苏建与卫青，也是要好的朋友，平日无话不谈。卫青苦笑道："子煦以为名望高是件好事么？木秀于林，风必摧之；行高于众，人必非之。魏其、武安厚集宾客，名扬于天下，却令天子切齿，最后不得好死！招揽士大夫，进贤黜不肖，乃人主之事，我们做臣子的奉公守法而已，招贤纳士，不是找不自在么！"

远远看见门丁引着所忠进来，卫青满面生辉，迎上去揖手道："不知公公光顾，有失远迎，怠慢了！"

　　所忠亦含笑还礼，揖手道："所忠先给大将军道喜了。传皇上的话，明日午前请大将军进宫，皇上要设家宴，为大将军接风洗尘。"

　　随即将头俯向卫青，耳语道："皇上这几日心情大好，我敢说，皇长子就位储君，指日可待。"

　　所忠的猜测不错，刘彻反复权衡后，决定立卫子夫之子刘据为太子。从情感上，他更喜欢刘闳，可在理智上，他很清楚废长立幼的阻力与后患。他曾与郎中令石建密议立储之事，确如石建所言，皇长子渐长，已到了就学的年纪，要为东宫配备太傅与师傅，再拖会耽误学业了。更无奈的是，以卫家与皇室的关系，立刘据为太子，已经成了势在必行的事。卫子夫已立为皇后，皇后之子做太子，顺理成章。平阳已嫁给了卫青，卫家与他的关系又深了一层。与匈奴角逐，离不开卫青与霍去病这两个人。尽管很不喜欢这种感觉，可刘彻清楚地知道，攘外必先安内，若弃长立幼，卫家这一摊子，非但不再是他事业的助力，反而会成亟待剪除的可怕威胁。如此，政局会有极大的动荡，国家会元气大伤，宏图大业或许会终成泡影。他岂可为了房闱私情，置皇权于险地呢？一念至此，他下了决心。

　　他去了王夫人居住的鸳鸯殿，与爱子刘闳玩了一阵，然后与王夫人闲话。

　　"阿闳快好六岁了吧，该进学了。"

　　王夫人笑笑："我都忘记了，难为陛下记挂着闳儿，那就烦陛下为闳儿请几位师傅吧。"

　　当断不断，反受其乱，刘彻硬下心肠道："不用另请了，要闳儿去东宫与太子一起读书。"

　　王夫人神色黯然了，问道："东宫？太子？陛下何时立的太子，臣妾怎么不知道？"

　　刘彻视如不见，很生硬地说道："明日朕就要宣布立刘据为太子，今日告诉你还晚么！阿据是皇后之子，以长以嫡，都该被立为太子，这是祖制，你们不要争。"

王夫人低下头，抹了把眼睛，委屈地说：“谁争了？皇帝莫冤枉人。”

“不争就好。你放心，闳儿眼下还小，过几年，朕会把最好的地方封给他。”

王夫人叹了口气：“我早知道会是这样，我们娘儿俩认命了。”

刘彻心有不忍，握住王夫人的手，恳切地说：“明日朕要为卫青接风，你要到场，改变不了的事情，你要学会顺应，捧皇后的场，对你与闳儿，只有好处。”

“卫青，就是皇后的兄弟，新拜的大将军么？”

“对，就是他。他可为朕立了大功。”

“若是他，我该去捧场。”

刘彻不解：“怎么？”

“大将军倒是位挺厚道的人呢。我娘今日进宫，说卫大将军今日派人到臣姜家里，以五百金为臣姜父母上寿。贵而不骄，卫家能主动关照我家，我又为甚不能捧卫家的场呢？人敬我一尺，我敬人一丈，皇帝您说，是不是这个道理？”

想不到卫青能做出这等事来，刘彻颇为吃惊，也颇为欣喜。“夫人说得对，说得好，就是这个道理。朕、你、皇后，我们是一家人，理应和衷共济。”

六十八

为大将军接风的筵席设在未央宫前殿的西暖阁，被邀约的客人们早早就到了，而晏起的刘彻却刚刚盥洗过，所忠将他的头发绾起，塞入皮弁，接过小黄门递过来的玉簪，将发髻牢牢地固定住。

"陛下，起驾么？客人到得差不多了。"郭彤匆匆走进来，顿首启奏。

刘彻端详着自己在铜镜中的形象，好整以暇地问道："皇后与大将军夫妇到了么？"

"到了。还有公孙太仆夫妇，陈掌夫妇，卫长君夫妇，冠军侯夫妇，卫家的亲友都到齐了。王夫人、隆虑公主与修成君也到了。"太仆公孙贺、詹事陈掌的妻子分别是卫青的长姐卫君孺与二姐卫少儿，卫少儿又是冠军侯霍去病的生母。

"李夫人呢？"李夫人原是普通的宫人，因侍寝有孕，接连为皇帝生下两个儿子，最近才被擢升为夫人。

"还没有到。"

李夫人仗着生了儿子，竟无视宫里的尊卑体制，刘彻不快了："哪里有皇后等嫔妃的道理？可恶！传朕的口谕，家人饮宴，都得到场。所忠，你快去催！"

所忠刚要退下，却又被刘彻叫住了："她不去就算了，免得扫大家的兴。起驾吧。"

郭彤道："陛下，隆虑公主单独求见，见不见？"

刘彻迟疑了片刻，颔首道："你带她过来。"

自从办过太后的大丧，刘彻就再没有见过隆虑。隆虑大他三岁，过去这个年，就到四十岁了。她自幼体弱，身体一直多病，二年多不见，隆虑看上去更单薄了。

隆虑公主屈膝欲拜，刘彻抢前一步扶住她，笑道："三姐，你我莫讲这些繁文缛节，快坐下说话。"

隆虑面色苍白，两颧潮红，看上去弱不胜衣的样子。刘彻心里一阵难过，关切地问道："三姐，这一向身子还好么？"

"好也好不到哪儿去，坏也坏不到哪儿去，自打娘去了，就一直是这个样子。"

"国事繁忙，朕一直顾不上阿姐……"

"皇帝肩上的担子重，要操心打匈奴的大事，阿姐虽是个女流，也还懂得国事重于家事的道理。阿姐老病缠身，怕是挨不到皇帝成就大业的一日。可阿姐有两件心事，求陛下成全。"

"阿姐请讲。"

"昭成君已快成人了，可夷安公主年纪尚幼，三年五载成不了婚，我怕是等不到那一日了。当年咱们定下的娃娃亲，陛下不会变卦吧？"夷安公主是刘彻庶出的次女，年方九岁。

刘彻笑道："君子一言，驷马难追，何况天子言出法随，怎么会变卦呢！朕再说一次，夷安是陈家的儿媳妇，绝不会变，阿姐放心了吧。"

隆虑脸上露出了笑容，可一闪而逝，她一下子扑倒在刘彻的膝下，久久不肯起来。

"阿姐，阿姐！"刘彻吃惊地看到，隆虑潸然泪下，哽咽难言。他拿起布巾为她拭泪，劝道："阿姐有事尽管说，何必如此？"

"昭成君是个孽子，总惹是生非，给皇家丢脸。要怪，就怪阿姐从小惯坏了他。可他是阿姐的独苗，于陛下又是外甥，又是女婿。阿姐在，一定管住他；阿姐若不在了，他再惹祸，望皇帝一定看在大行皇太后与阿姐的面上，饶他不死，为陈家留一条根，成么？"

原来是这件事。皇家的这些纨绔子，尤其是修成子仲与昭成君，是贵戚子弟中的害群之马，若怙恶不悛，自己姑息不问，何以服众？

刘彻蹙眉沉吟道："这件事太难了，阿姐总不能要朕枉法徇私吧！"

"阿姐绝没有这个意思。汉法有赎死的律条，阿姐只求皇帝，阿珏若犯了死罪，允准他赎死。阿姐愿奉献千金，为阿珏预赎死罪，这……这总成了吧！"隆虑面色潮红，可能太用力的缘故，咳喘不止，额头上沁出一片细汗。

看到隆虑紧张的样子，刘彻不忍峻拒，颔首道："既是这样，朕答应阿姐，可阿姐要教训他，可一而不可再，若怙恶不悛，没有人救得了他。"

隆虑长长出了口气，整个人好像虚脱了一般。刘彻扶起她，一起走出寝宫。"今日大喜的日子，我们不说这些个扫兴的事，走，随朕一起去前殿，为大将军洗尘。"

西暖阁中的食案足足摆了十张，偌大的厅堂一下子显得小了。刘彻入席后，摆摆手道："今日请来的，非亲即故，可算是家人的聚会，各位不必拘礼。大将军此番进击匈奴，大有斩获，振我国威，可喜可贺！今日这席酒，权当庆功宴。朕先敬大将军一杯，愿大将军攻无不克，战无不胜，一雪我大汉七十年的耻辱。"

众人纷纷举杯，山呼上寿。卫青红着脸，将杯中酒一饮而尽，顿首道："此番突袭右贤王得手，全在皇帝神明英武，决胜千里，将士用命。卫青不过供陛下驱驰，因人成事而已。皇帝天恩高厚，不吝爵赏，卫青受之有愧。尤其是三子俱在襁褓，无寸功而受禄，实令臣汗颜。望陛下收回成命，转授有功将士，以励民心，以劝天下。"言毕，再拜顿首。

刘彻捋须微笑道："有功将士，朕难道吝惜过爵赏么？该封赏者朕已经封赏了。朕之所以连你襁褓中的儿子也封了侯，正所以励民心，劝天下。朕要天下的人都知道，立功者必赏，立大功者，荫及子孙。

"朕翻阅石渠阁的旧档，曾见当年高祖即皇帝位时，大封功臣，刑白马盟誓的誓词。那誓词说，使黄河如带，泰山若砺，国以永存，爰及苗裔。爰及苗裔，甚意思？不就是君臣一体，世世代代泽及子孙，共享富贵么！仲卿不必过谦，若不过意，今后多打胜仗报答朝廷就是了！"

言罢大笑，众人皆笑。之后众人纷纷祝酒上寿，欢洽之情，使原本拘谨的客人们都放松了下来。

"此番拿下了河南地，可那里地广人稀，除非筑城戍守，仍难免匈奴的侵扰。"看到皇帝心情好，卫青鼓足勇气，将一直憋在心里的想法说了出来。

刘彻挥了挥手，道："此事朕早有打算，河南地划为边郡，筑城戍守，移民实边，这都是题中应有之义，朕已交代给公孙丞相他们筹划。大将军不必担心，今日家宴，不谈国事。"

酒过三巡，郭彤吩咐乐府准备歌舞助兴，刘彻摆了摆手道："且慢，朕还有件大事，本想以后诏告全国，可今日是大吉之日，此事又与各位关系甚大，就让你们先一步知道，算作锦上添花吧！"

卫青意味深长地看了卫子夫一眼，她猛然觉得心跳得厉害，难道皇帝斟酌已定，就要立阿据为太子了？她扫了王夫人一眼，王夫人低着头，心事重重的样子。看来，自己是熬出头了。

刘彻却忽然犹豫了，将已到嘴边的话咽了回去，他还要再想一想。

"皇长子阿据与阿闳已经到了进学的年纪，朕为他们物色了师傅，自明日起，他们要每日去承明殿听讲。你们做母亲的，要督促他们。"

王夫人露出了笑容，卫子夫则神色黯淡地低下了头，其他人则一片附和之声。

郭彤拍了拍手，一队盛装歌女与乐师悄没声地走进来，为首的正是李延年。乐师们安顿好乐器，李延年做了个手势，顿时钟鼓铿锵，琴瑟和鸣，曲子是宫中宴乐最常用的《安世房中乐》。歌女们分作数排，随乐声载歌载舞。

大孝备矣，修德昭明；高张四悬，乐充宫廷。云景杳冥，金支秀华……

"停，停！"刘彻蹙眉道，"怎么又是这老一套！李延年，朕命你为乐府谱的变曲新声呢？"

李延年顿首道："奴才该死！"随即起身，从一个乐人手中接过一支竖笛，呜呜咽咽吹将起来。曲子初听很悲，情浓似酒，婉转悱恻，似别离，又似追怀。无何音声渐杳，犹如瑟瑟芦花中，漫漫清江，一帆远去，而离愁别恨亦随之如烟散去，化入一碧如洗的蓝天之中。曲终，余音袅袅，徘徊不去，闻者莫不感动，暖阁中一片肃静，随即响起一片赞叹之声。

李延年揖手道："方才这首曲子名《秋思》，奴才再为陛下歌一曲《倾城倾国》，以助酒兴。"

刘彻含笑道："倾城倾国？有意思，你唱来听听。"

李延年抖擞精神，起舞踏歌。其舞步刚健婀娜，阳刚气十足，而又不失阴柔之美。神移目夺之际，又忽然引吭而歌，高亢中含蓄着柔情，如泣如诉。

北方有佳人，绝世而独立，一顾倾人城，再顾倾人国。宁不知倾城与倾国，佳人难再得！

回环往复，吟咏不绝，李延年足足将歌词反复唱了三遍，方才停口。刘彻闻歌惘然，一种莫名的情愫在胸中鼓荡不已，眼前若隐若现，似真有倾城倾国的佳人出没，这样的美人，怕只活在宋玉的词赋中吧。良久，他才回过神来，叹息道：

"好一个倾城倾国！东家之子，增一分则太长，减一分则太短，敷粉则太白，施朱则太赤。眉如翠羽，肌肤如雪，腰如束帛，齿如含贝。嫣然一笑，惑阳城，迷下蔡。世间岂有如此美人乎！"

李延年含笑不语，平阳却忍不住说道："李延年有一女弟，曾在我府中学艺，歌舞俱精，人才是第一等的，我看可以当得倾城倾国的美誉。"

话刚出口，她就后悔了。卫皇后满脸愤恨地瞪着她，对面的王夫人，眼里像要冒出火来；而身旁的夫君卫青，也是一脸的不自在。倒是大姐修成君，一脸幸灾乐祸的神情。这些刘彻都看在眼里，但却不动声色，视若不见。

"李延年，果真是这样么？"刘彻双目熠熠，充满着期待。

"奴才不敢称女弟倾国倾城，可如翁主所言，妙丽善舞是不错的。"

"你女弟现在何处？"

"在奴才家中。"

"郭彤，马上随李延年一起，将他的女弟接入宫来，朕等在这里，观其歌舞。"

乐府有了李延年，变曲新声层出不穷，可随着司马相如卧病家居，邹阳故去，辞赋又显不足了。刘彻怀念起司马相如来了，他叫过所忠，吩咐他去一趟茂陵司马家，探视相如的病情。若司马相如不能进宫，也要把他这些年写的辞赋取回来。

酒筵变得很沉闷，刘彻看了眼闷闷不乐的卫子夫，低声问道："怎么，皇后身子不豫么？"

"没有。"

"那就代朕招呼客人哪！皇后是半个主人，招待的又是你兄弟与卫家，你板起个脸，是做给谁看的！"

"臣妾不敢。"卫子夫低下头，一脸委屈。

刘彻有些不忍，低声道："朕知道你想甚。你放心，朕已决意立据儿为储，可昭告天下，要择一吉日。"

"全凭陛下做主。"卫子夫喜上心头，面色豁然开朗。

"做皇后心胸要大度，要学你兄弟，莫学阿娇。"

"我兄弟，卫青，他怎么了？"卫子夫不解。

"王夫人，你给皇后说说，大将军为你家做了甚？"

王夫人避席顿首道："启禀皇帝皇后陛下，大将军以五百金为臣妾的爷娘上寿。"

"卫青，是这样么？"

"是。"

"你倒是个有心人，说给朕与皇后听听，你所为何来？"

卫青亦避席顿首道："臣愚昧，臣是听了朋友的劝告，才这么做的。"

"哦？你那朋友是谁，怎样劝你？"

"臣的朋友名宁乘，齐人，是卫青的贫贱之交。陛下赐臣千金，宁乘劝臣说，大将军如今贵极人臣，阖门富贵，而王夫人宗族家境未富，推己及人，损有余而补不足，天道也。臣以为他说得对，故以半数为王夫人父母寿，以彰陛下亲亲之意。"

"好！有这样的朋友，是卫青的福气；有这样的兄弟，是皇后的福气。"刘彻看着卫子夫，笑吟吟地说道，"孔子说过，己欲立而立人，己欲达而达人，正是所谓推己及人的恕道。人存了这样的心，待人自会宽厚大度，他人也才会对你心悦诚服。"

卫青如此，卫子夫心里不免感动，顿首道："臣妾谨受教。"

可当李嫣在内侍与李延年的陪伴下走入暖阁时，望着款款而来的这个皓齿明眸、光彩照人的女人，卫子夫与王夫人的心再次沉了下去。一望可知，这个烟视媚行的尤物，无论对谁，在争夺皇帝的宠爱上，都将是劲敌。

六十九

　　元朔五年的夏日，艳阳高照，绵延的春旱，一直持续到夏季，中间偶尔下过几次小雨，仍远不足以缓解旱情。整个关中酷热难耐，而在前殿廊前徘徊的大臣们，心情亦如天气般焦躁不安。

　　自从李嫣进宫，皇帝仿佛变了个人，重又成了个多情少年，终日与那女人厮守在一起，往往连日宴乐，临朝的时间越来越短，间隔越来越长。公事送进去，久久得不到回复。这次，皇帝又是十日不临朝，徘徊在殿廊中的丞相公孙弘与御史大夫番系相视叹息，无奈地摇了摇头。

　　清凉殿在宣室殿的西面，地板下面有冰窖，夏季填充冰块，烈日当头，室内却清凉宜人。室内设白玉石床，上挂紫琉璃帐，宫人于帐外挥扇送风，以祛潮气。入夏以来，刘彻一直携李嫣在这里避暑。此刻他正倚在卧榻上，懒洋洋地翻阅着奏章。李嫣坐在一侧，挥着把绢扇，为他扇凉。

　　所忠匆匆走进来，伏地稽首道："陛下，公孙丞相等一干大臣都在前殿候见呢。"

　　"让他们候着去，朕交代给你的事，办得怎样？见到长卿先生了么？"刘彻早就差所忠去茂陵，可直到昨日才成行。

　　"回陛下的话，奴才只见到了司马夫人，据夫人讲，长卿先生已故去数月了。"

　　刘彻一怔，猛然觉得心里空落落的，李嫣手中的扇子也停了下来，眼中闪过一丝复杂的神情。

"可惜了！他写的那些辞赋呢？"

"司马夫人讲，自先生卧病，辞赋就作得少了，写过一篇，马上就有人索走，甚也没剩下。"

"甚？你个混账东西，早叫你去你不去，拖到现在，当然甚也剩不下！"刘彻心头火起，脸也涨红了。

望着满脸怒容的皇帝，所忠赶紧从怀中取出一卷简牍，怯生生地递了上去："奴才该死。不过夫人给了奴才这个。"

"这是甚？"

"夫人说，这是长卿先生未死时，专门写给陛下的。"

刘彻展卷细读，原来是司马相如劝他踵武先圣，行封禅之事的谏章。谏章后附有供封禅所用的颂歌数阕。刘彻默诵一过，回想起当年与司马相如那番谈话，难为他还惦记着自己的圣王大业，可却没能等到这一日。人生若梦，为欢几何！即位几近二十年，百事待兴，而上天还能留给自己多少时光呢？刘彻心里猛然间涌起一股痛楚，大业未成，时不我待，自己人近中年，竟溺于儿女私情而不能自拔，长此以往，岂不志气消磨，一事无成么！

他将简牍交给所忠，命送李延年处谱曲。却见李嫣神情大异，惘惘然若有所思，一副神不守舍的样子。他正待询问，小黄门苏文赶进殿来，奏报说汲黯不听拦阻，径自上殿见驾来了。刘彻有些心虚，急命苏文送李嫣回后宫，又招呼郭彤，马上取冠冕来为他戴上。

近些年来，刘彻驭臣下如狗马，于帝王之术得心应手。大将军卫青，势倾朝野，可他视若仆从，甚至在如厕时召见议事。丞相公孙弘求见，衣冠不整在他也是常有的事。唯独汲黯，他会冠带齐整地出见。不知是因为少时的师生之谊，还是汲黯的一身正气，刘彻在面对昔日的师傅时，心里总存有几分忌惮。

甫及冠带，汲黯已闯进殿来："陛下日事嬉游，玩物丧志，何以对先帝和大行太皇太后！"

汲黯抗声而言，声震屋瓦。内侍们面面相觑，刘彻的脸却红了。"玩物丧志？先生说哪里话！炎夏酷热，朕身体不适而已。"

"陛下在此清凉，却让大臣们在日头下一等数日，这合乎君臣之道么！"

刘彻故作惊讶道："有这种事？郭彤，快去看看，若有大臣候见，马上召他们进见。"

不一会儿，丞相公孙弘、御史大夫番系、大将军卫青、廷尉张汤、大农令郑当时等一干大臣鱼贯而入，伏地稽首请安。看到大臣们额头的热汗，刘彻心中不免愧疚，和颜悦色道：

"朕方才阅看司马长卿的遗册，劳各位久等了。各位爱卿，有事陈奏么？"

公孙弘前出一步，顿首再拜道："臣数日前所上为博士置弟子员额一事，陛下可有决断了么？"

"这是件移风易俗、崇儒兴学的好事，丞相可草拟诏书，交朕看过后，尽快发下去。"

"还有两件人事上的事，请陛下决断。"

"是石建的荐书么？就按他说的办，传诏李广，交卸右北平太守之职，尽速回宫供职。"郎中令石建病重，荐贤自代，上书说李广为人厚重可任。这件事刘彻已考虑多日，鉴于对匈奴的军事，也觉得把李广调回，比放在东北一隅作用更大。

"另一件呢？"

公孙弘瞥了眼汲黯，不动声色地说道："右内史①出缺，畿辅重地，豪族贵戚麇集，素称难治，望陛下择一名望素著的大臣出任，以安京师。"

为了明年的战事，汉朝大军已屯驻在定襄，卫青亦陈奏，军需粮秣，需郡中协调备办的事务甚多。尤其是商贾辐辏，往来人等甚杂，后勤、治安，亟待有个得力的太守主持。刘彻微微颔首，可一时间却想不出适合的人选。

"用人的事，待朕斟酌后再定。丞相，朝廷要各郡国荐贤的诏令下达后，执行得如何？"

"各地正在陆续征召，近来报到的，有淮南国举荐的儒者狄山，此人学富五车，据说曾助淮南王编撰《淮南鸿烈》，已派任为承明殿的师傅。再有

---

① 右内史，京师三辅之一，即后来的京兆尹，掌理长安城及东南十二县，位比九卿，地位则高于其他二辅与地方郡国。

济南举荐的终军,已经在路上,论日子就快到京师了,准备先安排作博士弟子。"

刘彻看了看汲黯,笑问道:"长孺先生能为朕荐贤么?"

汲黯位列九卿时,公孙弘、张汤等人不过是小吏,可不过十载,这些在他看来只知阿谀逢迎的小人,或与之同列,或拜相封侯,为皇帝所信用,远过于他。蓄积已久的愤懑不平,竟随着刘彻的这句问话一泄而出:"陛下用人犹如积薪,后来者居上,臣愚戆无能,不敢荐贤。"

刘彻的面色微红,脸上的笑意也僵滞了。"汲先生何必意气用事?拔擢后进,朕用人难道用得不对么!"

"敢问陛下,天下之治,囹圄空虚,或人满为患,哪一种好呢?"

"你这话问得好怪,当然是囹圄空虚更好。"

"法令滋彰,盗贼多有。陛下用刀笔吏更定律法,法网唯恐不密,囹圄又怎能不人满为患?难道陛下就不怕重蹈暴秦的覆辙么!"

大臣中只有张汤出身刀笔吏,汲黯指桑骂槐,他忍不住了,应声道:"没有规矩不成方圆,百姓无所遵从,何以措手足?汲都尉是在说我吧?刀笔吏又怎样,有律法,就离不开刀笔吏。"

汲黯怒斥道:"难怪人言刀笔吏不可以为公卿,果然如此。使天下人重足① 而立,侧目而视朝廷者,不就是你张汤么!"

"汲大人,大家同朝为官,都是为国家做事,夙兴夜寐,进贤不懈,是为大臣者的本分,陛下请你荐贤,你又何苦意气用事,同张大人过不去呢!"

见到说话的是丞相公孙弘,汲黯更是气不打一处来:"当年丞相师事辕固生,可他的教诲你怕是早丢到脑后去了吧?"

公孙弘的脸不自觉地红了。当年他被征入朝时,辞行时辕固生的话言犹在耳:"公孙子,务正学以言,无曲学以阿世!"

"辕固生、董仲舒与丞相均倡导儒学,可有真有假。丞相所为,曲学阿世,沽名钓誉而已。"

公孙弘沉住气,问道:"汲大人说我曲学阿世,总要有点根据吧?"

---

① 重足而立,汉代成语,形容人们因恐惧而战战兢兢与手足无措的样子。

"如你所言，为大臣者理当辅佐天子，匡正时弊。可丞相平日在人前说些甚？什么为人主者病不广大，为人臣者病不节俭，这是甚话！"

"普天之下，莫非王土；率土之滨，莫非王臣。怎么，天子富有四海，多享受一些过分么？做臣子的，节俭以奉朝廷，难道有错么！"公孙弘振振有词，义形于色。

"请问汲大人，我又怎么沽名钓誉了？"

汲黯冷笑道："君侯位在三公，俸禄万石，钱有的是，可是布衣脱粟，又是做给谁看的？说君侯沽名钓誉，难道错了么！"

刘彻道："丞相，有这回事么？"

"有。朝廷上与臣友善者，非汲都尉莫属，今日当廷诘弘，诚中弘之病。夫以三公之贵而盖布被，难怪汲大人说我沽名钓誉。可是臣也曾听说过，古代之名相有奢有俭，并无碍于治国。管仲相齐，姬妾成群，奢侈拟于君主，可不妨碍他辅佐齐桓公称霸。晏婴相齐景公，食不重味，妾不衣丝，下比于齐民，可国亦大治。如果说沽名钓誉，臣宁愿作晏婴，不作管仲。我还得谢过汲大人，不是你，陛下又从哪里得知这些事呢？"

公孙弘不急不怒，侃侃而谈，在刘彻眼中，倒是汲黯心存嫉妒，强词夺理了。

刘彻笑道："丞相佐朕，兴礼仪，行仁义，复兴三代之治，做得很好么！至于布衣脱粟也好，锦衣玉食也罢，都是个人所好，用的是自己的钱，汲师傅管得未免太宽了吧？"

公孙弘巧言令色，竟博得了皇帝赞扬，汲黯一气之下，犯忌讳的话不觉脱口而出："陛下内多嗜欲而又要外饰以仁义，丞相这套当然合用，可又何苦扯到唐虞三代之治上去呢！"

刘彻的笑容猛然僵住了，脸忽而红，忽而白，双手紧攥成拳头，不自觉地抖着，好一会儿才吐出两个字："放肆！"

殿内的群臣与内侍无不俯首敛容，为汲黯捏了一把汗。汲黯仍是负气的样子，他意识到自己惹了祸，可话既出口，覆水难收，死生只能听天由命了。

良久，满脸怒容的刘彻长出了口气，下令罢朝。众臣退出后，公孙弘与张汤却逡巡不去，似乎还有话说。

"朕不适，若非公事，还是以后再说吧。"

公孙弘对张汤使了个眼色，张汤会意，义形于色地大声陈奏道："汲黯非但肆意诬蔑大臣，且敢对陛下不敬，是可忍，孰不可忍！请陛下以法论之。"

刘彻摇了摇头道："朕自束发就学，即受业于汲长孺，其耿直敢言，数十年不变，朕知之深矣。古有社稷之臣，至如汲黯，即使当不起社稷之臣，也是朕身边少有的诤臣了！"

见皇帝无意追究，公孙弘马上附和道："陛下圣明。老臣倒是有个想法。右内史管区豪杰贵戚麇集，非德高望重的大臣坐镇，难以为治。汲黯既不满现在的职任，欲有所作为，不如转任内史之职，可以得力。"

刘彻沉吟了片刻，颔首道："也好，他有事情做，牢骚也会少些，就派任他为右内史。"

公孙弘再拜顿首道："还有件事，要请陛下定夺。"

"讲。"

"淮南国有个叫雷被的郎官，自称精于剑术，上书自荐从军奋击匈奴。可蹊跷的是，上书数月，却不见他人来报到。臣托张廷尉探查他的消息，由此却牵出不少淮南国的事情，怎么办，要请陛下定夺。"

刘彻望定张汤，蹙眉道："都是些甚事情？"

"那个雷被，被淮南王太子关押着，不准他到长安报效朝廷，为臣子者，废格明诏，罪在不赦，此其一。据淮南国中尉密报，淮南国太子，近年来，每日顿兵习武，寒暑不辍，此其二。"

"封国驻军，例由朝廷派出的中尉统领，他哪里来的兵？"

"据从会稽、豫章逃亡过来的人说，南粤蠢蠢欲动，淮南王因此招练民兵，说是防备南粤与东越犯境。可淮南中尉处，并没有得到类似消息，很可疑。"

刘彻问："他们私招了多少士卒？"

"不下万人。"

刘彻不屑道："乌合之众，派不了大用。"

张汤道："还有件事，据臣派去的细作来报，大赦出狱的宁成和他妹夫，也去了淮南，做了淮南王的客卿。淮南王好客，人所共知，可以前招揽的无非是帮他著述的文人墨客，而今则江湖术士、亡命剑客无不在网罗之中，行迹十分可疑。"

刘彻沉吟不语，看来，淮南王竟真的是想图谋不轨了。这比燕王、齐王的放纵乱伦，要严重得多，也难办得多。淮南王名重天下，威望远高于诸王，动他，得有足够的证据，搞不好会牵一发而动全身。当前对匈奴用兵之际，国内不宜动荡，这是大局，还是先听听大臣们的意见。

"此事，丞相与廷尉以为该怎么办？"

张汤道："废格明诏，依法论治，罪当弃世。"

公孙弘道："壅阻雷被报效朝廷的事小，图谋不轨之事大，在查实淮南王的反迹前，似不应操切从事。"

刘彻颔首道："丞相的话对，要先稳住他们。淮南、衡山、济北三王源出一脉，刘安若谋反，必会联络他们。你们要不动声色，暗中伺察他们的动向，不要急于收网。明年是衡山王进京奉朝请之年，他若心虚，必托故不来。"

"雷被一案该怎么办，望陛下明示。"

"淮南王是否真有反意，正可以用雷被的事来作个试探。这件事由廷尉出面，传刘迁问话，看看他怎么说。"

张汤道："臣以为，为防串供，可以传淮南太子等异地问话，看他奉诏，还是不奉诏。他若心虚，必不敢到案。"

"也好，就由廷尉会同河南郡案问，行文淮南国相，要他速遣雷被与太子到雒阳聆讯。不过要记住，莫打草惊蛇，他不奉诏，就又多背了一条罪状。"

刘彻又看着公孙弘道："淮南之事，由廷尉、河南下手办，丞相总其成。淮南国两世经营，根基很深，在一步步摸清他们的底细前，不可冒动，逼得他们铤而走险。眼下，打匈奴才是大局！"

公孙弘回到家中，刚刚换上家居时的便装，侍者来报，辟阳侯审卿来访，已在客舍等了许久了。公孙弘以布衣晋位丞相后，皇帝为加重其权威，封他为平津侯。可公孙弘是个文臣，无寸功可封，心里一直不安。审卿知道他的心思后，建议将雷被之事上奏，若由此查出淮南国谋逆之事，公孙弘便是首功。

公孙弘当然知道审家的用意，审卿的大父①审食其，被淮南王刘长所杀。父母之仇，不共戴天，审家念念于心，视淮南为世仇。雷被一事，审卿提供给他，为的是借刀杀人。若能立功，兼可为朋友复仇，他又何乐而不为呢？今日试探皇帝的态度，果如审卿所言，皇帝对淮南王疑忌甚重，而办好这件案子，审卿正是得力之人。

寒暄未毕，审卿已迫不及待地发问了："君侯，事情捅上去了？"

"捅上去了。"

"今上怎么说？"

"已经交由廷尉与河南郡传淮南太子案问，想必不久必有结果。"

"太好了。君侯，淮南那边的线索，我又搞到一条。"

"哦，甚线索？"

"这回是他们窝里反。刘安有个庶出的长子名不害，愚憨不智，自幼不得其欢心。王后荼不以为子，太子不以为兄。可这呆子却生了个聪明伶俐的儿子，名刘建。推恩令下达后，诸侯纷纷上表分封诸子为侯，刘建亦望其父能够推恩封侯。可刘安父子根本没有这个意思。刘建心怀怨望，暗自结交壮士，欲害太子，以其父取而代之。事泄，太子几次寻衅毒打其父，刘建恨之已极，差人到长安上书。君侯说巧不巧，此人今日却被我遇到。"

"上书中说些甚？"

审卿将一卷竹简递给公孙弘，里面概述王后、太子如何虐待他父子，表示愿受朝廷的征问云云，其中只有"臣具知淮南王阴事"这句话，暗示着他知悉淮南的阴谋。"这个上书的是个甚人？"

"此人乃刘建的亲信，寿春人，名严正。我问过他淮南王有甚阴事，他说刘建告诉他，只有听到淮南国不利于他父子的消息，他才可以伏阙上书。至于淮南的阴谋，他也不清楚。"

"这个严正现在哪里？"

"在我家里。"

---

① 大父，即祖父，古人称祖父为大父。

公孙弘沉吟良久，眯着的双眼猛然大睁，精光四射："这个人极要紧，你要看好了他，甚时候用他，你听我吩咐。"

"是。还有件事，也与淮南有关。那个严正说，他在长安城内看到了淮南国的翁主刘陵。君侯想，这刘陵涉嫌巫蛊，逃犹不及，去而复来，不是很可疑么？"

"果真是淮南国的翁主，他没有看错？"

"我也这么问他，可他发誓他看见的就是淮南国的翁主，他是淮南国宫里出来的人，想必不会错。"

公孙弘颔首道："辟阳侯的大仇可以得报了！不过有一件事，君一定要答应我。"

"但凭君侯吩咐。"

公孙弘神情郑重地拍了拍审卿的肩头："刚才这件事你知，我知，千万莫讲出去。报仇得一步步来，甚时告变，你要听我的。"

七十

淮南王，自言尊。百尺高楼与天连，后园凿井银作床，金瓶素绠汲寒浆。
汲寒浆，饮少年，少年窈窕何能贤？扬声悲歌音绝天，我欲渡河河无梁。
愿化双鹄还故乡，还故乡，入故里，徘徊故乡身不已，繁舞寄声无不泰，
徘徊桑梓游天外。

红烛高烧的寿春王宫中，钟鼓齐鸣，一队歌女随着乐声载歌载舞。一阕
歌毕，主宾齐声赞好，刘安饮了一大口酒，斜倚在小几上，满脸笑容地接受
家人们祝酒上寿。

九月重阳，是淮南王刘安六十五岁的寿日，淮南王府连日张灯结彩，大
摆筵席。衡山、济北两国都派来专使为他上寿，日间拜寿的有司的官员络绎
不绝，场面上的应酬过后，接踵而至的又是晚间的家宴。刘安两子一女，今
年的寿宴，令刘安美中不足的是，女儿刘陵没在身边。

王后荼茶、太子刘迁上寿后，轮到了长子刘不害。刘不害的母亲，原是
淮南王的宠姬，分娩时难产而死，刘不害生而骙痴，直到五岁时才会说话，
且又结巴。刘安由此不喜欢这个儿子，平素关系疏远。每年只在祭祖与贺寿时，
刘不害才能见到父亲一面。

"父……父王，儿……臣愿……愿父王强……强强饭毋恙，长……长乐
无极。"刘不害举着酒杯，费了好大力气，才说出祝词，额头已经冒了汗。
望着儿子的窘状，刘安蹙眉叹息，王后与太子则相视而笑。

刘建见状，又羞又恼，猛地站起来，愤然道："家君口讷于言，是自幼落下的毛病，尽人皆知，有甚可笑么！"

刘迁也跳起身来，恶狠狠地逼视着刘建："放肆！你个没大没小的东西，这里没有你说话的份！"

刘安摆了摆手，示意刘迁坐下："阿建，有甚话你讲。"

平日难得见刘安一面，此刻机会难得，刘建顾不上多想，把平素的怨恨一股脑抛了出来："家君骏痴，可也是阿爷亲生的骨血，朝廷允准推恩，诸侯无不纷纷上表以求分封子弟，阿爷却连块封地也不肯给他，薄凉至此，实在让孙儿寒心。"

刘迁插言道："也不看看你爹那个样子，封给他甚，都得给败了！"

"都给我住口！"刘安沉下脸喝道。他目不转睛地盯着刘建，"不给封地，寡人饿着你们了，还是冻着你们了？无知孺子，你懂个甚？你以为朝廷推恩是为了这些诸侯王好？是为了亲情？笑话！"

他吩咐宫丞晋昌去取一幅帛图。"朝廷千方百计想要做的，就是削弱各地的诸侯。有个叫贾谊的，最早出了这个坏主意，叫甚'众建诸侯而少其力'，现在的推恩令，如出一辙。王分封子弟为侯，侯再分封子弟为君，不过三代，一个诸侯国就这么完了，没了。我不管别国如何，淮南绝不上这个圈套。"

晋昌取来了帛图，刘安将图挂上，展开，伸手在图上比画着："你们看看，这才是当初的淮南国，比起现在要大几倍！朝廷逼死了你们的王父①，说他谋反，其实还不是为了削弱淮南！天子立吾等为王时，淮南被一分为四，衡山、豫章与庐江被分割了出去。阿建，你给我记住了，不分封，子孙世代王侯；分封了，不过一两代，尔等的子孙还比不上庶民百姓。"

郎中令左吴走入殿中，神色慌张地奏报说，不知出了什么事，淮南中尉邓昕，从牢狱中提走了犯人雷被，现正带兵向王宫这里来。

"莫怕！"刘安强自镇定，"取我的朝服与冠冕来！寡人还是诸侯王，他一个淮南中尉，其奈我何！"

---

① 王父，即祖父，古代称祖父为王父。

邓昕昨日还随其他官员向刘安祝过寿，见到刘安朝服冠冕，盛装相见，不由得一愣，随即赔笑道："殿下莫误会，卑职来此，只是传达朝廷的诏命……"

刘安冷笑道："你随意到我宫中提人，知罪么？"

"罪？这倒让臣不明白了，臣奉命提雷被到案，何罪之有？"邓昕并无怯意，口气很强硬。

"到案，甚案？寡人怎不晓得！"

邓昕递上一卷简牍："这是驿卒早间传下来朝廷的文书，王爷不妨自己看看。"

简牍上加盖有丞相与廷尉府的封泥。内容是：淮南郎中雷被身负剑术，上书自愿奋击匈奴。明知朝廷征召天下材能之士，淮南太子却格阻不遣，着廷尉将淮南太子、雷被等相关人等解赴河南雒阳，听候案问。

刘安将简牍递给儿子："为甚要去河南，淮南就不能问吗？"

邓昕道："朝廷这么做，总有他的道理，王爷还是为太子预备预备，抓紧上路，早去早回吧。"

"不成，我不放迁儿去。我迁儿犯了哪条律法，凭甚带他走！"王后孟荼紧紧抓住了儿子的衣袖，厉声喝问道。

刘安道："邓大人，你该知道，那雷被下狱，不是为的甚上书从军，而是以下犯上，用剑伤了太子的缘故，这里面一定有误会。"

邓昕冷冷地瞟了他们一眼，揖手道："到了河南，不就知道了？臣乃奉命行事，请王爷王后见谅。公事我交代给王爷了，去与不去，是贵邸的事情，何去何从，殿下好自为之。"言罢，揖手告退。

"父王，咱们怎么办？"刘迁望着邓昕的背影，眼中闪过一道凶光。

刘安看了眼刘不害父子，摇摇头，叹道："你们看到了？南面为王，却连顿寿筵也吃不消停！一个小小的中尉，也敢不把寡人放在眼里。今日就此散席，你们先退下去吧。"

顿首再拜后，刘建扶着父亲，退了下去。随后，王后孟荼也被刘安打发回了后宫。

怕事，怕事，可事情终究还是找上门来了！悔不该没有听儿子的话，养痈遗患，若早早杀掉那个雷被，什么事也不会发生。眼下他落入朝廷的掌握，必会不利于淮南。难怪儿子说自己妇人之仁，妇人之仁，害人哪！刘安心怀愧疚，绕室彷徨，不停地自责。

"父王，怎么办？河南儿臣是决不会去的！"事已至此，刘迁反而置之度外，比他更沉着。

"太子说得对，大王要快些拿主意。当断不断，反受其乱哪。"郎中令左吴、宫丞晋昌心怀焦灼，连声附和。

抗拒，会有不测之祸，到头来免不了兵戎相见。可军权不在王室手中，即便夺了军权，起兵的准备也还远远不足，孤注一掷，必致宗族陵夷，宫室丘墟。遣儿子到案，又怕上了朝廷的圈套，被一步步诱入陷阱。事关淮南的生死存亡，刘安的方寸乱了，额头上淌下的冷汗，把眼睛渍得又涩又痛。斟酌良久，他还是委决不下，于是反问刘迁有什么办法。刘迁比父亲冷静得多，也强硬得多。

"大不了鱼死网破。我不去，朝廷必下令淮南中尉拘捕我，我们王宫的卫队有万人，挑选出有勇力的壮士，装成卫士，持戟侍立于父王四周，一旦闹僵，父王一声令下，即刻刺杀中尉于宫中，夺其兵符，号令全军。"

刘安摇摇头："以我淮南一国之力，是万万对抗不了朝廷的。不到万不得已，不能行此下策。能拖就先拖些时日，看看阿陵那里有甚消息再说。阿迁，王室卫队这里，你要马上去布置，王宫内外的警卫也要加强，还要密切注意国相与中尉的动静。"

刘迁恨声道："那个祸根，也不能放过他。"

刘安颔首道："你是说雷被？当然不能放过！你去安排些个江湖上的高手，等他出了淮南，在去雒阳的路上，结果了他。"

刘迁去后，刘安又召见了中郎将伍被。伍被从京师回来后，刘安曾几次以举兵之事问计于他，打算委任他为淮南的前敌统帅。而伍被力辞不就，并举当年七国败亡之事为谏。七国有天下之半，尚且不胜，而今淮南地不过一郡，兵不足数万，强弱胜败之势可以立判。刘安则以为，淮南若能揭竿而起，或可如陈胜、吴广故事，各郡国群雄并起，造成土崩瓦解之势，进而乱中取胜。伍被却哂笑说，秦末人心思乱，而今国泰民安，形格势禁，倡乱者必败无疑。刘安又气又怒，他知道伍被是孝子，下令将其父母软禁在后宫，以胁迫他顺从。

伍被进殿，正欲伏地顿首请安，刘安上前一步扶住他，苦笑道："闭门家中坐，祸从天上来。伍将军，此番非寡人谋反，而是朝廷找上门来，要逮太子去河南。不害愚懲，吾只此一儿可以承嗣。朝廷这是要绝我的后，寡人不得不作预备。"

雷被之事，可大可小，伍被本想劝淮南王奉诏，可父母被当作人质，他不能不低头附和："朝廷这样做，是逼人太甚了。"

"那么，伍君应许做寡人的将军了？"刘安一喜，双目灼灼地盯着他。

"臣不能答应，臣只能为大王筹划大计。"

筹划就是参与，而参与就是谋反，如此伍被就没有回头路可走了，不怕他不跟着自己走。刘安笑吟吟地看定伍被，颔首道："也好。依你在京师的观感，方今之朝廷，是治呢，还是乱呢？"

"方今之天下，当然是治世。"

刘安不以为然道："你这么说，根据是甚？"

"被私下观察，自天子倡导儒学，朝廷君臣父子夫妇长幼之序皆依古礼，风俗纲纪没有缺失。富商大贾周流天下，道无不通，货畅其流。南粤宾服，羌、僰贡献，东瓯入朝。朝廷重挫匈奴，收复河南地，筑城朔方，修复长城旧塞。虽然称不上太平盛世，可也绝不是乱世。"

刘安不悦，厉声喝问道："可天子好大喜功，滥用民力，晙削商贾，逼迫诸侯，凡此等等，难道不是事实么！"

伍被语塞，揖手谢罪。刘安沉默了一会儿，挥了挥手道："好了，不扯这些，我们说正事。依你看，山东一旦有变，朝廷会派谁主持军事？"

"大将军卫青。"

"那么公以为，大将军如何人也？"

"臣有故人黄义，在大将军麾下从事。上次送大山小山去京师，臣与谒者曹梁，随他拜访过卫青。据黄义所言与臣等亲见，大将军谋勇兼优，数击匈奴，身先士卒，战无不胜。而且遇士大夫以礼，驭士卒有恩，众人皆乐为所用，有古名将之风。"

"是么？寡人倒听说，朝廷上只有一个汲黯是直臣，其他如公孙弘等，不过是发蒙解惑的俗儒而已。阿迁之智略不世出，非常人所及，从前去京师迎娶时，曾遍会群臣，以他看，汉廷公卿列侯无非沐猴而冠者，根本没有出色的人才。"

刘安父子如此狂妄自大，必败无疑。可也犯不着当面揭破他，伍被笑笑道："是么？那么大王若要举事，必得先刺杀了大将军，方有胜算。"

刘安前席，与伍被造膝而对，很殷切地望着他："伍君，大丈夫以一言决生死。当年吴王所以失败，在于他不明军事。欲取关东，要害在成皋，而吴王不知扼守，致使朝廷大军源源不绝而来，焉能不败？若是寡人，会先派大将占此通路，之后挥军西向颍川，堵截辕、伊阙之道；发兵南阳以扼武关。如此，关东汉军援兵不继，坐困愁城，何忧不胜？寡人与左吴等日覆地图，关东形势，可谓成竹在胸。人言'绝成皋之道，天下不通'，寡人据三川之险，招天下之兵，公以为如何？"

狂妄自负，纸上谈兵。伍被摇摇头，苦笑道："臣但见其害，未见其利。淮南距成皋不啻千里之遥，大王怎敢肯定我军会比朝廷的大军先到，而成皋的守将又不会婴城固守，以待援军呢？"

"以公所言，竟是只有刺杀卫青一条路可走了？"

伍被肯定地点了点头。刺杀大将军，谈何容易，伍被的真实意图无非要刘安知难而退，为救父母，他只能虚与委蛇了。晋昌走进来，附在刘安耳边说了些什么。刘安面带喜色，要伍被等在这里，自己则随晋昌匆匆而去。

在偏殿的一间密室中，刘安接见了刚刚从衡山国赶回来的宁成。数月前，得知衡山王少子刘孝招揽宾客，刘安即授意宁成往投其门下，一来为刺探衡山国的消息，二来可以相机行事，游说衡山王，联手对抗朝廷。

衡山王刘赐，是刘安的兄弟。刘安兄弟三人，被汉文帝分别封为淮南、衡山、庐江三王。刘赐最初被封为庐江王，七国之乱后，衡山王刘勃北迁为济北王，刘赐则被徙为衡山王。衡山国位于淮南之西，两国互为掎角之势，刘安若起兵，衡山王不响应，会有极大的后患。他派宁成去，为的就是拉衡山下水。

"怎么，见到衡山王了？"

"见到了。"

"他怎么说？"

"衡山王看上去意有所动，却未置可否，说是今年奉朝请路过淮南时，与大王面谈。"

刘安颇为失望，眼下形势急迫，他没有时间等。衡山王若坐观成败，甚至更坏，对他落井下石，上书告变，淮南可就真的族无噍类了。

宁成看出了刘安的不安，很沉着地笑了笑："衡山王来时，殿下与他明说无妨，他有短处，不敢不从大王。"

于是将数月来在衡山刺探到的消息，一一讲给刘安听。衡山王刘赐任少子刘孝治军，佩戴王印，号称将军，并赐予他大量钱财招揽宾客。宾客中多有野心之人，鼓动衡山王父子谋逆。刘赐命刘孝暗中私刻天子印玺与将相、军吏之印，并豢养了一批敢死之士。

宁成诡秘地一笑："大王可知，衡山王父子要对付的是谁？"

衡山王与刘安，曾因礼节之事积不相能，兄弟间已多年不相往来。刘安诧异道："难不成他们是想要对付寡人？"

"正是。臣听衡山王的门客奚慈、张广昌讲，大王一旦起兵北上，他们准备趁虚而入，发兵淮南，占据江淮。"

刘安大睁着眼睛，叫道："可恶，寡人没有打他的主意，他却算计起寡人来了！"

"与大王联手，还是投效朝廷，以臣观察，何去何从，衡山王还在两可之间。可他们私刻天子与大臣的印玺，已经是谋逆的重罪。大王拿住这个要害，衡山王绝不敢妄动。"

刘赐的所为倒提醒了刘安，有些事要提前预备，比如皇帝玺印，丞相等三公九卿之印，将军、二千石的大吏及各郡太守、都尉之印，刀剑弩矢，等等。一旦事变，仓促之间赶办不齐，会贻误大事。

宁成走后，刘安要晋昌传命少府赶办这些器物，自己又回到正殿，继续与伍被议事。

"方才，伍君言起兵必得先刺大将军，怎么办得到？公为寡人言之。"

伍被思忖了一阵道："殿下可选几个心腹之人，伪装得罪逋逃京师，投效于大将军与丞相门下。一旦得到大王起兵的消息，先刺大将军，再游说公孙弘，只要丞相肯与大王里应外合，朝廷一定会乱套，成事的把握会大得多。"

伍被说得不错，得拉公孙弘下水。他要派人送书去长安，要阿陵代自己赠一套《淮南鸿烈》给公孙弘，公孙弘自以为大儒，好附庸风雅，正可借此试探一下他对自己的态度。

"国内如何发动，还望将军有以教我。"

"殿下可命人于宫中燃火，国相与二千石的大吏必会赶来救火，诬以谋害大王，就宫中斩杀，并以之作为起兵的理由。至于招兵扩军，殿下可派人改易衣装，假作会稽、庐江和豫章郡传檄报警的士卒，一路大呼'南粤兵犯境'。如此必会群情汹汹，一时半会儿，他人难辨真伪，大王便可以名正言顺地招兵买马。"

刘安将髯大笑道："好，好！伍君真乃寡人之子房，这两件事，就照你的计策办。"

"大王，可以放臣与父母团聚了么？"

刘安笑吟吟地看着他，颔首道："你既愿做寡人的忠臣，寡人自不能不让你做孝子。晋昌，你陪伍将军去后宫探视老人，为孤备一份厚礼，一并送去，为老人压压惊。"

伍被刚走，太子刘迁神色慌张地冲进来："父王，又出事了。刘建那个逆子，偷听到了咱们方才的计议，欲上书告变。"

如巨雷轰顶，刘安怔得目瞪口呆，好一会儿才开口道："建儿告变？怎么可能！"

刘迁递给父亲一卷简牍："有卫士看到他鬼鬼祟祟地附在窗前偷听，事后报告了我，我带人去他的住处，他却逃了。在其书案上，见到了这件尚未写完的告变文书。"

刘安扫了一眼，气急败坏地吼道："他人呢？快去把这逆子给我抓回来！"

"晚了。我带人一直追到江边，他乘的舟船已经过了淮水。"

大难临头，刘安反而有了决断："你马上派人连夜赶赴长安，告知阿陵，要她无论如何要找到阿建，他若不听劝，就除掉他，绝不可容他抢先上变！"

七十一

半个月后的长安藁街，翕侯赵信的府邸，就位于熙熙攘攘的胡市后面一条窄巷中。自放走冒脱后，已经过去了三年。他平日除去校练士卒，深自韬晦，虽然住在胡人聚居的藁街，却极少与人往来。得知伊稚斜夺得大位的确切消息，赵信既欢喜，又焦虑。欢喜的是，回归匈奴终于没有了障碍；焦虑的是，伊稚斜一直没有派人与他联络过，这种憋闷的日子，不知还会延续多久。

这一日从校场回来，正在自斟自饮，司值的亲兵走了进来。

"将军，有人求见。"

"甚人？"赵信心中一动，问道。

亲兵摇摇头："来人自称是将军的熟人，不肯报名讳。"

话音未落，身后已闪出一人，对他使了个眼色，抱拳长揖道："赵将军，上谷一别，暌违已久，将军可还安好？"

赵信摆了摆头，亲兵退了下去。

"原来是朱先生，生意可还好么？"赵信示意他坐下，捡起只空酒杯，斟满，递了过去。

来者是朱安世，他用手摩挲着酒杯，低声道："敢问将军府上说话方便么？"

赵信颔首，默默注视着他。

"敝人从北边过来，有人托我带件东西给将军。"说罢，他从食指上捋下一只戒指，递给赵信。

戒指的金托上镶着颗硕大的绿松石，正是伊稚斜常戴的那只。赵信心中涌起一阵狂喜，但面容依旧平静。

"大单于有何吩咐？请讲。"

"大单于命我传话给将军，他盼着将军尽快回龙城襄助大业。"

"马上走么？"赵信欣喜不置，紧盯着客人，双目熠熠生辉。

朱安世摇摇头："不急。大单于命我转告将军，胡汉不久会在阴山一线会战，将军应力争随征，相机行事，阵前举义，予汉军以重创。"

赵信沉思了片刻，点了点头，问道："大单于还吩咐了甚话？"

"没了。"

"好。先生辛苦了，我要下面添几个菜，我们好好喝它一回。"

"将军莫张罗，大单于的话已带到，在下还有急事要出关，朋友就在府外候着，此番实在不能久留，叨陪末座，只能俟诸来日了。"朱安世敛容顿首，随即起身，揖手再拜道，"将军保重，在下就此别过了。"

刘迁仍迟迟不赴河南应诉，朝廷催迫的公文不断，急如星火。淮南国相许敬忍无可忍，于是向朝廷上书，以大不敬的罪名劾奏淮南王。刘安闻讯，亦派人到长安候司①，申辩自己并未阻挠雷被从军，拘押他实在是因为他以下犯上，刺伤了太子。

事情交付廷议，多数公卿认为淮南王不奉诏，罪当大不敬，应予逮治。刘彻却不动声色，派中尉殷容亲赴淮南，面询雷被之事。刘安接到女儿送来的消息，知道天子无意深究，也放缓了谋反的脚步。孰知刘彻的想法是：燕王、齐王新死，若以雷被这样的小事处置淮南王，会使诸侯人人自危，于安内攘外的大局不利。对于大臣们议定的严厉处置，他都没有允准，而是再派殷容赦淮南王父子之罪，削去淮南国两个县作为处罚，看看刘安有什么反应。

刘安先是得到刘陵的密报，说举朝公卿议定以"废格明诏"的罪名诛杀他们父子，遂决定铤而走险，在汉使宣诏时发难。可殷容一入淮南国境，天子赦免的消息已不胫而走。见到淮南王时，殷容满面笑容，连声道贺，虽然

---

① 候司，汉代法律用语，意为听候有司的询问，类如现代被告遣代理人出庭应诉。

被削地二县，可小不忍则乱大谋，刘安忍下了。事后，他深以为耻，又加快了谋反的步伐。

元朔六年冬十月，衡山王刘赐赴长安奉朝请，经水路抵达寿春，行辕就设在淮南王宫之中。刘安设盛宴款待，酒筵散后，兄弟二人促膝密谈。

"阿赐，可还记得当年父王被监押入蜀时，我们兄弟跟在囚车后面锒铛而行的情景么？"

刘赐有些吃惊："王兄何以问起这件事？"

刘安叹息道："父王屈死的大仇未报，可同样的祸事，怕是又要落在我们头上了！"

淮南王的意图，刘赐已从宁成的游说中晓然于心，可他更想从刘安口中得到证实，于是试探道："王兄是指朝廷削地之事？"

刘安恨声道："不假！弋阳、期思两县，已被划入汝南郡。吾年逾耳顺，一生以仁义自励，不想到头来，天子竟借故夺削寡人的封地，耻辱啊！"言毕悲从中来，两眼荧荧似有泪光。

刘赐义形于色，愤然道："我真搞不懂，王兄是皇室宗亲，论辈分还是皇帝的叔父，雷被不过一背主求荣的小人，而朝廷竟不分亲疏，不论尊卑，一意袒护这样的小人。是可忍，孰不可忍！"

"老弟你太天真了。朝廷岂能不明亲疏尊卑？分明是有意为之。"

"有意为之？为甚？"

"为的是削弱所有威胁到皇权之人。只要能抓到点儿把柄，天子会无所不用其极，把咱们捏在手心里。无事则鼓动推恩，让诸侯自生自灭；有事则夺权削地，逼你就范。诸侯不可能不怨恨，而这正是朝廷想要的，是以谋逆之名消灭我们的证据。这些伎俩，一代甚似一代，老弟还没有看透么！"

刘赐若有所悟，颔首道："难怪了，我也碰到过类似的事情，朝廷也向着背主求荣的小人。"

"甚事？"

"我上一次入朝是在元光六年。随行的有个谒者卫庆，颇通方术。那时天子好神仙之道，重用李少君，山东术士辐辏京师，争相自荐。这个卫庆也动了心，欲图上书自效。这种背主求荣之辈，是个祸害，我找了个借口，劾其死罪，内史却不接这个案子。我令人劾告内史，内史却反咬寡人一口，说寡人强占民田房产。有司自然向着他，反倒要逮治我。天子不辨是非，竟将衡山国二百石以上主吏的任免之权，收归了朝廷。"

刘安笑吟吟看着刘赐，颔首道："这就对了。老弟招兵买马，私刻印信，为的就是对付朝廷吧？"

刘赐勃然变色："王兄何出此言？莫血口喷人，这种事情开不得玩笑的！"

"谁开玩笑！宁成你可还记得？你我做的是同一件事情。"

刘赐悻悻然："宁成？我与王兄不同，王兄胸有大志，不甘屈人之下。我之所为，但求自保而已。"

刘安笑道："私刻天子玺印，也为的是自保么？"

刘赐语塞，嘴唇哆嗦着，倏然间面无血色。

刘安握住刘赐的双手，语重心长地说道："《诗经》中讲，兄弟阋于墙，外御其侮。你我过去虽有嫌隙，可大难临头之际，还当守望相助，共渡难关。阿勃早死，淮南一支，我们兄弟是硕果仅存的两人，一荣俱荣，一损俱损啊。以愚兄看来，皇帝是有意剪除疏宗的诸侯，你我忍让，只能坐以待毙，不过时候迟早而已！"

"怎见得皇帝一定要剪除我们？"

"燕王、齐王就是前车之鉴，而孝景皇帝一支的赵王、胶西王、江都王，同样有罪，甚至有过之而无不及，朝廷却不闻不问，放纵不管。你想想看，是不是这样？"

刘赐思忖良久，颔首道："是这样。"

"更何况朝中还有与我们不共戴天的仇人，日夜媒孽于其间，防不胜防啊！"

"仇人，是谁？"

"辟阳侯审卿，是父王当年手刃的审食其的孙子，你想他会放过我们？小女阿陵来信说，此人于公卿大臣间到处煽惑，说咱们欲图谋反。"

"既然是世仇，皇帝应该晓得，他是公报私仇。"刘赐将信将疑。

刘安目光灼灼，看定刘赐："皇帝要整我们，正用得上这种小人。朝廷已经搞到了我头上，我倒了，下一个就会是你。依你，你会怎样做？"

"困兽犹斗，我自不能束手待毙。"

"好兄弟，不愧淮南王之后！朝廷势大，我们与其被各个击破，不如联起手来，与朝廷拼个鱼死网破！"

刘赐的脸涨红了："朝廷若欺人太甚，也只能反了。怎么做，我听王兄的。"

刘安大喜，兄弟俩前嫌尽释，重归于好。刘安召来了刘迁与心腹近臣，一起谋划并约定了两国攻守同盟事宜。次日，刘赐宣称身体不适，打道回国，同时遣使赴长安上表谢病。

刘赐的上表递到长安时，已在一个月之后。刘彻看过表，面色蔼然地笑笑，问那使者道："王叔有病，自当调养，谢得甚罪！朕记得，衡山王也已年过六十了吧？"

"是。王爷今年冬月，就要满六十三了。"

"都是朕的长辈，衡山距京师数千里，往来奔波很辛苦，王叔年纪大了，就在封国好好颐养天年吧。你回去代朕告诉他，朕允准他今后与淮南王一样，免奉朝请。"

专使退下后，张汤密奏，衡山王原已启程，途经寿春见过淮南王后，忽然称病回国，十分可疑。刘彻道："这本在朕预料之中，他不来，恰恰证明了他心虚。这件事情先不要追究，眼下的大事是痛击匈奴，你与公孙丞相，没有真凭实据，先不要惊动他们。"

张汤道："可万一他们趁朝廷大军出塞，中原空虚之际，兴兵作乱，岂不危险？"

刘彻大笑道："朕是太了解这两位王叔了！论起著书立说，难得有人与淮南比肩；可若起兵谋反，他们的胆不够，脑子也不够！淮南王多谋寡断，无足为患！衡山王就更是等而下之了。"

公孙弘匆匆走进殿来，顿首陈奏道："陛下，出大事了，辟阳侯审卿被刺了！"

刘彻一震："辟阳侯？怎么回事？"

"审卿为报世仇，一直搜罗淮南谋反的证据。淮南王之孙刘建与淮南太子不和，差严正来长安告变，就住在审家。昨日审卿到臣府上，说是刘建来信说淮南太子要害他父子，要严正照约定告变。他与老臣约好，今日一同带严正入宫。老臣久等不来，派人去审家催问，却见到审卿与严正，双双被刺身亡。"

毂辇之下，竟有人敢行刺朝廷列侯，刘彻觉得事态严重了。"甚人所为，查出来没有？"

"凶手没有留下踪迹，估计是淮南派来的刺客。"

"那么那严正上变的文书呢？"

公孙弘递上简牍，刘彻看过，蹙眉道："具知淮南王阴事？那个刘建呢？"

"据严正说，刘建已逃出淮南，估计正在来长安的路上。"

这个刘安，朝廷没有动他，他倒先在京师动手了，是可忍，孰不可忍！

"张汤。"

"臣在。"

"缉捕刺客之事就交给廷尉府了，你要尽快破案。那个刘建是关键证人，一旦到了长安，你要保护好他，把淮南王种种谋逆不道之事，都给朕挖出来。这件事不必声张，只要不惊动他们，一时半会儿还掀不起大浪。"

"臣明白。"

"再有，刘安平素以仁义标榜，沽名钓誉。此案查清后，朕要暴淮南王之恶，也要有个合乎春秋大义的说法，以昭示于天下。这件事，丞相要费心，找个明于春秋史传的人参与此案，丞相还是总其成。"

公孙弘道："老臣府中的长史吕步舒，是董仲舒的弟子，学养俱佳，可以当此大任。"

"好，淮南王谋逆之事查实了，就派吕步舒为专使，持节到河南问案。还是那句话，眼下对匈奴作战是大局，淮南的案子，没拿到真凭实据前，不可妄动。"

退朝后，张汤随公孙弘一道去了丞相府，商讨破案之事。望着张汤一脸的愁云，公孙弘道："廷尉有心事么？"

"这缉捕刺客之事，全无线索，若全城大索，今上又不准声张，难哪！"

"老夫倒是有条线索。那严正曾对审卿说过，他在京城见到过淮南国的翁主，你想会不会是那丫头觉察出甚，先一步下手杀人灭口？"

刘陵？不正是巫蛊案子中的漏网之鱼么！张汤两眼放光，追问道："君侯有此线索，为甚不早说？"

"老夫没有声张，为的是放长线钓大鱼，给皇帝一个惊喜。孰料他们先下了手，真是可恶至极！"

张汤猛然一拍大腿，叫道："糟了，那刘建若是联络不上严正，还敢到京师来么？"

公孙弘沉吟道："这个刘建，已经没有了退路；若想保住性命，只能到官府告变。京师他若不敢来，必会去雒阳投案。张大人事不宜迟，马上派人到河南候着，我看能够等到他。"

公孙弘的判断不错。数日后，刘建果然到了函谷关，在客舍用饭时，听到了严正被杀的消息，连关也没有进就掉头而去了。

自从接到朝廷的海捕文书，关吏彭从格外用心盘查往来出入函谷关之人，尤其注意年轻人。文书上说，长安的刺客中有位青年女子，而淮南进京的逋客也是位少年的王孙。无论进出，都只有通过函谷关，这真是老天爷眷顾，上司宣称，无论拿到哪一个，都有厚赏。几日来，彭从一直亲自守在关门前，两眼盯在进进出出的人身上，生怕漏过一个。

将近午时，自长安方向过来数骑人马。为首一人，瘦身长脸，后面跟着的是位青年公子，可彭从多年练就的锐利眼风，还是一眼看出她是女扮男装。

瘦子递过来的关传，是太仆府颁发的，人数没错，去向是定襄。彭从上下打量着这几个人，猛然拽住那公子的马，喝问道："你是甚人？"

瘦子一把打开了他的手，几个随从拔剑在手，护住那女子。戍守的士卒见状，猛扑上来，将他们团团围住。双方剑拔弩张，怒目相对。

那瘦子示意随从们不要动，气定神闲地望定彭从，问道："阁下要做甚，难道我们的关传不对么？"

"关传是死的，可人是活的。长安出了谋刺列侯的大案，所有可疑人等，都要仔细盘查。这位公子心里没鬼，做甚女扮男装啊？"

"阁下好眼力，这公子女扮男装不假，她是鄙人的女弟，这样装扮为的是行路方便。”

彭从冷笑道：“你骗谁呢！海捕文书上说刺客中有个青年女子，我看，你们怕都是这刺客一伙的吧。来呀，把他们都给我拿下！”

“慢着！”瘦子睁圆了眼，幽幽的目光中透出一股杀气，“这函谷关我常进常出，还没见到你这么不通情理的！叫你们都尉来，让他认认我们是不是刺客！”

彭从斜睨着瘦子，不屑道：“你好大的口气，都尉大人是你想见就见的么！少废话，都给我拿下！”

豁朗一声，瘦子拔出佩剑，喝道：“哪个敢动？不要命的就靠前试试！”

剑身寒光熠熠，看得出来，刃口极为锋利。士卒们用长戟逼住瘦子一伙，迟疑着不敢上前。彭从怒道：“娘的，还治不住你们了？给我放弩！”

士卒们扣弦搭箭，张弩欲射之际，忽听有人大叫：“住手，都给我住手！”

彭从回头望去，却见关都尉孙皋带着一干侍卫，匆匆向关门走来。他赶忙跑过去，正待禀报，孙皋却一把将他推开，直奔那瘦子而去，边揖手为礼，边笑道：“属下都是新征调来的，不认得朱兄，冒犯了！”

瘦子插入佩剑，瞟了彭从一眼，也揖手笑道：“难怪，我看这些兄弟也眼生。不打不相识么，再见就是朋友了。”

孙皋请那瘦子到府叙话，瘦子推托有急事，要兼程赶路，略说了几句话，就带人上路了。彭从满心焦急，凑到孙皋身边，指着那青年公子的背影道：“大人不该放他们过关！此人女扮男装，很可疑，像是海捕文书中说的女刺客。”

孙皋白了他一眼：“你知道个甚！这是多年往来于边塞京师的朱大侠，长安多少豪门贵戚，都是他的朋友，得罪不起的。亏你还是个老吏，这么没眼力，以后再这么不知轻重，你他娘的就干到头了！”

孙皋回府后，一个老卒碰了碰彭从，悄声道：“这个姓朱的是贩马的大驵，每回出入关卡，都会孝敬当官的一大笔，出手豪阔着呢。几任都尉都被他喂饱了，你惹他，搞不好要送命的。”

“当真？”

“假不了！方才的事你是亲眼所见吧？交情不厚，都尉大人能帮他？告诉你，几任都尉都与姓朱的称兄道弟，好得不得了。姓朱的送钱，我见到过的就有五六起。"

"那好，找时间老兄给我唠唠这些事，我请你饮酒。"

老卒听说有酒喝，乐得两眼放光，随即又压低声音道："唠唠可以。可你别说是我讲的，都尉大人知道了，不是要的！"

"好，咱们一言为定，你讲的，我都烂在肚子里。"

彭从认定那女子可疑，上司以人情卖放疑犯，本来可能到手的厚赏，竟打了水漂。他是个睚眦必报的人，决不肯这样就算了。他想起一个长安的朋友，对，找田甲，他认得当朝的廷尉，即使这些人不是刺客，他们上下其手，受贿卖放之事，也够这都尉受的。想到这里，他的心情好了些，抬眼向关外望去，却见一位气宇轩昂的少年公子，正向关门走来。莫不是淮南那位王孙到了？彭从心中暗喜，大步迎了上去。

可马上他就泄了气，少年交上的关传，写明的姓名是终军，乃地方举荐的博士弟子，正赶往朝廷报到。少年布衣粗褐，风尘仆仆，看样子是一路步行而来的。

"敢问军爷，过了函谷关，去京师还有多少里程？"

"五六百里该有吧。既是地方上举荐你进京，为甚不乘官传①呢？这么一路走着，不辛苦么？"

"一路行走，沿途观览名山大川，风土民情，可以亲眼领略书中所学，辛苦也值得。"

验过关传，少年背起行囊，举步欲行。彭从拦住他道；"慢着，有件东西给你。"

少年接过去，却是半幅撕开的绢帛，上面的字迹被一分为二，勉强能看出"函谷关"几个字。

"这是做甚用的？"

"用处大了，你过关用传，这东西叫军繻，作用与传相同，不过由军府发放。你去长安，再出关时，交上此繻，与关吏存着的另一半对得上，才能放你出关。"

---

① 官传，即官方为公出的人员配备的车马，又称传乘。

少年笑笑，笑容中有种与年龄不符的豪迈。"大丈夫西游京师，事业有成，还用得着凭这个出关么！"

言罢，竟弃缳于地，大步而去。彭从呆呆地望着少年的背影，许久才对一旁的老卒叹息道："好大的口气，这小子早晚是个人物！"

七十二

匈奴袭扰掳掠边塞，多选在秋高马肥之际，此时匈奴大会蹄林，课校人畜，军力最为集中。汉军出击，则多选择胡人春季转场之时。这个时候，匈奴人多散居于大漠南北，马的膘情也差，救援呼应不易。更严重的是，牲畜的转场被干扰，会极大影响畜群的繁殖，疲弊其国力。

元朔六年春，大将军卫青统率十余万大军出塞，再次寻求匈奴主力作战。为了诱使伊稚斜南下决战，汉军赶在胡人春季转场之前的二月，对匈奴人实施了初次打击。散居于塞外冬季牧场的匈奴群落被扫荡，斩首三千余级，虏获数十万牲畜，卫青相信，消息会很快传开，伊稚斜被激怒，调集大军南下报复。汉军则可以逸待劳，实施皇帝拟定的方略，予以围歼。

汉军的中军大营设于定襄。卫青以下，分设六将军，分别是中将军公孙敖、右将军苏建、左将军公孙贺、前将军赵信、后将军李广、强弩将军李沮，均归大将军节制。朝廷的方略是：以六路大军分布于自云中至雁门长达五六百里的边塞外，唯中路让出数十里宽的一道口子，可以直抵定襄。卫青放出风，大军退入定襄休整。一旦急于报复的单于大军寻踪而入，两翼各军就会迅速包抄合围，吃掉匈奴主力。刘彻很得意这个方略，称之为"关门打狼"。

可一个多月过去，并无伊稚斜的任何消息。卫青有些焦急，指派前将军赵信、右将军苏建各率所部骑兵，出塞探寻匈奴人的动静。不久后，赵信探报在阴山一带发现左贤王的大军，卫青率大军出塞兜击，可甫经接战，匈奴人就退走，这样且战且走数日，卫青大军已追至阴山北麓，四路大军只斩获一万五千余级，而且多数是散居畜牧的胡人。当卫青返回到边塞时，却听到了一个惊人的消息：就在大军追逐左贤王部时，伊稚斜却率军南下，一举包围了前、右两军，赵信率所部八百人叛降，而右军伤亡殆尽，苏建只身逃回。

原来，汉军的方略早已由赵信密报给单于，伊稚斜将计就计，派左贤王诱开汉军主力，然后以迅雷不及掩耳之势，吞噬了汉军的右翼。这个结局，出人意料。军情报到长安时，刘彻极为恼怒，一下子掀翻了御案。

"叛贼！这样的叛贼，怎么可以委以前军主将的重任？卫青该死！"

众臣与内侍，个个低首敛容，眼观鼻，鼻观心，大气也不敢出。良久，右内史汲黯出班陈奏道："陛下息怒。我军虽有两路败绩，可大将军斩获颇丰，即使在阴山腹地，匈奴人也难得安全了！老臣以为……"

他欲言又止。刘彻冷冷地看着他，问道："以为什么？先生尽管说出来。"

"老臣以为，朝廷正可趁此机会，与匈奴再议和亲。匈奴新败，气焰大挫，应该可以成功。"

刘彻盯着他，蹙眉道："你说甚？是和亲么？"

"是和亲。"

"不是说我们胜了么！胜了为甚要与胡人和亲？"

"正因胜了，匈奴才会低首下心地接受和亲，如此，朝廷方可与民休息。"

"与民休息？"

"朝廷连年用兵，征发不绝，地方赋税捉襟见肘，而奖励将士，动辄巨亿，国库亦难以为继。望陛下体恤民艰，暂息兵戈。"

汲黯说的是实话，刘彻又何尝不知军费浩大，国家的财用不足。可两军相逢勇者胜，相持之际，他不能有半点退缩；反之，要再接再厉，决不能给对手以喘息的机会。此次决战不成，尤其是赵信的背叛，暴露了汉军的意图，此后再寻伊稚斜决战就更难了。

刘彻皱着眉头，很恳切地说："先生的意思朕明白，可先生也曾为朕讲过为山九仞，功亏一篑的道理。为驱逐匈奴，朝廷厉兵秣马数十年，此时退缩，不但不智，而且遗患无穷。不把匈奴逐出漠南，大汉会永无宁日，为了长治久安，一定得打下去，直至匈奴降服，不能为害中国时，朕才会休兵。"

汲黯的话勾起了他的心事，财用不足确是件大事，得想法子解决，不然确会掣军事之肘。他忽然想起一件事，于是问身边的谒者令郭彤道："前日有个河南人上书，自愿捐输一半家财以助边事。你去见过他了么？"

郭彤道："此人名卜式，奴才已经见过他了。"

"你问过他这样做的缘故了吗？"

"奴才问他，捐输是否为了做官。他说他自小牧羊，不会也不想做官。奴才又问他，是不是家里有冤屈，要朝廷为他做主。他却称与世无争，说甚邑人或得其资助，或服其教诲，没有不拥戴他的。"

"哦，既然如此，他捐输为的是甚？"

"奴才也是这样问他，他说天子欲诛匈奴，做百姓的，应有钱出钱，有力出力，帮助朝廷诛灭匈奴。"

"哦？这倒是个急公好义的人呢。丞相，树此人做个表率，倡导公卿百官与商贾等有钱人家捐输助国，你以为如何？"

公孙弘摇首道："老臣倒是觉得此人行事有悖人情事理，他这么做，应该有所图。有所图而又不肯说出来，足见此人居心叵测。老臣以为，此人乃一沽名钓誉的伪君子，其所为不可为法，更不可树立为民众的表率。"

刘彻对公孙弘的话不以为然，可又想不出驳斥的理由。沉吟了片刻道："他既不愿做官，也好，上林苑中有供奉御膳祭祀用的羊群，他既善牧羊，就派他去饲喂，看看他的本事如何。"

劝人捐输，靠个把卜式这样的人不够，看来还是要自己带头做起，公卿百官与地方的诸侯才会响应。他要与少府计议一番，看看皇室能够捐出些甚，自己率先垂范，全国的富人跟从响应，国用不足的难题方能迎刃而解。

在这之前，应该寻求一个长远有效的法子，筹集军费。更要紧的是，一拳接一拳地重击匈奴，毁伤其元气。他要尽快实施"断匈奴右臂"的方略，而实施此方略的统帅，要起用锐气十足，敢于深入的霍去病，刘彻暗暗在心里作了决定。

刘建滞留雒阳半载，一直下不了投案的决心，投了案就回不了头了。他恨刘迁，可担心牵出刘安，若牵出刘安，朝廷会以谋逆废黜淮南国，如此告变岂不是自我毁灭？皮之不存，毛将焉附？淮南刘氏不存，他又图得个什么！

可即使他不出首，也会被淮南视为叛卖的罪人，严正的死告诉他，王父与太子会毫不留情地诛杀他。或许，此刻就有刺客在雒阳四处找寻他！他惊惧地想起数日前的一幕，他在城内的一家酒店中自斟自饮，店门处一阵喧哗，他猛然抬头，却与一双熟识的目光碰个正着。

四目相对，两人都怔住了，这个化装成男子的人正是淮南的公主刘陵，跟在她身旁，一身仆从装扮的人，是刘陵的侍女阿苗。其他两个男子，刘建没有见过：一个是瘦子，面目精悍；另一个身材壮硕，面目凶狠。刘陵盯着他，偏过头对身旁的瘦子说了句什么，一伙人排开店堂内拥挤的客人，径直向他走过来。

刘建的心一下子提到了喉咙，好在他对这个酒店很熟，很快从庖厨绕到后门，慌不择路地穿街走巷，直到确信甩掉了那伙人，才悄悄回到寓所。此后几日，刘建深居简出，一直处于惶惶不安之中。刘陵一直在长安，为何到了雒阳？他越想越不安，严正被刺，十有八九是刘陵干的，此番到雒阳，莫非就是奉王父之命取他性命来的！

"韩公子，韩公子，有客人求见。"是女房东的声音。刘建在雒阳，隐姓埋名，对主人自称韩姓。

客人？他从未对他人泄露过住址，怎会有人找到这里！他跃起身，透过窗棂看出去，女房东正笑吟吟地引着两名女子走进院子。刘建觉得浑身的血都涌到了头顶，冷汗涔涔而下，手脚仿佛失去了知觉，动弹不得。来者正是刘陵与侍女阿苗。

"阿建，"等到奉茶的女房东退出去，刘陵才似笑非笑地开了口，"自家的事情，有甚说不开的？你出走半载，父王很为你忧心，你爷娘望你回去，整日以泪洗面。你这么做，对得起谁？"

刘建低头不语，思忖着脱身的办法。

"父王带信给我，要我带你回去。你收拾收拾，与阿姑一道回淮南。见了王父认个错，他不会怪罪你的。"

"真的，王父能饶了我？"刘建抬起头，面色苍白，心里仍在思忖如何逃出去。

刘陵笑道："当然是真的，阿姑会骗你不成！父王责怪你，阿姑会帮你说话的。"

刘建点点头，顺从地取出衣篋，交给阿苗，又招呼女房东，结算了房钱。女房东接过钱，诧异地问道："公子有急事么，怎么说走就走？"

不等刘建开口，刘陵接过话头道："爷娘卧病，急着见阿建。"

"姑娘是？"女房东很好奇，边问边随他们向外走。

"我么？"刘陵笑吟吟地望着她，"是阿建的姑姑，接他回家的。"

见刘陵不备，刘建猛地推开走在前面的阿苗，一个箭步向大门冲去。可不等他迈出院门，却被一个瘦子堵在了门前。

女房东张大了嘴，正待呼喊，刘陵使了个眼色，说时迟，那时快，阿苗扔掉衣篋，一扬手，一把短剑已洞穿了那女人的喉咙，血泉涌般四溅，女人哼了一声，倒地身亡了。

刘陵扬手打了刘建一个耳光，冷笑道："背祖求荣的东西，怕了？怕了就莫向朝廷告密！"她指指那个面无表情的瘦子，"躲，你躲得过去么！你以为改名换姓就找不到你了？这位朱大侠，雒阳到处有朋友，查出你的所在，不费吹灰之力。"

刘建浑身冷汗，嗒然若丧，瘫倒在地上。阿苗找出根绳子，将刘建的手脚捆牢，门外的两个男人将他扔进一辆挂着布幔的安车。刘陵与阿苗也挤进帐幔，坐在他身上。刘陵用指尖狠狠戳了下他的额头："你老实待着，我带你回淮南，你若再想跑，我会让阿苗取你性命。"

不知颠簸了多久，安车停了下来。不远处似乎有个男人在同人交涉着什么，刘建乱嗡嗡的头脑忽然清醒了过来。一定是到了城门，雒阳城的守备，最近严了许多，听说是朝廷的专使莅临，与淮南的案子有关。

"这车里是甚人？"男人的声音已经到了近前。把守城门的军吏走到了车旁，随手将帐幔撩开了一道缝，一道刺目的阳光射了进来。

"救人啊，淮南王杀人啦！"刘建拼尽全身的力气，边挣扎，边大叫起来。

不等军吏反应过来，跟在他身后的瘦子已扼住他的脖颈，一用力，随着颈骨的断裂声，卫士如一摊泥般倒了下去。不远处的卫士见状，挺着长矛拥过来。

"阿陵，快上马，我们走！"那瘦子与壮汉挥剑格挡着冲过来的卫士，大叫着招呼刘陵。

阿苗一跃下车，牵住马匹，刘陵袖出一把短剑，扬手刺向刘建。一支弩箭激射而至，短剑应声而落，她痛得叫出了声，被射中的小臂上血流如注。阿苗见状，奋力将她托上了马，自己亦随身跃上马背，调转马头，双腿用力一夹，那马嘶鸣一声，飞也似的绝尘而去。瘦子刺倒一名卫士，也飞身上马，疾驰而去。在他身后仗剑掩护的壮汉，寡不敌众，倒在了乱弩之下。

卫士们围上来，掀开车帷，车中躺卧着一个手脚被缚的青年男子，满脸的恐惧与绝望，有气无力地说：“带我去见专使，我是刘建，我要告变。”

刘建的供词飞报到长安，廷尉张汤连夜入宫呈报皇帝。刘彻很快地浏览一遍供词，蹙眉道：“刘迁谋逆，刘安不知，你相信么？”

张汤道：“这个刘建只肯供述刘迁阴谋行刺中尉之事，涉及刘安，他一问三不知，王温舒用了刑，他仍是咬死了不认。”

这个淮南王，自以为仁义冠天下，却连个家也治不好。刘建告讦刘迁，为的是取而代之，居心可诛。衡山王近来也上表，请求废黜刘爽，另立刘孝为王太子。看来，他的家事也是一团糟。这些个诸侯王，修身齐家的功夫没有，却个个野心膨胀，觊觎皇位，真是可笑之至。刘彻在心里冷笑了。

“审卿被刺那件案子，查出头绪了么？”

“有头绪了。数月前，函谷关一军吏曾向廷尉举报，有人女扮男装过关，行迹可疑。当时怀疑是淮南国的翁主勾结江湖人物所为，惜无确证。此番刘建招认，绑架并试图杀他的，正是刘陵。联系到严正、审卿被杀之事，可以肯定，均是一伙人所为。”

“江湖人物？是朱安世么！”

“据函谷关军吏与洛阳城门卫士所言，与刘陵同行的瘦子，很像是朱安世。”

“要尽快捉这两人归案，他们能去哪里？”

“或者是淮南，或者是定襄，朱安世贩鬻，那里是他的老窝。”

“定襄，定襄……”刘彻沉吟了一会儿，终于下了决心。

值得警惕的是，地方诸侯与江湖人物勾结，已经对大汉构成了严重威胁。

刘陵能拉拢朱安世，在京城刺杀列侯，到雒阳绑架刘建，四处游走，杀人无忌，朝廷的威信何在？大汉的律法何在？该是趁军事的间隙，处置淮南、衡山之事的时候了。

"你马上指令减宣，以专使身份携缇骑五百赴淮南，会同淮南国中尉，遣散王宫卫队，逮治刘迁。"

"淮南王若拒绝交人，怎么办？"

"朕要的就是这个！逮刘迁为的是敲山震虎，淮南王平日视其为拱璧，动了他，他会反形毕露。告诉减宣，朕准他放手办事。刘安若拒绝交人，就立即围困王宫，拘捕所有淮南国的宫人与门客，不准放跑一个人。"

"臣奉诏。" 张汤顿首再拜，响亮地答应了一声。皇帝要动真的了，他表现的机会来了，内心有种压抑不住的兴奋。

"再有，之前所定徙郡国豪杰及家资三百万者于茂陵一事①，拖拉数年未能落实，你出宫后到丞相那里去，告知他严敕各郡国抓紧督办。另外要他明日会同尚书台，拟一道诏令，南阳太守义纵转任定襄太守，要他不必回京陛见，火速赴任。"

皇帝的目光坚定而冷酷，张汤觉得背上有股飕飕的凉意，定襄，看样子是要大开杀戒了。

_____

①《汉书·武帝纪》：（元朔三年）夏，募民徙朔方十万口；又徙郡国豪杰及訾三百万以上于茂陵。

七十三

得知女儿在河南失手，刘安寝食不宁，愈来愈迫近的危险，如一块巨石压在心中。几日下来，寝食难安，他人瘦了一圈，皮肉松弛，老态毕现。刘建落到官府手中，淮南与朝廷也就到了图穷匕见的时候，再敷衍下去，就是自欺欺人了。

他瞻顾彷徨了数日，终于下定了决心。不反必亡，反，或许还会有一线生机。无论如何，他要拼一次，就是死，也该死得壮烈。

"当断不断，反受其乱。朝廷的缇骑随时会来，我们等不得了。阿迁，怎么办？"刘安问计于儿子，目光中有种殷切的期望。

"一不做，二不休，反了！"刘迁口气凶狠，目光中却有种茫然，"关键是淮南的精锐不在我们手里。儿子的想法是，趁朝廷的人没下来，先一步解决许敬、邓昕这些人，把兵权夺过来。"

"怎么夺？"郎中令左吴，有些气沮。淮南中尉掌控着数万精锐，以区区万人的王宫卫队，夺中尉的军权，他信心不足。

刘迁看了眼左吴："当然不能硬夺。马上就是重阳日了，父王可邀约封国内二千石的大吏入宫饮宴，就在筵席上诛杀。然后称有人谋反，接管中尉府，宣布戒严。"

"之后呢？"

"中尉所辖之军，连同王宫卫队，总计在三万人以上。我们可以谎称蛮夷犯边，再征召几万人入伍。同时派出专使，联络其他诸侯。朝廷的精锐之师多驻扎在北部边塞，要调集一支大军来淮南，没有一两个月不成。只要能顶住几个月，一旦天下骚动，我们就有机会。"

左吴摇了摇头道："先发制人，后发制于人，坐等不是办法。一旦发动，即应挥师西向，把战火燃向中原。事发突然，朝廷猝不及防，胜机应在大王一方。"

刘安搓了搓手，很有些心动的样子："我曾问过伍被，他讲若举事，应先刺杀大将军，蛇无头不行，没有了卫青，长安怕会乱作一团。寡人觉得他的话有道理，你们以为如何？"

刘迁哂笑道："他可真是异想天开，刺杀大将军，是他说的那么容易的事么！"

左吴亦道："话说得不错，可派谁去，又怎么接近卫青？况且，即便此事可行，也缓不济急。"

刘安颇为扫兴，于是议定重阳节发动，刘迁、左吴分领卫队埋伏于宫中，派王宫内侍分头邀请国相、内史与中尉入宫赴宴。

终于要举事了！刘安既兴奋，又紧张，几番睡下，却寝不安枕，噩梦连连。于是连夜召伍被入宫，他要有个人说说话，以纾解内心的焦虑。

"将军，淮南就要大祸临头了。"

"大祸临头，大王何出此言？"伍被望着刘安，眼中流露出惊疑的神色。

"阿建那个孽子，落在了雒阳官府手中，不知会胡说些甚。大难将至，寡人如箭在弦上，不得不发了！"

"大王打算怎么做？"

"天子连年征伐匈奴，劳动天下，百姓怨声载道。诸侯行为失检，忧心朝廷追究者，亦大有人在。我举兵西向，必有响应者，就算无人响应，还军以略衡山，犹可以自固。将军以为如何？"

"苟延时日可以，持之久远，不可行。"

"左吴、赵贤、朱骄如都以为胜算为十之八九，唯独将军以为不可行，根据何在？"刘安悻悻然，恶狠狠地盯着伍被。

"大王欲行大事，首在人才，而群臣近幸中素得人望者，如雷被，皆系诏狱。大王无可用之才，拿甚对抗朝廷？"

"这么说，是寡人委屈了雷被？这种背主求荣的小人，死有余辜，寡人失误在没有早些杀掉他。你不会像他一样，出卖寡人吧？"

伍被一惊，再拜顿首道："大王于臣有知遇之恩，臣不敢不据实以对。"

刘安颔首道："寡人看重的就是你肯说实话。"他起身在殿中踱了几步，"我就不信，陈胜、吴广身无立锥之地，不过百余名刑徒，在大泽乡振臂一呼，天下响应，举兵西向，到戏下时，号令的大军已达百二十万。寡人行仁义，国虽小也可征集胜兵二十万，难道不比那些刑徒胜出千百倍么！"

"可陈胜、吴广当年可以做到的，大王如今未必能够做到。"

"怎么做不倒？"

"臣祖子胥，死于忠谏。愿大王勿蹈吴王之覆辙，臣冒死为大王言之。秦皇无道，残贼天下，杀术士，燔诗书，弃礼义，任刑法。男子耕不足以食，女子绩不足以衣，北筑长城，南伐百越，暴兵露师数十万，僵尸满野，流血千里，死者不可胜数……"

不待伍被说完，刘安便打断了他："当今天子不也如此？北攻匈奴，经营西南夷，好大喜功，民不聊生！"

伍被苦笑道："请陛下允臣讲完。秦始皇修陵墓，筑阿房，求仙药，滥用民力而不知爱惜，赋税之重，征发之频，用刑之严苛，空前绝后。那时民怨沸腾，欲为乱者，十室而八，人皆引领而望，如大旱之望云霓。举国人心思乱，才会有陈胜一呼，天下响应的局面。而今大汉国势蒸蒸日上，民心安定，绝非举事的时机。别的不说，秦时百姓收入的一半要交赋税，而大汉十五税一乃至三十税一，百姓的日子比秦代要好上十倍！仅此而论，大王想，百姓们会想造反么？"

刘安语塞，伍被继续说道："国泰民安的时候举事，绝难成功，有吴楚七国的前车为鉴。今上非秦始皇可比，大将军的才能亦非当年的章邯可比，大王之兵，人数不到吴楚的十分之一，而天下之安宁，又百倍于秦时，岂是可以行险侥幸的时候？商纣不用忠臣之言，虽贵为天子，死时不如匹夫。愿大王听臣的忠言，莫轻弃千乘之位，蹈吴楚七国的覆辙，身死国灭……"伍被悲从中来，流涕不止，再也说不下去了。

刘安的双眼湿润了，他强忍住感伤，摇摇头道："晚了！就算寡人听你的，可朝廷就要对淮南动手了，难道寡人坐以待毙不成？"

伍被叹了口气道："逼不得已，臣有愚计，可以一试。"

刘安眼睛一亮："你说说看。"

"当今诸侯无异心，百姓无怨气，若举事，非得搅起内乱不可。朔方地广人稀，朝廷早晚会移民实边，殿下可以伪造丞相、御史大夫的上书，扬言朝廷欲迁徙郡国豪杰，家产五十万以上及百姓有轻罪者，限期举家迁往朔方。再伪造左右都司空①文书，声言逮诸侯太子与幸臣赴诏狱。如此，百姓怨恨，诸侯恐惧，随后派辩士鼓动他们，或许可以侥幸一逞。"

刘安沉吟片刻："计策可行，只是缓不济急。我们等不及了，只能直接发动了。"事机间不容发，明日就会血溅朝堂，这个时候找伍被谋划大计，又有什么用处呢？他自嘲地笑了。

可他没有料到的是，次日情势大变，他们精心准备的政变，竟然落空了。应邀赴约的只有国相许敬，内史以外出公干敷衍，中尉邓昕则以朝廷诏令不得私自会见诸侯王为由，辞谢不来。

中尉不除，无法掌握驻军，国相不掌握军队，杀了许敬，反而会惊动邓昕，有害无益。刘安无奈，只得借故送许敬回府。正在忧惶无计时，传来了更坏的消息。左吴来报，朝廷的专使已经到了淮南，指名逮治太子刘迁。

"此番专使，派的是御史减宣，此人是个出了名的酷吏，还带了数百名缇骑，其势汹汹。"

"他到了宫门么？"

"还没有，减宣先去了中尉府，召许敬与内史前去议事。"

刘安满头冷汗，颓然道："想不到他们下手这么快！晋昌，你马上传令关闭宫门，要卫士们戒严。"

刘迁反倒比父亲冷静，他止住晋昌，问道："专使只对着我来的，没有牵涉父王么？"

---

① 都司空，汉九卿太常属下掌管诏狱囚徒之官。

左吴道："没有。"

"那就不要紧，我们还有机会。"他跪在刘安面前，顿首道，"儿臣请父王收回成命。"

"怎么，难道我们束手就擒么？"

"我们准备不足，淮南之兵，不在我们掌握之中，仓促起事，了无胜算。刘建告变，无非谋杀汉中尉之事，可参与此事者皆已为儿臣灭口，死无对证，其奈我何！朝廷要逮治我，就由他，这样赢得些时间，父王可以待机再举。"

内侍通报，内史奉专使之命，传太子到案，正在宫门候见。刘安嗒然若丧，怔怔地望着儿子，完全没了主意。良久，他摆摆手要刘迁退下，吩咐晋昌传内史晋见。

"方才请你不来，现在却不请自到，有事情就说吧。"刘安冷着脸，没好气地说。

内史揖手道："启禀殿下，专使减大人的行辕已经设在了中尉府，臣奉专使之命，传太子与翁主到行辕问案。"内史的语气还算温和，可脸上凛若冰霜。

"翁主？你是说阿陵？"刘安一惊。

"正是。听说是与长安、雒阳的两件行刺案相关。"

"寡人老矣，朝廷逮治我一双儿女，难道竟是要寡人断子绝孙么！"

"大王莫要厚诬朝廷！请快些传太子、翁主出来，随臣去中尉府。"内史冷冷地注视着刘安，口气强硬。

一名宫人飞奔而来，上气不接下气地禀报道："大……大王，不……不好了，太子他……"

"太子怎么了？"刘安的心一下子缩紧了。

"太子他……他自到了！"

"甚？太子自到了，这是真的？"刘安怔住了，浑身战抖，泪水汩汩而出。内史也被这个消息惊呆了，追问道："为甚？太子他人还……"

"为甚？"刘安老泪纵横，放声号啕道，"迁儿天潢贵胄，义不受辱，伏剑自刎，以一死报朝廷，这够了么！"

宫人再拜顿首道："太子还没有死，宫医正在救治，王后请大王快去后宫。"

刘安怒气冲冲地瞪了内史一眼，拂袖而去。内史尴尬了片刻，决定先出宫向专使报告消息。

太子殿内乱成一团，医官与宫人们进进出出，王后孟荼两眼失神，呆坐在一旁。见到刘安进来，她紧张地问道："他们真的要把迁儿带走？大王，迁儿就快没命了，你要想个法子呀！"

刘安示意她安静，走到儿子的榻旁。刘迁仰卧着，面色惨白，气息微弱，胸口包裹着的大幅白绢上，洇着一大片血渍。

医官须发皆白，见刘安过来，敛眉低首道："太子以短剑自刺心口，没有刺中，血已经止住了，眼下尚无性命之忧。"

刘安松了口气，低声吩咐道："对外你要说太子伤势垂危，命在旦夕。"他回身看定王后，问道，"阿陵呢？"

孟荼摇摇头，没好气地说道："一早就再没有见过她，怕是又同那姓朱的客人在一起。"

刘安命众人照看刘迁，独自去了东厢刘陵的住处。女儿不在，侍女说她一早出宫，与朱先生一伙出城校射去了。女儿伤好后，忽然对习武有了兴趣，每日带着阿苗，与太子和那个朱安世到郊外跑马射箭，早出晚归，乐此不疲。

他走进女儿的寝室，在卧榻上坐下来。室内装饰华丽，小几上有只镏金的小盂，里面插着的燃香已经熄灭，可仍闻得到一股淡淡的，若有若无的馨香。

他四十岁上才得了这个女儿，爱若拱璧。女儿幼时伶俐温顺，小鸟依人，与偎在膝前的女儿嬉笑玩耍，是他最大的快乐。成年后的女儿明丽脱俗，冰雪聪明，更是他心头的骄傲。如烟的往事飘忽不定，女儿的如花笑靥似在眼前，一股悄然而至的温情裹住了他，刘安紧锁的眉头舒展了，唇间的笑意，隐约可见。

紧随而来的是即将失去儿女的恐惧。大难临头，国破家亡，五十年前淮南国那一幕又将重现，这一次朝廷不会放过他们。棋错一着，满盘皆输，他若早下决心，现在尚可以借城背一，如今驻军已在朝廷掌握之中，一切都晚了。一种前所未有的无力感攫住了他，他潸然泪下。

此番朝廷来势不善，开口就要逮治他的一双儿女，明摆着要置淮南于死地。他已年近古稀，死不足惧，可叹的是淮南与朝廷的夙怨未了，这个夙怨自父王未出生时就结下了，父王之死，身为长子的他含恨忍辱数十年，是该了结的时候了！他猛然间明白了，十几年来的密谋准备，根本是不可能实现的妄想，是他宣泄内心仇恨的白日梦。伍被说得对，小小一个淮南国，拿什么与正当盛世的朝廷抗衡呢！大梦醒来时，也就是交出性命的时候了，在即将到来的清算中，他与儿子，难以幸免，目前唯一可做的，就是在朝廷向自己动手之前，帮助女儿逃出去，存留下淮南刘氏的这点骨血。

一念至此，他又振作了精神，连续召见内臣，对几件大事作了安排。刘陵一行去寿春城郊行猎，直至傍晚才回来，听说白日之事，她受了不小的惊吓，看望过刘迁后，来不及易装，急急赶到刘安的寝宫。

"父王，朝廷真要对我们淮南下手了？"刘陵气息咻咻，仍是一身男装。

刘安不动声色地望着女儿，良久问道："随你出猎的朱先生呢？"

"朱先生回了馆驿，怎么？"

刘安命内侍马上去请朱安世，然后看定女儿："这个姓朱的，靠得住么？"

"当然靠得住。人家是大侠，信义当先，不然在江湖上也站不住脚。父王可是想用他对付朝廷？"

刘安摇摇头道："偌大个淮南国办不到的事，他一介匹夫又能做甚！我是想求他带你走。"

"带我走，为甚？"

"朝廷派来的专使，不光是冲着你兄长来的，还要逮治你。你要马上走，走得越远越好。"

刘陵闻言，心头一酸，眼中已有了荧荧泪光："阿爷不走，女儿也不走。"

"朝廷现在还没有动到我，我走，岂不是畏罪潜逃？君死社稷，吾当与淮南共存亡。寡人生为一方诸侯，活要活得堂堂正正，死也要死得有尊严，不能让天下的人，看我们淮南刘家的笑话！你留下来，只会拖累我；你走，是为淮南刘氏存留下一线血脉。若淮南果真覆亡，王父的大仇，父王的大仇，淮南灭国的大仇，都要靠你来报。"

"女儿一个弱女子，如何报得了这几世的大仇？"

"正因你是个弱女子，朝廷才会放过你。死很容易，活着才艰难。阿陵，还记得我给你讲过的赵氏孤儿的故事么？"

春秋晋景公时，晋大夫屠岸贾诛杀赵朔，灭其族。赵朔之妻乃晋成公之姐，匿避于宫内，有遗腹子。得知屠岸贾欲斩草除根，赵朔的门客程婴与公孙杵臼议救婴儿，公孙杵臼问抚育婴儿成人与死，哪件事更难。程婴回答说，抚育婴儿更难。公孙杵臼道，赵氏遇君厚，吾为其易者，君当其难者。于是议定以他人婴儿假冒，由程婴告变，引军逮公孙杵臼。公孙杵臼怒骂程婴背主卖友，与婴儿一同被杀，而程婴遂得以带赵氏孤儿（赵武）逃匿于山中。忍辱负重十五年后，程婴终于有机会与朝廷众臣攻灭屠氏，为赵氏报了大仇。赵武成人继业后，程婴为取信于老友公孙杵臼，自杀成仁。

"阿爷老了，死不足惜，阿爷一死，朝廷以为大患已除，会松懈下来。阿陵你就可以活下来，淮南几世的冤仇，要靠你来报。阿爷就如公孙杵臼，阿陵你却如程婴，要艰难地活下去，成就我们几世的复仇夙愿。"言罢，刘安老泪纵横，刘陵则早已泣不成声。

朱安世来时，刘安已镇静如常，刘陵的眼圈还是红红的。朱安世早已觉察出气氛异常，虽心存焦虑，可脸上平静如常。

"王爷连夜召见，可是出了甚事么？"

"大侠之风范，寡人从阿陵处听到许多，原想留大侠多住一阵子，可惜没有这个机会了。我有一事相托，请大侠一定答应我。"言罢，刘安起身，长揖为礼，神色十分恭敬。

朱安世赶紧起身还礼："不敢当，不敢当。王爷有事尽管吩咐，只要力所能及，在下愿效驱驰。"

刘安指了指刘陵："小女阿陵，蒙大侠几次相救，老夫感激不尽。此番我淮南将遭大难，我仅此一女，就托付给大侠了。"

于是将朝廷专使指名逮治太子、翁主一事，讲述一过。朱安世听着，额头不觉冒出了冷汗，刘陵有事，必然会牵扯到自己，淮南不能再待下去了，得赶快返回定襄，一旦朝廷追缉得紧，还可以出塞到匈奴避祸。

"在下四方贩鬻，游走江湖，居无定所，翁主可能吃得苦么？"朱安世的语气有些迟疑。

刘陵冷冷地盯着他："大侠若怕受牵连，尽可明言。我从长安跟大侠走了一路，可见我怕苦么！"

朱安世脸一红，笑道："翁主这么说，我没话说了。请问大王，我们何时动身？"

"事机紧急，寡人已在港口安排了渡船。先生可回馆驿收拾一下，阿陵一到，你们马上动身。"

朱安世告退后，刘安随后屏退了内侍，只留下了女儿贴身的侍女阿苗。

"阿陵，你过来。"刘安拉起女儿的手，交到阿苗手中，"阿苗，眼下淮南大难将临，寡人欲将阿陵托付于你，你可愿意？"

"嗯。"阿苗敛衽为礼，肯定地点了点头。

刘安斟满一杯酒，用短剑将二人的指尖刺破，将血滴入杯中，搅拌均匀。"阿陵，今后世上只有阿苗能帮你了。你们自幼长在宫中，情同姊妹，喝下这杯血酒，日后便是真姊妹了。"

两人饮过血酒，刘安取下佩剑，交给刘陵。"这是你王父传下来的剑，今日传给你。人在剑在，剑在，我们淮南就不会亡，你要收好了它。"

刘陵抽剑出鞘，剑身在烛光下泛着冷光，看上去锋利无比。"阿爷若有不测，女儿定用此剑手刃仇人！"

刘安望着女儿，欣慰地笑了。"还有件事，船上我已命人放置了万金，是给你们用的。五千金做你们的日用与嫁妆，五千金用作日后复仇时的资费。阿爷若不在了，没人再供你们钱用，阿陵你要知道节俭，省着用。"

刘陵心头一热，不觉泣下。刘安拍拍她的肩头道："时候不早了，莫让朱大侠久等，走，去见见你娘就走吧。"

送走女儿，刘安心事已了，倚在卧榻上闭目静思，盘算着如何与朝廷派来的专使周旋。

"大王，坏事了！"被派去监视中尉府的左吴，不等内侍通报就闯了进来。

"怎么？"

"伍被向中尉府投案了。"

犹如晴天霹雳，这个消息击得刘安目瞪口呆，久久说不出话来。伍被参与过谋逆，知晓大部分机密，他的投案不啻是刺向刘安要害的一剑。

七十四

伍被的投案，给了刘安最后一击。在得知淮南王是谋主后，减宣立即调集人马，将王府团团围住。同时宣布寿春戒严，全城搜捕，上千名淮南王门下的宾客扫数而尽。次日，他与中尉邓昕强行带兵入宫，抓捕了太子刘迁与王后荼，并搜出了淮南用于谋逆的文告、军服、印玺。减宣以带到淮南的缇骑取代了王宫的禁卫，刘安被软禁于宫中，近万人的卫队被解散，分别关押起来听候侦讯。减宣以严酷的拷问，很快查明了谋逆的全部细节，牵连到的人达数万之多。此后的寿春城，俨然一座牢狱，银铛入狱者，每日随处可见。

这是刘彻即位以来第一宗诸侯谋反大案。案卷以六百里加急的速度传送到长安时，皇帝却并不在宫中。丞相公孙弘看过案卷后，不敢耽搁，亲自赶往雍城。自元光二年起，每年冬月的岁首，皇帝都要临幸雍城祭祀五帝。

此时的刘彻，正沉浸在猎获白麟的喜悦中。白麟，是一种鼻端长有独角，鹿身、牛尾、马蹄的异兽，此兽极为罕见，传说只有大圣之人在世时，它才会现身，被视为上天降下的祥瑞。

棫阳宫中，炉香缭绕，刘彻正兴致勃勃地听取随侍郎官的辩论。辩论双方，一为司马迁，一为终军。司马迁以为，白麟虽不常见，未必就是祥瑞之征；终军则认为，白麟出世，乃大祥瑞。

"鲁哀公十四年，西狩获麟，孔子以为不祥，叹息说吾道穷矣。而今西狩再获白麟，焉知非不祥之兆呢！"终军少年新进，头角峥嵘，很得皇帝的宠爱，举孔子为例，看他还怎么说。司马迁虽年长于他几岁，可仍是个青年，问难之际，不免带有几分意气。

"六鹢退飞①，逆也；白鱼登舟②，顺也。明暗之际，上乱飞鸟，下动渊鱼，吉凶悔吝，完全可以因时制宜作出判断。这白麟数百年难得一见，却偏偏于天子雍祀五畤之际现身，小臣以为，此乃上天所赐，大吉大利。"终军略无难色，侃侃而谈。

"那么依你说，此番获麟，祥瑞何在呢？"

"麟为仁兽，既为陛下所获，应该预示着万邦来仪，数载之内当有北胡南蛮归附向化，解编发，削左衽，奉中夏衣冠者③。"

刘彻满面笑容，大声赞道："子云解得好！朕当以之为牺牲，荐飨于皇天五帝。"

见到皇帝心情大好，终军再拜顿首，借机建言："大汉继秦为水德，色尚黑，数用六。年终岁首，正当此数，陛下正可借此改元，与民更始。"

刘彻连连颔首，捋髯笑道："终军与朕想到一起去了。西狩获麟，西狩获麟……"喃喃自语了片刻，他终于有了决断，"自今年起，以元狩为年号。"

终军入宫未久，却后来居上，大得皇帝的青睐，老资格的郎官们本来就心有不惬。而他为人好张扬，事事咬尖，不免有人不愤。这里面就有太祝属下的星官王朔。

"臣昨晚望气，曾见填星④现形如瓜，一餐饭的工夫又隐没消失了。臣与有司的星官们都认为这是上天显露的征兆，主汉家封禅之事。"

"哦？"刘彻注意地盯着王朔，问道，"这个天象作何譬解？"

"填星五行属土，色尚黄，数用五。五行相胜，土克水，秦既为水德，

---

①鹢（音义），又写作鶂，水鸟名，形似鹭而大，羽色苍白，善翔。《左传·僖公十六年传》上曾记载六只鹢鸟倒着飞翔的奇景，当时人以为是种异象。

②白鱼登舟，传说周武王伐纣，渡河时有白鱼跃入舟中，众臣皆以为吉兆。

③解编发，削左衽，奉中夏衣冠者：编发，即辫子，指异于汉民族的风俗；左衽，即服装从左首开襟，也是当时胡人的风俗。全句意为，异族将会向往汉族衣冠，在文化上归附大汉。

④填（音镇）星，即土星，又称镇星。与五行对应的五星分别是：金星，又称太白星；木星，又称岁星；土星，又称填（镇）星；水星，又称辰星；火星，又称荧惑。

大汉取秦而代之，应为土德。陛下应早行封禅大典，改正朔，易服色，才是真正的与民更始。"王朔言罢，眼含笑意，斜睨了一眼终军。

战国时，术士邹衍将五行学说运用于政治，提出了一套王朝嬗递的理论，称作五德终始说。金木土水火，五行相生相克，体现在朝代的更迭上，就对应为五德，配之以五色，而天上也有表征五行的五星。五行生克，则五德自然也会随之更迭嬗代。而每当新王朝兴起之际，上天都会示之以不同的祥瑞；反之，旧王朝覆亡之际，上天也会示之以不同的灾异。

秦汉更迭之际，战乱频仍，国家残破，无力更张。由此因袭了秦朝的制度，秦自称水德，汉继秦而有天下，也称自己为水德，色尚黑，数用六，以亥（十）月为岁首。到了孝文皇帝时，开始有大臣提议，汉既取秦而代之，按五德终始说，应该是土德替代了水德，而不是因袭水德。为此，应当改正朔，易服色，建立一套符合土德的制度。最先提出这个建议的是贾谊，而后又有鲁人公孙臣上书，称将有黄龙现世，而黄龙，正是传说中土德将兴时老天降下的祥瑞。可当时的丞相张苍力主汉为水德，他们的建议没能被朝廷采纳。

文帝十五年，黄龙果然现于陇西成纪，引起了皇帝的重视，召公孙臣为博士，与诸生草拟改易历法服色制度诸事，并亲自前往雍城郊祀五帝。可这一次的改制，却因持同样主张的新垣平戛然而止，新垣平为博取皇帝的宠幸，于玉杯上刻字，谎称是上天降下的祥瑞。可被人举发，骗术败露，恼羞成怒的皇帝诛杀了他，而改制也就从此搁置了下来。

窦太后好黄老之学，孝景皇帝不任用儒者，改制的呼声消沉了十几年，直至刘彻即位，身为他师傅的儒者王臧、赵绾才旧事重提。但窦太后生前，他们非但未能实现夙愿，反而为此丢掉了性命。只是在窦太后薨逝后，更张改制的呼声才又高涨起来。刘彻采纳董仲舒之策，罢黜百家，独尊儒术后，以土德替代水德，改正朔、易服色已成为朝廷的共识，王朔、司马迁等都是赞同改制的。

天象竟然也显露了土德的征兆！刘彻压抑住心中的喜悦，沉吟不语。改正朔、易服色是件大事，决不能仓促行事。他早已决定将此事与封禅联系在一起，封禅是历代圣王的事业，而他，要以驱逐匈奴成就自己的圣王大业。封禅改制，他是一定要做的，只是目前还不到时候。

"封禅之前，还是沿用水德。况且改正朔绝难一蹴而就，先要修订历法。未雨绸缪，这件事要早些预备。朕看就由司马迁你，还有唐都、落下闳、魏鲜、王朔等人筹划此事，返回长安后，你可将朕的意思转告司马太史，修改历法的事，要他与太常总其成。"

司马迁与王朔再拜受命。远远地，刘彻看见谒者所忠引着公孙弘走进殿来。丞相这个时候来雍城，肯定是发生了大事，于是吩咐议事到此为止。郎官们退下后，两人进入正殿一侧的暖阁中议事。

看过减宣的奏报，刘彻摇了摇头："既然铁证如山，他们是咎由自取，朕也就顾不得亲情了。这件事，丞相要尽速通报各诸侯、三公九卿与朝廷大臣。他淮南王不忠，朕却不能不义，对他的处置，要一秉大公，让诸侯众臣都发表意见。"

"是。"公孙弘又取出二卷简牍，恭恭敬敬地捧给刘彻。

"这是甚？"

"衡山王家里也起了内讧。太子刘爽派其心腹白赢赴长安上书，说衡山王与次子刘孝谋逆，造兵车锻矢，而且刘孝与衡山王的后宫有奸情。衡山王也上书朝廷，说太子不孝，要废长立次，立刘孝为太子。"

"这件事丞相怎么看？"

"老臣宁可信其有，据减宣讲，淮南与衡山之间有密谋。"

"有证据么？"

"应该有。据说，淮南王曾派宁成居间联络，可惜的是，此番抓捕到的淮南门客中，漏掉了宁成。"

"宁成？看来留着他是个祸害。"刘彻有些后悔没有听义纵的话。他翻看着减宣的奏牍，心里又惊又喜。惊的是，淮南的谋逆处心积虑地进行了十数年，若非雷被上书，朝廷居然一无所知。喜的是，最终还是抓住了这只老狐狸的尾巴。衡山王既然也卷入其中，自己正好可以痛下杀手，名正言顺地剪除隐患了。

"衡山这件事情，交给中尉府办，派中尉司马安与大行李息去，将案犯押解到沛郡查办。一俟查明，衡山王之下的案犯，比照淮南处置。那个宁成，会不会躲到衡山去了？你要传话给司马安，要严密缉查，逮他归案。"

"淮南谋逆一案，牵涉数万人，敢问陛下如何处置，要等到与刘安一同处置么？"

刘彻面如严霜，很果断地说道："这是七国之乱后首宗谋逆大案，对从逆者宜严不宜宽，非如此不能以儆效尤。减宣既握有朝廷授予的符节，本可以便宜行事，用不着事事奏报请示。义纵在定襄就做得很好么！都说他们是酷吏，朕倒要看看，两个人中，哪一个更狠。"

公孙弘屏息敛容，唯唯称是。看来，皇帝是真动了杀心，淮南这些人难逃一死了。

刘彻又翻看了一阵奏牍，略作沉吟道："那个自首告变的伍被，曾反复规谏刘安，父母被拘，乃被胁迫从逆者，似乎情有可原。贷其一死，如何？"

"老臣原也作此想，可张廷尉讲，大逆谋反，本来就罪在不赦。况且伍被几次为淮南王献计，甚至欲行刺大将军。这种人若可以不死，汉法之权威，必扫地以尽。为一人而废汉法，朝廷日后何以号令天下？一个人的死活与令行禁止，孰重孰轻，望陛下三思。"

刘彻略作思忖，觉得张汤的话有道理，遂颔首默许了。他沉思了一会儿，忽然问道："淮南、衡山、济北均出自一系，此番谋逆，有没有济北王的份哪？"

公孙弘道："还没有这方面的消息，老臣会函告济北国的国相，要他严密注意济北王的动静。"

济北王刘勃，是刘安的胞弟，薨逝于建元四年。现任的济北王刘胡，是刘安的侄儿，且远在济北，关系已经疏远多了。刘彻的想法是，淮南王谋逆，既能联络衡山王，也该会联络济北王。既然开了杀戒，济北王若参与了谋逆，索性一并处置，斩草除根。他就是要以严酷无情的手段，警告、震慑诸王，扼杀所有觊觎皇权的念头。

公孙弘赶往雍城之际，朱安世一行也已行抵了定襄郡内的武城县。县城东门外有座不小的客舍，朱安世往来贩鬻，每到定襄，常在这里打尖，与主人很熟。他掀开门帘，很响亮地喊了一声："主人家，来客了！"

客舍内很冷清，寥寥数名酒客，全没了昔日熙来攘往的喧闹。主人微胖，五短身材，正蜷在炭盆旁向火。他转过脸，一眼看到朱安世，一下子面色苍白，张了张口，想打招呼，却又马上闭紧了嘴。几乎就在同时，朱安世也觉察到气氛不对，他随着店主的眼风看过去，坐在角落中的一对酒客，正盯着他们，低声交谈着什么。

朱安世挡住身后的刘陵等人，用几乎是耳语的声音吩咐道："店里头有官家的探子，你们等在外面，看好车马。"随即大步跨进客舍，大笑道，"主人家，怎么，不认得了？"

"认得，认得。"主人很勉强地笑着，目光中有种深深的恐惧。

那对酒客站起身，向门口走去。朱安世倒退一步，挡住了两人的去路："朋友，吃了酒，不付钱就走么？"

"不付钱？哪里的话！"走在前面的汉子，从怀中摸出几枚铜钱，扔给店主。

可朱安世仍不让路。他似曾相识地笑笑，揖手道："朋友留步，我们好像见过。在下请二位饮一杯，如何？"

汉子一怔，揖手回礼道："吾等是过路的，与君素昧平生，不敢叨扰。"

"老弟太客气了，在下诚心与二位交个朋友，请里面坐。"

"多谢了。我们有急事，不敢耽搁，请让让路。"汉子向前一步，目光中有了几分焦躁。

"二位既着急上路，在下就不便耽搁了。"朱安世的目光黯淡下来，仿佛很惋惜的样子，侧身让路。

当那汉子走过身边时，朱安世猛然用左臂勾住了汉子脖颈，以右掌一击，随着颈骨的折断声，朱安世松开臂膀，汉子如一摊泥般瘫倒在地上。后面那人惊呼一声，正欲拔剑，朱安世伸腿一扫，将他别倒，随即反剪双臂，将他摁在地上。

"你还愣着做甚，快取条绳子缚住他！"朱安世瞄着店主，眼中透出一股杀气。主人心中一悚，赶忙吩咐目瞪口呆的店伙照办。

"说，这里出了甚事？李虫儿呢？"

朱安世往来于京师与边塞，武城是他走私线路中的一站，李虫儿是跟从他多年的弟兄，也是他在武城的联络人。

"这里没甚，是定襄出了大事。那位姓李的兄弟闻讯去定襄救人，怕也丢了性命。"店主战战兢兢，将听到的消息讲了出来。朱安世面色凝重地听着，心里却暗暗叫苦，看来，自己的老窝被端掉了。

定襄是朝廷大军驻屯之地，粮秣、兵器、马匹的需求极旺，利薮所在，各地商贩麇集于此。朱安世在此经营了数年，与边塞驻军乃至官府皆有交往，在那些走私贩私、囤聚居奇以至逋逃亡命之徒当中更是如鱼得水。官府得着这些人的孝敬，对其所为睁只眼闭只眼，小小一个边郡，亦因战争而有了一时畸形的繁荣。一个多月前，新太守到任，对关市大加整顿，一举拘捕了所有的商贾，逐个侦讯后，扣押了二百多个犯禁者。起初，众人以为新太守如此，不过是为了勒赎钱财，纷纷托人运动。郡监的门禁也很松，人犯的亲朋好友，花钱即可探视。不料这是太守有意布下的局，在众人略无防备之际，一举收捕，入狱探视者无一漏网。汉律，囚徒私自解脱桎梏者，罪加一等；而为人脱罪者，与罪者同罪。结果这二百多囚徒连同入狱探视的二百多人，竟被全数诛杀。此举阖郡不寒而栗，百姓无不重足而立。

"那位姓李的兄弟，走时说是去郡监营救朋友，从此再没有回来。之后郡里下来了海捕文书，是冲大侠来的，这两个探子，每日在此坐守，已经有半个月了。"

"这个新来的太守是甚人，竟如此歹毒？"

"不详细。"店主摇摇头，目光转向了被捆缚于地上的探子。

朱安世用剑峰抵住那探子的脖颈，问道："说，这新太守是甚人，从哪里来？"

"说出来吓死你，新太守是从南阳调来的义大人。阖郡上下，大人早已布下了天罗地网，你跑不掉的！"探子斜睨着朱安世，笑得很恶毒。

朱安世的心一下子沉到了底。老对头端了他的老窝，他在定襄已无地立足；而淮南国的事会掀起大狱，他带着刘陵，此刻去京师同样危险。思来想去，他只有一个去处。

他蹲下来，用手拍了拍那探子的脸颊，很平淡地说道："义大人与我是老相识了，我会去拜访他的。不过先要送你上路，免得你那位兄弟孤单！"言罢，他用三指锁住了探子的喉头，猛一用力，那探子喉间咕噜了一声，无力地抽搐了几下，便气绝了。

他冷冷地扫视了店主一眼，似笑非笑地说道："这两个人烦你用袋子装好，我们会带了走。你接着卖你的酒，可你得记住，这里甚也没发生过，你们甚人也没有看见过！"

刘忆江 著

漢武大帝

第柒册

辽宁人民出版社

三十一

冀中冬日的原野，干燥严寒，时时有南下的朔风，更令人刺骨难耐。空无一人的驰道上，自北向南，一辆安车款款而来，车帷内蜷卧着一位裹着斗篷的老人，他掀帷望了望天色，问道：

"小安子，天不早了，你确定日内能赶到乐城？"

"我昨夜给牲口加了料，公公就擎好吧，再有个百十里路，就到了。"小安子名王安，是宫里大厩的小黄门，赶得一手好车，郭彤还乡，指名要他为车驭。半年来驾车跑了几千里路，稳稳当当，从未遭遇过险情。

郭彤裹紧斗篷，倚在茵褥上闭目养神，脑海里却回想起这半年多来的经历，但愿这一趟的辛苦奔波不会白费，找到那女子，了却自己的夙愿。

他四月出京，一路风尘，五月中回到赵国，先去襄国老家祭拜了父母暨大伯一家的庐墓。随后到了襄国南里小王村打探消息，可近四十年过去，村里几乎没有人记得大萍这个人，只知道王家早就举家迁往辽东郡了。郭彤不甘心，到县衙亮出了自己的身份，这一下子惊动了官场，几日内便找出了三十年前的簿记，一查，原来王家元光年间就迁走了，簿记所记，是迁往了辽东郡新昌县成安里。

于是转赴辽东，辗转数月，找到成安里，才知道十几年前王家夫妻已罹病去世，仅余一女，嫁与赵家，生有一女，父母亡故后不久，就随丈夫返回了河间老家。在乡人指点下，郭彤祭扫并重修了大萍夫妻的坟墓，到县里查到赵氏夫妇迁往河间的地点，于是又马不停蹄地赶回关内。大萍虽已亡故，可找到她的遗孤，也可以给皇帝一个交代了。

　　人老了，眼前之事常常忘记，可年轻时候的事情，却刻骨铭心，时时泛出在脑海。李夫人殒逝后，皇帝抑郁了很长时间，总是闷闷不乐，若有所失，不甚亲近女人了。后宫邢夫人、尹夫人皓齿明眸，都是绝色的美人，但都难得皇帝的心仪。他告老还乡时，皇帝曾嘱以"器惟求新，人惟求旧"，这句话点醒了他，他要搞清楚大萍的下落，由此解开天子的心结。作为自幼随侍刘彻几十年的老人，郭彤自认通晓皇帝的心事，三十六年前遣送大萍出宫，打掉她的孩子，是皇帝深埋于心中的痛。郭彤卧在锦茵①之上，在有节奏的颠簸中，伴着嘚嘚的蹄声，游移于假寐之中……

　　不知过了多久，前方不远处，传来女孩子交谈声与咯咯的笑声，郭彤掀起车帷，两个稚龄女子猛然回过头来，久违的面容唤起了他遗失久远的记忆。

　　"大萍、阿宝……"

　　"郭公公，还要多久才能到长安呐？"

　　"快了、快了……"

　　女孩子心里只有对新天地的憧憬，完全不知道自己将会面对一个多么严酷的环境。想起自己曾经向她们父母许下的愿景，见大世面，享尽荣华，甚至有机会带给家人想象不到的富贵生活……到头来，一个死于非命，一个惨遭放逐，郭彤觉得心脏被巨大的愧疚攫住，一阵阵发紧……

　　"公公，公公！醒醒，乐城②就要到了，前面有官家的人迎着呢。"

　　郭彤掀开车帷，远远地已可望见乐城的女墙，城门处聚集着车马仪从，但见一人，身负弩矢，疾驰而来，片刻而至车前。

　　"敢问车上可是谒者令郭彤郭公公？"来人双手抱拳，恭谨异常。

　　"你是……"

　　"卑职乐城县令，奉封国国君、国相饬令，特负弩矢先驱，以为前导③，国君国相均于城门恭候公公呢。"

　　———————

　　① 锦茵，织锦的褥垫。

　　② 乐城，西汉河间国国都所在地，地望在今河北献县东南。

　　③ 由地方官负弩矢为前导，是汉代地方上迎接朝廷使节或地位尊贵大臣的礼仪。

"不敢当，不敢当……"郭彤揖手还礼。自从身份曝光，每至一地，送往迎来，交际应酬无虚日，但也带给了他很大的方便，各级衙门均极配合，很容易就能查到要找人物的下落。

当晚，郭彤入住客栈，席间宾主嘘寒问暖，觥筹交错，郭彤谦恭如常，他应酬这种场面自然游刃有余，宫闱秘闻自然打听不出来，而公事也被他一推六二五，只称致仕前还乡祭扫先人庐墓，探访故友而已。

酒至半酣，郭彤问道："老身出京前，听闻山东乱民甚多，横行道路，河间毗邻渤海、清河，不知山东现在如何？"

河间王刘授道："这半年多来，朝廷派暴胜之为直指绣衣使者，专司山东剿贼。暴大人杀伐决断，法不容情。地方上两千石以下的长吏，有虚以委蛇、虚报瞒报者，一旦查实，皆就地诛杀，很快就转变了地方上的风气。目下山东河北，贼庬大都敛迹不出，道路上平静了许多。郭公公这一路畅行，当有所感受。"

"那是，那是。"这半年多来，郭彤行路，自南及北，并未遭遇盗贼劫道，看来，这暴胜之确是个平乱的人才。

在被引见到乐城知县时，郭彤拍了拍他的肩膀，笑道：

"大人是此地父母官，老身来此，为访一位故人，还请大人代为查找为盼。"

知县受宠若惊，喜笑颜开，揖手道："公公的事儿就是我的事儿，此人但凡在吾治下，一定找得到。不知公公可有姓名住址？"

"此人姓赵，名畏庐，原就是河间人，妻子王氏，据说还有一女。这家人家自辽东返回河间十几年了，其妻女乃吾故人孑遗，我一定要找到她们，了却此心愿，务请大人费心。"

知县掰着手指确认道："赵姓，河间人，去过辽东，妻子姓王，有个女儿。这事儿公公交与我，就踏好吧。明儿个，最晚后儿个，在下一准给公公个准信儿！"

翌日，郭彤枯坐宾馆，自晨至夜等了一整日，却音讯全无。县衙统管全县户籍名簿，应该一查即知是否有这家人，但迄无消息，一定是簿册上查不到，赵家会不会没有落户在此，抑或又迁居了呢？

下一日，时近晡中，知县才露面，满脸疲惫，相见之下，连连拱手致歉道："劳公公久等，下官细查了名籍，那赵畏庐与妻子确自辽东返乡，可想不到的是，这赵畏庐后来罹罪获刑，被处以宫刑，改了姓名，发配长安，成了公公的下属呢。"

郭彤一怔，瞠目结舌地追问道："进……进了宫？在长安！他改了甚……甚名，在宫里做甚？"

"说是做到了中黄门，改名叫赵新……"

"赵新……"郭彤记起了这个人，四十几岁，在黄门令署供事，几年前罹病亡故，被葬在雍门外的宦者们公用的墓地。想不到，自己最想找到的人竟是日日服侍于宫中的下属，老天爷竟同自己开了个大玩笑。

"他的妻子呢，也去了长安吗？"

县令摇了摇头，"赵新发配进京后不久，其妻王氏即忧病而亡了。葬在城东里赵家村祖茔。昨日午后，下官亲赴茔地，确认了她的庐墓，宿草已深，确是几年前埋下的。"

郭彤惘然若失，心里空落落的。良久方打起精神，追问道："他们的女儿呢？"

"他们的女儿名赵姝，王氏去世后孤苦伶仃，被赵新的一个堂姊，也就是她姑姑赵君姁领养了……"

"这赵君姁现在何处？"

"今日早间才查到，赵君姁现住距此六七十里的武隧①县，下官会知会该县，尽速遣送此女来乐城进见公公。"

郭彤连连摇头，摆手道："不要惊动他们，明日一早，请大人带老身赶过去，我悄悄看一眼即可。"

得到李陵投降的准确消息，已是在十一月末，煎熬刘彻一个多月的焦躁与愤懑终于爆发了。他猛然以掌重击书案，恨声道：

"败军辱国，他为甚不去死……为甚，为甚！"

他传召陈步乐上殿，不容分说，痛斥道："汝言李陵明耻教战，全军上下一心，必能突围归来。现在李陵降了，你怎么说？甚明耻教战，身为全军统帅，

---

① 武隧，西汉县名，隶于河间国，地望在今河北武强县东北。

危境中不能舍生取义，贪生怕死，忠义何在？廉耻何在！"

陈步乐憋得满面通红，伏地顿首，流涕道："臣自军报得知，李将军以佩剑击杀叛贼管敢，赤手空拳，实在是战到了最后一刻，才力尽被擒，实在算不得贪生怕死……"

"你还敢嘴硬？来人呐，把他给朕拖下去……"

陈步乐站起身，直视着刘彻，摇摇头道："小臣只想为李将军说几句公道话，实在无意顶撞陛下，不劳陛下处置，小臣会自我了断，以明心志！"

言罢，陈步乐觑准身旁的柱子，猛地撞去，伴随着沉闷的碰撞声，他浑身瘫软地倒在地上，额头之血汩汩而出，抽搐了几下，就咽气了。

殿上的人们都惊呆了，瞠目结舌地说不出话来。而刘彻，把这当作了对自己的藐视，他脑中嗡嗡作响，浑身血脉贲张，扫视着殿上的群臣，喝斥道："这陈步乐胆大妄为，竟敢为叛贼辩解，以死要挟朕，死有余辜！"

侍卫们将陈步乐抬出大殿。丞相公孙贺揖手道："陛下息怒，不必与这个奴才生气。李陵降胡，陇西李家几世的英名由此败矣。投敌者家眷皆当连坐，李陵家有老母妻子，当依法处置，以儆效尤。"

"王卿昧死敢言之，丞相所言不妥。李陵战至最后一刻，降于无奈，与主动投敌者不同，按军法不宜连坐。臣恳请陛下宽厚为怀，留其家人，李陵是孝子，有这点念想，或如赵破奴，还能为朝廷做事……"王卿原为济南太守，两年前，刘彻东巡时以其敢于直言而拔擢为御史大夫，以期朝廷有不同的声音。

廷尉杜周打断了王卿，揖手道："王大人此言差矣。罪人家眷当然要依律处置，一秉大公，否则律法何以服人？至于行不行刑，何时行刑，自由天子定之，非为人臣者所能置喙。"

刘彻颔首道："李陵降敌，就是吾大汉罪人，他若顾及家人安危，就不会投降。杜周说的对，罪人家人亲属自当连坐，以示律法之一视同仁。杜周，这件事情就交由你来办，先将李陵家眷拘入保官狱①，看管起来。"

---

① 保官狱，西汉长安众多牢狱之一，又名居室狱，属少府，太初元年更名保官狱，参见《汉书·百官公卿表》。

刘彻又逐个询问殿上的群臣，李广利、霍光、上官桀、桑弘羊、张安世等一众大臣，皆俯首敛容，答称李陵有罪。当轮到司马迁时，他再也忍不住了，多年来的积郁不平喷薄而出。

"李陵名将世家，事亲孝，与士信，为人行事常奋不顾身以殉国家之急。各位扪心自问，李少卿于国事、对朋友皆有国士之风，他的人品，吾等私下皆曾表赞佩，何以到了圣上面前，都不敢讲真话了呢？怎么李少卿一旦遭遇不幸，皆随全躯保妻子之臣媒蘖其短处，诚可痛也！

"况且李陵提步卒不满五千，深入到匈奴腹地，足历王庭，垂饵虎口，抗胡虏数万之师，与单于连战十余日，所杀过当①。虏救死扶伤不暇，悉召引弓之民共围攻之。陵率所部转斗千里，矢穷道尽，然李将军振臂一呼，士卒张空拳，冒白刃，北向争相与敌同归于尽。如此得士卒死力者，虽古名将不为过矣！李陵虽败犹荣，他那么点兵力，战果远超拥大军者，所杀胡虏亦足以光大天下。李陵固然没有战死沙场，可又有谁能知道他是不是在等待时机，返汉报国呢！"

刘彻的面色青一阵，红一阵，怒斥道："你好大的胆！敢在朕面前指桑骂槐？谁是全躯保妻子之臣？谁拥大军？李陵叛降是实，众臣称其为罪人，有错吗！你多读了几部书，就自以为高明，就敢为叛臣张目？你明里为李陵表功，暗里诬枉大臣，朕一听就知道你借李陵中伤贰师，为其脱罪，司马迁，你知罪吗？"

司马迁遭此训斥，满面绯红，伏地顿首道："臣就事论事，无非不愿落井下石，为李陵讲几句公道话，实不知罪在何处？"

"你自命公道，诬众臣全躯保妻子，诬贰师坐拥大军而无所作为，话里有话，指桑骂槐，不是吗？李陵所部无马匹，朕本不欲他出塞作战，他亲自来朝廷请战，你也是看到的。朕虽允准，本意要他观觇敌情，他却求功心切，贸然出击，致遭匈奴大军围困，是自作孽，本当以死殉国，他却投了敌。这样一个罪人，你装的甚糊涂，敢在朝堂上大放厥词？朕来告诉你，你罪在诬

①过当，汉代军事术语，意味斩刈的敌人数目远超过己方的牺牲。

枉不道，你敢说不是吗！"

"诬枉无道？臣不认。李陵军未殁时，每有军报，公卿王侯皆奉觞上寿，而军败日，主上为之食不甘味，大臣皆忧惧不知所出，小臣自不量力，见主上忧虑，无非效吾款诚，为君分忧，适逢召问，遂为李家讲几句公道话，所为广陛下之意，塞睚眦之言。陛下痛恨李陵兵败丧师，雷霆震怒，可窃以为陛下冷静下来，细思小臣所言，终会领悟小臣的忠谏。"

"冷静？你是说朕处事不理智？整个朝廷只有你头脑清醒？真看不出你司马迁这个人，胆大、悖逆如是！杜周……"

"臣在。"

"将司马迁押入导官狱，去去他的傲气，择日审判。"

司马迁被押下后，刘彻的心情极坏，随即散朝。黄昏，刘彻披上皮斗篷，走出未央宫前殿，由郭穰陪同绕着宫室踱步，天气严寒，但静谧无风。二人绕了大殿数周，良久，刘彻叹息道："李陵这趟出塞，也怪朕下诏早了，让路博德有机会使诈。"

随后，他嘱咐郭穰，明日一早要传诏尚书台起草两道诏令，一发居延，遣使劳军，释出被圈禁的四百余步卒，予以厚恤。一发受降城，敕命因杆将军公孙敖率骑兵深入漠北，打探李陵的消息，若有可能，将其救回。

"陛下，快到人定时分了，夜分寒冷，还是还宫歇息吧。"

"外面虽冷，可朕心里有把火，非严寒不足以镇之！"

刘彻摇摇头，停下脚步，问道："你二叔近来可有消息？"

"二叔前不久来了封信，说是在河间访到了故人，陛下东巡时，会有意外之喜，他会在河间敬候陛下。"

"意外之喜，遇到神仙吗？有神仙也是在东莱，河间哪来的神仙？故人是谁，他说了吗？"

郭穰摇了摇头，揖手道："二叔信里语焉不详，就交代奴才这么几句。"

"这个郭彤，居然也卖起关子来了。"

三十二

天汉三年二月，因杅将军公孙敖奏称，自己奉诏接应李陵，率部出塞千余里，捕得生口，从口供得知李陵确已归降匈奴，且为单于校练胡骑，教以如何对付汉军的战术。

得知此讯，刘彻大怒，严厉斥责了曾为李陵辩解的御史大夫王卿，王卿旋即自杀。而被下狱的司马迁坚不认罪，坚称自己直言忠谏，乃人臣所当为，李陵即使降胡，也是绝境中的无奈，相对于其以步卒转战千里，以一当十，予匈奴以重大杀伤的战绩，宜当从宽，不宜诛连家人，以寒将士之心。

杜周道："臣奉诏询问其多次，司马迁并无悔过之心。他固执己见，坚称儒学主张'君子和而不同'，并以《左传》中的故事作狡辩。"

刘彻注意地望了杜周一眼，问道："哦，他如何狡辩？"

"他引用《左传》中晏婴之语，以为君子所言当为君王拾遗补阙，方得为和，不然就是面谀，不是忠臣所当为。① 他还引用孔子之言，称君主之命，无论可否，不恰当，就要犯颜直谏，不仅进言，且力促君主改正，才是真正的'和而不同'。又称臣子事君，当执守孔子'勿欺也，而犯之'之教诲。总之，司马太史态度极为倔强，依律为无道，当斩之。"

---

①《左传·昭公二十年》：晏婴曰："君所谓可，而有否焉；臣献其否，以成其可。君所谓否，而有可焉；臣献其可，以去其否，此为和。"

刘彻凝思良久，摇摇头道："无须杀他，王卿死了，留着他。其家寒素，难以赎罪，就下他到蚕室吧，给他个教训，朕还会用他，朝廷上也得留点不同的声音。"

至于李陵的投敌既已坐实，刘彻敕令将李陵家人施以族诛之刑。而侍中李禹则以有二心，欲投李陵的罪名一并诛杀。

皇帝今年的东巡已定在三月，行前，刘彻不甘去年的失败，决意休整一年，厉兵秣马，准备明年的军事，再战匈奴。为此皇帝召见了桑弘羊，就军赀筹集咨询意见，皇帝出巡期间，太子监国，也被召到未央宫。可太子进殿没多久，就匆匆离去。正在宫门候见的水衡都尉江充见到太子，满面笑容地走上去问候，却吃了个饱含不屑与鄙视的白眼。

"苏公公，太子何以离开，看上去老大的不高兴？"江充跟在黄门令苏文身后，笑眯眯地问道。

苏文送太子出宫，他站在司马门旁，望着渐渐远去的太子一行的背影，摇摇头，冷笑道：

"陛下朝东，殿下却偏要朝西，走不到一股道上，皇上震怒之下，不要他参与了。"

哦，皇上与太子政见上生了意见，这是关乎自己仕途乃至性命的极为要紧的消息。一念至此，江充走到苏文身边，揖手道："太子与你我都有解不开的心结，我们为皇上办事，都难免得罪过太子，一荣俱荣，一损俱损。公公不妨告诉我，里面发生了甚事？"

苏文沉吟了一阵，颔首道："去年塞外的征战不顺，皇上不甘心，拟休兵一年，明年再大举。无奈军赀匮乏，未雨绸缪，召桑弘羊等共议办法。桑弘羊提议榷酤，说目下全国酒的消费，覆盖朝野城乡，若将酿酒之权收归朝廷，如盐铁一般实施专卖，所入当保军赀无虞。可太子不赞成，说是黔首一年劳累到头，逢年节酿点酒喝，就这么点自己做主的空间，还要收税，这种日子还有何生趣，必会激起民怨，得不偿失。"

"皇上怎么说？"

"筹足军赀，是皇上眼中的头等大事，当然会赞同桑弘羊。可太子怒甚，斥责桑弘羊滥用商韩之术，利出一孔，惑乱天下。"

江充咋舌道："太子好大的胆，这么说，不是指桑骂槐，影射天子吗？"

"皇帝喝止了太子，说打匈奴乃头等大事，须以举国之力，朝廷艰困之际，老百姓与国休戚，有钱出钱，有力出力，有何不妥？商鞅之术可以富国强兵，利出一孔，朝廷把握天下利薮，万民仰赖，有何不可？皇上还告诫太子，儒家有儒家之用，法家有法家之用，汉家杂用之，治国理政的学问不是读几部书就能通晓的。"

"皇上的话，太子听得进去吗？"

苏文冷笑道："谁知道？听不进去也得听。太子唯唯，满头冷汗，皇上见他不适，要他回宫歇息。"

皇帝父子政见分歧，是自己的机会，可怎么把握，江充心里没数，若能与苏文结好，天子的心态就好揣摩了。于是揖手敛容，很郑重地问道："敢问公公，政见相左，皇上能放心将天下交与太子吗？"

苏文摇摇头道："在下不过一个奴才，陛下渊默如深，这等事岂是吾等所能知道的……"

"皇上爱屋及乌，身边不是还留着个爱子吗？敢问苏公公，李将军甚受皇帝重用，他那位外甥有机会吗？"

苏文的脸一下子绷了起来，很严肃地瞪着江充，话音也很冷："江大人所问，非人臣所宜言，储君人选，是皇帝的大忌，况且储位已定下了二十多年，乱说话会惹来杀身之祸的！"

江充凛然，赔笑道："公公提醒的是。下官冒昧了，公公就当我甚也没问过就是了。"可在心里，父子政见不同，必生嫌隙，这念头却像条毛虫，在他心中爬来爬去。

几乎是在同时，长乐宫内，刘据满脸晦气地吁了口气，叹道："父皇又要起七科谪了，刀兵不断，四海困穷，不知伊于胡底！"

"据儿，皇帝乾纲独断，你没有同他争讲吧？"卫子夫接过他的披风，交与胭脂，忧心地望着太子。

"当然争讲了。父皇问话，吾当然要据实坦陈，无奈政见不一，屡生龃龉，看来我这个太子也快要做到头了！"

"打匈奴是你父皇少时就立下的志愿，据儿不当争讲，顺着他不就得了。真正到你掌权的时候，再行己志也不晚……"

"掌权，还可能吗？父皇爱屋及乌，心思都在刘髆身上，起七科谪为的就是要让李广利再立大功，为他外甥树一强势的外援。母后一味忍让，也躲不过这一劫，迟早而已！"

卫子夫一怔，追问道："重用李广利，你有甚根据？"

"司马太史暗讽李广利坐拥精骑，却狼狈而归，还比不上李陵的五千步卒杀敌过当。父皇恼羞成怒，将他以诬罔无道下狱治罪，满朝的文武大臣都知道内中的委屈。"

儿子元狩元年被立为太子，迄今已逾二十四年，而刘髆生于元封元年，今年不过十一岁，还远没有到可以接任储君的年龄，尽管皇帝说过据儿"不类我"，心里也肯定有易储的念头，可卫子夫认定，只要刘髆尚未成人，他们就还有机会。而隐忍，是保存自身，留住机会的唯一办法。她望着儿子沮丧的面孔，放缓口气，问道："你还争讲甚了？"

"要大征兵，朝廷早已财力支绌，从哪里找钱？那个桑弘羊又出了个馊主意，要将酿酒之权收归朝廷，搞甚榷酤。百姓长年劳累疾苦，唯年节可以借酒销愁，就这么点快活，桑弘羊还建议剥夺之，黔首生趣何在？这桑某纯是个朘削之臣，所行不过管商利出一孔的苛政，祸乱吾大汉者，就是这类小人！"

"你父皇怎么说？"

"当然是听桑某人的，还训斥儿子读书所得不足以治国，把我赶了出来……"

"你父皇在位四十余年，国家治理的机括尽在其掌握，甚有利，甚无利，他心里最清楚。据儿错怪他了，你父皇做此决策，必有他一定的道理，据儿听就是了……"

"儿子虽不赞同，知道争讲无用，也不想与父皇争讲。可父皇偏事事询问儿臣的意见，儿臣若顺谀取容，有违立身之志，而且也是对父皇不忠。可说出来又会惹父皇不快，儿臣真的是不知如何是好了！"

卫子夫板起脸，盯着刘据，好一阵子才问道："据儿可还记得，你二舅临终前怎么叮嘱你的？"

刘据思忖良久，方道："二舅要我沉潜。"

"对呀！沉潜就是忍辱负重，沉潜也是清虚自守，卑弱自持，把自己的想法埋在心里，一切唯汝父皇马首是瞻。舅舅当年嘱咐你的话就是办法，就是主心骨，据儿依之行事，就没有错，何来不知如何是好呢！"

刘据点点头，望着卫子夫问道："母后的意思，儿臣还能等到得行己志的那一天？"

卫子夫肯定地点点头道："刘髆还是个孩子，又没了母亲，一个李广利撑不起他们李家的天，哪天皇帝有了新欢，他李家的梦就碎了。据儿正当盛年，只要静静地等着，江山早晚会落到你的手里的。"

不知昏迷了多久，司马迁才醒过来。虽在早春，室内极温热，他额头细汗涔涔，耳畔蝉鸣大作，脑中嗡嗡作响，下腹被布帛紧紧缚住，但觉两股不停地抽搐，伴随着一阵阵剧痛。

"大人，请服药，麻药过劲后，伤口会很痛的。"

一直处在假寐中的他，头脑昏沉沉的。他张开眼睛，看到一少年宦者捧着药碗站在身前。

"你是甚人？我这是在哪儿，他们把我怎样了……"

"小的是茧馆的杂役，大人行刑后，公室的大人令小的服侍大人……大人还是趁热把药喝下吧，喝下了，能减轻疼痛，少遭罪呢。"

"茧馆……茧馆，那这里是蚕室了！"

司马迁猛然清醒过来，记起了事情的全过程。

"司马迁，李陵投敌已经坐实，诬罔无道的罪名，汝认也罢，不认也罢，也已铁板钉钉。天子爱惜你的才能，留汝一命，还不快快谢恩！"杜周似笑非笑地望着他，满朝的酷吏，唯有他最善揣摩，唯皇帝马首是瞻，任职廷尉也最久。

司马迁顿首谢恩，不敢相信皇帝赦免了他。

杜周笑笑道："可死罪虽免，活罪难逃，你家可付得起赎罪的黄金？"

司马迁一怔："黄金？下官仅食朝廷的俸禄，哪里有黄金赎罪？"

"没有黄金，五铢呢？"

"下官寒素之家，俸禄仅够养家，实在没有钱……"

"没有钱好办，皇帝已允准汝受刑抵罪，来人呀，带司马大夫去上林苑蚕室受刑！"

他奋力挣扎，抵死抗拒，但仍被那些虎狼之隶牢牢按住，任其一路号哭，仍被送往上林苑，抵达蚕室时，司马迁已经昏厥过去，但觉下体一阵剧痛，头昏昏欲裂，很快又昏死过去。

他仿佛飘浮在云间，羞耻、痛苦与生理上的疼痛紧紧攥住了他。

吾完矣！人言悲莫痛于伤心，行莫丑于辱先，而垢莫大于宫刑！身体发肤，受之父母，不可毁伤，而自己已是刑余之人，辱先含垢，为乡党耻笑，又有何面目再见父祖？死矣死矣……而一死固易，妻子儿女何托？且人固有一死，死有重于泰山，或轻于鸿毛，在于人生之追求各异，若就此窝囊地死去，一生志业灰飞烟灭，一念至此，司马迁不由得涔涔泪下。

自己一生立志，不曾在事功上用力，亦不事聚敛，故家贫，一旦有事，财赂不足以自赎，而举朝势利，交游莫救，左右素所亲近者不为一言，痛哉！古今历史上志士仁人，遭际多类此。父亲留下来的那些篇章中所记叙的人物，每每浮现在脑海，激荡着他的心胸。得失成败，又岂依俗世评鉴定夺？那些名垂青史、百代流芳者，哪一个不是命途多舛？文王若不是被拘于羑里，抟心壹志，怎能演绎出《周易》？孔子困厄，报国无门而作《春秋》。屈原被放逐，乃作《离骚》。左丘失明，遂有《国语》。孙膑断足，方作《兵法》。吕不韦迁蜀，才有了传世的《吕览》。韩非被囚，才会发愤著书，写下《说难》《孤愤》，《诗》三百篇，大抵皆圣贤发愤所为之作，此皆人意有所郁结，不得不发，而不得其通道，故而述往事，思来者，退论书册以抒其愤，垂文章以自见。

"而今大汉复兴，海内一统，而明主贤君忠臣死义之士，作为太史，却没能把他们的事迹纂集成书，传诸后人，我没尽到责任，真的是很怕呀……"父亲的话重现于耳畔，司马迁不由得痛哭失声。父亲当面交代，而自己郑重承诺的事业尚在半途，自己怎么就敢轻生，无视司马氏的祖业的传承呢……

司马迁再度醒来，端起身旁的药碗，一饮而尽。过了片刻，下腹疼痛果然减轻。他闭上双目，倚在墙边，搜索着脑中的记忆，轻声吟道：

故天将降大任于是人也，必先苦其心志，劳其筋骨，饿其体肤，空乏其身，行拂乱其所为，所以动心忍性，增益其所不能……

他还不能死，还有大事业等他去完成。这场劫难，令他成为刀锯之下的残疾人，不也是上天降下的一场考验？身残的他，不仍可以书写，仍可以立言吗！孔子称，君子疾没世而名不称，而自己心有所念的，亦鄙没世而文采不彰……或许正是身体的亏缺，催迫自己全力倾注于撰述。大质既亏，反倒不再有从前那么多顾忌，他会踵武前贤，像古之良史们那样，不溢美，不隐恶，不以成败论英雄，作成一部承前启后的《史记》，为后来者立一圭臬。《孝经》曰，立身行道，扬名于后世，以显父母，孝之终也。他也会通过这部《史记》，传承司马氏的志业。

可秉笔直书，会触犯时忌，伤到许多人，自己生前很可能问不了世。那又怎样？藏诸名山，副在京师，数代之后，牵涉到的人皆成枯骨，爱恨纠葛终会淡然，世人还是会读到他的书，司马家的志愿终会光大于天下。

眼下可供撰述的史料，多已齐备，发凡起例，尚待斟酌。本纪尚欠评鉴，本纪为一书之纲，所谓纲举目张，唯今上在世，又从何盖棺论定？而实录所载，汗牛充栋，有待采择，这是他思考已久的问题。国之大事，在祀与戎，皇帝的文治武功，均有可采。而佞神求仙，追求永生的迷狂，超迈始皇帝，尤当录入本纪，以为后世警醒。封禅大典可单立一章，以封禅书纪之，以成父亲遗愿。而与四夷之战守得失，似可分别记入，其诏令言行可以互见于诸传，浑然一体，相互发明以显是非，以知终始。如此，则史家之立意灌注于全书，文笔跌宕有致，精彩迭出矣……

司马迁又昏睡过去了。

三十三

晨光熹微之际，刘彻系紧披风，从登封台走下。三月的山巅，呼啸着寒凉的晨风，使他不由自主地哆嗦了一下。车驾抵达泰山的当日，他便祭拜了明堂，昨日登山修封，疲累不堪，自觉体力大不如前，不知还能行几次封禅之事，而寻仙不得，空望长生，心中蓦然生出一阵悲凉，犹如这山头起伏不定的云海，一眼探不到尽头。

他还记得初登泰山时那种意气风发的感觉，一晃十二年过去，山还是那座山，人则鬓发苍然，垂垂老矣。人越老，越觉得日子过得飞快，每每静思之际，都会有种惶恐袭来，强敌未克，夙愿未成，而自己却在一天天老去。他对那些术士们的怀疑加重了，这世上真的有仙人吗？自己如此虔敬，却难求一见。公孙卿在海域守候多年，却只能让他看到所谓的神仙足迹，这么多术士登山赴海，几十年一无所获，他愈来愈觉得，术士中有太多的骗子，是文成、五利一流。可他又不能把他们全杀掉，总得羁縻勿绝，寄望他们能迎来真仙。

"山下有甚消息？"

"各郡国上计者都已候在奉高，等待向陛下呈递簿册。公孙大夫捎话说海域又出现大人足迹，请陛下前往勘验。灵台王弼昨日望气，称河间一带空中有青紫气，当有奇女子在彼。"

王弼是少府的老臣，年逾望七，擅风角①，望气每有效验，颇受信用，故

---

①风角，即古代以四方风力、风向占验气候、农事、神煞吉凶的数术，俗称望气，隶属于太常寺。

出巡必随侍车驾。

"奇女子"，奇在何处？刘彻起了好奇心，随即想到郭彤正在冀州一带，曾说访到了故人，会有意外之喜，会不会就是王弼说的这个奇女子呢？李嫣逝后，刘彻觉得自己的心也随之去了，郁郁寡欢，后宫中满是女人，他却意趣全无。公孙卿的所谓"神迹"已提不起他的兴致，上计之后，不如北上常山①，祭祀一下自己尚未去过的北岳，顺道河间，看看这个所谓"奇女子"是何许人物。

于是此番东巡，车驾第一次没有赴东莱海隅，而在上计过后，掉头北进，直接去了河间。河间王刘授、国相汲仁如承大祭，传令封国文武百官出迎，黄土铺路，宿卫净道，仪卫一直延伸到与信都郡交界处。河间献王刘德是刘彻的兄长，现任的河间王刘授是刘德的曾孙，虽属晚辈，刘彻仍以亲亲之意邀他登车骖乘②，询以国事、农事与民生景况。

一路且行且谈，皇帝对河间的治绩颇为满意，末了，刘彻道："宫里望气的王弼，说河间一带有青紫之气，占验后称你们这里有个奇女子，奇在哪里？"

刘授平日深居宫内，对此竟一无所知，懵懂道："奇女子，有吗？"他向随侍车旁的国相汲仁招招手，示意他靠近辂车，问道："国相可曾得闻河间有甚奇女子吗？"

汲仁略作思忖，揖手道："莫不是大内郭公公寻到的那位女子？公公今日一早，已前往武隧县接人去了，陛下抵达乐成③，想那郭公公也该接到人了。"

郭彤也在乐成？刘彻一喜，不觉起了故人之思。"郭彤可好？他在此地寻到了个甚女子，有何奇处？"

"公公正月到的河间，下榻在宾馆，听闻他曾去武隧寻人，但又不肯惊动那家人，说是要等陛下来时传见。这女子臣也未曾见过，只是听说她从小五指蜷握成拳，从未被人掰开过。或许'奇'指的就是这个。"

---

① 常山，即北岳恒山，因避汉文帝名讳改称常山。

② 骖乘，即同车陪乘。

③ 乐成，为西汉河间国国都。

说话间，已经到了乐成，车驾直奔河间王府，刘授夫妇已将正殿让出，作为皇帝驻跸时的行宫。刘彻栉沐更衣未毕，郭穰来报，郭彤已从武隧赶回，正在殿外候见。刘彻正由小黄门梳头编发，回过头道："传他进殿说话。"

郭彤离开长安时近一年，变化颇大，面容更清癯，身形也更瘦弱了。

"郭彤，怎么瘦成这个样子，得病了吗？"

郭彤顿首道："没有，奴才不过是老了，胃口不行了，人瘦了些，可精神依旧。"

刘彻额首道："没病就好。你给郭穰去信，说访到了故人，会有意外之喜，甚喜？王弼望气，说河间出了奇女子，是你从武隧带过来的女人吗？"

"正是，陛下见到那女子，必会起故人之思。"

"哦，故人是谁？"

郭彤赔笑道："陛下召见那女子时，自然晓得。"

于是传女子进宫。传唤声未绝，娉娉婷婷走入一位少女，头蒙着黑纱，看上去不过二十岁。到得御前，女子落落大方，全无惶怯，敛衽为礼后，跪倒在地，俯首不言。

郭彤走上去，揭去黑纱，女子慢慢抬起头来，皮肤白皙，不事妆饰的脸颊上泛着股天然的腮红，目光熠熠，犹如照射在一汪深潭上的阳光。四目交汇之际，刘彻哆嗦了一下，浑身仿佛被电击了一般，瞠目结舌，呆呆地望着那女子。

这分明就是四十五年前的大萍。埋藏已久的往事喷薄而出，万千感慨、五味杂陈，一下子涌上心头，刘彻怔怔的，嗫嚅其词。好一阵子方问道："你叫甚名字，大萍是你甚人？"

"民女赵姝，敢问陛下说的可是俺姥娘吗？"

刘彻双目熠熠，追问道："你姥娘？她还在吗？"

"俺姥爷姥娘殁了，葬在了辽东。"赵姝摇了摇头，眼中泛起泪光。

"你姥娘生前对汝说过甚吗？"

赵姝摇摇头道："俺姥娘殁时，民女太小，记不得了，俺姥娘的事，都是俺娘告诉俺的。"

"你娘说过些甚？"

赵姝略作迟疑，答道："娘说俺姥娘在世时郁郁寡欢，避见熟人，很少说话。"

郭彤伏地顿首道："奴才这趟还乡，祭扫先人庐墓后，就去访大萍的下落，为此专程去了趟辽东。大萍嫁人后，与夫婿落户在辽东新昌，夫妇俩已于十多年前去世。奴才亲赴墓前祭扫，又重修了他们的墓圹。大萍有个女儿，嫁与赵姓人家，他们夫妇病故后，赵家又迁回冀州河间，奴才亦追踪而来，可惜赵氏夫妻也亡故了，但大萍这个外孙女，总算找到了……"

"你为甚这样做？"

"当年那件事情过后，奴才心怀愧疚，总觉得对不住皇上和大萍。奴才找寻她，为的是要给陛下一个交代，放下心里的念想，也不想自己愧疚终生。"

刘彻点点头道："难得你是有心人。这女子听说五指蜷缩，掰不开是吗？"

"是的。听她寄母称，自其嫂过世后，此女右手即蜷缩不开，这么些年了，仿佛废了一样。家人邻里，多少人想要帮她掰开，都做不到。这样一来，本该早就许嫁的她，仍待字闺中。"

刘彻注视着跪在御前的女子，招了招手道："你过来，把那只张不开的手伸给朕看看。"

女子脸红了，低首膝行至皇帝身前，刘彻托起她的右手，果然紧握成拳，可看上去并非因伤致畸，手上骨肉匀停，肌肤白净而细腻，握在手中，能感觉到一股温热与微微的颤动。

刘彻试着掰她的拇指，稍稍用力，那拇指居然张开了；再掰食指，加了些力，也伸直了。此刻，刘彻依稀看到，女子拳中握着个物件，一下子激起了他的好奇心。于是将其余三指一一掰直，掌中赫然在目的，是一只小小的玉佩，雕琢成朱雀形状，雀冠处有一抹朱红，格外显眼。

"你哪里来的这只玉佩？"刘彻既惊且喜，目光炯炯地盯着那女子。

"俺姥娘传给俺娘，俺娘病重时传给俺，说是俺姥娘传下的宝贝。娘嘱咐我好好带在身边，说小女一生的福气就在这只玉佩上，唯有缘人得见，那才是我的夫君。"

夫君？刘彻怔怔地望着赵姝，女人低头不语，羞红满面，犹如初放的桃花，惹人怜爱。他拈起那只玉佩，在掌中细细把玩，这正是当年定情之际赠与大萍的信物。"阿彘，今后你我怎么办？"大萍的话忽然回响于耳际，一阵强烈的愧疚攫住了他的心，他给她的许诺，一件也没有做到，却令她失去骨肉，客死异乡。她把玉佩传给女儿，不啻传递了她一生最大的遗憾、最深的念想。虽已天人永隔，但姻缘一线不断，他要续上它，给大萍一个交代，一个迟来的补偿。

刘彻将手探入深衣，自中单中摸索到那另一只玉佩，他已很久没戴过它了，此番出巡，却又鬼使神差地戴上了它，这难道就是天意！玉佩呈勾龙形，缘有凹槽，将朱雀扣入，双佩合一，天衣无缝。

"你娘说的对，这是天作之合，你一生的福气就在这上面，你的姻缘也在这上面。"

郭彤身后跟着两个小黄门，缓步走到大殿前的广场上。赵君姁等一干赵家亲眷，正诚惶诚恐地跪等在那里。

奉天承运，皇帝诏曰：赵姝明丽温顺，甚得朕心，赐封美人。赐赵家金百金，地百亩，僮仆百数，钦此。

宣旨后，郭彤挥挥手，示意赵家人随那两个小黄门前去领赏，正待回殿，却被王弼拦下了。

"季孺兄，难得还乡扫墓，却寻得一奇女子，郭君真是有心人。"

王弼也是宫中的老人，与郭彤交好。这次出巡前，忽接到郭彤的密信，要他务必想办法让大驾卤簿行经河间。他以望气指称河间有奇女子，缘由在此。

郭彤笑意盈盈，揖手道："呵呵，有劳王大人相助，郭某感激不尽。"

"季孺何以如此，有甚故事吗？不妨告我。"

郭彤神色自得地望着王弼，问道："王大人看这女子的眉眼，可与大内中的甚人相似吗？"

王弼思忖良久，猛然道："季孺可是指李夫人吗？像，确实有些像……"

郭彤看看四周无人，低声道："岂止李夫人，还有王夫人，陛下当年宠爱过的女人，大人想一想，眉眼是不是都与此女相仿佛？"

王弼恍然，连连点头道："难怪！吾还依稀记得，陛下备位东宫那会儿，曾有个侍奉他的宫女，后来不知所终，难道就是此女的姥娘？"

郭彤以指抵唇，警告王弼住嘴，随即拍拍他的臂膀，叹道："怪我失言，陛下的心结，非吾等所宜言。王大人，这件事天知，地知，汝知，吾知，到此为止，如何？"

王弼凛然，点点头，两人相视一笑，一起向大殿走去。殿内已经散朝，皇帝正在寝宫中与那女子说话，看到郭彤，刘彻招招手，示意他站到自己身旁。

"大萍的事，朕知，汝知可矣，不可对第三人言，若泄密，你绝担不起这个责任，知道了？"

"奴才知道了。"郭彤俯首敛容，庆幸没将实情告诉王弼。他感觉得到自己咚咚的心跳，而身上，则已经是冷汗浃背。

五月，车驾返回长安，但并未直接入城，而是先去了都城西南直门外的建章宫。消息传来，在城内两宫掀起了不大不小的波澜。卫子夫为了迎驾，已自长乐宫移驻未央宫椒房殿，但大驾卤簿迟迟未至，随即传来消息，车驾去了城外的建章宫，在那里安置了新纳的赵美人。

皇帝年事已高，后宫佳丽成群，却偏偏在东巡途中携回了一名女子。初闻此讯，卫子夫颇有些心焦，但她很快冷静下来，传召太子进见，一起听长御①倚华打探回来的消息。

"那女子家世无甚背景，姓赵，就是个民女，河间人。她父赵新以罪入刑，进宫做到了中黄门，父母双亡已经几年，寄养在她姑姑家。据说这女子右手蜷缩紧握数年，皇帝召见时亲为披手，内有一朱雀玉佩，传自其外祖母，与皇上所有的勾龙玉佩恰成一对，圣心大悦，即时拜封为美人。现在后宫人言籍籍，邢、尹等夫人皆不忿，但见不到那赵姓女子，也是枉然。"

长御是汉宫中侍奉皇后的首席女官，倚华服侍卫子夫多年，最受信用，倚为心腹。

刘据蹙额叹道："那李夫人才死掉没多久，父皇就又有了新宠，看来母

---

① 长御，汉宫侍从皇后的女官。

后与吾，今后又要过戒慎恐惧、如履薄冰的日子了。"

卫子夫并不知道皇帝早年之事，以为事出偶然，不足为虑。她不以为然地笑笑，哂道："据儿不必忧虑，这件事不足为惧。汝父皇春秋已高，那女人即便得宠，怀不上皇子，也是枉然。况且她人没入宫，却已是后宫的众矢之的，难得有好日子过的。"

倚华却一脸沉重，敛容道："臣妾还听得一则消息，不确定，不知当讲不当讲……"

卫子夫双目炯炯，加重了语气："讲，凡有关那女子的一切，都要对孤讲。"

"大内的内监们传说，皇帝拟将赵美人安置到甘泉，在甘泉另造钩弋宫，作为她的居处。"

卫子夫心里一紧，宠擅专房，当年的王、李也不过如此，倒不能小觑这赵姓女子。好在她尚无皇子，还构不成王、李那样的威胁。

"皇帝宠她，最恨的应是邢、尹二夫人，用不着咱们出头。据儿，你要告诉你姊姊亲朋们，切勿听信那些市井的流言蜚语，随人信口雌黄，非议汝父皇，吾卫家最大的保障，是作壁上观，不生事，不授人以柄。岁月如流，只要耐得住性子，再硬的石头，棱角也会磨掉的。"

果然，翌年三月，刘髆年十五，赐封昌邑王，随即离京就国。虽然李广利仍居要位，但刘据与刘髆君臣位分已定，多年来压在卫子夫与太子心上的石头终于落了地。赵姝长居甘泉，尚无子息，眼不见，心不烦。卫子夫坚信，皇帝对赵姝的宠爱，会随着时光的流逝而越来越淡，只要生不下皇子，这个女人最终也不过是冷宫中众多女人中的一个。

三十四

　　天汉三年秋，刘彻一反常态，移驻甘泉宫，一是准备来年对匈奴的全面战争，一是敕令鸠工庀材，督造钩弋殿。翌年春正月，诸侯王的朝觐也改在甘泉举办。之后数月，自各郡国征召服役的七科谪与勇敢士，陆续各赴指定的集结地，短暂训练后，编伍成军。五月刘彻发布诏令，以二十万大军兵分四路，出塞大举：

　　第一路，是主力，骑兵六万、步卒七万，由贰师将军李广利统领，自朔方出塞；

　　第二路，骑兵万人、步卒三万，以因杅将军公孙敖统领，军出雁门；

　　第三路，步卒三万，以游击将军韩说统领，军出五原；

　　第四路，步卒万余人，以强弩都尉路博德统领，军出居延，接应贰师，押送辎重。

　　汉军征召七科谪，相当于一次浩大的军事动员，消息早已传至匈奴，且鞮侯挟上年之胜势，亦不惮再战，为此早早做了准备，将老弱妇孺与牛羊辎重，悉数迁往余吾水①以北，自将本部与左部骑兵十万，待战于水南。

　　运送粮秣辎重的路博德所部与先期抵达逐邪山②的大军会师后，贰师命步

---

①　余吾水，即今蒙古国额尔浑河，河南暨逐邪山北水草丰茂，为匈奴单于驻跸之地。

②　逐邪山，即今蒙古国境内阿尔泰山东脉。

卒留守接应，自率骑兵进至山北，与且鞮侯的大军形成相持之势。几乎是同时，公孙敖所部骑兵也进抵余吾水，与匈奴左贤王部接战。

汉军在人数上拥有二比一的优势，但论骑兵，匈奴的却有十比七的优势。相持之际，且鞮侯令左贤王分兵三万，围攻公孙敖，自率大军迎战汉军主力。公孙敖的一万骑兵只支撑了两日，伤亡甚众，而后方的步卒相距遥远，缓不济急，于是下令回撤，左部胡骑乘势追杀，汉军一路败退，逃还塞内时，马步两军折损过半。

李广利所部与单于大军作战都很谨慎，均未铺开大战，而是各以小股骑兵突击试探，连续缠斗了十几日，进抵余吾水时，汉军推进不过几十里。之后，因杆将军败讯传来，左部胡骑亦返回加入作战，态势渐形不利。李广利与众将会议后，决定回撤。由于山南有路博德部接应，贰师大军顺利回师塞内。

韩说一军，全是步卒，不敢深入，只能倚边塞造些声势，牵制一下匈奴。其间韩说与率胡骑巡边的李陵不期而遇。

两人早年均在宫中为郎，是老熟人，相遇之际，各于马上揖手为礼。韩说道："汉待将军不薄，奈何背叛朝廷，与吾为敌？"

李陵道："吾为汉将时，以五千步卒横行匈奴，以无救而败，何负于汉家而诛杀吾全家？"

韩说哂道："天子听闻汝教胡虏战法以对付吾军，故株连之，何屈之有！"

"此乃道听途说，校练匈奴者，乃李绪，非吾也！诛杀吾母妻子，吾与朝廷恩断义绝，日后与公等，当刀兵相见矣！"

李陵恨声道。言毕，率队疾驰而去。李绪，原为塞外都尉，居奚侯城，匈奴围攻时，献城投降，单于客遇之，遂为之练兵，位在李陵之上。

回到单于庭，战事早已结束，且鞮侯正于大帐摆酒庆功。此战汉军未能得手，自单于至诸王将领皆以为是李绪的教练，使得匈奴洞悉了汉军的战法，致其无隙可乘。李绪亦颇为自负，接受众人的祝酒，很快就醺醺然了。李陵看在眼里，越想越恨，老母家人竟因这厮而死，此仇不报，情何以堪！

于是扶起李绪，向单于道别，称李绪不胜酒力，要送他回帐休息。他领个亲兵，两人搀扶着李绪，一路磕磕绊绊走向身后的余吾水，李绪的营帐就立在河畔。

看看四下无人，李陵低声道："李将军，李将军醒醒……"

李绪全无反应，李陵要亲兵扶住他，随手拔出腰间的匕首，瞪着被惊呆了的亲兵道：

"普图，这个人连累吾老母妻子丧生，吾与之有不共戴天之仇。今日落在吾手，吾将手刃此贼，以报吾亲。事情是我做下的，大丈夫一人做事一人当，与汝无干。我取他性命后，你自去单于处报案……"

话音未落，李陵错前一步，一刀抹在了李绪的喉咙上，李绪猛然睁开眼，大张着嘴，但已发不出声音，刀口处鲜血涌出，夹杂着汩汩的血沫。李陵又在其胸口、腹部连刺了几刀，李绪整个人瘫软下来，倒在了地上。亲兵慌忙去报信，李陵通身血迹，长吁了口气，在尸首旁坐了下来，静静地望着远处的余吾水。

很快，单于与诸王赶来，命人将李陵先行看押，另着人手安葬李绪。当晚，且鞮侯将李陵召入大帐，屏退侍从，亲自为他松了绑，要他坐下说话。

"李绪既教会了我们怎样对付汉军，也使朝廷误杀了你的老母妻子，令你与汉家恩断义绝，是我匈奴的功臣，你杀他，是必死大罪，你知罪吗？"

李陵摇头道："他害吾家人被戮，吾取其性命报仇，是为天理。吾何罪之有？一命还一命罢了。"

且鞮侯颔首道："李君敢作敢当，是男子汉、真英雄。投奔我这里的汉人，稍有才能，我都会重用，譬如才让你杀掉的李绪。李君之才能，远在其上，我当大用之。"

"大用？吾在匈奴，身无寸功，缘何大用！"

"我听过随你巡边人的报告，知道了你全家被杀，与汉家恩断义绝。如此，只能依靠我强胡报仇雪恨，不是吗？"

李陵默然，良久道："大单于要我做甚？"

"我会封你为右校王，封地在坚昆①，给你三万骑兵，由你校练战法，将来也由你统领作战……"

---

① 坚昆，地望在今西伯利亚中部，叶尼塞河上游。

1674

且鞮侯迟疑了一下，又说道："李君既没了家人，在这里又形单影只，孤独无依。我正好有个待嫁的女儿，你娶了她，就跻身匈奴贵族，在这里也安下了个家。不过，你先得避避，离开这里，去趟北海。"

"为甚？"

"你杀李绪，大阏氏认定你有二心，要除掉你，你得避避。再者吾闻苏武是你老友，你去北海看他，劝他归顺我，他若归顺，高官显爵随他挑，还可与你做伴。他若不从，也随他，你自可去你的封地，我会送居次①去与你成婚，那里没人能够加害于你。"

大阏氏为伊稚斜单于的正妻，伊稚斜死后近二十年中的四任单于，有三位（乌维、句黎湖、且鞮侯）都是她的儿子，早殇的乌师庐，也就是被称作儿单于的，是其嫡长孙，故大阏氏在匈奴中威望极高，她认定的事情，无人敢于违拗。李陵在胡地待久了，大阏氏专横的名声早有耳闻，她既对自己存了成见，单于庭自非久留之地，于是当夜即在单于亲兵的护送下，悄悄离开了。

次日，且鞮侯以行刺李绪的罪名，将那个名叫普图的亲兵当作了替罪羊，处死结案。大阏氏虽不甘心，训斥了且鞮侯半日，可抓不到真凶，也无可奈何，这件事就搁下了。

九月的北海，气温渐凉，夜间更冷。郅居水②汇聚余吾水与安侯河两条支流后，水势浩大，自东岸注入北海。河海交汇处，地势平坦，牧草丰茂，原是丁零人的牧场。军臣单于征服丁零后，将这里封给了於靬王，最近一任於靬王是单于的幼弟，名塔图吉。

河口周边是冲积而成的平原，水浅，长有大片的水生植被，郁郁葱葱，在九月的秋风中摇荡。再往前，就是一碧万顷、极为清澈的海水，人畜可饮。郅居水左岸，有座小小的游帐，被放逐到北海牧羊，逐水草而生的苏武，正居停于此处。

---

① 居次，匈奴称单于之女为居次，相当于汉家的公主。

② 郅居水，即今蒙古国色楞格河，注入北海（贝加尔湖）；余吾水，今名图勒河；安侯河，今名额尔浑河，均为支流，汇入色楞格河。

苏武将捡拾来的树枝堆起，燃起篝火，又将铁架置于火上，将一只带提梁的铜釜挂在架上。火势甚旺，铜釜中的水翻滚起来，苏武将几块咸干肉投入釜中，又将择净的野菜在陶瓮中涮洗，准备炖一锅肉汤。此时，远远地，传来了久违的马蹄声。时当日落，暮色渐起，他站起身，手搭凉棚，见到一众胡骑正朝他奔来。为首一人，身披匈奴诸王常披的狐皮大氅，顿马于旃帐旁，做了个手势，骑从者纷纷下马，在左近搭建帐幕。难道是於軒王又来此地驻牧？苏武整了整衣冠，拾起汉节，向他走去。

那人面孔望去很像汉人，直到脱下皮帽，看到他那双黑亮而又饱含忧郁的眼睛，苏武才认出他来。

"你……李陵？李少卿……"

李陵微笑着点了点头，揖手道："子卿，久违了，一别数载，你我都老了！"

两人握手言欢，互相注视了许久，感慨不已。李陵须发已有二毛①，而苏武更是鬓发苍然，满面沧桑。李陵走到篝火旁，望了望釜中的食物，叹息道："早闻知苏君牧羊北海，不道如此艰难！"于是呼喝一声，吩咐亲兵预备酒肉，自己则拉着苏武一同进了他的旃帐。

几杯下肚，彼此微醺。李陵又令备茶，属下送过煮好的茶炊与杯子后退下，两人各执短刀，自盆中拣食羊排，边食，边互道契阔。

苏武初到北海，既无住处，亦无人供给饮食，自己用树枝搭了个窝棚，以野菜兔鼠为食，起卧操持，饥寒交迫，自知将成饿殍，却仍不废礼义，杖节牧羊。一日，於軒王游猎至此，发现苏武善以丝缕缠织弓弦，又会校正弓弩，遂给其衣食，厚待之。王驻牧河口三载，与苏武为邻，过从甚密，马畜服匿②旃帐皆王所赐。去年夏天，王病故后，部众迁离。苏武孤单无助，丁零人乘虚而入，在冬季盗走了他的牛羊，使他再陷困厄之中。

听过苏武的经历，李陵叹道："子卿受苦了，然所言深得吾心。可见蛮夷亦不可一概而论，里面也有好人。"

---

① 二毛，古人称须发黑白相间为二毛。

② 服匿，匈奴语，指盛装酒水用的陶瓮。

苏武亦知李陵战败而降，颔首低语道："於軒王可称仁人矣。少卿日后作何打算，不效浚稽将军见机行事乎？"

李陵将酒杯斟满，与苏武碰了碰杯，一饮而尽，眼中已泛出泪光。"先贤言，君视臣如手足，则臣视君如腹心；君视臣如犬马，则臣视君如路人。吾以五千步卒，杀虏过万，力尽而降。而朝廷杀吾妻子，连七十岁的老母也不放过！吾未负汉，而汉负吾，如子卿兄言，匈奴中也有好人，单于嫁女于吾，封吾为王；於軒王给你衣食穹庐，子卿得以不死，汝亦称其为仁人，不是吗？"

苏武感觉老友话中有话，摇摇头，一时不知说什么，抿了口酒，沉默无语。

"子卿，你我自少为通家之好，实不相瞒，吾此来一是为看看你，二是实受单于委托劝你归顺。单于颇重苏君，虚己以待，闻吾与苏君为世交，故使陵前来游说足下。吾知兄最重信义，可蹉跎荒野空无人烟，终不得归汉，这信义又有谁知道呢！"

苏武似思索着什么，仍默然无语。

"汉家的天子，苛刻不仁，视臣下如犬马，吾等凭甚效忠于他？就拿你们兄弟来说，哪一个得了好下场？长君①之前任奉车都尉，随侍天子雍州械阳宫，扶辇于宫门之间，不慎触柱折断了车辕，被劾大不敬，长君惶急之下，伏剑自刎。天子赐葬二百万钱就把他打发了。

"再说孺卿②，他随车驾从祀河东后土，一个宦者与黄门驸马争相上船，黄门被推入河中淹死，宦者逃亡，本无孺卿什么事，可天子诏命他追捕，追捕不得，惶恐饮药而亡，又枉死一命。

"子卿身陷匈奴，兄弟亡故，家中无人，全靠大夫人③主持。陵出征前，大夫人亦亡故，陵送葬至阳陵。子卿妻年少，闻已改嫁，苏君连弟妹只剩三人，两女一男，这么些年过去，令妹存亡不可知矣。人之一生，譬如朝露，转瞬即逝，识时务者为俊杰，为甚要苦着自己呢？"

"狐死首丘，越鸟南飞，恋故乡也。身陷这食膻饮酪的蛮荒之地，少卿

---

① 长君，苏武长兄苏嘉字，曾官至奉车都尉。

② 孺卿，苏武弟苏贤字，曾官至骑都尉。

③ 大夫人，苏建之妻，苏武之母。

难道就没有家山之恋、故国之思吗？礼义忠孝，我们自幼所受的圣贤之教，少卿都能弃掷脑后吗！"苏武直视着李陵，目光炯炯逼人。

"陵始降时，泣血椎心，忽忽如狂，自痛负汉，再则老母妻子系狱保官，吾当然明白你的心情，那时候吾比子卿更不愿降！可天子春秋愈高，法令愈无常，刻薄寡恩，无罪的大臣就被夷灭了几十家，在位者皆安危难测，惶惶不可终日。子卿效命这么个人，值得吗？望听吾劝，莫再说了。"

苏武面色绯红，站起身，揖手南拜，举杯酹地后，目光直直地盯着李陵道："汝陇西李氏世代英名，可负乎！武父子无功德，皆为陛下所成就，位列将，爵通侯，吾兄弟亲近，常愿肝脑涂地以报君恩。今得杀身自效，虽蒙斧钺汤镬，诚甘乐之。臣事君，犹子事父也，子为父死，无所恨矣！三纲五常 ① 在上，愿少卿无再复言。"

两人皆悻悻无言，一场老友重聚的欢宴，就此不欢而散。翌日再饮，两人似有默契，只谈旧情故事，绝口不提归降事。又盘桓了数日，匈奴居次赶来，欲赴封地成婚。李陵设酒与苏武饯别，席中旧话重提，要苏武听劝归降，称有单于授权，若肯归顺，即可解除流放，随李陵去其封地。

苏武笑了起来，摇摇头道："道不同，不相为谋。武在匈奴，从未奢望过能活至今日。王必欲武降，请毕今日之欢，武当效死于君前！"

李陵陡然色变，感其至诚，喟然叹曰："嗟乎，义士也。有苏君比照，陵与卫律之罪上通于天矣！"又感父祖在天之灵，不知会如何看待今日之自己，不觉泣下沾襟。直至散席，两人再未提及此事。临别，李陵从居次所携的畜群中挑了几十头牛羊赠与苏武，含泪握别。

"吾封地距此二千里，山重水复，今日与君一别，不知何时再会。子卿保重，多加餐饭，愿复有握手言欢之日！"

---

① 三纲，君为臣纲，父为子纲，夫为妻纲；五常，仁、义、礼、智、信；三纲五常是西汉大儒董仲舒对儒家五伦理论的进一步发挥，见于其《春秋繁露》。

三十五

　　太始元年六月，夜半，刘彻醒来时，耳畔噪声持续不断，时强时弱，细辨有如蝉鸣，近来几乎夜夜如此。他转过身，仰面而卧，感觉后腰的钝痛也加重了。自入老境，身体是一日不如一日，太医断为肾虚过劳，建议补肾的同时节劳静养。为此，他已多日不再召赵姝侍寝了。

　　但他贪恋她的胴体，心中一阵阵悸动，不能忘情于她。他闭目怀思一年多来两人的厮守与欢爱，是他，一手将这个青涩含羞的少女梳拢成了风情万种的女人。初始时，女人娇羞不胜，而识得滋味后，其爱欲之强烈，竟不是如此年纪的他所能承受的。

　　老矣，老矣！激情虽在，却每每力不从心。每当看到赵姝那富于弹性、散发着光泽的肌肤，再审视自己松弛、垂老的皮肉，都令他自惭形秽，心生难言的隐痛。

　　专宠经年，房事也时有成功，但赵姝却未能受孕，他是真想与她生个孩子。太医称房事过频反致不孕，建议他节劳，说这样既可以温阳补肾，亦可以养精蓄锐。刘彻遵从医嘱，自避暑甘泉宫，已经独宿了多日，赵姝则入住了专为她建造的钩弋宫。作为大萍的子遗，他绝不愿意冷落她。她每日早间都会来寝宫请安，皇帝都会留她在身边陪伴。刘彻常常丢开公事，满心欢喜地与女人说笑、谈天，教她识字，甚至把着女人的手，教她如何批阅简牍奏章，将近日落时，才会放她回宫。

　　赵姝秀外慧中，冰雪聪明，一年多来，已经读诵过《孝经》，《尔雅》

中的字词也已识得大半，字也写得漂亮。刘彻心里每每将她与自己宠爱过的女人们作比，卫皇后端重沉稳，王夫人沉静安娴，李夫人袅娜多姿、风华绝代，但谁也比不过赵姝的那份聪明。女人的聪明，他既喜欢，又隐隐有种不明的不安。女子无才便是德，有才就会有希冀，不安分。

赵姝心心念念地长在了他心里。她的青春，如初春绽放的花蕾，令人赏心悦目；她的胴体，令他痴迷；她的活力，令他心猿意马；和她在一起时，仿佛时光倒流，又回到自己的青葱岁月。她若不在身旁，他会放不下，满脑子都是她的音容笑貌，不自觉地揣想此刻她在哪里，在做什么。这种爱欲，激发起他强烈的愿望，他必须长生，非如此不足以与赵姝长相厮守，共为神仙伴侣。为此，求仙时不我待，只有找到仙人，方能求得不死的仙药。尽管他已厌倦方士们难于求证的夸夸其谈，但仍羁縻不绝，为的就是冀望遇到真仙，获取长生不死的方药。他有些后悔，已经两年没去东巡了，流年似水，逝者如斯，老天留给他的时间不多了。尽管每一次东巡都令他身心疲惫，可他拖不起，也不肯放弃……

他的思绪就在这种假寐状态中流淌，时醒时寐，辗转反侧，梦境连连。翌晨起身后，头脑里仿佛灌了铅，昏昏沉沉，委顿不堪。为了个女子，自己竟然如亢奋少年一般神魂颠倒，全无一点定力！而这种种苦恼，只能由自己承受。

"做皇帝的，不能与人交心，心思不能够让臣下摸透，让人摸透了很危险，所以会孤独。"

父皇的话回旋在耳际。作为皇帝，他不可能向任何人倾吐自己的心事，求取心理和情感上的纾解，这种孤独与煎熬直至郭彤来到时，才稍稍放下。

"陛下，京师的快马来报，匈奴单于且鞮侯半个多月前死掉了。"

"死掉了？好，死掉了好！"刘彻惊喜不置。近年来汉匈两次大战，汉军非但没能占到便宜，还损兵折将，铩羽而归。且鞮侯无疑是他最强悍的对头。

"新单于是何人，他的儿子吗？"

"据报是其长子狐鹿姑，其次子接狐鹿姑之位，任左贤王。"

这是个好却无法利用的消息。新老单于嬗递之际，往往伴有政争，是打击匈奴的适宜时机，可惜汉军新败，马匹折损甚众，一时半会凑不出那么多骑兵。当然，假以时日，他还会大举进攻，击垮这个仅存的对手。

刘彻挥挥手，要内侍们退出，又示意郭彤到跟前来。郭彤拄着把拐杖，一步一挪地蹭过来，跪倒。这二年他腿软的毛病愈发加重了，平时有小黄门搀扶，但在独对之际，只能靠自己了。

"你的腿怎样，好像重了？"

郭彤鼻子一酸，泣下道："奴才敢报陛下，遍求医家，扎针服药罔效。奴才空有犬马恋主之情，可这条腿要废了，不能再侍奉皇上了，叩请陛下恩准老奴还乡终老。"

刘彻沉吟不语，良久方道："汝服侍朕五十余年，朕举手投足，一颦一笑，想要做甚，汝皆了然于心，宫中哪里还有这样知心的人呢？腿软可以由小黄门们抬着你，公公还是勉为其难，鞠躬尽瘁吧。"

"可老奴腿残，实在怕耽误了陛下的公事。其实只要皇上留意，大内还是有比老奴优秀的人才……"

"比你优秀，谁？公公若真能推举一个替手，朕会允准汝还乡养老。"刘彻扬起眉，一副不信的神色。

"司马太史。"

"你是说司马迁？"刘彻一怔。杜周曾报知，司马迁受刑后，一直在养伤，若非郭彤提起，他几乎忘了这么个人。

"太史大人受刑去势，已不妨碍他出入后宫与陛下的寝殿，他春秋正富，博闻多识，才高八斗，非老奴所敢望，用他做谒者令，在陛下身边奔走，实在是再合适不过了。"

是啊，这个司马迁，学识足用，清廉且勇于直言，自己身边确实需要这么个人，所以他一直没有免去他的太史令一职。

刘彻颔首道："是个人选，可这个职任，文学才望尚在其次，首选是忠诚。这件事容朕斟酌后再定。还有件事，想听听公公的意见。"

郭彤顿首道："请陛下示下。"

"你觉得，河间赵美人为人如何？"

郭彤有些蒙，不知皇帝为何问起这个。他腿软不良于行，已很少在宫内走动。虽然伺候御前，但遇到皇帝与妃嫔秘戏之际，他从来都是避开的。赵姝入宫后，两人极少有交集，除去赵姝去墓地拜祭其父时，他曾陪同并指引过葬处。

"赵美人入宫后，老奴曾陪她去雍苑祭吊过她父亲，此后再无交集。老奴找寻大萍的孑遗，为的是了结陛下心里的那份念想，至于赵美人的为人，老奴实在是不知，难以置喙。"

"尔等没有交谈过吗？"

"交谈？没有，奴才只有回主子话的份。"郭彤连连摇头，"倒是赵美人祭吊之时，说过一些话，奴才没往心里去，也没有报知陛下。"

"哦，她说了些甚，对谁说？"

郭彤运脑如飞，检索着自己的记忆，沉吟片刻道："是对着坟头说的。奴才记得有：娘嘱托的都成了，我如今是皇帝的女人了……我会给皇上生儿育女，姥娘、娘和爹的后人，会是皇家的骨血……大致就是这么些话，奴才以为宫中的女人没有不这么想的，盼个好前程，理有固然，就没往心里去。"

她想为朕生儿育女，可惜迟迟不孕，刘彻心中掠过一丝苦涩。他摇摇头道："以你的观察，此女心机如何？"

"心机？"郭彤摇摇头，"小家碧玉、纯真无邪的年纪，能有甚心机？陛下多虑了。"

长安城中的丞相府，大门紧闭，直至黄昏，直通城西直城门的大道上，蹄声杂沓，一辆安车四帷密闭，在侍卫夹护下，疾驰而来，至相府门前，驭手一声吆喝，两匹天马喷鼻踏蹄，稳稳地停了下来。皇帝避暑甘泉，丞相公孙贺连日为公事往来奔波，疲累不堪，只想进食后倒头就睡，把欠的觉补回来。

进到内寝，略作盥洗，换了便服，吩咐家人上饭，门丁来报，有自称大人亲戚的人来访。公孙贺夫妇及妾媵数人住在相府，独子敬声升任太仆后，早已搬去衙门住了，妻子长年在长乐宫陪伴皇后。京师的亲戚多是妻子卫家一系，这么晚了，能是谁呢？他摆摆手，示意带客进来。

一个披着黑斗篷的人被带了进来，侍者退下后，来人脱下斗篷，蓬头垢面，瘦骨嶙峋，几乎脱了相。公孙贺大吃一惊，正待喊人，那人却道："大哥，我是子卭呀。"

"子卭？"公孙贺瞠目结舌，绕着他走了好几圈，方才肯定这人是他的堂弟公孙敖。两人均为义渠胡种，高鼻深目。义渠为西戎古国，百余年前并于秦国，逐渐汉化，但体貌上仍与汉人有很大不同。

本年春正月，朝廷检讨军事。再战不利，刘彻认为过在公孙敖，指责他自从军起，碌碌几十载，因人成事，或师出无功，或损兵折将。此战先期败退，致使单于能够全力以对贰师，以致功败垂成。又指他呈报假消息，诬称李陵校练胡兵，致杀其母妻，绝了他回归之路。公孙敖最终成了替罪羊，朝议以其战损严重，议定死罪待决，押入若卢狱①，待秋冬行刑之际予以处决。

"若卢报汝瘐死狱中，如何到得吾这里？"

"吾妻以泰半②家赀，重贿狱吏，才逃得一条生路。"

"好大的贼胆，狱吏竟敢私相卖放死罪犯人，竟不怕连坐吗！"

"大哥放心，他们自有办法，找个义奂囚徒李代桃僵就是了，对外称瘐死狱中，埋了，没人会认真查对的。"

公孙贺摇摇头道："杜周那个老狐狸，岂是好瞒的！"王卿自杀后，杜周擢升御史大夫，但仍兼管着刑狱，监狱口卖放犯人的勾当，对于干了一辈子刀笔吏的他，了然于胸。

公孙敖苦笑道："吾为阶下囚这半载，总算明白了，天下牢头一般黑！各狱的令、丞连带属下，收贿卖放已成惯例，有恃无恐。他们所得也都会分一份孝敬上峰。杜周心里当然明镜似的，保不齐他还是拿大头的。人犯瘐死报上去很久了，也没有甚动静，大哥把心放在肚子里，没人会查的。"

"既是死人了，汝再不能出头露面，一旦败露，家无噍类矣。"

"所以兄弟方冒险登门，告帮大哥，救兄弟一命。"

---

① 若卢狱，西汉长安城内的监狱之一，隶于少府，为朝廷关押审讯大臣之处。

② 泰半，大半、多半。

本月皇帝刚刚下诏大赦，公孙敖若没出来，还有办法可想。但既已报瘐死狱中，反而难办了，一旦败露，会掀起一场惊天大狱。公孙贺沉吟不语，良久道："为今之计，京师你是待不住了，得去个没有熟人的所在，躲几年，等到下一次大赦再想办法。"

"兄弟穷蹙无计，求大哥指条明路！"

公孙贺搜索枯肠，终于想到了一处可以落脚的所在。

"当今，也只有江湖可以保你平安。我会修封书与你，再送你匹马。明日你扮作差役，随相府赴甘泉报送公文的车出城，之后你直奔河西山丹县马苑，找到那个人，把我的信交与他。公事上他们有求于太仆寺，会容留你。但你要记住，绝不可与家中联络，将来若有机会，吾再为你打算。"

公孙敖唯唯称诺。

翌晨，他随相府送公文的辎车出横门，过渭水，自渭城一直向西疾驰而去，直驰出约百里之遥，方才按辔徐行。半年来，他收押系狱，尝尽了阶下囚的滋味，而今放眼碧树蓝天，感受着周遭的鸟语花香，身心慢慢松弛下来。回首长安的方向，他长长地吁了口气，叹道："死生之道，命矣哉！"

去河西的道他走过，霍去病征河西，他奉命偏师策应，汉军大获全胜，他随霍去病凯旋时走的就是这条路。朝廷为开边西域，将这条路拓宽了，此后大军、辎重、移民，络绎于途，成了条兴旺的交通孔道。二十七年过去了，自己亦从威风凛凛的壮年将军一变而为须发苍苍的在逃犯人，以垂暮之年而不得不亡命千里，苟延于一时，此生或再难见家人，终老于异乡，一念至此，公孙敖潸潸泪下了。

道旁有棵柳树，公孙敖将马拴住，任其食草，自己遁入柳阴处坐下，解开包袱，取出一张胡饼，咬了一口。这饼是西域胡商带入关中的，因为耐饥、有嚼头、便存储，而在京师大受欢迎。

远远传来车辚马啸之声，放眼看去，但见几个身着胡装的人，押运着一支商队，向长安方向而来。几辆大车满载着货物，缓缓经过，胡商大多对道旁坐着的这个人视若不见，直至队尾，一披斗篷的刀疤脸很注意地瞄了他几眼，跳下马，向他走来。

"敢问足下，可是自京城来？"

公孙敖站起身，点点头，揖手回礼道："在下有事去河西，今早自长安启的程。"

"敢问贵姓？"

面对直直地盯着他的刀疤脸，公孙敖有种似曾相识的感觉。

"汝何人，问这个做甚？"

"足下可是公孙敖，义渠人？可还记得元光年间，吾等同在未央宫做骑郎，真是岁月如梭，再见面已经半辈子过去了！"

刀疤脸竟知道自己的名字，还做过同事？公孙敖睁大了眼，细细端详着面前的这个人，一个名字猛然闪出。

"汝、汝是张、张次公……"

刀疤脸大笑道："正是在下。难怪老兄不敢认我，世间都以为我早死了呢。"

两人把臂相望，唏嘘不已。

"还记得元光四年咱们在河洛酒家的事吗？"

"当然记得。大将军那会儿还是个马夫，被大长公主雇的人逮了去，吾等随郭解去救下的他……忽忽四十年，郭解、大将军早已亡故，物是人非，吾等亦垂垂老矣！"

"次公从商了吗？你们这是去长安贩鬻吗？"

张次公望了眼渐走渐远的商队，肯定地点了点头。

"公孙君何以如此装扮，这是要去哪里？"

公孙敖叹了口气道："吾亦死囚，与君同为亡命之徒，现下想去河西投奔一位江湖上的朋友，藏身匿踪，躲避朝廷的抓捕。"

"哦，可是河西山丹马苑？"

公孙敖瞪大了眼睛，吃惊道："你如何知道？"

"吾等在那里有处商栈，汝既投奔江湖，山丹仅此一处。"

"汝家老板是骆原？"

张次公笑了，很有点高深莫测的样子。

"是，是骆原。你见到他，就提我，他会收留你的。"

公孙敖自怀中掏出封加了封泥的书牍，挥了挥，傲然道："吾堂兄有书牍给他，他的买卖离不开官家，当然得帮忙。"

张次公淡然一笑，揖手道："我得去追商队，就此揖别，望君保重，待自京师回返后再叙。"

公孙敖亦揖手作别。望着张次公远去的背影，未曾想落难之处亦有熟人，如此，亡命生涯倒也不那么孤寂了呢。

三十六

太始二年秋，赵姝终于怀上了刘彻的孩子。太医诊断，以脉滑、脉象如盘走珠，断为喜脉，而寸脉弹滑尤甚，以是断为妊子。刘彻大喜过望，将赵姝安置于甘泉钩弋宫，遣后宫专司妊娠生养的太医长住甘泉，调方保胎。

消息传至后宫时，已是十月，由是引发了新一波的不安与惶恐。卫子夫与太子不为所动，以为皇帝年高，小皇子不等长成或已夭折，即使存活，亦难得天子的长久庇佑。且赵家清贫无势，无所依傍，反不如李家有李广利，有兵权，更为可虑。但卫家公主们却不这么认为，刘髆已封王于昌邑，与太子君臣名分已定，且刘髆贪恋女色，就国不几年就有了几个孩子。尤其是李夫人死后，他在宫内便没有了奥援，不足为虑。而赵姝年轻，宠擅专房，皇帝的心都在她身上，一旦真诞下了龙种，会对刘据的储位构成现实的威胁。可赵姝长住甘泉，往来京师时都与天子在一处，医药皆有人专司，竟无隙可乘。

"我们就这么呆坐着，束手无策？先发制人，后发制于人，二姊，你怎么看？"阳石欲诉诸行动，将两个姐姐请到家共商对策。

当利眯着眼，像只未睡醒的猫，懒洋洋地问道："像上回那般，再来一次不行吗？"

诸邑颔首道："上次那个李灵，祝诅确实灵，让那李嫣死于小产。这次还请她，应能手到擒来。"

阳石摇摇头道："你们以为我想不到吗？我遣家人赴江汉遍觅不得，现下那贱人既已有孕在身，缓不济急，奈何？！"

当利道："其实长安就有巫觋①，但不知功夫如何？"

"功夫好坏，用来试试不就得了。可大姊所言不是宫里太祝②的属下吧？若是他们，怕走风，不可行。"

诸邑道："宫里的当然不行，可民间亦有，只要使足了钱，亦能觅到合用者。"

"去哪里觅，你认得吗？"

"我当然不认得，可有人认得……"

"谁？"

"和大姨父沾亲、被判死刑的公孙敖，他老婆曾求大姨帮他丈夫减刑，听说她也曾请过民间的女巫作法禳罪。"

"大姨告诉你的？"

诸邑肯定地点点头。三位公主面面相觑了好一会儿，阳石下了决心。

"事不宜迟，那就去找她，费用咱们自己凑，不必让皇后与太子知道，知道的人越少越保靠。"

当利道："即便找到了能办事的人，可那贱人有皇帝护着，一直在甘泉保胎，怎么才能办成呢？"

"甘泉通驰道，蛊气可以借道直达，她躲不过去！上次李灵也在驰道放过蛊，这次要她有样学样，也出不了纰漏。"阳石胸有成竹地笑笑，又对诸邑道：

"联络公孙敖妻子一事，还得劳动二姊。别告诉她实底，就说我夜梦连连，总梦到前夫的亡灵，须请人禳解。她若帮到我，我卫家也一定会还报她的。"

西汉时，推行孝道，慎终追远，朝野每年因四时而行四祭：即春祠、夏礿、秋尝、冬蒸。四祭的对象，是先祖父母及世间亲友的游魂。所供奉者，皆当季成熟的作物，如四月食麦，七月黍稷，十月稻菽，正月食韭，以奉亡灵尝新。而七月之祭，时称礿祭，到后世与佛教合一，变身为中元节，居住于城里的

---

① 巫觋，音乌西。巫者，女巫；觋者，男巫。

② 太祝，西汉太常寺属官，主祭祀祝祷，下有司巫，掌群巫，以四时祈雨、祛妖祥、祈福等。西汉时民间社会皆请巫觋主祭。

人们纷纷走上街头，朝祖墓方向焚烧纸钱，祭祀祖先父母亡灵而外，亦扩及游荡于世间的孤魂野鬼。

太初二年十月的一个黄昏，数辆辎车经渭城抵达通向甘泉的驰道，暮色中但见几个人影下了车，向着甘泉方向焚烧纸钱，纸灰随风飞向空中，夹杂着火星，纷纷扬扬，漫天飞舞，直至天色完全黑下来，几个人才上车返回长安。

翌晨，一辆辎车自鄠县驶出，一路颠簸，直奔长安。将近食时，抵达京师东市。帷帘起处，下来一位老者，他蹙额扫视了一下四周，大街上满是焚烧纸钱的痕迹，遍地狼藉。老者摇摇头，自己做直指的时候，京师的大街绝无可能这副样子，皇帝不在京城，执金吾范方渠（中翁）① 疏于条令，放任自流了。老者是水衡都尉江充，他形容瘦削，头发斑白，但梳理得一丝不苟。目光依旧炯炯逼人，深不可测，仿佛能够看到人的心里去。

食后，辎车穿过京城，自横门而出，过渭桥，穿渭城，直奔安陵而去。他要赴甘泉，将上林三官新铸的五铢钱样品呈送御览。朝廷一再铸币，为的是筹措下一场战争的赏费，尽管连年刀兵大动，府库尽虚，不得不铸币以补不足，造成民间物价腾贵，他仍奉皇命为圭臬，一丝不苟地执行不误。伴着"嘚嘚"的蹄声，江充闭目冥思，心里渗出缕缕不安。皇帝老了，而自己几次示好太子，非但未能解开他的心结，反而更深地感受到了敌意。这个疙瘩解不开，皇帝殡天之际，也就意味着自己的死期。随着时日的流逝，他内心的阴影也愈来愈大，他认定，和解既不可能，自救的唯一办法就是在皇帝生前扳倒太子。

"大人，到安陵了，今晚在这里安歇吗？"

江充掀起车帷，看了看天色道："去驿站换两匹快马，今晚一定要赶到甘泉。"

换马后车速快了许多，车过池阳后，起了股朔风，强劲到掀起了车帷，一大片飞灰随风而入，打在江充脸上。他抹了把脸，原来是纸烬。池阳之后再无城镇，什么人会在驰道上焚钱烧纸？他喝令停车，亲自察看，但见前方

---

① 范方渠，字中翁，天汉四年自弘农太守升任执金吾（中尉），主持京师三辅治安。

不远的主道上，有一大片火焚的痕迹，纸烬虽已不存，可地面的痕迹长达数尺，清晰可见，延烧向甘泉宫的方向。

前不着村后不着店之处，甚人在此烧纸，所为何来？怀着满腹的疑窦，江充来回踏勘了几次，苦思不得其解，直至发现了两枚尚未燃尽的香头，方恍然而悟。犹如觅到猎物踪迹的猎犬，兴奋不已，江充小心翼翼地拈起香头，用汗巾裹起，藏入袖中。

赶到甘泉时，夜色已深，辒车停在迎风馆。刘彻长住甘泉，为政务方便，在甘泉山阳造了三座宾馆，分别命名为迎风、露寒与储胥，京师与各郡国官吏赴甘泉奏报公事、上计呈文等，均下榻于此。稍事盥洗后，江充顾不上进食充饥，直接去了长定宫，这里是随天子长住办事大臣们的驻地，御史大夫杜周正住在这里。

正殿内，杜周正在秉烛办公，案上铺排着一卷卷公牍，看到身前的江充，颇为诧异，他放下手中的毛笔，蹙额问道："这么晚了，江大人有甚事吗？"

"三官奉诏所铸的麟趾金与五铢新钱陶范①皆就，下官自鳌屋赶来，是将样品呈送今上验看。"

杜周颔首道："我知道了，江大人一路劳顿，歇息去吧。"

"还有件事，下官觉得应该知会大人……"江充嗫嚅其词，并无离去之意。

"甚事？"杜周心有不悦，斜睨了他一眼。

"昨日秋尝之际，长安城官家百姓烧纸钱送鬼，把街上搞得一塌糊涂，现今的执金吾远不如杜大人那时，执法不避贵戚②，而黔首安驯，而今天子大人皆在甘泉，京师却放任自流了。"

此番抑扬搔到了杜周的痒处，他原本的戒心减去不少，颔首笑道："范大人以外郡调任京师，一时半会搞不清状况，也是有的。我回京后，会提点他的。大家都是同僚，谁都难免有误，互相帮衬着点儿，都好。"

"大人教诲的是。"江充连连点头，心里骂道：难怪人称笑面虎，死在

---

① 陶范，古代铸币的陶制模具。

② 《汉书·杜周传》："周中废，后为执金吾，逐捕桑弘羊、卫皇后昆弟子刻深，以为尽力无私，迁为御史大夫。"

你手里的同僚，怕是比谁都多。杜周任廷尉时，逢君之恶，郡国新故相因、牵连入狱的二千石大员不下百余人，而京师诏狱逮入官员不下六七万，被认为是本朝一段最为恐怖的时期。

"在下来甘泉的路上，见到池阳的驰道上有焚香烧纸的痕迹，甚为蹊跷，敢问大人，皇帝近来身体可好？"

"蹊跷，甚蹊跷？"

"昨日虽是尝祭之日，可池阳过来，沿途并无村镇，却有人在驰道上烧纸，为的是甚？"

"为甚？"

"下官以为，或有恶人于此祝诅，传告鬼神，加害于圣上……"

杜周心里一哆嗦，祝诅，这是个大逆不道的罪名。皇帝春秋渐高，疑心渐重，近日受凉、咳嗽，御体不适，若与祝诅联系起来，定会掀起惊天巨案。可江充把话说出来了，他不敢也不能把这件事情捂住不报，致遭猜疑。他静静地望着江充，问道：

"江大人可有证据？"

江充从怀中取出汗巾，置于案头，慢慢打开后，指着那几支残香道："这是在焚纸处找到的香头，不似民间黔首所用之物，况且在空旷无人的驰道上焚香烧纸，必是有人借机祝诅天子。下官想明日陛见时，举发此事，不知大人可愿与充会衔上变？"

"当然，当然。上变文书就请江大人拟稿，吾会衔就是。"暮年的杜周，行事力求圆融稳重，只想太太平平地做到告老致仕，还乡颐养天年。可江充提出来的这件事，他再不情愿，却也只能跟进。江充则心中暗喜，有御史大夫领衔，就再好不过地掩饰了自己挟嫌报复的意图。

"汝说甚，弄……弄儿死了？"刘彻瞠目结舌，两眼直直地瞪着金日磾，不敢相信这是真的，弄儿昨日还好生生地在御前伴驾，怎么可能一下子死掉呢？

金日磾被拔擢为侍中后，颇得刘彻信任，出则骖乘，入则侍卫，不离左右。他婚后育有两子，亦承其血胤，高鼻深目，仪表堂堂。长子偶尔随他进宫，被皇帝见到，颇为喜爱，赐名弄儿，时与嬉戏，全无君臣分际，有时甚至攀爬后背，抱着刘彻的脖子撒娇。金日磾见状又气又怒，却不敢发作，于是怒目圆睁，逼视着儿子。弄儿惧，且哭且走曰："翁怒。"刘彻则大不以为然道："小孩子知道个甚，汝有甚可怒的！"金日磾敛容唯唯。及至长成，弄儿仍不时奉召进宫陪伴皇帝。赵婕妊娠后，为了保胎，刘彻不再召幸，于是改召弄儿做伴。

"臣教子无方，有负圣恩，罪该万死。这孩子出入宫禁，不谨。臣不能不惩戒，而他竟敢百般狡辩，臣怒极，动用家法，不想伤重不治……"

"不谨、惩诫？怎么个不谨？俗谚虎毒不食子，金日磾想不到你竟连儿子的命也要，你若不给出一个站得住脚的交代，朕要为弄儿出头，治你的罪！"

金日磾伏地顿首，声泪俱下道："为臣子者，都知道宫里的女人皆为皇帝所有，绝不敢有不敬之心、觊觎之情。当年李延年纵容乃弟交通宫人，污秽后宫而至阖家身死名灭，臣所亲睹，立为阴鉴。臣昨日散朝，途径玉树时，闻有男女说笑声，循声找去，却见弄儿与宫人在树后相拥而戏。臣心胆欲裂，当即押儿子回住所，施以惩诫，不想竟尔身亡。臣罪无可赦，可臣宁愿负罪于陛下，亦不愿此逆子秽乱宫禁，危及阖家安危……"

说着说着，金日磾已泣不成声。刘彻也难过地落了泪，摆摆手，示意金日磾退下。

"真是个愚憨之人。"刘彻望着他的背影，叹息道。陪侍在旁的司马迁额首道："陛下慧眼识人，金日磾确是难得的忠荩之人。"刘彻未置可否，忠诚却加重了金日磾在他心里的分量，这种忠诚竟可以到大义灭亲的程度，这样的人是可以也应该托付大事的。

谒者郭穰匆匆进殿，呈报御史大夫杜周、水衡都尉江充殿外候见。刘彻冷静下来，懊悔方才情绪的失控，示意传见。

关东多年来水旱蝗灾频仍，民不堪命，朝廷数次将难民迁徙至河西、朔北，仍多有流为盗贼者。朝廷以重典治之，而星星之火，此伏彼起，绵延不绝。大股千余人，小股数百人，呼啸而来，劫盗攻城，掳掠乡里，取库兵，释死罪，处死地方官吏乃至二千石大吏。朝廷初以丞相长史督责地方惩治，而收效甚微。后又颁布《沉命法》，严敕地方民变不报或镇压不力者，相关二千石以下直至小吏皆处以死罪。小吏畏死，多匿而不报者，而其长官也害怕担责，于是上下其手，层层瞒报，致使关东民变渐成燎原之势。刘彻先后任命江充、范昆、张德、暴胜之等为绣衣直指使者，出巡关东，予以二千石以下官员的专杀之权，直至予直指使以虎符，调动大军，逐一扫荡，斩首多至万余级，渠帅授首，而株连者高达百余万，民变方渐次平息下来。一时间，关东诸郡出现了囹圄半市、赭衣半道的景象，若不能尽快解决善后，新一波民变势将复起，死灰复燃。

太始元年六月，朝廷为此已颁布过一次大赦，但重罪在狱者仍多达数十万，为尽快纾解朝廷在财政、兵员上的困境，丞相、御史大夫与贰师将军曾奉诏于长安会议，决定再度施行大赦，凡罹死罪者，皆可以五十万钱赎死。减死一等后，发配河西或边郡屯戍，其中身强力壮者则加以训练，编伍成军，以补充兵员的不足。

此事已议过多次，故略作询问后，刘彻认可了这个方案，吩咐司马迁拟诏，敕送长安丞相府，颁行全国。他又将目光转向了江充。江充仍是那个瘦高个，目光依然精悍，唯须发皆已苍然。江充将麟趾金与新版五铢的钱范呈上，抚看着精光耀目的样币，刘彻极为满意，颔首道："很好，是朕想要的样子。江充，你回去后要督促三官加紧铸造，朕与北虏还会有一场大战，朝廷等钱用，此事朕即交托与你了。"

江充唯唯，但迟迟没有退下。他瞟了一眼杜周，杜周略作迟疑，还是从袖中取出了一卷木牍，呈递了上去。刘彻展开木牍，原来是杜周、江充呈奏长安有人于驰道上烧纸焚香，形迹可疑，意图不轨，似为施蛊以谋天子，应严加查办，以惩逆贼，以儆效尤云云。

刘彻的心一下子沉了下去。一晃三十余年过去，不想巫蛊之患再现于今日！难怪近日身体多有不适，老病缠身之际，无怪奸人乘隙行蛊，是可忍，孰不可忍！

"杜周！"

"臣在。"

"汝速回长安，会同廷尉吴尊，禁止百官黔首于城内各道与驰道焚香烧纸祠祭，于长安、三辅搜捕巫觋逆贼，追捕施蛊者，不可漏网一人！"

三十七

"各位，敝人借贵处一杯薄酒，感谢主家对我的庇护，尤其要感谢张将军带回长安的消息。本以为今生再难与妻子团聚，不想朝廷大赦，敝人不啻再生……"

公孙敖说至激动处，落下了几滴老泪，与食案对坐的朱安世碰了下杯，一饮而尽。朱安世也一饮而尽，照照杯，指了指大铜餐盘中整扇的烤羊排。

"公孙大人请用，这是次公今晨特意为将军烤的，是这草原上的美味，关内很难吃到的。"

公孙敖投奔山丹马苑，不经意间已近一载。先是去年秋朝廷颁布了大赦，死罪者纳钱五十万，可减死一等，可几乎就在同时，京师三辅亦严查道路与各关津口岸，据说有人于驰道行巫蛊事，长安闭城大搜数日，直至年末杜周去世，方不了了之。

转过年（太始三年）元月，皇帝于甘泉大宴外国使臣宾客；二月，为示普天同庆，诏命全国大酺五日，解除夜禁；三月，皇帝大驾东巡，数月来一直徘徊于海隅、泰山之间，寻仙、修封、致祭。主要官员皆追随于行在，本年的上计也改在奉高进行，长安城内各衙门仅止于等因奉此，报送公文，关禁亦大大松弛了下来。听到张次公带回的消息，公孙敖急不可耐地想回京城与家人团聚，直至昨日主家回来，方应允放他走，这位主家化名骆原，也就是坐在他对面的朱安世。

推杯换盏，觥筹交错，几巡酒下来，公孙敖面色酡然，言谈也渐无忌讳。

他向对坐的朱安世揖手道："骆大哥，古人一饭之恩，报偿千金。吾落难于此，承蒙各位看顾，将来若能复起，定厚报之。日后阁下若到长安，有用得上老夫处尽管开口，敝人愿效犬马之力。"

一直观察着他的朱安世微笑着拍了拍他的手臂，很好奇地问道："将军不洗清身负的罪名，回去亦须东躲西藏，谈何复起？"

公孙敖去意颇坚，笑道："这就是主家不明白了。皇后、太子在位，卫家的人脉就还在，敝人堂兄又当朝为相，有他们施以援手，免罪不成问题……"

朱安世拱手笑道："吉人自有天助，自不待言。不过老朽倒真有一事想请教将军。都知道长安牢狱如同鬼门关，站着进去，躺着出来。将军既为死囚，如何摆脱缧绁，这里面有甚门道吗？"

"这世道上管用的除了权，再就是钱了，都说钱能通神，不虚也。狱吏也是人，斗食不足以养妻子，所以没有不收黑钱的，收足了钱他们也真敢办事，主家听说过瘐死狱中这个说法吧？"

朱安世点点头道："知道。不就是酷刑折磨，不予医药，促其速死吗？"

"对。这些家伙想把大活人弄出去，十有八九会用这个法子。老夫留得一命乃至逃出来，靠的也是这个法子。"

"怎么脱的身？将军能对老朽说说吗？"

"找个死囚弄死，把真犯换出去，之言李代桃僵，报称瘐死狱中，就这么容易。"

"他们不怕穿帮吗？一旦被上峰发觉，可就家无噍类了。"

"这里面的黑幕，咱外人搞不明白，我只知道狱吏收了黑钱，必定会分润很大一份给上边，而上边也会睁只眼闭只眼，予以方便。对他们而言，卖放人犯，是他娘长流水的生意，黑！蛇鼠一窝啊。"

"敢问将军，卖放汝出狱者何人，能告诉我他们的姓名吗？"

公孙敖一怔，迟疑了一阵，问道："主家问这做甚？"

"将军应该知道，咱家干的都是刀头子上舔血的勾当，兄弟中多有身陷牢狱者，找对了狱吏，好捞他们出来。放心，绝不会牵连到将军，在官家跟前，咱家一个字都不会提到将军的。"

公孙敖吁了口气，如释重负道："都说为大侠者，一言九鼎，唾唾成钉，我信得过。卖放我的狱吏，都是廷尉狱的，我只知道他们的绰号，一名卷耳，瘦小精悍，鬼主意多，左颊有颗黑痣。另一个人称老陈，膀大腰圆，狠歹歹的，长着一把黑连鬓胡，都是中年人。"

"敢问将军，用死囚顶替你出来，使了多少钱？"

"那可没数了，每层关节都得打点，使钱多少，要看罪名。我被判死罪，又是钦犯，钱少了更是不行。老夫拜将封侯，为官几四十年，家赀本来富厚，可为了保住这条命，家里卖得只剩所宅子，送进去的怎么也掉不下几千金吧。"

朱安世略作沉吟，随即手执匕首，自羊排上割下几大条肉，蘸过佐料后，放入公孙敖的碟中，笑道："光顾着说话，耽误将军用餐了，来，尝尝这羊肉，关里吃不着这么鲜的……"

几乎是在同时，刘彻的车驾也自琅邪抵达东莱，先至成山①拜祭日出，随后观览湿地中的涉禽。每年冬季，有大量候鸟来此越冬，其中的天鹅多逾数万只，为成山一景。其时天鹅大多已飞往北方，但湖中涉禽仍多。刘彻在此盘桓数日，手下的郎官竟捕到了一只赤雁，赤雁通身生有朱红色的羽毛，被视作天降之祥瑞。刘彻大喜，作《朱雁之歌》，大飨随驾众臣，通宵达旦，作长夜之饮。

此番出巡，刘彻放不下有妊的爱妃，携赵姝同行，冀遇仙人，讨不死之方，同登仙侣。无奈一连多日，海上大雾，哪里有蓬莱三山的影子？但他确实于东莱望见过三山，栩栩如生。如今春秋愈高，时不我待，他决心要亲自登舟，赴海中一探究竟。

他拥着赵姝坐在芝罘的海滩上，望着黑黝黝、一望无际的海面，水波不兴，涛声依旧。渐渐的，海平面散射出的光线染红了天际，金黄的太阳冉冉升起，天际殷红，而大地、山峦、建筑更加黝黑。随着太阳升高，四周渐渐明亮了起来，水天一色，海面一碧万顷，四面景观皆现其本来颜色。

他扶着赵姝，站起身，吩咐侍女送钩弋回帐休息，自己则令司马迁召众

---

① 成山，成音盛，在东莱郡不夜县境，地望在今山东荣城成山镇。

方士前来议事。此番随驾的方士，自公孙卿以下不下百余人。

"数十年来，诸公要求的，朕皆从之．敬神之意不为不诚。诸公所言仙人好楼居，高台、离宫修建无数，谓办迎年①，朕亦仿造五城十二楼。自太一、后土诸祠，三年一亲祭，泰山五年一修封．朕亲力亲为，礼神足迹遍于五岳四渎矣。可仙人却未睹一面，公孙卿，汝说这是为甚？！"

"陛下至诚之心，早已昭昭于天地，故能于缑氏、东莱屡见大人足印，遥望三山，又上天屡降灵芝、白麟、白雉、赤雁诸祥，皆瑞征也。可陛下身为兆民仰赖的大汉之君，又不能不分心于国事。陛下巡视五岳四渎，随来随返，居无定所，遇不到神仙就是这个原因啊。臣等无能，有负于天子，罪该万死。"

公孙卿伏地顿首，汗湿重衣，心咚咚地跳个不停。但他知道，皇帝诛杀栾大后，追悔莫及，之后轻易不肯再杀一个方士，为的是留着与神仙的交通之路，方士们的脑袋皆系于此。自皇帝亲睹海市景象之后，求仙之心更上层楼，且春秋愈高，长生之心愈切，愈离不开方士，他们目前是安全的。

"此番，朕要亲身验证诸公所言，登舟入海，寻觅蓬莱，存亡生死在所不计，此等诚心，神仙还会避朕吗？公孙大夫，汝以为如何？"

公孙卿伏地顿首，众方士随之跪倒了一片。"臣等不敢妄言，可陛下虔敬之心上达于天，吉星高照，必得皇天庇佑，得偿夙愿。"

浮海所用之楼船，早已备于芝罘港，三层三桅，这是征朝鲜时投送汉军的标配，经过改装，顶层的庐室改装得更为奢华、通透，底层两侧船舷各设有十五处孔洞，大棹②自此处入水，每一棹位配备摇桨者三人，总计九十人，整齐划一，轮番摇桨，操纵行船。刘彻所乘楼船，有士卒百余人护驾，皆由随驾郎官充任，另从水师中选取了数十水性极好的人，跟从侍驾，以防意外。

刘彻登船，校阅了麇集于此、樯帆如林的水军后，时已近午，海上风浪渐起，谒者郭穰将一袭黄色的大氅披上他的肩头。元封二年，时值壮年，他也曾于此校阅水军，考察方士求仙者，彼时意气风发；而今年届花甲，他再不能耽

---

① 迎年，即古代迎神的一种方式。《史记·孝武本纪》："黄帝时为五城十二楼，以候神人于执期，命曰迎年。"

② 棹，大桨。

搁了，要亲出远海以觅神仙。

侍中、奉车都尉霍光主持此次出航，他上前一步，揖手道："臣已安排艨艟①四艘护航随行，此刻正值顺风，敢请陛下下谕启碇开航。"

"朕此番前往，如此声势，会惊动仙人吗？"刘彻看了眼随侍在旁的公孙卿，疑惑地指了指脚下的楼船。

"敢报陛下，仙人修行，好清静，避闲人，大张旗鼓恐非交通之道。"

霍光道："臣已吩咐静默行船。楼船上亦备有用于登陆之小船，待觅到仙山，陛下可以就近换乘前往。"

刘彻领首，挥挥手，示意出发。顺风扬帆，船行甚速，不一会儿，芝罘已消失于水天之交。海面水波澹澹，一望无际，船行平稳，可仍传递着海浪的节奏。起初，刘彻热切地注视着前方，企盼着三山兀然而现，可节奏划一、周而复始的桨声与浪声，一成不变的海景，令他眼皮发沉，昏昏欲睡，茫然地注视舷窗之外的景观。

"彘儿，彘儿……"一个熟悉的声音在耳畔呼唤，刘彻抬起惺忪的睡眼，面前影影绰绰出现个女人的身影。

"你是……"

"你连娘也认不得了！娘去之前叮嘱汝看顾吾王家子遗，你做到了吗？你不孝，辜负了娘，你知罪吗……"

恍惚中，母后那张哀痛的面孔，倏忽间老了下去，面前这老女人越看越像太皇太后窦氏，她怒目圆睁，容色严厉地盯着自己。"彻儿，你怎么做的皇帝？背弃父祖与民休息的初心，好端端一个大汉朝，被你搞得海内虚耗，民力疲敝，汝还有甚脸面对列祖列宗！"

面孔不断幻化，陈阿娇、王夫人、李嫣，一张张熟悉的面孔，或含恨，或幽怨，或悲戚，千般旧事，万种柔情，像是决堤的洪水，掀翻了刘彻胸中的五味瓶。

"但见新人笑，不见旧人哭。陛下说过要携我登仙，转瞬却又许诺给了他人，薄情自古帝王家，陛下真爱过甚人吗？"袅袅走来的这个女人，曾经

---

① 艨艟，音蒙冲，古代的一种战船。

是自己的最爱。可她死了，能怨他负心、不重然诺吗？刘彻心里委屈，胸口憋闷得难受，可就是讲不出话来，身体仿佛被一种无形的力量牢牢压住，动弹不得。

"有人妒忌陛下的专宠，施蛊于我，死于非命。九泉之下，臣妾心有不甘，陛下要为吾申冤啊……"

刘彻用尽全力，艰难地伸出只手，想要拉住李嬿，而女人嫣然回首，再看却分明是赵姝。正待叫住赵姝，却见宫门处涌入木人数千，皆持杖汹汹而来，欲击之。他猛然醒了过来，周身无力，大口喘息，心咚咚急跳不停，通身大汗淋漓，郭穰与几个随侍的小黄门正用汗巾为他拭汗。李嬿那句有人加害她的话，久久徘徊于脑际。他心里一抖，最爱的女人已死得不明不白，怀着皇子的赵姝，决不允再蹈覆辙！

在海中转了几个时辰的船队，忽奉诏返航，在夜半时分回到芝罘港。皇帝连夜召见了司马迁、王弼、公孙卿等，要他们解梦，但隐瞒了巫蛊之事。方士皆云不吉，是上天示警之象，唯有司马迁称之为梦魇，民间称为鬼压床，境由心生，这些深埋于心中的至亲，激于陛下的感念，才会现形于梦境。

自船上噩梦后，刘彻时不时会坐着发呆，忽忽善忘，记不住眼前的事情。御医以为乃不慎受风所致，经诊治服药后，刘彻决定中止寻仙。车驾北上途中，于中山召见了赵姝姑母一家，厚赐币帛；之后祭祀于常山，循北地而返甘泉。返程中，刘彻以飞骑诏令江充赴甘泉报到，另有任用。杜周卒后，虽任命了曾任直指使的暴胜之继任御史大夫，但自就任以来，就一直伴驾行在，而京师三辅的寻缉又松懈了下来。此番他要任命一个素来忠诚又敢作敢为的能吏，彻底稽查京师三辅的一切魑魅魍魉，使之再难遁形。

刘彻车驾返抵甘泉时，时值九月，赵姝妊娠已逾周年，却仍无临盆的迹象。召问御医，皆惶惶不知所以然。唯有一老者称，史传伊祁放勋①孕十四月而生，皇子乃圣上血胤，或亦得圣裔真传，十四月而生乎？刘彻欢喜而外，仍有一丝隐隐的不安：近来自己忽忽善忘的症状，愈加频繁地出现，联系海上梦境

---

① 伊祁放勋，古史所传尧帝的姓字。伊祁，尧之姓；放勋，尧之字。

与爱妃孕期的异常，他愈来愈怀疑宫中有人施蛊，加害于他与赵婕。

"江充，三官铸币之事进展如何？"翌日，刘彻屏去侍从，单独召见了已经在甘泉候驾了数日的江充。江充呈递上麟趾金与新版五铢的样品，奏称铸币工序有条不紊，再有数月，当可完成朝廷下达的数额，绝误不了陛下的大事。

"铸币之事可暂由桑弘羊兼管，汝要再任绣衣直指使者，为朕办另一件大事。"刘彻领首，但心思完全不在铸币上，他双目炯炯，盯视着江充。

江充敛容揖手道："臣愚昧，敢问陛下，所谓大事可是指长安三辅的治安？"

"不错，这件事朕原交代给了杜周，这也是御史大夫的职责，可天不假年，不到半年他就殁了，整件事情落了个虎头蛇尾。朕记得，当年整顿京师道路，你做得最为出色，此事交代与你，朕放心。"

"诚蒙陛下不弃，充誓为狗马以供驱策，敢问陛下，臣权限如何，以何为度？"京师三辅的治安，涉及多个衙门，如廷尉、执金吾、三辅都尉，叠床架屋，各管一摊，扯皮的事情时有发生。江充以前纠察道路，职有专责，今后统领京师治安，还真有点无从下手。

"绣衣直指是做甚的？'直指'者，直接对朕负责，各衙门皆以汝之号令是从，有朕在，你只管放心大胆地做，京师三辅的管治要有新气象。"刘彻大不以为然，口气严厉起来。

江充顿首称诺，但他深悉皇帝讳疾忌医、迷信神仙的痼疾，管治的下面，实际上是对宫廷内种种阴谋的恐惧。于是小心翼翼地问道：

"陛下曾责成杜大夫追查巫蛊，以臣所知，捕到的巫觋，为数可观，皆拘押于狱，对这些人作何处置，巫蛊还要不要追查，请圣上示下。"

"当然要查。无论民间、宫内，施蛊者必借助此辈，从她们查起，就抓住了关键，尤其要查出这些人与宫里的联系，后宫旷怨①女子甚多，争风吃醋，流言蜚语，皆成怨府②，往往会使出此类鬼蜮手段。李夫人之死就很可疑，朕

---

① 旷怨，这里专指后宫中得不到皇帝宠幸的女子。

② 怨府，古语，意谓众怨所归之处。

念念在心，你要为朕查清楚！"

"臣愚昧，敢问若牵涉皇亲贵戚，该当如何？"江充顿首再问。他心中暗喜，皇帝的嘱托，已使他的触须可以延伸到宫内，但离他的目标还有距离。

"皇亲？还能有贵过大长公主与太子者乎！次倩老矣，胆子也小了吗？想想汝当年的忠荩与勇气，有朕与汝做主，你怕得个甚！"

江充利落地应答了一声诺，心里的那块石头终于落了地。

三十八

太始三年冬十一月，赵姝终于产下一子，皇子肥头大耳，满脸福相，刘彻大喜，认为此子的妊娠期与古圣唐尧同为十四个月，是为天赋异禀，赐名弗陵。又诏令将钩弋宫门更名为尧母门，并将赵姝晋位为婕妤，这是汉宫仅次于皇后的爵位，为嫔妃之首，比肩于上卿。消息不胫而走，传至京师，在宫里掀起了波澜。

当利公主自夫君栾大元鼎六年以欺罔罪授首后，拒再嫁，十余年来心情压抑，郁郁寡欢，身体也愈来愈坏，竟于本年秋一瞑不视。消息传来的当日，正当出殡之日，卫子夫心情极坏，只送至长乐宫宫门，由太子与当利之子曹宗①扶棺，诸邑、阳石与公孙敬声等亲友执绋，太常、太仆率一众官员陪同，送殡至茂陵故平阳侯曹襄墓合葬。殡葬、祭祀完毕，烧完最后几束纸钱，太子由太常陪同走马还宫，太仆公孙敬声、诸邑与阳石公主亦各乘安车，打道回府。

茂陵通向长安的驰道上，不知何时出现了大量缇骑，三五成群，警戒森严，路上的车马、行人时不时被叫住，查验传牍。靠近陵园陪葬墓园大门路侧，停着一辆辎车，里面坐着的正是新任的绣衣直指使者江充。得知当利出殡，

---

① 卫长公主最初嫁与平阳侯曹襄，生一子曹宗；曹襄早死，武帝指婚与五利将军栾大，改封其为当利公主，栾大因欺罔被诛后，当利守寡拒嫁至死。

江充追踪而来，透过帷帘的缝隙，他注视着诸人的一举一动，直至皇室车队绝尘而去。接连驰过眼前的五辆安车，所驾皆高头骏马，一望而知是西域良马，江充心里一动，沉思了起来。

"大人，这车队里的皇亲贵戚，志骄气盈，要不要叫停查问，杀杀他们的威风？"随侍在旁的彭从问道。彭从原为函谷关的门尉，江充以直指使出使关东时，几次出入函谷关，发觉此人不惧权贵，做事认真，回京后便奏调彭从入水衡都尉府，逐步拔擢为丞，作为自己的助手。此番整顿京师治安，又特调其为自己的副手，主持驰道的纠察。

"不必了。公主出殡，亲眷皆有长乐宫的特许。"江充冷笑道。

"这些个王孙公子，个个鲜衣怒马，未免太张扬了一些！"彭从叹了口气，言语间颇有愤愤不平之意。

江充注意地看了他一眼，笑道："彭君纵怒，人家有钱，置办得起，奈何？"

"可有钱也不能违法不是？下官曾问过未央大厩的官员，说是李将军从西域带回的天马，除少数用于卤簿大驾外，从未赏赐或出售与皇亲贵戚。那这些纨绔骑乘的天马从何而来？还不是走私而来的！"

"走私……"江充沉吟不语。

"大人可知天马在京师的行市？一匹少则千金，还有行无市。方才过去那五辆安车，每辆用天马四匹，再累计车马具、配饰所费，不下万金。即使贵为王侯，置办起来也绝非易事。"

"是呀，所费不赀。走私马匹，关津道路，阑入阑出，没有官家参与其中，可谓难于登天。彭君在函谷关多年，个中机关，想必心知肚明。"

彭从点了点头，感慨道："在下把守函谷关十几年，从跟前过去的每年都有几起，都是大驵与上官勾结，上下其手，做士卒的，就是明知道有问题，上官命令放行，也拿他们没办法，久了，也就视如不见，随他们去了。"

内地缺马，走私恰可调剂不足，关津执法不严，朝廷心知肚明，一向睁只眼闭只眼。江充的意图不在马，而在管马的人上。公孙敬声是当今的太仆，主管马政，其父公孙贺更是当朝的丞相、当今皇后的姊夫、天子的连襟，一家子都是当朝炙手可热的贵戚。那个公孙敬声原本是个纨绔，声色犬马，不一而足。有嗜好就有弱点，关键是要找到他的短处，而这个短处，江充认定就是天马的走私。西域的天马之所以能跨越万里，走私者所以能通过重重关卡，源源不绝地将西域良马带入京师，满足王侯贵戚们的虚荣，没有太仆衙门的关照是不可能的。他眼下欠的就是证据，公孙家的势再大，只要被自己抓到了证据，也不难扳倒。扳倒了公孙家，就顺理成章地牵连到了卫家，牵连到了卫家，太子的地位亦将轰然塌陷，而自己最大的威胁亦将消弭于无形……

皇帝老病侵寻，心思都在寻仙求药、延寿长生上面。明年开春又会东巡，三公大臣们多会随驾，一去半载，京师最有权力的官员，就是得到天子授权的自己了。自甘泉受命后，江充昼夜思忖，缜密筹划，他会从外围布网，一点点收紧绳索，让他心目中的敌人无所遁形。

几乎每夜，他都会亲赴牢狱，逐个提询考掠那些被杜周捕进来的巫觋，有不服罪者则动用肉刑，笞掠交加，甚至烧铁钳灼，强服之。往往一审过后，人犯即血肉狼藉，转相诬以巫蛊，于是皆治以大逆无道，坐死者甚众。但令他苦恼的是，所涉大都是民间仇雠报复的案件，难以牵连到宫廷。这一两个月来，由于缺觉，他的皮肤更松弛了，脸上也挂出了眼袋，乍一看去，人像是老了十岁。

就这么漫无头绪地查下去，远非他的初衷，可达官贵人，他又苦于没有线索，没有线索，他便不敢造次。皇亲贵戚家的高头骏马，点醒了他，这倒是条线索，他可以顺藤摸瓜，查查这里的名堂。自幼豪奢不羁的公子哥，不可能规规矩矩地做官，贪渎纵欲者总会露出马脚，只要认真，这个公孙敬声是经不起查的。

"现时中土缺马，朝廷不在意商贾贩鬻马匹，可把马匹自境外带至长安，终究要疏通层层关卡，所费不赀，老彭，你说说，走私马匹最省钱而又顺畅的办法是啥？"

彭从拧紧眉头，思索了好一阵子，不明所以，摇摇头道："下官愚钝，还请大人明示。"

"咱们得换个角度，站在大驵们的立场上想问题：马匹通关，要有所在郡国的关传，西域的马来中国，所经州郡七八处，关津更多，层层核准，绝非易事。可若有一统管衙门的文书传牒，几千里的长途，亦可通行无阻，大驵们应该会打这个主意，老彭以为如何？"

彭从一拍脑门，叫道："还是大人看得透彻，就是啊，这衙门一定是统管马政的太仆寺啊！"俄顷又叹息道，"太仆寺的后台太硬，咱们怕是动不了它。"

江充满意地笑了，颔首道："你这算是说到点子上了。太仆寺有权的人中，一定有人为了钱与大驵们勾结，卖放关传，走私马匹。要查，就得从这里查起。老彭，你不用怕，这件事就交给你办，先不要声张，而是明与太仆衙门的官员交朋友，暗中搜集证据。查查他们与什么人来往，如何卖放关传，又如何与大驵们分润，证据足够了，他们再有权势，也捂不住这些见不得光的事情，更甭说我们身后还有皇帝。"

彭从颇受鼓舞，揖手领命，颇有些跃跃欲试的振奋。

但走私卖放虽是条线索，仍不足以扳倒卫家，真正能致卫家崩塌的还是巫蛊，而从何入手，江充依旧彷徨无计。他恹恹地挥了一下手，吩咐返回北军①。

"母后，今日出殡，沿途与茂陵缇骑往来，警戒之严，道路以目。据说父皇又派了江充的差事，要他统管京师治安，这恶人狗仗人势、狐假虎威，故意弄出这种阵仗唬人。长安今后，怕是难得太平了！"当利下葬后，刘据心有不安，直接去了长乐宫，向皇后禀报。

"用了他，他当然要卖力表现，讨皇帝的好。好在宫里他还管不到，我们不去招惹他，他又能怎样？"

卫子夫倚在卧榻上，坏消息接踵而来，她内心同样煎熬，但在人前淡定如常。卫青逝后，她是整个卫氏的顶梁柱，不能表现出丝毫的软弱，给那些觊觎者以可乘之机。

"可那恶人与我有过节,必会设法媒蘗儿臣与父皇的关系，我们听之任之,

---

① 案中尉（后来的执金吾）衙门，原设于北军之中，江充办案，可以调动中尉下辖的缇骑捕捉人犯，故借此办案。

会助长他的气焰……"

"据儿可另辟蹊径，别有作为。博望苑是汝父皇所赐，可以名正言顺地结交宾客。而深交之下，可共生死，有死士相从，方能做大事。据儿不妨在这件事上多下功夫，不显山不露水，掌握一批危难之间可为己用的英才。"

"儿臣一直是这样做的，目下不仅与门客欢洽无间，就是石少傅，也愈来愈站在儿臣一边了。"

"这就好，这就好……"卫子夫脸上浮现了久违的笑容。

"可甘泉宫传来的消息，母后不担心吗？"

"不担心。不过是个婴孩，夭折是常有的事情，即便长成，也得十数年，这期间不定会出甚变故。皇帝老了，还支撑得到那时候吗？汝太祖母窦太后母子，处境更差，可忍得一时，海阔天空，据儿你要牢记二舅的话，沉潜才是大智慧！"

对于甘泉那新生的威胁，公主们却看得更重。诸邑公主相跟着到了阳石的府邸，面上愁眉紧锁，进到中厅便忍不住发问了。"小妹，看来池阳所为全无效果，那贱人还是把孩子生下来了！我们该怎么办？"

阳石沉吟不语，良久方道："这次失手，我想还是做得不到位。李灵那次成功，是遣人在掖庭殿附近埋了她亲自扎针施咒的桐木人，我们太心急，缺了这一环，难怪不灵光。"

"可去哪里寻桐木人？前阵子京师大搜，民间巫觋扫数而尽，那李灵又无踪可寻，可真是愁死人了。"

"二姊少安毋躁。甘泉那边迟迟没有消息，我就一直在琢磨补救之策，办法是有的，只是时候不到。你也看到了一路的缇骑，现下风声正紧，若贸然从事，一旦败露，不光我们会死，还会牵连卫家、母后与太子一起死。"

诸邑凛然，心里却又惊又喜，惊的是败露会导致的惨剧，喜的是阳石有因应的办法。

"我当然晓得这当中的利害，鲁莽会偾事；可无所作为，坐待那贱人羽翼丰满，到头来吃亏的还不是我们卫家。既终须一搏，以我之见，迟不如早。小妹有何办法，不妨说出来听听，为姊立誓：天知，地知，你知，我知，绝不会有第三个人知道。"

诸邑的话说到这个份上，阳石悬着的心也落了下来。其实这件事憋在她心里，也一直蠢蠢欲动，现在终于可以与人分享了。

"你还记得随我们去池阳那个女巫吗？"

"当然记得，我还担心她被捕入狱，把我们供出来呢？"

"不会，京师三辅大搜之前，她恰巧去了河内山阳的亲戚家做客，成了漏网之鱼。听到京师搜捕巫觋的消息，她不敢回家，竟找到这里，欲托庇于我。我责备她祝诅不灵，她亦称急切间缺了桐木人这一环，若得庇护，她愿手工刻制，以赎前愆。二姊，你说这是不是天意，助我们成功？"

"这女巫叫甚，现在小妹府上？"

阳石肯定地点了点头，"我收留她做内寝的女侍，更名为长楚，命她悄悄做桐木人，答应她，一旦蒇事，会厚给赀偿，送她远走高飞。"

诸邑嘴角浮现了笑意，可转瞬又锁紧了眉头。"可那贱人远在甘泉，这桐木人要埋在她左近方才起效，没有父皇的旨意，你我都去不了甘泉，怎么办？"

"咱卫家不是还有敬声吗？他现在位列九卿，常奉诏赴甘泉公干，这件事就托付给他。他与咱家是一荣俱荣、一损俱损的至亲，当年祝诅李嫣，他就参与过，这次他也不会推脱的。"

"这太好了。小妹，这次咱们索性做回绝的，让长楚刻三枚桐人，将赵姝与她那孽子，再加上昌邑王，一并除掉，如何？"

阳石怔怔地看着诸邑，好一阵子才摇摇头道："不妥。一下子都死掉，父皇会兴起大狱，母后与太子都难脱干系……"

诸邑道："他们根本不知情，也没参与过此事，怎么会受牵连呢？"

"可那三个人死掉，谁最受益？三人成虎，众口铄金，他们还不是最大的嫌疑人！"

"所以……"

"所以做，就先做掉那个最具威胁的贱人。不过桐木人倒是可以多刻几个预备着。"

阳石猛然攥住诸邑的双手，双目灼灼盯着二姊，问道："不怕一万，就怕万一，此事只有你、我、敬声知道，一旦败露，必死无疑，二姊怕吗？"

诸邑点点头道："无非就是个死，求仁得仁，我不怕。"

"那就说定了，一旦出事，我们自己承担，决不牵连母后与太子！"

三十九

　　征和元年冬十月，气温乍寒还暖，自渭城横桥通向长安横门的路上，两名商贾装束的人并辔而行，款款而来。快到横门时，其中一鬓发皆白的老者手搭凉棚，向城西树丛中望去，只见一大片由宫墙围起的建筑，犹如新城，高矗于树冠丛中的城阙上，两只巨大的铜质物件，在夕阳照耀下熠熠发光。

　　"老三，那里是甚地界，啥时候建的？"

　　被称为老三的，也是位年近半百的汉子，鬓间亦见二毛。他循着老者的目光看去，指画道："建章宫。柏梁台大火后，皇帝依众方士献议而建，说是厌胜①所需。周回二十余里，人称千门万户，西北角还挖了座大池子，在里面仿制了蓬莱三山。建章宫的高大壮阔，超过了未央，是长安城最壮观的宫室。"

　　"哦，僻处河西这么些年，老夫孤陋寡闻了！"他指了指城阙上闪亮的物件，问道，"那发亮的是甚东西？"

　　"是铜制的凤凰，每座高丈余，故那两座门阙被叫作凤阙。"

　　老者眯眼望着凤阙，颔首将须道："老夫此番还乡，以后怕是再也来不了长安了，走前倒是要进去开开眼呢。"

　　"请公孙太仆帮个忙，应该不难。皇帝或东巡，或住甘泉，一年倒有大半时间不在长安，很多官吏皆趁此时进宫观览。"

---

　　① 厌胜，音压胜，古代巫术之一，用于克制不详、凶兆等。

老者嗯了一声，不再言语，两人策马前行，横门已在眼前，门前有持兵械的士卒游弋，检查进出者的传牍。

翌日一早，戚里里门甫开，老者单独造访了公孙敬声的府邸。看到面前这须发皆白的垂垂老者，公孙敬声竟一时没有认出他来。

"你是……朱师傅？真有点不敢认了，真是久违了，正想你，你就来了……"

"哈哈，老矣！伯光都岁当壮年了，我还能不老吗？汝已位列九卿，朝廷体制尊重，大人不宜与吾师徒相称了。以后叫我骆先生就可以了。"

"骆先生？……河西大贾骆原，对吧？"

"对，对……"两人相视，抚掌大笑。

"伯光说想我，是想钱了吧？"

"骆先生难得进京一趟，吾尚有要事相商，今日就在敝舍小酌，盘桓话旧，权当为先生接风。"言毕，一声吆喝，嗟咄立办，不过数刻，后厨就置办出一席丰盛的酒肴。

互道契阔，酒过数巡后，二人都有些醺醺然。朱安世问道："大人说有要事相商，是钱的事吧？"

公孙敬声抿了口酒，颔首道："先生说我想钱，确乎如此。皇帝又有与匈奴开战之意，战事所需粮秣辎重，历来由大农与太仆寺办差。不是我催先生，先前用于生意的公帑，得尽快抽回，以备调用，不知道这笔钱，先生周转回来没有？"

自太初六年秋起，从西域贩马的生意，两人的合作就没有断过，赀用不足时全靠太仆寺这笔钱挹注、周转，两人也都赚到了大钱。这次来长安，西域来的马匹已安置于山丹马苑，不出一个月，将经由樊仲、赵王孙之手销出，回来的钱足够弥补公帑的窟窿。

"放心，马已在山丹，大人莫急，再等个把月，销出后，钱就回来了。"

公孙敬声闻言，心里的石头算是落了地，欣然道："不急，不急，开打看样子还得个一年半载，只要钱回来了，把窟窿堵上，不耽误公事就行。"

两人碰了碰杯，朱安世捋髯道："我做过这一票，就会收山了，还乡前有个愿望，望大人玉成。"

"哦，收山？也是，富贵不还乡，如衣锦夜行，应该的。先生愿望为何？说来听听。"

"昨日进京时，看到城西建起了一大片宫室，壮观过于未央，很想去看看。吾垂垂老矣，此番回去，会终老于乡，再无缘得见帝都的巍峨壮阔，很想入建章宫一游，以了夙愿。大人能设法否？"

"建章宫？"公孙敬声为难了，他将酒杯放到食案上，蹙额道："不巧的是，皇帝这两年长住建章宫，门禁森然。先生打算在长安住多久？"

"半月吧……"

"下个月皇帝要赴回中布置军事，先生若能多耽搁一个月，车驾一动，花几个钱，进宫可以尽兴游览。"

"以往皇帝在京师时，要么在未央，要么在甘泉，为甚改住建章了呢？"朱安世不明所以，好奇地问道。

"想要长生、求仙呗，皇上春秋渐高，这件事抓得尤其紧。去年春在琅邪遭遇仙人后，心情更为迫切。建章宫是替代柏梁台，专为求仙所建，皇帝冀望与仙人相会，当然要住在这里。"

"哦，皇帝果真遇到仙人了吗？"

公孙敬声肯定地点了点头。"这几年东巡，吾皆随侍大驾。去年三月，车驾先赴泰山修封祠祭，上计之后赴琅邪①，天子于交门宫②祀神。那天吾当值，随侍天子，上香跪祷之际，大殿内烟雾缭绕，恍惚间似见一老者坐于对面，与天子对拜了三拜……"

"真是仙人吗？大人亲眼所见？"其时之人，皆奉神仙信仰，朱安世亦然，兴致益然。

"随侍者皆见此景，可待烟雾散去，却没了神仙的踪影。可皇帝还是认为自己的虔敬感动了神仙，所以现身相会。当晚即于宫中大宴群臣，亲赋《交

---

① 琅邪，西汉郡治，地望在今山东省临沂。

② 交门宫，在琅邪不其县境，为武帝祀神所建，地望在今山东青岛海隅。

门之歌》，以为吉庆，并再次大赦天下。五月返京后即入住建章宫，住了快一年了，冀望有仙人再来相会。"

"那么可有仙人再来相会？"

"哪里有啊！不独没有，五个月后又出现了日蚀，太史称其为大凶之兆，更有望气者称，为后族专权之象，有谋国之忧。天子忧惶不安，避居雍城、回中，直至今年三月赵王亡故，众方士皆以凶兆应在了赵王身上，天子方渐渐心安，重回建章宫。"

朱安世心里猛然浮起了一丝不安。看来，帝都虽好，非久留之地，但进不去建章宫，他仍心有不甘。

"吾闻长安各宫皆有复道①相连，皇帝往来各宫人多不知，大人怎么肯定天子一定在建章宫呢？"

"皇帝自来就喜欢自复道游走各宫，可这几年，体魄渐衰，心思都在寻仙延寿上面。吾身兼侍中，每周总有几日入宫伴驾，皇帝在不在建章，我当然知道。"

"大人说的是。这回到长安，京师的门禁比以往更严，也是天子在京的缘故吧？"

公孙敬声摇摇头道："京师的治安，皇上又派了江充的差。这个人，先生知道吧，就是多年前把王孙公子们吓得不敢出门的那个酷吏。现在人老了，也世故了，不似过去那么嚣张，动辄抓人扣车了。"

两人相对默然，看到朱安世失望的脸色，公孙敬声道："先生若等不及，仓促之间，倒也有个机会，不过只能走马看花，转转就出来。"

"哦，甚机会？"

"皇帝明日午前要去北宫进香礼祀神君②，会离开一阵子，趁这个空子可

---

① 复道，秦汉时以巨木建造，可于空中连接各宫室的通道。《三辅黄图》："帝于未央营造日广，以城中为小，乃于宫西跨城池作飞阁，通建章宫，构辇道以上下。辇道为阁道，可以乘辇而行。"辇道、阁道，均复道之别称。

②《三辅黄图》："北宫有神仙宫、寿宫，张羽旗，设供具，以礼神君。神君来，则飒然风生，帷帐皆动。"

以进去，可尽不了兴。"

朱安世默然，忽然想到了什么，颔首道："能进去看看也好。敢问大人那位堂叔、在河西我那里落过脚的将军，现在长安吗？脱罪了吗？"

"子劭叔吗？在。朝廷连续三年大赦，他若不逃，本可以洗脱罪名，无奈狱里报他亡故在先，反倒不好办了。好在大都淡忘了他。现在隐姓更名，在博望苑打杂。先生游建章时，可邀他做伴导游，长安各宫，他出入几十年，熟得很。"

"好啊，但愿能有这样的机会，那我就在东市的客舍，静候大人的消息了。"朱安世笑道，举起酒杯，与主人碰了一下。

彭从满面红光，洋溢着掩饰不住的得意，兴冲冲走到江充近前，揖手道："大人，太仆寺的事查出来了……"

江充双眼一亮，追问道："甚事？"

"太仆多年来，一直挪用备购马料、马具的公帑，与大驵合伙儿，自西域走私马匹，卖出后再把窟窿堵上。这么些年，挪用不下四五次，参与者个个赚得盆满钵满，坑了朝廷，肥了这帮蛀虫！"

"此事确实吗？彭君如何查到的，有证据吗？"

彭从颔首道："实。我结识了太仆寺的主簿，衙门里银钱的进出，皆经其手。这家伙好酒，我在他常去的酒家，与之搭讪相识。数月来每每在一处小酌。平时嘴很严，套不出甚，近日他遇到难事，心境郁闷，在下多灌了他几杯，方道出此事。"

"他叫甚，怎么说的？"

"姓陆，名弥之。他说近来衙里清点马料库存，发觉各库储积不足，寺丞下令自各地补购，可因挪用，专款不足，缺口达一千九百多万钱。他直接告知太仆，太仆却斥其多事，要他多拖几日。可寺丞催得紧，作为经手人，他既不敢声张，又怕担责，内心忐忑，寝食不安。今日买醉之际，经不起我一再询问，道出真情。原来这笔专款，平时都不会动用，以往常被长官挪借私用，事后再悄悄地补足，已成故事，此番事发突然，无从挹注，陷入了困局。"

"那他为甚不知会寺丞，以缓期限？"

"上下其手，他也有份，更不敢开罪长官，苦果子只能自己吞了。"

"他口中的长官就是太仆喽，这笔钱他私用来做甚？"

"对，正是公孙太仆。主簿说他将这笔钱放贷给商贾，专从西域购入马匹，转卖给长安的豪门贵戚，供不应求，是笔稳赚的生意。以往一直很顺，皆能按时回款，此次不知为何迟迟没有消息。"

"这个陆弥之肯出首①吗？"

彭从摇摇头道："他不敢，还一再求我保密。可一旦事发，三木②之下，何求不得！"

江充站起身，埋头踱步，沉吟良久，方拍了拍彭从的臂膀道："不急，先盯住他们，时机适宜时再上变。"

"一直盯着呢。今早有个老家伙去了太仆家，很可能就是与他合作的商贾，此人午时方出，显然喝过酒，我已派人跟踪他到东市，要不先把他拿下？或能查出他们走私的证据。"

江充摇摇手道："不，盯住他们，先把网布上，待他们交易时动手，可以人赃俱获，一网打尽。"

　

廛舍③前面是几排市肆④，密集的货档前，人流熙攘。朱安世扣上屋门，以食指示意钟三噤声，他走到窗前，轻轻推开一条缝隙，注视着屋外。

"老三，有人盯梢，这地方不安全了，咱们得马上离开。"

钟三也凑到窗前，从窗隙中可以看到，货档前的人流中，有两个貌似挑拣货物的人，目光却不离他们的住室，还不时低声交谈着什么。

"去哪儿？到货栈吗？"

"不，甩掉他们，我们出南城，去博望苑找公孙敖。"

廛舍鳞次栉比，也像市肆一样，由一长排木质房屋构成，紧倚着市墙。

---

① 出首，自首或检举他人。

② 三木，古代拶刑，又称夹棍，后世泛指酷刑。

③ 廛，音蝉，古代市场中供客商住宿与存放货物的房间。

④ 市肆，古代市场中买卖的主要场所，如现今露天市场之摊位。

朱安世推开后窗，四下望了望，廛舍与市墙之间，是条窄仅二尺的通道。两人翻窗出来，顺通道悄悄绕至钟三的货栈，牵出坐骑，自西南门逸出市场，直奔杜门而去。

出杜门五里许，枝叶扶疏中，可见一组宫室，门禁颇松。朱安世与钟三走入阙门时，方有守门的侍卫查问来意。

"敢问军爷，贵处有名叫马成的吗？吾等来京师公干，顺道看看老朋友。"公孙敖走前告知朱安世，他到长安后，会化名马成。

"你是问马厩的老马？你们甚关系？"

朱安世面色蔼然，悄悄在侍卫手中塞了一块碎银。"吾等在河西马苑同事过一段，来京公干，特意来看看他，烦军爷通报一声。"

侍卫指了指西南角的几排房舍，懒洋洋地说道："他平日很少露面的，那里就是马厩，你们自己去寻吧。"

两人走近马厩时，一黑衣苍头手提木桶出来，正欲去井边汲水，四目相对之际，他先是一怔，随即露出喜色，示意他们进去，又指了指不远处的井栏道："我汲桶水，去去就来。"

偌大的马厩中只有三四匹马在埋头食草，往西头是一道便门，通向马夫们的居室。打开门，室中有条长长的通铺，上面摞着几床行李，空无一人。苍头回来，向食槽中倒入饮水，又仔细拴好马厩的木门，方向二人揖手笑道：

"久违了，先生竟能找到这里，果然是高人！"

"哪里，哪里，还不是太仆大人的指点。这马厩只有阁下当值吗？"

"今日太子携门客去上林苑校射，这里的人马大都跟了去，吾不方便抛头露面，所以留下了。"

"太子还认得大人吗？"

公孙敖连连摆手道："别叫我大人，这里人都喊我老马，先生也这样喊我好了。"又指着自己道，"我老成这样，又不往他跟前凑，他当然不知道我藏身在这里。今上老病，太子早晚会承嗣大位，那时候我才会有出头之日。"

"是啊，将军在这里落脚，是选对了地方。敢问将军……老马，明日有空吗？"

"明日吗？甚事？"

"老夫此番要还乡终老了，听说建章宫极尽宏阔，离开长安前想一瞻颜色。老马你早年侍从各宫，最熟悉进出路径，亦曾许诺老夫长安有事尽可找你帮忙。老夫在京城仅此一愿，不知阁下可有门路带我进建章一游呢？"

"建章宫吗？"

朱安世肯定地点了点头。

"明日？"皇帝住在建章宫，门禁肯定很严，公孙敖面露难色。

"明日。承太仆大人告知，皇帝明日赴北宫礼神，仅此一日不在宫中，所以要去就只能在明日。"

公孙敖的面容放松下来，颔首道："也好，去建章不用进城，我们从南面绕过去就好。我过去有个属下，算得上是过命的朋友，正好任建章门候，放你们进去没问题。"

朱安世大喜过望，拍拍公孙敖的臂膀，伸出大拇指道："老兄果然是仗义之人，在江湖上也称得上这个！"

"滴水之恩，尚须涌泉相报，更何况危难之际，先生收留过我，是我的恩公，我必报之！"

四十

　　翌晨日出前，钟三自回东市照看货栈。朱安世则随公孙敖前往建章宫，两人快马加鞭，连过安门、西安门、章城门 ① 数道城门，方绕至城西，循建章宫墙向西行数里，就到了阊阖门。建章宫的布局与未央宫一样，坐北朝南，不同的是建筑群更为宏大壮阔，阊阖门位于建章宫正南，也是这座宫殿的正门。

　　阊阖门侧有座小门，门内是宿卫宫人当值的官舍，掌宫门进出的官员称为门候，秩六百石。黄飙即是阊阖门的正管，一眼望到公孙敖，他两眼放光，差点要叫出声来，随即看看左右，直接迎上来，将二人让入官舍。上茶后侍卫退出，黄飙方与公孙敖把臂相向，笑道："我就说将军不会死，昨夜还梦到将军，不想今日竟能对面相见，这真是天降的缘分！"

　　公孙敖苦笑道："我现在仍重罪在身，不敢以真名面世，老弟就称吾老马好了。"

　　"明白，明白。"黄飙连连点头。

　　公孙敖将朱安世引见给黄飙，说这是危难之际收留与保护了他的恩公，黄飙连声赞好，深深地向朱安世长揖致敬。及至公孙敖说明了来意，黄飙道："难得骆先生侠义心肠，一看就知道是老江湖。老马于我有恩，是过命的哥

---

　　① 章城门，长安城西南城门，往北行即直城门，与建章宫东门相对，跨城墙与未央宫以阁道相通。

们儿，老马的恩公，也就是我的恩公，既然想观览建章，我义不容辞。不过，恩公须改换侍卫的装束，以掩人耳目。"

黄飙取出一套卫士的衣装，要朱安世换上，又自案上取过一支木牍，填写了一支临时的门籍。朱安世拍了拍自己的佩剑，问既充侍卫，要不要带上这个。黄飙犹豫了一下，颔首道："那就带上吧。"

三人商定，游宫自阊阖门进，由凤阙[①]出，黄飙作陪，公孙敖则与二人相约在宫门外等候。待明日黄飙休沐，旧雨新知，由他做东，尽一日之欢。

公孙敖离开后，黄飙领着朱安世自侧门入宫，前行了百余步，黄飙停下来道："骆先生停一下，请看看身后的宫门，整个长安三辅，不，是整个天下，再也没有比这更壮观的宫门了！只有远观才能看到全景。"

进宫门时，朱安世就已为其巨大所震撼，阊阖门与甘泉的神明台相侔，高达三十多丈[②]，人在下面，会顿觉自身之渺小，即便仰面朝天，竟也望不到它的顶端。

"建造如此巨大的宫门，为甚？"

"天子营建此宫，为的是接引仙人，当然要有超乎人间的规格。建章的建造，完全依方士的建言，一要大，用以厌胜柏梁台焚毁的不吉；二要超凡脱俗，建筑格局要与天上的紫微宫[③]相对应。紫微宫正门即名阊阖，也就是'天门'，故以名之。"

这不知道要耗费掉多少民脂民膏！朱安世不以为然地笑笑，皮里阳秋道："其实还是国初营建未央宫时萧相国所言，天子富有四海，非壮丽无以重威[④]罢了，不知黄大人以为如何？"

---

① 凤阙，汉代宫阙名，高二十余丈。

② 汉代之一尺，约合今 27.65 公分。十尺一丈，约合今 2.7 米，故阊阖门高达近百米。参见吴承洛《中国度量衡史》。

③ 紫微宫，古代天文将周天划为五宫（亦称五星），即中、东、西、南、北五个方位。紫微即中宫，为天帝所居；人间皇帝称天子，故其所居亦称中宫，像天上之紫微也。

④《史记·高祖本纪》：高祖责萧何营造未央宫室过度，萧何答曰："天下方未定，故可因遂就宫室。且夫天子以四海为家，非壮丽无以重威，且无令后世有以加也。"

黄飘不答，只是望着朱安世，会心一笑。他又指着城楼上三层顶盖的椽头道：“先生再看这椽头，是不是晃眼？”

朱安世手搭凉棚，细细看去，果然，在朝阳的辉映下，一节节椽头皆如脂玉般颜色，放射出温润的光泽。

“那椽头上镶嵌的是玉吗？”

黄飘肯定地点了点头：“每支椽头皆粘合以玉璧，阳光下熠熠生辉。你再看下面，门前的阶陛，也都是以汉白玉铺就，上下交相辉映，华贵雍容，所以此门又有‘璧门’的别称。”

“先生再看顶端的那只铜凤，整体包金，足足有五丈高，这种装饰，乃未央、甘泉所无，皇家的势派，从这座门上，先生可以知道了。”

“宏大、华贵而外，这建章宫还有甚特别的？”

“当然有。宫内建有宫殿二十六座，度为千门万户，曲径周折，犹如迷宫，若无人引导，自行游逛者往往迷路。由此往西数里则为商中，筑有虎圈，饲有多种猛兽。宫北掘有大池，名太液，池内仿作蓬莱三山。像甘泉一样，建章宫里也建有神明台，高达五十余丈，上置铜仙人，以双掌捧起承露盘，承接云表之露水，以供天子服食仙药。”

黄飘指着极远处道：“先生请看，那就是神明台。”

朱安世望过去，西面果真有座耸立的高台，而顶端已插入云雾之中。黄飘眯着眼，望着神明台，叹了口气道：

“凡此皆诸宫所无，仅这几处，就算走马看花，也需一整日，不过皇帝说不准甚时候回来，今日之游，不可能尽兴。我先带先生看一下前殿，比未央宫那座更高、更壮观，然后我们去东门看看凤阙，之后就出宫。将来皇帝不在京师时，先生有空时再来，我会陪先生观览商中与太液池，尽兴一游。”

两人且谈且行，前面又是一座门楼，城楼上有条金色的铜龙，仿佛在阳光中游动。

黄飘道：“先生看到上面那条龙了？这是中龙门，过了这道门，就是前殿了。”

朱安世点点头，随黄飘穿过中龙门，赫然在目、令他心动目摇的，就是那座矗立于高台之上的前殿，巍峨壮观，令人心生敬畏。他自左向右，慢慢地扫视着这座正殿，当目光落到右面阶陛时，不由得一怔。右侧阶陛与阁道相通，阁道犹如一道长长的回廊，自空中跨越城墙，直通未央。朱安世看到的是，数十步外，皇帝的仪卫正自阁道中走出，仪卫中一坐在肩舆上的人，也正望着他们。

这一年多来的刘彻，真正感受到了光阴的促迫。交门宫祀神时，恍惚中与他对拜的老者，尽管稍纵即逝，他还是坚信自己的虔敬感动了神仙，寻仙求药数十年，克成有望。不想春去秋来，再也没有仙人的踪迹，反而出现了日蚀的可怕景象，虽然最后应在赵王彭祖身上，他内心仍觉得惴惴不安。一连十数日，浮想联翩，夜不能寐。自己一日日老去，而求药长生之事仍不得要领，不能延寿，意味着自己所拥有、所享用的一切终将离他而去，百年之后，他不过是茂陵黄土中的一具枯骨。这种可怕的前景，如虫蚁般啮咬着他的心，令他寝食难安。

方才祀神寿宫时，他对帷帐后面的神君诉说了内心的忧虑，却如往常一样，飒然风动，唯有几声叹息。他怒起心头，猛然掀开帷帐，却空空如也，渺无神踪。他不觉有些怀念文成、五利了，好歹他们还能说些什么，宽慰自己的心怀，而公孙卿，空有甚"大人迹"，却从来见不到真神。

怀着这种莫名的焦躁，他第一眼看到广场上那两个人时，就觉得不对劲儿。皇帝经过时，宫内无论何种人等，均须止步俯首，而那个瘦高个子，竟然盯着自己看，直至被身旁那个人拉扯着说了些甚，瘦子方俯下首来。这人看装束像是卫士，腰间还配有长剑，可不懂宫规，显然不是宫里之人，难道是混进来的刺客？

印象中那目光似曾相识，幽幽的，有股摄人的力量……究竟是何人呢？刘彻喝令停舆，目光仍在那两个人身上，脑中却快速地搜索着自己的记忆。猛然间他叫出了声："是他！"

"陛下在说谁？"随侍于身旁的谒者郭穰不明就里，满脸疑惑地问道。

刘彻指向广场上那个瘦高个道："立刻抓住那两个人，带到朕这里来！"

几乎在低下头的同时，朱安世意识到自己已经铸成了大错。他拍了拍黄飘的臂膀，轻声道："在下连累了大人，跟我一起逃吧？"

黄飙满头冷汗，紧张得说不出话来。眼见肩舆四周的侍卫围将过来，朱安世顾不得其他，转身噌噌几步，跑进了中龙门，而黄飙反应不及，被一拥而上的侍卫们紧紧按在了身下。

"是你？方才与你一起的瘦高个子是甚人，汝从实招来！"刘彻认出这个人是闾阖门的门候，那么瘦子显然是他带进宫来的。

黄飙簌簌发抖，心里慌乱得不行。"小臣罪该万死，刚才那人是个朋友，以为陛下不在宫里，想、想见识一下建章宫的宏伟……"

"尔责在宫门警戒，竟敢弃职责于不顾，私下卖放人情，那瘦子是朱安世吧？与朕有旧怨，带剑入宫，莫不是想行谋逆之事？汝从实招来！"

"朱安世？罪臣不认得，这人姓骆，是个买卖人，人称骆先生……"听到朱安世的名字，黄飙方知自己带进来的人是早年长安的大侠。私自带人入宫，是死罪，带与皇帝有旧怨的游侠入宫，更是死罪难逃，既难逃一死，莫不如牺牲自己，保全朋友。一念至此，他的心反而镇定下来，咬定皇帝不在时，时有官员、商贾进宫观览，自己无非因循故事，并不认得甚朱某。

一名侍卫跑回来，气喘咻咻地呈上一把佩剑，报告说那个人丢弃了佩剑，从侧门出了宫。听门卫讲，门候大人说那人是个朋友，众人眼看着黄大人带他进的宫，故其出宫时未做阻拦。其余侍卫已出宫搜捕，务将其抓捕归案。

听门候说那瘦子是买卖人时，刘彻心里已肯定那是朱安世。朱安世既然出了宫，仅凭那几名侍卫不可能抓到他。于是敕命郭穰立刻传召丞相、御史大夫、贰师将军、廷尉、执金吾与江充进宫议事，同时敕令卫尉，撤换建章宫各门卫士，将现有卫士治以玩忽职守罪，门候黄飙匿奸不举，即于闾阖门前当众斩首，以儆效尤。

"尔等皆是朝廷大臣，京师治安却松懈如此，守卫宫门的长官，竟公然卖放人情，纵巨奸大憝入宫。朝廷的规矩何在，皇家的威严何在！"

丞相公孙贺、御史大夫暴胜之、贰师将军李广利、廷尉张常、执金吾范方渠及水衡都尉、直指绣衣使者江充皆伏地俯首听训，屏息敛容，不作一声。

"有个人，朕少时就与之结怨，后来此人成了个马贩子，专门勾结官府，几十年走私马匹不算，还曾参与过淮南王的谋反。几代廷尉追缉多年都捉不到的逆贼，不想今日，他竟能趁朕出宫祀神的当口，勾结门候，伪装成卫士混入建章宫，正遇到朕回宫，却又被他跑掉了。这么个人，朝廷通缉抓捕几十年，硬是碰不到他一根毫毛，吾堂堂大汉，岂不无人！今日朕要下道严谕，诸卿要瞪大眼睛，抖起精神，务必捉到此贼，明正典刑，以纾天谴。"

"臣愚昧，敢问陛下，所欲抓捕者姓甚名谁？"御史大夫暴胜之问道。

"朱安世，现时化名姓骆。先皇帝在世时，此人是个在长安东市横晃的恶人，如今快五十年过去了，亦应垂垂老矣，可他非但逍遥法外，还敢进宫观景，是可忍，孰不可忍！其实就是当下的豪门贵戚，保不准就买过他走私来的马匹，各位回去问问府上管事的，你家轺车驾辕的西域天马，是从谁手上买来的？由此追比，朕就不信找不到他的藏身之所！"

虽是初冬的天气，尽管前殿内设有暖炉炭火，仍能感觉得到寒意。听到皇帝的话，最紧张者当数公孙贺，心头惶恐，不由得汗湿重衣。他首先想到的就是儿子。儿子早年曾师从朱安世，后来进位侍中乃至太仆，都与朱安世藕断丝连，尤其是串通自西域走私良马，他影影绰绰地知道，但朝廷并未严究，他也就放任不问，甚至还请朱帮过忙。如今皇帝重提此事，儿子看来凶多吉少。散朝后他要第一时间告诫敬声，立即断掉与朱某的来往，撇清与此人的关系，以求万全。

李广利、张常、范方渠唯唯，对这个不知从哪里冒出来的大蛆，懵然不知，心下惶然。江充闻言则心中暗喜，上变的机会终于来了，他会争得首功，赢取皇帝充分的信任后，他会一个个清除掉貌似强大的对手，使自己立于不败之地。

"公孙贺、暴胜之……"

"臣在。"

"汝二人即刻起草谕令，传发三辅各关津渡口，严查过往人等所持关传，有疑者扣送京师廷尉复核，宁可错抓什百，也不可放过此贼！"

丞相、御史大夫领命而去。

"张常、范方渠……"

"臣在。"

"他跑掉不久，或许还在长安城内，汝等即刻传令关闭所有城门，许进不许出，调集所有缇骑，逐门逐户地盘查，把他给朕找出来。"

两人顿首称诺，起身离去。

"李广利……"

"臣在。"

"那贼人若没有进城，当藏身于上林苑。你马上去北军，调集八尉麾下所有骑士，分队搜索上林苑，不许放过任何可疑之人，一律先抓回来，交廷尉关押、辨明身份。"

李广利亦顿首领命而去。大殿里只剩江充一人。

刘彻冷着脸，绕着江充踱步。"江充，朕以为汝为能臣，方用汝整顿京师三辅的治安，从今日之事看，汝竟是尸位素餐，有负朕之厚望。两年之间，你都做了些甚？"

江充伏地顿首道："臣出身微贱，陛下识拔臣于危难之中，天恩高厚，臣誓愿肝脑涂地，以报陛下。巫蛊一案，杜大人在世时拘押于狱中的巫觋，臣逐一案问，多是些愚民愚妇间祝诅报复之事，并无祝诅天子之事。敢行此事者，必与陛下利害关系至深，绝非民间人物所为，惜一时尚无头绪，陛下责备的是，臣会一直盯住此事，把这些个害虫找出来……"

"这么说，你这两年竟是一无所获了？"

"臣愚昧，但忠心敢鉴天日。臣确实查到了一些线索，但投鼠忌器，不敢贸然上变……"

"投鼠忌器？何为鼠，何为器？汝在指甚，速速道来！"

"臣甘为陛下效死，可臣入朝多年，也成了家，有了妻子，不能不顾虑到家人。陛下方才讲朝廷有人与大驵勾结，自西域走私马匹，臣早已查明当事者的身份，但天潢贵胄，不得陛下允准，臣不敢再越雷池一步……"

"天潢贵胄？这当事者是谁？"

"公孙太仆，臣查到他与商贾勾结，上下其手，挪用公帑，自西域走私马匹，据查眼下仍亏空的公帑就有一千九百万钱。太仆大人的父亲是当朝的丞相，母亲又是皇后的亲姊姊，事涉皇家与朝廷重臣，深查与否，须由陛下决断，非小臣所敢造次。"

"汝既有证据，为甚不早上变？"

"臣甚少独对的机会，公孙丞相若还在朝堂，臣仍不敢上变。俗谚云，恶事传千里，事涉皇家贵戚，臣不得不谨言慎行，所谓投鼠忌器，指的就是这个。除非陛下谕令彻查，臣只能做到这等地步了。"

"公孙敬声勾结的那个大盗，是不是朱安世？"

"据报，日前曾有一老者赴太仆府上饮宴，臣属下曾跟踪他到东市，但寻即失踪。朱安世其人，臣委实不知，但听陛下所言，那老者倒很像是朱某……"

刘彻思忖良久，终于下了决心。"那就一查到底。朕会传召公孙敬声入宫，你带人守候在中龙门，见到他就传朕口谕，即时拿下，关入若卢狱，命其交代挪用公帑走私之罪，特别要交代出朱安世的下落！"

江充强忍住内心的喜悦，顿首深深地答了一声诺。

"还有，告诉他交代了朱安世的藏身之处，可以将功折罪，先不要对他动用肉刑。"

四十一

"大人知道为甚来这里吗？"江充笑眯眯地打量着公孙敬声，问道。

"这是甚地方，为甚？"公孙敬声声色俱厉，可心跳得厉害。方才奉诏来建章宫，刚进中龙门，一群缇骑一拥而上，不由分说将他制服，头上也被蒙了只布袋，押到诏狱中。但他在懵懂、愤怒之中仍保留有一分清醒：十有八九，是挪用公帑东窗事发，落到江充手里，绝难脱罪，他所能指望的，是自己是公孙家的独子，父亲一定会设法救他出去。

江充道："这是若卢狱，专门鞫讯将相大臣的地方。甚事，大人心里明镜似的，主动说出来，可以减等论罪。不然三木之下，大人还是得说出来，可皮肉之苦就有的受了。"

"是吗？有证据你就拿出来，没有证据，吾不信你敢对朝廷的大臣用刑……"

江充哈哈大笑道："我叫你声大人，是看在丞相的分上，你我同朝为官，给你留点面子而已。到了这里，任你是甚人，哪怕王侯将相也只是罪囚一个，身份还不及个黔首，你是想痛快些，还是想尝尝生不如死的滋味？你不想想看，没有皇帝的谕旨，有人敢抓你到这里来吗？若识趣，就早早交代，不然就让你见识见识狱吏们的手段！"

公孙敬声的脑子转得飞快，是福不是祸，是祸躲不过，先就挪用公帑购马之事认错，先出去再想办法。

"江大人指的是购马的事情？太仆寺负有改良中国马种的责任，吾确实授意去西域做买卖的商贾代为购马，也自作主张，用了太仆寺的公帑，没有知会其他大人。请大人上禀皇帝，这件事情吾错在专擅，亏空的公帑会很快补足，吾愿面陈天子，坦白认错，包赔损失，引咎请辞。"

"购马为公为私，不难搞明白，我想知道的是，你托付代为购马的商贾姓甚名谁，只要把这个人的下落交代出来，你可以将功赎罪，也不必受刑狱之苦。"江充不为所动，他最想知道的是朱安世的下落。

"经手银钱的……是个姓秦的，是原茂陵西园的大贾袁广汉的儿子，至于下落，他常年往来西域，还真说不好他在哪儿。"

江充阴阴地一笑道："我问的是朱安世，就是几日前去你府上喝酒的那个老头！跟我耍小聪明，你还嫩点儿，也不看看你想糊弄的是谁。避重就轻？我看你是不见棺材不落泪！也好，先让你吃几日牢饭，体会一下囚徒滋味，想明白了，再回我的话。"

拟定完海捕文书，已近午时，公孙贺等不及抄发，将一切委托给御史大夫后，走出值庐，正欲赴太仆寺见儿子，却被相府长史丁炎拦了下来。

"君侯，有急事，请借一步说话。"

公孙贺随他走了几步，问道："甚事还要背着人说？"

丁炎四下张望了一下，确信相府的侍从听不到，方敛容道："大事不妙了，公子……也就是太仆被下了诏狱，奉旨抓他的人是江充。"

嗡的一声，公孙贺觉得自己的头大了，瞠目结舌，好一阵子说不出话来。良久，方定下神，问道："以甚罪名下的诏狱？"

"据说是挪用衙门的公帑，与商贾勾结走私西域良马。江充的人已经查封了太仆寺的账目，据说没还上的公帑还有近二千万。"

儿子与商贾勾结走私的事他知道，但朝廷为了改良马种，对马匹走私历来姑息，他也乐得放任不管，以为儿子无非发些关传，吃些回扣，但挪用公帑，却是他没有想到的。没有补上的窟窿就有二千万，这是必死之罪，他年逾花甲，夫妇俩就这一个独子，不料却犯下如此重罪，这是要绝自己的后啊，公孙贺大恸，不觉悲从中来，老泪纵横。

丁炎劝道："众目睽睽之下，君侯莫失态，千万要把持住。眼下最要紧的是面君陈情，想办法保住公子的命。只要人在，总有办法将功折罪的……"

"将功折罪？……"公孙贺心中猛然一亮。对呀，皇帝现下最想抓到的就是朱安世，自己若能检举并抓到朱安世，实现了皇帝的夙愿，一定能够换得儿子一命。一念至此，他不再失魂落魄，拍了拍丁炎的肩头道："丁君提醒得好，老夫有法子了。"

"敕令办妥了，发下去了？"

"办妥了，臣等已传檄各关津严查行人，务必抓获朱安世。"

刘彻哼了一声，面色转为严厉。"还有件事情，要知会丞相一下，你养的好儿子，胆大包天，竟敢挪用公帑，走私马匹。数额巨大，国法无情，必予重惩，丞相要有个心理准备，莫谓朕言之不预！"

公孙贺伏地顿首，泣下道："孽子辜负天子所托，做下这等损公肥私、悖逆天理之事，责在老臣。老臣愿引咎卸职，待罪家中，望陛下念吾家仅此一子，赎其一死，吾父子愿将功折罪，以报圣恩。"

刘彻摇摇头道："敬声不争气，是朕用错了人，丞相有何责任？"

"陛下可还记得，当年拜吾为相时，臣不接印绶，力辞不受。自臣起自边鄙，以鞍马骑射侍奉陛下，从来就不是做丞相的材料。可臣最后还是接任了丞相，臣若还任太仆，敬声就不可能挪用公帑。故事情出在敬声身上，可起因还在老臣这里。"

刘彻摇摇头，记起了当年拜相时的情景。太初二年春正月，丞相石庆病逝。石庆老成和顺，朝政上一切以皇帝的意志是从，刘彻还想选个同样的人出任丞相，不再由御史大夫依序接任，于是拔擢了自潜邸时即侍奉自己的公孙贺接替石庆。拜相那日，事出突然，公孙贺一时惊得瞠目结舌，丞相一职绝不是好做的。石庆之前的几任丞相，皆因过错不得善终，故官场皆视此为畏途。公孙贺自不例外，伏地顿首，坚辞不接印绶，慨陈力不胜任，唏嘘流涕，搞得满朝上下君臣同悲。刘彻命扶起丞相，而公孙贺不肯，刘彻作色离去，他才不得已拜谢接任。子叔①不愿做丞相是真的，而自己赋他们父子以重任，亦

---

① 子叔，公孙贺字子叔。

不乏重用戚臣以为肱骨的用意。

"丞相所言'将功折罪'又指的是甚，有甚功可以赎汝儿之罪？"

公孙贺顿首再拜道："陛下曾说过自西域走私天马的大駔就是朱安世，此人游走江湖几十载，罪大恶极，责臣等务必将此贼缉拿归案，明正典刑。孽子既参与走私天马，想必曾与之合作过，老臣愿劝吾儿交代出他的下落，并亲自督责抓捕此贼归案，以纾陛下之愤，以赎儿子的死罪。"

刘彻盯着公孙贺，良久，颔首道："丞相亲历亲为，十日之内，若能抓到朱安世，了朕夙愿，朕答应你，恕敬声不死。"

"父亲……"见到栅外的公孙贺，公孙敬声猛地从草席上跳起，扑到木栅前。

仅几日不见，儿子已满脸憔悴，头发散乱，身着囚服，全然不是从前的模样了。公孙贺又恨又痛，一时间竟不知说什么好。

"公子，丞相来见你，是皇上给了你一个机会，只要你交代出朱安世的下落，帮朝廷逮住他，皇上答应恕你不死……"

"朱安世曾是我师傅不假，可我已多年不与他往来，他的下落，我如何知道？你说去我处吃酒的老头是朱安世，证据何在，我怎么不知道？"有父亲在场，公孙敬声一下子来了辩驳的勇气。

江充阴冷地笑道："公子莫敬酒不吃吃罚酒，包庇钦犯，即便丞相也保不住你的。"

"江大人，请让吾父子单独谈谈可好？"

江充点点头，示意狱卒们退下，又对公孙贺笑笑，揖手道："君侯好好劝劝公子，机会稍纵即逝，公子一意孤行，会牵累家族，为个游侠不值得。"

江充走后，公孙贺沉下脸，放低声音道："你犯下了杀头的大罪，还敢有恃无恐！你与那姓朱的，合作走私多年，瞒别人可以，瞒得了我吗？阿爹向陛下陈情，只要你说出朱某的下落，可以恕你一死，你以为容易吗？春儿①，你

---

① 公孙敬声生于春季，乳名春儿。

想过没有，你的罪，会牵连吾家，甚至会累及一众亲戚。皇帝一心想要逮朱某归案明正典刑，你还犹豫个甚？快将其藏身之处讲出来！"

公孙敬声却很倔强，摇摇头道："朱师傅是江湖中人，江湖上最恨的就是出卖朋友，他若因我而入狱，我就会上了江湖的追杀令，照样免不了一死，还背着背信卖友的恶名。"

"你糊涂！为了个虚名败我公孙家几世的声名，甚至会牵连到卫家……也好，我们先不说这个，那一千九百万的窟窿你怎样填？"

"我得到的消息是，马匹已经到了山丹马苑，不久就会送至长安，卖掉后补齐公帑还绰绰有余……"

山丹马苑，公孙贺猛然记起，自己曾给朱安世写过封书信，让公孙敖带至山丹。是了，朱安世十有八九藏身于山丹，那里应该是他的老窝，儿子说不说都不要紧了，他已经有了主意。

"那好，你就犟吧，多住些日子你就知道厉害了，没有你，朝廷照样捉得住朱安世。"

公孙敬声心乱如麻，相交数十载，朱安世知道世家大族太多的隐秘，一旦翻脸，还不知道会兜出些甚，于是叫道："阿爹，你千万不要难为朱师傅，惹了他咱家会遭大祸的……"

公孙贺狠狠瞪了儿子一眼，任凭其呼喊，头也不回地走了出去。守在外面的江充凑过来，问道："公子供出来了吗？"

公孙贺不置可否，可很快又点了点头。

"姓朱的藏在哪里？吾愿调集缇骑，随丞相去捉他。"

公孙贺摇摇头道："不劳大人费心，吾承诺过，自会将此贼逮献于天子。"言毕，在一众仪卫的拥护下，昂首阔步而去，丢下江充在若卢狱门前发呆。

建章宫遇险三日后，朱安世回到了山丹马苑。那日逃出宫后，他赶到凤阙，告知公孙敖速回博望苑藏身，自己则昼夜兼程，直奔河西。他打算在货栈住一阵，听听长安的消息，直至风平浪静，再归隐齐鲁。原上一望无际的牧草枯黄，但仍不失茂盛，他抖抖缰绳，向远处那排木屋驰去。

张次公迎出来，见到形容憔悴的他后一怔，问道："出甚事了，先生不是说要还乡吗，怎么又回来了？"

朱安世跳下马，将缰绳递给张次公，摇摇头，喟叹道："一言难尽啊，也怪吾孟浪，自诒伊戚，得空说给你们听。无疾、王孙呢？走了吗？"

"还没有。他俩赶马去了草场，说是去长安前，让马上上膘。"

两人走进木屋，朱安世舀起瓢凉水，大口痛饮后，一头倒在羊皮褥子上，炕烧得很热，很熨帖，很快他便昏昏睡去了。樊无疾、赵王孙回来时已过晡时，直至晚炊停当，才唤起了朱安世，几人围在篝火前就餐。望着狼吞虎咽的朱安世，三人面面相觑，良久，樊无疾方问道："大哥，出甚事了？"

"咱家本想着这趟还乡，就再也不回来了，长安城西建了座新宫，高大宏伟过于未央宫，老夫寻思这一去，今生不会再来长安，起心要去逛一逛新宫，不承想皇帝这二年居此求仙，于是趁他不在，托了个朋友，进去看看。可就是这么寸，进去不久就与回宫的皇帝撞了个对头。我跑得快，可那位带我进宫的朋友遭了难，离京时，闻听长安闭门大搜，我想往东边去的关津一定会戒严，于是跑回来猫着，过一两个月再走。"

"大哥说的可是建章宫？"赵王孙问道。

"对，就是建章宫，那里建筑的高大，我还是第一遭见到。这个皇帝可真能作孽，为求自己长生，穷奢极欲，对民力哪里有半点顾惜！大汉朝这么下去，怕是要步亡秦的后尘！"朱安世点点头，愤懑之情，现于颜色。

樊无疾道："那咱们这批马怎么办？长安风声紧，还往那儿送吗？"

朱安世呷了口酒，颔首道："送。太仆衙门那里有公事等着用钱，马卖了才能清账。咱们要有信用，以后哥儿几个的买卖还要靠衙门照应，这层关系不能断了。秦苨何时过来？他过来就走，但不能走河西路，要从回中路绕过去。"

"他去敦煌办事已经有几日了，这一二日应该回来了。"

"他回来你们就走。山丹马苑那里怎样？"

樊无疾道："还不是老样子，前日里我还和苑丞喝过酒。咱们定期送钱，从无拖欠，这些家伙都被喂饱了，巴结着呢。"

"这就好。"朱安世唇边掠过一丝笑意，将杯中酒一饮而尽。

翌日一早，朱安世随樊无疾等人牧马，在无垠的草场上纵马驰骋，兴会

1730

淋漓，紧张了几日的身心松弛下来，直到遇见赶回来的秦苋。

"朱叔，京师出事了，传过来的消息说太仆大人被下了狱。"秦苋满头是汗，坐骑也呼哧带喘，看得出事态十分紧急。

"你慢些讲，哪里来的消息？"

"今早路过山丹，觉得马苑的人很怪。平时见了面都打招呼的，今日却都避之唯恐不及。往常路过，总要请他们的头儿喝顿酒，今儿个却都推说有公事。后来遇到苑丞，追问之下，他说京师的消息，太仆被下了狱，再问则支吾其词，借口有公事要忙，闪了。我觉得要出事，一路马不停蹄地赶回来报信。朱叔，咱们咋办？"

这里的货栈，是托了公孙敬声的人情，看在太仆寺的面子上，才能挂靠在马苑的。公孙敬声出了事，追究到这里，是早晚的事。情势不妙，三十六计，走为上。

"秦苋，正好无疾、王孙都在，你仨马上招呼上伙计，带足干粮草料，即刻赶着马群往回中方向走，绕回三辅后，尽快把马卖掉。"朱安世口气沉稳，要紧的是不要让慌张的情绪传染开来。

樊无疾道："太仆下了狱，太仆寺那笔公帑怎么办，和谁结账？"

朱安世略作沉吟，下了决断。"先不结了，这笔钱由秦苋保管，做弟兄们的保命钱，急用时再派用场。"

赵王孙道："朱兄，你咋办，一起走？"

"你们目标大，马上走。我与次公留下来善后。建这么个中转站不易，我等等看，相机行事，形势不好，我与老张会去敦煌避一避。你们到长安后，去找钟三，要他打探一下消息，尽快送信过来。"

秦苋摇摇头道："太仆出了事，这货栈也难脱干系，朱叔，还是一起走吧。"

朱安世苦笑道："公孙敬声到底出了甚事，为甚下狱，都还没搞清楚，吾等莫自乱阵脚。就是追究到这里，也来不了那么快。你们莫慌，先把马群转移出去，我与老张两个人好办，说闪就闪了。你们马上走，你们走了，我们一身轻，反倒容易脱身。"

朱安世虽然紧张，但并不焦虑，即在于他对公孙敬声的信心，这人虽是个公子哥，但为人仗义，相交了半辈子，还从未听说他出卖过江湖上什么人。

他入狱，很可能是挪用公帑之事被人举发，单就此事，他不可能牵扯自己，否则马卖不成，没有钱，他没办法补这个窟窿。就算他熬不过刑求，为求自保，也不敢这么快举发自己，毕竟公孙敬声有太多的劣迹攥在自己手中。

晚间的货栈，人马一空，只剩朱安世与张次公两人，显得格外冷清。两人收拾完行装，打算一有风吹草动，随时起身逃亡。空中堆积着大块阴云，不见星月，可气温却格外暖和。

张次公手搭凉棚，望着黑灰色的天空，长吁了口气道："看来，要下雪了。雪后行路，难免留下踪迹，不便脱身。朱叔，不怕一万，就怕万一，公孙太仆出了事，势必会牵连到吾等，咱们还是赶在雪前，去敦煌避避吧，出关就是朝廷管不到的地方，或者干脆就去西域找靡生，做几年生意，等这件事过去咱们再回来。"

朱安世拨弄着灶火，凝神想着什么，也对，活人不能让尿憋死，干脆出走西域，等风声过了再回来。

"也好。今夜咱们在热炕上好好烙一烙，返返乏。明儿个不下雪，咱们就去敦煌等京师的信儿。如果兴起了大狱，咱们就出关，可叹我这把老骨头竟要抛到异国他乡了。"

四十二

朱安世夜梦连连，一直睡不踏实。夜半时分，隐隐觉得有人推门出去，他喝问一声，原来是张次公起身给马饲喂夜草。他哼了一声，又昏昏睡去，神游之际竟又看到了自家的场院，还是老样子，少小离家，垂老而归，一种温馨而又悲伤的感觉萦回不散，直到屋外传来张次公那一声惨叫。

"朱叔，不好了……快走！"

他猛然坐起，披上衣服，推门而出，一眼就看到张次公趴在门前不远之处，一支箭插在背上，鲜血汩汩而出。他几步上前，想要扶起他，张次公说不出话来，张开口时，吐出的只是一串串的血泡，双眼失神，看得出生命在一点点离他而去。他拼尽全力，伸手向黑暗处指了指，随即头一歪，倒在朱安世的怀中，死去了。

朱安世眨着眼睛，努力适应着周边的黑暗，向远处望去，好一会儿才敢肯定，货栈百步开外，黑压压围着一圈人，正慢慢向前靠近。他放下张次公，起身欲去马圈，忽然间火把四起，把四下照得通亮，从装束上看，是京师来的缇骑，足有百人之多，呈散兵队形，个个张弩搭箭瞄向他，只要他有所动作，瞬间就会被射成个刺猬。

他环顾四周，看到在缇骑的外围，还有更多的步兵，整个货栈被包围得如铁桶一般。若是倒回去几十年，他还可以侥幸一逞，就如当年摆脱王温舒抓捕那次。可他如今已年逾古稀，身体的疲惫、反应的迟钝与气力的不足，使他清楚地意识到，这一次，他是插翅难逃了。

缇骑隶属于中尉，朝廷中只有皇帝、丞相、执金吾（即原中尉）可以直接调用。公孙敬声下狱不过几日，缇骑竟然能够知道自己的确切所在，并千里奔袭，实施抓捕，一定是有知情者检举了他。朝廷中知道他所在的只有公孙敬声与他的父亲公孙贺（他记起了公孙敖避难时带来的那封信），一种恨意渐次弥漫周身。汝等不仁，莫怪我不义，即便身陷牢笼，他仍可以做到与卖己者同归于尽。

"你是朱安世？"一中年男人策马向前，逼视着他，从冠服上看，应该是个千石的官员。

"敝人骆原，是经营西域马匹的商贩，不知大人如此兴师动众，所为何来？"

"骆原不过是你的化名，丞相交代得很清楚，你还想蒙混过关？把你的佩剑与兵器丢在地上，跪下束手就缚，不然就像你那个同伙一样，大不了拉个尸首回去，一样交差。"又一骑策马上前，大声呵斥着。火光中，朱安世认得是山丹的马苑令。

朱安世没有理睬马苑令，而朝着那中年官员揖手道："敢问大人是何人，朝廷为甚抓我？"

"公孙太仆与你合伙走私西域马，挪用公帑，被逮下狱，你是主犯，也是人证，丞相已奏准抓汝到案，以赎太仆之罪。吾乃丞相府长史丁炎，奉丞相之命抓你归案。你逃不掉的，丞相交代，活要见人，死要见尸，你还不交出兵器就缚？士卒们听着，吾数到三，贼子若不跪地就缚，就发弩射死他！"

悔恨与极度的愤懑攫住了朱安世的心，他解下佩剑，扔到地上，伸出两手，仰面大笑道："想用我换他儿子的命？丞相祸及宗族矣！"

他脸上忽然感觉到星星点点的凉意，注目看去，天开始降雪了。

十日后，朱安世被押解到长安，关入廷尉狱的单人囚室。次日，他踑踞于草席上，闭目养神，思索着报复的方法。

"你是朱安世？老成这个样子，让人不敢认了……"

他睁开眼，见到栅外站着两个人。说话的矮个子，国字脸，鬓间已有二毛，两眼骨碌骨碌只在自己身上打转。另一个瘦高个，身着便衣，目光幽幽地盯视着自己，神情若有所思。

"尔等甚人，狱吏吗？"

彭从口气极为自得，指着朱安世道："你认不得我，我却还记得你。三十年了，函谷关前，你带着个女扮男装的刺客过关，被我拦住，记不记得？当年有被买通的官员护着你，可天网恢恢，疏而不漏，现如今赃官入狱，没了保护伞，你还不是乖乖地束手就擒？落到咱家手里，识相的就痛快交代你如何与太仆勾结，上下其手，沆瀣一气的事实，不然就让你知道咱家的厉害！"

朱安世依稀记得有这么回事，那次他带刘陵过关，是有个关吏想要为难他们，但他早就忘了那人的模样。他斜睨着他，不屑地笑笑。"看你的冠服，也不过官居千石，连皇帝的面都见不着，三十年了才爬到这个品级？你想要我端出的事，会把朝廷掀个底朝天，你担得起吗！你想用刑？我年逾古稀，一旦受刑死去，没了人证，你更扛不起。要我交代，最低也得是二千石以上、能与天子独对的大官，你还差得远呢！"

彭从气得目瞋须张，戟指怒骂；江充却喜得几乎把心提到了嗓子眼，他喝止彭从，笑眯眯地望着朱安世道："大侠是要找个能给皇帝递话的人？敝人就是。"

"哦，你是谁？报报你的姓名、身份。"

"敝人江充，为天子授为绣衣直指使者，整治京师、三辅的治安，公孙太仆的案子，即由吾主持，直接对天子负责……"

"江充？你就是那个'行法不避贵戚'的江充！"

"正是敝人，壮士有话，尽可以对我说，皇帝那里我一定如实奏报。"

"你如何证实自己的身份？"朱安世似信非信。

江充脱下外罩，里面豁然而现的，是绣有獬豸图纹的官袍。

朱安世颔首道："我的话只能天子一人知道，这里有闲杂人等，多所不便。"朱安世看了一眼彭从，嘴角露出了笑意。

江充会意，摆摆手，示意一脸不情愿的彭从退出，又命狱吏打开栅门，解除枷锁。两人对坐后，江充赔笑道："大侠现在可以吐露实情了吧？"

"丞相想用我换他儿子的命，却没想到此举会带给他多大的祸患。南山之竹，不足受我辞，斜谷之木，不足为我械！事涉丞相，大人敢上变吗？"

"无论甚人，江充只忠于天子。"

"那好，取笔墨木牍来，我写好后要加封泥，再由大人交与天子。"

"大侠可否略微告知一二……"

"此事只能天子一人知道，之后作何处置，那是他自己的事情了。"

江充有些失望，瞑目道："你上变之事，有何凭证？怎么证明你不是在忽悠天子！"

朱安世冷笑道："你去掖庭殿寝宫周边与出安阳一里处的驰道掘地三尺，挖出的东西，就是证据！"

江充几乎是立刻带领属下，直奔安陵城西的驰道，直到看到挖出来的东西，悬着的心才一下子落了下来。他长出了口气，这真的是天佑，天佑！喜不自胜的他，脑子转得飞快，有了这件东西，以前只敢想想的事，现在可以做了。譬如奏请清查掖庭殿与后宫，循序渐进，一步步将线索引向被锁定的对头。

得知抓获了朱安世且押解到京，刘彻大喜，打算抽时间亲眼见见这个人。几十年来，此人神出鬼没，畅行于江湖，朝廷竟无可奈何，终究还是法网恢恢，拿到了他。公孙贺总算办了件让他满意的事情，敬声那小子也逃过一死，待补足亏欠的公帑，下次大赦，即可放他出狱，而一件祸及皇室宗亲的大案就此消弭于无形，令他松了一口气。

可始料不及的是，看过江充呈上的封牍后，他被惊呆了，脑中一片混沌，怎么可能是这样！

太仆敬声与阳石公主私通，以巫作法诅上，且同赴甘泉驰道上埋偶人，祝诅有恶言。

短短数十字，却如同猛然亮出的匕首，直直插在了他的心上，那种痛，是他所从未经受过的。阳石，自己的亲生骨血，竟然行巫蛊，诅咒她阿爹！难不成是朱安世被捉怀恨，有意离间骨肉，挑动皇室不和，以行其奸？

"那家伙交代了些甚，怎么说的，有证据吗？怎么知道他不是行离间骨肉之计！"

"罪人称其上变之事只能皇帝一人知道，所以加了封泥。臣起初亦拿不准他告变了甚，但依他所言，臣在驰道上果然挖出了证据，证实巫蛊一案为真。"望着皇帝那张阴云密布的脸，江充已大致揣度到了封牍所涉的内容。他自袖中掏出一个锦帛包着的物件，呈递了上去。

刘彻解开锦帛，赫然在目的是个尺把长的桐木人，木人的眉目与文字皆已漫漫不清，木质也开始糟朽，四肢眉额处仍可见铁针留下的斑斑锈迹，看得出已埋在地里很久了。

"这是驰道上挖到的？在哪里？他还说了些甚？"

"在往甘泉去的驰道上挖出来的，在出安陵约一里处。他还说掖庭殿寝宫近旁也埋有桐人，因事涉宫禁，臣不敢妄行，须请旨定夺。"

是了，李嬿曾托梦给自己，说是有人行蛊害她，这下坐实了，竟是阳石、敬声一伙所为，尤其是阳石，更是自己的至亲骨肉。她的同谋还有谁？卫氏、皇后甚至太子是否知情，甚至参与了这一场阴谋？刘彻不敢再想下去，但觉得两侧的太阳穴突突直跳，难道变生肘腋，起意谋害他的竟是至亲之人？一种从未有过的孤独与无助攫住了他，继之而生的又是股刺骨的恨意。刘彻在殿中来回踱步，江充敛容屏息不作一声，可也拿准了皇帝不会善罢甘休，果然，刘彻决定彻查。

"巫蛊一案就以此重启，江充，朕允准汝进宫查案，先自掖庭殿起，找到证据后再查后宫，行蛊者，无论涉及谁，此番都要一查到底，绝不姑息养奸！"

"那么公孙敬声的案子如何进行，丞相那里怎么办？"

"他儿子的所为，已不单是贪渎，而是大逆无道，朱安世说的不错，丞相祸及宗族矣，非但保不住儿子，整个宗族都被他这孽子所累，要怪，只能怪他教子无方了！"

看来丞相也完了，自己不妨再踹他一脚，一念至此，江充揖手道："陛下圣明，公孙敬声并未交代朱安世的下落，可丞相却能径直派缇骑抓到他，说明丞相也与之私交不薄，知道他在何处落脚。"

"公孙贺、公孙敬声与巫蛊一案并案查办，对外先不提巫蛊，你马上调集缇骑，在掖庭殿找出证据后，即将公孙贺全家拘入内官狱，由次倩你负专责，无须顾虑，给他们留甚面子，朕不管你怎么做，你只记住朕这一句话：除恶务尽。"

江充随即带人入宫，以掖庭寝殿为中心，用生石灰在地上滤出个十字，然后人手一镐，纵横挖掘，搞得砖石破碎，暴土飞扬。日昳①时分，终于在距寝宫数十米之地下挖出了桐人，有了皇帝的交代与这第二件证据，江充前所未有地自信，思忖着如何进一步将烈火引向太子。

当晚，原本等待皇帝颁布赦令的公孙贺，自九天落入了九地②，一群缇骑，如狼似虎地闯入相府，不由分说，将他夫妇二人逮入了内官狱。狱卒扯下了他们的冠带袍服，硬生生套上了囚装。

公孙贺脸涨得通红，大吼道："江充……你无视本朝礼待大臣的仪节，擅抓大臣，你胆大包天，有天子的谕令吗？你……你到底想要做甚！"

"做甚？你儿子大逆无道，祝诅圣上，这是甚罪，丞相心里一定比我还明白。没有圣上的允准，有谁敢动汝夫妇？你还想着盘水加剑，自到谢罪的老规矩？这规矩对你们这些施蛊的逆贼不适用了！你老儿现在唯一能做的，就是老老实实地交代受谁指使，同党是谁，都做过哪些大逆无道之事，以免刑求之苦！"

"你……你信口雌黄，谁施蛊？你血口喷人！"公孙贺怒不可遏，大吼不止。

"你想用朱安世换你儿的性命，不想姓朱的更狠，揭出了汝等的老底，你们胆大包天，竟敢施蛊于天子。要证据？好啊……"江充从一只布囊中抓出两个偶人，狠狠地拍在公案上。公孙贺脑中一片空白，嗫嚅其词道："欲加之罪，何患无辞！你这是诬陷，吾要面君陈情。"

江充冷笑道："你是敬酒不吃吃罚酒，不见真章，你还真是不知道马王爷几只眼！证据在此，你认与不认，都逃不过一死。彭从，他家这三个人交给你了，都挂起来，不服帖就大刑伺候，让他们尝尝为囚的滋味。"

---

① 日昳，昳音迭，太阳西斜。

② 九天九地，典出《孙子·形篇》。九天，指天的最高处；九地，指地的最深处。

当看到掖庭殿挖出的桐人后，刘彻仅存的一点点不忍之情一扫而空，他的心因愤怒而抽紧，敕令江充，声音中弥漫着冷酷。

"马上会同宗正刘长乐，将诸邑、阳石二公主押入内官狱，责令其交代与施蛊有关的一切，尤其要查明何人主使、何人参与、动机何在与作案的细节。抓捕她们的同时，即查封其府邸，府中所有人等尽数拘押入掖庭狱，逐一拷问，不放过蛛丝马迹，务必将此案查个水落石出。"

江充心中暗喜，离他的目标又近了一步，他伏地顿首，言辞极为恳切："此案所涉，已涉皇家至亲，江充愚昧无知，人单势薄，力所不任，恳请陛下遣素所信任得力者助臣查案，以不负陛下所望，除恶务尽。"

刘彻略作思忖，颔首道："也好。朕会派按道侯、光禄勋韩说，御史中丞章赣，黄门令苏文等参与此案，平时即由你与韩说牵头，举凡可疑之人与事，该抓的抓，该查的查，据实呈报可矣。"

江充谢恩，但并不起身，顿首再请道："还有一事，于此案关系甚大，恳请陛下允准。"

"甚事？"

"建章、甘泉二宫，为陛下祠神所需，广置胡巫，胡巫者，皆深悉施蛊行蛊之法术。江充蒙昧，于此中关节所知甚少。为求稳妥，恳请陛下遣胡巫得力者随时顾问，以祛宫中蛊气，早日还吾大汉朗朗乾坤，河清海晏……"

"胡巫？"刘彻又一阵头晕，脑中嗡嗡作响，眼睛亦开始充血。

"是，胡巫。"

"郭穰……"

"奴才在。"

"汝速传谕甘泉，命通天台司值檀何速来长安江充处报到，参与查案。"

"谢陛下恩准，充当与众臣勠力合作，尽速破案，以纾圣忧。"檀何与己有数面之交，彼此都有好感，江充暗自欣喜，有她襄助，巫蛊一案不难做大。

自太始三年出海以来，刘彻就坐下了一紧张就出汗的病根。望着江充离去的背影，他接过郭穰递过来的汗巾，边擦拭着额头的冷汗，边问起一个纠结于心头，百思不得其解的问题。

"郭穰，一个做女儿的，却起意谋害其阿爹，为的是甚？"

"奴才不学无术，可也知道做女儿的如此不孝，是为悖逆，罪当弃世。"

刘彻摇摇头道："朕问你她的动机是甚。你叔叔近来如何？好久不见他了。"

"俺叔早已卧床不起了，承陛下惦记着他，奴才代他谢恩了。"

"皇后这阵子住长乐宫还是椒房殿？"

"奴才听人说，陛下不在京师时，皇后都住在长乐宫，陛下回銮，皇后都住椒房殿。"

刘彻略作沉吟，吩咐道："传诏摆驾，朕要去见皇后。"

四十三

征和元年的冬季，格外温暖，可在卫子夫感觉中，却是一派肃杀严寒。先是外甥公孙敬声因贪渎挪用公帑下狱，尚属咎由自取；可半个月后，公孙贺夫妇被逮入了内官狱，对她的打击就大了。霍去病暴卒后，卫氏在朝廷的影响大减，二姊少儿恹恹成病，不久即撒手人寰。卫青死后，朝廷中卫氏可倚靠的，便只有这个姊夫了。丞相有罪，通常会被赐死，而缇骑敢于逮其夫妇入狱，是得到了皇帝首肯，这意味着罪行重大，有必要下狱追比，事情还远没有完。

长御倚华是跟从她几十年的老人，凭借其在宫中多年布下的人脉，她很快打听到，丞相夫妇被逮是因为儿子牵扯到巫蛊祝诅、大逆无道的罪案，沾了这种的罪名，势必会殃及三族，卫家在朝廷上的另一棵大树，倒了。

更为可怕的是，案子在向宫里蔓延，缇骑每日进出，破土掘地，把个未央宫搞得人心惶惶，尤其令她不安的是，皇帝指定经办此案者，是太子的对头江充，他必定会借此挟嫌报复，这是卫家的大劫，逃不掉也躲不过的。怎么办？卫子夫连日纠结于此，彷徨无计，辗转无眠，眼圈黑了，皱纹深了，容颜一下子又苍老了许多。

大事临头，唯一可商量、可倚靠的就只有儿子了。早起后，她命大长秋去博望苑召太子入宫，自己则在侍女服侍下盥洗梳妆，当倚华神色张皇地跑来报告皇帝驾临时，卫子夫不及妆容，戴上假发，就出殿迎驾了。

皇帝她已经很久没见了，人老了，鬓发苍然，皮肉也松弛了，只有那双眸子，依然锐利，盯着人看时，像是要看到你的心里去。

"不用了，就将肩舆停在这里，朕与你说几句话就走。"请安过后，卫子夫正待请夫君入殿，为其姐夫缓颊。刘彻面如严霜，摆摆手，拒绝了。

"你身为皇后，当母仪天下，可你连女儿也管教不好，阳石竟敢在宫中施蛊，谋害李夫人，又与公孙敬声那个孽子偷欢，还一起在驰道上祝诅朕，种种悖逆无道，若非在掖庭与驰道上挖出了他们埋下的偶人，朕真是不敢也不能相信！可这就是事实，你说说看，她们因何为此，何来如此深仇大恨，要咒朕与朕之所爱不得好死！"

刘彻的话不啻晴天霹雳，卫子夫惊得说不出话来，她失魂落魄，伏地顿首请罪，身前的地上，很快被泪水洇湿了一片。

"阳石、诸邑都已下狱抄家，这件案子不许你过问，朕也不要听你代她们缓颊求情。你们卫氏一门，朝廷待你们薄吗？你卫子夫，朕立汝为后三十余年，据儿立为太子也就要三十年了，你们等着坐天下就是了，为甚迫不及待，要使出如此阴毒的招数谋害朕！"

皇帝的口气疑似暗指她与儿子是幕后主使，话说到这个份上，卫子夫情急猛省，必须立即表明态度了："臣妾指天为誓，臣妾与据儿绝无此心，亦绝未参与此事，阳石、诸邑如此，臣妾即与她们一刀两断，臣妾和儿子若与陛下有二心，天殛之，死亦不得全尸，下入幽都①，永难超生。"

见卫子夫发下毒誓，刘彻的怒气消了些，口气也和缓了，他指了指卫子夫，示意女侍们扶她起来。

"案子真相大白之际，朝廷自会依法处置人犯，果无牵连，朕也会还汝与太子的清白。不过，你还是要记住朕的话，谨守妇道，不许阻挠朝廷大臣办案，更不得为人犯讲情。汉法无情，女儿们都是成年人了，甚事能做，甚事不能做，她们很清楚，既敢为悖逆不道之事，就必须承担后果，朕就当没有过这些女儿。朕的话，你要转告刘据。"

---

① 幽都，地下暗无天日的所在，古代泛指地狱。

皇帝前脚刚刚离去，太子后脚就赶了过来，望见母后悲戚的神情，刘据几步跑到跟前，扶住母亲的双臂，一脸焦灼地问道："母后怎的了？是因为阳石、诸邑之事吗？我也听说了，这究竟是为甚，将她们下狱，竟是父皇允准的吗！"

卫子夫一言不发，拉着儿子的手直接进了寝殿，屏去侍女，她与儿子对坐，望着这唯一可以推心置腹的男人，卫子夫泪如泉涌，大放悲声：

"据儿，汝姊姊都下了狱，咱家，今后只有为娘的与你，茕茕相对了。"

"为甚？父皇怎能对自己的亲骨肉下手！吾马上求见父皇，要他放过二姊三姊……"

卫子夫拉住儿子的手，摇摇头道："你父皇刚刚来过，要吾等不许过问此事，身处嫌疑之地，你去求他，没有用的，或许更糟，连你我一起捎带进牢狱了！"

"为甚？甚嫌疑之地？请母后告知孩儿。"

"据说阳石与敬声有私情，还一起参与对故李夫人施蛊，更甚者，他们还在去甘泉的驰道上施蛊，祝诅你父皇……"

"这不可能……"话音未落，刘据猛然记起，当年在去卫府吊唁的车上阳石那番话。他冷汗淋漓，心跳得厉害，嗒然若丧。阳石不听劝，真的做下了这等事，她们完了，母后与自己也难脱干系，想到这里，他长叹一声，两行清泪，潸然而下。

卫子夫掏出汗巾，为儿子拭泪，"咱娘母子当下甚也做不了，只能守在这宫里，等候案子水落石出，才能还咱家一个清白……"

"清白，不可能的，阳石当年对我说过此念，儿子斥责了她，她也答应放下此事，不想她还是瞒着我们做下了……"

"哦，甚时候的事？你为甚不早告诉娘，早早制止她们？这些个死妮子，被娇惯坏了，自小不识天高地厚，终于惹上了杀身乃至灭门之祸！"

"二舅去世后，我带她们一起去卫府吊唁，在车上，阳石说想对李夫人行蛊，被我说了后，答应不做，谁承想她口是心非，还是做下了。"

卫子夫痛心疾首，扬手呼天："孤说过多少遍，吾等要学窦太后的隐忍，可她们偏偏等不及，惹祸上身，害人不浅。我早就觉得咱家人满朝金紫不是好事，月盈则亏，天道好还，老天爷还是放不过我们啊！"

至亲女儿行大逆无道之事，即使已嫁于外姓，卫子夫、刘据没参与甚至不知情，都难脱干系，皇后、太子之位难保，怎样善后，倒是要提前考虑，早作预备的。卫子夫的头脑迅速冷静下来。刘据的话，已证实阳石有此动机，有动机就会有行动，这样看来，这案子是成立的了。既如此，不如早作最坏打算，以备不虞。

"据儿，若阳石她们真的做下了，我们怎么办？"

"皇后、太子是做不成了。至亲有罪，我们应上书罪己，恳求父皇的宽大。儿子自信行得正，不会牵涉到罪案中。父皇若要易储，也是没办法的事，父皇若念父子情分，或许会封我个王，离开长安就国，母亲可以随我，我们去封国过平静的日子。"

卫子夫心痛已极，三十多年的戒慎恐惧，那种如临深渊、如履薄冰的日日夜夜，怎可说弃便弃？不行，不能弃，危难关头更要隐忍待变，必要时不惜一搏，即便是死，也要轰轰烈烈，不让那些对头看笑话。

"你糊涂，这么不明不白就放弃了？祖宗传下的基业呢？你几十年读的圣贤之书呢？你的历练呢？你治国的宏图大愿呢？你与民休息、兴儒治国，重振大汉的志愿呢？就这么放弃了？！"

"那能怎么办？姊姊们的案子，母后以为吾等能够置身事外吗？况且这案子在江充手里，母后觉得他会放过我们？他心里很清楚，儿子若即位为天子，第一个要惩办的就是他。母后太天真了，若真能放我们去过平静的日子，已经算是天大的幸运了！"

"怎么办，机会总会有的，当然不在江充这里。据儿，你想想看，你父皇没有马上罢黜我们，为的是甚？是他心里并不相信我们有谋逆之心。你父皇刚才来过，人老相了许多，娘看得出他有大病在身，难说能撑持多久。只要没立新嗣，咱们就还有希望，你父皇一旦不讳，你还是名正言顺的皇嗣！咱们一定不要灰心，一定要挺住……"

"即便父皇尚无废立之心，江充那班人，肯甘休吗？他们必会使出浑身的解数，罗织构陷，把我们牵连进去，母后你太一厢情愿了。"

"一厢情愿？怎么是一厢情愿！你父皇对吾等仍存恻隐之心，除去不许我们过问此案，并未限制你我的任何权利，我仍是皇后，主持六宫；据儿仍是储君，仍有自己的属吏与宾客，仍可以出入博望苑。夏日一到，皇帝还会去甘泉避暑，朝政也许还会交据儿看护。只要这些不变，吾等就仍有一丝希望、一线生机。所以我们要遵从皇帝的口谕，不干预案子，就这么等着，不给江充之流任何借口与可乘之机，让时间决定一切，或许能等来转机呢。"

刘据摇摇头，苦笑道："母亲为后几十载，朝廷上那些大臣为甚每每死于非命，其中的缘故娘应该比孩儿看得明白。小人最擅无事生非，何况有过节者，你不动他们会放过你？不会的。他们会先从丞相、太仆、阳石、诸邑那里着手，软硬兼施，逼他们构陷吾等，刑求之下，甚人能挺得住？即便做不到，他们也会深文周纳，想别的法子陷吾等于罪。我们是待罪之身，等不到风平浪静那一日的！"

"吾等隐忍，绝非无所作为！真到了那一日，置之死地而后生！存亡之际，娘会助据儿与那些个小人拼死一搏，况且大臣们未必会一边倒，跟着江充助纣为虐。据儿，你师傅和博望苑的宾客们会帮你吧？"

"师傅即便不想帮儿子，也要帮他自己，吾若罹罪，作为师傅的他，先要承担罪责。至于宾客们，与儿子更是一荣俱荣、一损俱损的关系，当然会帮我，无奈人太少，可儿子宁为玉碎，也要取那逆贼的性命！"

卫子夫欣慰地笑道："据儿这才像个男子汉，吾等既作了最坏的打算，就要向最好处努力，挨过这场劫难。案件破局之前，我们一定要隐忍，再隐忍，不给那些个小人留下任何话柄，危急关头，汝一定要与娘通气，请教师傅后再做决断。据儿，你要答应娘，切莫轻举妄动，要动，就要一击中的，或能死里求生。"

刘据泪眼盈盈，肯定地点点头。

"无论发生何种意外，据儿能来知会孤最好，若事态紧急抽不开身，你也要指定一名信得过的人来，由长御倚华传信于娘，娘会全力以赴地帮你，你记住了！"

刘据道："总随侍儿子身边的舍人无且，娘知道吧？"

卫子夫连连点头道："无且吗？娘知道，跟了你十几年的那人吧，沉稳、内敛，不乱说话，用他可以。"

"那就这样定了，只要无且来求见母后，就一定是有大事发生了，他所说的，一定是儿子交代给他的。"

数日后，通天台司直、胡巫檀何奉诏来到了未央宫。所谓胡巫，古代北方通古斯语系各族均指癫狂通灵之人，多选自身体残疾、意识癫狂或大病不死发愿做巫之人，其中尤以女性居多。

檀何原为匈奴人，为祭天时的司祷，尤擅长以舞蹈降神①，霍去病征河西时被虏获，归顺后被任用为甘泉宫通天台的司直。每逢皇帝于甘泉祭祀太一之际，她都会于通天台上，在三百童女伴随下起舞，直至癫狂，接诵神谕，极得刘彻的信任。檀何胡人血统，高鼻深目，皮肤白皙，近三十年过去，她也成了年逾五旬的老妪。得知此行是佐助江充等穷治巫蛊，查出幕后的主使，祛除宫内的隐患，檀何自认是个中行家，亢奋异常，决意有所表现，以博取皇帝的青睐。

江充也很兴奋，有胡巫之助，可循行蛊者的思路查案。他曾随皇帝在甘泉祭祀，目睹过檀何降神的全过程，也看得出皇帝对她的倚信。这件案子最后的指向，会动摇国本，他之所以奏请皇帝加派亲信与胡巫一同办案，为的就是把案子一步步做成铁案，在每一个环节上，都不使皇帝生疑。

"敢问大人的案子查到哪一步了？"报到过后，檀何很恭谨地问道。

檀何职任仅六百石，却是皇帝倚信之人，江充不敢怠慢，揖手为礼道："汝为钦派，是为钦使，臣亦为今上指派，故彼此当以敌体相待，勠力同心，办好此案，不负天子所托。"

檀何颔首笑笑，很领情的样子，并未作答。

"钦使问案子的进展？案发于朱安世上书指控太仆与阳石公主私通，祝诅李夫人与今上，充率人依朱某所指挖到了施蛊用的桐木人，证实了上变为真。但二位公主皆矢口否认，天潢贵胄，轻易未敢用刑，用刑须圣上明诏，所以一时还没有新的进展。充奏请钦使参与此案，就是想搞清楚行蛊者的动机与心态，如此方能查在要害处。"

"行蛊者得有女巫相助，查出来是甚人帮了他们吗？"

"据朱安世交代，公孙敬声曾托他在江汉请了个楚巫，名李灵，字女须，

_____

① 舞蹈降神，即今日所谓跳大神。

但事过多年，去向不明，廷尉已檄文江汉各郡，缉捕此人，至今没有消息，吾亦一筹莫展。"

"巫蛊之事，多为嫉妒、报复所为，譬如李夫人，还不是因为皇帝宠她而遭人嫉恨，甚人会嫉恨她？当然是她威胁到的人，再有就是后宫里那些希幸的嫔妃，大人何不由此查起，一定会有收获的。"

"李夫人极得皇帝宠幸，也生有儿子，钦使想想，一旦皇帝爱屋及乌，动了易储的念头，会发生甚事！阳石、诸邑是皇后之女，太子之姊，她们行蛊，为的就是除去皇后、太子的威胁，可眼下她们死不吐口，没有新的证据，案子就搁在这儿了……"

"江大人，路须一步步走，饭要一口口吃。从后宫希幸夫人查起，最后总会查到太子与皇后的，这才是正办。没有证据，却一下子从皇后、太子查起，不光大臣们会议论纷纭，就是皇帝也会起疑的……"

"希幸夫人，甚意思？"

"就是不得宠、被冷落的嫔妃。"

"宫里都是皇帝的女人，成百上千，从何查起？你我都是外臣，又从何得知宫闱之秘？"

"既有天子的授权，我们可以知会少府，饬命掖庭令将皇帝召幸嫔妃的簿册带过来，查看后咱们不就有数了吗？再查，就是有的放矢，一查一个准。"

"钦使提醒得好，江某不才，忒心急了些。敢问将来若是查到那里，若无实证，又当如何？"

"听说拘捕二位公主之时，不是也同时查封了她们的府邸吗？"

"不错，府邸皆已封就，府中所有人已逮入内官狱待审，可几百人，一个个审出来需要时间，眼下尚无可用线索。"

"以我的了解，楚巫行蛊最好用桐人，大人应责令属下即刻彻底搜索公主府，只要找到行蛊之物，她们嘴再硬，也硬不过大狱里的刑具不是！"

江充连连点头道："钦使说得透彻，我马上派人去搜！"

四十四

征和二年四月初，长安忽起大风，飞沙走石，拔屋折木，合抱粗的大树被连根拔倒十数棵，朝野皆以为天公示警，预兆着不祥。

几乎在同时，巫蛊案也取得重要突破，后宫尹夫人与邢夫人相互妒忌，皆有引女巫进宫祝诅之事。而阳石公主的女侍长楚，也就是那个女巫，也被檀何辨认出来，熬刑不过，交代了她随公主施蛊，且为公主刻制了桐人。根据她提供的线索，缇骑顺利找到了藏匿桐人的地点。拿到那三枚桐人，檀何高兴得两眼放光，反复摩挲着不肯放手。

"这下，人证、物证俱在，她们即使不招供，案子也足以坐实了！"江充也很开心，揣想着皇帝见到这桐人时的心态。一旦对皇后、太子仅存的那一点点信任崩溃，原来看起来如此强大、凛然难犯的目标即成瓮中之鳖，想到那对母子即将面对的处境，他竟然有点儿可怜起他们来了。

檀何乜斜了他一眼，摇摇头道："大人，我觉着这些个桐人不急着呈上去，留在高潮时能派上更大的用场。"

"高潮，甚高潮？派甚用场？"江充不明所以，怔怔地望着胡巫。

"大人心里想着的是如何拿下太子吧？若是在太子宫中挖出了这些个桐人，太子有口难辩，他的储位必定不保，大人这出戏的高潮不是应该在这里嘛，不对吗？"

"到底是钦使，看得长远，江某真心佩服。这案子下一步怎样才能走到钦使所言的高潮，还望有以教我。"

"椒房殿、太子宫不是想挖就能挖的地方，得天子允准。且满朝都知道太子与大人有过节，大人太直接，朝廷众臣会以为大人罗织构陷太子，一旦皇帝生疑，大人危矣！"

江充悚然，揖手道："可太子不倒，就是嗣皇帝，总有一日会要了我的命。江某情非得已，望钦使指教。"

檀何颔首笑道："我也听说太子不喜鬼神，将来在他治下，我们胡巫的日子也未必好过，现在助大人拿下了他家这么多亲眷，能不招他忌恨？所以你我都回不了头了，我愿意帮大人这个忙，原因就在这里。"

有此人相助，意味着自己在皇帝那里多了个臂助，江充喜道："钦使见得透彻，江某佩服！案子下一步怎么走，望君有以教我。"

檀何沉吟良久，有了决断。"桐人之事先不必上报。我们一起去见皇帝，报告方士诸巫麇居京师，率皆左道惑众，后宫夫人们争风吃醋，引女巫进宫相互祝诅事。近年御体每况愈下，皇帝早就疑心宫内有人施蛊，而不清除地下所埋的偶人，则病根仍在，病体难瘳①。皇帝会不顾一切地责令找出这些个隐患，如此自宣室、温室、清凉诸殿始，草蛇灰线，循序渐进，自然延及椒房殿与太子宫，而这一切都是出自天子的意志，朝臣们无从置喙。"

"那这三枚桐人……"

"交与我。太子为避祸，常驻博望苑，觑他不在时，埋入太子宫，届时挖出，就是大戏的高潮。"

翌日，建章前殿，刘彻蒙着头帕，倚在御座上，强撑着阅看呈上来的案卷。近来他一直精力不济，坐朝时昏昏欲睡，常昼梦，每每眼见数千持杖木人，欲上殿殴击，随即惊醒。御医诊以面色无华，脉虚浮，病在虚劳，春夏剧，秋冬瘳，建议早去甘泉避暑养心。

看到后宫宫人为争宠而勾连女巫入宫祝诅处，他极为震怒，敕令将尹、邢二夫人削去爵号，连同所有参与者下入暴室狱，严加追比后全数处死。

---

① 瘳，音抽，病愈。

而公孙贺父子勾结朱安世，挪用公帑的案子也已落实，公孙敬声更有伙同阳石公主等施蛊李夫人，祝诅皇帝与赵夫人的大罪，于法当族。刘彻沉吟良久，拿起毛笔，在案卷的爰书上题了一个"可"字，又吩咐谒者令司马迁草诏，召涿郡太守刘屈氂速来建章宫觐见。

案卷中并无阳石、诸邑的爰书，刘彻直视着江充，问道："公主的爰书呢？"

"阳石公主亦以巫为女侍，更名长楚，此人已招供，曾随阳石、公孙敬声于池阳驰道上祝诅，朝廷禁巫后，她投靠公主，奉命祝诅赵夫人。二位公主下狱后，自恃金枝玉叶，坚拒不认，臣等愚钝，不敢用刑，尚未能结案，如何进行，敢请陛下训示。"

刘彻气冲丹田，一股无名之火陡然而起，拍案怒喝道："行此无道之事竟不思悔过，岂有此理！朕没有如此忤逆不孝的女儿。江充，不许予这两个贱人任何优待，入了狱，她们与他人一样是罪囚，一样追比，不吐口就大刑伺候，没有例外！"

檀何趁势进言："陛下息怒。奴才觉得，光把这些个恶人抓住，还不够，不把她们埋在宫里的偶人找出来，还是去不了祸根，这些偶人仍会时时作祟，搅得陛下不得安宁。"

刘彻望着檀何，略作思忖，颔首道："卿言甚得朕心。先前的两枚桐人，朕已敕令焚毁，可朕这一向以来，依旧噩梦缠身，宫里还是有人想害朕，或仍有埋藏的偶人作祟。江充、韩说，朕责成汝二人率部全面清理未央宫，自朕坐朝的宫殿查起，不许漏过一个角落，一定要把这作祟的偶人挖出来！"

江充、韩说顿首称诺。

江充揖手道："敢问陛下，那椒房殿与太子宫也要查吗？"

"当然要查，公主无道，皇后、太子先就有管教不严之责，告诉他们这是朕的旨意，所有人都必须配合，不得阻挠！"

办案诸臣皆再拜顿首称诺。

"朕不豫，将赴甘泉避暑。朕不在，尔等不可松懈，尤不可姑息纵容，案子进展，随时以快马呈报，请示进止……"话未说完，晕厥的感觉欻然而起，刘彻头痛欲裂，冷汗淋漓，他挥挥手，示意散朝。一众女侍赶忙将他扶入寝殿，赵妹解下头帕，用新投的手巾把为他冷敷。

"陛下又动了肝火？说是阳石她们又欲祝诅臣妾，臣妾出身寒微，一条贱命，不怕的。陛下养好身子为要，弗陵和俺还指望着陛下呢！"

眩晕过后，刘彻脑子又清醒了。他冷冷地瞪着赵姝，问道："你怎么知道阳石姊妹祝诅你？"

赵姝脸红了，期期艾艾地说道："方才大臣们呈报时，臣妾适在屏风后面……"

"朝廷有规矩，无天子之命，后宫不得干政，连皇后也得遵守。汝偷听朝政，是犯了大忌，念汝初犯，朕就不追究了。可你要记住，不可有下次。阳石姊妹走到大逆无道的地步，全在于她们不守妇道，不循天命，悖理妄行。自作孽，不可活！"

赵姝凛然，顿首谢罪。刘彻脸色也缓和下来，他让赵姝坐到身旁，握住她的手道："弗陵这个大胖小子，聪慧多知，类吾也。可大汉的江山由谁坐，乃天命所定，非人力所能为。古往今来，太多人为此僭越身死，阳石姊妹越俎代庖，反而坏了她们兄弟的前程，不足为训。你要切记朕的话，在甘泉随侍朕，更要谨守规矩，不受别有居心者怂恿，把持住自己，汝母子才有享不尽的富贵荣华。若拿朕的话作耳旁风，必会落得那些恶人一样的下场，莫谓朕言之不预。"

"靳……大人，老夫落魄如此，谢谢大人还敢来看我……"公孙贺望着栅外的太常靳石，嗫嚅其词，鼻子一酸，淌下几滴清泪。

靳石很是恭谨，揖手道："人都有落魄的时候，前年冬，下官以修整西去雍州的道桥不利，被问责罢职，还亏得太仆肯在御前为吾缓颊，方能官复原职。丞相与太仆落难，大限将至，下官无能为，职任所在，聊表寸心。"

外戚有罪，临刑前太常照例探视，备酒食，问后事。丞相全家罪至族诛，皇帝允准后，靳石仅能借此做些关照。他做了个手势，命狱吏卸下枷锁，又命随从抬进一张食案，上置酒一壶、几碟酒菜、碗一只，箸一双，放在公孙贺身前。

公孙贺摇摇头，苦笑道："谢谢大人送吾上路。"

"不急在这几日。夫人、公子那里也都有的。"

"敢问大人，皇后、太子如何？"公孙贺黯然，虽知不可能，可这仍是唯一的希望。

靳石摇摇头道："下官不知，丞相还是放心地去吧。"

公孙贺将酒倒入杯中，一饮而尽，仰头笑道："早知今日，何必当初，这就是做丞相的命呀！"

长安廷尉狱，朱安世倚在墙边打盹。自上变以来，京师的刑法衙门的干员几乎都被调去搜查巫蛊，作为朝廷重犯的他，反而冷清下来。每隔几日，会有若卢等狱的狱吏提他，验证人犯口供的真伪，追索细节，而他勾结官衙，挪用公帑走私天马的罪状却无人问津了。长日无聊，除非提审，他整日呼呼大睡，像是要把这一辈子的觉都补回来。监里一日两餐，一小碗未脱粟的高粱米饭，几根咸菜，几乎见不到荤腥，根本吃不饱。几个月下来，他人又瘦了一圈。

弟兄们应该知道他被逮了，可几个月来，音讯全无，他们藏到哪里去了呢？现在对他最重要的事情，是与弟兄们重建联系，建立了联系，他才能调动资源，找到可以利用的关系，金蝉脱壳，逃出这鬼地方。

他暗中观察这里的狱吏们很久了，中青年人居多，公孙敖提到过的那两个狱吏一直没有露过面，或许因为干练，被调去办案了。这些天来，他在假寐中一直在思索如何脱身，听说，丞相一家的案子已经定谳，很快朝廷的注意力又会转向自己，那时候就晚了。

晡时，朱安世饥饿难耐，肚子咕咕叫个不停。他接过狱卒递过来的饭食，赔着笑脸道："大人，想跟你老打听个人……"

狱卒不到三十的年纪，是最底层从事杂役的人。这个犯人关在单人牢房，不用说是个重犯，本能告诉他，须小心应付。可对大人这个称呼很受用，他乜斜起一对吊睛眼，冷冷地训斥道："你个贼囚不好生反省交代，还敢打听人！你给我老实闭嘴，不然罚你一日不食。"

"在我跟前大人是爷，可我打听的人若没听到我捎的话，耽误了大事，大人可是吃不了兜着走！"朱安世冷笑着，两眼精光四射，狱卒不由心里一颤。

"你打听谁？"

"卷耳和老陈，进来这么久，总也见不到他们。你带个话，就说有个朋友托我捎话给他们。"

闻言，狱卒观感顿变。卷耳与老陈，都是狱中资深的胥吏，尤其是卷耳，法条烂熟，舞文弄法的本事，超越同侪，故深受长官倚重，被借调到若卢狱办案。能与他们过上话的，绝非等闲之辈。狱卒点了点头，佯笑道："你认识他们，早说啊！"

约摸过了两个时辰，囚室的栅外果然来了个人，瘦小精干，一双眼睛骨碌骨碌只在朱安世身上转，借着烛光，朱安世看到，来人左颊上有颗黑痣，是卷耳。

"你说有人要你带话给我，甚人？"

"公孙敖将军。"

"公孙敖，一个死人要你捎话？识相的闭紧你的嘴巴，不然也让你变鬼！"

"他死没死我不知道，可大人跟钱没仇吧？"

"钱，甚钱？你少他娘的绕弯子，直说！"

"自然是和公孙大人一样的钱，只多不少。"

"拿钱买命？你是钦犯，这钱要是花上，那可是没边了……"

"我是干啥的，大人心里清楚，只要大人开个价，再给我的人带个话，我决不还价。"

"是个痛快人，不愧是做大买卖的！"卷耳唇吻间有了笑意，点点头，竖起食指。朱安世望着他，问道："一千金？"

卷耳摇摇头道："你是钦犯，被皇上点了名的，帮你，是把脑袋别在腰上做事，出了岔子还得搭上全家，你说值多少？"

"万金？"

卷耳点点头道："就这个数，多了不要，少了不行。"

"成交！"朱安世从怀中掏出一小卷帛书，交给卷耳。

"这份帛书，请大人置入东市货栈门首旗杆的础石下面即可，数日内必有人与大人联系。还烦大人送个信给东市河洛酒家的老板，叫他每日送些酒肉与我，日后一总会账。拜托！"

"你们江湖上的事有点意思，那个公孙敖现今如何？"

"他在河西待过一阵，现今嘛，或如大人所言，已经是个死人了！"

"你算是个识相的。董程……"

那个捎信的狱卒闻声而来，卷耳指着朱安世道："这是天子点名要的钦犯，瘦成这副模样，明正典刑的时候交不出人来，你可担待不起。你好生侍候着，每日去东市河洛酒家点些他想吃的送过来，账由他会，记住了？"

董程连连点头，一叠声地称是。卷耳扬长而去，朱安世不由感叹，这牢狱里，还真就是狱吏们的天下。

"她爸，皇上真的调刘大人进京了？"李广利的夫人两眼放光，将茶杯递与李广利。他们的女儿嫁给了刘屈氂之子，刘屈氂进京，意味着可以重见女儿、外孙，长相过往了。刘屈氂元鼎四年入宫为郎，李广利亦因李嬺故，以外戚入宫为郎官，两人皆出自中山，以同乡而共事，情感尤笃。得知广利幼妹为皇帝宠妃后，屈氂更为巴结，后来竟结为儿女亲家。

巫蛊一案，丞相公孙贺牵连下狱，这个位置已经空缺数月。日前御史大夫暴胜之悄悄告诉李广利，皇帝已经决定任用宗亲为相，这个宗亲就是他的亲家，也是皇帝的侄儿刘屈氂。公孙贺一家与阳石、诸邑两公主皆案涉巫蛊，是大逆无道的罪名，势必会牵累皇后与太子，这意味着他李家的机会来了。李夫人死后，李延年与李季因淫乱后宫被处死，李家势衰，髆儿封王就国，他原本已经断了帮外甥争夺储位的念想。不想晴天霹雳，卫家卷入了巫蛊大案，败落可期，这可真是天从人愿！皇帝爱屋及乌，一旦太子废黜，最有可能承嗣储君的，就是自己的外甥刘髆。皇帝身体渐入沉疴，髆儿若立为太子，有了自己与刘屈氂在朝辅佐，承嗣帝位是板上钉钉的事。

"是。皇帝昨日已下诏召刘大人来长安觐见，最迟半月，应该能到京师了。你要预备家宴，他们一到长安，刘大人去宫里面君，家眷先接到咱们府上，见见女儿、外孙，也与亲家热络热络感情。"

"亲家到京城做甚官，怎么也得和咱家差不多吧？"李广利的夫人喜上眉梢。李家人罹罪凋零，在长安姑嫂而外，再无亲眷往来，她总觉得孤单。

"公孙贺犯下了灭族的大罪，屈氂是今上的侄儿，是来接丞相之位的。诏命尚未公布，你知道即可，不要张扬，到处乱说！"

"那咱家的刘髆，是不是也快回来了……"

"你给我住嘴。现在这节骨眼，甚也别问，甚也别说，你管住自己的嘴巴就好，绝不要掺和朝廷上的事情，记住了！"

四十五

征和二年五月十二日，涿郡太守刘屈氂抵达长安觐见，当廷拜为左丞相，赐澎侯，封二千二百户。君臣独对至晡时，屈氂方出宫，回到长安旅舍，早有亲家的人等在那里，说是夫人子女皆已赴海西侯府，贰师将军设家筵为大人接风，只等大人一人了。于是匆匆盥洗更衣，登车就道，拐过几道街市，直奔尚冠里海西侯府。一路行人寥寥，弥漫着一股紧张与不祥的气氛。

海西侯府则迥然不同，门前一副鼓吹，声乐喧天。此时，刘屈氂拜相的消息已不胫而走，都知道了亲家公大用，阖家上下披红挂绿，喜气洋洋。筵席十分丰盛，主宾纷纷敬酒，屈氂皆以不胜酒力推辞，酒阑人散后，李广利将屈氂让入中厅，家人奉茶，两人密谈。

"朝局危难之际，君侯身膺大任，位居要冲，众所瞩望。俗谚'二人同心，其利断金'，广利愿与君侯互通消息，彼此扶持，长享富贵……"

李广利话音未落，刘屈氂却大摇其头，"将军过誉了。今上将丞相职权一分为二，我只是左丞相。"

"左丞相又如何，眼下右丞相又在哪里？还不是君侯一人当政。"

"可这丞相的位子是好坐的吗？这些年有多少人死于非命，你我都是看到了的。吾求外放，为的就是避开这个是非之地。可天子诏命，又不得不从，人言伴君如伴虎，身处危疑之地，亲家，你说我能怎么办！"

刘屈氂元鼎四年入宫为郎，不过十余年，就外放为郡守，秩二千石。作为刘胜庶出的儿子，权势远超过继承了中山王位的嫡亲儿孙刘昌、刘昆侈，更别提他那上百的兄弟①。他很满足。调升丞相，一人之下，万人之上，他一则以喜，一则以忧。喜的是，这是他人生与事功的顶峰；忧的是，伴君如伴虎，之前的丞相能够全身而退者凤毛麟角，大都罹罪而亡。

"公孙贺出事，卫家之势颓矣，这又何尝不是我们的机会？事已至此，所谓'富贵险中求'，君侯莫再悲观。今日独对，自午前一直谈到晡时，可见今上对君侯的重视，你我亲家，不知可否透露一二？"

"公孙贺全家于三日前在狱中处决，今上说，当朝的丞相，不能就这么不明不白地死了，得给朝野一个交代，要我起草一道明诏。可议来议去，几款所谓的罪名，实在够不上族诛。想想都令人心寒。"

李广利一怔："哦，怎么可能？公孙敬声参与巫蛊与祝诅，罪至大逆无道，怎么会够不上？"

"可皇帝刻意回避的就是此事。头一款，说公孙贺倚势为非，作为外戚，倒也罢了。可落到实处，却不过是求田问舍，兴美田以利子弟宾客，货赂上流，不顾元元。其实明眼人心里都明白，故丞相无非仿效国初萧何萧相国自渍，以安天子之心而已，历朝丞相如此者比比皆是。没事时上头根本不当个事，一旦有事，却成了贪渍的罪状，何以服众？何以服众啊！"

"哦，是这样。那么再一款呢？"

"朝廷曾发布政令，要各郡转输粮秣到边郡，而经费自负。如此地方上势必要征调民间畜力从事转输，甚至不乏妄加赋税者。黔首不堪重税，而马、牛负重千里，其带孕之马多有流产者。今上责以'困农扰畜，重马伤耗，武备衰减'，本来国家的事情，丞相不过奉旨颁令，顶多是考虑不周，可欲加之罪，何患无辞，竟被带上了耗伤国力的帽子。且今上不认可，他的政令就成为'诈伪诏书'的大罪，举朝上下，谁能服？"

"看来，这两款确有欲加之罪的意思。再后呢？"

"最后一款说公孙贺父子与一个姓朱的奸商，朋比为奸，勾连走私，私与关传。这一款据说实有其事，可即便如此，罪不致族诛。今上对巫蛊闭口不提，

---

①《汉书·景十三王传》云：屈氂父"胜乐酒好内，有子百二十余人"。

下面也没有人敢提，结果议来议去，最终还是以上述三款定的罪。"

皇帝刻意回避巫蛊之事，所为何来？李广利亦不得其解。但卫氏势颓，绝对是刘髆的机会。于是笑道："天子渊默，高深莫测，这样做自有其道理，君侯但效石丞相，事事请示，等因奉此而已。况且今上老病有年，太子困于巫蛊，一旦易储，最有望承嗣者，昌邑王也。而辅弼储君，多以外戚近亲，君侯想想，身居高位而不摇，子孙富贵长久之计，是不是在这里？"

"易储，可能吗！吾意今上不提巫蛊，就是不愿触及这个话题，对卫氏还存有不忍之心。"刘屈氂连连摇头，据他面君时观察，皇帝并无此意。

"卫家两个，不，三个公主全都卷入了巫蛊之事，人证物证俱在，皇后、太子皆处危疑之地，即便能撇清自己，也绝难承嗣大位了。今上不过在犹豫，或迟或早，都会做出决断。再者对诸邑、阳石两公主，皇帝已允准刑求，棰楚之下，何求不得！君侯以为她们还能挺多久呢？"

李广利所言不无道理，今上乃雄猜之主，公主无道，皇后与太子，几乎不可能再得到皇帝的信任。皇帝瞻顾徘徊，是还没下最后的决心。一旦决断，机会就来了，当年与李广利结亲，押的不就是昌邑王这一宝嘛。如今成功可期，自己怎么反倒畏缩了呢？于是笑道：

"我久在外郡，于朝政两眼一抹黑，忧心天子怪罪而已。将军所言甚是，屈氂一切唯将军是从……"

"哪里，哪里！君侯掌承天子，助理万机，广利才该唯君侯马首是瞻。"两人相视一笑，各自举起茶杯碰碰，一饮而尽。

回到公事房，卷耳回想起方才的一幕，脸红耳热，几乎仍能听到自己咚咚的心跳声。做狱吏二十余年，生离死别的场面，他见过的多了，可适才发生的事情，仍令他胆寒。

今年初，他与老陈被借调到若卢狱，参与公孙贺父子一案的鞫讯。定谳后，又被调往内官狱，佐理江充等鞫讯二位公主。午间，廷尉何信点名要见他，对他这一向的表现，勉慰有加。之后便交给他两包药粉，要他于案犯用餐时分别交与两位公主。

"是陛下要赐二位公主自尽吗？"毒杀人犯的事情，卷耳见过的多了，自己也做过几回。可事关重大，他不能不问清楚了。

何信摇摇头，面色沉重。"是皇后。皇帝允准刑求后，皇后不欲公主榜掠受辱，命赐予毒酒，服与不服，何时服，由公主自己决定……"

"可公主以死明志，皇帝会作何想？一旦追究下来，吾等会吃不消的。"

"天知、地知、汝知、吾知、皇后知、公主知，只要我们不说出去，皇帝从何知道？公主终究是至亲骨肉，圣上或许会觉得这才是最好的了结方式。你我交好十余年，皇后交代下来的事，请君勉为其难。"

之前卷耳随江充等鞫讯公主数次，公主均冷面以对，视如无物，任江充等如何威胁利诱，皆沉默不发一言。因无法刑求，竟拿她们无可如何。卷耳深知，一旦皇帝允准了刑求，再倔强的囚犯，也耐不住榜笞，吃痛不过，只能乖乖认罪，更何况自小钟鸣鼎食、生长于帝王之家的公主。

而皇后如此，明摆着是对抗天子，一旦追究下来，当事者皆是死路一条。可何信与自己相交多年，自为狱卒起，每遇不顺，何每每施以援手，有恩于己。既已求到自己头上，又怎能推却？看来，狱吏这碗饭怕是快要吃到头了，好在多年来攒下的私囊颇丰，是时候脱离危地、另觅出路了。

一狱卒拉开门，探头道："头儿，有人求见，说是得你老的帛书，应约而来。"

卷耳点点头，做了个手势，示意放那人进来。

来人是个中年汉子，身材敦实，气质干练，目光如炬，一望而知是江湖中的人物。汉子望定卷耳，揖手道："俺朱叔的信儿收到了，他嘱咐的事由俺经办，请大人吩咐。"

"你哪儿的人，怎么称呼？"

"俺家从关东移民至朔方，跟朱叔南来北往跑买卖，叫我三郎即可。"汉子不卑不亢，气定神闲，话不多，可给人以沉稳之感。

"要办的事，你明白？"

汉子点点头。"钱已备好，大人交代个地方，我们会先交付一半，余者朱叔出狱后兑现。敢问大人，朱叔何时出狱？"

巫蛊一案，始于朱安世的告变，案子不结，作为证人，须时时案问。即报瘐毙，亦须时机，如何操作，尚待斟酌。卷耳皱起了眉头。

"人犯的替身不好找，甚时候出狱，不好说。"

汉子盯着卷耳，低声道："没关系，收钱办事，冤有头债有主，不怕找不到你！"

汉子的威胁令卷耳吃惊，他摇摇头，似笑非笑道："这里不是放狠话的地方，把你当同党扣下，就是我一句话的事……"

"你试试看，你有家有业，是在大昌里，没错吧？求财，还是较劲，随你。朱叔和俺若出啥事，你以为江湖上会放过你吗！"

卷耳心中悚然，而面色依旧，笑道："当然是求财，开个玩笑，莫当真。早知河洛酒家是江湖豪杰落脚之处，汝等将赎金交与酒家老板，其余的事我来安排。不过朱安世是钦犯，这事急不得，怎么办，还须从长计议，你们耐心等着就是了。"

刘据赴长乐宫请安，母后的形容令他吃惊，相别不过数日，卫子夫几乎瘦了一圈，形容憔悴，恹恹如病，一副弱不胜衣的样子。只在见到儿子时，眼睛里才有了点精神。行礼问安后，卫子夫领着儿子进了寝宫长信殿，屏去从人，只留长御倚华伺候。

"娘，儿臣闻父皇已允准对阳石她们用刑，她们挺不住怎么办？要不趁父皇尚在京师，儿臣请觐，请父皇收回成命……"

卫子夫摇摇头，眼中闪过一丝恨意。"岂止你姊姊们，连椒房殿、太子宫皆难幸免，都要掘地三尺，查找偶人。据儿你莫慌，娘已经做了安排，现在江充一伙着力于未央宫，还顾不上阳石她们。"

倚华为二人斟上茶水，低头道："我刚从椒房殿过来，听说宣室、温室、清凉三殿地面皆已掘开，连御座御案底下都挖到了，满地狼藉！"

卫子夫喃喃自语道："以这个进度，挖到椒房殿和太子宫，也就在旬月之间，看来，我们要做最坏的打算了……"

刘据则愤懑之情现于颜色。"儿子行得直，立得正，让他们挖，儿子不怕。"

"不怕有甚用？欲加之罪，何患无辞！我们不怕，但不能不做最坏的打算。据儿，你对娘说过，宁为玉碎，不为瓦全。看来，玉碎的时刻就快要到了。"

"儿臣求见父皇，自请愿做藩王，携娘就国如何？"

卫子夫决绝地摇摇头，声音虽小，但句句令人心惊。"目前怎么做都无济于事，你父皇允准对亲生女儿动刑那一刻，我们就没有退路了，或束手就缚，或奋起一搏，何去何从，必得抉择了！"

"儿子所谓的'玉碎'，针对的是逆贼江充。儿子真的不明白，父皇尚在京师，我们为甚不去求父皇为我们做主？父皇天纵英睿，当年杀过污蔑儿臣的常融，怎么知道他不能再杀掉兴风作浪的江充一伙！"

"时候不同了。当年你父皇正值壮年，不似如今疾患缠身；当年你三舅还是朝廷的柱石，可如今我卫氏人才凋零殆尽。皇帝苦于疾患，江充等说是起于巫蛊，你父皇他发了大愿，下了大决心，要从根查起，你姊姊们又做下错事，我们扯得清吗？皇帝能不联想、不怀疑我们吗？太难了，即便最后能自证清白，可一损俱损，阳石她们作下的祸，也势必殃及我们母子……"

"再看办巫蛊案这些人，都是皇帝素所信用之人。江充、章赣而外，韩说，是韩嫣的幼弟；檀何，是你父皇最为信任的胡巫；苏文，皇帝的耳目，当年诬陷过你的小人之一。他们这些人走在一起，案子会办成甚样，不问可知！"

刘据有些吃惊地望着母亲那因激愤而略显扭曲的脸，"娘一再嘱我隐忍，怎么事到临头，自己却把持不住了？父皇迄今只拜了位丞相，并未罢黜咱们。儿臣觉得，父皇未必能被江充一伙哄骗，儿臣一身清白，无所惧，大不了不做这个太子罢了。"

"那些屈死的人里有多少清白之身！据儿糊涂，人为刀俎，吾为鱼肉，哪说理去！为娘的就是看破了这些，才会做最坏的打算。皇帝调用的新丞相，你以为是谁？刘屈氂，李广利的儿女亲家，这两人把持了军政大权，你以为会向着谁？当然是昌邑王，你父皇原就偏心于他，拔擢这么个郡守，授予不次之位，明眼人都看得出来，他已经在考虑易储了！"

刘据默然，面现悲凉之色，看来，事态或如母后所言，正向着不利于他们的方向发展。也罢，反正已做了被废的打算。除非危及家人，他会隐忍不发，渡过这一劫。他曾对门客们谈过自己的担心，门客皆愤懑不平，愿为其效死。即便是死，江充一伙也会死在他前面，这是唯一令他欣慰之处。

外面传来人声与脚步声，倚华走出长信殿，转瞬即回，身后跟着的是大长秋陈博。见到太子也在，陈博躬身作揖道："禀殿下，陛下已经动身去了甘泉，临行前将符节交代给了新任的刘丞相。"

以往皇帝出巡或避暑甘泉，朝政都是托付给太子、皇后、丞相，此番单独赋予丞相，显然因为他们母子身系要案，须避嫌。

刘据有些不甘心，问道："陛下几时走的，行前没留甚话给我吗？"

陈博道："皇帝对刘丞相说，要他与众臣守好朝政，有事随时奏报，他要到秋凉时才会回来的……"

"江充一伙也去送行了吗？"皇帝未召他们送行，卫子夫甚为失落，追问道。

陈博点点头。"皇帝要他们尽速查案，肃清宫中的蛊气，回来时未央宫要复旧如新。"

眼下是五月，也就是说，三个月后，父皇要求案子水落石出。无论结果吉凶，他都不必再受此煎熬了。刘据辞别出来，却见留守太子宫的舍人无且匆匆而来。

"殿下，不好了，那个胡巫，带着人来了太子宫，说是奉旨查案，近期就会来椒房殿、太子宫查找偶人，提前向太子知会一声。我告诉她太子与皇后都不在宫里，她称最好避居一时，查找完再回来，两下都方便。"

"他们已经开挖了吗？"

"没有，那胡巫在宫内逛来逛去，自称观测蛊气的所在。奴才必须过来，报知此事……殿下要回去交涉吗？"

刘据满脸不屑，冷笑着摇摇头："随他们去查、去挖，你给我盯住了他们，一旦有甚结果，去博望苑找我。"

四十六

征和二年闰五月，巫蛊案急转直下，在江充等预备刑求，撬开阳石、诸邑公主的嘴时，公主们却在头一日晚间服毒自尽，消息报到甘泉，皇帝震怒，敕令将内官狱令、丞暨狱吏尽数下狱，限期查出公主服毒缘由，并敕令江充等加快进度，速速清除宫内蛊气。

六月十一日，椒房殿开挖，仍是以寝殿为中心，搬走卧具、陈设，以石灰在地面滤出一个大大的十字，然后掘出道深沟，再由此向四外扩充，直至掘翻过每一寸地面才会罢休。椒房殿与数座配殿整整挖了约二十日，寝殿地面无一寸完整，皇后的卧具都无处安放，可讫无所得。江充有些失望，悻悻然道："便宜了那女人！"

"大人莫急，高潮就要来了不是？若无太子，何来皇后！"檀何冲江充使了个眼色，笑道。

于是转由都司空 ① 接手收拾残局，一干人马转赴太子宫。早在椒房殿开挖之际，太子妃王夫人暨一众儿孙亲眷都搬往长乐宫暂住，宫里只留下无且数人照应。也是像之前一样，搬走宫内陈设，在主殿地面滤出十字，逐片挖掘，连掘数日，亦一无所得。于是请出胡巫，舞蹈作法，指示蛊气所在。

一连数日，无且都藏身于暗处，默默地观察着胡巫与江充的所为，却一

---

① 都司空，西汉宗正属官，司宫内土木工程的职官。

无所获，这是肯定的，太子认为厌胜、巫蛊、祝诅都是邪门之术，从来不喜搞这一套，更不用说在地下埋藏甚偶人。这些人自中心逆时针挖起，整个太子宫的南、东、北面的地面皆已挖过，七月初八日开始挖掘西面，西南正是朝向未央宫的方向，入夜时分，太子寝宫未动土的地面只剩下了一小块，用不到夜半，就会完毕。无且长舒了口气，回到自己的房间，几夜未曾睡好，他疲困不已，想眯瞪一会儿。

胡巫作法时有节奏的鼓声，催人入眠，猛然间人声四起，将假寐中的无且惊醒，他冲出房间，向喧嚷处走去。众缇骑手中的火炬，将寝殿西侧照得通亮，原来是掘出了一枚桐人，众人传看，兴奋不已，啧啧惊叹。胡巫大声叫嚷着，称此处蛊气甚重，偶人不止一枚，令缇骑们继续挖掘。

无且隐身于暗夜中，看到江充满脸喜气，对韩说、章赣说着些什么，紧接着又叫过苏文，对他吩咐了些甚。稍后又是一阵骚动，第二枚桐人被挖出，接着又是第三枚……江充、胡巫相视而笑，缇骑们兴奋异常，鼓噪欢呼。无且倒吸了一口凉气，悄无声息地朝后退去，直至远离那伙人群，方才朝马厩大步跑去。他搞不懂这些桐人是哪里来的，但确定无疑地知道，他必须连夜出城，马上将危险报知主人。

无且赶至博望苑时，已是午夜时分，刘据、石德被从床榻上叫起，得知寝宫西侧挖出三枚桐人，太子吃惊得说不出话来，好一阵子才回过神来。

"师傅，这桐人肯定是江充一伙儿做的手脚，欲图害吾，吾当何以处之！"

石德闻讯，震惊有过于太子。江充与太子间的过节，举朝皆知，太子一旦即位，第一个要收拾的就是江充。可皇帝老病，江充借巫蛊以售其奸，力图扳倒太子，两人迟早都会狭路相逢，生死以对。他绝不相信太子会做下这等事，但江某目下正得皇帝倚信，一旦得逞，作为太子的师傅，他亦难逃被诛杀的下场。自阳石等入狱始，他便有种不祥的预感，没承想来得这么快，这么急。

"来人，备车……"

石德一把拉住刘据，问道："殿下要去哪里？"

"当然是甘泉，对父皇剖明江某一伙儿的阴谋！"

"且慢，前丞相父子，阳石、诸邑公主，卫伉等皆坐巫蛊而死，眼下又在太子宫挖出了偶人，殿下就是有十张嘴，能撇得清吗！况且胡巫与使者所得的这个征验，是巫者所置，还是真的有人埋放祝诅，我们能辩得清吗？老夫以为，可以先矫节收捕江充一伙，押入牢狱，穷治其奸诈。况且今上病困于甘泉已两月有余，皇后、殿下数次遣使问安，哪一次见到了皇帝！问安不报，存亡未可知矣，而奸臣行事如此，史有明鉴，殿下不想想前秦扶苏的下场吗！"

刘据心乱如麻，嗫嚅道："吾为人子，不得父皇允准，擅自诛杀大臣可乎！不如归位谢罪，让时间证明吾无罪……"

石德摇头道："事关生死，存亡关头，已容不得优柔寡断！当断不断，反受其乱，殿下要先发制人，成败在此一举。"

刘据有点慌，涨红着脸道："先发制人？就凭博望苑这一二百人，怎么制，请师傅指点。"

"大事临头，殿下一定要先冷静。记得殿下曾告诉过老臣，皇后说过，到了最后关头，她一定会帮殿下的……"

真的是气昏了头，怎么忘记了自己最大的依靠是母后？冷静，一定要冷静，刘据沉吟片刻，终于下定了决心。"师傅说得对，当断不断，反受其乱。我听师傅的。无且……"

"奴才在。"

"你拿着这个节，马上去长乐宫长秋门，叫起长御倚华，告诉她江充一伙在太子宫所为，要她转告皇后，就说我说的，玉碎的时刻到了，天明前必须行动，这里亟待援助。而后，一切听从皇后安排，我在博望苑等着。"刘彻将手里的节交与无且，这是他与皇后约定的暗号，见到节，皇后就会明白，最后的时刻到了。

无且离开后，刘据吩咐叫起所有的宾客，到他的书房议事。他向众人通报了夜半时太子宫发生的事情，称奸臣趁父皇避暑，欲在京师作乱。他已决意平乱。所议之事仅两件：控制京师局面，抓捕江充一伙；孰先孰后，当从何做起。石德地位最尊，当然还是由他先说。

"皇帝离开京师前，将朝政与符节都交与了刘丞相，老夫以为，控制京师，当先控制丞相，有了符节，即可以调动畿辅各军，有军队站在殿下一边，天下当传檄而定。故当先包围丞相府，迫刘屈氂交出符节，并呈报甘泉，称奸臣作乱，太子与丞相迫不得已先斩后奏云云，如此，吾等先声夺人，天子回銮时，木已成舟，再将鞫讯江充一伙的口供呈上，则局面仍当在吾等控制之中。"

"不对，俗谚擒贼擒王，江充一伙实为祸首，不先制服他们，祸患甚大！"谏言者是门客张光。

"就把博望苑所有的人都算上，也不过二百人，其中能战者不足百人。江充一伙奉诏行事，手中又握有缇骑，除非动用北军，吾等绝无胜算，除非皇后能调动禁军……"又一门客揖手道。

张光瞪了那门客一眼，揖手道："殿下，坐而言不如起而行，境况危急，间不容发，这伙人此刻正弹冠相庆，琢磨如何进一步构陷殿下，吾等乘其不备，猝然一击，当有胜算，吾愿带五十死士赶赴未央宫，抓捕江充一伙。"

"那丞相那里怎么办？"

张光道："丞相此刻当在梦乡，无能为也。先不要惊动他，一旦拿获江充一伙，再通报丞相，其时木已成舟，他只能乖乖就范。"

石德道："即使皇后调动了长乐宫的禁军，人仍偏少，不足以控制京师，目前事态危急，稍有不慎，悔之无及，故应计出万全。而求万全，非掌握京畿的军队不可，如此，老夫以为，还是先控制住丞相为上。"

张光面色涨红，厉声道："师傅错矣！一旦江充等发觉有异，先一步至甘泉告变，天子有了先入之见，控制了丞相又能怎样？一道诏令，全军服从，那时候可就坐定了谋叛的罪名，在场各位皆死无葬身之地矣！"

众人面面相觑，静默中只有漏壶的滴水声，时间正在滴水声中溜走。

"还有别的办法，可前提是拿下武库……"

众人循声望去，竟是马夫马成。刘据上下打量着他，觉得有些眼熟。"老先生是……"

"在下前因杆将军公孙敖是也。落难后有家难归，化名托庇于此，请殿下恕罪。"

"难怪似曾相识，原来是老将军，目下用兵之际，难得老将军在此，真天助孤也！请起，快请起。"刘据闻言大喜，他正愁博望苑没有知兵之人，凭空却冒出一位将军，岂非天助！

石德也认出了他，揖手道："将军方才说有别的办法，甚办法？望将军有以教之。"

"放出长安囚徒，袭取武库，用武库的兵器武装他们，一日之内，可得万军！"

众人恍然而悟。朝廷不欲征兵耽误农时，每每有征伐战事，多自全国各牢狱拣选年轻力壮的囚犯，加以编练成军。多年来这已成为常态，选入从军者一律赦罪，作战立功者爵赏之，战死者厚恤，幸存者战后自由还乡，与家人团聚。由于身背对自由的渴望，囚犯士卒作战的士气与勇悍，皆出人意料，成为近年来战争中的主力。

"好！"刘据苍白的脸上渐渐有了血色。他记起新任廷尉何信多年来与卫氏走得很近，是一个可为己用的大臣。又想到当前最想听到他的建白的那个人——被关入牢狱数月的陈公胜，字如侯者。如侯足智多谋，却不料在去年底的大搜中，被查出规避劳役，出走长安，触犯亡律①，故下狱。后来巫蛊案发，他被关在狱中，迟迟没有落案，正可趁此将他救出，以派用场。

刘据自案上取过一支木简，交与公孙敖，揖手道："将军，请持吾名谒前往廷尉何信处，申明利害，要他饬令长安各狱连夜拣选精壮犯人从军，带至武库集结候命，登名编队。煦明……"

"张光在。"

"汝自宾客中拣选五十人，即刻赴未央宫抓捕江充一伙，记住，要活口。"见石德欲言，刘据摆摆手道："师傅少安毋躁，马上就要到鸡鸣时分，时不我待，孤意已决。他们先行一步，师傅与本宫在这里等候长乐宫的消息，随后一起赴未央宫，处置完江充一伙后，再去尚冠里丞相府，届时不过平旦，一切都还来得及。"

就在太子召集宾客会议之际，江充、韩说等也在未央宫直庐②，讨论如何处置太子宫挖出偶人的事件。

---

① 亡律，秦汉时，禁止与处罚百姓逃亡的法律。

② 直庐，皇宫内大臣办公值宿之处。

江充边把玩着一枚桐人，边问道："这件事下一步怎么办，敝人想听听韩将军的意见。"

"当然是报知圣上，按天子的意旨办……"

"那是当然，挖出偶人时，我已嘱咐苏文大人，鸡鸣时分，城门一开，他即赴甘泉告变。我是说，吾等要不要天一亮就调集缇骑，包围博望苑，先一步软禁太子，以防生变。"

韩说连连摇头道："吾以为不妥，太子乃一国储君，没有圣上的诏令，岂能随意拘禁！况且大夜里的，都在睡梦中，能生甚变？"

檀何道："可偶人出于太子宫，太子无道，铁证如山，一旦消息走漏，绝望之际，难保他不会反噬，还是小心点好。"

章赣道："太子一向端重沉稳，不像会乱来的人，我赞同韩将军，如此大事，须经天子授权，吾等做臣下的，不可擅为。"

江充冷笑道："正因为是大事，才要事急从权。太子悖逆无道，知道一旦暴露，生死系之，就是只兔子，临死前还要挣蹦一下，何况人，何况太子！吾等并非擅为，而是出于万全，不做预备，一旦有事，吾等悔之莫及！"

韩说道："江大人未免过虑了。太子宫的人皆已软禁，博望苑从何知晓？况且举城都在睡梦中，此时调集缇骑，闾里扰动，反而会惊动太子，欲速则不达，还是等朝会时知会丞相，等甘泉的诏命到了，再动手不迟。"

正争论间，侍从来报，甘泉来人了，要诸位大人听诏。众人于是走到庭院中，伏地敛容顿首。但见庭中一人黑色深衣，头戴鹖冠，自怀中掏出一卷简牍，展开后朗声道："江充、檀何等辜负朕意，诬陷太子，罪不容诛，皆收入廷尉。钦此。"

更深夜静之际，何来使者，更何况是自甘泉而来，且所宣诏书与皇帝之前的意旨全然相悖。使者所着为羽林郎官制服，而皇帝传诏，多用身边的谒者，除非军事，几乎不用羽林郎。最先起疑的是韩说，他抬起头，盯着使者，猛然跳起，质问道："你是甘泉来的？我是光禄卿①，皇帝身边的侍卫皆吾属

---

① 光禄卿，即郎中令，九卿之一，宫中郎官皆其所辖，元封改元后更名光禄卿。

下，怎么没见过你！你姓甚名谁？"

江充等亦觉不对，纷纷起身，招呼侍卫。那人斜睨了一眼韩说，喝道："来人，将这几个逆贼捆了，押下去！"随即抽出佩剑，猛然刺倒韩说，江充、檀何被黑衣人的随从按倒，只有章赣摆脱了抓捕，自偏门踉跄逃出，但肩上还是挨了黑衣人一剑。

章赣边跑，边大声呼救，执勤的缇骑与禁卫纷纷赶来，章赣指着直庐方向，大声叫道："有贼人冒充使者，击杀韩大人，快去救江大人……"缇骑与禁卫纷纷向直庐赶去，章赣跑出司马门，向门卫要了一匹马，直奔横门而去。时值鸡鸣，城中闾里的雄鸡报晓，一路鸡鸣声此起彼伏，到得横门，城门已启，章赣询问门卫，夜间是否有甘泉来的钦使入城，门卫皆称没有，只有苏大人出城去了甘泉。章赣于是确认宫内发生叛乱，叮嘱门卫把守好城门，等候来自甘泉的诏命。自己则快马扬鞭，直奔横桥而去。

百余名禁卫与缇骑涌至直庐，庭院中只有韩说的尸身，却未见江充等人的踪影。直庐门前，站着十几名黑衣人，皆握剑在手，为首一人，摇着手中卷牍，厉声道："吾等奉诏抓捕叛臣，韩说公然拒捕，已就地正法，汝等弃职聚集，难道想要抗命吗！快快各回本职，在宫中实施戒严，严防叛贼走脱……"

一貌似小头目的缇骑戟指道："汝等是谁，何以证明你是钦使？刚才章大人称汝等是反贼，戕杀大臣，韩将军、江大人是皇帝亲自指派的皇差，怎么会是叛贼？你们马上交出江大人，缴械受缚，否则我们就不客气了。"

戴鹖冠的使者做了个手势，黑衣人纷纷退入屋中。使者剑眉立起，双目瞳瞳，厉声道："吾奉太子之命抓捕江充一伙，这些人是奸臣，构陷太子，惑乱朝纲，蛊惑今上，离间父子，罪大恶极！汝等不明就里，为彼等所蒙蔽，现在知道了真相，快快散开，各归本职，若执迷不悟，必遭严惩，累及家人。吾警告在先，稍后太子即会莅临，汝等快快散开，不然死路一条，莫谓吾言之不预！"

众人皆交头接耳，窃窃私语，那个头目豁朗一声拔出环手刀，喝道："兄弟们别听他胡说！即便是太子，也无权处置朝廷大臣，擅自抓捕是僭越。你把江大人交出来，等候皇上的诏命定夺。快把人交出来，不然我们就要进去了！"

不少缇骑与禁卫也拔出刀来，高声叫喊着放人，一步步向直庐逼过来。使者见势不妙，退入门里，一手以剑指着那个头目，一面吩咐道："马上干掉那两个奸贼，绝不能放他们生还。弟兄们，不成功，即成仁，今夜今刻，即吾等报效主人厚恩的时刻！"

墙外忽然响起人语马嘶声，随即见一队披甲人手执连弩涌入庭院，从装备上看，是宫中的中厩射士，弩箭皆持满待发，对准着院中的缇骑与禁卫。之后走进来的一个中年人，亦身披甲胄，手握佩剑，严厉的目光扫视着庭院中人，众人见状，纷纷丢下兵器，跪倒行礼。那鹖冠使者长吁了口气，回过头道：

"刀下留人，交给太子殿下处置！"

四十七

卫子夫被倚华唤起后，召见了无且，细细询问了他在太子宫所见所闻的一切，看来确如太子所言，玉碎的时刻到了。

近一个月来，她一直在为这一刻做着两手准备：皇帝在京师，她与儿子会声辩无罪，听候皇帝的处置；皇帝在甘泉，他们会尽手中的资源奋力一逞，除去仇人，先声夺人。好在皇帝远在甘泉，他们至少有两日的先机。她毅然决断，立即召见了长乐宫的卫尉公孙勇，吩咐他立即调集宫内中厩车载射士、卫士，总计千余人，赴博望苑，随太子平乱。又命大长秋陈博持皇后名谒连夜赴京兆衙门，敕令京兆尹于己衍、武库令胡倩，江充等谋反，太子已起兵平乱，要他们打开武库，任太子取用兵器，并通报尚在京师的各位大臣。如此，太子应能控制住京师的局面，以后的事情，就听天由命了。

有了这批援军，太子方面的士气大增，加之持有皇后的节旄，城门、宫门一路畅通。抵达太子宫后，释放了家吏与宫人，得知江充一伙在直庐，寻踪而来，适逢方才那紧张的一幕。

张光等揪着江充与檀何，扔到太子脚下，揖手道："韩说抗命，下走不得已诛之。章赣负创而逃，这两个首恶逮住了，如何处置，请殿下指示。"

江充抬起头斜睨着刘据，负气道："韩将军不听吾言，果遭反噬。今日落在殿下之手，我认命了，可你杀人灭口，就坐实了行蛊害人之事，皇帝会为我昭雪的。"

刘据冷笑道："死到临头，还这么猖狂！你这个奴才，从前惑乱了赵王父子不够，现在又欲惑乱吾父子乎！"

"甚叫惑乱，我找到了证据，殿下，皇帝是相信我的证据还是你的说辞呢！"

"证据？还不是你想造就能造出来……留着你，还不晓得会祸害多少人！"刘据愈说愈气，愤懑之气直走丹田，起手一剑刺穿了仇人的胸膛，血流汩汩而出，江充四肢抽搐了几下，就断气了。

"殿下戕害使者，就不怕天子震怒吗！还是放冷静些，想想怎么向皇帝交代吧！"刘据循声看去，原来是那个胡巫。

"汝等蠹贼，想要交代，好啊，本宫就给你个交代……"刘据双眼发红，怒视着檀何，抓起一枚桐人，狠狠地向胡巫头上砸去，随着一声闷响，血如条细线般直淌下来。

檀何抬起头，面目扭曲、亢奋，扬声大笑道："哈哈……你杀了我们又怎样？苏文大人已赴甘泉告变，你得意不了多久了！砸，尽管砸，我魂魄升天，一生一世诅咒你不得好死！"

"那我就等着你的诅咒！来呀，把这贱人带去上林苑，生堆火烧烤此贼，要她从头到尾交代如何使诈，以桐人构陷本宫。把她烤成团儿焦炭，看她还能作祟！"刘据心里有点乱，苏文跑掉，预示着甘泉很快会得知京师变乱的消息，他不能再耽搁，须马上行动。

"张光……"

"臣在。"张光自称为臣，显然已将太子视为君主。刘据怔了一下，道："汝马上布置卫士，将未央宫诸门卫士替换，无本宫谕令，任何人不得出入。"

张光领命而去。刘据叫上石德，率约数百将士出宫，在天亮之前他们要抓到刘屈氂，逼他交出符节。

"朱大侠，快醒醒，出事儿啦！"

朱安世揉揉眼，借着昏黄的烛光看去，是那个狱卒董程。朱安世跟着他走过长长的过道，进了一间空着的囚室。卷耳坐在一张公案后面，挥挥手，董程退了出去，等到董程的脚步声远去，卷耳冲他点点头道：

"你好运气，我会马上放你走。"

“怎么……”

“上边下令将各狱青壮罪囚释放，束伍成军。京师稍后就会出大事，你趁乱离开，一时半会儿不会有人注意。门外有匹马，你可骑走。告诉你同伙儿兄弟，另一半赎金送到我家，你是江湖大侠，我信你不会食言……”

朱安世揖手道：“多谢大人，按先前约定，弟兄们见到我，就会在这一两日履约，大人赌好吧。”

卷耳点点头，问道：“本监有个姓陈的囚犯，字如侯，你认得吗？”

朱安世摇摇头道：“咱家兄弟里没有这么个人，怎么？”

“这人是太子的门客，因触犯亡律被逮，这些日子一直打听你，你出去后找地儿避避，他稍后也会被释，看来欲找你寻仇。”

朱安世闻言一凛，既是太子的人，自己举报了阳石公主，彼等自不会放过自己。“谢谢大人的提醒，京师既乱，大人也保重……”

卷耳苦笑道：“京师是太子的天下了，我参与过巫蛊的审案，这碗饭也吃不下去了。收到那笔钱，我会携家人离开京师，回乡讨生活。”

鸡鸣时分，尚冠里丞相府响起了咚咚的擂门声。值夜的卫士打开门，但见一个国字脸的矮个子官员与几名缇骑满头是汗，声称未央宫发生了宫变，朝廷钦使被抓，京师即将戒严，他们是钦使的手下，前来向丞相告变，请丞相出面主持大局云云。

卫士不敢耽搁，当即喊醒了刘屈氂。在详细询问过告变人后，得知太子领兵入宫，刺杀了光禄卿韩说，抓捕了江充等人后，刘屈氂方寸大乱，在厅中来回踱步，津津汗出。李广利随驾去了甘泉，听说后来又奉诏视察各边郡驻军，为明年北境的军事做准备。眼下朝中没有一个靠己的大臣可与商量，事变急如星火，如何措手，他还真的是没了主意。

一中年人一头抢入中厅，见到丞相与一屋子人一怔，随即揖手道：“君侯……起来了就好，马上走后门撤离相府，太子带人马向这里来了……”

来者是丞相长史窦峰，今夜在宫中当值，得知发生宫变，韩说、江充被杀，直接出宫奔相府告变。他原是涿郡郡吏，自刘屈氂出任太守，一直任其下属，倚为心腹，是刘屈氂举荐调来的亲信。见到窦峰，刘屈氂大喜，问道：“如今这个局面，怎么做好？"

"太子马上就会挟兵马来见丞相，胁迫君侯认可既成之事。眼下城里没有可用之兵，君侯先要暂避，飞报甘泉，听候天子的诏命……"

"暂避，往哪儿避？"

"茂陵。到了茂陵，先遣快马飞报甘泉……"

一个门卫神色慌张地跑进来，上气不接下气地叫道："大人，不好了，大批人马已拐进街角，朝相府来了。

"关死大门，把乘骑牵到后门去……君侯，我们得马上离开，晚一步就走不了了。"

刘屈氂被窦峰扶着，一众人紧紧相跟着出了后门，纷纷上马，直奔横门而去，过了渭桥，刘屈氂一拍脑门，叫道："糟了！"

窦峰道："怎么？"

"走得仓促，吾节符印绶都遗落在府里，怎么办？"

"事已至此，先到了茂陵再说。我们得快走，太子发现君侯避走，会追来的。"

士卒们擂开大门，哪里还有丞相的影子？刘据气急败坏，于是饬令将相府中的人，自刘屈氂的家眷至服待的下人，一个不剩地拘押起来。门卫交代，丞相等人已从后门离开，去了茂陵。刘据面色煞白，怔怔地说不出话来。

"丞相走了多久？"石德见状，问那门卫道。

"也就是前后脚的事情，丞相听说未央宫发生了宫变，不明就里，所以先去了茂陵避乱。"

"前后脚……你带路去丞相平日办公事的居室。"石德略作思忖，拉着刘据，跟着那门卫走去。果然，在一只漆篋中找到了符节。

刘据抚看着符节，满面喜色。石德道："天助殿下！天就要亮了，殿下当知会群臣，江充一伙乘天子不在京师，恣意妄为，污蔑皇室，意在谋反，已被正法。之后殿下当召集宾客，安排军事，尤其要派人持符节前往调用近畿各军，安定京师后，再遣使通报甘泉。"

街上鼎沸的人声，惊动了诸人。一名军士禀报，长安各狱获释的囚徒均已束伍成队，集结于直城门大道，廷尉何信、京兆尹于已衍与武库令胡勇皆已至丞相府外，听候殿下的吩咐。刘据大喜，与石德走出府门，曙色熹明，但见宽广的直城大道上，黑压压一片，人头攒动，目视估算，不下万人。

"殿下，廷尉何信、京兆尹于已衍、武库令胡勇奉命已将释囚编伍成军，何时配发衣装、兵器，请殿下示下……"公孙敖上前一步，揖手为报，他已换着了一身戎装，何信、于已衍、胡勇亦揖手为礼，甚为恭敬。刘据亦揖手还礼道："各位大人辛苦了！"

一人拨开众囚，伏地顿首，泣下道："下走陈公胜赖诸大人援手，得以重睹天日，拜见主公……"

"如侯！"刘据大喜，躬身搀起陈公胜，把臂相对道，"孤正在想汝，汝就到了，这半年汝受苦了！"

"苦不算甚，如侯相信殿下必有一飞冲天的日子，愿尽所能，为殿下效力。只可惜混乱之中，让那诬陷公主的贼人逃掉了……"

"甚人，如何跑掉了？"

"就是上变太仆与阳石祝诅天子，累丞相全家被诛，阳石、诸邑死事的那个朱安世。我被放出后，挨个囚室寻他，却了无踪影，其时狱中甚乱，看来是被他趁乱逃脱了。"

"他逃不了多久的，天下大定后，孤当饬令海捕此贼，为吾姨父全家与姊姊们报仇。现在要紧的，是控制住京师与三辅的局面，首先是要控制住京畿的驻军。如侯，又要辛苦你为吾分担了。"

"殿下尽请吩咐，如侯必不辱使命……"

"吾等分头行动。你拿好这支节，用过早餐后，带几名随从，赴长水与宣曲，敕令驻扎在那里的胡骑进京拱卫。孤则去北军会会任安，他曾是大将军门下的舍人，吾舅于其有恩，只要这两处听孤调遣，京师当固若金汤，大事也就算成了！"

刘据又转向何信、于已衍、胡勇等人，很恳切地说道："天明了，还要烦于大人布告于街市，告知闾里，江充等人乘天子病困于甘泉，生死不知，欲图作乱，已予正法，要百姓各守其家，各安其事，一切按朝廷的号令行事。"

于已衍揖手称诺，带领属下回衙门去了。刘据又对何信、胡勇道："二位大人请即刻将编伍的释囚带往武库，配发衣装与兵器后，安排餐饭，之后分别接管京师各城门，巡逻街市，维护治安，长安的平安就交托二位了。"

之后，刘据由石德、公孙敖与中厩射士陪伴，转赴长乐宫。当看到卫子夫时，他一头跪下，顿首道："母后，儿子手刃了江充，长安城已在吾等控制下了！"

听着儿子讲述起事的整个过程，当听到苏文、章赣、刘屈氂等皆逃出都城时，卫子夫的脸色一下子沉重起来。

"据儿，汝等犯了个大错……"

"甚错？儿子不明白。"

"横门是去甘泉必经之门，为甚不早早派人把住城门？把住了城门，京师的消息就不会很快地传到你父皇那里，你就会多几天时间安顿京师的事情。眼下这些人跑掉了，你父皇很快就会听到不利于汝的消息，你应对的时间会少很多，成功的机会也变小了。"

"可儿臣已拿到了父皇交给丞相的符节，有了它们，北军就能为吾所用，控制了京师，天下当不难传檄而定……"

卫子夫摇摇头，苦笑道："那要看你父皇作何反应。跑去甘泉者，皆宵小之徒，他能听到的都是不利于据儿的话，他们会说你等不及了，想要夺权篡位，一旦你父皇听信了这些话，以他的个性绝不肯善罢甘休。一旦汝父子对阵，据儿汝能有几成胜算？认真想过吗！"

刘据怔在那里，嗫嚅其词，困顿、焦虑、茫然的神色交替出现。若真出现母后所说的那种状况，自己会怎么办？他还真没有想到过。他已经诛杀了父皇的使者，退无可退，只能向前走，走到哪儿算哪儿吧！

"父皇相信奸佞之言，儿子也没办法。儿子也曾欲赴甘泉向父皇陈情，而母后说人为刀俎，我为鱼肉，要儿子作最坏的打算。如今事情做下了，儿子终究手刃构陷于我的仇人，即便死，也可以瞑目了！"

"娘不是说儿子做得不对，不然吾也不会动用禁军去帮你！娘是要你大事临头沉得住气，考虑周全再做。事已至此，亡羊补牢还有时间，据儿要马上把北军拿在手里……"

"儿子会马上去办，长安各门的守卫很快会由我的人换防，娘就放心吧。"

刘据长揖告辞，走出几步，又回返到卫子夫身前，望着一夜未睡的母亲那憔悴、忧心的容颜，一阵心酸，随即强作笑颜，颔首道："儿子此去，或再无相见之日，母后保重！儿子已无退路，此去不成功，则成仁；宁为玉碎，不为瓦全！"

卫子夫脑中一片空白，默默地望着儿子一行的背影渐行渐远，忽然一头倒在倚华的怀中，放声痛哭起来。

四十八

征和二年秋七月癸未（初十日）的清晨，刘彻早早就醒来了。在甘泉避暑这两个月，他身体明显见好，胃口好了许多，腰间的钝痛大减，耳畔的蝉鸣声也弱了许多，很长时间没有过的神清气爽的感觉又回来了。

用过早餐，他前往前殿，翻拣昨日送达的公文，离开长安时，他曾谕令刘屈氂与韩说，将巫蛊案的进展逐日做成简报，飞递甘泉。前日的简报称，未央宫已逐寸查找过，只余太子宫一小块地面尚待开掘，一二日内当可蒇事。今明两日若无发现，皇后与太子就是清白的，未央宫也是安全的。即便一无所获，也总是驱除了蛊气，他日渐康复的身体，可为印证。

谒者郭穰匆匆来报，黄门令苏文赶来觐见，说有大事奏报。刘彻一怔，看来，江充他们还是找到了甚，不然不会遣人面君。

"陛下，昨日夜半，在太子宫西北角地下掘出了偶人，计三枚。江大人吩咐奴才快马来报，奴才不敢耽搁，今早鸡鸣时分出城，于安陵换乘，马不停蹄……"

"且慢！三枚偶人，是汝亲眼所见吗？"刘彻打断了苏文，适才的好心情一扫而空，他盯着苏文，神色严厉。

苏文敛容稽首道："掘出时，各位大人与奴才适在现场，亲眼所见，尺把长，桐木所制。韩大人、江大人称，今日将知会丞相，询问太子，之后将结果连同偶人一起，呈报甘泉。"

刘彻沉吟不语，这个消息对他的打击不可谓不沉重，可他心里，真的不愿意相信儿子竟会做下这种事。良久，他望着侍奉在旁的谒者令司马迁，问道：

"子长，此事汝怎么看？"

刚听到苏文的话时，司马迁亦心中一震，太子文质彬彬一个人，绝不像能做这种事情的人，可毕竟是在太子宫挖出了偶人，稍有差池，长安便会兴起一场血雨腥风的大狱。他转向苏文，问道："偶人是在何处挖到的，距太子寝宫多远？"

"在寝宫西南面，百步上下。"

司马迁回转身，揖手道："臣少游江汉，亦闻南中巫蛊害人者，须将偶人埋在欲害之人左近，方能得计。太子若行巫蛊，为何将偶人埋在自己寝宫附近？这在道理上说不通。太子是储君，事关国本，臣以为，陛下还是召见太子，当面问明为好。太子若来，必问心无愧，当查偶人来由；太子不奉诏，或亦有必予查明的隐情。"

正说话间，又有谒者来报，御史中丞章赣自长安来求见。得知章赣裹创而来，是未央宫发生了宫变，韩说被杀，江充等被逮，刘彻、司马迁等皆大惊失色。

司马迁问道："何人冒充使者？"

"不晓得，看穿戴像是羽林头目，持有出入宫门的节杖。韩大人不认得此人，刚作质疑，就被他一剑刺倒。"

"这事发生在何时？"

"就在挖出偶人后不久，吾等商讨知会丞相并呈报甘泉之际。"

刘彻恍然，太子得知江充挖出了偶人，害怕了，认定江充会挟嫌构陷，所以假节抓人。他吩咐章赣下去养伤，对司马迁点点头道："得知在自己寝宫挖出了偶人，太子必惧，又忿充等，故有此变。朕当从汝，召太子来甘泉应辩。郭穰……"

"奴才在。"

"你马上赶赴长安，传朕口谕，召太子来见。"

太子有出入宫门的节杖，可无拳无勇，韩、江等坐拥缇骑、禁卫，绝不是能轻易抓捕的，除非……刘彻的心悬了起来。他离开长安时，没有依惯例以太子监国，可也没有剥夺卫子夫与刘据固有的权限，这是因为他不相信他们参与了巫蛊，更不想令他们难堪。可刘据能在挖出偶人后迅速行动，显然得到了卫子夫之助。卫戍长乐宫的武士当在千人以上，会服从皇后的调遣。儿子能矫诏突袭未央，成功抓捕使者，端赖于此。可区区千余人，突袭未央宫可以，控制长安城不可能，欲控制长安，必动用北军。刘彻猛然间有了种后怕，一旦北军不在掌握，这一场宫变会怎样收场，他全无把握。

西汉时军队分为地方与朝廷两类。地方上由郡守、都尉、诸侯国的国相与中尉统领，朝廷直属的武装，则分为南、北军。南军即守护宫禁的士卒，分别由郎中令（后更名光禄卿）、卫尉分别统领，郎中令统带郎官，负责大内的禁卫；卫尉则负责宫门的守护，士卒由各郡征调来京服役，人数不过二千余人，分散驻守于皇宫、离宫、陵墓与朝廷各衙门，无专用营垒。北军则是镇守京畿三辅的卫戍部队，太初元年之前由中尉统管，后指挥权收归朝廷，人数逾万，以营垒在长安城北得名。有屯骑、步兵、越骑、长水、宣曲、胡骑、射声、虎贲八支，各由校尉统带，通称北军八尉；另设中垒校尉，主持北军大营事宜。

掌握了北军，就掌握了京师，进而可以号令全国。当年太尉周勃就是矫节入北军，倡令左袒，击杀诸吕，迎祖父登上了皇位。一念至此，刘彻的心猛然沉重起来。刘据既能矫节进宫，自然也能矫节进北军，这个漏洞必须马上堵住。若被人抢去了先机，大局危矣！

派谁去好呢？随侍甘泉的这些侍中里，霍光忠心无贰，可以信靠，但一直是自己身边的机要文案，没带过兵，不妥；金日磾亦如此，职任禁卫，离不开；李广利，出外巡边，不在甘泉。刘彻扫视着殿内诸臣，目光停留在一个精悍的小个子身上。马通，对，马通！随李广利打过仗，骑射皆精，善于应变，是近些年军中的后起之秀，与其兄马何罗一起被任命为侍中，派他出使北军，应可无虞。

"马通……"

"臣在。"

"京师的治乱，全在于北军，朕欲汝持节代朕传檄诸尉，听朕号令，汝能不负使命乎？"

"臣肝脑涂地，必不负天子之命！"

刘彻满意地点点头，吩咐侍卫取出一支节旄，改旄为黄色后，交与马通，号令诸胡骑。

"汝自甘泉回长安，路经池阳时，持节调动胡骑校尉与汝同行，之后分别敕令长水、宣曲校尉所部随行，进京后找到丞相，查明事件真相，有不服从者，以节代朕便宜行事。"

马通走后，刘彻长舒了一口气，觉得儿子不过因一时积愤，做下了错事，一旦冷静下来，事态不难平息。也许明日太子就会来甘泉请罪，说明委屈。可儿子擅杀使者，于法不容，如何处置善后，却是件难事，如司马迁所言，事关国本，不可不慎。三十年的太子，自己认定厚重守成的储君，一旦废黜，又有谁能担得起这副担子呢？

郭穰乘着的安车刚出司马门，就看到了不远处的苏文与章赣，正相与议论着什么。郭穰喝令停车，跳下车，与二人揖手见礼。京师宫变，使者或死或抓，在这种局面下出使，他内心颇感畏葸，可叔父卧病于茂陵。苏文是前辈，章赣是当事人，他要向他们请益，值此乱局，他该如何完成使命。

听完他的话，苏文微微笑道："汝叔父伺候皇上最久，这趟公事该怎么办，他最有经验，你何不先至茂陵问他呢？"

"俺叔父卧病经年，气息奄奄，哪里还顾得上！苏公公是我前辈，也伺候了皇上几十年，还望不吝赐教。"

"贤侄既然这么说，那我就跟你说说咱家的看法，可主意还得你自己拿。"

郭穰认真地点了点头。

"太子矫诏，敢动皇上钦派的使者，就是反了！章大人，你说是不是？"

章赣亦颔首道："矫诏、擅杀大臣，都是大逆无道，太子明知这都是罪在不赦的大罪，还敢这么做，不是造反是甚？"

苏文又道："太子既已造反，能奉诏来甘泉，来送死？所以贤侄这一趟差使，凶多吉少，还是自求多福吧。"

"可皇命在身，我一个奴才能怎么办，只能认命了！"郭穰苦着个脸，登车后吩咐车驭道："去长安，死生由命吧！"

安车出甘泉宫，下车厢坂，上了驰道，郭穰吩咐款款而行，他要想一想，如何达成使命而又平安归来。去往长安的驰道上阒然无声，久久也见不到一辆驿车，而往常报送公文的公车穿梭于长安、甘泉，络绎不绝，这很反常，说明京师确实出了大事。

晡时过安陵，街市少有人行，郭穰顾不上进食，直奔渭城。城内一片肃杀之气，家家闭户，不见行人。好在出城不远就是渭桥，过桥一里就是长安城的横门，郭穰的心悬起来了。正踌躇间，忽见一行三骑自渭桥而来，一老者须发皆白，另外两人皆壮汉，夹护左右，并辔而行。

郭穰命车驭放慢车速，待那三骑到近前时，揖手道："敢问三位可是自长安而来？"

三人勒住马，上下打量着郭穰。那老者点点头，亦揖手为礼道："公公是打甘泉来？京师内乱，去不得了……"

"怎么？"

老者道："横门已经戒严了，把门的已换成了太子的人。太子将京师各狱中青壮囚犯释出，取了武库的兵器，束伍成军，长安现在就是个大兵营，城门大都被这些个人接管了，吾等好不容易从直城门绕出来。公公是来京师公干吗？"

郭穰嗫嚅其词，反问道："那丞相呢？"，

"丞相，听说是逃去了茂陵。老话有'危邦不入，乱邦不居'的说法，看架势，长安城就要发生大战，公公听我一句话，赶快打道回府，保命为上。"

"那你们几位要去哪儿？"

"我们吗？生意人，生意人最怕乱，吾等打算去河西避一避。天色已晚，吾等还要赶路，就此作别，公公保重。"言毕，老者揖揖手，一抖缰绳，三人鱼贯而入渭城，出渭城往西有通往茂陵的驰道，由茂陵西去，则是通往河西的大道。

郭穰愣怔了一阵，隔横桥望了一阵横门，踟蹰不前，最后命车驭掉转马头，先去茂陵，看望叔父，请教他该怎么办。

车到茂陵，已是日入时分，缠绵病榻的郭彤见到侄儿，露出一点笑容，颔首道："没承想还能活着见到你，我日子到了，走前有些话想告诉你。你这趟来是皇上允准的吗？"

郭彤倚在卧榻上，瘦骨嶙峋，气息微弱，而精神尚可。

"二叔，皇上命我召太子赴甘泉觐见，可都传太子反了，长安各门也都换上了太子的人。目下这情势，进城怕是凶多吉少，特来请教二叔，我该当如何？"

"三十年的太子，容易吗！若非逼到这个份上，他会反？"郭彤摇摇头，叹了口气。

"可他矫诏杀了韩说，抓了江充、胡巫，释放狱因，编伍成军，这不就是造反嘛！"

"是造反，可也有他不得已的苦衷……唉，不说他了。说说你，我走前要交代你几句话。"

"咱们都受过宫刑，大质已亏，已算不上是个人了！上愧对父母祖宗，下不齿于乡里，可以我们这样至卑至贱之躯，走到哪里，都有官员趋奉不迭，为甚？因为咱们是侍候皇帝之人。在天子跟前，咱们是奴才，是条狗；可在他人眼中，你是天子身边的人，那就比老虎还厉害。咱们是皇上的人，离开皇上咱们啥也不是，死生富贵，全系于皇上。明了于此，就要喜皇帝之所喜，恨皇帝之所恨，忠心不贰地做他的耳目、鹰犬。这是一，忠心，你……要记住了！"

郭穰点点头。

"皇上也知道这个，所以有时候他会交代你去做一些他不会让大臣做的事儿，由此，你也就会知道他的一些隐私。再者咱们可以出入寝宫卧内，看到外臣看不到的东西，很多高官贵戚接近你，逢迎你，都是为了向你打听天子的隐私、好恶，但你不能说。你可以将高官贵戚们的私事，哪怕道听途说的东西，报告皇上，但皇上的私密、好恶，你绝不可对人言，否则，就离死不远了！你知道官员们不知道的事儿，他们就得敬你怕你，可你说给别人了，就犯了皇上的大忌，那些丢了性命的宦者大底如此。这是二，嘴紧，才能长保富贵。"

"人在得意的时候，要谨言慎行，知所进退。千万不要张狂！你那点权势，实为狐假虎威，所以一定要心里有数，绝不能张狂。那个江充，仗着天子的倚信，太过张狂，才丢了性命……"

郭穰吃惊道："江充死了吗？"

郭彤颔首道："此人与太子结怨太深，行事太过，被抓到后，太子亲手杀掉了他，整个茂陵都传遍了。以之为鉴，害人之心不可有，与人为善错不了，尤不可张狂，不可树敌，非如此难求一生平安！这是三，我能久沐皇恩，活到这个岁数，总结起来，就是这三条，今日交代给你，也算是尽己之责，对得起祖宗和兄长了……"

"侄儿记下了。可皇命不可违，眼下长安城里乱成一团，我若入了城，太子不奉诏，我该怎么办？还请叔父有以教我。"

郭彤摇摇头道："太子既反，已没有回头路了，你当然要站在皇上一边，回甘泉，就实情以告吧。见到皇上，就说老奴不行了，再不能侍奉皇上了，皇上的厚恩，老奴来世结草衔环为报吧……"

"那侄儿去寻刘丞相，去他那里讨个说法？"

"不可，你是皇上的人，不可与朝臣交通，会有不测之祸的。你的前任所忠，就死在这上面！你速速回去，就说城门戒严进不去，民间都传太子反了。"

四十九

七月甲申，刘彻得到了确切的消息，太子反了。

先是日出时分，他被侍从叫醒，原来是郭穰回来了。郭穰神色萎靡，称进不去长安，城门都被太子释放的罪囚把守着，叫嚣着要杀掉自己，畿辅百姓都称太子反了。

"奴才不敢进城，去茂陵探视了叔父，叔父说三十年的太子，若非无奈，不会做这种事情……可做下了，就回不了头了。"

刘彻长叹了一声。是呀，三十年的太子，成就不易，若行废立，又去哪里再讨三十年！

"郭彤身体如何？"

"叔父形似槁木，精神尚可，说自己的日子到了，不能再侍奉皇上，来世结草衔环报圣上的厚恩……"

身边的老人一个个走了，尤其是郭彤，每每只能与他说说心里话，现在，这样的人也没有了。刘彻忽然有了种形单影只的悲凉感。老了老了，却落得至亲反目，父子仇雠，这种苦与痛，他无处诉说，只能默默压在自己的心里。他挥了挥手，示意郭穰退下，他要一个人静静地想一想。

食时，丞相长史窦峰到了甘泉，刘彻顾不上用餐，传他上殿。丞相留守京师，京师究竟如何，丞相做了哪些应对，这是他亟需知道的。窦峰证实了之前的消息，太子手刃了韩说、江充，烧死了檀何，释放了长安罪囚，发放了兵器，束伍成军，替换了城门的守卫，据说还亲赴北军营垒，召见中垒校尉、护北军使者任安，授节，令其发兵。

刘彻闻言，心突突直跳，神色凝重地问道："那任安怎样？"

"传闻任安拜受节，退入军垒后，闭门不出……"

看来任安是为形势所迫，虚以委蛇，刘彻暗暗松了口气，又问道："丞相做了些甚？"

窦峰道："太子手刃钦使后，即带兵直入丞相家宅，丞相自后门落跑茂陵，仓促间节符印绶均遗落于家，太子因以号令百官，称天子病困甘泉，疑有变，奸臣欲作乱，故诛之。丞相以太子与陛下父子之亲，秘之，未敢发兵，特遣下走来御前请示行止。"

刘彻怒从心起，猛一掌击在御案上，喝道："事藉藉如此，还有何密可保！丞相无周公之风矣！周公不诛管、蔡乎？"

殿上人皆变色，窦峰面色煞白，伏地稽首，觳觫不止。

良久，刘彻的气平息了些，问道："京师生乱，丞相的责任当然是平乱，刘屈氂平素颇干练，岂料大事临头竟如此不堪。京师现况如何，太子有多少人马？"

"太子以释囚成军，据说有万人，后以北军不足恃，令京兆尹召集四市之民，授予兵器，约计数万辈。丞相亦征集三辅各郡县步兵，以备不虞。"

"人再多，也不过是乌合之众！朕已命马通为使者，调胡骑、长水、宣曲三尉赴长安平乱，三辅地方士卒与之会合后，由丞相统一号令，马上夺回京师……"刘彻沉吟了片刻，取过木牍，笔走龙蛇，写下了如下敕令：

捕斩反者，自有赏罚。以牛车为橹，毋接短兵，多杀伤士众。坚闭城门，毋令反者得出。钦此。

"你将此令交与丞相，要他马上行动。反贼以为朕不在京师就可以瞒天过海，为所欲为？告诉丞相，朕明日即会移驾建章宫，亲自督责平乱！"

马通自池阳调集胡骑后，翌日（乙酉，十二日）驰往长水 ①，见胡骑皆整装待发，问校尉，告以昨有使者名如侯者，持节传令，称长安有乱，饬速赴京师平乱。马通示节，告以皇命，问如侯何在，告已赴宣曲。马通遂率胡骑、长水两军，南下追如侯。午后追至宣曲 ② 营垒，之前马通随李广利征匈奴时，长水、宣曲两校皆曾参战，胡骑多与相识，故开垒放入。见众胡纷纷整装披挂，马通问道："可有称如侯者来此？"

"有。是持节使者，正在大帐与校尉说话。"

马通大呼道："甚使者？我才是天子的使者。此人冒充使者，节有诈，不要听他的！"

他跃马直奔大帐，帐内数人正在谈话，见到马通，宣曲校尉站起身道："好个不速之客，马将军，别来无恙？"

马通揖揖手，一双眼睛却只在那陌生人身上。

"你是如侯？"

那人神色警惕地盯着马通，颔首道："吾姓陈，字如侯。汝何人，来此做甚？"

马通环顾帐内，手中晃着节旄，大声喝道："我嘛，侍中马通，奉天子之诏敕命北军各尉，赴长安平乱！"又对宣曲校尉道："汝等被这冒充钦使的贼子骗了，还不把他抓起来！"

如侯一跃而起，与几名随侍拔出佩剑，但随即被随马通进帐的胡骑、长水士卒射倒，如侯见状，丢下手中的佩剑，仰天长叹道："天不佑吾，愧对太子！"

如侯被押至军门，在三尉胡骑的围观下被斩首祭旗。宣曲校尉问道："时已下晡 ③，请将军与胡骑、长水的兄弟们在营饱餐后一起上路，如何？"

马通略作思忖，点头道："就这么办，但要快。今晚一定要赶至茂陵，与丞相会合。"

---

① 长水，西汉长水胡骑屯驻处，在蓝田西北，以长水（荆水）得名；一说在鄠县长水乡。

② 宣曲，西汉宣曲胡骑屯住处，在蓝田西南，附近有宣曲宫。

③ 下晡，汉代十六时计时单位之一，相当于今天的午后四时半。

"皇帝怎么说，你再给吾重复一遍！"刘屈氂瞪大眼睛，委屈地追问道。

窦峰摇摇头，加重语气道："皇帝说：丞相无周公之风矣，周公不诛管蔡乎！"

刘屈氂额头微微汗出，皇帝竟是要他无情地平叛，而他却错判父子亲情无所动作，真的是铸下了大错！周公、管叔、蔡叔均为周武王嫡亲兄弟，武王灭商，封纣子武庚于殷，以管叔、蔡叔等监之。不久后武王去世，子成王继嗣，而年龄尚幼，以周公辅政。管、蔡勾结武庚造反作乱，周公诛之。皇帝说他无周公之风，摆明了是不满意他的不作为。现在上意既明，他所要做的，就是全力以赴地平乱，无论对手是太子，还是皇室的其他什么人。

他看了一眼座中的三辅都尉，咬牙道："各位大人听到了？天子大义灭亲，要吾等全力平乱，诛除反贼。不管甚人，自太子以下，只要参与了宫变，一律视为反贼，不投降者杀无赦！斩杀或擒获反贼头目者，朝廷不吝爵赏，畏葸不进者，以通敌论！汝等马上各回任所，集合所部，明早随吾进军长安！"

他从窦峰手中接过节旄，与以往不同的是，节旄由赤色改成了黄色。

"各位看明白了，反贼窃取了节旄，为防鱼目混珠，乱吾军阵，皇帝特命将节旄改用黄色。进军长安后，凡用赤旄者，皆为反贼；而用黄旄者，皆为友军。汝等传告下属，不要混淆了！"

一名侍卫走入，揖手报告大鸿胪商丘成遣使来问，发生了甚事，远近纷传长安宫变，得知丞相避居茂陵，特遣使问讯，请示进止。不久前，商丘成奉诏视察昆明湖水军，以备秋季演练。

元狩三年，河西通往西域之路尚为匈奴所阻，刘彻自张骞处得知西南有通往身毒（印度）国的商路，但为蛮夷昆明所阻，为打通通往身毒的商路，刘彻诏令开挖昆明湖，训练水军，以南征昆明。后以河西路打通、昆明内附作罢。昆明湖在长安西南三十六里处，池水宽广浩淼，平时总泊有数百艘楼船、戈船、艨艟等战船，曾一度出征讨伐南越。后长期闲置，战船员额不足，但仍有近万名楫棹士[①]在编，夏秋之际，操演水战，不一而足。

---

① 楫棹士，昆明湖水军战船配备的桨手。

刘屈氂正愁兵力不足，猛然想起这批楄棺士，大喜过望。他召见了使者，向他叙说了太子猝然发动长安宫变，诛杀钦使，现已控制了长安城。自己如何奉天子之命平乱，明日一早将率三辅近县之兵，收复长安，而皇帝也会从甘泉移驾建章宫，就近督战。最后，他饬令商丘成，自明日起，逐日向长安发送楄棺士，参与平乱。

当晚，刘屈氂又派遣死士，便衣赴长安探查门禁松紧，相机混入城内，以为内应。夜分，马通率众胡骑抵达茂陵，与刘屈氂会合，眼见炬火照耀下这万余名赳赳猛士，刘屈氂勇气倍增，两人商定，三军束甲，枕戈待旦，天明后以胡骑围城，严防城内人逸出，自己则率三辅诸军，入城平叛。

乙酉黄昏，刘据心绪不宁，徘徊于未央前殿。接踵而来的坏消息，犹如天际不断堆积的乌云，预示着即将到来的暴风骤雨。昨日他曾亲莅北军，召见护军使者任安，任安奉事恭谨，但拜受节旄后，入营紧闭大门，再也不肯出来，显见得他已指望不上这支劲旅。更令他忧虑的是，派去召集三辅胡骑的如侯并未如约归来，派去打探的哨骑带来了令他痛心的消息：如侯被人识破，丢了性命。据说皇帝已派使者统率胡骑，即将进京平乱。他心乱如麻，几次想要放弃，主动赴甘泉请罪，但都被师傅拦了下来。

"殿下，做到这个份上，已回不了头了。好歹吾等手中有上万的士卒，京兆尹亦已自四市征集了近四万人，都配发了兵器，束伍成军，目下正在武库旁的校场上训练。有了这支军队，战虽不足，守则有余，背城借一，总能撑上一阵子。天子或能醒悟朝中有奸臣作乱，谅解殿下的苦心。而此时投案，则坐实了罪名，万无可恕，这么多拥戴殿下的人一旦寒了心，作鸟兽散，大事不可为矣！"

刘据仰天长叹，在大殿中来回踱步，良久，看定石德，问道："以师傅之见，现在该做甚？"

"于己衍征集的四市之人，目下正在武库旁的大校场操练，吾等所能凭借战守者，就是这些人了。可平日之黔首，一日为兵，为甚而战，须有所恃。殿下须给之以盼头，许之以奖赏，方能振作士气，为殿下一战。老臣恳请殿下赴校场一阅，以玉音①喊话，激励之，振作之，民气庶几可用！"

是呀，自己所能指望的，就只有这几万黔首了。刘据点了点头，吩咐备马，亲赴校场校阅新军。出未央东阙，远远望去，正是长乐西阙的门楼。他忽然想要再去见一下母后，征求一下她的意见，可从行的臣僚将他拥进了道旁的校场。校场上黑压压一片，挤满了统一着装、手执兵器的市人，当听说太子亲莅校场，并要亲自训话时，校场上的喧哗声平息了下来，无数双眼睛转向了站立在将台上的那个人。

"奸臣作乱，这几日长安城扰攘不安，各位受惊了！"

"民为邦本，本固邦宁！这是古代圣人留给吾人的箴言，孤诛奸平乱，也是在践行这个箴言……"

校场上嗡嗡声四起，人们交头接耳，在复述、议论着他的话语。

"上年岁的人应该还记得孝景、孝文皇帝在位的年代，无为而治，与民休息，民富国强……各位说说，那是不是大汉开国以来最好的年代？"

嗡嗡声再起，更多的是频频地点头。

"孤所为，所想为的就是再给百姓们一个'文景之治'，弃严刑峻法，弃盐铁专卖，弃与民争利，行无为而治，减轻百姓的赋役，停止对匈奴的战争，以儒家倡导的仁爱治国，还万民一个丰衣足食、宽松祥和的生活！"

嗡嗡声更大了，人们原本惶惑、木然的目光中开始有了喜悦与期盼。刘据知道，这番话说出来，他就与父皇划清了界限，再也没有回头路了。他也知道，这种许诺很空洞，只是给了黔首们一个奔头，要他们挺身而战，还得像父皇那样，给出足以动人的爵赏。

"都城在吾人手中，守住它，新政将会一点点实现。孤允诺，凡从军守城者，孤不吝军功爵赏；有罪者免罪，有市籍者除市籍，立功者厚赏，战死者厚恤。战后还乡者朝廷一律赠予田土。孤寄望诸位厉兵秣马，捍卫都城，以怵惕戒慎之心告拜上天，拜托大家了！"

言毕，刘据躬身长揖，向校场上的民众致意。人群中响起一片欢呼之声。

---

① 玉音，臣下对君主声音的美称。

未央宫北阙正当直城门大街，过街便是密密麻麻的一片甲第，与桂宫夹峙而行，有条南北向、直通横门的大道。这就是著名的蒿街，是各地胡人买卖经商、集中居住之所。七月乙酉（十二日）黄昏，一名高鼻深目，留着浓密胡须的胡人溜入甲第旁的侧路，猛敲一户的房门。门开后，另一胡人探出头，四下看看，方将大胡子让入屋中。

　　"现下街市如何？还不消停吗！"发问者是正襟危坐于毡毯上的一位老者，也留着长长的白胡须，目光犀利地盯着大胡子。

　　大胡子摇摇头道："都说太子又征集了几万平民，都给发了兵器，传闻皇上也在发兵，看样子一二日之内，长安城将会有场大战，现在城门已然戒严，出不去，进不来。咱家得想法子把存货归拢归拢，藏起来，以防损失……"

　　"哲别，现在还顾不上这些。你无论如何要想办法出城，把消息带给大单于。我们盼了多少年，终于等到了汉家内乱的这一天！你告诉大单于，他们父子相残，京师必然血流成河，元气大伤，这正是我强胡的机会！"

　　"可出不去城，奈何？我方才四九城转了一圈，城墙、城门都有民军巡视、把守，密不透风，怎么走！"

　　老者扬手丢过去一只皮囊，将地面砸出砰的一声。"靠这个走！老百姓披上件官衣也还是老百姓，眼里认得的依旧是钱！"

　　哲别解开皮囊，原来是满满一袋子瓜子金，他用手抓起一把，看着它们从自己指缝中流下，蹙额道："可惜了这些金子……"

　　"有甚可惜的，好铁要用在刀口上，我们在长安卧底恁多年，等的就是这一天，这些钱派上用场，正其时也！"

五十

征和二年秋七月丙戌平旦，刘据被侍从唤醒。数日未眠，他困乏已极。昨晚校阅民军后，便回到太子宫探视家人，之后一头倒在寝宫卧榻上，和衣睡去，自起事之夜起，这是他睡得最沉的一觉。

"殿下，士卒来报，丞相今早带兵入城，已经控制了覆盎门……"

"甚？各门皆有守卫，刘屈氂如何进的城！"刘据面色煞白，想不到决战这么快就到了。

"丞相的人伪装成博望苑的使者，声称有急事奏报，赚开了城门，大队人马一拥而入，守卫猝不及防……"

"进来多少人？张光何在……"

"有万余人，看样子都是三辅都尉所辖士卒，进城后就奔丞相府去了。张大人正在宫内集合人马，派标下报知殿下，听候调用。"

"好，命宫内射士、禁卫随孤应战，饬命张光调集释囚所组之军，就敌之势，堵截他们，将他们包围在所处街区；饬令石德，要他主持民军城守之事。"是福不是祸，是祸躲不过。刘据冷静了下来，在舍人无且服侍下，穿戴甲胄，目前就兵力而言，他并非劣势，尚可一战。

日出时，刘据一行，衣甲鲜明，浩浩荡荡出了未央宫东阙，直奔尚冠里相府而去，而相府已空无一人，他随即带队沿尚冠街东行，不远处就是纵贯京城的安门大街，远远望去，黑压压一片，就是刘屈氂排布的军阵，军阵后面，高高矗立着的是长乐宫的西阙。

刘据勒住马头，举起左手，挥了一下令旗，身后的士卒即刻排开三列，射士打头，持满待发，手执长兵的禁卫殿后，将长殳顿地，齐齐发出威吓的吼声，如滚滚闷雷，令人心悸。

刘屈氂催马出阵，他披挂着一身黑色的甲胄，脸上似笑非笑，对着刘据揖手道："殿下别来无恙，臣奉皇命入城平乱，望殿下识大体，命士卒各归本位。殿下有甚委屈，可面陈于天子，父子间没甚解不开的疙瘩。"

"江充一伙亦称皇命在身，把个京师、宫城搅得一塌糊涂，敢问丞相，若遭奸臣罗织构陷，把刀按在汝脖颈上，汝会乖乖受死吗？"

"当然不会，可臣会呈诉于皇帝，皇帝英明天纵，绝不会受小人蒙蔽。执事①意气用事，擅杀钦使，反而使上下皆疑，谣诼漫天，京师官民皆称'太子反了'，以为执事等不及要篡夺帝位，反倒忘记了事出有因。老臣恭请殿下解散禁卫，闭门思过，准备在皇帝面前的辩辞。"

"辩辞？奸臣有意诬陷，怎么辩？请丞相命手下退出京师，避免冲突，孤自会闭门思过，等候父皇的裁决。"

"皇命不可违，这不可能！"刘屈氂从怀中掏出帛书，展开道，"殿下看明白了，这是天子的御笔，我复述给殿下听听。"

看来，父皇已认定自己是反者，已经没有回头路了。刘据太阳穴突突直跳，悲愤填膺，父不慈，子又从何而孝！也罢，就豁上一条性命，也要证明自己不是俎上之肉！一念至此，刘据慢慢扬起手，又狠狠地挥下手中的令旗。

上千支飞矢铮钕有声，如飞蝗般扑向敌阵，尽管有盾牌的遮挡，敌垒前还是倒下了一片士卒。刘屈氂饬令鸣金退却，军阵缓缓向后移动，一俟刘据所部追近，亦还以飞矢。他不打算硬拼，他的人已牢牢控制住了覆盎门与安门，保证后续的援军能够源源不断地进入都城，目前不利的态势将很快被扭转。

刘据也很清楚，自己虽人数占优，但不过是乌合之众，若不及时将刘屈氂的人马驱出长安，用不了多久，朝廷的大批援军赶到，民军不过是待宰的

<hr>

① 执事，古代大臣对地位身份尊贵之人（如国君）以卑达尊之称，这里讳称太子杀韩说、江充等，而以"执事"指代之。

羔羊。于是传令全军，斩敌一馘①，赐爵一级，擒斩敌酋者，封侯。厚赏果然激发了斗志，民军发起了一波又一波的攻势，官军龟缩进了京师西南角的几条街区，筑起街垒，抵死抗拒，牢牢把控着城门。这一场都城大战之惨烈，持续了数日，为有汉以来所仅见，死伤枕藉，里巷道路，处处可闻伤者的呼救与濒死者的呻吟，道旁沟渠中的水也因流入太多的血水而变得殷红。里坊街巷家家户门紧闭，战场狼藉，无人打扫，整个长安的上空弥漫着一股令人窒息的尸臭。

戊子（十五）日，随着楫棹士赶到，局面开始改观，尤其是皇帝已移驾至建章宫，督责平乱的消息传开后，官军士气大振，而一直闭垒不出的任安，也率部加入了平乱的阵营。民军不敌，大都退入未央宫，据守禁城，战事开始逆转。己丑（十六）日，围城的胡骑开始攻打横门，守门民军士气全无，很快作鸟兽散，石德脱逃不及被逮，各城门皆为官军控制。整个长安城内，除龟缩在未央宫内的太子，就只有张光所部与商丘成带领的楫棹士在南城相持，抑且渐渐不支了。

庚寅（十七）日鸡鸣时分，刘据吩咐无且召儿子们前来。刘据十五岁纳史良娣为妻，当年生子刘进，人称史皇孙，之后又生二子。刘进年已弱冠，纳王氏为妻，适生子，尚在襁褓，取名病已。

望着年少俊秀、玉树临风的儿子们，刘据不由得热泪盈眶，他假作被风迷了眼，用手帕拭去泪痕。他深知大势已去，灭族之祸随时可能降临到自己一家头上，与其身陷缧绁，屈辱地死去，莫如在还能选择之际，有尊严地自尽。他召儿子们前来，就是向他们说明这一切，但事到临头，这话又重如千钧，竟嗫嚅其词，说不出口。正踌躇间，卫士来报，张光有要事求见。

"殿下，我们败了，官军已占据长安，即将合围皇宫，恳请殿下速携家人，从南门出宫，循覆盎门出城，臣所部能战者尚余千人，可为殿下断后……"张光语气沉重，而面色坚毅。

刘据长吁一声，叹道："逃出城又能怎样！再往哪里去？以天下之大，

---

① 馘，古代战争中割取敌人左耳以计数献功。

竟没有孤安身立命之处，天亡吾，不可绾，孤认命了！"

"先出城去，不到最后一刻，谁也不敢肯定就一定没有转机。至于去哪里，臣记起一个人，殿下于他有恩，他为人仗义，一定会帮忙的。还有个人殿下一定记得，张勤，曾为博望苑宾客者，他们均住湖县，殿下在那里隐匿些时日，天子或会醒悟，垂念父子之情，召殿下回宫，恕殿下之过呢。"

刘据心头猛然一动，是有这么个中年男人，名史东，家住湖县泉鸠里，常来长安卖履养家，人极朴实无华，刘据曾厚给赏偿，却被他谢绝，于是要他每月送履至博望苑，命宾客们人选一双，皆由太子宫会账，史东甚感之。至于张勤，是湖县富裕人家子弟，为求功名，曾一度投入博望苑，后以母病回乡终养。湖县近在京兆，是所谓"灯下黑"之处，又可以随时探察朝廷的动静，以定行止。张光所言，可能是他仅有的机会了。

刘据颔首，命儿子们随自己突围，刘进面露难色道："病已幼在襁褓，怎么办？"

"病已是皇长曾孙，幼弱无害，或能苟延一命。事已至此，顾不得他了，只能祈望老天护佑，保其平安了！"

史皇孙泪如泉涌，伏地稽首道："儿子愿留在博望苑侍奉母亲，父亲还是带两弟先走吧，皇天庇佑，日后吾人还有相见的一日！"

官军大都麇集于未央宫北阙与东阙等宫门，南门打开后，门外竟空无一人。刘据一行快马东行，路上行人寥寥，但靠近覆盎门时，却见上百官军把守着城门，完全没有硬闯出去的可能。

逡巡不进之际，守军也看到了太子一行，鼓躁起来。刘据等正欲掉转马头，一名官员纵马而前，揖手道："殿下别来无恙，是要出城吗？"

刘据定睛看去，竟是故人田仁。田仁曾是舅父大将军府中的舍人，后被选拔入宫为郎，现在已做到二千石的丞相司直了。

"田大人无恙！孤不欲与天子为敌，已弃守未央，欲携儿子们赴博望苑待罪，暂避兵乱，静候父皇处置。"

田仁犹豫了片刻，还是将马让至道旁，揖手道："殿下能放手，是苍生之福。"又对诸士卒扬了扬手道，"让开道路，放他们出城。"

众士卒皆瞠目错愕，议论纷纷，长陵令车千秋道："丞相命严守城门，不得进出一人，是不是先请示丞相一下？"田仁怒视着众人，大喝道："谁不从命，军法从事！马上让道，打开城门，放他们出城！"

张光率所部在东阙与商丘成的楫棹士相持约一个时辰，估计太子等已逸出长安，遂令属下打开东阙的司马门，放下手中的兵器，束手就缚。

商丘成边令侍卫捆缚张光双手，边问道："太子何在？"

张光沉默不语。商丘成命将他拴在马后，押往丞相府，刘屈氂将那里设为官军临时总部。走近中厅时，老远就听到刘屈氂暴怒的声音。

"元凶大憝，汝竟放其出城？糊涂至极……"

商丘成走入中厅，但见丞相来回踱步，咆哮不止。御史大夫暴胜之、司直田仁、长陵令车千秋，皆面无表情，俯首侍立。待丞相发泄完毕，田仁分辩道：

"太子于天子有父子之亲，吾等臣子从何做主？下官以为事涉太子，何去何从只能由天子决断……"

"汝放虎归山，还敢狡辩！"刘屈氂将手中的节旄恨恨地拍在公案上，怒喝道："来人啊，将田仁押至军前处斩！"两名彪形壮汉将田仁按住，欲带离中厅。

"且慢，君侯不可造次！司直是二千石的大员，其处置决于天子，当先请示今上，奈何擅斩之？君侯若擅杀大臣，与太子何异！"一直默不作声的暴胜之发话了。看得出，他对刘屈氂所为很不以为然。

刘屈氂一怔，恶狠狠地瞪着暴胜之，良久，方吩咐先将田仁看押起来，奏报天子定夺。

商丘成揖手道："未央宫的残贼均已缴械，贼首张光也已就缚，已带来尊府，如何处置，请君侯定夺。"

"那就是说，未央宫光复了？"刘屈氂大喜，饬令长史窦峰传令各军，搜缉残敌，掩埋死尸，打扫战场；又传命马通速率胡骑追缉太子，自己则赴建章宫觐见，并押送石德、张光等人赴阙献俘。

"乱平了？元凶都捉到了？"刘彻脸色潮红，双目熠熠，直直地盯着刘

1796

屈氂。

"乱平了。反贼头目石德、张光皆就缚，现在阙下待罪……"

"太子呢，太子何在！"不待刘屈氂说完，刘彻就打断了他，直接追问起儿子的下落。

"太子，太子跑出城……太子被田仁放出城了。"刘屈氂伏地稽首，额头沁出了冷汗。

"'紧闭城门，毋令反者得出'，朕的话汝等丢到脑后去了！"刘彻大怒，猛拍御案，胸中的燥热一阵阵上涌，心跳也在加快。刘据胆敢与自己对抗，临了还跑掉了，是可忍，孰不可忍！

"田仁与故大将军有旧，称太子与陛下有父子之亲，不欲急之。车千秋等无力阻止，上变，臣以纵放有违圣命，欲军前处斩田仁，以肃军纪，以儆效尤，不料暴大夫称二千石大员不可擅杀，须由陛下定夺，故臣亦将田仁一并押在阙下，听候陛下处置。"刘屈氂一怕担责，一欲泄愤，于是将责任一股脑推给了暴胜之与田仁。

刘彻狂笑起来，扫视着殿上的群臣，恨声道："难怪这个孽子胆敢造反，原来朝中贰臣多矣！"

众臣皆俯首觳觫，不敢置一词。

"那个任安，也曾在卫青府上做过舍人，难怪他拜受孽子的节旄，貌似佯邪①，实则首鼠两端，想要坐观成败，谁胜了跟从谁，也是个有二心的。"

刘彻站起身，在殿中踱步，边走边道："孽子敢于铤而走险，为甚？因为他有了长乐宫之助，给了他禁军，他才能得逞。刘长、刘敢……"

"臣在。"刘长任宗正，刘敢则为执金吾，两人皆为宗室。

"汝等马上带人赴长乐宫，传朕口谕，收取那贱人的玺绶后，责其自我了断，所有参与者皆押解至暴室狱，逐一拷掠，追原祸始，绳之以法！"

"郭穰……"

"奴才在。"

----

① 佯邪，汉代用词，意谓虚以委蛇。

"传朕口谕，将暴胜之下狱，责问他，司直纵反者，罪在不赦，丞相斩之，法也！御史大夫有何权力擅止之？枉法行权，罪同司直！"

"丞相……"

"臣在。"

"《公羊》曰：君亲无将，将而必诛①。所有附逆之大臣、博望苑的宾客与释囚、黔首，皆须置重典。诸太子宾客曾出入宫门者，杀无赦；朝臣随太子发兵者，以反法罪族诛；虽非本心，而被挟裹跟从的黔首皆徙敦煌诸边郡为奴。"

刘屈氂揖手称诺，刚要离开，又被刘彻叫住。

"京师十二门，均须严加屯卫，不许有漏网之鱼。孽子出亡，没甚好瞒的，须发海捕文书，决不允其有藏身之处，藏匿者诛，获元凶者，无论死生，朕必予厚赏。此番平乱，侍郎马通获反将如侯；长安男子景建从马通获少傅石德，可谓元功矣。大鸿胪商丘成力战获反将张光，亦功在国家。朕封马通为重合侯，景建为德侯，商丘成为秺侯。丞相须将赏格做成文书，张布于各关津通衢，令元凶难逃法网！"

刘彻略作沉吟，又吩咐道："任安老吏，有当死之罪甚众，吾尝活之，今怀二心，大节有亏，不许轻易放过，下狱决事比②。"

刘屈氂走后，刘彻吩咐将石德押进殿来。石德双臂被缚，散发徒跣③，跪倒在地。

"朕以石家几世忠谨，拜汝为少傅，辅佐太子，汝竟助其反叛，可惜石家几世的好名声，败于汝手。汝大逆无道，罪在族诛，朕不明白的是，汝何以为此？"

石德心知必死，扬起头，将散发甩至脑后，双目灼灼地瞪着皇帝，抗声

---

① 君者，谓君主；亲者，谓父母；将者，反也。全句意为：对君主、父母不能有谋反之心；有谋反之心者，必诛之。典出《春秋公羊传》。

② 决事比，古代刑律术语，意谓比照往例案例判决；《周官·大司寇》注："若今律其有断事，皆依旧事断之；其无条，取比类以决之，故云决事比。"

③ 徒跣，即赤足。

道："江充与太子有隙，朝廷人所共知，陛下亦知。遣江充查巫蛊，江某借此挟嫌报复，在太子寝宫挖获三枚偶人，欲诬陷太子。太子惶恐无计，问臣办法，臣疑江某构陷。试想，巫蛊祝诅害人，理将桐人埋入所欲加害者近旁，而桐人埋在太子寝宫，岂太子欲害自身乎？悖谬不可信。臣悯太子求告无门，且牵连得罪，故献策矫节收捕江充等人，治其奸诈。臣既蹈死罪，不敢求赦，连累亲族，无颜见父祖于黄泉，但请死后焚尸灭迹，扬灰荒野。唯太子孝谨，所为皆迫不得已，恳陛下三思，彻查此案，还太子一个公道，以安社稷，以全亲情。"

"汝等谋逆，还敢要甚公道！死到临头，尚哓哓不休，若非汝教唆，孽子也不敢做下如此无道之事。"又一阵燥热涌上来，石德的每一句话仿佛都打在自己的脸上。刘彻的脸青一阵，白一阵，咆哮道："把这老匹夫拉下去，敕令茂陵令，查抄石家，男丁全数押入廷尉狱，治以不道。"

刘彻回到寝宫，突突的心跳好一阵子才平复下来，他觉得自己有些失态，这是怎么了，难道是丸药的作用？记得父皇早逝时，太皇太后曾告诫过他，不要学他父亲服食丹药，那些燥烈之物，非但不能延寿，反会促人早死，几十年来他一直以之为戒。可近些年来，为求长生，他开始破戒，服食方士们贡献的丹药。丹药给他强烈的欣快感，那种兴奋、欲望使他仿佛回到了年轻时，心态乐观，更加自信，但也伴有燥热、口渴、心跳加快、情绪失控种种作用。他欲罢不能，但也时时提醒自己莫要沉溺于一时的快感，远离这种诱惑。

五十一

七月辛卯（十八日）晨，薄雾未散，整个长乐宫城笼罩在晦暗不明之中，远远传来车轮滚动的辚辚声，打破了宫中的死寂。昨日钦使奉策收皇后玺绶，卫子夫旋即饮鸩自尽。宫人除粗使扫除者，数百侍女宦者一并被押解至暴室狱候审。

几名小黄门又拉又推，将载有一具薄棺的辒车推至长乐宫东面的司马门旁，由这里出宫不远，就是长安城的东大门——霸城门。

"打开棺盖，验明是否正身。"黄门令苏文吩咐道。自常融被诛后，卫氏犹如巨大的阴影，一直笼罩在他的头上。此番宫变，他侥幸逃得一条性命，而卫氏倾覆，不啻是去掉了他的心头大患。他要再看一眼昔日不可一世的皇后，品一品获胜的滋味。

小黄门不怎么费力，就撬开了棺盖，揭去一床薄被，但见裹在一身黑色深衣中的皇后身体僵直，面色发青，双目圆睁，嘴角还留有一缕未干的血迹。由于没戴假发，簪珥不施，头上披散着稀疏斑白的发丝，与众人心目中原来那个华贵端庄的皇后判若两人。

监押辒车的黄门丞姚定汉道："宗正大人宣读了上谕后，她好像早有准备，命侍女端出一杯鸩酒，一饮而尽，死时受了点罪，角弓反张，很吓人……"

苏文用力抚平卫子夫的双目，冷笑道："这女人怀着好大的恨，人死尚不肯瞑目，我帮她阖上。"

姚定汉会意地笑笑："苏大人，她是去不了茂陵了，葬在哪儿？"

"先去公车令处找间空屋搁着，请示皇上后再说。"

几乎在同时，茂陵显武里一座院落中，中书谒者令司马迁正在家人协助下，将一卷卷木牍装上一辆牛车，这是不久前誊录完毕的《史记》副本，为求安全，他要将这部大书的副本送到华阴县女婿家收藏。

　　"爹，我清点过册数，全装载上车了。用过早餐就可以上路了。"说话者是名眉清目秀的女子，三十出头的年纪，是司马迁的女儿，名蕙，字君卿。出嫁于华阴杨家，夫君名杨敞，给事尚书台。

　　"不，干粮带着路上吃，你们马上走。京师乱事正亟，太子还下落不明，会有大整肃，谁知道还会出甚事。别走长安，绕路过去，阿蕙，这些书卷运到你家后，先不要告诉你夫君，你将之封存收藏在个保靠的地方。将来阿忠、阿恽成年后，告诉他们，这是他们太姥爷、姥爷两辈子的心血，要他们传下去。"

　　"嗯，爹，女儿一定做到，放心吧。"

　　望着远去的牛车，司马迁长长地吁了口气，自己苟活于世多年，如同肩负着一座大山，所为就是为了完成这部《史记》，父亲的嘱托终于得以实现，还誊录了副本，他觉得一下子轻松了，再也没什么好怕的了。

　　自甘泉回京后，他还没有机会回家看看。好在太子败亡，天子与朝廷的注意力全在拿捕太子、处置反贼上，昨日正值休沐，他决定将抄录完毕的副本运至女婿家收藏，因为子女中唯阿蕙最沉着、最有决断，把书卷交与她保管，无论京城这场乱事如何收场，他的这部大书终会传布于后世。他回到书房，凭几而坐，回想昨日离宫返家前的一幕。

　　尚书台草诏文书，上呈下达，出入省中，赞襄密勿，已经是宫廷中最受皇帝信用的衙门，所以在未央、甘泉、建章诸宫中皆有自己办公的值庐。现任尚书令由奉车都尉霍光兼任，而司马迁的女婿杨敞，则任霍光之掾①，翁婿二人因皆在省中，几乎每日都能见到面。

　　昨日午后，司马迁正在整理上报的公牍，杨敞溜了进来，告知任安以怀二心坐观成败下狱，家室被抄，提醒他要注意。盖任安者，曾与司马迁同在宫中为郎，相交甚深，女婿担心他会为其进言，重蹈李陵之祸。女婿的提醒

---

①掾，秘书。

使他猛然想起两年前的那件事。当时任安尚在益州刺史任上，因过免职，为活动进京，给他写来一封信。其时，《史记》刚刚杀青，司马迁感奋之余，曾回书一封，直抒胸臆，其中不免有犯忌之言。得知任安下狱抄家，他有种要出事的直觉，所以要连夜将《史记》转移出去。只要这部著作保住了，个人之安危生死，他已置之度外了。

刘长、刘敢回宫复命，交上了皇后的玺绶，报称卫子夫饮鸩而亡，刘彻心头一悸，而面不改色。他对她没有痛惜，这女人竟敢遣长乐禁军参与宫变，想想都后怕。可对儿子，他恨也不是，惜也不是，昨日辗转反侧一夜，鸡鸣后才昏昏睡去，而噩梦连连，早起后头痛欲裂，服食汤药后才稍稍好些。

这个儿子，备位储君逾三十年，做一个帝王的诸般学问、调教、监国他都经受过了。自己一旦不讳，刘据马上可以君临天下，做一个守成的君主，他绰绰有余。可他居然反了，衡以汉法，刘彻即便可以赦免儿子一死，也不能再用他做储君。其他儿子，齐王早殇，燕王与广陵王为庶出，并非他中意之人。昌邑王刘髆，他以李夫人爱屋及乌，自小疼爱逾常。可自封王就国之后，传闻他贪恋女色，元气亏损，缠绵于病榻，显见是个扶不起来的天子。唯幼子弗陵，形体壮大，聪慧好学类己，惜年岁太小，非经长年陶铸，难胜大任。自宫变以来，他就纠结于此，至今拿不定主意。

连日来，刘彻在建章宫浏览奏章，令他郁闷的是，大臣们的奏章中没有一个人在太子这件事上置喙，或闪烁其词，或干脆避开，显然担心因此罹罪。一旦拿获太子，如何处置，只能由自己一个人决断，而他却从心里希望有人能给自己一个明智的建议。唯一能讲些真话的司马迁，却又不在身边，

"这是司马门公车令刚刚送来的上书。"郭穰走进来，呈上一卷简牍。

"甚人上书，为甚上书？"

"上书人名茂，姓令狐，上党壶关①的三老②。公车令讲，此人冒死上书，

---

① 上党，汉代郡名，地望在今山西一带，郡治长子；壶关，上党属县，地望在今山西长治西南。
② 三老，汉代县、乡掌地方教化的职官。

连棺椁都带来了。”

“哦，这样子吗？”

刘彻掰掉封泥，展读简牍，触目而入的，竟是一篇为太子辨冤的说辞，也是自己私心所望的直谏。

臣闻父者犹天，母者犹地，子犹万物也。故天平，地安，物乃茂成；父慈，母爱，子乃孝顺。今皇太子为汉嫡嗣，承万世之业，体祖宗之重，亲则皇帝之宗子也。

江充，布衣之人，闾阎之隶臣耳；陛下显而用之，睡至尊之命以迫蹴皇太子，造饰奸诈，群邪错谬，是以亲戚之路隔塞而不通。太子进则不得见上，退则困于乱臣，独冤结而无告，不忍忿忿之心，起而杀充，恐惧逋逃，子盗父兵，以救难自免耳。臣窃以为无邪心，《诗》曰：营营青蝇，止于樊。恺弟君子，无信谗言。谗言罔极，交乱四国。往者江充谗杀赵太子，天下莫不闻。陛下不省察，深过太子，发盛怒，举大兵而求之，三公自将，智者不敢言，辩士不敢说，臣窃痛之！

唯陛下宽心慰意，少察所亲，毋患太子之非，亟罢甲兵，无令太子久亡！臣不胜惓惓，出一旦之命，待罪建章宫下。

上书是太子而非江充，而江充，是自己眼中的股肱之臣，江充办事得力，一切以上意唯是。非议江充，不啻反讽自己无识人之明，仅此即为大不敬，于律为死罪。但上书触动了他心内的柔软处，刘据是他的嫡长子，三十年来，从牙牙学语、蹒跚学步、开蒙读书、束发纳妇，到孙儿呱呱坠地，儿子几十年的成长过程瞬间浮现在脑海，历历如新。发一道赦书，给太子一个回京自辩的机会？但这个念头马上就被否定了。刘据终究擅杀大臣，犯了无道之罪，岂可网开一面，向天下人传递一个错误的讯号！即便法外施恩，也要在儿子服罪之后。

“传朕的口谕，告诉那位三老，他有甚证据，敢妄议于父子之间？念其诚谨，朕不欲追究其悖谬，案子还在缉办之中，终会有水落石出的一日。要他回去吧。”

郭穰刚刚离去，苏文等又赶上殿来，稽首请安，匆忙中又带有几分兴奋。

"案子有了新进展，丞相要奴才先一步呈告陛下。在清查博望苑太子宾客时，抓获了从前的因扞将军，原来他还没有死……"

刘彻一怔，"因扞将军？你是说公孙敖！"

"正是此人，他买通狱吏，假报瘐毙，实则化名马成，假扮马夫，藏身于博望苑，并参与了宫变。据说释放狱囚，编伍成军的主意就是他出的。他妻子亦曾为阳石等引荐女巫，祝诅圣上。"

看来，无论太子参与与否，巫蛊案绝不可能有假，彻查是对的。刘彻的心又硬了下来。

"把他夫妇俩单独关押，严加熬审，顺藤摸瓜，一定要把巫蛊一案查个水落石出！"

"诺。"苏文边应承，边又从袖中取出厚厚一卷简牍，呈至案上。

"这又是甚？"

"这是马通带人查抄任安家时查到的书牍，是谒者令司马大人给任安的回信。马通请示丞相，丞相令奴才报呈给陛下。"

刘彻展开卷牍，受限于材质，通常的书信往往言简意赅，而此封书信文字甚繁，于时罕见。起首文字泛泛，以大质已亏，不配承此之任，婉拒任安劝其推贤进士之请。

从信中交代的时间来看，这封书牍写于太始四年冬、司马迁随驾赴雍城祭祀五畤之时，其时任安自益州刺史任上因过去职，所谓推贤进士无非运动请托、谋求官职的托词而已。任安几次有过，罪名可大可小，刘彻均未深究，还是用他到北军做了护军使者，岂料大事临头，此人首鼠两端，司马迁幸好没有举荐此人，不然连坐也。可"仆终已不得舒愤懑以晓左右"这一句引起了刘彻的注意，司马迁有何愤懑，因何愤懑？刘彻曾于暴怒之际，下其于刑狱，事后怀疚于心，看来司马迁亦耿耿于怀，倒要看他私下的用心。果然，信中大段论列了因李陵罹罪的始末，称李陵为"奇士"：

事亲孝，与士信，临财廉，取与义，分别有让，恭俭下人，常思奋不顾身，以徇国家之急。其素所蓄积也，仆以为有国士之风。夫人臣出万死不顾一生之计，赴公家之难，斯已奇矣。今举一事不当，而全躯保妻子之臣随而媒孽其短，仆诚私心痛之。

李陵的败降是刘彻心中的一大隐痛。培育多年的良将一旦陨落，暴露出自己的偏心。其时宠姬李夫人新死，爱屋及乌的他有意裁培李广利，精兵快马尽与之，而未予李陵以必要的资源，致使十年培育的精兵毁于一旦，原以为李陵会以身殉国，及知其降胡，暴怒之下，为其缓颊者自不免池鱼之殃。"明主不晓，以为仆沮贰师，而为李陵游说，遂下于理，拳拳之忠，终不能自列"，现在回想，司马迁所言不诬。这些年用兵之际，朝无良将，每每成为他心中的隐痛。这么多年过去，司马迁的文字又揭开了他内心这道疮疤。

"文史星历，近乎卜祝之间，固主上所戏弄，倡优处之，流俗之所轻也。"中书谒者令为天子近臣，竟被司马迁如此看待，而对下狱受辱的抨击，言辞中隐含的种种不平，令刘彻心惊。而司马迁所以自甘其辱，隐忍苟活，靦颜就职，原来竟是"恨私心有所未尽，鄙没世而文采不表于后也"。他的私心为何，文采为何？原来是要写一部私人撰述的《史记》。看他列举的种种人物，如西伯、孔子、屈原、左丘明、孙膑、吕不韦、韩非，皆有所厄，其成就亦皆逆境中发愤之所为，而司马迁仿效这些人，竟也在自己眼皮底下，完成了一部百三十篇的巨构，声称欲究天人之际，通古今之变，成一家之言，且藏之名山，传诸通邑大都之人，"则仆偿前辱之责，虽万被戮，岂有悔哉！"

读完《报任少卿书》，刘彻一则以怒，一则以疚，但最令他好奇的，是司马迁笔下的他，被写成了什么样子。于是谕令苏文速赴茂陵，敕令县令携吏封禁司马迁家宅。又敕令传口谕于司马迁，责其复信迹涉大不敬，罢其中书谒者令，以郭穰代之，令其上缴所撰《史记》，并速送建章宫。司马迁则暂时圈禁于家，待罪听勘。

《史记》于晚间运至，卷牍装了满满一安车。刘彻命侍者尽燃温室殿灯烛，他欲秉烛夜读，先命侍者找出《今上本纪》，匆匆浏览一过，不由得气冲丹田，喝问在一旁待命的苏文道：

"那个司马迁，听到朕的口谕，他知罪了吗！"

"司马迁看上去颇为虚弱，默然不语，只是将书册交出。奴才怕圣上着急，没敢耽搁，先把书册送回来呈请御览。"

《今上本纪》中全然不纪自己的文治武功，开疆拓土，反而集中记叙自己与李少君、文成、五利、公孙卿、勇之等方士的遇合交往，再就是巡游、祭祀、封禅、大兴土木、访仙求药的过程，而结果终不免于失败："今上封禅，其后十二岁而还，遍于五岳、四渎矣。而方士候伺神人，入海求蓬莱，终无有验。而公孙卿之候神者，犹以大人迹为解，无其效。天子益怠厌方士之怪迂语矣，然终羁縻弗绝，冀遇其真。"国之大事，在祀与戎，可本纪中非但不见自己数十年与匈奴的鏖战，征南越，伐朝鲜，收服四夷，为大汉扩增数十郡国的丰功，也没有立五经博士于学官，独尊儒术，不拘一格拔擢人才的记述。在司马迁笔下，自己竟然成了一个只知拜仙求神，对方士言听计从，却屡屡受骗的庸主。是可忍，孰不可忍！

侍从们又从书册中找出一卷司马迁的自叙，述其写作宗旨，发凡起例的条目，在看到"汉兴以来，至明天子，获符瑞，封禅改正朔，易服色，受命于穆清，泽流罔极，海外殊俗，重译款塞，请来献见者，不可胜道。臣下百官力诵圣德，犹不能尽宣其意。且士贤能而不用，有国者之耻；主上明圣而德不布闻，有司之过也"这段文字时，刘彻的怒气才稍稍平复下来。自叙所列书目，上自五帝，下迄自身，囊括数千年，且礼乐阴阳、天官星历、封禅平准、游侠刺客、功臣年表，竟是网罗殆尽，无所不包，诚可谓前无古人之作，古往今来之巨构矣！

刘彻命侍从们找出秦始皇的本纪来看。他自认文治武功超迈秦皇，倒要看看司马迁如何评价这个始创大一统的皇帝。他展开书卷，但没看几行，但觉一阵眩晕，眼前的文字仿佛变成了一群小虫，在他眼前嗡嗡乱飞。近来，这种眩晕发作得愈来愈频，他命侍从们收起卷牍，送自己回寝宫，他的身子全靠医药撑着，已经熬不起夜了，服药后他昏昏睡去，司马迁及其私撰的《史记》，已完全被抛诸脑后了。

五十二

征和二年八月庚戌（初六）日早，自长安向东二百余里的湖县泉鸠里一户人家中，太子刘据正与一中年男子低声交谈着什么。泉鸠里隶于湖县，华阴与湖县相距六七十里，泉鸠里就位于中间。

"曦明，吾等藏身于尔处已逾半月，汝家贫，负担不起，眼下瓮飧难继，吾有个办法，汝可还记得张勤？"

史东点点头，但面带疑惑。他母亲已于两年前故去，自己独身住在只有数间土屋的狭小院落中，平时他以卖履为生，一下子多了几张吃饭的嘴，负担颇重。

"张家富足，住湖县城里，你去寻他，说明吾等现在的处境，要他设法接济一下。风声稍过，吾等当另觅藏身处，不会拖累二位的。"

史东不悦道："殿下说的甚话？真是看轻了我史东！我虽穷，但也不会让你们饿到，可这个张勤靠得住吗？"

"张某曾为吾门人，后因母病归养，一定会帮忙的。你尽管去，有他相助，曦明你的负担也会轻很多的。"

史东拣起门后挂着的一捆草履，颔首道："那好，我马上就去，过晌回来。走时我会反锁院门，你们一定要保持安静，莫引起外人注意。"

约一个时辰后，史东到了湖县，边在集市中摆摊卖履，边打听张勤的住处。湖县城小，很快便打听到张家所在。他用卖履之钱买了粮食，随即前往张家。

得知太子藏在泉鸠里，张勤思绪万千，半月前得知太子杀了江充，京师大乱，他庆幸自己早已离开了博望苑，得免此事的牵连。而太子居然脱身，又找自己相助，冥冥中似乎上天给了自己一个出头的机会。海捕文书上称但得太子，不论死活，必有厚赏。当听到太子在史家时，他就已决定告变，同时他还要去见太子，当面说服其投案自首，如此天子也会高看自己一眼，那就不单是封赏，或许天子还能擢以不次之位呢。

他笑容可掬，满口答应，安排史东用饭，又命仆人收拾起一包钱物。待史东用过饭，他陪史东走到门前，指着停在那里的安车，揖手道：

"吾曾任太子门下宾客，帮殿下理所当然，家里适有安车，邀君同乘，这样可以快一点赶到泉鸠里，早些见到主公。壮士请。"

"你也要去吗？"史东心存疑惑，踌躇道。

张勤从仆人手中接过包裹，放入车中，指指笑道："主公有难，吾岂能坐视之，当然要相见，况且吾亦有话要对主公说。壮士请上车吧！"

马车果然轻快，晡时前即已抵达泉鸠里，史家院子甚小，马车只能停在院外。太子见到张勤，大喜，史东自去厨下备饭。张勤取出一壶酒，几斤熟牛肉，在食案上铺排开来，两人对坐，边饮边谈。互道契阔后，张勤避席顿首曰：

"下走不才，敢有一言相谏，望殿下纳之。"

刘据吃了一惊，诧异道："子仲何以为此？有话起来说。"

张勤起身入座，揖手道："殿下可知道当年吾何以告退还乡？"

"不是因令堂老病，回乡归养吗？"

"是，亦不是。实因道不同所致。殿下崇尚儒家仁义之说，而下走进学之始，即服膺黄老商韩之学，几十年一路走来，初心未变也。"

刘据沉下了脸，放下酒杯，问道："道不同，不相与谋；汝既初心未变，所来何为？"

"殿下危困至亟，下走是来帮殿下的啊！请殿下恕吾直言，当年下走离开，乃至今日回来，所为皆望主公迷途知返，以天下为重也。"

"哦，迷途知返？你是为谁做说客？"刘据凛然，心里暗恨自己没有识人之明。

"请殿下耐住性子，听听下走的陈情。老子云：'任一人之材，难以至治；一人之能，不足以治三亩之宅。'而后慎子将它具体而微地用于国家治乱，是所谓'尧为匹夫，不能使其邻家；至南面而王，则令行禁止。由此观之，贤不足以服不肖，而势位足以屈贤矣'①。再到韩非，则改为'尧为匹夫，不能治三人，而桀为天子，能乱天下，吾以此知势位之足恃，而贤智之不足慕也'②。试想，殿下若忍辱负重，等到承嗣大位那一日，江充之流何足道哉！而殿下今日之所以狼狈如斯，不也是无位无势所致吗？"

"汝到底想要说甚！"

"当下海捕文书已遍传关津，朝廷已布下天罗地网，殿下有插翅难飞之势。以下走之见，殿下应即刻投案，投案方能面君，方能当面陈情，方可挽回天心。留得人在，殿下终会有扬眉吐气的一日，一旦势位在手，则普天之下，尽在掌握，何仇不能报，何志不可纾！"

"你……你竟敢……"刘据浑身发抖，指着张勤，辞气凝噎，一时说不出话来。

史东仗剑而出，逼住张勤，怒骂道："早就看你不地道，背义小人，你的死期到了……"

张勤转过身，高声叫道："殿下要他别乱来，吾来前已遣家人上变，官军随时会到，托足无门之际，殿下还是听吾之谏，随吾投案，虎毒不食子，天子会宽恕殿下的！"

史东闻言，恶从心起，起手一剑，将张勤刺倒在地。刘据怔在那里，面色惨白。

"那厮的安车尚在门前，殿下招呼孩子们，带他们快走，我来善后。"言毕，史东走出房间，直奔院门，可随即退了回来，叫道，"不好，官军已经到了，殿下走后窗，我断后……"

剧烈的擂门声响起，还有人起脚踹门。刘据知道脱身已无可能，长叹一声，将屋门插上，解下腰间的丝带，缚于门轴之上，在另一头打了个活结，套入脖颈，之后猛然向下一坐，随着颈骨折断的声音，他的头垂了下去，从另一间屋子

---

① 出自《慎子·威德》。

② 出自《韩非子·难势》。

奔出的皇子们，见此情景，皆惊呆了。

院门被踹开，官兵一拥而入，史东拼死格斗，被四五名士卒围住脱不得身，随后冲入的一名矮个子，一脚踹开房门，紧跟其后的是带队的新安令史李寿，他抱住刘据，松开他脖颈上的活结，但为时已晚，太子已没有了呼吸。

一皇孙欲抽佩剑，却被抢步而前的士卒的长殳刺倒，另一个皇孙欲逃，没跑出几步，亦被飞矢毙命。院内的史东寡不敌众，亦被刺倒。李寿吩咐将五具尸身抬到车上，又指着踹开房门的矮子道："你甚地方人？报下姓名，吾当为你向上请功。"

"小的张富昌，弘农山阳①人，也是京辅都尉麾下的兵卒。"

此时的刘彻，已移居未央宫温室殿，半个多月过去了，迟迟没有太子的消息，使他既郁闷，又愤怒。孽子究竟藏身何处？函谷关、武关等重要关津几乎一日一报，皆未见太子的踪迹，难道他还在畿辅，躲在甚地方看自己的笑话！

中书谒者令郭穰匆匆走来，将一封简牍呈于案上，顿首道："陛下，茂陵令、尉呈来变事书②，说司马迁死了！"

刘彻一怔，失声道："甚？司马迁死了？怎么死的！"他拿起简牍，呆呆地注视着眼前的那几行隶书：

茂陵令誉、尉鸿稽首再拜：故中书谒者令、太史令司马迁已于昨夜畏罪亡故，究其家人，言其自雁罪后已绝粒③多日，只进饮水而致，并叩请允其埋骨于故乡夏阳。臣等疏于监管，叩头叩头，死罪死罪。

看来如其所言，司马迁这是以死明志，是所谓偿前辱之责，虽万被戮而无悔。司马迁的《史记》已被送藏于石渠阁封存，但上次刚看了个开头的《始

---

① 弘农，西汉郡名，山阳为其所辖县。

② 变事书，汉代用语，即下层官吏向上司或皇帝上报突发或紧急事件的报告。

③ 绝粒，汉代用词，即绝食。

皇本纪》尚在寝宫，他命郭穰找出那卷书册，重新读了起来。

秦王为人，蜂准，长目，鸷鸟膺，豺声，少恩而虎狼心，居约易出人下，得志易轻食人。

这司马迁借他人之口，把个秦始皇说得如此不堪，真是用笔杀人的好手。如此看来，他在自己身上落笔，还算客气，刘彻摇摇头，露出一丝苦笑。

但看至嬴政一统天下，称帝称朕后，北驱匈奴，南收百越，连年巡游访仙、求长生不死药诸事，又觉得与自己历年之所为，仿佛相似，心中又生出几分警惕，好在自己并未焚书坑儒，而是黜百家而尊儒术，虽然亦好杀人，但尚不如始皇帝那般暴戾恣睢。刘彻很清楚，在后人眼中，自己绝不会是祖父、父亲那样的明君，会是个像始皇帝那样的暴君吗？

始皇长子扶苏建议不要坑杀诸儒，反对以严刑峻法治国，始皇怒，使扶苏北监蒙恬于上郡，留下了日后赵高得以行奸篡夺的机会。始皇帝自以为关中之固，金城千里，子孙帝王的万世之业，至晚年却妖祥数见，及至身死沙丘，赵高等密不发丧，旬日之间，李代桃僵，赐死扶苏，胡亥登位，而宵小无道，指鹿为马，国事蜩螗，及至一夫作难而七庙隳，身死人手，为天下笑。司马迁大段引用了贾谊的《过秦论》总结秦之所以灭亡。少时父皇也曾推荐此文与他，他亦曾用心攻读，他自信自己功业超迈始皇，也绝走不到亡秦的地步。但司马迁的话还是让他意有所动。

秦王怀贪鄙之心，行自奋之智，不信功臣，不亲士民，废王道而立私爱，焚文书而酷刑法，先诈力而后仁义，以暴虐为天下始。……借使秦王论上世之事，并殷、周之迹，以制御其政，后虽有淫骄之主，犹未有倾危之患也。

贵为天子，富有四海，而身为禽者，其救败非也。

秦王足己而不问，遂过而不变。二世受之，因而不改，暴虐以重祸。子婴孤立无亲，危弱无辅。三主之惑，终身不悟，亡不亦宜乎？当此时也，世非无深谋远虑知化之士也，然所以不敢尽忠指过者，秦俗多忌讳之禁也，忠言未卒于口而身糜没矣。故使天下之士倾耳而听，重足而立，阖口而不言。

是以三主失道，忠臣不谏，智士不谋也。天下已乱，奸不上闻，岂不悲哉！……故秦之盛也，繁法严刑而天下震；及其衰也，百姓怨而海内叛矣。故周王序得其道，千余载不绝；秦本末并失，故不能长。由是观之，安危之统相去远矣。鄙谚曰："前事之不忘，后事师也。"是以君子为国，观之上古，验之当世，参之人事，察盛衰之理，审权势之宜，去就有序，变化因时，故旷日长久而社稷安矣。

儒家事君，服膺的是孔子的"和而不同"，而他深信的，是商韩之说，所谓"臣事君，子事父，妻事夫，三者顺则天下治，三者逆则天下乱，此天下之常道也，明王贤臣而弗易也"①。儒家是他用来粉饰太平、教化百姓的，而法家才真正洞悉了人性之恶，是治国的真筌。对黔首，就是要"虚其心，实其腹，弱其志，强其骨"，严刑峻法辅之以儒家"君君臣臣父父子子"的教诲，让臣民安分守己守规矩，所谓王霸杂用之道，使他们成为朝廷赋税、兵源取之不竭的源泉，才能真正富国强兵，造就子孙万世不摇的基业！刘据、董仲舒、司马迁这些个人，搞不懂"阳儒阴法"的道理，是太书生气了。

贾谊、司马迁都将亡秦的教训归结为"仁义不施而攻守之势异也"，在他们眼里，刘据与扶苏类似，是个可行仁义的皇帝。刘彻本也期待着儿子做个守成之君，即便自己做得过了头，儿子也可以矫枉，现在搞成这样子，如何救败，作何收场？

郭穰匆匆走入寝殿，顿首奏报道："陛下，丞相等求见，太子有消息了！"

刘彻心中一喜，推开书册，吩咐要他们进来。

刘屈氂面色凝重，指了指身旁的京辅都尉道："胡大一昨日午间接到上变，说太子匿于泉鸠里，都尉随即调集三辅县兵，赶到泉鸠里一户人家，太子脱逃不得，自尽身死，皇孙二人亦死于乱中。他们的尸首，要不要运来京师，如何处置，敢请陛下指示。"

刘彻的头嗡的一声，心一下子从九天落到了九地，一种极度失望攫住了

---

① 出自《韩非子·忠孝》。

他。他强忍着才没有掉下泪来，他要维持惯常的刚烈，绝不能让臣下觉察到自己些微的软弱。整座寝殿笼罩在可怕的静默中，静得几乎能听到人的心跳声，萦绕着一股让人喘不过气来的张力。

良久，刘彻压制住锥心之痛，详细询问了抓捕的始末、太子与皇孙的死因，得知刘据宁死不降，反而刺杀了谏降的说客，他的心又硬了下来。

"最先捕到刘据的那两个人叫甚，李寿、张……"

胡大一道："新安令史李寿、士卒张富昌。"

"朕曾许诺，获元凶者，无论死活，必予厚赏。刘据既怙恶不悛，虽死在先，朕盖行疑赏，所以申信也。兹诏封李寿为邘矣，张富昌为题侯。"

胡大一又道："敢问陛下，那个告变而被杀的张勤，作何处置？"

"那个人既曾为门客，却又出卖主公，卖主求荣者，小人也，小人也要赏吗！"又是锥心般的刺痛，刘彻怒形于色了。

众臣面面相觑，皆唯唯称是。

良久，刘屈氂鼓勇道："敢问陛下，太子与皇孙们的遗体，如何安置？"

刘彻不假思索道："当然是就地掩埋，敕告湖县长吏，寻块地好好安葬了。"卫子夫、太子妃史良娣葬于城南桐柏亭，史皇孙夫妇暨皇女孙葬于广明苑，在刘彻看来，这些个人既然悖逆从乱，也就不再属于皇室，当然也不能够陪葬在茂陵。

众臣退下后，刘彻又吩咐郭穰传谕茂陵长吏，解除对司马家的圈禁，允准司马迁埋骨夏阳。他不想被后人看作又一个坑杀读书人的秦始皇，况且这些人本就是些骨鲠忠臣，这样的人，对朝廷而言，有些少了。

五十三

"大单于，汉地有消息来了，哲别回来了。"

狐鹿姑猛地从靠枕上抬起身来，吩咐传哲别进帐。得知长安宫变，汉天子与太子内斗，他不由得大喜过望。自浚稽山一战，虽逼降李陵，但己方伤亡惨重，加之连年蝗旱，畜群大减，匈奴的实力已远不如前，龟缩于漠北，几年不曾南下掳掠，好在汉军缺马，也未曾出塞作战。现在汉廷内乱，正是自己的机会。他早就想夺取汉军建在塞外的城障，这些城障，如光禄城、受降城、范夫人城之属，是汉军深入漠北的先遣据点，也是塞外作战的强有力支撑，构成了匈奴的腹心之患。

"这么说，你离开时，长安尚在太子手中，目下汉地传来的消息，太子已然逃亡，朝廷发了海捕文书，想必他也躲不了几日。"

哲别颔首道："大单于所说甚是。在下回归路上，不时听说长安城血战了五日，死伤数万人。汉人这次元气大伤，目下他们民心摇荡，顾得了头顾不了尾，俺阿塔说是个好机会，要我务必赶回来报知大单于。"

"秋高马肥之际，汉人送这么个机会过来，我强胡当然不会辜负。来人哪，传令各王，速选所部精壮人马来会，南下秋猎。"

八月癸亥（二十日），三辅地震，房倒屋塌，民间皆惶惶不安，纷传这是老天示警，天下要步入多事之秋，家家户门紧闭，街巷渺无人踪。夜分时，数十骑卫夹护着一辆安车抵达横门，被屯卫的士卒拦住，及至看清贰师将军的车旗，方打开城门，放他们进城。

李广利在外郡早已听说京师宫变的消息，太子兵败身死，这简直是天从人愿，他提早回京，就是为了与亲家谋划一个万全之策，让昌邑王填补储君的空位。进城后，他先赴北阙呈递名刺①，得知皇帝已安歇，心中暗喜，吩咐车驭道："先去尚冠里丞相府。"

刘屈氂已经得信，早早等在府门前，见到李广利，感慨系之，苦笑道："将军出外这些日子，难矣哉！好险咱们就见不到了！"

寒暄过后，刘屈氂将李广利领入密室，将太子诛韩说、江充，起兵夺权，皇帝责令平乱，长安血战，及至太子兵败亡命，身死湖县等事件经过细细缕述一过，把个李广利也听得心惊色变，叹息不止。

"今上老病缠身，国无储君，会动摇国本，不知皇帝对此作何考量？"良久，李广利终于问出了最想知道的问题。

"谁知道？自得知太子自经后，今上的脸色阴晴不定，尽管封赏了抓捕者，可仍能感觉出他心有隐痛。朝议根本不敢触及此事，怕惹动圣上的雷霆之怒。可偏有不识趣者触了这个霉头。"

"哦，甚人触了霉头，怎么回事儿？"

"燕王刘旦。自以为刘据一死，他年纪最长，次第当立，所以竟然昏了头，上书请求入京宿卫②。今上怒甚，将燕国呈递上书的使者立斩于阙下，给了他一个无言的警告。稍后又借口其收纳亡命，将燕国削封三县③，看来，今后他再无机会了。"

刘旦是刘彻第三个儿子，母李氏，不得宠，虽为皇帝生了两子一女，却连个夫人的名号也未得着。刘旦为人辩略④，博览经书杂说，好星历术数倡优涉猎之事，就国后，好客招游士，结交郡国豪杰，遐迩闻名。但此番贸然行事，

---

① 名刺，即通报自己身份的简牍，类同于今之名片。

② 宿卫，赴宫中值宿，承担保卫皇帝的责任，寓意愿接储位。

③《汉书·武五子传》："及卫太子败，齐怀王又薨，旦自以次第当立，上书求入宿卫。上怒，下其使狱。后坐藏匿亡命，削良乡、安次、文安三县。"

④ 辩略，智而有谋。

反而招致了皇帝的恶感，断送了可能的机会。

"那么广陵王、昌邑王呢？以君侯之见，今上属意于哪位皇子？"李广利强按住心中的喜悦，问道。

"广陵王好游猎逸乐，无法度，远不如燕王，绝入不了今上的法眼。昌邑王虽安分，但亦骄奢逸乐过度，传闻近年体质羸弱不堪，能否承担大任，堪忧啊！即便如此，以吾之见，昌邑王的机会更大一些。"

"赵婕好生的那个小的呢？今上爱屋及乌，会不会选他呢？"

刘屈氂连连摇头道："国赖长君，主少国疑，三岁多的孩儿，靠不住，靠不住的！"

密室的门帘后似有人偷听，李广利大惊失色，喝问道：

"甚人！"

"能是谁！"门帘一挑，瑛姑单手托着一只漆盘，内置两盏清茶，笑眯眯地走了进来。

"将军与我家大人密谈，我想不方便侍女送茶，于是自己端过来，打搅了吗，亲家？"

"原来是亲家母，不打搅，不打搅！"李广利堆下笑脸道。

"他们咒死了髆儿的娘，咱们何不有样学样，也还给这孩子，除去这头隐患……"

刘屈氂瞪了妻子一眼，压低声音道："给我住嘴，你个妇道知道个甚！巫蛊案未结，你竟欲顶风作案，大逆无道的罪过，要诛三族的！"

李广利亦频频颔首道："亲家，千万别，犯不着。丞相与吾甚也不用做，只须等着，到时候皇帝自会做决断，十有八九，皇储的位子还是会落到昌邑王身上的。"

瑛姑放下茶盘，乜斜了李广利一眼，笑道："若真是这样，俺就放心了。将军接着谈，俺去预备饭食了。"

瑛姑走后，李广利皱着眉头，低声道："君侯记住，要管住她的嘴，千万不要轻举妄动，把稳赢的棋输掉了！"

几乎是在李广利还京的同时，狐鹿姑单于的大军以迅雷不及掩耳之势突袭了受降城，拿下受降城后，连克涿河、头曼、之就三城，兵锋直入五原郡内，兵临光禄城下。东部都尉出战，兵少，战死。在东线，右贤王率部亦侵入上谷郡，杀掠吏民，掳掠后扬长退去。其后，匈奴合军一路向西，攻克范夫人城，再次控制了汉军北进的天险要隘——夫羊句峡，随即深入酒泉，于偃泉障与汉军接战，众寡不敌，北部都尉战死。一时间，烽烟大起，警报频传，边塞一日数惊，又出现了十几年不见的局面。

九月，匈奴大军满载而归，沿边汉军皆固守城障，眼睁睁看着胡骑扬长而去。左大将偃渠纵马赶上狐鹿姑，志得意满地问道：

"大单于，下一处去哪里？"

狐鹿姑瞥了他一眼，摇摇头道："哪也不去，回单于庭。"

"我军连战连捷，汉军胆寒，龟缩于城障内不敢出战，离天寒尚有半月，我强胡何不借胜势再战，在下实在是不明白！"

狐鹿姑道："你知道个啥？以我现有的实力，与汉人如此体量的敌手对决，还要再休养生息五十年！"

他停顿了一下，拍了拍偃渠的手臂道：

"就是打，也得在自己的地盘上打！汉军败在猝不及防。现在长安已接到报告，很快就会有大军赴援，在敌人的地盘上作战我们占不到便宜，但我赌他们一定会追到我们的地盘上去，那时候我军以逸待劳，方有获胜的把握。"

得知匈奴大举内犯，杀两都尉，尽毁塞外诸城后，刘彻当即诏令厉兵秣马，他决意遣大军远征漠北，寻匈奴主力决战。为此，他不顾凛冬，冒着严寒巡视了安定与北地。此番伴车驾而行的除贰师将军李广利外，都是侍中近臣，如奉车都尉、尚书令霍光，侍中金日磾、上官桀、马何罗等。近年来，决策权愈来愈转移至内朝，也就是皇帝与以霍光为首的尚书台，而以丞相、御史大夫和九卿组成的外朝，渐渐成为等因奉此的行政执行机构，呈现了内重外轻的局面。

自北地回来，刘彻决策兵分三路，深入漠北，与匈奴主力决战。此番出塞全用骑兵，是最大规模的骑兵会战。主帅仍用贰师将军，骑兵七万，主力为河西各属国都尉调集来的骑兵。自朔方出塞，仍循赵破奴、李陵当年出征之路，越过浚稽山，直插郅居河单于大帐。偏师两支，一为御史大夫商丘成率骑兵三万，自西河出塞，牵制左贤王所部。重合侯马通被委以独当一面的重任，率骑兵四万，自酒泉出塞，兵锋直指天山，欲寻右贤王所部作战。

为达到出敌不意的目的，出塞的时间也比以往早得多。漠北冬季严寒，匈奴部落分散，一般都散居于山中的冬季牧场，机动、集结均不易。开春三月，温度才回升至冰点以上，一个冬季的消耗，可以说是人困马乏，需要整个春夏的休养生息，方能恢复元气。刘彻选择这个时间点出击，就是打算出敌不意，一举摧毁匈奴的主力，解决边患问题。

刘屈氂咨商太史，于朝会时力谏不宜，称孟春之季，毋变天之道，其中重要一条，就是《礼记·月令》所言："是月也，不可以称兵，称兵必天殃。"刘彻答以匈奴以吾内乱乘隙蹈瑕，犯三郡，杀两都尉，掳掠边民，不予以即时痛击，不足以彰大汉之威。书册上所言虽是常规，但事急从权，不可拘泥，丞相须尽快赶办军资，保障大军如期出塞，耽搁了军事，莫怪汉法无情。把个刘屈氂说得灰头土脸，唯唯称是。回府气闷难耐，将事情叙与夫人瑛姑听，瑛姑亦怒道：

"夫君与刘据血战数日，才挽回了败局，天子刻薄寡恩，非但无封赏，反而鞭打快牛，事事诛求。君侯以宗室助理万机，勤于公事却动辄得咎，从前那些丞相鲜有善终者，不如托病请辞，以苟全性命。"

刘屈氂叹息道："吾岂愿为相，不得已也。如今势若骑虎，如何下得来？"

"上次亲家来家，说起皇储之事，卫氏已败，所忌者天子尚在，一旦不讳，汝等一个握有兵权的将军，一个主持朝政的丞相，绝对有力量扶昌邑王继嗣，以吾女流之见，但看敢不敢，俗谚'先下手为强，后下手遭殃'，是不是这个理！"

"汝知道个甚！亲家空有将军之名，除非出征，手里没有一个兵！至于朝政，决策政令皆出于内朝，皇帝身边那些人，权势在吾之上，还先下手为强？这等毁家灭族的话，千万不要再说了！"

瑛姑苦笑了一下，不再作声。在她看来，只有昌邑王承嗣大位，刘家与李家方能长享富贵，事情的症结其实只有一个，就是皇帝，他在位一日，即便夫君战战兢兢，如履薄冰，或仍难得善终；而一旦他不在了，夫君与亲家绝对能够左右大局。这件事，男人们不敢做，有机会她却要试试，总比无所作为、束手待毙强。

转眼就到了三月初一，刘彻命将出征，三将军领命，各赴前敌，按预定方略进兵。丞相刘屈氂则率九卿、众臣于横门外为贰师将军祖道^①送行，预祝大军马到功成。酒过三巡，李广利站起身，向刘屈氂使了个眼色，随即与诸人互道珍重，相揖而别。刘屈氂亦骑行送至渭桥。

两人并辔而行，觑觑左右无人，李广利附耳道："愿君侯早请立昌邑王为太子，日后承嗣为帝，吾与君侯还有甚可忧虑的呢？"

刘屈氂默然，良久颔首道："亲家放心，有机会吾会上表的。望将军大破北虏，皇帝心欢之际，方可进言，愿与将军共勉。"

到了三月初三，例为长安祓禊^②之日，瑛姑一早即乘车前往渭水之滨，借口是祓除秽气，实则来见一个也是出身涿郡的女巫。女巫名骆贞，刘屈氂为涿郡太守时，骆贞曾为其母下神诊病，颇受瑛姑厚待，甚相熟。后骆贞游方南下江汉，辗转落脚长安灞上，专事祓禊。瑛姑得知她在长安后，遂起了祝诅的念头。她是个说干就干的女人，夫君畏慎不敢，她偏要试试。骆贞知道刘屈氂做了丞相，对瑛姑格外巴结，做过祓禊的法事后，将她让入内宅，奉茶话旧。

"多年不见，恭贺刘大人贵极人臣，夫人与有荣焉。"

瑛姑矜持地笑道："世人只见丞相一人之下，万人之上，却不知担着多大的风险。前一阵子宫变，好险，差点赔上性命。"

"丞相吉人天相，还不是收拾了乱党。"骆贞赔笑道。

瑛姑示意，要骆贞坐到跟前来，低声问道："听说你去江汉游方，有个名李灵的巫，你见到过吗？她现在何处？"

骆贞摇摇头道："李灵？没见到过，可在那一带遐迩闻名，自朝廷查办巫蛊，她是当事人，怕是早就藏身化外之地去了。夫人问她做甚？"

---

① 祖道，汉代用语，意谓设宴送行。
② 祓禊，音福息，西汉于春秋两季在渭水之滨举行的除釁洁身、祓除不祥的祭祀活动。

"不做甚，随便问问。巫蛊案，朝廷将长安三辅的官私巫觋都造了册，吾在名册上见到了你的名字，知道你也来了长安。吾家有事，要找个靠得住的人，今日被禊，正好过来看看你。"

"谢谢夫人看顾。敢问夫人家有何事？"

"贰师将军李广利汝可知道？"

"听说过，说是李夫人的兄长，昌邑王的娘舅，对吧？"

"对。吾家儿子娶了他家女儿，成了亲家。"

"可喜可贺，能与这么一门贵戚结亲，公子必然前程无量。"

"你知道，太子已死，储位空虚，可为嗣者尚有四子，昌邑居其一。吾想知道他的运气如何，你能下神，请为吾一试。"

骆贞眉头微蹙，嗫嚅其词，许久才怯生生地问道："朝廷查巫蛊正急，这样不犯忌吗？"

"朝廷？朝廷大事哪件不经过丞相！京师三辅所有巫觋的名册皆在相府，犯甚忌？"

骆贞唯唯，闭目凝思，气息仅属，神游物外，良久，方欠伸而醒。

"恭喜夫人，昌邑王机会还是有的……"

"啥叫还是有的！我问的是，四个皇子之中，谁最可能继嗣？"

"天子最中意少子，可年龄太小，昌邑王有机会，是说其母生前备受宠幸，天子或会爱屋及乌，且昌邑王春秋正富，燕王、广陵王不足道也。"

看来，症结还是在皇帝身上，夫君正在失宠，就这样被动地等着，后事难料，危机重重，一念至此，瑛姑下了决心，要把主动权把握在自家手里。她直视着骆贞，口气中也多了几分凶险。

"灞上有里社吧？"

"有。"汉初高祖十年，有司奏请令各县里社奉祀后稷之祠，各乡里纷纷筑坛栽树。灞上之社树已近百年，大可数围，每年仲春时节，也就是立春后第五个戊日为春社日，乡里男女皆辍业与祭，聚会歌舞饮食，巫在此场合是祭祀的主角。

"到时候我也来，找间密室，你再为我正式下一次神。"

"敢问夫人，下甚神，所问何事？"

"事关重大，天知，地知，汝知，吾知。要管住自己的嘴，一旦事成，你会是大功臣，贰师将军与丞相，都会厚赏于你的。"

"骆贞指天誓日，决不泄露一字。"

瑛姑满意地笑了："下凶神卫子夫，向她征询一下皇帝还有几日的活头。"

五十四

得知汉军大举出塞，狐鹿姑单于一则以喜，一则以忧。喜的是，他的战略成功了，汉军为了报复，远征漠北，到一个不利的环境中作战，于己有利；忧的是，汉军数量大于匈奴，且全部是骑兵，机动性强，硬碰硬的会战风险很大。

他思忖了一个晚上。次日，他发布敕令，快马传递到匈奴的每个部落。他要求尚在冬季牧场的所有人，悉将牛羊马匹与辎重迁至赵信城北的郅居水 ①；又命左贤王迁其民人渡余吾水 ②，避居水北六七百里处的兜衔山 ③。他的第二道敕令是要求所有部落坚壁清野，使汉军一向打掠牧人、困粮于敌的故伎落空。汉军深入大漠，供给是其软肋，掳无可掳，汉军的攻势势必难于持久，而匈奴则可避其锋锐，击其惰归，在其人困马乏之际，一鼓歼之。狐鹿姑一直在研究汉军的战法，这次他决定用敌人惯用的战术痛击汉军，他的第三道敕令是严令各军耐下心来与汉军周旋，除非有胜机，不打无把握之仗。他则率精骑循安侯河左岸南下姑且水 ④，屯兵浚稽山口。

商丘成所部兵员最少，马匹最弱，出塞的目的是牵制住左贤王部，减轻李广利的压力。自西河出塞后，从俘虏的牧人口中得知左贤王欲将民人牲畜

---

① 郅居水，即今蒙古国北部之色楞格河。

② 余吾水，即今蒙古国色楞格河支流土拉河。

③ 兜衔山，地望位于今蒙古国乌兰巴托以北的肯特山脉一带。

④ 姑且水，即今蒙古国境内之翁金河，源于东、西浚稽山口，为汉军深入漠北必经之路。

迁往余吾水北，他从斜刺里抄了近道，但一无所获。他不敢太深入，于是还军浚稽山，打算与主力大军会合。单于派亡大将暨李陵所部，一路追踪至浚稽山。商丘成并不慌乱，步步为营，以弩箭射住阵脚，待敌三鼓而竭时，放马出击，杀伤甚众，两军遭遇后缠斗九日，胡骑死伤甚多，由是退兵。商丘成得知李广利大军已经北上，而本军辎重不继，以此退回塞内。

李广利所率的七万骑兵自朔方出塞，自受降城一路向西北疾行，两日后即抵达夫羊句峡，打了匈奴人一个措手不及。李陵败后，这里一直有胡骑驻守巡哨。李广利命所部属国都尉的二千骑打头阵，没料到汉军来得这么快，散布于野的胡骑稍事抵挡，遂退往范夫人城，匈奴左大都尉与卫律率五千人屯驻于此，得知夫羊句峡失守，汉大军随后冷至，两人商量了一下，自觉不敌，决定弃城北走，向大单于通报消息。

范夫人城进可攻，退可守，李广利原打算屯兵于此，等候辎重，补充军粮，同时等商丘成部前来会合。不想数日后，辎重虽到，海西侯府的府掾胡亚夫也跟了过来，向他报告了一个令心胆俱裂的消息——丞相夫人事涉巫蛊，遭人告变，丞相全家被逮，贰师将军全家亦牵连下狱。事发当日，胡亚夫适不在府中，遇同乡太医令随但，要他速逃，他不敢回家，单骑出逃，追上送辎重的队伍，一路跟了过来。

"丞相素来谨慎，怎么会出这种事情！"待押送辎重的官员退下后，李广利示意胡亚夫来到身前，低声问道。

"随大夫说，丞相夫人找女巫祝诅圣上，遭谒者令郭穰举报，圣上怒甚，敕令彻查，故牵连甚广。"

"郭穰？他一个宫中的宦官，又从何知晓此事！"

"听随大夫说，京师查办巫蛊事急，丞相夫人所托女巫与郭穰俱是中山国人，女巫情急之下，去郭穰处上变，是以事发。将军打算怎么办？"

李广利面容惨沮，低首长吁道："还能怎么办！早知道这女人会坏事，今果如此，奈何奈何！"

胡亚夫略事停顿，鼓勇道："事到如今，我看将军只有一条路好走。夫人家室皆在狱中，除非将军能一战立下大功，称天子之意，若不称意，适与家人会于狱，那时候郅居河北可复得见乎！"

李广利猛然抬起头，紧盯着胡亚夫道："汝所言甚是，非深入不足以邀功。西征大宛吾军折损甚众，可一旦带回了天马，天子释怒而喜，将士俱得封赏。吾等若能一战而歼匈奴主力，安知天子毋能宽宥于吾及家人乎！"

他又思忖了片刻，若坐等御史大夫，山北的单于会有时间做准备，调动大军迎战，而兵贵神速，只有打对手一个措手不及，方有胜算。于是他做出了决断，传令三军连夜北进，只有乘隙蹈暇，重创单于，他在天子眼中方有价值，或能逃过一劫。

翌日午时，汉军越过浚稽山口，但单于大军已经不见踪影，草地上随处可见胡骑仓皇撤离的痕迹。显然，得知汉大军将至，胡人比权量力，自知不敌，故而避战。李广利邀功心急，传令就地埋锅造饭，餐后军指郅居河。

"将军这是急的个甚？全不循既定方略，先是抛下御史大夫，再就是一个劲儿地催快，我军深入敌境，这么干能行吗！"辉渠侯雷电得知军令后，摇摇头，对传令的长史孙智道。

孙智颔首道："我也觉得昨日胡亚夫来后，将军就不对劲，整日蹙额叹息，仿佛揣着多大的心事。胡亚夫是侯府的掾吏，跑到前线来做甚？想来一定是将军家里有事，而且不是好事。"

"大人没问问押送辎重的人，京师出了甚事？"

孙智摇摇头道："问过了，可他们也不晓得，这些人离开时，京师还是一如既往，胡亚夫几天后追上他们，说是家中有信带给将军。"

"那只能问胡亚夫本人了，会是甚事呢，搞得全军上下不安。"

"难说，我看不会是甚好事，如此匆忙深入，也不合将军惯常的秉性，我看他求战心切，急于邀功，反而会置我军于险境，这里终究是匈奴的腹地，地利、人和都在胡人那边。"

雷电颔首道："大人所言甚是，赵破奴、李陵前车可鉴，真的是急不得，一旦被人断了归路，危矣！"周边将士纷纷点头，议论纷纷，都觉得盲目推进不是好兆头。但军令如山，也没人敢与违抗，故午后，全军继续开拔，直奔郅居河而去。

"汉军主力已越过浚稽山口，正往邪居水而来，我军该当如何，大单于要做决断了！"在狐鹿姑的大帐中，左右贤王与诸王大人围坐一堂，均沉默不语。良久，左大将偃渠直视着狐鹿姑，率先问道。

狐鹿姑仍不动声色，似乎在想着什么。

"大单于，不能再拖下去了，汉军已经深入我腹地，再不出击，我强胡之土将遍遭汉人蹂躏，人畜大伤的！"右贤王亦忍不住开口道。他与偃渠率二万胡骑，于天山迎击另一路汉军，但权衡形势后，敌众我寡，自觉不敌，遂悄然东引，与狐鹿姑会合，又适逢左贤王部与商丘成战而不胜，亦回撤至王庭，三军合计十万众，是匈奴目下所能集结的最大兵力。李广利所部七万，处于劣势，似可一战。

狐鹿姑抬眼扫视着诸王，吐出了一句声音虽低，却震动全体的话："来得好，我怕的恰恰是他们不敢深入！"

偃渠道："大单于何意，请示下。"

"过了浚稽山还有燕然山，到了燕然也还不够远，还不足以耗尽其给养，所以还要引他们走得更远。李广利这回带的都是骑兵，当中不少都是属国①所属的叛贼，熟知我强胡战法，决不可小觑。"

偃渠仍不以为然，抗声道："一味避战，还能避到哪里？难道要他们再临北海！那我强胡的颜面尽失，大单于何以面对我先朝列祖！"

"我说过避战吗！诱敌深入当然为的是战而胜之，一鼓全歼，所以我们不用惯常战法，而是用对手的战法，以其人之道还治其人之身。我意已定，任何违背号令者杀无赦。你偃渠既然如此急不可耐，我即命你带两万人，将李广利引致邪居水北，做不到，失职认罚；做到了，在那里与之大战一场，挫其锐气，耗其战力，算你首功。"

偃渠抱拳领命。狐鹿姑对其余诸王道："余下八万人随我南下速邪乌燕然，在那里等汉人回来，那时候他们跑了几千里路，给养所余无几，人马疲惫不堪，而我军以逸待劳，方有全歼汉军的把握。我强胡多少年方等到如此机会，

---

① 属国，即朝廷安置于河西各地匈奴降人的行政区划，由属国都尉统辖。

各位一定要严守号令，不可自行其事，切记军法无情！"

李广利统率的全是久经沙场的骑兵，机动速度远过于当年的自己，缠斗八日夜，若非箭矢用尽，自己的步兵仍可能杀回边塞。右校王李陵觉得单于过于一厢情愿，于是出列抱拳道：

"汉军厉兵秣马多年，为的就是与我较战漠北。前阵子标下与汉军较弱的右翼交战，缠斗九日，自浚稽山战至蒲奴水①，敌非但不怯阵，反而予我杀伤甚众，我等不得不退兵。草原戈壁，万马奔腾，全歼谈何容易！"

狐鹿姑一怔，李陵论起来算是他妹夫，所言又在理上，他一时竟难以置辩。诸王交头接耳之际，一人站出大呼道：

"怎么不能全歼，如大单于所言，我们可以以其人之道还治其人之身。防骑兵驰骋突击，汉人靠什么？长城、城墙；我们同样也可以困住汉人。"

是丁灵王卫律。狐鹿姑望着他，诧异道："难不成我们也学汉人筑城墙？哪里有这个时间、人力啊！"

卫律道："城墙当然筑不起，可挖壕掘堑，阻挡住敌军的退路，宽沟深堑足矣。"

"丁灵王说得对！"站在狐鹿姑身后的一人道，他是单于帐下的大巫骨都，每逢出征大战，他都会施法祝祷，卜筮吉凶。

"此番卜军事，得'汉军一将不吉'之谶，应该应在李广利身上。而去冬今春，漠北牛羊马匹多有死于冻疫者，现下天气转暖，不及时掩埋，恐疫病再起。我以为，汉军所经道路山川处，不妨抛掷畜尸以祝诅汉军。马匹一旦染病，挺不过几日，况俗谚有'失一狼，走千羊'之喻，汉虽强，不能耐饥渴，一旦染疾，我军乘其敝，定可大胜之！"

狐鹿姑豁然而悟，摆手示意诸王安静后，吩咐道："各位回去后饬令所部，征集疫亡的马、牛、羊，再告所有人等出征时，必带鹤嘴锄或土锸！"

三日后，汉军于郅居水上搭建浮桥，李广利留五万骑断后，自率二万骑

---

① 蒲奴水，即今蒙古国中部之翁金河。

渡河，在水北与偃渠所部相遇，李广利挥军北进，与胡骑合战一日，战况甚为惨烈，汉军强弩飞矢如雨，胡骑死伤甚众，偃渠战死，敌军心动摇，落荒而逃。李广利正欲追赶，胡亚夫附在他耳边低语，李悚然，于是饬令就地休整，而召集众将于中军帐内，商议进止。

原来数日来，军中窃窃私语，流言传布，扎营时胡亚夫不经意中听到了士卒们的议论，皆对贰师将军不顾一切地深入抱有怀疑。李广利得知后，命胡亚夫暗查根源，他提审了议论者，其中一人是中军的侍卫，交代了军司马孙智、军正赵始成与军中将领们谋划劫持李广利，全军回撤。

待将领们会齐，李广利一声暴喝，埋伏在帐外的卫士一拥而入，将所有人等缴了械。李广利逡巡踱步，走到孙智与赵始成身前，冷笑道："汝二人煽风点火，摇惑军心，可知罪？"

知道所谋暴露，参与密谋者皆色变，孙智面色惨白，强作镇定道："将军所为，一反平日，令标下等不能不心生疑惧。天子发兵时诏命毋深入，而将军怀异心，欲危众求功，恐必败。吾等不过想要我军尽早脱离危地，全师而退，并无加害将军之意。"

"汝等造谣生事，惑乱军心，还敢哓哓置辩，该当军法处置。来人啊，将孙智、赵始成、雷电军前正法，以儆效尤！"

几名虎狼卫士不容分说，将三人押出大帐。稍后，刀斧手将三人首级拎入，李广利点点头，命令将首级悬于大旂之下示众，之后扫视着众将道：

"各位，胡虏避战，不深入能够得着打，以慰天子之望吗！国家养兵千日，用在一时，此番出塞的目的，就是要大破胡虏。吾再申军令：畏懦退缩、惑乱军心如孙智、雷电、赵始成者，必正以军法；奋勇杀敌者录功入册，得胜还朝后，本将军定在天子面前为其叙功，也必得朝廷的厚赏。"

将士们惊惧冷漠的目光令他心里发凉，他知道军心已然不稳，众人的沉默中饱含着不祥与疑虑。但即使不再深入，他也要再寻一个与敌主力交战的机会，一个左大将的人头，尚不足以印证他在天子心目中的价值。胡虏避战的同时实施了坚壁清野，十几日来，四出打掠的汉军每每空手而归，每人驮带的干粮已不足以支撑进一步的深入。他饬令循原路返回，期望回军途中能够遭遇敌军，再胜一场。胡亚夫曾隐晦地暗示他应与胡人接洽归降，被他拒绝了。塞内中原才是他李家发迹富贵之乡，他不想垂老投荒，在一个陌生的环境中消磨余生。

大军缓缓而行了三日，终于还归到燕然山，越过这道大山，是一片广阔的戈壁，循姑且水南下，再穿越浚稽山口，向南不远，骑兵只需一日的行程，即可抵达边塞。离家国愈近，李广利的心愈沉重，近些年来，皇帝爱憎不一、阴晴不定的态度，使臣下无一不如临深渊，战战兢兢，他对巫蛊的严酷，李广利自觉难以面对，此番回去，是不是会如胡亚夫所言，是自投罗网呢！

凝思之际，斥候来报，燕然山南戈壁滩上，发现大股胡骑。李广利吩咐再探，同时饬令全军以作战队列行进，自己则带着侍卫，驰至燕然山口，跃马山头，向前望去。但见蒲奴与姑且两水之间，黑压压布满了胡骑，军阵严明，旌旗猎猎，似乎早已在这里等候着与汉军决战。李广利俯瞰着戈壁，良久，对身旁的胡亚夫道："胡骑不下八九万，这下，我军遭遇劲敌了！"

孙智被斩后，胡亚夫已被任用为假司马①，他望着胡人的军阵，指着远处的狼头大纛道："单于在此，摆开了决战的架势。敌军逸，我军劳；敌军占有地利人和，我军孤军深入，粮秣不继，战，还是和，将军仔细斟酌。"

"当然是战，我等的正是这样一个决战的机会，成败利钝在所不计，胜负天定。胜了，凯旋还师；败了，听天由命……"

凄厉的号角猛然吹起，显然匈奴人也发现了汉军。李广利回转马头，下令击鼓排阵，以强弩射住阵脚。他的打算是，等待胡骑第一波冲击被击退后，大军强势跟进，直插单于所在，蛇无头不行，一旦擒获或杀死单于，匈奴军心崩溃，会作鸟兽散，汉军乘胜追杀，会获得空前的大胜。

两军对峙数刻，匈奴人终于发起了进攻，汉军一声号令，万矢齐发，胡骑人仰马翻，但攻势持续，胡骑如黑色的浪潮一波波涌进，直至两军短兵相接。鼓角声、喊杀声、惨叫声、呻吟声弥漫在戈壁滩上，直至暮色降临，方各自鸣金收兵。夜半，胡亚夫将战损报上，汉军伤亡过万，胡骑过之。照这样下去，彼此都支撑不了几日，取胜取决于各自的求胜意志与增援，而接应之军，汉

---

① 假，代行、代理之意；假司马即代司马。

军鞭长莫及，难以指望。李广利彷徨无计，走出大帐，望着远处匈奴人的篝火，在无边的黑暗中飘忽明灭，漠北四月夜间依然寒冷，一阵微风掠过，李广利打了个寒战，忽然有了种不祥的预感，他饬令全军束甲待旦，一俟天明，全军将且战且走，尽快回归边塞。

清晨雾气很大，汉军悄然开拔，但蹄声清晰可闻，奇怪的是，胡骑并未发起进攻，而是静静地跟在后面，行进数十里后，天色大亮，汉军暴露在全无遮蔽的戈壁滩上，左首姑且水，右首燕然山，胡骑远远在四周往来驰骋，渐成围攻之势，只在东北角，留出了大片空当。

"将军，胡人不知甚时，在我军去路上掘出了深堑，我军的退路断了！"前方的斥候飞驰而至，神色慌乱，揖手禀报。

李广利脑袋嗡的一声，心跳骤急，他率一众将士策马飞驰，直至深堑之前。一道宽、深数丈，绵延不绝的深沟赫然而现，沟对面是黑压压几排手执长弓的弓箭手，张弓搭箭，冷冷地瞄着对面的汉军。显然，这条道走不通了。

猛然间，伴随着凄厉的胡角，后路杀声四起，决战的最后时刻，到了。

五十五

五月的甘泉，满树新绿，鸟啭虫鸣，一派春光。刘彻倚在竹宫露台的卧榻上，出神地望着坡上郁郁葱葱的密林。春风将叶片掀起，露出叶背的灰绿色，在风中一闪一闪，有规律地摆动着，犹如黄海的波涛，层层叠叠，奔涌不息。瞬间的神游，他仿佛重桴于大海之上，感觉自己与仙山近在咫尺。他的时间不多了，明年他一定要再赴东海泰山的寻仙之旅，万一得遂所愿，岂不大幸。

"陛下，风大，切勿凉着了。"中谒令郭穰奉上一袭锦裘为刘彻披上，他的思绪又回到了令他愤懑失望的当下。

四月末，李广利大军覆没于燕然山的军报传至，那种失落、愤恨、自责是他第一次体验到的。他很清楚李广利远非霍去病，却将主力大军交与他统率，行前卦象、望气与卜筮皆称匈奴可破，时不再来。又称"北伐行将，于鬴山①必克"。他听信了这些预言，亲自下诏出师，并叮嘱李广利不可冒进。但这些都被他当作了耳旁风，据说直越郅居水，深入漠北三千里。他当然知道有人走漏了风声，李广利得知家室系狱，所以想逐匈奴主力而战，立大功以赎罪。可惜他不如霍去病远甚，霍去病三万骑打到北海，凯旋，而七万精锐之师，竟然断送在这庸才手里！

---

① 鬴山，若倒扣之釜形，故曰鬴山。

四夷既护，诸夏康兮；

国家安宁，乐未央兮。

载戢干戈，弓矢藏兮；

麒麟来臻，凤凰翔兮。

与天相保，永无疆兮；

亲亲百年，各延长兮。

耳边依稀响起《琴歌》，他记得，这是霍去病凯旋后，在未央宫的庆功宴上，霍去病抚琴吟唱的那支歌。其时的自己，正值壮年，壮志如山，而霍去病年方弱冠，雄姿英发，君臣和洽，上下一心，大汉朝如初升的朝日，生气勃勃。但霍去病妄行无道，罪无可绾，他内心虽时有惋惜，但绝无悔意，任何危及皇权、僭越律法之事，他也绝不会容忍。譬如当下的巫蛊案，虽查明系刘屈氂之妻一人所为，李广利全家并未参与甚至知晓，但他与刘屈氂私相授受，妄议立储，罪在不赦，与霍去病一样，非死不可！

刘彻使劲儿摇摇头，回过神来。近来幻视幻听的症状时有发生，太医称这是虚劳所致，重在调养。他眯眼望着郭穰，问道："逃回来的那些士卒，问讯过了？"

"问讯过了。"郭穰将问讯记录的简册呈上。

燕然山之败，少数士卒突出重围，回归边塞者千不及一。朝廷将这些人集中到京师，专人询问，就是要弄明白何以全军覆没。据生还者的口供，汉军归路被深堑阻住后，匈奴人发起了总攻，汉军大乱，作战失去了章法，各自为战，被胡骑分割包抄，而李广利则干脆遣使执白旗向单于请降，致使军心瓦解，其中各属国骑兵，原就是匈奴后裔，随之投降，拼死突围者多为汉人。而左右两路并无汉军来援，故大部战死，少数辗转逃亡，自居延返回。

得知实情后，又过了一个月，传来单于嫁女于李广利的消息。刘彻死了心，敕令将刘屈氂载以厨车，游街示众后与家人于东市处斩，其妻于华阳街枭首示众，以为行巫蛊者戒。李广利妻孥押赴北阙正法，以为无道者戒。至于商丘成，虽战胜敌军，但擅自退兵，马通一军，无所遇而回，均未能探明敌情，增援友军，皆无奖赏。唯开陵侯成娩①率西域六国兵策应马通，围车师后国，尽得其民而还，故予褒奖。

此番兵败，耗尽了数年来积攒的资源，处死了这些逆臣，也无法挽回当下的颓势，兵力、财力、马匹……处处支绌，短时间内难与匈奴再战，看来是得效先帝无为而治，与民休息了。刘彻心头，比战败更令他忧虑的是储君的问题，刘据死后，他心里空落落的，原以为即便为了抱负透支了国力，还有太子可以守成，为大汉收拾好残局，现下这个人没了，自己已是风烛残年，还有哪个儿子能担起这副担子呢？昌邑王是他所宠爱的，可风闻其沉溺女色，身体羸弱，母舅又先后被诛，能不心怀嫌怨？幼子弗陵年方四岁，长成还要许多年，自己还能撑到那个时候吗？若由钩弋摄政，将大汉的江山交给一个女人……他都不敢想象，会出现何种状况！

太子宫掘出的偶人，最终查明出自阳石宅邸，与太子无关，江充确有构陷之嫌，而江之所以如此，在于他与太子结过怨，害怕迟来的报复。而自己太自信，以为一切尽在掌握之中，而忽略了危机临头时人的本能反应。可太子擅杀大臣，是公然挑战自己的权威，是他绝对不能容忍的。事已至此，除非寻仙有成，身后之事已是刻不容缓的问题了。

刘彻站起身，觉得浑身软软的，一阵眩晕，步态踉跄，侍候在旁的霍光与金日磾赶忙扶他缓缓坐下，倚在靠枕上。

刘彻长吁道："老矣，不承想朕亦会有今日！"

"陛下御体未愈，好好将息，会硬朗起来的。"这还是以往那个刚健有为的皇帝吗？霍光一阵心酸，失声道。

"是吗？人能胜过天命吗！"刘彻意味深长地盯着霍光，既有希冀，又饱含怀疑。

"圣……圣上，金马门有人上变②讼太子之事，奴才愚昧，敢问如何处置？"郭穰快步行至御前，顿首陈奏，他气喘咻咻，看得出是一路疾行而来。

---

① 成娩，原匈奴介合王，降汉后以功封为开陵侯。

② 上变，即上变事书；变事，紧急非常之事。

"讼太子事……人呢？"

"被苏公公拦在金马门，说事涉太子，会惹圣怒。奴才正好经过那里，特为呈报。"郭穰起身，自袖中掏出一卷木牍，呈给了刘彻。展开简牍，但见数行八分书，工整厚重，刘彻先就有了几分好感。

长陵高寝郎、粪土臣田千秋昧死再拜上言变事书：子弄父兵，罪当笞；天子之子过误杀人，当何罪哉？臣尝梦见一白头翁教臣言……

刘彻心中一动，"白头翁……"，难道是神仙授意？他精神矍然而振，坐起身，吩咐道："朕的家事，岂容他人做主，你马上将告变者带来面朕！"

端详着面前这个身高八尺、体貌甚丽的男人，刘彻心情大好，巫蛊一案如何善后，他已经有了主意。难道不是老天借此人喻示于他乎！刘屈氂既死，丞相之位空缺，他正愁没有适合的人选，此人老成忠直，敢言众臣所不敢言，似可重用者，不妨留在身边观察几时。

"父子之间，人所难言也！公独明其不然。此高庙神灵使公教我，公当为吾辅佐矣！"

田千秋与侍从诸臣皆吃了一惊，田千秋连连摆手道："小臣无才能学术，亦无阀阅功劳，万不敢尸位素餐，坏了朝廷的大事……"

刘彻沉下脸，不快道："怎么，你以为朕无识人之明？"

田千秋一下子跪倒，顿首道："小臣不敢，唯材质菲薄，恐德不配位而已。"

"朕阅人多矣，看你行，你就行，先做大鸿胪，熟习一下宫中的礼仪，做得好，朕将大用，汝须用心耳！"

"隋大人，隋大人……"

太医令隋但离开钩弋宫，忽听到身后的招呼声，回过头，原来是黄门令苏文正急匆匆赶上来。隋但原为民间一游医，后为昌邑王疗疾，颇有起色，被推荐入宫为太医后，苦读《素问》《汤液》《本草》诸经，医术出众，超越同侪，几年内便升至太医令。

两人揖手为礼。隋但道："苏大人有事吗？"

"大人去了钩弋宫？"

隋但点点头，注意地看着苏文。"小皇子有些不适，赵婕妤传我过去看看。"

"哦，我还真有点事要告诉大人……"

"甚事？"

"朝廷正在询问逃回来的败兵，大人知道吧？"

隋但摇摇头道："不详细。"

"贰师将军府上有个叫作胡亚夫的书掾，大人熟识吧？"

隋但心里一紧，敛容道："知道这么个人，熟识谈不上。"

"败兵称，自从这个胡亚夫到了军中，李广利就失了常度，一味冒进，显然是得知家人牵连入狱，想以功赎罪，以致降敌。皇上也这么认为，敕命严查是甚人走漏了风声。"

隋但强作镇静，但一颗心已经凉到了脚底，苦笑道："吾虽与李将军同乡，但平素全无往来，怎么可能向他通风报信！"

苏文紧盯着隋但，笑道："大人放心，苏某决不会乱讲的。不过，你我均在宫中伺候今上，俗谚伴君如伴虎，一样的命啊！皇上御体不豫，疑神疑鬼，安危莫测，我所望者，彼此互通声气，坦诚相对，一起挨过这段艰难的日子。"

隋但如逢大赦，诚惶诚恐道："苏大人所言极是，下官愿与大人坦诚相对，共度时艰。"

苏文凑近隋但身前，低声道："以大人之见，皇上的身子还能挺多久？"

隋但也放低了声音，摇摇头道："不好说。皇上有很重的心事，疑神疑鬼，相火妄动而致腹脘痞满，一日往往不能尽一餐。《素问》①曰：人以水谷为本，故人绝水谷则死，脉无胃气亦死。若调养不利，拖不长的。"

"目下太子已殇，国本动摇，以随大夫看，哪一个皇子最有可能承嗣皇位，昌邑王吗？"

"昌邑王的身子还比不上皇上！吾奉君命，年初曾前往看视，羸弱不堪，缠绵病榻，命不长矣。"

---

① 《素问》，即《黄帝内经》。

"怎么可能？昌邑王就国时刚刚成人①，生机正旺，何以六七年后羸弱至此！"

"王好色特甚，就国后已有四女一子，可叹年纪轻轻就淘虚了身子，气息奄奄，全靠汤药延命矣。"

"既如此，少子倒是有机会了，不知皇上如何打算，国本堪忧啊！"

"大人是指赵婕妤之子？何以见得？"

"敝人常在御前，皇上身子骨硬朗的时候，携少子嬉游，常言此子类吾。皇上中意于少子，见于颜色，惜年幼，不知道能否延寿至他成人的时候……"

隋但摇头道："国赖长君，昌邑王不成，不是还有燕王与广陵王吗？"

"燕王、广陵王？不可能。燕王欲辞国求宿卫，派来的使者被斩于宫门的事，大人知道吧？皇上这么处置，等于警告燕王莫要痴心妄想。燕王博学睿智尚如此，广陵王不学无术，逸乐无法度，更不为皇上所喜。大人进宫晚，有些事不晓得。其实从根本上说，还是他们的母亲不得宠，又早死，在宫中没有奥援而已。"

"难怪赵夫人留意三王，原来是为儿子留地步，可主少国疑，女主摄政对国家不是件好事啊！"

"可小皇帝不会追究前事，对咱们肯定算好事，所谓风云际会嘛。大人想，若从一开始就站在赵夫人一边，将来小皇子登了大位，咱们再享几十年的富贵，顺理成章啊！"

"前事？大人是指……"

"走漏贰师家眷入狱事正在严查，隋大人不怕？至于敝人，巫蛊宫变，我被皇上派与查案。今日有人上书为太子鸣冤，而皇上竟然召见了此人，还封他做了大官，可见皇上于太子之死隐憾颇深，万一哪天变了心思，我们这些与太子之死有关联者，危矣！所以居安思危，不可不备，大人说对吧？"

隋但颔首道："大人说的是。"

苏文笑容可掬，揖手道："敝人在宫里头侍奉皇上几十年，赵夫人想知

---

① 成人，古代视男子十六岁为成人，俗称成丁，至今闽南一带民俗仍以此岁为成丁之年。

道的事情我最清楚，还望大人为我引荐一下，咱们都为小皇子着想，既帮了夫人，也为自家留了地步，大人以为如何？"

隋但亦揖手道："下次见到赵夫人，一定会将大人的心意带到，大人就睛好吧。"

月后，诏命族灭江充遗属，斩杀围捕时加刀兵于太子者，其中李寿已死于征和三年，而已是北地太守的题侯张富昌则于军前处斩，首级送湖县祭奠太子太孙。最惨的是黄门令苏文，有人举报他侮辱皇后遗体，苏文以为是太医令隋但上变，遂将隋但放胡亚夫为贰师通风报信一事揭出，二人均以大逆无道处刑，隋但斩首，苏文则被缚于渭桥之上，活活烧死。案件牵连甚众，一时间京师杀气再起，民心惶惶。为宽解上意，慰安众庶，田千秋遂与御史大夫、九卿联名上寿，颂圣诵德，劝天子施恩惠，缓刑罚，玩听音乐，养志和神，为天下万民娱乐延寿。

刘彻看过上寿的简牍，冷笑着对身旁的谒者令郭穰道："朕还没有老糊涂，所谓上寿，无非要朕慎重用刑，以消戾气耳。巫蛊一案，迁延至今，百官无能，无张汤、杜周之才能，朕欲息肩可乎！"于是敕令霍光伺候笔墨，略作思忖，拈笔疾书：

朕之不德，自左丞相与贰师阴谋逆乱，巫蛊之祸流及士大夫。朕日一食者累月，乃何乐之听？痛士大夫常在心，既事不答。虽然，巫蛊始发，诏丞相、御史督二千石求捕，廷尉治，未闻九卿、廷尉有所鞫也。曩者，江充先治甘泉宫人，转治未央椒房，以及敬声之畴。李禹之属谋入匈奴，有司无所发！今丞相亲掘兰台蛊验，所明知也。至今余巫颇脱不止，阴贼侵身，远近为蛊，朕愧之甚，何寿之有！敬不举君之觞，谨谢。丞相、二千石各就馆，书曰：毋偏毋党，王道荡荡。毋有复言。

对诸臣办案不力，皇帝虽呕表不满，但并未大发雷霆，而是要他们各归各衙，公正处事，也无意中泄露了御体不豫，数月来仅一日一餐的秘密。

巫蛊案善后未完，八月辛酉（廿八日），天象再现异常，长安整日天气昏暗，日蚀再起。日为君主之象，日蚀则为大凶之象，上一次日蚀，应在了赵王身上，而这次，刘彻内心有种深深的惧怕，忧心自己无从规避，而几件不能不办的大事，他还未能决断。

他不再视朝①，连夜召集众星官譬解天象。星相一学，古有巫咸，近有甘德、石申②，以甘德之见，日者人君之象，故王者不道，上天必示警以日蚀。星官们不敢以此上奏，故遍搜石渠阁所藏星经与时下流行的谶纬书册，爬梳出几条归罪于女祸的占辞，上呈预览。

日蚀从下者，王室女淫自恣，臣下当有动，师众行军，又曰失于事，将当之。（《甘石星经》）

日蚀从下起，妻害急。（《春秋感符经》）

辛酉日蚀，女谒且兴。（《春秋潜潭巴》）③

周易以上为阳，下为阴，日蚀自下而上，寓意着危机出自后宫。妻害急，预兆相似，女谒且兴，谒或是指奔走于宫中的宦者，如苏文之流暗通钩弋，欲图扶其子上位为储这件事，但苏文已诛，钩弋身处深宫，孤掌难鸣。可自己百年之后，弗陵尚幼，必由母后摄政，而赵姝春秋正富，皇权在握的她几可为所欲为，史上帝太后之耻④或会再现于大汉，一念及此，刘彻五内俱焚，但决断的时机，仍须斟酌。

刘彻沉吟良久，目光扫视着众星官，问道："日蚀之厄，有何化解之道？"

众星官面面相觑，太史丞邓平出列揖手道："臣等遍搜石渠，诸星经皆不书消解之道。倒是董仲舒于建元之际曾撰《灾异之记》，后以妄言辽东高庙火灾下吏，此书遂没入宫内，内中有条消解日蚀的文字。"

---

① 视朝，即临朝听政。

② 甘德，战国时齐人，古天文占卜学家，撰有《天文星占》八卷；石申，一名石申夫，战国时魏人，亦古天文占卜学家，撰有《天文》八卷。后人将其学术合刊为《甘石星经》，大多存留于《唐开元占经》一书中。

③《春秋感符经》与《春秋潜潭巴》皆为当时流行以解释天象的春秋纬书之一种。

④ 帝太后，即赵姬，秦庄襄王之后，嬴政之生母。庄襄王薨，嬴政即位，年仅十三，由太后摄政，与柜国吕不韦重燃旧情，后吕不韦惧祸，引荐嫪毐伪装成宦官入宫侍奉太后，避居雍城离宫，生二子，嬴政亲政后嫪毐欲发动宫变，败而被诛，二子被捕杀。嬴政软禁太后于雍城，发誓永不相见，后经辩士茅焦游说后方与母相认，迎养咸阳宫，嬴政称帝后亦加号母后称帝太后。

"哦，董先生怎么说？"刘彻记起，当年主父偃确曾上变董仲舒妄言灾异，罪至不道，可其时自己奉董为师，故赦为太中大夫。斯人已逝，却不料今日又救了自己的急。

日蚀者，邪臣蔽主之治，不有反臣，必有亡国；退臣绝阴止权，平衡以德，消则无害。[1]

刘彻沉思不语，可心里很清楚，日蚀意味着上天的警示，于惯例君主应下诏罪己，与民更始，董仲舒将之归罪于邪臣、女主，暗讽君主要为政以德，方可消解灾异，避开亡秦之祸。

几乎是在同时，在郅居河畔的单于大帐中，也在进行着一场酒筵。汉人的皇帝居然不见使节，不复国书，视匈奴若无物，反而遣鸿胪寺丞马宏护送自己的使节回国，这种礼送中隐含的无视与不屑，深深地刺激着狐鹿姑，他强忍愤懑，决意以其人之道还治其人之身，以酒筵答谢汉使的同时羞辱汉天子，也让对手尝尝有苦难言的滋味。

酒过数巡，席上主宾皆醺醺然，左骨都侯以酒盖脸，起身敬酒，走至马宏身旁，边敬酒，边睨视道：

"敢问贵使，贵国的天子一定沉浸于深深的悲痛之中吧，不然，为什么不肯见我们大单于的使节呢？"

马宏眉头微蹙，仰视道："大人何为此言！沉浸于悲痛之中，为甚？"

"听你朝投诚于我的贰师将军言，前太子发兵造反。汉，号称礼义国也，父子骨肉至亲，儿子造老子的反，人伦之大逆，为啥呢！"

马宏放眼望去，单于与陪宴诸王大人皆面有得色，显然，左骨都侯之问是预先设计好的，为的是羞辱大汉天子。巫蛊一案，朝廷已普遍接受田千秋上书中的说法，自可用以敷衍一时，但胡人的挑衅，不可默然以对，而要直

---

[1] 参见《唐开元占经》卷十，中国书店影印版 1989 年版，第 95 页。

戳其软肋，要他们明白大汉绝不是好欺辱的。马宏站起身，与左骨都侯碰杯后，将杯中酒一饮而尽，照照杯，好整以暇地笑道：

"有这么件事。不过是丞相与太子私相争斗，太子发兵欲诛丞相，丞相诬告了他，故诛丞相。这不过是子弄父兵，于罪当笞，小过耳。与冒顿单于以鸣镝射杀其父，篡夺大位，且与贵国单于常妻后母，行同禽兽者，相去不可以道里计矣！"

狐鹿姑勃然变色，满座的胡酋纷纷跳起身，抽刀拔剑，欲以白刃相加，而马宏面不改色，仍举杯示意少安毋躁。狐鹿姑拂袖而去，诸王大人亦随之离去，筵席不欢而散。翌日，匈奴主客来到汉使的帐幕，冷脸道：

"大单于欲请贵使去见一个人，请随我来。"

马宏自知凶多吉少，生死早已置之度外，他吩咐副使，自己若一日不归，使团当速返汉复命。之后上马，随主客而行，驰行数里后，已远离单于庭，马宏问道："敢问是去哪里，去见贰师，还是李陵？"

主客摇摇头，悯然道："去北海，去见与你一样曾任使节的前辈。"

五十七

征和四年秋，朝廷为故太子昭雪之举，尽管仅限于"加刀兵于太子者"，还是引发了参与巫蛊平乱的一众大臣们的不安。

"马将军，今上反覆，以平乱得封侯者五人，今去其二，吾等危矣，何去何从，建请将军明示。"

景建，长安人氏，从马通平乱，力擒少傅石德，以此得封德侯。得知张富昌的死讯，他忧心忡忡，寝食不安。于是亲赴北军营垒，求见已接任中垒校尉的马通。马通于巫蛊平乱时，亦因擒斩太子使者如侯，得封为重合侯，但去岁率军出击匈奴，无所遇而还，天子对他与御史大夫商丘成未能增援贰师，致使汉军主力全军覆没，极为不满，马通亦心存怵惕，蜷缩于北军之中，尽可能不赴朝会，以避开皇帝的目光。

"圣谕追究的是'加刀兵于太子者'，吾等擒获的都是反将，不在其列，况且天塌下来有长个子顶着，有商大夫呢！"马通道。商大夫是御史大夫商丘成，他率棹楫士抓获张光，马通擒诛如侯，景建擒获石德，巫蛊之乱中，三人皆以此封侯。

"可君兄何罗与江充交好，素为人知，江家已族，汝家可免乎！虎毒不食子，终究是嫡亲父子，一旦皇上后悔了，以下犯上，平乱者皆有份。苏文做过些甚？还不是被烧死在横桥，将军莫天真了！"

马通目光暗淡下来，长吁了口气道："若真如公所言，奈何？"

"当然是出塞投奔匈奴。我听说李陵、李广利兵败降胡后，备受优待，单于还把女儿嫁给了他们。将军是将才，最受胡人青睐，不愁无用武之地。将军走，吾愿与将军同行。"

马通摇摇头道："出塞谈何容易，若非出塞作战，没有通关的符节，怕是连三辅都走不出去。"

"那也没有束手待缚的道理！将军有兵权，不妨多联络些人，暗中筹划，一旦有机会，就反了，打出边塞去！"

马通脸色惨白，怔怔地盯着景建，嗫嚅道："反……怎么反……"

"皇帝老矣，精力不济，不视朝久矣，将军想，一日一餐的人能撑多久？况且将军兄长职任侍中，随侍皇帝，等于是将军的卧底，随时可以通消息与吾人。老虎还有打盹的时候，届时何罗一击中的，吾等起兵响应，成则拥立新君，败则出走塞北……"

所谓"卧底"名马何罗，马通胞兄，是随侍天子的侍中，一直深受信任。景建这番话让马通心头撞鹿，瞠目结舌，半晌说不出话来。良久，方拊肩道：

"所言到此为止，何去何从，吾会斟酌，公回府等消息吧。"

而身在甘泉的刘彻，为太子善后而外，也决心暂时放下在西域的扩张，与民休息。先是，成娩率西域六国兵降服车师后国后，旋即散去，而匈奴复来。若想长期保持对车师后国及匈奴的威慑，非屯田驻兵不可。李广利西征大宛时，曾于尉犁①、轮台②一带小规模屯田，以接济军辎。后来发现该地可灌溉之田多达五千顷，可以大规模屯田、驻军，为大汉势力的西进提供充分的物质保障。尤其尉犁南傍大河③，北倚西海④，西望乌孙，若能开发屯垦，不仅会成为大汉争夺西域、进取天山北路的基地，亦可与西方的盟国乌孙遥相呼应，对车师后国与匈奴形成夹击之势。

---

① 尉犁，西域古绿洲邦国之一，地望在今天山南路，新疆库尔勒一带。

② 轮台，地望在天山南麓，塔里木盆地北缘，今新疆巴州轮台县。西汉时于此屯戍，是为西域都护府所在地。

③ 大河，或称河，即今新疆之塔里木河。

④ 西海，即今新疆之博斯腾湖。

搜粟都尉桑弘羊力主屯戍轮台，先后向丞相、御史大夫与大鸿胪进行有力的游说，均以为是个值得大力投入的地方。于是连衔上奏陈情：

轮台东有溉田五千顷以上，可遣屯田卒，置校尉三人分护，益种五谷。张掖、酒泉遣骑假司马为斥候，募民壮健敢徒者诣田所，益垦溉田，稍筑列亭，连城而西，以威西国，辅乌孙。

大鸿胪田广明并提议以功成封侯为赏格，募死囚为使赴匈奴，相机刺杀单于，挑动北虏内乱，以报覆军之恨。

但刘彻的想法已经变了，国力的衰惫需要与民休息，而屯戍意味着移民遣戍，遣戍可用释囚，可粮草、种子、农具、兵器、牛马耕畜的征集与亭燧的兴建，都离不开金钱。为此势必加赋，扰动天下，牵累吏民，与他的想法背道而驰。与匈奴较力于西域属不急之务，放一放无碍大局，待国家恢复了元气，再做不迟。至于行刺之类的小道，历来为他所不屑。于是亲自口授，敕命霍光记录，答复大臣们的提议。

……乃者贰师败，军士死略离散，悲痛常在朕心。今又请远田轮台，欲起亭燧，是扰劳天下，非所以优民也，朕不忍闻！大鸿胪等又议欲募囚徒送匈奴使者，明封侯之赏以报忿，此五霸所弗为也。且匈奴得汉降者常提掖搜索，问以所闻，岂得行其计乎！当今务在禁苛暴，止擅赋，力本农，修马复令以补缺，毋乏武备而已。郡国二千石各上进畜马方略补边状，与（上）计对。

"这道诏书你要亲自交到丞相的手上，就说一二十年之内，国事复行先帝黄老无为之道，与民休息，这是朕的决定，尔等须知会百官与郡国守相，谨守朕嘱，绝不允多事、折腾！"

"至于匈奴，告诉田子公①，这么多年仗打下来，他们伤得更重，从前的

---

① 田子公，即田广明，字子公，时任大鸿胪，主管诸侯四夷事。

腹心之患已成了疥癣之疾，只要严守塞防，穷蹙漠北的他们难以为患。"

"子卿，别来无恙乎？"李陵跳下马，揖手为礼。

"还好，还好。少卿久违了，一别多年，你我都老矣！"

苏武亦揖手为礼。他鬓发皆白，但气色红润，精神比上次晤面时还要健旺。一个身披羊皮袍的小孩子藏在他身后，探出头，怯生生地注视着李陵。

"这是通国吧，嫂夫人呢？"李陵望着孩子，扮了个鬼脸，随即笑了。

"通国，与李叔叔见礼。"苏武将儿子拉到身前，拍拍他的脑袋。四年前，他与一胡妇结缡，转年就有了这个孩子。李陵获悉后，曾遣专使送礼致贺。

"拙荆去湖边牧羊了，外面冷，少卿请进帐叙话……"苏武掀起幕帘，礼让道。

"百草枯黄，寒露为霜，子卿这里好景色，吾等就在帐外烤一只全羊，以博一醉，如何？"李陵放眼四周，摆摆手道。随即对身后的侍从做了个手势，侍从们立即架起柴禾，又捉出一只小公羊，屠宰割剥，穿入铁钎，架在火上烤了起来。

推杯换盏，互道契阔，酒过几巡，苏武放下酒杯，问道："少卿，有那边的消息吗？"

"巫蛊之乱，长安血雨腥风，贰师亦因此而降，这你都是知道的吧？汉军其实不弱，若非贰师为脱罪冒进，也不至于败得如此之惨！当年我手里哪怕是有一万骑……"李陵摇摇头，长叹一声。

苏武点点头道："夏末时朝廷又派了个叫马宏的使者来，酒筵上舌战群雄，单于老羞成怒，也扣下了他，押来见我，也发配在北海牧羊，不过他在西岸。巫蛊之乱，他讲给我听了，可怜天子古稀之年，却没有了储君，国本动摇，吾午夜梦回，真是替故国担忧啊！"

"子卿大可不必。匈奴虽获大胜，但单于志在和亲。且人祸天灾接踵而来，已经顾不上经略漠南了。"

"怎么，单于庭生甚变故了吗？"

"贰师死了……"

"贰师，你是说李广利？他不是狐鹿姑的女婿，备受器重的人吗？"

"坏就坏在受器重上。有个卫律你知道吧？"

苏武颔首道："他曾劝吾归降，吾未从。"

"此人很会搞关系，深得故单于与大阏氏信用，狐鹿姑原来也很听他的。不过贰师一来，夺了他的风头。再兼贰师自恃皇亲，看不起卫律，两人龃龉日深，渐成水火。卫律说不动狐鹿姑，就在大阏氏身上下功夫，久而久之，遂得行其奸。"

"哦，他怎么得逞的？"

"大阏氏对汉人成见甚深，对单于宠信汉将本就不悦，于是卫律想了条诡计。大阏氏卧病，卫律买通巫师，做法拟故单于附体，称强胡之前祠兵时，曾许愿得贰师以为牺牲①，如今得此人为何不践前言！故大阏氏召狐鹿姑称前单于因怒为祟，不杀贰师，则病不能瘳②。狐鹿姑无奈从之。听说贰师被绑赴社祠时，怒骂曰我死必灭匈奴。之后你猜怎么着？"

"怎么着？"

"咒言应验，雨雪一连多月不断，谷稼不熟。大阏氏随即病故，狐鹿姑亦病，而匈奴各地疫病大起，人畜死者无算。狐鹿姑害了怕，专为贰师立祠禳灾。吾幸鄙居坚昆③，得免此灾也。"

苏武喜道："原来如此！这么说胡人没力量乘隙攻汉了，这真是老天有眼，少卿，我们为故国父老乡亲免遭涂炭干一杯！"

李陵以唇碰了碰杯缘，苦笑道："胡人的内斗，我避之唯恐不及，然大汉于我已是敌国，难得子卿忠荩不二，不降己志，我就勉为其难了。"

正说话间，妇人赶着羊群回来了，一番酬应后，李陵要苏通国坐在身侧，割下一块后腿肉递给他，拍拍孩子的头道："我在坚昆盖有宫室，一依汉地的规制，仲卿何不举家随吾迁去，何苦让小孩子也受这个罪呢！"

---

① 牺牲，古时供祭祀所用牲畜。

② 瘳，音蔡，病愈。

③ 坚昆，古代中西伯利亚一带的游牧民族，唐称黠嘎斯，清称布鲁特，今吉尔吉斯人之祖裔。地望在今叶尼塞河上游与阿勒泰一带。当地曾出土汉式宫殿遗迹与瓦当、器物等，苏联考古学家断言为李陵所建宫室遗迹。

"吾大汉天子之使，人在节在，决不会归顺的。况且故单于有话在先，不归顺就要在这里牧羊，除非羝羊生子不得归。"苏武摇了摇头，神色坚毅。

"且鞮侯亡故多年，即便子卿忠贞不二，老死草野，长安父老又有谁知呢？"

苏武淡然一笑，捋髯道："还真是的，马宏来时曾告之，汉地人皆以为吾已死。吾自有计破之，少卿毋为吾忧！"

"甚计？"

"吾牧羊时，曾遇狐捕雁，大雁惊飞，幼雁为吾所得，从此步步不离，哺喂至长。少卿知道，每逢秋分，北雁南飞，乃定数也。今秋吾著帛书，系于雁足，放飞于北海之滨。此刻雁群当至汉地。若天不弃吾，当使朝廷得见帛书，知吾不死矣。"

"夫人近来可好，平日都做些甚？"

刘彻倚在卧榻上，俯视着跪在榻前的这个男人。男人名孟宷，是个宦者，官居尚食丞。不久前奉谕专办钩弋宫的饮食肴馔，而所负更深的责任，是将钩弋夫人日常的言行举动报告给皇帝。

"夫人饮食、精神都好，这一向一直在读字书，说是要多认得些字，待公子就傅后能帮得上忙。"

"甚字书，《尔雅》吗？"

"是《尔雅》，夫人每日温习日前所习旧字，摹写新字，很用心的。"

"宫里宫外，夫人平素与何人过往？"

"宫外只有夫人的姑母君劬夫人常来看望，宫里除随侍的宫人，没有甚人来往。奴才每日用餐时在旁伺候，夫人所言多关饮食服饰妆奁，有时候也问圣上饮食起居安否，昨日御膳进了鹿肉，夫人特烧了些肉胗，命奴才献与陛下品尝。"

郭穰将一只漆缶放置于食案上，颔首道："已试过银针，肉很鲜。"

刘彻不置可否，继续问道："弗陵怎样？夫人平日对他说些甚？"

"弗陵年岁虽幼，可沉稳老成，没甚话。每日除赴陛下处请安，亦赴钩弋宫请安，饮食起居玩乐，事无巨细，皆夫人一手经管，细致入微。"

处置苏文、隋但时，刘彻几次想要将赵姝罢黜后宫，皆因少子幼弱下不了决心。处分赵姝，意味着少子失恃[1]，也意味着要把大汉的存续交到顾命大臣的手中。交给谁呢？谁是能够忠诚无二地辅佐少子成人亲政，并成功成为一个守成的皇帝的人呢？他已在心中掂量过一些人选，可他忌讳面对死亡，只要身子骨还能撑持下去，他不会做最后的决定。

刘彻点点头，要孟窑传谕他喜欢夫人的鹿脍，要他回钩弋处审慎当差，弗陵与夫人有事，要即刻上奏。孟窑去后，他吩咐郭穰传宫里的画师来见。

"这卷书册中讲述了周公姬旦的故事，你拿去读读，其中武王姬发崩，子幼在襁褓，周公摄政，每日背负成王听政，忠贞无二，直至成王成人亲政，朕深感喟之。汝读后体会作者的笔意，将周公背负成王听政的情景，用心绘于素帛之上，呈与朕看。"

刘彻将《鲁周公世家》卷册交与画工，画工唯唯而去。但由此，皇帝欲立幼子为储的流言亦很快散播于大内，问题是，谁会是天子托孤的"周公"呢？

赵姝是从侍奉自己的宫女口中得知这一消息的，她面色如常，完全压制住了内心的狂喜。苏文、隋但被诛，祸在巫蛊，但他们在口供中交代了什么，没有人知道，事后皇帝不动声色，但新来的尚食丞令她不安。入宫七年，她深知皇帝猜忍的脾性，但她不能不为儿子也为了自己的将来谋划。皇帝已经一年多不曾临幸了，她清楚地知道，皇帝已油尽灯枯，撑持不了几日了。不管他拖多久，生前还是死后，儿子都极有可能承袭皇嗣，而自己将以母后的身份被封皇太后，在儿子成年之前摄政，成为大汉的主人。

苏文曾详尽向她披露过储位可能的归属。以国赖长君论，燕王、广陵王、昌邑王皆有可能，但前二人庶出，野心勃勃，最不为天子所喜。昌邑王虽自幼受宠，可少小失恃且舅氏或被诛，或叛降，再加上身子羸弱，也难当首选。如此，弗陵几乎就是储君的必然之选，这就是天命了！她一定要小心、自律，不能引起夫君一丝的猜忌，只须挨过眼前的艰困，用不了多久，就再没有人能够束缚自己，如此前程，即便僻处深宫，无人闻问，她忍了。

---

[1] 典出《诗·小雅·蓼莪》："无父何怙，无母何恃。"后世遂将父亡称失怙，母亡称失恃。

五十八

后元元年春正月，刘彻于甘泉泰一祠坛举办了他此生第三次，也是最后一次郊祀。汉代皇帝祭天与诸神之典，刘彻之前，仅限于五畤[①]。元鼎元年，得鼎于汾水之畔，移至甘泉，以天降祥瑞而改元。之前皇帝祭天，皆赴雍城五畤。元鼎五年，以众方士献议，以天帝为主，五帝为辅，于立鼎之处筑泰一祭坛，祭坛石砌三阶，而另作五帝坛，各依方位，环居其下，作为天子祭天大典的固定处所，规定三年一次，由天子亲行郊祀于此，并于元鼎五年十一月，举行了首次郊祀大典。

由此，泰一郊祀逐渐取代了五畤成为皇帝祭天的场所。而刘彻自壮年起即痴迷于寻仙求药、延寿长生，仅泰山封禅就不下五次，其余五岳、四渎、后土[②]皆为祭处，间以南征北伐，东征西讨，而流年似水，光阴荏苒，忽忽几十载，泰一郊祀只举办过两次，如今已届垂老之年，国事蜩螗，储位虚悬，千钧的重负要由他一肩扛起。在臣下面前，他不得不振作，以一切尽在掌握的自信，完成非他不可的决策，这是他拖着疲惫与老迈的身躯，亲奉郊祀的

---

① 五畤，秦汉时皇帝祭祀天帝之处，秦代先后筑有鄜、密、上、下四畤，分别祭祀白、青、赤、黄帝；汉高祖加筑北畤，祭黑帝；五畤遗址在今陕西凤翔南部。畤，音至，祭坛。

② 五岳，东岳泰山，西岳华山，北岳恒山，南岳衡山，中岳嵩山，均为皇帝拜祭天帝处所；四渎，黄河、长江、淮水、济水；后土，位于河东汾阴，今山西万荣县黄河畔。以得鼎于汾水，元鼎四年武帝于此初立后土祠，为皇家祭地处所。

原因。

天始以宝鼎神策授皇帝，朔而又朔，终而复始，皇帝敬拜见焉！

昧爽①之际，太祝史宽舒高诵赞词，尸音在冬日的严寒中显得那么苍凉、不真实。祭坛四周架满柴堆，熊熊燃起的烈焰，为拂晓前的黑暗添加了虚幻、迷离的色彩。刘彻身着黄衣，东向拾级而上，站到了祭坛的中央，揖手礼拜毕，跪行叩首大礼，祭坛四下，百官随礼，伏地顿首，山呼万岁，钟鼓齐鸣，乐声四起。

帝临中坛，四方承宇，绳绳意变，备得其所。清和六合，制数以五。海内安宁，兴文偃武。后土富媪，昭明三光。穆穆优游，嘉服上黄。②

行过祭拜大礼后，刘彻退下。祭坛上放置着的俎豆酒具中，满载着醴酒枣脯，有司役吏八人，抬送着一张巨大的漆木食枏，枏上是供奉天帝的牺牲，一整只烹烤过的牦牛，随着役吏们缓步登坛，乐声再起：

嘉荐芳矣，告灵飨矣。告灵既飨，德音孔臧。惟德之臧，建侯之长。承保天休，令问不忘。

泰一坛下，另筑有五帝之坛，每坛亦各陈俎豆酒具，分别荐以太牢③。郊祀典礼过后，将大飨群臣，而刘彻久已食少纳呆④，但觉疲惫不堪，嘱咐太常、少府款待好众臣后，便匆匆离去了。

---

① 昧爽，晦暗将明，拂晓时分。

② 汉《郊祀歌·帝临》。

③ 太牢，古代祭祀牺牲，以牛羊豕（猪）三牲具备为太牢，是最高等的祭品。

④ 纳呆，中医术语，指不思饮食或食欲减退之症状。

甫至宫门，噩耗传来，昌邑王刘髆薨逝于国。刘彻既感伤，又有种解脱之轻松，储君之托付已无须踌躇，他的心安定下来了。

他走入竹宫，寝殿卧榻正对面的墙壁上，挂着一大一小两幅帛画，大的一幅，绘有李嬺遗像，那双眼睛含情凝睇，每日都与寝宿的主人四目相对，调起他怀恋、不舍与惆怅之情。帛画底部，题有当年招魂时他的诗句："是邪，非邪？立而望之，偏何姗姗其来迟！"刘彻望着帛画，不由得泪眼婆娑，长吁道："斯人已逝，时不可追，吾老矣，不久将与夫人重会于黄泉，有汝陪伴，吾心安矣！"

他将目光转向较小的那幅帛画，良久，叫道："传霍光。"霍光、金日磾、上官桀、马何罗等一众侍中常年随侍，皇帝休闲时，均候在寝殿门外，随时听候招呼。霍光快步走至御前，伏地顿首，静听吩咐。

"昌邑王年纪轻轻病殇，未得寿终，朕拟赐谥为'哀'。汝草拟诏书，厚赐昌邑哀王赗赙①，殓以金缕玉衣，以丞相代朕亲至祭奠……"

霍光于简牍上匆匆记下要点，等候了一阵，并无下文，于是试探着问道："臣愚昧，敢问可要恩加遗裔，册封元子②以王位？"

刘彻略作沉吟，摇摇头道："髆儿之子年尚幼，待他长长再封不迟，这份恩典留与后人做吧。子孟，朕要赐画与你，画中寓意汝当深领，莫负朕心。"

霍光随皇帝所指看去，但见帛画中一大人美须髯，头戴通天冠，背负襁褓，站立着在听身前数臣之诉说。大人面容庄严凝重，不怒而威，有种凛然难犯的感觉。不待霍光多想，刘彻又将一卷简册交到他手中，叮嘱道：

"这是故太史令司马迁所撰史册，叙周公姬旦故事，汝读通此册，图文互推，当能领悟帛画中的深意，朕有厚望焉！"

霍光脑中灵光一现，猛然明白了皇帝的意图，昌邑既死，幼子弗陵已是今上唯一属意的储君，而年幼不堪大任，皇帝这是向自己托孤啊！一念至此，不由得心头撞鹿，汗湿重衣，连连稽首嗫嚅道：

---

① 赗赙，音奉辅，为帮办丧事而赠以的财物。

② 元子，古代用于帝王与诸侯之嫡长子的称谓。

"臣……材质菲薄，虽鞠躬尽瘁，实不足承此大任，望陛下采撷群英……"

刘彻摆摆手，打断了霍光。

"皇子固然不能由一两个人辅佐，但为首者当宅心仁厚、正派、肯担当。子孟在朕身边久矣，历练足够，朕阅人多矣，大汉江山交与谁，由何人辅佐，心心念念，朕思之久矣。此事届时朕自有安排，子孟无须多虑。汝只记住，画中意但可意会，不可言传。"

霍光顿首再拜，将帛画小心翼翼地卷起，与书册一同揣入袖中，起身瞥了一眼另一幅帛画中的李夫人，匆匆离去，走出寝宫，向候在那里的诸人揖手道：

"昌邑王薨逝了，今上感伤不已，不视朝，敕命吾草拟诏诰，厚赐赗赙，皇命在身，不敢耽搁，吾去尚书台，先走一步了。"

"仲君，汝等让吾好找！"马何罗自身后拍了拍兄弟的肩膀。郊祀大典后飨宴群臣的筵席多达百席，他找了许久，才在祭坛东面看到二弟马通与三弟马安成，安成亦服役于北军，任行军司马。

"大哥，快坐，快坐！"马通与安成见是马何罗，皆跳起身，边揖手为礼，边招呼他入席。席上其他北军将领知其兄弟难得相聚，皆起身作别，另作一席饮宴去了。

"兄长别来无恙乎？"安成自酒樽中筛出一杯酒，边递与何罗，边低声问道。

"还不是老样子，围着今上转。怎么，有事吗？"见安成神色紧张，马何罗心中一动，也放低了声音。

马安成望了望四周席上，众人皆畅饮大嚼，根本没人注意到他们，于是凑到兄长身边，附耳道：

"巫蛊之乱，二哥奉旨平乱，以功封侯。事后今上有悔，当时勠力平乱者多遭清算，不知哪一日波及我们兄弟，早想与兄长从长计议，苦无机会。故借郊祀之机向兄长讨要主意，以定进止。"

马何罗对此亦早生忐忑，巫蛊之乱的五个功臣，已经死了二人，余者虽未与故太子对战，可皇帝是猜忌之君，难测他心中作何想。为了他浴血而战，到头来却罹无妄之灾，谁能服气！弟兄们找他未雨绸缪，是对的。

他与二人碰了碰杯，呷了口酒道："今上追究的是加刃于太子者，汝等并未与之对战，应该不要紧，况且商大夫尚在，天塌下来有长个子顶着，你们又怕得个甚！"

马通脸色通红，蹙额道："长君，李寿与张富昌踹门而入，为的是救太子，可仍难逃无妄之灾。吾等不是怕，而是防患于未然。一旦祸事临头，大哥你以为能置身事外？那时候悔之无及，吾族怕是会家无噍类了！"

"那你们说，我们该怎么办？"

马安成道："或学卫律，投奔匈奴，或伺机而动，发动宫变，反正二哥手里有兵。怎么着也好过坐以待毙！"

马何罗望望四周，各席觥筹交错，皆醺醺然，没人注意到他们。于是压低声道：

"错，没有符节，手里有兵又咋样？巫蛊乱后，今上为防宫变，又加了一道锁匙。南、北各军都派驻了使者，亲掌兵符，无天子之令，任何人无权调兵，只有使者接到天子诏谕，合符无误，北军八尉方能出动。更何况，即便反成了，仍难逃一死，汝等抗得住朝廷后续的大军吗？故太子适为前车之鉴。"

望着弟兄们的愁容，他淡淡一笑道："不过天无绝人之路，眼下，倒是有了一个机会。"

马通、马安成抬起头，四目熠熠，兴奋地问道："甚机会？"

"今早使者来报，昌邑王薨了。昌邑王薨了，储君铁定会落在少子身上。"

马通摇摇头，嗫嚅道："这算甚机会？与吾人何干？"

"主少国疑，赵婕妤亟需于朝臣中寻找可以帮她儿子的人，这就是机会……"

马安成大惑不解，摇摇头道："甚机会，看不出来！"

马通若有所思，问道："长君的意思是，我们投靠赵婕妤，做她的羽翼？可宫禁森严，怎么知道赵婕妤怎么想，又如何通消息？"

苏文、隋但被处死的真正原因，是交通宫禁。可富贵险中求，目下赵夫人孤处甘泉，音问不通，越是这种关头，她反而越会看重雪中送炭者。若能拥刘弗陵嗣位，主少国疑，赵夫人势必以母后临朝摄政，而拥戴者必得重用，一念至此，马何罗动了心。他沉吟良久，低声道：

"我任事宫中，交通由吾设法，汝等暗中联络同道，记住我的话，事以密成，天塌下来有长个子顶着，切不可轻举妄动，一切听吾消息。"

霍光去后，刘彻但觉胃脘痞满，身重体倦，全无一点食欲。盆中的炭火正旺，寝殿中暖暖的，刘彻闭目倚在卧榻上，望似养神，心思则全在如何辅幼子承嗣，以保大汉国运长治久安上。自觉体力日渐衰颓，他有种时不我待的感觉，只有托付得人，皇权方能平稳嬗递，直至儿子长大成人，临朝亲政。

一旦不讳，顾命大臣以身边的侍从为主，朝中重臣为辅，是他斟酌已久的，如此方可延续自己治国的方略。多年来，朝中已形成了内重外轻的格局。可以随时进出宫禁、出纳皇命的尚书、侍中品级不高，却是自己最为信用的一批人，而朝廷上身居高位的三公九卿，则成了等因奉此、虚应故事的仆从。

奉车都尉霍光、驸马都尉金日磾、太仆上官桀皆为侍中，多年来追随于左右，出则参乘，入则侍内，霍光与上官还是儿女亲家，金日磾虽出身异族，而谨守身份，乃至杀子尽忠。这三人是他有意置于身边，观察很久，比较放心的人选。至于朝廷上，丞相田千秋资历虽浅，但人老成本分；大农桑弘羊，一直以来为朝廷理财成效卓著，辅佐少主守成，此二人亦为顾命人选。至于御史大夫商丘成，刘彻也曾考虑过，但过不了他心里那道坎。尤其是商丘成，刘屈氂伏法后，循序应由他接任丞相，迟迟未补，结果田千秋蹿等为相，商丘成意态怏怏，必有心结，他还会忠于少主吗？

更令他纠结的是如何处置赵婕。弗陵尚幼，一年半载亲不了政，按祖制应由母后摄政，待儿子成年后归政。而子少母壮，前车可鉴。秦之帝太后、本朝吕太后皆曾独擅朝政，秽乱宫廷，危及少帝。即便安排了顾命大臣，但祖制与母子亲情都会给太后以天然的优势，几乎可假皇帝名义为所欲为，岂是几名顾命大臣所能阻挠的！

不循祖制，不立太后？可自己身后之事会由儿子做主，赵婕一定还会晋封太后。马上罢黜之，可儿子年幼，尚需母亲的看顾，且即便罢黜，也斩不断母子亲情，仍阻不住她将来上位。

郭穰匆匆走入寝宫，双手呈上一册简牍，面带喜色道："圣上，边塞报过来的消息，李广利被杀了！"

刘彻展开卷牍，是居延塞报来的，说是捕到的胡人称，李广利已于去岁被用作牺牲祭祀先单于。刘彻并无惊喜，只是淡淡地说了句"罪有应得"。刘髆既死，李广利的死活无足轻重，他的心思全在弗陵身上。

"郭穰，鄂邑公主还住在乐成侯府吗？"

"奴才不知。"

鄂邑公主为刘彻长女，庶出，一度嫁与盖侯王受，故名盖主。王受死后寡居，后改嫁乐成侯丁义为妻。元鼎六年，丁义以举荐栾大，以不道伏法，迄今已逾二十年。丁义死后，这个女儿是留居京师，还是回了自己在江夏郡的汤沐邑①，他就不清楚了。

"是朕记错了，汝彼时尚未入宫，自然不知。汝遣个谒者查访一下鄂邑的下落，若回了封地，就派人传朕的口谕，召她速来长安，朕要见见她。"

① 汤沐邑，汉代公主的食邑，鄂县名，属西汉江夏郡，地望在今湖北安陆云梦一带。

五十九

后元元年春二月，乍暖还寒之际，冬雪化尽，瑞霭氤氲，整个甘泉宫仿佛从冬眠中苏醒。赵婕领着儿子，在一队宫人伴随下，前往储胥馆，儿子每日在那里跟着师傅识字读书。自钩弋宫去储胥馆，要经过通天台，自征和四年东巡后，皇帝对寻仙访药失去了信心，遣散了大批方士，通天台虽尚有少数方士留守，但祀神典礼中辍已久，弦歌不再，登台的阶梯上落满了枯叶，一派萧索景象。

过了通天台，再拐个弯，就可以看到储胥馆，赵婕在想心事，儿子挣开她的手，跑到了前头，拐弯处忽然闪出了一个人，跪伏于儿子身前，顿首道："臣马何罗叩见殿下，请恕臣唐突。"

刘弗陵一惊，退后了两步，赵婕赶上前去，将儿子掩到身后，质问道："尔何人？在此做甚！"

"臣马何罗，为天子御前侍中，今日不当值，闲走至此，不想与婕好和殿下偶遇。"

赵婕心中一动。自隋但、苏文被诛，她便孤处钩弋宫，再难得到外面的消息。刘彻绝口不提，她也不敢询问这些事，皇帝早已淘虚了身子，精力日衰，她已有很长时间不蒙召幸了。她对此已不抱期望，心思全在儿子身上，她、她族人的未来皆系于此。儿子极有可能被立为太子，据苏文所言，皇帝之犹豫不决，在昌邑王刘髆。可即便儿子能够承嗣皇位，她与儿子在朝中仍旧孤立无援，一直以来这是最令她焦虑的事情。

赵姝示意随侍的宫人们退后，蔼然道："大人请起身说话。弗陵年幼，尚是一介白身 ①，请问大人为何以'殿下'相称？"

马何罗站起身，揖手道："殿下终有一日会君临天下，成为大汉的天子！普天之下，莫非王土，率土之滨，莫非王臣；臣等所言皆为心声，望婕好……"

赵姝一惊，杏眉微蹙道："太子？君何出此言！"

"婕好不知吗？昌邑王去年岁尾薨逝，皇帝疏燕王、广陵王多年，小皇子已是承嗣的唯一人选了。"

"昌邑王薨了？"

"薨了，上月郊祀时接到昌邑讣闻，皇帝遣丞相视丧，怎么，婕好不知道吗？"

赵姝大喜过望，强忍着欢喜道："皇帝久已不豫，后宫难得亲近，闭塞得很，哪里知道这些，幸而得遇大人，弗陵尚幼，日后若得承嗣，吾母子还要仰赖诸位大人的帮衬。"

"臣等身为汉臣，与国休戚，愿为太子、婕好肱骨，且天下郅治，亦臣等所愿矣。"

赵姝闻言，一则以喜，一则以忧。喜的是终于有朝臣主动输诚，忧的是皇帝猜忌心重，一旦知晓了此事，凶多吉少。既然立储已无疑问，自己大可静等瓜熟蒂落，以不引起夫君猜嫌为上。一念至此，她向马何罗点点头道：

"大人的话，我记下了，弗陵也会记得的。宫禁森严，不便交通，弗陵每日都会赴储胥馆读书，大人有心，知道哪里能见到我们，帮过我们的人，弗陵不会忘记的。"

然而，最令马氏兄弟忧心的事情还是不期而至。先是，夏六月丁巳（初一日），是孝文皇帝的忌日，每年都会由朝廷三公代天子赴霸陵祠祀。适逢丞相不适，遂由御史大夫商丘成代行祭祀。典礼过后，祭品用于与祭者的饮宴。商丘成一直以来仕路蹉跎，郁闷于心，这天几杯水酒下肚后，放浪形骸，在

---

① 白身，无官职，无爵位的庶民百姓。

众人撺掇下，且歌且舞，以歌咏志，内有"出居安能郁郁"之句，遭令丞上变，朝议定罪为"大不敬"，商丘成亦自裁于家中，与宴者均遭处分。

商丘成是巫蛊平乱后以功封侯者中官位最高的，而所定罪名毋乃过甚。至此，巫蛊平乱封侯五人，罹罪而亡者三，硕果仅存的马通与景建惴惴不安，愈想愈觉得噩运即将轮到自己。

六月壬戌（初六日），马何罗借休沐出宫，直奔长安与兄弟们见面，商定于下一个休沐日举事，劫持使者，夺获兵符，围甘泉后劫持刘彻，迫其禅位于少子。若不成功，则刺杀之，进而拥戴刘弗陵即位，以转危为安。五日转瞬即逝，十一日夜，马何罗连夜再赴长安，以侍中身份，在马通等陪同下，夜见北军使者，传口谕要其将兵符转交马通。使者有疑，称奉派时天子曾叮嘱非见诏令各尉不得调兵出营，争执之际，马安成自身后刺杀了使者。事态至此，如水就下，不可挽回地直奔尽头。

有了兵符，调兵算得上顺利，屯驻于长安与甘泉间的两尉，皆整军随行，将至甘泉宫，马氏兄弟才想起，宫门的守卫均由步兵校尉统辖，而步兵校尉随驾甘泉，若无他的认可与配合，北军是进不去宫门的。是所谓一步走错，即无死所。马氏兄弟反复计议，决定还是由马何罗单独进宫，伺机劫持刘彻，得手后放北军入宫。

时天色微熹，马何罗入宫后直奔竹宫而来。往常这个时候，天子肯定尚在梦乡，是最容易行事的时机。他向在寝殿殿门值宿的上官桀缴上佩剑，点点头道："长安有急事奏报皇帝。"径直向卧内①走去。自宫门至卧内，有条甬道，壁上悬挂着图画与乐器，甬道尽头，有座值庐，紧贴着寝宫之门，由皇帝的贴身侍卫们值守。甬道上空无一人，殿内极为静谧，马何罗放轻脚步，可仍觉得脚步声很响，他甚至能听到自己急剧的心跳声。

甬道尽头忽然闪出一个人，身形高大，迎面而来，又走近几步，马何罗认出，是同为侍中的驸马都尉金日磾，不由得心头一紧，额头冒汗。金日磾一向看他的眼神怪怪的，他们当值原不在一个班，可金偏偏要与俱上下，同进同出。

_____

① 卧内，即寝殿。

昨日金亦应休沐，不想他仍在这里……

金日磾留在寝殿值夜，正打算出殿如厕，抬眼就看到了走过来的马何罗，招呼道："日出交接，马君何来恁早，有甚事吗？"

马何罗神色紧张地笑了笑，颔首道："长安有急事须向天子通报。"言毕加快了脚步，想要从右侧越过金日磾，不想慌乱中碰到了挂于右壁上的一张宝瑟。碇咚一声，宝瑟跌落于地，发出很大的响声。说时迟，那时快，金日磾转身一把抱住了马何罗的腰，马何罗一挣，露出了藏于袖中的尺半白刃，金日磾见状大叫道："来人哪，马何罗反了！"

殿内外的侍卫们闻声而出，刘彻亦被惊醒，拔剑而起，但见金日磾自身后牢牢抱住马何罗的腰膀，马何罗则试图以匕首反刺，无奈臂膀受制，几次皆被金日磾闪躲了过去。

刘彻怕伤到金日磾，喝止住欲上前格斗的侍卫们，但见金日磾把住马何罗的手腕猛推，马何罗忍痛不过，手一松，匕首落地，金日磾借势一个抱摔，将马何罗压倒在地上，众侍卫蜂拥而上，将他擒获。

刘彻逡巡而前，目光犀利地盯着马何罗，"是你，你欲做甚？"

失败了，失败了！可就是死，也要堂堂正正地死得像条汉子，把该讲的话讲出来！一念至此，马何罗低着的头猛然抬起，与刘彻对视，目光炯炯："做甚？迫陛下禅位于皇子……"

"汝悖逆如此，好大的狗胆！还有甚人与汝同伙，讲来！"

"巫蛊之乱，江充被杀，陛下敕命平乱，众臣勠力血战，陛下亦不吝重赏，谁承想陛下以臣下为刍狗，事过追悔，有功之臣动辄罹罪处死，兔子急了还会咬人，况人乎！君视臣如草芥，则臣视君若寇仇，吾死不足惜，陛下滥杀无辜，臣属人人自危，大汉何来铁桶江山！"

上官桀匆匆跑来，揖手道："宫门侍卫急报，宫外有不明骑兵靠近，步兵校尉已下令紧闭宫门，严阵以待，如何处置，敢请陛下定夺。"

刘彻一怔，能与马何罗合作者，定是其弟马通，随之而来者，必为北军。而北军的调动，必由符节。马何罗、马通一伙必是矫诏调集军队，一俟真相大白，不难平息，转危为安。

思忖至此，刘彻冷静了下来，先命将马何罗押入牢中，又命上官桀调集甘泉所有士卒备战，传令霍光持节赴军前宣示诏令，被蒙骗胁从者赦免，擒拿反贼马通一伙者重赏，另以快马传檄京师三辅都尉，调集郡兵严防各津关渡口，不许走漏一人。

果然，得知真相后，军士们纷纷放下兵器，更有人抓获马通、景建、马安成等，一并入狱穷治，皆供认不讳。一场仓促而行的兵变至此无疾而终。

这些前不久还在为自己浴血而战的臣子，竟然反戈相向，想要拥戴少子弗陵登基，颠覆自己的统治，这不啻为一记警讯。刘彻表面不动声色，内心却受到了很大的震动。这些人，忠顺有失，各有其咎，故太子亦如此，他绝不认为责任在自己身上，他在意的是，自己在世人眼中会是个怎样的君主？所谓尧为匹夫不能治三人，而桀为天子可以乱天下，以是知贤智不足慕，而势位足恃。当今国家之大，非小国寡民可比，亦非仁义所能治，故尊君用法，以壹万民，势在必行。父祖虽行黄老无为之道，然彼一时此一时，时势不同也。他曾向往过儒学的圣王之治，但自壮年后，即服膺韩非治国的理念，因为前者太不实际。

圣人之治国，不恃人之为吾善也，而用其不得为非也。恃人之为吾善也，境内不什数；用人不得为非，一国可使齐。为治者用众而舍寡，故不务德而务法。[1]

而务法，则须壹刑，自卿相将军大夫以至于庶人有犯禁乱制者，罪死不赦。即商鞅治秦"法令必行，内不贵私宠，外不偏疏远，是以令行禁止，法出而奸息"[2]。所以他既倡导儒学，以求化民成俗；同时又力行法治，执两用中，王霸杂用之。

但他亦深知唯法之弊，秦一统华夏，然严刑峻法，管制到极致，民怨沸腾，物极必反，国势竟于巅峰时轰然倒塌。文武之道，一张一弛，太子好儒，若治国必与己相悖，原拟恶人自己做，好人交与儿子做，恰能做到张而复弛，

---

[1]《韩非子·显学》，全段意为：圣人治国，不能以人行善为目标，而要以人不敢为非为目标。靠前者，一国之中行善者不过数十，靠后者，一国之人不敢为非，所以治国者用众而舍寡，不务德而务法。

[2] 参见《史记》卷六十八。

矫枉有度。不想刘据遽尔反叛，打破了他的盘算。极度的愤怒过后，他有一年多陷于抑郁、悔恨、迷茫，不能自已。而后他强自振作，默诵《过秦论》，反思自己。所谓"振长策而御宇内，履至尊而治六合，南取百越，北逐匈奴，鞭笞天下，威震四海"，他一点也不比秦始皇差，不仅事功不输，且文治过之。但他也意识到国事蜩螗，内乱不断，国家正在一步步滑向亡秦的覆辙，是时候刹车止步了。弗陵尚幼，毋能拨乱反正，不得不由自己收拾残局，罢兵罪己，松开紧绷的法网。可有一事他是决不会容忍的，任何危及皇权的事态，他仍会施以重手，决不允其萌蘖坐大。

弗陵随母亲居于钩弋宫，依宫中的规矩，每隔五日母子都会来寝殿门前向皇帝请安。这一日，刘彻精神不错，吩咐传儿子觐见。

刘弗陵年方七岁，圆头大耳，眉清目朗，进退有度，一副少年老成的样子。刘彻望着儿子，既欣慰，又难过。他倚在卧榻上，对儿子招了招手，示意他到自己身边来。

"最近在做些甚，跟师傅读些什么书？"

"儿臣每日随师傅读《孝经》，再就是习字。"

"平日都是你娘带着你吗？都去何处玩耍？"

"娘督促读书很严，不允儿臣独自出行，也就是在通天台周边散散步。"

"你娘陪你一起读书、散步吗？她怎么说？"

"娘要儿臣好好读书，不然将来扛不起父皇的江山。"

"哦！"刘彻沉吟了片刻，叹息道，"陵儿生也晚，无兄弟姊妹做伴，不免寂寥。你有个姊姊，朕拟接来宫里，与你做伴，如何？"

弗陵点点头。刘彻又指着随侍在一旁的几个人道："陵儿见过他们吗？"

刘弗陵逐个看过去，摇了摇头道："有个和他们穿一样衣裳的，可不是这几个人。"

"那是甚样的人？"

"几个月前，娘带我去储胥馆读书的路上，不知从哪里蹦出来个人，跪下就叩头，还管我叫殿下，吓了我一跳。娘说是大汉的忠臣，会帮儿臣的。"

刘彻皱起眉头，"哦，你见到过这人几回？"

刘弗陵道："就遇到过一回。"

"这人叫甚名字，与你娘熟吗？都说了些甚？"

"那人姓马，名两个字，儿臣记不得了……娘也在殿门请安呢，父皇传问她呗。"

"不用了，朕知道了。"

刘彻笑笑，指着霍光，低语道："陵儿，这个人叫霍光，真能帮你的是他。以后的事情父皇都托付给他了，将来若有甚难事，就找他。记住了？"

刘弗陵久久地望着霍光，似懂非懂地点了点头。

秋七月，关中地震，地裂处有泉水流出。地震是凶兆，刘彻召太卜释兆。太卜以《运斗枢》释兆，水为阴，地震出泉，是为阴倍主，意为后族专权，地动摇宫。① 刘彻心中一悸，又传望气者 ② 赴通天台观览畿辅云气，但见一大股云团由青转黑，自氐入亢 ③，此云色、走向预示人君有疾将亡。望气者胆寒，不敢如实上奏，于是改称长安狱中有天子气。

弗陵在甘泉，若说长安宫中有天子气倒也勉强，但在狱中，意味着别有异人藏身狱中，被他本能地视为极大的威胁，他自度时日不多了，要为儿子扫除一切可能的威胁。

他谕令将马何罗、马通、马安成兄弟与德侯景建以谋反罪腰斩，但赦免了他们的家人。又敕命黄门八令为使者，分赴长安各狱，逐一清点囚徒，无分罪名轻重，在狱者皆杀之 ④，斩草除根，不留后患。

至于地震所预兆的，也是他最大的心病，数月来，他敕令尚书台起草诏书，传檄各诸侯王，明年正月朝觐甘泉贺岁。上一次贺岁，是在天汉四年，距今已近十年了。

---

① 参见《春秋运斗枢》，《纬书集成》（中册），河北人民出版社 1994 年版，第 726 页。

② 望气者，汉代太史属官，以观望云气以测吉凶者，武帝时最著名者名王朔。

③ 氐、亢，皆古代指示天文方位的星官，又分属二十八宿东方七宿中的氐、亢两宿。

④ 参见《汉书·宣帝纪》："武帝疾，往来长杨、五柞宫。望气者言长安狱中有天子气，上遣使者分条中都官诏狱系者，亡轻重一切皆杀之。"

六十

后元二年正月朔旦(初一),诸侯王齐聚于甘泉宫,行朝觐大礼。年终岁尾,赶赴甘泉的诸王,皆刘彻同辈兄弟之子孙,而刘彻之子,燕王刘旦、广陵王刘胥亦与朝觐。汉诸侯朝觐天子,于例四见。始到觐见称小见,奉表陈情,天子慰劳;正月朔旦,齐集前殿贺岁,奉皮币玉璧致贺;初四,天子大宴诸侯,颁赐金钱财物;初六日,复入告辞,亦称小见。小见者,天子设宴于禁门之内,与诸王饮宴于禁中①。宴后诸侯各归其国,前后在朝者不过二十日。

刘彻自觉这次朝觐,在他可能是最后一次了。所以他将刘弗陵带在身边,与出席朝会的诸王见面,不啻向天下发出了一个明确的信号,储位已定,他的继承者就是少子刘弗陵。

果然,初六日的小见,刘彻在诸王见证下,口谕立弗陵为太子。宴后,他特意留下刘旦、刘胥,与弗陵相认,在场的还有不久前到京的鄂邑长公主。

刘彻指指御案前的两个人,对身旁的弗陵道:"陵儿,这是刘旦,燕王;这是刘胥,广陵王;你仅存的两位兄长,还有刘贺,你另一位兄长昌邑王之子,年岁比你还小,没到场,是你亲侄儿。《易》云,兄弟同心,其利断金,你要记住,厚待至亲骨肉,他们是家人哦。"

---

① 禁中,又称省中,指皇宫禁地。汉蔡邕《独断》:"禁中者,门户有禁,非侍御者不得入,故曰禁中。孝元皇后父大司马阳平侯名禁,当时避之,故曰省中。"

在父亲灼人的目光下，刘旦、刘胥皆长揖为礼。刘弗陵亦对两位兄长揖手为礼。之后，刘彻示意鄂邑上前，与兄弟们相见。

"见见你们的大姊，自今日起，要称她长公主，太子在甘泉时，暂以就读的储胥馆为太子宫，饮食起居概由鄂邑看顾。"

太子之母尚在，却由长姊看顾，刘弗陵、刘旦、刘胥皆感诧异，弗陵问道："那我娘呢？"

刘彻沉下脸，冷冷地说："汝既立为太子，朝廷的规制，汝须遵从。读书，循习仪轨，皆由师傅。太子地位贵重，有官属仪从，自成一宫，不宜再与后宫混居。"

又对刘旦、刘胥道："为王侯者须顺天知命，谨守本分。朕万岁千秋后，尔等对弗陵要恭敬有加，不可自恃近支，存非分之想，骄慢无礼，以蹈罪衍。"

二王唯唯。刘彻命二人与鄂邑退下后，对一脸茫然的太子道："吾儿莫怕，朕已安排霍光等忠臣为肱骨，助尔治国。"

他拉起刘弗陵的手，将一方绢帛交给他。"去秋，霍光、金日磾、上官桀合力平息了一起叛乱，理应赐爵封侯，朕不作声，为甚，陵儿知道吗？"

刘弗陵摇摇头。刘彻苦笑道："为的是你啊。朕把这个权力交与你，一旦不讳，由汝赐封，新皇帝就有恩于他们，他们辅佐你也会愈加尽心尽力。"

"还有这些至亲家人，燕王、广陵王、鄂邑长公主，汝承嗣大位后，亦须厚待之，加赐封邑、钱财，册封刘贺继嗣为昌邑王，以示亲亲之意。记住，赏、罚之权，乃国之利器，为天子所独有。有功者、忠恳敬业者厚赏，悖逆者、奸邪作乱者严惩，虽亲幸者不贷。如此，方能驾驭群臣，运天下于掌上。"

刘彻为儿子正了正头上的发髻，放缓口气道："有霍光等辅佐，国事当无大碍，陵儿年少，你要静静观察他们如何处置国事，慢慢体会治国之道。天子定于一尊，认准的事情，要力排众议，做到底，不为众臣议论左右。可脑子也要清醒，看不清、拿不稳的事情，就放一放，由大臣们去办，不要表露你内心的想法，以防奸人投汝所好，铸成大错。"

刘彻命侍者取来几卷简牍，交与儿子。"贾谊才子，是汝曾祖时人，所撰《过秦论》，论述亡秦之过，有深意焉。汝拿去，要师傅讲给你听，所谓前事不忘，后事之师，取精用宏，在于一心。吾儿要记住，牧民之道，务在安之而已，列祖列宗与民休息，无为而治，吾汉家方有今日之强、之盛矣！"

一阵心慌气喘，随之而来的是头晕目眩、疲惫已极的感觉，刘彻命侍卫传鄂邑携太子退下，偃卧于榻上，良久，呼吸方匀。近半年来，他体力每况愈下，双腿浮肿愈甚，胸闷气短，每每惊觉于假寐中的亡灵，难得安眠。他自感大限将至，今日立弗陵为太子，总算了结了最大的心事，于国事有了交代，时不我待，升遐 ① 前，他要尽可能为儿子安排好一切。

翌晨，郭穰自长安回来复命，称中都官属各狱 ② 皆已遵命将羁押的可疑人犯处决，唯郡邸狱 ③ 监声称皇曾孙在彼，无天子亲笔诏书不可犯，竟闭门不纳，交涉多时不果，无奈只能报请陛下定夺。刘彻闻言一惊，问道：

"皇曾孙！哪支的，怎么会系狱？"

"奴才查问管狱的廷尉丞，告以巫蛊一案人犯众多，不紧要的人犯皆关押于郡邸狱，由尉监邴吉监管。人犯名刘病已，是故太子之孙、史皇孙与夫人王氏之子。巫蛊乱起时，此子出生不过数月，身在襁褓，被送至郡邸，邴吉命狱中女徒轮流抚养至今，年五岁矣。"

不想据儿还有后！刘彻既欣慰，又伤心，恨声道："郭广意 ④ 该死，此事为甚不上报！"

"邴吉并未上报，直至事发，方知此事。"

"郡邸狱早已划归执金吾管辖，身为长官，连自己狱中关了甚人都不知道，就是失职，要尚书台知会丞相，免了他的官。"

"敢问陛下，皇曾孙怎么办，那个胆敢抗命的邴吉又作何处置？"

"作何处置？查查那孩子的外家还有甚人在世，有人在，就送去外家抚育。

---

① 升遐，即死亡，古代指称帝王崩逝的婉辞。

② 中都官狱，即西汉朝廷各衙所属官狱。

③ 郡邸狱，汉代少府下辖的牢狱，主要关押与上计相关的人犯，平时犯人很少，因巫蛊牵连人犯甚多，牢狱人满为患，故不重要者羁押此狱。

④ 郭广意，后元二年任执金吾（时郡邸狱为其下属），以监管失职免官。

1868

还多亏了那个邴吉，刘据全家存此一线血脉，身后能毋忧血食①，不至于成了孤魂野鬼。其虽隐匿不报，念其有心，赏就不必了，罚亦免了。"

刘彻很想看看这个皇曾孙，可一想到近来频频入梦的儿子悲戚的面孔，又放弃了。他抬起眼，发觉郭穰踟蹰未去，欲言又止。

"汝不去办差，还有事情吗？"

"奴才方才进殿时，赵婕好候在门前，求见圣上。"

自巫蛊之乱起，刘彻已有几年没有召幸赵姝了，体力每况愈下，力不从心是一个原因。朝会时嫔妃在列，刘彻的目光会不由自主地落在赵姝身上，她的青春活力艳压群芳，也更反衬出自己的老迈，巨大的心理落差带给他失落、无奈，尤其想到太子尚幼，巨大的权力极可能落到这个女人手里，而她会做些甚，他全无把握。即使黜入冷宫，在他身后，割舍不断的母子亲情，儿子仍会为母亲上尊号为太后，而皇帝亲政之前，太后必有摄政之权，一个春秋正富、手握大权的太后会做些什么，他不敢想象。

可赵姝是他曾深爱过的女人的血胤，也是爱子的母亲，这也是他一直委决不下的原因，可她既然找上门来，也不妨把这件事做个了断，毕竟自己所余的时日不多了。

"臣妾姝叩见陛下，贺喜陛下，愿陛下千秋万岁，长乐未央。"

赵姝再拜顿首，抬脸望向刘彻，看得出女人精心妆饰过，一头乌丝向后细细梳拢成椎髻，绾以玉簪，耳珰垂珠，一袭黑色的深衣掩不住身材的婀娜，反而更衬出皮肤的白皙、润泽。细眉连娟，顾盼有情，皓齿红唇，唇吻间的笑意若有似无。巧笑倩矣，美目盼兮，曾经拥有过的，终将弃他而去，刘彻悲戚之情如潮而起，喟然而叹道：

"朕风烛残年，行将就木，夫人何喜可贺？"

"陛下立弗陵为太子，大汉有了新的储君，难道不可喜可贺吗！"

女人面拂春风、志得意满的神态，如一只毛虫在啮咬他的心，失落、酸楚、忌恨、猜疑与深深的忧虑，五味杂陈，最终流为苦涩。他仰首闭目，良久冷笑道：

---

① 血食，古代已故亲人受享祭品，称为血食。

"既立太子，母以子贵，夫人是怨朕没有为汝上皇后的尊号吧？"

赵妹微笑道："臣妾哪里敢怨陛下！以臣妾之愚，也知道尊号乃天子之赐，给不给取决于天子，岂是自己要得来的！"

刘彻感到的，却是女人掩饰不住的得意，仿佛在说，你不给我皇后的尊号，将来我儿也会给我太后的尊号。

"既如此，汝何以非得见朕？"

"陵儿还小，陛下为甚要他离开钩弋宫？难道为娘的不比他大姊更亲，能更好地看顾他吗？"

"太子既立，当住太子宫，学业有师傅，饮食起居有鄂邑主持，无虞忧心。"

赵妹的脸渐渐红了，口气也硬了起来："为何硬要拆散吾母子，敢问陛下，臣妾有何得罪处！"

"汝称拆散，就是拆散，至于得罪处，汝心自知！"

"臣妾不知，敢问陛下，臣妾何罪之有！"

赵妹的强项，也激起了刘彻的愤怒，他站起身，走近女人身边，冷笑道：

"本不欲入汝于罪，竟恃恶无恐，朕今日倒是要衡之以法，汝悔不得了！朕问你，苏文、隋但都对汝说过些甚？"

赵妹低下头，不发一言。

"朕再问汝，马何罗汝可见过，说些甚？"

赵妹仍低头不语，可身体却在簌簌作抖。

"后宫交通外朝，私议立储，罪至不道，汝可知道！"刘彻盯着女人，厉声喝问。

不料赵妹猛然扬起头，决然道："为娘的为儿子谋个好前程，有甚错吗？天下为娘的哪个不是如此？陛下称弗陵自小'类我'，弗陵甫生，陛下为钩弋宫门题名'尧母门'，偏爱有加。尧是甚人，臣妾鄙陋无知，问宫里的师傅，都道是上古的圣王，陛下许弗陵为尧，不就是要把江山传给他吗！"

以后妃顶撞皇帝的场面，自陈皇后以后就从未有过，在场侍从的臣子、宦官个个俯首敛容，眼观鼻，鼻观心，大气都不敢出，大殿里静得几乎可以听到心跳声。

刘彻一怔，寻即恶从心头起，怒喝道："贱人竟敢怙恶不悛，朕要黜去

1870

汝婕妤爵号，来人，把她押去掖庭狱！"

两个小黄门走上前，欲将女人架起，女人猛然挣脱，面向刘彻，伏地稽首，之后起身，摘下簪珥，再拜顿首道："臣妾有罪，万难赎其辜，请陛下受臣妾一拜，永别了。"

言毕起身，在小黄门押解下，向殿外走去。走了几步，又转回身，痴痴地望向刘彻，似乎期望他能收回成命。刘彻硬下心肠，挥挥手道："汝死罪难逃，快将她押下去！"

赵姝眼中却浮现出笑意，朗声道："臣妾出身微贱，死不足惜，可我儿还是嫡嗣，做了太子，我心愿已了，大汉的天下迟早是陵儿的，我死亦何惜，死亦何惜！"

言毕，头也不回地走出了殿门。

刘彻怔怔地望着她的背影，一阵眩晕直冲脑际，面红心跳，呼吸急促。郭穰等见状不对，赶忙将他扶至榻上，急传太医看视，服了一帖汤药后，才沉沉睡去。

夜半，刘彻醒来，起夜后，郭穰又侍候他服了汤药，头脑清醒了不少，却再难入睡。想起日间的种种，他并无悔意，只觉将赵姝送审不妥，亲娘因太子嗣位被杀，必会成为一桩丑闻，流传宫闱，留下隐患，于是叫起在卧榻旁打瞌睡的郭穰。

"明日一早，汝去宫狱，传谕掖庭令，以五尺白绫赐其自尽，就地厝埋。日后太子问起他娘，就说安置到长安钩弋宫去了。"

六十一

册立太子后，支撑他的元神仿佛也泄掉了，刘彻萎靡不振，有气无力，浑浑噩噩，腿脚上的浮肿愈甚，缠绵病榻十几日。偶尔清醒之际，侍从会将他扶至竹宫凉台，晒晒春日的暖阳。

竹林于微风中飒飒作响，草木尚未返青，但酝酿了一冬的生机即将喷薄而出，不久就会枝叶葳蕤，带来满眼的绿色。刘彻裹紧羽衾，长叹一声，摇了摇头。这一枯一荣的轮回，他已经历了七十个年头，不知明年还能不能晒到这里的太阳。

朝觐过后，朝廷大臣们陆续返回长安，霍光、金日磾、上官桀等最得信用的人皆留侍御前，奉命留下的还有尚书台，以备皇帝精神稍好时处置国事。刘彻呆呆地望了会儿竹宫前的景色，回过头，貌似不经意地问道：

"钩弋之死，下面有甚议论吗？"

霍光揖手道："事后闻者皆惊诧不解，问既立其子，何去其母？"

刘彻道："彼辈当然不解，这件事哪里是儿曹①愚人辈所能知也！往古国家所以乱，由子少、母壮也。女主揽权骄蹇，独居寂寞，淫乱自恣，人莫能制。汝等不闻吕后耶！故朕不得不先去之矣。"

众人唯唯，作憬然状。

---

① 儿曹，古语，儿辈。

还有件事，卧病这些天一直徘徊在他脑际。赐死钩弋后，他还必须为儿子配齐辅政大臣的班子。尚书台，他用起来得心应手，而弗陵亲政前，以这个官卑职微的尚书台辅政，名不正、言不顺，目下朝廷只有一个丞相，主持军事与监察的大将军、御史大夫都还空着缺，拔擢他所信靠的大臣充实朝廷的三公之位，是当务之急。

"是时候回长安了。霍光，预备车驾。郭穰，传谕行在之人，收拾行装，今日动身。"

霍光揖手道："敢问陛下，太子亦随驾返京吗？"

刘彻不悦，瞪着霍光道："当然。怎么？"

"太子前日来寝宫请安，陛下卧病未见，臣送他出去时，太子一再问起赵夫人去了哪里。臣遵陛下之嘱，说夫人回了长安；太子追问长安何处，臣答以建章钩弋宫；太子又问钩弋宫在甘泉，长安哪儿来的钩弋宫；臣答以夫人在建章时的居处，人称钩弋宫。臣忧心太子返京后一定会要见其母，届时作何交代？"

刘彻沉吟良久，喟然叹息道："小子执拗如是，类吾！既如此，不如实话实说，就告诉他，他娘违禁不道，皇法无情，被谴自尽就是了！"

感到自己来日无多，一种强烈的怀旧之感裹挟了刘彻，他敕令不走驰道，而是绕路向南，穿越上林苑返回长安。上林苑，始建于秦始皇统一六国后，徙天下富豪十二万户于咸阳，开始于周边营建离宫与皇家园林，如阿房宫，秦末多毁于兵燹。汉初七十年，百废待兴，朝廷无为而治，与民休息，到刘彻即位时，民富国强，故建元三年，他又重启对上林苑的营建与扩充，自渭水以南、南山以北、长安以西的广袤范围内，广征民地，起建围墙，所谓"缭垣绵联四百余里，植物斯生，动物斯止，众鸟翩翻，群兽驱骇"[1]，"天子秋冬射猎，取禽兽无数实其中。离宫观七十所，皆容千乘万骑"[2]。之后又扩展

<hr />

[1] 参见汉张衡《西京赋》，驱骇，音匹埃，兽行状。
[2] 参见《汉官旧仪》，《汉官六种》中华书局版，第53页。

至渭水以北，浐、灞以东，成为史上前所未有的皇家园林，与长安、建章、甘泉宏伟的宫室群，皆为大汉盛世的标志，也是他辉煌功业的体现。

南道比北道里程要远得多。车驾南下鄠屋，径直向东三十里，在长杨宫停了下来。长杨为秦时旧宫，宫中有白杨数亩，因以为名。刘彻即位后，重缮宫室，以供游猎时休憩留宿之用。长杨周边地势平坦，土质肥沃，村社辐辏，享誉关中。刘彻由侍从挽扶下车，逡巡漫步于园中，看到早年手植的白杨，树干皆已粗至数抱，不由感慨万千。他手抚树干，对随侍在旁的刘弗陵道："流年似水，不知不觉一辈子就过去了，少壮不努力，老大徒伤悲，吾儿当知努力耳！"

柏谷那家店还在吗？当垆卖酒的村女也早成老妪了吧？他曾几番敕令清丈上林苑，苑中的民户早已被清出上林，当年寻欢猎艳处亦已荒烟蔓草，杳无踪迹。"陛下，今晚奔哪儿，走哪条路？"依稀中韩嫣的声音重回耳际，与期门郎嬉笑呼喊、驰猎于长杨的场景栩栩如生，如在目前。那时的自己何等年轻，何等意气风发！无奈斯人早逝，自己亦气息奄奄，行将就木，不觉轻吟道："露晞明朝更复落，人死一去何时归！"

早春雾气甚重，刘彻触景伤情，感慨系之，由不得泪水盈眶，他仰起头，强忍着不要流下来。良久，对霍光摆摆手道："起驾，晚间驻跸五柞宫！"

长杨向东八里，即为五柞宫，这也是刘彻行猎上林苑时经常留宿之处。宫墙外生有柞树五株，不知几百年，树皆三抱，枝杈相连，夏天绿叶扶疏，仿佛一巨大的华盖，庇荫数十亩，因以为名。宫西有青梧观，观前有三株梧桐，观前立有石麒麟两座，高达一丈三尺，是秦始皇骊山墓遗物，修缮五柞宫时，移置于此。

"陛下，到五柞宫了，请移驾宫内。"郭穰走至辂车①旁，轻声道。

他抬眼向车内望去，但见刘彻靠在茵褥上，面色赤红，闭目垂头，呼吸急促。

骖乘霍光目光阴郁地对他摇摇头，低声道："陛下不豫，莫声张，唤肩舆过来，送陛下去寝宫。"

---

① 辂车，古代天子所乘之车的通称。

刘彻这次昏睡持续了多日，间或清醒，汤药罔效。二月乙丑（十四日）随行太医无奈，以针刺手太阴、阳明两穴，出黑血如豆，慢慢苏醒过来。心知大限将至，刘彻稍稍喝了些热粥，吩咐将候在殿外的霍光等侍臣叫进来。殿内光线很暗，郭穰持烛点燃宫灯。诸人进殿后，伏地顿首，刘彻招招手，要他们到卧榻前来，众人膝行至前，看到了一直侍病在榻旁的太子。

"朕病笃矣，有些后事，要交代与汝等。"

众臣皆唏嘘，霍光倚在榻旁，涕泣道："若有不讳，谁当嗣者？"

刘彻双眉挑起，不悦道："君不谕朕意欤！朕赐汝之画，立少子，汝行周公之事也！"

霍光顿首推让道："论忠悫①，臣不如金日磾。"

在他身后的金日磾高声道："霍光众望所归，臣不如也。日磾外国人，不可大用，且令匈奴轻视大汉也。"

顾命大臣的人选刘彻心中酝酿已久，他蹙眉道："汝等闭口！朕岂不知独木难支？郭穰，记下朕的诏命……"

郭穰将一方素帛铺陈于几上，待小黄门磨墨毕，饱蘸墨汁，提笔待命。

"册立刘弗陵为太子，朕升遐后，以玺书封递各王，遗诏颁告各郡国……

"以侍中、奉车都尉霍光为大司马大将军，侍中、驸马都尉金日磾为车骑将军，侍中、太仆上官桀为左将军……

"以搜粟都尉桑弘羊为御史大夫，大农丞赵过升任大农令……

"着霍光、金日磾、上官桀与丞相、御史大夫同为顾命大臣，朕升遐后，以大将军霍光秉政，领尚书事；金日磾、上官桀副之，辅佐少主以至亲政。钦此。"

众臣皆叩拜卧内，揖手称诺。刘彻长长地出了口气，招呼儿子到榻前，指着霍光等人，要他伏拜行礼，弗陵行礼如仪，众臣亦再拜顿首。刘彻要郭穰将他扶起，倚在靠枕上，用尽最后的气力，口授遗诏。

不等遗诏口述完毕，刘彻再次陷入昏迷，很快进入谵妄状态，太子与众

---

① 忠悫，悫音确，意谓忠诚朴实。

臣守候了一夜，丁卯（十六日）破晓之际，统治这个国家长达五十四年的皇帝驾崩于五柞宫。小殓之后，太子即于枢前即位。自刘弗陵起，随扈大臣、宫人、侍卫、士卒皆免冠，白帻，白衣。午后下起了小雪，整个宫内白茫茫一片。当晚，车驾动身，护送小皇帝与大行皇帝的梓宫①前往长安，大批告哀的专使，疾驰于自京师通往各地的道路上，将皇帝崩逝的消息传往四面八方。

半月后，苏武与儿子通国于北海湖畔牧羊，他持节瞭望，忽闻人马嘈杂声，但见十数胡骑驰骋而来。为首一人，翻身下马，径直走向苏武，揖手道："子卿暌违久矣，别来无恙乎？"

去国离乡已经十二载，漠北苦寒，风刀霜剑，苏武满脸皱褶，须发皆白，看面容已垂垂老矣，而筋骨尚强。他抬眼注视着来人，揖手笑道："他乡遇故知，少卿稀客，敢问何为来此？"

李陵上前，与之把臂相视，喟然而叹道："单于庭召吾等前去会议，走马路过，有个消息，不能不知会吾兄，故绕路来此矣。"

"甚消息？"

"逻骑于瓯脱②掳得云中生口，言自太守以下吏民皆白帻白服，曰今上崩矣。"

苏武一怔，面色惨然，他将节杆用力插入土中，节旄已脱落殆尽，光秃秃竖在地上，他对着节杆，向南伏地顿首，号啕大哭……

李陵呆呆地望着苏武，心中百味杂陈。这是个明君，也是个暴君，父祖皆为之鞠躬尽瘁，自己半辈子也交待给了这个人，到头来落得家破人亡，流落异乡……

他摇摇头，抹去一滴清泪，跃上马背，双腿夹紧，一声吆喝，一众人飞驰而去，只有苏武的哭声回荡在枯黄的草场上。

---

① 梓宫，天子之棺椁。
② 瓯脱，两国交界处的荒地；一说北虏屯戍之土室。

尾声

一个月后，玉门关前，一老一壮牵着骆驼的两人，验过关传，走入关门。但见关内人头攒动，簇拥于衙前的公事牌前，窃窃私语。老者须发皆白，瘦骨嶙峋，猛地张开微闭的双目，指了指那木牌道："老三，我们过去看看。"

木牌上汉隶纵横，墨色尚新，而围观者多不识字，指指画画，交头接耳，有人说是先帝的遗诏。老者来了兴趣，他排开众人，挤到木牌前，转过身，拱拱手道：

"各位乡亲，静一静，老朽粗识文墨，愿为诸位读读大行皇帝的遗诏。"众人静了下来，老者扫视着木牌上的文字，咳了一声，缓缓读出了诏告上的文字。

制诏：皇太子，朕体不安，今将绝矣！与地合同，终不复起。谨视皇天之嗣，加增朕在，善遇百姓，赋敛以理，存贤近圣，必聚糈士，表教奉先，自致天子。胡亥自圮，灭名绝纪。审察朕言，终身毋失。苍苍之天不可得久视，堂堂之地不可得久履，道此绝矣！告后世及其子孙，忽忽锡锡，恐见故里，毋负天地，更亡更在，去如庐舍，下敦同里，人固当死，慎毋敢佞……

"皇上是告诉皇太子，要善待老百姓，征收赋税要合理，亲近贤圣之人，不要像胡亥那般自取灭亡……"

"好皇帝呀！"围观者纷纷颔首，感喟之声不绝于耳。老者笑笑，摇摇头，正待离开，人群中忽然伸出一只手，牢牢捉住了老者的胳膊。老者回过头，双目精光四射，正待发作，那人却大笑道：

"他乡遇故知，骆先生，久违了！"

"你……"

拉拽他的也是位老者，鬖发苍然。"我老韩啊！韩毋辟，河洛酒家记得吧？"

"恕我眼拙，这么多年不见，乍见还真不敢认了呢！"

两人把臂大笑，老者道："老冤家归天了，无须隐姓埋名了，你就叫我老朱可矣。"

朱安世指了指身旁的壮汉道："我兄弟钟三，你见过的。"

韩毋辟揖手为礼，笑道："大侠这些年可好？"

老者摆摆手笑道："巫蛊乱时，吾等为避祸远走西域，原以为会客死异乡，谁料老皇帝殡天，老朽方有回乡的机会。吾年逾耄耋，老弟莫再以侠相称，呼我老朱可矣。老弟跑来边关做甚？"

"吾侄、千秋的儿子，战殁于塞外，尸骨无存，朝廷后来在敦煌为阵亡将士立了座墓冢。他父母都不在了，我不能任他流落为孤魂野鬼，故每逢清明，都会来河西为他上坟。"

"千秋可惜了，不想儿子也死于沙场……"朱安世指了指那座木牌，感喟道："这老冤家一辈子穷奢极欲，好大喜功，可也拗不过天命，人之将死，其言也善，总算说了点人话！"

韩毋辟颔首道："是呀，他还算有自知之明，此其所以有亡秦之失而免亡秦之祸也。"

他指着不远处挂着酒招的木屋道："不扯他了。老朋友凋零殆尽，难得偶遇，见一面少一面了。走，我请二位喝顿酒，权当接风了。"

一番推让，三人慢慢向那间酒舍走去。木牌前围观的人群也渐渐散去，只有春日的阳光，洒落在这座边塞小城上……

跋

己亥流年不利,写作亦拖拖拉拉、时断时续。一元复始之际,适逢疫情大起,非常时期,封城闭户,只能宅在家中读书写作,遂于庚子春假期间杀青书稿,略读一过,稍作润色后交稿,汉武系列终成全璧矣。

某人曾以"百代都行秦政法"概括二千多年来的中国政治,笔者为撰汉武系列,重读《史记》《汉书》,则别有所感。秦始皇奋六世之余烈,一统中国,严刑苛法,恣行己志,焚书坑儒,以愚黔首。自以为金城千里,万世一系,孰料死后不过三年,一夫作难而七庙隳,身死人手,为天下笑者,何也?贾谊的结论是:仁义不施,而攻守之势异也。

后续统治者接受了这个教训,尤其是汉武帝,他独尊儒术,为的就是纠秦代苛政的偏,也就是"王霸杂用之",是所谓"阳儒阴法""外儒内法",此后二千余年,历朝历代,治国基本上都是这个路数。所以,"百代皆行汉政制",才是中国历史的实际。

在古代中国,治国被视作牧羊,亦称牧民。资源大都攥在朝廷手里,老百姓不得不仰赖国家,成为牲口式的两脚羊,管、商称此为"利出一孔"。而儒家所谓仁义,则是朝廷管制天下臣民的包装,内里行的还是包罗万象的苛法(由于完全服务于统治者利益而无需被统治者的同意,也可以视作恶法),故最终都不免于孟子所述的结局:仁义充塞而至于率兽食人,人将相食,最后亡了天下。

统治者都酷爱带给他巨大财富与权力的现世,故皆求长生不老,汉武帝尤其狂热，读《史记·封禅书》可见一斑，但结局仍不免黄土一抔的悲剧。但武帝聪明，没想当教主，也知道谏言的可贵，是个知道反躬自省的皇帝，在危崖前及时止了步。所以司马光肯定他晚而改过，顾托得人，有亡秦之失而免亡秦之祸。

以史为鉴，可以知兴替；以人为鉴，可以明得失。历史小说的功用亦在于此，所以不再啰嗦了，有同嗜者看书吧。

刘忆江

庚子正月廿六日于敝舍书斋